ラブレー
笑いと叡智のルネサンス

マイケル・A・スクリーチ
平野隆文 訳

白水社

アンに
そしてマット、ティム、トビーに

凡例

本書はMichael A. Screech, *Rabelais*, London, Gerald Duckworth & Co. Ltd., 1979の全訳である。なお、必要に応じて以下のフランス語訳を参照した。Michael Screech, *Rabelais*, (traduit par Marie-Anne de Kisch), Paris, Gallimard, coll. « Bibliothèque des Idées », 1992.

一、巻頭に著者から寄稿された「日本語版への序文」を置いた。

一、著者が底本に施した加筆・訂正については、著者から受け取った「加筆・修正・削除」のリストを元に訂正、翻訳を行なった。

一、底本には図版がないが、本書では、関連する図版を収録した。

一、底本におけるラブレー作品の引用箇所（主として英語訳の引用）は、ラブレーのフランス語の原文を元に訳者が翻訳した。その際、渡辺一夫訳、宮下志朗訳を適宜参考にした（書誌を参考）。翻訳の際、底本としたのは以下のプレイヤッド版である。
Rabelais, *Œuvres Complètes*, (Édition établie, présentée et annotée par Mireille Huchon), Paris, Gallimard, coll. « Pléiade », 1994.

一、固有名詞は、原則として現地音を採用した。なお、よく知られているものに関しては慣例に従った。

一、聖書の引用は、原則として『舊新訳聖書　文語訳』から行なった。ただし、文脈上「口語訳」のほうが適切と判断した少数の箇所でのみ、『聖書　新共同訳』から引用した。なお、文語訳の引用に際し、文脈などの都合上、字句を改めた場合がある。

一、原註は括弧内の数字で示し、巻末に註の翻訳を章ごとに区切って置いた。

一、底本の（　）はそのまま（　）を用いて訳出した。訳註は二行割註として〔　〕内に収めた。比較的長い場合は、本文に＊、＊＊、＊＊＊等を付して、段落末に訳註を配置した。

一、必要に応じて、節のタイトルののちに、その節の内容に該当するラブレー作品の章数を〔　〕内に収めた。

一、原文中のイタリック体は原則として「　」で括った。

一、原文中の欧文を引く場合、イタリック体はそのままイタリック体で、それ以外は立体で引いた。なお、比較的長い文や、日本語を伴わないために不安定と映る場合などにかぎり、バランスに配慮して《　》で括った。なお、十六世紀の欧文の引用は、その当時の綴り方に従っている。

一、必要に応じてルビを振った。なお、本文中の傍点はすべて原文に倣ったものである。

一、底本中のラブレー作品およびその他の作品の参照箇所はそのまま掲載した。ラブレー作品に関する略記の意味は以下のとおりである。

Pant.『パンタグリュエル物語』、*Garg.*『ガルガンチュア物語』、*TL*『第三之書』、*QL*『第四之書』、*TLF, Textes Littéraires Français*「フランス文学テクスト」シリーズの版、*EC, Édition critique*「協会版ラブレー全集」の版。*TLF, EC* に続くローマ数字は章数、算用数字は行数を表す。なお、必要に応じて、本文中でも「渡辺訳」、「宮下訳」の該当章数やページ数を訳註として〔　〕内に収めた。その際、依拠している版が異なるために、*TLF* の章数と邦訳の章数が異なっている場合がある。宮下訳『第四の書』は二〇〇九年五月一日時点で未刊行のため、頁数は入っていない。

本書には、今日の人権意識に照らせば不当、不適切と感じられる表現が含まれているが、ラブレー作品の性質上、またルネサンス当時の感覚や雰囲気を説明するうえで、やむをえないと判断した場合は、そのままとした。

目次

装丁　柳川貴代
装画・本文図版（七九頁・九七頁除く）　ギュスターヴ・ドレ

日本語版への序文

この序文ではラブレーについて語るのと同じくらい、私自身そして私が日本に感じている恩義の念について語りたい。拙著 ***Rabelais*** が日本語に翻訳されるのを目の当たりにするのは、私にとって望外の喜びである。私の人生と私の学問は何十年もの間、戦時・平時のいかんを問わず、日本にきわめて大きな影響を受け続けてきた。その影響がどのようなものであったか説明できることを、私はたいへん嬉しく思う。

少年時代、プリマス海軍基地にあった我が家では、日本が話題になることが多く、日本に対する敬意の念も強かった。私の大好きだった叔父は英国海軍の軍人で、〝日英同盟〟〔日本語版序文において〝〟内は原文も日本語〕の間、幸いにも大日本帝国海軍と一緒に仕事をすることができた。この同盟の期間には、両海軍のあいだに多くの親密な友誼が結ばれたのだった。

その後先の大戦が勃発し、やがて終結を迎える。十八歳から二十二歳に至るまで、私は多少とも日本語を習得することに多くの時間を割いた。日本語で生活し、読書や日常会話でもこの言葉を使った（私は英国諜報機関に所属していた）。驚くべき経験はいろいろあったが、時には実に楽しい出来事にも遭遇した。たとえば、一九四五年の初めに私が面接した最初の日本人捕虜は、なんと渡辺一夫の翻訳で『ガルガンチュワ物語』を読んでいたのである！　彼は〝東大〟でフランス語を勉強しており、渡辺教授については、大いなる熱意と賛嘆の念を込めて話をしてくれた（彼は同時に、フランスの映画女優ダニエル・ダリューをどれほど崇拝しているかに関しても熱弁を振るってくれた！　しかも、私自身彼女の大ファンだったのだ！）恐ろしい戦争が幕を閉じつつあるこの数か月、いつの日か渡辺一夫と大の親友になるなどとは夢想だにしなかった。

私は最終的に、広島市から数マイルのところに位置する呉（ないしはその残骸としての呉）の〝海岸通り〟に配属された。ナチスの空襲によって自分の町や軍港が次々と破壊されていった時期に――そのころはまだ公立中等学校《グラマースクール》に通う少年であった――私はプリマスに住んでいた。だから私には、幾晩にもわたって空襲を受けることの意味がよく理解できた。呉はひどい状態で、どこかプリマスを思わせるところがあった。だが広島の被害はまったく別次元のものであった。しばしば私は、まるで沙漠を横切るように広島市を車で通り抜けた。私はその当時反戦平和主義者ではなかったが（いまだにそうではないが）、それでも、これは人間が互いを処するやり方では断じてない、他の人間にこのような仕打ちをさせてもならない、と思った。故郷に戻った晩には、我が英国に、そしてヨーロッパ全体に、日本とその国民がよりよく理解されるよう努めようと誓った。いまだかつてこの努力を怠ったことはないし、この点では、次々と増えていった日本の友人たちの輪に大いに支えてもらったうえ、とくに私の次男タイモン・スクリーチは大きな力となってくれた。学識と感受性に裏打ちされた彼の日本美術史に関する業績は、英国でも、また日本をはじめとする外国でも広く知られている〔タイモン・スクリーチ氏は、江戸文化の専門家として一流の業績をあげている〕。

〝進駐軍〟としてすごした期間は、思いもよらず、その後の私の学問に計り知れない影響を与えることになった。その発端はこうだ。私からすれば雲の上の存在であった司令官の、とある命令により、われわれは、すべての売春婦がすでにその契約から解放されたことを知った。与えられた任務は、彼女らに自分たちの権利を知らせることであった。われわれのうち六人に対し、呉で売春宿と判明している施設を計画的にすべて訪ねよ、という命令が下されたので、二人一組となってこの任務に当たり、事前通告をせず、大部分の女たちがまだぐったりと眠っている朝の四時に、施設を訪ねて回った。彼女たちは疲れ切っていて、魅力的とは言いがたかった。われわれは、訪問の理由を説明した。多少のユーモアを交え、善意を尽くして任務を遂行したのである。だが、私たち二人から見て、その場のすべてを支配していたのは、惨めさ――惨めさと諦念――であった。これが、まだ二十歳かそこらの二人の青年に与えた影響は甚大であった。三日目の朝、ジープに戻って来たとき、同僚の兵士（平時には古典ギリシア語とラテン語を学んでいた学部学生だった）が、私に向かってラテン語でこう言った。

Nosse omnia haec salus est adulescentulis.

（「こうしたすべてを知ることは、若者にとっては幸いである」）

テレンティウスの『宦官《かんがん》』*Eunuch* からのこの引用は、私と私の学問に大きな影響を与えることになる。この引用はそれくらいその場にうってつけであった。二人の若者は、共有する文化への引喩をともに理解し合ったのである。このとき受けた印象は深く、いつまでも尾を引いた。突然私は、三年間にわたって日本語と親密に付き合ってきたのに、話し言葉、書き言葉のいずれにおいても、文化的な仄めかしに一度も気づかなかったことを悟ったのである。呉で友人となった日本人たちが、このように、私にとってほとんど未知である自分たちの文学に言い及んだことがあったかどうかすら、私にはわからなかった。日本の陸軍や海軍の公的通信言語の中に、多くの文化的要素が入り込んでいたとは思わない。しかし、戦後、教養ある日本の紳士淑女と交わした会話の中で、そうした暗示が私の頭上をたんに通り過ぎていったのは間違いない。彼ら彼女らが言っている内容を理解する力は、私にはとうていなかったのだ。

それから間もなくして、驚いたことに鳥取市でたまたま入手した、ジョアシャン・デュ・ベレーの『哀惜詩集』*Les Regrets* のぼろぼろになった版を読んでいたときのことである。この詩群には、古典ラテン語からの引喩が随所にちりばめられていたが、校訂者はそれに何ひとつ気づいていなかった。ところが、数多の古典作品が木霊するなかに、同僚がかつて絶妙のタイミングで私に引用した、まさしくあのテレンティウスの一行への暗示があったのである。それはソネット九〇番の最後の一行をなしていた。

O quelle gourmandise ! o quelle pauvreté !
C'est vrayment de les veoir le salut d'un jeune homme.
（「おお、なんたる肉欲！　おお、なんたる貧困！
まことに、この女たちを見るは、若者にとって幸いなり」）

私の、専門的な学問的真理へのイニシエーションはこうして完了した。学問を修めるためにロンドン大学に戻ると、私は、大英博物館所蔵の『哀惜詩集』のすべての版を調べてみた。予想どおり、この詩集に見られる多くの重要な古典への暗示のほとんどを、すべての版が見過ごしていた。為すべき仕事がここにあった。『哀惜詩集』の校訂版を出すこと。この使命を果たすにはまだまだ時間が必要だった。ただ、その時点ですでにはっきりしていたのは、とくに大英博物館（現在は大英図書館）やオクスフォード大学のボドリーアン図書館で読むことのできた、エラスムス、ラブレー、モンテーニュ、そしてその他数多のルネサンス期の著作家の百科事典的な学識の内に潜む、古典古代の、同時代の、あるいはその他の暗示を追跡して提示し、その影響力を説明することは、ぜひとも必要な快い仕事だった。この使命を果たそうとする試みは、私の人生を通して今に至るまで続いている。なかでもラブレーが中心を占めるが、モンテーニュにもほぼ同等の力を注いできた。

エラスムスの『格言集』*Adagia*（および他の著者の格言集）を、私は机上のすぐ手の届くところに置き、引用の出典およびそれら引用に関する豊かな解説として重宝している。多くの文脈内において、エラスムスの『警句集』*Apophthegmata* がきわめて重要であることにもすぐに気づいた。この書も私の机の上にある。（テレンティウスの例の一行については、『警句集』の以下の箇所を参照してほしい。*Apophthegmata* under *III Diogenes [cc]xiii*,（in *Op. Om.* 1703-06, columns 190 and 191)）。こうした格言や警句に、当然ながら諷刺が加わる。そして、格言、警句、諷刺が、渾然一体となって、ルネサンス期の著作家および彼らを理解したいと願う現代の学者には、まさしく知識の宝庫となる。ラブレーとモンテーニュのいずれも、方法は異なるが、『格言集』と『警句集』を十全に活用した。モンテーニュは若いころ、万が一会えたとしたらエラスムスは格言と警句で語りかけてくるだろう、などと想像をめぐらせているのだ！　こうした偉大な出典書籍は、ラブレーのような人物が読んだ、他の一流ないし二流の著者を、直接であれ間接的であれ、自分で調べることには代えがたい。それでもこうした原典は、それ自体が読書や緻密な研究の対象となっている以上、必要不可欠なのである。

ラブレーが読んだ、ルネサンス期の権威たちの手になる大部の法学や医学の書物は、しばしば読む気を萎えさせるし、入手も容易ではない。しかしそうした書もまた、『ガルガンチュアとパンタグリュエル』の全章の意味の扉を開いてくれるだろう。こうした意味は、一度摑んでしまえば、容易に他の読者に伝えたり説明したりできるものである。


フランスの文学研究者の大半は、引喩、引用、装飾あるいは意味媒体の、ルネサンス期における最も重要な典拠すら見落としていた。聖書である。聖書は、フランス文化の絶対不可欠な部分をなしてはいなかった。フランスの公立学校では、聖書について教えていなかったし、当時のローマカトリック教会は、聖職者ではない俗人が聖書を研究することを抑えようとしていた。また、改革派教会の内部では、ラブレーはカルヴァンに対する敵意のゆえに警戒されていた。その一方で、ルターに対するラブレーの敬意や、ルターからの影響も、ほとんど考慮されていなかった。この種の知識の偏りは、ラブレーのもつさまざまな意味を過小評価したのみならず、そうした意味の曲解まで生んでしまう結果となり、それは現在でも変わらない。もちろん、同種の問題は、日本の読者にとっても難問として立ちはだかる。日本の読者のほとんどは、ラブレーが自作中の聖書的側面を、読者や聴衆〔彼の作品は音読されることも多かった〕に理解されたいと願っていたようには、ユダヤ・キリスト教の聖典を理解してはいないだろう。平野教授の手になる今回の翻訳は、日本の読者にとって大きな助けとなるに違いない。

一九四八年にやっと復員してフランス文学研究に戻ってみると、リュシアン・フェーヴルが英国で大きな影響力を及ぼしていた。それはひとつには、『ラブレーの宗教――十六世紀における不信仰の問題』*Le Problème de l'incroyance au XVIe siècle : la Religion de Rabelais*〔高橋薫訳、法政大学出版局〕という彼の著作にあった。私は軍人だったときに、ラブレーに注目していたので、期待に胸を膨らませながら読んだ。ところが驚いたことに、リュシアン・フェーヴルは聖書に関して、まったくつぎはぎだらけの知識しか持ち合わせていなかったのだ。数々の重要な聖書への暗示を、彼はただたんに見過ごしてしまっていた。この事実は看過できない。なぜなら、十六世紀の作家たちは、聖書が史上初めてギリシア語で印刷され、学識豊かにラテン語で編集され、かつてないほど翻訳、注解、言い換え、引用、議論などの対象となり、さらには、ジョークの種や説教の出典にもなり始めた時期に、思考を重ね筆を執っていたからである。ラブレーによる聖書からの引喩や、時代的文脈の中でそこに込められた力感を、それと察知できなければ、『ガルガンチュアとパンタグリュエル』に見られる喜劇的哲学を、正しく評価することは無理である。とうていお返しできないほど私が多くを負っている、あのヴァールブルク研究所の偉大な学者たちのなかにさえ、その深く広範な「文化史」*Kulturgeschichte* および「百科事典的博識」の内にありながら、聖書を極度に軽視する者が存在した（ただしこれはすぐに軌道修正されたが）。

　ルネサンス期の「百科事典的博識」の中で仕事をする利点とは、それが、円環的世界であるということに尽きる。この世界にどこから入り込んでもかまわない。プラトンの一節をあらかじめ読んでおけば、その引用や引喩あるいはその一節の豊かな展開に出合ったとき、ラブレーをよりよく理解できる。最初にラブレー作品中の何かに出合うのも一法だ。そうすれば、たとえばプラトンないしプルタルコスあるいはルキアノスおよび彼らの作品のその後の変遷に、または、ローマ法やティラコーのようなルネサンス期の法学の著作家たちの理解に役立つ。読書量が増えるにつれ、さらに数多くの著者たちに光が当たるようになる。そして、光そのものも、しばしば、より澄んで透徹し、かつより焦点が合っていく。

　ラブレーをその歴史的文脈に置き直すことにひとたび意を払うようにすれば、他の多くの事柄、なかでも意味《セマンティクス》への関心が明らかになってくる。彼が使っている言葉の意味（むしろ、より頻繁には複数の意味）――紙に刻まれた諸々の意味――こそが、彼の作品を読み解くうえでわれわれに与えられている、実質上唯一の鍵である。したがって、意味上の違和を少しでも感知し探求を進めた場合、それはとてつもない誤解に陥るかもしれないし、逆に、思いも寄らぬ深みを明かしてくれるかもしれない。

　ヨーロッパの「百科事典的博識」に対する敬意と相反しない解釈法は、もちろん他にもある。そのうちのいくつかは刺激的で実り多い。しかし、流行の方法論や現在持てはやされている教祖《グル》的存在の実践を受け入れる前に、彼らの哲学的基盤について批判的に検証し、無知の危険性のみならず、偏見、あるいは他者や自己の内の政治的、宗教的、さらには国家主義的な偏向に潜む危険性に、意識的であろうと努めるのが賢明である。批評家のなかでも最も困るのは、ただたんに流行を追い、その居心地のよさに居座る者たちだ。最悪なやり方は、あらゆる歴史的経緯を無視したうえで、著者の概念を不適切だとして退け、いかなる文学作品にも適用可能とみなされている解釈様式《テンプレート》を提供することだ。最も好ましい方法論は、文学的創造の精粋を前にして、驚嘆するセンスを高めてくれるそれである。

このみごとな翻訳の読者は、マリー＝アンヌ・ド・キッシュ女史（Madame Marie-Anne de Kisch）がガリマール社から出した優雅で繊細な仏訳（一九九二年）の読者と、同じ利点を有している。というのも、仏語訳、日本語訳のいずれも、英語のオリジナルの第二版のために私が準備していた少なからぬ修正点（主として参照指示に関する箇所）を組み入れているからだ。さらに、内容そのものにも短い変更が多少施してある。そのうち最も重要なのは、マルティン・ルターの論考『悪魔によって築かれたローマ教皇庁に反駁す』*Wider das Babstum zu Rom, vom Teuffel gestifft* の中で、ラブレーの『第四之書』に影響を与えたと突きとめることのできた、短いが根本的な内容のパラグラフである。ラブレーはこの論考をラテン語で読んでいる。教皇崇拝族《パピマーヌ》に割かれた数章の諷刺と笑いを、辛辣な苦笑を伴った攻撃的な小冊子中に見られるルターの諷刺や馬鹿笑いと比較するならば、ラブレーが大胆であると同時に相対的には節度を保っていることが判断できよう。

マリー＝アンヌ・ド・キッシュ女史と平野隆文教授のお二方とも、仏語訳刊行後すぐに出版する予定だった英語の第二版で、私が施すつもりでいた加筆や修正を、その翻訳の中で活かしてくださった。私の『ラブレー』*Rabelais* の改訂版（第二版）は、以前の教え子ウィリアム・フレミング氏による細心の修正と、私がキッシュ女史と一緒に参照箇所をチェックしつつ必要と判断した修正とを施されて、出版できる状態にあった。あれから十七年か十八年の時を経て、キッシュ女史――真に偉大な翻訳者――が示してくれた配慮や洞察力そして親切心を想い出すと、大きな喜びを感じずにはいられない。

幸せな偶然の一致によって、彼女の仏語訳は、最近ガリマール社から非常に魅力的なフォーマットで再版されたばかりである（ISBN 978-2-07-012348-3）。

平野隆文教授と私との関係はずっと最近に始まった。それは《e-mails》の頻繁なやり取りによって築かれたが、だからといって心温まる交流でなかったはずがない。私たちは見解や信念という点で、実に多くを共有している。彼に関しても、私はその親切心と優れた学識に感じ入っている。

英語の第二版は、私の版元であったダックワース社のコリン・ヘイクラフト氏の病と死（英国出版界にとって大きな損失である）、その後の同社の財政難、新オーナーたちによる方針転換（これは当然のことだ）、そしてなかでも私の家族の病気により、ずるずると刊行が遅れてしまった。

ラブレー本人は、多くの友人を私に引き合わせてくれた。渡辺一夫教授は言うまでもない。彼を尊敬してやまない石黒ひで教授や荒木昭太郎教授もそうだ。さらに、主としてフランスで、時には東京で出会った多くのより若い日本人の男女の皆さんたちも同じである（東京といえば、〝国際文化会館〟で何度か開かれた実に楽しい会合を今でもよく覚えている）。パリで初めて会った友人たちのなかでも、一番の親友は（あのころは二人ともまだ若かった）秋山光和《てるかず》教授で、彼は正真正銘の学者であり、真の友人であった。オクスフォード大学のオールソウルズカレッジも一役買っている。阿部良雄教授と、完璧なフランス語を操る、聡明で高い教養を身につけたエレガントなふみ夫人〔與謝野文子〕のお二人に初めて出会ったのが、まさしくこのカレッジにおいてであった。オクスフォードで所属していた別のカレッジ、ウルフソンも、もうひとりの貴重な友人、学殖豊かで明るい笑いの絶えない秦剛平教授を、私に引き合わせてくれた。最後になるが、平野隆文を忘れるわけにはいかない。

この日本語訳の数か所を選んで読んでみるにしても、私の場合少し時間が必要だろう。というのも、辞書で〝漢字〟を追跡するには、かなりの手間暇がかかるからである。しかしそうできるのを、私は楽しみにしている。そのとき、平野教授は、遠い昔に広島の廃墟で私が立てた誓いを実現するのに、手を貸してくださったことになる。笑いを通して、敬意と友情とのうちに、日本人とヨーロッパ人とをより親密に繋げよう、というあの誓いを。

マイケル・A・スクリーチ
オクスフォード大学オールソウルズカレッジにて

序文

ラブレーを読むのは、必ずしもたやすいことではない。エルンスト・ゴンブリッチ卿がいみじくも指摘したとおり、過去は恐るべき速度で、われわれから遠ざかりつつある。(1) 百年前ならばまだ明白だったに違いないラブレーの諸側面も、今となっては、一般人からはるか彼方へと離れてしまっている。ラブレーが大前提としていた事柄は、われわれ現代人の掌からますますこぼれ落ちてゆき、また、ラブレーにとって当たり前だった博識や常識的知識、ないしは広く受け入れられていた通念も、もはや手の届かないところへと立ち去ってしまった。だが同時に、ラブレーをめぐる学術的な研究は、この五〇年間で飛躍的な進歩を遂げた場合も少なからずあり、一方その過程で、新しい問題点を指摘し、新たな疑問を投げかけるに至ったケースも存在している。そこで、こうした学術研究の成果を、どうすれば一般読者にも近づきやすいものへと変えうるか、ということが問題となる。つまり、理解できた、という知的快楽を味わいたい一心でラブレーを読もうとする読者に対し、どのように学術的成果を提供するか、という問題なのである。とても知的でチャーミングなアメリカのある女子学生は、私に向かって、ラブレーを理解する努力はいっさい諦めることにします、でも、せめて註くらいは理解したいと思っているのです、と告白したのである……。

本書の目的は、ラブレーを、より多くの読者にとって、もっと親しみやすい存在にすることにある。その際、読者を、多言語にまたがる注釈の海に溺れさせることのないよう注意したい。もちろん、本書にも多少の註は残っている。しかし、本文の理解で十分だと思われる読者諸姉諸兄や、本文以上の探求を不必要と思われる方々は、遠慮なくそれらの註を無視していただいて結構である。本書では註は、関連するラブレー作品の章数と行数や、それに類した情報提供に、極力限るように努めている。もし最近のラブレー研究を、必要に応じて逐一紹介していたら、私自身の手になる書物や版ないしは論文をも、頻繁に引っぱり出さねばならなくなり、きわめて不愉快な結果となるだろう。こうした場合、いかに謙虚を装っても、読むほうは不快感を覚えずにはいまい。また私は、学術的な論争を本書の中に持ち込むことも、避けるように努めた。論争に関心のある向きは、学術雑誌を覗いてくだされば事足りる。本書で展開した諸見解は、私の頭が独力でひねり出したものではもちろんない。私が依拠した研究文献のいくつかは、巻末に付した書誌に掲載しておいた。しかしながら、その他の立派な研究すべてを紹介できたわけではない。もっとも、そうした文献は、ルネサンス研究の戸を叩いた者ならば、すぐさま標準的な書誌で見つけることができるだろう。

ラブレーを理解するうえで障害となるもののひとつに、「ラブレー流の、ラブレー風の」を意味する形容詞 *Rabelaisian* にまつわる、数々の偏見を挙げることができる。たいていの場合、この形容詞は、馬鹿笑いを引き起こすスカトロジックな冗談、といった意味合いしか与えられていない。また、われわれが知っているラブレーの人物像についても、まずは、医者になった元修道僧、という捉え方がなされる。こうした単純な捉え方と、教養ある紳士淑女が一般的に抱いている見解、すなわち、ラブレーはホメーロスやシェイクスピアと同列の存在であり、他の文学者たちに滋養を与え続ける天才のひとりだとする見解とは、容易に両立しえない。なるほど、フランス語、英語、ドイツ語あるいはイタリア語で優れた研究論文が書かれ、それらは、ラブレーがヨーロッパ文学にいかなる影響を与えたかという問題に関し、それなりの見取り図を示してはきた。さらに、ラブレー作品の意味やその技法について明らかにしようと努めた研究にも事欠かない。また、ラブレー研究が盛んであって当然という国々以外からも、たとえばロシアや日本からですら、その研究成果が流れ込んでくる。こうした研究は、ラブレー作品の文学的かつ哲学的な側面に、大いに光を当てた。だが、こうした状況とは裏腹に、ラブレーに対する厳しい見方も存在している。エドマンド・クリスピンの魅力あふれる小説群に登場する英語教師、ジャーヴァス・フェンが、この点を簡潔に示している。彼は、ジェイムズ・ジョイスとともにラブレーを、読解不可能な作家の範疇に叩き込んでいるのである。確かに、初めてラブレーを読んだ者が、ある詩人の表現を借りれば、この作家を「抗いがたいほど魅力的」だと思うことはあまりないだろう。しかしながら、ラブレーを月並みなカテゴリーに放り込むことなどできない、ということも読者は即座に理解するはずだ。作家のトロロプは、バーセットシアという空想上の州で国教会の大執事を勤めるグラントリーという人物を登場させ、そのお気に入りの書としてラブレーをあてがっている。なにせ、この大執事は、説教の準備をせねばならないというのに、こっそりとラブレーの愉快な冗談にのめり込んでいる始末なのだ。そのトロロプの大ファンが、たまたまソルジェニーツィンを読んだとしたら、おそらく、今日圧政下で闘っている人々にとって、ラブレーがいったいどのような意義を持ちうるのだろうか、という不安に襲われるのではないだろうか(2)。

ラブレーを理解すること、安易で些細かつ通俗的な理解から離れ、テクストそのものの理解へと進むこと、こうしたことには大変な努力が要求される。もし、初期に出会う困難や落胆などに屈せずに、なんとかそれを乗り越えることができた読者ならば、きっと、ラブレーの幅広さと奥深さ、そして独創的と形容する以外にない、しかも規模の大きなその喜劇性を理解するに至り、みずからの努力が報われるのがわかるだろう。純粋な知的快楽から得られる報酬は、一生涯の宝となるはずである。さらにラブレーには、ある種独特の叡智が宿っていると主張することも、十分に可能である。

そうは言ってもやはり、一般読者の読む気をくじく要素に事欠かないのは事実である。確かに、ラブレーのフランス語は、時として非常に難解である。フランス人の学者や文学研究者たちは、ラブレーを、フランス語で書かれたいかなる時代のいかなるテクストよりも難解であると見なしてきた。だが、嬉しいことに、フランス語をかなり解する英国人にとって、ラブレーの言語は、フランス人におけるほどには、厄介な問題には映らない。というのも、ラブレーが用いた言葉のなかで、フランス語では消滅してしまったものが、英語の中で生きながらえている場合が、相当数あるからである。さらに言えば、現世および来世をめぐるラブレーの感受性は、ラシーヌやモリエールのそれよりも、むしろ、シェイクスピアのそれにずっと近いものなのである。

さて、ラブレーを読むにあたって何らかの助けが必要な場合、まずは、ギイ・デメルソンの現代フランス語版に当たるとよい。これは、校訂版ではないオリジナル・テクストと、現代語訳とが縦二列に並んだ版である。だが最良の方法は、ジュネーヴのドロス社から出版されている、さまざまな校訂版のテクストで読むことである。その際、必要とあらば、未完でしかもかなり古いが、いわゆる「協会版」のエディション・クリティークくらいは参照すべきかもしれない。とくに、異文《ヴァリアント》が他よりもずっと充実している『パンタグリュエル物語』を読む場合に、この「協会版」が役立つと思われる。

私は、ラブレーがしばしばそう見なしたように、彼の読者なら誰でも、ラテン語に関する深い知識を有し、ギリシア語をかなりたしなみ、ヘブライ語もかじったことがあり、ローマ法に精通し、ルネサンス期の医学ないし哲学で用いられた常套句にも詳しく、結局は、ルネサンスを学ぶうえで必要な百科事典的知識を駆使できなくてはならない、などとは毛頭思っていない。もちろん、私は本書が、専門の研究者にとっても資するところのある著作となるよう願っている。だが、ラブレーの面白さをさらに知ってもらいたいと一番願っている読者はといえば、やはり、専門家ではなく、むしろ、ラブレー作品に宿る喜ばしき叡智に近づきたい、あるいは、テクストが与えてくれるであろう美的体験を味わってみたい、と思ってラブレーに取り組もうとする「愛すべき一般読者」のほうなのである。また、天才とはいえ「読解不可能」なはずのこの著作家が、なぜか講義要綱《シラバス》の中で大きく採り上げられているのに直面するであろう大学の学部生のことも、私の念頭にあるのは言うまでもない。

ラブレーの全集をひもとくと、翻訳を含めてすべての版で、読者はまず、最初の二作品（『パンタグリュエル物語』と『ガルガンチュア物語』）を、間違った順序で読まされてしまうことになる。というのも、『パンタグリュエル物語』のおよそ二年後に出版された『ガルガンチュア物語』が、常に最初に配置されているからである。これにはいちおう訳があって、物語の時系列順《クロノロジー》（もちろん、ここでクロノロジーに妥当性が認められるかぎりにおいてだが）に従うならば、パンタグリュエルの父親のガルガンチュアにまつわるお話が、当然『パンタグリュエル物語』中の出来事よりも、前に配されるべきだと思われても不思議はないからである。

ラブレー自身、ある程度までは、みずからの「年代記」を支配しているフィクショナルな時系列にこだわりを持っている。ただし忘れてはならないのは、『ガルガンチュア物語』は、『パンタグリュエル物語』が最初に印刷されたときには、まだ起こっていなかった出来事を笑い飛ばしている点である。ここから大いなる混乱が生じかねないわけだが、その混乱も、部分的には意図されたものと言わざるをえない。なにせラブレー本人が、全集を出版するに当たって、『ガルガンチュア物語』を『パンタグリュエル物語』の前に配置し、混乱に拍車をかけてしまったからである。だが、この順番どおりに二作品を検討してしまうと、ラブレーの技法や思想の変遷を理解しようとする、真面目な努力が水泡に帰してしまう。というのも、一五三四年、いや、もしかしたら一五三五年に上梓された『ガルガンチュア物語』から、おそらくは一五三二年に出版された『パンタグリュエル物語』へと、逆行することになるからである。だが、これだけでもまだ足りないのか、全集の類はみな、さらに『パンタグリュエル物語』の直後に、一五四六年に出版された『第三之書・パンタグリュエル物語』を配して、この二書を直結させてしまう。こうした配列のせいで、著作家のなかには、ラブレーの第一作を第二作、逆に第二作を第一作として、言及する者まで出てくる始末である。おまけに全集は、一五四八年版の『第四之書・パンタグリュエル物語』および一五四九年に出た『模擬戦記』の存在を無視しているため、読者は、大幅に改訂されて前の版よりずっと大部になった一五五二年版の『第四之書』へと、一気に飛んでしまうことになる。次にくるのが、ラブレーの死後十一年目に当たる一五六四年に初めて日の目を見た、いわゆる『第五之書・パンタグリュエル物語』である。ただし、実際には一五六二年に、内容もかなり異なった不完全な版が、『警鐘島：フランソワ・ラブレー氏の筆になり、いまだかつて印刷も出版もされていないもの……』と題されて、先に世に出ているのである。さて、全集で一五六四年にまで達すると、今度は雑多な小品にお目にかかることになる。まず、一五三三年のための『パンタグリュエル占い』がくるが、これが初版で採録された例《ためし》はなく、決まって一五四二年ないし一五五三年に出されたまるで異なるテクストによっている。この次に出くわすのが、一五三三年および一五三五年のための不完全なテクストによる『暦』であり、さらにはフランス語で記された書簡類、ないしは、優雅なラテン語のあいまに多くのギリシア語のフレーズが挟まれた書簡類、あるいは、ギリシア語やラテン語で書かれた専門的な医学書や法律の専門書に、ラブレーが一五三二年以降に付したラテン語による序文、さらには、一五三四年にマルリアーニが上梓した『古代ローマ地誌』に付されたラテン語の序文、そして、ギリシア語のエピグラムやフランス語による詩などが続くのである。なお、マルティ＝ラヴォー版やプラッタール版のように、ラブレーがラテン語で著した書簡のなかでも最も重要なもの、すなわち、一五三二年に彼がエラスムス宛に送った書簡が掲載される場合もある。その際、見出しは「エラスムスへ」ではなく、「ベルナール・サリニャックへ」となっていることが多いが、この点に関する説明が一言でも添えられることはまずない。

役に立つ協会版の『ラブレー全集』も、右に挙げた欠点のすべてを備えている。いや、正しくは、万が一にも全集として完成するようなことがあれば，そういうことになるだろう、と言い代えたほうがよい。というのも、第一巻の『ガルガンチュア物語』が世に出たのが一九一三年であり、その後やっとのことで『第四之書』までたどりつきはした。現に一九五五年には、その第二番目の分冊が刊行されている。ところが、第三番目の分冊はおろか、第一番目すら、その出版がいまだに待たれるといったお寒い状況なのである。* この校訂版が完成を見ることは、まず間違いなくありえないだろう。それはともかくとして、この版は、『パンタグリュエル物語』および『ガルガンチュア物語』の底本として、不穏当な個所を部分的に削除した、一五四二年の改訂版を用いている。その他の主たる版〔の異文〕は、すべてというわけではないが、ページの下部に配された脚註へと送られてしまっている。それどころか、完全に忘れ去られているものさえある。「大陸」で主流のこうした校訂方法は、たとえば、一五四二年に加筆された箇所が、一五三四年版には欠けていることを示唆してくれる、という利点を有してはいる。もっとも、この「協会版」のみから、初版のテクストを再構成するのは、複雑で、しかも切り抜き方の粗悪な小片が混じっているジグソーパズルを、間違いなく完成させるほどに困難なのである。

＊ 協会版の『第四之書』は、第一番目の分冊が出たのを最後に、出版が途絶えているのが実情である。

ラブレーの著作を、このように無秩序に並べることが、どれほどの弊害をもたらすかは一見して明らかだろう。たとえば、比較すれば完成度において若干劣る一五三二年の『パンタグリュエル物語』から、滑稽さと叙事詩的な雄大さを併せ持つ一五五二年版の『第四之書』に至るまでの、ラブレー作品の変遷をたどり直すには、これは明らかな障害となってしまう。そのうえ、『パンタグリュエル物語』と『パンタグリュエル占い』のように、同時期に書かれた著作が、まったく離れ離れに配置されているため、それらが同時に読まれることはめったにない。それだけではなく、もっと厄介な弊害がある。『ガルガンチュア物語』を読もうとする読者は、書をひもとくやいなや、『阿呆さ加減の解毒剤』という、今日では誰ひとり理解できない、謎だらけの不可解な詩に直面する。我慢して読み続けたにしても、直後の第三章では、神学や医学および法学の諸知見が入り混じっているのに困惑を覚え、さらに先に進むと、今度は、色彩の意味やら、象形文字が施されたエジプトやヘレニズム期の紋章の意味やらをめぐる、「面白まじめな」長口舌に付き合わされる。ざっとこんな調子で、スカトロジックな内容の第十二章〔いわゆる「尻拭き」を扱った章。初版では第十二章、完成版では第十三章〕に至るまでの前置きが続いていく。さて、第十二章〔第十三章〕まで来れば、今度こそは面白いだろうと期待を抱く。ところが読み始めるや、なんとなく失望し、場合によっては退屈する可能性すらある。

本書では、原則として、ラブレー作品をその出版順に取り上げていく。また、『パンタグリュエル物語』のみを唯一の例外として、それ以外の各作品については、書物の冒頭から始めて、巻末まで順番に進めていきたいと考えている。ただし、互いにずっと離れた章で同じ主題が扱われている場合には、それらを同時に扱うほうが好ましいだろう。また、初期作品では、かなり複雑な内容に関して、ラブレーが一気に自分の思想を開陳していない場合が見受けられるので、そうした主題については、繰り返し言及することも必要となってくる。一例を挙げるなら、ラブレーはみずからの言語観を説明する際に、最初はそのあらましのみ素描し、最後に至ってその詳細を明らかにしている。こうした場合、同主題を数度にわたって取り上げないと、たとえば、一五三二年ないし三四、三五年にはまだ萌芽状態にすぎず、ずっと後になって大輪の花を咲かせることになる思想を、実際よりもずっと早い段階で生まれたものと誤解してしまう危険が出てくるだろう。

本書では、フランス・ルネサンス研究者がよくヴァールブルク研究所の方法論と見なすもの、あるいは、D・P・ウォーカー教授が、一九四〇年代後半から五〇年代初頭にかけて若き講師として活躍されていたころの、ロンドン大学フランス語フランス文学科のルネサンス研究になじみ深い方法論を、ほぼそのまま踏襲することになる。この方法論の特徴は、芸術作品を、それが産声を上げた知的、歴史的かつ美学的な文脈の中に、可能なかぎり置き直そうとすることにある。つまり、流行りの洒落た批評スタイルに屈することなく、いかに当時の状況を忠実に復元できるかを、最大の目標に据えるものである。具体例を挙げて言うならば、『第三之書』を、法学と医学を修めた福音主義的なユマニスト（それも、当時の人々の信条を共有し、かつ諸々の憧憬に衝き動かされていたユマニスト）が、教養ある読者を対象にして、一五四六年に出版した書物として、理解することをめざすものなのである。こうした読解方法が、流行の批評スタイルの信奉者や、より後代の諸理論や政治システム、ないしはより後代のさらに悲観的な人間観ないし世界観に軸足を置く研究者たちに、どれくらい気に入ってもらえるかどうかなど、私にはまったくどうでもよいことである。偉大な芸術作品を、その歴史的文脈の中で読み直すならば、そこから、何物にも代えがたい滋味豊かな人間性が明らかになるからである。

ラブレーはみずからの作品を「ロマン」（小説）ではなく、「年代記」と呼んでいた。この作品群はいうまでもなく虚構作品《フィクション》である。それでも、この「年代記」という用語の選択は素晴らしいとしか言いようがなく、本書でもこの言葉を使うつもりである。さて、『ガルガンチュアとパンタグリュエルの年代記』に関するここでの分析は、この主題をめぐって私が三〇年間にわたり行なってきた研究から生まれてきたものである。それは同時に、ラブレー作品を理解し味読したいと願う学部学生や大学院生たちとの、四半世紀に及ぶ付き合いから生まれたものでもある。また、私は、大英博物館、ボドリーアン図書館、ロンドン大学、ヴァールブルク研究所、フランス国立図書館などをはじめとする大小さまざまな図書館で、ルネサンス期の著作を、長きにわたって何度も読み耽ってきたが、本書における私の解釈は、主としてこうした経験に裏打ちされている。私は、ルネサンス期の版が入手できる場合は、相手がいかにありふれた古典的作家であっても、極力、現代の校訂版では読まないように努めた。もっとも、まったく孤立したまま読んだり研究したりすることなど、誰にも不可能である。いうまでもなく、私もまた、現代の研究者に多くを負っている。そのなかには、新たな事実を発見してくれた者や斬新な解釈を示してくれた者もいるし、また、他の研究者が後に芽生えさせることになる種子を、地道に植えつけてくれた者もいる。なかでも、ウォーカー教授には多くを負っており、教授が一九四〇年代後半に助言してくださったおかげで、私は、ラブレーおよびその他数名のルネサンス期の作家を、命がけの真剣な「ゲーム」に身を投じた人物と見なすことができるようになったのである。ラブレーをはじめとする彼らルネサンス人たちは、いわば「遊戯する人間」*homines ludentes* であるが、彼らがその真剣な「遊戯」で喧伝するプロパガンダは、頑迷固陋で悪意に満ちた偏見を植え付けることを意図しているわけではむろんない。むしろ逆に、彼らは、バランス感覚と調和の精神に支えられた陽気な攻撃を仕掛けることにより、悪しきを正し、融和を図り、健全な思想をよみがえらせることをめざしていたのである。それはともかく、私が最も多くを負っているのは、なんといっても、英国および諸外国の学生たちである。彼らの強い関心や情熱および飽くなき好奇心が、本書を支えている。彼らを教えることができたのは、私にとっては、喜びに満ちた特権的な体験であった。

自分ひとりでラブレーを読む場合、私は普通十六世紀に出たオリジナル版ないしはそのコピーを使うことにしている。しかし、ほとんどの読者がこうしたオリジナル版にアクセスできない以上、本文中でこれらの版を引き合いに出すのは混乱の元であろう。そこで本書で引用を行なう場合には、ジュネーヴのドロス社から出ている「フランス文学テクスト」*Textes Littéraires Français* シリーズに収められた種々の版の、章と行数をともに示すことにした。その直後に、該当箇所が収められている場合は、原則として「協会版」の対応箇所も示すことにする。こうしておけば、他の版でも、引用箇所ないしは該当箇所を簡単に見つけることができるはずだからである。いうまでもないが、版によって、綴り字や句読法は、微妙に異なっている。私も、そのほうがわかりやすいと見なした場合、ないしは誤解を避けうると判断した場合には、ラブレーがアクサン記号を振っていない箇所に、敢えてアクサンを付加していることを断っておきたい。なお、『パンタグリュエル物語』に限っては、「協会版」を底本としている点も付記しておこう。理由は簡単で、前述のT・L・Fシリーズに収められたほかのラブレー作品に比べて、『パンタグリュエル物語』のみは、必要以上にアクサンが多く振られているからである。

本書では、読者に無意味な負担をかけまいとの配慮から、極度に専門的な事柄に入り込まないよう心がけた。論争中の領域に長々と寄り道をすることも、可能ならば避けている。

「ラブレー学」が提起してきた数多くの問題には、さまざまな取り組み方が存在する。しかし私自身は、本書を推敲するにあたって、「もしかして」、「場合によっては」、「おそらく」ないしは「たぶん」といった言い回しのほとんどを削除するように心がけた。この種の言葉は、読者にとってはうるさいだけだろう、と判断したためである。また、研究者が、さらなる真実に近づこうとさまざまな努力を払うなかで、その努力や他の研究者の努力の成果を前にして感じる、まだ物足りないという気持ちは、「たぶん」や「おそらく」という表現を足してみても、一般読者にまで共有してもらえるわけではない。ましてや、相手がラブレーという奥の深い博覧強記の大作家である以上、これは致し方のないことである。

本書を読了した読者のなかには、本文で扱われたいくつかの問題に関して、もっと深く知りたいと思う方もいるだろう（読了前に、そういう知的欲求を覚えた方もいるかもしれないが）。あるいは逆に、あれこれの問題は棚上げにし、もう一度ラブレーのテクストの海に直接飛び込みたいと思う読者もいるだろう。

ここで、本書の採ったある方針に関して、私の立場を明確にするためにも、ぜひ説明しておかねばならないことがある。すなわち、本書では、一五六二年の『警鐘島』と、いわゆる一五六四年の『第五之書』とを、完全に排除していることだ。この点に関して、私はまったくの確信犯である。というのも、ラブレーがこれらの著者だとはどうしても思えないからだ。『警鐘島』ないしは『第五之書』の全体を、ラブレーの筆になる「本物」と見なす人々は、私とはまったく異なったラブレー解釈を行なっていることになる。とくに、誰もが文句なく本物と認めている四つの「年代記」の内に、『第五之書』に見出される諸要素を、逆照射により見つけ出す、ないしは見つけ出したと信じている方々は、私とはまったく相容れない解釈を施しているのである。考えてもみてほしい、『第五之書』は、なるほどわれわれ読者をやっとのことで「徳利大明神」Dive Bouteille へと導き、しかるのちにラブレーの故郷トゥーレーヌ地方へと戻ってくる。しかしそれは、ラブレーがこの世での長い歩みに終止符を打ち、パリでその身が厳かに埋葬されてから、なんと十年、いや、十年以上が経過した時点での話なのである。

本書の目的は、ラブレーが、その波乱に満ちた活動的な、そして旅に明け暮れた生涯を通して著した、あのガルガンチュアとパンタグリュエルにまつわる四冊の「年代記」を、なんとか理解しようとするところにある。これらの著作がはらむ深い意味を十全に摑むためには、ラブレーの言葉遊びに敏感で、それを心ゆくまで味わうことのできる鋭敏な読者や、あるいはまた、ラブレーが仄めかしている事柄や、いわく言いがたい微妙な表現の、その真価を認める読者を必要とするであろう。私個人の好みをいえば、明々白々な事柄を説明しようとする研究はもちろん好きではないが、同時に、あまりにくどくどと説明を重ねるのも好きではない。もし私が、すでに膨大なページに達している本書の記述に加えて、さまざまな問題の細部の逐一に至るまで説明していたとしたら、本書はさらに膨らみ、読みきれない、それどころか出版すらできない書物になり果てていたことだろう。私としては、ここに描いてみた景色が一助となって、読者が一本一本の木々に惑わされずに森全体を眺めてほしいと願っている。いや、さらに言えば、読者諸賢が改めてラブレーを読まれる際には、むしろ一本一本の木々に集中してくださることを、つまりは、ラブレー作品の有する喜劇的なディテールや、哲学的な細部を、さらに深く味わっていただきたいとすら思っている。森全体は本書がすでに、強いタッチでスケッチしているのであるから。

この数年間に、私がラブレーを主題に据えて発表してきた出版物は、どれも専門的かつ部分的である。本書では、こうした極度に専門的な側面はばっさりと削ぎ落とし、ラブレーの全体像を把握しようと努めている。そこで本書においては、学生諸君や研究者仲間と読む際とまったく同じやり方で、ラブレーの「年代記」を読み解くようにしている。自分で言うのも気が引けるが、私がゼミやその他の機会に披露してきたラブレー解釈は、すでに出版物の形でより広範な読者の判断を仰いできた諸々の解釈と同じくらい興味深いはずであり、かつ同じくらい根拠の確実なものだと自負している。本書は、こうした解釈を、さらに多くの読者にお届けしたいという一念から執筆されている。

私は、D・P・ウォーカー教授、マーガレット・マン・フィリップス博士そしてコリン・ヘイクラフト氏に深謝の念を捧げたい。全員が私のタイプ原稿に目を通し、有益なご助言をくださったので、それを反映できるよう私も努めた。ソニヤ・ウェイクリー女史は、時として訂正の入ったバルザックのゲラのようにも見える私の手書き原稿を、タイプに起こすという離れ業をなし遂げてくださった。この仕事で彼女を補佐してくださったのはパメラ・キング女史である。カレッジ・ロンドン大学の研究助手であるサリー・ノース女史とアンヌ・リーヴ嬢は、いつも通り効率的に、常に笑顔を絶やさず好意をもって、私を助けてくださった。
私は、ウイスコンシン大学（マディソン）人文科学研究所にも大変な恩義がある。一九七八‐九年期のジョンソン招聘制度の教授としてそこに居住することになる約一年前には、本書の原稿はほぼ完成していた。にもかかわらず、私に約束されたかなり高額の給与の一部を前倒しで頂戴し、そのおかげで大陸全土の図書館を訪れるという貴重な経験ができた。校正刷りの手直しと索引の作成は、この優雅で居心地の良い研究拠点で過ごしたうちの第一学期を使って、すませることができた。ウイスコンシン大学の同僚であったロレッタ・フライリング女史は、模範的な能率のよさを発揮して、ご親切にも私のために索引をタイプしてくださったのである。

マイケル・アンドリュー・スクリーチ

一九七八年十一月

第一章　ユマニスト的喜劇

四世紀半も前に生きていた天才の作品、それも喜劇的作家の作品を解釈しようとすれば、大いなる困難に突き当たらざるをえない。こうした問題は、たとえば、はるか昔の悲劇を味わおうとする際にわれわれが直面する問題に比べ、ずっと厄介なものだ。悲劇の場合は、それが死への恐怖や性的な熱情がはらむ破壊的衝動、あるいは他人の苦悩に対する憐憫の情といった内容を扱っているかぎり、その主題は、文明圏の男女において普遍的な関心事と、ほぼ重なって見える。ところが、異なった国々の異なった時代時代における喜劇や笑いあるいはユーモアのセンスは、それを理解しようと努める読者ですら把握できず、したがって自然に共有することなど問題外となるような、そういう個別特殊な状況や慣習から、わき起こってくるのである。これはひとつには、喜劇やユーモアが、しばしば宗教的ないしは哲学的な確信や倫理的規範、あるいは社会道徳や社会的慣習などといった、その本質からして、人間の文化のなかでも比較的不安定かつ変化しやすい要素と、結び付いているからである。もちろん、話の筋や冗談あるいは言葉遊びのなかにも、国境や時代をやすやすと超えていけるものがないわけではない。だが、たとえばシェイクスピアの喜劇を見た観衆が、どこか当惑したようなばつの悪い沈黙を保っている様子を想像し、その同じ観衆がハムレットの苦悩やリア王の苦しみを眼前にした場合には、比較にならないほど自然な反応を示すことを思い起こすだけで、なるほど喜劇というものは悲劇とは異なり、しばしば時間と空間という境界線の中に囲い込まれがちなのだな、と理解できるだろう。

ラブレーの喜劇的作品には不明な箇所が数多く存在するが、忍耐強い学問的努力の成果を取り入れることにより、そうした謎の多くが雲散霧消する。たとえば、学識を前提とした言葉遊びや、誰でも知っている何気ない言葉の、今では失われた意味や、あるいはまた、歴史的な文脈への暗示が解き明かせた瞬間に、冗談が理解できることもあるだろう。もちろん、われわれ学者たちの努力を寄せつけない難題はいつの時代にもあるが、ラブレーの仕掛けたユーモアの質やディテールを捉えなおすうえで、学問的成果は絶大なる威力を発揮してきた。もちろん、学識それだけで十分だと言い張るつもりはない。しかし、学問が与えてくれる手引きがなければ、ラブレーのユーモアの多くは謎に包まれたまま残り、自然と笑いを引き起こすことなどとうてい望むべくもなくなってしまう。

だが、さらなる難問がある。ある喜劇的作家が、何を基にして、みずからの根本的な考え方を育んだのかを突き止めることだ。ただし、ラブレーの場合に限れば、その思想の源泉は、かなりの部分が再構築可能である。というのも、ラブレーが「書物の人」だったからだ。彼がひもといた書物は、今でも読むことができる。ただし、それらを見つけ出すためには、相当数の図書館をはしごする覚悟が必要ではあるが。

ラブレーと取り組む際には、先入見を極力ぬぐい去り、彼のテクストの背後にあるとおぼしき書物を、素直に受け入れるようにすべきだろう。もちろん、学者たる者は、自分に助言や説明を乞いにやってくる者たちの役に立ちたい、あるいは、ラブレーの喜劇的作品に生命力を吹き込みたいと思うならば、ラブレーが読んだこれらの書物を当然熟読しなければならない。こうした典拠は、古典古代に例をとれば、プラトンの『ピレボス』やルキアノス、プルタルコス、ホメーロス、あるいはウェルギリウスなどが挙げられるが、それ以外にも、時代の新旧にかかわりなく、法学、医学、または言語学などの無味乾燥な学問的著作にまで及んでいる。

以上のような古典的典拠に加えて、キリスト教の文献、なかでも聖書そのものや、エラスムスのような同時代人の尊崇の的であった人物たちの著作群も見落とせない。これら、古典古代の権威とキリスト教における権威とは、ただたんに並置されていたわけではない。両者は、うまく織り合わされていた。ラブレーもまた、その同時代人の多くと同様に、いわゆる「折衷主義者」であって、古典古代の学識と、福音主義を基調としたキリスト教信仰とを、複合的に統一した存在だったのである。換言すれば、ラブレーは、プラトン、プルタルコス、懐疑主義、犬儒派、あるいはストア学派を、信用に値しない敵などとはゆめ思わないキリスト教徒だったといえる。こうした学派は、ルキアノスと同じく歓迎すべき味方であって、無知や誤謬、迷信、醜悪さ、あるいは邪悪さに対し、笑いをもって戦う際に必要な良き同志だった。これらの学派が一丸となって、ラブレーの哲学をさらに芳醇なものに育て上げたのであって、キリスト教の啓示における規範性や唯一性を損なうことはなかった。

ラブレーは、カトリックであるが、さらに開かれた精神を持つユマニストであった。このユマニスト的性質は、初期の二冊の「年代記」にすでに当てはまるものだ。『第三之書』、『第四之書』になると、この傾向はさらに顕著になっていく。ラブレーの著作は大なり小なり、その一部であれ全体であれ、概して教養ある読み手を対象にしている。たとえば『第三之書』をひもとくと、そこに付された国王による「允許《いんきょ》」が、ガルガンチュアとパンタグリュエルのお話の続編を首を長くして待っていたのは「教養ある篤学の士」である、と明言しているのに遭遇する。こうした学問好きな信奉者のひとりに、国王フランソワ一世の実の姉であるマルグリット・ド・ナヴァール王妃がいた。また、彼女ほど学問好きではないにしろ、強大な権力を有する信奉者たちのなかには、国王のフランソワ一世とアンリ二世を数えることができる。

テオドール・ド・ベーズ（後にカルヴァン派としてラブレーの敵になる人物）は、ラブレーに関し、彼はふざけている時でさえこれだけ深みがあるのだから、真面目に書いたらその造詣の深さは計り知れないのではないか、と驚いている（ラザール・セネアンは一九三〇年に上梓した『ラブレーの影響』の中で、他の引用とともにこの箇所を引いている）。全「年代記」のなかで、机上の知識をフルに活用した博識の書である『第三之書』が、ある意味では最も理解しやすいといわれる所以《ゆえん》である。さて、ラブレー自身が読んだ書物は、ラテン語を解しかつギリシア語の知識が多少あれば、いまだわれわれの手の届く範囲内に存在している。古典古代、キリスト教起源のいずれのものであろうと、ラブレーが思考をめぐらす際に前提としていた権威あるさまざまな常套句は、実は、ルネサンス期の著作家の多くに見られるものである。たとえば、彼が法学や医学の分野で示す博識ぶりに、われわれは面食らうかもしれない。しかし、当時大量に出回っていた法学や医学関係の書籍を、かたっぱしから読破すれば、彼の学識の意味合いも理解できるだろう。もっとも、ラブレーの思想を復元できること自体が、ある意味で重荷になってしまう場合もある。というのも、ラブレーとその同時代人たちが親しんでいた書物を特定し、そのありかを突き止め、その内容を研究するには、どうしても、じっくりと時間をかけ、困難を克服し、忍耐強く学ばねばならないからである。こんな学問的努力など追いやって、一足飛びに、現代の偏狭な常識のみに照らし合わせつつ、ラブレーが「明らかに」意味しているところを説明しようとする誘惑が、常にわれわれにつきまとう。だが、こうしたやり方は、破滅的な結果をもたらさずにはいない。そもそも、ラブレーはある知的世界で活躍していたわけだが、そこで平均的叡智とされていたものは、いまや大いなる努力と引き換えでなければ手に入らないのである。平均的な教育を受けたユマニストたちが前提事項としていた事柄のほぼすべては、ごく最近消え去ったものも含め、現代のヨーロッパ文化から完全に剝落してしまった。こうしたなかで、ラブレーの叡智を理解し、その喜劇的世界を味わうためには、どうしても、その疑念と確信とが、われわれのそれとはまったく重ならない時代へと入り込んでいく必要がある。少なくとも、彼らの疑念と確信が、最初からわれわれのそれと重なって見えることなどありえない。だが、ルネサンスの一見古くさい百科全書的な学識の中にも、喜劇的叡智の体系や当時の道徳的洞察を見てとることができる。こうした事柄を、たんに歴史学上の価値しかないとして、軽々しく投げ捨てるなどもってのほかである。

ラブレーにとって、福音主義的なユマニストの有するべき折衷主義的な知識は、たいていの場合ひとつの規範をなすものであった。彼自身、福音主義的かつユマニスト的なキリスト教の規範から逸脱することは、ただたんに間違っているのみならず、愚の骨頂でもあることを、天下に知らしめるのがみずからの責務だと考えていた節がある。彼に言わせれば、間違った神を崇拝する者、隣人をみずからと同じく愛せない者、みずからの腹や下半身を崇拝する者、美よりも醜を好む者、古典古代の格言・諺・金言の宿す叡智に逆らおうとする者は、もちろん間違っているが、たんに間違っているだけではなく、きわめて愚劣な存在でもあるのだ。

本書において、こうした規範に言及する際には、できるかぎり明晰かつ正確な説明を心がけたい。新約聖書に由来する諸規範ならば、部分的にであれ、まだわれわれの文化一般に残っているためわかりやすい。だが、古典古代やキリスト教哲学、あるいはルネサンス期の法学や神話学に起源を持つ諸規範となると、すでに完全に失われてしまっている。たとえば、四つの枢要徳〔「賢明」prudence「正義」justice「剛毅」courage「節制」temperance〕や七つの大罪あるいはデルフォイの神殿に刻印されていた三つの神託（命令）を、正確な順序でそらんじることのできる者が、いったい何人いるだろうか。また、ソクラテス、プラトン、プルタルコス、あるいはウェルギリウスに対してラブレーが抱いていた深い畏敬の念も、いまや、ほとんど消散してしまい理解不可能となっている。

ラブレーが引き合いに出す著作家たちは、たんなる「出典」に留まるわけではない。というのも、古典古代の作家や賢人あるいは格言や神話の内に、彼は「権威」をも求めていたからだ。多くの同時代人と同じで、ラブレーにとっても、権威は知識に到達するための重要な鍵であった。エジプトの象形文字や、プラトンの哲学、ないしはギリシア・ローマの神話を、たんなる文体上の装飾品や洗練のための手段と片付けるわけにはいかないのである。それらは、部分的に隠されてはいるものの、人間に対して真理を啓示してくれる。もちろん、多少の不純物を除去したり、ヴェールを取り除いたり、若干の調節を施す必要はあろうが、そうした操作を経るだけで、これらの存在は、啓示された至上の権威、すなわちキリスト教信仰と、みごとに一致点を見出すことになるのだ。神話について言うと、たとえばラブレーは、人間生活のなかで啓示がいかなる役割を帯びているかを説明するためだけに、神話を引用しているわけではない。神話は、キリスト教起源であることが明らかな諸存在の脇に、たとえば、あの愉快でにぎやかなバッカスをも呼び寄せるという役割を負っているのだ。なぜなら、バッカスもまた、真理や霊感の源泉となりうるからである。

　イギリス人の読者、それもチョーサーやシェイクスピアに通じている読者ならば、ラブレーが、真剣さと滑稽さとを、崇高と平凡とを、博識と自明とを並置していることに、べつだん当惑しはしないだろう。なぜならこうした並置は、この当時の文化全体が有していた、平衡感覚やしなやかさの表れにすぎないからだ。たとえば、『ロミオとジュリエット』を読めば、この作品は、ロミオとジュリエットの恋愛が崇高であるにもかかわらず淫らであるわけではなく、二人の恋愛が崇高であるがゆえに淫らであることがのみ込めるだろう。あるいは『十二夜』を読めば、教会当局によって許されたお祭り騒ぎが存在したことを、きっと思い起こすはずである。イギリスの多少とも教養を積んだ子供たちは、およそ十四歳前後に、すなわち学校での試験勉強を通して、こうした真実を徐々に習得する。ところが、フランス語の文化圏においてはこうはいかない。たとえば、若い男性ないし女性の読者が、ひとりでラブレーを読んだとしよう。この読者が、十七世紀のフランス古典文学という白銀時代のヴェールを通して、なんとか時代をさかのぼってみたなら、おそらくラブレーを非常に奇妙な存在と見なすだろう。というのも、ラブレーは、均衡と調和のとれた、しかも快活な笑いや喜びに満ちた作家であるが、同時にこうした側面は、人間に関する真剣かつ冷静な判断と矛盾なく両立しているからである。むろん、後者の真面目な面が、別種の笑いに結実することもある。ルネサンス文化のこうした二重の側面が、ラブレー作品の内部でも重要な位相を占めていることが、英語圏以外の読者に広く知られるようになったのはごく最近のことにすぎない。もちろん、こうした側面が最近は誇張され図式化されすぎるきらいがある。しかしながら、この根源的な真理が、まったく視界に入っていないか、あまりに過小評価されている場合には、バランスをとるためにも、やはり以上のような修正を加えることが必要不可欠なのである。シェイクスピアは嬉々として、恥ずべきフォールスタッフに道化役を演じさせ死んだふりをさせる一方で、英雄的なホットスパーをわれわれの眼前で殺してしまう。こうしたシェイクスピア的な悲劇と喜劇の並置という構図は、ラブレーの内にも多分に見出せるものだ。あるいは、ロミオの上品さが、マーキューシオの猥雑な冗談によってみごとにバランスを保っており、そのおかげで観衆に豊穣な世界を提示している点も、ラブレーの世界に通低する要素である。十二夜〔十二日節の前夜祭で一月五日に当たる。もちろん、この日の上演のために作られたシェイクスピアの喜劇『十二夜』を踏まえている〕のお祭り騒ぎや四旬節前の謝肉祭《カーニヴァル》、あるいは学生たちの笑劇などを髣髴とさせる要素も、ラブレー作品には多分に含まれている。こうした側面に、読者の意識を引きつけようと努めた批評家たちは、非常に重要かつ不可欠な仕事をなし遂げたといってよい。私の学生時代にもクリスマスに笑劇が催されたが、その際、物真似などで笑いものにされた教授連は得意満面であって、まったく取り上げてもらえなかった講師や教授たちのほうが、逆にしょげ返っていたものである。こうした学生劇の中にも、誰ひとり咎める者のいないどんちゃん騒ぎの精神が息づいている。中世の写字生が下卑たラテン語の諷刺詩を書き写し、それらを真面目な宗教詩と同じ写本に収めたのも、こうした精神に基づいた行為である。以上の点を心に留めておくならば、やれ、この冷やかしは誰々への攻撃の表れ、やれ、この冗談は何々への当てこすり、などとラブレーのジョークを、逐一くそ真面目に解釈する愚を犯さずにすむだろう。ラブレーの世界では、滑稽きわまりない一節が、大いに真面目な一節によって均衡を保っている。彼は、みずからが愛し称讃する対象を、朗らかに笑ってみせる術を、自家薬籠中のものとしていたのである。

　だが、最近の流行りとはいえ、ひとつの側面ばかりを必要以上に強調するのも考えものである。当時の大学の学生や「バゾッシュ」（パリの司法書士団で、昔から好んで「阿呆の長」や「バゾッシュの王」などを首領に戴いて、どんちゃん騒ぎに耽っていた）のメンバーたちが面白がって演じた芝居のなかには、きわめて大胆かつ辛辣なものも存在したからだ。たとえば、一五三〇年代の前半には、こうした芝居が、マルグリット・ド・ナヴァール王妃や、王妃付の福音主義的な司祭ジェラール・ルーセルを、大っぴらに諷刺していた。また、もう少し福音主義的な考え方を抱いていた学生たちは、ノエル・ベダ（ソルボンヌ大学神学部の理事）を舞台上で痛烈に皮肉り、ソルボンヌは怪物によって統治されていると揶揄してはばからなかった（ベダはせむしの上に足萎えであった）。この当時は、国王もソルボンヌも、厳しい罰をもって臨むのが一般的であった。火刑柱、地下牢、拷問、そして迫害が珍しくなかったこの時代に、ラブレーがその主張の一部を、笑いや遊びという伝統で偽装したとしても不思議はない。ホイジンガは、ラブレーを「遊戯的精神の権化」に分類しており、[1]三〇年前の私はこの見解をほぼ額面どおりに受け入れていた。が、今では、多少の留保をつけざるをえない。もちろん、ホイジンガの見解にも相応の理はあるものの、遊戯を好むラブレーの背後には、真剣な思惟を重ねるラブレーが、その姿を半ば隠しつつ繋がっているのである。いや、場合によっては憎悪するラブレーすら隠れているかもしれない。

　ラブレーは敵を上手に憎む才に恵まれていたようであるが、憎悪が彼の作品全体を染め上げているわけではない。憎しみは、喜劇的ユーモアよりも、むしろ辛辣な諷刺ないしは激しい非難に表れている。確かに、ラブレーも痛烈な非難を相手に浴びせることはあるものの、彼の「年代記」が容赦ない諷刺に傾く場合でも、諷刺が笑いを圧倒してしまうことは決してなく、また、ほとんどの場合、諷刺はユーモアのセンスと結び合っている。憎悪は、もしそれがラブレーにあるとしての話だが、こうしたプロセスの中で蒸発していき、彼の精神はそれにより浄化され、さらに開かれていったのである。もし憎悪の虜であり続けたとしたら、その精神は、偏狭で悪意に満ちたものに堕していたはずである。

　ラブレーはローマの諷刺詩人に通暁しており、しばしば彼らから着想を得ている。しかしながら、憎悪という観点から見た場合、ラブレーは、ユウェナリス、ホラティウス、あるいはペルシウスとすら、ほとんど共通項がない。こうした諷刺詩人たちは、道徳的に憤慨してみせる、あるいは不正への憎悪をむき出しにするという、ローマの伝統に忠実に従いながら作品をものしている。その場合彼らは、憎しみといった醜悪な情念のいっさいに訴えかけるため、読者の内部に、自分たちと同様の憤怒や憎悪をかき立ててしまうのだ。彼らが読者を笑わせることはあるにしろ、（ジョアシャン・デュ・ベレーが『哀惜詩集』で指摘しているとおり）、真の笑いではなく、苦痛や苦悩に根ざす「まがい物の笑い」、つまりは「冷笑」を誘っているにすぎない。ラブレーの著作にも、こうした「冷笑」が混じっている箇所がないわけではないが、きわめて稀だと言ってよい。彼のようにユーモアを重んじる諷刺作家の場合は、より困難ではあるが、同時により魅力的な仕事に取り組んでいる。なぜなら、いかに不愉快で恐ろしい悪や過ちであろうと、それらを、楽しい笑いの的へと昇華できるか否かで、芸術的技量が試されるからだ。ラブレー特有の天才は、まさにこの芸術的技量を備えている点にある。この才能は、後にモリエールが現われるまで、フランス文学から姿を消してしまったものである。

　パロディーのなかには、まったく残酷でも破壊的でもない種のものが存在する。ラブレー作品のページを繰ってみると、こうした寛大な笑いに随所で出会う。確かに、激越な憎悪を爆発させると、怒り狂う自分自身のイメージに傷がつき、かえって相手の人間的スケールのほうが大きく見えるようになり、逆効果となりかねない。それよりは、何らかの思想や人物をうまく笑い飛ばしたほうが、より効果的に相手を退けられるのである。ラブレーはこうした手法を駆使して、たとえば、血に飢えた司教を笑い飛ばすように読者を仕向ける。この残忍な司教〔『第四之書』に登場する司教オムナース〕は、自分の敵どもを地獄の煮えたぎる釜にぶち込む前に、まずはこの世で拷問にかけて殺してしまうべきだ、と主張してはばからない御仁である。ところが一連のエピソードを読んだ後でも、この高位聖職者を憎む気になれないから不思議である。読者は、この司教の考え方を一笑に付してすましてしまう。さらに、敵を罵倒してやまないソルボンヌに対しても、ラブレーは、実に面白おかしい事柄を何ページにもわたって書き連ねている。読者はそうしたページを繰りながら、反ユマニスム、反福音主義の反動的な牙城に籠っている、残忍で頑迷固陋な保守主義者たちを笑い飛ばす。その場合、彼ら保守主義者が体現している諸価値は完全に拒絶することになる。しかし不思議なことに、いくら笑い飛ばしても、彼ら自身を憎悪する気にはなれないのである。

ラブレーは、人間味にあふれた笑いが、われわれの恐怖心、それも激しい恐怖心を追い払ううえで、いかに効果的であるかを知りつくしていた。

ただし、彼の「年代記」がしばしば解読しがたい理由のひとつが、この笑いにあるのも事実だ。というのも、相手を拒絶するような嘲笑が、われわれの信念や、われわれの畏敬ないし崇敬の対象に、ふと和んだおりに向ける寛大で魅力的な笑いと、複雑に織り合わされているからである。

ラブレーがその「年代記」の中で見せる平衡感覚は、たんなる妥協などではない。それはむしろ、ヘラクレイトス的緊張*を和らげるために考え出された中庸golden meanという考え方となじむものだ。さらにいえば、彼のバランス感覚は、罪を憎んで人を憎まず、という信条と繋がっており、間違っても、憎悪に支えられた後世の政治哲学や、憎しみに満ちていた当時のカトリック・教条主義などとはまったく相容れないのである。

＊　ヘラクレイトス（前五三五頃−前四七五頃）古代ギリシアの哲学者。万物流転の説を唱える。その中で、諸々の生滅は相互に転化しあう対立物の緊張的調和によって秩序を生み出すとした。

こうした平衡感覚をきちんと押えるならば、ラブレーの喜劇的作品の核心へと迫ることができるだろう。『ガルガンチュア物語』と『パンタグリュエル物語』は、ある意味で、今現在賭けを行なっているひとりのユマニストを提示しているといえる。もっとも、賭けとはいっても、ラブレー自身がおもに何に賭けているのかと問われれば、それは真理であり永遠の生に対する希望であると答えるべきだろう。この命がけのゲームを遂行するに当たっては、貧困や追放あるいは恐るべき転落といった、さまざまな危険を冒さざるをえない。いや、もしラブレーがもっと不運だったとしたら、拷問にかけられ、長い苦痛を味わった末に、恐るべき死を迎えていた可能性すらあった。

有効かつ強力な後ろ盾がもし存在していなかったならば、こうした危険が現実のものとなっていたかもしれない。彼が、である以上、当然ながら、ラブレーの喚起する笑いが、すべてバランスと調和に満ちているとは言いがたい。彼が、笑いで吹き飛ばしてしまった見解の多くを、彼の敵は後生大事に守り抜こうと必死であったので、可能ならば邪魔者のラブレーを消してしまいたい、と彼らが願ったとしても何の不思議もない。ラブレー自身は、その試練に満ちた経験から、自分がいかなる危険を冒しているかを十分にわきまえていた。思慮に富んだ人間が、こうした危険に軽々しく身を投じるはずもないからである。

ラブレーは、その恐るべき博覧強記と、鋭い笑いのセンスとを、ひとつに結び合わせてみせる。だからこそ、笑いがもたらす楽しいくつろぎの場面が、思いもよらぬ深みをも備える、ということが起こる。ユーモアを湛えた彼の洞察力の光が、人間存在の暗い闇の部分を照らし出すとき、叡智へと至る道筋がおのずと示される。こうなると、喜劇や笑いの理論家にすぎない者たちは、はるか後方に取り残される以外にない。

ところで、私がラブレーに対して、偏見にも似た好意を抱いていることを、正直に告白しておかねばならない。彼を読み込めば読み込むほど、その内容がますます面白くなり、彼から学ぶべきことがまだまだ残っていることを、嫌というほど思い知らされるのである。

もっとも、ラブレーの「喜劇」が持つユマニスト的かつ福音主義的な側面、つまりはきわめて高尚な側面ばかりを強調しすぎると、別の諸側面を見落としてしまう危険がある。他の大勢のユマニストとは異なり、ラブレーは、当時のより大衆的な文学作品や「サブ文学」を大いに好んだ。また、フランスの笑劇を熟知しており、それらを高く買っていたので、『笑劇　パトラン先生』〔フランスの中世笑劇の傑作で、一四六四年頃の作とされる。愚鈍そうな羊飼いが狡猾な弁護士をだます話〕からも、何度か引用している。さらに、ラブレーの哲学的喜劇作品に登場する最も面白いエピソードのいくつかには、笑劇によって広まったさまざまなテクニックが多用されている。彼はまた、フランスやイタリアの「物語作家」*conteurs*をも愛好しており、それらから逸話を借用したり、似たような笑話を創作したりしている。間違いだらけのラテン語ですら、それが面白さを引き立たせるとあらば、好んで用いているほどである。テオフィロ・フォレンゴ〔（一四九一－一五四四）イタリアの詩人で、ベネディクト派修道士〕は英雄風を茶化した叙事詩を書き（イタリア語の語彙や構文をふんだんに利用した雅俗混交体のラテン語が用いられている）、バルドゥスとチンガールの話を物語っている。ラブレーはこの『雅俗混交体狂詩』から逸話を借用しているばかりか、みずからの「年代記」を構想するうえで、この作品に根源的な影響を受けてさえいるのだ。さらに、『無名人書簡』で使われている滑稽きわまりないラテン語をも、大いに面白がっている。ちなみに、この『書簡』は、ロイヒリン*の敵や、ユマニストによるヘブライ語研究を敵視する連中を、愚鈍な道化におとしめ茶化している作品である。

＊ロイヒリン（一四五五－一五二二）ドイツの人文主義者でヘブライ語、ギリシア語を研究。北方ルネサンスにおける新プラトン主義の代表者でもあり、カバラ研究の先駆者としても知られる。

さらにこの点で忘れがたいことは、『パンタグリュエル物語』と『ガルガンチュア物語』が、初めて刊行されるやいなや、すぐさまあの『ガルガンチュア大年代記』と比較されるにいたったという事実だろう。この作品は、アーサー王とその宮廷を扱った中世の作品の単純で粗野なパロディーにすぎず、パロディーとして笑いは誘うものの、この作品自体には、何の文学的価値もない。

ラブレーにとって笑いは、非常に人間的な営為である。それはまさしく、人間に固有のものなのである。そうである以上、人々を大いに笑わせることは、キリスト教徒の医師たる者にとっては、ひとつの義務だとさえ思われる。というのも、笑いを通して、肉体的ないしは精神的な病に伴う苦痛を和らげることができるからである。

ラブレーの発想源となった出典を目録化し、彼ないしその作品に影響を与えた全作品のリストを作成するとなったら、大部の書を必要とするだろう。本書にそれを行なう余地はないが、彼の各「年代記」を解説する際には、そうした出典の多くに言及することになろう。ここでは、ラブレーの研究者たちが最初から特別視していた、際立った人物を、ひとりだけ採り上げておこう。サモサタのルキアノスである。紀元二世紀に活躍した、この懐疑派にして喜劇の才に恵まれたギリシアの著作家は、ルネサンス期に、本当に「蘇った」のである。ルキアノス自身は、ギリシアのパンテオンに集う神々を好んで嘲笑の対象とし、多神教時代末期の支離滅裂な神論をからかって読者を笑わせたり、死後に待ち受けている恐るべき運命に対し同時代人たちが抱いていた恐怖心を、笑いによって和らげてやったりすることに、無上の喜びを見出していた。彼は不遜の輩であり、同時に、人々の自惚れや思い上がりを挫くうえで、溜息が出るほど巧みに笑いを利用した人物だった。人間であれ神々であれ、また舞台がこの世であれあの世であれ、彼の笑いの矛先から身をかわせる者など、誰ひとりいなかったのだ。もっとも、実際面では、政治の問題だけはうまく避けて通り、皇帝を笑い飛ばす愚は犯していなかったが、それ以外の分野では、いかなる出来事であれ教義であれ事実であれ、神聖すぎるか尊すぎるという理由から、彼の嘲笑の餌食にならないですむものは何ひとつなかったのだ。ルキアノスは、あらゆる事物に、その懐疑的にして嘲笑的な視線を注いでやまなかったのである。

ラブレーがギリシア語を熱心に学んだことは、彼の「年代記」をひもとけばすぐにわかる。もっとも、彼がその傑作をものするはるか以前に、ある二つの作品をギリシア語からラテン語に翻訳していた。これらの二作品は、面白いことに、ラブレー自身の後の作品を予告している。ヘロドトス（キケロが「歴史の父」と呼び、他の人々が「嘘の父」と呼んだあのヘロドトス）の『歴史』第二巻と、前述したルキアノスの作品ないし諸作品である。さて、ラブレーに好意的であるか敵対的であるかに関係なく、当時の多くのフランス人は、彼を「フランスのルキアノス」と見なすようになる。また、ラブレーがみずからの喜劇的作品の名称として「年代記」を選んだ際に、ヘロドトスのことが念頭にあった可能性も否定できない。（ちなみに、ラブレーのヘロドトスに対する強い関心は、ずいぶん以前から広く知られていた。一方、ラブレーによるルキアノスの翻訳は、スクレ氏が最近発見した事実である。以下を参照。M. Secret, *Colloque International de Tours* xiv, 1973, p.222, note 27）

ラブレーは、われわれの想像以上に、ルキアノスを心から愛好していたと思われる。だからこそ、彼による翻訳が失われてしまったのは残念というほかない。ラブレーの作であることが間違いない四つの「年代記」のいずれもが、ルキアノスの影響下にあるのは明らかである。ルキアノスのギリシア語は比較的やさしかったので、古典期の著作家たちのなかでも、最もわかりやすい者のひとりと見なされていた。また、その陽気で愉快な文体は、安っぽい娯楽的作品に毒されていない読者にとっては、たいへん貴重なものであった。ルキアノス作品をギリシア語で読めなかった者は、こぞってラテン語の翻訳を求め、あるいは、エラスムスが珠玉の作品へと昇華した『対話集』などによって、ルキアノス調を間接的に味わおうとした。『対話集』では、ユーモアあふれるルキアノス風のテクニックを駆使した対話によって、当時のキリスト教圏に見られたさまざまな誤りが正されている。エラスムスには、同時代の誤りが、ルキアノスの嘲笑の的となった異教時代の誤りと、みごとに照応しているように思われたのである。ルキアノスがラブレーの精神構造《フォルマ・メンティス》に与えた影響はあまりに深かったから、この両作家のあいだには、ルキアノスとエラスムスとのあいだに存在したような、打てば響くがごとき共感関係が成立していたのではないか、という想像をめぐらしたくもなる。

だが、若き日に、フランシスコ会修道士の身分でルキアノスの作品の一部を翻訳していたとき、はたしてラブレーはすでに、「フランスのルキアノス」になりたいと熱望していたのであろうか。こうした結論を確実に裏づけてくれる証拠は何ひとつない。もしかしたら、彼は自分のギリシア語の力を試していただけかもしれないのだ！ しかも、彼はルキアノスをフランス語にではなく、ラテン語に訳していたのである。ラブレーがフランス語で最初に著したとされる書き物は、年代記作者・詩人のジャン・ブーシェに宛てた書簡体詩だが、これを見ても、フランス語作家として成功したいという野心を、当時の彼が抱いていたとは考えにくい。また、ブーシェがこの書簡に付したメモ書きのようなタイトル「ギリシア・ラテン文学の大家フランソワ・ラブレー氏からの書簡」も、この点を示唆している。（以下を参照。Bouchet, *Epistres morales et familieres*, éd. J.Beard ; Ep. fam. no. 48）。

しかし、ラブレーが初めて上梓した「年代記」の冒頭で、ルキアノスはすでに前面に押し出されている。というのも、『パンタグリュエル物語』の第一章の末尾を飾っているのが、ほかでもない彼の名前だからである。ちなみに、ルキアノスに魅了されていた福音主義的ユマニストは、なにもエラスムスとラブレーだけにかぎらない。ラブレーは、彼の作品を部分的に翻訳することで、エラスムスのみならず、トマス・モアやメランヒトン〔（一四九七――一五六〇）ドイツの人文主義者・宗教改革者。ルターの協力者となるが、後に対立〕たちからなる、人文主義的キリスト教徒の選良グループの仲間入りを果たしているのだ。こうした立派なキリスト教信者がルキアノスを訳し、それに注解を施し、模倣作品を書き、大いにその影響を被ったことで、偏見に終止符が打たれるはずだった。その偏見とは、ルキアノスの『本当の話』、『神々の対話』あるいは『死者の対話』などを崇拝し模倣する者は、無神論《アティズム》への道を半ばまできているに等しい、というものだ。だが、事はそう簡単には運ばない。なぜなら、ルネサンス期の論戦においては、無神論者 *athée*《アテ》という用語が絶えず飛び交っていたからである。ラブレーを「ルキアノス主義者」として難じる場合、少なくとも一部の論敵は、ラブレーを無神論者扱いしていいたに等しい。だが、リュシアン・フェーヴルも指摘しているように、十六世紀においては、誰かにとって、別の誰かが必ず無神論者《アテイスト》であった。ラブレーもこの点で例外ではなく、意見を異にする相手を「無神論者」呼ばわりし、同時に自分自身も、論敵から同じ蔑称を頂戴していたのである。

ルキアノスはきわめて正統的な古典ギリシア語を操っているが、*生まれたのがかなり遅かったために、キリスト教の登場には十分間に合っただけでなく、この宗教に何度か痛烈な皮肉の矢を放ってもいる。だからといって、人文主義的ユマニストが、彼に嫌気がさすということはない。それだけルキアノスが面白く、また、人間の過ちや思い上がりの茶化し方を教えてくれる、非常に優れた教師だからである。エラスムス、モア、メランヒトン、ラブレー（彼らはみな、堅固な信仰心の持ち主だった）といった面々は、自分たちが読む古典古代の作家たちをすべて、ソクラテスやプラトンと同列に、キリスト教を予告する先駆者などと見なしたわけではない。もし仮に、古典古代の作家のすべてが、キリスト教登場以前に生きていた「隠れ」クリスチャンであるとするならば、キリストによる一度きりの啓示に、特別の意味を込めることが不可能となってしまうからだ。ルキアノスがときどき綴った反キリスト教的な文章も、彼のことを模範と仰いでいた人々にとっては、残念なものではあるが、理解不可能な代物ではなかった。ルネサンス期のユマニストたちは、その信念や気質から、ルキアノスの宗教上の誤りを（あるいはキケロやセネカないしはプルタルコスのそれを）、不運なだけで、彼ら自身の過失ではないと見なす傾向があった。ラブレーが「アジェラスト」*agelastes*（笑わない者の意）と綽名した、権力と過度の正統主義を擁護するいかめしい連中は、敵の著述の内にルキアノスの影響を嗅ぎ取るやいなや、異端だ異端だとやたら騒ぎ立てる傾向があった。一方で、エラスムス、トマス・モア、メランヒトンそしてラブレーは、ルキアノスがその時代の宗教的誤りを暴露する手法を痛快だと思い、さらには、彼を手本にしつつ、「中世の」迷信や、キリスト教の真理を曲げる同時代の非福音主義的な傾向を、笑い飛ばしてみせたのである。

＊ 紀元後二世紀頃のギリシア語は、ソクラテスやプラトンが活躍した最盛期（前五世紀－前四世紀頃）の「古典」ギリシア語とはかなり異なってきている。

さらに、まだまだ少数派だったとはいえ、神学者のなかにさえ、自分の論敵を嘲笑するだけで事足れりとする者が登場してきたのは、大いなる進歩だった（この進歩は、死後ではあるが、明らかにルキアノスの功績として認めてやるべきである）。なにしろ、それまで神学者たちは、敵にごうごうたる非難を浴びせる一方で、親指締め〔ねじで親指を締め付ける昔の拷問道具〕に油を塗ったり、公開の火炙りに必要な薪を集めたりするのを、当たり前と見なしてきたからである。

　ラブレーはルキアノスをさまざまに活用している。たとえば、パンタグリュエルの誕生に伴って起きた奇怪な出来事を物語ったり、ピクロコルが企む世界征服の謀略をあざ笑ったりする際には、彼に案内人の役割を負わせている。さらに重要な利用法として、『第三之書』の中で笑いと対話を融合させるために、ルキアノスをモデルにするといった例を挙げられる。加えて『第四之書』では、重要な福音主義思想を説き、逆に「教皇至上主義《パピスト》」の誤りを暴くうえで、ルキアノスおよびその喜劇的手法を駆使しているのである。

　ルネサンス期の偉大な作家たちは、古典古代の手本《モデル》を見習おうと努めたが、決して盲目的に真似たわけではない。模範となる作家を選びそれを見習うにしても、彼ら巨匠たちは自分の独創性を犠牲にすることはなかった。彼らの模倣の仕方は、ペトラルカの次の言葉に、みごとに要約されている。「模倣者は自分の書くものが、みずからの手本と似るように努めねばならないが、同時に、瓜二つとならぬよう注意する必要がある」。彼はさらに踏み込んで、以下のように主張している。すなわち、模倣に長けている者は、肖像画家のようであってはならない。というのも肖像画家の場合は、作品がモデルに似ていればいるほど、ますます優れていると見なされるからだ。真の芸術家がめざすべき相似性というのは、これとは異なり、むしろ息子が父親に似ているようであるべきである。そこには、細部に多くの差異が見出されるであろう。「これとまったく同様に、われわれも、類似性が求められる場合、そこに多くの差異が宿るように努めねばならない。いや、類似性は、静かに凝視する者にしかみずからを明かさないほどに、隠されるべきですらある」。最良の模倣の場合、類似性は、「言葉で表現しにくく、むしろ感覚的にしか把握できない」ものとなるはずなのである[2]。

　どれほどの天才作家であろうとも、古典古代の手本を真似る姿勢が必要である、という発想は、ルネサンス美学を支える根本的な原理のひとつだった。したがって、ラブレーがフランスのルキアノスたらんと欲したのは、ロンサールがフランスのピンダロス*たらんと欲したのと、あるいはジョアシャン・デュ・ベレーがフランスのホラティウス〔（前六五―前八）ローマの叙情・諷刺詩人〕をめざしたのと、本質的にはなんら変わらないのである。古典古代ないしイタリアの手本を模倣することは、俗語による文学作品を、誰もが称讃してやまないギリシア・ラテンの作品群と比肩すべき高みに、なんとか引き上げるために必要な手段だと信じられていた。

＊　ピンダロス（前五一八頃―前四四六頃）ギリシアの合唱抒情詩人。とくにオリンピアなどの競技の祝勝歌などで有名。

ラブレーは、ペトラルカが理想とする模倣者の好例である。彼がルキアノスを模倣するその作法は、決して盲目的でもなければ排他的でもない。ラブレーは、全体的に見て、衰退期の異教信仰にしか当てはまらないルキアノスの不遜な哲学をそのまま再現し、キリスト教を奉じる当時のフランスに、細部にわたってそれを忠実に適用しようと努めたわけではない。ルキアノスとラブレーのあいだに成り立つ「父＝息子」風の類似性は、むしろ「感覚的にしか把握できない」もので、常に「言葉で表現」しうるとはかぎらないのである。これと同じような「父＝息子」風の類似性は、ルキアノスとエラスムスとのあいだにも感知できるので、壮年期のラブレーが、エラスムスこそみずからの「父であり母である」と見なしたその理由の一端に、説明がつくかもしれない。

ルキアノスは、ひとつの手本や刺激、あるいは精神的な型を提供したと言ってよい。しかし、ラブレーが構築しつつあった哲学に、それを織りなす具体的素材を多く供したわけではない。みずからの建設的哲学のためには、ラブレーはむしろ、福音書やギリシア・ローマの賢人たち、およびエラスムスをはじめとする同時代のキリスト教徒たちに範を求めている。少なからぬ古典作家たちが、ラブレーの宗教的な諸派統合主義《シンクレティズム》の形成に貢献しているが、そのリストの最上位を占めるのはやはりプラトンである。彼こそは、ルネサンス期の学者たちが「神聖なる」と形容してはばからなかった存在で、大いなる尊崇の的だった。また、その著作に登場するソクラテスは、ラブレーにとって、まさしく神から霊感を与えられた大権威だった。さらに、その影響力が日増しに強くなっていったもうひとりの作家として、プルタルコスを挙げることができる。ラブレー自身が後に数章にわたって展開する題材を、この作家から得ている事実が、その影響力の大きさを物語るだろう。実際、ルネサンス期の諸派統合主義者《シンクレティスト》たちは、プルタルコスに惜しみない尊崇の念を捧げていた。というのも、西洋のラテン的中世にあっては長い間忘却の彼方に追いやられていた彼の作品が、実は、キリストのサタンに対する勝利や、場合によっては、キリストの磔刑までを、秘密裏にではあるが歴史的に裏づけている、と信じられたからである。この点は、ラブレー自身も『第四之書』で言及している（本書の六六三ページ以降を参照）。

ラブレーはプルタルコスのような著者を読む場合、おもに元のギリシア語で読んでいた。プラトンを含むそのほかの著作家に関しては、ラテン語のことも原語のこともあった。こうした古典古代の作家、なかでも詩人が、ラブレーに及ぼした影響を測ろうとする場合、ラブレーが、注釈の豊富にちりばめられた版で読むのを常としていた点を、ぜひ銘記しておくべきだろう。学術的な脚註は、彼にとってはたいてい、古典のテクストそのものと少なくとも同じくらい重要だった。言い換えれば、ラブレーは多くの場合、古典古代の権威的作品を、ルネサンス期の学問がもたらした成果に照らし合わせつつ解釈したのである。こうしたエディションはしばしば、たとえばアリストテレスから、より純粋な、つまりはよりキリスト教的な解釈を、うまく引き出そうと努めている。これらの版は、プラトン、オウィディウス、ウェルギリウスをはじめとする諸作家の中に、自分たちのキリスト教的解釈に最も近い側面を見つけ出し、それらを強調してやまない。その結果、ソクラテス、プラトン、アリストテレス、プルタルコス、ウェルギリウス、オウィディウス（とくにその『暦』*Fasti*）*、およびその他多数の作家たちが、時代遅れの古めかしい存在だと見なされることは、決してなかった。それどころか彼らは、古典古代とキリスト教世界を繋ぎ、双方を豊かにすると同時に、部分的にであれお互いを調和させる、広く雄大な架け橋と考えられていたのである。こうした文脈の中においては、彼ら古典古代の著述家たちは、たんなる作家としてのみならず、大いなる権威として遇されてもいたのであった。

＊　オウィディウスの作品で一巻ごとにひと月の暦を盛り込み、日ごとにゆかりのある祭礼・儀式・伝説などを述べたものだが、作者がアウグストゥス帝に追放されたため、最初の六巻で中断された。

「権威」は、ルネサンスを学ぶ者が、絶えず念頭に置いておくべき概念である。たとえば、ラブレー作品の喜劇的側面は、新約聖書と旧約のキリスト教的解釈、加えて、古典古代の幅広い叡智、といった権威に基づく確信の中で、初めてその真価を発揮できる。ラブレーの芸術と思想の中で、エラスムスが大きな役割を演じるに至るのも、同じ理由による。ラブレーはこの偉大な同時代人の作品を絶えず参照し、キリスト教および古典古代の叡智に到達するうえでの指南役として仰ぐと同時に、それらを、古典的な知識がぎっしり詰まった手頃な情報源として、大いに活用してもいるのだ。たとえばラブレーが真面目な議論を展開する際に（彼が真面目な議論を行なうことは珍しくない）、新約聖書から何らかの引用をする場合、論争の的になっている教義については、頻繁にエラスムスの解釈を採用している。エラスムスが一五二〇年に上梓した『反野蛮論』*Antibarbari* をはじめとする諸作品が、ラブレーの芸術やその生き方に影響を及ぼしているのは間違いない。だがラブレー研究を掲げる本書において、繰り返し引き合いに出さざるをえないエラスムス作品といえば、やはり『格言集』*Adagia* を置いて他にない（なお、恐るべき博識を惜しげもなく注いでくださったマーガレット・マン・フィリップス博士のおかげで、英国の読者はこの作品を簡単に入手し読むことができる）。

『格言集』は膨大な数の古典的な警句からなり、おのおのの警句に、長短さまざまな軽快なエッセー風の解説が付されている。もっとも、こうした解説は、さらなる議論へと開かれている性質のものだった。というのも、エラスムスの筆は、彼の宗教観の中核を成す、あの温和な「キリストの哲学」を高めようと模索していたからである。ラブレーがこの『格言集』を引いてわれわれ読者を笑わせようとするとき、たとえば、真と善から置き去りにされつつあるパニュルジュを〔おもに『第三之書』で、徐々に悪魔的な「狂気」へと陥っていくパニュルジュを指す〕、『格言集』を下敷きに笑いの的にしようとするとき、そこでの引用文は、ほとんど聖書の言葉と並ぶほどに規範的な文言だと見なされている。

形式や構想の点では、エラスムスの『格言集』はずいぶん単純な作品に映るかもしれない。だが実際は単純どころか、この『格言集』こそは、ルネサンス期における最も独創的かつ最も将来性を秘めた書物であった。ラブレーはそれらの格言を、倦むことなく何度も引いている。また、この作品は非常に広範な読者を得ていたから、ラブレー自身、『格言集』を下敷きにした議論は、自分の読者にも難なく理解されるはずだと考えていたであろう。さらに、こうした引用の助けを得て、彼は自分の確信するところを、容易かつ明快に組み立てることができた。たとえば、人間を道徳的・

精神的な盲目へと引き込む、あの自己愛*を難じたいと思ったおりには、エラスムスが、それに見合った古典期の金言や、諸々の頼もしい権威を提供してくれる。一方、ラブレーのほうは、こうした手法を通して、文学的技法と笑いとを提供した。また、たとえばラブレーが、この世は、空腹に対する恐怖に支配されていることを示したい場合も、やはりエラスムスが権威の源泉となる。ただしもちろん、逆説的なユーモアや滑稽さまでが、エラスムスに由来するわけではない。

＊ ギリシア語起源の言葉 philautia が使われることが多い。エラスムスもラブレーも「自己愛」を人間の根源的な悪徳と見なしている。このテーマはおもに『第三之書』で採り上げられている。

ラブレーが権威を引き合いに出す場合、その対象は、多岐にわたる古典古代の思想家から、多くの同時代の著作家にまで広がっている。ただし可能な場合は、当時刷られた大衆向けの抄録や選集に収められた著者の文章から、必要な素材を選び出しているようである。こうすることで、大教養人でなくとも、多少の知識さえあれば、ラブレーの言わんとするところがすっとのみ込めるようにできた。本書でこうした著者に言及する場合、彼らの多くは「アウクトリターテス」*auctoritates* すなわち権威と見なされるべきであろう。もちろん、彼ら自身が無謬の存在として提示されることはないが、多くの場合、信頼すべき叡智を「今」に伝えてくれる存在として把握されていたのである。

以上のように、ラブレーの「年代記」が「通俗的・民衆的」なのは、表面上の性質にすぎない。彼の「年代記」は、学問のレヴェルや博識に卓越した世紀にあってなお、他を寄せつけない博覧強記の人と誰もが認める、ひとりの傑出したプロが生んだ作品なのだ。そのうえ、故郷のトゥーレーヌ地方やアンジュー地方と縁の深い有力政治家の庇護を得て、彼は同時代の狂気や過ちを笑い飛ばしてみせもする。ラブレーは、専門家のみを楽しませるという誤りを巧みに避けつつ、当時の大教養人たちにも雄弁に語りかけているのである。

もし「民衆的」popular という語を、「民衆によって理解されていた」という意味で使うとするなら、ラブレーは一度たりとも民衆的であった例《ためし》はない。住まいが城館、あばら家のいかんを問わず、無教養であるかぎり、ラブレーの同時代人は何人《なんぴと》といえども、たとえば『第三之書』に書かれている内容の十分の一も理解できなかったに違いない。

いや、『パンタグリュエル物語』や『ガルガンチュア物語』でさえ、ラテン語で教育を受け、ヘブライやギリシアの文化に通じている者以外には、理解の扉を閉ざしたままだったのである。ラブレー作品の一見「民衆的」な諸要素は、ほとんどの場合、卑俗さをめぐるヴィクトリア朝時代の見方を、過去にさかのぼってルネサンス期に無理やり当てはめようとした結果生まれたものにすぎない〔ヴィクトリア朝時代は、その中流階級の文化を反映して、「厳格な、堅苦しい、お上品ぶった、かつ偽善的な」色彩が濃厚であったとされる〕。これは純然たる時代錯誤《アナクロニズム》であって、当時の社会に、誤った分割線を引く愚を犯している。この当時の社会は、富者と貧者のあいだに計り知れぬ深淵が広がっていたにしろ、実は奇妙なほどに均質的であった。たとえば、民衆相手の説教にも、インテリ層向けの論考にも、道徳に関するまったく同一の常套句が見られる点が、その一証左である。さらに、宮廷の貴婦人たちも、民衆の歌謡に通じていたし、逆に、多少の遅れは伴ったにしろ、宮廷で詠われていた歌も、やがて町や村落に浸透していった可能性がある。また、大勢の従者がいて初めて、指導層の物質的充足が成立しえた社会にあっては、指導層が一般庶民と完全に隔絶することなど不可能だった。それでもなお、ラブレーの場合、きわめて民衆的と思われる箇所においてすら、ごく少数の特権的教養層しか理解しえない、排他的な知識を滑り込ませているのである。こうした教養層には、庶民の大部分はおろか、ほとんどの貴族も含まれてはいない。ただし部分的な例外としては、おそらく『ガルガンチュア物語』の数章を挙げることができる。というのも、『ガルガンチュア物語』は多くの場合、宮廷の教養層向けに執筆されていると思われるからだ。さらに、『第四之書』中の、宗教の諷刺を主題とした数章も、例外に入るといえるだろう。*

* 『ガルガンチュア物語』の場合は、有名なピクロコル戦争のエピソードを指す。ピクロコルは、フランソワ一世の宿敵カール五世を戯画化した人物であり、宮廷人の笑いを誘うために創造されたと思われるからである。また『第四之書』の場合は、教皇絶対主義者の司教オムナースとパピマーヌ族を扱った数章を指す。フランス王権（宮廷）が拠って立つガリカニスム（フランス教会独立権強化論）の立場から書かれているからである。

ラブレーを民衆的な著者に仕立て上げようとするなら、おそらく彼は迷惑がることだろう。とくに、そうした操作に政治的な動機が見え隠れする場合は、なおさらである。*同時に、ラブレーを、まずは修道士あるいは医者として把握しようとするなら、これまた大層嫌がったことであろう。ラブレーが、こうした伝統的な職業の一範疇に限定されたことは、決してなかったからである。「年代記」を書き進めていく時期を通して、彼のキリスト教的ユマニスムは広い基盤を獲得し、しかも絶えずさらなる広がりを見せていた。また、二十ほどにのぼる当時のヨーロッパの王国や公国でそれぞれ活躍していた最良の知識人たちの多くと同じく、ラブレーも、真理に至る道は源泉たる出典へと立ち返ることにある、と確信していた。多くの知識人層が、重要な真理を再び手中に収めるためには、どうしても古代のテクストを、それが書かれた原語で研究せねばならない、と信じていたのだ。この点に関して言えばラブレーは、他の原典に加えて、新約聖書をギリシア語で、また可能なかぎり旧約聖書をヘブライ語で、少なくとも「ヘブライの真理」を基にした版で、つまり真正たるヘブライ語のテクストを基に編まれた版で、なんとか読んでみたいと切望していた点である。多少の違いはあれ、知識の全領野において、同じ原理が働いていていたのだった。

＊　ここでは主に、ラブレーの喚起する民衆的な笑いに、硬直した権力（ソビエト連邦の共産党独裁）へのアンチテーゼを見出したバフチンの仕事を指していると思われる。

当時は、よほどの金持ちでもないかぎり、ユマニストとしての教養を身につけるには庇護者が不可欠であった。ラブレーも例外ではないが、ユマニストの学者たちは、有力な宮廷人や貴族、あるいは自身もユマニストであったような枢機卿から、後見ないし庇護の約束を取りつけえた時には、おおいに喜んだものだし、また、その感謝の念たるや限りなかった。つまり、後見人と学者との関係を、野暮な大金持ちと金に目の眩んだインテリ、などという観点から捉えてはならないのである。ラブレーも、自分を庇護してくれる君主や、デュ・ベレー卿あるいはオデ・ド・シャティーヨン枢機卿らの利害について、わが身のことのように気にかけていたと思われるので、もし、彼の作品は、自分の庇護者の権益を拡大するためにのみ構想された、奴隷根性丸出しの代物であって、そこに創造の喜びなど存しない、などと仄めかす輩がいたら、それは、かなり不遜な物言いだと見なしてよかろう。確かに、ラブレーの「年代記」は、部分的には、宣伝《プロパガンダ》を目的とした仕事であった。だが、みずからが真理と信ずるところを、懸命に伝播しようとする姿勢やその実践を、恥ずべき行為として貶めるようになったのは、二十世紀に入ってからのことにすぎないのである。
『パンタグリュエル物語』を読むと、碩学のユマニストが気晴らしに書いているという印象を、部分的ながらも受ける。この作品が、彼にとって最大の関心事だった可能性はおそらくかなり低いだろう。少なくとも最初の段階においては、ラブレー自身ですら、この作品を執筆するにあたって、同時代人のみならず後世の人々をも念頭に置いたうえで、そこにみずからにとって最重要な主張を盛り込もうとは、考えていなかったはずである。ところが、『ガルガンチュア物語』およびそれに先立つ『パンタグリュエル占い』になると、作品は、宣伝という目的と、より緊密に結びつくようになっていく。『第三之書』に至ると、時代の現実と直結した政治的・宗教的に重要なプロパガンダと、ほとんど永久不変と言ってもよい叡智とを、みごとに合体させている。これが、ラブレー自身、きわめて意識的にその芸術性を磨き上げようとした作品であることは、議論の余地がない。また、『第三之書』および『第四之書』の決定版は、いままでに試みられた哲学的「喜劇」のなかでも、最も深奥な域に達した作品のひとつとして、認められるに値するであろう。

　何らかの思想や立場を伝播させようとするラブレーの姿勢は、肩の凝らない娯楽を提供しようとする彼の姿勢と、何ら矛盾をきたすものではない。ただし、宣伝するうえでの必要から、われわれ現代人の大部分にはちんぷんかんぷんの知的領域へと、彼が頻繁に分け入っていくのも事実である。

　ラブレーは、言葉と身ぶりを用いてみごとな「喜劇」を組み立てるが、法律家としての教養と法律家が好んだ冗談を取り入れることで、この才能にさらに磨きをかけていった。たとえば、人間が、言葉と身ぶりによって交換する記号には、さまざまな解釈があるが、その解釈法のいくつかを笑い飛ばすよう、ラブレーはわれわれ読者を誘ってくれる。その際に彼が援用するのも、法律の知識と、古典古代および古典期以降の言語学理論なのである（たとえば、『パンタグリュエル物語』での、パニュルジュとイギリスの大学者トーマストとの身ぶりによる論争を扱った第十八―二〇章を参照）。しかも思いがけないことに、こうした関心のおかげで、晩年には、笑いと寓話を通して、神から授かる霊感を信じる立場を、彼は弁護することになるのだ（『第三之書』に登場する裁判官ブリドワを扱った第三九―四三章を参照）。彼の驚くべき「年代記」にあっては、笑いは、密室の中に閉じ込められているわけではない。笑いの切り開く道は、ラブレーの信ずる神の世界へと直接通じている。さらに、笑いは、あらゆる時代の教養ある人々に真理を開示しようとする際に、ラブレーが駆使する諸々の言葉や身ぶりとも、密接に繋がっているのである。

ラブレーと同世代のフランス人ユマニストたちは、スコラ派の哲学者たちが体系化した修辞学と弁証法〔論理学、論証法〕の基礎を、みっちり教え込まれている。もっとも、彼らのほとんどが、こうした教育に反発している。そもそも古典期の修辞学は、演説の優雅さをより高めることを目的としていたし、古典期の論理学は、論争や論理操作の能力を磨くことをめざしていた。どちらの学問領域も、理想的には、真理探索と関わるべきものだったのである。論理学は、真実を虚偽から切り離すことによって、真の知識へと導き、また修辞学は、いったん獲得した真理を、より理解しやすく、より広く受け入れやすく、かつより説得力に富んだものへと昇華した。だが、これらの技術が、中世のスコラ神学者や法律学者、哲学者および説教家たちによって体系化《コード》されていくに伴い、それらは、言葉による不毛な論争技術に堕してしまったのである。そこで、アプトニウス*やクウィンティリアヌス**といった古典古代の修辞学者たちが再評価されるようになると、おもにその影響下で、古臭いスコラ式の方法論は、容赦ない攻撃にさらされるに至る。論理学についていえば、ラブレーは多くの同時代人と同じく、崇敬すべき権威ないしは啓示された真理から切り離された、つまりは屁理屈ばかりをこね回す弁証法に、きわめて懐疑的であった。逆にいえば、ソクラテスやキリストが相手の場合は、たとえ片言隻語であっても、それに百万言を費やすに値することになる。ラブレーは、多くの喜劇的効果をあげるうえで、修辞学や論理学の技法を駆使している。というのも、彼の読者もまた、こうした技法を学校で叩き込まれ、時代遅れの教育に苦しめられた一方で、おもに修辞学や論理学の分野において、新しい教育法を受け入れようともしていたからである。したがって、スコラの弁証法が神と崇めた人々（たとえばペトルス・ヒスパヌス***とその著書『パルウァ・ロジカリア』）を、ラブレーが『パンタグリュエル物語』や『ガルガンチュア物語』の中で笑いものにした場合、読者は、この新たな論争においてラブレーがどこに位置していたかを理解できたのである。さらに、部分的にではあるが、『第三之書』の構造がアプトニウスやクウィンティリアヌスの発想に基づいているのを見て、読者はますます我が意を強くしたに違いない。

＊　アプトニウス（生没年不詳）五世紀前後に活躍したギリシアの修辞学者。彼が著した修辞学の入門書『プロギュムナスマータ』は一千年にわたって読み継がれる。

＊＊　クウィンティリアヌス（三五頃－一〇〇頃）ローマの修辞学者・教育家。ルネサンス期の教育思想に大きな影響を与えた。

＊＊＊　ペトルス・ヒスパヌス（一二一〇頃－一二七七）中世の論理学者で、後のローマ法王ヨハネス二十一世。入門書の『論理学小論』は中世で最もよく読まれた教科書のひとつ。

ラブレーにとっては自明であった専門的な知識をたとえ持ち合わせていなくとも、彼が織りなす滑稽にして同時に優雅でもある雄弁を敏感に察知でき、また、さまざまな議論を意図的に悪用ないし善用する彼の技法を鋭敏に感じ取れるならば、現代の読者であっても、ラブレーの面白さを十二分に堪能できるはずである。もっとも、当時のユマニストたちが権威と仰いだ存在に大いに親しむという姿勢を欠くならば、この楽しさも半減してしまうことだろう。

以上に述べたような知識と感性とを武器に作品に臨むならば、ラブレーの笑いは考えうるかぎり最良の大輪の花を咲かせるだろう。換言すれば、不変の価値を備えた「哲学的喜劇」が姿を現すことになろう。

最後にもう一言付け加えておきたい。それは、ラブレーの「喜劇的哲学」が、古典古代から受け継いだ真理と、キリスト教の説く真理という、対をなす柱によって堅固に支えられている、という点である。これからラブレー作品を学ぼうとする者は、きわめて著名な学者のなかにさえ、神学を苦手とする人が少なからず存在することに気づくだろう。ところが、ラブレーと同類の人々が、苦しんだり、命を落としたり、追放の憂き目に遭ったり、あるいは自分が受けたのと同種の苦悩を他人に課すはめに陥ったりしたのは、まさしくこの神学上の「微妙な差異《ニュアンス》」のゆえなのである。また、聖書について付言するなら、これこそが、ラブレー特有の冗談や叡智の主要な源泉となっている。したがって、もしこうした神学的な側面を無視してしまうならば、それは、ラブレーの知的な業績が拠って立つ、あの二本の柱のうちの一本を、薙ぎ倒してしまう暴挙に他ならないのである。

第二章　『パンタグリュエル物語』以前のラブレー

ラブレーの人生は、十五世紀末の十年間から、十六世紀前半にまたがっている[1]。つまり彼は、フランスにルネサンスが根付くのを見届けたことになる。中世のカトリック世界が終焉をむかえ、代わって宗教改革者ら新興勢力が現われた後に、西洋キリスト教世界がさらに複雑に展開したパッチワークのごとき世界を、彼は時代の証人として生き抜いたのである。この時代の大事件が、彼の「年代記」に反映しているのはいうまでもない。当然の帰結として、本書においては、ルターやカルヴァンといった人物の名前に加えて、エラスムスのような平和主義的カトリック教徒や、教会分裂論者のなかでもメランヒトンに代表される穏健派たちの名前が、何度も現われることになるだろう。ラブレーは、波乱に満ちた激動の同時代から身を引き、田舎の隠れ家に引き籠って静かに執筆に専念した、たんなる一私人ではなかったということだ。つまり彼は、フランシスコ会の修道着を脱ぎ捨て、個人として、高位にある有力な外交官たちの一行に加わるような、そういう人生を送ったのである。しかも、こうした外交官たちは、母国フランスは言うに及ばず、イギリス、ドイツ、そしてイタリアにおいて、教会や国家にまつわる諸々の政務に緊密に係わっていた。たとえば、ジャン・デュ・ベレーとその兄ギヨームは、外交使節団としてイギリスに赴き、ヘンリー八世の離婚を頑強に支持する立場を明確にしている。

ラブレーは、いったんは清貧・貞潔・従順の誓いを立てるが、宮廷社会において公的生活を送るために、この修道請願を破棄している。彼が医者として送った人生は――彼はそれなりの結婚生活を通して子供をもうけており、その子供たちは、ローマ法王の父親に対する免責措置のおかげで、母親の姓ではなく父親のそれを名乗ることが可能になっている――同時代人の大部分には、当時信用を失墜していた托鉢修道会およびさまざまな修道院の理想とするところよりも、むしろ福音主義的な信仰のあり方に、より合致したものと映ったのである〔福音主義者たちは、修道院での禁欲的な生活を反自然的であるとして非難し、結婚生活に大きな価値を置くのが普通であった〕。

本書では、ラブレーが生涯を通して発表してきた四つの偉大な喜劇的「年代記」、およびその他の小品をも取り上げ、それらの美学的・歴史的・哲学的な意味を抽出してみたい。なお、本章では「ラブレーの生涯」そのものを扱うわけではないが、彼が送った人生のあらまし、彼を取りまく人々、彼が生きた時代の特質について、多少は説明しておきたい。というのも、こうした知識が少しでもあれば、ラブレーの作品をより十全に味わえるに違いないからである。

ラブレーは、一五三二年の秋以前にリヨンで『パンタグリュエル物語』を上梓している。これに関わった印刷業者は、おそらくクロード・ヌーリーだと思われる。少なくとも、彼が版元であったのはほぼ間違いない。当時すでに病の床に臥していた、この卓越した人物ヌーリーは、店先に掲げた木像の彫刻から、「ル・プランス」*Le Prince*と綽名されていた。この時期には、ラブレーは、もはやお世辞にも若者とはいえなかった。彼の生年には多少の曖昧さがつきまとうが、おそらくは一四八三年の生まれだと思われる。これはマルティン・ルターと同年であり、エラスムスの生誕に遅れることおよそ十五年、また、カルヴァンが生を受ける約十六年前にあたっている。もしこの一四八三年説が正しいとすれば、ラブレーは、『パンタグリュエル』が刊行された時点で、五十歳に手が届きつつあったことになる。当時としては、五十は高齢に属する(モンテーニュはすでに四十歳にして、みずからの城館の塔に引き籠っている。もっとも、彼は有力貴族であったから、働く必要もなかったのであるが)。ラブレーの生誕年には、もう一つ一四九四年説があるが、その根拠は薄弱である。ただし、万が一この説が正しい場合でも、彼の最初の「年代記」が印刷機から音を立てて飛び出してくるころには、ラブレーはすでに四十歳の敷居をまたぎつつあったことになる。

ラブレーは生まれつきの貴族ではなかったが、といって、貧乏なわけでもなかった。彼は、土地を所有しつつ職業についている階層、いわゆる「法服貴族」*noblesse de robe*という階層に属していた。父親のアントワーヌ・ラブレーは、シノンでも指折りの弁護士であり、周囲の田園地帯のかなり広い範囲に、(あちこち散在する形ではあったが)家屋や土地を有する名士であった。ラブレー自身も、ラ・ドヴィニエールには特別の愛着を抱いている。今でも訪ねることができるこの村で、彼が産声を上げたことは、十中八九間違いないであろう。さらに、幼少期の何年間かをここで過ごし、この土地を熟知していたことも、ほぼ疑いない。ラ・ドヴィニエールおよび家族の所有する土地は、「年代記」の中で愛情を込めて言及されており、その回数も二度三度に及ぶ場合さえある。私自身は、文学や宗教に縁の深い土地を巡礼して回る趣味を、あまり持ち合わせてはいないが、ラブレーが親しんだ場所を訪ねることは、とても意義深いことだと思っている。とくにラ・ドヴィニエールは、過度に観光地化されたストラットフォード＝アポン＝

エイヴォン〔英国ウォリックシア州のエイヴォン川沿いの町。シェイクスピアの生地かつ埋葬地として有名〕の、いわばアンチテーゼともいうべき土地だからだ。ここはまったくと言っていいほど損なわれておらず、ほぼ昔のまま残っているので、見つけることさえ簡単とは言いがたいほどである。一度この地を訪れたならば、読者諸賢は、『ガルガンチュア物語』が繰り広げていた、あの壮大なピクロコル戦争の舞台のミニチュア版が、眼前に広がっているのを実感できるだろう。

　ラブレーが真剣に取り組んだ最初の学問は、おそらく法学の分野だろう。これは、ルネサンス期の教養ある人士の多くが、多大な関心を向けた領域である。この勉学のゆえに、彼がいくつかの異なった大学の門を叩いた可能性はあるが、同時に、そう断言できる材料もない。彼ないし彼の父親がいったいどこで法律を学んだのか、という点について、今のわれわれには知るすべがない。もしかしたら、ブリュージュ〔ベルギー北西部の西フランドル州の州都。ブルッヘ〕だったかもしれない、と憶測をめぐらせるだけである。一五二一年までに、ギヨーム・ビュデ（きわめて優秀な法学者で、同時代人たちは、エラスムスやトマス・モアと比肩しうる人物、すなわちフランスの誇りであると讃えていた）は、ある手紙の中で、ラブレーが法学を修めるさまに言及し、彼のことを持ち上げている。ビュデはさらに、ラブレーが「二つの言語」、すなわち古典ギリシア語と古典ラテン語に傑出した能力を示しているとも記している。つまるところ、この偉大にしてうるさ型の大法律学者が、ラブレーは、法に関し深い知識を有しているのみならず、――そして、以下はルネサンス期の大学者にとっては最大の讃辞と言えるが――堅固にして優雅なラテン語を完全にマスターしており、それどころか、あのプラトンや新約聖書が使っている薫り高い画期的な言語までも、自家薬籠中のものにしている、とべた褒めしていたことになる。こうした学識を備えていたからこそ、ラブレーは「ユマニスト」の呼称を受けるにふさわしいとされるのである。この呼称は、ルネサンス研究においては、おおよそ次のような人物を指して使われる。一般的に言って、強い信仰心を有するキリスト教徒であり、同時に、古典古代の言語に熟達することに、多大の時間と惜しみない努力を捧げ、その過程で、みずからの学問上の能力や独自の思想を育もうと努める者である。さらに、「ユマニスト」たる者は、古典古代およびキリスト教に由来する諸テクストの意味について熟考し、そこからさまざまな学識と叡智を引き出し、道徳的洞察力を練磨し、さらには美学的価値観をも練り上げる人物でなくてはならない。

ユマニストにふさわしいラテン語──凡百の学者や作家や教師たちが使っている無味乾燥なラテン語とは一線を画すもの──こそは、習熟すべき対象のなかでも、ラブレーが最重要視したものである。またギリシア語は、彼にとっては、新しい思想世界を切り開いてくれる言語だった。この精緻な言語を習得することは、ラブレーの若き日のフランスにあっては、まだ達成困難な目標だった。だからこそラブレーは、神学、道徳、法学、医学、自然学、哲学、神話等々の分野において、偉大な権威たちが記したテクストの、より確実かつ本当の姿に触れることのできる、知的エリートとして抜きん出た存在となったのである。

こうした古典古代の言語と、少なくとも同等の重要性を帯びている学問については、ビュデが、法律学上のある論点に触れつつ、余談風にラブレーに言及している箇所「法律学を修めた貴方なら御存知のことですが、云々」が示唆してくれている。(*Opera*, 1557, I, p.325 B; cf. 435 D) これは、「フランシスコ会修道士のラブレー師」に宛てられた手紙にあるので、宗教的使命感を抱く以前に、ラブレーがまずは法学に強い関心を向けていたことが、ほぼ確実だとわかる。実際彼は、フランシスコ会ですごした数年の間にも、法律学の専門家と緊密な親交を結んでいた。法律学こそは、さまざまな形で、彼の知的形成過程に、最も重要な影響を及ぼし続けた学問である。彼の著作をひもとけば、この点は一目瞭然だ。なるほど、ラブレーはその後医者となり、何よりもまずは医者として人々の記憶に残っている。しかしながら、法律学こそが、彼の思考法や著作物に、医学以上に深く永続的な影響を与え続けたと思われるのである。

ビュデのこの書簡が、ラブレーという人物に関して、われわれが入手できる最初の、しかも時期をほぼ確定できる情報だといえる。他にも手紙は書かれてはいるが、その大部分は失われたままである。

ビュデの手紙の少し前に(おそらく一五一〇年の時点ですでに)、ラブレーは修練者として原始会則派のフランシスコ会修道院に入っている。その後、といっても、ビュデの手紙よりはずっと以前に違いないが、ラブレーは、おそらくラ・ボーメットで司祭に任じられたと考えられる。さらにその後、彼はフォントネー・ル・コントのピュイ・サン・マルタン修道院(フランシスコ会)に移されている。一五二〇年のことだが、後にラブレーの友人となる碩学ピエール・アミーがビュデに宛てて、この修道院には盟友といえる人がいない、と不満を漏らしている。これが二月のことである。これによって、ラブレーがフォントネー・ル・コントに姿を現わしたのが、一五二〇年の二月以降だと推測できるだろう。

今日のフォントネー・ル・コントは、あまり目立たない小さな町である。だが、当時は、ポワトゥー地方（フランス西部の旧州名）のこのあたりでは、きわめて重要な中心地であった。したがって、ラブレーが、知的刺激を与えてくれる仲間に困ることはなかった。ピエール・アミー（大変な博学だったが、修道院から逃亡後まもなく亡くなる）以外にも、アンドレ・ティラコーやアモリー・ブシャールをはじめとする、法学に通じたユマニストの一団が存在していたのである。なお、ティラコーとブシャールの二人は、のちにそれぞれの専門において、偉大な業績を挙げることになる。

若き日のポワトゥーでのこうした思い出は、『ガルガンチュア物語』と『パンタグリュエル物語』の全編を通して、あちこちにちりばめられている。それらのほとんどは楽しい記憶であり、自由な幼年時代や友人に恵まれた青年期、そして専門分野で得た貴重な人間関係などが、懐かしげに回顧されている。ただし、ラブレーが自分の聖職者としての生活に疑念を抱き始めたのも、ラ・ボーメットおよびフォントネー・ル・コントですごした数年の間のことであった。もっとも、同時代のキリスト教徒のなかで、修道院での生活形態や信仰のあり方を、無味乾燥で無意味と見なし、しかも多くの人間が無知に居直り打算で動いている、と感じたのはなにもラブレーひとりではない。十六世紀には、悪しき修道士のみが僧院を去った、と考えるのは間違っている。あくまで一般論ではあるが、改革熱にとりつかれた院長の支配下にでも置かれないかぎり、質《たち》の悪い修道士たちは、概して幸福だったのである。とはいえ、修道院での生活を放棄した性《さが》良き人々が、みなルターのような宗教改革者だったと考えるのも間違っている。その証拠に、エラスムスのようなカトリック教徒も、そうした人々のなかに含まれているのだ。

ルターとエラスムスの二人は、ラブレーが生きた時代に多大な影響を与えている。ルターがフランス人に及ぼした影響力にはただならぬものがあり、とくに、福音主義者と呼ばれる穏健派のカトリックにおいてそれは顕著であった。彼ら福音主義者たちは、原語のギリシア語で新約聖書を読んで研究し、そのテクストに大いなる敬意を表するという点でルターと見解を一にし、また、初期キリスト教会のあり方を理想と崇め、そこに中世が添加した不純物を除去した、より純粋な教会の実現を熱望していた。一五二〇年、ルターはローマ法王によって糾弾され、さらにはルーヴァン大学とパリ大学から今度はその著書が譴責処分を受けるが、彼のフランスにおける影響力はいっこうに衰えなかった。多くのカトリック教徒が、ルターの宗教上の見解に大いに共鳴したのである。彼らは、聖職者も結婚すべきであるというルターの見解に賛成し、また、退廃しつつあった修道院制度に、ルターと同じく強い反感を抱いていた。さらに次の点でも、彼らはルターに与《くみ》していた。すなわち、煉獄をめぐる教義および改悛のための業《わざ》を通して、熱烈に宗教上の功徳〔善行を積んで得られる霊的報酬のこと〕を得ようとする姿勢を正当化する神学――こうした教えが、罪に満ちた現世に生きる罪深い人間を、無償で贖ってくださったイエス・キリストの、その贖いの唯一性を蝕んでしまう、という考え方である。*さらに彼らは、教会主導で何らかの功徳を施そうとするスタンス〔おもに贖宥状の発行を指す〕が、迷信の蔓延や個人的・社会的な道徳の軽視をもたらす、とも考えていたのであった。

＊煉獄で罪が浄化されるならば、また、善行や贖宥状（免罪符）によって罪が減じられるならば、人類のためにキリストが行なった、ただ一回の贖いが意味を失ってしまう、という主張。

ラブレーの著作を開けば、彼がルターの影響を進んで受け入れていたことがわかる。だが、さらに重要なのは、エラスムスの影響である。ルターが公開討論会での激論で弁護した立場の多くは、すでにエラスムスが熟慮の末に、穏やかではあるが、思想的には決して妥協することなく論じていた内容であった。ラブレーが修道院を離れた後もカトリック教徒に留まりえたのは、おそらくはエラスムスの思想のおかげだったと思われる。自由意志というきわめて重要な問題に関しては、ラブレーはルターよりもエラスムスにずっと近い立場を取り続けている。ルターは、人間がみずからの自由意志を用いて何らかの行為に訴えることにより、自分の救済をより確実にできる、とする見解を一蹴している。ルターにとって救済は、神の恩寵のみがもたらすものであり、その恩寵を授けるか否かは神の自由に任されているのだ。エラスムスのほうは、より慎重な姿勢を保ち、微妙な陰影《ニュアンス》を漂わせる。彼は、人間の自由意志に、たとえ微小たりともきわめて重要な余地を残そうとする。したがって、人間は、キリストがその一回限りの贖いによって企図した救済のプロセスに、非力ながらもみずからの力を貸すことを許され、同時に、そうする義務をも帯びることになるのである。

十五世紀、十六世紀には、今日ならそのほとんどがお世辞にも敬虔とはいえないような諸々の理由から、多くの若者が宗教の世界に入ったものだった。だが、ラブレーは、怠惰で無知なこの種の助修士〔修道院で主として労務を行なった者で、聖職者ではない〕ではなかった。彼がいつ聖職者になったかは定かではないが、同じフランシスコ会でも、規律のより緩やかなコンヴェンツァル会〔フランシスコ会のうち不動産や定収入を認める穏健派〕とは一線を画す原始会則派を選んだという事実が、宗教へと傾倒する彼の気持ちの強さ、およびスコラ派神学を真剣に学びたいというその真摯な欲求を、暗に物語っている。ちなみに、ラブレーが学ぼうとしたスコラ神学とは、部分的とはいえ、ドゥンス・スコトゥスと聖ボナヴェントゥラの著作群に軸足を置いた学問であった。ラブレーの「年代記」をひもとくならば、彼がこうしたスコラ神学（哲学）の概念に精通していたことがよくわかる。ただし、ギリシア語の新約聖書の内容と矛盾する概念を、すべて峻拒したことはいうまでもない。

十六世紀のフランシスコ会は、きわめて博識な修道会との誉れとは縁がなかった。もちろん、こうした不名誉な見解に対しては、当時から今日に至るまで、幅広く異議が唱えられてきた。いずれにせよ、ラブレーは当時の平均的な修道士では決してなかった。彼が博雅の士であったことは疑いないのである。

友人のアモリー・ブシャールは、一五二二年、ラブレーに言及し、「フランシスコ会修道士のなかで最も博識なる人物」と記している。この文言は、ラテン語で著された（ただし、タイトルの一部にはギリシア語が用いられているが）著書『女性論。アンドレ・ティラコーへの反駁』に見出される。これは、アンドレ・ティラコーの『婚姻法論』と題された小著に対する返答として執筆されており、部分的ながらプラトン主義的立場から、女性擁護を行なっている作品である。ちなみにティラコーの『婚姻法論』は、結婚に関するポワトゥー地方の法律についての長い論評で、何度か版を重ねていく過程で、法律学の学識が詰まった大著へと変貌していった[2]。

ブシャールは大きな影響力を持つ人物となり、彼が得たさまざまな役職のなかには、国務院の調査官 *maître des requêtes* までが含まれている。ティラコーのほうは、同時代のユマニストのなかでもとくに偉大な法学者として名を成している。彼がものした数多《あまた》の書物は、緻密にして学究的かつ権威を誇っていたが、今日のわれわれが読むには、歯が立たないほど難解である。スコラ派のあいだで長らく議論の種になっていた、女性の尊厳というテーマをめぐって、ブシャールとティラコーとのあいだで交わされた論争に、ラブレーも間違いなく引きずり込まれていた。この場合、ラブレーの支持を得ることは、明らかに意味があった。ラブレー自身は、二人のいずれとも良好な関係を保ち続けたようである。一五三二年に学術書を印刷出版した際には、両者に対し献辞を添えて贈呈している。

『女性論』ないしは『婚姻法論』を、できればそのオリジナル版で読むことは、それらを手にできる者にとっては、非常に有意義な読書訓練となる。この二書をひもとくならば、知的に鋭敏な二人の友人たちが、いかに幅広い領域にわたる著作家たちを読み、それらの書を論じているかに驚かされる。さらには、ローマ・カトリック教会が伝統的に反フェミニズムに傾きすぎであり、キリスト教徒の結婚に関しても不当なまでに敵意を抱いている、と信じていたのが、教会分離論者たる改革派のグループだけではない、ということにも気づかされるだろう。結局のところ、こうした主題を自身扱っているという事実によって、ラブレーもまた、当時の一流の知識人の一群に連なることがわかる。この当時は、トマス・モアやギヨーム・ビュデの例に顕著なとおり、結婚している平信徒であっても、知的最前線に躍り出ることのできる時代だったのだ。彼らは、わざわざ司祭になって独身を貫かなくとも、学識と美徳において類いない高みに達しうることを、身をもって示したのである。

ビュデとの文通は、たいへん興味深い。というのも、ラブレーがギリシア語学習に熱中した事実が、修道院の指導層の目には、きわめて不快な事柄と映ったことが、そこから浮かび上がってくるからだ。現にギリシア語は、多くの権力者や有力者の心胆を寒からしめる言語であった。それによって異教の影響を被ってしまうからというよりも（すでにこの時点で、ソクラテスもプラトンも、キリスト教とうまく順応する存在へと仕立てられつつあった）、むしろギリシア語の浸透によって、それまで全面的にラテン語に依存していた文化が、決定的な危機に瀕するかもしれないからである。たとえば医学は、千五百年の歳月が流れたにもかかわらず、いまだにギリシアの権威、とくにヒポクラテスとガレノスの二大権威を範と仰いでいた。あるいは、アヴィセンナ*のような、この二大権威の恩恵にみずからも与《あずか》っているアラビアの医者たちに依拠していた。ここに、ヒポクラテスないしガレノスをギリシア語のままで読みこなす医者がいたとしたら、アラビア語からの重訳であるラテン語版でしか、ギリシアの著作家を読んだことのない同僚の誤りを、簡単に指摘できることは想像に難くない。たとえ相手が目上の尊敬すべき人であっても同じことである。

＊ アヴィセンナ（九八〇－一〇三八）アラビア語名はイブン＝スィーナー。ヒポクラテスとガレノスの医学を集大成した『医学典範』が後世に大きな影響を与える。アリストテレスの影響を受け、哲学の分野でも多くの著作を残している。

同じことが、神学にもあてはまる。この場合、結果はさらに深刻である。まだ学士号も持たない一介の学生であっても、ギリシア語にさえ精通しているならば、神学者も含めパリの尊重すべき大学者たちの間違いを、簡単に指摘できてしまうからである。しかも、こうした大学者や神学者たちは、君主をうまく操り、パリ高等法院に支配力を振るったりする過程で、多くの同業者たちの生殺与奪の権まで手中に収めていたのである。

神学の分野においては、ギリシア語の知識は、破滅的な力を秘めていたと言える。たとえば、ラテン語で記されたウルガタ聖書＊を、棚上げし、批判し、修正することなど朝飯前なのだ。また、アウグスティヌスのように偉大な教父や、アクィナスのように高邁な神学者たちに、あなた方の書いている内容はギリシア語版オリジナルの新約聖書とは両立しえない、と彼らの鎮座まします玉座に揺さぶりをかけることも可能だ。さらに加えて、東方のギリシア正教会の奉じる神学が、その豊かな成果を引っさげて、西洋ラテン世界の神学の座を常に脅かすという事態が出来してしまった。トマス・モアを筆頭に、東方の神学のほうが優れていると考える者は多かった。西方のローマ教会にとって最重要な教義のなかには、ギリシア語の原典に基づくルネサンス・神学研究の観点からは、実に疑わしかったり、擁護できないほど誤っているとさえ見なされた教えも、少なからず出てきたのであった。

＊ 聖ヒエロニムス（三四二頃－四二〇）がラテン語訳した聖書。後に手が加えられ、カトリック教会唯一の公認聖書として用いられている。

ラブレーが、フォントネー・ル・コントのフランシスコ会修道院で、ピエール・アミーと知遇を得て以降、二人が歓喜に満ちた知的生活を送ったのは間違いない。ところが、一五二四年のこと、ラブレーもピエール・アミーも、そのギリシア語研究が災いして大変な危機に直面する。修道院の指導層が彼らの書籍を没収したうえ、おそらく、この厄介な学者二人を修道院内部に幽閉してしまったようなのである。後になって、彼らは書物を取り戻し行動の自由も回復するわけだが、これが、ビュデの直接の働きかけによるという説はかなり疑わしい。もっとも、ビュデが彼らの陥った苦境について知り、たいへん心を痛めていたのは事実である。この点は、ピエール・アミーが非合法的に修道院から脱出した後に、ビュデがアミーに宛てた書簡によって証明されている。この手紙は、慎重にもギリシア語で認《したた》められており、中にはラブレーに対するきわめて好意的な言及も見られる。

ピエール・アミーは、恐怖心または嫌悪感のゆえに修道院から脱走したと思われるが、それが正確にいつかは、今のわれわれにはわからない。ただし、彼は決心を固めるにあたって、ホメーロス占い*を行なったようである。ラブレーの「年代記」中にも、何らかの決心を固めるに際して、こうした占いや籤《くじ》を使った予見に頼ることに対する、ある種の敬意の念が見てとれる。当時の福音主義的ユマニストにとって、籤による予見の背後には、一流の権威が控えていた。だからこそ、籤に判断を委ねた古典古代の将軍や政治家を、ラブレーは難なく並べてみせることができたのだ。キリスト教に由来する権威としては、「使徒行伝」〔第一章二六節〕において使徒たちが、イスカリオテのユダの穴を埋めるために、籤を引いて後継者を選んだという件《くだり》が挙げられる。この一節のおかげで、籤を用いた決定方法は、実質的に議論の余地のない威厳を帯びるに至った。ローマ法、ならびにルネサンス期のローマ法学者たちは、概して、籤による問題解決という方法に、ラブレーやピエール・アミーと同じくらい好意的なスタンスを取っていたのである。他の多くの著作、なかでもティラコーの仕事が、この点を裏づけてくれている。

＊ ホメーロスの書物を使う占い。くじにより出た数と同数のページを繰り、そこに現れた文言で未来を占う。『第三之書』にホメーロス占いの様子が詳述されている。

ピエール・アミーは修道院から逃げ出したが、ラブレーは脱走したわけではなかった。彼は正式な手続きを経て、より上位のベネディクト会修道院へと移されているからだ。これにより、彼は初めて正式な修道士 monk になった。というのも、フランシスコ会の修道士は、言葉の厳密な意味においては、まだ修道士とは見なせないからである

〔「清貧、貞潔、従順」を守るという修道請願を行なった修道士を、正式な修道士としてmonkと呼ぶ〕。さて、ラブレーははるか遠方へと立ち去ったわけではない。フォントネー・ル・コントのフランシスコ会修道院から、せいぜい十マイル〔十六キロ〕しか離れていないサン・ピエール・ド・マイユゼーのベネディクト会小修道院に移り住んだにすぎない。ここで彼は、司教ジョフロワ・デスティサックの篤い庇護と支援を得ることになる。これはたんなる形式上の庇護ではなかった。ほぼ断言できることだが、ラブレーが所属先の修道会をかなり容易に変更できたのは、ひとえにジョフロワ・デスティサックの影響力と援護のおかげなのである。また、司教は、旅に出る際はラブレーを帯同するのを常とし、さらに彼の学芸面における庇護者《メセナ》の役をも買って出て、医学の修得をラブレーに薦め、おそらくはその費用まで負担しているのだ。なお、ラブレーがいつ修道服を脱いで還俗し、この小修道院から立ち去ったかに関しては不明である。ただし、パトロンであるデスティサックが、これを黙認した可能性は非常に高い。

　こうした初期の出来事は、一五三一年ないし三二年ごろのラブレーの精神状態を解明する意味でも、記憶しておくに値する。三一年から三二年にかけての時期といえば、彼が『パンタグリュエル物語』の出版を準備し、その後リヨンで印刷に付したころにあたっている。さらに同じ一五三二年には、他に医学書二点と法律書一点も出版している。最初の一冊は、マナルディの『医学書簡』の補遺〔または『医学書簡第二巻』〕であるが、ラブレーはこれに献辞を添えてアンドレ・ティラコーに贈呈している。二冊目は、ラテン語とギリシア語の対訳版で上梓したヒポクラテスの『アフォリズム』とガレノスの『アルス・パルウァ』で〔『ヒポクラテスならびにガレノスの作品抄』とも称される〕、これは司教ジョフロワ・デスティサックに献じられている。三冊目は、ルキウス・クスピディウスの『遺言書』（後に偽書だと判明する書物）であるが、今度はこれに献辞を添えアモリー・ブシャールに贈呈している。ブシャールとティラコーの双方に書物を献呈して、どちらとも関係を保ち続けようとするラブレーの意図は、誰が見ても明らかであろう。また、『ヒポクラテスならびにガレノスの作品抄』の中で、彼が司教デスティサックに捧げた冒頭の惜しみない献辞を読めば、それがいかに異例のことではいえ、ベネディクト修道会を離れるにあたって、彼に何らやましいことがあったわけではないとわかる（ラブレーによる学識あふれる献辞や序文のテクストならびに翻訳は、ほとんどの全集に収録されている。最終巻の巻末に置かれていることが多い)。

さて、もしジョフロワ・デスティサックが本当にラブレーの医学修得のための費用を負担したのだとすれば、その投資は大いに成功したと言ってよい。

一五三〇年、ラブレーはモンペリエで、形ばかりの勉学に数週間従事したのち、あっさりと医学の学位を取得している。これは、彼が医学の主要知識を、この時点ですでに修得していたことを物語っている。この後、ラブレーは晴れて医師ラブレーとなるわけだが、今日と同じく当時においても、医学部の卒業生の場合、学士の称号がいつの間にか博士のそれに「化けて」しまうのが常であった。* 彼は、資格取得試験の一環として、ヒポクラテスのテクストをギリシア語原典によって講じ、ついで、ナルボンヌを含むいくつかの地方での実習期間を経て、一五三二年十一月には、当時のフランスで最も重要な病院のひとつであるリヨン市立病院の医師に任命されている。誓願を立てた修道士としては、異例というほかない人生を歩みつつあったわけだが〔修道院の上級聖職者の許可を得ずに医師になったことを指す〕、誰ひとりとして目くじらを立てる者はいなかったようである。彼がこの点でうまく成功をおさめたのは明らかだ。また、幼い息子テオデュール(「神の僕」を意味する)は、一説によると、当時「ローマ司祭」たちにたいそう可愛がられたという[3]。若くして死す運命にあった、この最愛の息子は、このころ生まれたと考えてよいだろうか。**

* 正確には、一五三〇年十一月の時点でラブレーは医学得業士(バシュリエ)となったにすぎない。モンペリエ大学より医学博士号を正式に受けたのは一五三七年のことである。

** 以上のラブレーの落胤テオデュールに関する説明は、ラブレーの友人で法曹家ユマニストのジャン・ド・ボワソネがラテン語で綴った七つの詩篇の文面から類推したものだと思われる。その中には、以下のような記述が見られる。「二歳にて身まかりむとするテオデュール・ラブレー」、「生けるとき諸々のローマ司祭の愛撫を受けし者なり」。詳細については、渡辺一夫「ラブレーの落胤について」(『渡辺一夫著作集』、筑摩書房、第一巻所収)を参照。

この時期以降になると、当時の偉人や要人たちの周辺に、ラブレーの名前が頻繁に見られるようになっていく。まず、彼は一五三二年にエラスムスに書簡を送り、この偉大なユマニストが、自分のためにしてくれた事柄すべてに感謝の念を捧げている。なお、先方はラブレーの存在すら知らなかった。また、エラスムスの親友のひとりで、エラスムスから任された使命のゆえにフランソワ一世の元に赴いたこともある、イレール・ベルトルフ〔ヒラリウス・ベルトロフュス〕という人物がいるが、先のラブレーの書簡を読むと、彼がリヨンでこのベルトルフとも懇意にしていたことがわかる。もっとも、ベルトルフとその家族は、まもなくペストで全員が命を落としている。ラブレーが『ガルガンチュア物語』の中でこの恐るべき災厄に言及しているのは、ぜひ銘記しておくべきだろう〔『ガルガンチュア物語』第二七章の冒頭を参照〕。というのも、こうした危険が、彼自身および彼が尊敬してやまない人々の間近にまで、迫っていた証となるからである。さらに、エラスムス宛のこの書簡は（細心の注意をもって書かれた最初の数語に目が釘付けとなるように[4]〔ジョルジュ・ダルマニャック伯の名から始まっていることを指す〕）、ラブレーがジョルジュ・ダルマニャックのグループとも親交があったことを明らかにしてくれる。このジョルジュ・ダルマニャックは博識をもって知られ、有力な外交官にして聖職者でもあり、アルマニャック伯爵の家系に属する人物である。この有力者は一五三〇年代には、福音主義に共感を抱いていたがゆえに、フランソワ一世の姉であり一流の詩人および物語作家としても名の知れた、マルグリット・ド・ナヴァールに優遇されている。また、当のナヴァール王妃は、国王である弟にも絶大な影響力を行使して、福音主義者を庇護させ、逆にソルボンヌの反動的な神学者に対抗させているのである。なお、一五二九年、ジョルジュ・ダルマニャックはロデスの司教に抜擢されているが、この昇進の背後にマルグリットがいたのは、誰もが知るところであった。

もちろん社会的序列では、ラブレーがジョルジュ・ダルマニャックよりずっと下位に位置していたのはいうまでもない。しかし、エラスムスへの書簡中でこうした高位の貴族に言及している事実は、ラブレーがすでにマルグリット・ド・ナヴァールの側近たちの庇護下にあったこと、および、彼が最上流の社会と接点を持っていたことを裏づけてくれるのである。なお、ラブレーはマルグリットから受けた恩義に報いるべく、一五四六年、『第三之書』を上梓するに当たって、彼女に献辞を捧げている。

その後間もなくして――正確な期日は不明だが、一五三四年の一月以前であることは確かで、それよりずっと前の可能性も高い――ラブレーはデュ・ベレー家の強力かつ直接的な庇護下に入るようになる。ジャン・デュ・ベレーは、まずはパリ司教として、後には枢機卿としてローマを訪問しているが、その際ラブレーを個人的な侍医の資格で帯同している（当時のフランス人にとって、イタリアを訪れることは、ルネサンスの熱い息吹に直接触れることを意味していた。ローマ滞在後のラブレーは、それ以前とはある意味で別人になっていた）。ジャン・デュ・ベレー司教の兄、ランジェー公ギヨーム・デュ・ベレーのほうも、当時、最も影響力を誇った政治家のひとりであった。ラブレーはこの人物に対する畏敬の念をますます深めるようになり、ギヨームがピエモンテ総督（代理）を務めたおりには、彼のために尽力している。また、弟のルネ・デュ・ベレーは、先の二人に比べてその人物像に若干精彩を欠くものの、パリではかなりの有力者であり、デュ・ベレー家の利益と立場を守る仕事に直接携わっている。さらに彼は、大学の古い規則や教育課程の大幅な改革にも着手しているのである。

ジャンとギヨームを中心としたデュ・ベレー家の内部にあって、ラブレーはもちろん博学な医師と見なされていたであろうが、同時に、医学の領域を大きく外れる、何らかの密命を帯びていた可能性も高い。この当時、医者が腹心の秘書ないしは特別顧問として振舞うことは、珍しくなかったのである。

このようにラブレーは、その文学者としての生涯を通して、ある時は、ジョルジュ・ダルマニャック、デュ・ベレー、あるいはその後のド・シャティーヨン枢機卿といったように、偉大な有力者一家の周縁にしばしば姿を現わしており、またある時は、こうした名家の利害関係とより緊密に結びつきつつ行動する場合もあった。ラブレーは、普段は庇護者《パトロン》のために働いていた人物だと言える。そしてこうした庇護者たちのなかには、その人物、権勢、学識のすべてにわたって、当代随一と思われる者が含まれていた。ラブレーがマルグリット・ド・ナヴァールと接点を持っていた事実は、彼が当時望みうる最高の庇護者を求めていたことを物語っている。この点は、『ガルガンチュア物語』や『第四之書』にちらほら見られるような、フランス宮廷ないしは君主その人に向けられた、ある種の内輪受けのジョークや弁護の言からも類推できる。

ラブレーの庇護者たちは概して、王権中心のガリア主義（ガリカニスム）を標榜していたので、彼自身が宗教的な誤りを笑いの標的にする際に常に念頭に置いていたのは、やはりフランスの教会であった。彼がフランスのために望んでいた、より純粋な教会とは、ソルボンヌの神学者たちによって独占されている教会とはほど遠いものだった。彼ら神学者たちは、教皇と君主の双方から独立を勝ち取るために、フランス教会特有の権利と特権を確保すべきだと考えていたが、ラブレーはこうした見解を、まったく共有していない。むしろ彼が希求していたのは、フランス国王が最終決定権を有する教会なのである。王権中心のガリカニスムを掲げる者たちを、「パピスト papiste〔元来は「教皇派」、「教皇至上主義者」の意味。主にカトリック教徒を卑しめるために使われる言葉〕」として括るのは見当外れである。というのも、この「パピスト」は、ローマ・カトリックに対する激しい異議申し立ての意を込めた用語であるのみならず、教皇の権限や要求を、ガリア主義者から見て不当としか思えないほどに重視する者たちに対して、カトリック教徒ですらが使った用語でもあるからである。本書では、「パピスト」を後者の意味で使うつもりである。

『パンタグリュエル物語』は、比較的薄い書物である。だがこの作品には、すでにして、碩学のユマニストの手になる作品としての風格が漂い、多様にして深みある笑いを喚起する工夫も随所に見られる。しかも、きわめて特殊な学識が、ジョークの的になる場合すら見受けられるのだ。概して、ここで学術的内容が楽しげに引き起こす笑いに、その後の「年代記」におけるほどの政治的・宗教的コミットメントを感知することはできない。しかし、一五三三年および一五三四年に出た増補改訂版は、ずっと「アンガジェ」*engagé* な作品に変貌している。このように外に開かれた「アンガージュマン」の姿勢から見えてくるのは、デュ・ベレー家より十二分な支持を受け、ソルボンヌに対してこの名家と共同戦線を張ることのできる、ひとりの強気なユマニスト像である。

一五三〇年代の初頭、ラブレーは新しいキャリアに一歩を踏み出そうとしていた。齢《よわい》五十にして、ラブレーは、第二の人生を歩き始めたのである。この新たな人生がもたらした重要な果実は、少なくともわれわれ現代人にとっては、やはり、ガルガンチュアとその息子パンタグリュエルが活躍する四点の「年代記」をおいて他にはないだろう。

第三章　『パンタグリュエル物語』

1　ユマニストの書物

今日の大部分の読者は、『パンタグリュエル物語』を開いた際に、多少ともこれから読もうとする内容に関し予測がつく。この点では、リヨンのクロード・ヌーリー書店で初めてこの書を購入した読者たちに比べ、われわれは断然有利なのである。というのも、最初の読者たちが買い求めた『パンタグリュエル物語』の初版は、人々に異なった期待感を抱かせずにはいなかったからだ。まず、フランス語で著されたこの書は、パンタグリュエル Penthagruel という、民間伝承中の小妖精を連想させた。ルネサンス期にもし、これから書物を購入しようとする者たちにページをパラパラめくる習慣があったとしたら、彼らは「序文」の中に、フランス語で書かれたお決まりの書物名があちこちにちりばめられているのを目にし、自分が今買おうとしているのは、古き騎士道物語の新たなパロディー版だろうと察しをつけたであろう。その一方で彼らは、初めて出版された『パンタグリュエル物語』が、他に見られない独特の体裁をとっていることに、その喜劇的精神を刺激されたはずである。なぜなら、『パンタグリュエル物語』初版のオリジナルは、外見からは騎士道物語のパロディーにはとうてい見えないからだ。むしろそれは、ローマ法の学術的専門書と映ったのである！　タイトルページ（扉）には、左右に二本の支柱が描かれ、上部にはペディメントとティンパヌムが添えられている。* この優雅で古典的な枠組みは、「ラ・ムーシュ」〔la Mouche：「ハエ、虫」の意。綽名だと思われる〕ことジャン・ダヴィッドが、リヨンの法律専門の版元であるヴァンサン・ド・ポルトナリィスおよびJ&F・ジュンクタのために印刷したローマ法の専門書のタイトルページに、長らく使い続けてきた代物だからである。一五三一年の秋に倒産の憂き目を見たダヴィッドは、自分の印刷機材一式を売り払っている。一五三二年一月以降、その機材一式が、同じリヨンの別の印刷業者ブノワ・ボンナンの手に渡っている。このボンナンも、前述した二つの版元のために、ローマ法の専門書を刷っていた業者である。『パンタグリュエル物語』のタイトルページに刷られているのは、このダヴィッド＝ボンナンが

Pantagruel.

Les horribles et espouēta-
bles faictz & prouesses du tresrenōme
Pantagruel Roy des Dipsodes/
filz du grand geāt Gargan-
tua/Cōposez nouuelle-
ment par maistre
Alcofrybas
Nasier.

¶On les vend a Lyon en la maison
de Claude nourry/dict le Prince
pres nostre dame de Confort.

『パンタグリュエル物語』初版のタイトルページ

用いていた枠組《フレーム》みなのである。はたしてクロード・ヌーリーは、たとえ短期間にしろ、この枠組みを所有していた時期があったのだろうか。その場合、『パンタグリュエル物語』の初版が、一五三一年に上梓された可能性も考えられよう。あるいは、ボンナンが、入手したばかりの印刷機材をクロード・ヌーリーに貸したのであろうか。あるいは、クロード・ヌーリーは第二版刊行の前に亡くなっており、初版が世に出るころにはすでに病に臥していた可能性も否定できない以上、ボンナン自身がヌーリーのために印刷を請け負ったとも考えられる。理由がどうあれ、ここで重要なのは、『パンタグリュエル物語』が、滑稽にして粗野かつ民衆的な騎士道物語と、難解かつ荘重な趣のローマ法の著作とを、奇妙にも掛け合わせた雑種に映ったという点である。なるほど、『パンタグリュエル物語』には、法律をめぐるユーモアがあちこちにちりばめられているから、あらゆるおふざけを予感させるフランス語のタイトルに加えて、この小著に法学の専門書の体裁をも与えようとすることが、実は最初から意図されていたコミカルな企てだったと推測したくなるのも、無理からぬことだと言ってよい。

＊ペディメントは、古代ギリシア・ローマの建築でコーニスの上の三角形の部分を指し、ティンパヌムは、扉の上のアーチと楣《まぐさ》にはさまれた半円または三角形の部分を意味する。なお、本文で叙述されているタイトルページの体裁は、この当時の法学関連書籍に特有の「縁飾り」である。

一般に信じられているところに従えば、『パンタグリュエル物語』は一五三二年の秋に上木されたことになっているが、確証があるわけではない。

確かに、作品中に、少数かつ遠まわしながら、史実に対する言及が見つかっており、それらを踏まえるならば、一五三二年秋という説は妥当だと思われなくもない。しかし、書誌学的な見地から考察した場合には、より早い時期を想定できる。

この作品がどのようにして書かれたか、という問題に関しては、さらにわからない点が多い。突風のごとき創造熱に駆られて一気に書き上げられたのだろうか、それとも、何年もかけて緩やかに構想され執筆されたのだろうか。私個人は概して、かなり長時間かけて執筆されたという説に傾きつつある。だが、私がまったく間違っている可能性も十分ありうる。

『パンタグリュエル物語』は短い書物であり、初版では二四の章に分割されていた。ただし、九の番号を振られた章が二つあったため、第一章から第二三章までの構成となっていた。のちにこれらは、三四の章へとさらに細かく分割された。この作品は、ガルガンチュアとその妻バドベックのあいだに、巨人の赤ん坊パンタグリュエルが誕生する話で幕を開ける。それは、長期にわたる旱魃期間中の出来事であった。巨人の赤ん坊は瞬く間に成長を遂げ、フランスの大学町を遍歴するようになる。旅の途上、彼は多くの人物に出会うが、そのひとりにリムーザン出身の愚かな学生がいる。この男は、自分の田舎方言を隠そうとして、もったいぶったラテン語もどきのフランス語を使う。しかし結局は〔パンタグリュエルに一喝されて〕怖気づき、無知な正体をさらけ出してしまったばかりか、洋袴《ショース》に脱糞して、数年後には喉の渇きのために死んでしまう（パンタグリュエル Pantagruel ならびに民間伝承中の小妖精パンタグリュエル Penthagruel の敵にふさわしい死に方である）*。この「ロランの死」を思わせる死（激しい渇きが原因の死）**は、神が下した天罰として面白おかしく提示されている。というのも、この男の死は、世に行なわれている言語の習慣と用法を守るべきだとした、かの哲学者（アリストテレス）とアウルス・ゲリウス***の主張とを、みごとに裏づけていると見なされるからである。ここには、その後の「年代記」で十全に展開されることになるいくつかのテーマのひとつが、初めて喚起されている。

* ラブレーのパンタグリュエルは大旱魃の最中に生まれているし、そのモデルとなった民間伝承中のパンタグリュエルは、眠っている人間の口に塩を投げ入れて、渇きを覚えさせると信じられていたことを踏まえている。

** 中世の民間伝承のひとつによると、『ロランの歌』の主人公は、渇きのゆえにロンスヴォーの谷で死んだとされている。

*** アウルス・ゲリウス（一二三―一六五）ローマの著述家。その著『アッティカの夜』は古代の言語、習慣、文学、法律、哲学、科学などを記録した貴重な文献。

パリ訪問は、この作品中で最も重要な箇所である。なぜなら、パリ訪問という絶好の機会にかこつけて、サン・ヴィクトール修道院付属図書館の架空の蔵書目録をリストアップしてみせ、旧態依然とした学問形態を、痛烈に諷刺し笑い飛ばしているからである。また、父ガルガンチュアから届いた手紙〔第八章。ルネサンスの讃歌として有名になった。今ではそれ以外にさまざまな解釈が施されている〕は、結婚による生殖を称え、あるいはユマニストの教育観を称揚することを通して、道徳や神学の世界に新たな地平を切り開いて見せる。さらに、パンタグリュエルが「一生涯愛する」ことになるパニュルジュと出会ったのも、他ならぬパリであった。この人物もまた、笑いを惹起する重要な人物となっていく。いずれにしろ、ここでの喜劇は、古今の別を問わないさまざまな言語理論に、その源泉を汲んでいるのである。

ベーズキュ（Baisecul :「俺のケツを舐めやがれ」の意）とユームヴェーヌ（Humevesne :「屁を舐めやがれ」の意）とが交わした司法上の論争は、パンタグリュエルによってみごとに解決されるが、この論争もまた、言語や司法にまつわる笑いをさらにかき立てる機会となっている〔第十一―十三章〕。またパニュルジュのほうは、ワイン嫌いのイスラム教徒であるトルコ人の元から、いかにして脱出したかを面白おかしく語って聞かせ、大笑いを引き起こさずにはいない〔第十四章〕。さらに読者は、汚い女陰を積み上げれば、パリ市の立派な城壁が出来上がる、という話に耳を傾けることになる〔第十五章〕。そして、イギリス人学者トーマストが、パンタグリュエルと論争を交わすためにパリにやってくる、という重要なエピソードが続く。この論争は、言葉によってではなく、身ぶりによって行なわれることが決められる。ただし、このお人よしのイギリス人は、パンタグリュエルの代わりに、パニュルジュと論争を交えることとなる。この滑稽きわまりない逸話が、そのはらむ意味や、その関連する領域において、信じられないほど複雑であることを、のちに明らかにしてみたい。今のところは、このエピソードもまた後の作品で、とりわけ『第四之書』の中で、初めて十全に展開されることになる、あの言語理論と深く関係していることを指摘しておくに留めたい。

パニュルジュは、美しく野心満々の、ある既婚のパリの御婦人に劣情を覚える（ここで、「愛」love という言葉を用いるのは不適切だろう）。この婦人は、教会内でロザリオを爪繰りながら、同時に男たちに色目を使うことのできる、そういう女である。彼女は抵抗し、「叫び声を上げたが、あまり大声は立てなかった」のだ〔もっとも、パニュルジュは最終的には袖にされる〕。パニュルジュは、野良犬どもがこの女にいっせいに小便を引っ掛けるよう一計を案じ、恨みを晴らす〔第二一―二二章〕。これは、パンタグリュエルがある貴婦人に抱いたほのかな愛情に関する話〔第二四章〕と、好対照をなしている。ちなみにパンタグリュエルの「恋慕」*affaire* にまつわる一件は、またもや読者を、言葉や秘儀的言語および象徴をめぐる思索へと誘うのである。

この作品は、パンタグリュエルとその家臣団が、ディプソード人たち（「喉が渇いた者たち」の意）と戦うという逸話で幕を閉じる。十九世紀および二十世紀初頭の読者ならば、そこにときどき織り込まれる卑猥きわまりない言語にショックを受けたであろうが、だからといって興味を失いはしなかった。ところが、「猥褻な」言語の洪水にさらされ、それに慣れきっている現代人の場合、ラブレーのこのあけすけな喜劇に、実は芸術的な側面が備わっていることを見逃しがちである。そのうえ現代人は、「卑猥さ」が、その表現形式においても、それが引き起こす効果においても、エロティックなものとは異質である点をしばしば見落としてしまう（そもそも『パンタグリュエル物語』は、少なからぬ同時代人たちからも〔「エロティック」ではなく〕「口汚い」と映ったようだ）。そもそも、ラブレーの喜劇的作品がときおり見せる卑猥さと、神学や倫理の称揚とが、みごとなコントラストをなしている事実こそが、この書の本質を摑む上で重要なのだ。つまり、アーサー王物語群の愛すべきパロディーであると同時に、この作品は、より射程の長い知的照準を備えたエピソードをも含んでいるのである。たとえば、頭を切断されかけて半死状態に陥ったエピステモンが、ルキアノス風の冥界巡りを行なう場面*がそれに当たる。さらに、パンタグリュエルが神に捧げる真剣な祈りも同様で、この箇所は、キリスト教徒にとっての信仰と実践に関する根源的な問題を提起している。

＊ ラブレーはルキアノスの『メニッポスまたは降霊』をモデルにして、かの有名な「エピステモンの冥界巡り」を書いたとされている。

この喜劇的小品は、それが包含する意味において、意外なほどに深淵な作品だとわかる。時に辛辣な諷刺へと傾くが、明らかに深刻な側面を見せることもある。これは、聖職者として、かつてフランシスコ会とベネディクト会に在籍したことがあり、その後は在俗司祭となった人物が、初めて世に送った「年代記」である。しかもこの人物は、最近医者の身分を得て、大病院で医師としての名誉ある地位にやっと就いたところである。ところが、この作品には、修道会を嘲笑する箇所がほとんど見当たらない。さらに、巻末近くで、パンタグリュエルが「医師たちの助言のもとに」薬を処方してもらう場面を除いては、医学に対する関心すらほとんど示していないのである（ちなみに、処方された丸薬のなかには、スコップで体内の汚物を掻き出す役の人間まで含まれていた（第三三章）。こういう次第から、この書は、それ以前の関心事に焦点を絞っているのではないか、と推測したくなってくる。というのも、ラブレーは医学生になる前に、まずは法律を学ぶ学生だったのである。もし『パンタグリュエル物語』の中で、何らかの職業的関心が突出しているとするなら、それは法律の世界である。これは、人間の言葉や論争が潜在的な喜劇性を秘めていることを、ラブレーが強烈に意識していた事実を裏づける。その証拠に、これから分析するつもりの四巻すべてにおいて、（文字どおりの意味で把捉した場合の）言語に対する関心は、何らかの法的文脈の中で提示されることになるのだ。ラブレーは、音と意味とを引き離す深淵、あるいは、具体的な事実や行為、象徴や手まねや身ぶりと、儚《はかな》い言葉とを引き離す深淵に、鋭敏なほどに意識的であったのだ。

　ラブレーは、同時代の最良の知性と同じく、言葉に代わって、真実を意味し伝達しうる何らかの手段というものに、大きな関心を寄せていた。言語は、神から付与された能力であるからこそ、修辞学上ないしは論争上の濫用へと陥る可能性をはらんでいる。なぜなら、最良の存在は、それが堕する時、必ずや最悪の存在に転じてしまうからである。さらにいえば、バベルとその有名な塔以来、ある者にとって多くを意味する一連の音は、別のある者にとっては、まさしくちんぷんかんぷんの雑音にすぎなくなってしまったのだ。

　『パンタグリュエル物語』の初版は、こうした主題を、喜劇的なベクトル上で扱っている。この版に目を通すと、むやみに深刻ぶるのを野暮と見なすユマニストの筆遣いが、あちこちに見てとれる。さらに、同時代人の関心事の大部分が、この初版のページの随所に木霊している。そのなかには、深遠なユダヤ＝キリスト教にまつわる学識への関心、あるいは、教育や福音主義的神学への興味などが含まれている。しかしながら、この『パンタグリュエル物語』も、活版印刷術という観点から言えば、ユマニストの筆になる書物ではない。ローマン体ではなく、ゴチック体で印刷されているからである。さらに、これよりずっと重要性の劣る書物をすらひき立てている視覚的な魅力が、この書にはまるでない。とはいえ、この初版が、きれいに印字され、注意深く構成されているのは事実で、そのうえ誤植も比較的少ない。ページには活字がぎっしりと詰まっており、風通しが良いのは、各章冒頭の飾り文字になった大文字の箇所だけである。中世の写本の多く、および少なからぬ印刷本ですら、視覚的に楽しいものに仕上がっていたものだが、ここに印字されている言葉は、そうした効果をとくに狙ってはいない。つまり、ここに印刷されているページは、何よりもまず、話された言葉をわれわれに伝える媒介なのである。書かれたないしは印刷された言葉は、元来、話し言葉を「録音」するための手段だと見なす見解が、ラブレーとその同時代人の一部に、大きな影響力を及ぼしていた。しかも、ラブレーの「年代記」こそは、その最大の喜劇的効果を、話し言葉から引き出している作品群なのであった。

当時、教育の大部分は聴覚的であり、口頭で *viva voce* 行なわれていた。これはラブレー自身が擁護し、多くのユマニストたちが理想とした新しい教育法の勧めるところであった。一方で、伝統的な教育理論は、文学的言語に内在する修辞学的な性質を強調していた。ユマニストたちは、いかにみずからの専門的著作が聴覚とは無縁であろうとも、自分たちが受け入れた法学の知見や法的見解に基づいて、現実の法廷における口頭弁論のほうに、その強い関心を向けるようになっていったのである。

ラブレーの「年代記」は、説話《コント》や笑劇《ファルス》という伝統的なジャンルの影響を受けている。この二つは共に、十六世紀全般を通して、広く支持されていた。こうしたジャンルへの関心を、「中世風の、古びた」ものに分類するのは間違っているだろう。二つのジャンルは、とりわけ印刷術の伝播のおかげで、フランス・ルネサンス期にこそ隆盛を極めたのである。伝統的に、説話は語り手の物語るお話として提示されていただろう。笑劇のほうは、その言葉の定義からして「話された」ジャンルであり、たとえ印刷物や写本による黙読の場合でも、「話されるべき」ジャンルだと意識されていたのである。こうした笑劇や説話に見られる話し言葉に強い関心を抱いていたラブレーは、自分の名前の換字変換《アナグラム》から作られたアルコフリバス・ナジエなる虚構のストーリー・テラーに、みずからの最初の「年代記」を物語らせるに至った。さらに、数多くの逸話を、演劇における独白《モノローグ》や議論あるいは舞台演技のテクニックによって、読者に提示しようと考えたのである。なお、一五四六年(『第三之書』の出版年)以前には決して、またそれ以降もめったに、ラブレーが自分自身の名前で直接語りかけることはなかった点を常に念頭に置いておくべきだろう。さらに、『パンタグリュエル物語』および他の作品も、「序文」Prefaces ではなく「序詞」Prologues〔「序幕」や「前口上」の意味もある〕を掲載していた点も重要だ。というのも、後者は類語のなかでも、とくに演劇と縁のある語だからである。序詞《プロローグ》というものは、ユーモアたっぷりの独白として著されている場合は常に、確かに「著者の前口上《プロローグ》」ではあるが、この場合の著者とは敬愛すべきフランシスクス・ラベラエスス博士〔Franciscus Rabelaesus：ラテン語風の綴り〕ではなく、「面白まじめな」アルコフリバス・ナジエなのである。このアルコフリバスは、作品が進展していくにつれ、優しいが多少よぼよぼした人物として、その輪郭をはっきりさせていく。彼は激情を迸《ほとばし》らせる場合もあるにはあるが、根本的には、愛想の良い無害なキャラクターである。最初の二つの「年代記」は彼によって物語られている。この愉快な虚構は、部分的にではあるが、『第三之書』や『第四之書』においても維持されている。もちろん、そこでの著者はもはやアルコフリバスではなく、そのタイトルページからすでにフランソワ・ラブレー師ではあるのだが、それでもストーリーテラーとしてのラブレーは、多分にアルコフリバスの特徴を受け継いでおり、生身のラブレーとは一線を画している。もっとも、一連の作品群の中で、ラブレーが本名で直接語りかけるために、この愉快な仮面をかなぐり捨てるケースが一度だけ存在する。一五五二年に上梓された『第四之書』の完全版の冒頭に付された、オデ・ド・シャティーヨン枢機卿に宛てた献辞書簡がそれだ。ただしこの書においても、「序詞」の中では、「著者」は今までわれわれがアルコフリバスと結びつけて理解してきた諸特徴を備えており、ラブレー自身はまたもや遠景に退いている。

諸々の逸話や、独白、対話《ダイアローグ》、論戦あるいは議論が、ラブレーの滑稽な「年代記」の大部分を構成しているわけだが、それらの中でも、話し言葉の効果を意図的に狙っている場合が多く見られる。その効果は、文脈上の要請で「答える」*répondre* という語を使わざるをえない場合を別にすれば、ただひたすら「言う」*dire* という語を、同義語によって変化をつける工夫すら省き、実直に繰り返すことによって強調されている。こうして、対話者の多くが醸《かも》し出す、グロテスクながらも滑稽な雰囲気は、『パンタグリュエル物語』で用いられている大部分の対話の、根本的に笑劇《ファルス》的な質の高さを、みごとに浮き彫りにしているのである。

こうした要素以外にも、同時代の読者の目には、古風な語法の使用という、さらなる風味が加わっていた。ラブレー作品の登場人物の会話には、ときおり、「そりゃ殺生でござるて」だとか「古《いにしえ》の話でござ候」といった古めかしい言葉遣いが混入している。ただし、当たり前だが、一五三〇年代時点での「現代フランス語」が、それ自体どうしようもなく古風となってしまった以上、現代の読者がこの種の語法に不意を突かれる可能性はずっと低い。また、ラブレーの使いこなした幾多の新語やお国訛り、あるいは滑稽＝衒学体、その他諸々の言語上の離れ業を、われわれ現代人が、最初のラブレー読者と同じくらいに味わいつくすのも、おそらくは無理な相談であろう。しかし、これは残念きわまりないことである。なぜなら、ラブレー作品の魅力はしばしば、こうした多種多様な要素を、巧みに混在させるところにあるからである。真面目な箇所においてであれ、滑稽さ丸出しの箇所においてであれ、言葉遊びは、ラブレーの全「年代記」にわたる重要な特色となっている。

ラブレーが、自分自身と自分の喜劇的創作物とのあいだに、なぜ一定の距離を置こうとしたのか、という問題に明確に答えるのは不可能だが、推測をめぐらせることはできる。私の想像するところでは、ラブレーが『パンタグリュエル物語』を、基本的に、誰かによって語られるべきエピソードの連続として構想し、理想的には、役者ないしは優秀なプロの読み手によって音読されるのが望ましい、と考えたからだと思われてならない。この当時、（一例を挙げれば）テレンティウス〔前一八六／一八五――前一五九）プラウトゥスと並ぶ古代ローマの代表的喜劇作家〕の喜劇作品は、役者によって演じられたのではなく、カリオプスという名の「喜劇役者」*historio* によって朗読されたと考えられていたわけだが、ラブレーのケースもこれに似ている。この場合、「喜劇役者」は、本物の自分を前面に出すわけではない。彼は、喜劇的なマスクの陰に隠れてしまうのである。「マスク」をかぶることによって、生身の人間たるラブレーが、自分自身の作品中に登場できるようになるという、思いがけない結果が生まれる。たとえば『第四之書』の真面目で感動的な場面において、ラブレー自身がその名で登場しているし、また『第三之書』でも、モンペリエ（大学）の医学生による役者集団のリストに、彼はやはり実名で混じっているのだ。さらに『ガルガンチュア物語』でも、ある深刻な場面で、セラファン・カロバルスィー Seraphin Calobarsy というアナグラムで登場している〔本書三〇〇頁〕。以上のすべてのケースにおいて、ラブレーが医師として登場しているのは、重要な点かもしれない。実際のところ、『ガルガンチュア物語』にあっては架空の、しかし尊敬すべき医師として、『第三之書』と『第四之書』にあっては、現実の歴史的文脈の中に、実物の医者として登場しているのである。

ラブレーが『パンタグリュエル物語』を、今日のわれわれのように読むのではなく、むしろ人々に耳で聞いてもらいたいと本当に思っていたか否かは、議論の余地の残る点である。大きな声による音読は、十六世紀にあってはありふれた慣習だったようだ。少なくとも貴族階層の聴衆を引きつけたいと考えたときに、そうした実力者たちがしばしば、自分で読むよりは耳で聞くほうを好んだことくらい、ラブレーも知っていたに違いない。そもそも、一五三〇年代当時のフランス貴族のなかには、フランス語ですら流暢に読めない者も少なからず存在した。それはともかく、誰かが代わりに読んでくれたならば、少なくとも、大切な目を疲れさせずにすんだであろう。なにしろルネサンス期の丸眼鏡は、現代の眼鏡とは比べ物にならないほどお粗末だったのだから。カルヴァンが『パンタグリュエル物語』を読んだ際には、今日のわれわれと同じように黙読していたことは、ほぼ確実だと見てよいだろう。だが、フランソワ一世が、ラブレーの「年代記」が危険なまでに異端であるか否かを、自分自身で確認したいと思ったときは、フランス王国内で最良とされた朗読係《アナゴスト》、すなわちマコンの司教ピエール・デュ・シャステルに、それらを音読させたのである。一五五二年にオデ・ド・シャティーヨン枢機卿に献辞を捧げたラブレーは、この出来事に言及し、フランソワ一世が、自分の著作中に疑わしい箇所などいっさい見つからぬとお認めくださったと、得意げに報告している〔『第四之書』の冒頭に付された献辞〕。ラブレーの「年代記」が、司教によって国王に音読されている様子を想像するのは、実に魅惑的である。もしマコンの司教が、ラブレーの言うほど朗読に優れていたのであれば、『パンタグリュエル物語』の中の、黙読していたなら退屈きわまりない数箇所を読んで聞かせるだけで、聴衆から大笑いを取っていただろう。私の念頭にあるのは、たとえばパンタグリュエルとの初対面の際、パニュルジュがまくし立てる、あの奇妙な言語群（実在する外国語と架空言語とが混在している）の連なっている箇所である〔『パンタグリュエル物語』第九章〕。弁才に長けた喜劇役者ならば、滝のごとくほとばしる奇妙奇天烈な音の連なりによって、聴衆の大爆笑を誘っていたことだろう。われわれ現代人のように、肘掛け椅子に腰かけて、あるいは図書館の中にかしこまって、目で静かに言葉を追いかけてみても、まず笑いを漏らしたりはしないだろう。

さらにいけないのは、仮にこの箇所を黙読した場合、われわれ読者は、それらを理解したいという誘惑に捕らえられてしまう点だ。つまり、ちょうどギリシア語やラテン語ないしヘブライ語を相手にしているときのように、古ドイツ語やスコットランド語や英語あるいはデンマーク語から、何らかの意味を搾り取ろうと躍起になってしまうのである。だが、十六世紀のフランス人のいったい誰が、ドイツ語とスコットランド語とを共に理解できたであろうか。その一方で、こうした諸言語の音になじんでいた者は、大学町の住人や外国の傭兵たちと接触のあった人々をはじめとして、数多く存在していたと思われるのである。

これら諸外国語の放つ雑然とした音が、フランス人の耳に滑稽きわまりなく聞こえるようにするには、たいへんな模倣の才が必要とされる。世紀もさらに下ったころ、ラブレーの鋭敏にして良き理解者たるエティエンヌ・パーキエは、パニュルジュによる外国語のこの喜劇的使用が、『笑劇　ピエール・パトラン先生』の一節を模倣したものだ、と喝破している。この指摘が正しいことは、ラブレー自身もかなりはっきりと匂わせている。*

＊　第九章の中でエピステモンはこう語っている。「いったいあんたは、真当な人間の言葉をしゃべるのか、それともパトラン先生まがいの戯言《たわごと》をしゃべるのかな？」（渡辺訳 **p.79**, 宮下訳 **p.126**）

ここでラブレーは、外国語が、その約束事が通用しない場所で使われた際に露呈する無意味さを、滑稽な演劇的手法を駆使して際立たせている。だからこそ、優秀な朗読者《アナゴスト》の才が必要となるのだ。ただし、これだけでは全体像をとらえていない。というのも、英語やドイツ語の珍妙な音を笑い飛ばしたばかりの読み手ないし聴衆は、ラブレーがでっち上げた言葉（裏側国語《アンチポード》や提燈国語《ランテルノワ》）および再発明した言葉（ユートピア語）〔トマス・モアの『ユートピア』にも珍妙な言葉を使う先例が見られる。ラブレーはそれを再度「捏造」し直している〕の、さらに奇妙奇天烈な音の連続にも、間違いなく抱腹絶倒したからである。だが、研究者のエミール・ポンスも指摘しているように、こうした架空語は実は解読可能なのである（**«Les langues imaginaires dans le voyage utopique»**, ***RHLF***, **1931, pp.185-217**）。事情に通じている者にとっては、スコットランド語やヘブライ語の場合と同じで、こうした架空語も、たんなる無意味な音の連鎖ではない。ラブレーはこれらの架空語をでっち上げるにあたって、架空語を成立させている各語に、彼固有の意味を負わせている。自分固有の言語をこのように見なす見解については、その後の著作に見られる、言語や意味をめぐる彼の論考によって確認できる。ラブレーの説明がなされるまで、読み手ないし聞き手の皆様方にあっては、大いに顎を外されるのが妥当かと思われる。

ルネサンス期の学者の多くは、秘密の書き言葉や暗号ないし暗号文に大きな関心を抱いていた。トマス・モアが、ユートピア語を捏造して以来、この欲求には拍車がかかる。ラブレーは、自分の捏造語に解読可能な意味を付与しながら、実は個人的なジョークを密かに楽しんでいたのかもしれない。だが、それだけであったとはとうてい考えられない。というのも、彼の架空語を解読できなかったとしても、フランス語から移植されている固有名詞は聞きとれたと思われるからだ。正しく読み解けたとするなら、提燈語《ランテルノワ》の一節の冒頭はこう始まっているのがわかる。

何を置いてもまずはお耳に入れたきことは、我が苦境についての懇願でございます。グラヴォ＝シャヴィニー＝ポマルディエールの御料地の高貴なる所有主にあらせられ、かつシネー近くのラ・ドヴィニエールの御料地を裁量なさせられる気高き君よ。（*Pant.*, *TLF* IX, 61 *var.* ; *EC* 74）〔渡辺訳 pp.78-79, 宮下訳 p.126〕

引用部の言葉は、パンタグリュエルを、ラブレー家が所有していた諸領地と結びつけている。最初の「年代記」の中で、これほど緊密な結びつきが示されている例は他にない。だからこそ、個人的なジョークの楽しみという見方も出てくるのである。もちろん、この逸話が朗読されるのを聞くだけで、架空語そのものを即座に解読しえた者などひとりもいまい。こうした架空語から何らかの意味をすぐに抽出できるのは、稀有な才能の持ち主に違いない。だがそうはいっても、地名は聞きとれたかもしれない。ラブレーが、グラヴォ、シャヴィニー、ポマディエールまたはラ・ドヴィニエールと無縁ではない事実さえ知っていれば、あたかもフランス語からの場合と同じく、未解読の不可解な提燈語からも、容易にそれらの領地への言及を聞き分けられたはずである。『パンタグリュエル物語』や『ガルガンチュア物語』には、取るに足りないような、しかし実在するこうした小村落への言及が見出せる。この種の言及は、大部分の読者には理解不能かもしれないが、ラブレーの生家とその周囲の地理に通じていたひと握りの読者には、即座に腑に落ちる名称であった。おそらくラブレーは、音や記号にまつわる慣例上の意味に通じていることが、全体を理解するうえでいかに重要であるかを、読者に示そうとしていたのではあるまいか〔後に論じられるように、ラブレーは、言語における「音」と「意味」との結びつきを、恣意的であると結論している〕。話者によっては豊かな意味にあふれているはずの言語も、そうした意味を知らなければ、馬鹿馬鹿しいちんぷんかんぷんに響いてしまうというわけである。ちなみに、デュ・ベレー家の発した書簡のいくつかは、暗号で認《したた》められていた。ラブレーがときおりこの一家の腹心の秘書として活躍していたのが事実なら、それは、秘密の書き言葉に対する彼の関心を裏づけていると言えるだろう。

『パンタグリュエル物語』は時として、言語が内包している喜劇的可能性に対し、非常に高い関心を示している。この関心は、後期の作品になってはっきりする。つまり、『パンタグリュエル物語』では、まだ喜劇の中に潜在していると言えよう。だがこの潜在的可能性のゆえに、ラブレーは、驚異的な豊穣さを秘めた媒体言語を創造してしまうのだ。ラブレーが何度も何度も聴衆の内に引き起こした効果は、きわめて稀な言葉を使用したり、古典語から直接借用してきたり、学校ラテン語における頻出語にフランス語のスパイスを軽く振りかけてみたり、あるいはイタリア語風、ドイツ語風、英語風の語までもちりばめることで得られたものである。その他にもさまざまな効果を挙げているが、それらは、読者が理解できない外国語を駆使して初めて惹起されるのである。

ここで話をフランス語に限るならば、『パンタグリュエル物語』にあっては、言葉は、常にその意味とは無関係に、純粋に音の特性のみに基づいて結びつけられている。この種の言葉遊びは、語源によって複数の言葉を連結させるという形をとる場合もある。ただし、この第一の「年代記」で活用されているのは、真面目とはとうてい言いがたい語源学で、たとえば、語呂合わせや語形歪曲などかなり強引な語源を基に、連想を働かせて言葉を繋げてしまうのである。また、一連の表現が繋がっている場合でも、それらの意味は、文の全体からではなく、その一部からのみ引き出されるという例もある。ルネサンス期・フランス語の成句を知れば知るほど、（たとえば）ベーズキュが意味の周辺と戯れている様子が、より滑稽に思われてくるし、その話しぶりもますます無意味に映るようになる。

ラブレー自身が、みずからの着想源となった言語理論について、その見解を明らかにするのは、ずっと後のことである。だが、読者が途方に暮れないためにも、この点について若干の説明を施しておくべきであろう。

ラブレーが援用していた言語理論は、十三世紀以来ヨーロッパで支配的となったものである。この理論は、法曹界から神学や哲学の世界に至るまで、広く受け入れられていた。たとえば、ダンテもこの理論を俗語に適用し、著しい成功を収めている。こうした理論はアリストテレス起源であるが、古典古代末期に、アレクサンドリアのギリシア人学者たち〔五世紀から七世紀中葉ごろまでに活躍した新プラトン主義の学者たち〕によって、プラトン主義との調和が図られ完成している。

この理論をごく単純化するなら、言葉は、それが指し示す事物と、自然な結びつきを有しているわけではない、ということである。もちろん、話すという行為そのものは、人間にとって自然の活動である。しかし人間が話している諸言語は、自然の産物ではない。言語はすべて、聴覚的な符号に、恣意的に意味を押しつけた結果生まれたものである。こうした「恣意的な押しつけ」は、コンセンサスに基づく慣例によって、その後人々に受け入れられていく。ただしラブレーは、各々の話し手の誰もが、何らかの音に好き勝手な意味を負わせて、各人固有の言語を創出できるなどと言いたいわけではない。反対に、そんな無茶をすれば、滑稽なうえ誰にも理解されなくなってしまう。フランス語であれラテン語であれ、あるいは他のいかなる言語であれ、言葉はその各々の意味を、さまざまな言語を創始した、神秘的な「言語の創り主」に負うているのだ。この「言語の創り主」が個々の言葉に課した意味が、一般の慣例によって受け入れられるに至ったのである。新語《ネオロジスム》だけに、いわば個人的な創設者が存在する。だからこそ、新語はしばしば胡散臭いと思われるのである。権威的に課されたとはいえ、慣例によって受け入れられた意味は規範として確立しているからこそ、逸脱すれば、馬鹿げたほどに滑稽になる。したがって、言葉という符号から確立された意味を引き剝がす者は、愚の骨頂であり、悪魔的なまでに悪意に満ちており、ひいては滑稽きわまりない存在なのである。言語を活用したラブレーの喜劇の大部分は、こうしたコンセプトの上に成り立っている。言葉の滑稽な誤用を連発して、面白さを増幅していく、あるいはまた、ある言葉を一種の語呂合わせによって、思いもかけない他の言葉と結びつけ、おかしさを醸し出すのである。これは、真面目な語源学に基づいて、言葉の源泉を探る試みが、不思議なくらいに有益であるのと対を成している。ところで、慣例こそがひとつの言語集団の紐帯を固める以上、ある言語の用いているさまざまな音を、その言語を支えている慣例とは無縁な文脈で使用する方法は、滑稽になる可能性をつねに秘めている。たとえば外国語を知らないフランス人に向かって、スコットランド語やデンマーク語で話しかけた場合である。さらに洗練された喜劇的効果をあげるためには、ある特定の言語（ラブレーの場合なら、フランス語、時としてラテン語）で用いられている言葉を、その言葉が指し示すよう決められている事物から、無理やり引き離す方法を用いればよい。

　ラブレーが援用している言語理論は、しばしばヘブライ語を例外扱いにする。ヘブライ語だけは、人間が原初に得た自然言語であり、ゆえにバベルにおける混乱を免れたと考える者が、少なからず存在したのだ。さらに別の例外として挙げられるのが、固有名詞である。当時、固有名詞は、時としてそれが指す人間や場所ないし事物と、恣意的に課されたのではなく本当のつながりがある、という考え方が広く共有されていた。この説を支えるおもな権威として最終的に行き着くのはプラトンであるが、ここでも、アレクサンドリア学派のギリシア人たちが仲介者の役を果たしているのだった。ガルガンチュアがパンタグリュエルに「課した」名前に関して、ラブレーが面白おかしい説明をする元となった仮設は、右の固有名詞をめぐる見解で説明がつく。ラブレーは「課する」*imposer* という専門用語を用い、物語の話者はとぼけて、ここで「課されている」名前は若き巨人の特徴と実質的かつ適切な形で結びついている、と語っている。「その理由は、ギリシア語で『パンタ』とは『万物』を意味しており、『グリュエル』のほうはモール語で『渇いている』を意味するからである」。エラスムスは、聖書の登場人物をはじめとする人々の名前を説明するうえで、その名前が使われている言語とは異なる諸言語を総動員して語源を組み立てるというでたらめな方法に、大いに異議を唱えているが、ラブレーの右のジョークは、尊敬すべきエラスムスのこうした見解に通じている人々に、高く評価されたと思われる（*Pant.*, *TLF* II ; *Garg.*, *TLF* VI ; cf. *Erasmi Epistolae* IX, 289）〔『パンタグリュエル物語』第二章、渡辺訳 p.33、宮下訳 p.51〕。

　ラブレーの言語理論は、『第三之書』でさらに明確な輪郭をとるようになり、『第四之書』では、舞台の中心を占めるに至る。本書では、その箇所に到達するまでの間、ラブレーを読むにあたっては、次の点に十分注意すべきだと指摘するに留めておきたい。多くのユーモアが、ナンセンスな語源学によって成立している一方、逆に、真面目な語源学によって、さらに深い重要な意味が示唆される場合も存在する点である。

言語学的に厳密に思考するケースを除いたならば、われわれは、話された符合（言葉）と、その他すべての符号とを、かなり明確に区別する傾向がある。ところが、この区別の妥当性は、実はかなり疑わしい。とくに、法学に精通したルネサンス期のユマニストは、このような区別を安易に行なわない。実は、重要な法学の注釈書が、この問題に深く切り込んでいるのである。

話す能力は、人間界の諸事象のなかでも名誉ある地位を与えられている。なぜなら、この能力は、神御自身の御言葉《ロゴス》を想起させる才だからである。だが、話す能力は、意味を伝達したり概念を保存したりする他の諸々の手段から、完全に切り離されたものではない。言葉という記号と並んで、その他にも数多くの「記号《サイン》」が存在している。たとえば、恍惚《エクスタシー》〔ここでは、託宣を与える際の巫女の入神状態などを指す〕、奇蹟、宝石、絵画、象形文字、標章、図柄、紋章、そして色彩などである。以後、われわれの関心は、しばしばこうした事柄に向けられるであろう。もっとも、幸いなことに、ラブレーはこうした事柄を並べて良しとしていたわけではない。たとえば、ラブレーは喜劇の領域を押し広げていく一手段として、記号ないし符号を、身ぶりと結びつける手法を開拓している。これもまた、法律の研究を通して、彼が自家薬籠中のものとした手法である。さらに、クウィンティリアヌスもそれにひと役買っている。レトリックに関して健筆を振るった、この紀元一世紀の著作家は、エラスムスも指摘しているように、その著『弁論術教程』の中で、身ぶりに重要な位置を与えている。ラブレーがその喜劇性を高めるうえで援用した手法はほかにもまだある。しばしば確かさという点では心もとない言葉に対して、行為の本当に意味するところを強調する手法である。* このように行為を重要なものとすることで、ラブレーは、一時代のみに通じる狭い主題に、過度の関心を向ける危険を回避し、みずからの喜劇的作品を救っている。さらに、後世の読者にとっては退屈きわまりない主題からさらに歩を進め、倫理的な領域へと問題を引き伸ばしえたがゆえに、その作品群は、完全なる忘却の淵に沈まずにすんだのである。善きを口にしつつ悪しきを為してしまう、言行不一致の人間に潜在的喜劇性を見る福音主義的ユマニストは、ただの数十年ではなく、何世紀にもわたって人々を笑わせ続けるであろうと確信していたに違いない[1]。

＊ 人間の行為ないし行動は、その人の言葉以上に、その人の本質を示す、といった考え方を、喜劇性を高める上で利用する手法を指す。たとえば、立派な言葉を並べながら、船上で出会った嵐に恐怖して「脱糞」してしまうパニュルジュ（『第四之書』）を重い浮かべればよいだろう。

もっとも、一五三〇年代の読者は、言葉や符号および身ぶりを活用した喜劇に対するラブレーの関心の基底に、哲学的かつ言語学的な見解があることを、あらかじめ教えられていたわけではない。また、『ガルガンチュア物語』においても、こうした喜劇的関心が、倫理的活動の領域にまで拡げられていった際も、その喜劇の理論的裏づけは、ほとんど示されていないのである。

2 『パンタグリュエル物語』の匿名性

『パンタグリュエル物語』が世に出たとき、その生みの親は明確に示されたわけではない。その表紙に有名人の名前はなく、誰の目にも偽名だとわかるアルコフリバス・ナジエの名称が見えるのみである。このどことなくアラビア風の匿名の背後に、換字変名《アナグラム》によって誰の名前が隠れているかを知っていた者も、多少はいたであろう。また、本文のテクストの中に、特定の人物や場所への明白な言及（たとえば、デュ・ドゥエ、ティラコー、ラ・ドヴィニエール）が見つかるため、場合によっては、著者を推測できた者もいたと思われる。そもそも『パンタグリュエル物語』は、その筆者が、何が何でも自分の正体を隠そうと躍起になったような書物ではない。ソルボンヌ大学神学部のほうも、もしどうしても著者を特定したければ、必要な調査を簡単に行なえたはずである。この作品は、笑いを提供するのを旨とする書物である。ちょうどジャン・デュ・ポンタレのような著名な役者が、劇場で演じる際や文章を綴る際には、本名を隠して「ソンジュクルー」*Songecreux*〔夢想家〕という偽名を使ったように、ラブレーもまた、われわれを笑わせるために時間を費やす際には、やはり偽名を使ったのである。

逡巡ののちに『パンタグリュエル物語』を入手した最初の買い手たちは、これが、英雄風を散文で茶化す伝統を背景に書かれた、滑稽な巨人に関する「年代記」だと思い込んでいたに違いない。タイトルページに見える法律書の体裁は、たんなるパロディーに見えたことだろう。実際に本文を読んでみるまでは、ルキアノスのルの字も思いつかなかったはずである。どこをどう引っくり返して見ても、『パンタグリュエル物語』は、フランス語で書かれた冴えない作品群、とりわけその当時出たばかりのおよそ非文学的な、あの『並外れて魁偉なる巨人ガルガンチュアの無双の大年代記』〔以後は略称『ガルガンチュア大年代記』を用いる〕しか、連想させなかったに違いない。現存する、この小冊子の最も古い版は、「一五三二年」にまでさかのぼる。この作品は、フランソワ・ジローという無名の著作家によって書かれた可能性もある。もっとも、この名前が知られるようになったのは、もっと後の少くとも二つの版の最後に付された折句《アクロスティック》（詩）〔各行の初めの文字を繋ぐと人名やキーワードになるように作られた詩〕に拠るところ大であって、これが見つかっていなければ、忘れ去られていただろう。「三二年版」は、リヨンでフランソワ・ジュスト書店によって印刷されているが、いかなる名前も住所も印字されていない。よく論じられてきたことだが、この『ガルガンチュア大年代記』は、民間伝承や民衆に伝わる伝説の諸要素を組み込んだ作品だとされる。であるならば、フランソワ・ジュスト書店の書物とは異なる、原話となった諸々の逸話の起源を一五三二年に置くのは、賢明ではないだろう。ただし仮にもっと古い年代の版があったとしても、いっさいの痕跡が残っていない以上、ぼろぼろになるまで読み込まれ消失してしまったのだ。また、一五三二年以降にも、今現在見つかっている以上の版が（それも相当数の版が）間違いなく存在した。というのも、それらのうちの何冊かがつい最近発見されたからである。いずれにしろ、この『ガルガンチュア大年代記』は大成功を収めた。しかし、その理由をはっきりさせるのは容易ではない。この作品は、美学的には無価値に等しく、文体も弛緩しきっており、語彙も乏しく、そのうえ統辞的にもお粗末な箇所が少なくない。にもかかわらず『ガルガンチュア大年代記』は、民衆層のみならず非常に高い教養層にも、大いにもてはやされたのである。そもそもルネサンス期の読者は、一般的に騎士道物語群が大好きだったので、その粗野なパロディーをも進んで評価した。なかでもアーサー王物語群が、十六世紀には絶大な人気を博していた。当時のフランス語の散文ヴァージョンも、アリオスト*やボイアルド**の筆になる、イタリア語の新・

LEs grandes et
inestimables Cronicqs: du grant & enor-
me geant Gargantua: Contenant sa genealogie/
La grãdeur & force de son corps. Aussi les merueil-
leux faictz darmes quil fist pour le Roy Artus/ cõ-
me verrez cy apres. Imprime nouuellemẽt. 1532

『ガルガンチュア大年代記』のタイトルページ（リヨン、1532年）。キリスト（世界）を担ぐ聖クリストフォルスか？

韻文ヴァージョンも、同じように評判をとっていた。ソルボンヌ大学の理事ノエル・ベダは、これらの騎士道物語群に痛罵を浴びせたが、だからこそそれらの物語は、ラブレーのような人物にはよけいに魅惑的に映ったことだろう。ベダが、プラウトゥスやテレンティウスをも痛烈に非難していた事実が、火に油を注いだともいえる。ところで、これら騎士道物語への関心を、純粋な中世趣味の現われだと見なすのは、おそらく間違っている。ルネサンス期の書店において、これらの物語群は確固たる地位を占めていた。気晴らしとしてのみならず、厳然たる政治的な背景からも必要とされていたのである。いわゆる「金襴の陣」（一五二〇年）〔フランソワ一世と英国のヘンリー八世が会見した場所〕は、騎士的な華美さによって成功を収めた見世物であった。さらに時代を下るが、英国では「大ブリテンの国王」が、新たに統一した王国の神秘性を維持するために、かのアーサー王伝説を十全に活用している。*** 社会の最上層を含むさまざまな階層で、こうした伝説が高く評価されていた時期にあったからこそ、それらのパロディー（必ずしも破壊的作用を及ぼすわけではない）もまた、高く評価されたのである。メルリヌス・コッカイウス（フォレンゴ）〔四五頁参照〕の『雅俗混交体作品集』をはじめとする、英雄風を茶化した叙事詩は、本物の英雄的な騎士道的叙事詩が隆盛を極めるのと平行して栄えたのである。もっとも、ユマニストの読者の多くがそれらを愛してやまなかったのは、気晴らしや気分転換のために最適であったからではあろうが。

* アリオスト（一四七四―一五三三）イタリアの詩人。『ロランの歌』の主人公ロランの狂恋を物語る空想的な騎士道物語を執筆。

** ボイアルド（一四四一頃―九四頃）イタリアの詩人。シャルルマーニュ伝説とアーサー王伝説とをない交ぜにし、異教徒との戦いや魔法、恋などを歌った騎士道物語『恋するオルランド』を執筆した。アリオストがこれを継承する形で『狂乱のオルランド』を執筆する。

*** スチュアート王朝の祖となるジェームズ一世の治世を指す。ジェームズ一世は一六〇三年に英国王位を継ぎ、大ブリテン島を同君連合の下に置くと同時に、王権神授説を唱え、英国国教会主義をとる。

ラブレーは『パンタグリュエル物語』の序詞の中で、刊行されたばかりの人気作品『ガルガンチュア大年代記』をおもな喜劇の典拠として挙げているが、同時に、その他の物語にも数多く言及している。たとえば、『狂乱のオルランド』（一五一六年に刊行されている）や『悪魔のロベール』、『フィエラブラス』、『恐れ知らずのギヨーム』、『ユオン・ド・ボルドー』〔『パンタグリュエル物語』渡辺訳pp.17-18および宮下訳p.26を参照。以上のタイトルは中世の民間伝承や騎士道物語に見られる名称〕などである。さらに、こうした騎士道物語群のあらゆる登場人物に混じって、『フェスパント』（「大酒のみ」を意味するが、同時に、「フェス」という響きから、臀部を思い浮かべずにはいない〔*Fessepinthe* : pinthe は「一パイント」、fesse は「尻、臀部」を意味する〕）あるいは『モントヴィル』といった卑俗な名称もある。ちなみに『モントヴィル』は、クロード・ヌーリー書店が出版した荒唐無稽な物語『マンデヴィル』を暗示している〔十四世紀から十六世紀にかけて流行した、マンデヴィルの『東方諸国紀行』を指す〕。

このように、騎士道物語群に登場する重要な人物名と冗談としか思えない人物名とが、同時に顔を出すことに加え、ロマネスク風とグロテスク風とがごった混ぜになっているという、それ自体で純粋に面白おかしい点もあって、読者は、『ガルガンチュア大年代記』のごとき単純な喜劇的作品に似た、ごく気楽に読めるお話を、『パンタグリュエル物語』にも期待してしまう。さらに、文学的素養を備えた同時代人であっても、この段階だけでは、まだルキアノスの名前を思い浮かべる可能性は低いだろう。序詞の中だけでは、ルキアノスの向こうを張ろうとするラブレーの野心を仄めかすものは、ないに等しい。

『パンタグリュエル物語』を、あの大成功を収めた『ガルガンチュア大年代記』の後継者に見せかけるやり方は、間違いなくその売り上げを後押ししたはずである。しかし、その知的地平が『大年代記』止まりの読者ならば、悪戦苦闘して序詞を読み、やっと『パンタグリュエル物語』の本体にたどり着いたのに、これはいったい何事かと、困惑し憤慨したに違いない。期待していたのは、とっつきやすく、粗野で野卑ながらもサラリと読み流せる、おなじみの騎士道物語のパロディーだったからである。もちろん、こうした読者の期待した要素が含まれているのは間違いないが、それ以上の、まるで理解できない内容までもが盛り込まれてしまっているのである。複雑なエピソードは置いておいて、きわめてわかりやすい諷刺の例を挙げると、ラテン語風のもったいぶったフランス語を振り回し、その空虚さを暴かれてしまった、あのリムーザンの学生の逸話がそれだ。このエピソードは、ラテン語をまったく解さない読者には、ほとんど意味をなさないからである。さらに、『パンタグリュエル物語』中の粗野なパロディーにさえ、『ガルガンチュア大年代記』の著者には思いもよらないような、言語学的かつ文化的な資源が活用されているケースが見つかる。もちろん、ラブレー自身は騎士道物語の何たるかを深く理解しており、その証拠に、『ガルガンチュア物語』で後に語られる理想的な教育システムでは、くつろぐ効果を上げるには有効な手段だとして、食事中にこうした物語群に耳を傾けるよう勧めているくらいである。ラブレーは、騎士道物語のこうした基本的な側面を、古典古代やユダヤの知恵ならびにフランスの伝統といった、さらに多彩な知的源泉から汲んできた主題によって潤色していく。つまり、『パンタグリュエル物語』に見られる民衆的な要素は、全体の構成要素のひとつにすぎず、また、常に最も重要な要素であり続けるわけではないものの、それが完全に視野の外に消えてしまうことも決してないのである。

3　パンタグリュエル：巨人になった小人《こびと》

本書の喜劇性を裏づけている要素の少なくともひとつは、民衆的かつ伝統的な主題である。しかし現代の読者が「パンタグリュエル」と聞いてもっぱら思い起こすのは、まず間違いなくラブレーが創造した巨人のほうで、かつての要素は忘れられてしまった。ところが、当時の男女にとって、「パンタグリュエル」Penthagruel は巨人などではなかった。「パンタグリュエル」は小悪魔で、夜中に眠り呆けている大酒飲みの口中に、誰彼かまわず塩を投げ入れて回るという役目を負っていた。こうして酔っ払いどもに二日酔いを引き起こし喉の渇きを催させて、再び痛飲するよう仕向けるのであった。自分の主人公を「パンタグリュエル」と命名したラブレーは、今の学童たちが、クラスで一番背の高い男の子に「ティッチ」〔Titch：「ちび」〕とか「タイニー・ティム」〔Tiny Tim：ディケンズの『クリスマス・キャロル』に登場する。原義は、「ちび助のティム」〕といった綽名を付けるのと同様の、ごく単純なジョークを、読者に楽しんでもらおうとしていたのである。また、Penthagruel から Pantagruel へと綴りが変更されているが、これを意図的なものとみなすべき理由はない（この種の名称、というよりスペリング一般に関し、当時、正書法上の規範がきちんと存在していたわけではない）。ただし、面白おかしい語源を容易に引き出せるように、ラブレーが Pantagruel という綴りを選択した可能性はあると思われる。というのも、Panta と gruel とに分解した場合、前者にはギリシア語的な響きが備わるからである〔panta は、「すべて」を意味するギリシア語を想起させる。ちなみに『第四之書』には、牧神パン＝「すべて」＝キリスト、という図式に則った逸話が紹介されている〕。

ラブレーのパンタグリュエルは、伝説上の小悪魔から、人々に渇きを催させる力を引き継いでいる。この力こそが、作品に喜劇的な統一感を与えるうえで、きわめて重要な役割を負っているのである。現にこの主題は、ライトモチーフのごとく繰り返し出てくる。思いもよらぬ時に、パンタグリュエルは突然誰かの「喉をつかみ」（文字どおりの意味と比喩的な意味〔「相手を思いどおりにする」の意〕の双方）、その口中に塩を放り込んだり、あるいは、とてつもない渇きを覚えさせたりするのだ。こうした手法のおかげで、従来のパンタグリュエルとゆるやかに繋がっているだけの諸々のエピソードが、「パンタグリュエルの年代記」にふさわしいコンテクストへ引き込まれ、作品全体の統一感が維持されているのだ。思いがけない箇所で決まり文句を連発して聴衆を喜ばせるやり方は、喜劇の仕掛けとしては、モリエールはいうまでもなく、現代の多くの作家にも共通している。

パンタグリュエル Pantagruel と「パンタグリュエル」Penthagruel とを繋いでいる糸をさらに手繰っていくと、渇きを覚えるこの作品において、愉快な飲酒というテーマが浮かび上がってくる。渇きを与えずにはいない巨人の「新」パンタグリュエルを取りまく家臣たちは、当然、お酒《ワイン》の大いなる愛好者である。逆にパンタグリュエルの敵どもは、これも当然ながら、癒しがたいほどのものすごい渇きに悩まされる。とくに、ギリシア語系の名称を与えられたディプソード人がその典型で、彼らは語源的に言って「渇きたる者」なのである〔『パンタグリュエル物語』渡辺訳・宮下訳のタイトルおよび第二三章以降を参照〕。ただしここには、ラブレーが後の作品で採り上げることになる、ワインに備わった開放的な力の重要性は、まだ表れていない。むしろ愉快な飲酒というテーマは、『パンタグリュエル物語』では、『十二夜』でサー・トービー・ベルチが繰り広げる痛飲の場面で、シェイクスピアが引き起こすのと、ほぼ同種の笑いを惹起しているのである。実際、『パンタグリュエル物語』中には、「十二夜」前日のどんちゃん騒ぎを思い起こさせる箇所がふんだんに見出せる。善悪や正誤ないし作法と無作法といった、日常を律する規範が通用しない、酔狂と喜劇の世界が現出しているのである。日常の規範は、無礼講の道楽や気晴らしの時期の到来とともに、遠景に押し遣られているのだ。こうした「十二夜」前日の祝祭的世界に加えて、「告解火曜日《マルディ・グラ》」〔謝肉祭（カーニヴァル）最後の日〕に特有の逆さまの世界も重なってくる（ただし、ラブレー作品にあっては、この特色は、他よりも濃厚に滲み出る場合と、そうでない場合とがある）。さて、『パンタグリュエル物語』では、この「十二夜」や「告解火曜日」と絡み合う形で、酔狂と道楽の世界がもうひとつ存在する。学生の世界である。といっても、モンテーギュ学寮*における惨めな学生生活の実態やら、どことなく不潔で安っぽいイメージがつきまとう現代の学生生活〔本書の初版が出版されたのが一九七一年であることに注意〕などを想起すべきではない。それは若々しさにあふれた男だけの世界、そのうえ国際色も豊かで、今よりも貧しいかもしれないがより幸福に満ちた世界なのである。この空間では、実在と架空とを問わず、あのヴィヨンを彷彿とさせるような、お下品な馬鹿騒ぎや悪戯や悪ふざけが、あるべき規範として成立している（現実の学生生活がどうであれ）。また、この世界では、町の警吏たちが当然のごとく嘲笑の的となり、世間のしきたりが愚弄され、権威がぺちゃんこにへこまされ、女性は（貴婦人として崇拝される場合を別にすれば）、実に単純だが下品で卑猥きわまりないジョークや気晴らしの対象となってしまう。つまるところ、放縦と大笑いと学生の馬鹿騒ぎ《ガウデアームス・イギトウール》**の世界なのである。

＊　十四世紀にパリに設立された。極端に厳格な規律を課し、かつての寮生エラスムスに批判されたことでも有名。

＊＊　*gaudeamus igitur*：ラテン語の直訳は「だから愉快にやろう」。キリスト教の用語として使われた場合は、「喜悦の歌」の意。

ラブレーは、モンペリエで医学の勉学に勤しんでいたころ、他の数名の医学生たち（そのうちの何人かはのちに名を成すことになる）と一緒に、『唖の女房と結婚した男の笑劇《ファルス》』を上演している。この喜劇の中では、医者という職業が笑いものにされ、敬意とはほぼ無縁のひどい扱いを受けている（『第三之書』第三四章参照）。『パンタグリュエル物語』も、全体としては、この笑劇と類比しうる作品であるが、そのおかしさの大部分が、医学ではなく法学の世界にその源を発している点が異なっている。ラブレー自身も上演に加わったその笑劇と、『パンタグリュエル物語』に共通しているのは、それらが共に仲間内のジョーク（内輪受け）だという点である。つまり、ある特定の職業に従事する人々が、一年のほとんどの期間保っているその職業上の威厳をかなぐり捨てて、たとえ冗談半分とはいえ、自分たちの仕事をわざわざ笑い飛ばすのである。こうした雰囲気の中では、自分の職業は言うに及ばず、場合によっては自分の理想までも笑い飛ばすことが可能となり、ある意味で爽快感すら覚えたのではなかろうか。

以上の内容は、『パンタグリュエル物語』と『ガルガンチュア物語』の二作品にとって、なぜ『笑劇 パトラン先生』が重要な位置を占めるかという点に、説明の糸口を与えてくれよう。『唖の女房と結婚した男の笑劇』は、医者という職業に対するコミカルな批評であり、医師たちもこれを大喜びで受け入れている。これとまったく同じように『パトラン先生』は、法律関係の職業に対する滑稽な視点から生まれた笑劇であり、法律学者たちもこれを大いに楽しんでいるからである。『パンタグリュエル物語』においても、法律にまつわる冗談が他を圧倒しており（いくつかの特定のエピソードではその傾向がさらに顕著である）、これが『パトラン先生』との共通点になっている。つまり『パンタグリュエル物語』は、法律をある意味で笑いものにしている作品なのだ。こうした法に対する嘲笑の儀式を、ラブレー、デュ・ドゥエ、ティラコー、ブシャール、その他大勢の法学研究者たちが、お祭り騒ぎが許された一定の期間、大いに楽しんだのではないか、と想像してみることも可能だ。ラブレーが実生活のなかで抱いた真剣な関心事は、くり返し彼の「年代記」の中で、滑稽なヴァージョンとなって再生するのである。たとえば、彼が考古学や碑文研究に抱いた情熱は、『ガルガンチュア物語』の中で、コミカルな逸話の内にみごとに結実している。さらに、ラブレーが真面目に綴った『暦』Almanacs は、『パンタグリュエル占い』中の戯言に対応している。また、『パンタグリュエル物語』中のユダヤ教にまつわるジョークも、こうした傾向の反映と見なすのが最も妥当だと思われる。なぜなら、こうしたジョークは、ヘブライ語に対する深い関心から、あるいはまた、（その一部は間接的なものとはいえ）タルムード〔ユダヤの律法とその解釈の集大成〕やカバラ〔ユダヤ教の神秘思想で、中世、とくにルネサンスのキリスト教神学に大きな影響を与えた〕そしてラビ〔ユダヤの律法学者。なお、「ユダヤ教・ユダヤ人社会の宗教的指導者」を意味する場合もある〕たちの著作群に関する、彼の本格的な知識から発しているからである。

『パンタグリュエル物語』を構成している諸要素のなかには、どんな時代にも通用するものがいくつか存在している。たとえば、巨人の物語や、ロマネスク調に脚色された陽気な学生生活のありさまなどは、一五三〇年代にしか通じない主題ではない。ところが、『パンタグリュエル物語』には、この作品が刊行された時期と、驚くほどぴったり寄り添っている一側面もある。巨人の誕生から幼年期にかけての、極度な日照り続きの天候がそれだ。一五三二年が焼けつくような旱魃の年であり、文字どおり「喉がカラカラに渇く」年であった事実を、『協会版ラブレー全集』（*EC Pantagruel*, 1922）の序文で最初に指摘したのは、アベル・ルフラン〔『協会版ラブレー全集』の編纂者の中心的人物〕である。このルフラン説は、さらに押し進めることもできる。というのも、旱魃は一五三二年にかぎらず、一五二八年末から一五三四年の初頭まで続いたからである。メズレの以下の証言が、この点を明快に裏づけてくれる。彼はおおよそ次のように語っている。すなわち、一五二八年末から一五三四年の初頭にかけて、フランスは天の激越な怒りを招いたがゆえに、季節に絶えず変調を来たすようになってしまった。夏季が、その他の季節をすべて覆ってしまったと言ってもよい。五年以上の間に、二日続いて霜が降りた例《ためし》がない。このうんざりするような熱暑は、「自然」をも疲弊させその能力を奪っていった。この「自然」の弱体化のゆえに、熟するものは皆無となってしまった。たとえば、木々は貧弱な実を結んだかと思うと、即座に次の花を咲かせる始末である。また、大地の穀物も繁殖しなくなった。いっこうに冬がやって来ないため、害虫が増殖し、穀類が芽を出したとたんに食い尽くしてしまうからである。その結果、収穫の時期を迎えたころには、翌年のために蒔くべき種子さえ残っていないというありさまである。このため生じた食料の欠乏は、広範にわたる飢饉を招き、追い討ちをかけるように、今度は「猫背の洒落者《ストウーブ・ギャラント》」〔フランス語訳では trousse-galand「洒落者＝ズボン」となっている〕とかいう未知の病が発生し、さらにはペストまで猖獗を極める始末である。これら三つの災害は（メズレの言によれば）、人口の三分の一を攫《さら》っていったのであった(2)。

　概してわれわれは、温暖な冬と暑い夏とが続くのを、理想的な天候だと思い込みがちである。だがこの考えは、農村社会では通用しない。こうして、一五二〇年代後半から一五三〇年代初頭までの長きにわたった酷暑は、国全体の災難にまで発展していった。この猛暑は、フランソワ一世が、カール五世とのあいだに、きわめて不利なマドリード条約を結ばざるをえなかった原因のひとつにすらなっている。ところでラブレーは、喜劇性の高い書物を執筆するにあたって、この災難を、大げさに悲嘆にくれる口実としてではなく、逆に、面白おかしさを引き出す契機として利用している。まさしく「涙よりも笑いを書くに如《し》くはなし」〔『ガルガンチュア物語』渡辺訳 p15, 宮下訳 p.15〕である。ここにこそ、真の喜劇的伝統が脈打っているのであって、この精神のおかげで、われわれはしばしば、心底恐れている事態を前に泣き咽ぶのではなく、それを笑い飛ばす術を与えられるのである。優れた喜劇的作品の書き手は、真に悲劇的な素材の内にこそ、喜劇的な主題を見出すものである。何年にもわたった乾燥と旱魃の期間が、ラブレーの喜劇的な想像力をかき立てた結果、小鬼にすぎなかった「パンタグリュエル」Penthagruel を、聖書や古典古代の伝説的な叙事詩を想起させるほどの、英雄的な巨人に置き換える発想が生まれたのだろう。

　巨人と化したこのパンタグリュエルを、（後期の作品で変貌することになる立派な姿を先取りして）ストア派的＝プラトン主義的なキリスト教徒の、無謬に近い賢人という基準で判断してはならない。この点は、『第三之書』や『第四之書』から、再び『パンタグリュエル物語』に舞い戻ってきた読者が、面食らわされるところだ。もっとも私の知るかぎり、ほとんどの巨人はあまり聡明とは言いがたい。知的な巨人のほうが例外的なのだ。ラブレーのこの処女作に登場する巨人も、いささか間抜けにすら見える。この巨人は、ストア派的な冷静さを保ちながら深甚なる真理を流布せんとする人物像とは、対極に位置している。その証拠に彼は、「嘆き悲しむことかぎりなく、自殺しかねまじき有様」となるくらいに、ストア派とはかけ離れている。* ここでのパンタグリュエルは、他人に仕掛けられるとてつもない悪戯や悪ふざけ〔主にパニュルジュが他人をひっかけるために行なう悪ふざけを指す〕を、鷹揚に構えて観察しては楽しんでいる、いわば無道徳な存在として描かれている。この処女作の全体を通して、彼は哲学者と呼ぶにはほど遠い。彼が発する主要な言葉は、いかに彼が「何事にも笑ってみせ」、「いかなる事柄にも楽しみを見出す」かを強調するばかりの、無批判な戯言である。「善良なパンタグリュエルはすべてを笑い飛ばしたものだ」あるいは「パンタグリュエルは何事をも楽しんだ」という具合だ。確かに、パンタグリュエルはのちに理想的な君主、すなわち、身分によってではなく、その見識と道徳的権威によって君臨する賢人へと変貌を遂げるが、ここでの彼は、この理想像からはあまりにもかけ離れているので、大声でパニュルジュに助けを求めて恥じ入ることがない。** ページをめくるたびに、パニュルジュの主君どころか、むしろその滑稽な傀儡として振舞っている始末である。

* 『パンタグリュエル物語』第二〇章、渡辺訳 pp.212-213, 宮下訳 p.333. エピステモンの戦死を知って嘆き悲しむパンタグリュ

エルの様子を叙述した箇所。なお、エピステモンはこの後パニュルジュによって蘇生させられる。
＊＊　『パンタグリュエル物語』第二九章、渡辺訳 p.209, 宮下訳 p.328. 人狼（ルー・ガルー）と戦っているパンタグリュエルは絶望して、「おーい、パニュルジュ、どこにいる?」と助けを求めている。

このように、パンタグリュエルを、馬鹿笑いに明け暮れるごくごく単純な巨人として捉える姿勢は、後期作品に見られる高尚にして独創的な人物像よりも、ずっと伝統に忠実なものである。一五四六年以降の後期のパンタグリュエルの背後には、ラブレーがギヨーム・ド・ベレーの内に見てとった、賛嘆すべき英雄的な美点が垣間見える。しかし、ラブレーの最初の作品に登場するパンタグリュエルに、そのような有力にして博識かつ敬服に値する理想的な人物像、少なくとも、人々の称讃を受けるに十分値する同時代人の人物像を認めるとしたら、それは見当違いというものである。

ただし、『パンタグリュエル物語』が、『大年代記』などが部分的に体現しているこうした伝統と、比較的近くに位置しているにしても、それは決して弱点とはならない。この笑劇やパロディーを引き起こす愉快な巨人は、すでに新たな可能性に向かってその地平を開いているからである。彼はときおり、博識な面を見せている。もっともこの処女作にあっては、博識そのものは、称讃の的というよりも、むしろ笑いの源泉となっているのだが。特定のエピソードにかぎれば、パンタグリュエルとガルガンチュアの双方とも、「新知識」の伝播者としての、まったく新しい役割を引き受けている。ただし、こうした特質を、複雑な作品全体の中に有機的に統合しようとする努力は、まったく、ないしはほとんどと言っていいほどなされていない。では、なぜパンタグリュエルの役割に関して、これほどの躊躇が見られるのかというと、巨人をめぐる中世ならびにルネサンスの著作物に広範に見出せる、この曖昧な存在を、道徳的かつ知的な領域へと、かなり強引に引き込んだからである。たとえば、これら巨人たちの体軀は、いったいどれぐらいの大きさとして想定されていたのか考えてみれば、その曖昧さが明らかになる。ラブレーは、幾多の同時代の著作家たちと同じく、巨人の大きさに関し、まるで無頓着であった。たとえばパンタグリュエルは、ある時は、普通ならびくともしない巨大な釣鐘を小指で軽々と持ち上げたり〔『パンタグリュエル物語』第七章、渡辺訳 p.53, 宮下訳 p.86〕、その舌で一軍団全体の兵士を包んでみせたりする〔『パンタグリュエル物語』第三二章〕。かと思えば、自分の仲間たちと共に、ごく普通に散策し、気軽に会話を交わしもする。ラブレーおよびその同時代人たちが、過去から継承したこの伝統的手法は、自由自在な語りを可能にすることで、最初の二作品に次々と現われる種々様々な関心事に、臨機応変に対応できるようになっている。ラブレーはこの手法をフルに活用している。のちの『ガリバー旅行記』は、体軀の大きさをめぐる比較の点で、味気ないほど客観的かつ細部にこだわることで、（少なくとも私見によれば）巨人に関して、新しいが無味乾燥な概念を生み出したが、幸いなことに今のわれわれは、こうした概念とはいまだはるか遠い場所に位置しているのである。(3)

4　「喜劇的ユートピア」

ラブレーは、重大な結果をもたらす本質的な変更を、もうひとつ施している。巨人たちを王族にした点だ。確かに『大年代記』の中には、ガルガンチュアを「ガルガンチュア王」と表記している版がいくつか存在しているが、フランスの伝統に連なる巨人ガルガンチュアは、元来、王ではなかった。つまり、古典時代の巨人や英雄にまでその始祖を求め、グラングズィエ、ガルガンチュア、パンタグリュエルへと続く国王たちの王朝を「発明」したのは、ラブレー以外の誰でもない。この王制の導入は、のちに、ラブレーにとって表現上の重要な装置となるであろう。このおかげで、自分の作品で政治的な言論ができる可能性を開いたからである。一五三三年用の『パンタグリュエル占い』（『パンタグリュエル物語』の次に書かれる作品）で早くも、政治的試みが活用されることになる。だが、こうした政治的側面が、彼の作品群の知的コンテンツの主要な部分を占めるようになるのは、やはり『ガルガンチュア物語』以降のことである。

　パンタグリュエルの父王の王国が「ユートピア」であること（『パンタグリュエル物語』においては、この点は明確だが、その後の作品群では多少曖昧になってくる）にも、ぜひ注目すべきである。これによりラブレーは、自分の登場人物たちを、突如としてまったく新しい眺望の内に置き直したからである。この意味を認識できたのは、（そして現に認識したのは）、あくまで教養層にすぎない。トマス・モアの同名作品は、一五一六年にルーヴァンで初版が刊行されたのち、一五一七年にはパリでも上梓されている。さらに一五一八年には、バーゼルの学術的な印刷業者フローベンによって、再び刊行されている。この版には、モア自身とエラスムスの筆になるラテン語の寸鉄詩《エピグラム》が、その序として添えられている。ラブレーがモアの著作になれ親しんでいなかったはずがない。しかし、知識人社会の外部にあっては、『ユートピア』はたんなる名称にすぎなかった、いや、名称ですらありえなかったのである。そもそも、モアのこの著作は、ジャン・ル・ブロンが『ユートピア島の描写』を出版した一五五〇年に至るまで、フランス語に訳されていない。したがって、『パンタグリュエル物語』で言及されている「ユートピア国」は（そして、同じくモアから借りてきた「アモロート国」〔Amaurotes：「見ることが困難な」の意。渡辺訳 p.259 および宮下訳 p.47 の註を参照〕などの表現は）、ギリシア語を解さない者はいうまでもなく、ラテン語を解さない読者にとっても、まったく意味をなさなかったのである。

ところで、こうした語彙の使用を前にすると、同時代の教養層と同じくわれわれも、『パンタグリュエル物語』には、『ガルガンチュア大年代記』およびその他の民衆文学一般をはるかに超えた、さまざまな野心的意図が込められていることに気づく。トマス・モアは、（当時の知識人なら誰でも知っていたことだが）エラスムスの親しい友人であった。ラブレーが美しい字体でエラスムスに書簡を認《したた》めていた〔ラブレーのエラスムス宛書簡は、一五三二年十一月三十日付〕まさにそのころ、ヨーロッパ中の（とりわけパリの）反動的な神学者たちは、束になってエラスムスおよび彼の著作物に、悪意に満ちた攻撃を加えていたのである。モアはというと、論争好きで大胆なこの英国の大法官はまだ存命で〔モアが刑死するのは一五三五年〕、超保守派がエラスムスに向けたのとほぼ同様の嫌疑をかけられていた。加えて、カトリック教会による統一に敬意を払っていたエラスムスに対し、過激な教会分離主義者が向けた憎悪に、モアもまたさらされている。殉教という鉄槌が彼の頭上に下され、聖人たちに抱き取られて死後の名声を得るには、まだ多少の時間の余裕があったのである。ところで、ラブレーがモアの処刑をどう捉えたか、われわれにはわからない。しかし、ラブレーがフランス王権の推し進めるガリカニスムの立場をとっていたことを考慮するならば、国王に叛逆し、かつカトリック教会と王権との対立を煽ったような人物の方針を、そのまま肯んずることはなかっただろう。とくにヘンリー八世の離婚問題では、デュ・ベレー家が一丸となって、終始変わらずヘンリー八世を擁護していた以上、意見を異にしていたのは間違いないだろう。それでもラブレーは、決して『ユートピア』への言及を削除しなかった。公的には、頑固一徹のこのイギリスの元大法官の作品に、忠実であり続けたのである。こうした立場は、フランスでは必ずしも歓迎されはしなかった。というのも、この国では、モアの「親愛なる」エラスムスと激しく敵対した何人かの神学者たちが、今度はモアをその非難の的にしつつあったからである。モア自身はおそらく『パンタグリュエル物語』を読んでいない。しかし、もし手にとって読んだとしたら、間違いなく存分に楽しみ、かつ的確に理解していたことであろう。

5　喜劇的騎士道物語

騎士道物語に登場する英雄の物語は、長らく以下のようなパターンに沿って展開するのが一般的であった。まず、主人公たる英雄の誕生が語られる。その際、主人公の後々の雄雄しさや立派な騎士ぶりを予告するような出来事が、先に置かれる場合もある。次なる幼少期はごく簡単に片付けられる（ちなみに、初めてみずからの幼年時代を物語った聖アウグスティヌスから、あのジャン＝ジャック・ルソーに至るまでの間に、幼少期に多大な関心を寄せた著作家は皆無だと思われる）。しかるのち読者は、戦闘および騎士の武勇に関する、精彩に富んだ描写へと誘《いざな》われていく。騎士道物語の優れたパロディーである『パンタグリュエル物語』も、概ねこの一般的図式に沿って展開している。つまり、〔『大年代記』において〕「幼少期のガルガンチュア」から「ガルガンチュアの武勇伝」へと、かなりスピーディーに話が繋がっていくのとほぼ同様の流れに沿っているのである（ただし、全体を通して随所に、かなり意地悪な諷刺――もっとも、そこに響いているのは憎しみよりはむしろ笑いである――や、笑劇のような陽気さと、ルキアノス風の笑いに包まれた長大な茶化しとがちりばめられている）。『パンタグリュエル物語』の中のさまざまな巨人のエピソードのもつ、真の歓喜と遊戯的な悦楽は、おそらくは世に比類がない。だが、のちになされた加筆や削除のゆえに、『パンタグリュエル物語』は、趣の異なる書物に変じてしまったのである。一五三二年版の『パンタグリュエル物語』が、あふれ返る喜びの情で読者を感嘆させるのに対し、一五三四年版は、すでに攻撃にさらされた人物の作品に姿を変えており、ふと辛辣な皮肉を漏らす場合すら見受けられる。初版では、諷刺的なるものは、いつも滑稽なるものに道を譲っていた。つまり、作品のどこを探しても、辛辣な皮肉は見当たらなかった。しかも、騎士道物語の内部と外部を自由に出入りする、ラブレーのその自在さのゆえに、この陽気な雰囲気はさらに濃密になっている。なお、騎士道譚の枠外において、真面目なテーマや滑稽な主題が本格的に採り上げられる場合、騎士道物語の痕跡はすべて消し去られ、その代わりに、ユマニスト＝法学者や福音主義的キリスト教徒としての関心事が、前面に押し出されてくることになる。

では、実際のところはどうかというと、『パンタグリュエル物語』における巨人の騎士道物語としての側面は、主として、その冒頭と巻末に顕著に現われている。つまり、一種のサンドイッチのような状態になっており、そのあいだに挟まれた具は、滑稽な騎士道譚とはほとんどないし完全に無縁なものからなっているわけだ。真ん中に挟まれた、ユートピア国の巨人たちとはあまり関係がないが興趣に富む多種多様な逸話群には、当時のフランスの知的動向のなかで、ユマニストの学者の目には愚かしく見えた諸側面を、思いきり冷やかしてやろうとする意図が込められている。この点で『パンタグリュエル物語』は、『ガルガンチュア物語』と『第三之書』の双方と似通っているのがわかる。というのも、これら三作品はどれも、互いに類似した始まりと終わりを持ち、しかもそれらが、そのあいだに挟まれた他の多くの章とほとんど共通項を持たない点でも、やはり一致しているからである。

6　聖書を下敷きにした笑い

『パンタグリュエル物語』の最初の数章の中で、現代の読者を仰天させる側面を挙げるとしたら、それは、アーサー王物語群のパロディー化よりも（そもそも、騎士道物語に精通している読者が多いとは思えない）むしろ、聖書のパロディー化のほうである。たとえば、パンタグリュエルにまで至る系図を作成しているラブレーの念頭に、旧約聖書に登場する巨人が浮かんでいたのは間違いない。アルコフリバス師が作り上げた系図は、シャルブロット、サラブロット、ファリブロット、*そしてウルタリー（「大食漢のスープ好きで、大洪水時代に世を治めていた」〔第一章、渡辺訳p.25、宮下訳p.38. なお、ウルタリーについては、本章7を参照〕）といった人物から始まって、グラングズィエ、ガルガンチュア、そして「わが主君の気高きパンタグリュエル」〔渡辺訳p.29、宮下訳p.43〕にまで到達している。この系図が、ユマニストの学者の手になることは一目瞭然である。というのも、彼は、作品にコミカルな味付けをするために、「歴代誌略上」と「申命記」〔ここでは、「申命記」ではなく、「創世記」を挙げるべきであろう〕に見られる系図を、そこにルキアノス風のゆがみをかけつつ、うまく模倣し利用しているからである。告解火曜日《マルディ・グラ》の祝祭的雰囲気が、これほど明白に表現されている箇所は、ラブレー作品の中でもめったに類を見ない。「大旱魃」によって産み落とされた怪物的な種族の一系統から、「大全能腹」*Ventrem omnipotentem* と記されるようになる、樽のごとき太鼓腹の種族が生じているが、これも偶然のことではない。ところで、この「大全能腹」*Ventrem omnipotentem* という表現は、いうまでもなく、信仰箇条《クレド》にある「全能の神」*Patrem omnipotentem* という表現をもじったものである。なお、この種族からは、聖太鼓腹《パンサール》上人（これは、カーニバルの際に面白がって崇拝された聖人である）と告解火曜日そのものが、この世に産み落とされている〔以上、渡辺訳p.23および宮下訳p.34を参照〕。

＊　いずれも架空の名称。なお、ノアの第二子ハムの息子とされたネムロッド（ニムロデ）がリスト上でこの直後に登場しているが、この名称と語尾を合わせたのだと考えられる。

このように、宗教と遠慮なく親密につき合おうとする伝統的な姿勢は、イギリスではかなり長期にわたって生きながらえるが、フランスではより早く消滅してしまう。というのも、カルヴァン主義と、それに負けず劣らず厳格な反宗教改革の動きとが、いわば連携するようにして強大な力を発揮し、宗教を題材としたそれこそ罪のない冗談を、少なくとも二世紀間にわたって、フランス文学から追放してしまったからである。ラブレーにとって、この種の冗談のいくぶんかは、フランシスコ修道会ですごした数年間に身につけたものである（もちろん、ベネディクト修道会も忘れてはならない）。典礼や聖典に対して心底から畏れの念を抱いていた者たちは、同時に、常日頃それらの内容に親しんでいたので、その畏怖の対象を、時には、笑いや気分転換の材料に仕立て上げたくなるのである。フランシスコ会修道士たち（「神の吟遊詩人たち」と呼ばれていた）は、その説教が、威勢がよく楽しい、しかもきわどいがユーモラスである、として高い評判を得ていた。暗誦できるほどに聖務日課書に通じていた男たち（そして、ラブレーの言を信じるならば、それ以外には何も知らなかった男たち）は、その中身に毎日のように接して親近感を覚えていたはずであり、だからこそ、陽気な宴会において、あるいは淫らできわどいジョークを飛ばしているおりに、その内容が口をついて出てきたとしても、何ら不思議はないのである。『ガルガンチュア物語』の中でラブレーが描く酔っ払いのひとりは、ワインを求める際に、「我輩は主の御言葉を申し上げるぞ。われ渇したり、とな」と発している。* また、ジャン修道士は、プリアポス〔ギリシア・ローマ神話で、生殖力や豊穣の神。男根を指すことが多い〕すなわち男性の一物を指すうえで、わざわざ詩篇の冒頭の一句「我なんぢに向かいて何を上ぐ」** を持ち出している。しかし、この種の冗談を飛ばした者は、間違いなくこの二人がはじめてではない。

＊「われ渇く」は、十字架上のイエスの言葉。「ヨハネ伝」第十九章二八節。この場面は『ガルガンチュア物語』第五章。渡辺訳 p.45, 宮下訳 p.62.

＊＊「詩篇」第一二三篇。「我なんぢに向かいて目を上ぐ」が実際の文句。『ガルガンチュア物語』渡辺訳 p.191, 宮下訳 p.308.

学者たちが「修道院風ユーモア」と呼び習わしてきたこの種のパロディーや冗談には、秩序を脅かすような破壊的要素など何も含まれていない。年月を経るにしたがって、フランス語圏の国々で、危険だと見なされるようになったにすぎない。フランスでは、それもおそらくは十九世紀全般を通して、こうしたユーモアはほとんど理解されていなかったので、「無神論者ラブレー」という伝説が生じたのである。ラブレーは、自身が司祭として奉じているはずの宗教を、それに壊滅的打撃を与えるほどに嘲笑している、というわけだ。だが、同時期の英国では様子が異なり、国教会の牧師たちときたら大喜びでラブレーを手に取っていたので、作家のトロロプが見逃すはずもなかった（ちなみに登場人物の大執事グラントリーは、一大警世紙 *The Thunderer*〔ザ・タイムズ紙の異名〕と『パンタグリュエル物語』以外に何か読んだことがあるのだろうか?)。チャールズ・キングズリー師*もまた、ラブレーを愛でたひとりである。彼の『水の子たち』にざっと目を通せば、この点は疑いようがない。しかし、こうしたイギリスは別にしても、ラブレーが無神論の見地からキリスト教をパロディーの手法で茶化している、という「信仰」は、なにも十九世紀にかぎられた逸脱的解釈に留まらないのである。彼の後期作品に照らし合わせてみれば、この説には相当の無理があるとわかるのだが。にもかかわらず、たとえば当時のソルボンヌは、『パンタグリュエル物語』が、聖書におけるキリストの系図を危険にもパロディー化し無化しようとしている、という嫌疑を(誤って)ラブレーにかけている始末である。ジュネーヴの新しい厳格派〔カルヴァン派を指す〕は、さらに激しくラブレーやその仲間と敵対している。つまりラブレーは、その文学者としての成熟期に、ジュネーヴとソルボンヌの双方から飛んでくるムチの嵐に耐えねばならなかったのである。なんとも名誉なことに、彼は、ジュネーブに痛罵を浴びせられ、ローマからは禁書処分をくらう一方で、アムステルダムとロンドンでは大いに愛され高く評価されたのであった。ジュネーヴから、一五三八年七月三十一日付でシャルル・ド・カンドレーに宛てた書簡の中で、アンドレ・ゼベデは陰気な調子でこう愚痴っている。「ドレ、ラブレー、そしてマロのことはよく覚えている。だが、あの連中がリヨンでどんな評判を得ていたかを思い起こすと、驚きを禁じえない」[4]。もっとも、ラブレーのほうも、カルヴァンとその同類に対して、一度ならず反撃を試みている。ソルボンヌについては、一五三三年以降、ラブレーはこれを主要な嘲笑の的に仕立てているが、敵側も、憎悪と弾圧の試みによってこれに応酬している。

* チャールズ・キングズリー師(一八一九-七五)英国の牧師・著述家。キリスト教社会主義の立場を採った。小説『ハイペーシア』や童話『水の子たち』で知られる。

一五四二年版の『パンタグリュエル物語』では、ラブレーはあまりに危険と判断した箇所を、細心の注意を払いつつ削除しているが、聖書を下敷きにしたパロディーのいくつかは残されている。この事実は、それらの冗談が、保守派の重鎮によってすら、危険ないし有害であるとは見なされていなかったことを物語っている。ナンセンスな文脈の中では、山上の垂訓ですらが、洒落た語呂合わせの素材となりうるのである。たとえばベーズキュは、滑稽な弁護士のアンティトゥス先生〔十五世紀ごろから、滑稽譚などに出てくる愚鈍な人物の名称で、ラブレーのお気に入り。『第四之書』第四〇章も参照〕を登場させ、教会法の専門家たちの言だとして、「重きものは幸いなるかな、躓《つまず》きたればなり」という怪しげな引用をさせている。（*Beati lourdes, quoniam trebuchaverunt*）この一節は、慎重に手を加えたはずの、一五四二年版のテクストに残されているのみならず、*trebuchaverunt*[*]〔「躓く」の意〕の直前に、なんと *ipsi*〔「おのずから」の意〕という語までがわざわざ挿入されているのである。この加筆により、右の一節が、八福〔the Beatitudes：山上の垂訓でイエスが説いた八種の幸福な人々。「マタイ伝福音書」第五章三–十節〕の面白おかしいパロディーであることが、火を見るよりも明らかとなる。以下の二文を比べれば、その類似は一目瞭然であろう。*Beati lourdes, quoniam ipsi trebuchaverunt.*「重きものは幸いなるかな、おのずから躓きたればなり」*Beati mites, quoniam ipsi possidebunt terram*「柔和なるものは幸いなるかな、その人は（おのずから）地を継げばなり」[**]。聖書を踏まえたこの他のジョークは、削除を余儀なくされている。もっとも、福音書に対する敬意から削除されたわけではなく（そもそも、福音書への敬意は当たり前すぎて、問題とならない）、むしろ、そうした諧謔によって持ち上がってくる神学上の問題のゆえに、削らざるをえなかったのである。一例を挙げよう。アルコフリバスは、自分は「年代記」の中で真実しか語っていないと主張し、『パンタグリュエル物語』初版では、それを強調するために、聖ヨハネの言葉を気軽に引いているのである。曰く、「私は黙示録の聖ヨハネのごとく語っておるのでございます。すなわち、『我らは見たるものを証すなり』というわけでございます」〔「ヨハネ伝」第三章十一節。渡辺訳 p.18, 宮下訳 p.27〕この引用は、キリスト教徒が、いつ、どこで、何を信じるべきなのか、という本質的な問題を前面に押し出してしまう。これは、一五三四年の時点ですでに危険きわまりないことであり、削除もやむなしとあいなったのであろう。その証拠に、『ガルガンチュア物語』で、これと同様に、物事を信じることの本質を扱った箇所では、神学的とはいっても、より狭い専門的なジョークに置き換えられているのである[***]（*Panta.*, *TLF* ix *bis*, 184; prol., 77; *Grag.*, v, end; *EC* xi, 32; prol., 64; *Grag.*, vi, end）。

＊　なお、先のラテン語文は、ラテン語としてはかなり怪しいもの。フランス語では、latin de cuisine「台所のラテン語」という。

＊＊　「幸いなるかな、柔和なる者。その人は地を嗣がん」、「マタイ伝」第五章五節。以上の箇所は、渡辺訳 p.94, 宮下訳 p.150.

＊＊＊　『ガルガンチュア物語』第六章。渡辺訳 pp.50-52, 宮下訳 pp.68-70. ラブレーは、ガルガンチュアの奇怪な「耳からの誕生」

を信じるべきだ、という主張を行なっている。宮下訳の註 **p.69, n. 7** も参照のこと。それによると、「神の御言葉」すなわちイエスの受肉が、受胎告知という御言葉により成就したのだから、イエスもマリアの耳から生まれたと信じられてきたという。ここには、不可視の事柄を信じるべき理由という、神学上の大問題も提起されている。

聖書のパロディーや、聖書を下敷にした、時としてかなり卑猥にもなりうるジョークは、ありふれたユーモアの一ジャンルとして古くから知られていた。人々の大部分が聖書を所有せず、また、読んだこともないような時代にあっては、こうしたパロディーやジョークは、民間の信仰や典礼を通して広く知れ渡っていた聖書の逸話をうまく利用するのを常としていた。たとえば詩篇や旧約聖書の主要なエピソード（天地創造、人類の堕落〔＝アダムとエバの原罪の話〕、ノアの洪水、ソロモン王の元を訪れたシバの女王）、あるいはイエスの降誕、等々である。これらは、しばしば芸術的な図像として採り上げられた主題であり、石や木材に彫りこまれたり、カンヴァスに描かれたりした。また、ミサ用の聖書抜抄句《ペリコーペ》〔聖書からの引用章句。聖務日課や礼拝で朗読されるもの〕もジョークの大事な情報源で、その大部分は英国国教会の祈禱書〔The Book of Common Prayer〕の中で、現在でも読むべきとされている章句とほぼ重なっている。ところで、聖書の章句を意図的に誤用することで成立する洗練されたジョークは、何かと好みにうるさいあのエラスムスをすら楽しませている（『痴愚神礼讃』がその証拠である）。ただし彼は、ラブレーが興じたようなフランシスコ会流の下品な冗談は好まなかった。もちろん、ラブレーのエラスムスに対する深い尊敬の念に、何ら偽りはない。しかし、ラブレーの心の内には、「新学問」にひたすら打ち込むだけでは、どうしても満足できないところがあった。だからこそエラスムスとは異なり、彼は、その独創的な作品を、俗語でしか書けなかったのかもしれない。ユマニスト＝学者としてのラブレーと、年代記作者としてのアルコフリバスは、緩やかにしてかつきわめて安定した関係を保ちつつ、上手に共存できたのである。なるほど、ラブレーのパロディーや冗談に含まれる、かなり下品な側面を、エラスムスはおそらく嫌ったであろうが、この二人の人物は、旧約聖書の大部分に対する態度という点では、互いにそれほど遠くない場所にいたのである。エラスムスの考えによれば、旧約聖書は、霊的および預言的な釈義によってその豊かさを引き出すことなく、文字どおりの意味にとると、ホメーロスの「ほら話」と同じくらい説得力に欠ける書物に成り下がってしまう。エラスムスのような人々は、旧約聖書がはらんでいる内的・倫理的・霊的な意味に対して、深い尊敬と畏怖の念を抱いていた。しかしだからといって、数多くのエピソードが展開してみせる文字どおりの意味をも、同様に尊重したとはかぎらないのである。ラブレーの立場もこれとさほど異なってはいない。彼もまた、旧約聖書を真面目に引き合いに出す。純粋に歴史的な観点から言及する場合もあれば、倫理的ないし霊的に深い意味が宿っていることを前提に引証する場合もある。しかし、彼は以上の人々とは異なり、聖書を編んだ数々の著者たちの使った慣習的な表現や、旧約聖書の逸話の文字どおりの意味などを、この上ない笑いの源泉として進んで活用しようとするのである。

7　ヘブライ的笑い〔『パンタグリュエル物語』第一章、七章〕

ラビおよびその他のユダヤ人の著作に対する関心は、すでに十三世紀以降の中世の聖書研究で重要な役割を果たしてきたが、この関心の高さは、ルネサンス期を理解するうえでも非常に重要な一側面と言える。旧約聖書以外のユダヤ人の著作を、すべて出版禁止処分にしようとする試みがドイツでなされるが（これは、カトリックに改宗したプフェッファーコーン〔（一四六九―一五二三）ドイツ系ユダヤ人だが、のちにカトリックに改宗し、タルムードの焚書処分を主張するなどした〕の動向と関連した企てである）、逆にこれが引き金となって、大部分のユマニストたちは、結集してユダヤ研究を擁護するようになったのである。その結果、十六世紀で最も滑稽な書物のひとつに挙げられる『無名人書簡』*Lettres des hommes obscurs* が出版される運びとなった。これは、間違いだらけのラテン語で綴られた、実に愚昧な内容の手紙を収めた選集で、匿名で編まれている。実は、無学な神学者たちの反ユマニスム、反ヘブライズムという無知蒙昧に対して、ロイヒリンを擁護する目的で、正真正銘の書簡集である『有名人書簡』が出ていたのだが、『無名人書簡』は、これに対する反論という体裁をとって、諷刺的意図を込めて出版されたものである（この書簡集は、F. G. Stokes による英訳が、優れた注釈を添えて出版されている。London, 1925）。ラブレーは、この『無名人書簡』から、ジョークのタネを借り出している。彼がロイヒリンを支持しているのは、推測の域を超えて、もはや明々白々である。サン・ヴィクトール図書館の典籍をリストアップした、痛快なほどに諷刺的なリストを追っていくと、ロイヒリンとその一派に寄せるラブレーの共感が、はっきりと浮かび上がってくる。たとえば、すでに初版の時点で図書館のリストには、オルトゥイヌス先生著『満座で麗しく屁をひる術について』という著作名が見えるが〔渡辺訳 p.55, 宮下訳 pp.98-100〕、ここには、ロイヒリンならびにユダヤ研究一般に対し敵意を燃やして失笑を買っていた、ケルンのある神学者に対する当てこすりが見てとれる。* 一五三四年の改訂版になると、書籍目録はさらに膨らみ、〔増補された作品のなかには〕悪名高き反ロイヒリン主義者への、露骨な揶揄を含んだ書名も含まれるようになる。以下に数例を挙げておきたい。まず、「異端計量官」ヤコボ・ホックストラテン先生は『オチン・オマンの偽善について』を、また、ルゥポルドゥス先生は『ソルボンヌ流式服の頭巾に関する訓言』を提供している。さらに、ケルンの神学博士たちが共著で世に問うた書として、『憎きロイヒリンのこき下ろし』が挙げられている〔渡辺訳 pp.59-61, 宮下訳 pp.98-100〕。『パンタグリュエル物語』の著者は、ロイヒリンならびにヘブライ語のテクスト研究に対するみずからの支持の姿勢を、これ以上ないほど明確に打ち出そうとしているのである（*Pant.*, *TLF* VII, 57, etc.; *EC* 135, 166, 169, etc）。ところで、いったいなぜ一五三四年に、ラブレーはユダヤ研究支持の姿勢をより強めたのか、という疑問を抱くのであれば、同年の一月に、ソルボンヌがベダ（この神学部理事は、諸々の理由により、追放先から一時的に呼び戻されていた）に対して、まことに愚かな許可を出したことを指摘しておきたい。すなわち、フランソワ一世が創設した「三か国語学院」の「王立教授団」〔固有名詞としては、後のコレージュ・ド・フランスの前身を指す〕が、ヘブライ語の旧約聖書について講じるのを、ベダが阻止してもかまわないという方針を打ち出したのである。これに対し王権側は、ベダとその同僚の神学者たちに対して、断固たる態度で臨んでいる〔ノエル・ベダは、同年五月に再逮捕され、モン＝サン＝ミッシェルに流刑となっている〕。つまり、この年は、ロイヒリン学派およびヘブライ学一般に対する支持を表明するうえで、まさしく絶好の機会だったのである。[5]

* グラティウスないしはアルドゥアン・ド・グラエスという名の神学者。当時のケルンは、エラスムス、ロイヒリンおよびルフェーヴル・デタープルを敵視していた神学者の牙城であった。F. Rabelais, *Œuvres complètes*, éd. M. Huchon, (Pléiade) p.1262, n. 22.

ラブレーは、その理想とする教育プログラム〔『パンタグリュエル物語』第八章〕の中で、ヘブライ語ならびにアラビア語をはじめとする同語族のセム系言語の研究に、重要な地位を与えている。こうした言語の研究を通して、旧約聖書の真の意味を探り、それを明らかにするのが、おもな目的である。もっとも、ラブレーがどれほどヘブライ語に通じていたかは不明である。彼とて間違いを犯す場合はあるわけで、たとえば、アベン・エズラ〔前五世紀〕のような一流の律法学者たちを、マソラ学者*たち、すなわちヘブライ語文献を研究する、より下位の学者たちと同一視している。ラブレーは、医学に貢献したとしてユダヤの学問を好意的に捉えているが、この点は、ユマニスト的教育プログラムに、〔カバラに詳しい〕ユダヤ人の医書の研究を組み込んでいる事実からもわかる〔渡辺訳p.70、宮下訳p.115〕。だが、彼のヘブライ語に関する学識をあれこれ憶測する以上に重要なのは、『パンタグリュエル物語』中の少なからぬエピソードが、ミドラシュ〔ユダヤ教のラビによる聖書解釈。その字義的意味よりもさらに深い霊的意味を探ろうとする方法〕やカバラ的伝統をも含む広範なヘブライ学と、明らかに深く関わっているという事実のほうである。ここから想いおこされるのは、古代やさらに新しい時代のユダヤの注釈学や伝説文学に関する研究成果が、部分的とはいえ、サン・ヴィクトールのアンドレーアス**のような中世の神学者、リールのニコラウス***のような聖書釈義学者、あるいはサンタフェのヒエロニムス〔十五世紀スペインの著述家〕のようなキリスト教に改宗した元ユダヤ教徒らを通して、徐々にキリスト教神学者の知るところとなっていった事実であろう。先述したロイヒリンとその学派は、中世のヘブライ語に対するこうした高い関心を、ルネサンスの核心部にまで持ち込んできたのである。以上の著作物が伝えている知識のなかには、少なくとも間接的には、簡単に入手できるものも少なからずあったので、ラブレーは、本来、ヘブライの伝統や釈義学に精通していなければとても思いつかないようなジョークを、比較的簡単に飛ばせたのである。

* マソラとは、子音字のみで記されていたヘブライ語聖書本文に、母音符号、句読点、欄外注を加えていく校訂作業のこと。

** サン・ヴィクトールのアンドレーアス（一一一〇頃―七五）イギリス出身の聖書注釈学者。中世で初めてヘブライ語原典を体系的に使用した。

*** リールのニコラウス（一二七〇頃―一三四九）フランスのフランシスコ会修道士で、中世最大の聖書（釈義）学者。ヘブライ語を完全に習得し、『新・旧約聖書全注解』を完成させている。

たとえば、パンタグリュエルの系図は、多くの偉大な君主の系図と同じく、大洪水以前にまでさかのぼっている。

だが、アルコフリバスはこう問うのを忘れない。そもそもノアの方舟の中に入って助かった巨人がいたという話は聞いた例《ためし》がないのに、なぜこのような巨人族が生き残れたのか、と。この問いに対するラブレーの返答に、現代の読者は、反キリスト教的な印象を抱いて、かなり驚くかもしれない。というのも、パンタグリュエルの祖先にあたる、ウルタリーという名の巨人は、方舟にまたがるように乗っかっていた、と説明されているからである。もちろん、アルコフリバスがひとりでこうした答を提示できるはずもない（そもそも彼は大洪水を目の当たりにしたわけではないのだから）ので、ユダヤの文献にその根拠を求めたのである。

（……）私は聖なるヘブライの書を注解したマソラ学者たちの権威を援用しよう。彼らの言によれば、件のウルタリーがノアの方舟の中にいなかったことは間違いないという。それも道理で、そもそも彼は図体が大きすぎて、方舟の中に入れなかったのである。しかし、彼は舟に馬乗りになり、片脚をこっちに、反対脚をあっちに置き、その様子は、ちょうど小さな子供が木馬に乗っているのにそっくりであった。（……）こうして彼は方舟が難破するのを救ったのである。その次第はというと、まず両脚で舟のバランスをとり、その上、舵で船を操るときと同じように、足先で方舟を好きな方向へと動かしたのである。船中の人々は、自分たちが受けた恩義に感謝して、煙突から十分な食料を与えてやり、時には、ルキアノスの物語中でイカロメニポスがユピテルと話したように、あれこれと会話を交わしたのであった*（*Pant.*, I, end）。

＊ 渡辺訳 pp.29-30, 宮下訳 pp.44-45. なお、著者は一部を省略しているので、該当箇所をプレイヤッド版の仏語原文から訳出した。

ここの記述は確かに不敬に満ちている。しかし、それは反キリスト教色の不敬ではない。ラブレーは別段、旧約聖書の語るノアの方舟の逸話を、ルキアノスの「ほら話」と重ね合わせているわけではない。ラブレーは、他分野の知識の場合でもそうだが、それらに真剣に関心を寄せるかと思うと、時と場合によっては突然それらと遊び戯れたりもするわけで、ここでもただ、ユダヤの伝承と戯れてみせているにすぎない。ラブレーによるウルタリーの逸話は、バシャン〔ヨルダン川東方の肥沃な地方〕の王オグの逸話を素材にしている。オグとは、イスラエルの民に撃ち殺された巨人〔「申命記」第三章三節〕で、その名は聖書の複数の書に見られる。オグはまた、数々の伝説やラビの伝える神話の題材にもなっている。『パンタグリュエル物語』におけるウルタリーの逸話も、『ラビのエリエザール・ベン・ヒルカヌスの教え』に収録された物語に手を加えてパラフレーズしたものである。この『ラビ・エリエザール師の教え』が印刷に付されるのはずっと後のことではあるが（ある版が一五四四年にヴェネチアで出ている）、ラブレーよりも数世代前のキリスト教神学者たちが、すでにこうした逸話に言及していたために、その一部は当時かなり知れ渡っていたのである。ジェラルド・フリードランダーによる翻訳では、ラビのエリエザール師の話は以下のように紹介されている。

> そして地上にいたあらゆる生き物は死に絶えてしまった。この点は、「地上のすべての生き物が消し去られた」と書かれているとおりである〔「創世記」第七章二三節〕。もっとも、ノアおよびノアと一緒に方舟にいたものたちだけは例外であった。この点も、「ただノアと、彼と一緒に方舟にいたものたちだけが残った」〔「創世記」第七章二三節〕と記されているとおりである。もっとも、バシャンの王オグも例外だった。なぜなら彼は、方舟の雨樋の下にあった木片に座っていたからである（ある異本はラブレーにより近い解釈を施し、「はしごの段のひとつに」と記している）。オグはノアとその息子たちに対し、自分は永久にあなた方の僕となる、と誓っている。では、ノアはいったい彼に何をしてやったのだろうか。実は、ノアは方舟に孔をあけ、そこから毎日オグに食事を与えてやったのである。こうしてオグも生き残ることができた次第だ。この点は、「バシャンの王オグだけが巨人の生存者として残った」（「申命記」第三章十一節）と記されているとおりである。(6)

オグに関してラビが伝えている伝説は「馬鹿げている」、という物言いは、キリスト教研究者の常套句であった。たとえば、J-J・ランファンはその著『ピサ司教会議の歴史』の中で、キリスト教に改宗した元ユダヤ教徒サンタフェのヒエロニムスに関する分析を、ユダヤ教に巣食う迷信への激しい非難で締めくくっている。タルムードに見られる「珍奇な記述」に加えて、ランファンは、「たとえば彼らが、バシャンの王オグはノアによって洪水の中から救い出されたなどと言う」が、この種の主張は、聖書の信頼性を損ねるだけの、「愚にもつかぬ馬鹿話」だと非難している。「オグをめぐる与太話は他にも存在しており、それらは、神に帰せられるべき『法』としてではなく、お伽噺ないしは『千一夜物語《アラビアンナイト》』の類として扱われるべきである」(7)

優れたヘブライ学者にして聖書学者でもあるゼバスティアン・ミュンスター*は、オグにまつわるユダヤの伝説を、実に愉快だと評している。一五三四年に著書『ヘブライ語聖書』の中で、「申命記」第三章十節に注解を加えつつ、彼はこう述べている。「ユダヤ人たちは、この巨人の背丈の大きさに関して驚嘆すべきことを書いているが、これらを読むと誰であれ笑わずにはいられない」。これは、ラブレーの意見でもあった。

＊　ゼバスティアン・ミュンスター（一四八九―一五五二）ドイツの神学者、地理学者。フランシスコ会修道士となるがプロテスタントに改宗し、バーゼル大学でヘブライ語を教えた。世界の歴史地理を集大成した『コスモグラフィア』（一五四四年）は各国語に翻訳された。

ラブレーが彼自身の「オグ」を「ウルタリー」と呼んだのは、「生き残りし者」を意味するヘブライ語のハー・パリット *Ha-Palit* が、経緯は不明だが、何らかの形で訛ったためだとする説がある。これは十分ありうることだ。そもそも「生き残りし者」という聖書のこの表現は、オグをめぐる伝説にとってはきわめて重要である。というのもこの表現は、オグが、まさしくノアの洪水後も生き延びた、という意味に解釈されたからである(8)。あるいはまた、ラブレーがオグの名称を変更したのは、聖書そのものの記述と混同されるのを避けたかったからだ、という可能性もある。もっとも、この説明は疑わしいと言わざるをえない。なぜなら、ラブレーが聖書のオグをも念頭に置いていたことは、彼が依拠していたヘブライ起源の文献の記述からも明白だからである。加えて、ラブレーがこの少し先で*〔第四章〕、リールのニコラウスの注釈と、かの有名な「（オグを）揺り籠に縛りし鉄鎖」とを引用している事実も、この点を裏づけてくれるだろう（*Pant., TLF* IV, 62 ; *EC* IV, 51）。

＊『パンタグリュエル物語』第四章、渡辺訳 p.41, 宮下訳 p.63 ならびに「申命記」第三章十一節を参照。後者には、オグの「寝台は鉄の寝台」という表現がある。

ラブレーがヘブライ起源の出典をもし参照していなかったとしたら、ラビ・エリエザール師語るところの方舟にまたがったオグの逸話を、いったいどうやって、これほど詳細に引いてこられたのか、説明がつかなくなってしまう。なぜなら、オグにまつわる荒唐無稽な逸話のなかでも、この話については、その全体を伝えているのが、ヘブライ語の文献のみだからである。もちろん、ラブレーが独力でこの話を読みこなすほど、ヘブライ語に精通していたとは考えにくい。推測だが、彼に代わってパニュルジュのヘブライ語による演説〔『パンタグリュエル物語』第九章、渡辺訳 p.82, 宮下訳 p.130〕を書いた知人が、話の詳細を彼に教えてやったのかもしれない。あるいはまた、友人のアモリー・ブシャールからこの話を伝え聞いた可能性もある(9)。さらに、ラブレーが『ラビ・エリエザール師の教え』の、知られているなかで最も早期のラテン語訳にあたっていたという、一見魅力的な仮説も立てられたりはしたが、これはありえないことがすでに証明済みである。そもそもこの翻訳は、のちにチューリッヒの宗教改革者ツヴィングリ〔（一四八四―一五三一）スイスの宗教改革者。新約聖書の原典研究を行なう。ルターとは聖餐問題で対立〕の信奉者となるフランシスコ会修道士コンラート・ペリカン（一四七八―一五五六）の手を煩わせて世に出たものである。その翻訳の手書き原稿のオリジナルは、現在でもチューリッヒ図書館に収蔵されている（Ms. Car. C. 60 ; fol. 201-250）。ペリカンはその結びに、この翻訳は一五五四年九月二十四日に終了し、「十五日間にわたる仕事」であったと書き記している。つまり、『パンタグリュエル物語』の出版〔一五三二年〕に、いささかも間に合っていないのである。

　ユダヤ伝承に関してキリスト教徒側が残した記述が、方舟にまたがったウルタリーの逸話に留まらず、より広範に素材を提供していた可能性もある。こうした著述は、『パンタグリュエル物語』の冒頭全体に、その発想源として影響を与えたという見方もできる。たとえば、旧約聖書に見られる系譜の滑稽なパロディー然《しか》り、また、さまざまな種族の身体の一部が、それぞれ極端に肥大化してしまう、という一連のコミカルな記述も然りである。サンタフェのヒエロニムスの論考『反ユダヤ人論』の第二之書第四章は、「タルムードに含まれる瓦落多《がらくた》、でたらめおよび誤謬について」と題されている。そこに収められた駄物のリストには、たとえば、神がネブカドネザルの男根《ペニス》を、なんと三〇〇キュービット〔腕尺。一キュービットは肘から中指先までの長さで、およそ四六—五六センチ〕の長さにまで伸ばしてしまったという逸話が見つかる。これは、なんでもネブカドネザルがゼデキヤに抱いた男色の衝動を、なんとか抑えこむためだというのである。その他にも読者は次のようなエピソードに出会うだろう。曰く、ラビ・エリエザール師とラビ・イスマエル師は、ともにばかでかい腹をしていたので、二人が向かい合って立った場合、その腹のアーチのあいだを、雄牛が二頭も通り抜けられたという。さらに、他人から、お前たちの息子どもが実の子供のわけがない、なぜなら、こんなデブが女房と寝るなんぞ絶対に不可能だからだ、と馬鹿にされたときには、二人とも、女房の腹のほうがもっと出っぱっているのじゃ、と平然と言い返している。彼らによれば、腹の出っぱりなんぞ問題にもならぬ、というのも、自分たちにはその太鼓腹に見合った立派で長大なペニスが付いているから、子作りなんぞ朝飯前だというわけである[10]。

笑いを追い求めていたラブレーが、みずから生み出した巨人の主人公を住まわせたのは、以上のような世界であった。この世界が、ユダヤ伝承を破壊に追い込むことはありえず（ここには、サンタフェのヒエロニムスに見られるような、苛立たしげな不寛容の痕跡は見出せない）、同時に、正典たる旧約聖書を掘り崩す心配もない。これは、好奇心の地平を押し広げつつあったルネサンスの盛期に、ラブレーの博識と読者のそれとが新たな喜劇的世界を創り上げていく、その良き典型例なのである。

以上のようなユダヤの領域においても、その他の分野においても、ラブレーは常に時代の最先端をいっていた。一五三〇年、フランソワ一世が、ヘブライ語、ギリシア語およびラテン語の教育を行なう「王立教授団」*lecteurs royaux* をパリに創立すると、伝統を重んじる保守的神学者の多くが、後の「三か国語学院」（コレージュ・ド・フランス）創設への布石となったこの教授団に対し、敵愾心を剝き出しにしていたにもかかわらず、この教授団は、七十人訳《セプトゥアギンタ》*聖書のギリシア語および旧約聖書のヘブライ語が立派な研究対象であることを、高位の有力者たちにみごと認めさせたのである。こうして、ヘブライ語を学ぶための道具は、以前とは比べものにならないほど入手しやすくなっていった。たとえば、ラブレーが『パンタグリュエル物語』を上梓する直前のころには、ヘブライ語文法に関する知識は、格段に手に入れやすくなっている。というのも、ドイツでゼバスティアン・ミュンスターやその他の人々にへブライ語を教えたエライアス・レヴィタ（エライジャ・レヴィタ）〔（一四六九―一五四九）ドイツ生まれのユダヤ人文法家・聖書注釈者〕は、ヘブライ語文法に関する著作を数冊ものしており、しかもそれらは、著名なる弟子ミュンスターを介して普及していたのである。また一五三一年には、クラタンダー**が、モイーズ・キムヒ『ヘブライ語文法』〔キムヒは十三世紀のヘブライ語文法家・聖書注釈学者〕のミュンスターによるラテン語訳に、エライアス・レヴィタの注釈を付して、バーゼルで刊行している。パニュルジュが贖宥状売りの献金箱から賽銭を掠め取るに際して〔『パンタグリュエル物語』第十七章、渡辺訳 pp.136-137, 宮下訳 pp.212-214〕、珍妙な言い訳を開陳しているが、ヘブライ語文法のイロハを利用したこのジョークが、当時いかに「現代的」であったかは、以上の事情から容易に察しがつく。

ちなみに、この冗談のポイントは、ヘブライ語では未来形が、時として命令法の役割を担う点にある。

＊　ギリシア語訳旧約聖書。前三世紀のエジプト王プトレマイオス二世の命により、七十人（七十二人）のユダヤ人が七十日間（七十二日間）で訳了したと伝えられている。

＊＊　クラタンダー（一四九〇頃―一五四〇）バーゼル出身の印刷出版業者。ギリシア、ローマの数々の古典や、宗教改革者の著述を刊行した。

ですから、贖罪符売りが私に「ケントゥプルム・アッキピエス」（*Centuplum accipies*：「汝は百倍を受け取るであろう」）と言ったのは、「ケントゥプルム・アッキペ」（Centuplum accipe：「汝、百倍を取れ」）の意味だったのです。この点は、ラビ・キミー師やラビ・アベン・エズラ師およびその他のマソラ学者全員が一致して述べているとおりです。バルトールスの意見もまた然りでございまする。(11)〔渡辺訳 p.136, 宮下訳 p.214〕

ここでの滑稽さは自明といってよいほど単純なものである。では、ヘブライ語文法にさらに通じている人にしかわからないような、より高度なジョークは潜んでいないのだろうか。パニュルジュは、ヘブライ語では未来形が命令形の代わりに用いられると述べているが、実は、この規則が否定命令の場合しか通用しないことを、故意に言い落としているのである！　彼が開陳に及んだ例は肯定命令である。いかに強引な言語学上の操作を行なおうとも、「汝は百倍を受け取るであろう」という文が、あっという間に、「百リーヴル自由にお取りなさい」という主旨の文に化けるのは、まず不可能なのだ。ところが、先に引かれた「ラビ」たちは、福音書のイエスの言葉を注釈する過程で、こうした不可能を可能にしているというのだから仰天である！ ここで、パニュルジュが「マタイ伝福音書」第十九章二九節の表現を歪曲しているのに気づかず、しかも、ラビ・キミー師〔キムヒ師〕が、ラブレーと同時代のユマニストたちの関心事とは無縁な、たんなる中世のラビのひとりにすぎない、などと早合点してしまうならば、われわれは勘所を逃してしまいかねない。まず、「ラビ・キミー師」は、最新のホットな存在であった。彼の作品は当時、大部のラテン語版で翻訳されたばかりであり、この翻訳のおかげでユマニストたちは、ロイヒリンおよびその一派が、ケルンの蒙昧主義者たち相手に、あるいは、ケルンの連中にならってパリの王立教授団の教えを叩き潰そうと躍起になっていたソルボンヌの神学者たち相手に、みごとな勝利を収めた事実を、まざまざと思い起こしたのだった。『パンタグリュエル物語』の中には、その当時の出版状況に通暁している読者に向かって語りかけていることを、さりげなく仄めかす箇所が時として見つかるが、ここでのラビ・キムヒ師への言及も、その一種だといってよい。もちろん、ラビ・キムヒ師の著作を読破していなくても、ここでのかなり直截的なジョークを理解するのは容易である。しかし、さらに深く味わうためには、ラビ・キムヒが誰であるかを、いや、より正確には、「ラビ・キムヒ」が何であるかをわきまえておく必要がある。そう、「ラビ・キムヒ」とは、どこかの古臭いラビではなく、ユマニストの愛でてやまない、当代きってのヘブライ語文法そのものだったのである。

ラブレーは、ひとつの言語として、ヘブライ語に深い敬意を抱いていた。彼にとってヘブライ語は、旧約聖書を研究するうえで、はかり知れぬほど重要な、つまりは不可欠な手段であった。その一方で、ヘブライ起源の神秘主義やカバラおよびラビ教義全般に対する彼の姿勢には、もう少し曖昧さや両義性がつきまとっている。ただし、嘲笑や無視によって、ラブレーがそれらを敵視した例《ためし》は一度たりともなかったのである。

8　喜劇的恍惚

『パンタグリュエル物語』の冒頭の特徴である、ユダヤ伝承と軽やかに戯れるという側面は、芸術的構造という観点から見た場合、聖書に関する深い学識と密接に繫がっている。『パンタグリュエル物語』全般に関して言えることだが、全体を構成する各々のエピソードは、聖書の引喩によって強調されている。そもそも、パンタグリュエルという人物からして、ソロモン以上の叡智を宿しているばかりか〔後述、『パンタグリュエル物語』第二〇章、渡辺訳 p.157, 宮下訳 p.247〕、天からの声を聞く恩恵にすら浴している*ところから、キリストとの関連性が不可避的に浮かび上がってくる。福音書の中心を占める最重要人物と、『パンタグリュエル物語』の面白おかしく奇怪な主人公とを、このように並置するのは、一見奇抜きわまりないため、読者のなかには、この側面が『パンタグリュエル物語』を理解し楽しむうえで、大きな障害になると思われる方もいるようだ。しかし、実際には何の問題も生じない。そもそも聖書の文言を冗談の種にするのは、修道士たちが日常茶飯のごとく行なっていた営為であり、ラブレーは、そうしたジョークを喜劇的極限にまで高めているにすぎないのである。ラブレーのこの処女作は、道徳とは無縁の喜劇的な雰囲気に包まれているが（これは、その後の作品と著しく異なる点である）、こうした無道徳的な雰囲気のなかにあっては、架空の巨人とキリストのあいだに成立するコントラストや比較こそが、喜劇的緊張の一部（時には非常に重要な一部）を生み出す結果となる。後の作品群で、こうした緊張感が緩んでしまうのは、知的には納得がいかないわけではないが、ラブレー自身、この緊張緩和の代価を払うはめに陥った。最初の作品および第二作の一部分においては、巨人たちは、まさしく言葉の本質的な意味で大いに喜劇的であった。ところが、『第三之書』および『第四之書』に至ると、喜劇性は彼ら巨人の身体から流れ出て、他の登場人物の中へ注ぎ込んでしまう。こうして、パンタグリュエルの内部に張り詰めていた喜劇的緊張感は、今度は、彼と周囲の人間の過ちとのあいだに生じるようになるのである〔後期二作品では、主に真面目なパンタグリュエルと喜劇的なパニュルジュとのあいだに、道徳的緊張感が漂うようになることを指している〕。

* 第二九章、渡辺訳 p.207, 宮下訳 pp.325-326. 狼男「ルー・ガルー」との戦いのおり、神に真摯な祈りを捧げたパンタグリュ

エルに対し、天の一角から「しかく為せ、さらば汝は勝利を収めん」という声が返ってきたエピソードを指す。

パンタグリュエルは（ならびに多少スケールは小さくなるがガルガンチュアも）、その最初の「年代記」の中で、キリストあるいは族長ないし使徒のパロディーらしき存在として登場するケースがある。そのなかでもとくに見過ごされやすいのが、相手に恍惚感を与えるという役割を、それとなく真似るというやり方である。この恍惚感を描いた場面は、かなり頻繁に見つかるため、これをたんなる偶然と見なすわけにはいかない。

たとえば、パンタグリュエルの誕生の際、ガルガンチュアは「予言の霊に突き動かされ」自分の息子は「喉カラカラ族」の征服者になるだろう、と予告している〔『パンタグリュエル物語』第二章、渡辺訳 p.33, 宮下訳 pp.50-51〕。その数行後、今度は産婆のひとりが同じように「占いの霊に動かされ」**en esperit propheticque** ている〔渡辺訳 p.34, 宮下訳 p.52〕。次の章では、ガルガンチュアが妻の葬列を見ている際に、「突如心が別のほうへと奪われ」**tout soudain ravy ailleurs** てしまった、と記されている。この一文が、忘我的恍惚を喚起しているのは明らかである。* また、ベーズキュとユームヴェーヌの紛争に判決を下した際、〔それに聞き惚れた臨席の〕評定官や法学博士たちは、「なんと三時間もの間恍惚状態に浸りっぱなしとなり」、しかも「彼ら全員が、人間のものとは思われぬほどのパンタグリュエルの深慮に讃嘆し、忘我の境地に至った」〔渡辺訳 p.107, 宮下訳 p.167〕のだという。

＊　フランス語で **ravir** という動詞は元来、「心を法悦状態にする」という宗教的な意味合いを持っていた。**Être ravi en extase** は、「法悦に浸る」を意味する。

パンタグリュエルが惹起する恍惚状態は、明らかに「アドミラティオ」*admiratio* すなわち驚愕によって引き起こされたものである。[12] これは、たとえば、シバの女王が難問によってソロモンを試そうとやって来た際に、ソロモンが彼女の内に引き起こしたのと同種の、独特な恍惚状態《エクスタシー》である。それはまた、キリストの「変容」を眼前にして、驚愕した三人の使徒たちが捕われた恍惚状態とも重なる。* もっとも、ラブレー描く恍惚は、あくまで喜劇的な枠内に留まっており、旧約新約いずれの聖書にも見出せる、畏怖すべき恍惚状態と類似している一方で、喜劇的要素によって、破壊的パロディーなどとは無縁の楽しみの源泉へと転じられているのである。主人公は一種の面白おかしいソロモンとして提示されているのだと（全般に、旧約聖書のタルムード的解釈に包まれたこの作品内では）考えることもできるかもしれない。現にその役割しか果たしていないと思われるケースも時としてあるだろう。だが、この結論を持ってすべてを解決したことにはならない。というのも、トーマストの逸話では、元来キリストにあてがわれるべき聖書の文言が、パンタグリュエルに対して適用されているからである。** この一節は、人類のなかに、ソロモンより優れた者が存在しうることを主張している。また、ラブレーは、トーマストがのちに示す忘我的状態を、まやかしの恍惚として戯画化することすらしない。パンタグリュエルの姿やその偉業を眼前にして引き起こされたエクスタシーの状態は、決して恍惚状態の戯画などではない。それは恍惚状態を、本来の畏怖すべき文脈から切り離し、打ち解けた笑いの響く悦楽の世界へと引き込んだものなのである。(13)

* イエスの変容については、以下の箇所を参照。「マタイ伝」第十七章一－九節、「ルカ伝」第九章二八－三六節、「マルコ伝」第九章二－三節：「マタイ伝」にはこう記されている。「かくて彼らの前にてその状《さま》かはり、その顔は日のごとく輝き、その衣《ころも》は光のごとく白くなりぬ（……）」

** 「マタイ伝」第十二章四二節、「ルカ伝」第十一章三一節：『パンタグリュエル物語』渡辺訳 p.157, 宮下訳 p.247.「見よ、ここにソロモンよりもすぐれたる者あり」

9　糞尿譚的《スカトロジック》な笑い

『パンタグリュエル物語』と『ガルガンチュア物語』を読む際に、われわれ読者が強い衝撃を受けるもうひとつの側面は、肉体的下層の機能がしつこいほど頻繁に取り上げられていることである。とくに目につくのは、排便と排尿であるが、こうした最も尾籠な話が、ラブレーにあっては、発汗作用や涎《よだれ》といった類の、読者にとってよりショック度の低い肉体的作用と、しばしば絡み合いつつ提示されている点に、ぜひ注意を向けておきたい。『ガルガンチュア物語』以降になると、野卑な肉体的機能の一切合財が（排尿作用もときとして含まれる）、滑稽な非難の手段として用いられるようになる。ところが『パンタグリュエル物語』ではそうではない。ただし、一五四二年の改訂でラブレーが加えた変化のひとつから、彼が、尿《いばり》の海がかき立てる滑稽さ〔『パンタグリュエル物語』に頻出する主題〕と、ますます糞便と結びつけて提示されるようになる喜劇的な非難とを、明確に区別しようとしていることがうかがえる。『パンタグリュエル物語』では一般的に言って、尿の大海は、他者への非難という意味合いをほとんど帯びていない。確かに、人間の思い上がりをへこませる役割を負うケースもあるが、*おしっこの大洪水はたいてい、単純明快な笑いを誘発する契機となっているにすぎない(14)。

* 第二一章、思い上がった貴婦人に、パニュルジュのけしかけた牡犬がいっせいに小便をひっかける！

これに対し、糞便はまったく性質を異にしている。この特定の野卑な物質は、『パンタグリュエル物語』には事実上ほとんど描かれていない。しかしここで多少の脱線をして、この糞便について触れておくのも一法だと思われる。『ガルガンチュア物語』でスカトロジーが前景に現れるのは、ラブレーがみずからの作品記述を、その純粋な楽しさからいったん引き離し、入念に標的を定めて滑稽な諷刺を浴びせようとするときである。こうした際には、ラブレーは、人間一般に備わっている傾向を、まるで名人芸のごとく使いこなして見せる。そもそも、いかなる文明圏にあっても、相手の尻を俎上に載せるとは、これすなわち、相手を格下げする効果的な常套手段である。ロラン・ジュベールが『笑いを論ず』で指摘しているように、この場合、相手への共感をいっさい消し去り、その苦悶をきわめて月並みな現象で表現するだけで十分なのである。自分のズボンを糞便で汚すという失態は、（それが恐怖に由来しようと、苦悶ないし根拠なき自己満足あるいは抑制の効かない馬鹿笑いに由来しようと）、明らかな嘲笑の対象になるし、またそのように見なされる。たとえ、礼儀作法から、こうした汚い窮状を描写する表現法が、サロンや印字されたページから一時的に放逐されようとも、基本原則は変わらないのである。このように、糞便への言及はときとして、「記号《シーニュ》」の範疇に属することになる。ラブレーは糞尿譚的状況を描写するうえで言葉を必要としているが、このような状況は、慣例によって押し付けられた意味よりは、むしろ「自然な」意味を帯びている。少なくとも我らが著者はそう考えていたと思われる。

ラブレーがこうしたスカトロジックな言葉を使いこなす際の、その流暢さに、読者はあまり驚くべきではあるまい。

ラブレーの読者のなかには、糞便やそれに類した身体の下層の現象に、何の躊躇もなく言及できるこの作家に、大いなる当惑を覚える方も存在するだろう。そうした読者諸姉諸兄は、われわれが利用している家庭のトイレ（簡素にして清潔、しかも人工的に松林の芳香が漂っているトイレ）と、ルネサンス期の宮廷に暮らしながら、貴婦人ですら我慢せねばならなかった、あの不潔きわまりない便所とのあいだに、どれほどの深淵が存しているかに想像をめぐらせていただきたい。悪臭やあるがままの身体に対する現代人の不寛容こそは、我らが無臭化時代の一大特徴だと思われてならない時がある。しかもこうした不寛容は、老衰や死のように、人間に課された不可避の条件を直視するのを避けようとする心性と、密接な関係がある。逆に、ルネサンス期の作家は誰であれ、悪臭やぞっとするほどの異臭と間近で生きていたのである。彼は、苦痛や奇形、病気や飢餓や死と隣り合わせの生を営んでいた。もちろん、そうした事柄を好んだわけではないが、そうした側面に言及するのを忌避することもなかった。身体とは、天空と地上のあいだを這い回っている、被造物としての人間の置かれた状況と、その腐敗の必然性とを、絶えずわれわれに思い起こさせてくれる契機となる。ちなみに、この当時の医学関連文献やその他の真面目な著作物をひもとけば一目瞭然だが、身体のいかなる器官も、それ固有の名称で呼ぶのは当たり前の話であった。したがって、ルネサンス期は、D・H・ロレンス*のような作家を、敢えて必要とはしていなかったのである。

* D・H・ロレンス（一八八五－一九三〇）英国の作家。性の観点から人間性を探究した『チャタレー夫人の恋人』で、細かな性器の描写を行い一九六〇年まで英国では部分的な出版しか許されなかった。

ところで、こうした尾籠な主題を笑いの種にする手法は、フランス語による文学作品の専売特許であったわけではない。その具体的証拠として、同時代にラテン語で書かれた有名な例を挙げておこう。いわゆる「サン・バルブ戦争」を扱った『バルバロマキア』がそれで、ここでは、パリのモンテーギュ学寮とサン・バルブ学寮とが屋外の下水溝をめぐって派手に喧嘩をするという設定になっている。より高所にあるモンテーギュ学寮からサン・バルブ学寮に向かって汚水が流れ、玄関口に汚臭紛々たる泥沼が溜まるのだから、喧嘩にならないほうがおかしい。

ラブレー作品に見られる尿の洪水というエピソードも、この例と同じで、ただ楽しく笑いたいという素朴な気持ちに発している。ラブレー描く巨人たちは、大きいだけあって、小便の量も半端ではない。ここでさらに、ある種の喜劇的な「伝染」作用が働いて、〔『パンタグリュエル物語』に登場する〕牡犬どもも、ガルガンチュアの牝驢馬*も、巨人顔負けの放尿とあいなるのである。パンタグリュエルが馬鹿でかい以上（もっとも、ラブレーが巨人として描いている場合の話だが）、その尿も膨大な量となるのは理の当然であろう(15)。

＊『ガルガンチュア』第三六章、渡辺訳 pp.171-172, 宮下訳 pp.278-279。ラブレーの原文では「牝驢馬」ではなく「牝馬」jument となっている。

巨人および巨人に関する物語は、幼少期の経験と密接に繋がっている。私に言わせればその理由は、われわれがみな、子供として生きる時期のかなりを、不気味かつ得体の知れない大人という巨人に囲まれながら、いわば小人のピグミー族としてすごすからである。ラブレーにおける巨人性は、たとえば『ガルガンチュア物語』の中ではかなり明確に、幼少期の記憶と連結している。おそらく、『パンタグリュエル物語』にもその萌芽が見出されよう。だからこそラブレーは、ちょうど小さな子供がお日様に向かって高らかに放尿するがごとく、進んで尿の話に邁進できるのであろう。ところで、犬が排尿している様子は、人間の姿に重なりやすく、大人社会はその姿から目を逸らそうとするものなので、喜劇的な格下げを行なううえで格好の伝統的手段になっている。たとえば、『パンタグリュエル物語』に登場する「貴婦人」に対して、猛犬どもが容赦なく尿を放つのは、巨人の喜劇的物語にふさわしい、いわば当然の報いなのだ〔『パンタグリュエル物語』第二二章、渡辺訳 p.171, 宮下訳 pp.266-267〕。上品さを売り物にしていたあのラシーヌの時代にあってさえ、たとえば『訴訟狂』には、一匹の犬が場違いな場面で放尿のため脚を上げて、観客から笑いをとっているくらいである。こう見てくると、ラブレーは、たとえばポープ*に特有の、あの性をめぐるきわどい薄笑いとは無縁であり、むしろプラトンが笑いに関して持ち出した、いわゆる「子供の悪戯」にずっと近いところにいるのである(16)。

＊アレクサンダー・ポープ（一六八八－一七四四）イギリスの詩人。新古典主義の代表格とされるが、その作品は幻想的でロマンティックな要素を多分に含んでいる。とくに諷刺詩に優れ、『愚人列伝』はその中の最大の傑作。

『パンタグリュエル物語』にあっては、法への関心が大いなる位置を占めていたにしても、ラブレーは同時に医者でもあった。ルネサンス期の医者は、尿や糞便と身近なところで生きていた。当時の喜劇作品においては、医者のシンボルは聴診器などではなく、浣腸器だったのである。医者は患者の尿の味を確かめる義務すら負っていた可能性がある。* モリエールは、どうしても人の顔を正面から見つめることのできない、ある粗野な医者を、別の登場人物に非難させているが、これだけで観客はその意味するところを即座に理解したのである。** つまり、医者というものは（すくなくとも喜劇においては）、患者の顔よりもむしろ患者の臀部を見ることに慣れている、というわけである。

人間の身体とその汚穢《おわい》な部分が示す諸々の徴《しるし》や症候は、あちこちで目にすることであったから、男女を問わず誰が、そうした不愉快な事柄を、上品な迂言的表現や婉曲語法に包んで、隠蔽してしまおうとしてもおかしくなかっただろう。現に、そうした傾向はルネサンス期にあっても確実に見られたのである。このころには、身体にまつわるキリスト教的リアリズム***は、プラトン主義的な精神性によって糊塗されつつあった。だが、ラブレーは違う。彼は、ギリシア、ラテンの喜劇に精通し、かつラテン語の諷刺作家をこよなく愛した作家であった。しかも、こうした文学作品は、ルネサンス期の貴婦人たちのサロンや、礼儀正しい客間にまで上がりこんで、みずからを愛でてもらおうなどとは、考えもしなかったのである。

＊　モリエール『トンデモ医者』第四場で、医者に扮したスガナレルが尿を飲む場面がある（『モリエール全集』第一巻、秋山伸子訳、臨川書店 p.92.

＊＊　モリエール『病は気から』（第三幕第四場）で、アルガンの弟ベラルドは、医者のフルラン氏にこう言い放っている。「なるほどね、あなたはケツはともかくツラを見ながら話をするのには慣れていないってわけだ」（『モリエール全集』第九巻、秋山伸子訳、臨川書店 p.374.

＊＊＊　キリスト教は、性欲や食欲といった、人間の身体に内在する罪に敏感であったことを指すと思われる。また、死の舞踏などの図像に描かれた腐乱死体などを念頭に置いているとも考えられる。

10 反女性論《アンチ・フェミニズム》の笑い

現代の読者にとって、スカトロジー以上に受け入れにくく、ましてや笑い転げる対象になどとうていなりえないのは、『パンタグリュエル物語』の所所に見られる、「肉体」にまつわる下卑た冗談と密接に繋がった、滑稽な反女性論の話である。しかし、どの時代にもこの種の男は必ずいて、その時代の表現形式の枠内で、女たちを笑い飛ばしてきたのである。四世紀から五世紀にかけて、聖ヒエロニムスがヨウィニアーヌス*に反論する著作で、反女性論にある種のお墨付きを与えて以来、この思想傾向は、キリスト教関連のテクスト内で非常に重要な位置を占めるに至っている。もちろん、古典古代からも、こうした素材は数多く引き出せる。この種の作品は、どこかに道徳的意図を秘めたままでいながら、おそらく必然的にといってもよいほど、すぐに笑いと繋がってしまうのである。たとえば、「バースの女房**」の四番目の夫である学僧ジャンキンは、反女性論の書物を読んでは笑いこけていた（ただし、「バースの女房」が、戯言に終止符を打つまでの話ではあるが。もっともそのやり方は、はからずも、哀れな夫の読んでいた内容の多くが事実であることを、逆に証明している）。

＊　ヨウィニアーヌス（?-四〇五）ローマの修道士。教会の禁欲主義に反対し、マリアの永遠の処女性に疑義を唱えるなどして異端宣告を受けた。

＊＊　チョーサーの『カンタベリー物語』にある逸話。学僧ジャンキン（四番目ではなく五番目の夫だと思われる）は、アンチ・フェミニズム的な作品を一冊に綴じて耽読し、嫌がらせのように妻に語って聞かせていた。腹に据えかねた「バースの女房」は、とうとうその冊子の一ページをちぎり取り夫を殴りつけるが、自身も拳骨を食らわされ失神する。

彼には愛読書があり、朝から晩まで、
絶えずそれを読み耽って楽しんでおりました。
彼はその書名を、ヴァレリーとかテオフラストスとか名付けておりました。
その書を読んでは大笑いしておったのです。

〔もう一冊他にも愛読書がありました〕
その昔ローマにひとりの学僧がおりましたが、
あのいと高き聖ジェローム（ヒエロニムス）が、
この学僧ジョヴィアン（ヨウィニアーヌス）を論破する書を著したのでした。（……）
〔訳出に当たっては、チョーサー『カンタベリ物語』（西脇順三郎訳）上巻、pp.236-237の「散文訳」を参照した。なお、〔 〕内で補った一行は、西脇訳に基づいて挿入した〕

グラシアン・デュポン・ド・ドリュザック〔生没年不詳。十六世紀前半に「女性論争」に加わる。トゥールーズ高等法院の判事〕の『男と女の論争』のように、長ったらしくかつその詩的構成もお粗末な作品や、これよりずっと軽快で、かつ『女性礼讃』というふざけたタイトルを持つ作品（ラブレー作品のごとく装っている）(17) などをひもといてみれば、それらの面白さが、反女性論的な雰囲気という点では、ジェイムズ・サーバー*の面白さに一脈通じているのがわかる。反女性論が面白おかしいものとなりうる、という点は、広く認められていたのである。われわれ人間には、笑うべくして笑うということがよくある。この世には数々の慣例があるが、反女性論を滑稽な存在に、そして反女性的な姿勢を笑いの宝庫に仕立て上げたのは、慣例のなかでも最古のもののひとつなのである。もっとも、これは、われわれ現代人が、今まさに失いつつある笑いの領域だと言えるかもしれない。

＊ ジェイムズ・サーバー（一八九四―一九六一）米国の作家・諷刺漫画家。独特のユーモアにより米国社会を鋭く諷刺、みずから漫画風の挿絵も書いた。『性は必要か』、『寝室のアザラシ』など。

11 タブーをめぐる笑い

『パンタグリュエル物語』に見出せるこの種の反女性論《アンチ・フェミニズム》的なユーモアがとくに受けたのには、説得力のある理由が挙げられる。男たちは、別の文脈では女性を崇拝の対象に祭り上げ、女性のためなら竜《ドラゴン》をも殺しに出かけ〔騎士道物語などの逸話を暗示している〕、またルネサンス期に絞れば、プラトン主義を極限にまで推し進めた挙句に、女性を女神の高みにまで引き上げていたのである。その反動で反女性論がもてはやされたのだ。

ルネサンス期にあって、各社会階層でいったい何が禁忌《タブー》とされていたのかを正確に見定めるのは、たやすいことではないが、前述したような下品で淫らな反女性論の内には、タブーを犯す喜び、という要素が見て取れる。たとえば、女性器をそのものずばりの名称で呼ぶことは、すでに、多少なりともタブーを犯すことであった。女性器を「麗しきもの」*belle chose* や「名づけがたきもの」*comment-à-nom*〔「その名はいかに？」が直訳〕などの、上品な表現に言い換える手法が、長らく愛用されていた事実は、こうしたタブーの存在を示唆している。ちなみに、後者の「名づけがたきもの」*comment-à-nom* という表現であるが、これは強い印象を与える実に面白おかしい表現である。というのも、最初の音節《シラブル》は当時、完全に鼻音化されており、実際には「汚濁音節」*syllabe sale* の「コン」*con** と等しく発音されていたからである。

* 「女性器」を意味する下品な言葉。現代フランス語では、「馬鹿」や「間抜け」も意味しうるため、俗語として多用されている。なお、« comment-à-nom » は « con-ment-à-nom » と発音されていたので、避けたはずの « con » が舞い戻ってくる、ということ。

二流の作家たちは、「コン」*con* という単語を使うことに、大いなる喜びを感じている。また、ラブレーより一世代後に登場したモンテーニュによれば、上流階級に属する女たちにとって、*foutre*〔「女とやる」を意味する卑語。一般的に「物事をやる」という意味も帯びるようになった〕という語を使うのはタブーだったようである。シェイクスピアの『ヘンリー五世』の中にフランス語が織り交ぜられたシーンがあり、爆笑を誘わずにはいないが、実は、そこでタブーを侵犯するために使われているのも、まさしくこうした単語なのである。*

* 『ヘンリー五世』では、第四幕第四場と第五幕第二場で、フランス語が多用されているが、ここではおそらく前者を指していると思われる。旗手ピストルに捕まったフランス兵がフランス語で命乞いをする場面で、非常に滑稽だが、« con » や « foutre » という語そのものは使われていない。むしろ、ピストルの英語に、この種の野卑な言葉遣いが見られる。

「精神的《プラトニック》」な恋愛が洗練の度を上げるにつれて、言語もまたその洗練度を上げていく。ルネサンス期の「才女気取り」たち *Précieuses* は、性的絶頂《オーガズム》に言及する際には、「死につつある」というプラトン主義の用語のほうを、好んで用いていた。こうした風潮のもとでは、喜劇や諷刺文学は、野卑な言葉遣いをそのままぶつけるという手段によって反撃するのである。

洗練された言葉においては、排便やそれに類した主題に直接言及するのを、どこまで避けようとしていたのか。この点を明らかにするのは困難である。だが間違いないのは、身体的機能の現実の諸相が、当時は今日ほどには隠蔽されていなかったという点である。たとえば『エプタメロン』において、マルグリット・ド・ナヴァールは、登場人物の貴婦人のひとりが独りで雪隠に行った理由を、わざわざ説明している〔『エプタメロン』第十一話〕。

真面目な文脈の中での話だが、ガルガンチュアの家庭教師〔ポノクラート。ギリシア語からの造語で、「強靭な者」くらいの意〕は、ガルガンチュアが厠に行くときには必ず付いて行き、教え子が自然の不純物を身体から排出している間中、ずっとギリシア語の新約聖書を読んで聞かせ、心に溜まった誤りをも排出させているのである〔『ガルガンチュア物語』第二三章、渡辺訳 p.115, 宮下訳 p.191〕。

当時の礼儀作法に照らしても、人前で放屁することは、顰蹙を買う行為であった。しかしだからこそ滑稽となりうることを、ラブレーがサン・ヴィクトール図書館に配した書物の一冊のタイトルが雄弁に物語っている〔『満座で優雅に放屁をする術』という架空の書物を指す。『パンタグリュエル物語』第七章、渡辺訳 p.55, 宮下訳 p.90〕。また、当時の学童たちは、たとえばヨハンネス・スルピキウス*の著した『食卓作法の心得』のような学校用の教科書によって、人前で放屁してはならない、と教え込まれていた。排尿はといえば、これを意味する言葉に関しても相当のタブーが存在したことを示唆してくれる材料は、ほとんどないようだ。この観点から見た場合、上流階級の使う現代英語は、「小便する」*piss* という語から派生した単語（意味が文字どおりであるか比喩的であるかを問わず）がかなり少ない点で、フランス語や、庶民の話していた昔の英語とは、根本的に異なっている。その理由を説明する能力は私にはない。しかしこの事実は、尿の洪水という滑稽な話が、英語圏にあってはラブレーが思いもよらぬほど奇怪でショッキングに映ることを、明かしてくれているのかもしれない。

* 十五世紀の人物。スュルピツィオ・デ・ヴェロリのこと。なお、ラブレーは『ガルガンチュア物語』第十四章において、

この著作を含むさまざまな中世の教科書類を槍玉に挙げている。渡辺訳 pp.86-87, 宮下訳 pp.126-127.

ラブレーが性的な領域をめぐって、あるいはさらに尾籠な肉体の機能をめぐって、面白おかしい事柄を書く場合、その面白さには複数の次元がある。たとえば、タブーの侵犯によって説明しうるおかしさもあるが、それが主たる位置を占めているわけではない。なぜなら肉体に言及した記述のなかには、「自然なるものは、猥褻ではない」ということを読者に想起せしめる箇所も見つかるからである。この言葉は、何事にも寛大な現代という時代の決まり文句ではない。「自然なる事柄は、恥ずべきものではない」*naturalia non sunt turpia*、これは当時広く知られた格言だったのである。もし社会慣習に屈して行ない澄ましている連中が、この原理を否定した場合、喜劇は笑いを武器にして反撃に出ることになろう。ラブレーが使った言葉は一から十まで、たとえばルネサンス期の司教が、国王を喜ばせるために、宮廷内にて大声で朗読できる類のものだったのである。

糞便は、個々の人間性を示す徴候のひとつである。たとえば、おびただしい量の大便と尿とは、その主が大食漢で大酒飲みであることを示す印となりうる。また、子作りの際に例外なく合体する臀部、などと面白おかしく書いた場合、その記述は、夫婦愛を極端な精神主義で染め上げようとする傾向に歯止めをかける役割を果たしうる。こうした事柄は、笑いと結びついていようがいまいが、道徳的な指標として機能するし、また、機能する可能性を秘めているのである。

プラトン主義を奉じるキリスト教徒のひとりとして、ラブレーもまた人間に高い評価を付与していた。キリスト教の見解に従えば、この世に生きている人間は、肉体と魂の双方から成り立っており、そのどちらが欠けても、人間は人間たりえないのである。ラブレーの、肉体にまつわるユーモアと精神に関わる真面目な事柄との往還こそは、ルネサンス期特有の、あの両極端を「黄金の中庸」の内に調和せしめようとする、みごとな一例なのである。

ラブレーにとって、神は人間の心そのものに住まうものであった。同時に、人間の性《セクシュアリティー》もまた、結婚の枠内にあるかぎりは、神から賜った最良の能力であった。このように人間を高く評価する姿勢を突き詰めていけば、その当然の帰結として、人間の肉体の卑しい本質は、いよいよ奇妙に映るようになった。モンテーニュは、プラトン主義によってキリスト教を過度に洗練させようとする傾向に異議を唱えているが、その際に、「われわれは素晴らしいほど肉体的な存在なのだ」と感嘆の声を上げている。モンテーニュもまた、人間の本質を魂の内に求めようとする時代の思潮と無縁ではなかったが、それでも、われわれがいかに肉体的存在であるかを深く悟り、讃嘆の声を上げずにはいられなかったのだ。喜劇的手法よりも、むしろユーモアのセンスに恵まれた思想家モンテーニュは、機知と微笑みとをもって、この発見を人々に説こうとしている。これに対し、喜劇的手法を得意とする作家の場合は、突然沸き起こる笑いの威力に訴えるほうを選ぶ。この笑いは、汚穢を吐き出す人間の肉体が、実に奇妙なことに、不滅なる魂とも結び合っている、というギャップの感覚に由来しているのである。

肉体およびその下層の諸機能がとくに滑稽となりうるのは、男女の別を問わず、人間が自分の肉体の現実に気づき、それを悔いている時期ではないだろうか。ルネサンス期における社会は、四旬節*とカーニヴァル**の両極端を共に受け入れていた。そうした社会にあっては、魂と精神に真剣に思いを馳せるべき長い期間に、あたかも幕間のごとく、人間の肉体の愉悦を許容する時期が組み込まれていたとしても、何の不思議もないだろう。さらに、この寛容な姿勢は、肉体に一定の価値を認めるキリスト教が、プラトン主義を地上へと引き戻す手段としても、機能していたのである。

＊　「灰の水曜日」から復活祭の前日の聖土曜日までの、日曜日を除く四〇日間。イエス・キリストが荒野で断食をしたのを記念して断食・懺悔を行う。減食などの食事制限を行うことも多い。

＊＊　謝肉祭。御公現の祝日から灰の水曜日までの、四旬節前の一週間の祝祭期間。

ラブレーはわざわざギリシア語やラテン語を用いて、人間の中で最も神に近い部分は精神、すなわち「ヌース」ないし「メンス」*νους ou mens* であると読者に示している。こう表現された精神は、価値の階層秩序においてより低い位置にある肉体の内部に組み込まれている（『第三之書』第十三章（渡辺訳 p.93、宮下訳 p.170））。肉体とその作用が滑稽なものとなりうるのは、実は、人間の最も神聖なる箇所が精神だからである。人間を性中心主義的《ポルノグラフィック》に把握する立場では、男女の別を問わず、人間の本質は精神にも魂にも存しないし、また、キリスト教徒の見解とは異なり、精神と身体の結合の内にも存しない。性器ないしは臀部にのみ存するのである。この見方を大真面目に突き詰めていくと、退屈きわまりなく実につまらなくなってしまう。なぜなら、この「ポルノ的」な見方は、人間の霊的ないしは精神的な渇望を、あるいは人間の宗教や理想までをも、嘲笑せずにはいないからである。これは、ラブレーの立場のほとんど対極に位置している。ただし、完全に正反対だとは言い切れない。なぜなら、彼はキリスト教徒として、肉体だけに重点を置いても精神だけに重点を置いても、共に滑稽になる可能性があると考えていたからである。人間は同時に両者を備えている以上、これは当然である。

ある種の言葉に関する禁忌《タブー》を、中産階級《ブルジョワ》に特有のものと見なすならば、肉体を素材にした喜劇は逆に民衆的なもの、という仮説に行き着く可能性がある。さらに、この見解が、民衆は善良さと活力と美徳の宝庫である、という政治的仮説と結託すると、ラブレーを、称讃に値する民衆的な「自然主義者」と見なす、誤った解釈へとたどり着いてしまう。そもそも、ラブレーがこの種の「自然主義」ないし庶民をそう見なしていたと判断すべき理由は、彼の喜劇的「年代記」中にはまず見当たらない。なるほどラブレーは、肉体の機能を過度に強調し誇張すれば、笑いを惹起しうると考えていた。だが、「年代記」を先に読み進めていくにつれ、彼がそう考えたのは、民衆の擁護者であったからではなく、むしろ、プラトン主義的なキリスト教徒であったからだ、という点がより明確になってくる。この当時、民衆は、『ガルガンチュア物語』で言及されているパリの民衆のように、愚かで間抜けな存在として「十把ひと絡げ」に疎んじられる*か、ブリューゲルやシェイクスピアにおいてほとんどの場合そうであるように、滑稽で珍妙な存在として見下されるのがおちであった。たとえばシェイクスピアは、ある職工に分相応なものとして、「ボトム」〔Bottom：「底、最下層」の意。『真夏の夜の夢』に登場する織工のニック・ボトムを指す〕という名を与えている。いずれにしろ、これらの劇作家、画家のいずれの場合においても、私はこうした主題に関して、社会学的な深読みを行なう気にはなれない。というのも、民衆の蔑視は、当時はあまねく見られた当たり前の慣例にすぎないからである。こう見てくると、『パンタグリュエル物語』は、同じキリスト教徒でも、ユマニストすなわち博雅の士たちが主導するルネサンス時代に、うまく合った作品だったと言える。彼らユマニストたちは、貴族社会の、少なくともその周縁と接点を持ち、「民衆」以外のほぼ全員を対象にして執筆していたのである。

＊『ガルガンチュア物語』第十七章、渡辺訳 p.93, 宮下訳 p.139.「パリの民衆はとんでもない馬鹿たれで、生まれつきの阿呆で、やたらに物見高い」とある。

ラブレーはわれわれに向かってこう語りかけている。自分の「年代記」はすべて余暇に書いており、おもに目標としているのは、笑う喜びのもつ治療的効果を促進することであって、かつ、そう努力することが、医者にとってきわめて重要な義務である、と。私自身は、彼のこうした言い分を、文字どおり受け取ってよいのではないかと考えている（『ガルガンチュア物語』序詞〔渡辺訳 p.21, 宮下訳 pp.25-26〕：『第四之書』献辞〔渡辺訳 pp.15-16〕これは、本名を使って書かれたがゆえに重要である）。ただし、ラブレーの文学的技法が円熟していくにつれ、笑いは、それ以前よりもずっと複雑な問題として、彼の前に立ち現れてくるようになる。とくに『第四之書』に至ると、ラブレーは、笑いの含意するところについて、ずっと鋭く意識するようになってくる。この時点になると、笑いという、まさしく人間固有の特性は、常に善にして望ましいものでは、もはやなくなってしまう。もっともこれは、『パンタグリュエル物語』が出版されてから、十五年か十六年ほど先の話ではあるが。

12 『パンタグリュエル物語』：挿話的な「年代記」

『パンタグリュエル物語』は、巨人の空想的年代記の中に、さまざまな逸話が挟み込まれた物語作品である。こうした書物は往々にして、逸話の長さがばらばらでまとまりにも欠ける、いわゆる「挿話小説」*roman à tiroirs*〔主題とは無関係な物語をいくつも含む形式の作品〕になりやすい。ラブレーはこの作品中のさまざまなエピソードを、後の版でさらに膨らませているが、その際の滑らかな筆の運びを見ると、『パンタグリュエル物語』を「挿話小説」に近い形で書き綴ろうという考えが、彼の念頭にまったくなかったとは言いがたい。ただし、『パンタグリュエル物語』のこの側面をことさら誇張するのは控えるべきだろう。個々の逸話は、確かにそれぞれ膨らみを増しているが、新しい逸話が書き足されることも、既存の逸話が削除されることも、まったくなかったのである。ラブレーにとって「挿話小説」に近い作品構造の利点とは、好きな箇所に好き勝手な話を押し込めることではなく、ある主題から別の主題へ、ある文体から別の文体へ、あるいは、笑いの領域から真剣な考察の世界へと、スイッチを切りかえるように、一瞬で、かつきわめてスムーズに移行できることだったのである。たとえば、書簡を挟み込むというごく単純な手段によって、長ったらしい前置きがなくとも、教育法に関するプロパガンダと、それとは別の結婚生活の喜びを称揚する内容とを、この「年代記」中に意のままに流し込める〔『パンタグリュエル物語』第八章〕。あるいは、面白おかしい戦闘場面が、滑稽な英雄詩を一瞬のうちに脱して、中身の濃い宗教的考察の領域へと入り込み、しばらくするとまた滑稽譚へと舞い戻る、といった離れ技が可能になるのである。それには、実に単純ながら効果的な手法、つまり、戦闘シーンのあいまに、主人公パンタグリュエルが神に祈るシーンを挟み込むだけでよい〔『パンタグリュエル物語』第二九章、渡辺訳 pp.204-212. 祈りの場面は p.207, 宮下訳 pp.323-326〕。このように、感情や知性が関わる一連の領域から、まったく別の領域へと跳躍すること、さらには、まったく異なった世界が同時に並存すること——が至極困難であったり、混乱を招いたりするとはかぎらない。つまり、ページ上で野卑な冗談が頂点に達しているときに、ラブレー自身は大真面目で語っている、というケースもありうるのである。

『パンタグリュエル物語』のような構成を持つ作品において、全体を貫く統一性をわざわざ捜し求めるのは、徒労としか思われないかもしれない。しかし実は統一性が存在する。この統一性は部分的には、ラブレーの「年代記」が描いている世界が、それだけで自立した、かつきわめて固有な《パーソナル》性質を帯びていることに由来する。ラブレー作品が織りなす世界、および読者に向けてその世界を構築するうえで彼が駆使している言語は、他には例を見ない無類の存在である。彼の全作品は互いに緊密に結び合い、他のいかなる世界とも隔絶している。だが同時に、彼の作品にはどれも、全体の構造を引き締める一連のテーマが存在し、既定の構造を持つ作品と、少なくとも同程度の統一性が感知できるようになっている。『パンタグリュエル物語』に具体例を求めるならば、喜劇的観点に立ったある見方、すなわち人間は互いに思想を伝達し損なうという見方が、全体を緩やかにまとめるモチーフとして機能しているのである。

このように言語一般に対してラブレーが寄せる関心は、伝統的に言語と比較されたその他の伝達手段に対する関心へと、その幅を広げていくことになる。

この「年代記」では、言語と身ぶりを用いた喜劇に向けるラブレーの関心が、その他の諷刺対象への関心に比べて、著しく目立つ場合が時としてある。『パンタグリュエル物語』以降の作品になると、こうした喜劇的関心は、ますます顕著かつ明快となっていく。それらがラブレーの強い好奇心を惹きつけたという事実はおそらく、『パンタグリュエル物語』にはっきりと記された諷刺的な箇所と、こうした問題が喜劇的に展開されているエピソードとのあいだに、埋めがたい深淵が存在している理由を、部分的にであれ説明してくれる。その証拠に、一見して諷刺とわかる箇所は、その内容を伝えるために工夫された言葉に比べて、滑稽さにおいて劣っているのである。

司法上の悪弊に向けられたラブレーの攻撃は、疑いの余地がないほど明快であろう〔『パンタグリュエル物語』第十章、渡辺訳 pp.86-92, 宮下訳 pp.137-147. 法廷の関係者を痛烈に皮肉る内容となっている〕。しかしそれに続くページを繰っていくと、一見したところ、同様の諷刺による攻撃が展開されているかと思いきや、実は、諷刺から脱して、純粋な喜劇仕立てに変じているようである。* また、第八章の「ガルガンチュアの手紙」のような、教育法に関するプロパガンダに充てられた章の後に、ユマニストたるパンタグリュエルがその博識に訴えて、旧式の教育システムに巣食う無知を諷刺的に指弾していく章が続くかと思うと、その期待は裏切られる。こうした技法が駆使されるには、もうしばらくの時間を待たねばならない。次作の『ガルガンチュア物語』になると、この技法がみごとに駆使されるが、処女作の本書にはまだその影も形もないのである。**

＊『パンタグリュエル物語』第十一―十三章、ここでは、法廷における煩瑣な弁論を、« coq-à-l'âne »「鶏驢体」と呼ばれるナンセンスな戯文で茶化している。

＊＊『ガルガンチュア物語』では、ソフィストに教育されて愚か者になったガルガンチュアが、新教育法を奉じる家庭教師ポノクラートにより再教育される、というエピソードが数章にわたってシステマティックに展開されている。主に第二一―二四章、渡辺訳 pp.107-128, 宮下訳 pp.162-211.

『パンタグリュエル物語』の大部分は、優れた校訂版の脚注さえあれば、かなり楽しめる。そのうえ、読者が言葉遊びに敏感であり、かつ、言語や意味に関するラブレーの見解について予備知識を持っているならば、それに越したことはない。しかし、一連のエピソードのなかには、楽しむのはおろか、われわれ現代人にはとうてい理解しがたいものも存在する。加えて、『パンタグリュエル物語』全体を理解し楽しむうえで不可欠なため、どうしても解説を必要とする逸話もいくつか存在する。そろそろ、こうした個々のエピソードを見ていくことにしたい。

13 ガルガンチュアの当惑〔『パンタグリュエル物語』第二章〕

この種の逸話で初めに採り上げたいのは、ガルガンチュアが、息子の誕生を喜んでよいのか、あるいは、妻バドベックの死を悲しむべきなのか、いっこうに決心できない、という場面である（『パンタグリュエル物語』第二章〔渡辺訳pp.34-38、宮下訳pp.53-58〕）。当時、伝統的な教育方法論は、賛成 *pro*《プロ》と反対 *contra*《コントラ》の議論を共に用いて、物事の「両方の側面」を展開する能力を学生に習得させる、二極対立型《ツーサイド》の弁論《ディベート》を推奨していた。しかしこうしたやり方のせいで、いかなる問題にも必ず二つの側面があるという錯覚、および、議論に説得力があれば、誰が見ても真や善の対極にあるような立場すら弁護できる、という錯覚が生まれてしまったのである。このように、二つの強力な議論が一組になって互いにまったく相容れず、しかもおのおのが対極にある結論へと至るような仕組みになっているために、伝統的な教育法は、問題そのものを解決する手段を提供しえないのである。こうした方法論は、法廷弁論の技術を磨いたり懐疑主義を育てるには適しているが、心静かに真理を探究することにはおよそ向いていない。この「プロ」と「コントラ」を操る方法論を、ラブレーは、とりわけスコラ派の弁証法と、ソルボンヌすなわちパリ大学神学部の二つと結び付けていた。いうまでもなくソルボンヌは、当時のヨーロッパのユマニストたち全般の嫌悪の的であり、エラスムスやデュ・ベレー一家がソルボンヌを長らく忌み嫌っていたのと同様に、ラブレー自身も年を経るにつれ、その嫌悪感を増していったのである。さて、「プロ」と「コントラ」を操る弁論は、真理に達するための手段としては絶望的なほどに不向きであり、だからこそラブレーの笑いを誘ったわけだが、そこに多少とも苦々しい思いが混じっていたことは否めない。この種の不毛な弁証法が、学校や大学の授業科目に多大な影響力を及ぼしていた事実を思い起こせば、ラブレーの苦々しい思いも少しは説明がつく。ちょうど一世代遅れで登場したモンテーニュも、(「われわれの判断の曖昧さについて」〔『エセー』第一巻、第四七章〕) ユーモアたっぷりの筆致で、誰でもこうした方法により利口になりうるだろう、ただし馬鹿の後知恵にすぎないが、という主旨のことを述べている。賛成《プロ》を支持する場合でも反対《コントラ》を支持する場合でも、その論拠となる議論などは、いくらでも簡単に見つけられる。だが、「無駄話の学校」すなわち教育現場のお喋り連中が喜ぶこうした皮相的な技術は、真の叡智といったいどんな関係があるというのだろうか。

先の難問を一挙に解決してしまうまでのガルガンチュア*は、議論を引きのばし、問題の両面のいずれをもあれこれ論じながら、問題そのものを解決することだけはどうしてもできない人物の、典型例として描かれている。この箇所では、亡き妻に対する一般的な嘆きの言葉を滑稽に変形した表現が使われており、われわれ読者の笑いを大いに誘う。喜劇的作家というものは、いかなるものであれ、笑いの対象へと変じることができるのだ。ラブレーも実に楽しげにこの芸当を披露してみせる。まず、妻のバドベックは、極端に「非人間化」されており、しかも桁外れの巨人に仕立て上げられている。その結果、実生活の中でならば自然と湧いてくるであろう憐憫の情、あるいは悲劇の中でその芸術的テクニックにより喚起されるはずの憐憫の情が、ここでは最初から効果的に排除されている。また、息子の誕生の際に巨人が見せる、まるで田舎の親父のような垢抜けない喜びの表現も、バドベックの死を悲しむ気持ちをいとも簡単に忘れ去ってしまうその安易さとあいまって、きわめて効果的に滑稽な雰囲気を作り上げている。そのうえ、悲しみを忘れ去る直前まで、慰問の決まり文句の貯蔵庫から引き出してきた口上を、極端に単純化したり誇張したりして、嫌というほど並べ立てているのだから、なおさらである。さて、この箇所は、ごく控え目にではあるが、神の意思をどう受け入れるべきか、という道徳的な問題をも実は提起している。こうした問題意識が豊かな膨らみと深みを帯びるには、まだ『パンタグリュエル物語』以降の作品群をまたねばならない。

* ガルガンチュアは、いくら嘆いても妻が生き返るわけではないから、諦めて後妻でもさがそうか、などと突然言い出し、あっさりと窮地から脱する。『パンタグリュエル物語』第三章、渡辺訳 pp.36-37, 宮下訳 p.56.

ここでとくに強調しておきたいのは、『パンタグリュエル物語』が、いかに優れているとはいえラブレーが初めて

パンタグリュエルは食事のたびに四六〇〇頭分の牛乳を飲んでいた。

手がけた「年代記」だという点である。彼の展開する喜劇は、のちに『第三之書』で、深い哲学的な笑いとなって花開くだろう。しかし『パンタグリュエル物語』にあっては、巨人たちの見せるおかしさの性質はあいまいであり、のちの諸作品における、パニュルジュないしはその他の諷刺対象を思わせるような性質を分かち持っている。ここではまだ、「完璧さの見本」としての巨人という概念が十分に熟成しておらず、いまだ可能態に留まったままだからである。たとえば、『パンタグリュエル物語』の中で、両極端の巧妙なレトリックのあいだを右往左往するガルガンチュアは、次作で嘲笑の対象となるソルボンヌの「偉い先生方」、さらに言えば、『第三之書』における愚かなパニュルジュに近接している。ガルガンチュアは松脂に引っ掛かったハツカネズミのごとくに、つまり、「そのまま罠に引っ掛かったハツカネズミのごとくに」* « **et par ce moyen demouroit comme la souriz empeignée...** » にっちもさっちもいかなくなる。この一節は一五四二年に加筆されたものであるが、これが示唆する状況は明らかに滑稽であって、われわれ読者の笑いを誘うにふさわしい場面である。『第三之書』では、みずからの喜劇に深みと広がりを与えるに至ったラブレーが、新しいタイプの巨人たちを、このような窮地に立たせたままにしておくとはとうてい考えられない。その結果、賛成と反対の議論を延々と紡ぐ役割が、今度はパニュルジュにあてがわれることになるのである。つまりパニュルジュが（先ほどのことわざ風の表現を繰り返す方法で）、「松脂に絡め取られたハツカネズミ」として登場するわけだ。しかもガルガンチュアとは異なり、彼はその罠から抜け出せないのである（*Pant.*, *EC* III, 11 : *TL* XXXVII, beginning）。

＊『パンタグリュエル物語』第三章、渡辺訳 p.35, 宮下訳 p.53.『第三之書』第三七章、渡辺訳 p.213 および宮下訳 p.408 ではそれぞれ、パニュルジュが「松脂に絡め取られたハツカネズミ」、「松ヤニの罠にしてやられたハツカネズミ」と表現されている。

ラブレーは、『パンタグリュエル物語』以降の作品において、その喜劇的テクニックを諷刺の目的とみごとに結びつけ、しかも、神学的および哲学的な主張を、笑いという媒介物を通して伝えるのに大いに成功している。その手法があまりに鮮やかなので、『パンタグリュエル物語』で使われている技法は、ある意味で不完全だと考えたくなる誘惑に駆られるかもしれない。だが、これは時代錯誤《アナクロニズム》の判断にすぎない。それはたとえば、『スカパンの悪だくみ』が『人間嫌い』や『タルチュフ』の場合とは異なり、無道徳的であると嘆くのと同様に、かなり粗雑な見方である。『パンタグリュエル物語』は(一五三四年版では部分的に諷刺性を帯びはするものの)、『ガルガンチュア物語』がしばしばそうであるように、諷刺的であったことはまずない。ラブレーが、喜劇的手法を初めて意識的に諷刺目的で使い始めたのは、おそらく一五三三年の『パンタグリュエル占い』が最初であろう。その直後に、一五三四年版の『パンタグリュエル物語』に施された加筆部分が続くと思われる。ただし、何人かの研究者が考えるとおり、『ガルガンチュア物語』が、この二冊のあいまに上梓された可能性も否定できない。それはともかく、『パンタグリュエル物語』の初版は、あくまで純然たる笑いの書であり、そこに響く笑い声の中に重要な道徳的見解が込められることは、ほとんど、あるいはまったくない。

そもそも道徳的観点に立った場合、笑いはそれ自体としては、せいぜいが中立的なものである。優れた喜劇作者ならば、悪徳を読者に笑い飛ばさせるのと同じくらい容易に、美徳をも笑い飛ばさせるだろう。いや、おそらくは美徳を嘲笑させるほうがより簡単ではなかろうか。というのも、悪徳が柔軟で多種多様にして広がりを有しているのに対し、美徳のほうは、多くの場合一途にすぎ、しかもこわばっていて柔軟性に欠けるからである。そこで、われわれ読者が美徳に対する敬意を無傷に保ったまま、悪徳に対して諷刺的な笑いを浴びせるように仕向けるには、喜劇作家は、われわれの笑いが最終的には正しさの道へとたどり着くように、うまく道案内せねばならない。ラブレーは、後期の作品に進むにしたがって、ますますこの手法を多用するようになっていく。そのために彼は、生真面目一本やりの規範と、読者を喜ばせる笑いの標的とを、同じ平面に並置してみせる。しかも、この標的とされた人物の行動や思想ないしためらいは、われわれの爆笑にいつでもさらされる可能性がある。ラブレーがこの手法をいかに磨いているかは、『第三之書』を分析する際に詳細に検討することにして、ここでは、笑いを惹起するための手法を簡単にリストアップできることを示すだけでよしとしたい。こうした手法は、『パンタグリュエル物語』ではかなり無造作にちりばめられている感があるが、後期作品になると、嘲笑の的に厳密に焦点が絞られることになる。さて、具体例をすこしだけ紹介しておこう。まず、『パンタグリュエル物語』の序詞で、話者アルコフリバスは『ガルガンチュア大年代記』の価値を簡潔に称えているが、その言葉遣いは、『第四之書』中で、オムナースが皆の憎悪の的である教皇教令集を擁護する際に使ったそれと酷似している。[18] 似たような例では、『パンタグリュエル物語』におけるパニュルジュは、喜劇的手法の標的となる『第三之書』中の彼とはまったくの別人である。『パンタグリュエル物語』ではパニュルジュが、パンタグリュエルに巧みなお追従を述べたのち、御馳走をたらふく詰め込んで、気持ちよくベッドに潜り込み、「翌日の昼食の時間まで」起きてこない。『ガルガンチュア物語』でもラブレーは同様の表現を使うが、今回は、ユマニストの教育によって矯正される以前の、若き巨人の無知ぶりを笑いのめしたり、あるいは、ジャノトゥス・ド・ブラグマルド*に対する諷刺から最大限の効果を引き出すのが、その目的となっている。また、『パンタグリュエル物語』では、我らが善良なる巨人も、悪魔のごとく相手を異端者扱いする非難の言葉を平気で吐いているが、『第三之書』の引き起こす哲学的な笑いの中では、まさにこうした言動のゆえに、パニュルジュは際立った非難の対象になっているのである。[19]

＊ ソルボンヌの神学博士のシンボル。『ガルガンチュア物語』第十八―二〇章で嘲笑の的にされている。

『パンタグリュエル物語』に描かれた〔妻の死を嘆くべきか、息子の誕生を喜ぶべきかという〕ガルガンチュアのためらいは、諷刺的というよりも、むしろ単純に喜劇的である。もちろんここにも、後期作品に見られるような、道徳的な笑いの萌芽が見てとれるものの、一貫して道徳的な意味合いを帯びていないわけでは決してなく、むしろ、読者が感知できないほど淡い色合いに留まっているのである。

14　サン・ヴィクトール図書館〔『パンタグリュエル物語』第七章〕

入念に調べれば相当面白い結果が得られるエピソードのひとつに、サン・ヴィクトール図書館の滑稽な図書目録が挙げられる。ユマニストの手になる書物の中に、この逸話が挟みこまれていることは、一見不可解に思われるかもしれない。というのも、サン・ヴィクトール修道院の図書館は、おそらくフランス全土にあって最も重要なものだった。

つまり、貴重な写本や初期の印刷本〔揺籃本（インキュナブラ）を指す〕の宝庫であったわけだ。そのカタログ（一五一三年にクロード・ド・グランリューが作成している）が現代に伝わっているが、豊富な蔵書量は、まさしく垂涎の的以外の何物でもない。ラブレーならこうした図書館を尊びそうなものなのに、なぜ彼はこれを嘲笑の標的にしたのであろうか。

私見によれば、理由は第一に、いかなる時代にも共通して見られる、どの世代も直前の一世代に対し最も厳しい態度を取りがちである、という傾向と関係してくる。修道院の図書館が誇っていた中世末期の写本の類は、初期の多くの印刷本とともに、いやしくも「新知識」を奉じる世代ならあえて十把ひと絡げにして破棄すべき、時代遅れの教養を象徴していたのである。二つ目の理由は、より説得力に富むかもしれないが、いまだ仮説の域を出ない点を断っておかねばならない。この仮説は、サン・ヴィクトール図書館が所蔵していた書籍とはいっさい関係がなく、この図書館の属していた修道院が、エラスムスならびにユマニスム全般に対し敵愾心を露《あら》わにしていた勢力と、きわめて密接な関係にあった事実と関連しているのである。一五三一年の時点において、サン・ヴィクトール修道院の修道士たちが反エラスムス主義の立場を採っていたことは、ヨーハン・スピラクテースが四月二十一日付でボニファス・アメルバッハ〔（一四九五—一五六二）スイスの法律学者〕に送った書簡から容易に察せられる。「パリ城壁の近くに位置するこのサン・ヴィクトール修道院には、最悪としか形容しようのない修道士どもが棲息しております。この連中は、反エラスムスの書籍のなかでも最も愚劣かつ犯罪的な冊子を、好きに編集して合本を作り上げております。そのうえで連中はその合本をバディウス〔（一四六一頃—一五三五）ユマニストの出版印刷業者〕の元に持ち込み、印刷し出版してくれと懇願する始末。もっとも、バディウスにはにべも無く断られてしまったそうです。以上の顚末を、私はバディウスの書籍の販売を引き受けている、あるひとりの誠実にして博識なドイツ人から伺った次第です」[20]。結局は失敗に終わったものの、これらサン・ヴィクトールの修道士たちは、印刷物によるエラスムス攻撃に参加すべく、当時亡くなったばかりの伯爵で枢機卿のアルベルト・ピオ・ダ・カルピ〔（一四七五頃—一五三一）エラスムスと論争したことでも知られる外交官。ユマニスト〕の支持者たち、および、とくに一五三一年の時点では、『アルベルト・ピオ弁護』を著したばかりのヨハンネス・ゲネシウス・セプルウェーダ〔（一四九〇頃—一五七三）スペインのアリストテレス学者。「書簡集」で知られる〕と連携しようと画策していたのである。ちなみに、『アルベルト・ピオ弁護』は、一五三二年三月二十二日にアントワーヌ・オージュロー〔（一四八五・一五三四）改革派の印刷業者。一五三四年十月の檄文事件で逮捕、処刑される〕によって、ローマとパリで出版されたばかりであった。こうした事態に照らし合わせてみると、ラブレーがこの修道院の図書館を、時代遅れの神学の牙城と見なして嘲笑したのも、十分に頷ける話である。ただし奇妙なのは、たとえ流産に終わった書物とはいえ、彼ら修道士たちの合本の存在を知っていたとしたなら、なぜラブレーほどの熱烈なエラスムス主義者が、その書物にいっさい言及していないのかという点である。おそらくは、ラブレーがこの図書館のエピソードを、漠然とした過去の一時期に設定していたからだろう。そもそも初版におけるこの滑稽な書籍カタログには、一五三二年ないしその前後に執筆・出版された書物への、直接的な言及はほとんど見当たらないのである。サン・ヴィクトール図書館への諷刺中に、仮に時代的な偏向を嗅ぎ分けるとしたら、やはり、十五世紀末から一五二〇年代初頭までの期間を想起すべきだろう。もしかしたらラブレーは、サン・ヴィクトールの修道士たちが大昔から無知蒙昧の輩であり続けてきたという印象を、読者に与えたかったのかもしれない。

カタログ中のいくつかのジョークは、一五二〇年代および三〇年代にまだ読まれてはいたものの、すでに時代遅れの内容となっていた道徳神学の書籍を、悪気なくもじったものである。『貴婦人の装飾と勝利』と題された、十五世紀末の詩人オリヴィエ・ド・ラ・マルシュの詩がその好例であって、この詩集の第一章の表題「卑下の上履き」*が、ここのリストではそのまま使われているのである。ラブレーは、これ以外にも、コミカルな類推からいくつかのタイトルをでっち上げている。そのいずれもが読者の笑いを誘わずにはいない。もっとも、かなり問題をはらんだ領域へと読者を誘い込むパロディーも見受けられる。この図書館カタログの最初のヴァージョンには、馬鹿げた書物の著者として架空の人物名が並べられているが、そのなかに、五人の実在する神学者の名が紛れ込んでいる。ペテル・タルタレトゥス（ピエール・タルタレ）、ブリコ、マヨリス、ベダ、そしてスゥトリス（スュトール）である。ソルボンヌの中心人物たるタルタレトゥスは、アリストテレス研究の権威であり、またすでに時代遅れとして権威を失っていたスコラ哲学者ペトルス・ヒスパヌスの専門家でもあった。彼は、その大時代の神学的方法論の代表格として、我らが書籍リストに名を連ねているとも思われるが（そういった人物は他にも大勢いる）、それ以上にその名タルタレトゥス（タルタレ）**Tartaretus / Tartaret** が、実にわかりやすい語呂合わせにより、「タルテ」*tarter* という語と結びつくから、という理由のほうが強いと思われる。これは当時頻繁に使われていた俗語で、当然というべきか、その意味は「うんこをタレる」であった。その結果、彼の著書名が『脱糞方法論』*De modo cacandi*〔渡辺訳 p.56, 宮下訳 p.92〕となるのは理の当然と言えよう。次にブリコであるが、これは、もうひとりのアリストテレス学者で、一五一一年にパリで『不可解論』を上梓したトマ・ブリコを指しているかもしれない（ただし、さらに可能性の高い人物として、パリのノートルダム寺院の「特別聴罪司祭」*pénitencier* ギヨーム・ブリコを挙げておこう。この人物は、ロイヒリンの敵であり、ヘブライ研究を擁護した全ユマニストの敵でもあった）。ベダは、ソルボンヌの理事であったノエル・ベダを指しており、概してユマニストの受けがよかった尊者ベーダ**とは無関係である。ノエル・ベダにあてがわれた著作の『臓物料理の卓越性』というタイトルは、「ソルボンヌ野郎」〔Sorbonagres : ラブレーがソルボンヌの神学者をなじる際によく使う罵り語〕が行なうとされた飲めや歌えの大宴会への当てこすりであると同時に、ベダの凡庸な精神をも暗示している。ベダを虚仮《こけ》にする冗談を、エラスムスやデュ・ベレー家の支持者たちは大喜びで受け入れていた。ラブレーはその双方の支持者であった。すでに一五二〇年代初頭の時点で、ノエル・ベダは著作を発表しつつあったが、ラブレーがそれらを無価値で馬鹿げていると見なしていた可能性は高い。また、エラスムスは、みずからの著作に対するソルボンヌ神学部の断罪に対して、「キリスト教の精神に最大限に基づいた、かつ最大限に優雅な」反駁をものしていたが、一五三二年、ベダを旗振り役とするソルボンヌは、この反駁文を出版禁止に追い込もうと躍起になっている。これが火に油を注ぐ結果となり、彼に対する嘲笑の度合いはますますエスカレートしていく。これほどの権勢を誇った大御所にふさわしく、ベダは別の滑稽な本のタイトルにも登場する。サン・ヴィクトール修道院のブックリスト以外にも、彼への暗示が見出され、その大物ぶりが伺われるのである。曰く、『せむしと畸形について』〔『パンタグリュエル物語』第十四章、渡辺訳 p.113, 宮下訳 pp.175-177〕。現にベダはせむしで、そのうえに肢体も不自由であった。こうした欠陥を、同時代の諷刺家たちは、情容赦なく嘲笑の俎上に載せたのであった（*Pant.*, *TLF* x, 102 ; *EC* xiv, 96）。

* *La savate de humilité* : 渡辺訳 p.56 ではこう意訳されている。「恥哉靴底尻叩（はずかしやくつぞこにてしりをたたかれ）」。

＊＊　尊者ベーダ（六七三―七三五）ビードとも。英国中世の聖職者、歴史家。百般の学に通じており、『イギリス教会史』全五巻がとくに著名。

初版の図書館書籍リストに登場する諷刺的当てこすりのなかでも、最も「親エラスムス的」といえるのは、リストの最後から七番目のタイトルで、これは、ソルボンヌの神学者を名指しで嘲笑っている最後の例である。「スュトール著『作者を卑劣漢と呼びし某氏を駁し、卑劣漢は公教会によって断罪されぬ旨を証す』」〔渡辺訳p.63、宮下訳p.102〕。ラブレーのようなユマニストからすれば、スュトールはまさしく修道院側の反動を体現する、原型《アーキタイプ》的な人物に映っただろう。スュトールはカルトゥジオ会修道士として、最も厳格な修道院制度を象徴する人物であった。＊ 彼が、聖書の翻訳に激越に反対している書物（一五二五年）は、そこに注ぎ込まれた情熱とは裏腹に、現代の読者をも驚かせるほどの無知と蒙昧に彩られている。さらに、彼の論争癖には、度しがたい執拗さがつきまとっている。以下の著作名がよい証拠であろう。『ペテル・スュトールの大法螺を駁す、と題されたエラスムスの自己弁護に対する再反駁の書』（一五二五年）。

＊　カルトゥジオ会は、聖ブルーノが一〇八四年に創設した修道会で、純粋に観想的な陰修士の生活を実践することを理想に掲げていた。

この図書館カタログに漲《みなぎ》っている諷刺精神は――大部分の笑いは、レベルの低い間違いだらけのラテン語によって惹起されているが――その大半を例の『無名人書簡』から汲み取っている。この発想源を隠す意図は、ここには微塵も感じられない。そもそもこの著名な書簡は、「我らがオルトゥイヌス・グラティウス大先生」宛に書かれたとされていた。しかも、サン・ヴィクトール図書館のカタログには、この「オルトゥイヌス大先生」にも素晴らしくスカトロジックな一書が献じられているのである〔渡辺訳p.55、宮下訳p.90、オルトゥイヌス著『満座で麗しく屁をひる術について』〕。

以上に見てきた滑稽な書籍リストは、案の定大成功を収めた。ラブレーは、一五四二年の決定版のテクストに至るまで、何度も繰り返し新タイトルを追加していった。ただし、一五三二年の四二タイトルから、一五四二年のほぼ百タイトル以上にまで大きく膨らんでも、リストに宿る精神はまったく変わっていない。すなわち、明らかに諷刺を念頭に置きつつも、笑いの喚起にさらなる力点を置くという精神である。したがって、神学的諷刺はひとつの要素にすぎず、刷新し続ける喜劇的精神の中にあって、それが常に圧倒的優位を占めることはありえない。また、神学に加えて、法に対する諷刺も見てとれる。たとえば、リストの二つ目のタイトル『ブラゲッタ・ユリス』*Braguetta Juris*（『直立法《チンチン》の股袋』）〔渡辺訳p.54、宮下訳p.88〕は、『第三之書』の主要なエピソードにも再度登場する法律の基本書『ブロカルディカ・ユリス』*Brocardica Juris*〔『法律成句原則集』。『第三之書』第四一章、渡辺訳p.232、宮下訳p.444を参照〕に変形を施したものである。他の諸々のタイトルは、ただひたすら笑いを引き起こすのをめざしており、それ以上でも以下でもない。『パンタグリュエル物語』は、後期の作品とは異なり、笑いのための笑いを誘発するうえでいかなる口実も必要とはしていない。たとえば、『悦楽の女性の豪華さに関しパリ大学の発する命令』〔渡辺訳p.55、宮下訳p.88〕といった類のタイトルは、それだけで読者の顔をほころばせるに足る。もっとも、フランクトピヌス著『軍事戦略論』**Franctopinus**, *De re militari* のような書名を十分に楽しむためには、「フラン・トパン」*Franc taupin* が、臨時雇いの住民からなる、当時の民兵団の一兵卒を指すことを知っているほうがよい。というのも、ここからは、軍隊経験など皆無に近い田舎の田吾作が、軍事戦略論を書いているようなイメージが浮かび上がってくるからである。さらに、一五三二年のパリでは、ロベルトゥス・ウァルトゥリウスなる人物が、実在の『軍事戦略論』を著していることを知れば、ここでのジョークが奥行きを増すに違いない。

じっくり時間をかけて『協会版ラブレー全集』の脚註（さまざまな欠点があるにしろ、この章にかぎっては最良のガイドだと言えよう）に目を通すうちに、少なくとも最小限のラテン語の知識を持っている読者には、大いなる笑いが、新たな息吹を得て響き始めるだろう。もちろん、当時の読者には脚註など不要だったはずだが、彼らの場合は、ラテン語に通じている必要があったうえに、同時期のドイツとフランスにおけるユマニストの動きに関しても、それなりの知識を有していなければならなかったのである。

15　ガルガンチュアの息子宛の書簡〔『パンタグリュエル物語』第八章〕

第七章の笑いは、「あの気高きテュービンゲンの町」というやや不可解な言及で終わっている〔渡辺訳p.63, 宮下訳p.104〕*。印刷の重要な中心地を形容するこの定型表現を、ラブレーは、迷信および無知と結び付けていた可能性がある。もっとも、パンタグリュエル自身はこの時パリにいたのである。前章での笑いの余韻がいまだ止まぬうちに、われわれ読者は突如として、第八章の、きわめて威厳に満ちた真面目な内容へと引き込まれていく。「ユートピア国にて三月十七日に認《したた》められた」、ガルガンチュアから息子への書簡である。なお、日付の年代は明示されておらず、読者の想像に委ねられている。

＊ サン・ヴィクトール図書館の書籍の多くが、テュービンゲンで印行中である、という文言で第七章は終わっている。なお、テュービンゲンは当時の一大印刷センターであったから、「無知蒙昧」と関連づけるのに躊躇を感じるという著者の言い分も理解できる。

第八章をも「面白おかしい」箇所と見なし、嘲笑や笑いを嗅ぎ出そうと試みる研究者も存在するが、ここにルネサンスの高貴にして最良のエッセンスを見るのが、大勢の意見である。

書簡の技術は、ルネサンス期に大いに発達した。ここでの手紙も、構成上の当時のあらゆる規則に忠実である。この書簡は、穏健派ユマニストの神学観を、明快にして真剣かつ均衡のとれた形で表明している。そのために、知識と結婚を讃美し、そして何にもまして、神の御計画の中に占める人間の道徳的・宗教的な位置に関する、穏健派カトリックの見解を讃美しているのである。その際、すべてが神の恩寵という文脈内で捉えられているのは、いうまでもない。

助修士から修道士になり、司祭として独身を誓わされたラブレーこそが、この書の著者だと知っているわれわれ読者にとって、冒頭の数節はとくに挑発的に映る。「神が人間に賜りし最大の才」とは、自分の子供や子孫を通して、ある種の不滅性を獲得できる能力であり、それゆえに、「この束の間の現世に生きながら」も、人間はみずからの姓名と胤とを永劫に伝えうるのである〔渡辺訳pp.64-65, 宮下訳p.106を参照〕。これは、不服従の罪〔アダムとエバによる原罪〕によって現世に死がもたらされたときに人類が失った事柄を、部分的とはいえ、神が人類のために復元してくれた、その結果なのである。

至高の「造形者」*Plasmateur* である神は、みずからが創りだされた素晴らしき「造形物」*Plasmature* が、無に帰することを定めたのであった。つまり、人間は死なねばならず、その肉体は腐敗を免れない、したがって、人間の元来の姿、すなわち塵芥《ちりあくた》に戻る以外にないのである。この「造形者」と「造形物」という語はギリシア語のように聞こえるが、実際にはそうではない。これらの語は、キリスト教の枠組み内で使われた初期ラテン語を元に形成されたからである。テルトゥリアヌス*の時代から、神は「人間の肉体の造形者」*deus hominis plasmator* であった。この用語が、人間の創造における神のもう一つの役割、すなわち「魂に霊感を吹き込む者」*Afflator animarum* と対応することも少なからずある。

* テルトゥリアヌス（一六〇頃―二二二頃）初期キリスト教会の教父。熱烈な護教家。「不条理なるが故にわれ信ず」は、彼の思想を要約した言葉。

人間にとって、死とは肉体と魂との乖離を意味する。不滅の存在として創られた魂は、原初の堕落〔原罪〕によって、「人間が創造された際に与えられた素晴らしき姿形〔造形〕**magnificque plasmature**」が塵に還ることを知った。この各個体の消滅を埋め合わせうるのは、正当な婚姻以外にない。親から子へと繋がる経路、つまりは、「正当なる結婚」の枠組み内での「胤による繁殖」という、神が定めた経路を通して、埋め合わせが行なわれるのである。ルネサンス期のキリスト教徒の多くは、独身を強制する制度を廃止すべきだと本気で考えていたが、こうした見解を支えていたのも、ラブレーと同じこの主張だったのである。ただし、こうした主張を、「プロテスタント的なるもの」で括ってはならない。それはただたんに、「プロテスタントの」という形容詞が、フランスの一五三〇年代という文脈内では意味をなさなかったからだけではなく、カトリック教徒のなかにもこのように考える者が大勢存在したからなのである。こうした見解は実は古くからある伝統的なものであって、独身の強制という比較的新奇な教会側の立場に批判的な者たちは、「プロテスタント」や「カトリック」ないしその他のいずれの派に属すかに関係なく、自分たちの主張を貫くうえでこうした見解を利用したのである。

この書簡は、「ルネサンス（再生）」に対する同時代人の熱狂的支持を裏づける格好の証拠として、しばしば引き合いに出されるが、これは当然のことである。書簡に目を通すと、当時の人々が、自分たちは知的・精神的な復興の時代を生きているのだ、と強く意識していた事実に改めて思い至る。十六世紀のフランスにルネサンスという時代が存在するという見方は、やたらと歴史的な区分化をしたがる後世の学者によって、この時代に押し付けられたレッテルにすぎないわけではない。当時のフランス人たち自身が、エラスムスのような、よりコスモポリタンな人物と同じように、知識の復興に大いなる誇りを感じていたからである。しかしこの書簡を読むと、フランス・ルネサンスが、実は大変革《レヴォリューション》であると同時に、漸進的な変化《エヴォリューション》としての諸側面をも備えていたことが、改めて了解できるのである。

　ガルガンチュアの思考法は、その本質において、アリストテレスやプラトンにまで直接さかのぼりうる、しかも、ユダヤ＝キリスト教側の注解や解釈によってさらに豊かさを増した、かの伝統的哲学の範疇に属している。たとえば、ガルガンチュアが「生殖＝世代の連続」を、素晴らしきものとして謳い上げている箇所はその典型と言える。アリストテレス以来、「生殖」generation という概念は、それと対をなす「腐敗」corruption という概念を不可避的に想起させるものであった。その後何世紀にもわたって、優れた学者たちはこの連想を再生産し続けてきたし、また当時もし続けていたのである。「生殖」*generatio* と「腐敗」*corruptio* は、キリスト教徒がアリストテレスから引き継いだ概念だが、この二つは、自然学における同じ一つのプロセスを別々の観点から見た結果にすぎない。もし「腐敗」がまったく存在しないならば、「生殖」もいっさい必要なくなるであろう。この「生殖」－「腐敗」というプロセスは、世界の終焉に至るまで、あるいはラブレーと聖パウロの言葉を借りて言い換えるならば、イエス・キリストが「平安なるその王国を、御父なる神に御返上なさる」〔『パンタグリュエル物語』第八章、渡辺訳 p.65, 宮下訳 p.106〕ときまで、間断なく続くであろう。こうして、アリストテレスと聖パウロとが、密接に連携するようになる。この例からもわかるように、聖書に対するラブレーの暗示については、注意深く読む必要がある。彼の最良のジョークおよび深い思索のいずれの場合であれ、言葉の背後に聖書の権威を読みとれるかどうかにかかっていることがままある。大部分のユマニストが、とくにその教育戦略において、聖書の持つ滋味豊かな意味を正確に見定めることを、最も重要な目的に据えていたのであった。

この文脈で暗示されているのは、「コリント人への前の書」の第十五章全般、とりわけその第二四節である。「次には終わり来たらん、その時キリストは（……）国を父なる神に渡し給うべし」。そうである以上、こののちは、いかなる罪も死も腐敗も、したがっていかなる生殖も、もはや存在しなくなるであろう。すべてが、完全にして究極的なる平安の内に安らぐに違いない。この「コリント人への前の書」第十五章——今日でも、死者の埋葬の儀式の際に読まれることがある——は、復活を大々的に謳い上げた箇所であり、（「テモテ後書」とともに）一世代から次世代への絶えざる継承こそが、復活による不滅が真に意味するところである、といった類の見解をことごとく退けている箇所でもある。したがって、正当な婚姻内で設けた子供を通して、神が人間に許した「ある種の不死」に対して、ラブレーが大いなる讃歌を献じている事実に対し、さまざまな誤解があるが、右の一説こそは、こうした誤解を解くうえで役立つ。自分の嫡出の子供たちを通して得られる「不滅」は、人類が世界の終焉時に見出すであろう、かの完全無比な不滅に取って代わることはない。世代継承による「不滅」は、キリストの最終的な勝利と死者の復活が実現するまで続く、一種の埋め合わせにすぎないのである。

アリストテレスの思考体系にあっては、「生殖（発生）」*generatio* は「腐敗」*corruptio* とのみならず、「教育」*educatio* とも対をなしている。神からの賜物である性《セクシュアリテ》という特権によって子供を「生む」**generate** 男と女は、必ず果たすべき道徳上の義務を負っており、とくに男性中心のこの時代には、この義務はもっぱら父親の双肩にかかっていた。いうまでもなく、後継者たる子供を「教育する」義務である。ガルガンチュアはこの義務を喜んで引き受けていることになる。「生殖と腐敗」および「生殖と教育」という一対の概念が、この手紙の知的構造を支えているといってよい。

死を迎えるとき、ガルガンチュアの霊魂は、神の御心のままに、「この世の人の住まい」**ceste habitation humaine**〔渡辺訳p.65にならった。具体的には「肉体、身体」を指す表現。宮下訳p.107は「人の世という寓居」〕を離れるであろう。神学的素養のない批評家の一派が、この一節を持ち出してきては、ラブレーの無神論の証拠だと騒ぎ立てるが、まったくのお笑い種である。というのも、この一節もまた、聖書の言葉の世界に深く根を下ろしているからである。今回は、「コリント人への後の書」第五章一–二節に当たってみる必要がある。そこでは人間の肉体は、「オイケテーリオン」*oikētērion* ないし「ハビタティオ」*habitatio*、つまり霊魂が天国へと呼び戻されるまでの間利用する、「仮の住まい」と見なされているのである。*

＊『パンタグリュエル物語』第八章、渡辺訳 p.65, 宮下訳 p.107. *Pant.*, VIII, *TLF* 35 ; *EC* 30. なお、聖書の該当箇所には次のようにある。「我らは知る、我らの幕屋なる地上の家、壊《やぶ》るれば、神の賜う建物、すなわち天にある、手にて造られぬ、永遠の家あることを」（「コリント後書」第五章一–二節）

ガルガンチュアは、自分が死ぬとき（別言すれば、肉体が塵に帰する一方で、その霊魂が神の御前に召されるとき）に、地上に残った息子の姿を目にするであろう。彼は、自分が「完全に死んだ」という感覚に見舞われはしないのではないか（つまり、自分の身体と霊魂は、儚《はかな》いこの世にあってすら完全に分離しておらず、また、この仮の世からも完全に断絶したわけではない、と感じるのではないか）。それはあたかも、自分がある場所から別の場所へと移動したにすぎず、息子の存在を通して、肉体＝霊魂としてこの世でまだ生き続けている、というような感覚かもしれない。だが、父親の肉体の面影を必然的に引き継ぐ息子のほうは、同時に父親の潔白な生き方をも引き継がねばならない。それが可能となるのは、神の恩寵に浴しつつ、正しい教育を授けられた場合にかぎられる。何をおいても、魂の教育が施されて初めて、家名の不滅性も保障される。霊魂によってこそ（言い換えれば、より劣った存在の肉体によってではなく）、「われわれの家名は長く久しく人々の祝福を受ける」〔渡辺訳 p.66, 宮下訳 p.109〕のである。メランヒトンやその他多くの同時代人と同様に、ラブレーも、「胤による生殖」が子供に対し、肉体のみならず魂をも付与すると考えていたのだろうか。霊魂分生（遺伝）説* **traducianisme** と呼ばれるこの教義は、メランヒトンの『霊魂について』でも説明されているが、普遍的な賛同を得ていたとまでは言えない。いずれにしろ、肉体のみならず魂に対しても立派な教育を施して初めて、パンタグリュエルは父の面影を宿すにふさわしい人物、つまり「汝の父たる私の人格《ペルソンヌ》を映ずる鏡」〔渡辺訳 p.67, 宮下訳 p.109〕となりえるわけだ。ここでいう人格すなわち「ペルソナ」（*persona*）»とは、神学の専門用語であって、たんなる「もの」をはるかに超越し、ひとつの完全なる個人を形成するに必要な、肉体と霊魂との合一状態を指しているのである（*Pant.*, VIII, *TLF* 64 ; *EC* 63）。

＊霊魂も肉体と同様に両親から与えられ、究極的にはアダムから遺伝したものであるという説。一方で、« creationisme »「霊

魂創造説」によれば、魂は、受胎または出生の際に神が無から創造するとされている。

以上のすべては、「正当なる結婚」mariage légitime という文脈の中に置かれている。ここから、自分の最初の息子をたまたま生まれた私生児として扱わずに、テオデュール（「神の奴隷」の意）・ラブレーと名付けた理由が仄見えるように思われる。その後生まれる二人の子供、フランソワとジュニーをも、ラブレーは「あたかも正当な婚姻の枠組み内で生まれたかのごとく」、進んで嫡出子として認め、父である自分の姓を名乗らせることになるのである。元修道士で、独身を守るべき聖職者が、なぜ自分自身の子供や結婚そのものを正当と認めえたのか、という点に関しては、のちに『第三之書』を分析する箇所で、より明らかとなろう。結局のところ、一五三〇年代というのは、伝統的な西方カトリック教会に対する批判の声が、いや増しに大きくなっていった時期なのである。とくに改革派教会は、重要な意見表明を行なう際には必ず、司祭および牧師の結婚に選択の余地を残すべきだと主張してやまなかった。独身の維持は教義上の問題ではなく、あくまで規律上の問題にすぎないから、教会は全体的な共通了解のもとに、この制度を変更できると見なしたのである。また忠実なカトリック教徒の多くもエラスムスの意見に与《くみ》しつつ、教会は、内縁関係や売春の横行およびその他の悪徳の温床と誰もが認めていたこの規律を、なんとか緩和すべきだと思っていた。エラスムスが唯一望んでいたのは、もし修道士が結婚のために修道院を後にする場合でも、教皇の祝福を受けて公的な形で去れるようにし、加えて彼らが、できるかぎり独身時代の悪行を繰り返さぬようにさせることであった。

ローマ法の影響も、ここでは同様に重要であった。ローマ法が恋愛結婚を許可していたわけではまったくない。結婚に関するかぎり、核心を占めるのは、なんといっても権威の問題、つまり、「家父長」*paterfamilias* がその同意を与えたのか否か、ということである。われわれが目下扱っているガルガンチュアの手紙も、完全に家父長的である。その理由は、『第三之書』を論じる際に明らかにしてみたい。

結婚と並んで、教育への大いなる讃歌もまた、当時の時代精神とかなり共鳴し合うものであった。一五二〇年代および三〇年代には、教育論が大流行し、有名無名のいかんを問わず、多くの著作家たちがこのテーマで執筆し出版した。ビュデ、エラスムス、そしてビベス*は、そのごく一部にすぎなかったほどである。

＊ ビベス（一四九二―一五四〇）スペインの哲学者・人文主義者。ヘンリー八世の王女メアリーの家庭教師を務めたこともある。アリストテレスの注解の中で帰納法を強調したほか、教育論でも著名。

『パンタグリュエル物語』に見られる教育上の理想は、二年後に執筆される『ガルガンチュア物語』と比べると、まだ十分に練られているとは言いがたい。ここでのガルガンチュアからの手紙は、主義主張を前面に出す傾向があり、場合によっては攻撃的なトーンをまとうこともある。こうしたトーンから浮かび上がってくるのは、たとえ一般論としてユマニストのあいだで合意形成ができていたにしても、闘いに勝つにはまだまだ障害が横たわっているという事実である。とくに、ギリシア語の研究を認知させ、誰もが聖書にアクセスできる権利を勝ち取る闘いは、いまだ緒に就いたばかりなのである。

ラブレー描く巨人は、学問の再生が、神の善意（*la bonté divine*）によって実現したと考え、さらに、印刷術も神からの霊感が直接作用したがゆえに発明された――つまり、火薬の発明をもたらした悪魔の教唆に対する、神からの反撃として――と考えているが〔渡辺訳 p.68, 宮下訳 p.112〕、こうした見解は当時の時代精神と合致している。さらにいえば、こうした表現はユマニストの好んだ紋切り型でさえあった。したがって、ルネサンスとは異教〔ギリシア・ローマの多神教〕の復活であるという、一昔前に流行った見方は、いくつもの誤解の上に生じたものと言わざるをえない。フランスその他いずれの場所であれ、ルネサンスは、神への強い渇望によって芽吹いたのであり、この傾向はとりわけ初期、つまり「新しい学問」の主たる担い手たちが聖職者で占められていた時期に、とくに強く見られる。だが、紋切り型であったか否かに関わりなく、このような見解を一五三二年の時点で伝播させるには、その覚悟と熱意のあるユマニストを必要としていた。なぜならこの時期はまさしく、ソルボンヌが書物を検閲し、エラスムスを糾弾し、いまだ強大な権力を盾に「新しい学問」を弾圧し、そして何よりも、国王の領地における印刷術の行使を禁止するよう、フランソワ一世を説得しようとしていた時期と重なるからである（一五三五年の二月には、ソルボンヌはこの試みに一時的に成功する。フランソワ一世は実際に印刷術を禁止し、「新しい学問」は、一時的とはいえまんまと、異端ないし誤謬の同義語にされてしまう）。だが、ラブレー描く巨人にとっては正反対であって、こうした堅実なる学問こそは、いわば

「神与の食物《マナ》」のごときものであり、御婦人や娘たちにとってすら、一度は学んでみたい憧憬の的だったのである。ちなみに、「新しい学問」を追い求める者たちが列挙されているなかで、婦人や娘たちは、男の犯罪者たちの後にリストアップされているが、これは単なるおかしさのみを狙ったものではなく、当時としては当然の順序にならったまでのことなのだ！* ただし、女性の教育を認めようとする姿勢それ自体を、ありきたりの紋切り型として片付けるわけにはいかない。この点に関しては、エラスムスの手になる愉快な対話作品『大修道院長と女学者』〔享楽的な生活を送る大修道院長に対し、教養ある女性が勉学から得られる叡知の尊さを説くが、無駄に終わる話〕をひもとけば、すぐに合点がいくはずである。

* 『パンタグリュエル物語』第八章、渡辺訳 p.68 は以下のとおり。「わし（ガルガンチュア）は、今の世の盗賊、死刑執行人、野武士、馬丁のほうが、わしの時代の博士や伝道師よりもずっと博学だと思っておる。さらに申せば、ご婦人や娘っこまで、学芸を謳歌し、この良き学問の天与の糧を得たいと思っているほどじゃ」。宮下訳 p.112 も参照。

大人は子供を教育する義務を負っている、とするスコラ哲学の月並みな概念も、ガルガンチュアが説く教育内容を知れば、一気に革新的になる。

まず、学ぶべき細目が明快に示される。ギリシア語、ラテン語、およびヘブライ語に加えて、カルデア語*とアラビア語も学ばねばならない。とくに最後の三言語は、聖書をより深く理解するうえで不可欠である。言語以外にも、ルネサンス期の学問が、百科全書の構成要素のごとく網羅されている。そのなかには、たとえば、幾何学、算術、音楽、植物学、地理学、医学、法学などが含まれている。とくに天文学には重きが置かれている。ただし、予言占星術およびレイモン・ルルス〔ラモン・ルル。（一二三二頃－一三一五）十三世紀のスペインの詩人、哲学者、錬金術師〕の術だけには非難が浴びせられている。また、「ゴートによる災禍」〔ここでの「ゴート」は、ユマニストにとっての非文化的存在、とくに末期スコラ哲学を指す〕に苦しめられた時代の腐敗した著作物、つまりおもに中世後期の学識も、同じく難詰の対象となっている（ちなみに、ここで難じられている「ルルスの術」とは、カバラに由来する一種の魔術であって、文字を施された回転盤を使うものである[21]）。

* カルデア人は、南バビロニアに前十二世紀頃から定住したセム民族のひとつ。新バビロニア王国を興し、ネブカドネザル二世の時もっとも繁栄した。天文や暦法にすぐれる。聖書研究のためにこの言語の習得を勧めたのはエラスムスである。

それまで抑制されていた情熱が、初めて迸《ほとばし》り出るのは、話題が医学に及んだときである。とりわけ、幾度となく解剖を行なって人間というミクロコスモスを知るべきこと、および、アラビアの医学をも学ぶべきこと、という指摘には力がこもっている。ちなみに、アラビア医学関連の書は、当時のリヨンの書店街において、にわかに出回りつつあったものである。さらに文面は、「一日に数時間」を、それらが書かれた原語に基づく新約聖書と旧約聖書の研究に充てよ、と説いている。こうした過程を経て、若き巨人（いまや父親に生き写しとなった）は、「新しい学問」によって陶冶され、その結果（古代に由来する有名なラテン語表現によるところの）「学問の深淵」*abysme de science* すなわち「叡智の深淵」*abyssus sapientiae* となるに違いない。*

＊ « abysme de science » を « abyssus sapientiae » の翻訳と見なすのは無理があるとの指摘もある。それによると、人間の学問としての « scientia » と、神の領域にまで至るべき « sapientia » は、別の概念だということになる。つまり、「叡智」« sapientia » の領域では、人間と神とのあいだに「深淵」が存在することになるのだという。以下を参照。François Rabelais, *Les Cinq Livres*, (éd. critique de J. Céard, G. Defaux et Michel Simonin), Paris, Le Livre de Poche, coll.« La Pochotèque », p.348, note 41.

だがこれで終わりではない。さらなるクライマックスが、当然ながら最後に準備されている。「良心なき学問は、魂の破滅なり」*Scientia sine conscientia : ruina animae*〔渡辺訳 p.71, 宮下訳 p.116〕という、スコラ派の好んだこの格言は、当時の「新しい学問派」にも大いにあがめられた。厳格な倫理観を身につける努力を怠り、たんなる智識の集積に汲々とするだけならば、その姿勢は、やがて霊魂の破滅に至る、というわけである。ガルガンチュアは、神に仕えこれを畏れこれを愛し、いっさいの希望を神にかける姿勢、さらに言えば、罪の消え失せることはありえぬとしても、その罪によって人間が救い主たる神から引き離されぬよう、常に神に縋《すが》ろうと努める姿勢は、人間に課せられた義務であることを、この文言によって思い起こさせようとしているのである。正統的なカトリックの教義を匂わせ、かつ意識的に反ルター主義が込められたこのフレーズのめざす理想は、「至高の愛によって形成された信仰」« **foy formée de charité** », *fides charitate formata*〔渡辺訳 p.71, 宮下訳 p.116〕により実現できる。つまり信仰は、キリスト教徒としての神への愛にその堅固たる形相《フォルマ》を見出さないかぎり、不完全の域を出ないことになる。*

＊ルターは、以上の立場を採らない。なお、「神への愛」がその他のすべての徳の「形相」となる、という考え方は聖ボナヴェントゥラに由来する。また、著者は指摘していないが、ここのテクストの背後には「ガラテア書」第五章六節の一部が明らかに反映している。「イエス・キリストにありては、割礼を受くるも割礼を受けぬも益なく、ただ愛に由りて働く信仰のみ益あり」

書簡のこのように宗教的な末尾は、律法および預言者に関するイエス・キリストの見解を連想させるが〔旧約の教えを形式的に守ることより、神への愛を主軸に据えるべきだとする見解〕、これはラブレー作品に何度も表明されることになる、ルネサンス期特有の福音主義的キリスト教の核心である。ガルガンチュアは以上に続けて、「コリント人への後の書」第六章一節〔我らは神とともに働く者なれば、神の恩恵（めぐみ）を汝らがいたづらに受けざらんことを更に勧む〕を想起させる文言を綴り、神の恩寵に信を置くとは、神がすべての御業を為される間、ただ指をくわえて見ていることを意味するわけではない、と息子に対し念を押している。「神がお前に下し給える恩寵は、これを無駄に受けてはならぬ」と〔渡辺訳 p.71、宮下訳 p.117〕。言い換えれば、何らかの有益な事柄のために活用しないかぎり、せっかくの神からの賜物も「無駄」に受けることになってしまうのである。この書簡では、あらゆる善き事柄が、すべて神からの賜物として提示されている。結婚も、胤による生殖も、子宝に恵まれることも、道徳的な高潔さも、深い学識も、印刷術も、そしてついには、プルタルコスをはじめとする異教もしくはキリスト教以前の著作物までも（当然ではあるが）、一切合財が神の賜物と見なされるのである。だが、こうした賜物は活用されねば、それも正しく活用されねばならない。もし誤って活用されたならば、それらは霊魂の破滅（*ruina*）をもたらすだろう。

以上は、のちにラブレーの思想の核心部をなすに至る、その初期における萌芽的な表れの一例である。善にして真なる事柄のいっさいは、善き賜物の分配者たる神に由来する。だが人間は、このあふれんばかりの恩寵を、じっと待つ受身の器であってはならない。人間は、神の恩寵と「共に働く」べき、責任ある個人《ペルソナ》なのである。もしこの恩寵が無駄にされるならば、個人としての人間は、大いなる危険に曝されずにはいないだろう＊。

＊いわゆる「神人協力説」で、カトリックおよび穏健な福音主義者が支持した。人間の自由意志を認める立場と整合性を有する。したがって、奴隷意志しか認めないルターはこの「神人協力説」を認めていない。

細心の注意を払って書かれた説得力あるこの書簡は、全体のコンテクストからある程度浮いているが、はずれているわけではない。まず、この書簡自体が、さまざまに提起された問題に対する、ラブレーの最終的な返答ではない。それどころか、これ以降の作品群と比べると、均衡に欠け、まだまだ不完全である。そもそも、ここでの教育プログラムは、書物に基づいた机上のそれが主体である。あまりに書物に依拠しているため、この教育を修了した少年ないし青年は、国王になる素養というよりも、むしろ学者となる素養を身に付けることであろう。仮に最も近い類縁関係を探すとしたら、『パンタグリュエル物語』でラブレー描くところの教育法と、当時の法律家たちが擁護した新教育プログラムとの関係だろう。現に、ラブレーの最初の「年代記」で素描された理想的教育が、法律学関連の論考から直接引き出されてきた可能性は高い。したがってこの教育法が、君主よりも、むしろ若き法律のエキスパート養成に、より適していたとしても不思議はない(22)。肉体の鍛錬、および我らの巨人が将来のキリスト教徒＝君主の役割を担うための準備に関しては、ごく数行で片付けられている。

> なぜかと申すに、そなたは成人して齢を重ねるにつれ、いずれは静謐にして安穏たるこの勉学の生活より出でて、騎士の道と武芸を学び、悪しき輩の攻撃より、我が家門を守り、万事において我らが同朋を救援すべきと考えるからである（*Pant.*, *TLF* viii, 154f. ; *EC* viii, 121f.）〔渡辺訳 p.70, 宮下訳 p.116〕。

この箇所を、最後の最後におざなりに付け足された一節だとは言いきれない。とはいえ、ここで表明されている理想は、『ガルガンチュア物語』で十全に展開されるであろうキリスト教君主教育のそれと比べれば、かなり見劣りがする。右の一節では、ローマ時代後期の場合と同じく、勉学が「高貴なる余暇」*otium honestum*、つまり、武人としての徳と義務とを涵養する別の訓練を、あらためてみずからに課すまでの余暇と見なされているのである。他方、『ガルガンチュア物語』においては、書物に基づく学習と君主に必要な武芸の鍛錬は、同時並行的に行なわれており、教育システム全体の中で両者が相互に浸透し合い、相互の刺激によって互いに効果を高めあう仕組みとなっている。

次に掲げる一節（ここでも『ガルガンチュア物語』でさらに大きな実を結ぶことになるテーマを扱っている）も、『パンタグリュエル物語』が提示している教育システムにとって、どうしても不可欠な部分とは言いがたい。これはむしろ一種の潤滑油であって、ここでの書簡が、その後に続く章のコンテクストとうまく合致することを可能にしているにすぎない〔公開の討論や識者との議論をせよ、という以下の内容は、パンタグリュエルが難解な裁判を決裁した逸話や、イギリスの大学者トーマストを（パンタグリュエルの代理のパニュルジュが）身ぶりの議論で論破する話と繋がってくる〕。

また拙者は、そなたが収めた成果を速やかに試してほしいと思っておる。そのためには、すべての学問分野において、公開の場であらゆる人々を相手に討論すること、ならびに、パリやその他の場所に見受けられる学識ある人々と、じっくり語り合うこと以上に優れた方法はないであろう〔渡辺訳 pp.70-71、宮下訳 p.116〕。

ここでの教育法に関し、細部にわたる批判をいくら積み上げようと、以下の点だけは否定できないだろう。この魅力的な手紙こそは、ラブレーがみずからの作品を、真面目な主題から逸れるための、たんなる喜劇的な気晴らしと捉えたのでもなければ、ルキアノス風に同時代人の欠点と戯れてみせて、それで良しとしてもいなかったことの、最初の証なのである。いうまでもなく、ラブレーは自作品を、笑いと諷刺とが一体となって、前向きかつ有益なプロパガンダ〔この場合は「新教育」の喧伝〕に結実しうる、より豊かな作品だと自負していたのである。

16 パニュルジュとパンタグリュエル〔『パンタグリュエル物語』第九章および第五章〕

以上の書簡から浮かび上がってくるガルガンチュアおよびパンタグリュエルの人物像と、次の章（第九章）で饒舌な登場を果たすパニュルジュのそれとは、驚くほどのコントラストをなしている。パニュルジュの登場は、それだけで十分に楽しめるものであるが、ここでは彼の出現が、巨人たちの真面目さが目立つ書簡と、パンタグリュエルがパりの「学識ある人々」と初めて公の場で出会うエピソード〔『パンタグリュエル物語』、第十一―十三章、ベーズキュとユームヴェーヌとの滑稽でナンセンスな裁判をパンタグリュエルがみごとに裁く逸話〕とのあいだで、緩衝装置の役割を果たしている。ちなみに、『パンタグリュエル物語』という作品の特徴として、ごく普通に予期した出来事が、決して起きないという点が挙げられる。ここもまた然《しか》りであって、パンタグリュエルが受けた教育の優越性が、大真面目に証明される気配など微塵も感じられない。むしろ、法学的知見に基づいた喜劇が展開されており、それに別種の香辛料がひとつまみ振りかけられている、というのが実情に近い。ベーズキュとユームヴェーヌとのあいだの裁判は、法学的・言語学的な喜劇である。だが、まずわれわれは、まったく予期していなかった人物パニュルジュに出会うのである。この邂逅の場面では、言語学的なユーモアが全体を覆っている。

ラブレーが、その後の作品においてもパニュルジュに不変の役割を与え続けることを、すでに念頭に置いていたとはどうも考えにくい。そもそも、フランス語でさらに書物を出す気など、ラブレーにはまったくなかった可能性すらある。確かに、パンタグリュエルはパニュルジュとめぐり会い、「これを一生涯愛した」と章題には読める〔渡辺訳 p.72, 宮下訳 p.119〕。しかし、こうした文言の意味が、まだ書かれてもいない書物にまで及ぶと考えるべきではなかろう。その後の『第三之書』および『第四之書』で、パニュルジュがさらなる変遷を遂げていくという構想が、芸術家としてのラブレーの意識にすでに萌《きざ》していたという徴候は、ほとんど見当たらない。このラブレーの最初の「年代記」に姿を現わすパニュルジュは、狡知に長けた存在であり、だからこそ、ギリシア語のパヌルゴス（*panourgos*）を多少フランス語風の読みにした名前を与えられているのである。そもそもこの「パヌルゴス」というギリシア語は、良い意味で使われることはほとんどなく、どんなひどいことでも即座にやってのける存在を意味している。この言葉自体は古典的なものだが、ギリシア語の新約聖書には、「パヌルゴス」に加えて、「パヌルギア」*panourgia*（狡猾さ、狡知さ）というさらに一般的な用語も見出せる。少なくともユマニストたちの社会においては、ヘブライ語の聖書と同等の影響力を誇っていた「七十人訳《セプトゥアギンタ》ギリシア語聖書」の中でも、以上の二つの用語が混在している。いつの時代のどんなギリシア語であれ、この言語に通じている者ならば誰でも、パニュルジュという人物を即座に「位置づける」ことができるはずである。これは、いかなることもやってのけるペテン師《トリックスター》であると。それもおそらく、たんなるひとりのペテン師ではなく、狡知さの権化すなわちペテン師の化身であると。

彼の名前は、もちろんギリシア語の意味を引き継いではいるが、同時に、キケロの『喜劇俳優ロスキウス弁護』〔ロスキウスは紀元前一世紀に活躍した、ローマ最高の喜劇役者とされる〕に登場するため、おもにラテン語教育の中で育った人々にも知られていた。ここに登場するパヌルグス *Panurgus* は、キケロが訴訟でその弁護役を買って出た俳優ないしパントマイム役者（*histrio*）の姓として使われている。何か国語も操れるというパニュルジュの属性*は、そもそもの始まりから、彼の「ペテン性」の一部を証している。ラブレーほどの法学者なら、ペテン師を、古典古代末期の「インポストーレス」*impostores*（「欺く人」）と結び付けていたとしても、何ら不思議はないだろう。この「インポストーレス」に関しては、ビュデがその著『ユスティニアヌス法典・学説類集註解』の中で、興味深い指摘を行なっている。それによれば、こうした「インポストーレス」は、王侯たちの大のお気に入りだったという。当時のフランス人にとってのその原型は、ケフィソドルスやパンタレオンないしマトレアスのような古典的な人物〔いずれもアレクサンドロスの宮廷で持てはやされた曲芸師・道化〕というよりも、むしろ、フランソワ・ヴィヨンの人物像であった。もちろんここでいうヴィヨンとは、実在のヴィヨンのみならず、数々の愉快な悪戯や悪ふざけが一体となって織りなした、あの伝説上のヴィヨンをも包含している。ビュデはさらにこう書いている。「われわれの父親の世代は、フランソワ・ヴィヨンの内に、偉大なる「インポストール」*impostor* の姿を見ていた。彼の名前そのものが、その代名詞となっていたほどだ」（*Opera*, III, 255 AB）

＊『パンタグリュエル物語』第九章、パンタグリュエル一行と出会ったパニュルジュは、架空の言葉を含む十以上の言語で受け答えする。

パニュルジュは、自分自身の支離滅裂な饒舌の罠に陥ったベーズキュ*のようであってはならない。彼はあくまで、他人を担ぐ利口なペテン師でなくてはならない。『パンタグリュエル物語』中の彼は、道徳とは無縁の男である。われわれ読者を笑わせるかぎり、彼は何をやらかそうと許される。これは当然の成り行きで、そもそも、ペテン師が展開する笑劇的世界の中で、道徳的な配慮が幅をきかせる余地は、一般的にはまずない。それが中世ないしルネサンス期の笑劇であろうと、ラブレーの「年代記」あるいはモリエールの味わい深い喜劇であろうと、万が一にも道徳原理をそこに持ち込む場合には、作家は、きわめて意識的な操作で、それを巧みに忍び込ませる以外にない。言い換えれば、田舎芝居の舞台の上にわれわれが期待しているのは、召使が主人を騙し、息子が両親を誑《たぶら》かし、ひいては、スガナレル的人物が皆を派手に騙くらかすことなのである。こうした登場人物が世間のしきたりを破れば破るほど、われわれ見物人の笑い声もいや増しに高くなっていく。彼らがそこにいるだけで、悲劇や生真面目さは、一気に吹き飛んでしまう。たとえトルコ人の捕虜になるという話でも（当時は現実的な危険であった）、捕虜となったのがパニュルジュであり、それを語ってみせるのもパニュルジュである場合、話は一気に滑稽調に転じてしまうのである〔『パンタグリュエル物語』第十四章「パニュルジュがいかにしてトルコ人の手から逃れ出たのかを物語ること」、渡辺訳 pp.108-117, 宮下訳 pp.168-181〕。

＊『パンタグリュエル物語』第十一―十三章に登場する。「鶏驢体」で煩瑣な法廷弁論を展開する二人の貴族のひとり。

現代人のパニュルジュに対する反応は、一様とはいえない。神経質な読者の多くは、彼に魅力を感じないばかりか、何が面白いのかさえわからないと思っている。これは大変残念なことである。というのも、道徳的な、さらに言えば人道主義的な思惑、それもかなり見当違いの思惑が、ラブレーが喚起しようとしている笑いと、われわれの反応とのあいだに滑り込んできて、両者に齟齬を来しているからである。＊確かに、狡知さ《パヌルギア》の化身としてのパニュルジュという、最初の構想にあった潜在力を早くも汲み尽してしまった、という思いがラブレー自身にあった形跡は見てとれる。次作の『ガルガンチュア物語』に彼の姿が見当たらない事実は、時系列という観点から説明できる。＊＊が、ラブレーがその気にさえなっていれば、この程度の理由など簡単に無視できただろう。『第三之書』や『第四之書』に至ると、パニュルジュという名の人物が登場しはするが、それはもはや、われわれが『パンタグリュエル物語』で遭遇したあのパニュルジュが、自然な成長と発展を遂げた場合とは、似ても似つかない人物となっている。賢者として登場する新しいパンタグリュエルも、元の愉快な巨人が、論理的ないし芸術的に自然と思われる発展を遂げたとはいえない人物になっているのと同様である。ラブレーの喜劇は後期になると、それ固有の道徳的な意味合いを帯びるようになるため、パニュルジュは、パンタレオンやヴィヨンとははるかに離れた存在として隔離される。そうは言ってもやはり、ただ物語りたいがゆえに物語っていたころの作家ラブレーの技法を、あるいは、読者に悦楽を提供しその笑いを引き起こすこと以外に、何ら動機を持たなかったころの、あのストーリーテラーとしてのラブレーの技法を、ぜひ味わってみたいという読者もおられよう。そうした読者の期待に応えるためには、やはり、『パンタグリュエル物語』の中でも、巨人が登場しない、いわばパニュルジュの独壇場となっている箇所に注意を集中させるのが、最良の方法だと思われる。

＊　たとえば（後述されているとおり）パニュルジュが平気でトルコ人を罵りつつ殺す場面などが、現代の倫理的・人道主義的価値基準に照らせば不適切と感じられることを、スクリーチは一般論で論じている。

＊＊　『ガルガンチュア物語』はパンタグリュエルの父親の物語という体裁を取るため、息子のパンタグリュエルが初めて出会ったパニュルジュの登場する余地はない、ということ。

トルコ人の手から逃れるという逸話は、この「ジャンル」の話としてはほぼ完璧な例である。というのも、いかなるものも現実界とはまったく共鳴しない世界が、ここに現出しているからだ。そこは、火の粉が上がっても燃えることなく、死は寸分たりとも意味を有さず、捕虜が絶対に不可能な脱出に成功し、そして、利口な弱者が愚昧な強者を出し抜く世界である。

パニュルジュが活躍するこの完全に非現実な世界は、パンタグリュエルが前面に出てくるいくつかの逸話と、驚くほどの対照《コントラスト》をなしている。なぜなら、こうした逸話にはしばしば真面目な関心事が底流にあり、その関心事は、折に触れて明確な表現を伴って表面に浮き上がってくるからである。たとえば、パンタグリュエルは、法学の修得のために地方の大学巡りを行なうが、この件《くだり》の筆遣いは軽快で、読んでいて実に楽しい。しかし、そこにどれほどの誇張が紛れ込んでいようとも、この件は、当時の放浪学生の現実世界や学生生活の象徴的事象（たとえばポワティエの「宙乗り岩《ピエール・ルヴェ》」がその典型。これは学生のお祭り騒ぎや手荒い新入生歓迎の儀式の際に使われた、巨大なメンヒルを指している）をも反映しているのである〔「宙乗り岩」は渡辺訳 p.43. 第五章を参照。宮下訳 pp.68-69. とくに p.69 の絵図を参照〕。このようにパンタグリュエルが出現するところでは、いついかなる時に現実が析出してもおかしくない。さらに、実在の人物が出現するケースすら見られる。ラブレーが起居していた、フォントネー・ル・コントのベネディクト会修道院の院長である「気高きアルディーヨン」

はその一例である。* この院長に対しては、ラブレーの友人で、詩人かつ年代記作者のブーシェが、『アキテーヌ地方年代記』を献呈している。また、「学識深きティラコー」への言及もあるが、この名は、ラブレー作品が読まれ続けるかぎり、彼の名と結ばれる形で人々の記憶に残るであろう。また、ラブレーと縁が深いことがわかっている土地も――たとえばマイユゼー〔ニオールとラ・ロシェルの中間にある町。ラブレーが最初に入ったフランチェスコ会修道院がある〕――突如数珠繋ぎのごとくテクストに姿を現わす。こうなると、法律学の修業を目的とした大学巡りや、パンタグリュエル自身の中にさえ、ラブレーにまつわる自伝的な要素が紛れ込んでいるのではないか、と読者が考えたとしても不思議はない。もっとも、この点を必要以上に強調して、これらの逸話の内に、ラブレーの実生活に関する情報の欠落を埋める材料があると考えるのは、賢明ではないだろう。こうした安易な想定に対しては、いくらでも反論が可能である。われわれが本当だと確信できる数少ない言及の一例が、パンタグリュエルのモンペリエ訪問のくだりである。パンタグリュエルは（ラブレー自身とは異なり）、この町には留まるまいと決心する。何といっても、教授連のレベルが低すぎて、とても法学部に入る気が起こらず、だからといって別の選択肢である医学はというと、医学部の教授連は浣腸の臭いがする[23]ので乗り気になれなかったのだった。

* 渡辺訳 p.43, 宮下訳 p.68. アルディーヨンは実際はアウグスティヌス会に所属。フォントネー・ル・コントにはラブレーが最初に入ったフランチェスコ会修道院がある。ラブレーの庇護者ジョフロワ・デスティサックの統括するベネディクト会修道院はマイユゼーにあった。

このような冗談を読むと、『パンタグリュエル物語』の少なくとも一部は、学生による茶番狂言や道化芝居から発想を汲んでいるのではないか、という考えが頭をよぎる。というのも、こうした冗談は、医学生による笑劇の世界に、みごとに納まるものだからである。『パンタグリュエル物語』の中には、日時を特定できる事件への言及がわずかながらも見当たるが、その無頓着で無情にさえ映りかねない件も、この学生による笑劇という性質から、うまく説明できるように思われる。大学都市としてのトゥールーズへの言及がその好例だろう。パンタグリュエルはこの町に長居する気になれない。なぜなら、「彼ら学生たちが、教授連をまるで燻製ニシンのごとく生きたまま火炙りにしていたからである」〔『パンタグリュエル物語』第五章、渡辺訳 p.44, 宮下訳 pp.70-72〕日時にもよるが、おそらくラブレーはここで、一五三二年六月に火刑に処せられた法学士ジャン・ド・カテュルス〔ジャン・ド・カオールとも。法学部の教授。ルター派の嫌疑を掛けられ異端と見なされたという〕を、あるいは彼の焚刑に至るまでの一連の事件を、それとなく仄めかしていると思われる。この事件は、その他大勢の人間を巻き込む、実に恐るべき迫害の激発を意味していた。その対象のなかには、ラブレーの親しい友人であったジャン・ド・ボワソネも含まれている。ボワソネは、ラテン語で書いたその詩が、ラブレーの息子テオデュールの生と死を、わずかながらも今に伝えている人物として知られている。ただし、パンタグリュエル Pantagruel が、教授たちの火刑に対して示した反応は、巨人王「パンタグリュエル」Penthagruel が示したそれにぴったりと重なっている。「神様、こんな風に死ぬのは真っ平ご免ですじゃ。なにしろこの俺様は、生まれつき喉がからからに渇いておるんじゃから、これ以上暖めて貰わなくてもよいのですじゃ」〔渡辺訳 p.45.「桑原桑原、こんなお陀仏のしかたは真っ平御免だ。(……)」宮下訳 p.72〕仮にパニュルジュがこのような発言をしていたら、またもや道徳とは無縁のあの御仁が、存分に「ペテン《パヌルギア》」性を発揮しているな、と肩をすくめてけりが付いていたであろう。だが、パンタグリュエルが前面に出ている逸話の場合は、著者ラブレーが現実を嘘の中に織り合わせているので、そうはいかない。ここで使われているのは、おそらくスウィフトが『貧民児童利用策私案』*で駆使した手法、すなわち、控え目な主張に見せかけながら、実際は強烈な印象を与える喜劇的手法であろう。スウィフトはこの『私案』*Modest Proposal* の中で、英国人がアイルランドの貧困問題を解決したかったら、アイルランドの赤ん坊を食ってしまえばそれでよい、と提案している。悪の有する深刻さを笑いによってわざと茶化してしまうのは、恐るべき巨悪に抗議する有効な一手段なのである。

ルネサンス期のキリスト教徒は、他人に対して同情を示すにしても、その対象範囲は概してかぎられていた。それでも、トゥールーズで一五三一年から翌三二年にかけて猖獗を極めた異端弾圧は、とくに過酷なものであった。そこでは、エラスムスの支持者であるというだけで、異端の嫌疑をかけられるに十分であった。ジャン・ド・ボワソネは、法律学の上級教授として法的にも威厳ある立場にあったが、それでも、屈辱的な儀式によってみずからの信念を放棄せざるをえなかったのである。彼の家は没収され、そのうえに、当時としては破格の千リーヴルという罰金まで科せられている。『パンタグリュエル物語』が彼に言及していないのは、このあまりの過酷さが原因であったと推測される。トゥールーズという町が、教授たちを火刑に処しているという事実は読者には示されておらず、たんに火刑に処する慣習があると告げられているにすぎない。

ボワソネがたどった運命は、ラブレーの喜劇の才すら超えるほど、過酷だったのかもしれない。だが、仮にラブレーがジャン・ド・カテュルスを暗示していることに、疑う余地がまったくないとしたならば（疑う余地がなくはないものの）、ジャン・ド・カテュルスがたんなる穏健派のカトリックなどではなかったのを思い起こすべきかもしれない。彼は、ラブレーが忌み嫌っていた「人種」、それもとくに十二夜前夜のお祭り騒ぎの気分に浸りたいときには、周りにいてほしくないような人物であった。というのもカテュルスは十二夜のどんちゃん騒ぎへの嫌悪を公言して憚《はばか》らなかったからだ。十二夜前夜に発するべき、しきたりどおりの祝杯の言「王は飲み給う」を退け、その代わりに「我らが心にイエス・キリストが君臨なさいますように」と叫んでいたくらいである。また、十二夜前夜に「慣例となっていたダンスや乱痴気騒ぎ」を退け、代わりに福音書の朗読を行ないたいと考えてもいた。清教徒を思わせる陰気な雰囲気が濃厚なこの宗教的熱情は、たんなる、その場の空気を読めない、行き過ぎた陰鬱なセクト性の表れではすまなかった。むしろ異端と見なされてもしかたがない類のものであり、少なくともトゥールーズにあっては、直ちに邪説として罰せられるべきだと判断されたのである。ジャン・ド・カテュルスは党派的な過激派であって、その死に対し、ラブレーが憐憫の情を自然に抱いたとはまず考えにくい[24]。ルネサンス期の傑士たちは、自分と根源的に意見の合わない人物がいかなる苦痛を受けようとも、それに対し鈍感なほど無感覚であったらしい。たとえば仁慈の士トマス・モアも、異端者の焚刑には反対していない。あのモンテーニュ、日和見主義とはまったく無縁で、アメリカの「インディアン」に加えられた残虐な行為や、宗教戦争中にフランス国内で両勢力がエスカレートさせていった暴力に対し、はっきりと異議申し立てを行なったこの大人物ですら、聖バルテルミーの大虐殺にはまったく言及していない。さらに、プルタルコスの翻訳者として知られる、あの温和な司教アミヨも、自分の司教区内で、異端に対し過酷にして熱狂的な迫害が加えられようとも、まったく意に介していない。我らがラブレーも、『ガルガンチュア物語』の中で、モンテーギュ学寮の校長をその仲間ともども火炙りにしてしまえ、とフランソワ一世をけしかけているほどである。* ジャン・ド・カテュルスが熱狂的かつ党派的な人物であれ、頑迷な異端審問の大波が押し寄せていたなかで、彼が火刑に処されたと聞いては、ラブレーもトゥールーズに好感を抱かなかっただろう。しかし、カテュルスの死そのものは、彼の同情心をまるでかき立てなかったようである。『パンタグリュエル物語』の中に、十二夜の前夜祭を敵視する者の支持者はいない。こうしていったん同情が消え失せたところに、初めて笑いが可能となるのである。

* 『ガルガンチュア物語』第三七章、渡辺訳 pp.175-176, 宮下訳 pp.284-285. ポノクラートの口を借りて、モンテーギュ学寮の校長と教師たちを火刑に処してしまえ、と煽動している。

17 法学の世界に響く笑い：註解者たち〔『パンタグリュエル物語』第五章、十章〕

トゥールーズで起きた、大物教授たちの火刑についてのこの言及は、パンタグリュエルの長旅全体の目的が、喜劇的な枠組みを借りながらも、法学の知識の獲得にあることを、あらためて浮き彫りにしている。トゥールーズは、何よりもまずその法学部の存在で有名であった。ジャン・ド・カテュルス、ボワソネ、およびトゥールーズ大学のその他の受難者たちは、この町の歴史に詳しい学者が指摘しているように、みな「法曹家」*légistes* であった。パンタグリュエルは大学巡りの途中でブールジュを訪れているが、この町もその法学部で有名であった。もっとも、彼が最終的に学士号を獲得するのはオルレアンにおいてである。その理由が知りたいところだ。それはともかく、いまや「法曹家」となったパンタグリュエルには、「先生」の称号が冠せられている（*TLF*, IX *bis*, 61 ; *EC* X, 53）〔« ce grand personnaige nommé Maistre Pantagruel », 渡辺訳 p.88, 宮下訳 p.142〕。もっとも、『第三之書』に至ると、この肩書きはとれてしまう。そして今度はパニュルジュが「法曹家」として登場する――ラブレーが後になって、最初に割り振った役割を入れ換えたもうひとつの例である。とはいえ『パンタグリュエル物語』を読む際は、少なくとも騎士道物語の愉快なパロディーに戻る最後の数章までは、常に法学的な側面が影響していることを、念頭においておく必要がある。

現に、『パンタグリュエル物語』の中で、明らかにプロパガンダ的性格を有している箇所は、どれも法律を主題にしている。そもそも、この当時、フランスのユマニストたちによる法学研究が、思いがけずも初めて優位に立ったことに加えて、ビュデとアルチャーティ（アルシア）〔アンドレア・アルチャーティ（一四九二－一五五〇）イタリアのユマニストで法曹家〕を代表格とする「ガリア学派」***mos Gallicus*** は、この当時のフランス人の誇りの源泉であった。これまでは、イタリアの伝統的な法学研究に過度に依拠せざるをえなかったが、この学派の登場により、フランスはその隷属状態を脱したのである。矜持の念を抱いたのは、なにも法曹界の人間に限らない。なぜなら、法律とは、それで生計を立てていた者たちにしか縁のない、たんなる職業上の秘伝ではなかったからである。法律は、教養ある人士の知的練成において、その修得が不可欠な一領域であった。法律と絡めたラブレーの冗談は、法の専門家のみを笑わせて良しとするようなジョークではない。ビュデが解説を施したローマ法関連の書『ユスティニアヌス法典・学説類集註解』は、国内外で、偉大なユマニストとしての名声をこの学者にもたらし、広範な読者を得たのだった。また、ガルガンチュアの手紙で開陳された教育論においても、ローマ法は、ユマニスト形成には不可欠にして決定的に重要な一部をなしている。息子パンタグリュエルはその「麗しきテクスト」〔« les beaulx textes » : 渡辺訳 p.70, 宮下訳 p.114〕を暗誦し、ローマ法を学ばねばならなかった。さらにパンタグリュエルは、法律学と哲学研究とを結び合わせることにより、ローマ法の正しさを得心するはずである（*Pant.* VIII, *TLF* 134 ; *EC* 105）〔渡辺訳 p.70, 宮下訳 p.114〕。これはささやかな試みにすぎない――そもそもこれはパンタグリュエルが修得すべき学識全体のごく一部にすぎないのであるから――と同時に、壮大な意志の表れでもある。ラブレーは、誰にでも理解できるように、広範にわたる教育プログラムを俗語〔知識人の共通語であるラテン語ではなく、土着の言語（この場合はフランス語）を使っていることを指す〕で表現しているが、このプログラムを構築する中で、ラブレーはビュデの以下の主張を擁護しているのである。すなわち、法学を深く究めるためには、それが書かれた原語によって法を確実に把握するだけでは不十分で、さらに哲学の知見にも精通する必要がある、という主張である。法律の「テクスト」***textes*** に付された「麗しき」***beaulx*** という形容詞は、語調を整えるために意味なく挿入された語句では断じてない。この語は、ローマ法を織り上げている言語の美しさと優雅さとを強調してやまない、ビュデの主張を思い起こさせる。この言語の美が、ローマ法の魅力でもあり、難しさでもある。「イタリア学派」***mos Italicus*** の法曹家たちは、ローマ法におびただしい数の註解を施しているが、法学のエキスパートであるラブレーやそのシンパには、ローマ法の文体上の美を台無しにするこの種の註解は、それだけで不適切かつ醜悪に映ったであろう。もっとも、ラブレーをはじめとする学者が、アコルソ〔（一一八二―一二六〇）イタリアの法律学者。ローマ法に関するその著『注釈大全』が当時広く用いられていた〕やバルトールス〔十四世紀の著名な法律学者。ボローニャとピサで法学部教授を務める〕を戴くイタリア学派に突き付けた反論は、ただたんに文体上の美的な観点からのみなされたわけではない。彼らは同時に、イタリア学派の信奉者たちが、法の基本的テクストを根本において曲解しており、加えて、哲学の素養に欠けているがゆえに、正義の本質そのものを見誤っている、と非難したのである。

　ラブレーが交友関係を持った人々や彼の文通仲間ないし友人たちのなかには、少なからぬ数の「法曹家」が存在する。ビュデやティラコーの名前は、周知のとおり現代にまで伝わっている。また、この当時、デュ・ドゥエ殿と呼ばれたブリアン・ヴァレ*〔一五二七年から没年の一五四四年までボルドー高等法院の評定官を務める。教養豊かな法学者〕やアモリー・ブシャールといった人たちも、名声と権力と高位に恵まれ、しかも該博な知識をも持ち合わせた一流の人物であった。こうした人々は、程度の差こそあれ、全員が「ガリア学派」を熱心に支持していた。ただしティラコーは例外で、その稀に見る碩学のゆえに、ひとつの派に押し込むことはとうていできない。それはともかく、この「フランス方式」は、文献学、哲学、自然学、文学ならびに歴史学の知見を、可能なかぎり広く深く援用しながら、ローマ法の基本的テクストを説明しようと試みる。この伝統上で仕事をしていた学者のすべてがフランス人というわけではなかったが、フランス人は、それまで圧倒的な影響力を誇ったイタリア学派の庇護の下からついに抜け出せたことを、大変誇りに思っていた。この新「フランス方式」は、古典古代の法律文書が、それが発布された時代に本当に意味していたところを、微に入り細を穿つ仕方で明らかにしようとする。したがって、歴史および文献学に関する正確な知識こそが、彼らの研究を支える礎石となるのである（Budé, *Opera* III, p.12f.）。

　他方、「イタリア学派」は、ずっと「職業的＝専門的」で、何よりもまず法学の注釈者たちが何代にもわたって積み上げてきた成果を踏まえ、現役の弁護士ならびに判事の意見をも援用しつつ、法的テクストを理解しようと努めた。ところがこのやり方が、ユマニストの目には、葦のごとく頼りないものを支えにしているとしか映らない。アコルソを筆頭とする学者たちは、確かに法には精通しているが、ギリシア語に関しまったく無知であり、かてて加えて、古典ラテン語のはらむ微妙な意味のニュアンスすら把握できない。彼らについて記す際、ビュデもラブレーも法学史を研究する歴史家として振舞うことはない。換言すれば、アコルソの業績に感銘を受け、これを避けては通れぬものとして正面から評価する姿勢は見られない。ビュデもラブレーも、現実の変革《コミット》を志しており、そのために、ライバル学派の指導者たちを鋭く難詰するのである。もっとも、「イタリア学派」の学者たちが、必ずしもビュデやラブレーの侮蔑の念を受けて当然だとはいえない。その証拠に、フランス的な方法論を用いるものの、より公平な見方をするティラコーは、晩年にはライバルの仕事を認めている。だが、公平であるか否かはともかくも、新しい学派が示した軽蔑の念は、十分に理解できるものだ。なぜなら、彼らが生きていたのは、古典古代の文献学の再生を誇りとし、新たに歴史的感覚を獲得しつつあることを、大いに自負していた時代であり、ここでいう歴史的感覚とは、彼ら法学者たちが権威と崇めてきた文献の真の意味を、必死で引き出そうとする営為のなかから生まれてきたからである。「イタリア学派」のほうは、ビュデも嬉々として指摘しているように、その最良の註解者ですらも、明らかに歴史的感覚にきわめて乏しいか、あるいは完全にそれを欠いているかのいずれかだった。そうでなければ、一体全体どうして、歴史的に見れば明らかにキリスト教以前にさかのぼる法令を、それもローマの異教の神官たちに適用された法令を、キリスト教会の高位聖職者にまで拡大適用するという転倒が生じえようか（Budé, *Opera* III, 12f, 14, 15, etc. ビュデはその索引〔Index〕で、「アコルソの無知」ならびに「アコルソの誤りと駄弁」に読者の注意を促している）。

『パンタグリュエル物語』が刊行されるまでに、ビュデは、法学を舞台とした闘いを、すでにおよそ二〇年間も展開し続けていた。とはいえ、いまだ雌雄を決していない以上、ラブレーが法律学をめぐって放った諷刺は、使い古された代物ではない。法学をめぐる宣伝合戦《プロパガンダ》を、ラテン語の世界から引きずり出し、フランス語の世界へと引き込むのは、並大抵の仕事ではなかったのだ。新学派の支持者たちがプロパガンダを展開しつつあるまさにその時期に、彼らの蔑視の対象であった「イタリア学派」の書物も編まれ続けていたのである。『パンタグリュエル物語』の最初の正式な増刷が世に出た年、すなわち一五三三年には、ラブレー作品を扱っていた博学の印刷業者セバスチャン・グリフィウスが反撃に出て、ニコラウス・ベラルドゥス（ニコラ・ベロー）の弁論『新旧法学論』*De vetere ac novitia jurisprudentia oratio* を出版し、さらにその翌年には、シャルル・ジラルドゥスの論考『法学書浄化論』*De juris voluminibus repurgandis* の出版を準備している（実際に世に出るのは一五三五年）。これらの書物は、『パンタグリュエル物語』がそうであったように、新しい法律学のための同じ闘いを戦っていたのである。その一方で、同じく一五三三年のリヨンでは、ベルタキヌス〔ベルタキンまたはベルタキーノ：十五世紀のイタリアの法学者〕が著した古臭い『論考』のうちの二冊が、なんと『パンタグリュエル物語』とまったく同じタイトルページを付されて出版されていたのだ！　この事実は、一五三二年の時点ですでにラブレーにより無知な註解者の範疇に叩きこまれていたベルタキヌスが、一五三三年の増刷であらためて嘲笑の的となったその理由を、明快に物語ってくれている[25]〔第十章、渡辺訳p.90, 宮下訳pp.143-144〕。

法学の分野における二学派間のこの論争は、神学思想の領域で展開されたより血なまぐさい論争と、実質的には対をなしている。たとえば、エラスムスのような神学者は、福音書のテクストが真に意味するところを、歴史的文脈の中で再把握したいと熱望したが、こうした神学者は、ちょうどビュデがアコルソやバルトールスを嘲笑うのとまったく同じ理由で、ペトルス・ヒスパヌスやトマス・アクィナスに侮蔑の念を抱いたものである。つまりユマニストの法曹家と、ユマニストの神学者とのあいだには、自然と盟友関係が成立することになる。具体例の一つとして、ビュデの『ユスティニアヌス法典・学説類集註解』の中に、ウルガタ聖書に対する根源的な批判が見出せることが挙げられよう。ビュデは、時代遅れの神学者たちはギリシア語のイロハも知らず、ゆえに福音書のテクストの真の意味など知る由もない、と痛烈にこき下ろしているが、この非難の弁は宗教史の専門家によってすら見過ごされがちである。聖書学の分野におけるこうした批判は、神学の専門家たちによる論争の場からではなく、いわば主流から外れた場所から放たれているがゆえに、より一層強いインパクトを与える。逆もまた真なりであって、福音主義を奉じるユマニストが法律に関与する場合も忘れてはならない。たとえばエラスムスは、ローマ法が公道に出没する辻強盗 *latrones* に対して科していた厳しい刑罰を、無知な法曹家たちがたんなる泥棒 *larrons* に適用する愚を冒していると読者に訴え、そこから、テクストが真に言わんとしている内容を突き止めることの重要性を説いているのである。以上を言い換えれば、フランスの福音主義的なユマニストたちは、この当時、ほぼ間違いなく、ユマニスト的な新しい法学研究に賛意を表し、それを積極的に支持していたのである。もちろん、ラブレーもその例外ではなかった。

18　法律世界に響く笑い：ベーズキュ対ユームヴェーヌ（『パンタグリュエル物語』第十–十三章）

「イタリア学派」の一連の註解者たちを嘲笑するというやり方は、「フランス学派」の熱心な支持者たちが幅広く使っていた、いわば常套的な諷刺手段である。したがって、ラブレーが彼らに同様の一斉射撃を浴びせたとしても何の不思議もない。その際あえてフランス語を用い、より広範な人々に諷刺の内容を提供している点で、ラブレーは他と一線を画している。もっとも、その諷刺の意図がいかに明白であろうと、ベーズキュとユームヴェーヌの二人が争った訴訟そのものはずっと複雑で、露骨な諷刺がめざしているところよりも、はるかに先を射程に収めている。

ベーズキュとユームヴェーヌとの口頭弁論を聞く前に、まずは、うず高く積み上げられていた訴訟関連の書類が、すべて処分されたことを読者は知らされる（訴訟の裁定を頼まれたパンタグリュエルが、一連の書類の焼却を命じている。第十章、渡辺訳 p.91, 宮下訳 p.145）。双方の当事者自身が召喚に応じられる以上、どうして供述書の類が必要であろうか。それから読者は、アコルソ、バルドゥス、バルトールスをはじめとする一連の註解者たち（すべてイタリア人）に対する、きわめて党派的色彩の濃い攻撃へと引き込まれていくのである。これらの註解者たちは、「法典の理解に不可欠な事柄に関してまったく」無知であるとして、厳しく難詰されているのである。たとえば、『ユスティニアヌス法典・学説類集』中のごく単純な法令すら、彼らの理解の範囲を超えている始末なのだ（*TLF* ix *bis*, 78 ; *EC* x, 66）（渡辺訳 p.90, 宮下訳 p.144）。ところで、『ユスティニアヌス法典・学説類集』（*Pandects* : 皇帝ユスティニアヌスの命によって六世紀に編まれたローマ法の集成の簡約版のこと）は、ユマニストの法律家たちにとっては、喜びと絶望の双方をもたらす諸刃の剣であった。これにより、最も信頼できる形でのローマ法の原形に接近できるがゆえに、彼らにとっては喜悦の対象であった。が同時に、「ユスティニアヌス法典の設計者」たるトリボニアヌス〔六世紀のローマの法学者。東ローマ帝国のユスティニアヌス一世の大臣で、「ローマ法大全」の編集を主宰した〕が、法の力を削ぐためにこれを意図的に細切れにする愚行を演じた、と信じられていたため、絶望の源ともなったのである。いずれ『第三之書』に至って、トリボニアヌスは厳しい非難にさらされることになる。だが『パンタグリュエル物語』の段階では、この法典に対する喜悦の念がいまだ勝っているのである。

ローマ法を理解するうえで、古典古代に関する教養は不可欠である。である以上、この種の知識を完全に欠いている先の註解者たちが、みずからの権威を鼻にかけるなど笑止千万ではないか。ルネサンス期には、こうした趣旨の警鐘が何度も鳴らされた。

> というのも（これは確実に言えることなのだが）、この連中はギリシア語もラテン語もてんで理解できず、卑賤なる蛮語しか解せないほどお粗末だからだ。だが法律というものは、『法起源論・下巻（新法篇）』でウルピアヌスが証言しているとおり、まず初めはギリシア人にその源を汲んでいるのである。（*Pant., TLF* ix bis, 94 ; *EC* x, 80）〔渡辺訳 p.90、宮下訳 p.144〕

こうした法律にはおびただしい数のギリシア語がちりばめられている。そのうえ、法律を織りなしているラテン語も、これ以上ないほど洗練されているから、およそ煙突掃除夫と同程度のラテン語力しか有しない上記の註解学者たちに理解できるはずもない。さらにいえば、ローマ法を成す重要なテクストを十全に理解するには、自然哲学および道徳哲学に関する知識も不可欠となる。良き法がこの二つの学問にその源を汲んでいる以上、これは当然である。

この種の無知蒙昧な法律家たちが仕掛けてくる論争もまた、あの賛成《プロ》と反対《コントラ》を振り回す、見かけ倒しの議論のひとつと見なされた。別の次元からいえば、こうした議論は、不道徳で抜け目のない弁護士たちの待つ、悪魔的な感化力を呼び寄せてしまう。イタリア人のチェポラ〔十五世紀のイタリア（ヴェローナ）の法律学者〕がその代表格で、彼の著した『用心』*Cautelae*〔「術策」ないし「狡猾」などの意味を帯びている語〕はたとえば、当然受けて然《しか》るべき異端の嫌疑を、いかにして回避すればよいか、といった助言を読者に平然と提供している。こうした連中を、ユマニストたちはきわめて冷淡にあしらっていた。ユマニストたちに言わせれば、法とは道徳に基礎を置く拘束力であって、個人の勝手な都合のために、ないしは、無理を通してでも無罪を勝ち取るために、好きに捻じ曲げてよいものではない（一五七二年にリヨンで出版された『用心』の集大成をひもとくと、なんと最初の一文の中に、「用心」*cautelae* という語そのものが、「濫用」を意味する用語として、すでに諺のごとく定着している旨が記されている）。ラブレーはチェポラの著作『用心』に、「悪魔的」*diabolicques* という形容詞を貼り付けているが、これはたんなる滑稽な誇張ではない。法律の歪曲とは、ラブレーにとって、現世における悪魔の所業のひとつであった。この点は、のちの作品中でさらに明確にされることになる。『パンタグリュエル物語』の時点では、「悪魔的」という形容詞を付するだけで十分だと判断されたのである*（*Pant., TLF* ix *bis* ; *EC* x）。

＊　渡辺訳 p.89, 宮下訳 p.143. なお、渡辺訳は「チェポラの記し留めた悪魔のような詭計の類」とし、文中の « cautelles (diabolicques) » が「書名」であることを明示していない。宮下訳は「チェーポラの、悪辣きわまりない『法律の抜け穴』」となっている。

ラブレーの展開する法学上のプロパガンダは、彼が念頭に置いていた教養ある読者が誰であったかを、『パンタグリュエル物語』の中でも、おそらくは最も明瞭に思い起こさせてくれる。彼は公にかつ誇らしげに、ビュデやティラコーおよびその同志たちと、共同戦線を張ってみせるのである。しかもこの作戦は、無駄には終わらない。一世代下に属するが、法曹界で影響力を持ち、高く評価されて然るべき人物ジャン・ド・コラス〔（一五一五―七二）カルヴァン派の法曹家。いわゆる「マルタン・ゲール事件」の判事を務めた〕が、本質的にはラブレーと同じ姿勢を貫いているからである。彼の著書『法律の技法について』は、ラブレーと同様の攻撃を仕掛けてさえいる。その一方で、コラスが弁護士養成に必要と考える教育上の要件は、ガルガンチュアの息子宛の手紙で示されたそれと、ほとんど同一だと言ってよい。以上からもわかるように、法律について書いている際のラブレーは、時代の主要な思想動向に、敏感に即応するのである。

『パンタグリュエル物語』のこの箇所を読んだ同時代の読者は、まずはビュデを想起したと思われる。『ユスティニアヌス法典・学説類集』*Pandects* という言葉は、必ずや読者の念頭に、彼の『註解』*Annotations* を想起させずにはいなかっただろう。一五〇八年に出版された最初の版から、ビュデは早くもアコルソを叩いている。それも書き出しの一文の最初の数語を使って、アコルソは「法とは善と公平を扱う技術である」という格言をなんと単純に解釈していることか、と難じているのである。『註解』の全編を通してビュデは、アコルソとその同類に対し、自分たちの仕事を全うするうえで必要な基本的手段すら備えていない、とその無知を嘲笑している。つまり、ギリシア語やラテン語など目に一丁字《いっていじ》もなく、加えて、人間の主要な探求分野や諸々の学問に関する、ごくごく初歩的な知識すら備えていない、と貶している。ビュデは、法学を学ぶに当たっては、何よりもまず哲学とともに歩む必要がある、と強調しているのである。これは、ラブレーの明快な主張とぴったり重なってくる点である。

　こうした状況下にあって、ラブレーが唯一好意的に引いている法学上の権威が、ウルピアヌス『法起源論・下巻（新法篇）』*l. posteriori, de orig. juris* である。このラテン語の表記法は、この当時法律のテクストに言及する際の平均的なスタイルであるが、現代の読者なら多少は面くらうかもしれない。ラブレーが言及しているのは、広きにわたって高い評価を受けてきた、古代ローマの法学者ウルピアヌス〔（一七〇・二二八）フェニキア生まれのローマの法学者〕と、『ユスティニアヌス法典・学説類集』*Pandects* 第一部第二章の表題「法の起源について（法起源論）」である。この第二章自体がさらに、「古法」*lex prior* と「新法」*lex posterior* の二部に分割されている。ちなみに、この当時 *lex*「法」を *l.* と略すのはごく普通のことであった。こうした表題はあまねく知れ渡っていたから、ここでの例のように必ずと言ってよいほど短縮されたのである。ビュデは『註解』の中で、ウルピアヌスを、古典古代の註解者の中でも最も偉大な存在として褒め称えている。さて、通説として定着していることだが、ラブレーは愚劣な註解者たちを早く退治してしまおうとはやるあまり、本来引くべきだったポンポニウスではなく、誤ってウルピアヌスを引き合いに出してしまったのであろう。実際のところ、ポンポニウスこそが、「法の起源について」の「新法篇」に釈義を施した人物で、その中には、法の起源がギリシアにあることも明確に述べられている。ただし、法律学の修得に当たっては、同時に深い哲学的素養を身につける必要がある、と最も強く主張したのは、古典古代のウルピアヌスである。ビュデは『ユスティニアヌス法典・学説類集註解』の中で、その冒頭から、アコルソに対し、このウルピアヌスを対置して引き立たせている。ここでラブレーが混同した理由を察するに、おそらく彼は、ビュデの書物冒頭の数ページに関して、あまりに熱烈な思い入れと思い込みを抱いていたがために、確認すらせず、ポンポニウスとウルピアヌスの見解を、頭の中で融合してしまったのであろう。

『パンタグリュエル物語』の楽しさのひとつに、何事も予想どおりの展開とはならないことが挙げられる。ベーズキュとユームヴェーヌのエピソードが、先に見たような痛罵で始まっている以上、読者としては、同じモチーフのもとにさらなる喜劇が繰り広げられるだろう、と期待してしまう。たとえば、アコルソとその追随者たちの愚かさを、存分に見せてくれる場面とか、訴訟関連の書類に埋もれて仕事をする弁護士たちの混乱ぶりに対し、フランス・ルネサンスを象徴する法律家たちが、法の哲理に則って当事者二人を冷静に対決させる、その聡明さを浮き彫りにするようなシーンである。ところがそうはならないことから、まだ処女作を執筆中のラブレーは、明らかな諷刺と、滑稽な展開を見せる箇所とを、うまく一致させる術をマスターしていない、という仮説も生まれる。もっとも私個人は、この説を疑わしいと考えているが。

ベーズキュとユームヴェーヌとが対決するこの笑劇《ファルス》――というのも、これは正しく笑劇そのものだからだが――の中にわれわれが見出すのは、アコルソとその番犬どもがばらまいた「糞便の文字列」*faeces litterarum* の中に、フランス＝イタリア風の旧態依然たる弁護士たちがはまり込んでもがいているというパロディーではない。ここに見出せるのは、これとはずっと性質を異にする場面なのである。ベーズキュは（そもそも註解学者の誰をも仄めかしていない）きわめて流暢ながらも支離滅裂に御託を並べている。ユームヴェーヌのほうは、混乱の度を深めた返答をしている。だが、さらに上を行くのがパンタグリュエルで、彼は、事件概要の説示と最終的な判決を下すに当たって、混沌たる言葉遣いの点では先の二人を凌駕している。実は、この喜劇の大まかな骨組み（「騙された騙し屋」のテーマの一変形）は、「パトラン先生風ドタバタ喜劇」の成立要件に、次の法格言をあてはめたものなのである。「二人の聾《つんぼ》が訴訟に臨んだ。ところが判事は、二人よりもさらに聾であった」（*Surdaster cum surdastro litigabat : judex autem erat utroque surdior*）。『格言集』の中でこの法格言を論評しているエラスムスは、当事者の双方が「馬鹿げていてかつ愚鈍」なケースに、この言葉がうまく当てはまると論じている（*Adagia* III, 4, 83）。

この逸話の中で、われわれ読者は三つの演説を楽しむことができる。どの演説においても、言葉は、それが何も意味しないように使われている。いや、より正確に言うならば、続けざまに話す三人の演者たちは、一貫して意味ある内容を話していると自負しているが、実際そこに見出せるのは、無意味《ナンセンス》と似非意味《ニアセンス》の寄せ集めにすぎない。ベーズキュもユームヴェーヌも、「意味をなす」ことは決してない。十八世紀の詩人アレクサンダー・ポープの言葉を借りるならば、彼らは「意味をなすのではなく、意味の周辺を彷徨っている」にすぎないのである。彼らは出来合いの表現を鎖のごとく繋げていく。しかも、いつ意味が立ち現われてもおかしくないと読者が感じられる程度の不正確さで。しかし、意味が浮上することはついぞない。

ベーズキュもユームヴェーヌも、自分たちの名前にふさわしい言語を話している〔八二頁参照〕。この点を明らかにするために、一五四二年に『パンタグリュエル物語』のテクストに加筆された内容を思い起こし、それを援用するのも一法だと思われる。この版では、パニュルジュが操る外国語に、デンマーク語が追加されている〔第九章、渡辺訳p.81、宮下訳pp.128-129〕。この言葉を聞いてユステーヌ〔パンタグリュエルの家臣のひとり〕はこうコメントしている。「蛮族のゴートたちがこんな風に話しておったようですな。もし神様の思召しで、われわれも尻で話すとなったら、こんな調子になりましょうねえ」。下品な名前を付けられた二人の領主たちは、フランス語を使いながらも、（ある意味では）「デンマーク語」ないし「蛮族《ゴート》語」を話しているのである（*Pant.*, *TLF* IX, 80 *var.* ; *EC* IX, 106.）〔渡辺訳p.81、宮下訳pp.128-129〕。

読者の驚きが頂点に達するのは、パンタグリュエルが、二人のお株を奪うような言葉遣いをして、二人を十分に満足させてしまうときである（そもそも、パンタグリュエルの行くところには、必ずと言っていいほどハッピーエンドがついてくる）。

三つの演説の細部を十分に堪能できるか否かは、意図的に誤用されている成句にどれほど通じているかによる。ルネサンス期のフランス語および当時の常套句に関する知識が増えれば、その分これらの演説の滑稽味がよりよく理解できる。ただし、演説の一部にきわめて読みにくい箇所があることも、やはり認めておくべきだろう。

次に、法学にまつわる諷刺という観点から見てみよう。ビュデとその同志たちは、アコルソとその一味が、言葉の意味を蔑視していると非難していた。ラブレーは、この訴訟の当事者たちの演説を通して、こうした意味への蔑視を、喜劇的なトーンで示そうとしていたように思われる。ビュデによれば、彼らは、自分たちこそは法律の「血」のレベルにまで達しており、たんなる表層すなわち「皮膚」の次元に留まっているわけではない、などと強弁しているという。彼らは、大まかな意味さえとれれば、言葉の細かい意味など無視してもかまわない、と開き直っているのである。つまり彼らは、「言葉を軽侮する輩」*verborum contemptores* であって、言葉（*verba*）が事物（*res*）の像《イマージュ》であること、および、複雑な思考には言語の正確な使用が不可欠であること、この二点がまったくわかっていない連中なのである。こうしたアコルソの追随者たちは、自分たちが仰ぐ無知な権威の主張を、まるで御託宣のごとくありがたがっている。しかも、彼らは本当にこの「御託宣」という語を使っているほどである。ビュデは大変潔癖な性分であったから、みずからの優雅な『註解』の中で、ラブレーの非難に見られるようなスカトロジックな表現を使うことを潔しとしなかったが、主張している内容は、ラブレーとほとんど同じである。その証拠に、彼はこう問うているのだ。ウルピアヌスやその他の人々を手本にすることも十分可能であったはずなのに、なぜ彼らはわざわざ、あのようなみすぼらしい言葉、あのような蛮族語《ゴート》や未開語を用いたのであろうか、と。(26)

ビュデのこうした考え方は、彼の大著『ユスティニアヌス法典・学説類集註解』を、実際に手に取ることのできた少数者のみが独占していたわけではない。この見解を俎上に載せた著作家は他にも存在したのである。ここでは一例を挙げるに留めよう。一五三三年三月二十六日、ブノワ・ボンナン〔リヨンの印刷業者〕は、『二つの法の語彙について』と題する、きわめて初歩的な書物の印刷を終えている。ここでいう「二つの法」とはローマ市民法と教会法の二つを指している。この書の序に付された書簡の内容は、ビュデに依拠するところ大である。書簡に付されたタイトルは、「ろくに意見も表明できない法律の専門家に告ぐ。言葉の称揚は軽蔑さるに値せず」« *Adversus infantes Jurisperitos :*

verborum cultum non esse aspernandum »。このように、一五三二年の時点にかぎっても、リヨンの読者層は、ラブレーのフランス語か、あるいはラテン語によるいくつかの学術的論考のいずれかによって、同内容の法学的プロパガンダを読むことができたのである。また、一五三二年版の『パンタグリュエル物語』と一五三三年の『二つの法の語彙について』の双方を入手できた読者ならば、タイトル・ページを飾る縁取りがまったく同一である点に、必ずや気づいたであろう。

もっとも、意味内容を剝奪された言葉、または事物 *res* から引き離された言葉 *verba* に対する関心が、笑劇的枠組みの中で追求されていると解するだけでは、この訴訟のはらむ喜劇的ポテンシャルを汲みつくすことなど、とうていありえないのである。まず、舞台設定が、部分的とはいえかなり現実的である。同時代の人間なら、主眼点をつかむのに必要な手がかりを十分に有していた。われわれ現代人は、いまだ闇の中を手探りで進む以外にないのだが、少なくとも、ラブレーの喜劇的評言を包む大まかな文脈くらいは、なんとか理解できる。

まず、パンタグリュエルは、この訴訟を通してパリの学識者と初めて出会ったわけではない。ラブレー作品には、ある逸話と別の逸話とを関連付けるための一節がよく挿入されるが、ここにもそうした繋ぎ役の短文が見られる。それによると、「父上からの手紙と訓戒とをよく肝に銘じていた」〔渡辺訳 p.86, 宮下訳 p.137〕パンタグリュエルは、九、七六四の命題のいずれかに関して議論を交えようと、文芸学科に挑戦状を叩きつけている。文芸学科の学生の愚かさ加減を暴露したのち、今度は、ソルボンヌ大学神学部に恥をかかせる。彼は、神学者たちを、早朝の四時から夕方の六時まで、それも六週間にわたって缶詰にしたうえで、論戦につぐ論戦を仕掛けたのである。もっとも、神学者たちが一杯やるための時間は、さすがに削れなかったという。ただしこの一節は、ラブレーが慎重を期したためであろう、一五四二年の版からは削除されている。さて、「ソルボンヌ野郎ども」**Sorbonagres** が、官服をまとった阿呆であることは、即座に露見してしまい、話は時を移さず、法廷論争の場面へと一気に移行する。

ラブレーが、文芸学科の連中と神学者たちを瞬時にして片付けてしまう、その迅速な筆運びには興味深いものが感じられる。「文芸学科の学生たち」*Artiens* が、彼の本格的な関心の的となった例《ためし》は一度たりともない。また、一五三二年の時点では、ソルボンヌの神学者といえども、数ある嘲笑の的のひとつにすぎなかった。ラブレーの最大の関心事は法律であり、だからこそ、読者は瞬時にして大学の世界から連れ去られ、一気にパリの高等法院の法廷内へと導かれて、二度と大学には戻らないのである。法廷内には、パリ高等法院のお歴々のみならず、フランス各地の高等法院の名士たちも顔を揃えている。さらに、大評定院 Grand Conseil（国王が主催する法律上の最高決定機関。権限はいまだ曖昧なところを残していたが、すべての高等法院に対する影響力をいや増しに増しつつあった）のお偉方も招かれている。加えて、フランス各地の大学の教授連と、そして驚いたことに、イギリスやイタリアの大学の教授たちまで招集されていたのである。（*Pant., TLF* ix *bis*, 38f.; *EC* x, 34f.）〔渡辺訳 p.88, 宮下訳 p.140〕

　今日、われわれの笑いに供されている現実が何であるかを突き止めるのは容易ではない。なぜなら、ここに描かれた事件の発生時期に、混乱が生じるような意図が働いているからである。もう少し尋常な「年代記」であったならば、諷刺されている出来事の発生時期を一五一九年以前と推定できたことであろう（エピソードの裁判に出席していたと記されている実在の人物のひとりで、著名なイタリアの註解学者ヤソン・デ・マイーノ〔ジャソーネ・ダ・パドヴァ…パドヴァの法律学者で、ローマ法典の注釈で有名〕が亡くなったのが一五一九年であった）。だが、読者はさらに、「一同のなかでも、ひときわ学識に優れ、誰にもまして老練で、かつ思慮に富む人物」〔渡辺訳 p.88, 宮下訳 p.140〕、すなわちデュ・ドゥエの領主ブリアン・ヴァレも、地方の「高等法院評定官」として訴訟に出席していたと告げられるのである。デュ・ドゥエが、一五二七年以前にボルドーの高等法院の評定官であったという記録は存在しない（もっとも、彼はサントですでに高位の司法官を務めてはいたが）。ラブレーとデュ・ドゥエとのあいだの友情は、アモリー・ブシャールと交友のあったラブレーの若き日にまでさかのぼる。こうして現実の出来事の時系列に照らし合わせるならば、ベーズキュとユームヴェーヌが対立した訴訟の時期は、ヤソン・デ・マイーノの存在から一五一九年以前という説に傾くが、同時に、ブリアン・ヴァレの存在ゆえに一五二七年以降という説もあながち否定できなくなってしまう。私自身は、前者のより早い時期ではないかと推測している。これは憶測ではなく、このエピソードに登場するもうひとりの実在の人物、フィリッポ・デチオが鍵になると考えていいだろう。

デキウス（デチオは一般的にこう呼ばれていた）が世を去るのは一五三八年である。彼は、とくにフランスと故郷のイタリアでよく知られた存在であった。というのも、フランス国王ルイ十二世の懇請に応えるために、デキウスは、かの有名な『公会議《コンシリウム》』*Consilium* を著し、一五一一年にパヴィアとパリで上梓しているが、その中で彼がルイ十二世に与えた助言もよく知られているからである。フランスで出版されたフランス語（俗語）の書物の中で「フィリッポ・デチオ」に言及することは、その著『公会議』と関連するいくつかのきわめて重要な事件に言及することと、ほとんど同義だと見なしてよい。

教皇ユリウス二世の、のらりくらりとした言い逃れに痺れを切らしていたルイ十二世は、教皇の賛同を得ずとも教会の公会議を招集しうるか否かに関して、デキウスに法的な見地からの助言を求めた。デキウスは長々と複雑な議論を重ねたすえ、国王に肯定の返事を与える。ルイ十二世はこの助言を容れ、第二ピサ司教会議を招集する（ローマ・カトリック側の歴史家たちには、「ピサの離教者宗教会議」*Conciliabulum* という名でよりよく知られている。ユリウス二世が、また、その後はカトリック教会全体が、この会議にカトリックとしての正当性を認めなかったからである）。この「司教会議」の招集に積極的に加担したとして、デキウスはユリウス二世により追放の憂き目にあう。もっとも、ユリウス二世の後継者で、デキウスのかつての教え子であったレオ十世により、再び呼び戻されるのではあるが。

デキウスが一五一一年に上木した『公会議』は、『教会の権威の弁護』*Pro Ecclesiae auctoritate* というタイトルで知られている。これは、教皇至上主義に対する公会議首位説の勝利を謳う著作であり、教会の究極的な権威を、支持を取り付けられなかった教皇の決定にではなく、世界公会議の決定の内に求めようとするものである。このように、反教皇の立場を採るカトリックは、フランス国内では多くの熱烈な支持者を惹きつけていた。ラブレーの庇護者である枢機卿ジャン・デュ・ベレーはその代表格で、彼自身の言葉を借りれば、自分は「それほどの教皇主義者ではない」[27]とのことである。ラブレーにあっても、過度の教皇主義に対する諷刺は、重要な役割を演じており、なかんずく『第四之書』にその傾向が顕著である。さらに、以下の事実に触れておくのも有益であろう。すなわち、一五一一年に上梓されたデキウスの『公会議』は、反教皇主義を掲げた大冊の中に収録される形で、一六一二年、パリにおいて再出版されている。この大冊のタイトルは以下のとおりである。『一四〇九年の分裂に終止符を打つべく開催された第一回ピサ司教会議の記録、ならびに、一四二三年のシエナ司教会議の記録。筆写記録よりおこしたもの。さらに、一五一一年に開かれた、聖なる第二ピサ総司教会議の各セッションにて制定された教会憲章（教憲）を付す。すべて、国王図書館の資料より引用せしもの』。この大冊は、その末尾に、エラスムスに帰せられているユリウス二世への諷刺文書をそっくりそのまま収録している。「天より追放されしユリウス」*Julius exclusus e coelis* と題されたこのテクストでは、ユリウス二世が天国から締め出されている。フランス国内でデキウスの名前に遭遇するということは、反教皇主義的な公会議首位説に遭遇することと、まったく同義なのである。[28]

ベーズキュ対ユームヴェーヌの論争は、大学の自治と教会組織の権威という問題を提起している。ラブレーはここで、自分自身が、フランス王権の教会政策ならびに大学政策に賛意を寄せていることを強調しているのである。こうした事実を念頭に置いてラブレーのテクストを眺めてみると、いくつかの事柄が目に飛び込んでくるだろう。まず気づくのは、ベーズキュがその「ちんぷんかんぷん」な演説の中で、わざわざ「ブールジュの国事詔書」**Pragmatic Sanction of Bourges** に言及している点だろう。[29]* これはシャルル七世が国王として下した決定で、一四三八年七月七日に発布されている。この勅令により、少なくともフランス国内においては、教皇の権威は、公会議の下位に置かれることになったのである。ユームヴェーヌのほうは、「彼の」無茶苦茶な議論の中で、わざわざ「三六年」**l'an trente et six** という年に触れている〔渡辺訳 p.100, 宮下訳 p.158〕。これが、一四三六年以外の年を暗示しているとは考えにくい。なぜなら一四三六年といえば、荒れに荒れたバーゼル司教会議が開かれていた時期だからである。この一連の会議は、教皇の権限を抑え、それを公会議の権威の下に置くことを模索していたのである。ユームヴェーヌの弁論中に見られるもうひとつの年月日は、「一七年」である〔渡辺訳 p.103, 宮下訳 p.161〕。これが一五一七年を指しているのは間違いなく、ユームヴェーヌも、この年をよく銘記していただきたい、と判事に訴えているほどである。この一五一七年こそは、一連の事件がその円環を閉じる年であった。まず、教皇の権限を抑制しようとする動きは、一四三六年のバーゼル司教会議で狼煙を上げている。その後の一四三八年には、「ブールジュの国事詔書」により、教皇の権威は、フランス国王が自由裁量で発する勅令には、屈せざるをえないことになる。もっとも、デキウスの助言に基づいてフランス側が召集した、そして場合によっては異端の烙印を押されることさえある、あの第二ピサ司教会議（一五一一年）が、この問題を、きわめて先鋭的な形で蒸し返している。国王と教皇の相互の権限をめぐるこの問題は、一五一七年（旧暦＝ユリウス暦）の「政教協約」〔ローマ教皇と各国国王ないし政府とが、領土内におけるカトリック教会の地位をめぐって交わす協約。政教条約ともいう〕により、やっとのことで最終的な決着を見る。その後この協約は、「ピサの離教者宗教会議」*Conciliabulum* に対抗する意図も込めて召集された、第五ラテラノ公会議（一五一二年－一七年）に付託される。一五一九年には、政教協約はついにパリ高等法院に諮られる運びとなるが、これが暴動や騒擾《そうじょう》を誘発せずにはいなかった。というのも、この政教協約は本質的に、教皇と国王で権限を分割するものであり、「ブールジュの国事詔書」によって確立された教会と大学の権利や諸特権を、フランス国内において廃止する内容だったからである。それゆえこの協約は、フランスの多くの教会関係者および大学関係者の憎悪の的となった。当然の成り行きとして、激しい論争が巻き起こり、文書によるプロパガンダ合戦が展開されると同時に、ソルボンヌおよび聖職者たちからは、執拗にして時には激越な反対運動が仕掛けられる結果となった。それでも、国王による実力行使により、なんとかパリの平和が回復され、政教協約も高等法院に登録されたため、フランスにおける法律の地位を得る。これで抗議運動に終止符が打たれるかと思いきや、そうは問屋が卸さなかった。パリの神学者たちは、ひとり残らずといってもよいくらいガリカニスム〔フランス教会独立強化主義〕の信奉者ではあったが、この一件において、愛国的な王権派として振舞う気などさらさらなかったからである。彼らはまだ、自分たちの大学の特権を守る砦として、死にもの狂いで国事詔書にしがみついており、それがすでに幻影にすぎないことを理解していなかったのである。この一件にかぎっては、彼ら神学者は、パリ・ノートルダム寺院所属の有力な聖職者たちのほとんどから支持を取り付けており、また、暫定的ではあったものの、パリ高等法院からですら多数の賛同者を得ていたほどである。

＊　一四三八年にシャルル七世がブールジュで出した勅令。教皇の権限に対する公会議の優位を謳っている。一四六一年、ルイ十一世により撤回される。

政教協約は、それが強制的に登録されたことによって、間違いなく国内法としての地位を確立したわけだが、高等法院は、まだこれに疑念を表明し続けていた。自分たちの自由の大部分が危険にさらされ、場合によってはそれが制限ないし廃止されるおそれのあったソルボンヌ大学も、同じ立場をとっていた。ラブレーは、みずからの諷刺の中で大学問題の側面をより明確に打ち出すために、一五三四年には、ベーズキュの弁論の中に、一連の事件への言及としてこう書き加えている。すなわち、「パール・ラ・ヴェルテュ・ゲ」**par la vertuz guoy**（罵り言葉を面白おかしく和らげた表現。「オカミの徳にかけて」くらいの意〔par la vertu Dieu「神の徳にかけて」と明言しないための婉曲語法〕）の直後に、「大学の諸特権」**des privileges de l'université** という文言を挿入したのである〔渡辺訳 p.95、宮下訳 p.151〕。

デュ・ベレー家は王権派であり、ゆえに、政教協約の断固たる支持者でもあった。彼らはさらに、パリ大学に対し、諸特権など忘れさせて法を守らせる、それ以上にフランス国王が命じた事柄をなんとしてでも遵守させる、という強い決意を抱いていた。大学側は、こうした圧力に抵抗しようとして、時には勇ましいほどの、しかし本質的には涙ぐましい努力を重ねていたが、その細かい側面は読んでいて興味深い。デュ・ベレー家の面々は颯爽とした高潔な人物として異彩を放っているのに対し、王権の下した「至上命令」*ukases* に反旗を翻している連中のトップに立っていたのは、皆から見下されていたノエル・ベダであったのだ。こうした理由から、現代の読者が、反抗者たちに同情を禁じえないなどという可能性はきわめて低い。この点で、われわれ自身も、ラブレーと立場を同じくすることになるのである。

一五三〇年代に、ルネ・デュ・ベレーは大学に対し、その規則と教育内容を改革するよう強く迫っていた。フランソワ一世も、いや増しに増す、ほとんど無限ともいえる権限を広く行使しつつあった。ベーズキュとユームヴェーヌがパリ高等法院で弁論を展開した際には、フランス各地の高等法院や大学、さらにはイタリアやイギリスの大学からも、それぞれ代表者が応援に駆けつけていた。この場面に込められた諷刺のさらに奥に、大学の支配的特権をめぐる法律上の闘いという現実の反響しているのが、はっきりと聞こえてくるはずである(30)。

ここで問題となっているのが、高等法院のお歴々や大学関係者が一堂に会した大規模な国際的集会である以上、その参加者をより確実に同定することも、あるいは可能かもしれない。だが今のところ、私はそこまで把握するに至っていない。ただここで確実に言えるのは、『パンタグリュエル物語』の同時代人たちが、ベーズキュとユームヴェーヌとのあいだの係争の内に、不可解な法的言語に対する愉快な茶化しや、法律の注釈学の世界における、新しいフランス学派へのあけっぴろげな称揚などを読み取っただけではなく、政教協約を無理に呑まされたがゆえに、パリ高等法院内で論争が沸騰したという現実への暗示も見ていたことである。この論争の核心を占めているのは、パリ大学が古くから享受していながら、いまや教皇と王権とが手を結んだがゆえに、有名無実化しつつある諸特権である。『第三之書』にも、さりげない筆致とはいえ、「図体の大きなラテラノ公会議おじ様」や「性善《さが》き国事詔書夫人」〔第四一章、渡辺訳p.232, 宮下訳pp.444-445〕への言及があるので、この問題が、一五四六年の時点においてもまだ現実味を帯びていたことが、十分に伝わってくる。さらに、『パンタグリュエル物語』に見られる言及のいくつか自体、一五四二年に加筆されたものである。ここには、諷刺を最新版へと「更新」しようとするラブレーの手法が見てとれよう。だが、一五四二年にあってさえ実質的な意味を保っていた事柄は、一五三〇年代においては、より濃厚に今日的な意味を帯びていたはずである。ラブレーの滑稽な訴訟劇のはらむ意味は、政教協約と国事詔書の出版の歴史をひもとくと、さらにはっきりする。まず、政教協約のラテン語版テクストが初めて印刷されて世に出るには、一五一八年の六月一日をまたねばならない。フランス語訳の出版は、国王の出版允許《いんきょ》によって印刷業者デュラン・ジェルリエ〔ラテン語名デュランド・ゲルレリ〕が独占することになるが、この翻訳が刊行されるのは一五二一年七月十三日である。ジェルリエによる占有期間が過ぎると、一五二三年にはトゥールーズで、一五三二年にはパリで、そして一五三五年にはリヨンで、それぞれの版が出ている。また一五三二年六月十五日には、政教協約と国事詔書の両テクストが、膨大な注釈を付した形で、リヨンのブノワ・ボンナンによって印刷されている。タイトルに曰く『国事詔書および関連文献。名高いパリ高等法院のコーム・ギミエ氏による註解付。（……）および、この上なく神聖なる教皇レオ十世ときわめて信仰に篤きフランス国王フランソワ一世とのあいだに交わされた政教協約（……）』。この種の書物が一五三二年に、『パンタグリュエル物語』と縁の深い印刷業者の元から刊行されたということは、ラブレー人脈の知的動向を示している。

ここでフィリップ・デキウスについて付言すると、彼こそは、王権派でかつガリカニスムを信奉する法律家にとっては、希望の星であり続けていた。その著『法の規則について』は、一五三二年ないし一五三三年にパリで再版されている。さらに、ラブレーの著作の版元でもあるクロード・ヌーリー書店が、一五三二年に、『フィリップ端麗王〔フィリップ四世〕の御世からフランソワ一世の治世に至るまでに出された全王令からの抜粋』という表題の小冊子を世に送っていることも、きわめて意義深いと言わざるをえない。この冊子の中には、さらに別のタイトルページを付した次の著作も収録されている。『裁判の短縮化ならびに他の主題に関する王令集。一五一九年十一月末日の前日にパリ高等法院にて出版されしもの』。ベーズキュとユームヴェーヌに関するかぎり、これらの王令はすでに死文化していると言わざるをえまい！

　ラブレーの滑稽な法廷劇は、国事詔書と政教協約の枠組み内で争われた、果てしのない法的論争を茶化しているわけだが、これらのような諸文書が印行されているという事実に鑑みれば、この法廷劇が、『パンタグリュエル物語』が世に出た当時の読者層の関心事を、みごとに反映していることがわかる。歴史的事実を掘り起こせば、これが当時の今日的な問題を映し出している、という印象はさらに強まる。「特権に守られた教会」（国王による聖職への任命権から、伝統的に免れていた教会の特権を指す）が、政教協約に対して仕掛けた執拗な抵抗が止むまでには、一五三〇年代初頭まで待たねばならない。フランソワ一世はまず、しばしば目に余る独立性を示した高等法院から上訴権を取り上げ、それを、国王側がその実権を完全に手中に収めている大評定院へと移す。その後、この上訴権を含むいっさいの特権は、最終的に廃止される。さらにフランソワ一世は、一五三一年六月九日、教皇クレメンス七世より教皇教書（勅書）を獲得している。一五三二年五月十二日には、この教書が、ベーズキュが弁論を行なったとされる法廷すなわち大評定院にて、「読み上げられ認証され登録される」lue, publiée et enregistrée ことになった。このクレメンス七世の教皇教書は、一五一七年にデキウスの弟子筋に当たるレオ十世とのあいだに合意された政教協約に組み込まれ、王権側の執拗な脅しのすえ高等法院に登録された段階で、フランスの法律の一部となったのである。こうした過程を経て、フランス教会とパリ大学とは、王権の管轄下に入らざるをえなくなった。だが、これらの機関は、権勢を誇ったころがなかなか忘れられず、憤懣やる方ない思いで一杯であった。したがって、自分たちに有利となるよう再び均衡を崩そうとする動きは、数十年にわたってくすぶり続ける。大学のほうはというと、王権による監視は、パリ司教〔ジャン・デュ・ベレー〕の弟に当たるルネ・デュ・ベレーが実質的に担当しており、この人物は、いついかなる時に脅し、威嚇し、さらには軍隊を動かせば効果覿面であるかを熟知していた。さて、政教協約が国事詔書に対して収めたこの勝利は、大学および高等法院の多くの構成員にとっては、「苦い薬」、つまりは実に耐えがたい屈辱であった。パヴィアの戦い（一五二五年）での敗北ののち、フランソワ一世が、カール五世のスペインに幽閉されてしまうと、摂政を務めていたその母ルイーズ・ド・サヴォアが、「国事詔書の廃止こそが、教会の急激な転落と、我が息子たる現国王が舐めねばならなかった辛酸の、主たる原因である」と同意したと、はっきり高等法院の登録簿に書き込まれた。彼女はさらに、捕われの身から自由になったあかつきには、「国王は政教協約を破棄し、教会に昔日の威厳を取り戻すであろう」とまで請合ってしまう。ところが、これほど権威ある公の約束に、当然ながら大いに胸を膨らませていた教会および大学の期待は、一五二七年七月二十四日、〔国王の〕親裁座 *lit de justice* についたフランソワ一世によって、完全に打ち砕かれてしまう。彼は、自分の母親の約束した恩典を、断固拒絶したのである。こうして、国王とパリ市およびパリ大学とのあいだには、数年にわたって極度の緊張状態が続く。パリ市には、国王の身代金を支払うことに対し、きわめて非協力的であったという噂がつきまとい、また、教会と大学のほうは、国王の不在をいいことに、一度は失った特権の奪還を企てていた、と信じられていたのであった。こうした状況下で帰還したフランソワ一世は、断固たる措置をとって、誰が本当の主人であるかを、彼らに思い知らせたのである。

　カール五世によるフランソワ一世の監禁とその釈放、およびこうしたショッキングな諸事件のもたらしたさまざまな結果は、一五三〇年代のフランス人にとっては、まだ焼けつくような記憶として残っていた。『ガルガンチュア物語』〔一五三四年〕にも、こうした変事への言及がいくつかあり、読者に彼らの無念を思い起こさせてくれる。ラブレーの著作群を眺めてわかるのは、彼が一貫して、かつきわめて意識的に、国王の権益の擁護者たらんとしたことである。ベーズキュとユームヴェーヌが戦わせた論戦も、国王の政策に反対する者たちを槍玉にあげて、彼らを、自己の利益しか考えない大学から這い出てきた、蒙昧で取るに足りぬいんちき法律家にみせてしまう、愉快な諷刺の逸話なのである。

このエピソードには、全体を通して法学的な味付けが施されている。まず、賛成《プロ》と反対《コントラ》を振り回す法的弁証法が徹底的に笑いのめされる。さらに、難解さで有名だった法律（全部で十四）が列挙されている。そして、パンタグリュエルはその判決文を締めくくるにあたって、「法の落とし穴」legal spikes* を引き合いに出しているが、これはローマ法から借用してきた用語であり、『第三之書』でも再度採り上げられることになる[31]。

＊ chausse-trappe：英語の直訳は「法の鉄釘」。フランス語の chausse-trappe は「狩猟用の罠」、「計略」が原義。

19 トーマストの来訪：カバラ的な笑い

さて、パンタグリュエル先生の判決があまりに絶妙だったために、聴衆はうっとりし、我を忘れて恍惚としてしまった。それも、驚嘆や驚愕の念によって引き起こされる、あの特異な恍惚状態である。なにしろ、パンタグリュエルはいまや新たなソロモンなのである。初版の『パンタグリュエル物語』における「第九章（その二）」は、その後四つの章に細分されて、十章から十三章までを構成することになる。初版の章題を見ると、パンタグリュエルがソロモンと対比されていることが、〔初版以外の版以上に〕ずっと明確に伝わってくる。「パンタグリュエルが、難解にして困難きわまる論争をいかに公平に裁いたか、および、その裁きが驚くほど正当であったために、ソロモンの裁き以上に驚嘆すべきだとされたこと」。この点は、関連する章の最後でまた繰り返されている〔正確には、第十四章の冒頭〕。つまりこの裁判は、「きわめて縺《もつ》れたケース」として把握されている。この「縺れた」という用語は、『第三之書』において非常に重要な意味をもつに至るが、ここではまだあっさり触れられているにすぎない（なお、「縺れたケース」とは、曖昧さ・困難さが最大限に達しているケース＝裁判を指している）。したがってパンタグリュエルが驚くべき判決を下すと、「ソロモン」ですら彼ほどの叡智に恵まれてはいなかったと皆に褒め称えられた。つまり、パンタグリュエルはイスラエルで最も賢明なる王よりも、さらに偉大である、ということになった。しかも、「ソロモンよりも偉大」という表現が人々の念頭に呼び覚ます名前はただひとつしかない。もちろん、ナザレのイエスである。ここに、聖書の言葉のなかでも最も畏怖すべきものを、その文脈から切り離して使いこなすラブレーの筆遣いが見えてくるだろう。彼は、こうした滑稽さや笑いが響いている、つまりおよそ予想のつかない場面に、この種の表現をうまくはめ込んでくるのである。

ベーズキュとユームヴェーヌとの訴訟は、最終的には、さらに別の論争へと繋がっていく。今度は、パニュルジュと英国人トーマストとが、身ぶりによって戦わせる論争である。これら二つの論争は、パニュルジュに割かれた三つの章によって隔てられている。まず、大学や教会のお偉方に対する、ヴィヨンも顔負けの彼の悪戯が紹介される。次に、パニュルジュがトルコから脱出した経緯が語られ、最後に、パリの城壁建築をめぐる彼の奇妙奇天烈な発想が披瀝される。* これらのページは一種の幕間をなしており、素朴だが実に陽気な喜劇を提供している。これらを理解するうえで、長い解説が必要だとは思われない。逆に、二つの議論のはらむ意味を抽出するとなれば、今日の読者には丁寧な注釈が必要になるだろう。パニュルジュを扱った三つの章が終わり、トーマストがはるばる英国からやって来るに伴い、聖書のいくつかの特定のテクストが媒介となって、パンタグリュエルは、ソロモンその人よりも偉大な「人物」と、今まで以上に緊密な形で結び付けられるようになっていく。

* 第十四章から十六章まで。ここでは、十六章、十四章、十五章の順で紹介されている。なお、「トルコ人からの脱走」、および「パリの城壁の建造法」を説いた十四章、十五章は、それぞれ「聖人伝のパロディー」、「発明伝」と「国防論」という観点から重要であるが、著者はあえて省略したようである。

われわれ読者はここでもまた、面白さが複数の次元で喚起される、ある複雑な遊戯的世界に誘《いざな》われる。つまり、このエピソードの喜劇性をあるがままに味わうためには、まずは、幾重にも折り重なった意味の層をうまく腑分けし、それを正しく理解する必要がどうしても生じてくるのである。

まず、誰の目にも瞬時に喜劇的と映るのは、討論で使われる身ぶりという記号である。およそ言葉になりえない秘教的な真理に関して、不可解な身ぶりを取り交わしつつ議論しようという発想は、当時の人々にとってよりも、むしろわれわれ現代人にとって、ずっとおかしく感じられるに違いない。もっとも、面白くしているのはラブレーの力であって、この発想そのものだけでは、滑稽とは言えない。ここで使われている身ぶりは、二種類のグループに分けられている。もちろん、パニュルジュが使う身ぶりと、トーマストが使うそれの二種類である。トーマストの身ぶりは、人間の言語の能力をはるかに超える、少なくともその言語では到達できない真理、奥深くに隠された真理を、白日の下に明らかにするものと見なされている。トーマストの身ぶりの意味は、奥義を授かった者にしかわからない、秘教的なものである。その一方で、パニュルジュの身ぶりはきわめて卑猥である。その卑猥さは明々白々であって、これに気づかないのはたったひとり、すべてを秘教的原則に即して解釈しようと努めるトーマストだけである。こうして読者は、イギリスの魔術的思想家の騙されやすさと単純素朴さを笑う。なにしろこの御仁は、ごく自然な意味しかもたない身ぶりを、しきたりにのっとって秘密の意味を負わされた身ぶりと取り違えてしまうのである。

「言葉は事物の記号である」« Words are the signs of things »――これは、古典古代、中世およびルネサンス期の各時代における言語学上の決まり文句である。この考え方に基づいて、法律学者を含む理論家たちは、人間が互いに意思伝達を行ないうるような非言語的な記号に、ことさら注意を払ってきたのである。法律の世界では、ひとつの身ぶりの意味が、訴訟の全体を左右するケースが多々存在している。である以上、法律に携わる者たちが、言語の性質について考察する際、同時に身ぶりの性質や意味に対しても注意を向けるようになるのは、ごく自然な成り行きであろう。テクストや注釈の存在が、この方向の探求を勢いづけた。なるほど、ラブレーの生前には、こうした問題を扱った研究の大部分が、極度に専門的な解釈学の論考中に閉じ込められてしまうか、あるいは、法律書の厳めしい注釈の中に紛れ込んでしまうかの、いずれかであった。しかし、フランシス・ベーコンの『学問の進歩』(一六〇五年)をひもとくならば、なぜ、言葉と記号と象徴および身ぶりとが、同列に論じられえたのかについて、たやすく把握できる。これは、英語で書かれているので〔英国人の読者にとっては〕取っつきやすいし、また、ラブレーよりもわれわれに数十年近いとはいえ、ラブレーと同じ知的潮流の中に位置する仕事だけに、大変有益だと思われる。したがって、ここで比較的長い引用を行なうのも無意味ではあるまい。というのも、ベーコンのこの一節に照らし合わせれば、トーマストの逸話における記号の役割がより明確になろうし、また、今後も『ガルガンチュア物語』や『第四之書』の重要な箇所を読み解くうえで、役立つからである。

「事物の記号について」*De notis rerum*。思考を写し取るこれらの記号には二種類ある。ひとつは、その記号が概念とある程度の類似性ないし一致性を有する場合であり、もうひとつは、「取り決めによる」*ad placitum* もので、契約ないしは賛同に基づいてのみ効力を発揮する場合である。前者の種類には、象形文字と身ぶりとがある。まず象形文字（古くから用いられており、最古の民族であるエジプト人によっておもに使われたもの）についていえば、いつまでも保たれる紋章や標章のようなものに他ならない。次に身ぶりについていえば、それは束の間の象形文字のごときものであって、あとに残らないという点では、象形文字に対して、話し言葉が書き言葉に対するのと同様の関係を結んでいることになる。だが、身ぶりは象形文字と同じく、それが意味している事物と、常に類縁性を有しているのである。たとえばペリアンドロス〔紀元前六世紀前後のコリントスの僭主。商業を拡大し学芸を保護した。ギリシアの七賢人のひとり〕は、新たに奪い取った僭主国家を維持すべき方法について相談を受けた際に、その使者に対して、自分が行なうことを見たうえでそれを報告せよと命じている。そして庭に出て行くや、高い位置にある花をすべて刈り取ってしまったのだ。これにより、貴族や高官どもの首を刎ね、彼らが頭《こうべ》を低く垂れるようにすべきだ、という意味を伝えたのである。さて、先に挙げた実物記号と語とは、「とりきめによる」ものである。詮索好きな研究、あるいは巧みな考案によって、命名とは理性と意図に由来すると強く主張する者がいる。* これはみごとな思索であり、しかも古きを尋ねる試みであるから、まことに頭が下がると言わざるをえない。とはいえ、真実性に乏しく、かつ実りも少ない。事物ならびに思考一般を写し取る記号を扱う、この知識の一部門は、私の見るところでは十分に研究されておらず、まだまだ欠落が多い。したがって、一見無意味かもしれないし、さらに、語および文字による書き物のほうが、他のいかなる手段よりもはるかに優れているので、なおさら無意味に思われるかもしれないが、それでも、この一部門がいわば知識の造幣局と係わっている以上（というのも、貨幣が価値を担って流通しているのと同じく、語も、その思想を担って流通し広く受け入れられているのであり、そう考えると、金銀ばかりがお金ではないことも心得ておく必要があるからであるが）、この部門に関する研究をより深めるべきだと提案するのは、良いことだと私は考えるのである。（*Advancement of Learning and New Atlantis*, Oxford 1974, II, 16 : 1, p.131）〔ここでは新たに訳出したが、その際、以下の翻訳を大いに参考にした。ベーコン『学問の進歩』服部英次郎、多田栄次訳、岩波文庫、pp.235-236（第二巻、III-iv-16-1:「伝達の術」）〕。

＊ 事物の命名は理性に基づく「自然」な行為である、つまりは、「とりきめによる恣意的なものではない」という見解を指している。この点に関しては本書第九章に詳細な説明がある。

ラブレーは、後輩に当たるベーコンと同じく（そして、おそらくは自分の同時代人の大部分と同じく）、言葉は「とりきめによって」（「契約と賛同に基づいて」）意味をなすと考えていた。これに対し身ぶりは、常時とは言えないにしろ、時と場合によっては、「概念とある程度の類似性ないし一致性を有する」と見なしていたのである。

ラブレーの考え方が、ベーコンのそれとまったく同一だというわけではない。たとえば『第四之書』では、真理の源泉として、ラブレーは語源にベーコン以上の信頼を寄せている。とはいえ、二人の考えはきわめて近い。ラブレーはしかし、身ぶりの多くが自然な、あるいは調和的な意味を帯びうることを躊躇なく認めつつ、言葉の場合と負けず劣らず恣意的な意味をあてがわれた秘儀的な記号も存在する、という事実の上に、みずからの喜劇的作品を構築している。ソロモンとシバの女王とのあいだに交わされたとされる、カバラの記号がその好例である。ラブレーは、聖書中でもとくに有名なこの逸話を、トーマストの数章を書くに当たって、常に念頭に置いていたはずである。というわけで、トーマストは、博識だが騙されやすいカバラ主義者としてパリにやって来る。彼の頭は、高遠にして秘教的かつ因習化された記号であふれかえらんばかりになっているため、パニュルジュが自分のカバラ的記号に対し返してきた、下品きわまりない身ぶりの、あるがままの自然な意味を感知できない。トーマストは、パニュルジュの記号の背後に隠されているはずのカバラ的真理を、なんとか引き出そうとするあまり、誰が見ても明々白々の身ぶりの内にさえ、秘密の叡智を嗅ぎ出そうと、涙ぐましい努力を払ってしまうのだ。

ペリアンドロスが、背の高い花々を切り落とすという身ぶりによって、貴族や高位高官の首を刎ねるべきことを明このエピソードをエラスムスから仕入れている。ちなみに、ラブレーはおそらく、つ慣例にしたがって意味を課するものとは、単純に言えないことをも物語っている。ちなみに、ラブレーはおそらく、exemplum であるのは明らかである。この例話はさらに、身ぶりは、言葉のように、何らかの聴覚的記号に恣意的かドが、身ぶりは場合によってはその意味する事柄と密接な類縁性を持ちうる、ということを示す標準的な「例話」確に示唆したという、先のベーコンの逸話を、ラブレーもほぼそのまま『第四之書』で使っている。* このエピソー

＊『第四之書』第六三章に同種の話が見出せる。ただし、ここではローマの王タルクイヌスとその息子の話となっている。渡辺訳 pp.283-284.

だが、身ぶりならば何でも、明白にして自然かつ調和的というわけではない。解釈を施す必要のある記号や身ぶりも存在する。たとえば、『第四之書』の中で、スキタイ人がダレイオス〔前六世紀－五世紀のペルシアの王。アケメネス朝の最盛期を迎えた。ダリウス大王とも〕に届けさせたとされる象徴的な贈り物が挙げられよう。それらの意味を引き出せたのは、大将のゴブリュエスだけだったのである。* こうした例の他に、単純かつ純粋な誤解が生じるというケースも考えられる。記号や身ぶりを誤解してしまう典型例として、当時の法律学者たちがよく知っていた例があるが、実はこれは、彼らがアコルソを笑い飛ばす際の素材にもなっていた。ということは当然ながら、ユマニストたちにも大いに受けていた。アコルソが、『ユスティニアヌス法典・学説類集』の中の、「法の起源について」というタイトルで知られる箇所に注釈を付けたものは、法律学上の愚かな軽信をさらけ出している具体例として、当時有名になっていた。これが、トーマストの逸話を伝えるテクストの基礎になっているのである。ちなみに「法の起源について」という箇所は、『パンタグリュエル物語』の前のほうの章で、アコルソがその「無知な番犬ども」とともに嘲笑の的にされた際に、直接引かれていたタイトルに他ならない〔第十章、渡辺訳 p.90 : 宮下訳 p.144〕。アコルソの愚かで馬鹿げた作り話は、残念ながら今日ほとんど忘れられてしまっている。しかし、ここで簡潔に要約しておく必要はあるだろう。

＊ゴブリュエスはダレイオスを王位につけた七人の大将のひとり。『第四之書』、渡辺訳 pp.178-179 を参照。なお、贈り物は「一羽の鳥と、一匹の蟇蛙と、一匹の鼠と、五本の矢」であったという。ゴブリュエスの解釈を渡辺訳で紹介しておく。「スキュティ

ヤ人は、（……）暗黙裡にこうお告げしているのでございます。即ち、ペルシャ人たちが、鳥のごとく空を馳せようとも、鼠のごとく大地の芯に潜もうとも、蟇蛙のごとく沼沢の奥底に身を隠そうとも、みな、スキュティヤ人たちの武力と弓術とによって滅ぼし尽くされるであろう、と」

アコルソは、かなり古い文献を下敷きにしながら、法に関する概念が、いかにしてギリシアからローマへともたらされたかについて語っている。彼によれば、ギリシア人たちは、ローマ人が法律を学ぶに値するか否かを判断するために、ひとりの賢者を送ってよこしたという。ローマ人たちのほうは、ギリシアの密使とどう意思の疎通を図ればよいかわからなかったため、仕方なくひとりの愚者（*stultus*）を前面に立て、相手の密使と身ぶり手まねで議論をさせる手はずを整えた。こうしておけば、仮にギリシア側を議論でへこませた場合には大いに愉快だし、逆にローマ側が敗れても、密使の相手をしたのはひとりの愚か者にすぎなかったのだから、仕方ないではないか、とうまく言い訳できるわけである。さて、ギリシアの賢人は会釈をした後、一本の指を上に掲げ、「唯一神」を意味して見せた。愚者のほうは、ギリシア人が自分の片目を抉り取るつもりだと思い込み、防御の姿勢をとるために、二本の指を前に突き出すと同時に、ごく「自然に」親指をも立てたのである。あたかも、ギリシア人の両目を引き抜いてやるぞ、と言わんばかりであった。ところがギリシアの賢人は、この愚者の身ぶりに、ずっと深い神学的意味が込められていると解してしまった。つまり、「三位一体」である。そこで賢人は、自分の片手の掌《たなごころ》を開き、神に対しては、すべてが開かれ暴かれていることを示そうとした。愚者はギリシア人が自分に平手を喰らわすのだと勘違いし、手を拳骨にして振りかざし、殴り返すぞと言わんばかりの姿勢をとった。ギリシアの賢人は、この動作を目にして、神はいっさいをその手中に把握している、という意味に受け取ったのである。賢人は、ローマ人が法を学ぶに十分値すると確信してアテネに戻っていったという。「したがって、他の諸学と同じく、法学もその源泉をギリシア人に汲んでいるのである」[32]

洗練されたユマニストたちが、これほど愚かしいナンセンスを「傑作」だと思ったとしても、べつだん不思議はない。彼らユマニストたちは、古くさいイタリア学派の注釈者たちを、愚の骨頂にして度し難い無知と見なしていたが、そうした彼らにとって、この話は、敵の学派の愚かしさを暴くうえで格好の材料になっていた。たとえばビュデも、この逸話を引いたうえで、「偶然の身ぶり」を「三位一体」の意味に強引に引き寄せるアコルソの愚かしさ加減を、「法律の起源について」のみずからの註解の中で虚仮《こけ》にし、これこそ、アコルソが歴史のイロハも知らぬ無知蒙昧の輩であることの動かぬ証拠であり、さらには、大勢いる彼の弟子たちの一知半解ぶりをみごとに物語っている、と記しているのである（*Opera* III, 31B）。

当時よく知られていたこの逸話が、トーマストを扱った章の背景をなしている。トーマストはパンタグリュエルと論戦を交えるためにやって来るが、相手はひとりの「愚か者＝道化」（パニュルジュ）と入れ替わる。しかもパニュルジュの下品な身ぶりを、トーマストは例外なく、深遠な宗教的真理を包含したものと解してしまう。もっともラブレーはこの一場面を、古い法学的な舞台設定という枠組みから引き出し、まったく別の新しいコンテクスト内に置き直している。そうすることで、さらに広がりのある、かつさらに時代の好みと合致した面白さを、そこに盛り込もうと考えたのである。

トーマストはイギリス人である。その名前は、まず、「魔術師」や「奇跡を行なう者」を意味するギリシア語「タウマストス」*thaumastos* をフランス語化したものである。同時に、ヘブライ語の最後のアルファベットで、太古の昔から記号の中の記号と称された、「タウ」*Thau* を暗示する名称でもある。最後に、トマスという名を遊戯の対象にしている点も押さえておきたい。今日、タフィーがウェールズ人の、ジョックがスコットランド人の代名詞であるように、この当時、トマスという名はイングランド人を指す典型的なニックネームだったからである。もっとも、ヘンリー八世が、あの迷惑千万な聖職者トマス・ベケット*の大々的なイメージ・ダウンに力を入れたために、トマスという名は、その後明らかに衰退の一途をたどっていった。

* トマス・ベケット（一一一八頃–七〇）ヘンリー二世の下で大法官、カンタベリー大司教を務める。その後、ヘンリー二世の聖俗両界の支配に反対して王と対立し、カンタベリー大聖堂内で殺害される。

トーマストという人物の背後には、特定の英国人への暗示があるとされてきた。筆頭はトマス・モアだが、ラブレーがモアを茶化すとすればなぜなのかは、いまだ説明がなされていない。次に、ノーフォーク伯のトマスのパロディーと見る、きわめて魅力的な解釈もあるが、残念ながらこの説を支持することは無理そうである。確かに、このノーフォーク伯は当時、頻繁にパリに出入りしていた。しかし彼は宮廷でも歓待されていたうえ、ヘンリー八世の離婚に賛成する意見表明を行なうよう、絶えずソルボンヌに圧力をかけていた人物なのである（ソルボンヌは結局要求どおりに意見表明している）。むしろ、この逸話が、カバラ的魔術ないし秘儀的知識と深く関わっているという文脈からすれば、トマス・アングリクスのほうが、よりうまくこの文脈にはまる。この人物は、ラブレーと同じくフランシスコ会修道士であり、自然魔術について書物を著した中世の著作家でもある。この作品は多大な影響力を誇ったが、その理由としてとくに考えられるのは、それがときどきトマス・アクィナスの作品と見なされたことであろう。これはおそらく、「アングリクス」*Anglicus* という名と、アクィナス博士のあだ名であった「アンゲリクス」*Angelicus*〔「天使」を意味する。アクィナスは「天使のごとき博士」と呼ばれていた〕とが混同されたことに由来すると考えられる。(33)

だが、トーマストが、中世のフランシスコ会修道士トマス・アングリクスと重なるか否かという問題よりも、この喜劇的逸話が置かれている知的文脈を理解することのほうがより重要である。つまり、ここでも法学的な笑いが軸に据えられており、それを基に、カバラの魔術や「プリスカ・テオロギア」*prisca theologia*〔「古代神学」を意味するラテン語〕に対する誤ったアプローチの仕方を笑いのめしている、という点である。

「古代神学」が存在するということ、しかもこの神学は、神の真理の秘密にして隠された啓示であり、奥義を授けられた者にしか理解できないということ、さらにこの神学は聖書による啓示と並行しており、それを補足するが、決して同一ではない、ということ、ましてやカトリックの「聖伝」*traditio* と混同すべきではないこと——これらは、ルネサンス期の多くのプラトン主義者が大いに信じてやまないところであった。「古代神学」に対しては、多数の著作家たちが好意的な解釈を施している。ビュデも例外ではなく、『ユスティニアヌス法典・学説類集註解』の中でコメントを加えている。異教時代末期およびキリスト教初期のころの著作群に関して、誤った制作年代が次々と設定されてしまったがゆえに、信奉者たちは、この「古代神学」を、モーセならびに彼の「同時代人」ヘルメス（またはメルクリウス）・トリスメギストスにまでさかのぼらせてしまったのである。この神学は、キリスト教の真理の秘儀的な前兆や、それに付随する魔術的知識に、最大の価値を付与している。こうした内容のいっさいは、エジプトの聖職者階級に属する賢人や、インドの裸行者に明かされた啓示に加えて、おもにヘルメスに対してなされた啓示を基にして成り立っている（ヘルメスがモーセに教えを伝えたという説すらあった）。その後この神学はユダヤ教およびキリスト教の教義とうまく融合し、刺激的にして永続性のある哲学へと結実していった。この哲学自体は、必ずしも正統的教義に反するものではないが、だからと言って、万人に快く迎えられたわけでもない。

古代神学の信奉者のなかでも、最も大きな影響力を振るった人物を二人挙げるとするならば、ひとりはフィチーノ――彼は自分のことをキリスト教的マグス *Magus*、すなわち良き「魔術師」と見なしたがっていた――であり、もうひとりは伯爵のピコ・デラ・ミランドーラである。もっとも、ピコの甥ジャンフランチェスコが強調するところによれば、彼の叔父は、この経路により神を探求するのは誤りであるとして、結局は却下したという。とはいっても、こうした人物の思想が及ぼした影響力は非常に大きく、ビュデのような大古典学者や、伯爵にして枢機卿でもあったピオ・ダ・カルピといった大物のみならず、ヨーロッパ全土において、一流二流を問わず実に多くの著作家たちを魅了したのである。トマス・モアですら、ピコを人生の師と仰いでいた。ただしモアが、古代神学そのものに多くの時間を割いた様子はない。この点ではエラスムスもまったく同じである。ラブレーはといえば、同時代のこうした秘儀的な思想運動に、少なからず共鳴していた。もちろん彼は、トーマストが「魔術、錬金術、カバラ，土占学、占星術および哲学」〔『パンタグリュエル物語』、第二〇章、渡辺訳 p.157, 宮下訳 p.247〕の各領域で、安易に隠された知を求めようする態度を笑い飛ばしている。しかしだからといって、ラブレーがこうした研究自体を、完全なるナンセンスとして拒絶していたわけではないのである。

ただし、この秘儀的・象徴的な叡智に好感を抱いてはいたものの、ラブレーは同時にその弱点にも気づいていた。なかでも、軽信的な人間がペテン師によって騙される危険を察知していたのである。

ラブレーがこの魔術的哲学に多少なりとも好感を抱いているとしたら、それはある程度までは、この哲学が、同じ花火ばかり打ち上げているようなソルボンヌ式の退屈な討論を排除している事実と、無関係ではあるまい。拍手喝采を浴びることばかり狙っている、どうにも胡散臭い真理探究のポーズを、ラブレーは、プルタルコスや新約聖書の読解を下敷きにして、拒絶するに至った(34)。だが、この魔術的かつ秘儀的な知識体系において、いったいどうすれば、麦と籾殻《もみがら》とを、あるいは真理と誤謬とを区別できるのであろうか。ラブレーの友人マロは、自分の詩の中ではカバラへの関心を披瀝していないが、自室が家宅捜索を受け書籍を没収された際には、告発人たちにこう述べている。そうした事柄においては〔=カバラなどを指す〕聖書という試金石を用いて、真理と虚偽とを見分けうるのだ、と。しかし、聖書という試金石によって正誤の判断が下されねばならないのだとしたら、この補完的な啓示にはいったいどれほどの価値があることになろうか。たとえば、マルグリット・ド・ナヴァールのようなプラトン主義的キリスト教徒にとっては、この問いへの答には迷いがない。ヘルメス・トリスメギストスは、キリスト教徒に必要な静謐なる確信へと至る最良の著者のひとりであって、こうした確信こそは、洪水のごとき神学論争などよりも、ずっと価値がある、というわけである(35)。その一方で、多くの著作家たちが危険を嗅ぎ取ってもいた。その筆頭に来るのがエラスムスで、彼は「古代神学《プリスカ・テオロギア》」を完全に拒絶している。フィチーノやその魔法の輪も、ピコやその数字の神秘説も、エラスムスにとっては時間の無駄以外の何物でもない。数の神秘説などは、スコラ神学と同じくらい悪質だと判断しているほどだ。「われわれの目前に、カバラやタルムードという煙 *fumos cabbalisticos et talmudicos* を上げる者たちは、〔スコラと〕同じくらいひどい罪を犯している」。またヘルメスは、おそらくはペテン師だということになってしまう(36)。

カバラ的古代神学の魅力と危険の双方を見て取っていたラブレーは、この問題を喜劇的に扱うべきだと考えた。古典的な例話の中で、多くの人々が隠された叡智を求めて海を渡ったように、トーマストも「海を渡って」討論しにやって来る。そのうえ、前述したギリシアの賢人と同じく、「愚か者=道化」（パニュルジュ）と議論を交わすはめになる。一方、トーマストが会いたかったパンタグリュエルは――この時点では、彼はまだ恐るべき渇きをもたらす者、滑稽な巨人にすぎず、『第三之書』に見られる賢人の面影などこれっぽっちもない――秘儀的な伝達手段を扱った、実在・架空の双方の書物を広げてがり勉している。ヘブライ語の「タウ」*Thau*（「記号」）は、ここでは、ギリシア語の「セーメイオン」*sēmeion* やラテン語の「シグヌム」*signum* によって象徴されている。したがって、トーマストとの論戦を前にパンタグリュエルが参照している書籍は、たとえば、『数と記号について』*Des numeris et signis* や『記号《ペリ・セーメイオン》について』*Peri sēmeion* といったタイトルをつけられている。さて、トーマストが、奥義を授かった者にしか理解できない特殊な因習的記号を使うのに対し――尊者ベーダ*が言及している記号、そしてちょうどこのころエラスムスが必死で探索していた記号も使われている[37]――、パニュルジュのほうは、股袋《ブラゲット》を揺り動かしたり、舌を突き出したり、目をぐるぐる回したりするばかりである。ラブレーは、さまざまな悪ふざけや、喜劇でしかありえないような愚かな動作を駆使することで、この二種類のジェスチャーの違いを鮮明に浮き上がらせようとしたのである。パニュルジュは自分の掌に息を吹きかけたり、左手の指で輪を作り、そこに右手の人差し指を出し入れさせてみたりする（明らかに性的な意味合いを帯びているジェスチャーであり、しかもここでは、相手に対し敬意を欠いていることも示している）。そして、彼は顎を突き出す。話者は無邪気にこう付け加えている。

> いままでの身ぶりがまったくわからなかった人々も、パニュルジュが、言葉をいっさい発せずに、ただこの身ぶりのみによって、トーマストに対し「どうだ、ぐうの音もでないだろう」と訊いているのがわかった。〔『パンタグリュエル物語』第十九章、渡辺訳p.153、宮下訳p.243〕

トーマストは、いかにも隠された真理の探究者にふさわしく、恍惚となり（「深い観想のうちに陶然となった」**ravy en haulte contemplation**）、ついには沈黙のルールを破って、意味ありげにこう叫んでしまう。「おお、皆様方、大いなる秘法でござるぞ」（*Pant.*, *TLF* XIII, 220, 224-5, 267 ; *EC* XIX, 74, 77-8, 114）〔渡辺訳pp.153-154、宮下訳pp.242-243〕

この逸話に対するその後の加筆により、ソルボンヌに対する嘲笑の度合いはさらにエスカレートしている。だがそれだけに留まらず、「古代哲学」を諷刺的に設定している様子が、より明白になってもいる。『パンタグリュエル物語』の決定版（一五四二年）では、非常に細かい工夫が施されて、この諷刺的側面はいっそう明瞭になっている。また、パニュルジュがトーマストをいかにして侮蔑したかが面白おかしく詳細に語られている。彼は、今日でも通用する身ぶりを使う。つまり、両手を同時に鼻に当てながら広げて、指を揺り動かしたのである。これを見たトーマストは思わず、みずからにとって大切この上ない権威、すなわちヘルメス（またはメルクリウス）・トリスメギストスの名を口に出してしまう。「されば、もしメルクリウスが……」。パニュルジュはその他諸々の仕草をしたのち、輪をかけるように、「三倍も偉大なる《トレスメジスト》」*股袋を揺さぶってみせる。これ以上正確に核心をつくのは不可能というものであろう。われわれ読者は、メルクリウスすなわちヘルメス・トリスメギストスによる秘密の啓示を追い求める者たちが、虚偽を真理と、愚にもつかぬ事柄を深刻な事柄と取り違える、その間抜けさ加減を笑い飛ばさずにはいられない。ただし、彼らはこうして嘲笑の的になってはいるものの、実は、やかましいばかりで空虚な討論に熱中し、ひたすら拍手喝采を求め、福音主義とはまったく相容れない論争に明け暮れている、あのソルボンヌの連中よりは好ましい存在なのだ。以上の意味レヴェルだけで捉えても、トーマストの逸話はすでに笑いの宝庫であることがわかる。しかし、これだけでは、喜劇性のきわめて濃厚なこれらのページから、潜在的な面白さを汲み尽くしたとは言えない（*Pant.*, *TLF* xiii, 193 *var.*; *EC* xix, 24, 34）。現代人にはかなり読み取りにくい、まったく別の意味層がさらに重なっているのである。

＊ « tresmegiste » : 新プラトン主義者たちがヘルメス神に付した形容句。「ヘルメス・トリスメギストス」。

これらのページに見られる聖書の引用は、ラブレーの意図するところを解くうえで非常に重要な鍵となる。トーマストが知識を求めて旅をするという設定は、アエリアヌス〔（一七〇頃－二三五）ローマの修辞学者〕や聖ヒエロニムスが紹介している古典*的な「見本《エクセンプラ》」*exempla* によって、十分に裏打ちされている。だが、最初の、しかも他に比べてはるかに重要な「見本」は、実は旧約聖書に由来している。ソロモン王の元をシバの女王が訪れる逸話がそれで、聖書の中では、「歴代誌略下」（第九章一－十二節）および「列王記略上」（第十章一－十三節）の二箇所で物語られている。ラブレーの要約を以下に挙げておこう。「シバの女王は、賢者ソロモンの整いたる宮殿を見、かつその叡智に耳を傾けるため、東方の辺境およびペルシアの海よりやって来た」

＊『パウリアヌスへの手紙』の中で、遠方の賢人などを訪ねた人物（ピュタゴラスやプラトンなど）に言及している。

シバの女王がソロモンを訪問するという話は、キリスト自身がこれに言及しているがゆえに、キリスト教徒にとってはとくに重要な箇所とされていた。ラブレーもこの事実を強調している点は、右の要約からわかる。彼は、新約聖書のキリストの言葉を直接引き、旧約聖書におけるその意味を説明しているのである。「マタイ伝福音書」第十二章四二節で、キリストはシバの女王のソロモン来訪に言及しつつ、こう述べている。「南の女王、裁きのとき今の世の人とともに起きて之〔＝律法学者・パリサイ人〕が罪を定めん。彼女はソロモンの智恵を聴かんとて地の果てより来れり。見よ、ソロモンよりも勝る者ここに在り」

キリストによるこの恐るべき糾弾の言葉は、トーマストの来訪の意味を理解するうえで重要である。この点は、英国人が、論争の最後に右のマタイのテクストにおける最後の一文を声高に発することから、さらにはっきりする。「見よ、ソロモンよりも勝る者ここに在り」*Et ecce plus quam Solomon hic*〔第二〇章、渡辺訳p.157、宮下訳p.247〕

もちろん、この指摘だけで事足れり、とすることも可能である。法学士になったばかりのパンタグリュエル先生は、「ソロモンの裁きよりも称讃すべき」判決を、すでに下しているのであるから。* このトーマストの逸話では、キリストがみずからに関して語った言葉をパンタグリュエルに当てはめることで、すでに確立していた彼の名声をさらに確固たるものにしているにすぎない、と受け取れなくもない。だが、マタイがその福音書の第十二章で「南の女王」すなわち「シバの女王」に言及するとき、マタイの意図は、徴《しるし》を追い求める者たちを厳しく咎めるキリストの言葉を、人々に伝えるところにあったのである。イエスは、自分を陥れようとして徴 *signs* を見せよと迫る人々に囲まれていた。イエスは「答へて言ひたまふ。『よこしまにして不義なる代《よ》は徴を求む、されど預言者ヨナの徴のほかに徴は與へられじ。（中略）南の女王、裁きのとき今の世の人とともに起きて之が罪を定めん。彼女はソロモンの智恵を聴かんとて地の果てより来れり。見よ、ソロモンよりも勝る者ここに在り』」この一節の注釈者たちは、徴を意味する « *sēmeion* », « *signum* », « *sign* » という語が、繰り返し繰り返し使われている事実に注意を喚起している。換言すれば、このエピソードで一度ならず引かれている福音書のこの一節は、シバの女王に言及するに際して、ある種の語呂合わせを用い、パンタグリュエルを訪れるトーマストもまた「しるし」*signs* を追い求めている点を、読者に喚起しようとしているのである。マタイ、ラブレーの双方とも、宗教的真理の公的な独占者を、すなわち前者はユダヤ人を、後者はソルボンヌを非難しているのだ。他方で、彼らは二人とも、ヨナの徴——間違いなくキリストの復活を意味している——以外の徴を追い求める愚を戒め、さらに、南の女王がソロモンを訪問する逸話を、謙虚な真理探究者の一例として、読者に想起させるのである。もちろん、「徴」という語がカバーする意味範囲は、きわめて広い。福音書において、徴は、おもに宗教的真理を確証する奇跡を意味している。一方、法学者やトーマストにとっては、「しるし」とは主に身ぶりを指す。これらの章の面白さの幾分かは、徴という語が包含している曖昧さによって、醸し出されているのである。この語は、より真面目な影響力も持っている。良き徴と悪しき徴、真の意味を担った徴と、因習的な意味を負わされた徴が存在するからである。キリストによって言下に非難された徴もあれば、その他の徴、たとえばカバラ的な徴なども存在する。後者は、絶対的に断罪されるべきものではないが、その意味が自然ではなく因習的であるがゆえに、奥義に通じた者にしか理解できず、誤りの源泉ともなりえる徴なのである。

＊ 第十章のタイトルに見られる文言。初版から三七年版までに見られ、決定版では削除されている。渡辺訳 p.86, 宮下訳 p.137 はこの点に触れていない。なお、ここではベーズキュとユームヴェーヌの訴訟の逸話を指している。

この逸話の中でも、われわれ現代人にとって最も理解しがたいのが、こうした側面である。そもそも福音書は徴を求めることを非難している。ところが、トーマストの「徴＝言語」は笑いものにされているとはいえ、かなり好意的に捉えられている。これには一理あって、トーマストもまた、ソルボンヌの「連中」への裁きの際に、ともに「立ち上がる」はずだからである。もっとも、彼は滑稽かつ馬鹿げた間違いをおかしている。なぜなら、ソロモンとその徴とは、キリストおよび福音書によってすでに超越されているのに、トーマストはあたかもそうでないかのごとく振舞っているからである。では、こうした側面と、シバの女王とはいったいどういう関係にあるのか、と訝《いぶか》しむ向きもおられよう。さらに、トーマストの来訪の目的が、「しるし」の探求のためではなく、あくまで隠された知識の探求であることが、二回にわたって明記されているのはなぜであろうか。事実、テクストはこう語っている。「哲学、魔術、錬金術およびカバラのいくつかの箇条に関し（中略）、議論を交わしたいのです」。さらに、議論の後になっても、「哲学はもとより、魔術、錬金術、カバラ、土占学、占星術に関して（中略）議論を重ねたかったのです」と述べているのである（*Pant.*, *TLF* XIII, 48f., 249f. ; *EC* XVIII, 45f. ; XX, 10f.）〔渡辺訳 p.143, p.157, 宮下訳 p.226, pp.247-248〕。

この問題への答は、シバの女王にあてがわれてきた伝統的な役割の中に見出せる。彼女のソロモン王訪問は、無目的なものではなかった。彼女は、「難問をもってソロモンを試みる」ためにやってきたのである（「列王記略上」第十章一節）。ウルガタ聖書の訳文はさらに示唆的である。「謎によりて彼を試さんために来り」« venit temptare eum *in enigmatibus.* »。ギリシア語訳の七十人訳聖書《セプトゥアギンタ》もこれに呼応しており、やはり「謎」を意味する語を用いている。ラテン語もギリシア語も、われわれなら「難問」と訳すであろう言葉に、「謎々」や「判じ物」に近い意味を付与している。言い換えるならば、シバの女王は、神秘的な主題を扱うために来訪したのである。ルネサンス期にあっては、彼女の訪問後、ソロモンとのあいだに秘密の知識の交換が行なわれ、しかもその際二人は、言葉ではなく秘教的な身ぶりによって意思伝達を行なった、ということがしばしば当たり前とされていたのである。「難問をもってソロモンを試みている」シバの女王を描いた絵画が、ルネサンス期に何点か制作されている。私が実際に見たそれらの絵画（模写も含む）のほとんどにおいて、ソロモンと女王は、互いに手で何らかの身ぶりを行なっている。それらは、まさしくトーマストがパンタグリュエルと交わしたかった身ぶりである[38]。では、ラブレーやその他のキリスト教徒が、なぜシバの女王をカバラや魔術と結び付けたのか、という疑問が沸いてくるかもしれない。これに簡潔に答えるならば、それは、シバの女王のソロモン王訪問が、幼児キリストへの「マギ」*Magi*＝東方の三博士の訪問の、神秘的な予兆であると当時は見なされていたからである。しかも、「マギ」*Magi* の研究分野は、いうまでもなく「魔術」*magie* である。三博士たち（「マギ」）と同じく、彼女も魔術に関心を抱いていたのである。そしてここでいう当時の魔術とは、（キリスト教に適合する良き魔術としての）カバラや古代神学の要素を、非常に多く包含していた。トーマストの逸話は、魔術の探求者としてのトーマストを、好意的とはいえ、手きびしく茶化している。彼は、より深い真理へと踏み込むべきだったのであり、たとえ良性で許容されたものとはいえ、秘教的な徴《しるし》に対し、盲目的に信を置くべきではなかったのである。この点は、彼自身明白にわかっていたわけではないにしても、直感していた節はある。というのも、従者パニュルジュをはるかに凌ぐとしてパンタグリュエルを讃える際に、彼はキリストの言葉を用いて「弟子はその師に勝らず」と述べているからである。〔「ルカ伝」第六章四〇節；「マタイ伝」第十章二四節：渡辺訳 p.158, 宮下訳 p.249〕。

この喜劇的な論争には、前述のとおり倫理的な意味が込められているが、そのさらに背後に、ピコ・デラ・ミランドーラの一件が控えている可能性は高い。パンタグリュエルが初めてトーマストと出会う場面で、ラブレーは若き日のピコにまつわる最も有名なエピソードに言及している。ピコは、数字を用いて「すべての知的領域にわたり討論したい」（*de omni re scibile*）と望んだのである〔渡辺訳 p.144, 宮下訳 p.226〕。ピコは後年、秘儀的な啓示に対する執着から脱却しているから、彼が、ラブレーのこの複雑な喜劇の発想源になった可能性も大いにありうるだろう（*Pant.*, *TLF* xiii ; *EC* xviii）。

『パンタグリュエル物語』の中で、ラブレーは、当時きわめて「今日的」で、同時に学者としての関心をも大いにくすぐる主題と、楽しく戯れていたのではないだろうか。そもそも、トーマストが探求していたカバラの知識は、ユダヤ教の研究と不可分であり、したがって、ロイヒリンの名前とも必然的に繋がってくる。一五三〇年にアグノー〔アルザス地方、ストラスブール北方の町〕で、ロイヒリンの『カバラの術について』が再版されており、さらに一五三二年にはケルンで、彼の神秘的な論考である『不思議な言葉について』も増刷されている。『パンタグリュエル物語』が初めて刊行された後も、ロイヒリンの著作はラブレーを魅了し続けていたのである。

ここでまとめておこう。ラブレーは同時代の思想家たちが関心を寄せていた主題を採り上げ、それを面白おかしく取り扱っている。彼は、伝達手段および秘教的真理への到達手段として、身ぶりという記号に関心を抱いた。さらに、こうした領域にペテン的要素が入り込んだ場合、軽信しやすい人物が、ペテンには引っかからない者にとっては実に愉快な喜劇を生み出しうることを、みずから示したのである。その際、ラブレーは、ユマニストの法律学者たちがアコルソを嘲笑した話を思い出している。だが、トーマストの人物像からわかるように、たとえ軽信しやすい人間であっても、カバラの内包するヘルメス的象徴世界やこの種の研究領域において、実直かつ謙虚に、隠された真理を探究する者は、論争を通して真理ではなく拍手喝采を求めようとする、あの傲慢で騒々しい「ソルボンヌ野郎ども」よりも、ずっと好ましい存在なのである。トーマストは少なくとも、ソロモンから秘密の真理を授かるために、遠路はるばるやって来たあのシバの女王に近い存在なのだ。この点では、ソルボンヌの唾棄すべき神学者たちを裁くに当たって、トーマストもまた女王とともに立ち上がるであろう。ただし、南の女王にとって当然であった事柄も、キリスト教徒にはもはや通用しないだろう。なぜなら、キリスト教徒はソロモンの隠された叡智を追い求める必要がもうないからである。クリスチャンは、イエス・キリストによる全き啓示を受け入れればそれでよい。つまり、カバラ主義者や魔術師たちは、潜在的に悪しき道を歩んでいるという結論に落ち着く。その研究が徴を追い求めるものであるかぎり、彼らもまた、徴こそすべてと見なす悪しき世代に対する、キリストの非難を免れないからである。福音書における徴《セーメイオン》 *sēmeion* には、特定の啓示すなわち奇跡によって、教義ないし権威を確証することも含まれている。そのような徴《しるし》を探求したり要求したりするのは、キリストが命ずるところに明らかに反している。こうした行ないは、初期キリスト教の時代から、信者たちに対してはっきりと禁じられてきた。ラブレーは、シバの女王が懸命に探求したカバラの徴は、もはや、禁じられた徴の部類に属する、と仄めかしているようである。仮にこうした徴を追い求める場合でも、きわめて慎重でなければならない。さらに、こうした徴が、無知な人物によって使われたり誤用されたりした場合には、間違いなく滑稽きわまりない結末をみるだろう。以上のようにして、ラブレーは、良き魔術や古代神学をも含めヘブライ学全般を、ソルボンヌの敵意から護ってやろうとする。だが同時に、魔術や古代神学は、エラスムスが付した形容句、すなわち「カバラやタルムードという煙」と評されてもしかたのないものである、という印象をも与える。ラテン語で「煙」を意味する *fumus* という語は、不明瞭さのみならず、空虚な約束という意味合いも帯びている。ここまでくると、エラスムスが『痴愚神礼讃』の巻末に近い箇所で用いた格言が思い出される。「魔術師が魔術師に出会う」 *magus cum mago* ——今日ならば、「ギリシア人がギリシア人に会う〔「両雄相まみえる」の意味〕」という言い方になるのだろうが。

パンタグリュエルはまたしても、イエスのイメージを破壊するパロディーに堕することなく、その体現するところを聖書に負うような文脈の中に置かれている。* こうして福音書のイエスに言及することにより、聖書の文言の全き意味を明らかにしようという意図が働いているのだ。我らが滑稽な巨人が備えている、充実し円熟したような力強さは、いくぶんかは、シバの女王やナザレのイエスが住まう世界に、思いもよらぬ時に突然入り込める、その才に由来している。しかもラブレーの天才のおかげで、その世界では、パンタグリュエルの闖入はひたすら笑いを喚起するばかりで、憎悪や憤怒や軽蔑の念をかき立てることも、敬神の念を打ち砕くことも、いっさいない。『パンタグリュエル物語』の世界にあっては、深い知見に基づいた聖書への言及が、思いもよらぬ時に、読者を突然神学的な高みへと連れ去り、同時に、まったく予期していなかった笑いを引き起こすのである。

＊　トーマストが、パンタグリュエルを指して、「見よ、ソロモンよりも勝る者ここにあり」というイエスの言葉を用いたことを主に念頭に置いている。

20　冥界巡り〔『パンタグリュエル物語』第二四章、三〇章〕

すべての章が、この種の複雑な意味のジグソーパズルからなっていて、それを完成させねばならない、というわけではない。長い時を経たとはいえ、内容が当時と同じくらい明白に理解できる章も、相当数存在している。ただし、感性や好みの変化から、たとえば、贋物のダイヤ *diamant faux* の指輪とそこに彫られた文字 LAMAH HAZABTHANI とを扱ったエピソードのようなものに、冒瀆の意図を嗅ぎ分ける人も存在する。この指輪はパンタグリュエルの元に届けられ、解読の結果、「申されよ、偽りの恋人よ、（*dis, amant faulx*）なぜ私をお見捨てになったの」という意味であるとわかった。＊「ソルボンヌ野郎」のみならず、善意の人々までが、イタリア人マスッチオ・サレルニター〔（一四一〇？—一四七五）イタリアの短編小説家〕から借りたこの愉快なお話の内に、隠された無神論の証拠を嗅ぎつけることもありえた、と知ったら、彼は驚倒していたに違いない。さらに、エピステモンの蘇生の逸話〔第三〇章。パニュルジュが怪しげな仕方で、エピステモンの切断された首を縫合し生き返らせる〕の内に、キリストによるラザロの復活〔「ヨハネ伝」第十一章一—十四節〕の危険なパロディーを見る向きすらいたらしい、と知ったら、驚くどころか衝撃を受け、憤慨したはずである。こうした蘇生の場面は確かに、ラザロ自身が書いたと信じられていた民衆本の存在を思い起こさせるが、これはここでは関係がない。実際のところ、エピステモンが黄泉の国から復活するという逸話には、ラザロの死と復活を物語った聖書の反響はまったく聞き取れない。エピステモンは、有名人や有力者たちが、逆さまの世界たるあの世でどういう扱いを受けているかを縷々《るる》物語っているが、彼のこうした話が、新約聖書に負うところは、ほとんど皆無に等しい。むしろこの語りは、ルキアノスの『メニッポス』、中世の民間の歌謡や説話、およびエラスムスに、少しずつ素材を借りているのである。ラブレー描くこの逸話は確かに、たとえば『ラザロが語った、地獄での刑罰と恐るべき拷問』といった、福音主義とは無縁の作品に対する、実に愉快な注釈書として読める。しかし「天より追放されしユリウス」*Julius exclusus e coelis* という小品の傑作〔一八八頁を参照〕を大いに持てはやしたこの時代に、ラブレー描く逆さまの地下世界が問題視されたとは、とうてい考えられない。ただし、著者ラブレーが後になって、みずからの原稿に加えた修正を調べるならば、彼がある一点においてのみ、度を越していたことがわかってくる。あまりにも無防備に、〔あの世でひどい扱いを受けている有力者の例として〕国家的叙事詩に登場するフランスの十二人の重臣〔シャルルマーニュの重臣たち〕や、フランス王政の伝説的な創設者ファラモン〔アーサー王伝説に出てくる最初のフランス王。在位は五世紀であったとされる〕を挙げている点である。のちにラブレーは、これらの名を、愛国心をそれほど刺激しないものに取り換えている。はたして、国家や王国を主題とする場合にかぎって、ラブレーのユーモアのセンスは突然鈍るのであろうか。それとも、月日がたつにつれ、フランソワ一世がこうした主題に敏感になっていったからであろうか。ちなみに、『パンタグリュエル物語』の地下の世界で称讃の的として選ばれた人物のなかには、ディオゲネスが含まれている。エピステモンが出会った、あの世を十分に楽しんでいるこれら少数の選ばれし者たちは、すべて後の「年代記」で重要な役割を担うことになる人物なのである。(39)

＊ イエスが十字架上で発した言葉として有名。「マタイ伝」第二七章四一節にはこう記されている。「イエス大声に叫びて『エリ、エリ、レマ、サバクタニ』と言い給ふ。我が神、我が神、なんぞ我を見棄て給ひしとの意なり」とある。なお、アラム語では、Lama Sabachtani のほうが正しいという。また、キリストの言葉を面白半分に使うのは、当時では当たり前の慣行であったと今では見なされている。渡辺訳 p.177, 宮下訳 p.278.

21　パンタグリュエルの祈り〔『パンタグリュエル物語』第二九章〕

『パンタグリュエル物語』の中で、ある程度詳細な説明を施さないと、その意味がなかなか明らかにならない逸話をもうひとつ挙げるとするなら、それは、ルー・ガルーとの闘いを前に、我らが巨人が祈りを捧げる場面である。この祈りは、きわめて神学的であり、かつ非常に豊かな意味をはらんでもいるので、トーマストのエピソードに出てくる、聖書と密接に絡み合った言及をまだ理解していない読者は、これほど中味の濃い説教が、どうしてこれほど喜劇的な書物の内部に潜り込んでいるのか、驚きを禁じえない。ちなみに、フランシスコ会修道士は、面白おかしい内容の説教をすることに、めったに抵抗を感じなかった。この点では、ラブレーはおそらく、終生フランシスコ会修道士であり続けたと言えるのかもしれない。ディプソード人たちに対する滑稽な戦争のあいまにラブレーが挟み込んだ、非常に真面目なこの説教は、神と人間との関係をめぐる神学的見解をテーマとしている。彼は、「神〔天〕はみずから助くる者を助く」という異教徒の皮肉に満ちた言葉を、完全に拒絶する。この言葉をラブレーは、「カファールたち」*caphards* と結び付けている。[40]「カファール」（ゴキブリの意味）とは、通常、偽善者を指して使われる用語であった。ブリューゲルに、この点を示してくれる素晴らしい絵がある。四旬節の行列の中に偽善的な似非信者が描かれているのだが、それがなんと人間に似たゴキブリの姿になっているのである。ラブレーにおいては、この用語は普通、偽善的な修道士か、偽善的な神学博士のいずれかを意味している。もちろん、その双方を指している場合もある。この祈りの中では、自分の命を神の手に完全にゆだねようとしない輩が槍玉に挙がっている。とくに非難の矛先が向けられているのは、ルター神学のはらむ暗示的意味に怯えるあまり、聖パウロの神学そのものまでルター的だとして非難しようとしていた、超保守的なカトリックの連中である。ラブレーも述べているとおり、クリスチャンは神に信をおくのであって、みずからの力に信をおくわけではない。しかしながら――そしてこの「しかしながら」がここでは決定的に重要なのだが――クリスチャンは、みずから行なうべき努力を投げ出して、神にそれを任せきりにして良いわけではない。パンタグリュエルは、その祈りの中で、こうした内容の説教を「説いている」のである。ここで神学的な説明が必要だと判断されたテーマとは、戦争という文脈内における人間と神との関係である。

こうしてルー・ガルーが恐るべき獰猛さで近づいてくると、パンタグリュエルは天を仰ぎ、心の底から神のご加護を祈りつつ、次のような誓いを立てたのであった。

「常に私の庇護者であられ、また救い主でもあられた我が主よ、御覧のとおり私はいまや大変な危難に直面しております。私がこの地へ参りましたのは、自然の熱意に基づいてのことにすぎません。そのうえ、あなたさまは、信仰というあなたに関わる事柄以外においては、われわれ人間に、自分のみならず妻子や祖国そして家族を守り防衛する権利を与えてくださいました。ただし、信仰に関わる場合には、われわれの普遍的《カトリック》な信仰告白と、あなたの御言葉に仕えること以外には、あなたは援助者（*coadjuteur*）をまったく必要としておられず、ゆえに、我らがそのために武器をとり防御につくのを、固く禁じられたわけです。なぜなら、あなたは全知全能であらせられ、あなた御自身の事柄について、あなたの義そのものが問題とされたおりには、われわれには測りしれぬほどに、御自分の身をお守りになられるからです。あなたは、幾億幾兆の天使の軍団を率いていらっしゃいます。そのなかの最弱の天使ですら、全人類を殺戮し、天と地とを思うがままに覆しうるのです。このことは、かつてセンナケリブの軍隊に現われた天使の例からも明らかでございます。それゆえ、我が信と希望のいっさいをあなた様だけに捧げる次第でありますから、もし今あなたの御加護を賜わりますならば、我がユトピー国はもちろんのこと、私の力と権威とが今後及ぶであろう、その他いっさいの土地において、あなた様の聖なる福音を、正しく、あるがままに、そして完全な形で宣べ伝えることを、お誓い申し上げます。そのうえ、人間の捏造せし掟や堕落した虚構により、この世全体を毒しております似非信者や偽預言者どもを、我が周囲より根絶せしめることをもお誓い申し上げます」

このとき、天から次のような声が聞こえてきた。「ホック・ファック・エト・ウィンケス」*Hoc fac et vinces* すなわ

ち「しかく為せ、しからば汝は勝利を得む」と。(41)〔渡辺訳 pp.207-208, 宮下訳 pp.323-326〕

パンタグリュエルは神とひとつだけ「契約」を行なっている、換言すれば、ひとつだけ誓いを立てている。エラスムスによれば、聖書はこれを人間に許しているという。つまり、もし神が自分の命を救ってくださるなら、自分は神の福音の全体を、人間の浅知恵によって汚されていないあるがままの状態で、かつその純粋さと明快さとを保ったままの姿で、広く宣べ伝えよう、という誓いである。ここでは、戦争は正当防衛のために、人間に付与された自然の権利だと見なされている。ただし、戦争を、キリスト教信仰を広めるための手段とすることは、完全に禁じられている。ここでは、概念をもてあそぶ姿勢はまったくない。パンタグリュエルは、みずからの命を救ってもらえるならば、キリスト教信仰を広めるよう努めたい、と言っている。だが、ここでいう戦争は、決して宗教戦争ではない。キリスト教（ないしはその特定の概念）を他者に押し付けようとして、戦争を始めてはならないのである。

もし仮に宗教上の問題で、力に訴える必要が生じた場合には、神ご自身がそれを準備なさるであろう。こうした問題において、神は人間から何ひとつ「援助」を必要としていない。人間にできるのは、カトリック信仰を告白し、神の御言葉に従うこと以外にない。この神学上の結論は、きわめて正統的なものであるが、ソルボンヌにはそう映らなかった。この見解は、エラスムスのそれよりも、ルターのそれにより近い。というのもエラスムスは、ルターのように宗教戦争のみを退けただけではなく、すべての戦争を憎んだからである。ラブレーはみずからの神学を練るに当たって、またしても、聖書の特定の箇所を根拠にしている。ひとつは、ゲッセマネの園での逮捕を甘んじて受け入れたイエスの態度であり、もうひとつは、センナケリブの大軍をたったひとりの天使が殲滅したというくだりである〔「マタイ伝」第二六章五一−五三節および「列王記略下」第十九章三五節〕。これらのテクストを重ね織りすることで、ラブレーはきわめて有能な神学者ぶりを発揮しているのである。

キリストは、剣を抜いて自分を護ろうとしたペテロを譴責して、こう言っている。*「我、わが父に請ひて、十二軍に餘る〔十二軍団以上の〕御使《みつかひ》を今あたへらるること能《あた》はずと思ふか」。使徒ひとりにつき一軍団《レギオン》があてがわれているから、天使の軍団は計十二とされているわけだが、神学者たちはこの一節を、キリストがその気になれば有限の数である十二「以上」の軍団を動かしえたと強調している。そこで、無数の天使が神に仕えていることを表わすために、当時のユダヤ人およびギリシア人に知られていた最大数が互いに掛け合わされる。ゆえに、たとえばオールフォード〔（一八一〇‐七一）英国の聖職者。評論雑誌の編集者。詩や讃美歌の出版によっても知られている〕の有名な讃美歌にあるように、選ばれし者（天使）の数は、

一万かける一万が
きらめく衣装をまとい輝きを放っている

と謳われることになる。聖書の註解者たちは、神が無限の力を有し無数の御使いを従えていることを、われわれの畏怖の念に刻み込んだうえで、この無限の力の実相を、われわれに少しでもイメージさせようと心を砕いている。そのために、主の天使がたったひとりで登場した例を引くのである（「列王記略下」第十九章三五節）。この使者は、「出でてアッシリア人の陣営の者十八万五千人を撃ち殺せり。朝早くおき出でて見るに、皆死にて屍となりをる」。これはよく知られた権威ある文言であり、ラブレーもこの一節を軸にして、パンタグリュエルの説教＝祈りを組み上げているのである。

＊　四福音書のすべてが、キリスト逮捕時のこの逸話を紹介しているが、切りつけた者をペテロと特定しているのは「ヨハネ伝」第十八章十一節のみである。ただし、以下の引用は「マタイ伝」第二六章五三節に拠っているから、多少の混同が認められる。

ラブレーは、「コリント人への前の書」第三章九節から拝借した「援助者」*coadjuteur* という用語を、のちに不適切だと見なしている。ルネサンス期の多くの神学者と同じく彼も、人間が神を「助けている」かのような錯覚を、決して与えない訳語を選ぶべきだと考えた。「援助者」では、あたかも神は単独ではすべてを為しえないかのような印象を与えてしまうからだ。もっとも一五三二年の時点では、そのような正確な訳を追求する必要は、彼にはまだなかった。実際のところ、一五五二年に至るまで、その必要は生じないのである〔一五五二年は『第四之書』の完成版が上梓された年。「異端者」ラブレーへのソルボンヌの弾圧はより強

まっていた〕。それと同時に彼は、「汝みずからを助けよ、さすれば神は汝を助け給わん」という、いかにも異教臭の強い見解を退ける一方で、人間を、神の意図の実現に微力を尽くしうる存在とみなしている。ラ・フォンテーヌ描く荷車の御者は、神からの賜物とばかり思っていた援助が、実は自分自身の努力の結果にすぎなかったことを知る。* ラブレー描く巨人は、このような勘違いをしない。読者は、人間が為す努力を神は喜ぶこと、しかし同時に、人間の努力ばかりを過信するならば、神の意に沿わないことを、ここで教えられるのである。人間の努力は、全能なる神との、常に重要にして、かつささやかでしかありえない共同作業の一環なのである。ただし、この点で神はただひとつ例外を設けている。何人たりとも、信仰を広めるために力に訴えてはならない、と神は命じているからだ。信仰は教えと模範により広まる。これは、非常に重要な例外規定である。というのも、ラブレーが、言葉と行動とを並置する場合、言葉は常に二義的に扱われるからである。『ガルガンチュア物語』の中で、この問題に関する見解は、より正確かつ複雑な形で深められていく。

* 『ラ・フォンテーヌの寓話（ドレ画）』窪田般彌訳、教養文庫、「泥沼にはまった荷車のぎょしゃ」pp.153-156 を参照。寓話の終わりの教訓に「天はみずから助くる者を助く」と記されている。

ラブレーの同時代人たちは、今まで紹介してきた神学的な問題に関して学びたければ、たとえばルフェーヴル・デタープルの『聖パウロ註解』や『四福音書註解入門』をひもとくことも、実際ありえたであろう。あるいは、一五三一年、それもおそらくは『パンタグリュエル物語』の直前に上梓されたと思しき、シャルル・ド・ブエル〔（一四七〇？－一五五三）フランスの哲学者で数学の著作でも著名〕の論考『預言者の幻視について』における、同様の記述を読んだ者もいたかもしれない。だが、この種の道徳神学を必要としていた大多数のキリスト教徒たちは、ルフェーヴル・デタープルやブエルおよびその他大勢の聖書註解学者たちの著作よりも、『パンタグリュエル物語』中のこの説教のほうに、よほど強く心を動かされたとしても不思議はない。おそらくはそうした理由から、フランシスコ修道会は、ラブレーのいくつかの規則違反〔誓願破棄や、無断で医学部に登録したことなど〕にもかかわらず、彼を、「修道会の著作家たち」のリストに加えたのであろう。フランシスコ修道会が、彼の「神人協力説」*synergism* を気に入ったのはほぼ確実と見てよい。つまり、神は通常、人間が「神と協力する」ことを求める、という神学的主張がこの修道会の心に適ったのだと考えられる。もちろん、戦争が例外であるのはいうまでもない。信仰は教えと模範を通して広がるべきであって、キリスト信仰の拡張のために意図的に戦争を引き起こし、武器の力を借りるなどもっての他なのである。

ラブレーが「偽善者＝ゴキブリ」*caphards* 呼ばわりした連中が支配しているソルボンヌは、こうした見解のいっさいに、おそらくはルター派の教義を嗅ぎ取ったと思われる。ルターその人は、福音の伝道において力に訴えることを拒絶しているが、この見解を当のソルボンヌは、すでに、咎むべきルターの誤りのひとつに数え上げている。だが、こう考えたソルボンヌの連中が、勘違いをしていた可能性もある。ラブレーはなるほど恩寵を非常に重視していたとはいえ、人間が神の援助者となるよう勧めているのである。これは、厳格な正統的ルター主義にとっては、不快きわまりない見解であろう〔人間の「自由意志」を認めず、人間は完全に神に従属していると見なすルターからすれば、人間が神に「協力」する余地はない〕。もっとも、ラブレーの味方としては、一方にメランヒトン、他方にエラスムスが控えてはいるのだが。

パンタグリュエルが祈りを終えると、天が開き、「ホック・ファック・エト・ウィンケス」*Hoc fac, et vinces*〔しかく為せ、しからば汝は勝利を得む〕という声が聞こえてきた。ラブレーがここで、四世紀のローマ皇帝コンスタンティヌスの身に起きた画期的な出来事を仄めかしている可能性はある。ある晩、空中に燦然と輝く十字架が現われ、そこに、ラテン語で通常「ホック・シグノ・ウィンケス」*Hoc signo vinces* すなわち「この印により汝は勝たん」とラテン語訳されているギリシア語の一文が記されていた。これを契機にコンスタンティヌス帝は、キリスト教に改宗したとされている〔この印を見た後、ローマに進軍して敵対する勢力（マクセンティウス軍）を全滅させたという〕。その後、十字架とこの文言は、ローマ帝国公認の軍旗（*labarum*）に採用された。ここでの逸話でも、この軍旗への暗示を読み取るのは不可能ではないが、あくまで推測の域を出ない。むしろ、福音書のある重要な一節に対する仄めかしのほうが、より確実だと思われる。この一節は、人間とその倫理的活動をめぐる神の御計画の中に、人間の自由意志が占める役割を弁護している点が、ルター派を困惑させるに十分だったため、当時のカトリックが広く利用していたものである。もちろんラブレーが、「ルカ伝福音書」のこの一節と、帝国の旗幟の文言とを融合した可能性も否めない。いずれにしろ、「ルカ伝福音書」第十章二八節は、この上なく近い。そこには、

「ホック・ファック・エト・ウィンケス」*Hoc fac, et vinces* ではなく、「ホック・ファック・エト・ウィウェス」*Hoc fac, et vives* すなわち「之を行へ、さらば生くべし」という表現が見出せるのである。これは、ある奸知に長けた律法学者が、「師よ、我永遠《とこしえ》の生命《いのち》を嗣ぐためには何をなすべきか」と訊いてきた際、十戒の内容を思い出してそれに従え、と説いた直後に、キリストがつけ加えた言葉である。* この箇所は、この祈りで引くにふさわしいテクストである。というのも、ここでは神および隣人に仕えるのが人間の義務であると述べる一方で、小利口な律法的屁理屈にも釘を刺しているのであるから。**

* 説明がいささか簡略にすぎるので、イエスの返答をすべて引いておく。「イエス言ひ給ふ『律法になんと記したるか、汝いかに読むか』答えて言ふ『汝心を尽し、精神を尽し、力を尽し、思を尽して、主たる汝の神を愛すべし。また己のごとく汝の隣を愛すべし』イエス言ひ給ふ『汝の答は正し。之を行へ、さらば生くべし』」

** 神に仕え「協力」する一方で、ソルボンヌの空虚な議論を忌避すべき、という主張とも繫がってくる、という意味合いが込められている。

あらためて指摘しておきたいが、ラブレーは、戦争は避けうるとは考えていなかった。彼の描く英雄は、攻撃を受けた場合には戦うのである。また、彼は、キリスト教徒が宗教戦争を始めてよいとは考えていなかったが、勝利を手中に収めたときには、勝者は天から授かったその好機を逃さずに、合法的に統治するに至った全領土において、福音をあるがままの姿で伝道すべきだ、と主張している。そうすることを通して、勝者は「偽預言者」どもが世を毒するために広めた、あの「人間の捏造せし掟」を「根絶」（*exterminer*）するであろう。ここで使われている語彙もまた、聖書的なものである。

ラブレーの喜劇は、キリスト教的喜劇という側面をますます強くしつつある。この喜劇は、神と人間との限定的かつ不均衡な「共同作業」にその基礎を置いている。一切合切を神に委ねて良しとしている人間は、神の助力や恩寵を無視し、自分独りだけですべてを為しうると考えている人間と、同じように滑稽な存在なのである。

22　第一の「年代記」の結び〔『パンタグリュエル物語』第十四章、三〇章、三三章、三四章〕

パンタグリュエルの祈りに、道徳神学の核心を突く真摯な内容が込められているのを知れば、読者は、ちょうどガルガンチュアの手紙に驚いたときと同じように、またしても驚きを禁じえないであろう。もちろん、この驚きは非常に心地よいものである。というのも、これを通して読者は、パンタグリュエルとキリストないし旧約聖書の偉人たちとのあいだにすでに成立していた一連の並行関係に、微妙な陰影が加わることを認識できるからである。祈りの切迫感、および神学的な相違点の明確化、といった側面は、政治的理由に基づく戦争と宗教戦争との違いを広く知らしめる必要が、当時切実に感じられていたことを示唆している。さらにまた、神の福音を、自分の正当な領地内で、自由にかつあるがままに説いてまわることは、まったく正しい行ないだとはいえ、フランスの役割は正統的信仰を守るための「十字軍」たるべきだ、とする伝統的な見解を瓦解せしめる必要も感じられていただろう。この祈りは、政治的、神学的に見て非常に高い質を誇っているが、「パンタグリュエル＝キリスト」という並行関係が新たな重みを獲得した分、この祈りがさらなる高みへと達しているのは疑いえない。全体を概観すれば、二者の並行関係はこの箇所に達するまでは、ユーモアと笑いの源泉であるに留まっていた。だが、この祈りのページに至って初めて、この並行関係には、今まで誰ひとりとして思いもよらなかったような、叙事詩的な味わいが加わったのである。もっとも、こうして大事な点が示された後に、われわれはまたしても、一瞬のうちに笑いの世界へと連れ戻される。エピステモンの冥界に関する語りや、パンタグリュエルの口中を旅したアルコフリバス師の逸話がそれである（ちなみにパンタグリュエルの口中の旅については、ある学者〔アウエルバッハ〕が、アリストテレス的な芸術の理想のモデル、つまりはミメーシス *mimesis* すなわち創造的模倣としての芸術のモデルだとして、高く評価した）。こうした箇所では、われわれ読者は再び、伝統的なテーマとルキアノス風の「本当の話」の混在を目の当たりにする。ちなみに後者には、伝統的な法螺話や物語に固有の、「皆様方にこれほど真実のお話をしてさしあげている私」« **je qui vous fais ces tant véritables contes** » を、穏やかにからかっているような調子が感じられる。いくつかの笑いの場面から生じた副産物としては、トルコの恐るべきイメージを和らげた点が挙げられよう。* この時代には、自国の権益への配慮やさまざまな恐怖心に押されて、キリスト教圏の境界を越えて同盟関係を模索する動きが活発になっていき、その結果、フランスはオスマン・トルコの宮廷にまで急速に「接近」していったのである。

* トルコ人のもとから逃れたパニュルジュの話（第十四章）をおもに指していると思われる。ただし、「酒が飲めないトルコ人」、といった侮蔑的な表現が散見される点も忘れるべきではなかろう。

この書は、突然終わりを迎える。屋外市の行商人の言葉を駆使しながら、アルコフリバスは、続編の恐るべき「年代記」の話がどう展開するか、かなり詳しい約束事を読者と結んでいる。こうした約束事は、その後の版にも残っている。だが、この約束自体は守られないし、守ろうという意志すら感じられない。ラブレー作品の気紛れな終わり方は、実は喜劇の本質に根ざしている。それは、モリエール作品のラストを思わせるものだ。喜劇的世界がいったんその主要人物たちの正体を暴いてしまい、彼ら人物の側も、もはや聴衆の前で気取って歩くか踊る以外に方策がない場合、残されているのは幕を降ろすことだけである。ルイ・ジュヴェ〔（一八八七—一九五一）フランスの舞台・映画俳優〕は、モリエール作品のこうした「気紛れな」エンディングを強く擁護している。ラブレーの終止符の打ち方も、その作品が純粋な喜劇に属する以上、十分に得心のいくものである。読者たるわれわれは、多面的な笑いの響きあう世界へと誘《いざな》われて、その中を駆け抜けてきた。その後、『パンタグリュエル物語』は、始まったときと同じ調子で終わるのである。巨人にまつわる愉快なお話と、その後のさらなる展開を約束しつつ。

ラブレーが、ルキアノス、アリストパネス、フランスおよびイタリアの喜劇的な物語作家、『無名人書簡』、伝統的な笑劇、法律学の書および法律家のジョークなどに多くを負っていることは、もはや誰の目にも明らかである。もっとも、ラブレーはその技によって、こうした借り物を同化吸収したのち、それらを、意想外のまったく新しい笑いへと変じて見せる。ラブレーと同レベルの学者、思想家のなかで、彼ほどにその喜劇的な才能を生かして、学識と繋がった笑いを、これほど身近で楽しいものに転化しえた者は、この数世紀間でひとりもいなかった。

23『パンタグリュエル物語』の成功

『パンタグリュエル物語』は、ラブレーが出版した全作品のなかでも（学術書は除く）、おそらくは最も成功を収めた書物である。その証拠に、即座に海賊版が作られ、パリやリヨンで売られている。もっとも、この作品の喜劇的価値に対する高い評価は、その独自性に対する無理解と裏腹の関係にある。この作品が、たったひとりの人間の喜劇的洞察力が生んだ、みごとな成果であったことはほとんど認識されなかったため、才能のずっと劣る者たちが加筆を行なったり、好き勝手にテクストを改竄したりする結果を招いた。この点では、『パンタグリュエル物語』は、『ガルガンチュア大年代記』とほぼ同様の扱いを受けたといえる。生前はもとより、死後は輪をかけて、少なからぬ版元がラブレーの著作物に対し、改竄や加筆をほしいままに行なっている。それどころか、凡庸きわまりない偽作品といっしょくたにまとめた版まで頻繁に現われる始末である。こうしたよけいな添加物のすべてとは言わずとも、その大部分を削ぎ落としたラブレーの「全テクスト」*corpus* が日の目を見るには、十九世紀を待たねばならなかったのである。

「書物はみずからの運命をたどる」« *Habent sua fata libelli.* »。『パンタグリュエル物語』が出版されるやいなや、二つのグループがこれに関心を示す。それは、ラブレーの後を執拗に尾行するかのような関心の持ち方であった。その一方の極にソルボンヌの神学者たちが、もう一方の極には教会分離主義を掲げる改革派がいた。どれだけ遅く見積もっても、一五三三年の春には、ソルボンヌが『パンタグリュエル物語』に対して検閲官を置くが、成果は皆無と言ってよかった。同じ年に、今度は急進的な福音主義者で、故クロード・ヌーリー（パンタグリュエルを初めて販売した書籍商）の娘婿に当たる印刷業者ピエール・ド・ヴァングルが、ヌシャテルで、神学的なプロパガンダを内容とする挑発的な作品を出版しているが、その際に彼は、アルコフリバスの巨人の名前と結び付けてその売り上げを伸ばそうと考えたのである。タイトルは以下のとおり。『万人に有益な商人の書。パンタグリュエル殿の隣人であり、かつこの分野に優れたパンタポルル殿によって新たに著された』。ただし、これ以降に出された版からは、すべて『パンタグリュエル物語』への言及が消えている。というのも、のちにカルヴァンの名前と結び付く教会分離主義の改革派を、ラブレーはまったく支持していないことが、時を経るにしたがって明らかになっていったからである。彼はのちの作品中で、ソルボンヌの迷信的な誤りや、極端な教皇至上主義者たちを存分に嘲笑している。だが同時に、「改革派教会」*Eglise réformée* やフランス語圏のその先駆者に当たる者たちとも、彼は絶縁に近い状態を維持し続けた。そうである以上、ラブレーのテクストは、それに変更を加えないかぎり、ピューリタンでも安全に読める反教皇文書とはなりえなかったのである。

第四章　『一五三三年用の暦』、『パンタグリュエル占い。一五三三年用』および『パンタグリュエル物語』に対する初期の修正

1　ラブレー：博識にして愉快な占星術師

『パンタグリュエル物語』の出版からおそらくは数か月を経たころ、同じ巨人の名前を冠した『占い』が世に出ている。「パンタグリュエルの」*Pantagrueline* という形容詞の使用から推測できるのは、『パンタグリュエル物語』が即座に大成功を収めたということだろう。だからこそ、フランソワ・ジュストという別の印刷・出版業者が、故クロード・ヌーリーの後を引き受けて同書を出版したのだと思われる。また、この大成功によりラブレー自身も、喜劇的＝諷刺的な占いの書を編むに当たっては、ほぼ同時期に構想を暖めつつあったと思われる二つ目の「年代記」ではなく、この最初の「年代記」と関連づける習慣ができたのだと予想される(1)。

ラブレーは『ガルガンチュア物語』よりも『パンタグリュエル物語』に、より強い愛着を抱き続けていたように映る。その証拠に、『第三之書』は『ガルガンチュア物語』を差し置いて、『第三之書・パンタグリュエル物語』と名づけられ、四番目の作品も同様に、『第四之書・パンタグリュエル物語』と命名されている。さらに、彼は自分の喜劇的哲学を、「ガルガンテュイスム」**gargantuisme** ではなく、「パンタグリュエリスム」**pantagruélisme** と名づけている。これはおそらく、ラブレーが伝説中の小鬼をヒントにしつつも、自分自身で巨人としてのパンタグリュエルを創造したのに対し、ガルガンチュアのほうはすでに巨人として民間伝承中に存在していたからだと思われる。『パンタグリュエル占い』*Pantagrueline Prognostication* と『パンタグリュエル物語』の緊密な結び付きは、両作品に共通の文体上の諸特徴によってさらに強められている。加えて、一五三四年に両作品に対して施された加筆を検討すると、二作品の関係はさらに緊密になっている。このように、二つの作品は並行関係にあり、ゆえに適切な版によって同時に読み進められるべきなのである。

『確実にして真実かつ無謬のパンタグリュエル占い』*Pantagrueline Prognostication certaine,veritable et infalible* の今

に伝わる最初の版は、一五三三年用なので、ほぼ間違いなく一五三二年に執筆されている。この版はアクチュアルな問題を扱った作品で、その点では、現在最も広く出まわっている版とはずいぶん形式が異なる。初版以降の版では、一五三二年から三三年にかけての天体現象に関する特定の言及が、すべて削除された。後の版では、諷刺は本質的に時を特定しないものとなり、そのぶん、喜劇性はより希薄になっているのである。

この新しい作品でも相変わらず偽名が使われ、「パンタグリュエルの饗宴長《ふるまいがしら》であるアルコフリバス師」が作者とされている。ただし、アルコフリバス Alcofrybas は苗字の「ナジエ」*Nasier* を失っているから、もはやフランソワ・ラブレー Françoys Rabelais のアナグラムではなくなっている。ところで、「饗宴長《ふるまいがしら》」*architriclin* という語だが、これはイエスが最初の奇蹟を起こした、あのガリラヤのカナの婚礼において、葡萄酒を担当していた「宴会の世話役」ともっぱら結び付く用語である。したがって、この語の使用により、パンタグリュエルと福音書との面白くも複雑な結び付きが、すでにタイトルページの時点から示唆されていることになる。もっとも、その後に続く明らかに福音主義的なページにおいて、この繋がりがとくに発展を見るわけではない。それはともかく、この観念連想は、ラブレーにとっては何らかの深い意味をはらんでいたようである。たとえば『第三之書』の序詞でも、「パンタグリュエリスム」という哲学を掘り下げたのち、「宴会の世話役」を意味するこの珍しい語と、それと密接に結び付く例の奇蹟に、再び言及しているのである。ラブレーは、みずからの喜劇的作品を、ある意味で福音主義的な饗宴に供すべきワインのごときもの、と見なしていた節がある。

『パンタグリュエル占い』が『パンタグリュエル物語』と大きく異なるのは、この作品が、明白にして確固たる諷刺的＝喜劇的な目的を有している点だろう。これは、多くの人々が参考にしていた、暦や個人占星術に含まれるたぐいの占いの本質を、笑いを武器に暴露しようとする試みなのだ。そのため、一五三三年という年に関して悲観的な予測をしているその当時の「占い」のテクストを、わざわざ俎上に載せているのである。

占星術——個人占星術 *astrologie judiciaire* または予見占星術 *astrologie divinatrice*——は、天体の研究によって未来を予言できると主張する。その際、日蝕、月蝕といった蝕および彗星がとくに重視され、十三世紀にアラビアの占星術がヨーロッパに定着してからは、惑星の合に関して大いなる関心が払われてきた。

　中世末期およびルネサンス期の全体を通して、占星術は、異国趣味や神秘的な雰囲気を漂わせていた。すべての惑星が異教の神々の名をもち、すでに一千と五百年を経ていたにもかかわらず、人々はいまだに、自分の人生がユピテル、サトゥルヌス、ヴィーナス、マルス、あるいはメルクリウスの影響を被っている、と感じていたのである。また、占星術を通して一般の人々は、まず仕組みも理解できないような、恐ろしく複雑な数学上の計算にも関心を寄せた。「数学者」*mathematicus*という単語が、一般的には「占星術師」の意味で使われていたほどである。また、アルブマサル、アベンラゲル、アヴェンゾアル、アヴェロエスそしてアヴィセンナといったアラビア人の権威たちの名前が絶えず引き合いに出されたために、占星術には、潜在的に危険だという悪い印象が常について回った。「不実な」イスラムの権威ばかりが持ち上げられたために、キリスト教側の権威がおとしめられている、と感じた者すらいたのである。

　正統的な教義に従うならば、天体の影響力は、人間の意志に作用して何らかの行動を起こさせるが、影響力は不可避的ではないと信じられていた。もっとも、実践の現場では、不可避的か否かといった区別が常に守られたわけではない。個人占星術は、人間の意思決定や天候のみならず、政治、戦争または宗教における重大な変化をも予言できると称していた。

　『パンタグリュエル占い』の内にプロパガンダへの強い傾斜が見られる点は、ラブレーがこの時点ですでにデュ・ベレー家の利益のために活動していたことを暗示している。宿命論的な占星術が政治的決断に悲観的に作用するのを、デュ・ベレー家の者たちが好んでいたはずもない。個人占星術師たちが、しばしばカール五世側に都合のよい予言を行なっていただけに、これは当然である。

　一五三〇年代にあって、ラブレーは個人占星術の信用性に対し、二側面から攻撃を仕掛けている。すなわち、『パンタグリュエル占い』にあっては学識に基づいた笑いを武器に叩き、「ガルガンチュアへの手紙」（『パンタグリュエル物語』第八章）および自身の学術的な暦〔いわゆる万用暦とは異なり、ラブレーは学識を駆使して占星術の危険性まで指摘している〕にあっては、堂々と正面から攻め込んでいるのである。なお、これら暦のうち二つは、後世の人物による手書きの写しによって、不完全ながら今日のわれわれにまで伝えられている。

当時、アルコフリバス師 Maistre Alcofrybus の正体を知る者を別にすれば、真面目かつ学術的な暦を、『パンタグリュエル物語』や『パンタグリュエル占い』と結び付ける人はまず存在しなかったと思われる。ただし、ここで問題にしている暦 almanacs が、ラブレーの作品であることは間違いない。学術的な暦の場合、法律によって、その著者の名前と署名を載せることが義務づけられていた。そして、ラブレー作の暦には、確かにそのタイトルページに、「医学博士にして占星術教授でもある私フランソワ・ラブレー」（一五三三年）、および「医学博士にしてリヨン市立病院の医師フランソワ・ラブレー師」（一五三五年）と明記されている。ラブレーは前者で、占星術の教授であると自称しているが、ほぼ間違いなく冗談ではない。というのも、フランスおよびヨーロッパのいくつかの地域にあっては、医者が、暦の執筆に関し、合法的な独占権を有していたからである。ラブレーの医者としての腕前に最も早く言及した文献は、サルモン・マクランが一五三七年に出版したラテン語のオードで、この作品は「シノン出身の最も学識深い医師フランソワ・ラブレー」に献じられている。そこでは、彼の占星術に関する学識が、最高の讃辞でもって称揚されている。その後、古代の偉大な占星術師と同じ範疇に括られるべき当代の専門家の名が挙がっているが、ラブレーもそこに名を連ねている。つまり彼は、ピュタゴラス、族長ヨゼフ、預言者ダニエル、そしてプトレマイオスなどと並び称されているわけで、これは大変な讃辞である。サルモン・マクランは、ラブレーの医者としての技量と、占星術師としての知識とを、どちらも同じくらい深く立派であるとしている。そして現にラブレーは素晴らしい暦を編んでいるのである。(2)

『一五三三年用の暦』と『パンタグリュエル占い。一五三三年用』の二作品は、当然ではあるが、同一平面上で把握されねばならない。この二つは、間違いなく相互補完的である。それぞれのジャンルにふさわしい言語を駆使しつつ、両者とも占星術への信頼を揺るがせているのだ。両者とも占星術の情報を俎上に載せている。そして両者とも、占星術による予言とその結果がかき立てる恐怖心から、読者を引き離すことをめざしているのである。(3)

占星術に反対する者たちも多種多様である。神が人間と現世のために準備してくださる事柄を予測しようと試みるとは、なんたる不敬な振る舞いか、と憤る者。最新の占星術がアラビアに源泉を発していることに、衝撃を受ける者。主であり造物主である神の唯一の力が浸食されている、と危惧する者。過去に何度も間違っていたことが証明されているので、いかなる占星術にも懐疑的にならざるをえない者。さらには、なんとか占星術から抜け出して、手探りで天文学へと脱皮する方途を模索する者もいる。

　ラブレーのような専門的な占星術師は、同時に有能な天文学者でもあった。月の相や蝕あるいは惑星の状態を把握するためには、テュービンゲンの大数学者ヨハンネス・シュテフラー〔一四五二年生まれのドイツの数学者、占星術師。一五二四年に大洪水が起こると予言した〕の天体暦を理解できるだけの、数学的知識が必要だった。きわめて厳しい道徳家《モラリスト》でさえ、占星術の本当の専門家が、天候について予言したり投薬や瀉血を行なうのに最も適した日などを指示する権利は認めていた。ラブレーの『一五四一年用の暦』が行なっていたのは、まさしくこれである（この暦は、その一部が当時の製本の状態で今に伝わっている）。一五三三年と一五三五年の『暦』も、そうであったのは間違いないと考えられるが、今日残っているのは、それらの序文の写しだけで、本体の占星術の表は現存していない。

　この時期のフランス人たちは、一五三三年に関する不吉な予言の数々に触れて恐怖心を煽られていた。この恐怖心を和らげるうえでは、『パンタグリュエル占い』よりも『一五三三年用の暦』のほうが、即効薬としての成功を収めた可能性がある。だが、しばしば無視されるとはいえ、ラブレー作品の「コーパス」の中で最終的に確固たる地位を占めるのは、『パンタグリュエル占い』のほうである。

　ラブレーの占星術に関わるこれらの、ともにコミカルにして真面目で、福音主義的な熱意に貫かれた作品の意義を理解するには、何よりそれらが世に出た時期について知る必要がある。

　喜劇的な暦というのは、この当時すでに確立されたジャンルであり、反占星術を標榜する道徳家や現役の占星術師によって執筆されていた。ラブレーは、ヨハンネス・フォルティウス・リンゲルベルギウス〔十六世紀ドイツの哲学者、数学者。名前は「ヨハンネス」ではなく「ヨアキム」〕の手になる『いくつかの面白くて馬鹿げた預言』に、非常に多くを借りている。これは、一五三一年にセバスチャン・グリフィウスが刊行したみずからの『作品』*Opera* に収録した著作で、占星術についての概論に付録として付け加えられた「高度な大衆向け啓蒙書」である。ラブレーはさらに、スターレンヴァデル〔十六世紀のドイツの占星術師〕とヘンリッヒマン〔（一四八二頃－一五六二）ドイツの聖職者で著述家〕の手になる、滑稽なドイツ語の予言のラテン語ヴァージョンからも、多くの着想を得ている。この作品は、当時手垢で汚れるほど広く読まれた、ベベル〔ハインリッヒ・ベベル（一四七二－一五一八）滑稽本のジャンルで有名なドイツの著作家〕のラテン語の著作『冗談』*Facetiae* に収められたがゆえに、一躍有名になったのであった。

フランスにおける滑稽な予言はおもに韻文で綴られていた。今日まで伝わっているそれらの大部分は、芸術的にも知的にも大した価値を帯びていない。もっとも、ラブレーは間違いなくそうした予言のいくつかを知っていて、そこからジョークのタネを借りてさえいたのである。こうした、凡庸で滑稽な予言と並んで、真面目にして福音主義的な、反占星術を標榜する予言も存在していた。その典型例が、オットー・ブルンフェルス〔（一四八八－一五三四）ドイツの神学者。植物学の祖とされることもある〕がドイツ語で著した『キリスト教徒の暦』である。この種の暦は、面白さや笑いとは無縁で、ルネサンス期のある種のキリスト教徒たち――おそらくは少数派であろう――が、占星術の専門用語に直面した際に感じたであろう恐怖心を反映している。こうした専門用語が、たとえば特定の惑星を選んで、その「年の主」*Dominus Anni* と呼んでいたのを知れば、彼らの気持ちも理解できる。彼らは、こうした迷信がもたらす有害な結果を恐れていたのであり、これには一理あると言わざるをえまい。この種の占星術が栄えるところでは、どこであれ宿命的な見方が瀰《び》漫《まん》するものである。反占星術派が何より恐れていたのは、この世の支配者、生命の主、すべての原因の本源となる第一原因たる神のみがもつ御力が、迷信のみならず闇の力〔悪魔〕によってむしばまれることだった。メズレ〔（一六一〇－八三）フランスの著名な歴史家〕はその『ファラモンからルイ十三世までのフランスの歴史』*Histoire de France depuis Pharamond jusqu'à Louis le Juste* の中で、ルイーズ・ド・サヴォアの死を話題にするに当たって、一五三一年の不吉な彗星について正式に言及している。「この王妃の死に先立って、彗星がひとつ見られた。それは先の六月の間じゅう姿を見せ、猛烈なペストの到来の予兆となったと同時に、疫病そのものを引き起こした」。王妃の死や、歴史的に事実だと証明されているペストの流行を予言もしくは惹起しえた勢力を、軽く受け流すわけにはいかなかったのである〔当時は、こうした現象の背後に悪魔の存在を感知していた、ということ〕。

最大の危機が訪れたのは、シュテフラーの計算により、一五二四年二月には惑星の合が少なくとも二〇は生じ、そのうちの十六は水性の特徴を示していることが明らかになったときである。人々、それも理性的な人々が、最悪の事態を恐れた。もちろん、最初に念頭に浮かぶのは洪水だが、宗教的・政治的な大変動も頭をよぎらずにはいなかったろう。危険が過ぎ去っても、人々は飽かずに議論していた。何事につけ、それほどひどい年だったからである。通常の災害に加えてこの年にはドイツで農民の反乱が起こった。フランスに目を向ければ、一五二四年〔旧暦＝ユリウス暦〕には、「至高のキリスト教王」The Most Christian King〔かつてのフランス王に冠せられた称号。ここではフランソワ一世を指す〕が、パヴィアの戦いにおいて、神聖ローマ帝国軍により捕虜にされている。こうした事件が、件《くだん》の惑星によって予知ないし惹起されたのか否か、というのは結論の出ない問題であり、熱い議論の対象とならずにはいなかった。ラブレーが『パンタグリュエル占い』の中で、わざわざ一五二四年に面白おかしく言及しているのも、こうした背景があったからである。

占星術師たちは、正統的教義の境界内に留まろうと努めるのが普通であった。彼らは、自分たちがどうにも避けがたい因果律を扱っているという見方を否定し、最終的には、すべてを神の御手に委ねていた。それでも、天体が事件の原因を作り出す巨大な力を備えている、と大なり小なり信じていた人々は、身分の上下を問わず相当数にのぼったのである。天体の力は、あくまで私たちに「感応《インフルエンス》」〔天体から発して人々の身体などに流れ込み、運命に影響を与えるとされた霊気の働き〕するにすぎない、と信じている者にとって、このマス現象は大きな心配の種であった。ちなみに、« influence »という単語自体が、かつては占星術の分野でしか使われていなかったのである。つまり、その後の言葉の広がり方を見れば、天体の「感応（力）」に対する信仰がどれほど広域に行き渡っていたかが、よくわかる。さて、ここでたとえばフランス国王の企図や計画と、彗星なり土星と火星の合なりの感応力とで競わせてみたとしたら、国王が自分には勝ち目がないと考えたとしても不思議はなかろう。ましてや、その臣下においておや、である。

一五二四年は恐るべき年であった。だからこそラブレーも、この年をわざわざ諷刺的に採り上げ、健全な笑いのもたらす喜劇的効果により、恐怖心を和らげようとしたのである。もっとも、多くの予言が、一五三三年をも恐るべき年に数えている。まず、一五三一年にはすでに彗星が出現していた。一五三二年九月以降は、さらに不気味な彗星が天空に姿を現していた。占星術の予言するところによれば、一五三三年に入ると、一五三二年の大型彗星の影響が現われるという。この彗星は、「一般的に、空中、水、人間、男女の関係、樹木、果実、そして宗教に対する、多くの不吉な影響」の前兆となっているのだ。この不吉な前兆は、一五三三年八月四日に起こるはずの月蝕、および、普段から有害な感応力を放っている土星と火星によって、さらに増幅されるはずだという。一五三三年は、あの恐ろしい惑星たる土星が、逆行する時期に当たっている（したがって、そのぶんより邪悪となる）。しかも、月と土星ないし火星とのあいだには、少なくとも二六回にわたって合が起こるはずだという。占星術師たちによって大凶星 *infortuna major* と呼ばれた土星と、小凶星 *infortuna minor* と呼ばれた火星は、こうして気味の悪い感応力を行使し続けていた。一流の占星術師のなかには、地震、嵐、戦争、あるいは宗教的大混乱などの、大惨事を予言する者も出てきた。

　ラブレーが二度もペンを執って紙に向かったのは、こうした恐怖心を払拭するためであった。どちらの場合も、彼が行なっている「説教」は基本的に同じである――星に信を置くな、神に信を置け。

　『一五三三年用の暦』で目を引くのは、神の「枢密院」*Conseil Privé* というテーマが、ラブレー作品の中で初めて使われていることである〔『第三之書』第三〇章に再び登場する。渡辺訳 p.180, 宮下訳 pp.349〕。この表現は、頂点に立つ神を、偉大なる君主のイメージと結び付けるうえで有効に機能している。もっとも、国王には私的顧問が仕えているが、神は単独でその意図をお守りになるのである。人間がこうした神の秘密の中に立ち入りたいと望むのは、愚かであると同時に冒瀆的でもある。神の叡智ならびに人間を対象とした神の御計画は、隠されているのだ。神の方針を探ろうなどと思うのは、瀆神以外の何物でもない。神とはすなわち「隠された神」*Deus absconditus* であり、その御真意は、神がみずから啓示なさる限りにおいてしか知りえない、という見解は、ラブレーの神学を支える重要な側面なのである（学者たちは今日、彼のこの神学を主としてアウグスティヌス、ルター、パスカルと関連づけるが、実はこれは正統な教義である）。こうした主張を、ラブレーほど説得的に、かつ彼ほど福音主義の権威をうまく引きながら展開している説教は、まず見当たらない。彼はまず、「トビト書」〔旧約聖書外典の一書〕、「詩篇」、「箴言」、「使徒行伝」から、当時すでに権威ある文言として知られていたテクストを積み上げていく。こうした手法のクライマックスは、「祈りの中の祈り」Prayer of prayers に依拠しつつ次のように綴られている〔以下の引用部では、主の祈り*Pater*、および「マタイ伝」第六章十-十一節などが下敷きになっている〕。

それゆえどんな場合でも、われわれは、我らが主イエス・キリストの教えに従い、神の前に頭を垂れて祈るべきである。われわれが欲し望むところではなく、神の御心に適い、天空が形成される以前から神がお決めになっていた事柄が、どうか行なわれますように、と。こうして、いっさいにおいて、またいっさいによりて、神の栄えある御名だけが崇められますように、と。（*1533 Almanach ; Pant. Prog., TLF* **p.42**）

この暦が醸し出している語調や趣《おもむき》は、ルー・ガルーとの戦いの前にパンタグリュエルが捧げた祈りを想起させる。さらに、「詩篇」第六四（六五）篇のセム語による異本を、ラブレーが巧みに活用している点も指摘しておくべきだろう。当時、占星術師は一般にカルデア人と呼ばれていた〔カルデア人は天文・暦法にすぐれ、ギリシア人のあいだでは「占星術師」の代名詞となっていた〕。神の意思を詮索しようとする、彼らの悪意に満ちたおこがましい態度を非難するうえで、ラブレーは、この詩篇の最初の詩句を、「カルデア風に読み込んで」、彼らにぶつけるのである。同じ聖書でも、ギリシア語やラテン語のヴァージョンは、「シオンにいます神」に捧げられているのは「讃美」であると説いている。他方、「カルデア書簡」は、「シオンにいます神」に捧げられるのは「讃美」ではなく、「沈黙」であると明言している。「シオンでは、沈黙こそ貴方が手になさるものなのです」と。「神の枢密院」を前にした場合、人間は、とくにカルデア人たちは、沈黙を守る義務を負っているのである（*1533 Almanach ; Pant. Prog., TLF* **p.41**）

ラブレーが標的にしているとされる作品（「ルーヴァンの予言」*Prognostications de Louvain*）と、彼自身の滑稽な予言とのあいだの照応関係には、ある種の齟齬が存在する。たとえば、たまたま現存するテクストから判断するならば、一五三三年に対する不吉きわまりない予言が、「ルーヴァンの予言」を覆いつくしているとは言いがたい。著名な数学者アンリ・ド・フィーヌ〔十五世紀末生まれのフランスの哲学者、数学者、占星術師〕が作成した、一五三三年用の「ルーヴァンの偉大にして真実なる予言」*Grande et Vraye Prenostication de Louvain* も、「ルーヴァン大学医学博士にして占星術師」のジャン・ラエト〔（一五九三―一六四九）ベルギーの哲学者、地誌学者、自然学者〕（より著名なガスパール・ラエト〔ヤスパル・ラエトとも。十五世紀末に生まれたベルギーの医者で占星術師〕の息子）がフランス語で著した、同三三年用の『偉大なる予言』も、それほど憂慮すべき代物とは思えない。一方、『ヤスパール・ラエト師（息子のジャンではない）の計算による予言』の英語訳は、きわめて不穏な内容となっている。ということは、原文のオリジナルも間違いなくそうであったことになる。この書は、「民衆のあいだの不和や、（……）秘密裡に進行しつつある叛乱」、さらには国内および国際的な規模での「紛争」が起こり、「宗教の体制」が脅かされ、アントワープの東方にある国々（ということは、フランスも含まれるであろう）では戦争が勃発する可能性が高い、と予測している。そのうえ、「君主間でも、陰謀がめぐらされたり不和が生じたりするかもしれない」というのである。ルドヴィーコ・ヴィターリス〔十六世紀にボローニャで活躍した占星術師〕を代表例とするイタリアの占星術師たちの予言になると、悪魔崇拝がはびこり、宗教に対する危害もあまねく増大するだろう、と予測していたほどである。

こうした次第であるから、一五三三年に関する不吉な予言を、なんとか骨抜きにしたいというラブレーの気持ちは、当然すぎるほど当然だと言える。しかし、きわめて不思議なことに、『パンタグリュエル占い』の骨格をなしているパロディーの形態は、イタリアの暦でも、ジャン・ラエトのそれでも、あるいはアンリ・ド・フィーヌの一五三三年向けルーヴァンの『予言』でもないのである。形式に関しては、ラブレーはみずからの『パンタグリュエル占い』を、現存するものよりさらに古い『ルーヴァンの予言』に依拠して作成したのだと考えられる。いかなる暦も、それが関係する年が過ぎれば、捨てられるのが普通である。この時期に出た洪水のごとき予言や暦のなかから、われわれの手元にまでたどり着いたのは、ごく一握りにすぎない。私が目を通した暦のなかで、ラブレーが諷刺している表現形式と、彼が嘲笑している不吉な予言の内容とをあわせもっているものは、ひとつもない。つまりラブレーは、同時代の占星術による予言の虚偽をあばくのに、比較的新しい形式で書かれた予言を利用するのは控え、『パンタグリュエル占い』の形態に関しては、ルーヴァンのさまざまな予言集のなかでもより古いものを思い起こしたのだと考えられる。

いずれにしろ、『一五三三年用の暦』や『パンタグリュエル占い。一五三三年用』がベースにした天文学上の情報、および両者が攻撃を浴びせている占星術上の予言内容は、諷刺的な『占い』、福音主義的な『暦』のどちらの中でも、きわめて正確にその輪郭が示されている。もちろん、諷刺的な作品のほうは笑いを前面に押し出しているのだが、聖書の権威ある文言を、節度を保ちつつも有効な仕方で引き合いに出し、天にも地にも神に匹敵する者は存在しないことを、細かい配慮をもって、読者に対しはっきりさせようとしているのである。

『パンタグリュエル占い』が駆使する喜劇的手法には、いくつかの情報源がある。フランス語やラテン語の典拠はもちろんのこと、おそらくは仲介的な作品を介して、ドイツ語の文献にすら何らかの借りを負っていると考えてよい。こうした喜劇的手法はみな、作品の随所に仕掛けられた笑いを通して、占星術に対する信頼を一気に突き崩すことだけをめざしている。このように、その目的がひとつに限定されているため、『パンタグリュエル物語』の味わい深いある種の複雑さを実感してきたわれわれには、この書物は、どこか軽く、素朴にさえ映る。だが、ラブレーが笑い飛ばしている『ルーヴァンの予言』といった類の作品に関し、十分な知識さえ身に付けていれば、彼のユーモアの真価も十分に堪能できるのである。

もっとも、パロディーの標的となった予言集の類にはまったく無案内な読者であっても、大真面目な顔で明々白々な内容を開陳するさまや、歓喜に満ちたカーニヴァル的世界を、大いに楽しめるであろう。* 一五三三年は、（例年どおり）「カレームプルナン」** すなわち「四旬節」が、「カーニヴァル」に対し「裁判で勝訴するであろう」。さらに、仮面を被った連中がカーニヴァル用の変装で現われ、人々の一部は仮装して、他の人々を騙してしまうだろう*** （l'une partie du monde se desguisera pour tromper l'autre）。〔ここに、ブリューゲルの「カーニヴァルと四旬節の戦い」との類似性を見るのは容易であろう〕。「自然がかつてこれほどの無秩序を経験したことはなかった」（L'on ne veit oncques tel desordre en nature）

＊　ここでの著者の説明は具体例に乏しいので、『パンタグリュエル占い』の一節を訳出しておく。たとえば予言に曰く、「今年は盲目なる者はほとんど見えないだろうし、耳の不自由な者はほとんど聞こえないだろうし、口のきけない者はほとんど話さないだろうし、金持ちは貧乏人より少しは楽な生活をするだろうし、健康な者は病人よりも調子がいいだろう」云々。以下の本文は、『パンタグリュエル占い』のテクストの内容に近い。

＊＊　『第四之書』第二九章以降に登場する。渡辺訳 p.159 以下を参照。渡辺訳は「精進潔斎坊」と戯訳している。

＊＊＊　版によっては、この後、次の文言が入る。「そして彼らは分別を失って狂ったように、通りを走り回るだろう」。

ただし、真面目な目で読み直した場合、福音主義的、政治的な含意が、われわれの関心を引くのも事実だ。まず、神こそが唯一の統治者であることの証左として、聖パウロの言葉が引かれている。さらに、恍惚状態のうちに第三天を訪《おとな》う特権に恵まれた聖パウロが、明白すぎるくらい明白なメッセージを発している点にも、われわれは改めて気づかされる。「神もし我らの味方ならば、誰《たれ》か我らに敵せんや」*。笑いの響く背後に、読者は政治的な関心をも看取できる。ラブレーは、フランスが王国の境界線で、さまざまな情報を食い止めることができたならば、それは自国にとって非常に有益な結果を生むだろう、と示唆しているからである（この時彼の念頭には、フランス国内に洪水のごとくおしよせる、あの厄介な予言集があったのだろうか）。読者諸賢はすでにご存知のとおり、パンタグリュエルがユートピアならびにディプソードという自国領内で行なったのも、まさしくこうした「水際作戦」である**。こののちラブレー作品の中では、巨人たちが王国内でなした事績が、フランス国内で採られるべき方針と、ますます密接に絡み合うようになっていくのである。

* 「ローマ人への書」第八章三一節。ラブレーのテクストにはラテン語の引用が見出せる。« *Si Deus pro nobis quis contra nos ?* » : *Pant. Prog. TLF* p.10.

** 『パンタグリュエル物語』第二九章の「祈り」の最後で、パンタグリュエルは、勝利した暁には「数多の偽信者とインチキ預言者どもの悪行」を自分の周囲から追放する、と約束している。渡辺訳 p.207, 宮下訳 p.325.

2　陽気さの翳り

『パンタグリュエル占い』は、そのプロパガンダの重みで撓《たわ》んでしまうような著作ではない。これは愉快な作品である。もっとも、その陽気さにもすぐに翳りがさす。すでに一五三三年の春ごろから、ソルボンヌの神学者＝検閲官たちは『パンタグリュエル物語』に陰険な視線を向けており、この作品が発禁処分に値すると見ていた。その目論見はずれるものの、彼らが何やら怪しげな動きをしていることは、リヨンにいたラブレーの耳にも間違いなく入っていた。

ソルボンヌが『パンタグリュエル物語』に関心を向けている事実を、初めてわれわれに明確に教えてくれるのは、若き日のカルヴァンが一五三三年十月に認《したた》めた書簡である。もっとも、ラブレーへの関心は付随的なものにすぎず、書簡のこの箇所におけるカルヴァンの主要な関心は、文通相手のランベール・ダニエルに対し、以下の経緯を説明することにあった。まず、神学者たちは大胆にも、フランス国王の実の姉に当たるマルグリット・ド・ナヴァール王妃が上梓した、敬虔なる宗教詩『罪深き魂の鏡』*Le miroir de l'ame pecheresse* を検閲し発禁処分にしようとした。これを知った国王は激怒して、大学側に猛烈な一撃を喰らわしたというわけである。『鏡』への検閲は一五三三年に企てられており、五月という説が有力だが、正確な時期はわかっていない。一五三三年十月、この一件について説明を求められた教授団は、マルグリットの詩集に対する検閲を許可した覚えはない、と次々に否認した。結局のところ、パリのサン゠マルタン゠デ゠ザルク小教区の助任司祭で、ソルボンヌの博士でもあったニコル・ル・クレールが、哀れにもひとり残され、一体全体どういった経緯《いきさつ》で、マルグリットの『鏡』が悪しき書に分類されたのかを説明させられるはめになった。その言によると、『鏡』は、神学部の許可なしに出版された神学書と勘違いされたために、「まったくの偶然により」何冊かの有害な書籍と、すなわち「『パンタグリュエル物語』や『御万古の森』といったあの汚らわしい」« *obscoenos illos Pantagruelem, Sylva cunnorum* » 書籍などなどと、混同されてしまったのだという。

この説明は説得力に欠け、とても額面どおりには受け取れない。そもそも哀れなル・クレールは、国王の実姉の著作を検閲しようとする試みのいっさいを否定しようと躍起になっている。であるならば、『鏡』が危うく混同されそうになったという、当の書物を彼が貶してみせるのは、理の当然であろう。右の引用中に見られる *obscoenos* という形容詞を付加したのも、おそらくル・クレールであろう（カルヴァンである可能性は排除できないが）。この形容詞の微妙な意味合いを正確に推し量るのは無理にしても、『御万固の森』*La Forest des cons*（*Sylva cunnorum*）なるタイトルの書にあてがわれているのは明らかである。だが、神学部が『パンタグリュエル物語』を検閲のうえで発禁処分にしたかったのは、この語に現実にいかなる意味をあてるにしろ、ただたんにそれが *obscoenus** だったからにすぎないのだろうか。この事件では、カルヴァンこそ、事の次第を直接われわれに伝えてくれる唯一の証人だ、と見なされがちである。だが、実はラブレーの著作そのものから、この一件を、より明確に推測することが可能なのである。

* 当時の意味としては、「汚らわしい」、「いやらしい」くらいの意味もありうる。なお、当時も現代も、フランス語の obscène(s) には、「猥褻な」の意味がある。

まず、最初に簡単に推測できるのは、『パンタグリュエル物語』を検閲し発禁に処そうとしたソルボンヌの企てが実らなかったという点である。『パンタグリュエル物語』は一五三三年および一五三四年に、ソルボンヌの発令が直接効力を発しないリヨンのみならず、それが効力を発揮するパリにおいてすら、再版されているのである。ソルボンヌが一度も発禁処分の試みに手を染めていなかったというわけではない。というのも、『ガルガンチュア物語』の中には、ソルボンヌの『パンタグリュエル物語』への批判が、「猥褻」以上のものを標的にしていることを、明白に示唆している記述が見られるからである。つまり、「猥褻」という烙印を押してすむ話ではなかった可能性すらある。少なくともあるひとつの主題について、ソルボンヌ側は、きわめて神学的な糾弾を行なっているのである。『ガルガンチュア物語』の第二章〔「第一章」の誤りであろう。渡辺訳 p.23, 宮下訳 p.29〕で、ラブレーはこう述べている。「今のガルガンチュアに至る系図と古い家系についてお知りになりたい場合には、『ガルガンチュア大年代記』をひもとかれるのがよろしかろう」と。その後、愉快な冗談を連ねた後に、彼はこう付け加えている。

神の至高の恵みにより、ガルガンチュアの古い家柄と系図とは、他の誰の場合にもまして完璧なままに保たれ、われわれにまで伝わっております。ただし、救世主さまの家系図は別格でして、ここで私がお話するわけには参りません。私にそんな資格はございませんし、そんなことをすれば、悪魔ども（とはつまり、もっぱら誹謗中傷を得意とする連中や偽善の輩どものことですが）が大反対するに決まっているからです。〔渡辺訳 p.25, 宮下訳 p.32. 原文に出典指示は見当たらない〕

この箇所は、誹謗を事とする悪魔的なソルボンヌの偽善者たちが、『パンタグリュエル物語』の中でキリストの系図をパロディーの対象にしたとして、ラブレーを告発したことをみごとに暗示している。偶然の一致とは面白いもので、ずっと最近になってすら、ラブレーは同じ非難を批評家たちに浴びせられているのである。* ラブレーのほうは、そんな意図は皆目なかったと否認している。実際、彼の系図はキリストのそれとは無縁であり、彼のその主張も正しい。『パンタグリュエル物語』中の系図は〔『パンタグリュエル物語』第一章〕、新約聖書中のキリストのどの系図とも、まったく似通っていない。一五三三年の版ではさらに顕著となるが、一五三二年の版においても、ガルガンチュアの系図は旧約聖書をもじったジョークに留まっており、ミドラシュ〔古代ユダヤの聖書註解書〕の註解を参照しつつ、旧約の家系図のリストを笑いの源にしているにすぎないのである。ただしソルボンヌのほうは、『パンタグリュエル物語』を、「神の系図」を茶化したという理由で告発しようとした可能性がある。もちろん、ラブレーは十分に強力な庇護を受けていたから、心配するには及ばなかった。ただ、自分は無実だと確信していたから、なおさら憤懣やるかたない思いだったのである。

* 二十世紀初頭に、アベル・ルフランがラブレーを「無神論者」であったと主張したことを、おもに指しているのであろう。その後、リュシアン・フェーヴルがこの意見に反駁している。

ラブレーはみずからの意図を明確に示すべく、一五三三年に出版された『パンタグリュエル物語』の版の中で（この版は、彼自身が校閲したテクストに基づく二つ目の版である）、いくつかの——と言ってもごくわずかな数だが——修正を加えている。クロード・ヌーリーはすでに亡くなっていたので、彼は『パンタグリュエル占い』の印刷と出版を請け負ったフランソワ・ジュストに、『パンタグリュエル物語』の改訂版を刷って刊行するよう、話を持ちかけたのである。特定の見地からみると、いまやジュストは、ラブレーのフランス語作品を手掛ける印刷業者であり、一方、セバスチャン・グリフィウスは、彼のギリシア・ラテン語作品をもっぱら引き受ける版元となっていたのである。(4) さて、フランソワ・ジュストがラブレーに、『パンタグリュエル物語』の内容を和らげるよう圧力をかけたことなど、まったくありえない。そもそも一五三三年版『パンタグリュエル』は、ジュストが一五三四年に世に出す版に比べれば、若干穏当と言えるが、初版と比べればずっと攻撃的に仕上がっているのだ。この版では、かなり重要な変化が施されている。巨人たちの系図はこうした変化により、冗談の風味がますます旧約的になっているのである。たとえば、エリュクスの名前の後に、ラブレーは「皮コップの手品の発明者であった」という一節を付け加えている。さらにエティオンの名の後には、「ベルタキヌスも証言しているように、真夏に冷たいものを飲まなかったばかりに、初めて天然痘〔梅毒とも解しうる〕にかかった人物」と加筆している。こうした各節は、旧約聖書特有の説明的な挿入句を強く思わせるものであり、新約聖書とはまったく繋がらない。ちなみに、引用部で当てこすりの標的にされているのは、あのアコルソ派の法註解学者ベルタキヌスである。

　同種の説明的な挿入句は、この他にもいくつか存在している。それらは、「申命記」をはじめとする旧約聖書の各書に見られる説明句を、好意的にパロディー化したものにすぎない。* こうしたいくつもの挿入的表現は、それ自体がすでにユーモラスであるうえに、多少とも聖書に親しんでいる者ならば、これらの挿入句を目にしても、ラブレーのパロディーがキリストの家系図をもじっている、などとは絶対に考えない[5]。

＊ 原文には「申命記」Deuteronomy とあるが、ここはむしろ「創世記」Genesis とするほうが適切かと思われる。

　ここに、ソルボンヌはただ漠然と「猥褻さ」を非難しているのではなく、確固たる神学的な異議申し立てを行なっているという、明白な証拠があるのではなかろうか。さらに言えば、ラブレーのほうもこの点を事前に察知し、あらかじめ手を加えて、最初の「年代記」の一五三三年版の読者に、一点の疑いも抱かれぬよう工夫したとは言えないだろうか。一五三三年におけるその他の加筆――たとえばパニュルジュの奇怪な英語の演説など*――の動機は、読者を喜ばせたいという点に尽きる。だが、ラブレーがみずからの書物の攻撃性を和らげる気などさらさらなかったことは、サン・ヴィクトール修道院の書籍目録が増大している点に見てとれる。新たに加わったすべての書籍ではないにしろ、その多くが、神学的に見て非常に攻撃的な意図をはらんでいるのである。たとえば『免罪符のプロフィトロール』*La profiterolle des indulgences* だが、これは、「プロフィトロール」*profiterolle*（ケーキ菓子）と、聖職者の一部が免罪符から引き出そうとした「利益《プロフィ》」*profit* とを掛けたわかりやすい語呂合わせになっている。こうした洒落も手伝って、この書名は、ラブレー側に妥協の意思がないことを強く示唆しているのである。さらに、ソルボンヌのある指導的人物が、ここの連中の鯨飲馬食の傾向を嘲笑した書物の著者として、実名で俎上に載せられている。『肉汁の使用法ならびに上品な暴飲について』 *De brodiorum usu et honestate chopinandi* 〔渡辺訳 p.55, 宮下訳 p.92〕。この「傑作」は、一五二三年に亡くなったソルボンヌの元教授シルウェストル・ド・プリエロの作とされている。彼は、ルターの敵として名をはせ、かつ免罪符制度の擁護者としても知られていた。その本物の著作『シルウェストリーナ』が、一五三三年にリヨンで再版されている。だからこそ、ここでの嘲笑的なカタログ上でも、彼は復活を果たしたのであろう。

＊『パンダグリュエル物語』第九章。渡辺訳 p.77, 宮下訳 p.124. 実際はスコットランド語だが、英語に変えられている版も多い。

もっとも、図書館の目録に加えられたものの、あまりの大胆不敵さゆえに、姿を消さざるをえなかった書物がある。たとえば一五三三年版で登場しながら、一五三四年版にはすでにリストから落ちている、『聖務日課の時禱朗唱法に関するアリストテレスの九書』 *Aristotelis libri novem de modo dicendi horas canonicas* (*Pant., EC* vii, *87-98 var.*)〔渡辺訳 p.57, 宮下訳には記載なし〕。ソルボンヌが、聖パウロよりもアリストテレスをずっと重用している、というのは、当時の福音主義者が冷笑的に使った決まり文句であった。実は同様の非難の文言が、当時の福音主義的な偽書、それも大胆不敵なことに、当時追放中だったソルボンヌの理事ノエル・ベダに帰せられ、かつベダの新教徒としての信仰告白を綴ったとされる書物に掲載されたのである。この事実に照らし合わせれば、先の書物がリストから削除された理由も、おおよそ見当がつく。件の書『ノエル・ベダ師の信仰告白』 *Confession de Foy de Maistre Noël Béda* は、一五三三年十二月二十日、クロード・ヌーリーの義理の兄弟ピエール・ド・ヴァングルによって、ヌシャテルで印行・出版されている。連座制というのは今に始まった制度ではない。フランソワ一世は、この書物の出版に激怒したのである。もちろん彼は、これがたんなる偽書なのか、それともタイトルが明言しているとおり、本物の「ノエル・ベダ師の信仰告白とその理由」 *Confession et raison de la foy de maistre Noël Béda* なのか、明確に判別はできなかった。しかし、彼は真実を把握しようと躍起になったのである。

一五三三年の『パンタグリュエル物語』に加えられたもうひとりの著者とその著作、すなわちヤボレヌスの『煉獄の地誌について』 Jabolenus, *De cosmographia purgatorii* は、一五三七年の版まで掲載され続けるが、この年にそっと姿を消してしまう。煉獄の存在に対し公然と疑念を呈することは、ソルボンヌの目には、ますますルター派の色彩が濃いものと映ったからである。もっとも、多くの真正なるユマニストのあいだでは、煉獄を認める伝統的神学に疑心を抱く傾向が、大いに広まっていたのではあるが（*Pant., EC* VII, 87-98 *var.*）〔渡辺訳 P.57、宮下訳には記載なし〕。

　パンタグリュエルの滑稽な系図とキリストのそれとを混同するのは問題外であることを踏まえるならば、ラブレーにも、彼の印刷業者にも、まったく妥協する気がない事実を最も如実に示しているのは、やはりフランソワ・ジュストがこの版〔一五三三年のジュスト版〕のために用意したタイトルページであろう。ジュストの新しい標語は「イエス・マリア」**JESUS MARIA** であったが、これが、タイトルページを縁取る装飾的円柱に囲まれたティンパヌムの中に、堂々と大文字で記されているのである。彼は一五三三年版『パンタグリュエル物語』にこの標語を掲げ、加えて自分の名前と住所〔印刷工房のある通りの名称と番号など〕まで印刷している。さらに大胆なことに、彼は『パンタグリュエル物語』のこの新版は、「神学博士ジャン・リュネル師によって新たに加筆・訂正されている」と公言しているのである。この文言の正確な意味は、はっきりしない。まず思いつくのは、一文すべてが冗談だという解釈だろう。この見方はおそらく正しい。ただし問題は、ジャン・リュネル **Jehan Lunel** という、ローマ在住のフランス人神学者が「実在」していた点にある。ラブレーは果たしてこの人物を暗示しているのであろうか。* それとも、狂気 **lunacy**** を示唆するような名前 **Lunel** をでっち上げて、ソルボンヌの連中を笑い飛ばそうとしたところ、たまたま実在の名前と重なってしまったのであろうか。この一文は一五三四年には削除されてしまい、その後二度と復活することはなかった。しかし、ソルボンヌが、なんとしてでも『パンタグリュエル物語』を発禁処分にしたいという非望を抱いていた一五三三年の時点で、ラブレーはなんと、自分が新たに加筆したテクストは、特定の神学者によってすでに「正しく直されている」、と主張していたのである。この一文の意味する内容が何であれ、「パリの我らが先生たち」に対して、ぺこぺこ頭を下げる気は毛頭ないぞ、というメッセージが込められているのは間違いないだろう。

＊　数行前までは、ジュストがこの一文を加えたように書かれているので、曖昧さが残る。おそらくジュストがラブレーの意向を汲んで書き足したのであろう。

＊＊　フランス語の「月」lune から派生した語。月の満ち欠けにより精神異常が生じると信じられていたことに由来する。

ソルボンヌのむき出しの反感をよそに出版された、一五三三年版『パンタグリュエル物語』は、ラブレーとその印刷業者とが、いかに強力な庇護の元にあったかを証明している。もしそうした庇護下になかったとしたら、あれほどの敵意に燃えている相手を挑発するなど、無分別きわまりない愚行だったところだ。不利な条件が重なっていれば、即座に牢獄ないしは火刑台送りになっていたかもしれないのである。間違いなくジャン・デュ・ベレーの、そしておそらくはデュ・ベレー一派全体の庇護を受けていたので、ラブレーは、さらに内容が濃く興味の尽きない一五三四年版の『パンタグリュエル物語』を準備し、『パンタグリュエル占い』を刷新し、さらには『ガルガンチュア物語』の少なくともいくつかのエピソードに、最後の仕上げを加えることができたのである。

『パンタグリュエル物語』の場合と同じく、『パンタグリュエル占い』にも修正が施されている。最初の『占い』は、「一五三三年用」であった。その後、「一五三五年用」に、重要な改定と加筆がなされている。このテクストは、おそらく一五三四年に印刷されたと思われるが、もしこれが「旧暦（ユリウス暦）」の一五三四年であるならば、印刷時期は一五三五年の復活祭ごろまでずれ込んでいたかもしれない。もっとも、その可能性は低いだろう。以上の二版のあいだに、今では紛失しているが、おそらくは一五三三年の刊行と推定される、第三の版が存在している。その版の現代に伝わっているわずかな断片を調べると、ラブレーがすでにこの時点で、みずからのテクストに、細かい文体上の変化を施していることがわかる。

この時期を境に、フランス語で書いた全作品に対して、ラブレーは文体上の配慮をするようになる。その意味でも、一五三四年にフランソワ・ジュストによって出版された『パンタグリュエル物語』のテクストは、この「年代記」の版のなかでは最も価値の高いものである。この版とそれ以前のすべての版を比べてみると、ラブレーがここでは自分のテクストをより古風で、同時に構文上もより引き締まった文体に仕上げたがっていたのがわかる。さらにまた、初期の『パンタグリュエル物語』や『ガルガンチュア物語』のいくつかの逸話では、古典的な衣装をまとっていた古代の名称を、よりフランス語風に書き換えようとする傾向があることもわかる。そのうえ、同種の細部へのこだわりから、ラブレーは昔ながらのフランス語表現を改め、それらをよりユマニストらしい表現に置き換えようとするようになっていく。ほぼ同時期に複数のテクストに見られるこのような変化は、ラブレーがあるテクストを執筆ないし改訂した時期を知るうえで、重要な指標になると考えられる。また、いくつかの変更には、曖昧さを払拭しようとした節がうかがえる。たとえば、パニュルジュが自分の生まれ故郷を指して「フランスの庭」と述べている箇所に、ラブレーは「つまりトゥーレーヌ」という一言を加えているのである（*Pant.*, IX, *TLF* 122 *var.* ; *EC* 141）〔『パンタグリュエル物語』第九章、渡辺訳 p.84, 宮下訳 p.133〕。

細部にこだわったこの種の修正を見れば、それが時間をかけて丹念に行なわれた仕事であることがわかる。これがたんなる加筆の場合なら、そこかしこに仮に重要な補筆を行なう場合でも、大急ぎでできないわけではないだろう。しかし文体上の委曲を尽した修正となると、どうしても時間をかける必要がある。こうした事実は、実は多くを物語るものである。たとえば『ガルガンチュア物語』は、その出版に当たって、先の例とは反対に、大急ぎで書き上げられた痕跡があちこちに見られる。つまり、細部にわたる見直しや修正を行った様子が、まったくうかがえないのである。

細部にわたる訂正に加えて、一五三四年版の『パンタグリュエル物語』には、重要な加筆も行なわれている。それらは大雑把に言って二種類に分類できよう。つまり、諷刺は抑え気味にして、もっぱら笑いを引き起こすのを狙った一群と、明らかに諷刺を意図した一群である。

「面白おかしい」加筆の例としては、鼻が巨大化してしまった巨人族の逸話（そこにはラブレーが個人的に知っている二人の人物への言及も見られる）や、サン・ヴィクトール図書館に加えられた多くの書籍名のいくつかが挙げられよう。後者の書名のすべてに、諷刺的意図が必ず込められているとは、とうてい言えないのである。

『パンタグリュエル物語』の初版には辛辣な諷刺が見当たらないため、一五三四年版で書き足された諷刺的な箇所は、そのぶんよけいに際立って見える。もちろん、すべての加筆が辛辣だというわけではない。加筆部分のなかには、法の註解学者に対する、面白おかしい当てこすりがさらに展開されている箇所も見当たる。たとえば、ずいぶん長ったらしい書名の中に、アコルソ本人の名前が出てくるのである〔サン・ヴィクトール図書館の蔵書目録への加筆部分〕。ラブレーのそのころのローマ滞在が反映している書名も見出せる。[6]だが同時に、ルターの不倶戴天の敵たるスコラ派の連中（たとえばエラスムスの論敵としても知られるヨハン・エック）をあくまで嘲笑し続け、あるいはロイヒリンの敵で反ヘブライ学を標榜する連中をせせら笑い、あの『無名人書簡』に込められたのと同種の諷刺的な意図を色褪せさせまいとする、本気そのものの箇所も見つかる。[7] 一五三四年に加えられた「ひたすら滑稽なだけの」書名に混じる形で、ソルボンヌのスコラ派神学者に帰せられた「愚作」も新たに組み入れられている。一五三四年の景色のなかでは、この種の冗談は、たんに面白おかしいだけでは決してすまなかった。この当時、笑いは、いくら開放的で、憎しみなどとは無縁であったにしても、やはり何らかの実践的意図《コミットメント》を包含せずにはいなかったのである。[8] いまや、一見滑稽な言葉遊びを通して、どこか苦々しい思いが滲《にじ》み出てくる。たとえば、トーマストが議論のための議論を避けることに同意し、そんなものは「ならず者のソフィスト」maraulx de sophistes〔渡辺訳 p.149, 宮下訳 p.235〕に任せておけばよい、と述べるとき、彼が言わんとしている事柄は一目瞭然である。というのもこの当時は、ルター派ないし福音主義者の誰もが、反動的なスコラ派神学者たちを指すにあたって、「ソフィストたち（詭弁学者たち）」*sophistae* という用語を普段から使っていたからである。もっとも、一五三四年にかぎれば、この「ソフィスト」が具体的に誰を指すかは明白であった。なぜなら、彼らソフィストたちは、「ソルビヤン *Sorbillans*、ソルボナーグル *Sorbonagres*、ソルボニジェーヌ *Sorbonigenes*、ソルボニコル *Sorbonicoles*、ソロボニフォルム *Sorboniformes*、ソルボニセック *Sorbonisecques*、ニボルスィザン *Niborcisans*、ボルソニザン *Borsonisans*、サニボルサン *Saniborsans*」（*EC* XVIII, 155 *var.*）などと「名指し」されているからである〔渡辺訳 p.149, 宮下訳 p.237, note (21)〕。このコントルペトリ *contrepétries** が、相手を嘲笑するうえでどれほどのパンチ力を備えていたか、ぜひとも肌で実感してみたいものである（コントルペトリを英語式に「スプーナリズム」*spoonerisme*「頭音転換」と呼んでしまうとあまりピンとこない）。ニボルスィザン *Niborcisans* もボルソニザン *Borsonisans* も、ソルボニザン *Sorbonisans*〔「ソルボンヌぶる人々」の意味〕のアナグラムとなっている。サニボルサン *Saniborsans* も同様（ほぼ同様）だが、唯一の違いは、最初の **a** が、本来くるべき **o** に取って代わっている点だろう。「ソルボンヌの崇拝者たち」を意味する言葉を、このように滑稽に分解してしまう手法は、愉快かつ効果的である。もっとも、右に列挙したなかの最後の三つの変形語の背後に隠れている意味合いを把握しなければ、喜劇的効果は部分的にそがれてしまうだろう。ここにはおそらく、俗ラテン語の「ボルサ」*borsa*（*bourse*:「学業のための奨学金」、「支給金」の意味）という語による遊戯が潜んでいる。ソルボンヌは、「サンブルス」*Sansbourse*〔Sans bourse:「奨学金なし」〕、つまり、学生のものである奨学金をちょろまかす場所である、と非難しているのだろう。この仮説が正しければ、ルネ・デュ・ベレーがソルボンヌに対し、大学改革を行なうよう圧力をかけた事実と、これはみごとに符合している。あるいは、「ブルス」*bourse*という語は当時「睾丸」をも意味しえたから、これら一連の語は、彼らソルボンヌの連中が、去勢された男たちだ、「タマキンないない男」の集まりだ、と言っているにすぎないのだろうか。

＊　二語間の文字あるいは音節を相互に置換して、もっぱら滑稽な効果を狙う言語遊戯。有名な例は、**« femme folle à la messe et molle à la fesse »**:「ミサ気違いで尻の柔らかい女」。

諷刺の効いたこうしたコントルペトリのなかでも最も効果的なそれに出合うには、本書のラストに加えられたパラグラフまで待たねばならない。ラブレーは、あらゆる困難にもかかわらず、ここでも実に効果的な諷刺を際立たせている。一五四二年の版においてすら、ラブレーは、いっさいの圧力にも自重の必要性にも屈せず、これを削除していない。これらの数節は、書を閉じる直前の、最後に読む箇所に配されているため、『パンタグリュエル物語』全体の印象を大きく変え、もはや愉快なテキ屋の口上で陽気に終わる書物ではなくなっているのである。それどころか、皮肉交じりの憤怒、いや、毒気さえ感じさせる怒りのうちに幕を閉じているのだ。つまり、楽しい笑いにのみ捧げられた一書の最後の最後になって、読者は突然憎しみを覚える方向へと引き込まれてしまう。曰く、「こうした連中は、私にならって、避けるにしくはなく、唾棄するにしくはなく、憎み倒すにしくはない」〔渡辺訳p.242,宮下訳p.382〕さらに、「穴から覗き見している」連中、つまりは秘かに監視している連中を、信用なんぞすべきではない、と読者は告げられる。非難の言葉はまだまだ積み上げられていく。ここで憎悪の対象となっているのは、ソルボンヌに巣食う検閲官の坊主たちであり、「パンタグリュエル」にまつわる書物をこっそりと読んだうえで、今度は公の場でそれらに迫害を加える者たちである。彼らは偽善者なのだ。ただ単に放埒な修道士であるだけではない。彼らのようなのを専門用語で「サラバイト」*Sarabaites*というのだが、そこに牛のごとき鈍重なニュアンスが加えられて、実際は「サラボヴィット」

Sarabovittes と呼ばれている。* 彼らは本性を隠しており、悪魔に仕える者たちであり、虚偽の父であり、罪無き者に害を加えんとする手合いである。「つまりは、非難ケツかり、ものケツ非難し、ケツケツ難詰し、囂囂タマキンし、悪魔もどきにケツ振り回し、結局のところ、こうして誹謗中傷に明け暮れている」連中なのである。** 全体が憎悪に満ち満ちているなかで、苦々しいとはいえこうした笑いを誘う箇所に出遭うと、ほっとする。

＊　「サラバイト」は自堕落な生活を送るエジプトの修道士。それに、「牛の」を意味する《bovin(e)》という語を組み込んだのが「サラボヴィット」。原文ではこちらが使われている。渡辺訳 p.241, 宮下訳 p.380.

＊＊　《cul》「ケツ」を使ったさまざまな造語を駆使した箇所。渡辺訳 p.242, 宮下訳 p.382. 両方とも「かくかく」、「びちびち」、「ぎくぎく」などの擬音語を駆使して戯訳している。

この言葉遊びを通してわれわれ読者が直面するのは、「非難ケツかり」*articulant* という言葉に凝縮されている、ソルボンヌの恐るべき脅威である。彼らは、異端の廉で相手を非難・告発するための「規則」articles を作り出す権利を、手中に握っているからである。この用語の中で、ラブレーは *cul*「ケツ」という音節を分離している。この操作により、読者は、普通なら「偽善者の」を意味する形容詞 *torticol*（原義は「歪んだ首」）が、*torticul*（「歪んだケツ」）という滑稽な語に変貌するのを楽しめる。*cul*「ケツ」は、ソルボンヌの連中が、卑小なデーモンとして振舞っている、つまり「悪魔もどきにケツ振り回し」*diabolicualant* ているというくだりでも維持されている。さて、悪魔云々から即座に「誹謗中傷に明け暮れる」*calumniant* という語へと移行する過程で（ここでは *cul* を構成する *c* と *u* と *l* とが、突然再配置され、意味深長な風を呈している）、読者は、学識に基づいた喜劇のクライマックスへと導かれる。「デヴィル」*diabolus* という語に、特別の意味があることに気づかされるからである。ギリシア語では、この語が「中傷者」、「誹謗者」、「偽の告発者」を意味していたが、実はこれは、ルネサンス期における重要な再発見であった。エラスムスやラブレーといった最も偉大な作家たちですら、この語源学の観点から、サタンとその業に関し、深い真理を暴き出せたと考えていたのである。たとえばエラスムスは、ヴィリバルト・ピルクハイマー* に宛てた手紙の中で、巧みな表現によりこう問うている。「ギリシア語でデヴィルを意味する語は何に由来するであろうか。それは、高利貸しでも姦通でも窃盗でも、その他諸々の悪徳でもなく、実は誹謗中傷に由来するのである」。ここから彼は、この言葉を、この世における「悪魔の手先ども」に献上することになる。（*Erasmi Epistolae* III, p.118）

＊ ヴィリバルト・ピルクハイマー（一四七〇―一五三〇）ドイツの人文学者。ギリシアの古典や教父文書をラテン語訳し、人文主義者の中心的存在として活躍する。

加筆された最後の数パラグラフを読むと、確かに言語上の面白さは堪能できるものの、それまでの幸福感が裏切られたという印象は拭えない。あふれんばかりの喜びは苦々しさへと変じ、愉快などんちゃん騒ぎは乱暴な喧嘩へと変じてしまっているのである。

この変質は、ある意味で決定的なものである。なるほど、その後の作品のさまざまな箇所で、ラブレーは、『パンタグリュエル物語』におけるよりもずっと高度な喜劇的手法を駆使してみせる。だが彼の喜劇的作品が、『パンタグリュエル物語』の初版以上に、無邪気かつ素朴に楽しさを振りまいている（そういうことがありえるとしての話だが）ケースは、実はめったにない。ところが、『パンタグリュエル物語』で最も読まれない版というのが、まさにその初版なのである。したがって、ヴェルダン＝ルイ・ソーニエが、*Textes Littéraires Français*（*TLF*）叢書のために『パンタグリュエル物語』の校訂版を編んだ際、初版を底本としたことは、この版が、異文《ヴァリアント》に関して多少不完全であるとはいえ、大変重要な出来事であった。ラブレー作品の醍醐味を味わい尽くすためには、まずはそれらを初版で読んでみる必要がある。その後、決定版に至るまでに加えられた変化を追って行かねばならない。さらに、彼が生きた時代の歴史的背景を見据え、そこから、最初の刊行時にラブレーが伝えたかったこととは何か、また、その後のテクストへの加筆ないしは削除が含意していることとは何かに関し、手掛かりを見出していくべきなのである。

第五章　『ガルガンチュア物語』および『一五三五年用の暦』

1　『ガルガンチュア物語』：大急ぎで印刷された宮廷向けの作品

一見したところ、『ガルガンチュア物語』は『パンタグリュエル物語』に非常に似ている。またもや巨人のお話であり、タイトルと同名の主人公の誕生と幼年時代、および騎士としての活躍を、英雄風に茶化している物語であるからだ。また、一作目で重要な役割を担ったテーマ、たとえば教育などが、この二作目にも再登場している。さらに言えば、ここにも、豊かでしなやか、そのうえ学識にあふれ、かつ遊び心にも満ちた言語を創造する、あの非凡な才が遺憾なく発揮されている。こうした言語世界を創造できるのは、文学的言語がまだ確立も固定化もしていない時期に、その天才を開花できた作家に限られよう。大まかに見れば、『ガルガンチュア物語』は、『パンタグリュエル物語』とほぼ瓜二つのように映る。しかも、グラングズィエ Grandgousier、ガルガメル Gargamelle およびガルガンチュア Gargantua といった巨人の家族の名前はすべて、現実的か想像上かの区別はあるものの、何らかの形で飲食と、あるいはフランス語で言うところの「ゴズィエ」*gosier*（喉）、さらにはプロヴァンスやラングドックの方言でこれに該当する言葉（「ガルガメロ」*gargamello* と「ガルガメラ」*gargamella*）と密接に繋がっている。この点からも、二作品の類似はさらに顕著に思われてくる。

もっともこうした類似点は、総じて表面的なものにすぎない。むしろ、両者の相違点のほうがより目を引く。『パンタグリュエル物語』の一部をなす、あの学識を下敷きとした喜劇のはらむ難解さ――ベーズキュとユームヴェーヌとの法廷論争、ないしはパニュルジュの操るいくつもの外国語――が、『ガルガンチュア物語』中にはほとんど見当たらない。ラブレーは、この種の手法に訴える必要を再び感じた場合には、一般的に『パンタグリュエル物語』に加筆するか、あるいは、読者をこの第一作へと送り返すかしている。もっとも、第二章の「阿保さ加減の解毒剤」*Les Fanfreluches antidotées* という不可解な詩だけは例外といえる。この謎の詩は、今日のわれわれにはまったく「ちんぷんかんぷん」である。だが、はたしてこの書が上梓された時もそうであったのだろうか。『パンタグリュエル物語』や『大年代記』のさまざまな版に描かれた、とてつもなく粗野な飲み食いについては、『ガルガンチュア物語』はまったく異なった風に把握している。『パンタグリュエル物語』の場合は、はなはだしい貪食や恐るべき喉の渇きなどは、登場人物の根本的なありさまと密接に結び付いている。つまりこの第一作にあっては、ラブレーがくり返し思い出させてくれるように、巨人パンタグリュエルは、自分の出自である、あの渇きを引き起こす小鬼のイメージを、完全に断ち切れてはいないのである。『大年代記』においても、飲み食いは、巨人たちの桁外れな巨大さを強調する機能しかはたしていない。『ガルガンチュア物語』の場合、牛飲馬食のシーンは滑稽ではあるが、そこにはより深く新しい意味が込められてもいるのだ。飲み食いは、最初のうちは楽しい道楽と見なされているが、ちょうどヘンリー五世が、若き日に共に飲み騒いだ仲間たちと綺麗さっぱり縁を切るように、* ここでの登場人物たちもまた、最終的には飲み食いに完全に背を向けることになる。暴飲暴食は最後には、われわれ読者によって笑い飛ばされる営為になってしまうのである。貪食が巨人の属性と見なされているのは、最初の数章にかぎられる。そこでは確かに、粗野な道楽に暖かい眼差しが注がれている。しかしその後は、ユマニスト流の新しい教育によって、ガルガンチュアは、怠惰で無知で愚昧な無骨者の状態から救い出され、『第三之書』に登場する賢者〔パンタグリュエルのこと〕に近い人物へと変貌を遂げるのである。ほとんど奇跡的とも言えるこの変身《メタモルフォーゼ》――「その当時博識で鳴らした医者セラファン・カロバルスィー** Seraphin Calobarsy（フランソワ・ラブレー Phrançoys Rabelais その人）先生」の教育によって初めて可能となった変身《メタモルフォーゼ》――は、まるで魔法のように他の登場人物にも影響を及ぼしていく***（*Garg.* XXI）。グラングズィエも初めのうちは、ちょうどパンタグリュエルがパニュルジュの粗暴な振舞いに寛大であったのと同じように、ガルガンチュアのとんでもない粗野な行ないに対し、間抜けなほど甘いままであった。ところが、『ガルガンチュア物語』も終わりに近づくころには、グラングズィエもまた、プラトンが理想とした「哲学者＝王」の素晴らしい模範になっているのである〔いわゆる「ピクロコル戦争」で描かれたグラングズィエを指す〕。冒頭に近いページ上では、田舎くさい巨人たちが臓物料理の大宴会に興じるのを優しく見守っていたこの作品も、結局は、テレームの僧院が見せる洗練の極みと、宗教的弾圧に「最後まで」抵抗しようという感動的な呼びかけのうちに、幕を閉じるのである。

＊　シェイクスピアの史劇『ヘンリー四世』に登場する王子と、フォールスタッフら放蕩仲間のこと。
＊＊　名前はアナグラム。なお、セラファン・カロバルスィーは初版に現れる名称。その後はテオドールとなる。『ガルガンチュア物語』渡辺訳 p.114, 宮下訳 p.189.
＊＊＊　初版での第二一章を指す。一五四二年版（フランソワ・ジュスト書店刊）を底本にしている渡辺訳、宮下訳では第二三章。

物語全体の布地の中には、ルキアノス風の諷刺が効いた、楽しくかつ芸術性の高い話が織り込まれている。もっとも、この豊かな喜劇的作品には、まったく別種の、いわば人間性に関する深く真剣な洞察も織り込まれている。ユマニストとして蓄えた学識を、新しく刺激的な仕方で、コミカルな状況、真面目な状況の双方に応用するプロセスを経て、古典古代や福音主義を土台とした研究がついにここに花開いたのである。『パンタグリュエル物語』の世界は、純粋な喜劇的世界がしばしばそうであるように、ほとんど変化がない。これに対し『ガルガンチュア物語』の世界は、移行期にある世界である。この移行は決定的なものだ。なぜなら、われわれはここで、無道徳的なお祭り騒ぎに満ちている『パンタグリュエル物語』の世界ときっぱり決別し、道徳的な笑いが次第に高まりつつある世界へと、新たに分け入りつつあるからである。そして、この世界にわれわれを導いてくれるのは、キリスト教を奉じるひとりのユマニスト、それも、ホラティウスが言わんとする偉大な著作家の高みに達したい、と欲しているひとりのユマニストである。もちろん、その理想像とは、ルネサンス期の思索家たちが『詩論』の中に読み取ったそれである。« *Omne tulit punctum qui miscuit utile dulci.* »、すなわち「道徳的に有用なるものと美学的に快きものとを混和しうる者こそ、最大の好評を博するであろう」。

『ガルガンチュア物語』の、少なくともその一部が、『パンタグリュエル物語』の出版の直後に執筆されている事実を思い出すならば、二つの作品がこれほど異なっているのは驚くべきことである。学者のなかには、『ガルガンチュア物語』の初版が、『パンタグリュエル物語』の初版刊行後、一年半以内に世に出たと主張する者すらいる。ただし約三年の隔たりを設定する学者もいる。だが、最長の場合ですら、実は驚くほど短い。というのも、ラブレーは専業の作家でもなければ、好き勝手に暮らせる隠遁者でもなかったからである。彼は多忙の人であった。医者として、学者として、植物学の専門家として、そして外交官として、繁忙を極めていたのだ。ローマとのあいだを往復し、学術書を出版し〔ラブレーは古代の医学書や地誌などを刊行している〕、『パンタグリュエル占い』のために筆を執り、『パンタグリュエル物語』を何度も改訂せねばならなかったのだ。彼はまた、当時の公的な事柄に深く関わっている人物でもあった。彼自身、より正確には「作者」自身が、『ガルガンチュア物語』の序詞の中でこう漏らしている——これらの「年代記」は、休息のための時間に、つまりは飲み食いをしている間に、口述されたのだ、と〔渡辺訳p.21、宮下訳p.26〕。もちろん、多少は割り引いて考える必要があろうが、この言い分はかなり事実に近いと思われる。

『パンタグリュエル物語』が、練りに練られた作品であるのに対し、『ガルガンチュア物語』の少なくとも初版はそうではない。そもそもラブレーは、ゲラ刷りにも目を通していない。この作品に含まれる誤りの種類を検討すれば、植字工、版元のいずれも、ラブレーに直接当たって、その手書き原稿《マニュスクリプト》で遭遇した疑問点を晴らそうとした形跡が、まったくないことがわかる。そもそも、猛スピードで執筆したり、見直しをしなかったり、途中で気が変わったりしたために、手書き原稿そのものに、少なからぬ不整合が生じたに違いない。このテクストは、一五三四年以降、『パンタグリュエル物語』の校訂を重ねるにつれラブレーが徐々に削除するようになっていった、文体上や文法上の形態ないし構文を、いまだに多く残しているのである。序詞に加えて多くの章が、「新しい文体《スタイル》」で書かれている一方で、以前の古い習慣や癖を残している章も相当数にのぼる。話の筋立てからして、本来パリを舞台にすべきところで、トゥーレーヌの名前が使われている箇所などもいくつか存在する。ラブレーは、一五三五年という出版年代が明記されている第二版において、これらの間違いの多くを訂正している。舞台をパリに移すと決定したのは、かなり遅かったようである。これは、最初のうちはソルボンヌをほとんど念頭に置いていなかったこの「年代記」において、やはりソルボンヌを徹底的に笑いものにしてやろう、との魂胆が再び頭をもたげてきたからであろう。それに続いて、作品のそこかしこで見られる奇妙な表現を変更する必要もあったが、彼の新しい印刷・出版業者であるフランソワ・ジュストに、大慌てで手書き原稿を渡したラブレーには、まだそんな余裕はなかったのである。[1]

彼がなぜこれほどまでに不注意かつ性急であったのかを知るのは困難であるが、この謎は、われわれの興味をそそってやまない。はたしてラブレーは、ジャン・デュ・ベレーに随伴してローマに出立するにあたり、一五三四年一月、フランソワ・ジュストに手書き原稿《マニュスクリプト》を急いで渡したのであろうか。あるいはもっと後になって、たとえばリヨンから一時的に立ち去った際か、もしくは一五三五年二月にリヨン市立病院《オテル・デュー》から突然姿をくらました際に、この作品を出版したのであろうか。こうして出版年代を特定するのは、決して無意味なことではない。『ガルガンチュア物語』の新たな地平とは、この第二作目の「年代記」の出版時期をより正確に割り出せないかぎり、どの国内の事件または国際的な出来事を、我らがキリスト教的ルキアノスが笑いに供しているのか、確かなことを知りえなくなってしまう類のものである。仮に『ガルガンチュア物語』が一五三四年一月に刊行されていたとしたら、この作品は多くの点で本当に「予言的」であったと思いたくなる。そうではなく、一五三四年末ないしは一五三五年初頭であれば、今までの多くの先入観が覆されるだろう。私個人は、後者の仮説をより好ましいと考えているが、疑問がないわけではない。後者の予想年代が仮にありえないと証明されても、前者の一五三四年一月説にもそれなりの魅力がある。

『パンタグリュエル物語』は、静的で、かつ閉じられた世界に属している。それは、本物か空想上のものかは別にして、多様な書物からなる世界であり、一定の職業に通じている者にしか、作品中の随所に見出せる指標の意味を理解できない世界である。後に施された多くの修正によって、こうした側面はさらに強化されている。その一方で『ガルガンチュア物語』のほうは読者に、こうした専門的ないし職業的な知識を、あまり要求しなくなっている。法学的な冗談は一般のより幅広い層に向かって開かれ、医学を下敷きにしたジョークや神学をベースにした喜劇も、学者の書斎から解き放たれて、世俗の教養ある貴族階級の世界へと飛び込んでいった。『ガルガンチュア物語』は、宮廷に向けて著された書物であり、フィリップ・〔ド・〕シャボ〔一四八〇－一五四三〕フランスの初代海軍元帥。フランソワ一世の寵臣で、ピエモンテを征服〕に代表されるような、福音主義を奉じる有力貴族の関心を引きそうな題材を扱っている。同時に、偉大な外交官ギヨーム・デュ・ベレーや、その弟に当たる高位聖職者ジャンといった人物に、（おそらくはきわめて直接的かつ個人的に）楽しいくつろぎの時間を提供することをも、目的としているのである。一見したところ愉快この上ないこの書物の重要なエピソードが、どれも当時の暗い政治的景色の中に置かれている理由が、以上の点から理解しやすくなる〔たとえば「ピクロコル戦争」は、あきらかにフランソワ一世とカール五世とのライバル関係を背景としている〕。こうした逸話を通して、読者は、教会と国家の統一を脅かしつつあった分裂的志向に対し、彼らがどれほどの懸念を抱いていたかを思い起こすであろう。こうした関心は、一五三〇年代の最初の五年間における、デュ・ベレー家の書簡やフランソワ一世の布告にも、その際立った特徴として反映されている。

劇場でときおり、背景となる書割が後方へと退き、舞台にさらなる広がりと奥行きとが加わるのを感じて、心地よい驚きを覚えることがある。『ガルガンチュア物語』もときどき、これに似た驚きをもたらしてくれる。まず、一五三二年版の『パンタグリュエル物語』の最後の数ページの、あの行商人の呼び売りの声、あるいは一五三四年版の激烈な嘲笑から、新刊の序詞の高邁なユマニスムへと入りこんできたとき。あるいはまた、ガルガンチュアが二人の「咳き込み老人」〔渡辺訳 p.86 宮下訳 p.126〕から受けた教育を嘲笑している段から、突然ソルボンヌの諷刺へと視界が広がるとき。さらには、「ガルガンチュアの幼少期」に突如終止符が打たれ、瞬く間に「ピクロコル戦争」の戦野へと引き込まれるときも、われわれは驚きを禁じえない。

こうした根源的な変化の背後には、間違いなく数多くの原因が潜んでいる。そのひとつとして、ラブレーがデュ・ベレー一族と、それまで以上に親密な関係を結ぶようになったことが挙げられる。この関係のおかげでラブレーは、国内で最も身分の高い者たちの内に読者を求められるようになったのだ。だからといって、『パンタグリュエル物語』のころのラブレーが、何の社会的ステータスもない、へぼの三文文士にすぎなかった、というわけではない。彼はすでに本物の名声を博した人物であったが、その評判には限界があった。つまり、まだ地方の学者兼医者の域を出なかったのだ。もしその後の傑作をものしていなかったならば、彼は、学問の歴史の中でも、脚註で言及されるのが関の山であったろう。かなり侮蔑的な言い方になるが、『パンタグリュエル物語』は、まだ田舎臭い書物の域を出ていない。その証拠に、そこで名前が挙がっている実在の人物は、地元の人間にかぎられている。たとえば、ラブレーも属していたリギュージェのベネディクト会修道院院長であったアルディーヨンや、のちにかなり出世するにしても、当時はまだフォントネー・ル・コントのほぼ無名に近い法学者にすぎなかったアンドレ・ティラコーといった人物しか登場しないのである。また、一五三二年にラブレーが刊行した学術書を見ても、*献辞を捧げられているのが、ティラコー、マイユゼーの司教ジョフロワ・デスティサック、そしてアモリー・ブシャールであることが、ラブレーの親交が地方にかぎられていた事実を示している。もっとも、最後のブシャールは国王評定官かつ国務院の主任審理官 *Maître des Requêtes* であったから、ラブレーの若き日の友人のなかではおそらく最も高い地位にあったと思われる。一方で、一五三四年にラブレーが刊行したマルリヤーニの『古代ローマ地誌』は、パリ司教のジャン・デュ・ベレーという、きわめて高位の人物に捧げられている。『ガルガンチュア物語』においても、ラブレーは海軍提督の関心事を知り、それらに言及しうるほどに、その地位は向上していた。さらに、一五二五年のパヴィアの戦いでの壊滅的敗北ののち、カール五世によって至高のキリスト教王が拘禁されたことまで、仄めかすことができたのである。それどころか、身代金の負担の大きさや、(これが最も示唆的だが)現実の敗北そのものにまで、筆を及ぼしてよかったのだ。その際ラブレーは、自分が、高位の宮廷人や外交官の耳を引き付けようとするのは当然であるばかりでなく、みずからが仕える君主を愉しませ、場合によっては彼に助言を与えるという大変な義務すら負っていることが、誰にもはっきりとわかるような、そういう書き方をしている。また、より低い階級の者に言い及ぶ際も、彼には同じ野心が作用していた。たとえば、ラブレーがわざわざ役者の「ソンジュクルー」Songecreux(ジャン・デュ・ポンタレ)に言及する際、一五三二年から少なくとも一五三四年まで、「ソンジュクルー」が他の役者を引き連れながら宮廷に同行し、笑劇を演じてはフランソワ一世を喜ばせていたことを、百も承知で書いているのは間違いないように思われる。のみならず、「ソンジュクルー」の愉快な笑劇が、実のところ、ラブレー自身の芸術観に、有意義な影響を直接与えていた可能性も否めないのである。

* マナルディの『医学書簡・第二巻』『ヒポクラテスおよびガレノス文集』(ラテン語訳)、『ルキウス・クスピディウスの遺言書』。『ガルガンチュア』宮下訳、巻末の年表を参照。

ラブレーが、世界征服の野望を抱いたカール五世を舞台上で偉そうに闊歩させてみたり、パリの神学教授たちの、愚昧で不道徳で間抜けな様子を笑いものにしてみせたりする際に、その話に耳を傾けていたのは、一般の聴衆も含まれるが、おもに前述したような面々だったのである。

2　『一五三五年用の暦』

『ガルガンチュア物語』におけるラブレーの関心の広がりと深化は、彼の文化的および精神的な領域における意識の広がりと深化とを反映している。『パンタグリュエル物語』と『ガルガンチュア物語』の特定の箇所を比べてみると、この事実が非常に簡単に確認できる。たとえば、二つの序詞を比べてもよいし、二つの戦争〔『パンタグリュエル』物語におけるアナルク王との戦いと、『ガルガンチュア物語』での「ピクロコル戦争」〕が提起している問題を比較してみてもよい。いや、さらに明快にわかる方法がある。『パンタグリュエル物語』をほぼ同時期に書かれた『一五三三年用の暦』と、『ガルガンチュア物語』を、それと驚くほど知的にリンクしている『一五三五年用の暦』（この知的近接性は、二つの作品がほぼ同時期に書かれたことをおそらく示唆している）と比較すればよいのである。この場合、独立したきわめて短い作品を対象にするために、ラブレーの関心の新たな位相を容易に摑むことができるだろう。

『一五三三年用の暦』は、一五三三年という年に対する占星術の暗い予言を前にして、フランス人たちに「ひるむな」と鼓舞することを主たる目的としている。つまりこの作品は、プトレマイオスやアラビアの学問の場合と同じく、占星術の伝統的な枠組みの内側で機能しているのである。

一方で、『一五三五年用の暦』は、出だしから威勢がいい。読者は冒頭から、魂の不滅性を裏づけるうえで、伝統的に最強の理性的証拠とされてきた論拠を、目の前に突きつけられる。ここでの議論は、ラテン語で書かれたいくつもの哲学的論考や、ダンテの『饗宴』*Convivio*〔未完の哲学的著作〕などと、まったく同じ出発点に立っている。のちにそれは、モンテーニュの『エセー』を締めくくる、最も洞察力に富んだ章「経験について」の出発点とも重なってくる。その出発点は、アリストテレスの『形而上学』の書き出しから借りられている——ただし、キリスト教会最高の知性たちが、幾百年にわたって行なってきた読解と解釈とが、そこに反映しているのを忘れてはならない。「すべての人間は生来知ることを欲する」。いくつかの権威をすばやく通過したのち、われわれ読者は、死後の生は間違いなく存在する、という結論にさっと運ばれていく。つまり、人間が生まれつき抱いている知識への欲求が、この世で満たされることはありえないが、「自然」Nature が、満たされることの決してない欲求を、われわれ人間に与えるはずがない〔自然は消して無駄を造らない、という考えに発する〕。したがって現世で充足されえないのであれば、必然的に、来世で充足されるはずである。ここでの論証では、聖書からのいくつかの引用が、巧みで説得力に富みかつ感動的な仕方で使われているのを、読者は目の当たりにする。そうした聖書の数節は、さらに何段階かをすばやくへて、ヒポクラテスの『金言集』*Aphorismes*――この作品をラブレーは一五三二年に、ギリシア語とラテン語で刊行している――の最初の言葉の引用へと向かう。曰く、「人生は短く、芸術は長し」。その後、ソクラテスの格言的な表現へと繋がっていく（これはギリシア語ではなくラテン語で引用されている。主としてエラスムスのおかげで、これが権威あるラテン語の格言として定着していたからである）。「我らを超越するものは、我らに関知せず」と。* 次に来るクライマックスでは、読者は、キリストの教えを立派に補完する存在としてのプラトンに引き合わされる。** （*Pant. Prog.*, etc., *TLF* pp.45-47）

＊「人生は短く」、人間の感覚も理性も脆弱にすぎない。したがってわれわれから遠く離れた天のことなど、知る由もない、だから、それにこだわってはならない、という論旨でラブレーはこの箇所を書き進めている。

＊＊ われわれからはるか彼方の天の意向を知る術がない以上、神の思召しを深く詮索すべきではない、というのが結論である。

ラブレーは、非キリスト教文化圏、とりわけギリシア・ローマの文化圏から引き継いだ諸要素を、キリスト教というひとつのシステム中に取り込んで融合するが、以上の箇所は、その初期の例のなかでも最も明快なものである。この種の混合主義《シンクレティズム》 syncretisme は、ルネサンス期のユマニストたちの信仰に見られる際立った特徴と言ってよい。十六世紀にあっては、このような混合主義は、プラトン主義的な色彩を帯びるケースが多かった。それはちょうど、中世のスコラ学者の多くにとって、あるいは、プラトン主義や新プラトン主義ないしはその遠い子孫に対して好意を抱いていないルネサンス期の哲学者たちにとって、アリストテレスこそが融合の核をなしていたのと同じである。ラブレーが自在に操るプラトン的キリスト教が、本質的な信仰心を弱めたり、あるいは、アリストテレスの拒絶へと走ったりすることは、決してない。彼のプラトン主義的キリスト教が本当に実践していたのは、古典古代の人々の思想を、極力キリスト教の啓示と両立させることであり、たとえ旧約・新約の両聖書や教会とはまったく別のところであっても、キリスト教の真理が燦然と輝いているのを、時に見てとっていたのである。この種の神学は、古典古代の人々の著作や思索のうち、当時にまで伝わっていた文献の多くを再発見しつつあったルネサンス人にとっては、大変な魅力を備えていた。その神学にとって究極の権威となったのが、初期キリスト教時代の思想家たちの発想法である。このグループのなかでもとくに重要なのは、オリゲネスを初めとするギリシアの教父の見解に加えて、直接的ないし間接的にその存在を知っている者にかぎられるが、『キリスト教徒のための護教論』（一五〇年頃）の中で、聖ユスティノス〔（一〇〇頃－一六五頃）ギリシアの神学者・教父。キリスト教護教論で知られる〕が強調した寛容な姿勢である。この書の中ではソクラテスが、神の言葉《ロゴス》に浴している人物として、あるいは、「神の御言葉」のうちに具現化した理性として、紹介されている。ユスティノスはこう述べている。「正しい事柄は何であれ、それが誰によってどこで発せられようとも、われわれキリスト教徒の財産なのである。なぜならわれわれは神に次いで、永遠にして神聖なる神に由来する理性を、崇め愛するものだからである」。ルネサンス期の一般のキリスト教徒が、印刷本を介してこうした言葉に接するようになるのは、ラブレーの死直後の時期まで待たねばならない。だが、学者たちは写本を知っていたし、その一方で、同様の考え方に接し続けてきたギリシア人神学者たちの業績も、西洋に遍《あまね》く広がりつつあった。そうした神学者は、古典古代の者にかぎらず、なかにはテオフュラクトスのように比較的新しい人物も含まれていた。[2] こうした見解は、エラスムスの姿勢とみごとに一致したので、その著『反野蛮論』は一五二〇年以降、リベラルな人文主義者《ユマニスト》たちに影響を与えてきた。エラスムスはソクラテスとその純粋な倫理およびその敬虔さに深く心を揺さぶられ、自分の対話作品の登場人物に、あやうく「我らのために祈りたまえ、聖ソクラテスよ」と叫ばせそうになったという。ラブレーも、すべての深遠なる知識や叡智は、恩寵によって多くの人々に対し天より与えられた恵みである、と主張したとき、その祝福されるべき人物のなかに、古典古代の偉人をも含めていたのである。[3] ラブレーが描くこうした世界は、現代の産物であるあの不条理の世界とはまったく異なっている。そもそも彼の考え方は、神によって秩序づけられた世界を大前提にしており、これに照らし合わせたとき見えてくる人間の愚かしさを、必要ならば涙をもって裁くが、多くの場合笑い飛ばす。神は、イスラエルやキリスト教圏の土地のみならず、エジプト、ギリシア、そしてローマ帝国においても、その御業を行なわれているのである。

ラブレーが読者に対して、占星術には十分に警戒すべきであり、また、神の不変なる摂理に関して執拗に詮索すべきではないと説くとき、彼が依拠している権威は、プラトンと聖書の双方である。ソクラテスのあの「我らを超越するものは、我らに関知せず」という言葉を引いたのち、ラブレーはみずからの主張の弁護にまっすぐ突き進んでいく。

したがって残されているのは以下の点だ。すなわち、プラトンの『ゴルギアス』中の助言か、さらに良いのは福音書（「マタイ伝」第六章）の教えに従って、われわれは、その聖なる御心に沿ってすべてを創造し施された全能の神の、御管轄と不変の御判断に関して、あれこれと詮索するのを控えるべきだということである。われわれは、神の聖なる御意思を、天におけるごとく地にもおこなわしめたまえ、と祈願し祈るべきなのである。（*TLF* 47f.）

ここに至ると、ラブレーの混合主義《シンクレティズム》が、エラスムスにどれほど多くを負っていたかが明らかになる。ラブレーが書いている内容は、エラスムスが「ルカ伝福音書」第十二章十九節に付した注釈の中に見出せる、「キリストの哲学」と直に比肩できるものとなっている。おそらく、「ルカ伝福音書」のこの一節が、直接の典拠になったと言えるだろう。この箇所は（英語訳の意味は若干異なっているが）、原典では « *kai mē meteōrizesthe* » と記されている。その意味は曖昧だが、おそらくは「高みに上ろうとすべきではない」（オリヴェタン）〔（一五〇六頃－三八）フランスの宗教改革者で、最初の聖書のフランス語訳翻訳者のひとり〕ないしは、「高きところの事柄に心を砕いてはならぬ」（ルフェーヴル・デタープル）という意味になろう。上の引用箇所におけるギリシア語の動詞は英語の *meteor** の語源になった、形容詞の *meteōros*（非常に高い、崇高な）と同起源である。占星術的な意味があることから、ギリシア語を解するユマニストにとって、ここは、占星術に助言を求める場合には必ず立ち返るべき重要な聖書の一節となっていた。ラテン語訳の「ウルガタ聖書」は、この箇所を « *Nolite in sublime tolli* » と翻訳している。その意味はおそらく、「空の高みに上るべからず」ないしは「高みに上がるべからず」と解してよいだろう。エラスムスは、ギリシア語で文字を追いながら、このテクストの内に、占星術による予言への警鐘を読み取っている。のちにラブレーも倣うように、エラスムスもまた、ここでソクラテスの格言を引いて、その言は「キリストの教えと合致している」と述べ、その後に「マタイ伝福音書」第六章に言及しているのである。**(4)

* 英語の同綴りの語、およびフランス語の « **météore** » は、元来「大気現象」を意味している。「流星」の意味もある。

** 「マタイ伝」第六章八―十節を参照。「(……) 汝らの父は求めぬ先に、なんぢらの必要なる物を知り給ふ。(……) 御意の天のごとく地にも行なわれん事を」

3 『ガルガンチュア物語』：序詞

エラスムス流の混合主義《シンクレティズム》に対する同じような関心は、『ガルガンチュア物語』においても重要な部分で見られる。これは、とくに序詞で顕著に感じられる。そもそも、序詞や序文は最後に書かれる傾向が強い。『ガルガンチュア物語』の序詞も例外ではなく、この新しい「年代記」の中では、最後に、それも出版直前に執筆された可能性が高い。この序詞は確かにラブレーの新しい文体で書かれており、一五三四年の改訂版『パンタグリュエル物語』と比べると、文法的に共通点が多い。もっとも、『パンタグリュエル物語』は、そのすべての版が『ガルガンチュア大年代記』への言及で幕を開け、序詞の最後の最後に至るまで、学識薫る古典古代に筆が及ぶことは一度としてない。一方『ガルガンチュア物語』は、『饗宴』でのアルキビアデスによるソクラテス礼讃へと、読者を一気に引き込むのである。その教えがキリストのそれと共鳴する者として、ソクラテスは、『ガルガンチュア物語』の序詞ではプラトンの師匠にふさわしく、ひとり聳え立っているのである。彼は神の霊感を受けた人物と見なされている。その学識は「神聖」であり、その叡智は「人間とは思えぬほど」plus que humain の域に達し、「天界における薬種」celeste（…）drogue に比されるべき価値を秘めている〔渡辺訳 p.18, 宮下訳 p.20〕。この点を銘記しておけば、読者は『ガルガンチュア物語』の随所に、『パンタグリュエル物語』にはなかった要素を見出せる。それはまさしく、あのプラトン主義流の「ギリシア＝キリスト教的な」混合主義《シンクレティズム》であって、これは、この当時ラブレーがエラスムスに負っていた最大の財産であり、また、キリスト教的ユマニストのあいだに広く行きわたっていた立場でもある。以降、ラブレーはその滑稽な著作物の中にあっても、きわめて意識的に混合主義的な、それも深遠なる福音主義思想に支えられた発言を、随所に織り込むようになる。そこには、学識に支えられた福音主義が濃厚に反映している。換言すれば、ソクラテス、プラトン、プルタルコス、キケロ、セネカなどに代表される、キリスト教徒のユマニストがひたすら尊敬してやまない大権威からの借用によって、聖書に関する理解が厚みを増しているのである。（なお、新プラトン主義、ならびに、十五世紀末から十六世紀のイタリアにおいて、マルシリオ・フィチーノの名前と結び付けられていた「魔術的プラトン主義」は、ラブレーの関心をそれほど惹いていないが、彼の作品に何らかの痕跡を残しているのは事実である。もっとも、それを胡散臭そうに見る視線は、エラスムスに由来すると言えるかもしれない）。

　俗語で書かれゴシック体で印刷されたこの面白おかしい書物の中に、古典古代とキリスト教との融合を見出すとは思いもしなかった読者の場合、おそらくは当惑を隠せず、最後はうんざりしてしまうであろう。そうした読者は、面白おかしい冗談や滑稽な話にばかり気を取られてしまい、「パンタグリュエリスム」という、かつてない深遠な哲学には、おそらく到達できないと思われる。

　この新しい序詞およびそれに続く作品本体で「作者」が採用している調子《トーン》は、『パンタグリュエル物語』に特有の、解放的で純然たる笑いが醸し出す調子ではもはやない。かつてのカーニヴァル的などんちゃん騒ぎが効果的に使われているケースもままあるものの、『ガルガンチュア物語』は、『パンタグリュエル物語』の初版にはまるでなかった諷刺性を、公然と前面に押し出しているのである。『パンタグリュエル物語』は、何らかの教訓的メッセージを伝えようとする人文主義者《ユマニスト》の作品であるのがより明白である。一方『ガルガンチュア物語』は、医者、および修道院への諷刺が初めて目立つ位置を占めるので、医者にして元修道士の手になる作品であることが、よりはっきりする。こう見てくると、『ガルガンチュア物語』は、まったく新しい心境を反映していると思われてくる。それは、新たに自由を獲得した人間の心境を、あるいは、医者という新しい職業を進んで擁護したいという心境を反映しているのかもしれない。福音主義思想のおかげで獲得した新たな自由を、思いどおりにおおっぴらに享受し、ギリシア語の知識に好きなだけ酔いしれ、かつて地方のフランシスコ修道会の反知性主義から逃れて庇護を求めたこともある、あのベネディクト修道会まで遠慮なく揶揄できるという心境。さらに敷衍するならば、一五三二年に上梓された『パンタグリュエル物語』が、まだ医学を修めておらず、ベネディクト修道会とも無縁な、初期の法律学の人ラブレーの作品であるとするなら、『ガルガンチュア物語』のほうは、みずからの過去と現在の両方にすでに折り合いをつけることのできた人物の作品だと言ってよいだろう。『パンタグリュエル物語』は、比較的「最近」の出来事に対する言及をかなり多く含んでいるため、その全体が、出版時よりもずっと以前に書かれていた可能性は、まずない。それでも、作品の多くの部分が、かなり早い時期に執筆されていたか、少なくとも構想されていた可能性は排除できない。これに対し『ガルガンチュア物語』のほうは、その出版時期と密接に繋がっているエピソードが少なからず含まれている。これは、自分を取り巻く世界のただ中にあって、いかにすれば笑いによってその世界を裁きうるかを、すでに修得した人物の作品なのである。

物語作家《ストーリー・テラー》としてのラブレーの被る仮面が、以前に比べて、どこかぎこちなく感じられる原因は、おそらくここにある。一五三五年版の表題、つまり今に伝わる最古のタイトルページから判断するならば、「作者」はもはやアルコフリバス・ナジエ *Alcofrybas Nasier* ではなくなっている。それどころか、すでに『パンタグリュエル占い』(一五三二年)の時点で、そのタイトルページからは「ナジエ」が抜け落ち、代わりに「上記パンタグリュエル殿の饗宴長《ふるまいがしら》であるアルコフリバス師」が使われている。また、『パンタグリュエル物語』も、一五三四年以降の版では、「第五元素の抽出者、アルコフリバス師」の作とされている。これは、「第五元素」の抽出をめざす錬金術師を想起させる、かなり滑稽なタイトルとなっている。『ガルガンチュア物語』の場合は、固有名詞が見当たらず、ただたんに「第五元素の抽出者」の作とされている〔ただし、一五四二年の決定版では、「アルコフリバス」の名が復活している〕。アルコフリバスは一度だけ、本文の物語中に登場するが、その際は三人称が使われている。(5) 以上を言い換えれば、『ガルガンチュア物語』の生みの親を特定するには、二段階の手続きを踏まねばならないことになる。まずは、「抽出者」Abstracteur が、「アルコフリバス」の新たな肩書きである点を知り、次に、「アルコフリバス」*Alcofrybas* に、ここでは使われなくなった「ナジエ」*Nasier* を付け加えると、フランソワ・ラブレー François Rabelais のアナグラムになることを知らねばならないのである。以前はきわめて巧みに使いこなされていたこの筆名が、ここで無頓着に落とされているのは、いささか奇妙ではある。ラブレーは、自分が著者であることをひた隠しにしようとしたわけではない。もし本気で隠そうとしたのなら、本文中で、善良なる医師セラファン・カロバルスィー Seraphin Calobarsy（ラブレーのもうひとつのアナグラム）に言及するはずがないし、さらには、ピクロコル戦争の戦場として、ラ・ドゥヴィニエールの裏庭を設定するはずもない。それよりもむしろ、『パンタグリュエル物語』の世界と、みずからの新作の世界とのあいだに、ある一定の距離を設けておきたかったのではないだろうか。というのも、この新作品はしばしば、現実の世界におけるラブレー自身の実生活と、以前よりもずっと密接に繋がっているので、この作品の「作者」は、今まで以上に洒落た、かつ自分の野心をもうかがわせるような仮面《マスク》を、あえてまとっていると考えられる。現にこの作では、滑稽な「ユートピア国」が徐々に霞んでいき、現実のフランス、あるいはテレームの僧院のような真面目なユートピアが、前面に出てくるのである。巨人たちでさえ物語が進むにつれ、伝説の登場人物の面影を失っていき、理想的なフランスの貴族の姿を徐々にまとい始めるのである。

『パンタグリュエル物語』の成功によって、ラブレーが自分の才能にさらなる自信を覚えたのは間違いない。そのうえ、高位のパトロンであるジャン・デュ・ベレーは、ラブレーをローマに随行させることで、彼の医者としての野心を刺激し、また必要な庇護を提供することで、その著作家としての野心にも見通しを与えた。フランス全土を見渡しても、ガリカニスムを奉じ王権への忠誠心も強い福音主義的ユマニストの目に、デュ・ベレー一家ほど魅力的に映ったパトロンは稀であった。そのうえ、ラブレーにとってデュ・ベレー一家は、国際的に著名な存在であるばかりか、フランス国内でも同郷の偉大な名家であるという、非常に大きな利点を備えていた。十六世紀のフランス人は、出身地域に対して深い愛着を抱いているのが普通であった。デュ・ベレー家の面々は、トゥーレーヌ地方出身の実力者なので、彼らがラブレーに庇護の手を差し伸べたのは自然なことである。ましてや、医者としての能力をすでに証明し、コミカルな宣伝者《プロパガンディスト》としての潜在的有用性を相手に印象づけている以上、なおさらであろう。デュ・ベレー家とラブレーとの結び付きは、おそらく、彼がフランシスコ会の修道士であった、初期の時期にまでさかのぼると思われる。どんなに遅くとも一五三四年の一月には、デュ・ベレー家は、ラブレーの生活の重要な部分を占めるファクターになっていたはずである。彼ら一族は、国の内外を問わずフランス国王の利益を追求する、鋭敏にして思慮深い外交官であり、フランスにおける人文主義《ユマニスム》の飛躍に常に心を砕いてくれる人々であり、政治や教会政策あるいは大学改革などに、常に関心を持ち続けてくれる存在であって、ラブレーの人生は、そうした彼らにさまざまな点で影響を受けていた。彼ら一家にとっても、ベダのごとき反動的神学者やその牙城たるソルボンヌは厄介な害虫だったので、そうしたベダが忌み嫌ったエラスムスやメランヒトンこそ、自分たちの支持と感嘆の念を捧げるべき学者であった。

デュ・ベレー家のために働くということは、ラブレーにとっては、それだけで開放感を覚える経験だった。同じ地方出身という絆のおかげで、両者のあいだに、信頼感とある種の親密感が醸成された。こう考えてくると、当時のヨーロッパ全体を舞台にした『ガルガンチュア物語』という作品の中に、ランジェー公ギヨーム・デュ・ベレーだからこそピンとくるようなジョークが、少なからず仕組まれている理由が見えてくるように思われる。というのも、ランジェー公ならば、ラブレーがこの「年代記」のページにちりばめた小村や村々あるいは記念物の名を、よく知っていたからである。

『ガルガンチュア物語』本体の初めの数章には、古きラブレーと新しきラブレーが混在することによる「分裂感」が漂っているが、序詞のほうからは、こうした印象はいっさい受けない。この序詞には、その文体や調子《トーン》において、驚くべき一貫性がある。ジョーク、変奏を繰り返す議論、そして穏やかな笑いに包まれた雰囲気のおかげで、このテクストはきわめて印象的で、かつ深い充足感を与えるものに仕上がっている。議論自体は、プラトンの『饗宴』でアルキビアデスが述べた内容を下敷きに展開している。エラスムスも、この箇所に重要なエッセーを付した形で、みずからの『格言集』*Adages* に収録している。アルキビアデスがソクラテスについて述べた内容に言及するという手法により、ラブレーは、人口に膾炙した古典古代の決まり文句を対象としてきた、定評ある注釈者たちにならった。いくら博雅の士として野心的たろうとしても、喜劇的作家である以上、その面白さを理解してもらうためには、あまりに高尚な内容のジョークを放つわけにはいかない。喜劇的作家は、自分が笑わせたいと思う聴衆の文化的ストックの平均値を、考慮に入れなければならないのである。たとえば、ラブレーの医学に関するジョークを通して浮かび上がってくるのは、われわれがそうだと確信している彼の姿、すなわち良きユマニストの医師という本質である。だが、これらのジョークの題材は、実はすでにそれなりの教養を備えた読者層の意識に浸透しつつあった。同様に、エラスムスの『格言集』も、彼が念頭に置いていた主要な読者層にとっては、すでに共有されている古典的知識の貯蔵庫と見なされていたのである。

格言および古典古代のものを中心とする警句は、ルネサンス期にあっては、大変な威光を放っていた。それらは、古臭い決まり文句として片付けられはしなかった。過去の大賢人に帰せられていようが、あるいは多少ランクの低い著作に埋め込まれていようが、そうした格言は、格調高い警句的言辞として珍重され、難解にして深淵なる意味をはらんでいると考えられていたのである。さらに、現代の読者ならとても思いつかないような、きわめて強度な倫理的意味を宿している、と見なされることもたびたびあった。原典の文脈から引き出されてきた場合であれ、あるいは大部の「金言集」**gnomologies** にまとめられている場合であれ、これらの文言は、それぞれ独立した倫理的ないし哲学的な「決まり文句」の、ひとつの集大成をなしていたのだ。つまり、集約されたこれらの格言は、どんな偉人の個人的な意見よりも、ずっと重視されたことを意味している。これら格言の大成は、いわば皆が共有する叡智の宝庫であり、その深い意味に十分に通じてさえすれば、誰に対しても門戸を開いてくれたのである。

格言や金言は、『パンタグリュエル物語』ではほとんど何の役も演じていない。これに対し『ガルガンチュア物語』の序詞では、さまざまに変奏される議論の構成を支えるうえで、中心的な役割を担っている。のちにラブレーの最も複雑な年代記である『第三之書』において、格言はその本領を最大限に発揮することになろう。つまり、『ガルガンチュア物語』の序詞から、『第三之書』の哲学的コメディーに至るまで、行程はまだまだ長いが、一本道なのである。

『ガルガンチュア物語』に付された序詞でとくに目立つのは、エラスムスの引く二つの格言、すなわち、「シレーニ・アルキビアデス」*Sileni Alcibiadis*（「アルキビアデスのシレーニ」）と、「ピュタゴラエ・シンボラエ」*Pythagorae symbolae*（「ピュタゴラス風の象徴」）である。この他にもいくつかの格言が利用されているが、そのなかには、シャルル・ド・ブエルが同時代の「ことわざ集」にリスト・アップした二つの金言も含まれている。*Ossa infringere*（「骨を打ち砕く」）と、*eruere medullam*（「骨髄を引き出す」）がそれである。「アルキビアデスのシレーニ」は、プラトンの『饗宴』*Symposium* の中で、アルキビアデスがソクラテスを小さな影像（*Sileni*）にたとえた格言にまでさかのぼる。この影像は、外側には醜く馬鹿げた彫刻が施されているが、開けると神々の像のひとつが姿を現わす仕組みになっている。こうした影像の名称は、バッカスに付き従うシレーノス Silenus、つまりは、あの酒ばかりあおっている布袋《ほてい》腹の醜い老人から派生している。みずからの師匠で、人間のなかでも最良にして最も賢明なソクラテスに対し「シレーノス」*silenus* という言葉を用いるのは、プラトンからすれば、明らかに意図的で実に愉快なパラドックスを使ったことになる。だがそれならば、プラトン哲学においては、ソクラテスそのものが逆説的存在となる。なにせ、神の霊感を受けている彼の魂は、驚くほど醜い肉体をまとっているのだから。外見上は、ソクラテスは無骨で滑稽かつ醜悪である。だがその内面には、神々しいほどに哲学的な魂、それも、「他の人間たちが、懸命に走り、海を渡り、汗を流し、法に訴え、そして戦って、なんとか手に入れようとあがいているいっさいの物事を軽蔑する」〔エラスムスの用いた表現〕魂が宿っているのである。ラブレーは、ソクラテスがなぜ「シレーノス」であるのかを説明するに当たって、エラスムスから多くを借り入れている。つまりソクラテスは、叡智において神聖の域に達しており、人間が「一睡もせず、駆けずり回り、あくせく働き、海に乗り出し、戦争まで仕掛けて」求めようとするいっさいの物事に、信じがたいほどの侮蔑の念を示すのである〔渡辺訳p.18、宮下訳p.20〕。ラブレーはまた、芸術的な独創性を発揮して、「シレーニ」を、ごく少数の読者しか理解できないであろう古代の影像ではなく、ルネサンス期の薬種屋の棚ならどこにでも置いてあった小箱、それも、表面はごたごたと飾り立てられているが、中には貴重な霊薬が入っていた小箱と同一視している。醜い外面と内面の美しさのあいだのコントラストは、結局は彫刻者の才を引き立たせずにはおかない。『ガルガンチュア物語』も、シレーノスを想起させる点で、ソクラテスに似ていると言える。見た目は不器量かもしれないが、うわべの奥を見据えれば、神聖なほどに深い叡智が見えてくるからである。

ルネサンス期の多くの学者は、ソクラテスがたんに美徳〔善良さ〕を備えているのみか、同時に人間性にも富んでいたことに考えをめぐらせながら、心地よい驚きを覚えたものである。その学識および倫理的潔癖さにおいて「神聖」であったにもかかわらず、ソクラテスは、親しみやすさや人間味にもあふれていたのだ。彼のこの側面はきわめて重視され、その後長らく、パンタグリュエリスムの魅力に貢献することになる。ソクラテスはごく普通の人間として、葡萄酒《ワイン》の杯を愛し、度を越すことはなかったものの、友達と宴会に興じるのを愉しんでいた。プラトンの「シュンポシオン」*Symposium* のフランス語訳のタイトル『饗宴《ル・バンケ》』*Le Banquet* のおかげで、「神聖な」哲学者でありながらその顔には人間味があふれている、というみずからのソクラテス像を、ラブレーは容易に創り上げることができた。ソクラテスの人としての美徳は、友人と分かち合う良質のワインから得られる優れた喜びと、十分に共存しうるという事実を、ラブレーは存分に活用して、葡萄酒を飲む素晴らしき歓びに何度も言及しているのである。

序詞の冒頭の言葉に目を走らせるだけで、『ガルガンチュア物語』は『パンタグリュエル物語』とは相当異なった作品だな、とピンとくる。その使用語彙はずっと古典的だし、さらに、言葉に込められた意味にも潜在的な深みが感じられる。ただし、言葉遣いは楽しく陽気ではあるが、自分こそがこの作品の生みの親だという強い誇りの念を、ラブレーははっきりと表している。『パンタグリュエル物語』の場合は、それが『ガルガンチュア大年代記』と同類の作品であるふりをしている。ところがいまやラブレーは、読者が、自分の喜劇的「年代記」を、『フェスパント』や、『注釈付き。ベーコン添えお豆さん』といった架空の書物と同じくらい浅薄な書物だと信じてしまうのを、本気で恐れているのである〔渡辺訳 p.18, 宮下訳 p.20〕。シレーノスの箱すなわち『ガルガンチュア物語』をひもときさえすれば、読者は、扱われている内容が、タイトルから想像されるほど、些細でも不真面目でもないと即座にわかるはずなのだ。この点でラブレーの新作は、良き友に恵まれることになる。というのも、トマス・モアの著した『ユートピア』の英訳が出た際に〔オリジナルはラテン語〕、この作品もまた、翻訳者によってアルキビアデスの「シレーニ」にたとえられているからである。ラブレーは、新作の「年代記」には深みがあると懸命に訴えているが、この姿勢は十分に理解できるものだ。そもそも作品の深みは、その書の揺ぎなきユーモア精神と矛盾しない。彼は、自分のめざすところが最高峰であることをよく心得ていた。さらに、最上の芸を出し切りさえすれば、自分はその喜劇的構想力においてルキアノスと肩を並べうること、また、アリストパネスが融通無碍に駆使するギリシア語の場合と同じく、自分も、巧みな喜劇的手法に拠りつつみずからの母語を自在に操れることを、ラブレーはよく自覚していた。ただし、彼が用いていたのはフランス語であって、フランスの最初期のユマニストたちには、文学には向かないと軽蔑されていた言語である。また、その「年代記」は、彼が上梓した学術書の場合とは異なり、セバスチャン・グリフィウス書店のユマニスト向け活字ではなく、ユマニストが忌み嫌っていたゴシック体で印刷されていたのであった。

序詞の「作者」は、喜劇性をさらに深めつつ、前述したもの以外の格言をも巧みに活用している。まず、読者は、彼の繰り出す「ピュタゴラス風の象徴」*symboles Pythagoricques*（これ自体は本当に不可解である）がはらむ内的な意味を、追い求めねばならない。つまり、ピュタゴラスの格言的言辞の凡庸な表層のずっと奥に、賢者たちが見出したあの「より深遠なる意味」を、ラブレーの書物の内にも嗅ぎ分ける必要があるのである。結局のところ、賢明なる読者は、政治や「経済」（この場合 « vie oeconomique » は、「家庭での私生活」を意味する）ないしは「われわれの宗教」といった主題に関して、「最高の奥義」や「驚嘆すべき神秘」を、彼の最新作の内に見出せるはずなのだ〔渡辺訳 p.20, 宮下訳 p.24〕。もちろん、ホメーロスやオウィディウスが憂き目を見たように、極端な深読みに長けた連中が、彼の作品中にも、本人すら思いもよらなかったような意味を見出す危険はある。それでも賢明なる読者は、プラトンの語る犬、別言すれば、動物の中でも最も哲学的とされる犬のように、本当に価値ある部分へとたどり着くために、骨を噛み砕くであろう。犬が追い求めている本質とは、あの「滋味豊かな骨髄」*substantificque mouëlle*〔渡辺訳 p.20, 宮下訳 p.22.〕、「換言すれば、私がピュタゴラス風の象徴によって言わんとしている事柄」〔渡辺訳 p.20; 宮下訳 p.23〕である。ラブレーがここで活用している格言（「骨を噛み砕く」と「骨髄を引き出す」）には、シャルル・ド・ブエルも、まったく同じ意味を与えつつ説明している。

ラブレーは、序詞の中で議論を変奏していく際に、非論理的な展開を面白おかしく活用したり、わざとユーモラスな曖昧さを漂わせたりしている。読者が、ゴシック体という体裁や、伝説中の巨人が登場するという設定のゆえに見逃しかねない、自作の内奥に潜む真剣さに、彼はぜひ気づいてもらいたいと考えたのである。もっとも、ひねくれた深読みの才の持ち主たちを刺激したいとは毛頭思わなかった。なぜなら、この種の批評家たちは、当時も昔も、たとえばホメーロスの内に秘密の意味を読み込んでみたり、あるいは、ピエール・ラヴァンのごときほぼ同時代の神学者のように、オウィディウスの『変身譚』の中に、キリスト教の全体が潜在しているなどと主張しだすからである〔ピエール・ラヴァンは十六世紀初頭に『教訓的変身譚』を著したドミニコ会士。渡辺訳 p.21, 宮下訳 pp.24-25〕。

『ガルガンチュア物語』は期待を裏切らない。外見こそ、部分的にその発想源となった見栄えのしない書物と同類に映るかもしれないが、宗教や政治ないしは家の管理といった主題に関する、数多の見解が盛り込まれている。そしてこの書も結局のところは、深読みを事とする連中が『イーリアス』や『変身譚』を解釈した場合とまったく同じくらい恣意的な解釈を、その後、何度も何度も押しつけられるはめになる。書物というものは、それぞれの運命をたどるものなのだ。

4　『ガルガンチュア物語』：エピソードに分かれたもうひとつの「年代記」

『ガルガンチュア物語』は、『パンタグリュエル物語』にも増して、いくつかの主要なセクションと下部セクションにはっきり分割できる、エピソードの数々からなる作品である。ラブレーはある主要なセクションから別のセクションへと移行する際に、読者が感じるであろう驚き《ショック》を緩和しようという努力を、たいていにおいてほとんど、あるいはまったくしていない。たとえば、理想の教育プログラムが幕を閉じる箇所で、読者は時間を超越するような静かな雰囲気に浸っているのに（第二二章）〔決定版に基づく渡辺訳・宮下訳は第二四章〕、突如として、もう笑うしかないほど些細なピクロコル戦争の発端へと引きずり込まれてしまう。いきなり、こう始まるのである。「このごろ、とはつまり葡萄の収穫期のころだが、云々」。もちろん、こうした表現が指している「時間」が、具体的に存在するわけではない。芸術家としてのラブレーは、おそらくひとつのセクションから別のセクションへと、滑るようにすんなりと移行することに、まったく執着を感じていなかったのかもしれない（彼はおそらくは意図的に、ある決まり文句に近似した文言を用いるだけでよしとしている。それは、ミサで福音書の朗読に移る際に、慣例上用いられていた *In illo tempore* すなわち「その時期に」という定式文句である）。あるいは逆に、このように突然わざと跳躍して見せることで、読者を愉しませようとしていたのである。こうして、セクションから別のセクションへと気紛れに移り飛ぶ様子が、最も顕著に現れるのは、「テレームの僧院」のエピソードが終わりを告げる箇所であろう。ここには、まるでお伽噺のような雰囲気がある（「そして彼らはその晩年に至るまで、結婚当初とまったく同じように強く愛しあったのでした」〔渡辺訳 p.250, 宮下訳 p.404〕）。ところが、この直後に続く二文は、これ以上はありえないというくらい突飛な移行の宣言となっている。「ここで私は、この修道院の土台部分から発見された、大きな銅版に書かれた謎歌《エニグマ》を引き写すのを忘れないようにしたい。そこには次のように書き記されていた」〔渡辺訳 p.250, 宮下訳 p.404〕。

こうした突然の方向転換から、別々の時期に別々の目的で書かれた逸話《エピソード》を、ラブレーが『ガルガンチュア物語』の中で並置したのではないか、という印象を私は受けている。しかしだからといって、一セクションから別のセクションへと変転していく際の突飛さが、ひとえに性急な執筆のせいであると決めつけるわけにはいかない。こうした変移が与えうる美学上の驚き《ショック》が、意図的に仕掛けられている節もあるからである。だが、それが意図的であるか否かにかかわらず、『ガルガンチュア物語』がいくつかのセクションに分割されているのは明らかである以上、自然に分かれているセクションごとに分析していったとしても、恣意的とはいえないであろう。

5 『ガルガンチュア物語』：初期の数章（『ガルガンチュア物語』第一章、二章）

全体を見渡して、技巧という観点から『パンタグリュエル物語』と最も近いと思われるのは、最初のセクションである。

第一章は、巨人の系図を曲解したソルボンヌの、偽善的にして悪魔的な連中にいきなり一撃を喰らわせて、まことに痛快な滑り出しを見せる。こうして本書は、一五三四年版『パンタグリュエル物語』の、あの自信に満ちた攻撃的な末尾とうまく繋がる。さらに第一章では、ビザンティン帝国の崩壊に伴い、東ローマ帝国の継承権がフランスの側にある点を、愛国心を前面に押し出しつつ主張している。こうして、フランソワ一世とカール五世とのあいだのライバル関係というテーマが導入されるが、これは、『ガルガンチュア物語』の一部で今後支配的となる主題である。ルネサンス期の政治理論は、合法的な「帝国の移譲」という概念を認めていた。「神聖ローマ帝国皇帝」としてのカール五世が、現実性に乏しいとはいえ、フランスに対する宗主権まで主張するのは、フランス人のナショナリズムには我慢ならない傲慢に映った。何がどうあれ、帝国の諸特権はフランスに属するべきものであったのだ。したがって、この点をめぐるラブレーの冗談は、宮廷で大いに持てはやされたと推測できる。この後に続く謎歌《エニグマ》（「阿呆さ加減の解毒剤」）*Fanfreluches antidotées* は、十分に解読されたとは言いがたく、現代の読者には理解できないが、おそらくは帝国のテーマの延長線上に位置している。この詩は、宮廷詩人メラン・ド・サン＝ジュレの詩作による謎歌と、同じスタイルで書かれている。そのうえ、この「阿呆さ加減の解毒剤」とメランのある特定の詩とのあいだには、テクスト上の類似が少なからず見受けられる。もっとも、どちらがどちらを模倣したのかは、はっきりしない。考古学への情熱がぐんと高まりつつあった時期に、ユマニストの書物の中に「見つかる」詩にふさわしく、この謎歌は、ラブレーの故郷シノンのある溝を浚《さら》っていた際に発見されたのだ、と読者は知らされる。ラブレーと同時代の読者にとっては、「阿呆さ加減の解毒剤」はさほど難解ではなかったと推測される。なぜならこの詩は、作品の冒頭近くに置かれており、著者たる者なら誰であれ、まずは冒頭で読者の注意を引き付け、それを保ち続けようとするのが普通だからである。ところで、この謎歌の意味が、いつの日か明らかになるにしても、やはり忘れてならないのは、この詩が、本作品の最後に付されたもうひとつの謎歌と、対になっている事実であろう。末尾の謎歌もまた、メラン・ド・サン＝ジュレと密接に結び付いている。この点は、ラブレー自身が一五四二年版の加筆で、これは「預言者メルラン〔メラン〕流」の文体で詩作されている、と指摘していることからも明らかである〔渡辺訳p.257, 宮下訳p.415〕。これら二つの謎歌のおかげで、『ガルガンチュア物語』は美学上の均衡を得ている。これは、冒頭と末尾とが、互いに芸術上の類似を見せている『パンタグリュエル物語』や『第三之書』の場合と、相通ずる特徴だと言ってよい。*

* 『パンタグリュエル物語』では、前口上（序詞）と最終章とが、自作と次作の「宣伝」に割かれている。『第三之書』では、冒頭近くのいわゆる「借金礼讃」と、最後の数章における「パンタグリュエリヨン草」の称讃とが対をなしている。

今日、「阿呆さ加減の解毒剤」が、そのあまりの不可解さゆえに、多くの読者の出端を挫いているのは間違いない。なかでも、初めて手に取るフランス・ルネサンス期の作品として、『ガルガンチュア物語』を開いた大学生などは、即座に読む気を失うであろう。偉い専門家の先生たちですら、その意味を摑み損ねている点では自分たちと五十歩百歩である、などとはおそらく思いもよらないのだ。大学の「講義要綱」のなかには、必読の図書リストから、最初の数章を削除しているものすら存在する。こうした姿勢は理解できないわけではないが、これらの章を読むだけでも、ルネサンスの諸相の核心へと到達できる以上、やはり残念と言わざるをえない。しかもこれらの数章には、われわれにも理解できる冗談がふんだんに盛り込まれているのだから、なおさらである。たとえば「酔っ払いどもの与太」*Propos des bien yvres*（これは学識に基づいたジョークの連続からなる）と題されたわかりにくい章〔第五章〕ですら、多少の脚註を助けに読めば面白さがわかるはずなのである。

6　主人公の誕生：十一か月間の妊娠〔『ガルガンチュア物語』第三章、四章、三七章、『パンタグリュエル物語』第二章〕

『ガルガンチュア物語』の初期の数章の中で、ラブレーの喜劇的手法が思いもよらぬ豊かな世界を切り開いている一例として、主人公の誕生をめぐる逸話が挙げられよう。そこに見られる文学的、言語学的な技芸は非常に優れているが、それでも基本的なストーリーの語り口は、『パンタグリュエル物語』や『ガルガンチュア大年代記』の調子を引きついでいる。その一証左となるのがガルガメルで、彼女はバドベックの後を追うがごとく、最後は厄介払いされる運命にある。もっとも、ガルガメルのほうは、若き巨人に生を与えた後も、相当長い間生きてはいるが。＊ガルガメルを簡単に死なせてしまうという喜劇的な無慈悲さは、たぶん、女性の登場人物に対するラブレーの関心の欠如と繋がっている。そもそもテレームの僧院内にいる女性を別にすれば、高貴な王族の御婦人は、全四書を通してひとりしか登場せず、しかもその名前がヘブライ語では男根を連想させるという始末である〔『第四之書』第四二章に登場する「ニフルセット」。渡辺訳 pp.205-206〕。私個人としては、ラブレーが、民衆に好まれた宮廷風恋愛に見られる「中世臭」むき出しの女性崇拝に加えて、当時流行りだしたイタリア風の新奇な女性礼讃にも、苛立ちを隠せなかったのではないか、と勘繰りたくなってしまう。彼の友人ティラコーは、その反フェミニズムのゆえに非難されたが、ラブレーはティラコー流のスタンスを故意に利用して、まずはうまく笑いをとり、そののち「テレームの僧院」の逸話で、反フェミニズムを中和してしまうという仕掛けにしたのかもしれない(6)。

＊　決定版では、第三七章の冒頭で、ガルガンチュアの凱旋を喜ぶあまり昇天したらしい、という趣旨の一文がある。原註（6）も参照。

ガルガンチュアは、十一か月も胎内にいたのち、母親が臓物《トリップ》料理をたらふく食べたせいで生まれるはめになった。誕生をめぐるこのスケールの大きな喜劇の舞台は、なぜかユートピアではなくトゥーレーヌ地方に設定されている。ラブレーはこの喜劇を口実に、最長妊娠期間という往古からの大問題をめぐって、法曹家と医者とが繰り広げてきた論争に、一言割って入ろうとしたのである。しかしだからといって、この壮大な喜劇が色褪せるわけではまったくない。さて、ここでのテーマは法学者のジョークという範疇に入るが、同時に、生身の男女に関わる重大な関心事でもある。六世紀のユスティニアヌス帝が、ハドリアヌス帝の判断〔妊娠期間十か月以上でも認知の可能性を認めていた〕を覆し、しかも法の力に十全に物を言わせて、十か月以上にわたる妊娠の可能性を、かなり独断的に排斥してしまって以降、最長妊娠可能期間に関する法学者の意見は、ほとんど一千年にわたって分かれたままであった。ここでいう十か月とは、おそらくは太陰暦のそれであろうが、諸々の根拠から、われわれの九か月に該当する古い数字と考えてよい。ところが判事という人種は、都合の悪い法律をも、うまく料理するものである。たとえば、どう見ても貞淑で忠実な妻が、夫の死後、あるいは夫が長期不在となって、十か月ないしそれ以上経ってから子供を生む場合もままあっただろう。こうしたケースに直面した理解ある判事や法註解学者たちは、何百年の月日を経る間に、徐々にではあるが、往古の十か月は十一か月を意味するとして、期間を引き延ばしてしまったのである！　医者の全般と伝統主義的な法学者とは、この見解に賛意を表し、十一か月、十二か月、場合によっては十三か月にわたる妊娠すら擁護したのである。これに対し、一部の例外的擁護派を別にすれば、多くのユマニスト法学者たちは、この見解に反対だった。時代はずっと下るが、「レーモン・スボンの弁護」の中でモンテーニュは、この専門家同士の意見対立を採り上げ、特殊専門的な領域においてコンセンサスを得るのはほぼ不可能に近いが、この例はそのよき証左である、と主張している。

　アンドレア・アルチャーティが一五三一年に上梓した著『パラドックス』中に、妊娠期間を扱った論文を掲載すると、この問題は、学問的に最も高いレベルで改めて「ホット」なテーマとなった。ラブレーの友人ティラコーも、彼のベストセラーとなった『贈与法註解』の中で、やはりこの問題を長々と論じている。この書は一五三五年まで出版されなかったが、執筆のほうは一五三四年八月一日の時点ですでに完了していた（フォントネー・ル・コントにおいて）。したがって、本テーマに関するラブレーの学識は、この友人の書物に全面的に負うていると思われる。仮に『ガルガンチュア物語』のほうが先に出版されていたとしたら、ラブレーはティラコーの手書き原稿《マニュスクリプト》に目を通していたに違いない。これらの著作は氷山の一角にすぎない。十六世紀および十七世紀には、おびただしい数の書物がこの問題を採り上げ、それらの多くは、十三か月にわたる妊娠ののちに誕生した子供の嫡出性を、相変わらず弁護し続けていたのであった。

「寛容な」伝統主義の立場をとる学派の主要な議論は、「ガルス法」*Lex Gallus* の名で知られる法律を根拠にしている。これは、ラブレーが「脂身齧りの」*robidilardicque* と形容した法律である。その理由はひとつには、面白おかしく表現するならば、この法律のおかげで花咲く後家さま方が、夫の死後丸々二か月の間、自分の脂身 *lard* を内緒で *en robe* 擦《こす》りに擦りつけることができ、本来は私生児として生まれてくるはずの子供に、夫の財産をあてがうことまで可能になるからである。さらなる理由として、ここに、伝統的な「寛容」主義を掲げた、ロビヤールなる人物への当てこすりも見てとれるかもしれない。* ラブレーは、「合法的な」妊娠期間を九か月に限定する見解に好意的であったが、このスタンスを道徳的なお説教の主題にはせず、むしろ、ここから博学を生かしたユーモアを紡ぎだしたのである。しかも、そのユーモアの大部分は、われわれにもストレートに伝わってくるものだ。ラブレーがわざわざこのユーモアを介して、九か月という制限に完全に与《くみ》する立場を明確にしているのは、非常に印象的である。そもそもユマニストの法学者たちの意見ですら、この問題に関しては完全に割れており、しかも、ラブレーが時代遅れの伝統主義者と見なしていた者たちの見解に、賛意を表するユマニストも少なからず存在していたのである。医学界の意見は総じて、長い妊娠期間に対してより好意的であった。だが、ラブレーがいかに笑い飛ばそうとも、その笑いが相手方の見解を変えるには至っていない。マリウス・サロモニウス・アルベルティスクスという人物は、一五二九年にリヨンで上梓した『ガルス法における逆説《パラドックス》』という書物の中で、妥協案として、嫡出子の合法性を推定上の父親の死後十か月以内に生まれた子供にかぎる、としている。もっとも、たとえこの当時であれ、通常の妊娠が九か月しか続かないことは誰でも知っていた。法学や医学上の論争が関心の的としたのは、あくまで、嫡出子が誕生する場合に、可能な最長妊娠期間はどれくらいか、という点にあった。十一か月の妊娠期間ののちに誕生した子供の「合法性」を熱烈に弁護する者は、ルネサンス期を通して引きも切らず登場し、そのなかには、医者のみならず、モンテーニュのような懐疑的人物すら含まれていたのである。こうした見解を拒む者も、同じく意気揚々としていた。ラブレーの学識は十全であったが、法学者の仕事部屋や医者の診療室のはるか彼方にまで知れ渡っていた、つまりそれくらい人々の強い関心を引いていた主題を、ユーモアの対象に選んだのであった。（ロビヤールについては以下を参照。E. V. Telle, *ER* XII）

＊ ラブレーの同時代人で、高等法院付の弁護士であったマルタン・ロビヤールを指すという説がある。

法に内在する曖昧な寛大さを「ネタ」にして、ラブレーはここで猥褻な冗談を飛ばしているわけだが、これはもしかしたら、彼がガルガンチュアの誕生日を二月四日に設定している事実と関係があるかもしれない。＊というのも、二月四日は、四旬節から数えて、一五三四年なら十八日前に、また一五三五年ならばたったの十日前に当たっているからである。この時期ならば、道徳的な訓戒よりも、悪ふざけのほうがぴったりくる〔カーニヴァルの時期に近い〕。一般論だが、ずる賢い妻と性的関係という二対の題材は、長きにわたって喜劇的著作のテーマであり続け、単純でストレートな笑いを誘ってやまなかった。夫に不義を働く妻も、小話《コント》や笑劇《ファルス》といった喜劇にはおなじみの登場人物であり、死後に夫を裏切るという「ネタ」も、間違いなくその主題の延長線上にある。もっともこの逸話は、著者の気持ちの持ち方ひとつで真剣な倫理的関心の的となってもおかしくないモチーフを、ラブレーがいかにして笑いの的に仕立て上げるかを示してくれる一例となっている。逆に言えば、真剣な口調で語った場合に、合法的結婚の枠内で嫡出子をもうけるという才を、彼ほど情熱的な筆致で称揚できる作家は、いまだかつて存在しない。その証拠に、『第三之書』にあっては、神を愛し畏れるがゆえに姦淫の罪を断固拒絶する妻を探す営みが、それ自体で、尊敬に値する賢明な探求と見なされるのである。

＊ 第四章を読むと、喉の痛みや百日咳から守ってくれる守護聖人の聖ブレーズの日、すなわち二月三日に、ガルガメルは大量の臓物料理を食したことがわかる。話を追っていくと、ほぼその翌日に出産したと推測することも可能。渡辺訳 p.38, 宮下訳 p.51.

7　主人公の誕生：信仰をめぐる教訓〔第六章、とくに渡辺訳 pp.47-52〕

ユマニスト的な笑いが、思いもよらぬ深みを帯びつつ響き渡るさらなる一例として、ガルガンチュアが実際に生まれる場面が挙げられる。まず、グラングズィエとガルガメルが、出産にまつわる聖マルガリータの伝説を退け、福音書から得られる確かな慰めのほうに信を置く様子が語られる。* これは、福音主義の思想と直結しており、ゆえに、『ガルガンチュア物語』全体の調子とも合致している。ところがこの箇所は、ガルガンチュアが奇妙奇天烈な生まれ方をするに及んで、突如、面白おかしいプロパガンダへと一変してしまう。なにせこの赤ん坊は、最終的に母親の耳から飛び出し、酒が飲みたいという大きな産声を上げたというのだから、尋常ではない。ラブレーはここで読者を、普通ならにわかには信じがたいイエス様のご誕生をお信じになるのならば、同じように荒唐無稽なガルガンチュアの誕生譚も、当然信じないわけにはまいりますまい、と挑発しているのである。こうした挑発は、実は、最良の福音主義的プロパガンダと直結している。ここで持ち上がっている問題は、実際はすでに『パンタグリュエル物語』で暗黙裡に提起されていたのであり、また、後の『第三之書』および『第四之書』の最後の数章では、大変な重要性を帯びることになる。ラブレーは、完全なるキリスト教的懐疑主義者である。現代の学問の通説は、こうした哲学の隆盛をずっと後の時代に位置づけているから、彼はずいぶん先んじていたことになる。ラブレーはこの考え方に基づき、ガルガンチュアの驚異的な生まれ方と、プリニウスが語っている諸々の恐るべき生誕〔主に動物の生誕にまつわる話〕と、キリストの誕生に関する信じがたい逸話〔言うまでもなく処女懐胎を指す〕のいずれかを選んで信じろと言われても、生まれながらの理性にのみ頼るかぎり、信じるに足るいかなる根拠も見当たらない、と確信しているのだ。言い換えれば、キリスト教徒をこの種の、真実を小馬鹿にするような誤りから、再び正しい道へと引き戻しうるのは、神の啓示をおいて他にない、ということになる。ここから、唯一無二の啓示による教えを宿した聖書の重要性が浮かび上がってくる。また、ひと口に信仰といろうが、キリスト教徒はこの言葉によって何を意味しているのか、あるいは、いかなる意味をそこに込めるべきなのであろうか。こうした問題を十全に理解することの重要性もまた、この逸話から浮かび上がってくるのである。

＊ 渡辺訳 **p.47.** 決定版のテクストのみを収めている宮下訳には、この部分の訳出はない。なお、聖マルガリータは、自分を呑み込んだドラゴンの腹を、十字架の力で切り裂いて出てきたとされる。それゆえ、出産の守護聖女として崇められていた。

伝統的な神学者たちは、信仰を、盲信の一種と見なす傾向があった。一方でユマニストたちは、その主義主張の小異を超えて誰もが、新約聖書に従って、信仰とは信頼、それも神との契約に対する信頼だと捉えていた。ラブレーは、ウルガタ聖書の翻訳やギリシア語に関する無知のせいで目を曇らされた、「ソルボンヌ野郎ども」**Sorbonagres** の教えと、自分やエラスムスその他大勢の人間が、聖書の内に読み込んだ信仰の真の意味とを、対置させているのである。ソルボンヌの神学者たちは、信仰とは良き軽信であると主張しているが、これは、「ヘブル人への書」第十一章一節を完全に誤解する愚に由来している。書簡は、「それ信仰は［……］見ぬものを真実《まこと》とするなり」となっている。＊ ソルボンヌの連中はこの言葉を、誤って信仰の「定義」と見なしてしまった。エラスムスはこの誤りを軽くいなし、「ヘブル人への書」は信仰の定義を提供しているのではなく、これは信仰の讃歌なのである、と述べている。つまり、「ソルボンヌ野郎ども」は、聖書のこの重要な箇所を完全に誤解しているとして、非難されているのである。彼らは、ラテン語訳のウルガタ聖書に全面的に依拠しているうえ、ラテン語やギリシア語の知識もきわめて怪しいから、ここから正しい意味を引き出せるわけがない、というわけである。なるほど、「ヘブル人への書」第十一章一節のギリシア語が、まずもってわかりにくいのは確かである。欽定訳聖書＊＊は、「信仰とは、望む事柄の内実であり、『目に見えぬものを明らかにするもの』だ」、と述べている。ウルガタ訳聖書は、ギリシア語を翻訳しようと努め、その結果、信仰とは「明らかならざる事柄を確かとすること」***argumentum non apparentium*** と翻訳している。フランス語はかなりわかるが、古典語はいま一つ苦手だという人間ならば、この文言を誤って「本当だとの確証が皆無な事柄の論拠」***argument des choses de nulle apparence*** という意味に取り違えて、信仰とは、まさに「本当らしくない」がゆえにこそ信じなければならない何か、と勘違いしてしまう可能性がある。この種のいわゆる定義を認めるならば、キリストの不思議な生誕を信じる以上、ガルガンチュアのそれをも信じざるをえなくなる。通常なら、どちらもまずありえない出来事、「本当だとの確証が皆無な」***de nulle apparence*** 出来事だというのに。

＊　全体は、「それ信仰は望むところを確信し、見ぬ物を真実《まこと》とするなり」である。口語訳も挙げておく。「信仰は望んでいる事がらを保障し、目に見えないものを確信させるものです」。

＊＊　一六一一年に、イングランド王のジェームズ一世の裁可により編集発行された英訳聖書。ウルガタ聖書から派生した翻訳のひとつ。

ラブレーはこうした混乱の極みともいうべき誤りに対し、真の信仰とは何かに言及しているとされた聖書の一節を添えて嘲笑気味に応じている。つまり、信仰とは、御自分のお約束を必ず実現してくださる神の力を信じることだ、としているのである。聖処女マリアは、とうてい信じがたいお告げを聞いて、当然のことながら最初は本気にしようとしなかったわけだが、その彼女に対する天使ガブリエルの返答を、ラブレーはここで引いている。ガブリエルは、石女《うまずめ》と言われていたエリザベツが、特別の思し召しにより、不思議にも妊娠した事実を引き合いに出し、「それ神の言《ことば》には能《あた》はぬ所なし」と、＊神の力の何たるかを説いている（「ルカ伝」第一章三七節）。神の約束に信を置かねばならないというガブリエルの一言は、ギリシア語七十人訳《セプトゥアギンタ》聖書中の「創世記」第八章十四節に見出される言葉と響きあうことで、さらなる説得力を帯びるに至っている。「創世記」では、年老いたサラが＊＊、およそ信じがたい妊娠に恵まれており、これは聖母マリアに起きた事柄の前兆となっているからである。アブラハムは、自分の妻が不妊のまま大変な老齢に達してしまったというのに、自分の子孫は海辺の砂子のごとく無限に増え続けるであろうと信じたのであった。＊＊＊このように、信仰とは、いかなる事態になろうとも、神はその約束を実現なさるのだ、と信じるところにある。たとえ、老いた石女の妻からやっとのことで生まれた息子を、イサクのように、生贄として捧げねばならないはめに陥るとしても。＊＊＊＊

＊　ラブレーは、「神に不可能なことは何ひとつなし」« (…) à Dieu rien n'est impossible » と訳している。渡辺訳 p.51, 宮下訳 p.69.

＊＊　アブラハムの妻、神の祝福により九十歳で妊娠しイサクを生む。日本語訳聖書の場合は、「創世記」第十七章十六節、二一章一－二節を参照。

＊＊＊　「創世記」第二二章十七節に、ヤーヴェの言葉として「天《そら》の星のごとく濱の砂子のごとくならしむべし」という表現が

見出せる。

****　もちろん、生贄となる寸前に神の意思でイサクは助かる。「創世記」第二二章十二―十三節。

ラブレーは、最後に次のようなからかい気味の文言を付け加えている。「神に不可能なことは何ひとつありませんから、もし神がお望みなら、今後ご婦人方は、このように耳から子供を生むことにならぬともかぎりませぬぞ」。この一節は、ガルガンチュアが母親の耳から生まれたことのみならず、民間伝承においては、キリストもまた耳から生まれたと信じられていた事実をも想起させる。神の「御言葉」は耳を介して受胎へ至ったという見解は、民間の神学において広く信じられていた一種の紋切り型である〔受胎告知が聖なる「御言葉」によって実現したことに由来する迷信〕。この延長線上に、イエスは耳から誕生したとする見解が生じても何ら不思議ではない。こうした俗信は、言うまでもなく教会から非難されているものの、人々のあいだに十分浸透しており、また、カトリックの見解とは本来無縁であるがゆえに、かえって笑いの種にふさわしい題材となりえたのである。

こうしたプロパガンダにルター派の臭いを嗅ぎつけたソルボンヌが、衝撃を受けたとしても無理もないだろう。だが、彼らソルボンヌの連中がとんだ勘違いをしたのも、不可抗力といってよい。信仰の本質に関して、確かにルターはラブレーと同意見であった。だが、カトリックのエラスムスもまた、この意見に与していたのである（ソルボンヌの頑強な保守主義者たちは、エラスムスを、ルターと同程度に邪悪な存在と見なしてはいたが）。さらに、ラブレーの若き日の友人で、カトリック正統派のジャン・ブーシェも、他のあらゆる場合と同じく出産においても、神はその欲するがままを実現できると堅く信じていたのである。(7) 実のところラブレーは、神学者としても法律家としても、自分の見解に自信を持っていたと思われる。エラスムスもまた、『痴愚神礼讃』へのエドワード・リー*の批判に対し鋭い反論を展開する中で、「ヘブル人への書」第十一章九節を誤解している手合いを笑いものにしている。彼によれば、このテクストにまつわる誤解を広めたのは、教会法の専門家たちだという。彼らは、教皇教令集第一巻の第一タイトル「三位一体およびカトリック信仰に関する要諦」に、競って攻撃的な注釈を施す過程で、この文言は信仰の定義であると主張し、かつ、その定義がなっていない、と批判を浴びせたのだという。一五三二年、エラスムスに少し先んじて、アンドレア・アルチャーティも（ユスティニアヌス法典のスタンダード・エディションのタイトルに見られる「三位一体に関する要諦」という文言に、法学的見地から加えた注釈の中で）、エラスムスやラブレーと同じくギリシア語を翻訳したうえで、ウルガタ聖書の訳文および「聖パウロを理解できない最近の神学者たち」に非難を浴びせている。(8)

＊ エドワード・リー（一四八二頃－一五四四）英国国教会の大主教。ヘンリー八世のチャプレン。首長法に初め反対するがのちに従い、ヘンリー八世の宗教改革に協力する。

文学研究や歴史学の方法論のなかには、ルネサンス期における神学を、一部の熱烈なキリスト教徒のみが関心を示す領域にすぎないとして、これを完全に隔離しようとする傾向が根強く残っているが、この見方はまったくの誤りである。というのも、神学はすべての学問分野に深く浸透していたからである。逆に言うならば、専門のいかんにかかわらず、いやしくも学者たる者ならば、神学的主題に関し一家言を持っているのが、ごく当たり前だった。ウルガタ版新約聖書のラテン語訳テクストに対する、最も根源的な批判のいくつかは、ビュデの『ユスティニアヌス法典・学説類集注解』の内に見出されるのである。ルネサンス期を特徴づける諸側面のなかでも、パリやルーヴァンおよびその他の都市の保守反動的な神学者たちに、大いなる反感と不快感を与えた側面を、ここでひとつ挙げておかねばなるまい。それは、彼らの神学的確信を覆したのが同業の神学者たちではなく（むろん、それだけでも彼らには十分不愉快ではあったろうが）、彼らからすればたんなる文献学者にすぎない連中だったことである。もっとも、このたんなる文献学者たちときたら、たとえば聖ヒエロニムスや聖アウグスティヌスの使った古代の教会ラテン語はもとより、ギリシア語やヘブライ語までをも使いこなし、彼ら神学者やスコラ哲学の著作家たちの誤りを、簡単に証明することができたのである。

やっと第五章に到達したにすぎないが、ここまで検討しただけでも、『ガルガンチュア物語』が期待を決して裏切らない作品であることがわかるだろう。この作品は、そのゴシック文字で印刷されたタイトルからは思いもよらないような、実に深い主題を扱っているのである。

8 ガルガンチュアの衣装〔『ガルガンチュア物語』第八章、九章、十章〕

ラブレーが、法学的なジョークと、読者も十分楽しめるあまり専門的ではない関心事とを、うまく掛け合わせている具体例は、ガルガンチュアの衣装を扱った数章にも現われる。ここでは、成長過程にある巨人は、まだまだ矯正の余地のある人物にとどまっている。彼は、その人物像のレベルでは『パンタグリュエル物語』の主人公にずっと近く、この「年代記」後半に登場する自分自身からは、まだまだほど遠い。この点から、ガルガンチュアが身にまとう宝石類が、倫理的な特質よりも滑稽なそれを帯びている理由が見えてくる。*ルネサンス期にあっては、男も女も、宝石の隠れた効用に通じていた。彼らは、たとえばマンデヴィル〔十四世紀にフランス語で『東方諸国紀行』を著した人物〕の『フランス語版宝石博覧』といった民衆本や、古典古代およびそれ以降の権威の著作などから、直接的ないし間接的に、そうした知識を得ていたのである。なかでも持てはやされたのは、中世のレンヌの司教マルボッド〔マルボ（ル）ドゥス（一〇三五頃―一一二三）レンヌの司教で詩人、学者〕や、カルダーノ**をはじめとする同時代の学者たちである。宝石もまた、恣意的に押し付けられた意味や特性ではなく、実質に即した意味や特性を有する事物の一例であった。宝石の意味するところやそれが有する能力は、専門の学者たちによって発見されたのであって、権威やしきたりによって、宝石に恣意的に付与されたわけではない、と一般には信じられていた（*Garg.*, *TLF* VII, 37 ; *EC* VIII, 31 ; cf. Cardano, *Opera*, 1663, X, pp.520f.）〔渡辺訳 p.55, 宮下訳 p.76〕。

＊ たとえば、ガルガンチュアのために誂えられたブラゲットには、ミカンほどの大きさのエメラルドがはめ込まれているが、その理由は、この宝石に「男根を勃起させ溌剌とさせる効用がある」からだとしている。『ガルガンチュア物語』第八章、渡辺訳 pp.55-56, 宮下訳 pp.76-77.

＊＊ カルダーノ（一五〇一―七六） イタリアの数学者・医学者・自然哲学者。諸学に通じた万能人として名声を博す。とくに、三次方程式の解法を発見した点で、タルターリアらと並び称される。

だが、宝石をめぐるユーモアは、「面白まじめ」な側面を維持しつつも、より同時代の関心事へと結び付いていく。

そもそも、ルネサンス期の貴族階級は、色彩の意味、とりわけ紋章学における色彩に、強い関心を抱いていた。しかも色は（言葉とは異なり）、恣意的に課された意味ではなく、実質的な意味を有していると広く信じられていたのである。この実質に即した意味の何たるかをめぐっては、激しい論戦が交わされている。さらに加えて、色に対し恣意的で自分勝手な意味を押し付ける者たちに対しても、激烈な攻撃が浴びせられたのである。

　印刷本か写本のいかんを問わず、おびただしい数の学術的論考が編まれ、さらに韻文作品や民衆本あるいは諸々の学者の著作などが加わり、人間による探求のあらゆるレベルにおいて、色彩の意味を探る試みがなされている。中世の紋章官シシル〔アラゴン王アルフォンソ五世付きの紋章官〕が著した『色彩の紋章学』に付された「補遺」は、一五三〇年代に数回にわたって印刷され、大変な人気を博した。ラブレーは、誇張法を駆使した嘲笑的な技と、深遠な法律の学識とを合体させつつ、長々と自説を展開する口実として、この「補遺」を巧妙に槍玉に挙げているのである。

『色彩の紋章学』に付された「補遺」は、カロゼなる人物の作である。もっとも、ラブレーはそれを知らなかった。彼にとってこの論文は、匿名の作品以外の何物でもなかったのである（この著作に見られる理不尽なほどの無知を考慮に入れれば無理もない）。彼に言わせれば、当該論文は、色彩に自分勝手な意味を押し付けようとしており、「白」は信仰を、「青」は剛毅を意味する、などという恣意的な解釈に陥っているという。これは許しがたい見解である。というのも、「白」の真の意味は「幸福と歓喜」であり、「青」のそれは「天来の至上なる事柄」とされているからである。こうしたテーマは、象徴的意味に対してルネサンス人が抱いた熱烈な関心を分かち合わない者には、退屈きわまりないかもしれない。ラブレー自身も、なるべく話を面白くしようとさまざまに工夫を凝らしている。たとえば、このテーマをルネサンス期の紋章への熱狂と結び付けたり、ユマニストたちの法学や聖書にまつわる関心事と絡めたり、あるいはユーモアたっぷりな語り口を採用したり、といった具合である。ここでの色彩の意味という問題は、実は、この世には自然な意味と課された象徴的な意味がある、という見解と直結している。言葉やカバラ的記号あるいは紋章は、恣意的に課され、慣例により受け入れられた意味を帯びている。その点で、色彩は、これらとは異なっている。なぜなら色彩は、自然かつ実質的な意味をはらんでおり、その指示対象は、聖書ないしその他の箇所に見つかるか、あるいは、理性を通してそこに到達可能な「実体」だからである。この章は、自然な意味と課された意味に対する、ラブレーの強い関心の延長線上で読まれるべき箇所であるが、この点は、使われている用語によっても強調されている。たとえば、『ガルガンチュア物語』第六章〔決定版を底本にした翻訳では第七章。渡辺訳 p.52, 宮下訳 p.71〕では、巨人の赤ん坊にいかにして名前が「課された」*imposé* かが物語られている。また、『パンタグリュエル物語』第二章でも、赤ん坊の主人公に、ひとつの名前が「課された」*imposed*（*imposé*）と記されているのである〔『パンタグリュエル物語』渡辺訳 p.33, 宮下訳 p.50〕。これは、自分の息子に名前をつける場合には、ごく真っ当なやり方である。しかし、こと色彩に関しては、自分流に意味を「課する」余地はいっさいない。つまり、「馬鹿げた意味の割り当て」*impositions badaudes* など問題外なのである〔『ガルガンチュア物語』第九章、渡辺訳 p.60, 宮下訳 p.85〕。色彩は実質的な意味を備えており、それを明らかにすることは可能である。そうした意味は、人間が勝手に決めつけたものではありえない。つまり、「こうした意味作用は、人間の恣意的な押し付けによって決まるわけではないのである」〔『ガルガンチュア物語』第十章、渡辺訳 p.64, 宮下訳 p.91〕。

　色彩と紋章とを扱っている数章の中で、ラブレーは「デクラマチオー」*declamatio*〔ローマ以来行なわれている雄弁術の練習。原註(10)〕の書き手としても、色彩の真の意味を明らかにし、象徴的な紋章のなかでも本物と呼べるものの素晴らしさについて、その名人芸を遺憾なく発揮している。ラブレーが、真面目一本槍の「論述」*exposé* ではなく、敢えてデクラマチオーという形態を選んだ事実に、現代の読者は困惑するかもしれない。しかしながら、滑稽な書物の内に人々が期待したのは、実はデクラマチオーのほうだったのである。彼が扱っている主題が、根本的にはきわめて真面目であることは、初版の時点ですでにはっきりしているが、一五四二年版では、さらに明確になっている。というのも、ラブレーはここで、右のテーマを、ユマニストのスローガンであるあの「良き文芸の復興」と結び付けているからである[9]〔渡辺訳 pp.61-62, 宮下訳 p.86〕。もっとも、デクラマチオーはきわめて融通のきく文学的形態であって、そのおかげで著作家たちは、大真面目なテーマを、部分的におどけた調子の、ある種「面白まじめ」文体で扱えるのである[10]。ルネサンス期に最も評判の高かった書物のうちの二点は、デクラマチオーであった。ハインリヒ・コルネリウス・アグリッパの『いっさいの学問の虚しさと、神の御言葉の卓越性について』と、エラスムスの『痴愚神礼讃』である。このように、デクラマチオーという文学上の形態は、「微笑みながら真理を述べるのを、何も妨げはしない」というあのホラティウスの言を、実例を持って裏づけている。こうして、重要な内容と取るに足らぬ内容とが、真実と虚偽とが、説得力のない議論と確固たる議論とが、あるいは、個人的な深い確信と、他人から気楽に拝借した奇抜なアイデアとが、うまく混ざり合うのである。こうした約束事やしきたりに通じていない読者ならば、議論のいくつかに目を通しただけで、まったく説得力がないではないか、とか、ふざけてばかりで心がこもっていない、といった感想を抱き、作品全体がそのまま戯言に過ぎないのだろう、などと早合点しかねない。だが、「良き文芸の復興」と繋ぎ合わせている以上、ラブレーが、ここでたんなる冗談に興じているとは見なせない。それどころか彼は、自分の議論をさらに司法的な領野へ引き込もうと努め、十五世紀のユマニストであるロレンツォ・ヴァッラ*と、そのヴァッラが博雅の士カンディード（「白」を意味する）・デチェンブリオ〔デケンブリウス（一三九二—一四七七）イタリアのユマニスト。プラトン『国家』のラテン語訳で有名〕に献じた辛辣きわまりない書『バルトールスの著作への反論』（一五一七年に死後出版された）とに、密接に関連づけているのである。** この言及により、ラブレーは、聖書中の真理を探究するに当たっては、ラテン語訳聖書に通じているだけで十分だと考える連中を、またしても嘲笑する機会に恵まれることになる。サッソフェラートのバルトールスという法学者を、ラブレーやビュデといったユマニストの法曹家たちは、アコルソの場合と同じく、正当な判断基準は棚上げにして嘲笑の的にしたのである。バルトールスは色彩の意味に関する書物を著したが、そのタイトルからして、すでに古典ラテン語ではなかった（これだけで、こき下ろすには十分な材料となるが）。バルトールスは、顔を上げてお日様を見ようとしない驢馬のような輩なので、光の色は金色だなどと勘違いし、あげくに本来は白に帰すべき意味を、愚かにも金色にあてがってしまったのだ、というわけである。そのうえバルトールスは、山上におけるキリストの変容 Transfiguration をめぐる聖マタイの記述を引っ張ってきて、この自説を補強しようとした。ところが、彼にとっては運悪く、ウルガタ聖書は決定的な間違いを犯していたのである。ウルガタはキリストの衣服が「雪のように白く」なったと記しているが、ギリシア語の原典では、その衣は「光のごとく白くなりぬ」〔「マタイ伝」第十七章二節〕となっている。他の福音書に「雪のように白く」という文言が見出せるという反論は、この場合まったく的外れである。もちろん、雪が白いことを否定する者はいない。重要なのは、聖マタイもまた、光を「白色」と見なしている事実なのである。[11]

＊　ロレンツォ・ヴァッラ（一四〇七－五七）ラテン名はラウレンティウス・ウァルラ。イタリアの人文主義者。スコラ哲学を攻撃し、中世式ラテン語を排斥した。教皇の現世支配権の根拠とされてきた「コンスタンティヌス帝の寄進状」が、実は偽造であることを証明した一件でも有名。

＊＊　第十章でラブレーは、「ロレンツォ・ヴァッラがバルトールスに反駁した書物をご覧いただくのも一法だろう」と述べている。渡辺訳 p.65, 宮下訳 p.92.

以上のいっさいにおいて、ラブレーの記述は、その友人ティラコーの心を喜びで満たしたことだろう。というのも、ラブレーの筆は、ティラコーの論敵のひとりであるバルテルミー・ド・シャスヌーをも物笑いの種にしているからである。このシャスヌーなる人物は、『世界栄華目録』という大袈裟なタイトルを付した、紋章に関する法学の研究書の中で、やはり無知をさらけ出し、バルトールスを引用する端から、彼とまったく同じ誤りに陥っているのである。ずっと後になってティラコーは、バルトールスの稚拙なラテン語や、ギリシア語に関する無知に対し、より寛大な態度をとるようになる。だがそれは、ティラコーが専門家として国際的な名誉を勝ちえたために、慎重にならざるをえなくなったころのことである。ところで、目下論じているエピソードの終わり近くでラブレーは、色彩をテーマにした大著を一巻ものし、白色を扱ったのと同様に青色についても俎上に載せたい、と高々と宣言している。彼はそのための条件をひとつだけ付けている。「王様《ル・プランス》に命じられた場合にかぎる」＊。つまり、この論考が著されのは、「王様がそうお望みになり、そうお命じになる場合にかぎる、換言すれば、その御命令一下、必要な力と智恵とをお与えになる方が望まれた場合にかぎる」というわけである。ラブレーがあらゆる種類の象徴的な記号体系に大きな関心を抱いていたのは事実であり、この種の論考を著しても不思議はないのは、彼の作品から明らかである。にもかかわらず、彼は一五三五年にこれらの文言を削除してしまった。「ル・プランス」*Le Prince* によって、彼はみずからが仕える国王を意味していたのであろうか。私自身も以前はそう考えていた。だが、おそらくはそうではない。もちろん、「プランス」*prince* という語は、ルネサンス期の君主を指す、一般に流布していたラテン語法ではある。また、「王様がお望みになる」*Le prince le veult* という表現法は、新たな法律に国王が権威を付与する際の定型表現、すなわち「国王《ル・ロワ》がお望みである」

Le Roy le veult を真似たものである。だが、おそらくこれは洒落だろう。というのは、まず、ラブレーの最初の印刷業者には、「ル・プランス」*Le Prince* というニックネームが付けられていた。さらに、その印刷出版業を婿の立場で継いだピエール・ド・サント＝ルシーにも、まったく同じ綽名《あだな》が付けられている。ラブレーがこの語で指していた人物、および彼がこの一連の文言を削ってしまった理由がもしわかれば、さぞ面白いことであろう。最初に「ル・プランス」*Le Prince* の異名を取ったクロード・ヌーリーのほうは、一五三三年に世を去っている。また、サント＝ルシーは、すでに一五三四年の早い時期にこのニックネームを使っている。こうした手掛かりは、『ガルガンチュア物語』の出版年を割り出すうえでも役立つと思われる。(12)

ルネサンス期の学者たちは、色彩の象徴的意味がどれほど重要な問題であるかを、知り尽くしていた。しかし、概して彼らは、このテーマを面白みに欠けると見なす傾向があった。その反対に、紋章のほうは、今日と同様に過去においても、多くの熱烈な信奉者を集めていたのである。ラブレーは、ルネサンス期の紋章と仰々しい判じ物とを混同している手合いの、甚だしい無知をさんざん虚仮《こけ》にしているが〔『ガルガンチュア物語』第九章、渡辺訳 pp.61-62, 宮下訳 pp.86-87〕、そこが最高に面白い箇所となっているのは、われわれ現代人にとっては実にありがたい。

* ただし一五三四年版（初版）にのみ見られる。一五四二年版では異文に替えられている。渡辺訳 p.63. 宮下訳では「プランス云々」の箇所は訳出されていない。なお、ラブレーは「青色についても」論じたいとは記していない。むしろ、色彩の多様性とその意味について、より詳細に論じたい、という趣旨の内容を書き加えているのである。

紋章の人気を広めた功労者はアルチャーティである。彼は、コロンナ*の『ポリフィルスの夢』やエラスムスの『格言集』といった仕事によって、すでに勢いを得ていた傾向に、さらに拍車をかけたのである。アルチャーティの著作『紋章』*Emblemata* は、彼自身の手によって一五三四年にリヨンで上梓されている（一五三一年に海賊版が先に出回ったが、成功を収めるに至っていない）。ラブレー自身は、「エンブレム〔アンブレーム〕」*emblème* という用語を使わず、紋章が帽子に付けられる場合には「イマージュ」*ymage* を、また一般的な意味合いで用いる場合には「ドヴィーズ」*devise* ないし「ディヴィーズ」*divise*** という用語を好んで使用している。「エンブレム」、「ドヴィーズ」のいずれの語も、当時は広く流通していた。たとえば、クロード・パラダン〔パラディヌス（?－一五七三）その著『英雄の標章』は大きな影響力を誇った〕は、大きな影響力を誇ったその論考（一五五一年）の中で、フランソワ一世の紋章《エンブレム》に、まさしく「ドヴィーズ」という語を充てている。(13) もっとも現代では慣例により、「エンブレム」という用語が人口に膾炙しているため、ここで無理にこの呼び方を変えるのは、かえって煩わしいであろう。紋章は多くの場合、図像と、それに添えられた道徳的格言ないしは詩句からなっている。言葉が添えられていない図像だけのものもありうるし、言葉だけで絵柄のないものすら存在する。ただし、これはかなり初期の珍しいものに限られる。

＊　フランチェスコ・コロンナ（一四三三－一五二七）ヴェネチアのドミニコ会士。『ポリフィルスの夢』（一四九九年）で、エジプトの象形文字（ヒエログリフ）を紹介し、かつ多くの木版画を掲載したため、ルネサンス期を通して非常に持てはやされた。ラブレーは、「テレームの僧院」の逸話や『第四之書』のいくつかのエピソードで、この作品に多くを負っているとされる。

＊＊　« devise »は、現代では「紋章の下部の飾り窓に加えられる主義、主張、銘句、格言」などを意味する。

アルチャーティの『紋章』は、道徳的ないし哲学的な真理を象徴的に表現した、一連の木版画によって構成されている。これらの版画には詩句が添えられており、図像に秘められた象徴的意味を説明している。もっともアルチャーティ自身は、紋章の真髄が、こうした詩句や標語にではなく、謎めいた道徳的な図像のほうに存すると考えていた。この点は、法学をテーマにした彼の大著『言葉の意味について』の中で、みずからの小冊たる『紋章』を論じている箇所が裏づけている。実際、アルチャーティの『紋章』は、「もの」が、直接的な意味を持つような仕組みの書物となっている。普通に考えれば、意味するのは「言葉」（*verba*）であり、意味されるのは「もの」（*res*）であろう。だが、例外的とはいえ、ものが直接に意味することもありうるのであって、この点は彼の著書が示しているとおりである。アルチャーティが描く紋章を観察すれば、図像は、確かに「もの」（*res*）に分類できるものの、みずからを説明してくれる言葉の力を借りずとも、それ自体として意味を内包しうることがわかってくる。こうした彼の基本的な考え方は、実は当時の紋切り型であって、たとえばアウグスティヌスの『キリスト教の教義について』は、この見解を流布するのに大いに貢献したし、さらに、ルネサンス期の数多の著作家も、同様の考えに言及している。

紋章に使われる図像は、言葉を伴う場合も伴わない場合も、たとえば、貴金属に刻印され徽章として帽子に付けられたり、宮殿や城の内部を飾ったりした。あるいは、タペストリーの柄に織り込まれたり、プリンターズ・マーク〔印刷出版業者がみずからの標章として用いた図柄〕として使用されたりもした。また、ルネサンス期の偉大な詩人のなかには、紋章のコンセプトを自分の詩で活用する者もいた。彼らは、詩の中で紋章の図像を描き出すことによって、自分の考えを伝えようとしたのである。ただしこの場合、詩人たちは、その思念を描くうえで、どうしても言葉の「魔力」に頼らざるをえなくなってしまうのだが。

ルネサンス期のユマニストたちの目には、紋章の図像が、古代エジプトの「聖なる文字」（ヒエログリフ）〔象形文字〕に通じていると映った。だからこそ彼らは、精巧な紋章を作り上げるに際して、ホラポロ*の手になる、四世紀の論考『ヒエログリフについて』にヒントを求めたのである。ホラポロは、ギリシア文明よりもさらに古く神秘的な一文明の神聖なる文字群に、自分は注釈を施しているのだと主張していた。さらに彼は（ルネサンス期の多くの思想家がそう信じたのと同じく）、この古代文明の賢者たちが、モーセから秘儀的な知識を伝授された、とも述べている。

＊ ヒエログリフの注釈書の著者とされる。この書物が世に出たのは五世紀だとする説もある。フランス語読みでは、ホラポロン。

ホラポロの論考は、いくつもの言語で頻繁に印刷されている。ラブレーが当時交わっていた仲間たちも、その著作を知っていた。すでに一五二一年の時点で、ギリシア語とラテン語の版が、ヨハンネス・アンゲルスによって編集され世に出ている。ちなみにこの版には、コマンジュの司教ジャン・ド・モーレオンへの献辞が付されている。アンゲルスは、マルグリット・ダングレーム〔マルグリット・ド・ナヴァール〕の庇護下にあったブリソネ、ルフェーヴル・デタープル、およびジェラール・ルーセルたちを崇拝しており、自身もこのモーのグループ*の一員になっていた。このグループは、国王の姉の庇護を受けつつ、モー司教区全体で、福音主義に基づくカトリック改革を実現しようと尽力していた。いずれにしろ、ホラポロの敬服に値する論考やアルチャーティの仕事といった学問的な支えがある以上、紋章を、たんなる流行や酔狂として片付けるわけにはいかない。紋章は、本来ならば推論や論証によってしか知りえない倫理的見解を伝達しうる、「神聖なる銘」という一手段なのである。この紋章という「倫理的見解の描画」は、個人の恣意に基づいて作られるものではなく、また、誰にでも理解できるわけでもない。その原理に通じている者のみが理解できることも、その魅力のひとつになっている。当時権威のあったプルタルコスによれば、紋章とは（まずはエジプトのヒエログリフと同一視されたわけだが）、特権的な少数者以外には意味がわからない、あのピュタゴラス流の象徴にも近いと見なしうるのである[14]。

＊ パリ北西の町モーの司教であったブリソネを中心とするグループ。福音主義思想を伝播するうえで貢献。

宮廷における紋章の最も一般的な使用方法といえば、やはり「イマージュ」***ymage*** として帽子に付けるやり方である。そうすることで宮廷人たちは、同じ奥義に通じた者たちに対し、みずからの人生の指針を宣言していたわけである。ラブレーは、王侯貴族の現実の慣習にならって、ガルガンチュアの帽子に徽章《イマージュ》を付けてやった〔『ガルガンチュア物語』渡辺訳 p.58, 宮下訳 p.80〕。また、ヴェルサイユに残っているギヨーム・デュ・ベレーの肖像画[15]を見ると、彼も確かに紋章を身に着けていたことがわかる。さらに、学者マリオ・プラーツは自著の中に、ローマ国立美術館所蔵のバルトロメオ・ヴェネト〔生没年未詳。ベネチア派の肖像画家〕の絵「ある宮廷人の肖像」を収録し、宮廷で身に着けられていた典型的な紋章を読者に提示している[16]。ラブレーは紋章の卓越性についての説明を終えるにあたって、「最初にオクタウィアヌス・アウグストゥスが用い、その後大提督殿が付けた紋章」に言及している〔渡辺訳 p.62、宮下訳 p.88〕。お世辞たっぷりのこの言葉が、フランス、ブルターニュおよびギュイエンヌの大提督であったフィリップ・シャボ、つまり宮廷の大実力者に向けられているのは、偶然ではない。フィリップ・シャボが紋章に強い関心を持っていた事実は、当時広く知られていたのである。彼がフランス大提督として帯びていた紋章は、古代的な威厳を感じさせるもので、錨《いかり》の周囲にイルカが絡んでいる図柄からなっている。その意味するところは、「フェスティナ・レンテ」*Festina lente* すなわち「ゆっくり急げ」である。一五三六年、ジャン・ル・フェーヴルが、アルチャーティの『紋章』の仏語訳を上梓した際に付したタイトルは、『アルチャーティ師の紋章に関する書。フランス語の韻文に翻訳。本書はフランス大提督殿下に捧げられる』だった。この本は、献辞が相手に見合ったお世辞を含んでいるだけでなく、ラブレーの場合と同じように、宮廷人が紋章のカタログを、みずか

らの「イマージュ」を探すうえでの情報源と見なしていたことを示しているのである。(17)

ラブレーは、以上で見たヒエログリフ＝紋章を用いた「イマージュ」やその図柄と、駄洒落や安っぽい語呂合わせとを平気で混同する同時代人の存在を、耐えがたいほどに愚かであると思い、心底からの嘲《あざけ》りに値すると考えた。こんな混同を許していれば、紋章はその光輝を失うし、奥義に通じている者にのみそっと語りかけてくる、あの絵という符号が有する神秘性も、色褪せてしまうからである。学者でもあった印刷業者のジョフロワ・トーリー*も、ラブレーの嘲笑する愚かな混同に陥ったひとりである。実際、彼はヒエログリフ的紋章を、とんでもないナンセンスと同一視している。たとえば、大きく書かれた*S*は、「気前の良さ」*largesse* を意味するとか〔«largesse»は、「大きな」«large»+「エス」«-esse»に分解できることからくる語呂合わせ〕、「折れた長いす（台）」*banc rompu* は「破産」*banqueroute* を意味する、という具合である。こうした語呂合わせが、大いなる笑いの源泉たりうることは事実であり、ラブレー自身も作品中でこの種の駄洒落を炸裂させている。しかしながら、こうした面白おかしいナンセンスと真正なる紋章とを混同すると、ルネサンス期の持つ重要な側面を見失ってしまう。というのも、この誤りにより、味噌も糞も一緒にしてしまう弊に陥ってしまうからである。こうした取り違えが、用語上の混同から容易に生じてしまう可能性もある。紋章そのものは「もの」*res* ではあっても、言葉を介さずに意味を伝えうる「もの」である。ところが、*rebus* もまったく同じ語 *res* に由来しているのである。もっとも、*rebus* のほうが由来するのは、斜格〔主格・呼格以外の名詞・代名詞の格。«*rebus*»はより正確には«*res*»の与格〕の形ではあるが。いずれにしろ判じ絵・語呂合わせ *rebuses* の類は、紋章と真面目に向かい合おうとする者にとって、古《いにしえ》からあり、由緒正しく、神秘的にして真正なる何物かを、実に愚劣な仕方でパロディー化した代物にすぎないのである。

＊ ジョフロワ・トーリー（一四八〇―一五三三頃）人文学者、印刷出版業者。ロマン体活字の普及やアクサン・テギュ、セディーユなどの記号の導入に大きく貢献した。

ラブレーがガルガンチュアに対し、その帽子に付けるべく与える紋章の図像《イマージュ》は、金地に嵌め込まれた七宝でできている〔第八章、渡辺訳p.58、宮下訳p.80〕。ラブレーはこの作品の冒頭ですでに『饗宴』を引き合いに出しているが〔序詞、渡辺訳p.17、宮下訳p.17〕、そうした混合主義《シンクレティズム》の新しい旗手ラブレーにふさわしいことに、右の図像《イマージュ》には、同じくプラトンの『饗宴』から引かれた両性具有者が描かれている。さらに、聖パウロから引いたギリシア語の引用句「慈愛は己の利益を求めず」が添えられており、図像《イマージュ》はその神秘的な意味を象徴しているとされている。* もっとも、この作品の現段階でのガルガンチュアに合わせて、件の両性具有者はきわめて滑稽に描かれており、「プラトンが『饗宴』で述べているように、そこには二つの頭が向かい合い、四本の腕と脚および二つのお尻を備えた人間」というぐあいである（*Garg.*, *TLF* VII, 95f. ; *EC* VIII, 80f.）〔渡辺訳 p.58, 宮下訳 p.80〕。プラトンの記述はこれほどあからさまではない。もっとも、ここに醸し出されているユーモアは破壊的ではなく、数ページ後の、ユマニストの新たな理想およびその擁護へと直結していく。私個人の印象を言えば、ラブレーは、両性具有者の臀部をことさら強調することによって、この紋章が、まだ下半身に呪縛されている我らが巨人にふさわしいことを、あえて示そうとしている可能性が高い。ただし、この紋章が秘めている宗教的に深遠な内的意味は、のちに新しいユマニスト的教育を経て顕在化することになる、ガルガンチュアの潜在的能力を暗示しているとも取れる。エラスムスが、この両性具有者を「下品」と見なしつつも、同時に、キリスト教徒にとっての結婚における真の愛の、つまり二人の人間を一体化させることの象徴を読み込んでいたのは間違いない。この点は、「マタイ伝福音書」第十九章六節の一句「されば、はや二人にはあらず一體なり」に彼が加えた注釈を読めばわかる。ラブレーの場合と同じくエラスムスも、情報源がプラトンであることに怖気づいている気配はまったくない。「プラトンの『饗宴』におけるアリストパネスの物語は、聖書のこの文言と大きく矛盾するわけではない。もっとも、プラトンの場合は、多少下品 *obscoenior* ではあるが」。ガルガンチュアの紋章は、最高位の宮廷人たちのしきたりに倣って作られているが、同時に、二番目の「年代記」のこの段階に見合った、滑稽な野卑さをも備えている。ちなみに、マルグリット・ド・ナヴァールの紋章はキューピッドの図柄に、「すべては、彼〔＝キューピッド〕によって創られた」〔« Per ipsum Facta sunt omnia »〕という銘が添えられていて、「愛」そのものとしてのキリストと、使徒信経《クレド》中の有名な一句とが、みごとに合体を果たすのである。[18]**

* 渡辺訳 p.58, 宮下訳 p.80.「コリント前書」第八章五–六節「愛は寛容にして慈悲あり。愛は妬まず、愛は誇らず、驕ぶらず、非礼を行なわず、己の利を求めず、（……）」に由来。

＊＊ Credo〔「我信ず」の意味〕は、キリスト教の基本的教えを神への誓いとして表明する祈りのこと。「クレド」はその冒頭のラテン語。ここでスクリーチが暗示している一句は、« per quem omnia facta sunt »＝「すべては主によって造られたり」を指す。

ここで扱った数章は、奥義に正しく通じた者にとって、色彩の真の意味や紋章の本質とは何であるかを中心の主題に据えて、ラブレーの新たな側面を明らかにしている。いつもどおり象徴的な意味作用に大いなる関心を寄せながらも、ラブレーはその関心を、法学的論争という狭い脇道から引きずり出し、ルネサンス文化の開花する華やかな大通りへと導き入れつつあるのである。

9 ガルガンチュアの幼年時代〔『ガルガンチュア物語』第十一－十五章、二一－二四章〕

少なくとも現代の読者の好みからすれば、第十章以降〔一五四二年版（決定版）では第十一章以降〕、ラブレーの技芸は前方へと大きな飛躍を見せる。今後の数章には、執拗に脚註を付する必要はなくなり、ラブレーの古今無双の言語が、何世紀もの時をこえて読者に直接語りかけることが可能となる。彼の最も普遍的な喜劇のいくつかが、またきわめて魅力的なユマニスト的思考の一部分が、読者の前方に待ち受けているのである。以降の数章は、さまざまな観点から見て、彼のここまでの文章を支配していた喜劇上のコンセプトと、完全に縁を切るに至っている。もちろん、粗野で下品な要素が読者の哄笑を引き出す点は変わらないが、それらは、最終的にはより高尚かつ純粋な理想に取って代わられる発端としての笑いなのである。

幼い巨人は、何事を行なうにしても滑稽なほどに愚かであり、俚諺の叡智の一切合財に反する行動をとる〔渡辺訳p.69, 宮下訳p.99以降を参照〕。たとえば、ハエに向かって大欠伸を連発し、自分の靴の中に小便をし、見る前に跳ぶ、といった具合である。ガルガンチュアが逆転させてしまう俚諺のリスト――第二版では膨大な数に膨れ上がる――は、まさしく「離れ技」*tour de force* である。これらの俚諺は、笑いに包みつつもガルガンチュアを戒める（というのも、ルネサンス期に持てはやされた古典古代の格言のように、民間の諺にもそれ相応の威信が認められていたからであるが）と同時に、ラブレー作品の中に動きを導き入れる役割をも負っている。

初期の数章は、『パンタグリュエル物語』の多くの章と同じく、本質において静的である。ところが、この章以降、いっさいが動きの中に放り込まれる。幼く無作法で道化を思わせる巨人は、一瞬たりともじっとしていない。その語り口は「地より出でて土に属する」〔「コリント前書」第十五章四七節。「俗臭ふんぷんたる」の意味で使われている〕がごときであり、その主要な関心事は排泄物である。この点でガルガンチュアは現実の子供と変わらない。というのも、大人は、やれおならをした、やれトイレに行った、等々の話を笑いの種にはせず慎みから無視するが、子供にはこの慣習が解せないからである。『ガルガンチュア物語』では、こうしたテーマを滑稽なまでに誇張して、読者の大笑を誘おうとする。もっとも、この笑いは決して無根拠ではない。

繊細なマロ風の音韻形式に則って雪隠《トイレ》の壁に落書きされたスカトロジックな詩を、ガルガンチュアが大声で読み上げても、周囲の者たちはおよそ無頓着に聞いている。巨人は、その才能のすべてを注ぎ込んで、トイレの紙に取って代わりうる、優しく心地の良い尻の拭き方を発明しようと懸命になっているのである〔決定版では第十三章。いわゆる「尻ふき」« torche-cul » の章として有名〕。彼は、肛門にまつわる表現を通してしか、自分について考えることができず、また、排泄物に関する表現を用いてしか、女性について考えることができない状態にある。こんななか、父親のグラングズィエは、親馬鹿のゆえに完全に目がくらんでおり、ちょうどパンタグリュエルがパニュルジュに対して甘かったのに似て、ここでは寛大な傍観者の域を脱せないでいる。さらに、『パンタグリュエル物語』中の多くの登場人物と同様に、彼もまた、息子の高い理解力と素晴らしい知性を目の当たりにしようものなら、すぐに「感嘆のためうっとりしてしまう」*ravy en admiration* のである（*TLF* XIII, 1 ; *EC* XIV, 1）〔渡辺訳 p.84、宮下訳 p.123〕。この喜劇的忘我《エクスタシー》というテーマの再出現は、『ガルガンチュア物語』の初期の数章と『パンタグリュエル物語』とを繋ぐ、数々の特徴のひとつになっている。

ガルガンチュアは、不潔でよれよれの老いた教師連、つまりパリの神学者たちの下で勉強することになるが、これは現段階でのガルガンチュアには似つかわしい。最初に教わるのは、テュバル（「世俗的な」の意）・ホロフェルヌ先生*だが、この人は「一四二〇年に痘瘡で」死ぬ〔渡辺訳p.85, 宮下訳p.124〕まで、下手糞なラテン語で綴られ内容も馬鹿げた退屈きわまりない書物を読ませて、生徒の時間を無駄にしたのであった。彼が読ませた書物というのは、西欧中ですでに半世紀も前から、ユマニストに嘲笑され続けてきた駄本ばかりである。こうした中でラブレーが打ち出した新機軸は、喜劇的枠組みの内でフランス語を使って嘲笑う、という手法であろう。テュバル・ホロフェルヌ先生は、最終試験で、我らがソルボンヌ大学の先生方によって一位の栄誉を与えられた神学者にふさわしく、実に暗愚な人物として描かれている。その後継者たるジョブラン・ブリデ〔直訳すれば「縛られた阿呆」の意〕先生もまた、似たり寄ったりの「コンコンの咳込み老人」であり、ひどい教育を続けたために、ガルガンチュアは見るも無残な愚か者へと成り下がってしまう。すでに頭が汚物で詰まってぼうっとなってしまった少年は、ユマニストたちが「文学の糞便」（*faeces litterarum*）だとこき下ろした書物をまたも大量にあてがわれ、くだらぬ瑣末な知識を無理やり詰め込まれるのである。もちろんこんなやり方では、道徳的ないし精神的に向上するはずもなく、それどころか自然学や社会的礼儀といった分野においてすら、何の進歩も遂げられない。我らが少年が学んだことはといえば――のちにポノクラートが、ソルボンヌの教育係に教わったとおりに生活するガルガンチュアを観察してみてわかるように――怠惰で不潔な状態に留まり、大食いを好むせいで酒《ワイン》への飽くなき欲求を保ち続け、しかも、こういっただらしなさを正当化すべく、取って付けたような「道徳的」理由を並べ立てる方法だけである。たとえばガルガンチュアは、「夜が明けようが明けまいが」〔渡辺訳p.107, 宮下訳pp.162-163〕当時としては非常に遅い八時か九時に起床している。というのも、神学の先生たちが、詩篇第一二六（一二七）篇におけるダビデの教え、「汝ら早く起きるは空しきなり」**を根拠として引用し、そう教え込んだからであった。ガルガンチュアは衣服を身に着けるが、その際、必要最低限の洗面しか行なわない。以前、アルマヌス教授***がパリで行なっていたように、ただ手櫛で髪を梳くだけである。「というのも、これ以外の方法で髪を梳いたり洗ったり綺麗にしたりするのは、この世で時間を浪費することに他ならないからである」〔渡辺訳p.107, 宮下訳p.164〕

* テュバルはヘブライ語で「混乱」を意味する。カインの末裔の名前。ホロフェルヌはネブカドネザルの将軍で、迫害者の

シンボル。女傑ユディットに殺される。
＊＊　全体の文言は以下のとおり。「なんぢら早くおき遅くいねて辛苦の糧をくらふはむなしきなり斯てエホバその愛しみたまふものに寝《ねぶり》をあたへたまふ」
＊＊＊　ジャック・アルマン（アルマヌス、一四五二―一五一五）はソルボンヌ大学神学部の教授。**Almain** と、次の「手」«**main**»との語呂合わせにも注意。

グラングズィエは、王子たる息子の教育に無頓着すぎて失敗を犯したと悟るわけだが、その契機となるのが、「幸福なる者」ユーデモン〔「幸福なる者、才能ある者」を意味する。原註(22)参照〕の登場である。ユマニストの奉じる方法論に基づいて教育された、この若く見栄えの良い小姓は、大学に巣食う黴臭くて怠惰この上ない似非神学者たちの考え方を、身をもって非難しうる生きた証として、舞台に上がってくる。清潔で健康、かつ謙虚にして雄弁な彼は、ガルガンチュアに対し礼儀にかなった挨拶を述べるが、その際の身のこなしは典雅であり、話し方は明快そのもの、声もエレガントで、使いこなすラテン語も実に正しく華麗である。そんな次第であるから、ユーデモンは、当代の若者というよりも、その昔のグラックスかキケロかアエミリウスを彷彿とさせるほどであった。

　これに対しガルガンチュアはといえば、ただ牝牛のごとく大声で泣きじゃくり、帽子の中に顔を隠してしまうのが精一杯であった。彼からたった一言を引き出すのは、「死んだロバに屁をひらせる」のと同じことで、とうてい無理な相談であった（*Garg.*, *TLF* xiv, 33f.; *EC* xv 27f.）〔渡辺訳 p.89, 宮下訳 p.132〕。

　ラブレーは、およそ喜劇とは無縁の状況から、最大限の喜劇性を引き出すという手法を得意とするが、ここでのユーデモンの登場は、まさしくその好例である。ユーデモンは間違いなくひとつの理想型である。彼の出現は、ガルガンチュアの人生において重要なターニングポイントとなっている。ただし、ユーデモンがガルガンチュアを称讃するくだりは、あまりに場にそぐわず、読者は啞然とするばかりだ。というのも、ユーデモンはガルガンチュアの美徳や礼儀正しさおよびその肉体美まで褒めちぎっているからである！　ここで生じる喜劇的矛盾に、読者は微笑を禁じえない。しかしだからといって、ユーデモンを、ローゼンクランツやギルデンスターン〔『ハムレット』の登場人物〕流のおべっか使いとして、退けてしまうわけにはいかない。

右の喜劇的矛盾は、部分的にではあるが、ラブレーがこの逸話の執筆中に、突然方針転換をおこなったために生じた可能性もある。すでに見たように、ユーデモンは最初は、「当代の若者」とは桁違いに優れているとして、称揚されていた。だが、少し前の箇所では、まだ一介の小姓にすぎなかったのだ。つまり、ソルボンヌによる教育の産物を、模範的存在としての小姓と対照させ、その否定的側面を前面に出そうというわけである。こうして、ソルボンヌの連中が、「当代の若者」と比べてもいかに無知蒙昧であるかを、際立たせようとしたのである。

グラングズィエは、息子の教育が大失敗に終わったのを目の当たりにするや、教師のジョブラン・ブリデを危うく殺しかねないほど激怒した。しかし、結局のところ、ブリデ先生に給金を払い、神学者にふさわしいだけの大酒を振舞ったうえで、悪魔どもにくれてしまえ、とばかりに追い出してすませた。これはラブレーが駆使する喜劇的手法のひとつ、つまり優しさと無頓着さの内に、相手を厄介払いして読者を笑わせる、という技法である。

ユマニストによる新しい教育によって、汚物や不潔さや怠惰との完全な決別が実現する。今後、巨人たちは決して、それまでのような下品な鈍物に戻ることはない。ただしこの変化は、「そのころ博学で鳴らした医師セラファン・カロバルスィー」Seraphin Calobarsy の異称で、小説空間に闖入してきたラブレーその人によって、一種の奇跡のごとく実現することになる。こうしてラブレーはみずからの創造物の内部に割り込み、アンティキラ産のヘレボルス〔古来狂気を治癒する薬草と考えられた。アンティキラはエーゲ海にある島〕を用いてガルガンチュアを浄化し、それまでに巨人が頭に詰め込んだガラクタをすべて忘れさせたのである（*Garg.*, *TLF* xxi, 12 ; *EC* xxiii, 9 *var.*）〔渡辺訳 p.114, 宮下訳 pp.189-190〕。

新しい法学や修辞学をきちんと修めたラブレーのことであるから、ユマニスト以前の教育を滑稽に嘲笑した後には、ユマニストたちがすでに古い教育に取って代わっていると見なす理想的教育を、すぐさま描写してもよかったはずだ。ところが実際は、このエピソードの合間に、ひたすらソルボンヌを嘲笑う章がいくつか割り込んでいるのである。最初の構想では、物語はこれらの数章を含んでいなかったと想定するのが自然であろう。つまり、トゥーレーヌ地方を舞台に、悪しき教育と良き教育とが順番に実践されていた可能性が高い。こう考えると、なぜラブレーが不注意からとはいえ、最初のころは、トゥーレーヌ地方への言及を残してしまったかが説明できるだろう。現に、ロワール川やベッセ門やナルセー村〔ベッセ門もナルセー村もシノンの近くにある〕への言及が残っているのだ。ラブレーは、第二版を上梓する機会に、これらをパリの地名（セーヌ川、サン＝ヴィクトール門、そしてモンマルトル）に変更している〔渡辺訳p.122, 宮下訳p.200〕。

新教育は、旧教育の欠陥の大部分を逐一訂正していく。新しく生まれ変わった若者は、清潔と敬虔と勤勉を旨とする、充実した一日を過ごすことになる。彼の新しい師父の名はポノクラート Ponocrates というが、これは苦役や強い欲求を意味する〔ギリシア〕語「ポノス」*ponos* と、力や強さあるいは支配を意味する「クラトス」*kratos* に由来する名である。

かつてのガルガンチュアは、遅い時間に、それも肉体的かつ精神的に不潔な状態で一日をスタートさせ、二六回とか三〇回もミサをぼんやりと聞きながら、ほろ酔い加減の汚らしい専属司祭と連禱をもぐもぐ唱えていたのに対し、新しいガルガンチュアは、朝の四時に起床し（これは実際に早い）、その後マッサージを受けながら、朗々と読み上げられる聖書の文言に聞き入り、その真の意味を捉えようと全神経を集中させるのである。その後彼は肉体の不要物を排泄しに行くが、その間も彼の師父は、今しがた聞いたばかりの聖書の難解な箇所を反復して聞かせ、彼の魂を浄化してやるのである〔渡辺訳pp.107-109, p.115, 宮下訳pp.162-167, pp.190-191〕。

これは、少なくとも主人公に関して言えば、糞便にまつわる下品さへの完全な決別を意味している。これ以降、「年代記」の中でこの種の下品な肉体的作用が描かれるときは、決まってそれに関係する人物に対し笑いに包まれた非難が向けられることになる。なるほど、この後も巨人のお話を活気づけるために、尿の大洪水のシーンが二回出てはくる。しかしこの書が終わりを迎えるころには、尿の場面ですら、主人公が到達した賢人像とはまったく相容れないものとなっていく。この変化は、言語上の激変となって現れる。古いガルガンチュアは、意識的に滑稽で特殊な言葉を使っていたが、新しいガルガンチュアのほうは、医学的に健全で上品かつ一般的な言葉を用いるようになるからである。古いガルガンチュアは、臓物のフライやヤギ肉のグリルに、ハムや修道院風の肉汁に浸したパンなどの朝食にありつく前に、「うんちをしたり、おしっこをしたり、げっぷをしたり、思いっきり鼻汁をかんだり」していた〔渡辺訳p.107, 宮下訳p.164〕。一方で新しいガルガンチュアは、起床後何時間もいっさい食べ物を口にしない。また、肉体の浄化に関しても、それが、慎み深い言葉で表現されるのみならず、必ず精神の健全さと十全に結び付けられるのである。「その後彼（ガルガンチュア）は雪隠《せっちん》に赴いて自然の消化による残滓を排泄する。そこでも彼の師父は、先に読んだ箇所を繰り返し読んで聞かせる」〔渡辺訳p.115、宮下訳p.191〕もちろん、聖書の数節を朗読してやるわけである。こうして主人公の喜劇的な野卑さは、他の人物へと転移していく。『ガルガンチュア物語』にあっては、それはジャン修道士を特徴付ける重要な要素となる一方、グラングズィエとその息子は、さらなる道徳的高みへと飛翔していくのである（*Garg.*, *TLF* XX, 30 ; XXI, 38f.; *EC* XXI, 24; XXIII, 30f.）〔渡辺訳、宮下訳ともに第二一章、二三章〕。

新しい学習法については、その詳細が明確に説明されている。まず、ギリシア語とラテン語に精通していることは、ごく当たり前だと見なされている（なお、ここではもはやシリア語やアラビア語には触れられていない）。我らが若きヒーローは、立派な殿方が学ぶべきいっさいを、すなわち、音楽、数学、天文学、植物学を含むすべての「立派な学問」*honneste sçavoir* を修得するであろう。彼は、若き巨人よりもむしろ貴族の若人にふさわしいように、テニス《ジュー・ド・ポーム》のような宮廷のスポーツに精を出すことになる。また、その地位相応の立派なキリスト教徒の騎士となるべく努める。そのために武道の訓練に従事する間も、常に善良なる神を念頭に浮かべているであろう。こうした武術の修得は、騎士としての義務を果たすためには、非常に重要な準備とみなされた。『パンタグリュエル物語』においては、教育は、貴族よりもむしろプロの弁護士の育成により向いていた。せっかく修得しても、その教育内容は、その後登場するトーマストのような人物との喜劇的な遭遇の内に呑み込まれてしまう。しかし『ガルガンチュア物語』では、主人公は、すべての逸話が決しておふざけというわけではない戦争において、父親の軍勢を預かる優秀な指揮官に育つのである。馬上槍試合では、いっときも無駄にできない。テクストではこう綴られている。「そうした時、ガルガンチュアは決して槍を折ったりなどしなかった。というのも『俺さまはな、馬上槍試合や合戦で槍を十本も折ったぞ』などと嘯《うそぶ》くのは、大工の場合ならともかく、実に愚かな戯言《たわごと》であって、むしろ、天晴れなる名誉は、一本の槍でもって敵の槍を十本へし折ることにあるのだ」（*Garg.* *TLF* XXI, 133f. ; *EC* XXIII, 107f.）〔渡辺訳p.109、宮下訳pp.197-198〕

天気が悪いときは、さまざまな手職や仕事場を訪ねて研究したり、公開講義を聞いたりした。さらに「優れた弁護

ガルガンチュアの食事

士」の弁論や、「福音主義的な伝道師の説教」にも耳を傾けたのである。[19]

このユマニスト的な教育システムを普及させるうえで、ラブレーは、当時の一流ないし二流の多くのユマニストたちが唱えた新しい教育理論を模倣すると同時に、それらと張り合ったりもしている。こうした理論的著作のなかには、ちょうどこの頃刊行されつつあったものも存在する。ビュデの論考は一五三二年に、エラスムスのそれは一五三一年に刊行されている。ビベスの、視野の広い魅力的なユマニスト的見解も簡単に入手できたし、メランヒトンやその他の理論家の仕事も手に入りやすかった。こうしたユマニスト流の教育システム（しばしば古代のプラトン派の教育理論に多くを負っている）は、どれもみな、貴族の若人をキリスト教徒にふさわしい徳を備えた男子に育てるべし、という決意に支えられている。すべての理論が大なり小なり、罪や道徳的な誤りは、意図的な悪意よりもむしろ無知に由来していると考える、プラトン派の前提を共有している。だが、これらの理論は、実際にはきわめてキリスト教的である。それを高らかに謳う一方で、子供たちを道徳的な善に引きつけ、道徳的な悪から引き離すという意図も明確にしている。

自由人たる貴族に見合った教養教育にふさわしく、ここでは、学問やスポーツないし実践的な学科を身につけることの喜びにアクセントが置かれている。受動的な読書への疑念が表明され、口頭でなしうることは、すべて口頭で行なうものとされている。記憶術が高度に発達していたルネサンス期には頻繁に見られることだが、ここでも、暗記と暗誦が非常に重視されている。書くことへの言及もないわけではないが、それは、時代遅れのゴシック体ではなく、ユマニストにふさわしい書法で書くべきだと強調するためにすぎない。自分で書物を筆写するというやり方は、印刷本によって背景に退けられている。[20] また、しばしば俗臭紛々だという非難にさらされてきた優雅さや洗練を、なんとしてでも擁護しようとする強い意志もうかがえる。若者は清潔であるべきだ、馥郁たる香りを漂わせ、立派な服装をまとうべきだ、などという主張に対し、俗っぽい虚飾だとぶつぶつ不平を漏らしていたのは、なにもソルボンヌの頑迷な反動主義者にかぎらなかったのである。ラブレーはこの種の批判に対し、さまざまな手法を使って反論している。たとえば、批判者たちは、怠惰で無知で偽善的な立場に安住しているにすぎず、本当の信仰に依拠していない、と大っぴらに非難したり、若い生徒に二つの事柄を同時にやらせる、という着想を活かし、召使が着替えを行なっている間に、前日の学科を繰り返させる、といった具合だ〔渡辺訳 p.116, 宮下訳 p.192〕。新システムが旧システムにどう応じているかを示唆してくれる鍵として、第二〇章における遊戯の長いリストが挙げられる〔決定版を含む〕（渡辺訳、宮下訳では第二二章）。これらの遊戯のカタログ――初版の百あまり〔正確には一四三種〕の遊戯は、その後大幅に増大していく〔決定版では二一七種に増えている〕――は、法学的手法に則った弁護士の戯言を真似たうえで、大きく膨らませたものである。ティラコーは、その法学研究の中で、この種のリストをいくつか拵《こしら》えている（たとえば彼は、古典古代の文学に登場する女ものの宝石や装身具に関し、できるかぎり完璧なリストを作成しようとしている。このリストは、女が生まれつき浪費家であることを示そうとしている）。黙読した場合よりも耳で聞いたほうがより面白いであろうこの遊戯のリストは、実は、若者が時間を浪費する術を多数列挙しているのである。新しい理想的なシステムの中では、これに対抗するやり方を、二通りの方法で示している。まず、新システムにおいてもトランプは用いられているが、それで遊ぶのが目的ではない。「遊ぶためではなく、算術を（……）学ぶため」なのである〔第二三章、渡辺訳 p.118, 宮下訳 p.195〕。さらに、文明人にふさわしい夕食の後、神に感謝の念を捧げるが、それが終わると「気晴らし」の時間がくる。この間は、楽器を演奏したり、（最後の天体観察や、その日一日のおさらい、および就寝前の熱烈な祈りの前に）「カードやさいころやさいころ入れを使って、ちょっとした気晴らし」を愉しむのである(21)〔渡辺訳 pp.124-125, 宮下訳 pp.204-205〕。

新教育システムに対する福音主義者の熱情が最も端的に表れるのは、酒《ワイン》を飲み豚足で歯を磨きながら感謝の祈りをぶつくさ唱える古いガルガンチュアに対し、昼食後に感謝の祈りを捧げるに際して、神の御恵みや御慈悲を讃える美しい賛美歌をいくつか歌う、新しいガルガンチュアを対置し比べてみた場合だろう〔渡辺訳 pp.110, 117-118, 宮下訳 pp.168, 194-195〕。後者にあっては、清潔が、文字どおり敬虔と結び合っている。なぜなら、こうした「美しい賛美歌」を歌う前に、ガルガンチュアは「清冽な冷水」で顔や目*を入念に洗うからである（*Garg.*, *TLF* xx, 87 ; *EC* xxii, 1 ; cf. *TLF* xxi, 91 ; *EC* xxiii, 72）〔渡辺訳 p.117, 宮下訳 p.194〕。

* フランス語の原文は « se lavoit les mains et les yeulx »「手と目を洗う」となっている。

古いガルガンチュアが三十以上のミサを聞いているのに対し、理想的な新システム内では、一回のミサに信心深く耳を傾けることすらない。代わりに、聖書の朗読に加えて、福音主義に基づく祈りや説教ばかりにアクセントが置かれている。ソルボンヌの検閲官たちが、この点に注目していた可能性は十分ある。聖職者としてのラブレーは、毎日正しくミサの祈りを捧げていた。少なくともその『誓願破棄に関する嘆願』*の中で彼はそう主張しているし、私もそれを信じてよいと思っている。しかし「年代記」の内にあっては、ミサは明らかに軽視されており、それに代わって、福音主義的な祈りや説教が、熱心にかつ懸命に擁護されている。もしラブレーが、当然ながらソルボンヌによって非難を浴びせられた（この点で驚くことは何もない）、「百のミサを聴くよりも、良質な説教を一回聴くほうがためになる」という教えを、心底支持していたとするならば、彼はかなり危ない橋を渡っていたことになるだろう（*Garg.*, **TLF XXII, 25, note.**）。

＊　一五三五年八月のローマ滞在の折に、ラブレーは教皇パウルス三世に、医学の勉強のために勝手に「誓願破棄」したことについての許しを請うている。

古い教育システムは、笑いによって舞台からものの見事に引きずり下ろされてしまったので、新しいシステムが議論らしい議論もなしに、堂々とそれに取って代わったのである。ラブレーは、プロパガンダの手段として、芸術というきわめて強力な媒体を見出した。彼に対し効果的に対抗するためには、その主張にいちいち反論していたのでは不十分である。敵対者は、自分たちのシステムを笑い飛ばしたのと同じ手法で、ラブレーのシステムが馬鹿げたものに映るように工夫せねばならないのだ。ところが、そんな芸当ができるのは、彼と同等の喜劇的天才の持ち主だけである。ところで、これらの章を貫く真剣さには、ある意味で驚かされずにはいない。とはいっても、ユマニストは通常、教育を真剣に扱わない、というのではなく、理想的システムの説明の誘因となったのが、舌足らずで無骨な若きガルガンチュアと、流暢なラテン語を操るユーデモンとのあいだの〔真剣ではなく滑稽な〕対照であったからである。お行儀のよい世辞に満ちたユーデモンの型どおりの演説には、それなりの欠点がある。これは、ある種のユマニストの一派にも見られる、かなり典型的な欠点でもある。こうした演説は、装飾に満ち優雅で礼儀正しくはあるが、誠実とは言いにくい。ラブレーが本当に理想とする教育システムは、こうした健全ではあるがお追従の上手な若人よりも、もっと深みと奥行きのある人物を創造するはずなのある。[22]そして、このシステムは実際にそういう人物を創り出す。しかも、ジョブラン・ブリデの死とともに、われわれ読者は、悪しき教育が過去の遺物だと痛感する。それは、十四、五世紀、ゴシック風の闇の中でガルガンチュアが生まれ育った時代の産物にすぎないのだ。なるほど、実際に言及されている年代は「一四二〇年」だけである。*これは詩のリフレインから採られているので、額面どおり受け取るわけにはいかないのだが。[23]この後、ラブレーはいきなりわれわれ読者を十五世紀初頭から引っぱり出し、自身が執筆している時代へと運び去る。そのため、主要な敵はいつの間にか、昔の馬鹿げたほど不適格な旧式の教育ではなくなってしまう。そもそもこうした時代遅れの教育の評判は、ラテン語で執筆された大部の論考類によって、すでに地に堕ちていたのである。いまや、主要な敵は、ソルボンヌすなわちパリの保守的な神学者たちによる教育である。ソルボンヌに対する侮蔑の念は、『パンタグリュエル物語』（一五三二年）の初版では影が薄く、第二版（一五三三年）でも多少感知できるにすぎないが、第三版（一五三四年）になると、驚くほど痛烈な色合いを帯びる。この侮蔑の念は、『ガルガンチュア物語』の第十五章から十九章までを支える主要なテーマにすらなっている〔決定版では第十六章から二〇章まで〕。これらの数章が教育に割かれたセクションに挟み込まれている事実は、教育係のテュバル・ホロフェルヌとジョブラン・ブリデの与えた悪影響の責任が、彼らを生んだパリ大学神学部に帰せられるべきであることを雄弁に物語っている。エラスムスを敬愛したユマニストたちにとって、ソルボンヌは、邪悪なるもの、無知なるもの、支離滅裂なるもの、しかも神学において時代遅れなるものいっさいの、まさしく元凶であった。当時の多くのユマニストから見れば、ソルボンヌの暗愚とその攻撃的な不寛容は、神学部の代表ノエル・ベダという人物の内に集約されていた。もちろん、彼に類した人物が他にも存在したのは言うまでもない。[24]

＊「一四二〇年」に死ぬのはジョブラン・ブリデではなく、正しくはその前任者のテュバル・ホロフェルヌである。渡辺訳pp.85-87, 宮下訳pp.124-127.

場合によっては、極端に憎悪に満ちたテクストに堕しかねなかったこれらの数章は、実のところは、『ガルガンチュア物語』全体の中でも、十二夜前夜を思わせる冗談や謝肉祭的なユーモアが、優れて目立つ好例となっている。ラブレーがこれらの章〔決定版の第十六章から二〇章までの、ソルボンヌを笑いものにした章〕を綴ったのは、ソルボンヌ側が少なくとも一時的には衰えを見せ、逆にデュ・ベレー一族が日の出の勢いを得た時期に、おそらくは重なっていると思われる〔一五三四年五月にノエル・ベダは逮捕されて、モン＝サン＝ミシェルに流刑にされている〕。

10　ノートルダム大聖堂の鐘を持ち去る話〔『ガルガンチュア物語』第十六―二〇章〕

ガルガンチュアがノートルダム大聖堂から巨大な鐘をいくつか持ち去り、それらを自分の牝馬*の首に吊るしてやったというエピソードは、『ガルガンチュア大年代記』の中の話に基づいている。ラブレーはすでに『パンタグリュエル物語』の中で、この逸話に簡単に触れている。サン・ヴィクトール図書館を嘲笑してわれわれ読者を楽しませる直前に、彼はこう記しているのである。

＊　著者の原文ではラバ《mule》となっているが、ラブレーの原文には《jument》とあり、「牝馬」が正しい。以下「ラバ」はすべて「牝馬」に修正した。

その後パンタグリュエルはお供の者たちとともにパリへやって来た。彼が町へ入っていくと、その姿をひと目見ようと誰もが外に出てきた。皆様もご存知のとおり、パリの連中は生まれつき阿呆だからである〔決定版では「生まれつき、しかも本位記号やフラットのせいで阿呆なのだ」となっている〕。彼らは仰天しつつガルガンチュアの姿を眺めたが、同時に、彼の父親が自分の牝馬の首にぶら下げてやるためにノートルダム寺院の釣鐘を持ち去ったように、彼も裁判所《パレ》をどこかの僻地にまで運び去ってしまうのではないか、などとずいぶん心配したのであった。〔『パンタグリュエル物語』第七章、渡辺訳 pp.53-54, 宮下訳 p.87〕

ガルガンチュア、ノートルダム大聖堂に現われ鐘を持ち去る。

ノートルダム大聖堂の鐘は誰でも知っているほど巨大であったから、この逸話はそのぶんよけいに面白くなる。ちなみに、ルー・ガルーの棍棒には十三粒のダイヤモンドが嵌め込まれていたが、その中で最小のものでも、「パリのノートルダム大聖堂で最大の鐘と同じくらい大きかった」という(25)〔『パンタグリュエル物語』第二九章、渡辺訳 p.206, 宮下訳 p.322〕。『ガルガンチュア物語』*でのエピソードも同じ主題を採り上げ、加えてパリの住人の愚かさについても言及している。

だが、こちらの物語のほうがその射程ははるかに広い。ラブレーがいったい、いついかなる理由で、『ガルガンチュア物語』の重要なエピソード〔ガルガンチュアの教育を扱う箇所〕の中に、鐘に関するこの話を再録しようと決めたのかについて、本当のところを知るのは不可能である。ただし、ガルガンチュアに牝馬を与えるという発想はどうも後から思いついたような印象を受けるので、少なくとも、この新しい「年代記」の最初の構想段階では、鐘の逸話は想定されていなかったと言えそうである。いずれにしろ、若き巨人のために、牝馬が大急ぎで用意される。珍奇なるものは常にアフリカからもたらされるが、この馬も例外ではない。この牝馬は、ラブレーの物語に漂うローカル色を強めるような仕方で描かれている。たとえばその尻尾は、ラブレーの出身地にある記念塔、すなわちランジェのサン゠マルスの塔 *la pile Sainct-Mars*〔サン゠マルス゠ラ゠ピールの塔。古代の霊廟だった可能性があるという〕の二倍も太いと形容されている**（*TLF* xv, 1 ; *EC* xvi, 1）。ラブレーは、巨人たちの武勇やピクロコルに対する大戦争を、みずからが幼年時代を過ごした土地を舞台に描くことに大いなる喜びを感じている。だが、それだけではなく、ラブレーとその庇護者たちとのあいだに、芸術上の「共犯関係」が成立してもいるのだ。というのも、彼らは皆、トゥーレーヌ地方のこの地元に関し、知識を共有しているからである。サン゠マルスの塔は、現在では Langeais「ランジェ」と綴る村の近くにある。しかも、ジャン・デュ・ベレーの兄であるギヨーム・デュ・ベレーは、当時の同胞からは「ランジェの城主」という名でも親しまれていたのである。

＊　宮下訳『パンタグリュエル』の末尾に『大年代記』が翻訳されているので、そこでの鐘のエピソードも参照のこと。『大年代記』第九章、宮下訳 pp.409-410. パリの住人の愚かさへの言及はない。

＊＊　渡辺訳 p.91, 宮下訳 pp.134-135 : なお、原文には « elle estoit poy plus poy moins grosse comme la pile sainct Mars »「尻尾はサン゠マルスの塔とほぼ同じくらい太かった」とある。

牝馬がその尻尾を振り回して、本来存在していないとわかりきっている「ボースの森」〔ボースはパリ南西に広がる穀倉地帯で、森などない平原である〕を薙ぎ倒したという話は、この挿話の原型となった『大年代記』と同じ系譜上にあり、愉快で無邪気な笑いを誘う。ガルガンチュアがノートルダム大聖堂の塔に腰掛け、面白おかしいおしっこの洪水で、さまざまな言語が乱れ飛ぶパリの愚かな学生集団を溺れさせてしまった、というストーリーも同様だろう。この大洪水で皆が溺れたという逸話は、英雄風を真似た、それも聖書を思わせる文章で語られており、この点は、溺死した人数をやたらと誇張した後に、「女や子供を除いて」と付け加えられていることで、さらに明快になっている〔渡辺訳p.94、宮下訳p.140〕。

ガルガンチュアのパリ訪問というこの挿話が、同時代人たちを興奮させたのは間違いなく、広く知られた愉快な物語のリライトと、巧妙にして単刀直入な政治的メッセージを、うまく組み合わせた熟練の技のおかげだった。

だが、まずはストーリーそのものを検討しておこう。

『ガルガンチュア大年代記』においては、鐘を失敬するというこの話は、いつもどおり非現実的な、しかも時代を感じさせないような仕方で物語られている。悪名天下に轟《とどろ》く神学部のソルボンヌはもとより、パリ大学全般についての言及すらまったくない。ところがラブレーは反対に、このソルボンヌを物語の中心に据えるのである。この方法により、教育問題に割かれた直前の数章と、喜劇的諷刺の利いたこの重要なエピソードとが、みごとに繋がる。ガルガンチュアの家庭教師は、二人ともソルボンヌの産物であり、コンコン咳き込んでばかりいる老人であった。同様に、大学を代弁する演舌家のジャノトゥス・ド・ブラグマルドも「ソルボンヌ野郎」で、よぼよぼで痰ばかり吐き鼻カタルを患っている老人の、まさしく原型的存在である。その当然の帰結として、彼は無茶苦茶な長広舌をふるうにあたり、まずは「咳き込まずにはいない」。さらに、一連の話の終わりにはドタバタ喜劇のような面白い一幕があって、読者を大いに楽しませてくれる。というのも、ジャノトゥスは、『論理学要諦』*Parva Logicalia* も知らぬとは実に怪しからぬ、などとまだ新米の哀れな教師を叱り飛ばすのだが、この『論理学要諦』とは、ビベスが一五三一年に教育に関する論考『学問教育論』の中で、「とどめの一撃」*coup-de-grâce* を加えようと試みた代物、すなわちスコラ特有の「無用な難解さの迷宮」にすぎないのである。『論理学要諦』とその著者ペトルス・ヒスパヌス（教皇ヨハンネス二十一世）

は、十三世紀以降、中世の論理学に大きな影響力を行使してきた。ところが双方とも、時代遅れのスコラ神学の無知蒙昧ぶりを象徴する存在に堕してしまったのだ。この種の勉学に打ち込んできた学者がどれほどひどい影響を受けるか、という視点が、哀れな老人ジャノトゥスの長広舌の滑稽さを生み出す発想源となっている。論理学を扱った中世の教科書《マニュアル》は、論理的に議論する術を教えると称してきた。ジャノトゥスもそうしようと努めはする。だが、時にまともな論理を操っても、ラブレーにはこっぴどい扱いを受けてしまう。他方、賢者たる巨人たちは、道徳や宗教ないし哲学に関しみずからの確信を展開するにあたっては、論理学でいう三段論法や修辞に満ちた省略三段論法といった手段に、決して訴えたりはしない。こうしたガラクタをいじくり回すのは、頭が空っぽな馬鹿者どもに任せておけばよいのだ。アルコフリバス先生が論理的である場合、彼は軽快にして的を射ている。ジャノトゥスの場合は、自分が無意味な論理学すら身につけていないことを、完全に忘れてしまっている体たらくである。低ラテン語で「鐘」を意味する「クロシャ」*clocha* という語を、ガンガラガンと無意味に変化させて言葉の洪水を引き起こした後、彼は悦に入ってこう付け加えている。

わっ、はっ、はっ！　述べも述べたりですわな。わしの議論は三段論法の「第一格第三図式」*tertio prime* でござってな、ダリイ方式とか何とか言うんですわい（*Garg., TLF* XVIII, 48 ; *EC* XIX, 39）〔渡辺訳 p.100、宮下訳 p.151〕。

『論理学要諦』に傾倒したソルボンヌの教授であるにもかかわらず、自分の議論が *tertio prime*――三段論法の第一格第三図式――に分類されるか否かさえわからないとしたら、これは本当に重症の愚か者である。「ダリイ」*Darii* というのは、記憶を助けるために使われる用語で、それ以外には無意味な類似音の繰り返しにすぎない。これは、中世のスコラ哲学者たちがでっち上げた用語の一種で、論理学を学ぶ学生が三段論法のさまざまな形態を記憶しやすいようにと、作られたものである。たとえば、「バルバラ、ケラレント、ダリイ、フェリオ、バラリプトン」« *Barbara celarent Darii ferio baralipton* »といった調子である。ジャノトゥスを自分たちの代弁者に選んだソルボンヌの神学者連も、選出にあたって、その「是々非々」*pro et contra* に関し「屁理屈」を並べ立てたのち、「三段論法第一格第五方式 *baralipton* に則って結論を出した」のである。* むろん彼らとて、人工的に作った「バラリプトン」*baralipton* という語の、最初の三つの母音が表している三段論法の形式に基づいて、自分たちの議論を組み立てていることぐらいわかっている。その形式とは、第一格第一間接図式と呼ばれる三段論法で、最初の二つの前提に全称肯定を、最後の結論に特称肯定を用いるものである。教授たちのなかでも無知と混乱ぶりでひときわ秀でたジャノトゥスは、自分の議論が「ダリイ」であるのか否か、つまり、大前提に全称肯定を、小前提と結論に特称肯定を用いるべき、三段論法の第一格第一図式であるのか否かすらわからないのだ。**

* 渡辺訳 p.96, 宮下訳 p.144：なお、中世論理学の三段論法における記憶法に関しては、渡辺訳の注に詳しいので参照。cf. 渡辺訳 p.309, 註。

** 四つの母音で以下のように区別する。A：全称肯定、E：全称否定、I：特称肯定、O：特称否定。《*Darii*》であれば、最初の三つの母音は AII、《*Baralipton*》であれば AAI となり、右のような説明に落ち着く。渡辺訳の註が挙げている AAI「全称肯定、全称肯定、特称肯定」の例を紹介しておく。「すべての生物は死ぬ」→「すべての人間は生物である」→「太郎は死ぬ」。渡辺訳 p.309、註を参照。

こうした用語は、読者の目には訳のわからぬ専門的な隠語に映るかもしれない。だが、ジャノトゥスとその取り巻きどもは、まさしくそうした効果を生むためにこそ登場しているのである。

ここでは、『論理学要諦』が、また、中世のスコラ哲学者たちがアリストテレスを下敷きにしつつ、念入りに捏ね上げた論理学の全システムが、もののみごとに嘲笑されている。これは、ラブレー作品の中で最大の成功を収めている場面の一つである。このシーンは、あまりに完成度が高いために、くり返す必要をラブレーは感じなかった。中世の論理学は一笑に付され、その基本的な教科書は、若きガルガンチュアを馬鹿丸出しの武骨者にしてしまった、あの空虚で仰々しく愚かしい一連の書物と、十把ひと絡げの扱いを受けている。ジャノトゥスはあちこちで愚かにも異端邪説を嗅ぎつけて、自身が支離滅裂の罠に陥っているが、こうした欠陥だらけの大間抜けを作り出したのも、やはり右のごとき愚書の類なのである。スコラ哲学が屁理屈や、「〔三段論法の〕図式と格」*modo et figura* による結論を好むことへの揶揄は、『パンタグリュエル物語』の第三章では、まだ甘く寛大であった。*ところが、ここでは笑いは、正真正銘の、それもずっと侮蔑的な高笑いに変じているのである（*Garg.*, *TLF* xviii ; xix, 40f. ; *EC* xix ; xx 36f.）〔第十九章全般、および、渡辺訳 p.103、宮下訳 p.157〕。

＊　妻の死を悲しんだり、息子の誕生を喜んだりするガルガンチュアに、「賛成《プロ》と反対《コントラ》」を濫用するスコラへの皮肉が込められていることを指す。

ガルガンチュアの牝馬のために鐘を借用する逸話に割かれた数章は、その喜劇的な話の流れ、抱腹絶倒するような独白《モノローグ》、ものすごいドタバタ喜劇やその他の思いがけない笑いを誘う場面のおかげで、喧騒に満ちたみごとな笑劇に仕上がっている。支離滅裂を絵に描いたようなジャノトゥスの演説は、ラブレーが創作した喜劇的場面のなかでも最良の部分をかなり含んでいる。

ここに見られる笑劇の要素は、すでに壮年期にあったラブレーがモンペリエ〔大学医学部〕での学士時代に、このフランスの伝統的なジャンルに熱中していた事実と、間違いなく繋がっている。この要素はさらに、『笑劇　ピエール・パトラン先生』に対しラブレーが抱きつづけた賛嘆の念とも直結している。この中世の傑作が、一五三〇年代に新たな流行を見たのは、何よりこの作品がラテン語に翻訳されて、ずっと広い範囲で入手可能になった事実に由来する。*

この当時のラブレーの視線は、リヨンないしトゥーレーヌ地方で生涯を送り、そこで書籍を購入していた読者層よりも、はるかに高いところに注がれていた。だからこそ彼は、自分の手になる笑劇的な物語を、「ソンジュクルー」**Songecreux**〔「空・夢想家」の意〕、すなわち、偉大なる座元兼俳優のジャン・デュ・ポンタレ〔ジャン・ド・レスピーヌ・デュ・ポンタレ〕と関連づけるよう努めているのである。ジャン・デュ・ポンタレの才能は、一五三二年から三四年にかけてフランソワ一世を大いに喜ばせ、彼とその一座は、宮廷につき従ってあちこちを巡り、国王の庇護とその手許金による援助まで受けるほど厚遇されたのである。ラブレーは、ジャノトゥスのほうが「ソンジュクルー」よりも、ずっと笑わせ楽しませてくれた、と書いている。こう書くことでラブレーは、宮廷に対し、自分の手になるストーリーと、当時絶賛されていた俳優が王侯貴族の前で演じた笑劇とを、ぜひ見比べてみてほしい、と訴えかけているのである（*Garg.*, *TLF* xix, 22 ; *EC*

XX, 18）〔渡辺訳 p.102, 宮下訳 p.156〕。

＊　ルネサンス当時、俗語の作品がラテン語に訳されるということは、ヨーロッパ全域に需要があったことを示している。現代の日本語の文学作品やマンガが英語に訳されるのと似ているだろう。

自分の創作に対するこの自信たっぷりの要求に加えて、ここでは、カーニヴァルというさらに別の要素が加味されている。これは、われわれの発する笑いに新たな彩りを添えてくれる。

ラブレーは物語をカーニヴァルの時期に設定している。この点は、いくつかの仕方で示唆されている。たとえば、ほろ酔い加減のジャノトゥス・ド・ブラグマルドが、大学の連中を引き連れた行列を組んでノートルダムの方向へと進んでいく様子に、われわれ読者は笑いを禁じえない。なにせ、彼は、半分は執行吏（*bedeaulx*）、半分は間抜けな仔牛（*veaulx*）の、「うすのろ仔牛＝執行吏」*vedeaulx* を前に行かせて追い立てているのだ。彼が引き連れている教授連すなわち「無芸学部教授連」*maistres inertes* も、テュバル・ホロフェルヌと同じく、身なりはだらしなく不潔で無知蒙昧の権化であった〔渡辺訳 p.97, 宮下訳 pp.145-146〕。この異様な行進を目にしたポノクラートの反応は、ここに込められたカーニヴァル的要素を感知しないかぎり、理解しづらいであろう。

> ポノクラートは入り口でこの連中に出会ったのだが、異様な風体をしているのを見て恐ろしくなり、これは気でもふれた連中の仮装行列《マスク》なんだろうと思った。そこで無芸学部教授連のひとりに、こんな奇態な格好をして何をお求めか、と尋ねた。（*Garg., TLF* XVII, 12 ; *EC* XVIII, 9）〔渡辺訳 p.92, 宮下訳 pp.145-146〕。

「奇妙な格好で浮かれ騒ぐ人々」*mommerie* という語は、田舎芝居の掛小屋を想起させる。こうした見世物がかかる時期は決まってはいないが、しばしば十二夜前夜〔公現祭〕などの祝祭期間と繋がっている。一方、一年の中で「気でもふれた連中の仮装行列」*masque hors du sens* と密接に結び付くのは、カーニヴァルの時期をおいて他にはない。カーニヴァルの雰囲気は最後まで保たれる。ジャノトゥスは、自分の滑稽な大演説が成功するほうに賭けている。

しかも、うまくいった暁には、布を一丈とひとつながりのソーセージを貰えるはずだと言い張る。* 一丈の布は、『笑劇 パトラン先生』中の一エピソードを思わせる〔パトランは羅紗屋から、まんまと布地を巻き上げる〕。ただし、ひとつながりのソーセージが、「四旬節」との闘いにおいて、「カーニヴァル」側を代表する象徴《シンボル》であるのは、周知のとおりである。干からびた魚が陰気な「四旬節」の象徴であるように、肉の詰まったソーセージは、間違いなく「謝肉祭」の笑いの象徴なのだ。以上からも、このシーンで、田舎芝居の言語がカーニヴァルの言語と、がっちり握手をしているのが見てとれるだろう（*Garg.*, *TLF* XVIII, 18 ; *EC* XIX, 14）。

* 実際に要求するのは、ソーセージ（腸詰）と股引き « une bonne paire de chausses » であるが、ジャノトゥスにちょうど合う股引きが見つかるとは思えなかったガルガンチュアは、結局、黒と白の布 « drap » を進呈することになる。渡辺訳 pp.99, 103, 宮下訳 pp.149, 157.

ジャノトゥスの実際の話しぶりは、これらの章の笑劇的な趣きを強調してやまない。彼の演説は、芝居を念頭に構想され呈示された独白《モノローグ》である。演説の終わり方も、実に愉快かつ適切であり、法廷で弁護士がその弁論を終える際に使う常套句と、古典喜劇に終止符を打つにあたってテレンティウスが用いた決まり文句の、双方をもじった二重のパロディーになっているのである〔渡辺訳 p.102, 宮下訳 p.152〕。

ジャノトゥスにまつわる逸話をこのレベルで楽しんでも、それ自体十分に価値あることである。ここでは、当時の極端な学識が障害となって、読者が理解を阻まれるわけでもない。ただし、ラテン語をまったく理解できない場合には、この愚昧な先生の、とてつもない無知や頭の混乱を味わい尽くすには至らないかもしれない。なんといってもこの老教授は、無意識のうちに、ソルボンヌの神学部を詩篇に登場する愚昧な牝馬にたとえたり、* たんなるラテン語文法の間違いから異端に陥ったりする始末なのである。** この人物は、あまりに漫然とした話しかできず、一貫性に欠け、しかも無能ゆえにその議論は欠陥だらけで仰天するほどお粗末なのだ。彼は、その学問によって聴衆を煙に巻こうとするが、かえってそれが、ユマニストたちが異口同音に主張していたように、スコラ哲学の醜悪にして愚昧かつ野蛮なる正体を暴露してしまう。彼はさらに、救貧箱からくすねたお金や、完全に無料の贖宥状をちらつかせて、ユマニストたちを買収しようとさえする〔渡辺訳 pp.99-100; 宮下訳 pp.149-150〕。こうした発言は争いの原因を含んでおり、場合によっては、彼が嘲笑している人々から、ルター主義の烙印を押されて非難される可能性もあるのだが***、ジャノトゥスの話は面白おかしく、どこか憎めないところがある。そもそも彼の右のような冗談は、カトリック教そのものを攻撃しているわけではない。そのうえ、大学の教授連が貧者のための献金箱から金を盗んだり、贖宥状を無料でばら撒いたりする、などと本気で信じる者がいるはずもない。ジャノトゥスが陥る異端の説も、あくまで滑稽な類にすぎず、敬虔な常套句を機械的に使ったり、間違いだらけの滅茶苦茶な統辞法を用いたりした結果にすぎない。もちろん、彼に対する非難を、より深刻な難詰へと変形するのはいともたやすく、また大部分の場合そうするほうが普通だろう。だがラブレー自身は、愉快な笑いを惹起するだけで満足しているのである。

* 「詩篇」第四九章十七―二一節：詩篇では、現世で栄える者が獣にたとえられている。著者の校訂版 *Gargantua* (*TLF*) によると、ウルガタ聖書では、«jumentis»「牝牛」という語が使われているという（*Garg.*, *TLF* XVIII, note 41）

** 渡辺訳 pp.101, 宮下訳 pp.152. 某ラテン語詩人がでたらめなラテン語を綴っているうちに、異端と宣告されてしまった話を指す。

*** 貧者の献金箱は、現世での善行を認める考え方で、それを愚弄するのは「ルター主義的」と言える。また、免罪符を無料で配るという発想も、その無効性を訴えていると解釈でき、「ルター主義的」である。

もっとも、諷刺文学に通じている読者ならば、ソルボンヌの反動主義者の面白おかしい肖像のうちに、より野心的な狙いが潜在している点に注意を向けるかもしれない。ラブレーが飛ばしているジョークのいくつかを調べると、彼が部分的に、あの滑稽きわまりない『無名人書簡』をモデルにしているのだとわかる。この書簡集は、一五三四年のラブレーにとっては愛読書であった。このころには、ヘブライ語が再び攻撃にさらされていたため、彼は「サン・ヴィクトール図書館」の蔵書をより拡充する手法によって、反ユダヤの無知蒙昧主義に対する嘲笑を増幅する必要に迫られたのだ。おそらくは、サン・ヴィクトール図書館のカタログを拡充する過程で、ラブレーの念頭には、図書館とノートルダム大聖堂の鐘、さらにはソルボンヌとを一気に結び付けよう、という発想が浮かんだのではないだろうか（そうでなければ、ここでのソルボンヌへの揶揄が理解しにくくなる）。現に、件のカタログは、ガルガンチュアの牝馬への最初の言及や、そのために持ち去られた鐘と、ぴったり重なるような密接な関係にあるのである。

11　ノートルダムの鐘：同時代的諷刺〔『ガルガンチュア物語』第十六―二〇章〕

以上のようなレベルの読みでも、「ノートルダム大聖堂の鐘」をめぐる話は、十分に愉快であり強い印象を残す。だが、これで満足するわけにはいかない。テクストは、この逸話をある明確な文脈の中に置き直すよう、読者を誘《いざな》っているからである。確かにこれらの数章は、学術的な衣を被った戯言や支離滅裂さを茶化し、漫然と中世を思わせながらも、ほとんど時代を超越した面白さに達している。だが同時にこれらの章は、ラブレーやその庇護者たちにとって重要で、かつ彼らに強い影響を及ぼした、当時の現実の事件の記憶をも喚起しているのである。

ガルガンチュアをパリに入城させた際にラブレーが使った語句によって、読者は初めて、この話が有する同時代的な関連性へと注意を向けるようになる。

（……）パリの人々は実に阿呆で間抜けで生まれつき無能だから、大道芸人や、聖遺物ならびに免罪符を売る手合いや、鈴をつけたラバや、四辻で突っ立っている楽士といった連中のほうが、福音主義的伝道師よりもよほど多くの客を集められるのである（*Garg.*, *TLF* XVI, 1f. ; *EC* XVII, 1f.）〔渡辺訳 p.93, 宮下訳 p.139〕。

棘《とげ》は最後の箇所、すなわち福音主義の説教への言及中に隠されている。パリでは、一五三三年および一五三四年に、こうした説教は騒擾や擾乱を引き起こした（とくに、一五三三年が顕著である）。ラブレーが、鐘が盗まれた後に「パリ市全体が騒乱状態に陥った」« toute la ville feut esmeue en sédition » と強調したのは、間違いなくこのためである〔渡辺訳 p.95, 宮下訳 p.142〕。

逸話の背景をよりはっきりさせるためには、ここで歴史的経緯に触れる必要がある。それが、『ガルガンチュア物語』の一部に漂う「一五三三年フレーバー」とでもいうべきものの、根拠になっているのである。

宮廷はパリ市をよく思っていなかった。フランソワ一世は、スペインに幽閉されている間、パリ市が自分に忠実ではなかったと信じていた。さらに彼は、カール五世の人質になった自分の子供たちを釈放させるに必要な巨額の身代金を準備することに、パリ市がまったく積極的ではないとまで考えていた。国王のこの不信感は、大学と教会にまで波及していった。ジャン・デュ・ベレーの前任者であるパリ司教エティエンヌ・ポンシェは、国王の命により獄中で惨めな暮らしを強いられたすえ亡くなっている。逆に、ジャン・デュ・ベレーの忠誠心が、彼をパリ司教座にまで押し上げる要因となったのは明らかで、その後も彼は君主に対し、忠実な姿勢を貫いている。

デュ・ベレー家は、国王の利害関係をそのまま共有していた。ただし、彼らの諍いの相手は、パリの町よりも、むしろ大学である場合が多かったように思われる。その一連の諍いにおいて、デュ・ベレー一家は、フランス国王はもとより、その実姉でナヴァール王妃のマルグリットからも支援を受けていた。毎日のように繰り返される小競り合いには、マルグリット自身の利害も、ダイレクトに、かつ実質的に関係していたのである。争いの原因の一端は、ノエル・ベダとその一味が、浅はかにもマルグリットの作品まで検閲しようと試みたことにある。また、大学の教育課程や規則の改革を、王権側が強制的に実施しようとしたことも、衝突の一因となっている。さらに、ヘンリー八世の離婚を合法的であり道義的にも問題ないとして支持せよ、との命に対し、大学側がしり込みし引き延ばし戦術を採っていたが、国王の決断により、賛成の立場を強制した（大学は最終的に受け入れる）ことも争いの原因となった。デュ・ベレー家は、大学の連中が絶えず陰謀を企て、党派的策略を成功させていたことに、怒りをつのらせていた。そもそも大学街には、独自の法が支配していると言っても過言ではなかった。だからこそ、王権側は実力行使により、しばしばその権威を見せつける必要に迫られたのである。

一五三三年に事態は急速に悪化する。騒動、群集の暴徒化、宣伝工作と対抗宣伝工作などが沸点に達し、明らかな「叛乱」*sédition*（分裂を惹起しかねない暴動）へと変じつつあった。一五三二年から三五年までの期間は、かつてカルチェ・ラタンでの檄文や騒動が、ボローニャ政教協約＊Concordat に関する王権側の政策に挑戦状を突き付けた、一五一六年から一八年頃の記憶が蘇った時期でもある。それゆえに、「叛乱」に対する非難が沸き起こった点も似ている。一五三三年になると、こうした一連の騒動は、マルグリット・ド・ナヴァール付きの司祭ジェラール・ルーセルによる、福音主義的な内容の説教と結び付く。状況がソルボンヌにとってきわめて危険なものとなったのは、敵同士の思いがけない一致団結である。ソルボンヌは、デュ・ベレー家からの執拗な敵愾心にさらされ、マルグリット王妃にも敵意を抱かれ、ラブレーからは飽く事のない嘲笑を浴びせられた。ソルボンヌが予見できなかったのは、こうした対抗勢力が、身分や地位や財力の違いを超えて提携し、結束して自分たちに攻撃を仕掛けてきたことだろう。敵側は、自分たちに対する弁難を諷刺文学の形で公にし、国のトップを含む大勢の人々に訴えたのである。

＊ 一五一六年八月一八日：フランス国王による高位聖職者叙任権を教皇側が承認した。

福音主義的な説教は、パリの四旬節に加わった新しい側面のひとつである。遅くとも一五三二年の復活祭以降、国王の庇護を受けた福音主義的な説教は、宮廷の敬虔さを公に知らしめる機能をはたしていた。これに対し、ベダが率いる大学内党派は、抗議の調子をエスカレートさせていく。一五三三年の四旬節にジェラール・ルーセルが説教を行なっていた際、怒りに駆られた彼らは、新たな福音主義的傾向に反対する激越な説教で応酬したのである。言うまでもなく、ジェラール・ルーセルは彼らの古くからの怨敵であった。

ジェラール・ルーセルを非難の標的にした説教やその他の説教師たちの難詰は、福音主義者たちの一派に対する暴動を引き起こした。フランソワ一世は即座に介入する。その時点ですでに、学生たちが、十二夜の伝統的なお祭り騒ぎの域をはるかに踏み越えたような騒動を起こしている、という心配な報告があがってきていた。学部学生たちの上演した芝居が、マルグリット・ド・ナヴァールとジェラール・ルーセルを虚仮《こけ》にしたとか、別の芝居ではベダが嘲笑され、その肉体的欠陥が容赦なく笑いものにされたというのである。一五三二年十二月、フランソワ一世は「いかなる理由があろうとも」、パリで無許可の集会を開くのを禁じていた。ところが一五三三年の四旬節に至って、大学所属の説教師たちが暴動や騒乱を引き起こしたのである。彼らは、ナヴァール王アンリとその妃マルグリット、およびフランス宮廷の多数の重臣たちが耳を傾けていた説教を妨害しようと、群集を煽って騒擾を引き起こしたのであった。

この時国王はパリにいなかった。だが、マルグリットやデュ・ベレー家の者たちおよびその他の家臣に強く促されて、彼は騒乱に対し厳しく対処した。こうした騒ぎが、ベダとその取り巻きたちからなる憎き一派の仕業（*monopole*〔「陰謀」を意味する〕）であったがゆえに、なおさらであった。国王がどちらを贔屓にしていたかは誰の目にも明らかであった。ジェラール・ルーセルはマルグリットに預けられ、禁足を命じられた。ベダとその他二名の神学者は高等法院に召喚されたのち、一五三三年五月二六日にパリから追放された。その後ジェラールの一件が十分に吟味された。非難にはまったく当たらないとして容疑の晴れた彼は、一五三四年の復活祭頃にはパリでの説教を再開している。またもや騒擾に巻き込まれはしたが、以前ほど激しいものではなかった。

ラブレーは、以上のような背景を踏まえて、ジャノトゥスとその取り巻きを、テクスト内で練り歩かせ議論させ抗議させたのである。こうした事実があるからこそ、物語で用いられている「謀反」*schisme*、「陰謀」*monopole*や「策謀」*menées*〔渡辺訳pp.96, 105, 宮下訳p.142, 159〕といった用語には、自然と迫力が備わる。こうした用語は、国王や司教や側近たちが、ソルボンヌを実際に非難した際の言葉を繰り返したものである。さらにラブレーは大学の連中に、「賛成《プロ》と反対《コントラ》」の議論によって、公式の代弁者として振舞わねばならない厄介な役を決めさせているが〔渡辺訳p.96, 宮下訳p.144〕、この際彼は、少し前に「文芸家」*Artiens*と神学者*Théologiens*とのあいだで闘わされた実際の論争をそれとなく仄めかしているのである。ところが、ジャノトゥス翁が、一見勝ち誇ってはいるがどうにも哀れを誘う様子で、よろよろと大学に帰って来た機会をとらえて、ラブレーは、反王権の悪行と「叛乱」*sédition*の温床であるソルボンヌに対し、その諷刺の威力を一気にぶちまける。ソルボンヌの神学者たちは、褒賞に関してジャノトゥスを騙し、彼が受け取った羅紗とソーセージをちょろまかそうとする。これに対してジャノトゥスは、身体ばかり大きいがどうにも性質《たち》の悪い小学生のように、お前らを密告してやると脅しにかかる。

「ろくでもない裏切り者めが。お前らなんぞ一文の価値もありゃせんわい。この世のどこを見渡しても、お前らほど腹黒い連中はおらんわ。わしにはよくわかっておる。びっこの前でびっこなんぞ引くでないわ（*Ne clochez pas devant les boiteux.*）〔意訳すれば、「小賢しい真似はやめておけ」となろう〕お前さんたちとさんざん悪行を重ねてきたこのわしだぞ。神の脾臓にかけて、お前らがその手練手管や策謀によって（*par vos mains et menées*）ここでやらかしてきた悪逆非道のかぎりを、王様に訴えてやるからな。もし王様がお前らを、神と美徳の敵として、いやいや、それどころか、男色者、裏切り者、異端者、ペテン師として生きたまま火炙りにしてくださらなんだら、わしはレプラにでも罹ったほうがずっとましじゃわい」

四百年後のわれわれには、火刑など比喩にしか聞こえないかもしれない。だがこの当時は、比喩どころか切迫した現実だったのである（以上、*Garg.*, *TLF* XIX, 60f. ; XXV, 25f. ; *EC* XX, 52 ; XXVII, 19f.）〔渡辺訳pp.104-105, 宮下訳pp.158-159〕。

最近、非常に魅力的な新説が提起された。それによると、ラブレーのこの笑劇風の逸話に登場する「ノートルダム大聖堂の巨大な釣鐘」*grosses cloches de Nostre-Dame* は、たんなる鐘以上のものである可能性が否めないという。つまり、これらの鐘は、フランソワ一世が一五三三年五月に、ジェラール・ルーセルを攻撃する説教をした廉でパリから追放した三人の神学者を、暗に仄めかしているのではないか、というのである。確かにベダは跛《びっこ》を引いていた *il clochoit*。つまり彼は、古い用法で言うところの「跛《クロッシュ》」*un cloche* だったわけである。言い換えれば、このエピソード全体が二重の意味を帯びている可能性があるのだ。「ノートルダム大聖堂の巨大な釣鐘《クロッシュ》」*les grosses cloches de Nostre-Dame* の物語は、語呂合わせによって、ソルボンヌの「跛《クロッシュ》」*cloches*（男性形）と、つまりは文字どおり跛を引いていた、あの追放刑に処された神学者と、みごとに繋がってしまうのである。[26] もしも、追放された神学者のうち二人かそれ以上が片足を引きずっていたと証明できれば、パズルはぴったり嵌まることになる。だが今のところ、この身体障害に悩まされていたのは、ベダひとりしか確認されていない。

ただし、ソルボンヌが「うんこまみれのイカシタ檄文《プラカール》」（これはビラを侮蔑的に表現したものである）と関係しているという非難は、この新しい解釈とうまく両立する。* 一五三三年の初夏に反動的な神学者たちが逮捕・追放された際に、国王の措置に抗議するビラが、カルチェ・ラタン界隈に貼り出されている。福音主義を奉じる優雅な宮廷詩人クレマン・マロは、この事件をうまくとらえて、こうしたビラのパロディーをひとつ作成している（*Oeuvres Poétiques*, ed. Guiffrey, 1911, I, pp.186f.）。このビラは、ラブレーが仄めかしているあの「檄文」ではないだろうか。一五三四年と三五年のかの有名な「檄文」の出現により、この「プラカール」*placard* という単語はなんとしても避けるべき語となるため、ラブレーも『ガルガンチュア物語』の第二版からは削除してしまった、あの檄文である。これはかなり可能性が高いと映るかもしれない。だが、多くの細部がうまく適合してくれないのである。たとえば、ジェラール・ルーセルを罵った説教の際には、フランソワ一世は、平和を乱した者たちとソルボンヌの神学者たちの両方に対し、断固たる措置をとっている。ところが、『ガルガンチュア物語』の内部では、フランス国王は、叛乱に対し寛容すぎる、忍耐の美徳も極端に陥っては（***stupidity***〔*stupidité*〕）害をもたらす、と非難されているのである。(27)

＊ 第十七章の終わり近く。初版のみに見られる文言で、ソルボンヌ界隈に「うんこまみれのイカシタ檄文でも貼り付けられないかどうか確かめたい」と記されていた。渡辺訳 p.96, 宮下訳 p.142 et p.144, note (10).

この仮説は非常に魅力的であるがゆえに、かえって慎重に歩を進める必要がある。まず、この解釈に有利に働くのは、伝統的にソルボンヌとは無関係のエピソード中に、ソルボンヌが登場しているという事実だろう〔たとえば『ガルガンチュア大年代記』での鐘の逸話は、大学とは何の関係もない〕。さらに神学者たちが操るラテン語風の言語の内に、二重の意味が読みとれることも、この説を後押ししてくれる。たとえば、「そこで、釣鐘が持ち去られていかに不便であるかが（……）説明された」〔渡辺訳 p.96, 宮下訳 pp.142-143〕と記されているが、ここで言及されているのは、「持ち去られた」釣鐘ではなく、「追放刑に処せられた」「鐘《グロッシュ》」と解することも可能である。同様のことが、次のフレーズ「彼ら〔ジャノトゥスの一行〕は鐘を自分たちに返すよう求めた」にも言えるだろう〔渡辺訳 p.97, 宮下訳 p.146〕。つまり、「鐘」は、ノートルダム大聖堂にではなく、神学部に返還せよ、という意味にもとれるのである。「鐘を解き放つ」*Delivrer les cloches* という表現＊も同じく意味深長であって、ここでは、「鐘」をたんに返却するのではなく、それら（彼ら）を自由にする、ないしは解放する、という意味合いにも解しうる、といった具合である。

＊ 渡辺訳 p.98, 宮下訳 p.146：実際のテクストは以下のとおり。「神学者先生が使節の口上を述べる前に、釣鐘を返してしまおう」« devant que le théologien eust proposé sa commission, l'on delivreroyt les cloches »

この仮説に対する主要な反論は（ベダ以外の神学者たちも跛であったという証拠が見当たらないという反論を別にすれば）、細部に関わるものが多い。まず、ラブレーの物語ではカーニヴァルの時期に話が設定されているが、一五三三年の騒動を引き起こした実際の説教のすべてが、明らかに四旬節の期間になされている（つまり、三月二日以降）。また、ベダとその仲間の追放に関するビラなどが貼り出されるのはさらに後の、五月末頃である。

もっとも、ラブレーが時系列の違いは無視して、物語をそのように設定し、ソルボンヌを巻き込んだ「最近」の出来事を、改めて呼び起こすのが狙いだった可能性も十分にある。私自身は、彼がそうしたのだと考えている。

大学がノートルダム大聖堂や、最高位のパリ奉行 Prévôt de Paris〔都市内部で税を国王の代理として徴収する国王行政官〕をはじめとする町の高官の元に、代表団を送る機会は数多くあった。大学は、フランソワ一世にも使節を派遣して、追放された者たちの帰還を請願している。一五三四年にも、彼らは使節団を送って、ベダを監獄から釈放するよう求めている。ジャノトゥスのしどろもどろで要領をえない演説の中に、こうした事実の反響が聞き取れるのはまず間違いないだろう。ただし、ラブレーのテクストは、国王本人に送られた使節団について読者が忘れてしまうように書かれている。使節団は国王の許にではなく、その官職によって特定できる実在の人物の許に現われるからである。彼ら高級役人は、ガルガンチュアおよびその家臣と、明らかに「ぐる」である。故意にか否かはともかく、彼らはもはやその必要がなくなってから、ジャノトゥスに演説するのを許可している。というのも、鐘は先に彼らに対しこっそりと返却されていたからである。

（……）自分が要求したおかげで鐘が返ってきた、などと咳はコンコンの先生〔ジャノトゥス〕がうぬぼれても困るから、

彼ら〔ガルガンチュアと家臣たち〕は、先生が酒をぐびぐびやっている間に、パリ奉行と学部長と副司教とを呼びにやったのだった。

（……）

こうして、演説が始まる前に、右のお偉方たちに対して釣鐘が返却されていたのである（*Garg.*, *TLF* xvii, 26f. ; *EC* xviii, 20f.）〔渡辺訳 p.98, 宮下訳 p.146〕。

物語のさらに早い段階でも、実在していると思しき別の人物への言及が見られる。聖アントニウス修道会の会長がそれで、彼はガルガンチュアが借用した釣鐘を持ち去りたいと思うが、「それらの鐘があまりに熱すぎたからではなく、あまりに重すぎたために」諦める〔渡辺訳 p.95, 宮下訳 p.142〕。ここに込められたジョークの一端は一目瞭然で、慣用句を文字どおりに解するところから、笑いが起きるのである〔「熱すぎもせず重すぎもせず、いただくのに丁度いい」という慣用句があった〕。さらに言えば、聖アントニウス修道会は、とくに豚と縁が深く、豚と豚飼いを保護する代わりに、その見返りとして豚肉の贈り物を受け取っていた。しかも、この修道会のシンボルは、杖と鈴 *bells*〔鈴＝小さな鐘〕がついた縄帯《ラニヤード》であった。とはいえ、釣鐘の物語の背景となった実際の出来事に、聖アントニウス修道会もなんらかの形で関係していたか否かは不明で、仮にそうだとしても、その確証をつかむ必要が残されている。なお、引用部で挙げられている役人たちに関しては、それほど厄介な問題はない（*Garg.*, *TLF* xvi, 69 ; *EC* xvii, 40f.）〔渡辺訳 p.95, 宮下訳 p.142〕。

パリ奉行（*le Prévost de la ville*）は、重要な人物である。大学の管理者として、パリ奉行は、その権限が何世紀にもわたって疑問視されてきたとはいえ、大学の規律に関し絶大な力を振るってきたのである。ここで、われわれが関わっている時期にパリ奉行の地位にあったのは、ジャン・ド・ラ・バールである〔一五二六年―三四年まで在職〕。ベダが追放中に、彼はマルグリット王妃の要請に応じてベダの自宅を家宅捜索している。無分別な神学部理事ベダが、「ヘンリー八世とフランソワ一世は、キリスト教徒の国王にふさわしくない生活を送っている」などと主張したという証拠を探していたのである。彼は一五三四年に亡くなっている。次に、「学部長」*recteur de la faculté* であるが、これには多少問題がある。というのも、ラブレーが「学部の長＝学部長」*Dean* of the Faculty〔« *doyen de la faculté* »〕と「大学の長＝大学長、総長」*Rector* of the University〔« recteur de l'Université »〕とを混同していた可能性があるからだ。間違いとしては初歩的である。だが、仮に間違いだとしても、ラブレーは後の版でまったく修正していない。最後に「副司教」*Vicaire de l'église* だが、これはかなり興味深い。ラブレーはこの表現で、パリ司教総代理のルネ・デュ・ベレーを指していたのだろうか。それとも、「司教代理」*Vicaire* は、ノートルダム大聖堂に設けられた別のポストだったのであろうか。

釣鐘はこうした実在の人物たちに返却されている。仮に「クロッシュ」*cloches* が鐘と同時に跛《びっこ》の神学者たちをも指すとするならば、この逸話が暗示しているのは、一五三三年の年の瀬も押し迫ったころに、三人の神学者たちが呼び戻された事実以外にない。ベダが引き戻されたのは、実に奇妙な話だが、彼が『ノエル・ベダ先生の信仰告白』というタイトルの、教会分離を促す福音主義的な書物を執筆した可能性がある、と見なされたからである。彼を帰還させた目的は、仮にこの書を執筆したのであれば、さらに厳しく罰し、執筆していないのであれば、この書を非難する説教をさせることにあった。「ソルボンヌ野郎」の権化として追放の憂き目に合ったベダが、しばらく後には、分離的な宗教改革派に改宗した嫌疑を掛けられたわけで、これには奇異な印象を抱くかもしれない。だが、ニコラ・コップの事件以降、つまり一五三三年の終わり以降ならば、何が起こっても不思議はなかったのである。驚くなかれ、パリ大学総長のニコラ・コップまでもが、ジュネーヴに亡命して旧教を棄て、後にカルヴァン派として知られるようになる宗派に転向するのである。ちなみに、もうひとりの流刑者ピカールも、ベダと同時にパリに呼び戻されている。

ここでわれわれは、歴史上の事実を二つ思い起こしておくべきだろう。一五三三年に行なわれたパリでの仮装行列と、一五三四年になされた福音主義色の濃い説教である。

カーニヴァル用の仮面《マスク》を被ったとしても、お祭り騒ぎがしたいという個人的な気紛れから、パリの通りを練り歩くのは禁じられていた。事前にパリ当局から許可を取り付けなければならなかったのである。この規則はたとえば、一五三三年に国王とナヴァール王妃ならびに王太子がパリで企画した、きわめて例外的かつ豪奢な謝肉祭の祝宴にも適用されたほどである。この華麗な大祝宴に関する詳細な報告は、現代のわれわれにまで伝わっている[28]。さらに、一五三三年二月六日にパリ奉行所《プレヴォテ》〔プレヴォ裁判所〕*Prévôté de Paris* が、「パリの町中を仮面を被って歩いてもよい」*porter masques par la ville de Paris*と許可したその明確な文面まで残っている。この点から、パリの通りを練り歩いていたジャノトゥスとその一行の行列が、「気でもふれた連中の仮装行列《マスク》」*masque hors du sens*、つまりカーニヴァルでどんちゃん騒ぎをする連中と間違えられたという細部が、重要になってくるのである。

以上は、ラブレーが釣鐘のエピソードを通して、一五三三年の謝肉祭と密接な関係があるなんらかの出来事を、実は仄めかしたかったことを物語っているのではないだろうか。仮にそうならば、彼はその出来事に関する瑞々しい記憶を、他の作品中にも刻み込んでおこうとしただろう。一五三四年、彼は『パンタグリュエル物語』の中に、「人々を騙そうとして仮面を被り仮装している」似非修道士《サラボヴィット》、偽善者《イポクリット》、偽善坊主《カファール》や、その他検閲を事とする偽善的な修道士たちに対する、嘲笑的な攻撃の言葉を書き加えている〔『パンタグリュエル物語』第三四章、渡辺訳 p.241, 宮下訳 pp.380-381〕。これと同じ邪悪な連中は、一五三四年の暮れまたは一五三五年に、装いも新たに改定された『パンタグリュエル占い。一五三五年用』の中で、再び姿を現わす。そこでは「四旬節禁欲坊主《カレームプルナン》」が法廷で勝利を収め、人々の半分が仮装して、「気でもふれたご乱心の態で」*folz et hors du sens* (…) 通りを走り回るだろう、と記されている。(29)

はたして、ソルボンヌがなんらかの企てを秘密裡に実行した、と当時信じられていたのであろうか。たとえば、一五三三年の四旬節前の数週間にわたって、争論の種となるようなビラを、カーニヴァル用の仮面を被った手先を使ってあちこちに貼らせたのだ、などと。この仮説は可能だが、確たる証拠を掴むことは無理である。ただし、われわれにも確実にわかっている事柄がある。それは、さらに後の一五三四年十月に起きたより深刻な檄文事件《プラカール》と、一五三五年一月のいっそう深刻な檄文事件*に際して、マルグリット・ド・ナヴァールは、ソルボンヌが煽動分子として動き、自作自演の恐るべき檄文事件を起こした後、敵側を厳罰に処するよう国王と高等法院を焚きつけたに違いない、と確信していたという事実である。(30)

＊　一五三五年一月十三日事件。「異端文書」が流布され、フランソワ一世は、一時的にではあるが、印刷活動を禁止している。

仮にラブレーが『ガルガンチュア物語』の中で、一五三三年の四旬節以前に起きた事件を呼び起こしているのだとしたら、鐘《クロッシュ》を、追放刑に処された跛《びっこ》の神学者たちと同一視する仮説は排除せざるをえなくなる。*もっともラブレーは、時と場合によっては、日付に関しかなり無頓着ではある。彼が、こうした一連の出来事を、一五三四年かあるいはさらに後になっても、鮮烈な思い出として心に抱いていた根拠は十分にあるからだ。というのも、一五三四年の復活祭は、奇妙なことに、一五三三年の復活祭の時期と酷似した状況にあったからである。まず、一五三四年の四旬節の間、教皇クレメンス七世がフランス宮廷に派遣してきた、顎鬚《あごひげ》の立派なある聖職者が、福音主義的な熱情のこもった説教をして、大きな注目を集めたのであった。この人物に協力したのが、嫌疑が晴れ釈放されたジェラール・ルーセルである。日付は「一月」としか記されていないが、おそらくは一五三五年に、パリの状勢を注意深く観察していたある人物が、ウィルトシア伯爵〔ウィルトシアは現在のイングランド南西部の州〕に宛てて認《したた》めた書簡には、ジェラール・ルーセルは復活祭のみか、夏の間じゅう説教を続けていた、ただし「パリ大学の博士たちも、一般庶民も、これに強く敵対していた」と書かれている。もしこの書簡が一五三五年の一月に書かれたのであれば、ここで言及されている復活祭も夏の期間も、一五三四年のことでなければ辻褄が合わない。さらに、よく知られていることだが、一五三四年四月一日、ジェラール・ルーセルが説教を行なうためにノートルダム大聖堂の壇上に登ろうとしたとき、なんとマルグリット王妃付きのこの司祭は、群集にもみくちゃにされた挙句、「ルターの教えを奉じる輩と見なされて」、説教を妨害されてしまったのである。

＊ ノエル・ベダがパリから追放されたのが一五三三年五月二十六日であり、四旬節第一主日からおよそ三か月、また復活祭からも一か月以上経過しているため。

ラブレーが『ガルガンチュア大年代記』に着想を得て書いた、ガルガンチュアとノートルダム寺院の釣鐘のエピソードは、以上のような状況、あるいは概ね以上のような状況を背景にしている。ソルボンヌとその「陰謀」*monopoles* や、福音主義的な説教が惹起した暴動などをテクスト内に持ち込む手法を通して、ラブレーは、我らがジャノトゥス・ド・ブラグマルド先生の楽しい大演説を、たんに面白おかしい笑劇以上のシーンに仕立て上げることに成功したのである。

右で検討してきた数年に関しては、われわれにはわからない事柄が無数に存在している。ただし、ノートルダム寺院の聖堂参事会が、ベダが教鞭を執っていたモンテーギュ学寮と対立しており、参事会側が彼を召喚して公衆の面前で屈辱的な思いをさせた、という事実ははっきりしている。ラブレーが、大学の神学者の使節団をノートルダム大聖堂前の広場に引きずり出し、パリ奉行や大聖堂の副司教を含む聴衆の面前で長々と弁論させても、そこに非現実的な要素はないのである。ただしここには、すでに闘いは終わっており、自分たちが勝利を収めた、というまぎれもない感覚が強く漂っている。ジャノトゥスはソーセージを貰い受けるのを許され、老年を楽にすごせるようにと、ワインと柔らかいベッド一台に加えて深い皿まで与えられている（これは古い諺を暗示する表現である）。全般を見渡すと、このエピソードの特徴は驚くべき寛大さにある。ソーセージの心配ばかりしているソルボンヌの教授は、憎悪の対象というよりも、むしろ愉快でカーニヴァル的な人物だと言えるであろう。

ラブレーの喚起する笑いは、時として、「ソルボンヌ野郎」まで寛大に扱うのを可能にする。ジャノトゥスはその聴衆を、「ソンジュクルーと同じくらい」笑わせたのである*。この偉大なる役者は傴僂《せむし》であった。そのため彼はベダとよく比べられた。双方とも、曲がった*S*のような体型をしていたのである。さらに、悲しいまでに滑稽な役割を負わされたジャノトゥスは、ベダ（テレンティウスとプラウトゥス〔共に古代ローマの著名な喜劇作家〕とを憎悪していた）およびソルボンヌのその他の咳はコンコンの先生たちが備えていた特徴を、一身に凝縮したような存在だったとは考えられないだろうか。もっとも彼らは、ラブレーが創造したページの中では、実生活では決して得られなかった、愉快な同情の念を我が身に集めてはいるが。ジャノトゥスはまた、ベダまでもがこんな「老いぼれ」には職は務まらないと評した、あのモンテーギュ学寮のよぼよぼの学長にもなんらかの性向を負っているかもしれない。『ガルガンチュア物語』内では、カーニヴァル的雰囲気の中で、ジャノトゥスは寛大に扱われているように映る。もちろん実生活では、このような人物がその敵によって、いや、ラブレーによってすら、これほど大目に見られることはあるまい。『ガルガンチュア物語』でもさらに後になると、まだカーニヴァル的雰囲気に包まれてはいるが、より現実的な文脈《コンテキスト》の中で、ポノクラートが、ベダの牛耳るモンテーギュ学寮での、学生を虐待する言語道断な現状を糾弾している。彼は、自分は「パリの王様」になりたい、そうすれば、これほど酷い状況を黙認している学長や教師どもを火炙りにしてやれるのに、と息巻く（*Garg.*, *TLF* xxxv, 22 ; *EC* xxxvii, 25f.）〔渡辺訳 pp.175-176、宮下訳 pp.284-285〕。ここに出てくる「パリの王様」*roy de Paris*という表現は、物語にさらなるおかしみを添えている。ポノクラートは「フランスの王様」ではなく、「パリの王様」になりたいと欲しているのだ。この身分には、たとえば「パリ裁判所書記組合《バゾッシュ》の王様」*Roy de la Basoche*のように、どこか祝祭的な王を思わせるところがある。だが、一五三三年から三五年にわたるこの時期の状況下では（この時期に、モンテーギュ学寮の理事であったベダは、自分のほうが学長よりも優位にあると無理無体な主張をしていたが、それでも大部分の時間を不興のうちにすごしていた。つまり、追放の身であったか、あるいは、牢獄で無為に過ごしていたかのいずれかである）、国王による弾圧を期待するという発言は、あまり愉快な物言いではなかっただろう。もっともこの発言が飛び出すのは、同じ『ガルガンチュア物語』でもずっと先のことである〔決定版（両翻訳を含む）では第三七章〕。こうした激越な語り口は、ジャノトゥスおよび釣鐘のエピソードの本質とは相容れない。ラブレーは、彼自身とその庇護者たちが、不倶戴天の敵に対してすら寛仁な態度を示しえた時期に、これらのページを書き綴ったのだと思われる。

＊ 渡辺訳 p.102, 宮下訳 p.136. 正確には「ソンジュクルー以上に笑わせた」« il (=Janotus) (...) avoit (...) plus faict rire que n'eust Songecreux » となる。

われわれは、敵方を抑え込んだと確信し勝ち誇っているときのほうが、敵の愚かな憤りを、ユーモラスかつ哀れを誘う筆のタッチで、かえって寛大に描きうるものである。だが、『ガルガンチュア物語』が終わりを告げる前に、作品内には、新しい、もっと悲劇的な音が響き渡るであろう。

12 「ピクロコル戦争」〔『ガルガンチュア物語』第二五―五一章〕

中世的な教育とソルボンヌに巣食うその黴臭い擁護者たちとを嘲笑した数章は、結局は前向きなスタンスで終わるが、終わり方はダイナミズムに欠けている。一連の最後の章では、雨天の日をガルガンチュアがどう過ごすかが、まるで時間とは無縁の世界の出来事のごとく物語られている。さらに、月に一回、書物や講義から完全に離れ、郊外の田園に出かけてピクニックに興じる一日の様子が描かれている。この素晴らしく晴れ渡った一日に、彼の知性には休息が与えられたというわけである。そこでは、彼はただ、古から伝わる実験を再現して確認したり、ヘシオドス、ウェルギリウスおよびポリツィアーノ〔一四五四—九四〕イタリア・ルネサンス期の代表的な人文主義者で詩人〕が田園生活を描いた箇所を暗誦したり、あるいは、いくつかのラテン語の諷刺詩をものした後、先ほど暗誦した詩句や自分のラテン語の詩を、フランスの伝統的な詩形に翻訳したりするだけであった。

レルネのフーガス売り*とガルガンチュアの領地の者たちとのあいだの諍いが、結局はピクロコル戦争へと発展していくわけだが、この最初の小競り合いは、「ちょうどそのころ」、つまりは秋のはじめのブドウの収穫期の時節に、あまりに唐突に始まる。ガルガンチュアは（ラブレーの設定した時系列をあえて馬鹿正直に、文字どおり受け取るとするなら）、最初の家庭教師が死んだ一四二〇年に、なんと四十才の元気で巨大な男子生徒だったわけだから、生まれは一三八〇年ということになる。「ソルボンヌ野郎」**Sorbonagres** に割かれた数章のおかげで、われわれは中世的な過去の世界から、ラブレー自身が呼吸していた時代へと引き戻されるに至るが、正確な年月日は示されない。それでも、ジャノトゥスが一年のどの季節に大演説をぶったかは、彼の滑稽な仮装行列の背後に垣間見えるカーニヴァル的雰囲気から、ほぼ間違いなく推測できる。ピクロコル戦争に関しても、時期を類推するに役立つ、ほぼ同様の仄めかしがいくつか見つかる。出陣させる目的で息子を召喚するために、グラングズィエがガルガンチュアに送った書簡には、年数は記載されていないが、「九月二十日」〔渡辺訳 p.147, 宮下訳 p.240〕という日付が付されている。もっとも、戦争の最中にもシャンベリーの聖骸布に対する滑稽な言及があり、それは、ピクロコル軍の兵隊たちによるスイイー攻撃の「三か月後に燃えてしまった」と記されている。** ここから「ピクロコル戦争」は、最初は一五三二年の秋に、換言すれば、『パンタグリュエル物語』の上梓されたとおぼしき時期の直後に設定されていた、ということが浮かび上がってくる（*Garg.*, *TLF* xxvii ; xxv, 133 ; *EC* xxix ; xxvii, 109.）。

* フランス語では fouace. 南フランス方言では fougasse. フランス西部では、パイ生地で作る厚いビスケットのような菓子。「フワス」ともいう。

** 火事が起こったのは一五三二年十二月四日だから、その三か月前となると、九月初旬となって辻褄が合う。なお、燃えたのは聖遺物箱だけで、聖骸布は無事だったという。渡辺訳 p.139, 宮下訳 pp.228-229.

もっとも、こうした点をあまり強調しすぎるのは賢明とは言いがたいだろう。ラブレーは時間と遊び戯れるのを大いに好み、いわば、衒学的な正確さなどにはこだわらずに、むしろ『鏡の国のアリス』における法則に〔「鏡の国」では、時の流れが現実世界と逆になっている〕、時間を従わせようとするのである。そもそも、『ガルガンチュア物語』で語られているすべての出来事は、『パンタグリュエル物語』中の出来事よりも、本来先に起こっている「はず」である。パンタグリュエルがガルガンチュアの息子である以上、当然だろう。しかし『ガルガンチュア物語』は明らかに、かつあらゆる角度から見て、『パンタグリュエル物語』よりも後に執筆された作品なのである。ラブレー自身が、時間と戯れる側面を、自作品の際立った特徴にするつもりでいたことは、第一作〔『パンタグリュエル物語』〕に続く二作品の出版を、本来あるべき出版の順序とは逆にしている点からも明らかである。つまり、『パンタグリュエル物語』の終わりに続いているのは、あの学識にあふれた『第三之書・パンタグリュエル物語』のほうなのである。以下はまだ仮説の段階にすぎないが——文体論的な検証により確認できる可能性はある——おそらく、「ピクロコル戦争」の概要は、最初は「一五三二年の秋」の状況を背景にして描かれたのであろう。その後、ちょうどソルボンヌやジャノトゥスに関わるとおぼしき一五三三年ないし三四年の出来事を、教育に関する数章のあいだに新たに挿入したのと同じように、ピクロコルのキャラクターとその戦争がはらんでいる、より幅広い面白さに気づいたラブレーは、『ガルガンチュア物語』の出版時期の状況にふさわしくなるよう、話を膨らませ調節したのだと思われる。つまり、一五三二年の秋以降の事件、言い換えれば、ずっと広い世界を舞台に起きた事件をも暗示できるようにしたのではないだろうか。

「ピクロコル戦争」は、ラブレーの家族が所有するラ・ドヴィニエールの農園とその周辺地域で展開する。ヴェードの浅瀬（略奪しながら進軍してきたピクロコル軍の兵士たちが渡る浅瀬〔渡辺訳p.134、宮下訳p.222〕）が実際にはどれほどちっぽけな浅瀬かがわかり、また、滑稽な戦争の舞台の大部分が、ラブレー家の台所から見渡せる範囲内にあることを実感できれば、ラブレーがこの戦争描写にいかに私的なユーモアを込めているかが、掌を指すように明白となる。強力な軍隊間の戦い、それも巨人とその家臣たちが繰り広げる大戦争が、ラブレーが幼年時代を過ごした、箱庭のごとく小さな世界で戦われるのだ。ここには、『パンタグリュエル物語』よりもずっと明白に、私的なユーモアが脈打っている。

しかもこのユーモアは、少なからぬ友人と家族、そしてこの土地を故郷とする有力な庇護者たちもまた共有できるユーモアなのである。

前述したように、ラブレーが『ガルガンチュア物語』の第二版のテクストに施した修正のいくつかを分析すれば、教育問題を扱った章が、最初の構想ではトゥーレーヌを舞台にしていたことがわかる。もちろん、初版の時点で舞台設定をパリに変更しようとした形跡がある点も、すでに指摘したとおりである。ピクロコル戦争の逸話に戻れば、似たような、それもずっと目立つ変更点が見つかるように思われる。一五三二年の秋にラブレー家の裏庭で勃発したとおぼしき局地的な戦争は、突如、神聖ローマ帝国皇帝のカール五世に対する諷刺を含んだ、しかもそれ以降に起きたヨーロッパ全体の関心を引く出来事をも仄めかす、ずっと大掛かりな戦争へと急激に様相を変える。カール五世とは、フランスの恐るべき敵であり、ヨーロッパの君主のなかでも最も強力かつ最大の成功を収めた有力者であり、やることなすこと勝利を得るよう運命づけられているかのような人物である。そのカール五世のパロディー的な存在が率いる軍隊が暴れまわる戦場として、ラブレーが地元の狭い私的な世界を選んだ点に、質の高い喜劇性および高度な芸術性を看取できるだろう。私個人は、この点が、ガルガンチュアの使者のウルリック・ガレの名前に象徴的に表れている気がしている。ガレは、トゥーレーヌ地方のローカルな苗字であるが（そもそもこの作品にはローカルな名称が頻出する）、名（洗礼名）のほうは、ヴュルテンベルク公ウルリッヒを連想させるからである。このウルリッヒは、一五三四年六月に、フランスの後押しおよびヘッセン方伯フィリップ〔（一五〇四―六七）プロテスタントを支持し、シュマルカルデン同盟を結成して、神聖ローマ皇帝カール五世に反抗した〕の力添えを得て、権力の座に返り咲いた人物であった。

ピクロコルは激しい気質の怒りっぽい男で、これは、彼の名前の意味するところでもある〔「ピクロコル」はギリシア語で「胆汁質で怒りっぽい」を意味する〕。われわれ読者は彼を、当時の医学理論であった四体液説が、胆汁質の人間の典型として想定していた人物を思い浮かべるべきだろう。すなわち、背が高く痩身ですぐに怒りに駆られる男である。古くからの地元の言い伝えによると、ラブレーが最初に笑い種《ぐさ》にしたのは、レルネの領主でラブレーと同時代人のゴーシェ・ド・サント＝マルトだという。レルネは実在する場所であり、その領地を治める領主も存在したから、この伝承にはそれなりの信憑性があると思われる。実際、アベル・ルフランは、滑稽な戦争の背後に隠れている本当の諍いを洗い出している。それは、ロワール川の航行権をめぐる司法上の争いで、ゴーシェ・ド・サント＝マルトが、みずからの主張する漁業権を強引に守ろうとしたので、他の者の航行権が危機にみまわれたのである。ロワール渓谷で、人々の強い関心を集めたこの争いに、我らが著者の父親で、かつトゥーレーヌ地方の政界や法曹界の重鎮であったアントワーヌ・ラブレーも、巻き込まれるに至ったのであった（*Garg.*, *EC* Préface, lrv f., lxii f.）〔渡辺訳 p.131, 宮下訳 p.217, 註（1）〕。

ただし、最初に嘲笑されたのがゴーシェ・ド・サント＝マルトであったとしても、彼には、まったく比べ物にならないほど傑出した人物が重ねられていた。ピクロコルが非常に高い確率で、カール五世を笑いものにするカリカチュアだと考えられるからである。当時のフランス人たちにとっては、諷刺のこちらの側面のほうが、ずっと明瞭に理解できたに違いない。ラブレーが諷刺の射程をぐっと広げて、ピクロコルが滑稽な胆汁質の男であり、地元の馬鹿げた領主であると同時に、皇帝カール五世とその世界征服の野望に対するパロディーでもありうるようにした理由は、部分的にではあるが推測できる。前述したように、教育を扱った数章において、ラブレーは宮廷人たちの関心を引く方向へと、みずからのペンの力点を大きくシフトさせているが、ここでも同じ操作がなされていると考えられるのである。

パヴィアでの敗北により捕われの身となったフランソワ一世が釈放されて以降、彼とカール五世とのあいだの敵対関係は新たな局面を迎える。カール五世は、フランスが裏切ると確信していた。一方でフランソワ一世は、王国に課せられた法外な額の身代金と、年長の二人の王子を皇帝側に人質として差し出せという要求に業を煮やしていた。その後、国王の子供たちが釈放されるには、一五三〇年まで待たねばならなかった。『ガルガンチュア物語』の中に描かれた戦争には、こうした事実に対する明白な言及が見て取れる。同時に、この戦争の逸話は、部分的にではあるが、プロパガンダとしても構想されている。巨人たち〔グラングズィエとガルガンチュア〕の行ないは、フランスの指導者に対する教訓を含んでいる。巨人たちは、慎重な宥和政策と、周到で理非をわきまえた武力行使を組み合わせ、さらに本当に戦争を余儀なくされると、今度は正義と寛大さを均衡させて事態に対処している。彼らのこうした姿勢は、カール五世の政策や人柄に対する非難として機能すると同時に、フランソワ一世が見習うべき模範にもなっている。ここには、エラスムスの平衡感覚に満ちた平和主義の影響が、全般的に見てとれると同時に、おそらくはトマス・モアの影響も受けている。さらに、皇帝の意図に対する非難が込められているのは言うまでもない。カール五世は、自分がアレクサンドロス大王の再来だと人々に思われるのを、満更でもないと感じていた。ピクロコルも同様である。この点をより明確にするために、ラブレーは第二版で、ピクロコルを笑い飛ばすトーンを上げている。* 同じくグラングズィエも、ヘラクレス、アレクサンドロス、ハンニバル、スキピオあるいはカエサルを気どる輩を、福音書の教えに反する者として弁難している。アウグスティヌスは、当時崩壊の危機に瀕していたローマ帝国が過去に行なってきた数々の征服を指して、「略奪行為」（*latrocinium*）と形容しているが、こうした輩が行なっているのもたんなる「略奪行為」に過ぎないのである。

* ピクロコルの愚かな家臣は、ピクロコルをアレクサンドロス大王になぞらえている。第三三章の冒頭参照。渡辺訳 p.157, 宮下訳 p.257.

『ガルガンチュア物語』においては、スキピオやポンペイウスと張り合おうとする行ないは、パロディーないし喜劇の範疇でしか許されていない。カール五世のように、現実の世界でこのような野心を抱くのは言語道断なのである。一方で、ジャン修道士は、騎士道物語の中の戦う修道士の役どころを与えられてはいるが、同時に、髪がからまって木に宙吊りになったアブサロム*のように、耳が引っ掛かって木に宙ぶらりんになるという間抜けさをも持ち合わせている〔第四二章、渡辺訳 p.196、宮下訳 p.317〕。しかしだからこそ、彼の武勇伝は、カミルスやスキピオ、ポンペイウス、カエサルあるいはテミストクレス**の剛勇と比べられても問題がないのである***。これに対し、責任を負うべき立場にある我らが巨人たちは分別に富んでおり、ピクロコルやカール五世のような非望を抱くことは決してない[31]。

* 「サムエル記下」第十八章。アブサロムはダビデの愛児だったが、父に背いて殺される。

** テミストクレス（前五二四－前四六〇）アテナイの政治家・将軍。サラミスの海戦でペルシア軍を撃破したが、晩年に失脚しペルシアに亡命している。

＊＊＊ 第三九章の冒頭で、ジャン修道士の武勲が、右の英雄たちのそれと比べられている。渡辺訳 p.181, 宮下訳 p.294.

「カトリックの王」*Rex Catholicus* と呼ばれていたカール五世に対する嘲笑は一目瞭然であって、ピクロコル戦争の逸話の中から、何か謎めいた言葉を見つけ出して解読する必要などない。ガルガンチュアが戦争の勝者と敗者の双方を前に演説したように、彼の父親は、かつての敵アルファルバル〔架空の国カナール国の王〕に対して、常に寛仁大度な姿勢を崩すことなく振舞った。「他の国王や皇帝ならば、たとえ『カトリック王』と自称していようとも、彼のことをひどく扱い、冷酷にも獄舎に繋ぎ、法外な額の身代金を要求したことであろう。だが我が父は、彼を鄭重に遇したのである」〔第五〇章、渡辺訳 p.224, 宮下訳 p.360〕グラングズィエは、その気にさえなれば、「容赦なく」*tyranniquement* 二百万エキュの身代金を要求することもできたし（この二百万エキュは、カール五世が実際にふっかけた額である）、敵の年長の王子たちを人質に取ることもできたであろう。だが、彼はそうしなかったのだ〔渡辺訳 p.225, 宮下訳 pp.362-363〕。以上のような言葉によって、カール五世の行為は「暴君的」であると非難されているのである。中世およびルネサンス期の政治思想は、公正なる国王と無法者の暴君とを峻別していた。したがって、ここでの「カトリック王」に対する攻撃には、激越なる意図が感じとれる（*Garg.*, *TLF* XLVIII, 28f., 69f.; *EC* I, 21f., 50f.）〔渡辺訳 pp.223-226, 宮下訳 pp.360-363〕。

皇帝カール五世の野望に対する諷刺を展開するにあたって、ラブレーはルキアノスの枠組みを借りている。* おべっか使いの家臣たちに乗せられて愚かな幻想を抱くピクロコルは、あたかもすでに世界征服をなし遂げたかのごとく、未来の話を、いつの間にか現在に、そしてついには過去の話へと変じてしまう。** もっとも、ラブレーの諷刺の核心は、カール五世の騎士道的な夢想の、ありのままの現実だけを、ただひたすら標的にしている。だからこそ、中世騎士道物語のパロディーという、この戦争の舞台背景が、喜劇として実にふさわしく思われてくる（*Garg.*, *TLF* XXXI, *EC* XXXIII）〔渡辺訳、宮下訳、ともに第三三章を参照〕。カール五世はみずからを騎士だと思い込もうとした。彼は、ダンテが『帝政論』の中で擁護し、イタリアを中心として数多の文学作品で称揚された、あの「キリスト教の帝国」を築くのを夢見ていたのである。彼の帝国の紋章には、「さらに遠くへ」*Plus oultre* という標語の添えられた二本の柱が描かれているが、これは、古代人が考えた帝国以上の、つまりはヘラクレスの柱（ジブラルタル海峡）を越え、新世界にまで至る巨大な帝国を

世界征服を企むピクロコル王と家臣たち

象徴しているのである。*** フランスは当時、神聖ローマ帝国の脅威に対抗するうえで背に腹は変えられぬと、海賊行為も働くトルコの提督バルブルッス〔赤ひげ大王、ないしバルバロッサとも〕と同盟関係を結んだばかりであった。ピクロコルの家臣団が、トルコ人どもを蹴散らせ、と主君を煽る理由はここにある。ジブラルタル海峡は、彼の名を冠した海域となるだろう。「そこに殿はヘラクレスの柱よりもずっと壮麗な二本の柱をお建てになりましょう」。その後、新たに「ピクロコル海」と命名された海域を越えて、なんと、ついにはバルブルッスを奴隷にしてしまうのである。

* ルキアノスの対話編、『船あるいは願い事』*Navigium seu vota* およびプルタルコスの『対比列伝』中の「ピュルロス」が、主に第三三章（決定版）の発想源になっているとされている。

** 第三三章の世界征服について語るピクロコルと家臣団は、未来形から現在形へ、そして過去形の語り口に変わっていく。

*** 『ガルガンチュア』宮下訳 p.259 にその紋章が掲載されている。

「わしは（とピクロコルは言った）奴の命は助けてつかわすぞ。」

「御意！（と彼ら〔＝三名の家臣〕は答えた）ただし、奴が洗礼を受けた場合にかぎりますな。で、殿はその後テュニスとビゼルト*（*de Tunic, de Hippes,*）を攻略なされ、バルバリア全土を征服なさいますぞ。その後さらに遠くへ進軍し（……）（*Garg., TLF* xxxi, 28f., *EC* xxxiii, 26f.）〔渡辺訳 pp.158-159、宮下訳 p.260〕。

* ビゼルトはチュニジア北部の町、バルバリアはエジプトを除く北アフリカの旧称。現在のマグレブ諸国。

こうしてカール五世をこてんぱんに笑いのめすやり方には、凄まじいものがある。これが、フランス宮廷人の好評を博したことは間違いないだろう。ところで、神学的には根拠薄弱かもしれないが、政治的観点から人の心をたいへん惹き付けたもののひとつが、ジャン修道士の主張だろう。彼は、「使徒の方々」*Messieurs les Apostres* が主を危難に陥れ、しかもそれがたらふく夕食を食らった直後だったのだから、ますます許しがたいと難じている〔渡辺訳 p.184、宮下訳 p.298〕。彼はさらにこう続けている。もし自分が八十年かそこらの間フランス国王になれさえすれば、フランソワ一世が皇帝軍の捕虜となったときに、パヴィアの戦場を放り出して逃亡した腰抜けどもを、きつく折檻してやるのに。「我らが善良なる国王様を窮地に追い込んで」逃げ出すとは何事か。「そもそも、勇ましく戦って華と散るほうが、卑怯にも逃げて生き恥をさらすより、ずっと立派で名誉あることではないか[32]」、云々。ラブレーは、こうして笑いを喚起しながら、パヴィアでの負け戦は、カール五世の軍事的天才を特段証明するものではない、と言わんとしているのだ。すべての間違いは、フランス軍側の臆病な逃亡者の責任に帰せられるべきなのである。これは、当時国王周辺で一般に主張されていた内容とも一致している。

　神聖ローマ帝国皇帝は、バルブルッスを強制的に改宗させるつもりはなかった。だが、笑いに包みながらも、皇帝はそのつもりだぞ、そのつもりだぞ、と言いふらすのは有効なプロパガンダになった！　カール五世はイスラム教徒を力ずくで改宗させる方針らしい（現に、バルブルッスは洗礼を受けないかぎり、ピクロコル王の特赦を受けられないという設定になっていた）、などというパロディーは、ルター派的だという印象を与える可能性すらあった。ルターが、誰に対してであれ、力ずくで改宗を迫るやり方に強く反対していたのは、広く知れ渡っていたからである。だが、この当時のフランス側の政策は、オスマン・トルコ、とりわけバルブルッスとの同盟関係に、ますます依拠せざるをえない状況下にあった。つまり当時のフランスは、たとえ神聖ローマ皇帝と対抗するにあたっても、キリスト教徒の盟友とのみ組むなどと贅沢を言っていられる状況下にはなかったのである。一五三四年および一五三五年に、ハイレディン « Khair ed Din »〔ハイレディン・パシャ〕（バルブルッスの正式名である）が皇帝に対し勝利するかもしれないと思われた際、まことに皮肉なことだが、「至高のキリスト教王」と「信仰の擁護者」〔順に、フランス国王、イギリス国王（この場合、とくにヘンリー八世以後の国王を指す表現）〕の側近たちは、喜びにわいたという。フランスとトルコの同盟関係に対し強い支持を打ち出した人物のなかには、ギヨーム・デュ・ベレーやパリ司教のジャン・デュ・ベレーも含まれている。ラブレーのこうした庇護者たちの、キリスト教信仰に対する誠実さには、もちろん疑いを差しはさむ余地はない。すでに何世紀にもわたって、それも、十字軍を通してフランス語圏の領土を海外 *Outremer* に確立するようになって以降はとりわけ、キリスト教徒がイスラム教徒と盟友関係を結び、他のキリスト教徒とイスラム教徒の同盟に対抗するやり方が、外交および軍事の分野では定石として定着していたからである。ビザンティウムがトルコ人の手中に落ちるとともに〔一四五三年の東ローマ帝国の滅亡〕、この種の同盟関係はますます魅力的で切迫したものになってきたのである。

　フランソワ一世の国内政策および国外政策は、まず、いくつかの異なる諸派を和解させると同時に、一筋縄ではいかない複数の同盟国との関係をうまく築いていくことをも求められた。彼は、ヘンリー八世の離婚を擁護し、またある程度までは、英国王の教会分離策を支持していた。国内に目を転じると、国王は、抑圧的で偏狭で保守的な神学者たちの圧力に、あるいはトゥールノン枢機卿*の要請に、時として譲歩せざるをえず、その一方で、マルグリット・ド・ナヴァールの懇願を入れて、福音主義者をも擁護する必要に迫られた。一五三三年十月および十一月に、教皇クレメンス七世を迎えたマルセイユの会見において、フランソワ一世は、フランス国内で異端を撲滅することを約束している**。ただし原則として、弾圧の対象となったのは大部分がいわゆる「典礼形式主義者」（改革派のなかでも急進派で、教会による秘蹟〔主に聖餐式〕は、あくまで象徴ないし記念の行事にすぎず、恩寵に与《あずか》るうえで効果のある実質的な典礼とは言えない、と主張した者たち〔カルヴァン派、ツヴィングリ派などが中心〕）であった。したがって、フランソワ一世の宣言は、ドイツのルター派を動揺させるには至っていない。なぜなら、ルターも「典礼形式主義者」たちを激しく断罪していたので、国王自身が彼らルター派を、皇帝と対決する上で必要な盟友として自陣に取り込もうとしていたからである。もっとも、パリの神学者たちの多くは、異端を十把ひと絡げにして扱うのを常としており、ルター派を「典礼形式主義者」呼ばわりしたり、その逆を行なったりしている。望むらくは、双方ともまとめて葬り去りたい、というのが彼らの本音であった。だからこそ、こうした神学者たちを監視せねばならなかった。だが、フランスにとって最大の恐怖の的は、やはり自分たちを包囲しつつあるカール五世の勢力であって、それを跳ね返すためにも、トルコは、どうしてもその支持を取り付け、味方に引き入れる必要のある同盟国なのであった。

＊　トゥールノン枢機卿（一四八九－一五六二）フランソワ一世の腹心のひとり。マドリッド条約の調印や、カール五世の攻撃からプロヴァンスを守ったことで名を馳せる。ただし、ヘンリー八世の離婚を教皇に認めさせる政策では失敗する。

＊＊　「マルセイユの会見」に際し、十月二十八日、アンリ・ドルレアン（後のアンリ二世）とカトリーヌ・ド・メディシスの

結婚式が執り行なわれてもいる。

前述したような政策に、ヨーロッパの指導層は大いに理解を示している。何よりもデュ・ベレーが、これらの政策すべての積極的な擁護者であった。そのあまりの熱意のゆえに、パリ司教には、異端に寛大でルター派的ですらある、という噂が立てられるようになる。(33) もちろん、ジャン・デュ・ベレーはルター派ではないが、彼もその兄も、ルター派神学の内に、善にして真実なる側面を少なからず認めていた事実は、フランス国王がとっていた「親メランヒトン的」な政策全体の背景を説明してくれる。その一方で、フランスとドイツの一般庶民は、一五三四年末にバルブルッスの異国情緒を湛えた外交使節が行き来していた同じころ、フランスにおける改革主義諸派への弾圧に悩まされていたのである。一五三五年二月、ギヨーム・デュ・ベレーは、ドイツの諸侯や諸都市当局に宛てて、国王名義でラテン語による優雅な書簡を認《したた》め、自分たちの政策を説明し理解を求めている。『ガルガンチュア物語』も、この書簡とまったく同じ問題に関心を向けているように思われる。(34)

バルブルッスとチュニスに関する神聖ローマ帝国の計略が諷刺されている箇所は、一五三四年ないしは一五三五年の決定的な出来事を下敷きにして書かれているようである。一五三四年八月二十二日、バルブルッスはチュニスを占領する。チュニスの支配者マレイ・ハッサンは逃亡してカール五世に助けを求め聞き入れられる。カール五世は、何か月もかけてヨーロッパ史上初となる大艦隊を編成し、一五三五年七月、みずから指揮を執ってチュニスを奪還、マレイ・ハッサンを復位させ、彼から大いなる敬意を表されている。準備万端整ったカール五世は、少なくともフランスとイギリスの君主の目には、コンスタンティノープルをも占領するほどの破竹の勢いに映った。そこで両国は、さまざまな手を使って、カール五世の成功を最小限に喰いとめようと躍起になっている。

ルキアノス風に描かれたピクロコルの計略は、バルブルッスとチュニスに対する戦争の準備を嘲笑、あるいは戦争そのものを嘲《あざけ》る目的で、執筆されたのであろうか。それともラブレーは偶然にも的を射たにすぎず、一五三四年の早い時期に皇帝の野心を茶化して見せたところ、一五三五年に、予言のようにそれが的中したのであろうか。この疑問に対する答は、『ガルガンチュア物語』の初版が上梓された時期にかかっている。この問題が解決されたとき――おそらくは形状的書誌学*の成果を基に――『ガルガンチュア物語』に関するより確実な解釈が可能になるだろう。

* 書物のサイズ、紙質、印刷方法など形状から記述する書誌学。書物の内容に触れない。なお、著者は一六二六年以前に刊行された、ラブレーの印刷本すべてを対象にした形状的書誌学の書を上梓している。

今までに判明している『ガルガンチュア物語』の第二番目の版には、月日はなく、一五三五年という年代だけが付されている。この版の読者は、チュニスを攻略しバルブルッスを潰走させたカール五世と、同じくチュニスの占拠を企て、しかもフランスの盟友であるこの有名な海賊に対し、「洗礼を受けた場合のみ」命を助けてやる、などと息巻くピクロコルとを、頭の中で繋げずにはおれなかった違いない。一五三五年のヨーロッパでは、バルブルッスおよびチュニスに対するカール五世の計略と武勲について物語った刷り物が、洪水のごとく出回っている。こうした刷り物のなかには、「ヘラクレスの柱よりもずっと壮麗な二本の柱」からなる、あのピクロコルの紋章と同じ図柄が掲載されているものもあった。一五四二年になると、ラブレーは神聖ローマ帝国皇帝を標的にした嘲笑のトーンを、さらに上げていく。彼はこの章〔決定版で第三三章〕の最終的な改訂の際に、アルジェとボナ（ビゼルト）の名称を付け加えている。これにより、皇帝のアフリカへの野心に対する嘲笑が、最新の状況と一致するのである。というのも、この加筆は、一五四一年秋、カール五世のアフリカ遠征が成功しなかった事実に、笑いながら言及しているに等しいからである。現にこの遠征は、アルジェの城壁の前で大失敗に終わり、敵方を大喜びさせたのであった。(35)

ピクロコル戦争の多くの場面は、神聖ローマ帝国皇帝が、一五三〇年代の国王に忠実な貴族の目に、いったいどのように映っていたかを如実に示している。彼らフランスの貴族は、その当時、パヴィアの戦いにおける国王の敗北にまだ悲憤慷慨しており、また、ミラノを失ったことに憤懣やる方ない思いを捨てきれずにいた。しかも、どうにも止めようのないカール五世の連戦連勝を、指をくわえて見ているほかなかったのである。巨人が派遣した使節ウルリック・ガレは、説得力に富むラテン語風の演説の中で、国王の務めに関して実に深みのある宗教的かつ倫理的な見解を披露している。彼のこの見解は、ルネサンス期のキリスト教の思想家たちに大変な感銘を与える類のものであった。つまり、誰も彼もがマキアヴェッリ主義者だったわけではないのである。ガレの雄弁に備わった芸術性は、ジャノトゥスの低級な演説と同じく、「アラング」*harangue*〔「厳粛な演説」と「退屈な長談義」の二つの意味を持つ〕と呼ばれることで、さらに際立って見える。というのも、同じ単語で括る手法によって、真の人文主義者《ユマニスト》の鮮やかな修辞および論理と、中世の愚かしい技巧に寄りかかった説得力に欠ける論法をふりかざす手合いの、咳込むばかりな無力ぶりとのあいだのコントラストが、よりくっきりと浮き彫りになるからである。ウルリック・ガレはピクロコルを、ひいてはカール五世をも、「神と道理から見放された」人物、おそらくは悪魔による幻影に騙されている人物だとさえ見なしている。[36] 同様にグラングズィエもピクロコルのことを、神によって「自由意志《フラン・アルビトル》に委ねられた」人物と考えている〔第二九章。渡辺訳p.146, 宮下訳p.238〕。もちろん、善良なる我らが巨人は、福音主義を心底奉じているカトリック教徒として、自由意志《フラン・アルビトル》は、恩寵によって導かれないかぎり必ずや邪悪なるものに堕することを知っている。[37] こうした意見は、皇帝に対する当時のフランス人の平均的な反応と近いように思われる。たとえば、後日カール五世がフランソワ一世に対し一騎打ちを要求した際——これも、彼のロマンチックで「胆汁質の＝怒りっぽい」性格を示す一例である——ニコラ・ランス〔フィリップ・ド・コミーヌの『回想録』をイタリア語に翻訳したことで知られる〕はジャン・デュ・ベレー宛の書簡（一五三六年四月二十四日付）で、「彼は、完全に善意を喪失し、正気を失っている（*alliéné*）ように思われる」と述べている（*Correspondance*, ed. Scheurer, II, 1973, p.322）。

ピクロコル王に対する最も深刻な非難は、実は『第三之書』中で、ラブレーが「哲学＝喜劇的」な技巧を駆使して行なっている非難を先取りしている〔パニュルジュの「自己愛」を非難していることを指す。『第三之書』第二九章、渡辺訳p.175, 宮下訳p.339〕。ピクロコル王の廷臣たちは、ただひたすら膨らむばかりの国王の征服欲を煽ってやまない。この段階ではまだ明言されてはいないが、彼らはみな自己愛のゆえに目が眩んでいるのである。自己愛によって引き起こされた道徳的盲目のために、彼らは自分たちの軽率で向こう見ずな計画に固執し、思慮深くあるべき国王をこのような愚行へと走らせないための、かの有名な古代の叡智を逆用する始末である。ピクロコルが臣下たちの計略にあまりに熱のこもった反応を示したために、彼らのほうも調子に乗って、慎重さを装う発言まで始める。

「いえいえ、まだもうしばらくご辛抱を（と彼らは言った）。快挙をなし遂げるには、焦りは禁物にござりまする。

殿はオクタウィアヌス・アウグストゥスが何と申したか御存知ですかな。「ゆっくり急げ《フェスティナ・レンテ》」*Festina lente* でござりまするぞ」〔渡辺訳 pp.159-160, 宮下訳 p.262〕

この思慮に富んだ忠告を述べている廷臣たち自身が、その内容とはまったく正反対の行動に走っている。彼らは、軽率な国王に対し、お世辞たらたらの痴れ言を吹き込み、妄動を煽っているのだ。このエピソードを面白くしている一要因がここにある。実はラブレーは、ずっと前の章〔決定版で第九章〕で、錨とイルカであしらった紋章を採り上げ称揚することで、読者に対しある種の伏線を敷いている。この紋章を採用したのは代々のフランス大提督であり、彼らは当然ながら、この紋章が古代ローマ皇帝オクタウィアヌス・アウグストゥスのそれであったことを十分に意識していた。しかも「ゆっくり急げ」こそが、比類ないほど有名なこの紋章の「意味」するところである。こうした文脈でラブレーが名前を引いている当時のフランス大提督フィリップ・シャボは〔渡辺訳 p.62, 宮下訳 pp.88, 89 note (11)〕、この文言を座右の銘にしていたのだ。それほどの人物なら、ピクロコルを、ひいてはカール五世を、いとも簡単に打ち負かしてくれるだろう。少なくとも、われわれ読者はそう信じさせられる[38]。

13　ジャン修道士　戦うベネディクト会修道士〔おもに第二七章、三九―四五章、四八章〕

ラブレーとその時代が大いに興じた騎士道物語のパロディー、それも絢爛豪華な文飾に満ちたこのパロディーの中にあっては、政治的諷刺は物語の構成要素のひとつにすぎない。これらの章で、今日の多くの読者にも受け入れられやすい側面は何かと言えば、それはジャン修道士が体現している愉快なパロディーにとどめを刺す。この戦う修道士は、『ロランの歌』の大司教テュルパン*にまで遡るテーマを、喜劇的なトーンで継承しているのである。逸話のこの側面は、いつの時代の読者にも楽しいものである。ジャン修道士は修道院に住んではいるが、いったんそこから出るや優に卵三〇個分の価値を帯びる。ただし修道院では、他の修道士たちと同じく卵二つ分の価値もあるやなしやなのではあるが。** ジャンがあくまで修道士の身分にある事実を、読者は決して忘れてはならない。彼がたんに「修道士」*le Moyne* と呼ばれることも少なくない。[39]

＊　トゥルピヌス。フランスの聖職者で、シャルルマーニュの十二人の側近貴族のひとりと見なされている。実在の人物だが、多くの武勲詩に登場し、戦う聖職者として活躍する。ランスヴォーの戦い（七七八年）で非業の戦死を遂げた、というのは伝説にすぎないようである。

＊＊　第四二章に出てくる偽ラテン語の詩の一部を、ここでは活用している。渡辺訳 **p.197**, 宮下訳 **p.318** を参照。

ジャン修道士はベネディクト会に所属している。これはラブレー自身が、そのさまざまな違反*にもかかわらず、教会の規則上は依然として所属していた修道会である。ジャンの修道院はスイイー **Seuillé** にある（スイイー **Seuilly** は、ジャラ・ドヴィニエールから指呼の間にある）。こうした事実から、彼は愛情をこめて描写されているといえるだろう。ジャンは痩せていて好色で気まぐれな修道士として描かれ、諷刺詩人たちが悪しき修道僧の特徴として、伝統的に列挙してきた欠点を、すべて備えている。つまり、大食漢で無知、しかも好色にして粗野きわまりないのだ。ただし彼は、こうした欠点を補って余りある美徳をも備えている。彼は友達を楽しませる術を心得ており、いわれのない攻撃を受けた場合は、素早く立ち上がって戦いに身を投ずることができる。この章が言わんとしているのは、ひとつには、修道士に対する伝統的な批判は正当と言えるが、神学的な観点に立てば些細なことにすぎない、ということではないだろうか。なるほど、修道士たちにはこうした欠点が現に目立つし、何よりもジャンがその典型である。だが、この種の短所は、表面的には真面目で欠点がないように映る修道士たちの、実は怠惰で無益な現実に比べれば、非難に値しないほど些細な欠点にすぎないのだ。というのも、怠惰で無益な修道士たちのほうは、自分たちの務めと称して行動を伴わぬ言葉だけの儀式に無意味に執着しており、他の人間がどう行動すべきか心得ているときに、自分たちは、他の人々のために神とのあいだをとりなしているのだ、などと主張しているからである。**

＊　許可を得ずに誓願破棄をして、一五三五年、パウルス三世に許しを請うている点など。

＊＊　翻訳の第二七章参照。著者は、行動によって略奪を繰り返す敵軍と戦ったジャン修道士と、おろおろして無益な祈りを捧げている修道士たちとを比べて論じている。したがって、危機に直面したときには二種類の修道僧が存在することが前提とされている。

ジャン修道士は、偉大にして魅力的な創造物である。彼は、パンタグリュエル、ガルガンチュア、そしてパニュルジュに比肩しうる人物であり、彼らと比べてもなんら遜色がない。彼に付与されている美徳と悪徳とは共にスケールが並外れて大きく、ゆえに彼自身が並みの人間よりもずっと巨大に映る。だからこそ彼は、巨人たちが昔日の面影を失いつつあり、徐々に「人間化」している段階での仲間としてふさわしい。ガルガンチュアが最初の教育で押し付けられた悪徳を洗い流し、喜劇的な人物から模範的な人物へと脱皮しつつあるときに、ジャン修道士が、ガルガンチュアから一掃されつつあった大食や粗野といった性質を引っ提げて舞台に飛び込んで来、われわれに再び喜劇を提供してくれるに至ったのだ。

作品の中で、ジャンは複数の役割を演じている。まず、この書物の中でも最良の笑いのいくつかは彼に由来する。また彼自身は、自分が、「良き」修道士と「悪しき」修道士のいずれをも非難する根拠となっている点を、無邪気にではあるが十分に意識している。ジャンは、修道士の怠惰や凡庸さないしは金銭上の強欲さに対する主人公たちの非難に、熱烈な賛意を表する一方で、みずからは言葉によってではなく行動によって範を示している。さらに現代の読者が驚くのは、彼が道徳的なたとえ話の中でさえ、役割を演じていることである〔第四〇章〕。

ジャンが初めて登場する章〔初版では第二五章、決定版では第二七章〕は、深刻な調子《トーン》で幕を開ける。ラブレーは読者に対し、ペストで命を落としたのが、どうして善良なる聖職者や医者ばかりで〔ペストは当時とくにフランスで蔓延していた。一五三一年と一五三三年には猖獗をきわめている〕、「略奪する悪魔ども」*diables pilleurs* すなわち悪魔のごとく強奪を繰り返すピクロコル軍の兵士たちのほうは、なぜぴんぴんしているのだろうか、と問い掛けてくるのである。これに対する答は暗に仄めかされている。そもそも、ペストは神や聖人たちのなせる業ではない。それは悪魔のなせる業であり、現世の君主である悪魔は、この世で自分の手下ども〔この場合はピクロコル軍の兵士たち〕を助ける術くらい心得ているのである。＊もちろん、一見悪のようなものも含め、この世の出来事のすべては神の摂理の中にある。だが多くの人々は、悪魔を悪の張本人に仕立てることによって、神から倫理的な責任を免除し、一見悪に映る事象をも実質的な善に変えうる存在として、神を救い出そうとしたのである。こうした見解が、神学的にどれほど説得力を持つかについては、議論の余地が残るが、ラブレーはおそらくこの意見に与《くみ》していたようである。ラブレーにおける「悪魔」*diable*という語は、たんなる罵り言葉に込められた以上の濃密な意味を宿している。いや、明らかに伝統的な罵り言葉として使われている場合でも、深い意味を帯びている場合があるのだ。われわれは、無意識に口をついて出る乱暴な言葉には、たいして意味が込められていないと考えがちである。だがたとえば、「これら略奪する悪魔ども」*ces diables pilleurs*やその直後に出てくる「哀れな悪魔の修道士ども」*les paouvres diables de moynes*といった表現には、そうした乱暴な言葉とは比較にならないほど、実質的な意味がこもっている[40]〔渡辺訳 pp.134-135, 宮下訳 pp.221-222〕。ラブレーは、思いもかけぬ時に神と悪魔のいずれにも言及する場合がある。「悪魔めが!」*diable !*といった非常にシンプルな罵り言葉ですら、真の悪魔性を指し示している可能性があるのだ。ここはまさしくそうしたケースである。前述の略奪者たちも怠惰な修道士連中も、悪魔と親和的な人間なのである。もっともラブレーは、今まで述べたのとはまったく異なった目的のために、敬虔な言葉ないしは冒瀆的な言辞を利用する場合もある。彼の全「年代記」は、倫理的な行動を伴わない口先だけの敬虔さには何の価値もないことを示している。逆に言えば、行動による美徳が示されさえすれば、たんなる罵り言葉や悪口雑言には大した不都合はないのである。ここでのエピソードでは、受け身の「良き」修道士たちが唱える怯えきった空虚な祈りと、口汚い「悪しき」修道士が見せる行動の美徳とのあいだに、明確なコントラストが成立しているが、このコントラストは根源的なものであり、今後もさらなる喜劇的な精巧さを伴って展開される主題となっていく。**

＊　悪魔の配慮により、手下の兵士たちはペストにかからない、という理屈。なお、この説は著者独自のもので、プレイヤッド版を編んだユションも、スクリーチの見解として紹介するに留めている。

＊＊　『第三之書』のパニュルジュとパンタグリュエルの対比や、『第四之書』におけるパニュルジュとジャン修道士のあいだの対照へと発展していく主題である。

われわれ読者は、最初はこうした側面にはあまり気づかないかもしれない。それよりも、ジャン修道士は聖職者なのに、どうしてこれほど下品な言葉を多様かつ自在に使いこなせるのかと、その対比のほうに先に魅せられてしまうだろう。だがジャンは、英国人にはチョーサーを通してなじみ深い、中世的な諷刺の伝統上に見られる無知で好色な修道士以上の存在を、実は象徴しているのである。この点は、彼が僧衣を脱ぎ捨て、由緒ある十字架型の棍棒を手にして敵に襲いかかる際に、そっと仄めかされている。まず、この武器に驚かされるが、ラブレーは読者を驚かすために、意図的に仕組んでいるのである。ずっと後の章で、われわれはまたもやこの武器に出遭うことになる。ジャン修道士が敵軍を武装解除して、全員を教会堂に閉じ込めた後に押収するのが、またしても「すべての十字架型の棒」*tous les bastons des croix* なのである（*Garg.*, *TLF* XXV, 80, *EC* XXVII, 67, cf. *TLF* XLVI, 79, *EC* XLVIII, 61）〔渡辺訳 pp.140, 221, 宮下訳 pp.230, 354〕。

ジャン修道士の十字架型の棒の一端には、色あせた「百合の花」*fleurs-de-lys* の模様があしらってあり、棒自体はナナカマドの木で出来ている（ナナカマド *cormier*：ラテン語では *cornus*）。これは、われわれの意表を突くのを楽しむかのように、ラブレーがときおり発する学術的なジョークのひとつである。ナナカマド *Cornus* は、ウェルギリウスの読者には周知のとおり、たんなる平凡な木ではない。「戦《いくさ》にうってつけの樹木」*bona bello cornus* なのである（『農耕詩』、II, 448）。また、「百合の花」の模様は、ジャン修道士がフランス国王の利益のために行動していることを示唆している。さらに、十字架の棒が古く、「百合の花」の模様も色あせているという指摘は、修道院の仲間のあいだではすでに廃れてしまった、古き良き時代の愛国心に貫かれた戦い方に、ジャンがこだわっているのをおそらくは暗示していると思われる。

彼の武器が十字架の棒であった事実は、まったく別の観点からも意味深長と言うべきかもしれない。なぜならこれは、宗教改革派はいうまでもなく、福音主義者たちにとっても非常に重要だったある教訓を、読者に痛感させてくれるからである。すなわち、いかなる「物」*object* もそれ自体では神聖ではない、という教訓である。カトリック内の福音主義者も、教会分離的な改革派も、聖遺物やそれと結び付いたさまざまな民間の迷信に対してきわめて懐疑的で、それを敵視していたことは、誰でもが知っている。ところが、キリスト受難の十字架像や十字架一般に対しても、同様の疑念が向けられていた事実は、意外と知られていない。十字架の類はすべて、あまりにも安易に神聖視される傾向にあったのだ。ところが実際のところは、十字架と言えども、せいぜい神聖なる真理を象徴しているにすぎず、真理そのものと実質的に関わっているわけでは全然ないのである。そうは考えられないキリスト教徒にとって、キリスト受難の十字架像のみならず、十字架の類はみな、きわめて冒瀆的な「物」に映ったとしても不思議はない。

ジャン修道士の向こう見ずで豪胆な様子は、読者に、伝統的な叙事詩でおなじみの、不屈の戦う修道士を思い起こさせる。われわれはピクロコル戦争を読みながら、自分が好きな「芸術ジャンル」における模倣品《パロディー》を見てつい口元を緩めてしまうのである。同じ表現や決まり文句の繰り返しにより、われわれは古い物語や年代記を想起すると同時に、「かのフランス語の書物によると」という反復句《リフレイン》で有名な『アーサー王の死』* *Morte d'Arthur* をも間違いなく思い起こすだろう。ジャン修道士の戦いは、他のいかなる「武勲詩」*chanson de geste* にも負けず劣らず、さまざまな挿話に富んでいる。しかも、この戦争は、彼が登場しない場面でのみ深刻さを帯びるのであって、彼が姿を現すや、そのすること為すことが大笑いを引き起こす。ピクロコル戦争という逸話は、多くの小縄《ストランド》からなる一本の太い縄のようなものである。それぞれの小縄がひとつの全体を構成し、完全に融合することは決してない。ジャン修道士という小縄は、パロディーと笑いによって縒《よ》られているもののひとつである。彼は、なるほど傷は負わせるが苦痛は与えない。敵を殺しはするが、そこに死の気配はいっさい漂わない。ある時は田舎領主、またある時はカール五世に対し果敢に戦いを挑むが、彼の戦争は、まるでグロテスクな操り人形が戦っているようであり、彼自身、半分は人形使い、半分は他よりも大きく強い人形戦士を思わせる。ジャン修道士のおかげで、戦争は、数多の喜劇的残酷さが実現する舞台背景となっている。この喜劇的残酷さこそは、ラブレーが『第四之書』でさらに十全に発展させる技法である。では、ラブレーに特有の喜劇的残酷さは何かと問われれば、それは、伝統的な笑劇に見られる残酷さの文学的な一変奏だと答えられよう。この技法は、その後モリエールによってさらに磨かれることになる（とくに『スガナレル』のような作品に顕著に見られる）。ラブレーの場合、場違いな医学的正確さも加わって、この技法の効果がさらに増幅している。ジャン修道士専用の棍棒は、敵の頭をたんに粉砕してしまうだけではなく、「矢状縫合部」で頭を二つにかち割ってしまう。また、彼の鋭い短剣は、敵の射手をただぶった切って殺すのではない。というのもその一撃により、「首の頸静脈と頸動脈が完全に切り裂かれてしまう」（ここでは同じ血管に二つの別の呼称が充てられている〔静脈と動脈の違いがあるので、著者の勘違いか？〕）からである。その後彼の短剣は、第二脊柱と第三脊柱の間で、脊髄を断ち割ってしまう（*Garg.*, *TLF* XLII, 44, 18, *EC* XLIV, 37, 14）〔渡辺訳 p.203, pp.202-203, 宮下訳 p.329, pp.326-327〕。

＊ イングランドの著作家トマス・マロリー（一四〇〇？－七一）がアーサー王伝説を初めてフランス語から翻訳し集大成した。

おそらく残酷さは、いかなる喜劇とも不可分の関係にあるのだろう。顔に投げつけられたカスタード・パイのせいで、棚に頭をぶつけるドタバタ喜劇役者から、無情にも正体を暴かれるタルチュフや、冷酷なまでに愚弄されるマルヴォリオ＊に至るまで、この点はなんら変わらない。もっとも、残酷な場面の連続を主題にしている喜劇作家は、なにも酷薄な気持ちからそうしているわけではない。ましてや、具体例によって、残酷な行為をけしかけているのではない。もちろん、作家が自分の喜劇的シーンを、同情やさらに高度な感情が笑いたい気持ちより上まわるように変えたいと思った場合は別だが。いずれにしろ、喜劇に内在する残酷さは、「非人間化」した世界でこそ本領を発揮する。この世界では、同情心を抱くことは馬鹿馬鹿しいほど場違いである。それはちょうど、パンチが人形の官憲に頭をぶん殴られたから可哀想だといって、おいおい泣く者が絶対にありえないのと同じことである。＊＊

＊ シェイクスピアの『十二夜』に登場する気取った執事。偽の恋文を渡されていい気になっているところを、皆に嘲笑される役回り。

＊＊ パンチは、「パンチとジュディー」という操り人形による滑稽な見世物のグロテスクな主人公で、ジュディーはその妻。傴僂《せむし》で鉤鼻でしゃくれ顎のパンチは自分の妻と犬を殺し、訪ねてきた医者を殴打し、自分の死刑執行人を逆に絞首刑にする。

こうした感じ方は、なにも現代人特有のものではない。換言すれば、われわれの好みや偏見ないし洞察を、過去に投影して捏ね上げた感受性ではない。実は、ラブレーの次の世代に属するローラン・ジュベールが唱えた医学理論にも、同様の見方が示されているのである。ジュベールは、モンペリエ大学教授で、フランス語で書かれた『笑いに関する論考』*Traité du Ris* という印象的な書物の著者でもある。もちろん彼自身、何世紀も以前から著作をものしてきた数多の思想家たちに多くを負っている。ジュベールは古典古代の人々と同じく、われわれが笑うのは、何かが無作法だとか不恰好だとか場違いだとか感じたときである、ただし、そこに哀れみや同情が入り込む余地がないときにかぎる、と考えていた。彼は、哀れみや同情は、笑いとはまったく相容れないと強く主張している。これは、ベルクソンが『笑い』で再び取り上げるテーマである。ジュベールが挙げている具体例は、ラブレーの技法を理解するうえでとくに示唆的である。彼の書くところによると、お尻を露出するのは無作法である。したがって、仮に誰かが必要もないのに尻をむき出しにしたら、そこに同情を駆り立てる要素が皆無であるかぎり、われわれは笑わずにはおられないだろう。しかし、たまたまそこに別人がやってきて、赤く燃える鉄棒をその人の臀部にあてがったとしたら、われわれの笑いは同情に場を譲るだろう。ただし、そうした行為が、実害のない些細な行為と解されるシチュエーションなら話は別で、笑いはさらに高く響くであろう（L. Joubert, *Traité du Ris*, Paris 1579, p.18f.）。

ラブレーはピクロコル軍の兵士たちの性質を、ガルガンチュアの家庭教師たちの場合と同じく、「非人間化＝機械化」している。彼らもまた、生身の人間としてではなく、操り人形や道化役者のごとく振舞うのである。彼らの受けた傷は、ジュベールの用語を用いれば、「些細」なそれへと転化されている。さらに彼らの死すらが、われわれ読者の哀れみをかき立てるには至らない。たとえば、トリペ *Tripet* という名の隊長は、最初から「臓腑を抉《えぐ》られる」*estripé* 運命にあったのだ！（*TLF* XLI, 2 ; *EC* XLIII, 2）〔渡辺訳 p.70, 宮下訳 pp.276-277：敵方のトリペ隊長は、ジムナストによってその胃と腸と腎臓の半分を抉り取られている〕。また、ジャン修道士に空々しいおべんちゃらで命乞いをする臆病な見張りの兵士は、たんなる一修道士にすぎないジャンを「修道院長様《プリウール》」*Monsieur le Priour* と呼ぶが、そのお返しに「おケツ様《ポステリウール》」*Monsieur le Postérieur* という名前を頂戴する。見張り役はしつこく戯言を繰り返し、修道士を「枢機卿様」*Monsieur le Cardinal* とまで持ち上げたせいで、慣用語法で「枢機卿にする」*faire cardinal* の意味するところを、滑稽にも自分が医学的な正確さで体現するはめに陥ってしまう。というのもこの表現は、枢機卿の帽子のごとく真っ赤な血なまぐさい鶏冠《とさか》を、誰かの頭に載せる〔首をちょん切る〕ことを意味するからである（*TLF* XLII, *EC* XLIV）〔渡辺訳 p.203, 宮下訳 p.327〕。ラブレーは自家籠薬中のものとしている言葉の技芸を駆使して、喜劇のこの側面をさらに増幅していく。たとえば、初版では「ある者は、何も言わずに息絶えた」という単純な表現に留まっていた箇所が、一五四二年の版ではさらに「非人間化＝機械化」されて面白さを増している。曰く、「ある者は何も言わずに息絶え、他の者は息絶えずに喋っていた。またある者はお喋りしながら息絶えたし、他の者は息絶え絶えになりながら喋っていた」（*TLF* XXV, 142 ; *EC* XXVII, 116）〔渡辺訳 p.140, 宮下訳 p.229〕こんなふざけた「登場人物」が、本当に苦しんだり死んだりするはずもない。彼らはまるで操り人形のように薙ぎ倒され、最終的には、もといた箱の中にしまわれるか、あるいは、子供に飽きられた壊れた玩具のように散らかされて放置されるかである。その人物の性質に一片の人間性が付加された場合にのみ（ジャノトゥス・ド・ブラグマルドの場合のように）、お笑いの的にされた者は最後に同情を勝ち得て、われわれを大いに笑わせてくれた見返りに、優しく毛布にくるんで寝かせてもらえるのである。*

＊ 本文にも前述のとおり、ジャノトゥスにはふかふかのベッドなどが与えられている。翻訳の第二〇章を参照。

ここで、別の角度から考察してみると、ラブレーの意図していたところがさらによく理解できる。そもそも笑いには、恐るべきものやぞっとするようなものを、われわれと同レベルどころか、はるかに劣ったレベルにまで貶めることにより、恐怖心を追い払ってくれるという効能がある。カール五世は、ヒトラーが現代人にとってそうであったように、当時のフランス人には、大いに不安をかき立てられる存在であった。ラブレーは、ちょうどチャーリー・チャップリン〔いうまでもなく、映画「独裁者」が前提となっている〕のように、ピクロコル王を読者と共に笑い飛ばす手法によって、恐るべき敵を思いっきり格下げしてくれたのである。ルネサンス期における戦争は、残酷で痛ましい出来事であった。医者ですら、戦争で受けた兵士の傷をどう処置してよいか、まだほとんどわかっていなかった時代である。だからこそ、戦争が避けられないと思われていた時期に書かれた『ガルガンチュア物語』中では、死や深い傷がコミカルに映るようになっている。ここでの笑いは、薄情な人間のそれでは決してない。あるがままの生や死とどう向き合いながら生きていけばよいのかを体得した、ひとりの医者が放つ笑いなのだ。換言すれば、ユーモアや笑いが、とりわけキリスト教徒に対して大きな力の源泉になるという事実に、大いに勇気づけられた医者の放つ笑いなのだ。笑いは際立って人間的な特徴である。だからこそ、「涙よりも笑いを描くに如《し》かず」« *Mieulx est de ris que de larmes escrire* » なのだ〔『ガルガンチュア物語』「読者へ」の中の有名な一節。渡辺訳 p.15, 宮下訳 p.15〕。われわれは、人間の愚かしさを笑うことも、それに涙することもできる。ラブレーの「年代記」にあっては、笑いが止むとき、死や深い傷もコミカルな相を失う。ピクロコル戦争が終息に向かい、喜劇的グロテスクがいったん現実に道を譲るや、死者は鄭重に埋葬され、負傷者は古典的に「ノゾコミウム」*nosocomium* と呼ばれる病院で治療を受けることになる〔第五一章、渡辺訳 p.228, 宮下訳 p.368〕。同様にこの逸話の出だしでも、死の床にある者たちを看護していた善良な医者や説教師たちは、(神の何らかの意図に即したこの世にあって)、みずからもペストで落命するのである。こうしたいくつもの章を通して、笑いから真面目へと頻繁にトーンが入れ替わるために、戦争はたんに「些細な」出来事に終わることもなければ、ひたすら身の毛もよだつ現象に終始することもない。そして、この驚くべき「年代記」の中では、しばしば予期せぬ内容に遭遇するのだが、実はこのエピソード全体にわたって、ある宗教的な見解が表明されているのもその一例である。

いくつかの宗教的なプロパガンダに関しては、解説はほとんど不要だろう。たとえば、聖遺物崇拝に対する嘲笑がそれで、エラスムスの読者ならば、こうした嘲笑が必ずしも「プロテスタント」固有の見解ではないとわかる。その他の諷刺は、少し説明を要する。ピクロコル軍に対する戦争は、その終盤では真面目なトーンで描かれているが、ラブレーはその中で、エラスムス経由でプラトンを引き、キリスト教国家同士の戦争を「内乱《セディシオン》」*sédition* と呼んで非難している〔第四六章、渡辺訳 pp.211-212, 宮下訳 p.340〕。ピクロコル軍の敗走したトラブルメーカーたちも同様に「反乱者」*séditieux* と呼ばれている〔第五一章、渡辺訳 p.228, 宮下訳 p.367〕。実のところ、『ガルガンチュア物語』の多くの箇所が、「内乱」*sédition* と関わっていると言えなくもない。ガルガンチュアがパリにやって来ると、町は「騒乱状態」*sédition* に陥っているし〔渡辺訳 p.95, 宮下訳 p.142〕、ラブレーが理想とする修道院から追い出された手合いのなかにも、「叛乱を煽る分子」*séditieux mutins* が含まれている〔第五四章。渡辺訳 p.239, 宮下訳 p.385〕。ラブレーは、キリスト教徒同士の戦いや争いのすべてを、本質的に倫理面から把握すべきだと主張したユマニストたちと、多くの点で共通している。『ガルガンチュア物語』の三つの主要な逸話――ノートルダム寺院の釣鐘、ピクロコル戦争、最後を飾る謎歌*――はすべて「騒擾《そうじょう》」*sédition*、つまり、キリスト教徒全体の繁栄の礎となる平和を乱す、党派間の争い事と関係しているのである。この「内乱」*sédition* に対する懸念は、フランソワ一世やデュ・ベレー兄弟の認《したた》めた書簡の中にも反映している。「叛乱＝内乱」は、たんなる政治的な罪ではない。それは神学者によって認められた悪徳のひとつであり、キリスト教徒のための定式書の中でも、正式に悪徳の一種として分類されているのである。その際、よく引き合いに出されるのが、「コリント人への後の書」第十二章二〇節で聖パウロが非難している「騒乱」（*seditiones*）である。ラブレーは、国王やその側近たちが、ソルボンヌの教授連を「扇情的」*séditieux* であるとして難じていたのを知っていたので、ピクロコル軍の「叛乱的」*séditieux* な敗残兵にふさわしい罰として、観念連合からか、グラングズィエの領土内に新たに設置された印刷機を操作する仕事を命じているのである。[41]**

＊　実際には「テレームの僧院の扉に記された碑文」である。

＊＊　「観念連合」とはこの場合、「印刷機」＝「平和のシンボル」（大砲は悪魔の発明、印刷機は天使の発明、とは当時の紋切り型）＝「印刷機がフランスで最初に設置されたのはソルボンヌの構内（一四七〇年）」という「連想」を指していると思われる。

だが、ここでの数章で提起されている宗教上の問題で最も目立つのは、やはり修道院制度の愚かしさをめぐるそれである。最初の作品でパンタグリュエルは、必要に応じて軍事に訴えはするが、最終的には福音主義的な宥和政策を選ぶ、とその祈りの中で述べている。* ラブレーは、この宥和政策と、ここでの修道士たちの見下げ果てた臆病な態度とを、読者が混同することのないよう入念に工夫している。『ガルガンチュア物語』の中で、右のパンタグリュエルの教えを体現しているのは、気高い平和主義を奉ずるグラングズィエであって、臆病な僧侶たちでは断じてない。そもそもスイイーの修道士たちは、侵略者を撃退するうえでいっさい力を貸そうとしていない。なるほど、若い修練者《ノヴィス》〔修道誓願をまだ立てていない者〕たちは、息絶え絶えの敵兵の喉を掻き切ってはいるが、これも安全になって以降の行動にすぎない。修道士たちは礼拝堂に集まり、平和のための応唱を歌いながら行進することを決める。敵が門まで迫っているというのに、あたかも自分たちには悠久の時間が残されていると言わんばかりである。聖務日課書から引いてきた十月用の応唱「敵の猛攻撃を恐るるなかれ」« *Impetum inimicorum ne timueritis* »を、腰抜けよろしく歌っている彼らは、あらゆるレベルで間違いを犯している。彼らは「汝、敵の猛攻撃を恐れるなかれ」と言いながら、実際は死ぬほど恐れている。彼らは、行動を起こすべきときに、無為にも歌を歌っている。しかも、自分たちの交唱の音楽的な調子にばかり気を取られているため、音節を繰り返すばかりで、その意味にはまったく注意が向いていない。以上のような非難については、後にまた採り上げることになる。いずれにしろ、ジャン修道士とその行動力は、喜劇的な面白さに包まれてはいるが、確たる根拠に基づいて読者に提供されているのである。

＊『パンタグリュエル物語』第二九章、渡辺訳 p.207, 宮下訳 pp.324-325. なお、パンタグリュエルの祈りについては、本書の pp..214-220 も参照。

一五四八年版の『第四之書』の中で、ジャン修道士はスイイーでの戦いを回顧しているが、その発言から読者にわかるのは、人間は神とともに働く必要があるという見解を、ジャンが常に擁護してきたことである。人間は、受け身の祈りばかり連発して、神をわずらわせてはならないのだ。これが、この逸話の「最も深い意味」*le plus hault sens* のひとつである。もちろん、「深い意味」はまだ他にも潜んではいるが（*QL*, *TLF* XXI, 54 *var.*, cf. XXIII, 48）〔『第四之書』渡辺訳 p.136, 渡辺訳は一五五二年版を訳出しており、ここでのジャンの発言は収録されていない〕。

修道士に対するより詳細な非難は、第三八章まで先延ばしにされている〔翻訳ではともに第四〇章〕。この名人芸と呼ぶにふさわしいエピソードの中では、瞑想をむねとする修道院制度がひっくり返されている。修道士は、ここでは雄蜂にすぎない〔働き蜂はすべて雌。雄の役割は女王蜂と交尾することのみ〕。この発想は、プルタルコスが、怠け者をプラトン風に非難した箇所にいくらかを負うているのかもしれない。修道士たちは、（ウェルギリウスの言い方を借りれば〔『農耕詩』四・一六八〕）ちょうど雄蜂が働き蜂によって巣から追い出されるように、世間の人々から当然のごとく締め出されてしまうのである。彼らはまた、カエキアス Caecias と呼ばれる北風が雨雲を引き寄せるのと同じく、（ラテン語の格言が言うように）この世の悪を引き寄せる。また、われわれの家の中でトイレが隔離されているように、彼らの修道院も、雅《みやび》な社会との接触を絶たれ隔絶されているのだ。これは当然である。修道士はこの世の糞便〔人間の罪〕を食しているのだから。ここには、秘密告白＊ auricular confession に対する痛烈な皮肉が込められている。その後ラブレーの筆は、プルタルコスによるお追従者への非難〔『いかにしてお追従者と真の友とを見分けるか』〕を修道士に執拗に適用したうえで、修道士、少なくとも怠惰な修道士に関して、以下のように綴っている。彼ら修道士は、「農民のように働きもせず、兵士のように国を守りもせず、医者のように病人を癒しもせず、福音を説く立派な学者や教育者のように、人々に説教したり教え諭したりもせず、さらには商人のように、国家に必要で便利な品や物を売り歩いたりもしないのだ」（*TLF* XXXVIII, 1f.; *EC* XL, 1f.）〔渡辺訳 p.188, 宮下訳 pp.303-304〕。

＊ 聖職者の耳元に囁く告解。告解（告白）は通常この形式で行なわれる。

これらの表現は、すべて懶惰な修道士のみを標的にしている。もっとも、教会分離すら厭わない改革派になると、こうした非難の矛先を、在俗か修道会所属かの区別なく、ローマ・カトリックの聖職者全体に向ける場合もあった。いずれにしろ、右の表現によってこの章は、病人の看護中にみずからペストに罹患して命を落とした良きキリスト教徒たちへと繋がっていく。さらに、こうした表現は「福音主義を説く良き説教師」*bons prescheurs evangelique* への言及とあいまって、＊ソルボンヌを嘲笑することに割かれた出だしに近い数々のページや、立派な福音主義的説教師よりも曲芸師を好む、しかも、すぐに「騒乱状態」に陥る馬鹿なパリの連中をも、読者に再度思い起こさせるのである。

＊ « *bon docteur evangelicque* »「福音を説く立派な学者」の誤りだと思われるが、いずれにしろ「人々に説教をする」のである。

プルタルコスを翻案したこの重要な箇所は、現代人を微笑ませずにはいない次のような言葉で始まっている。

なぜ猿が家庭の中でいつも馬鹿にされ虐《いじ》められるかがわかれば、なぜ老いも若きも誰も彼もが、修道士を避けるかがわかるでしょう〔渡辺訳 pp.187-188, 宮下訳 p.303〕。

あたかもごくごく自然なことのようにペットの猿を引き合いに出しているのは、プルタルコスがそういう書き方をしているからにすぎない、と考える読者もいるだろう。そうした読者は、こうした書き出しをつい、馬鹿げていると思うかもしれない。だが、そう考えるのはおそらく間違っている。実はペットの猿は十六世紀にはありふれた存在だったのである。ディオドロス・シクロス〔紀元前一世紀のシチリア生まれのギリシアの歴史家。『歴史叢書』〕のアントワーヌ・マコー〔国王秘書官も務めた翻訳家〕によるフランス語訳（一五三四年にフランソワ一世に捧げられた写本を元に訳され、一五三五年に同国王に献じられている）の中には、一枚の典雅な版画が挿入されている。そこには、フランソワ一世と三人の息子および彼らを取り囲む家臣たちが、マコーが自作を朗読するのを聞いている様子が描かれている。そのなかに、テーブルに座ったペットの猿が見えるのである。マコンの司教が国王に『ガルガンチュア物語』を朗読した際に、猿が一緒にいたならば、ここでの議論はさらに説得力に富むものとなるのだが、どうであろうか。* ありえない話ではないだろう（なお、ペットの猿は、ホルバインが描いたトマス・モア一家の肖像画にも登場している）。

* 「マコンの司教」とはピエール・デュ・シャステルのこと。エラスムス主義者で博識。ラブレーの庇護者のひとりであったとも言われる。フランソワ一世の侍講《アナグノスト》として、ラブレー作品をフランソワ一世に向かって朗読したという記述が『第四之書』に付された「シャティーヨン枢機卿オデ猊下に奉る文《ふみ》」の中に見出せる。『第四之書』渡辺訳 **p.20** および **pp.311-312** の訳注を参照。

これらの逸話で拒絶されてきた修道院制度とは、遊惰な（*ocyeux*）修道士たちであふれかえっている類の修道院とそのありさまであった。ところが今度は、この重要な制限が取り払われてしまう。というのも、グラングズィエが、修道士たちの無為は「我らのために祈ってくれる」ことにより埋め合わされる、という見解を述べると、ガルガンチュアが即座にそれを一蹴し、ジャン修道士も無邪気で滑稽な合の手を入れて、ガルガンチュアを支持しているからである。修道院で聞かれる祈禱の一切合財は、無知や迷信に汚染されており、ただひたすら見返りを求めて唱えられている、というのだ。見返りとは、美味なる一塊のパンと、それを浸す脂っこい肉汁《スープ》である（大した贅沢ではない、と考える向きもおられよう。だが、当時はかなりの贅沢と見なされた）。

毎日意味もわからずに彼らが唱えている祈りに対しては、「神への冒瀆」*mocquedieu* という呼称があてがわれている。笑いが止んだ後のこの言葉は、非難の重みを際立たせている。というのも、「神は侮るべきものにあらず」だからである〔「ガラテヤ人への書」、第六章七節〕。修道士たちは、その応唱を歌うにあたって、空疎な反復を避けることができない。「てってってってって　えっえっえっえっ　きっきっきのの　もももも～こっこっこううううげっきききき」« *Im, im, im, pe, e, e, e, e, e, tum, um, in, i, ni, mi, co, o, o, o, o, rum, um* » という調子である。これは実に馬鹿げている。だが、これこそ正に、キリストが弟子たちに祈り方を教えた際に、異教徒の祈り方として難詰した、あの「バットロギア」*battologia*（空疎な反復）に他ならないのである。この後、ガルガンチュアは、「ローマ人への書」第八章二六節ならびに三四節を、大胆に、かつ神学的に見て簡略化がすぎると思われるほど簡略な表現で要約し、修道院によるとりなしはまったく不適切であると宣言する。「真のキリスト教徒である者は誰であれ、身分や場所や時代を問わず、神に祈りを捧げ、ゆえに聖霊も彼らのために祈り、とりなし給い、神も彼ら皆を恩寵の内に抱きとめられるのである」＊（*TLF* XXXVIII, 41f., *EC* XL, 33f.）〔渡辺訳 p.189, 宮下訳 p.305〕

＊「ローマ人への書」第八章二六節・三四節を以下に引いておく。「かくのごとく御霊も我らの弱きを助けたまふ。我らは如何に祈るべきかを知らざれども、御霊みづから言ひ難き歎きをもて執成し給ふ。（中略）誰か之を罪に定めん、死にて甦へり給ひしキリスト・イエスは神の右に在して、我らの為に執成し給ふなり」

修道士は怠惰かもしれないが、この世の罪人のために祈ってくれるから立派である、という見解は、意味もわからず決まり文句を唱えている事実や、その報酬としてのパンと肉汁《スープ》に対して、冷笑を浴びせることだけで退けられているのではない。この点に最大限の比重をかけるために、ラブレーは、修道僧たちが「我らのために祈ってくれている」とする意見を、どこの馬の骨とも知れぬ滑稽で怠惰な聖職者にではなく、敢えて、皆の尊崇の念を一身に集めるグラングズィエに言わせている。これは、先の見解が有力者のあいだにも広まっていたことを示す一手法である。誤った見解をまずは尊敬に値する人物に言わせ、続けて福音主義の立場から本気で論破する必要があったのである。

デュ・ベレー家の進める外交政策がめざしていた長期的な目標は、当時の大規模な教会分離の傾向に歯止めをかけることであった。そのためには、フランスの穏健なカトリック教徒と、同じく穏健なルター派とを、キリスト教徒同士が相互に愛し合い理解し合うという精神に則って、ひとつにまとめる必要があった（英国国教会の分離という問題は、たいして深刻には受け止められていなかった）。この目的を達成するためには、一方で、ベダやソルボンヌの保守的分子のような、伝統主義者や権威的な極右の党派勢力をそがなければならなかった。他方で、カトリックの本流と和解可能で、かつ穏健なルター派の目には必要不可欠な存在に映った、フランス教会内の福音主義的傾向の持ち主たちを、ぜひ後援してやる必要もあった。彼らのこの政策は、一五三五年にメランヒトンがパリに招かれた時点で、大きな成功を収めたと言ってよい。

　こうした政策は、一朝一夕に実現できるものではない。一五三四年の時点において――あるいはこの問題に関するかぎり一五三三年においても――自分たちの庇護している著作家が、この重要な目的達成の行く手を阻んだとしたら、デュ・ベレー家がそれを放置するはずもない。いやむしろ、自分たちの庇護下にある著作家が、彼らの政策を後押ししてくれるのを期待していたであろう。ラブレーが『ガルガンチュア物語』の一部で行なったのは、まさしくその後押しである。『ガルガンチュア物語』が、一連の交渉のどの段階で執筆されたかは、確実にはわからない。だが、ラブレーが茶化したり異議を唱えたりしている対象とは、まさしく、カトリックの民間信仰や、伝統的な信心（民間信仰よりはずっとまともではあるが）の諸側面であった。「世界教会主義的」ecumenical な観点から、メランヒトンとのあいだの相互理解が実を結んでほしいと考えていたデュ・ベレー家にとって、右の諸側面は、どうしてもその価値を貶め転倒すべきものであった。福音主義的なユマニストたちは概して、民間信仰の類をもともと毛嫌いしていた。彼らは、ただの「人間が作った慣行」が、宗教そのものとみなされてしまっている、と考えていたのである。パリ司教〔ジャン・デュ・ベレー〕の立場から見れば、ドイツの偉大な教授が奉じる神学を受け入れるうえでの障害は無視できず、堅固な要塞のごとく行く手を遮っていが、知的かつ神学的な障害は、実はほとんど取るに足りなかった。その障害とは、たとえばパリ大学神学部教授連の、執拗な反ユマニスト的保守主義や、迷信ないし愚昧さに由来する聖人崇拝、その聖人の元への巡礼の旅、自分たちは祈りを通して人々のためにとりなしを行なっているとする修道院側の主張、古くさい惰性的な信心に基づく数々のミサ、等々である。驚いたことに、教皇の権威の問題は、論争や意見の不一致の主たる原因ではない。その一方で、カトリック内のユマニストたちに対しては、カトリックの神人協力説 synergism が、ルター派および、より過激な教会分離論者の唱える奴隷意志の教義に取って代わられる心配はない、と安心させる必要があった。

　フランソワ一世はメランヒトンの信仰告白〔彼が起草した一五三〇年の「アウクスブルク信仰告白」を指す〕を、ごく副次的な留保をつけたうえで是認していた。カトリックのユマニストたちが、メランヒトンと心から共有できると考えた神人協力説を、ラブレーは、力強いと同時に喜びに満ちあふれたプロパガンダで支持したが、この姿勢は、彼の庇護者たちに大いに気に入られたに違いない。「フィリピスト」（フィリップ・メランヒトンの信奉者）たちは、神人協力説支持者 synergists として知られていたし、しばしばそう呼ばれもした。メランヒトンはルターの忠実な友ではあったが、さまざまな論点が持ち上がるなかで、自分の師の発言を、ただ鸚鵡返しに繰り返すだけでは満足できなかった。ほとんど信じがたいことだが、彼は、ルターとの関係を保ったまま、救済における神人協力説と、広義に解釈したウィッテンベルクの教義*とを、明瞭にかつ公然と両立させるのに成功している。この点で、メランヒトンはラブレーと意見を同じくしている。そもそもラブレー自身の宗教的信条は、一五三〇年代の彼の著作物から判断するに、国王のガリカニスム主義〔フランス教会の自主権を拡大し、ローマ教皇権を制限しようとした運動〕を奉じるもので、なおかつ、トリエント公会議以前のずっと寛容な神学を支持する、正真正銘のカトリックの立場を採るものであった。だが同時に彼は、重要な問題に関しては、デュ・ベレー家が望みを託した「フィリピスト」の立場にもきわめて近かった。ラブレーの一連の「年代記」は、最も誤解のない言い方をするならば、笑いを通して、また時には笑いを多少抑えたプロパガンダを通して、人間は神の恩寵と「共に行動」でき、またそうすべきであるという教義を、擁護し続けているのである。

＊　一五三六年のウィッテンベルク協定で、ルター派とツヴィングリ派とのあいだに協定が結ばれ、聖餐に関し折衷案を示した。

メランヒトンに対する国王からの正式な働きかけがなされるには、一五三五年を待たねばならなかった。この年に彼はフランス国王から、六月二十三日付の親書を受け取っている。その後、ほんの数日という絶妙な間を置いて、ジャン・デュ・ベレーとランジェー公ギヨーム・デュ・ベレーの両者からも、書簡が届けられている。こうしたメランヒトンへの歩み寄りは、デュ・ベレー家の政策がこの上ない成功を収めた証であった。ソルボンヌの神学者のなかでも、最も質《たち》の悪い連中が獄に繋がれている間に、メランヒトンが調整を行なってソルボンヌも同意できるような神学的見解を練り上げ、それによって、ルター派による教会分離に終止符が打たれると同時に、フランス教会の改革も進むだろう、という期待感が広がっていた。こうしたなかで、デュ・ベレー家は、国際的問題の解決をめざしたその政策と、フランスにおける宗教的迫害に実質的な歯止めをかけた功績とにより、多くの人々の尊敬を勝ち得たのであった。ドイツ人学者のヨハンネス・シュトゥルム〔（一五〇七―八九）ドイツの教育学者。シュトラスブルク（ストラスブール）を教育の一大中心地とすることに貢献した〕は、「檄文事件」*affaire des placards* に続いて、一五三四年から翌年にまたがる冬に行なわれた恐るべき迫害ののち、メランヒトンに宛てて次のように書いている。一五三五年にドイツ語圏に大使として何度も足を運んだ、ラ・フォスの領主バルナベ・ド・ヴォレの影響力と、パリ司教（ジャン・デュ・ベレー）、および、その兄で「非常に慎重で善良な人物」ランジェー公がいなかったならば、「ドイツはフランスからの亡命者であふれかえっていたことだろう」。メランヒトンへの接近を可能にしたのは、デュ・ベレー家、とりわけランジェー公の忍耐強い努力であった。

ラブレーは彼らデュ・ベレー家の者たちが掲げた主義主張を後押ししていたのである。もっとも、彼のたどった人生に鑑みると、『ガルガンチュア物語』で展開された宗教的見解は、彼個人の信条にもきわめて近いと見てよい。『ガルガンチュア物語』に見られる諸見解を個人的にも抱いていたとわかれば、なぜラブレーが修道院を去り、医者となったのかが理解できる。ラブレーに、福音主義的信条を楽しく広める手段として、みずからの「年代記」を構想させたのが、フランシスコ会修道院での鍛錬だったのは間違いない。そこでの鍛錬により、彼は、堕落を免れた真の福音を広めたいという、まさしく根源的に福音主義的と形容すべき気持ちを強くしていったのである。*

＊　フランシスコ会修道士は、説教、それも愉快な話を交えた説教が巧みだとされていた。そうした「話芸」などをフランシスコ会在籍時に身に付けた可能性は高い。また、ラブレーは、フォントネー・ル・コントのフランシスコ会修道院で、ピエール・アミーとともにギリシア語の勉学にも従事していた点を思い起こしたい。

デュ・ベレー家が抱いていた「世界教会的」な理想の核を成していたのは、穏健なルター派とカトリックの穏健派とを、刷新され再統合された真のカトリック教会の内に和解させることであった。過酷な弾圧の時期を経た後に、フランソワ一世が（ごくわずかな留保を付けたうえで）メランヒトンの「信仰告白」を是認した背景には、デュ・ベレー家の影響力や外交手腕が大きく作用していた。ギヨーム・デュ・ベレーは、一五三五年十二月にシュマルカルデンで行なった演説で、メランヒトンとの和解をとくに重視していると述べている。ギヨームは、フランス国王が、数多の点でメランヒトンの『神学総覧』の近いところに位置している旨を強調している。些細な挫折や時には大きな失敗にも見舞われはしたが、それでもデュ・ベレー家は、マルグリット・ド・ナヴァール、ビュデ、ドレなど多種多様なレベルで支持を獲得し、フランス国内が開放的な雰囲気に包まれた時期には、圧倒的な影響力を誇ったのである。もっとも、現代のわれわれには理解しがたいことだが、当時は、国王の宗教政策が激変したり、仰天するような方向転換が打ち出されたりするのは日常茶飯事であった。国王の政策に、福音主義的ユマニストたちが希望で胸を膨らませたかと思うと、絶望の淵に沈められ、またすぐに希望を抱いて舞い上がる、といった調子だったのである。たとえば一五三五年には、恐るべき迫害と不寛容の嵐が吹き荒れ、その間様子を見守っていた人々は、フランス国王には真の宗教的熱情などない、と考えた。ところがこの嵐が過ぎ去ると、なんとメランヒトンが本当にパリに招かれる予定になっており、大学の「選ばれた神学者たち」と議論を交わす計画がある、と知らされて、彼らは腰を抜かすほど仰天したはずである。ところで、いましがた「選ばれた」という言葉を使ったが、これは婉曲語法である。ベダは当時完全に失脚しており（彼はモン＝サン＝ミシェルの地下牢に投獄され、そこで死ぬ運命にあった）、彼の一派は決して完全に無力化されたわけではないが、それでもかなり混乱していたからである。しかし結局は、ドイツとフランスの保守的勢力のせいで、フランソワ一世とその評定官たちの歩み寄り政策は水泡に帰す。ただしまだ先の話ではあるが。

　ラブレーの見解は時としてルター派的に映るかもしれない。ジャン・デュ・ベレーの場合も同じである。だが、『ガルガンチュア物語』におけるラブレーやパリ司教のジャン・デュ・ベレーを「ルター派」と呼ぶのは、あまりに雑駁で極端な単純化を行なうに等しい。ラブレーもその庇護者たちも、メランヒトンの寛容な神学と多くの点で見解を共有するが、どちらもカトリック教徒である点に変わりはない。われわれが知るかぎり、どちらか一方でも、「教皇至上主義者《パピスト》」papistであった例《ためし》はない。彼らはみな、例外なく忠実なフランス人であった。また、彼らの宗教上の忠誠心は、おそらくは一から十までフランス教会に捧げられていただろう。しかしながら、「世界教会的」な目的と政治上の理由の双方により、彼らは、カール五世の神聖ローマ帝国内における昔からの盟友を、フランスから引き離しかねない教会分離を、なんとか防ぎたいと願ったのである。したがって、福音主義者たち、またエラスムス主義者までが、ルターにある程度共感を抱いたとしても不思議はない。ましてや、〔より穏健な〕メランヒトンに好感を持つのは当然だろう。しかもこの当時、ソルボンヌの側は、ルターとエラスムスとルフェーヴル・デタープルとを十把ひと絡げにして糾弾し、それでも足りずに、なんと聖パウロの見解まで「異端」と断じていたのである。

第三八章〔決定版および翻訳では第四〇章〕を開くと、以上の神学的な論点のいくつかがより明瞭となる。『ガルガンチュア物語』の序詞は、読者に対し、文章を文字どおりに解するだけでよしとせず、表層のさらに奥に潜む意味に目を凝らすよう勧めている。ピクロコル戦争でジャン修道士が果たしている役割について考えるとき、この忠告は、他のいかなる場合にも増して重要となってくる。それだけ幾重にも重なる意味が、ここには潜んでいるのである。聖霊によるとりなしが修道院での祈りによるとりなしを不要にする、というテーマに沿って聖パウロの言葉を引用した直後、ガルガンチュアはその関心をジャン修道士へと向けている。彼は、聖パウロの批判の対象となる怠惰な修道士と、ジャンとを対照的に捉えてこう述べる。

さて、ジャン修道士とはこのような御仁なのだ。だからこそ誰もが彼の仲間になりたがる。この男は偽善の輩ではござらぬし、おんぼろの僧衣をまとってもおらぬ。この御坊は、清廉の士だし、快活にして果断、実に愉しい男なのだ。額に汗して働くし、労をも厭わない。また虐げられた者を守り、悲嘆に暮れる者を慰め、貧しい者を助け、修道院のブドウ園を防衛してくれるのだ〔渡辺訳 p.189, 宮下訳 pp.305-306〕。

この熱烈な讃辞は、「修道院のブドウ園を防衛してくれる」という、まるで軍人への表彰状のような終わり方をしているが、右の讃辞全体は、キリスト教徒にとっての美徳を意味する言葉と深く関わっている。なぜなら、読者は、ジャン修道士が「虐げられた者を守り、悲嘆に暮れる者を慰め、貧しい者を助け」る人物であると知らされるからである（*Garg.*, *TLF* XXXVIII, 57f.; *EC* XL, 45f.）〔渡辺訳 p.189, 宮下訳 pp.305-306〕。

われわれ現代の読者のなかで、この口汚い「修道兵」の言動からこれだけの教訓を引き出す者は、仮にいたとしてもごくわずかであろう。しかしだからといって、この箇所のガルガンチュアは頭がいかれている、などと決めつけるべきではない。ラブレーは、あまり意味のこもっていないたんに滑稽なだけの言葉を、ガルガンチュアに割り振ったりはしないからだ。実は、ジャン修道士はあるたとえ《パラボール》 parabole を、みずから行動により表現しているのである。右の引用部に至って、ラブレーがついにその意味を明かすときが到来したのだ。今日われわれは、たとえの何たるかを誤解しているかもしれない。しかし、神学がより身近だった時代にあっては、事情は異なっていた。いっさいのたとえの模範となったのは、新約聖書におけるキリストのそれである。これらのたとえは、二千年を経たわれわれにはその意味が自明に感じられるかもしれないが、当時は自明ではなかった。そもそもキリストからして、みずからのたとえを、理解力に欠ける弟子たちに説明してやる必要があったのだ。弟子以外の者たちも、聞きはしたが理解はできなかった。そうした連中に対して、たとえの意味は明かされなかったのである。したがって、彼らは見てはいても見ず、聞いてはいても理解してはいなかった〔以上については、「マタイ伝」第二〇章（とくに十一―一三節）を参照〕。たとえは、宗教的信条を説明する手段ではない。逆にそれは、解き明かされるときが来るまで、宗教的信条をヴェールで覆う手段なのである。これはいかなるたとえにも当てはまる。そのうえ、すべてのたとえ（話）には、故意に隠している教えとは、なかなかうまくかみ合わない細部がいくつも含まれている。たとえば、あるたとえの中で、天国は「不正なる」*unjust* 審判者の行為になぞらえられている。エラスムスはこれに関して、キリストが再臨する際には、夜中に「こっそりと家に入り込む」*sneaking* 盗人のごとく来臨するのだ、と読者に想起させている〔「マタイ伝」第二四章四三節〕。いずれにしろ、たとえの細部にあまり執拗にこだわるべきではない、というのは聖書解釈の分野では決まり文句となっている。細部の中にではなく、最後の結論に基づいて、判断を下し意味を抽出すべきなのである。喜劇的作品の中に出てくるたとえについては、なおさらそうである。(42)

　ジャン修道士に割り振られた、このたとえ《パラボール》の実践者としての役割を無視ないし軽視するならば、『ガルガンチュア物語』の本質を卑小化してしまい、大きな誤りを犯すことになりかねない。だが同時に、ジャンをこの役割のみに閉じ込めてしまうのも、やはり大きな誤りへと繋がってしまうはずだ。彼は、虐げられた者を守り、困窮者を救うという積極果敢な行動によって、修道士を非難する役割を負ってはいるが、それだけに留まらない。実は彼自身が、修道会に向けられた多くの批判が的を射ていることを、巧まずして証明してくれる存在なのである。ガルガンチュアが彼の行動的なところを褒めると、彼は喜々として素朴な熱意を込めてこの称讃に同意し、自分は無為であったことなどない、と豪語している。

というのも拙者は、教会で朝課や年忌の供養をさっさと片付けながら、弩《おおゆみ》の弦《つる》を作ったり、大小の矢を磨いたり、ウサギを捕まえるための罠や布袋を拵《こしら》えたりしておりますからなあ。拙者には怠けている暇なんぞございませんよ」（*Garg.*, *TLF* XXXVIII, 64f.; *EC* XL, 51f.）〔渡辺訳 p.189, 宮下訳 p.306〕

あのお喋り好きなブラントーム翁は、国王フランソワ一世自身が、右と酷似した文面で修道士批判を行なったと述べているが、これはたんなる偶然の一致であろうか。現にフランソワ一世は一五一六年に教皇レオ十世と交わしたボローニャ政教協約で、修道院に対する聖職授与権を獲得しているが、彼はこの事実上の権利を行使するに当たって、修道士の実態に関する以下のような判断を基準にしていた節がある。

修道院の僧侶たちは役立たずの連中だ（と王は言ったらしい）。あの者どもは何の役にも立たない。できることといったら、飲んだり食ったり、居酒屋に通ったり、博打を打ったりするか、あるいは、弩《おおゆみ》の弦《つる》やケナガイタチ〔ウサギやネズミを穴から追い出すために飼育されていた〕用の布袋を作ったり、ウサギを捕まえたりムネアカヒワを口笛でおびき寄せたりすることだけだ。以上が彼らの活動のすべてで、後は、無為徒食の生活のなかで酒色に耽るばかりなのだ（Brantôme, *Mémoires*, 1665-6, I, p.251f.）。

ジャン修道士が登場するこの喜劇を通して、ラブレーは愉快な調子で、右のような非難が的を射ていることを示している。だが、修道院の僧侶たちが、信徒のために唱えていると言い張る、とりなしのための祈りの由々しき無益さに比べれば、先に列挙された欠点など実に些細に見えてくる。

『ガルガンチュア物語』の中で、行動の美徳がこのように強調されたおかげで、非常に重要なこの第三八章〔決定版および翻訳では第四〇章〕の末尾を飾る神学的喜劇の意味合いが、より説明しやすくなるだろう。ラブレーの神学は、神の恩寵にきわめて重要な位置を与えている。だが同時に、人間は、神がそれを禁じた場合を例外として、神と「ともに働く」べきである点をも力説する。この神人協力説の立場をとる神学は、古典的な決定論に反対する立場と必ずしも連携しているわけではない。この神学が対立関係にあるのは、むしろ、救霊予定説に含まれるいくつかの概念である。この教義に従えば、人間は神の恩寵を受け入れるだけの、完全に受動的な器になり果ててしまう。カルヴァンの「改革派教会」*Eglise reformée* の先駆者たちはすでにこの教義へと傾斜しつつあった。彼らは、「奴隷意志」を掲げるルターなどよりも、徹底かつ首尾一貫している。彼らに言わせると、こと救済に関するかぎり、神との共同作業など絶対にありえないからである。神があらかじめみずからの民を選ぶわけだが、その選択は絶対であり、何者の制限も受けず、選ばれる者の美質などとはまったく無関係だという。カトリック教徒のあらゆる流派が、そしてメランヒトンのようなルター派さえもが、この考え方を拒絶している。彼らのほうは、神の定めた予定的な計画の中にあってさえ、信徒個人が担うべきささやかな役割を、なんとか確保しようと努めたのである。

絶対的な救霊予定説は、極端に過激なルター派、およびその後に台頭するカルヴァンとその「改革派教会」の神学にとっては、全体を支える重要な礎石となっていった。この神学を裏打ちするうえで鍵となる、聖パウロの立証テキスト*は、「ローマ人への書」第九章二一節である。「陶工は、同じ土塊《つちくれ》をもて、此を貴きに用ふる器とし、彼を賤しきに用ふる器とするの権なからんや」。この一節をうまく説明するのは容易ではない。しかし、神人協力説に与《くみ》する神学を擁護したい者には必須だったのである。聖書のある箇所は、それが正確に理解されているかぎり、他のいかなる箇所とも矛盾をきたしてはならない、という掟は、全宗派のキリスト教徒が共有していた、聖書解釈学上の基本的なルールである。エラスムスは、自由意志を救い出せるような仕方で、この恐るべきテクストを解釈する方法を見出している。すなわち、この「ローマ人への書」第九章二一節を、「テモテへの第二の書」第二章二〇—二一節と突き合わせながら解するやり方である。テモテのその箇所にはこうある。「大いなる家の中には金銀の器あるのみならず、木また土の器もあり、貴きに用ふるものあり、また賤しきに用ふるものあり。人もし賤しきものを離れて自己《みずから》を潔くせば〔＝（口語訳）だれでも自分自身を清めて、これらの誤りから離れるならば〕貴きに用ひらるる器となり」云々。ここでは、陶工たる神に造られた器は、「自分自身を清め」ることのできる存在として提示されている。こうした器は受身一辺倒の「物体」ではなく、みずから「浄められて主の用に適《かな》い、すべての善き業《わざ》に備へらるべ」き状態へと、自己を高めうる存在なのである。『ガルガンチュア物語』が世に出たのとほぼ同じ時期に、ギヨーム・ビュデはこう認めている。彼は、「ローマ人への書」第九章二一節をどう解釈すれば自由意志を守れるのかを、とある人物から教わったという。だが、それまでは、このテクストの権威に鑑みれば、自分が心底恐れていた奴隷意志の教えへと、傾いていかざるをえないように思われた、というのである（Budé, *De Transitu Hellenismi ad Christianismum*, in *Opera* I, 168D）。

＊　ある特定の教義を証明するために持ち出される聖書の一節。「証明本文」と訳す場合もある。

常にルキアノスを視界に収めつつ喜劇的な作品を書いていたラブレーは、「ローマ人への書」第九章二一節のこの手ごわいテクストを迎え撃つにあたって、議論という体裁ではなく、喜劇的手法を採用したのであった。したがって、エラスムスの聖書釈義にもいっさい言及していない。彼はこの畏怖すべきテクストを、笑いの出発点に置いてみせるのみである。

グラングズィエはときおり、福音主義的な叡智を湛えた模範的人物として振舞っている。だが常にそうとは限らない。本章での彼は、その神学上の見解において、堂々と間違いを犯している。彼は、修道院での祈りに関しても完全に間違っており、ガルガンチュアによる訂正を受け入れざるをえなかった。今回は、「ローマ人への書」第九章二一節の解釈で間違えるわけだが、この事実は、ここで問題とされているのが、自明なほどに愚かな誤りではなく、グラングズィエほどの人物でも、新たに蒙を開いてもらうまでは陥って不思議のない過誤であることを、改めて読者に示唆しているのである。さて、ガルガンチュアが手始めに面白おかしい質問を発する。「ジャン修道士はなぜそのような立派な鼻を持っているのですかな。」この質問は笑いどころである。これは、民間信仰に留まらず、広く受け入れられていた俗信を下敷きにしている。男の鼻の大きさはペニスの大きさに比例しており、好色度をも暗示しているというのである。ジャン修道士ほどの立派な鼻は、異例なほど色好みであることを示す徴《しるし》なのである。ところが、グラングズィエはガルガンチュアのこの質問に、実に無邪気にこう答えている。

「なぜなら、それが神様の思し召しだからじゃ。神様はのう、陶工がさまざまな器を作る時と同じでな、その御心に照らし合わせて、しかるべき形と目的に沿うようわれわれをお創りになるんじゃ」〔渡辺訳 p.190、宮下訳 p.307〕

ジャン修道士は、自分の鼻の巨大さについて、これに見合うだけの実に陽気な説明を持ち込んでくる。それによって右のテクストから、その比類なき恐るべき力を、鮮やかに剝ぎ取ってしまう。しかも彼の説明は、当時の俗信とよりうまく合致していた。つまり、彼の乳母の乳房がとても柔らかかったので、乳を吸っている間に、鼻が乳房にめり込むように成長した、というのである。逆に言えば、獅子鼻の赤ん坊ならば、乳母の乳房が固かったということになる。詩篇第一二三篇の書き出し（我なんぢに向かいて目を上ぐ）を下敷きにしたジョークを交えて、我らが修道士は自分の聴衆に向かって、鼻のサイズにより、古き良き「なんぢに向かいて上げし」*Ad te levavi* もののサイズがわかる、と宣するのである[43]〔渡辺訳 p.191、宮下訳 p.308〕。

神人協力説を支持する信徒は、畏怖すべき厳格な権威のゆえに、「ローマ人への書」第九章二一節には、ただ恐る恐る近づくしかなかった。ところが、ジャン修道士の快活な下品さは、この一節から、その恐るべき権威をあっというまにはぎ取ってしまったのである。人々は、永遠の予定的救済と永劫の罰とを前提とした、あの完全に受動的な神学が、何よりもまずこのテクストに依拠しているのを知っていた。しかもこの受け身の見解は、ますます教会分離的な傾向を強める改革派の礎石として、固まりつつあったのである。伝統的なカトリック神学のいくつかと和解の可能性をわずかに残しつつも、この教義はその後、プロテスタントの主要な各派を特徴づける、一種の「品質証明書」となっていくのである。

14 サラダの中の巡礼者〔『ガルガンチュア物語』第三八章、四五章〕

ラブレーから見て、純粋な福音主義とは明らかに相容れない民間信仰による歪曲を、思いきり嘲笑する場面が再び描かれるのは、ラダレ **Lasdaller**〔= las d'aller：「歩くに疲れた」の意味で、名がすでに「巡礼という迷信」に対する諷刺となっている〕とその仲間の巡礼者たちが登場する逸話においてである。われわれはまず、初期の文体が明らかに復活している点に気づく。この逸話は、パンタグリュエルの口の中をアルコフリバスが旅した一話をも読者に思い起こさせる〔翻訳の場合は、『パンタグリュエル物語』第三二章を参照〕。巡礼者たちは、またもや本物の巨人に〔一時的に〕返り咲いたガルガンチュアによって、サラダとともに食べられてしまう。水やワインの奔流に呑み込まれそうになり、巨人の歯のあいだを逃げまどっていた巡礼者たちは、やっとのことで逃げ出すが、こんどは、小便の洪水（全「年代記」を通して、これが最後の「おしっこ洪水」である）に行く手を阻まれる。愚かにも彼らは、聖書のテクストを自分たちの経験した状況に逐一当てはめ、今回の一件は「詩篇」第一二四篇（「我なんぢに向かひて目を上ぐ」*Ad te levavi* を含む詩篇に続くものである）に予言されていたと信じ込んでしまうのである。「また水はわれらをおほひ、流はわれらの霊魂《たましい》をうちこえしならん（……）エホバはほむべきかな　我らをかれらの歯にわたして噛みくらはせたまはざりき」（*Garg.*, *TLF* XXXVI ; *EC* XXXVIII）〔渡辺訳 pp.180-181, 宮下訳 p.293〕

その後巡礼者たちは、おもにジャン修道士の愉快なお喋りや豪胆な武勇伝に割かれている六章もの間にわたって、完全に忘れ去られてしまう。ところが機が熟すや、彼らはグラングズィエの前に引き出されて再び姿を現す。ここに至るまでに、ジャン修道士は質の高い喜劇を再三繰り出しているが、グラングズィエの再登場により、物語は、またもや福音主義的で立派な説教の調子《トーン》を帯び始める。老国王は、以前の修道院による「とりなし」やジャン修道士の鼻について論じた際とはうって変わって、ここではずっと深い神学的見識を披露する。彼は、「神によって義人とされた者や聖人」がペストを引き起こす、などときわめて冒瀆的な説教をした連中を、厳しく指弾する。こんな戯言《たわごと》を信じるとはすなわち、義人や聖人を悪魔と同一視するに等しいからである。この手の説教は、「似非《えせ》予言者」の仕業である。彼らの「教え」は、大勢の邪神を発明した異教徒たちのそれによく似ている。グラングズィエも以前、国王としてみずから行動を起こし、厚かましくも自分の領土内で似たような説教を垂れた似非《えせ》坊主を黙らせている。その際、「偽善者ども」*caphards* が彼のことを異端者呼ばわりしたが、そんな罵詈などまったく意に介さなかった。ここまで来て、われわれ読者は、ラブレーが再び、フランスにおける国王の政策に、大胆にも影響力を行使しようとしている事実に気づかされる。

> そちらの国王（とはつまりフランス国王）が、王国内でこの手の輩がこれほど信仰の躓き《スキャンダル》となる内容を説教するのを放置していることには、啞然とせざるをえない。なぜかと申すに、魔術やその他の手段でペストを国内に流行らせる輩よりも、こうした手合いのほうが、さらに厳しく罰せられてしかるべきだからじゃ。ペストは肉体を滅ぼすにすぎぬが、この悪魔的な説教は*、貧しい者や素朴な者の魂を腐敗させてしまうのじゃからな（*TLF* XLIII, 52f.; *EC* XLV, 42f.）〔渡辺訳 p.208, 宮下訳 p.335〕。
>
> ＊ 初版の « ces predications diabolicques » は、決定版では « telz imposteurs »「これらのペテン師ども」に変更されている。

『ガルガンチュア物語』には、喜劇性が背景に退き、「至高のキリスト教王」〔フランス国王〕に対する公然たる進言が前面に出てくる箇所がいくつかあるが*、これも他と比べて遜色のないその好例であろう。右の言葉は、リヨンで実際にペストによる惨状を目の当たりにしたひとりの男によって書かれている。この箇所は、恐るべき災厄に最近だけで二回もみまわれたため、いまだに増え続ける多数の死者に、哀悼の涙を流している人々に宛てられているのだ。綴っているのは、多くの命を救うための奮闘努力により、まもなくサルモン・マクラン〔（一四九〇－一五五七）ラテン語で詩を書いた。フランソワ一世の宮廷でも活躍〕によって讃辞を呈せられる、ひとりの医師なのである。先の引用部は、ラブレーが、福音主義に基づく献身的行動《コミットメント》を重視していたしるしになっている。そして、国王を福音主義の掲げる大義の実現に、なんとか引き込もうとする狙いも見えてくるのである。

＊ 第十七章末尾で、「騒乱」を起こしやすいパリ市民にもっと厳しく対処すべきだ、と「建言」している箇所など。渡辺訳 p.96, 宮下訳 p.142. なお、本書の pp.318-330 も参照。

グラングズィエが巡礼者たちに与えた忠告は、神学的観点から見て興味深い。まず、国王本人が似非予言者の神学的見解に判断を下し、それが反福音主義的と見るや、自分に対する「異端者」呼ばわりを無視してその似非坊主を罰している。当時のヨーロッパ北部全体において、宗教的問題に関しては、国王ないし国家の権限が優先されるようになりつつあった。たとえばヘンリー八世は、一五三一年二月、イングランドにおいては国王が至高の権限を持つと宣言しているが、この宣言にデュ・ベレー家はとくに困惑した様子を見せていない。さらに、ルター派の教義、およびその後に続くカルヴァン派の教義も、冒瀆的言動の鎮圧にあたっては、国家に幅広い権限を付与している。一五一六年のボローニャ政教協約は、結果的に、フランス教会に対する、国王大権の著しい拡大を見るに至った。この国王大権を、神学的問題に関する決議の領域にまで広げようと尽力した国王寄りの神学者たちは、三二五年にカトリックの偉大なる第一回ニケア公会議を招集しそれを主催したのが、司教でも教皇でもなく、他ならぬ世俗君主、すなわちコンスタンティヌス大帝であった旨を、繰り返し訴えている。ところで、ラブレーがこの当時、神学に対して常に忠実な姿勢を保っていたのか否かを推し量るうえで、きわめて意義深いのは、グラングズィエが、巡礼の旅は「無駄な暇つぶし」**otieux et inutiles**〔渡辺訳 p.209, 宮下訳 p.337〕にすぎないと主張するにあたって、彼が依拠している聖句である。グラングズィエは、聖パウロが自分たちに対し、家庭に留まって仕事に精出し、子供をしっかり教育せよと命じている、と主張している。これは、聖パウロの書簡から引き出されたものといちおう言えるが、ただし、「テモテへの前の書」と「ガラテヤ人への書」の聖句を、ルター派的ないしは準ルター派風に解釈し直したうえでのみ、やっと抽出できる教義にすぎないのだ[44]。エラスムスは、いつでも聖遺物崇拝や巡礼の実践を嘲笑する用意があったが、彼が根拠としていたのはプラトン的キリスト教の立場であった。つまり、聖遺物崇拝や巡礼は、実際は幻にすぎない物的な「もの」にばかり注意を向け、不可視だが真に実体のある精神的な存在には、いっさい目を向けようとしない愚挙なのである。ラブレーも同じ見解を有していた。しかし、彼はさらなる一歩を踏み出し、グラングズィエに聖パウロの権威を明言させ、聖パウロの神聖なるとりなしを得るべきだ、とまで言わせているのである。宗教改革派に近い福音主義者たちはみな、聖遺物崇拝や巡礼は、キリスト教の「悪しき副産物」にすぎないと確信していた。彼らの大部分はまた、こうした実践に対する非難が、聖書のどこかに記されていないはずがない、とも確信していたのだ。しかし、いったいどこに？　これを見つけるのは至難の業であった。そこで、かなり大掛かりな混ぜ合わせ《シャッフル》を経て、聖パウロによる二つの聖句が巧みに歪曲され、ラブレーおよびルター派一般がそこに読み込んだような意味が、ついに抽出されるに至ったのである。メランヒトンと、彼の内に「世界教会的」な希望を託していたデュ・ベレー家にとって実に喜ばしい神学的見解を、これほどあからさまに擁護している箇所は、同じ『ガルガンチュア物語』の中でも他に見当たらない。一方、ソルボンヌの目には、これは純然たる異端と映ったであろう。ラブレーが巡礼の旅に関して書いている内容は、神学的にも、またその表現の細部においても、ルターに近いのみならず、痛烈な諷刺に貫かれた『商人論』* *Livre des Marchands* から読みとれる内容とも、これまた相当近いのである。この『商人論』は、ローマ教会こそはキリストとその宗教を売り歩く商人の集団だ、とする激しい攻撃を行なっている。

＊　アントワーヌ・ド・マルクールが著したパンフレだという説が有力。ギヨーム・ファレルの作とする説もある。

二人の巨人の神学的見解は、修道院制度をめぐっては一致点を見出せなかったが、巡礼者に関しては完全に合致している。グラングズィエが巡礼者に行なった演説を聞いたガルガンチュアは、彼を、プラトンの『国家』に登場する理想的な王、すなわち哲人王になぞらえている。この比較は、決して陳腐でありきたりのものではなく、また、福音主義的文脈の中にあっても場違いなものでは決してない。現にエラスムスも何度かこの比較を用いており、そのうちのひとつは、「詩篇」第二編「何《いか》なればもろもろの國人はさわぎたち」*Quare fremuerunt* に彼が付した注釈の中に見られる。ピクロコル王と驚くほど似通った性質のある国王を咎めたのち、エラスムスは哲人王たちが治める幸福な国々に言及している。哲人王は、みずからの情動を抑制《コントロール》する術を心得ているため、他人を統治する術をも知っているのである。[45]

これ以降、グラングズィエは王者にふさわしい叡智を周囲に示すようになる。彼は、捕虜のトゥクディーヨンを慈悲深く寛大に扱い、古代の征服者たちを模倣する愚行を反キリスト教的だと非難する。そして常に神の名を口にするようになる。戦争は敗者へのガルガンチュアによる演説で幕を閉じている。この演説においては、不鮮明な仄めかしは、もはや退けられている。高潔にして寛大、そのうえ慈悲深く堂々としている自分の父親を、熱弁を振るうガルガンチュアは、ピクロコル王とではなく、今度は明らかに皇帝カール五世と鋭く対照させている。この時点で、本書におけるフランス王権を称揚するプロパガンダは最高潮に達する。このクライマックスで、「至高のキリスト教王」たるフランス国王は、哲人王の称号にふさわしい行動をとるよう勧められる。そのためには、福音主義的な政策を追求し、正義に基づく処罰をも慈悲心によって和らげ、いかなる場合も、神聖ローマ帝国皇帝とは正反対の行動を採ることが求められるのである。

ラブレーは、フランス宮廷をも含む広範な聴衆に対し、愉快な笑いのスパイスを振りつつも、キリスト教徒たる者が心得るべきメッセージを上手に伝えている。そのメッセージは、エラスムスが一五二八年八月二十八日付で、ポーランド国王ジグムントに宛てた優雅な書簡の内容と相通じている。一五二九年、バーゼルのフローベン書店がエラスムスの書簡集を刊行したおかげで、彼のこの書簡は当時広く読まれた。エラスムスはときおり、いかなる状況下でも戦争はいっさい認めない徹底した平和主義者だ、と見なされることがある。もちろん彼は戦争を憎んだが、だからといって、戦争を常に回避できると主張するほど非現実的ではなかった。書簡の中で彼はジグムントに対し、王たる者は神の命に従わねばならないと戒めている。さらに（聖書の「箴言」第二〇章二八節を引いて）「王は仁慈《めぐみ》と真実《まこと》をもてみずからたもつ　その位もまた恩恵《めぐみ》のおこなひによりて堅くなる」旨を伝えている。エラスムスは言う。仁慈《めぐみ》の行ないとは、「開戦の原因」*casus belli* があっても、即座に戦争に突っ走らない慎重さを指す。あるいは、戦争回避の手段はすべて試す努力を指す。そして、受けた損害に対し、武器で応酬するのではなく、時には自分の側の損害を見て見ぬふりをするほうが賢明なのだ、と。そして、戦争回避の可能性が完全に閉ざされた場合の仁慈《めぐみ》の行ないとは、戦争遂行に当たって、流血を最小限に止め、極力早期に終結させる姿勢を指すのである。エラスムスのこれらの言葉は、ピクロコル戦争の逸話がはらんでいる「政治的＝倫理的」な意味を、部分的とはいえ、みごとに要約してくれている。エラスムスはさらに先へと進み、ジグムントに、王にふさわしい叡智は、すでに古代エジプト人たちによって、象形文字《ヒエログリフ》の内に表現されていた、と告げている。である以上、ラブレーが同じく、象形文字による真の紋章の復活は、「よき学芸の復権」restitution des bonnes lettres の一部をなすと考えたのも〔『ガルガンチュア物語』第九章、渡辺訳 pp.61-62, 宮下訳 pp.86, 88〕不思議はない（*Erasmi Epistolae* v, p.457）。

このように、ラブレーがフランソワ一世に対し、哲人王をめざすよう強く勧めた後に、『ガルガンチュア物語』は、われわれをラ・ドヴィニエール周辺のミニチュアの世界へと連れ戻してくれる。読者は再び、小人《こびと》に取り囲まれた巨人の姿に接することになる。ここには実に精巧で愉快なテクニックが用いられているので、われわれは現実に即したプロパガンダの世界から抜け出し、心も軽やかに、再びファンタジーとユーモアに包まれた世界へと舞い戻ることができる。* またこの部分は、我らが修道士への褒美、すなわち「テレームの僧院」の逸話へと、読者を自然に引き込む役割をも負っている。この僧院は、ラ・ドヴィニエールの農場とランジェー公の館のあいだ(これは注目すべき点だ！)にあり、ポール・ユオー村近くの森から二里《リユー》ほど離れた、ロワール河畔の土地に建てられる予定である。

* 戦争の終盤の様子と論功行賞などを描いた、第四六章から第五一章までを指している。

15 テレーム修道院〔『ガルガンチュア物語』第五二－五七章、五八章、『パンタグリュエル物語』第二八章〕

いよいよ『ガルガンチュア物語』も大詰めを迎えるが、最後を飾るのは、テレームの僧院とその建物の土台から発見された「謎歌」Enigma を扱う、有名な数章である。

テレームの僧院の物語は、重層的な意味をはらんだ複雑なエピソードである。同時にこの数章は、才筆に任せて書かれた名文であり、この点はラブレー自身も自負していた。ただし、ひとつだけ難を言えば、全体を構成する各部分が、複雑に交錯しているというよりも、たんに並置されているという印象を受けてしまう。物語の構成は、全六章、そのうち散文が五章で、残りの一章は、精巧な韻の踏み方を特徴とする、まったく時代遅れの複雑な韻文で書かれている。* 今日では「大押韻派」grand rhétoriqueur〔十五世紀末期から十六世紀初頭にかけて活躍した宮廷詩人。その凝った技巧で知られる〕の名で知られるこの種の詩作品は、当時はすでにマロの優雅で流暢な韻文に道を譲っていた。この「大押韻派」風の詩は、テレーム修道院の門戸上部に記された碑文を構成している。「謎歌」の詩のほうは、これよりずっとシンプルである。

この修道院全体は、プラトン主義的キリスト教の趣が強い。ただし、散文で記された数章においては、キリスト教色は一目瞭然と言えるほど顕著ではないが、「予言の謎歌」においてと同様、韻文で記された碑文の箇所では、キリスト教色がきわめて濃厚である。プラトン主義のほうは、修道院が細かに描写される前にジャン修道士が述べる台詞の内にはっきり認められるし〔翻訳では第五二章〕、また、真・善・美〔この三者の調和は、プラトン主義が理想とするところ〕が楽観的に結合している逸話本体にも顕然と見てとれる。この修道院を支えるキリスト教の根本原理と、人間の意志に対する強い関心は、何よりもまず「テレーム」*Thélème* という名称の内に表現されている。「テレーマ」*Thelēma* とは「意志」を意味しているからである。もっとも、古典ギリシア語の場合この意味では使われていない。これは元来、新約聖書で用いられた用語なのである。そこでの数々の使用例のなかでよく知られているひとつが、「主の祈り」** の中の一節「御意《みこころ》 *thelēma* の（……）行はれんことを」である。

* 著者は、ここでは最後（第五八章）の「謎歌」をテレームの逸話とは別に扱い、数に入れていない。

** 「主の祈禱」、「主祈文」とも言う。イエスが弟子たちに教えた「天にまします我らの父よ」で始まる有名な祈り。「マタイ伝」第六章十節参照。

この修道院は「意志」の修道院であると同時に、いわば逆さまの修道院でもあって、そこでは自由を正しく使うことがめざされている。テレームにあっては、男女ともにその意志を自由に行使するが、そこから生ずる結果は逆説的である。* この意志の自由とは、毎日あるいは毎時間、高貴な男および婦人たちが下す決断の問題である。ところで、選ばれし者のみの救済と見棄てられし者の破滅を主張した、あの救霊予定説をめぐる論争では、「自由意志」という用語が使われた。テレーム修道院に捧げられた数章の場合は、この神学の専門用語特有の意味で、「自由意志」が問題になることはない。もちろん、恩寵の庇護の下に、専門的な意味での「自由意志」の働く余地があると主張した神学者たちは、キリスト教徒である以上、キリストがなし遂げた贖いに、各人が〔贖罪のために、意志と行動によって〕何らかの貢献を果たしうると述べてはいる。だがラブレー自身は、結末に至るまで、救霊予定説にすらまったく触れていない。それが登場するのは、「予言の謎歌」の最終行近くと、「謎歌」に続くガルガンチュアの解釈においてである。もっとも、これはまったく異なる文脈内での話であり、そこで提起されている神学上の問題には、他とは異なった切迫感や激しさが感じられる。これに対し、テレームの僧院そのものを叙述した箇所でわれわれ読者が直面しているのは、モーセの律法による束縛から、あるいは教会が練り上げた諸々の不健全な義務から、ようやく解放されたキリスト教徒とその自由という問題なのである。そもそも福音主義者たちは、こうした有害な義務こそ、神から付与された自由という特権を、人間から奪い取る元凶だと難じていたのである。エラスムスをはじめとする福音主義者たちは、中世末期の堕落した教会は「ユダヤ教化」を被っており、モーセの戒律に類似した無数の規則や義務によってキリスト教徒を縛ろうとしている、と述べているが、この点に限るならば、彼ら福音主義者たちの見解は、より過激で教会分離的な改革派のそれと、軌を一にしていると言える。彼ら福音主義者たちは、こうした束縛から自己を解放する決意を、大いに固めていたのである。彼らは、聖パウロも「各人《おのおの》おのが心の内に確《かた》く定むべし」**と言っている以上、自分たちには、みずからの意志に沿って生きるキリスト教徒の自由が保障されていると、強く主張している。

＊ 個人の意志が個々にめざすところが、結局一致し画一的な結果を生むことを指す。個人意志が全体意志へと転化するという逆説と言い換えられるだろう。この問題については、宮下訳 p.396 と訳註（1）および p.402 と訳註（4）を参照。

＊＊ 現代語訳は、「それぞれ自分の心の中で確信を持ちなさい」となっている。「ロマ書」第十四章五節。『第三之書』第七章にもこの言葉が使われている。『第三之書』渡辺訳 p.64 および宮下訳 pp.116-117 と訳註（5）を参照。

テレーム修道院は、自分たちの意志を自由に活かし、「キリスト教的自由」*libertas Christiana* を享受している男女を、読者に提示しているのである。

ラブレーは、『パンタグリュエル物語』の初版が刊行されて以降、この意味での「自由」に公然と関心を寄せるようになっている。彼の最初の「年代記」に対する一五三三年の加筆を調べれば、この点は明瞭になる。『パンタグリュエル物語』の中で、「神はみずから助くる者を助く」などと臆面もなく言い放ち、ゆえに人間は神に依存していないなどと強弁する偽善的似非《えせ》信徒たちに、福音主義的雰囲気に包まれた我らが善良なる巨人は、論難を加えている。パンタグリュエルはこう続けている。「これはあべこべだな。みずからを助けよ、さすれば悪魔が首をへし折らん」が正しいのだ」。ちょうどこの時、捕虜〔アナルク王との戦いのエピソードの一部〕が、身代金と引きかえに釈放してほしいと願い出るが、パンタグリュエルはこの申し出を退ける。

> わしの目的は、人々から略奪したり、身代金を取ったりすることにあるのではない。そうではなく、人々を裕福にし、彼らを完全に自由な状態に戻すことにあるのだ（*les enrichir et réformer en liberté totalle*）〔『パンタグリュエル物語』第二八章、渡辺訳 p.198, 宮下訳 p.310〕。

この「完全な自由」**liberté totalle** という表現に含まれる、言外の宗教的な意味合いは、それが置かれた文脈と、この後に続く次の文（これも一五三三年版での加筆）の双方によって、さらに際立つ。

> さあ、行くがよい。神の平安の内に守られんことを願っている。そして、悪い仲間には従うでないぞ。とんでもない不幸に見舞われるのが落ちだからな（*Pant., TLF* XVIII *var.*; *EC* XXVIII, 37f.）〔『パンタグリュエル物語』第二八章、渡辺訳 p.199、宮下訳 p.310. ここでは、捕虜が拘束から解かれ、「完全に自由」な身になっている〕

キリスト教徒の自由は、聖パウロと同じく、キリストこそが律法による束縛から人間を自由にしたのだ、と信じる者すべてにとって、重要なスローガンであった。ルネサンス期にあっては、キリスト教徒の自由の再発見は、一種の革命的な思想の再発見に等しかった。これに照らすと、教会の伝統的な種々の慣行は――とりわけ修道院制度の下での慣行は――キリストが人間を解放し与えてくれた自由を再び奪う、「新ユダヤ主義的」な罠だと広く見なされるようになったのである。当たり前だが、過激な改革主義者は、過激な立場を選び取る。ラブレーが、エラスムスよりもさらに極端へと走ることはないだろう。だが、テレーム修道院の逸話における、彼のこの問題の扱い方を見ていると、ルターの扱い方と似ていなくもない。実のところ、キリスト教徒の自由を求める献身的熱意という点では、エラスムス、ルターおよびラブレーのあいだには、かなりの共通点が見出せるのである。

テレーム修道院の表層的な意味は、実に明白である。ここでは、修道誓願にまつわる三つの美徳〔清貧、貞潔、服従〕が、大なり小なり転倒せしめられているのである。「清貧」は裕福さに取って代わられている。おかげでラブレーは、テレームの壮麗な様子を、愛情を込めて詳細に語ることができた。泉、浴場、大図書館、優雅な彫像、豪華な装飾を施された彫刻品など、要するに、フランス・ルネサンスがイタリアに範を仰ぎながら追求してきた美が、ずらりと並べられていくのだ。修道院の物理的な美しさの叙述――その中には目の眩むほど華麗な衣服も含まれる――は、絢爛たる宮廷の様子を暗示している（テレームの住人は男女とも若い貴族である）と同時に、ルネサンス期の最も際立った特徴であるあの美的渇望をも示唆している。建物の美しさは、内的で象徴的な力をも宿している。たとえば、テレーム修道院は六角形をなしており、古代および近代の数学が、現世における完全数「六」に対し認めた、神秘主義的な力の支配下にあるのである〔塔の数も階数も書籍の言語の数もすべて六である。宮下訳 pp.380-381、訳注 (11) を参照〕。ラブレーが在籍したことのあるマイユゼーのベネディクト会修道院の厨房も六角形であった。このことも、当時の著者の念頭にあったのではないか、と考えると楽しくなってくる。いずれにしろ、「六」という数字が宿す神秘的な力が、テレームを包み込んでいたのであった。

「清貧」の後に覆されるのは「貞潔」である。ここでいう「貞潔」とは、結婚生活と完全に両立可能な真の貞潔ではなく、強制的な独身状態を貞潔と呼ぶことで歪曲された、修道院特有の「貞潔」である。テレーム修道院の高貴な男女は同数で、調和の内に仲良く生活している。修道院を去ると、彼らは結婚し、一生涯幸せに暮らすのである。貞淑な女性が歩いた跡を水で清める修道士たちに対する、皮肉の利いたコメントのすぐ脇に、本物の修道院は醜男《ぶおとこ》と醜女《しこめ》にぴったりの場所だとする侮蔑的な言及が並んでいる〔渡辺訳 pp.231-232, 宮下訳 pp.372-374〕。ここでも、美に対するプラトン主義的な関心からラブレーは、テレームの住人たちはすべて美男美女であると強調するのである。プラトン哲学にあっては、善と美とは密接に関連している。善に宿る美と、悪から染み出る身の毛もよだつほどの醜悪さとのあいだのコントラストが、ここでは主題の核心をなしている。

既成の修道院における慣行を、完全に逆転しようとするラブレーの決意はきわめて固い。その結果、この「男性優位」の書物のいかなる場所にも示されていないほど重要な役割が、ここでは女性に割り振られることになった。ラブレーは、言われているような極端な反フェミニストではないと、私個人は思うが、熱烈な女性礼讃者《フェミニスト》だったアモリー・ブシャールよりは、ほとんどの場合、女性に懐疑的な立場をとったティラコーに近い。もっとも、テレーム修道院を描く際のラブレーは、懐疑派などではまったくない。テレームの高貴な男女は大変仲睦まじく、平穏かつ親しみあえる、優雅な生活を送ったのち、幸せな結婚へと導かれていく。こうした叙述は、女の巨人たち〔ガルガンチュアの妻バドベックやグラングズィエの妻ガルガメル〕を、必要なくなったと判断するや、さっさと厄介払いする普段のラブレーのやり方とは、強いコントラストを見せている。また、反フェミニスト的な痛烈な皮肉は、テレーム修道院の精神とは相容れないが、ここでも、表面下に数多く潜む隠れたジョークのひとつとして、婦人たちに関し「それほど退屈ではないご婦人方」*dames moins fascheuses* という表現が用いられている。さらに、若き貴族とご婦人方を一見率直に称揚しているような箇所にも、性的ニュアンスの強い愉快な語呂合わせが用いられている。テレームの若き男たちほど「剛健→体液にあふれている」（*plus vers*）者はいないし、彼ら以上に「敏捷な→激しく運動する」（*mieulx remuans*）者も、彼ら以上に「武器をうまく扱える→ペニスをうまく操る」*mieulx manians tous bastons* 者も存在しない。そのうえ、ご婦人方は「針仕事→男根の扱い」*docte* (...) *à l'agueille* に非常に長けているのである（*Garg.*, *TLF* LV, 38f.）〔第五七章、渡辺訳 p.249, 宮下訳 p.403〕。「服従」の美徳が転覆させられたとき、テレーム修道院を貫く哲学の核心が明らかとなる。これは完全なる自由を標榜する修道院だからである。実際の修道士たちは、法規や規則やルールや鐘の音によって支配されている。したがってテレーム修道院には、ルールは一条しか存在しない。「汝の欲することを為せ」*Faictz ce que vouldras*。ラブレーは、自由に関するキケロの有名な定義に倣っている（*Paradoxa*, 5, 1, 34）。「自由とは何か？——望むとおりに生きる力である」« *Quid enim est libertas ? — potestas vivendi ut velis* »。「汝の欲することを為せ、死ぬ間際にては遅すぎる」——これは、当時の教訓的な決まり文句であった。もっとも、「明日死んでもおかしくない身、それなら食って飲んで楽しくやるべし」と人々をけしかけているわけではなく、むしろ時禱書の表題ページにかかげられるにふさわしい文言である。[46]

この「汝の欲することを為せ」という一条のルールは、人々を無秩序へと駆り立てたりはしない。それどころか、これによってテレーム修道院の住人たちは、みずから進んで全体意志に順応しようという、気高い気持ちを抱くのである。しばらくすると、婦人たちの主導の下で、彼らはみな同じ服を着るようになる。テレームの住人たちは、個人的な自由裁量を退け、代わりに同意に基づく一致を選び取ったのである。こうして、皆が同じスポーツを楽しむようになる。また、皆が同時に乗馬をしたり、食事をしたりする。この、どこかぞっとするような自由の概念は、しかし、さまざまなユートピア的理想の内にも見出せるものである。ユートピア作家たちが、われわれ読者に提示する自由の意味は、一般の人が考える自由と、めったに一致しない。テレーム修道院にあっては、あらゆる場面で、全員が認め、かつ全員を一体化するこの自発的な一致は、積極的な善として把握されている。この事実は、福音の敵たちの「扇動的」〔叛乱を煽る〕seditious で党派的な精神と、おそらくは裏表の関係にある。テレーム修道院のエリートを描く過程で、ラブレーがいかにしてこの平等主義的な結論に至ったのかというテーマは、さらなる研究に値する。

「汝の欲することを為せ」という一条は、すべての男女に適用できるわけではない。これが適用できるのは、入念に選ばれた住人だけである。これら若きテレームの住人たちは、「自由な人」*gens libères*、すなわち自由になるべく生まれてきた人々である。彼らは「良き生まれ」*bien nez* でもあり、この表現にはおそらく「高貴な生まれ」と「知的な才能に恵まれている」という二重の意味が込められている（現にアミヨは、プルタルコスの『子供の教育について』の翻訳の中で、この表現を後者の意味で用いている）。さらに彼らは、「立派な教育を受けて」*bien instruictz* もいる。おそらくは、ポノクラートの監督下でガルガンチュアが受けたのと大同小異の教育を授けられたであろう。また、悪しき影響から守られているため、「優れた人々と親しく交わる」*conversans en compaignies honestes* ことが可能になる。この表現は、『パンタグリュエル物語』中のガルガンチュアの手紙に記述のある、教育プログラムでの教訓〔第八章。見習いたくないような人物とは付き合うな、という忠告。渡辺訳 p.71, 宮下訳 p.117〕を思い起こさせると同時に、一五三三年版『パンタグリュエル物語』に加筆された「完全な自由」をも読者に思い起こさせる〔第二八章。本書三七七頁参照〕。

テレーム修道院の若き紳士は、「美男で体つきも格好よく心ばえもいい男たち」*beaulx, bien formez et bien naturez* であり、若き貴婦人も、「美女でスタイルもよく気立てもいい女たち」*belles, bien formées et bien natureées* である。このようにテレームの住人は皆が皆見栄えがよく、身体的欠陥とは無縁、かつ「善良なる性質」に恵まれているからこそ、彼ら彼女らにはたった一条のルールしか必要ないのである。というのも、ここでの « good-natured » という語の意味は、現代におけるような平俗な意味〔「親切な、温厚な、気さくな」などの意味〕とは異なっているからである。この語は、生まれついての性格の良さ、あるいは持ち前の美徳を指している。ラブレーが *bien naturé* 〔« good-natured »〕という表現で訳そうとしたのは、プラトンが使った「エウエーテース」*euēthēs* というギリシア語だと考えられる。プラトンはこの用語によって、「生まれもよく」そのうえ高潔な人物と、ならず者で狡猾な人物 *panourgos* とのあいだに、明確なコントラストを設けようとしたのである。(47) テレーム修道院に住む、よい教育を受けたうえに悪党からも保護されているこうした有徳の人士の場合、その言動は「オヌール」*honneur* 〔一般的には「名誉、体面、敬意、栄誉」などを意味する〕によって動機づけられている。ラブレーを理解するのがおそらく非常に困難と感じられるのは、ここである。なぜなら、「オヌール」という言葉——貴婦人と高貴な男たちを導くのに最も適してはいるが——の背後に、「良知」synderesis というより複雑な神学上の概念が隠されているからである。「良知」とは、人間の魂に宿る、原罪で弱まりはしたものの消し去られはしなかった、道徳的な判断力や道徳的信条の一面を指している。この「良知」の機能を伝統的な表現で記すならば、「悪に対し異議申し立てを行ない、〔人を〕善へと駆り立てること」となる。ラブレーが描くテレミート〔テレーム修道院の住人〕たちもまた、「生まれつき、常に徳行を行ない、悪より身を引く能力と衝動とを備えている」。それが「オヌール＝良知*」なのである。

人間の中に宿るこの力は、「善へと駆り立てること」*instinctus bonus* であり、同時に「生まれつき備わった衝動」*instinctus naturae* でもある〔ラテン語の«instinctus»の意味は「刺激、駆り立てること」である〕。ここで、かなり専門的な用語 *instinct* の意味を明確にするために、ラブレーは、そのフランス語における二重語 *aguillon*（人を行動に駆り立てるもの）を隣に配置している。テレーム修道院の逸話のこの箇所に、原罪の否定を読み込んだ人がいたとは笑わせる！「良知」を、生まれつき人間に備わっている善への志向であり、善行を奨励し悪事を思いとどまらせる能力であると解釈することは、実はキリスト教哲学の中に矛盾なく包摂されるからである。ラブレーが、人間の内に宿り人間を守ってくれる、この道徳的な力に敬意を抱くようになったのは、ほぼ間違いなく、彼がフランシスコ修道会ですごしながら聖ボナヴェントゥラ**をひもといていた頃であろう。アクィナスにおける「良知」は、主として道徳的判断を下す習慣を指していた。聖ボナヴェントゥラになると、意味はさらに広がる。ラブレーの場合と同じく、それは、意志が基本的に善を志向することを意味しているのである。

* 渡辺訳 **pp.248-249**, 宮下訳 **p.402.** なお、どちらもラブレーが使った«instinct»という語に「本能」という訳語をあてているが、十六世紀にこの概念は存在していない。

** 聖ボナヴェントゥラ（一二一七－七四）イタリアのスコラ哲学者。通称、「熾天使的博士」で、トマス・アクィナスと並び称された哲学者。

ラブレー描く「生まれつき善性の」テレミートたちが原罪とは無縁である、というわけではもちろんない。彼らテレームの住人たちは、ガルガンチュアが息子に宛てた手紙の中で、自分自身についていみじくも言いえた内容を、そのまま体現している。彼は、つねづね「立派な人々」**gens de honneur** と交わりながら生きてきたうえに、神の恩寵に導かれて無事すごしてきた。ただし、彼が告白するように、自分の生活が、「罪過で汚れていない」はずがない。というのも、「われわれはみな、罪を犯す存在であり、ゆえにその罪を消し去り給えと、常に神に祈り続けねばならない。だがそのおかげで、世の非難を受けずに **sans reproche** 済んでいるのである」。テレーム修道院でも、春秋に富む「世の非難を受けぬ騎士たち」*Chevaliers sans reproche* とそれに付き添う貴婦人たちは、「立派な人々」*gens d'honneurs*

と交誼を結びながら、ガルガンチュアと同じような生活を送る模範となっているのである（*Pant.*, VIII, *TLF* 39f.; *EC* 33f.）〔『パンタグリュエル物語』第八章、渡辺訳 pp.65-66, 宮下訳 pp.107-108〕。

教育という美名の下に行なわれる抑圧的な束縛や、過剰なほど多数の規則などを、テレミートのような人々に押し付けると、規則の類が阻止し禁じようとした事柄を、逆に実践するよう煽ってしまう。ここでラブレーが使用している「ひどい束縛」*vile subjection* や「屈服させられる」*asserviz* といった用語には、規則による隷属状態と、テレミートたちにふさわしい高貴な自由とを、対照的に浮き彫りにしたいとする意欲が感じ取れる。抑圧的な規則は、「本来なら隷属というくびきを廃止し自由に（*franchement*）美徳へと向かっていた高貴な欲求をそらせて」してしまうのだ。「隷属というくびき」*joug de servitude* という言葉によって、テレミートたちの自由が、まさしくキリスト教徒にとっての自由であることが明確になる。以上で語られているのは、福音思想の中で最も「危険性の高い」見解のひとつである。

高潔な人々が「隷属のくびき」を取り去って初めて、自由は、称讃に値する調和や、皆をひとつにまとめる（分裂を生じさせるのと正反対の）健全な競争心へと発展していく。「隷属のくびき」は、伝統的な常套句ではない。これは、キリスト教徒の自由を擁護し、決して律法による隷属状態に逆戻りしてはならないと警告した、「ガラテヤ人への書」第五章一節の聖パウロの言葉に直結する表現である。「されば堅く立ちて、再び奴隷のくびきに繋がるな」。ラブレーが直接テクストに反響させているウルガタ聖書の文言はこうである。« *Nolite jugo servitutis contineri* »[48]

エラスムスは、「キリスト教徒の自由」への要求に、さらなる緊迫感を与えようとして、欽定訳聖書の翻訳でいうと「されば」« *therefore* » という語の後に語句を加え、「されば、キリストがそれによりて我らを解き放ち給ひし自由の内に、堅く立て」« **Stand therefore** *in the liberty wherewith Christ hath made us free.* »[49] と改竄している。エラスムスがこのような操作を行なっていた事実を、ラブレーが気づいていたことはまず間違いないと考えてよい。

みずからの自由の上に堅く立ち、隷属のくびきを退けられる、そういうキリスト教徒は、進んで「互《たがひ》につかへる」*servire invicem* ことができる（「ガラテヤ人への書」第五章十三節）。テレーム修道院の逸話でわれわれ読者が関わっている自由の概念は、新約聖書の「エレウテリア」*eleutheria* そのものであろう。これは、救済に関係しない事柄を、為す、ないしは為さない「自由」を意味する。あるいは、「モーセの律法」の横暴な力から逃れる「自由」や、退廃した欲望から自分を解放し、神の御心が求めるところを、魂の自由な跳躍によって行なえる自由をも意味している。ルネサンス期の学者たちのなかには、この自由（「エレウテリア」*eleutheria* と、ルター Luther という名とのあいだに、神秘主義的な結び付きを見てとった者もいた〔ドイツ語式に発音すれば、全体は「エロイテリア」。ただし、«*eleutheria*»「エ・ルテリア」と分割すれば、*Luther*「ルーテル」と近くなるため〕。ただし、ドイツの宗教改革派が、「キリスト教徒の自由」を独占していたわけではないのは、いうまでもない。

ラブレーが、「ガラテヤ人への書」第五章一節で謳われている、キリスト教徒の自由の大いなる擁護を、読者に向かって呼び起こしていたのは確実である。さらに一歩進めて、「ガラテヤ人への書」の第五章全体に鑑みながら、彼はテレーム修道院の逸話を構想した、と考えたい誘惑に駆られもする。だが、この可能性はあまり高くない。肉と聖霊との確執は「エレウテリア」の作用を妨げてしまう（と聖パウロは言っている）、ゆえに「自分のしたいと思うことをすることができない」〔「ガラテヤ書」第五章十七節〕結果に終わってしまうのである。これとは異なり、テレームの高度にプラトン主義的なキリスト教は、肉欲が聖霊と激しく争って不調和へと至ることのない雰囲気に包まれている。いずれにしろ聖パウロの用いた言葉（「自分のしたいと思うことをすることができない」）の中には、「テレーマ」*thelēma* と同語源の「テレオー」*thelō* が使われているのである。

自由の身に生まれた男女であるからこそ、抑圧的隷属に直面した場合、当然のこととしてそれに抵抗する本性を備えているとラブレーは表明しているが、この際に彼は、福音書特有の表現のみならず、オウィディウスの次の言も下敷きにしている。「われわれは禁じられた物事を求めんと努め、また、常に拒否された物事を欲するのである」（*Nitimur in vetitum, semper cupimusque negata.*）。この文言は、テレーム修道院の哲学が開陳されるきわめて重要な箇所に、ほぼ直訳の形で引かれている。「というのもわれわれは常に禁断された事柄を行なおうと試み、われわれに拒否されたところをしきりに欲しがるものだからだ」〔渡辺訳 p.249、宮下訳 p.402〕。

キリスト教徒が有する道徳上の自由を擁護する文脈で、オウィディウスの一節が引かれるのは、おかしなことではない。初期キリスト教の教父の時代にあっても、ルネサンス期にあっても、このテクストをこのような目的で使用するのは、一種の常套手段であった。たとえば、聖アウグスティヌスはその論考『聖霊と文字』の中でこの一節を引いているが、今度はルターがその箇所を引用し、聖人のこの使い方を認めているのである。ラブレーと同じくルターも、「ローマ人への書」第二章二節に注釈を施す中で、キリスト教徒の自由を擁護するために、この一文を引いている。自由を享受しているキリスト教徒は進んで善に赴く一方で、「汝~すべからず」Thou-shalt-notが長々と連なるモーセの律法は、人間を罪を犯すほうへ引き込んでしまう、というのである。ルターはその注解の中で「神の恵みに浴するアウグスティヌス」の次の評言を引用してもいる。「われわれの欲するものが禁じられると、ますます魅力的に映るものだが、そのからくりは私にはわからない。かの詩人もこう言っている。『われわれは禁じられた物事を求めんと努め、また、常に拒否された物事を欲するのである』、と[50]」

ラブレーは、ルターの教義のいくつかを決して認めていないから、その意味ではルター派とは言いがたい。だが彼が、各々の個人が全体に従うというきわめて逆説的な自由を構想する過程で、自分が、ルターの提示した大いなる逆説にどれほど接近していたかを、知らなかったはずがあるだろうか。というのも、ルターはその論考『キリスト教徒の自由について』の冒頭において、大きな文字でこう書き記しているからである。「キリスト教徒はすべての者の上に立つ主人であり、誰にも従属せず、大いに自由である。キリスト教徒は、すべての者に奉仕する下僕であり、誰にも従属しており、自由を奪われている」。ラブレーはテレミートの自由を、「隷属のくびき」の拒絶を基礎に据えて構想したが、これはとりもなおさず、彼が間違いなくかつ明らかに、ルターが引いたのと同じ聖パウロのテクストに立ち返っていることを意味している。

「そして、次のようなことを（とトマス・モアはルター派を指弾しながら綴っている）彼らは福音書の説く自由だと主張している。いっさいの秩序といっさいの律法から解放されたうえで、自分たちが欲するところをなすことだ、と」。この定義を、テレーム修道院の哲学の公平な要約とするには、以下の諸点を付け加えさえすればよい。まず、プラトン主義的な善と美の結合。次に、道徳の向上を促す環境として、美に歓喜を見出す姿勢。さらに、おそらくはストア派に由来する、善良なる人々は大小のいかなる物事においても個人の意志を全体の意志に従わせるべきだ、とする信条。最後に、ボナヴェントゥラの説く「良知」synderesisも忘れるわけにはいかない。

テレーム修道院の高貴なる若者たちは、「ひどい束縛」*vile subjection*とは無縁に暮らしている。ところで、フランソワ一世は、人質の経験が息子たちにもたらした「束縛」*subjection*への恐怖心を取り除いてやるためにも、彼らが「自由に」*en liberté*育てられるのを望んだのであった。これは単なる偶然であろうか?(*Soc. hist. France : Notes et Documents*, 1884, p.329)。

16 神の選民への迫害〔第五四章〕

テレーム修道院に割かれた散文の五章に横溢する楽観主義と、その正門に刻まれた碑文の暗い調子《トーン》とは、鋭い対照をなしている。そもそもテレームには城壁が存在しない。どうして城壁など必要があろうか。誰であれその意志に反して、ここに閉じ込められることなどありえないからである。ところが、詩の形をとった碑文とともに、事態は突如一変する。美しい人々が集うこの修道院は、外部から脅かされているのだ。さらにこの韻文は、テレーム修道院で行なわれているのが「名誉政治」〔プラトン哲学で、名誉欲が原動力とされる政治形態〕である点を強調している。この「栄誉の住処《すみか》」*séjour d'honneur*が喜んで迎えるのは、「高貴なる騎士の方々」*nobles chevaliers*であり、あるいは、「尊き血筋のご婦人方(……)、その挙措も賢く清らかな、(……)麗しき花々、(……)」« *dames de hault paraige... fleurs de beaulté... à maintien preude et saige.* »なのである。ところが、畸形にして醜悪なる存在が、この住処を包囲しているのだ。なるほど、住人たちを止め置くための壁はここには必要ない。それでも、彼らを、ぞっとするほど醜い者たちの集団から守ってやる必要はある。「似非信徒」ども*caffards*や、『第四之書』で「反自然」Anti-Natureに分類されることになるその子孫、すなわち、「偽善の輩」*cagotz*や「猿真似坊主」*matagotz*等々の集団である。ラブレーがこの詩で自在に操る複雑な押韻形式のおかげで、外におしよせて待ち構えている連中の恐ろしさが、際立って感じられる。テレーム修道院は、「身体《からだ》の健康な」人々のために計画された場所である。折り返し句《リフレイン》の中にもあるように、それは「栄誉と名声と愉楽」*honneur, los, deduict* の園なのである。これに敵対する勢力は、揃いも揃って恥ずべき醜悪な輩である。偽善者、不具の法律屋、教区民を平気で犬死に追い込む裁判官、怪しげにほっつき歩く罪過まみれの坊主、代書屋にパリサイ人、等々の不逞の輩。善と美の敵にふさわしく、彼らは邪悪であるのみか、身体的にも異形である。つまりは、「首曲がり」*Tordscoulx* であり、「猫背男」*Courbez* であり、「鼻ペチャンコ野郎」*camars*（« *camars* » は、「鼻がつぶれた男たち」の意味）であり、一言で言えば、「人でなしの面《つら》下げた輩」*face non humaine* なのである（*Garg.*, *TLF* LII; *EC* LIV）〔渡辺訳 pp.239-242, 宮下訳 pp.386-389〕。

この気味の悪いリストに目を通すだけで、ラブレーの敵が、もはや、醜悪でみすぼらしいベダのように、滑稽きわまりない「ソルボンヌ野郎」Sorbonagres や「ソルボンヌ阿呆」Sorbonicole* だけに留まらないことが察せられる。こうした連中の場合は、一笑に付すか、痛烈かつ侮蔑的な言葉遊びで相手の名前を虚仮《こけ》にしたうえで忘れてしまえばそれで済む。だが、いまや敵の陣営はずっと大きくなっている。「福音」はいまや深刻な攻撃にさらされているのである。

＊　一五三四年と一五三七年の版にのみ見られる表現。『パンタグリュエル物語』第二八章、渡辺訳 p.149 および p.307 の訳注を参照。

正門の上部にこの韻文が刻まれることで、迫害から逃れる避難所としての教会という、テレーム修道院の新たな役割が前面に押し出されてくる。その証拠に、ここで歓迎される人々はこう形容されている。「どれほど世間から罵声を浴びせられても、熱意を持って聖なる福音を説く者たち」。テレーム修道院は、たんなる誤謬からのみならず、この世に毒を撒き散らしている「敵意に満ちた誤謬」からも、テレミートを守る「隠れ家」*réfuge* であり「砦」*bastille* なのである〔渡辺訳 p.241, 宮下訳 pp.387-388〕。この修道院の中では、深い信仰心の礎《いしずえ》が築かれるであろう。その時こそ、反攻に転ずる絶好の機会である。

その後、聖なる御言葉の仇敵を、*« Puis, qu'on confonde, et par voix et par rolle,*
肉声と書物によりて打倒すべきゆえ。　*Les ennemys de la saincte parolle. »*
〔渡辺訳 p.241、宮下訳 p.388〕

テレーム修道院に割かれた楽観的な散文の章においては、こうした発想をほんのわずかでも仄めかしている文言は、文字どおり何ひとつ見当たらない。彼らの自由が、キリスト教徒にとっての自由であるという目で読み直してみても、福音のために迫害に遭うという見方は、やはり韻文の章からしか導き出せない。「聖なる御言葉が、いとも神聖なるこの地にあって、根絶されてはならぬ。男は、腰に巻きつけよ、女は腹に宿せ、この聖なる言葉を」[51]〔渡辺訳 p.241、宮下訳 p.388〕テレームの修道院が、突然、マルグリット・ド・ナヴァールを囲む優雅で福音主義的な「宮廷」に変化を遂げたと考えるのは、やはり空想的に過ぎるだろうか？　ここでもまた、熱心に福音を奉ずるマロのような人々が、大学や高等法院といった強大な敵の攻撃にさらされているのだ。好意的で揺るぎないと信じていた庇護も、実は葦のごとく脆弱であることを、彼らは思い知らされる。一五三五年頃には、マロをはじめとする多くの者が、外国の地に保護を求めるべく逃亡しているのである。

17　「予言の謎歌」〔第五八章〕

「碑文」における陰鬱なメッセージは、この逸話の最後に唐突に置かれた「予言の謎歌」*Enigme en prophetie* の内にも引き継がれていく。

この「謎歌」Enigma は、最初の二行と終わりの十行を別にすれば、残りはメラン・ド・サン＝ジュレによって書かれた可能性も、そうでない可能性もある。いずれにしろ、これは「裏の裏をかく」double-bluff 詩作品である。[52]ここでの言葉遣いは黙示録《アポカリプス》的だが、それが描いているのは、国王も好んだテニス競技〔ポーム〕の様子である。* 一見すると重大な問題を扱っているようでありながら、結局のところは、些細で平凡かつ場合によっては卑猥な事柄をこっそり描く手段にすぎない、こうした遊戯的な「謎歌」は、当時広く持てはやされていた。最初の二行と最後の十行、およびこれが置かれている文脈《コンテキスト》を外してしまえば、この「謎歌」も、間違いなくこの種の遊戯的な詩のひとつと見なせる。ところがラブレー自身は、この「謎歌」を二重に撚《よ》り合わせているのだ。ジャン修道士にとっては、それはポームの試合の間接的な描写である。しかしガルガンチュアにとっては、それははるかに悲劇的な事柄、すなわち、最後まで迫害に抵抗すべし、という聖書の権威に基づいた呼びかけなのである。これが、「謎歌」そのものが帯びている黙示録《アポカリプス》的な要素に、さらなる効果を与えている。こうして、それは、国王が好むポームの試合でのさまざまな動作を、愉快に仄めかすだけではなくなる。それは今後、現世が終末を迎える前に、深い信仰心の持ち主への迫害が行なわれることを、読者に思い出させる機能をも果たすのである。

* 原文には、**tennis-match** とあるが、実際にはテニスの前身であるジュ・ド・ポームの試合を描いている。

「謎歌」の最後の十行およびそれに続くガルガンチュアの解釈が、この意味を説き明かしてくれる。複雑に組み立てられたこの書物の中で、とくに驚かされるのは、陽気かつ楽観的な調子で笑いが響いていたのが、最終章に至って、突如、福音のためには死をも辞さないキリスト教徒に読者が直面させられるという構成である。この点で、一五三四年版以降の『パンタグリュエル物語』と似ていないこともない。この書も、愉快な結末を迎えたのち、突然、敵への憎悪の言葉で締めくくられているからである〔『パンタグリュエル物語』第三四章、渡辺訳 pp.242-243, 宮下訳 pp.380-383〕。ただし『ガルガンチュア物語』の場合は、碑文の中に込められた憎悪は、キリスト教徒の尊い受難へと昇華されてはいるが[53]。

ラブレーの時代にあっても、現代と同じく、「謎歌」の最後の十行とガルガンチュアの解説の意味が「明かされる」のは、福音書に関する知識を十分に有している者に対してだけである。その意味が、互いに連動したいくつもの立証テクスト〔証明本文。特定の教義を証明するために持ち出される聖書の一節〕を通して表明されているからである。それらのテクストはすべて、迫害される神の選民を励まし勇気づける内容のものである。

『ガルガンチュア物語』のこれら最後の数ページの中で、読者は、「苦痛を覚え、疲れ果て、苦しめられた」者が、いずれ「解放され休息を得る」ことが神の意志（「テレーマ」*thelēma*）であることを告げられる。ここには、「マタイ伝福音書」第十一章二八節の、「凡《すべ》て労する者、重荷を負ふ者、われに来《きた》れ、われ汝を休ません」という一節が木霊している。その後読者は種を蒔く者のたとえ《パラボール》へと導かれる。良い地に蒔かれた種は、やがて「苦しみから生ずる実を結ぶ」のである。* ラブレーの詩文から引用すれば、選ばれた者の苦しみを通して、「われわれは、ある程度実感しつつ、苦しみから生ずる善とそこになる実を目にする」*« Le bien et le fruict qui sort de patience »* のである。苦痛を味わった者は、最後にはその報いを得る。

＊「ルカ伝」第八章十五節、「良き地なるは、御言葉を聴き、正しく善き心にて之を守り、忍びて実を結ぶ所の人なり」。なお、種蒔く者の比喩については、たとえば「マタイ伝」第十三章を参照。

嗚呼、最後まで屈せぬ者こそ、*« O que est à reverer*
褒め称えるべきかな。　*Cil qui pourra en fin perseverer ! »*
〔*Garg.*, *TLF* LVI, 110-111：なお、著者の引用ではなく、著者が編んだ *TLF* 版の綴りに倣った〕

右の引用部は、迫害に遭っているキリスト教徒を励ます全立証テクストのなかでも、最も重要な次の一説の要約となっている（「マタイ伝福音書」第二四章十三節）。

されど終《おはり》まで耐へ忍ぶ者は救はるべし。

「謎歌」を読んで深く感銘を受けたガルガンチュアは、「福音の信仰に目覚めた」ときに、人々が迫害を受けるのはなにも今に始まったことではない、と論評を加えている。そして彼はこう付け加える。「躓《つまず》くことなき者はまことに幸いなるかな」« Bien heureux est celluy qui ne sera scandalizé »。ここでラブレーは、「マタイ伝福音書」第十一章六節および「ルカ伝福音書」第七章二三節を引いているのである。曰く、「おほよそ我に躓かぬ者は幸福《さいはひ》なり」(54)« Blessed is he who shall not be offended in me. »。英語の « *Offended* » ならびにラブレーのフランス語における « *scandalizer* » は、ギリシア語の動詞 *skandalizein*（ウルガタ聖書のラテン語ならば *scandalizare*）をそれぞれ翻訳した語である。福音主義的な聖書釈義においては、この重要なテクストは、「謎歌」の最後の二行に見られるマタイの先の言葉と、密接に繋がっている。この聖句の大いなる力の源泉は、動詞の意味にある。そもそもこの *Scandaliser* という語は、「迫害への恐怖から、誰かに信仰心を失わせる」ことを意味している。ペテロがキリストの逮捕によって躓いた scandalised という場合、まさしくこの意味で使われている。(55)ガルガンチュアは、「謎歌」が示唆しているのは、福音を守る方法、すなわち「神の真理を推し進め維持する」方法だと見ている〔渡辺訳 p.257、宮下訳 p.414〕。彼はさらに、キリスト教徒たる者、決して「躓いて」はならず、神がその愛し子を通してわれわれの前に示してくださった「目標」に向かって（*au but, au blanc*）、懸命に突き進まねばならぬ、と説いている。真のキリスト教信者が、キリストに倣いつつ、この「目標《ターゲット》に達するために」まっすぐに突き進む姿の力強いイメージには、言葉の微妙な綾を操るラブレーの才が光っている。というのも、ギリシア語で「罪を犯す」を意味する語は *hamartanein* だが、この語の文字どおりの意味は、まさしく「目標に達しそこねる」だからである。

ガルガンチュアは、この「謎歌」を、福音のために「最後の最後まで」迫害に抵抗しよう、という呼び掛けだと解釈している。福音のためには受苦を覚悟し、必要とあらば死も辞さず、というわけである。ところが、ジャン修道士は、こうした解釈のいっさいを認めない。たった二行の歯切れのよい言葉で、この「謎歌」は宮廷の球技すなわちポームにすぎないと言い切る。しかも本自体が、「謎歌」はスポーツの描写だとする簡潔きわまりない彼の説明と、「御馳走でも食いましょうや」という言葉で終わるのである。

ジャン修道士の「無害な」解釈は、都合の良い逃げ口上になっている。仮に敵の勢力が、ということは、普段なら福音主義的なアピールなど理解できないはずの連中が、この「謎歌」の暗号コードを解読し、これは迫害された選良たちへの激励だと見抜いてしまった場合、当たり障りのないジャン修道士の解釈を持ち出し、これこそが正しいものだと冷静に対処できるからである。

まだ迫害がそれほど切迫したものに感じられなかった一五四二年、ラブレーは、詩の最後の十行を大幅に書き換えている。彼の作品の場合、いくつかの言葉を削除したり、比較的長い加筆を行なったりするケースは少なくないが、これは根本的な書き直しが行なわれた、きわめて珍しい例である。新しく書き改められた十行の中にも、迫害に関する主要な立証テクストが残ってはいる。しかし今度は、真のキリスト教徒は選ばれし者であって、各々が神によって予定された運命（*son sort predestiné*）を果たす、という点にアクセントが置かれている。こうした文言もまた、信仰深き者に約束された「天与の糧」などと同じく、聖書に由来する重要な定型句である〔渡辺訳 pp.256-257, 宮下訳 pp.412-413〕。

この新しいヴァージョンのほうは、しばしば誤解される。ルターやカルヴァンの神学が、神の選民をめぐる絶対的な救霊予定説に、これ以上ない地位を与えているために、こうした用語を使う者は、宗教改革派の傾向を帯びていると決めつけられてしまいがちなのである。だが、「選民」*elect* や「（神の）予定」*predestination* という単語は、どちらも間違いなく聖書に由来する。福音主義者とて、それらを避けてものを書くのは不可能である。教会分離派の改革派のみが、こうしたコンセプトを独占しているわけではない。現に聖アウグスティヌスは、神の予定により聖人に選ばれるということは、迫害に屈せず最後まで耐え抜く能力を、天から授かっていることと同義だと考えていたのである（*Garg.*, *TLF* LVI, 102-111 *variants* and notes）。

一五四二年版では、ジャン修道士の解説も加筆により膨らんでいる。彼は、「謎歌」が「預言者メルラン風」の文体だと指摘して、宮廷詩人メラン・ド・サン＝ジュレを仄めかしている（メランは、アーサー王伝説中の有名な預言者を連想させるのか、よくメルランと呼ばれていた）。我らが修道士は、この作品を通して示している、神学上の愛すべき大雑把ぶりをここでも発揮し、こう付け加えている。「どうぞ、たいそう深刻な寓意《アレゴリー》やら釈義やらを、思う存分施されればよろしゅうございます。殿も他の方々も、好きなだけ夢物語を紡がれるがよろしいかと存じまする」。〔渡辺訳 pp.257-258, 宮下訳 p.415〕初版よりも細かい説明が増えてはいるが、彼にとってこの「謎歌」は、しょせんポームの試合でしかないのである。
ここでの喜劇の洗練度は非常に高い。よって混乱をきたさないためには、十分な神学的思考を必要とする。新旧どちらの版においても、詩の最後の十行は、「謎歌」の本体とは、聖書の扱い方においてずいぶんと異なっている。「謎歌」の本体は、寓話《アレゴリー》である。聖書が終末を想起させる際の言葉で隠されてはいるが、あくまでポームの試合を説明しているのだ。ところが最後の十行ならびにガルガンチュアの解説の中では、難解で「たいそう深刻な釈義」を引き出すべき、寓話 *allegories* など必要ない。聖書から引かれたテクストの深刻で悲劇的な意味は、明白かつ疑う余地のいっさいない、聖書の文字どおりの意味なのである。「謎歌」本体でのほうが、黙示録的な用語によって、間違いなく世界の終末を描いている。最後の十行の場合と比べると、その使い方はやや不適切なものの、そこに聖書を源泉とする表現が見られるのは明らかである。つまり、このテクストに寓話を読み込んでいるのは、ガルガンチュアではなくジャン修道士のほうなのである。ジャン修道士が非難している寓意的解釈を施して初めて、この詩的「謎歌」がポームの試合の様子だと主張できるようになるのである！　寓話を読み込まなければ、これは純粋かつ単純に、黙示録的な詩文に留まる。

この時点で、ラブレーのユーモアがどれだけ洗練されているかを理解するには、聖書の釈義における規則、とくにジャック・ルフェーヴル・デタープルとその同志たちが適用した規則を知っている必要がある。ルフェーヴル・デタープルは、アリストテレス主義を奉じたフランス人の学者で、のちに聖書の翻訳と釈義を行ない、国内ではエラスムスを凌ぐほどの名声を得た。また、マルグリット・ド・ナヴァール王妃や、その霊的指導者でかつモーの司教でもあったギヨーム・ブリソネに対しても、彼は長きにわたって深い影響を与えたのであった。当然ながら、彼はベダとその取り巻きたちに異端のレッテルを貼られている。このルフェーヴルとその同志たちは、聖書の文字どおりの意味に関しては、かなり複雑な見解を抱いていた。実のところ、「文字どおりの意味」literal meaning という表現には、通常考える以上に不明瞭なところがある。寓意的となるよう意図されたエピソード――聖書にはこの種の逸話が山ほど見つかるが――の場合、その文字どおりの意味とは、寓意的な意味そのものである。ラブレーが『謎歌』の中で綴った十行の詩句およびガルガンチュアのコメントの中で使われた、寓意的なテクストのすべては、聖書に見出せる寓意的表現であり、福音書でも寓意《アレゴリー》であると説明されている。したがって、それらの寓意的意味こそ、神学の観点に立つと、文字どおりの意味なのである。たとえば、種を蒔く者のたとえ《パラボール》は、園芸に関する教訓などではなく、信仰と迫害をめぐる教訓なのである。キリスト自身もそう明言している。＊

＊「マタイ伝」第十三章二〇、二一節を参照。イエスは、「石地に播かれしとは、（……）己に根なければしばらく耐ふるのみにて、御言葉のために艱難あるひは迫害の起るときは、直ちに躓くものなり」と述べている。

同様に、「謎歌」の文字どおりの意味は、逆説的ではあるが、寓意的である。ジャン修道士も言うように、「謎歌」は、黙示録《アポカリプス》的な寓意表現に隠された、テニスの試合の描写なのだ。より内的な意味、「より高次の意味」*plus hault sens* は、ガルガンチュアが解説しているように、「謎歌」が面白おかしく寓意的に利用している聖書の源泉が持つ、真に文字どおりの意味に戻らなければ引き出せないのである。ここに至るための布石は、「謎歌」に付加された最後の十行の内に打たれている。メラン・ド・サン＝ジュレの作とされる本体に欠けているこの十行は、それだけにより印象的である。

読者は、テレーム修道院の門の上部に刻印された、複雑な韻を踏む碑文を読んだ後に、この「謎歌」に到達する。したがって、碑文と「謎歌」のいずれもが、醜悪で強力な敵対勢力による、善良なキリスト教徒への迫害に関心を向けているのを、読者が見逃すはずもない。

碑文に目を通した後であれば、「謎歌」の「より高次の意味」*altior sensus* は、真に悲劇的な色彩を帯びて迫ってくる。ただし、ルネサンス期の読者がそこに見出した、謎めいた暗号を解読するといういわば別次元の楽しさが、そこから消え去るわけではない。もちろん、解読すべき暗号は二つある。

圧倒的な分量を占める散文の章は、労苦や苦難や迫害を匂わせる様子は微塵もない。そこでのテレーム修道院は、喜びにあふれ、平和で穏やかな理想郷《ユートピア》を思わせる雰囲気に包まれている。それがなぜ突然、迫害による神の選民の苦難を前景に出す結論へと繋がってしまうのであろうか。こうした結末へと至る道を開くのは、わずかに碑文あるのみである。

もっとも、テクストの緻密な分析によって、何らかの手掛かりを得るのは可能である。加えて、歴史を探ればさらなるヒントが見つかるだろう。

散文の章はきわめて入念に書かれている。だが、些細な欠点がないわけではないし、さらには、この部分の執筆が比較的早かった可能性を示唆する、奇妙な構文が時に見てとれる。ラブレーがこの修道院の着想を最初に得たのは、一五三三年版の『パンタグリュエル物語』と同時期だったかもしれない。これは、彼が「完全なる自由」*liberté totalle* への関心を初めて吐露した時期と重なっている。そこには、美学上明らかに対立する要素があり、次のような仮説が導き出せる（それなりに説得力がありそうである）。テレーム修道院を描いた散文の数章を執筆したとき、ラブレーの念頭には、迫害という概念は微塵もなかった。つまり、「キリスト教徒の自由」に浴しながら、平穏かつ楽観的な喜びを享受するというアイデアのみが、念頭にあったのではないか。現にラブレー自身、この自由によって、実生活においても芸術作品においても、「隷属のくびき」*jugum servitutis* から解放されていたのである。

実際に完成した修道院には、さらに大きな疑問が残る。テレーム修道院の主要な逆説《パラドックス》のなかでもとくに逆説的なのは、高貴で眉目秀麗、出自も良く、高潔で志操の正しいテレミートたち、しかも、聖パウロにならって「隷属のくびき」から解放されているはずのテレミートたちが、どうやら自分たちの大修道院長として、粗野にして好色なる修道士〔ジャン修道士〕を戴くことになりそうだ、という点である。なるほど、彼のさまざまな欠点は、その行動と陽気な笑いによって十分に埋め合わされてはいるが。実際のところ、この修道院は、勇敢に戦い抜いた我らが修道士への見返りとして与えられているのである。テクストにも「残るは修道士への論功行賞のみとなった」とある。（*Garg.*, *TLF* L, 1f.; *EC* LII, 1f.）〔第五二章、渡辺訳 p.230, 宮下訳 p.371〕。

時には、テクストを近くから入念に調べる必要が生じる。そもそも、ジャン修道士は、大修道院の院長になりたいと要求しているわけではない。それどころか、自分は他の修道士たちを管理ないし統括したいとは思わない、と明確に否定している。「修道士は、他の連中を世話したり管理したりするのは真っ平御免だと、はっきり断った」。彼は、自分の好みに合った修道院を設立する許可を願い出たにすぎない。実のところ、新しい修道会はガルガンチュアに所属するのである。ジャン修道士はただたんに、「ガルガンチュアが、通常の原理とは正反対の原理に基づく *au contraire de toutes aultres* 修道院を設立してくれるよう」求めたにすぎない〔渡辺訳 pp.230-231、宮下訳 pp.371-372〕。その後はガルガンチュアがすべての決定を下していく。ジャン修道士のほうは、最初の散文の章〔第五二章〕で痛烈なジョークを二つ飛ばした後は――そのうちのひとつは、章の掉尾《ちょうび》を飾るガルガンチュアの長い演説をさえぎって挿入されている――、この書では、われわれの視界から完全に姿を消してしまうのである。その後の六章にわたって（初版で言えば十七ページにわたって）、彼は言及すらされず、この作品の最後の十三行で、「謎歌」をめぐる自分の解釈を披露するためにのみ、再登場する。結局のところ、修道院に住む貴婦人や殿方を、どのように生活させるかという重大な決定を下すのは、ガルガンチュアただひとりである。その決定にしたがって、彼ら彼女らは、法規や規則ないしルールの束縛から解放され、自分の意志（*vouloir*）と自由意志（*franc arbitre*）に沿うような生活をすべきだと決められたわけである。さらに、たった一条の規則により、彼らテレミートたちを「隷属のくびき」から解放してやったのも、ガルガンチュアその人のみである。「ガルガンチュアがそのように決めたのである」« *Ainsi l'avoit estably Gargantua.* »〔第五七章、渡辺訳 p.248、宮下訳 p.401〕。

実のところ、一五四六年に至るまで、われわれはジャン修道士がテレーム修道院の院長であるという確信を持てないのである（『第三之書』の第四九章）*。これは、ラブレーお得意の役割転換の一例だろう。

「謎歌」を紹介するのは、ガルガンチュアでもジャン修道士でもなく、話者の「私」（*Je*）である。この部分の簡潔な文には、後から思いついて追加した徴候がいくつも観察できるし、ラブレー自身――皮肉っぽくほくそ笑みながら――わざわざそれを隠そうとしていない（*TLF* LV ; *EC* LVII, end）〔渡辺訳 p.250、宮下訳 p.404〕。いずれにしろ、ジャン修道士が二つ目のジョークを放って以降、彼の存在を読者に思い起こさせる文言は、仄めかしですらまったく見当たらない。

* 冒頭近くに、「テレーム修道院長ジャン・デ・ザントムール」« frere Jan des entommeures abbé de Theleme » という呼称が

出てくる。『第三之書』渡辺訳 p.268, 宮下訳 p.510.

こうして、テレーム修道院から、ジャン修道士は完全に姿をくらましてしまう。実際、この修道院は、セラファン・カロバルスィーによって清められ〔ソルボンヌ式教育で身に染み付いた悪癖をすべて洗い流されたことを指す〕、ポノクラートの教育で再生したガルガンチュアにこそふさわしい。仮にジャン修道士をここのトップに据えるとしたら、彼は、ノアの方舟に跨いで乗ったウルタリーと同じくらい目立ってしまうだろう。われわれ読者は、テレームのエピソードを読み進むにつれ、彼の存在を忘れていく。彼はただたんに目立たないのではない。彼はもはやそこにはいないのである。

だがそれでも彼はいるのだ。とくに冒頭での存在感は大きい。『ガルガンチュア』の初版から後の版に施された諸々の修正も、ジャンの役割にはいっさい変更を加えていない。これとは反対に、『ガルガンチュア』以降の作品では、読者は彼の役割を再認識させられる。この点には、読者へのある種の挑戦《チャレンジ》が看取できる。この鼻水を垂らした〔第四〇章、渡辺訳 p.190, 宮下訳 pp.306-307〕陽気で愉快な男、「この世に修道僧が出現して以来、いまだかつて見たことのないほど修道僧らしい本物の修道僧」は、自分の祈禱書の内容以外は何も知らない。彼は「祈禱書の内容に関しては、歯の先に至るまで知り尽くしていた」〔渡辺訳 p.135, 宮下訳 pp.222〕。ジャン修道士は、本書においても後期作品においても、ガルガンチュアとは異なり、根本的な変化を被った形跡がない。だがそれでも、この逸話の冒頭近くでジャン修道士は（これが最初で最後ではあるが）、なんとソクラテスに帰せられる叡智に基づいて発言している。「自分自身を管理できない私が、どうして他人を管理などできましょうか」〔渡辺訳 p.230, 宮下訳 p.371〕こうした文句は、哲人王の口から発せられるほうがより似つかわしい。現にエラスムスは、哲人王に関わる文脈の中で、これに似た文言を連ねている。「国家の幸福は、哲学者の王を戴いていることで決まる、とプラトンが言うとき、彼が意味していたのは以上のようなことだ。自分自身が盲目の情念の奴隷である人に、どうして他人を支配できるであろうか(56)」

ルネサンス期のいかなる時期にあっても、このようなソクラテスとの対比が軽くあしらわれることは、絶対にありえなかった。『ガルガンチュア物語』のように、傑出した模範としてのソクラテスの話で幕が開く書物においては、なおさらである〔『ガルガンチュア物語』、「作者による序詞（前口上）」の冒頭を参照〕。

束の間とはいえ、ジャン修道士がソクラテスの衣装をまとって登場するのを、読者に予期させるような徴候は、彼の言動の中にはいっさい見出せない。だが現に彼は、ガルガンチュアにテレーム修道院の設立を勧めるにあたって、ソクラテスの風貌をちらっと見せるのである。

ひとつの説明として、ラブレーが意外性をつく名人である、ということが言える。読者がラブレーの姿を認めたと思いきや、彼のほうはいつの間にかその場から姿を消してしまっている。シェイクスピアと同じくラブレーも、笑いと涙を複雑に絡み合わせるため、その一方しか視野に収めないとすると、その技法が著しく貧弱なものに見えてしまうのである。テレーム修道院は明らかに、ラブレーがきわめて重きを置いていた理想である。それは後期作品の中でも参照され生き続ける、初期作品中の数少ないエピソードのひとつである。ジャン修道士の存在は、彼の「文字どおり」の役割を越えて「たとえ《パラボール》としての役割」を考慮に入れるならば、十分に理解可能となる。この修道院は、忽然と現われた選ばれし福音主義者の集う場である。真のキリスト教徒が苦しめられ抑圧されている世界にあって、彼らテレミートたちも、醜悪で悪意に満ちた敵対勢力に包囲されている。彼ら正しい信者たちは、耐えがたい試練にさらされている。彼らは、「疲れ果て、苦しめられ、嘆き悲しむ」が、屈せずに耐え抜く。「謎歌」の末尾に用いられた用語は、ガルガンチュアが、ジャン修道士の存在に「たとえとしての役割」を見てとった際に使った言葉を、細かいところまで思い起こさせる。

（……）〔ジャン修道士は〕額に汗して働くし、労をも厭わない。また虐げられた者を守り、悲嘆に暮れる者を慰め、貧しい者を助け、修道院のブドウ園を防衛してくれるのだ（*Garg., TLF* XXXVIII, 57f. 本書の三六三頁ですでに引用している）〔第四〇章、渡辺訳 p.189、宮下訳 pp.305-306〕。

どちらの場合にも、読者は、苦しめられている者たちの千辛万苦を思い起こさせる言葉に直面する。ジャン修道士が「より高次の意味」を体現するかぎり、彼は、苦しむ者や重荷を負った者を守り、苦痛に呻く者を慰め、困窮した者を救い続ける。しかも彼は、「修道院のブドウ園を防衛してくれる」のである。スイイーの修道院を守り抜いたジャン修道士の武勇を、「たとえ《パラボール》」として把握するこのような解釈は、テレーム修道院における彼の将来の役割を予告しているのだろうか。彼はテレームでも、ブドウ園を守ってくれるのだろうか。もしそうであるならば、「文字どおりの事実」においていかに粗野であろうとも、ガルガンチュアが彼の人柄を愉快で「清廉」*honnête* だと評したことを、ここで思い起こすべきかもしれない。

18 騒擾《そうじょう》、迫害、そして「檄文事件」〔おもに『ガルガンチュア物語』第五四章、五八章〕

ラブレーはその熟練した筆を持ち替え、『ガルガンチュア物語』の大部分を占める、陽気で自信に満ちあふれた笑いを中断し、碑文や「謎歌」の中で、労苦や苦悩そして真の信仰に対する敵意などがこもった、暗く深い闇を描くはめになった。当時の出来事を振り返れば、なぜこうならざるをえなかったかが、部分的にではあるが説明できるだろう。

『ガルガンチュア物語』の初版が、仮に一五三四年の早い時期に刊行された場合を考えてみよう。一五三三年にマルセイユで行なわれたフランソワ一世とローマ教皇との会談では、カトリックとはいってもユマニスト的かつ福音主義的色彩の濃い信仰が、万が一異端の汚名を実際に着せられれば、フランスにおける寛大な神学的見解への、抑圧を招くのではないかという恐れが存在した。会談では、フランスにおける異端の弾圧で合意を見たものの、少なくとも教皇に関するかぎりでは、こうした心配は杞憂に終わった。翌三四年、教皇がフランス宮廷に派遣した修道士が四旬節に行なった説教に、大勢の人が福音主義的な傾向を察知しているほどだ。もっとも、厄介な時期があったのは確かで、それはおもに国王の逡巡に起因している。一五三三年から翌三四年にかけての冬には、さらに断固とした異端への弾圧を訴え、国王の賛意を引き出した一派によって、ジャン・デュ・ベレーのパリ司教としての権利と義務までが、公の場で疑問視されている。ジャンの弟であるルネ・デュ・ベレーも、司教同様にしばらくの間不安に苛まれていたのは無理もない[57]。したがって、『ガルガンチュア物語』の刊行が一五三四年の早い時期であったなら、ラブレーの心の中に、迫害という発想が芽生えたとしても不思議はない。なにせ眼前で、自分が敬服する庇護者が攻撃の的になり、なぜかわからないがノエル・ベダが呼び戻されて、ソルボンヌが糾弾の攻勢を強めつつあったのだから。しかし、もし『ガルガンチュア物語』が最初に世に出たのが、一五三四年の遅い時期ないしは一五三五年であれば、ラブレーが言及している迫害は、「檄文事件」affaire des placards として知られる、あの恐るべき事件と絡んだそれを指していることになる。

この「檄文事件」は、フランスの福音主義にとっては一大転機であったと、多少安易な見解ではあるが、一般には理解されている。一五三四年十月十七日の夜、「ミサの偶像崇拝」を難じたツヴィングリ派のビラ（書物が添付された新タイプのビラであった）が、パリのあちこちの通りや四辻にばら撒かれたのである。これが与えた衝撃は非常に大きかった。この無分別で実に愚かしい行動に端を発した弾圧は、凄まじかった。数百名もが逮捕されたと言われており、家宅捜索も行なわれた。十一月十日から十二月二十四日までの間に、十六人の異端者が焚刑に処されたこともわかっている。しかし、この弾圧が苛烈であったとはいえ、決して無差別に行なわれたわけではないし、そもそも誇張されすぎる嫌いがある。これは、互いに関連性はあるものの、二回の別々な宗教的不寛容の爆発を、ひとつにまとめてしまう弊に由来する。

一五三四年の十月に撒かれたビラは、聖餐形式論者*の主張を載せており、今ではヌシャテルのマルクール〔(?-一五六一) 急進派の宗教改革者で、痛烈なカトリック批判で有名〕の仕業だとわかっている。パリ高等法院やソルボンヌは、ルター派やカトリック内の福音主義者たちにも、聖餐形式論者たちの罪をきせようとしたが、この企ては成功していない。なので、一般のカトリック教徒も含め、マロやラブレーといった人たちは、差し迫った危険を感じる理由はまだどこにもなかった。デュ・ベレー家が宮廷で絶大な影響力を誇っているうちは、こうした意図的混同がなされる心配はなかったのである。さらに今問題となっている期間を経て、デュ・ベレー家のメンバー全員が、再び君寵を得るに至っている。ただし、福音主義を掲げるカトリック教徒たちは、自分たちの敵の恐ろしさを知り尽くしていた。したがって、彼らが深い懸念を抱かざるをえなかったのは、当然すぎるほど当然であった。あちこちで貶められ笑いものにされて激昂していたソルボンヌは、いつか攻撃に転じて敵を血祭りにあげようと、手ぐすね引いていたのである。

＊ « sacramentarian » :「礼典形式主義者」、「聖餐象徴説主義者」などの訳語が用いられる場合もある。聖餐のパンとブドウ酒は、単にキリストの血と肉を象徴的に表わしているにすぎない、とするプロテスタントの一派の説。ツヴィングリ派やカルヴァン派などがこの立場を採り、カトリック正統派の主張した「実体変化説」と激しく対立した。

理由はよくわからないが、学者たちは、「檄文事件」affaire des placardsという呼称を、一五三四年十月十七日から十八日にかけて起きた出来事とばかり結び付けてきたので、一五三五年一月のずっと残酷な事件のほうは、しばしば過小評価されたり、軽視されたり、無視されたり、脚註に追いやられたり、といった扱いを受けてきた。実のところ、「檄文事件」は、一五三五年一月十三日から十四日にかけての夜に、本当のクライマックスを迎え、この事件により迫害や弾圧は、マロやラブレーのような人間にとって、差し迫った現実になってしまったのである。今回も小冊子が添付されたビラが、しかも、どちらも聖餐形式論者の用語でカトリックのミサをまたもや攻撃したものが、パリ中にばら撒かれた。ところが今回、王権が見せた反応には、フランス中が仰天した。まず、フランソワ一世は、すべての印刷活動を中止するよう命じている（ただし、ビュデやデュ・ベレー家の仲裁が功を奏して、その後間もなく印刷の再開が許されている）。また、一五三五年一月二十一日には、国王自身に率いられた大規模な贖罪行列が、ノートルダム大聖堂をめざして、パリの道々を練り歩いたのであった。その日だけでも、六人もの異端者が公開の火刑に処されている。弾圧は五月を迎えるまで衰えなかった。何を根拠にしているのかは不明だが、教皇が介入して処刑を止めさせようとした、という噂まで囁かれた。もっとも、即刻政策転換を行なうよう国王を説得するにあたり、穏健派のデュ・ベレー家の影響力が、決定的な役割を果たしたのは間違いない。こうして一五三五年七月十六日に発布された「クーシーの王令」は、異端誓絶を条件に、囚人を釈放し、追放者の帰還を許可したのであった。また、あらかじめ押収された財産も返還されている。実は、こうした沈静化のための働きかけは、すでに一五三五年二月の時点で始まっていた。一五三四年十月の事件を、それよりもずっと由々しい一五三五年一月の弾圧といっしょくたにしてはならない。一月の「事件」*affaire* は、その規模という点でまったく異なっている。有力者の庇護を受けていた福音主義者ですら、逃避ないし失踪を余儀なくされたのである。ただし、事態は目まぐるしいほど急速に推移し、意外な方向へと向かっていく。一月十三日から数えて二週間後に、ランジェー公は、フランス国王の名と権威の下に、一五三五年二月一日付の有名な書簡を認《したた》め印刷させている。この書簡の目的は、神聖ローマ帝国内のドイツの諸侯を安心させることにあった。彼によれば、フランスとオスマン帝国の関係に険悪な点はなく、フランス在住のドイツ人が宗教を理由に苦しんでいるという事実もない。現在罰せられているフランス人は、すべて「気違い」（*furiosi*）か「狂人」（*amentes*）にすぎないという（ちなみに、一五三五年に逃避せざるをえなかった人物のひとりであるマロも、「檄文」*placards* の一件は狂人どもの仕業だ、と言っている *Au Roy. Du temps de son exil à Ferrare*, line 160f.）。国王の取った措置は、ただひたすら「恐るべき叛乱」（*teterrima seditio*）に終止符を打つのを目的としていた。デュ・ベレー家の戦略を強く支持していたヨハンネス・シュトゥルムも、一五三五年三月にメランヒトンに宛てた二通の書簡の中で、この叛乱に対する懸念を述べている。最初の書簡では、一五三四年十月の出来事に触れ、その煽動的 seditious な側面を強調している。二通目の中では、まず、一五三五年に、悪意に満ちた連中が再洗礼派とエラスムス主義者とルター派とを、その差異を無視していっしょくたに扱った点を強調したうえで、シュトゥルムは、国王が、たんにミサに関し伝統的とは言えぬ意見を持つにすぎない者と、「扇情的＝叛乱的な分子」*seditiosi* とを明確に区別している、というかなり大胆な意見を披露している。バルトロメオ・ラトムス〔（一四八五―一五七〇）キケロの註釈で有名なユマニスト〕も、一五三五年六月二十九日付でエラスムスに書簡を送り、「先の冬」――「先の秋」ではない――には、自分のようなドイツ人は、無差別の弾圧に身の危険を感じた、と述べている。[58] この記述から、国王（むしろランジェー公）が、急遽、前述した回状を出した理由が浮き彫りになってくる。この回状は、バルブルッスや迫害、あるいは「叛乱」やキリスト教圏の外交問題などに関心を示しているが、その点では、『ガルガンチュア物語』でラブレーが示した関心と、きわめて密接に繋がっている。この回状は、社会的な緊張や緊迫状態を認めてはいるが、まだ平和と協調を実現できるという希望をも覗かせている。

デュ・ベレー家の影響力が最高潮に達したのは、彼らの説得により、フランソワ一世が一五三五年六月二十三日付で、メランヒトン宛の書簡を書いたときである。国王は、ギヨーム・デュ・ベレーをわざわざ褒め称えたうえで、メランヒトンが、「教義の統一」に関してフランスの神学者たちと議論するために、来仏する可能性が出てきたことに対して喜びを表明し、宗教的な再統一が実現することへの期待感を滲《にじ》ませている。国王から四日遅れで、みずからも書簡を送ったジャン・デュ・ベレーは、早く来仏してほしいとメランヒトンを急き立てたのち、最近枢機卿になったばかりのパリ司教としても、「世界教会」の実現に向けた今回の予備交渉を、全面的に支持する旨記しているのである。

『ガルガンチュア物語』の初版の刊行時期はともかく、第二版が世に出たのは間違いなく、一五三五年の二月か三月に、デュ・ベレー家が再び主導権を握って以降のことである。以上のような諸事件に照らし合わせて読むと、『ガルガンチュア物語』の最後の数章に込められたプロパガンダ的要素と、一五三四年および一五三五年の双方の時点におけるデュ・ベレー家の利害関係とが、互いに共鳴しているのがわかってくる。

この書物は、教会分離は望まないが、同時に、メランヒトンの神人協力説に信を置くデュ・ベレー家には好意的な福音主義者たちに、喜んで受け入れられたと推測できる。第二版では、パリの騒擾に対するフランス王の寛大すぎる態度を形容した「鈍感さ」*stupidité* という軽率な言葉遣いが、そのものずばりの「檄文」*placard* という用語とともに削ぎ落とされている〔第十七章、渡辺訳 p.96, 宮下訳 pp.142-144〕。それでもこの書が、愉快な笑いを通して、福音主義の理想実現を推進し続けるのは変わりない。深刻で由々しき内容によって、ときどき、愉快な調子が中断されるにしても。

ところで、ソルボンヌへの敵意をむき出しにし、福音主義的な傾向が一目瞭然で、しかも虐げられた者や迫害に遭った者を公然と擁護している、このラブレーの作品が、なぜ、一月の「檄文」に端を発した恐るべき不寛容の激発の後に、刊行ないし再刊行できたのだろうか。この謎を解明してくれるのは、デュ・ベレー家によってラブレーが実質的な庇護を受けたこと、および彼らが進めた政策の二点のみである。一五三五年版の『ガルガンチュア物語』は、無責任な地下出版物などではない。表題にはフランソワ・ジュスト書店の名と住所が明記され、あたかも、ありとあらゆる書物のなかでも最も無害な書のように映る。初版もおそらく、これと同様だったと思われるが、今に伝わる唯一の版には、残念ながら表題ページが欠けてしまっている（それにしても、この「唯一例」が十九世紀にイタリアで発見されたのには、何か意味があるのだろうか。というのも、ラブレーとジャン・デュ・ベレーは、一五三四年と一五三五年に、イタリアに滞在しているからである)。

福音の醜悪な敵どもが跋扈し、叛乱が公然と煽動され、その結果デュ・ベレー家がその宥和政策をさらに前面に押し出してきた一年の間に、ラブレーは『ガルガンチュア物語』の第二版を世に問うたのであった。この第二版には、そのタイトルページをはじめどこにも、出版年を一五三三年ないし一五三四年〔一五三四年ないし一五三五年の間違いだと思われる〕のいずれであるか「特定」できる記載が見当たらない。作品の購入者は、自分が読んでいるのが一五三四年に出た作品の第二版であることを(仮にそうである場合)、自分自身で気づく以外になかった。だが、別の観点に立つならば、キリスト教徒の自由を擁護する姿勢は、時間を越えた事柄だとも言える。キリスト教徒の自由は、常に攻撃にさらされ続けている。また、福音のために苦しんでいる者たちを励ます営為も、特定の月日と結びついているわけではない。だがそれにしても、テレーム修道院の碑文に記された詩や、例の「謎歌」が、福音の醜悪な敵が仕掛けてきた迫害を描くその言葉の調子は、迫害の爆発のなかでも最も激烈なそれに、ぴったり当てはまるものである。しかも一五三五年版の読者は、こうした苛烈な迫害を目の当たりにした生き証人であった。仮にここで一大転機となった時期を決めねばならないとするならば、一五三五年一月十三日のほうが、一五三四年十月十七日よりも、ラブレーの描写によりうまく重なると言わざるをえない。

福音の真理が危険にさらされたとき、ラブレーは決して沈黙に逃避するつもりはなかった。一五三四年十月の迫害も、彼の筆から公然とした非難を引き出している。彼の『一五三五年用の暦』は、どんなに早くとも、一五三四年の遅い時期に刊行されたと考えていい作品である。そこには、著者の名前も作品名も明示されている。この『暦』の中で、ラブレーはみずからが「アンガージュマン」の人間であることを十全に示している。そこに沈黙の内に縮こまる姿はない。[59]『一五二五年用』に新しく改定された『パンタグリュエル占い』にあっても、事情は同じである。そこで加筆された内容の中には、迫害に対する次のような非難が見られる(*TLF* vii, 1f.)。

今年一年を通して、月はひとつしか存在しないであろう。しかもそれは新月ではありえないだろう。それがゆえに、神をまったく信じぬお前たち、神の御言葉を、それを擁護する者たちもろとも迫害するお前たちは、常に苛立ちを隠せないであろう。お前らなんぞ、首を吊って消えてしまえ。

これこそまさしく、『ガルガンチュア物語』のラストを締めくくるのと同じ言葉遣いである。『ガルガンチュア物語』は、複雑な構成の作品である。それは、『パンタグリュエル物語』のどの版にもないやり方で、プラトン主義と福音主義とを明確にかつ魅力的に融和統合している。その統合の仕方は、むしろ『一五三五年用の暦』のほうとずっと似通っている。『ガルガンチュア物語』の陽気な笑いと初期の章に見られた楽観主義は、最終的には、福音のために苦しむ者たちに降りかかる悲劇に関しての、心の深部に根ざす省察へと到達する。宗教的ないし政治的な「叛乱」を煽って不和を招く連中への、その軽快な嘲笑は、結局のところ、叛乱を煽る張本人を地獄の闇の力と結びつける結末へと至るのである。(60)

第六章　『第三之書』

1　『ガルガンチュア物語』と『第三之書』の間のラブレー

『ガルガンチュア物語』の第二版が出てから、『第三之書・パンタグリュエル物語』（一五四六年）が刊行されるまでの期間に、ラブレーはほとんど新作を出版していない。ただし、『パンタグリュエル物語』、『ガルガンチュア物語』、そして『パンタグリュエル占い』の新版は、一五三七年に、フランソワ・ジュスト書店によって印刷され販売されている。また、同年、パリのある印刷業者（まず間違いなくドニ・ジャノだと思われる）も、これらの作品を新たに刊行している。フランソワ・ジュストの出した『パンタグリュエル占い』は、今度は「一五三七年用」と謳われ、ジャノの版は「一五三八年用」となっている。ジュストの版には、ラブレーが改訂ないしは何らかの手を加えた痕跡を、ほとんど認めることができない。それどころか、ラブレーが、これらの版の出版を許可していなかった可能性すらある。『ガルガンチュア物語』の場合、第十三章（いわゆる「尻拭き」の章）がすっぽり抜け落ち、章の数に欠落が生じているのである。ラブレーがそのような欠落を認めたとは考えにくい。しかもこのような欠損が生じているのは、この版のみである。これに対しジャノの版は、ジュスト版よりもずっと優雅な体裁で、いちばん最近の版、すなわち『パンタグリュエル物語』なら「一五三四年」版、『ガルガンチュア物語』なら「一五三五年」版、『パンタグリュエル占い』ならば「一五三五年用」のテクストと、本質的に同じものを採用している。ただし、そこかしこになされた修正ないし加筆から、ラブレー自身がこれらのテクストに改訂を施したと考えてよい。サン・ヴィクトール図書館のカタログには、滑稽なタイトルの書物が付け加えられている。これらの新タイトル（その後の版にも引き継がれていく）のなかには、ラブレーのローマ滞在の思い出と思しきものも含まれている。たとえば、パスキーノの石像に対する言及がその一例である。この石像には伝統的に、諷刺的な詩やパンフレ〔パンフレット。中傷や諷刺を盛った文書のこと〕が貼り付けられていた（かの有名な「パスキナード」*pasquinades*〔古代ローマの像パスキーノに張り付けられた諷刺詩やパンフレの類〕である）。その他の新タイトルも、従来の冗句を繰り返したり、それを発展させたりしている。その一例として、夢想家《ソンジュクルー》ことジャン・デュ・ポンタレへの言及があり、ここでは、滑稽に教授然とした「我らが師 空夢《ソンジュ・クリュズイオン》先生」Magister Noster Songe Crusyon として登場している。これは諷刺の利いた冗談で、この役者が、かつて神学部理事として権勢を誇った「我らが師ノエル・ベダ先生」Magister Noster Noël Béda と似ていること、とくに二人とも傴僂《せむし》という点を、読者に生々しく思い起こさせるのである[1]。

右に見たとおり、ラブレーはこの期間、自分の作品をある程度放置し、それらに根本的な改訂を施したり続編に取り組むのを怠っている。この点は、彼が影響力のある医師として、忙殺される毎日を送っていた事実によって、部分的に説明がつく。実際のところ、彼はデュ・ベレー家の利害のために奔走し、そのうえ、自分のパトロンである彼らの健康にも責任を持つ必要があった。彼が初めてローマに赴いたのは（一五三四年一月から五月まで）、『ガルガンチュア物語』の初版が刊行される前だったかもしれないが、確証はない。二度目のイタリア訪問によって、ラブレーは少なくとも一五三五年七月から一五三六年の夏までの期間、フランスを留守にしている。その間、彼はフェラーラを訪れ、ローマではジャン・デュ・ベレー枢機卿の側近として働き、また以前勝手に修道院を去って誓願破棄に至った宗規上の罰を免じてもらうべく、（自分のパトロンたちの黙許を得たうえで）あれこれ布石を打っている。この許可を得るまでには、かなり複雑な措置が取られている。まずラブレーは、フランソワ・ブリバール（ジャン・デュ・ベレーの秘書。一五四五年一月八日に異端の廉で火刑に処される）のとりなしにより、ベネディクト会修道士の身分を再び獲得し、ジャン・デュ・ベレーが院長を務めるサン＝モール＝デ＝フォセの修道院に所属する。数か月後、実にタイミングよく、この修道院は世俗管理へと移され、ラブレーは生涯を通して在俗司祭でいられる身分となっている。修道院管理の義務から完全に解放されたわけである。こうして、司祭である以上、血を流さない（血に触れない）という制限付きではあったが、医者として活動する道も開けた。なお、最終的には司祭として聖職禄を保有し、収入も保証されている。非常に影響力のある枢機卿の庇護下にあったおかげで、生き残った庶子フランソワとジュニーも、結局は嫡出子として認められている（一五四〇年）。医師としても、一五三七年五月にモンペリエ大学から医学博士の称号を得て、それまで持っていた学士よりも資格を上げている。もっとも、高位高官の中で暮らしていたがゆえの難儀もあった。たとえば、軽率にもイタリアの知人に送った書簡が、この知人の裏切りにより、デュ・ベレー家のライバル、いや、ほとんど敵そのものであるド・トゥールノン枢機卿の手中に落ちてしまったからである。この事件の詳細は不明だが、ラブレーはしばらくの間、困難な立場に置かれた。

このころ、ラブレーの人生に最も大きな影響を与えたのは、少なくとも一五四〇年の夏から一五四二年十二月にまで及んだトリノ滞在だったようである。彼はこの地で、ピエモンテの仲裁者にして、ガリア・キサルピナ*の総督であったギヨーム・デュ・ベレー公に対する畏敬の念を、今まで以上に深めていく。ギヨーム・デュ・ベレーがパリへの帰路で亡くなったとき(一五四三年一月九日、ロアンヌの近く)、ラブレーも彼に随行しており、デュ・ベレー公の荷を運ぶ隊列が略奪に遭い、彼の外交文書や私的な書類までが無残にも破壊されるさまを、間違いなく目にしていた。

* 現在のピエモンテ地方とロンバルディア地方に当たる古代ガリアの一地域を指す呼称。ギヨーム・デュ・ベレーはピエモンテ総督と呼ばれるほうが普通。

ギヨーム・デュ・ベレーとイタリアで日々をすごしていたこの時期に、ラブレーはようやく二冊の「年代記」に手を加えている。『ガルガンチュア物語』および『パンタグリュエル物語』のそこかしこに見られた、あまりに軽率と思われる諷刺的文言は削除された。もっとも、ソルボンヌに対する本格的な譲歩は少ない。ラブレーは(数度にわたって)「神学者」*theologien*という単語を「ソフィスト」*sophiste*という語に書き換えているが、しばしば言われるのとは逆に、この事実は、彼に根元的な譲歩をするつもりが毛頭なかったことを明かしている。なぜならこの種の変更は、ラブレーが、ソルボンヌの「我らが大先生」たちに代表される神学の敵ではあっても、真の神学の敵ではないことを示しているに過ぎないからだ。カトリック内のユマニストたちも、教会分離の傾向が強い宗教改革派も、口を開けば「ソルボンヌ野郎」**Sorbonagres**を「ソフィスト」だと非難していた。彼らは、「金で雇われた三流神学屋」以外の何者でもなく、真理そのものには大して興味を抱いていない連中なのである。ギリシアの元祖ソフィストが、真正なる哲学から大きく逸脱していたように、彼らもまた、真正なる神学から同じくらい大きく逸脱しているのだ。さて、そうは言っても、あまりに露骨な反ソルボンヌ的ジョークは、姿を消している。とくに、ソルボンヌという名称と繫がっている場合は、逐一削除されている。芸術的観点に立つならば、こうした変更は実に残念に思えてならない。なかでも最も遺憾なのは、間違いなく、『パンタグリュエル物語』のトーマストのエピソードから、「ソルボンヌ田吾作」***Sorboniste*** をめぐる一連の蔑称的語呂合わせの連打が、ことごとく消えてしまったことである〔『パンタグリュエル物語』第十八章、渡辺訳 p.149, 宮下訳 pp.235-237, note (21)〕。

ラブレーが、ソルボンヌと正面から衝突するのを避けたかったのは明らかだが、同時に彼は、国王の権威を貶める可能性のある表現も、すべて削除しようと配慮——今日の読者には、過度の配慮に映るかもしれないが——している。フランス王権を支える神話や伝説の一部をなし、したがって、宮廷内で野心的に筆をふるいたい著作家ならば決して軽々しく扱うべきではない、そういった登場人物にまつわる冗談も、ラブレーは、すでに一五三四年の時点で『パンタグリュエル物語』から削除している。一五四二年になると彼は、国王にもまた拭かざるをえない尻があるのを仄めかす箇所は、やはり削ったほうが賢明だと考えている。この時点でも、ガルガンチュアの考案した最新式の尻拭き術は、「最も領主様らしく、最も優れており、最も当を得た」やり方であり続けているが、もはや「最も王様らしい」方法ではなくなっているのである〔『ガルガンチュア物語』第十三章、渡辺訳 p.77, 宮下訳 p.113〕。

ここに至ると、『パンタグリュエル占い』からもついに特定の年号が取り去られる。今後それは、「毎年用」*pour lan perpetuel*〔「永遠の年用」〕となる。

こうして、一五四二年、フランスの読者層は再びラブレーを手に取って読めるようになったのである。ただし、露骨な攻撃性を薄めた新たな改訂版ではあるが。

もっとも、無分別な記述が多く残った古い版でラブレーを読むことも可能であった。というのも、エティエンヌ・ドレが、より古い一五三七年の無削除版に依拠して自分流に編んだラブレーの版を、まったく無許可で世に送り出してしまったからである。さらに彼はこの版に、偽作の『パンタグリュエルの弟子パニュルジュの旅と航海の記』*Voyage et navigation que fist Panurge, disciple de Pantagruel*〔以後は原則として『パニュルジュ航海記』と略す〕を、ラブレー作であるかのように装って、おまけとして付け加えたのである。これに対しラブレー側は、フランソワ・ジュスト書店の決定版の残部に「印刷業者から読者へ」と題した数ページの文章を付加し、ドレとその狡猾なやり口を痛烈に非難したのである。この攻撃文を、一五四二年の版のみならず、それ以降の版にも再録したのは、おそらくフランソワ・ジュストの後継者ピエール・ド・トゥールだと思われる。

『ガルガンチュア物語』と『パンタグリュエル物語』の、この一五四二年における波乱含みの復活は、さらに深刻な苦難への序曲でしかなかった。パリ高等法院に使嗾《しそう》されたソルボンヌは、『ガルガンチュア物語』と『パンタグリュエル物語』に公然と関心を寄せ、それらを非難し始める。その譴責文書のタイトルに目を通すと、彼らが非難を浴びせているのは、エティエンヌ・ドレが無分別にも刊行したあの海賊版ではなく、攻撃的な側面を削ぎ落とした改訂版であることが明らかになる。ソルボンヌのような組織は、実に執念深く、そう簡単に敵を許すようなことはしない。一五三〇年代にラブレーがその「年代記」の中で嘲笑した連中のなかには、まだまだぴんぴんしている者もおり、昔の恨みを晴らさんものと手ぐすね引いて待っていたのである。たとえば、一五三三年にベダとともに追放刑に処された神学者のひとりピカールはその代表で、いまやナヴァール学寮の有力な教授として君臨していた。彼は、ラブレー個人およびラブレー的なるものいっさいの不倶戴天の敵、ガブリエル・デュピュイエルボー*の親友かつ信奉者でもあった。

＊　ラテン語名はピュテルベウス（ピュテルブ）。『第四之書』第三二章末、渡辺訳p.174で、狂人扱いされている。

このようにパリ高等法院とソルボンヌは、相当深刻な結果を招きかねないほど、ラブレーを厳しく非難するスタンスを採っていた。だが、これくらいでは不十分とでも言わんばかりに、一五四三年、今度はギヨーム・ポステルが彼に激しい攻撃を仕掛けてくる。ポステルは優秀な東洋学者だが、相当に風変わりな人物で、のちに自身が火刑に処せられる危機に見舞われたときなどは、気が狂っているという理由で命拾いしたほどである。それでも生涯を通して、彼は高い地位にある人々に強い影響力を行使し続けた。ポステルはある本の中で、いわゆる福音主義者とは、すぐにイスラム教徒だと見破れる手合いだと主張し、ラブレーはキリストの敵であり、『フランス語版キュンバルム・ムンディ』*Cymbalum mundi en françois*〔フランス語版『世界の鏡』〕および『新しき島』*Novae Insulae* の著者らと同じく「無神論者《アティスト》」である、と攻撃している。これだけ並べてもらえれば、ラブレーも、やり込められているのは自分だけではないと安心したかもしれない。というのも「新しき島」とは、トマス・モアの『ユートピア』（『ユートピア新島に関する小著』*De nova insula Utopia libellus*）を指しているという説があるからである。もっとも、私自身はこの説には懐疑的である。なぜなら、ポステルがここで叩いているのは、『キュンバルム・ムンディ』の著者「ウィラノウァヌス」とラブレーの二人だけだと思われるからだ。つまりラブレーは『パンタグリュエル物語』だけではなく、『新しき島』すなわち、一五四二年にエティエンヌ・ドレがあの海賊版に付して刊行した、『未知の奇妙な島々（……）を巡るパニュルジュの航海の記』の著者でもあると見なされている。さて、ポステルがラブレーになすり付けている罪の一例を紹介しておく。彼によれば、ラブレーは「テレームの僧院」と「ポームの試合」〔「謎歌」〕の中で、真のキリスト教徒は迫害を耐え忍ばねばならぬと宣しているが、この主張こそは、マホメットの隠れた信奉者同然だという動かぬ証拠に他ならないという。福音主義者たちが、実はイスラム教徒＝不信心者であるというもうひとつの証拠を、ポステルは、キリスト教の教義は福音書に基づくべきとする彼らの主張のうちに見てとっている。というのも、福音書の中にそのような内容の記述はいっさい見当たらないからである。一方ラブレーは『第四之書』において、ポステルを「反自然」の狂人として片付けている[2]〔『第四之書』第三二章、渡辺訳 p.174〕。

　われわれもまた、ラブレーと同じように振舞いたい誘惑に駆られるかもしれない。現代人の目には、他人をつかまえて、キリスト教信仰の基礎を無謬の書たる聖書、とくに新約聖書に置くなどありえない、したがってお前は不信の輩であるイスラム教徒であり無神論者である、などと罵ったら、気違いざたに映る。だが、当時の宗教上の論争に鑑みれば、ポステルの激越なラブレー攻撃の意味が、より明確に理解できる。ポステルは、その後より大きく膨らんでいくある議論へと、手探りの状態で進みつつあるのだ。その議論とは、自分たちの信仰の礎《いしずえ》を完全に、無謬なる教会の権威に置こうとする、カトリック教徒の一派に由来するものである。ラブレーは、懐疑主義的キリスト教徒が一般的と言われるようになるころよりも、一世代も時代を先取りしていた。すでに考察したとおり、キリストとガルガンチュアの誕生をめぐる問題で、彼の筆は、理性の主導の下にではなく、聖書に基づいた確信に導かれながら、信仰の複雑な諸相を縫うようにつぶさに記述している。聖書というこの無謬の書のおかげで、彼は理性では解決不可能なテーマにおいて、確固たる結論へと到達することができる。その一方で、聖書のゆえに彼は、カトリック教会内にはびこっている、教会よりもさらに高い権威を危険にさらすような悪弊をも、厳しく指弾できるようになるのである。

ポステルは、聖書のみを権威と見なす単純明快なスタンスを、なんとか切り崩そうと努めた、多くのカトリック護教主義者たちの先駆者である。ポステルおよびその後継者たちには、各人がそれぞれ個人的な解釈を始めたら、聖書の権威が教会のそれを脅かすように思われたのである。

このころラブレーは、偉大なる庇護者ギヨーム・デュ・ベレーを失うと同時に、同じ一五四二年の五月には、もうひとりの庇護者であったジョフロワ・デスティサックをも失っている。それにもかかわらず、ラブレーに対する攻撃が、彼を何らかの直接的な危険にさらしてはいないようである。依然としてジャン・デュ・ベレー枢機卿の後援は受けていた。もっとも、この庇護が実際に有効に機能したのか否かは、はっきりしない。というのも当時、我らが枢機卿の影響力は、ライバルであったド・トゥールノン枢機卿より多少弱まる場合も時にはあったからである。デュ・ベレー家に対するラブレーの忠誠心に翳りはなく、その点は、『第三之書』ならびに『第四之書』の中で、ギヨーム・デュ・ベレーに関する重要なエピソードが、二箇所で披露されている事実からも裏づけられる〔『第三之書』第二一章、渡辺訳 p.134, 宮下訳 p.252 :『第四之書』第二六、二七章、渡辺訳 pp.151, 154〕。これらに加えて、ラブレー自身はラテン語で著したが、一五四二年にリヨンのセバスチャン・グリフィウス書店がフランス語訳で出版した次の作品も、彼の庇護者への忠誠心をよく示している。タイトルは、『戦略論、あるいは皇帝軍との三度目の戦いの緒戦における、勇壮にして武名高き騎士ランジェー公の武勲と策略について』（この作品は消失してしまった。ただし現代になって、絶対的な信頼の置ける博識な書誌学者シャルル・ペラ氏が、まだ若いころに、露天書籍商の棚で一冊を目撃している）

2 『第三之書』のための国王による出版允許《いんきょ》〔「允許状」、「ナヴァール王妃に献ずる詩」〕

ラブレーが、自作に対する以上のような攻撃に落胆したとしても、それはごく自然な反応であろう。もっとも、彼はもはや、たんなる教授の一団の締め付けによって、あるいは権勢を誇っていたパリ高等法院の圧力によってさえ、簡単に黙らせることのできる相手ではなくなっていた。国王とその実の姉からの強力なバックアップを得た人物だったからである。一五四六年に出た『第三之書・パンタグリュエル物語』*Tiers Livre de Pantagruel* は、彼を褒めちぎるような出版允許状を帯びていた。この允許状の日付は一五四五年九月十九日となっており、フランソワ一世の名において、ドロネー〔国務評定官〕が署名している。国王に代わってこの允許状を書いた者が誰であれ、これは、ラブレーがいまや勝利の美酒に酔い、かつその文名の絶頂期にあったことを示している。すでに書かれた二巻の「パンタグリュエルの勇武言行録」は、ホラティウスの言葉を翻案した表現を使って、「愉悦にして裨益《ひえき》する処多し」*non moins utiles que delectables* と形容されている。つまり、これら二作品は、道徳的有用性と美学的悦楽とを、みごとに調合しているものとされているのである。このような言葉の示すとおり、『第三之書』は、あらゆる文学の範疇のなかでも、最も高いカテゴリーに属することになる*（*TL, TLF Privilege* ; and notes）。

* 渡辺訳 pp.15-17. ただし、本文でも説明されるように、渡辺訳は一五五二年のk版（いわゆる決定版）を底本にしているため、アンリ二世による一五五〇年付の「允許状」のみを訳出している。宮下訳 pp.19-23. なお pp.551-554 に、初版に付与された「允許」が訳出されている。

「允許状」の文面からは、次のような事実が浮かび上がってくる。ラブレーは最初の二巻の続編をすでにものしており、「王国内の熱心で博識なる人々」から早期の出版をせっつかれてはいるものの、今のところ刊行は控えている。彼の原文を歪曲したり改竄したりした印刷業者たちの無責任な振舞いのせいで、躊躇せざるをえないためである。こうした原因が幸いして、ラブレーは今後六年間にわたる自著の独占権*を付与されたのであった。フランソワ一世御自身が、「臣下を益しその知識を向上せしめるために、王国中で良き文芸作品が奨励されるのを望まれた」からである。

＊　具体的には、ラブレーの許可がなければ、何人も彼の作品を印刷・出版できない、という権利。

パリの「エキュ・ド・バール」のクレティアン・ヴェシェルの印刷によって、『第三之書』はようやく出版されるが、これは些細な出来事どころではなかった。著者が偽名の背後に多少とも隠れていた初期二作品とは異なり、『第三之書』のタイトルページは、誇らしげにその著者の名前を「医学博士、フランソワ・ラブレー師 *M. Franç. Rabelais docteur en Medecine* と掲げている。また奥付にも、この作品が「医学博士フランソワ・ラブレー師のために、かつその名の下で」印刷に付された、と記されている。しかも、この「允許状」に先立って、ラブレー自身の筆になる「十行詩」が――最後の讃辞として――掲載されている。この詩は国王の実姉であるマルグリット・ド・ナヴァール王妃の「恍惚なる」＊ **ecstatic** 御霊に語りかけている。この時点で、恍惚はたんにユーモラスであるだけでなく、今後作中で起こるであろう事柄の前兆となってもいるのである。(3)

＊　ここでいう「恍惚」は、霊魂が身体から離脱することから得られる至福を指す。なお、ナヴァール王妃の没年は一五四九年であるから、一五四六年にはまだ存命している。したがって、死による霊魂離脱ではなく、神秘主義やプラトン主義に傾倒していた妃への言葉として解するべきであろう。アグリッパも、瞑想によって魂はその故郷である天界を逍遥できると述べている。なお、『第三之書』第十三章の夢占いを扱った箇所で、睡眠中に霊魂が肉体を離れて天界を慫慂する様子が語られている。

ラブレーに関して、王権とパリ高等法院とのあいだに、利害をめぐる闘争があったのは明らかである。ソルボンヌと高等法院がともに作成した禁書目録は、当初の予定から二年遅れの一五四五年六月二十八日に出版され、呼び売り商人によって頒布されている。そのリストでは、『パンタグリュエル物語』と『ガルガンチュア物語』の双方が槍玉に挙がっている。もっとも、それから三か月も経たないうちに、ラブレーの『第三之書』のための允許状に署名がされている。この允許状のおかげで、彼は『第三之書』を出版する権限のみならず、初期の二作品を「修正し改訂する」許可をも得ている。さらにこれは『第三之書』を刊行する権利と、「『第三之書』に続く、パンタグリュエルの勇武言行録に関する書と作品」を出版する権限も与えていたから、その意味で「無制限」の允許であった。言い換えれば、ラブレーは国王から、『ガルガンチュア物語』と『パンタグリュエル物語』を再版し、かつ『第三之書』を初めて世に問い、さらに『第三之書』の続編を刊行する許可を与えられたのである（これは、一五四六年の時点で、すでに『第四之書』の最初の版が、部分的にであれ執筆されていたことを示唆しているのであろうか？）。もっとも、王権による允許状を前に、検閲官たちが怖気づいた様子はない。「ラブレー著、一五四六年刊、パンタグリュエルの第三之書」は、一五四六年十二月三十一日に、パリ大学神学部が出版した「禁書目録」の補遺に入っている（奇妙なことに、なぜか作者不明の作品の範疇に入れられている）。ラブレーはすでにメス〔メッツ〕に、つまりフランスの外に身を寄せていたから安全であった。ただし、安全ではあったものの、きわめて困窮した生活を強いられてはいる。彼が逃亡を余儀なくされたのか、それともみずから行方をくらますほうが賢明だと考えたのかは不明である。

パリで出版される書物に、検閲官が「検印」*visa* を与えるという慣行は、この当時ますます一般的になっていた。少なくとも理屈では、検印のない書物を一部でも所有すれば法律違反と見なされた。『第三之書』がその允許状とともに初めて出版されるのは一五四六年の復活祭の前だが、それは明らかに「検印」を欠いていた(4)。同年、別の版が少なくとも二つ刊行されているが、どちらも「検印」を得ていない。フランソワ一世とマルグリット・ド・ナヴァールの庇護を受けていたラブレーが、実のところ個人的にどれほどの危険を冒していたのかは、明らかではない。ただし、ソルボンヌがこの当時、きわめて攻撃的で過剰な正統主義を掲げていたのは確かである。パリ高等法院の権限が、リヨンに直接及ぶことはなかったから、ラブレーにとってこの地は、安全に出版できる町であった。ところが、彼が新作の出版地として選んだのは、リヨンではなくパリであった。いずれにせよ王権は、当時威光を増しつつあった、かつより王権に協調的な大法院を高等法院と対立させることで、後者の権勢を削ぐという、かなり一貫した政策を採っていた。それでも『第三之書』は、リヨンのみならずパリでも、一五四六年、一五四七年、および一五五二年に、滞ることなく刊行されているにもかかわらず、パリの印刷業者は、一五四二年の改訂版以降、『ガルガンチュア物語』と『パンタグリュエル物語』の二作品を、進んで出版しようとは思わなかったようである。

ラブレーが慎重を期した理由は、簡単に説明できる。ジャン・デュ・ベレーの秘書官フランソワ・ブリバール——ラブレーが在俗司祭に身分変更するうえで一役買った人物——が、一五四五年一月八日に、つまり『第三之書』

が初めて印行されるわずか一年前に、モーベール広場で火刑に処されてしまったからである。ティラコーは、ラブレーとの篤い友情にもかかわらず、一五四六年一月六日付の允許状を掲載した『婚姻法論』の増補改訂版から、ラブレーに対する好意的な言及を削ぎ落とし、かつ、ラブレーがギリシア語で記したエピグラムも削除している。こんな状況である以上、ラブレーが三月にはこっそりとフランスを去ってメスに向かったとしても、何の不思議もない。ヨハンネス・シュトゥルムは、（一五四六年？）三月二十八日付で枢機卿ジャン・デュ・ベレーに宛てた書簡の中で、こう嘆いている。「われわれは、他人よりも賢明たろうと努め、さまざまに経験を重ねようとも、やはり一介の人間であることに変わりはない。この時代は、そうした人間であるラブレーをフランスから追いやってしまった。なんと情けない時代であることか」。こうしてラブレーはメスに赴くが、ここは神聖ローマ帝国内の自由都市であり、ジャン・デュ・ベレーの腹心であるサン・テ〔正確には、サン・テの領主エティエンヌ・ロラン〕とシュトゥルム自身が重きをなしていた（Heulhard, *Rabelais*, 1891, p.224 ; Rabelais, *Oeuvres*, ed. Marty-Laveaux, III, p.390）。

万が一ソルボンヌが『第三之書・パンタグリュエル物語』の発行を禁じるのに成功していたとしたら、彼らは、喜劇的作品のなかではまず間違いなく最も深みのある傑作を、あやうくこの世から奪い去ってしまうところであった。とはいっても、彼らの権力をあまり誇張するのも賢明ではない。なるほど、ラブレーはメスで安全を保障されていたかもしれないが、彼の書物を活字に組んで販売してきた印刷業者たちはパリに残っていたのであり、どうやらトラブルに巻き込まれた様子もなく、無事だったようである。「ラブレーをフランスから追いやって」しまった「この時代の緊張」を、異端たるルター派に抗するためにフランソワ一世とカール五世が新たに締結した協定と、直接結び付けようとするのはやはり避けるべきだろう。フランス国王と神聖ローマ帝国皇帝が結んだ「クレピーの和議」〔一五四四年九月十八日〕は、ラブレーが国王から『第三之書』のための允許状を獲得する、ちょうど一年と一日前に調印されている。協定の反ルター派的な意図はラブレーを動揺させたが、この協定は一五四六年における国の政策に、とくに劇的な変化をもたらしてはいない。そのうえ、ジャン・デュ・ベレーもその側近たちも、ドイツのルター派諸侯を神聖ローマ帝国皇帝の策謀から引き離し、フランスおよびローマ・カトリック教会内の寛大な一派の側へと引き込む努力と告げて、ラブレーを安心させている。

を、まったく放棄していない。ただし、原因が何であれ、ラブレーが本当に困窮していたのは事実である。彼は、(一五四七年?)二月六日付で、枢機卿ジャン・デュ・ベレーに宛てて一通の書信を認《したた》めている。デュ・ベレーのエネルギッシュな部下のひとりであるサン・テが手紙を届け、枢機卿が「何らかの御下賜金」を与えてくださる予定だと告げて、ラブレーを安心させている。

我が大殿さまが、もし憐れみをかけてくださらなければ、私はまったく途方に暮れてしまいます。私にできることと申せば、絶望を抱きながら当地のどなたかにお仕えする程度ですが、それでは、私の研究に損害と明白な損失が生じるでありましょう。私の今の生活以上に、質素に生きるのは不可能なくらいです。神が大殿の手中に握らせ給うた財宝の、ごくわずかでも頂戴できれば十分でございます。それだけで私は、フランスを去る前にお仕えした御一家の名誉のために今日まで行なってきたのと同様に、なんとか尊厳を保った生活を維持できるでしょう(……)。

こうした経済的援助の要請にも、どこか威厳が漂っている。

書簡の日付が正しいとすれば、われわれは、一五四六年の『第三之書』の出版の後に、ラブレーの生活が急速に悪化した経緯をすでに知っていると言える。だが、これを『第三之書』と結び付けるのは、ある種の「後知恵」である。なぜなら、『第三之書』それ自体には、そうした危機感の徴《しるし》が何ら見出せないからである。実のところ、もし仮にラブレーのメスへの亡命を扱った複数の文書が、この時期と密接に繋がるほどの説得力を持っていなかったとしたら(いずれにしろ年と日付が欠けているが)、われわれは、それらの文書の内容を割り引いて解釈し、彼の人生の別の時期と繋げたい誘惑にすら駆られていたかもしれない。ことほどさように、この『第三之書』は、自信に満ちあふれた書物であり、十分に熟した思考や、地道な研究の成果や、愛情のこもった創作などをうかがわせる徴が、そこかしこに見出せる作品なのである。そして、ラブレー個人がどれほどの危険にさらされようとも、彼の新しい傑作のほうは、国王の権威に守られながら、滞りなく流布したのであった。

3 『第三之書』：学識に基づいて構築された書

『第三之書』は、ごく自然にいくつかの部に分割できる。まず、前期二作よりもずっと長く、かつ相当に野心的で明らかにユマニスト的な「序詞」が配されている。続く第一章は、ディプソード国の征服に言及することで、新作を『パンタグリュエル物語』と緩やかに繋ぐ役割を負っている。ここでは、王権や植民のあり方も論じられているが、これは、同時代の国政術に関連する問題である。第三部は、パニュルジュが圧倒的な存在感を示す箇所である。ここは、面白おかしい称讃ないし讃辞からなり、彼は借金や債務者を褒めちぎることを通して、弁護の余地のないものを敢えて弁護しようと試みている。パニュルジュの聞き手および話し相手として登場するのは、パンタグリュエルのみである。パンタグリュエルは、今まで以上に言葉を尽くして、「パンタグリュエリスム」の何たるかを細かく説いている。第四部は、第三部の延長線上に位置している。ここではパニュルジュが、結婚すべきか否か迷い、決定を下すよう促されるのである。しかし彼は、結婚した場合、自分が妻にコキュにされ〔他の男に妻を寝取られること〕、ぶん殴られ、財産を奪われるかもしれない、と怯える。そのため彼は、ルネサンス期に尊重された、ないしは恐れられた、さまざまな占いの手段に助けを求める。このセクションは、第六章から第二五章にまでわたっているが、第二六章から二八章もその延長線上にある箇所で、ここでは、パニュルジュのジレンマを解決すべく、ジャン修道士が僧侶としての立場からパニュルジュに助言を行なっている。このセクションに至って、突然、この書はパニュルジュとパンタグリュエルの対話《ダイアローグ》であることをやめる。さて、第五部では突然話題が変わり、パニュルジュの結婚問題よりも、男性一般の結婚問題へと重心が移動している。つまり、男は結婚すべきか否か、また既婚の男を待ち受けているコキュ等々の危険性はどの程度か、という問題が扱われる。この部分は第二九章から第三六章にまでわたっている。読者はここで、博識な学者たち、すなわち神学者、医者、そして哲学者との一連の討議に招かれることになる。ラブレーがこうした議論を、プラトン的な「饗宴」（シュンポジオン *symposium*）の喜劇的転換として構想した徴《しるし》が、テクストのあちこちに見てとれる。それでも、パニュルジュはまだ優柔不断の域を脱せない。それどころか、彼はさらなる混乱と当惑に絡め取られてしまう。第六部では、「キリスト教的狂気」Christian folly というきわめて興味深い領域へと入り込んでいく。これはルネサンス期のキリスト教徒を魅了した、一種の啓発された「狂気」を指している。ここでは二人のキリスト教的「狂人」が、われわれ読者の眼前で、聡明な道化として振舞う。ひとり目は判事のブリドワで、彼はパニュルジュの心配事と直接関わることはなく、個人による決断という問題を、今まで以上に高いレベルに引き上げて扱うのである。次に読者が出会うのは、宮廷道化のトリブレである。トリブレは、最終段階において、パニュルジュに意義深い最良の助言を与えることで第四部を締めくくっている。第七部に充てられているのは、第四七章の一章のみである。ここでは「酒瓶」Bouteille の神託を授かりに行く決定がなされている（その後この神託は、たんなる「酒瓶」のそれではなく、「徳利大明神」La Dive Bouteille および「聖バクビュック」La Dive Bacbuc の神託へと発展していく）。第八部に至ると、ガルガンチュアがわれわれ読者を再び現実に引き戻し、「秘密結婚」に猛烈な非難を浴びせて、宗教＝政治的なプロパガンダを直截に展開する。この部分に割かれるのも、わずか一章（第四八章）にすぎない。最後の第九部は、「パンタグリュエリオン草」*pantagruelion* という神秘的な植物（実際は麻にすぎない）を、実に不思議な仕方で称讃するという話に充てられている。この奇妙かつ印象的な喜劇的称讃は、第四九章から巻末〔第五二章〕まで続く。芸術的観点から見ると、この「パンタグリュエリオン草」礼讃は、『第三之書』の冒頭で重要な導入部である第一章の後にくるパニュルジュの借金礼讃と、みごとに対をなしている。

後々はっきりするように、『第三之書』のこうした構造的分割は、決して恣意的なものではない。この分割は、修辞学、法学、および宗教に関する研究という、ラブレーのさまざまな関心事と呼応しているのである。

『第三之書』のこの構造上の輪郭は、もちろん、確かな根拠に基づいて描き出したものだが、これによって新作の多様性が理解できるわけではまったくない。この作品は、驚くべき逆説に満ち、強調点が絶えず変化し、かつ喜劇的手法においては驚愕すべき射程の広さを見せている。この書物を理解するには、読者のほうに多くの努力が要求される。もちろん、発表当時に比べれば、現代の読者にはさらなる努力が必要になる。出版された当時でさえ、多くの読者にとって、これは歯が立たない作品であった。だがもし、求められる努力に価する書物があるとすれば、それは『第三之書』である。

4 『第三之書』の序詞

『第三之書』は、強度な「恍惚状態」にあるナヴァール王妃の精神に詩で敬意を表し、国王から下賜されたべた褒めの「允許状《いんきょ》」を派手に掲げた後、「著者による序詞」によって幕を開ける。今度の著者はフランソワ・ラブレー師その人であって、匿名は使われていない。とはいえラブレーは、みずからのフィクションから一歩離れ、序詞の中で自分のめざすところを読者に自分の声で冷静に語りかける、という手法を選んではいない。確かに、序詞全体を貫く喜劇的独白《モノローグ》は、この書物について、またこの新作を読者に届けるに当たっての著者の希望と不安について、あるいは、『第三之書』を支えている哲学について、相当多くのことを語ってくれてはいる。それでも、博雅の士ラブレー先生その人は、まだ読者に直接語りかけるわけではない。彼は前二作の場合と同じく、この第三の「年代記」の序詞においても、間違いなく仮面《マスク》を被り続けているのである。今回彼が選んだ仮面は、当代のディオゲネス、つまり、他の者たちが国家を護ろうと忙しく働いているときにせっせと樽を転がしていた、あのディオゲネスの仮面である。

このディオゲネスの選択はいくつかの理由から実に興味深い。

まず、この選択により『第三之書』が、『パンタグリュエル物語』と『ガルガンチュア物語』の両方と結び付く。『パンタグリュエル物語』の中で、エピステモンが冥界を訪れたとき、彼はそこに「逆さまの世界」を発見した。地上で偉い支配者であった者たちは、この地下の生活では、数々の滑稽な卑しい仕事で糊口を凌いでいるのである。その一方、現世で貧しかった、優れた哲学者や善良なる人々は、あの世では立派なご身分にのぼりつめている。選ばれた小数の者たちは、ディオゲネス、パトラン先生、ガリカニスムの理論的支柱であったジャン・ルメール・ド・ベルジュ、そしてフランソワ・ヴィヨンと、錚々たる顔ぶれである。さらに一五三四年版では、ストア学派のエピクテトスが加わっている。この黄泉の国にあっては、ディオゲネスがアレクサンドロス大王を殿様然として虚仮《こけ》にしている。もっとも、現世にあっても、彼が大王の出鼻を挫いたのは周知のとおりではあるが。* これが、新しい序詞で非常に重要な位置を占める、それもルキアノス流ならびにビュデ流の視線で捉えた、新しいキャラクターである。

* 日向ぼっこをしていたディオゲネスの前にアレクサンドロス大王がやって来て、「何か欲しいものはないか」と訊かれると、「日が当たるようにそこをどいてくれ」と答えたという。村川堅太郎編『プルタルコス英雄伝』中巻、「アレクサンドロス」pp.22-23。

エピステモンの冥界巡りの逸話は、『パンタグリュエル物語』の本質をうまく表現している。だが、ディオゲネスは、たとえルキアノスの『本当の話』中の記述を介して見た場合ですら、常により深い意味を探求しようとするルネサンス期のユマニストには、きわめて複雑な人物に映っていた。「アルキビアデスのシレノス」という格言に施した註解の中で、エラスムスは、(『ガルガンチュア物語』の序詞の発想源にもなった、あのソクラテスの神々しい叡智を讃えた一節の直後に)とくに称讃すべき人物として二人を選び出している。アレクサンドロス大王よりも純粋な魂を持った「シレノス」であるディオゲネスと、その質素な生活と叡智を宿した哲学によって神々に愛されたエピクテトスである。『ガルガンチュア物語』の序詞に取り組んでいたのとほぼ同時期に、ラブレーがディオゲネスとエピクテトスの二人を、一五三四年版の『パンタグリュエル物語』にも登場させたのはまず間違いない。彼の典拠が、どちらの場合も、先に挙げたエラスムスのテクストであることも疑いえない。ここから、『パンタグリュエル物語』(とりわけ一五三四年版)においてすら、ラブレーが、犬儒学派《キニク》のディオゲネスをたんなる「犬」以上の存在と見なしていたことがほぼ確かだとわかる。* エラスムスと同じくラブレーも、この人物を、紀元一世紀のストア派の賢人で、ネロに抵抗したことからキリスト教徒の尊敬をも集めていた、あのエピクテトスの脇に置かれるにふさわしい哲学者だと考えたのである。犬儒学派のディオゲネスとストア学派のエピクテトスの二人は、どちらも、最大の驚嘆に値する

（*mirificus*）「シレノス」すなわちキリストと、どこか通底する人物として、エラスムスが引用に値すると感じた「シレノスたち」である。『第三之書』の特徴は、ストア主義と犬儒哲学の両方のキリスト教版という点にある。この書はそれらの思想を、『パンタグリュエル物語』や『ガルガンチュア物語』よりも、さらに一段高いレベルで受け入れている。そのうえ『第三之書』は、キリスト教的懐疑主義の色彩が、先の二作よりもさらに濃厚な作品である。

＊　「犬儒学派」は、犬（ギリシア語で「キュニコス」《*kynikos*》）のような生活（無欲、無所有など）を送っていたがゆえにこの名で呼ばれる。

『第三之書』には、キリスト教的犬儒主義よりも、おそらくはキリスト教的ストア主義のほうが、より深く刻印されている。もっとも、この折衷的な作品の中では、双方ともにそれ相応の位置を占めている。こうした書物の中にあっては、ディオゲネスも場違いの人物ではない。彼は久しい以前から、犬儒学派《キニク》のみならずストア学派からも、偉人として崇められてきたからである。そういう人物なら、キリストの哲学と、古典古代の世界を源泉とするストア学派の薫り高い叡智とを融合させた、そういう主人公〔『第三之書』のパンタグリュエル〕の登場する書物の冒頭を飾るにふさわしい。折衷主義的な観点から＊、古典古代の哲学者に対し抱いた尊崇の念のゆえに、エラスムスは、ソクラテス、ディオゲネス、およびエピクテトスを、ライバル関係にある哲学諸派の各師範としてではなく、「シレノス」というひとつの範疇にまとめて把握するに至ったのである。彼らシレノスたちは、美の欠如のゆえに人々の欲望の対象とはなりえない「人」、すなわちキリストの、秘められた叡智をある意味で予兆する存在と見なされている。「キリストの内には、『麗しき容《すがた》なく美しき貌《かたち》はな』いが（「イザヤ書」第五三章二節）、地上に人間の姿で留まっている間は隠し通してきたその神々しい叡智は、復活を契機に明らかにされたのである」。一般的にエラスムスに、とくにその「アルキビアデスのシレノス」に深い感銘を受けたラブレーは、みずからも同じように考えたのであった（Erasmus : *Adagia* III, 3, 1 ; とくに以下を参照のこと。*Opera omnia*, 1703-6, II, col. 771）。

＊　ここでいう「折衷的」、「折衷主義的」とは、ヘブライズム（ユダヤ＝キリスト教の伝統）とヘレニズム（ギリシア＝ラテンの伝統）を「融合・折衷」する傾向を指す。

『第三之書』の序詞の最初の一行目からディオゲネスの例を引いた直後に、ラブレーは楽しげに「伝道の書」――この書こそは、聖書全体の中でも他を寄せ付けないほど「懐疑的」な書である――の一節に言及し〔渡辺訳p.19、宮下訳p.26〕、続いて、共観福音書に登場しイエスによって視力を与えられた盲目の男へと、話を展開させている。盲目の男は、イエスによって、すなわち「全知全能で、かつその御言葉は一瞬のうちに実現されるというお方」によって癒される。この言い換え《パラフレーズ》以上に、キリストの神性をより完全に、かつより善意を込めて強調した表現は、他にはまず見当たらない。この言い換えは、ラブレーの直接の典拠である「マルコ伝福音書」内の、ごく短いイエスの名を、大きく膨らませた表現である〔「マルコ伝」の冒頭は、「神の子イエス、キリストの福音の始」と始まっている〕。ディオゲネスと、福音書に登場する盲目の男との共通項は、優先すべき重要な事柄を、まずは素直に引き受ける点だろう。ディオゲネスは、人間が十全にかつ善く生きるうえで必要となる物は、実は非常に少ないことを身をもって示した。一方、盲目の男はキリストに対し、富や権力ではなく、視力というごく自然な能力のみを求めたことを通して、同じ教訓をさらなる権威を持って示したのである。

執筆時にラブレーが念頭に置いていた『第三之書』の読者は、序詞のまさしく冒頭に置かれているディオゲネスへのこの言及から、さらなる内容を汲み取っていたかもしれない。第一に、そうした読者層は、ラブレーの行なった比較の源泉が、ルキアノスの『本当の話』にあると気づいて、ラブレーが自分の作品とルキアノスのそれとを比べるよう誘《いざな》っているのではないか、と感じたかもしれない。* また、法律を勉強したことのある読者の多くは、ビュデがその『ユスティニアヌス法典・学説類集註解』の序文で、ルキアノス描くディオゲネスを活用しているのを思い出し、その使い方にラブレーとの類似を見た可能性もある。『第三之書』を理解するためには、ルネサンス期の法学に関する本物の学識を備えていることが大前提となる。そこにちりばめられた数々の冗談や、数多の学識ならびにキリスト教由来の叡智なども、法学的知識からその着想を得ている場合や、法律のテクストに関する考察から生じている場合が非常に多い。たとえば、ラブレーの提唱する宗教的狂気という概念には、名誉ある地位が与えられてしかるべきだが、そもそも、この発想はギヨーム・ビュデに負うところがきわめて大きい。また、ラブレーが言語哲学を読者に披露する際にも、法学の専門用語が多用されるといった具合である。ラブレーおよびその博識なる読者層は、『第三之書』のいたる所で、ビュデの『ユスティニアヌス法典・学説類集註解』の「序文」を念頭に浮かべたはずである。それも当然で、ビュデはまさしくこの「序文」の中で、ディオゲネスとその樽転がしという主題を、ラブレーの場合と非常に似通った筆致で活用しているのである。ラブレーの言葉の選び方を仔細に見ると、彼がビュデを直接のお手本にしているのが一目瞭然である(5)。はたしてラブレーはここで、自分の新作がある意味で、ビュデの著作と同じくらい重要であると示唆しようとしているのだろうか。どうもそうらしい。この少し先で彼が披露している見解によって、その確証が得られるだろう。** ルキアノスとビュデの著作を目の前に広げながら、彼はコリントス近くのクラネイオンの丘で、樽を上へ下へと転がしているディオゲネスの姿を描く。結局のところ、大いなる政治的・軍事的な問題を、彼の周囲の高官たちが精力的に片付けているなかで、自分だけが書物を執筆するのを、なんとか正当なこととして認めてもらおうとしているのである。

* 正確には、ルキアノスの『歴史をいかに記述すべきか』の一挿話に依拠している。

** ラブレーは、自分のこの作品が「ディオゲネス的」だと評されるならば、大変嬉しい、という旨の一文を記している。渡辺訳 p.26, 宮下訳 pp.41-42.

ビュデは、法律学の専門書の序文の枠内で、しかもラテン語を用いて執筆しているので、当然その筆には抑制が働く。一方ラブレーは、ビュデが依拠したルキアノスのテクストを口実に、そこからおびただしい量の喜劇の手本をくり広げていく。* この箇所は、部分的にではあるが、言語が慣習的な意味からすっかり切り離されたときの、その言語自体の面白さに、読者の笑いを向けさせるのを目的としている。フランスはこの当時国境の修復を急ぎ、かつ、王国を守りフランス自体を「堅固に固める」ための、要塞線を確立することに懸命になっていた〔渡辺訳 p.24, 宮下訳 p.34〕。こうして、周囲の者たちがみんな軍事的活動に従事しているのに気づいたラブレーは、みずからの優れた技芸を総動員し、何もせずにただひたすら傑作の執筆に専念している自分に関して、申し開きをしているのである。ここで笑うには学識を必要とする。たとえば、ヴィーナス崇拝にふけるコリントスの女たちの好色さを扱った、古典的な常套句を踏まえた言葉遊びなどがその部類に入る。もっとも、一連の語呂合わせは、性的な意味がぼんやり背後に見える軍事的表現となっており、無邪気な笑いを惹起する。だが何より驚くのは、単語の迸《ほとばし》りが、軍事に携わるコリントス人たちの目的ある行動をうまく印象づけている一方で、別の言葉の滝――言葉の意味でなく音ゆえに使われている――は、ディオゲネスが明らかに何の目的もなく、丘の上や谷の下へ慌ただしく樽を転がしまわっている様子を、見聞きさせてくれることである。だが彼の行動は実は無目的ではない。ラブレー（彼の作品はどれも、それが出版された当時と関連する戦争に関して、何らかの言明を行なっている）は、戦争が反用 **antiphrasis**〔反語法。主に皮肉の効果を狙って、語句を本来の意味と反対の意味に使うこと〕によって「ベルム**（戦争＝美しい）」***bellum***（戦争には「美」だけは絶対に存在しないため）と呼ばれるのだ、と主張する「オンボロ屑鉄ラテン語の継ぎ接ぎ修繕屋」とは一線を画そうと腐心している〔渡辺訳 p.24、宮下訳 p.36 と註⑳〕。プラトン主義的な言葉の類似関係をより重視するならば、ここでは戦争は、「善きもの美しきもの」の何たるかを示し、同時に、邪悪なるものの醜悪なるものの本性を曝き出す契機ともなりうるのである〔渡辺訳 p.24、宮下訳 p.36〕。もちろん、この発言をもって、ラブレーを好戦主義者に仕立て上げてはならない。アルプスの両側でフランスが展開している軍事活動を、ラブレーは、王国内に平和と安全を確保するための手段だと見なしていたのである。これは、平和を愛したソロモン王の叡智と合致する目的だと言える。そのソロモン王は「雅歌」の中で、聖書の神秘的解釈に基づいて、神の叡智の言語を絶する完全さを、「旗をあげたる軍勢」〔「雅歌」第六章四節〕にたとえているのである。戦争から派生しうる善きこと美しきことを称讃している、この重要な箇所にはさらに古い起点があり、それがまたしても、「戦争とはあらゆる物事の父〔フランス語訳は「母」〕である」*Bellum omnium pater* という古典的な格言なのである。エラスムスも当然列挙しているこの格言は、主としてルキアノスの「本当の歴史」と結び付けられる。*** エラスムス（もちろん、戦争の愛好者ではまったくない）によれば、戦争はあらゆる物事を刷新する、というのがこの格言の真意だという（*TL TLF* prol., 133f. ; *EC* 118f. ; Erasmus, *Adagia* III, 5, 36）。

＊　コリントス人の戦争準備の様子と、ディオゲネスの樽転がしの動きを描いた箇所、渡辺訳 pp.21-23, 宮下訳 pp.32-35.

＊＊　« bellum » はラテン語で「戦争」。同じくラテン語の « bellus »「愛らしい」から派生したフランス語の « beau, bel, belle » は「美しい」を意味する。

*** ルキアノスは、「戦争はすべての母である。なぜなら、ただひとつの地域にかぎっても、戦争のおかげで、これだけ多くの史書が産み落とされたのだから」と述べているという。プレイヤード版『ラブレー全集』p.1366, note 5を参照。

本人の語るところによれば、ラブレーは運命に見放され、もはや残されている才は、みずからの技芸以外にはないという。彼の唯一の霊感の源（*Enthusiasme*）は、一杯のワインの内にある。* この点で彼は、「水など飲む者は、バッカスの熱狂的支持者にあらず」という格言が真理であることを裏づけてくれる。この格言（ラブレーは、エラスムスによるその説明を、序詞の中に取り込んでいる）の直後に来るのが、「誰もがコリントスに移り住むのを許されているわけではない」という別の格言である〔「各々がその分際をわきまえて、大それたことを考えてはならない」の意〕。この序詞には、バッカス神的な芳香がほんのりと漂っている。ラブレーは実のところ自分をディオゲネスになぞらえ、「パンタグリュエル的な」*Pantagruelique* と「ディオゲネス風の」*Diogenicque* という二つの形容詞を、この二語があたかも交換可能であるかのように、読者に使うよう勧めている節がある〔渡辺訳p.26, 宮下訳p.41〕。ただし、ディオゲネスの場合は水で十分だったが、彼の樽に入っているのはワインである。すでに見たように、アルコフリバス・ナジエは、かつてパンタグリュエルの「饗宴長《ふるまいつかさ》」と形容されていた〔『パンタグリュエル占い』のタイトルにある〕。今回はラブレーが実名で、フランスの勇壮な武人たちの「饗宴長《ふるまいつかさ》」を勧め、キリストが起こした最初の奇跡、すなわち水をワインに変えた奇跡を暗示している。その数行後にラブレーは、ガリラヤはカナの婚礼にてワインがいったん底をついたのとは違い、自分のワインが尽きる心配はない、と読者に告げているが、その理由も右の奇跡により部分的とはいえ説明できるだろう〔「ヨハネ伝」第二章一節―十節〕。ラブレーが実際にワインを愛したのはまず間違いないと見てよい。彼は頻繁にワインに言及するものの、そうした言及が必ずしも隠喩《メタファー》だとはかぎらないからである。だが、少なくともこの箇所の「ワイン」という語は隠喩的《メタフォリカリー》に使われており、「歓喜と諧謔に満ちあふれた豊穣の角《コルヌコピア》」〔渡辺訳p.29, 宮下訳p.47〕を指している。今後『第三之書』の中で、ラブレーはルネサンス期特有の学識や衒学的趣味という、一種の味気ない水を、知的コメディーという味わい深いワインに変じてみせる。その過程を通して、ワインへの言及がはらむ「最も深い意味」が浮き彫りになるはずである。

* 渡辺訳p.25, 宮下訳p.38. « *Enthusiasme* »が、「霊感による（詩人）の熱狂」という意味で使われた最初の例。

全体を見渡すと、この序詞は自信にあふれ陽気でかつ均衡もとれている。しかし、これが別の顔を見せる場面もある。ラブレーは、自分の新作があまりに異形であるために、理解されず十分な評価も得られないのではないか、という恐れを表明している。その文脈で彼は、ルキアノスが語っているラゴスの息子プトレマイオス〔（前三六七頃－前二八三）エジプト王プトレマイオス一世。プトレマイオス王朝の始祖で、アレクサンドリアを首都にした〕の話を再び持ち出してくる。この王は、バクトリア産の漆黒の駱駝と、黒白二色の奴隷という珍しいものを見せてやることで、エジプト国民の歓心を買おうと考えた。ところがエジプト人たちは、この目論見に対し、嘲笑と敵意と侮蔑の念で応えたのである〔渡辺訳 p.27, 宮下訳 pp.42-44〕。この例をふり返りながら、ラブレーは希望と恐れとのあいだを揺れ動く。彼のこの書は新種であり、良し悪しの判断根拠となるモデルは過去には存在しない。換言すれば、これは、笑いと真面目とを混交した、斬新ではあるが異様な作品なのである。彼は敵意すら見せながら（この箇所では、滑稽さは垣間見られる程度である）、自分の読者を敢えて自分で選ぼうとする。新たなディオゲネスとしてのラブレーは、こうして棍棒を手にし〔ディオゲネスは遺言で棍棒を用意させ、冥途で悪鬼などを追い払おうとしたという〕、腐敗した判事や無知な弁護士、あるいは前二作で「偽善坊主《カファール》」*caphards* と呼ばれた、あの梅毒病みの大酒のみで大食いでもある偽善者たちを、自作の周囲から追い払おうとするのである。こうした連中はたんに邪悪であるのみならず、悪魔的ですらある。彼らは悪魔の手先であり、われわれは毎日の祈りによって、この悪人どもから解放されるよう神に乞わねばならない。ここで呼び起こされている主禱文最後の一節〔「主の祈り」。最後に「我らを（……）悪より救い出したまへ」とある〕には力がこもっている。同様に、ラブレーお得意のジョークである「痛風病みのお歴々」（*Goutteux*）から、本物の梅毒病みである偽善者へと移行する過程も印象的である。さらには、ラブレー特有の陽気さとメタファーが宿った洗練されたワインから、突然、醜悪な敵どもの「癒しようのない酒への渇き」へと、あるいは、初期二作品に特徴的だった、素朴で愉快な宴会や田舎風の御馳走から、悪魔的な仇敵どもの「食い物への満たしがたい飢え」へと、にわかに転移する様子にも強い力がこもっている。われわれ読者は、彼の主たる敵が「偽善坊主《カファール》」であると知らされる。彼らが「ときどき乞食の真似をする」という事実は、これらの偽善者どもが、修道会所属の聖職者であることを、なかでも托鉢修道会の連中であることを示唆している。*

* 以上、ラブレーが敵に罵詈雑言を浴びせる序詞の文末については、渡辺訳 pp.29-31, 宮下訳 p.48-51 を参照。

ラゴスの息子プトレマイオスと、彼がエジプト人を楽しませようとした不幸な試みは、ラブレーを悩ませたが、それ以前にルキアノスの気をも揉ませている。* 哲学と笑いとを合体させたがゆえに、ルネサンス期の読者層には斬新で「怪物的」なジャンルに属すると思われた書物が、果たしてどう受容されるか、という懸念はもちろんあったろう。しかし、プトレマイオスの逸話の内にこの懸念だけを見るとしたら、この新しい序詞を適切に読んだとはいえない。この逸話には、より正確な意味が込められているからである。

＊　対話篇で展開する作品中で、哲学と喜劇を混交させることに、ルキアノスは不安を隠していない。

『第三之書』の序詞は、ルキアノス描くディオゲネスで幕を開け、ルキアノスの語るプトレマイオスの話で幕を閉じている。逸話の源泉および著者のモデルとして、ルキアノスはずいぶん派手な扱いを受けている。この点に注意して、ルキアノス自身の作品をより綿密に見ていきたい。

ラゴスの息子プトレマイオスの逸話は、ルキアノスが『「お前は言葉遣いにおけるプロメテウスだ」と言った者へ』というタイトルを付した短い対話体作品で、非常に大きな位置を占めている。この小品は、喜劇と対話体を合体させて創り出した新しいジャンルが、いかに受容されるかをめぐる、彼の懸念について詳細に語っている。ルキアノス以前には、対話体《ダイアローグ》は哲学の領分、つまり、喜劇とは対極に位置していた。

『お前は言葉遣いにおけるプロメテウスだ』を知っていた読者なら誰でも、ラブレーのここでの言及がきわめて適切であることに、驚きを禁じえなかったはずである。[6]『第三之書』は、最初の十三の章すべてが、延々と続く喜劇的対話に割かれているという点で、『パンタグリュエル物語』や『ガルガンチュア物語』とは大きく異なっている。しかも対話者はパニュルジュとパンタグリュエルの二人しかいない。他には誰ひとり登場しない。舞台脇をうろつく影すら見えないのである。第十三章の最後の一文に至って、やっとジャン修道士が姿を現わし、取るに足りないコメントを差し挟むだけである。彼の突然の登場に関し、読者にはいっさい説明がなされない。その直後、そして今回も説明抜きに、慌ただしく仲間がひとりずつ呼び込まれるのである。エピステモン、ジャン修道士、ポノクラート、ユーデモン、カルパラン、そして「その他の面々」、といった調子である〔以上、渡辺訳pp.96-97、宮下訳pp.178-179.（第十三章末と第十四章冒頭）〕。

ここを境に『第三之書』は、二人の登場人物のみによる喜劇的な対話《ダイアローグ》ではなくなる。だが最初の四分の一は、二人だけの対話以外の何物でもない。その後に続く四分の三は、独白《モノローグ》、対話、さらに一般的な会話へと、話は開かれていく。『第三之書』の著者は、諷刺に富んだルキアノスの「哲学的＝喜劇的」な対話体を、フランス語で再創造したいという、強い衝動を覚えたのである。ルキアノスと同じく、彼もこの斬新な「ジャンル」の受容のされ方について、大いに不安を感じていた。だからこそ、ルキアノスに助けを借りて、この点をはっきり示そうとしたのである。

この序詞の中では（*TLF* 255 ; *EC* 204）〔渡辺訳 p.28、宮下訳 p.45〕、パンタグリュエリスムの定義も行なわれている。それは、われわれの祖先にも知られていた「種に特有の一形相であり、個人的な特徴でもある」*une forme specificque, et proprieté individuale*。換言するならば、種としての人類全体に当てはまる傾向であり、同時に、独立した個人としての各人にも適用できる性質である。この性質は、一方で人間に固有の笑いと縁続きになっており、他方で、キリスト教でいう慈愛と結び付いてもいる。こうしたパンタグリュエリスムを奉じる者たちは、「善良で率直で誠実な心」に根ざす事柄ならば、いかなる場合もそれを悪しく解することはなくなる。この慈愛の精神は、悪を善だと言いくるめたり、善悪の区別などどうでもいいと主張するわけではない。こうしたパンタグリュエリスムを掲げつつも、ラブレーは決して善悪の境界線を曖昧になどしない。パンタグリュエリスムは、ただたんに、心の意図と善良さを重視するのである。この哲学が大きな力を得て読者に迫ってくるのは、まだかなり先のことで、そこでは、人間の心が善悪の霊的存在による戦場となる様子を、パンタグリュエルが説明してくれる。* この概念はプラトン主義的キリスト教と、とくにしっくりくる。というのも、プラトン主義的キリスト教は、使徒直後の時代以降、人間ひとりずつに二つの霊的存在が寄り添うものとしてきたからである。善き霊は個人を善や美へと誘《いざな》う。悪しき霊は、邪悪で醜悪な事柄を経由して、個人を永遠の劫罰へ引きずり込もうとするのである。この種の概念は、神学者や道徳哲学の専門家はいうまでもなく、きわめて現実的な法曹家をも惹きつけたのであった。『第三之書』は、堅固な技術を駆使し、かつ一貫した明晰さを保ちながら、一方に善と美を、他方に醜と悪とを配置し、この二者を対置し続ける。この点で『第三之書』は、『ガルガンチュア物語』が置き去りにした問題を引きついでいる。(7) この文脈下で誰よりも激しい非難を浴びるのは、「白を黒と言いくるめる」輩である。この種の不道徳で巧妙な「言葉の転がし屋」spinners of words は、信じ込みやすい善人や騙されやすい人々を悪へと引き込むのみならず、より賢明な人々をすら苦境に陥れる場合がある。『第三之書』には、この種の哲学的な笑いの格好の標的が登場する。こうした人物の代表的存在がパニュルジュである。弁論術に関するキケロの定義は、当時広く受け入れられていた（*De Oratore* II, 157）。それによると、弁論術とは討議を行なう際に必要な技術であり、その目的は、真と偽とを区別するところにあった（*ars disserendi ... cujus finis est verum a falso discernere*）。パニュルジュはその修辞学的才能を、真理に到達するためにではなく、問題を混乱させるために駆使し、その過程でデーモンの目的達成に手を貸しているのだ。もっとも、ラブレーは、読者が彼のことを笑い飛ばせるように工夫している。読者は、彼の悪魔的な才能に誑《たぶら》かされて恐怖感を覚えたり身震いする心配はまったくないのである。

＊　渡辺訳 p.64：渡辺訳は、« le esprit munde »「天使」を「清浄な精神」、« l'esprit maling »「悪霊、悪魔」を「邪《よこしま》な精神」と誤訳しているので、注意が必要。宮下訳 p.117.

パンタグリュエルがパニュルジュを非難する際に使っている用語が、ここでは理解の一助になる。それらの言葉は――『第三之書』におけるパニュルジュの役割のさまざまな側面のひとつとして――クウィンティリアヌスの定義の枠内で見た場合、パニュルジュが、その演説に関するかぎり、何よりも悪しき修辞家として構想されている、ということを暗示している。たしかに彼は流暢な話し手だが、古典的弁論術に基づく鋭い批評よりも、むしろひたすら独白《モノローグ》に終始している。パニュルジュが二章にわたって（第三章および第四章）延々と喋り続けた後、第五章の冒頭で、パンタグリュエルがとうとう彼をさえぎって、その冗長な駄弁に関し以下のようにコメントしている。

「なるほどな（とパンタグリュエルは答えた）。お前は拙者には巧みな議論屋に思われるし、自分の問題 cause にもこだわりを持っているようだな。だが、今から聖霊降臨祭まで説教やら弁論やらを続けても、お前が拙者を結局はちっとも説得できないのを知って、吃驚《びっくり》するであろう。お前の素晴らしき雄弁に促されて、拙者が借金をすることなど絶対にありえぬ。（……）お前はここでみごとな比喩やら文彩やら *graphides et diatyposes* を駆使してみせたわけだし、それはそれで拙者の気には入ったがな（……）」〔第五章、渡辺訳 p.56, 宮下訳 p.100〕

パンタグリュエルを説得して、不測の事態に見舞われた場合以外に、彼に借金をさせることなどできるだろうか？ 絶対に無理である。

引用部の「巧みな議論屋」*topiqueur* という語は、ラブレーがパニュルジュを、何よりもまず悪しき弁論家として嘲笑っていることを暗示しているのかもしれない。というのも、「トピクール」*topiqueur* とは、「トピカを学ぶ者」すなわち弁論術《ディアレクティック》を学ぶ者を意味するからである〔「トピカ」とは、古代レトリックで「類型表現」を意味する〕。私が上梓した『第三之書』の版（一九六四年）の中で、恥ずかしながら私は修辞学《レトリック》に比重を置きすぎ、弁論術をかなり軽視してしまった。あの当時は、アリストテレスの『命題論』*Peri Hermeneias* とその注釈書が、ラブレーと関係が深い点しか押さえていなかったのである。そうは言ってもパニュルジュは、借金と債務者を礼讃するにあたっては、やはりおもに修辞家として登場している。彼が行なおうとしているのは、その「みごとな演説」（*beau parler*）によって他人を「説得する」（*persuader*）することである。彼の熱弁は、説得的な修辞学の一例なのである。パンタグリュエルが指摘している表現形態――「比喩や文彩」*graphides et diatyposes* は、弁論を装飾するのを目的とした、修辞学上の表現方法を指している。パニュルジュの独白《モノローグ》は、「問題《カウサ》」*causa* である。これは、法律用語であると同時に修辞学の用語でもある（クウィンティリアヌスにおいては、この語はギリシア語の *hypothesis* に相当するラテン語で、「ある限定的な問題」という意味で使われている）。同様に、パニュルジュを悩ませることになる、あの「結婚すべきか否か」という問題も、クウィンティリアヌスは、数多く存在する標準的な修辞学のテーマのひとつとして紹介している（III, 5, 16）。その一方で、パンタグリュエルは、饒舌で論争好きなこの家臣を「トピクール」と呼んでいるが、パニュルジュ自身、自分が「トピカ」に通じているのを自慢の種にしているのである（*TL* v, 5 ; XXVIII, 20f.）〔渡辺訳 pp.56, 168, 宮下訳 pp.100, 324〕。

法学に大きな比重が置かれている本作品を扱うに際しては、たとえばヘーゲンドルフィヌス〔（一五〇〇－四〇）ドイツの哲学者、神学者法学者〕の「法廷弁論術《ディアレクティック》」*Dialectica Legalis*（パリ、一五四七年版）のような論考に見られる分類法を、ガイド代わりに援用するのが最良だと思われる。この書物の中では、多くのスペースが、弁論術と修辞学《レトリック》を区別することに割かれている。ほとんどの場合、パニュルジュは修辞家の概念により近い場所に位置している。したがって、少なくとも彼の内にジャノトゥス・ド・ブラグマルド的な要素は皆無である――パニュルジュは最悪のケースでも、中世の『論理学要諦』*Parva Logicalia*〔十四世紀に出されたスコラ哲学の教科書。既出〕などを引き合いに出して屁理屈を捏ねたりはしない。というのも、彼が悪用するのは、中世スコラ哲学におけるそれよりもはるかに魅力的で純粋な弁論術、すなわち、キケロやアリストテレスが唱える、古典古代の弁論術だからである。ところが、ヘーゲンドルフィヌスをはじめとする学者たちは、キケロに倣って、弁論術を、「雄弁術の凝縮した形態」と捉えている（*contracta et quasi adstricta eloquentia*）のである。彼はさらに付け加えてこう言う。「修辞学は、実のところ、弁論術の一種である」が、それは「ひとつの問題を数多《あまた》の言葉を用いて論じるのである。つまり、修辞的な文彩（*schemata*）をちりばめて、弁論術の主題のいわば裸の外観を、多様に見せるのである」。標準的な対照法に則って言えば、弁論術は演説の簡潔な形態であり、そのイメージは閉じたこぶしで表される。一方、修辞学のほうは、優雅な言葉の洪水のごとき迸《ほとばし》りであり、そのイメージは開いた掌《たなごころ》で表現される。クウィンティリアヌスの用語を用いるならば（II, 20, 7）、パニュルジュは、弁証法の達人が得意とする「簡潔な演説」（*oratio concisa*）よりも、むしろ修辞家たちが得意とする「絶え間ない演説」（*oratio perpetua*）により精通している。(8)

ただし、パニュルジュのこの冗長な駄弁は、パンタグリュエルによって掃き清められてしまう。彼はその代わりに、霊感に貫かれた哲学にさらに磨きのかかった、聖書に基づく啓示的叡智を対置するのである。

5　『第三之書』のテーマ群

一五四六年の最初の読者は、『第三之書』だけを手にして読んだ。これは前二作品の「年代記」の続編ではあるが、合本で刊行されなかったのである。ところが一五四七年になると、『ガルガンチュア物語』から始まる合本の中に、第三番目の書として収められるようになる。これ以降、『第三之書』は、『ガルガンチュア物語』の後ではなく、『パンタグリュエル物語』の読了後に読まれるようになる。

『パンタグリュエル物語』から『ガルガンチュア物語』に移行した際に読者が感じる、心地のよい美学上のショックは、『パンタグリュエル物語』から抜け出て『第三之書』に入った際に感じるショックに比べれば、物の数に入らない。このショックは、明らかに著者によって意図的に仕組まれたものである。新作は、印刷の体裁もきわめてユマニスト好みであり、優雅で、哲学的にも野心に満ちた作品である。にもかかわらず、『第三之書』はいつの間にか、それも非常に逆説的なことに、『パンタグリュエル物語』の撚り糸で織られながら、案に相違して、まったく異なった生地の書物へと仕上がってしまったのである。ラブレーがなぜこうなるのを望んだのか、その理由は推測の域を出ない。そもそも『ガルガンチュア物語』の場合と同じように、パニュルジュとパンタグリュエルぬきで、新作のために別の登場人物を創造することくらい、ラブレーには朝飯前だったに違いない。ジャン修道士が一瞬だが初めて登場して些細な内容のコメントを加えるまで〔第十三章末、渡辺訳 p.97, 宮下訳 p.178〕、『第三之書』は基本的に、パニュルジュおよびパンタグリュエルと呼ばれる二人の登場人物が交わす、喜劇的かつ演劇的な討論であり続ける。しかしながら、この新しいパンタグリュエルとパニュルジュは、最初に登場した同名の人物とはほとんど共通点がない。『パンタグリュエル物語』にあっては、「肉のごった煮国《サルミゴンダン》」の領地を与えられるのは、アルコフリバス師であった。いまや、この役割を引き受けるのは（一言の説明もないものの）パニュルジュである。アルコフリバス・ナジエは、『第四之書』で再び姿を見せるが、『第三之書』にはいっさい登場しない。さらに、『パンタグリュエル物語』の中では、ガルガンチュアが、エノクやエリヤのごとくこの世から一瞬にして連れ出され、妖精の住む国へと運ばれていく〔『パンタグリュエル物語』第二三章、渡辺訳 p.172, 宮下訳 p.270〕。ところが、そのいないはずのガルガンチュアが、作品の真ん中あたりで、意表を突いて舞台に上がってくるのである。もちろん、ここでの彼は、『ガルガンチュア物語』の掉尾で彼が演じた役割から類推できるように、「哲学王」としての変身を遂げている。さらに読み進めてみるならば、『第三之書』第一章は、ディプソード国の征服〔『パンタグリュエル物語』の最後〕の後、勝者パンタグリュエルとその臣下であるユートピア人たちによってとられた、賢明な戦後処理を一見扱っているように映る。だが、この章における政治的トーンは、『ガルガンチュア物語』のピクロコル戦争の最終段階に置かれた、王国のあり方ならびに政治一般に関する真面目な省察〔第五〇章におけるガルガンチュアの演説など〕と、より多くの共通点がある。それに加えて、ギヨーム・デュ・ベレーが国王の支持を得て進めてきた軍事政策という現実とも、より直裁に響き合っているのである。この政策は、自然の境界線を堅固に守ることで、安全かつ幸福なフランスを築くのをめざしていたのである。

ラブレーはおおよそ以下の事柄を、読者に了解してもらいたがっているように思われる。まず、陽気で道徳とは無縁な笑いに包まれた『パンタグリュエル物語』の鋳型が、ここに来てついに破棄されたこと。次に、パズルの一片一片が再配列され、登場人物の役柄も配分し直されているということ。さらに、『ガルガンチュア物語』ですでに確認された、滑稽な巨人の世界から現実により近い世界への移行が、ここで完成を迎えたこと。以上のような変化は、『第三之書』の第一章に見られる、強いユマニスト的傾向によって強調されている。この章はプルタルコス――今後、ラブレーの芸術と思想に大きな影響を行使し続ける存在である――に非常に多くを負っており、同時にここには、ヘシオドス、ホメーロス、ウェルギリウスに加えて、ジュピター、パミュレ〔テーバイで水を汲んでいたとき、オシリスの誕生を告げるゼウスの声を聞いたとされる女性〕、マケドニアのアレクサンドロス、トラシブルス〔前五世紀のアテナイの将軍〕等々といった、古典古代に由来する一連の名前がずらりと並んでいる。そのうえ、エウヘメロス説〔神話の神々は神格化された人間であるとする説〕に基づく解釈によって、古代の神々が過去の大人物として頻繁に登場する。また、ギリシア語の単語をラブレーが自在に操っているのも目立つ。「デーモボロス」（Dēmoboros）〔Demovore〕すなわち「民を貪る者たち」や、「エウエルゲテス」（*Euergetes*）すなわち「恩恵を施す者たち」、あるいは、ラブレーによって「人々を豊かにする者」と訳されている「コスメートル・ラオーン」*kosmētor laōn* 等々のギリシア語がそれである。

ラブレーが掲げる将軍ないしは君主の理想像は、重要な格言「ワシを探すセンチコガネ」*Scarabeus aquilam*

quaerit. 〔イソップ寓話中の「鷲とセンチコガネ」を参照〕の解説中でエラスムスが披露している見方に近い。この事実により『第三之書』は、『パンタグリュエル物語』中のディプソード国に対する戦争よりは、むしろ『ガルガンチュア物語』中のピクロコル戦争の最終局面と再び繋がることになる。また、パンタグリュエルが身につけつつある道徳的・哲学的な偉大さは、『ガルガンチュア物語』の中で、彼の父親に割り振られていったさまざまな特徴を引き継ぎ、さらに発展させたものである。パニュルジュの場合その変化は、もはや明確な変貌の域に達している。最初はパンタグリュエルの共犯であり、主人をも凌ぐ存在であり、戦闘の決定的な場面では、主人から助けを求められる男でもあった〔『パンタグリュエル物語』第二九章、渡辺訳 p.209、宮下訳 p.328〕。それが今度は、パンタグリュエルが象徴しているいっさいの対極に位置する存在へと、成り下がってしまったのである。第二章から第十二章に至るまで、パニュルジュとパンタグリュエルが延々と対峙し続けるのは、間違いなく、作品全体の三分の二の場を闊歩するこの人物の着想に、根元的な変化が生じている事実を、たとえ部分的にであれ強調するためである。今後はパンタグリュエルが、新しいパニュルジュとその言説や行動を読者に語り、その過程を通して、読者の笑いを、権威をもって望ましい哲学的な経路へと導いていくことになる。

『第三之書』は、決断と不決断の問題を扱った書物である。至高の存在たる神が君臨し、かつ神によって秩序立てられている反面、悪魔が君主であり続けている、そういう現世において、いかにすれば正しい判断に到達できるか、あるいは到達できないか、という問題を中心に据えている。この枠組みの中にあって、われわれ読者は、熟練した手法によって芸術的に関連しあい、万華鏡のごとく変化を繰り返す、一連の複雑なエピソード群へと誘《いざな》われる。こうした逸話は、法学や医学、神学、あるいは哲学をめぐる、ルネサンス期の往々にして無味乾燥な論争や難問から出発しているが、最終的にはそれらすべてが、笑いの天才によって、人間や神の問題を喜劇的に洞察する場面へと、ほとんど奇跡に近い変貌を遂げている。

パニュルジュは、みずからの問題に打ちのめされる男として登場する。彼の論争のための技能や、叡智の支えを失った博識は、決して問題の解決には繋がらず、逆に、問題を錯綜させるばかりである。ただし、この登場人物——本書の主要な喜劇の牽引役のひとり——の本質は、一気にすべて明かされるわけではない。話が進むにつれて、そしてパニュルジュがその不決断のせいで、悪魔が支配する心の奥深い闇と狂気の領域へと落ち込んでいくにつれて、徐々に明らかになっていくのである。叡智のパロディーにすぎない自分の駄弁に根拠のない自信を抱いているこの男は、確実さの探索の初めで、「助言を求めるべき相手は、この俺様だぜ」と言ってのけている（*TL TLF* II, 55.）〔渡辺訳、第三章 p.40, 宮下訳 p.68〕。ところが、彼はすぐさま他人に助言を求めざるをえなくなるのだが、その得た助言を受け入れるつもりもなければ、それを上手に生かそうという気もさらさらない。なぜなら霊感を重視するギリシア哲学や、キリスト教の啓示的叡智の双方が邪悪と見なす性質や力のせいで、彼の精神が盲目状態に陥っているからである。

さまざまな観点から見て、『第三之書』はパニュルジュをめぐる書である。第二章から第三八章にわたる長い期間、彼とそのジレンマとが舞台を支配するからである。さらに、第四五章で宮廷道化トリブレと相談する場面に至ると、パニュルジュの逸話はそのピークを迎える。しかしこれを唯一の例外として、第三九章以降では、彼の存在は実質的に覆い隠されてしまう。こう考えると、ある重要な事実に気づく。なるほど、『第三之書』は大まかに言えばパニュルジュをめぐる書であろう。だが、この作品自体は、パニュルジュが直面していると思われる諸問題よりも、ずっと深く大きな問題を提示しているのである。

パニュルジュは、ラブレー版ハムレットなどではない。言い換えれば、躊躇のあげく頭がおかしくなり、良き霊と悪鬼との区別すらつかなくなった、善人などではない。パニュルジュは、最初から最後まで愚者であり、悪魔的狂気がその心を支配していくにつれ、さらに厄介かつ邪悪な狂気へと陥っていく。彼の狂気は常に笑い飛ばせる対象であり続ける。だが、それは徐々に、たんに笑い飛ばしてすむ現象ではなくなっていくのである。

6　借金と債務者の礼讃〔『第三之書』第二―五章〕

第二章以降、パニュルジュは本質的にまったく新しいキャラクターとして登場し、借金と債務者の礼讃へと乗り出していく。この非常に入念に構成された讃辞は、諷刺的というよりもむしろ喜劇的なそれであって、エラスムスが『痴愚神礼讃』を執筆した際にその発想源になった、いくつかの古典古代のモデルにきわめて類似している。これは一種の「戯れ」*lusus*、「ゲーム」であり、ふざけた礼讃であり、喜劇的雄弁《デクラマチオー》である。喜劇的礼讃は、ルネサンス期におけるルキアノスやエラスムスの信奉者たちが、高く評価したジャンルであった。それらは、高度な技芸に基づいて書かれているが、当時の慣例として著者たちは、手元に書物も何もない旅先ででっち上げたとか、無為な時間を持て余していた際に書きなぐったガラクタにすぎない、と謙遜のふりをするのが常であった。こうした喜劇的礼讃を支える文学的枠組みは、しばしば、ルキアノスが掲げていた芸術上の理想に合致していると同時に、アプトニウスやクウィンティリアヌスが、真面目な称讃のための正しい手順とした内容にも一致している。とりわけルネサンス期にあって、この種の喜劇的礼讃の読者として想定されていたのは、学識の深い人々、換言すれば、入念に織り上げられたレトリックの細かい襞まで鑑賞できる人々であった。パニュルジュの「借金礼讃」も、この点では例外ではない。ラブレーはこの箇所の執筆を通して、ユマニストたちをスコラ哲学の文体論から解放した作品である、アプトニウスの『プロギュムナスマータ』*Progymnasmata*〔レトリックの予備練習〕およびクウィンティリアヌスの『弁論術教程《ディアレクティック》』に、常に親しみ精通していたことを示している。

　パニュルジュ（われわれ読者が彼に最後に会ったのは、およそ十四年前、『パンタグリュエル物語』の中で彼が、敗れたディプソード国王アナルクを冷やかしていたときである）は、今度は知的な笑いの標的として登場している。彼は、お互いに負債をし合ってこそ、この世はうまく回るのだと証明することに躍起になる。彼に言わせれば、「小さな世界」すなわち人間というミクロコスモスも、「大きな世界」すなわち宇宙というマクロコスモスも、互いに負債を抱え合って初めて、その調和を保てるのだという。この相互負債がなければ、人間の身体も、その人格《ペルソナ》も、人類という総体も、この広大な現世も、そしてついには宇宙全体の構造も瓦解してしまい、その調和は大いなる不和のうちに崩壊するという。

　ラブレー自身がこうした見解を真面目に受け取っていたか否かは、パニュルジュの借金礼讃を読むだけではわからない。そもそも、パロディー風の称讃の内には、諸々の議論が混在している。それらは、自明の誤りから始まり、正しく活用されたなら読者の敬意を引き出せるはずの議論を、意図的に誤用する例に至るまで千差万別である。パニュルジュが乱暴に誤用する種々の見解を支配しているのは、プラトン主義的な文脈である。なかでも、愛こそが世界を結び付けていると主張する、マルシリオ・フィチーノの『プラトンの饗宴註解』には、それとわかる目配せをしている。もっとも私個人は、ラブレーがフィチーノの『註解』を額面どおりに受け取っていたとは思わない。というのも、この著作は、多種多様な愛をごた混ぜにしているからである。* フィチーノ的な色合いを薄めた、より純粋なプラトン主義の思想体系ならば、当時のプラトン主義的キリスト教の信奉者の場合と同じく、ラブレーも大いに敬意を表したと思われる。だが、パニュルジュの広範にわたる借金礼讃全体を貫いているのは、正しく適用されれば即座に自分の非が明らかになるような議論を、彼が敢えて濫用するという手法である。パニュルジュがその讃辞の中で、誤用により披露している彼特有の知的混交物は――読者が大いに楽しむところだが――ポンポナッツィの論考『霊魂不滅論』の内容の一部を強く暗示するものである。というのも、この書もまた、プラトン主義的な源泉やガレノスの医学的著作から借用してきた議論やテーマやらを、絡み合わせているからである。ポンポナッツィは、パニュルジュがその常軌を逸した讃辞の中で濫用するにふさわしい素材を探す際に、ラブレーが典拠とした著作家のひとりだと思われる。その一方で、パニュルジュの諸見解には、ルネサンス期の哲学的な常套句に属するものが非常に多く含まれているため、それらをただひとつの起源に結びつけるのは不可能でもある。むしろ、それらがルネサンス期に好まれた決まり文句であったからこそ、当時の読者は、パニュルジュの説きつけるようなレトリックに潜む、ペテンや自己欺瞞を見破っては、微笑を浮かべることが可能となったのである。(9)

＊ フィチーノの説く「愛」を「借金」に置き換えて格下げしたのがパニュルジュの演説だ、という説を著者は下敷きにしていると思われる。

喜劇的礼讃が成功を収めるには、それが喜劇的であると読者があらかじめわかっている必要がある。太鼓持や残虐な僭主パラリス*を持ち上げたルキアノスの礼讃が万が一文字どおりに受け取られたとしたら、美学的観点はもとより、倫理的観点からしても、破滅的な結果を招くだろう。ラブレーは、自分がパニュルジュに割り振った新しい役割――巧妙な議論によって黒を白と言いくるめることのできる、博学だが実に馬鹿げた言葉の紡ぎ手という役割――を読者の心に刻印しようと心を砕いている。その際ラブレーは、パニュルジュに不利な札をこっそりと切っているのである。こうして、借金礼讃が滑稽な讃辞であることは、その滑り出しから明白になっている。そもそもこの礼讃は、ストア派的キリスト教を奉じる、ひとりの賢者としてのパンタグリュエルが紹介された直後に始まっている。我らが哲人は、神からの賜物である理性を頼み、平穏で自信に満ち、現世のいかなる事柄にも決して動じない人物として紹介されている。ところがその直後に登場するパニュルジュは、よりによってパリ大学を引き合いに出しながら、自分の言い分を弁護する始末である〔以上に関しては、渡辺訳 pp.39-40，宮下訳 pp.65-68 を参照〕。彼にとっては、ラブレーの不倶戴天の敵こそが、「いっさいの神学」すなわち「万有神学《パンテオロジー》」*panthéologie* の源泉なのである（この言葉は、一四七〇年代にある程度成功を収めた、古めかしい論考『パンテオロギア』*Pantheologia* のタイトルを想起させる）。パニュルジュは旧弊の招く誤り、とくにソルボンヌの誤りをうのみにし、その教えを実によく吸収して、ついには自分の言い分を認めない連中を「この異端者め！」と罵ってしまう。章が進むにつれ読者は、洗練された警句や格言の内に凝縮されている叡智、古典古代およびキリスト教が育んできた最も権威ある教えに、パニュルジュがことごとく反する言動をとっていることに気づく。彼はこうしたいっさいに反駁すべく議論を組み立てるが、かえって、その言い分が実に滑稽なナンセンスであることが露呈してしまう。ただし、彼が惹起する笑いは、ジャノトゥス・ド・ブラグマルドとその破綻したスコラ流の屁理屈が引き起こす、あの安全で単純明解でわかりやすい笑いとは性質を異にしている。パニュルジュはスコラ風の愚者ではない。彼は、ユマニストが博識であるという場合の博識と、まったく同じ意味で博識なのである。それがゆえに、彼の過ちはより深刻なのである。

＊ シチリアの僭主。真鍮製の牡牛の中に人を入れて焼き殺したりした。残虐さのゆえに、十六年の在位の後火炙りにされた。

ソクラテスこそ人間のなかで最高の賢者だと宣した、あのデルフォイの神殿の正面入り口には、ホレブ山〔聖書におけるシナイ山の別称〕でユダヤ人たちに与えられた十戒と同じくらい重要な三つの戒めが刻まれている。以下のとおりである。

汝自身を知れ。
何事も行き過ぎてはならぬ。
借金と訴訟は困窮の元。

『第三之書』全体を通して、パニュルジュが、神託で明かされたこれら三つの格言のことごとくに反する様子が明らかにされていく。もちろん、借金と債務者の礼讃において公然と破られているのは、これらの命令のうち三番目である。もっとも、実のところは三つともなのだ。というのもパニュルジュは、宇宙が相互の愛と調和の微妙なバランスのもとに成立しているとするフィチーノの見解を、一見擁護しているようでありながら、その実、当時流行したこの魅惑的な見解を、一種の煙幕として利用しているにすぎないのである。彼が本当に弁護している負債とは、ごくありふれた金銭による負債である。しかも、この負債はすべて一方通行なのだ。なぜなら、彼には借りた金を返す気などさらさらないからである。換言すれば、先を考えない快楽主義者パニュルジュは、嘲るような口調で、債権者たちが二度と見ることのない金を借りることを弁護しているのである。「いっさい負い目なき者は幸いなるかな」というギリシアの格言を大いに尊重する文化のなかにあっては、彼の言動は、間違いなく犯罪的な狂気に映ったであろう(Erasmus, *Adagia* II, 7, 98 : *Felix qui nihil debet*)。

パニュルジュが故意に悪しき道を選択していることは、彼が突然借金礼讃を始める章の表題によって強調されている。「パニュルジュはいかにして（……）青芽のうちに麦を食ってしまったか」。ここでは、パニュルジュがどのようにして、まだ青い発芽にすぎない時期に自分の麦を売り払って、その財産を浪費するに至ったかが物語られている。「青芽のうちに麦を食う」*manger son blé en herbe* という表現は諺としてよく知られていた。パニュルジュは（言ってみれば）種籾《たねもみ》そのものを食べていたことになる。そうした振舞いを、彼自身は面白おかしく弁護しているが、むろん、その議論に説得力はない。が、いずれにしろこうした言動は、ペルシウス〔（三四－六二）ローマの諷刺詩人。ストア哲学の影響が見られる作品を残した〕の格言、すなわち「自分の収穫の範囲内で生活せよ」*Messe tenus propria vive* という教えに真っ向から反している（Erasmus, *Adagia* I, 7, 88）。パニュルジュは先の心配などいっさいせず、欲望のままに目の前の官能的快楽を金銭づくで手に入れるために、決して返済する気のない借金を次々と抱え込んでいく。彼は、自分の後先かまわない無分別な行為が、賢明、正義、剛毅、そして節制の四大功徳に合致しているのみならず、信仰・希望・慈悲という三つの神学的枢要徳にも適合していると豪語しているが、ここまで厚かましい口を利かれると、かえって愉快な気分になる〔渡辺訳 pp.40-43, 宮下訳 pp.68-73〕。もっとも、エラスムスも説明を加えている、「大盤振る舞い《プロテルウィアム》をする」*Proterviam fecit* という格言と突き合わせながら、パンタグリュエルが彼の放蕩のかぎりを非難するに及ぶと、読者は道徳的な安心感を覚えずにはいない。「大盤振る舞い《プロテルウィア》」*Protervia* とは、恥知らずで無分別な浪費を意味する。ラブレーは、「プロテルウィア」の祝祭が、ある意味で過越しの祭と似ていることを、読者に想起させている。この祭でも、翌日に何も残らぬよう、食べきれない食料は破棄されてしまうからである。パニュルジュは、ある愚かなローマ人が、この馬鹿げた祭で散財したのと同じく、みずからの財産を無節制に蕩尽しているのである。ラブレーはエラスムスに倣って、こうした恥知らずの濫費を前に、出費を規制し贅沢を抑えようとした、ローマの奢侈取締り法の見識を対置している（Erasmus, *Adagia* I, 9, 44）〔渡辺訳 pp.43-44, 宮下訳 p.74〕。

　パニュルジュは、何もないところから、すなわち「無から」*ex nihilo* 借金を創造している以上、自分は神のごとき存在だと思い込んでいる（ちっぽけで安っぽい神様だが）。ユマニストの読者ならば、パニュルジュが濫用している元の叡智を、いったいどこで仕入れてきたか見破っていたかもしれない。実はこれは、プルタルコスの『借りるなかれ』と題された論考から直接引かれている。この作品は、「いっさい負い目なき者は幸いなるかな」という格言に説明を施している際のエラスムスにも、大きな影響を与えている（ラブレーが使用する叡智に満ちた決まり文句を理解するうえで、プルタルコスのこの論考は大変参考になる）。

　ラブレー作品中の、ソルボンヌに敬服している登場人物たちと同じく、パニュルジュも、偽善的な言葉遣いを好み、倫理的な格言の意味を歪曲する才にも恵まれている。たとえば彼が自分の森林地を伐採する際――つい最近まで、こうした伐採は、先を考えない地主たちの愚挙の、目に見える証拠であった――彼は、自分の土地を、不毛ではあっても見通しのよい野原に変えて、薄暗い森の中を徘徊している無法者が隠れられないようにするためだ、と強弁している。また、現地の娘たちとの深夜の大宴会を、配分的正義を引き合いに出し正当化する際には、自分の女友達は、最良のローマ人のひとりと最良のギリシア人のひとりが命じる道徳律を実践している、などと途轍もない主張を行なっている。というのも、キケロが賛意を表しつつ引いているプラトンの言葉 *Nemo sibi nascitur*、つまり「何人も自分のためだけに生まれてきたのではない」、なぜなら、われわれはこの世に生を受けた以上、その一半は法により国に捧げ、他の一半は、友人に捧げるべきだからだ « *partem vendicat patria, partem amici* » という格言を引いてくるからである。同様に、パニュルジュの女友達も、「自分だけのためにこの世に生まれてきたのではないと考え、みずからの身体の一半は祖国に、他の一半は男友達に捧げようとする」〔渡辺訳pp.41-42, 宮下訳p.70〕のである。「他の一半」が何を指すかは、容易に想像がつくというものである（*TL* II; *TLF* 88f; *EC* 68f. ; Erasme, *Adagia* IV, 6, 81）。

古典古代の格言のなかでも最も権威あるもののひとつである、「何人も自分のためだけに生まれてきたのではない」*Nemo sibi nascitur* という教えが、ここでは面白おかしく濫用されているが、これは、ラブレーがおそらくはエラスムスの『痴愚神礼讃』から学んだ技法を、うまく実践している例だと言える。エラスムスの作品中では、痴愚神は（馬鹿げた話し方をしている間じゅう）、人間が無知の中に閉じ込められているという、プラトンの洞窟の比喩を誤用しているが、やがて礼讃がそのクライマックスに達し、たんなる狂気がより高次のキリスト教的狂気に道を譲ると、今度はこの比喩を正しく効果的に活用し始める。これと同じく、『第三之書』が事実上のクライマックスを迎えたとき、パンタグリュエルは、「何人も自分のためだけに生まれてきたのではない」*Nemo sibi nascitur* という格言の真の意味を明かすことになる。そして彼は、キリスト教的ユマニストの伝統上で、この格言を、福音主義の教えと融合してみせるのである（以下の四九二―四九三頁の議論を参照）〔『第三之書』第三五章、渡辺訳p.205, 宮下訳p.395〕。

ラブレーは新しいパニュルジュをわれわれ読者に提示するにあたって、弁護の余地のない事柄を、長い独白《モノローグ》の中で彼に称讃させる、という手法を採った。ラブレーのこの選択は、「言葉遣いは人柄を映す鏡である」という、ルネサンス期に重視された見解と関係している。プラトン主義的な煙幕も最終的には晴れて、パニュルジュの滑稽なほど粗野な姿が明らかになっていく。それはまるで、躾けられ過去の誤りを削ぎ落とされる以前のガルガンチュアと同じようなありさまである。まさに彼が、肛門や放屁や、人間の下部に関わるその他の事柄について冗談をこねくり回そうとしたとき、パンタグリュエルが現われて人間のより高次の渇望を読者に呼び起こし、最後に、聖パウロの命、すなわち「汝等たがひに愛 *agapē*（キリスト教における愛）を負ふのほか何をも人に負ふな」という命を持ち出して、パニュルジュを黙らせてしまう〔第五章、渡辺訳 p.56, 宮下訳 p.100. 聖書の引用は「ロマ書」第十三章八節〕。こうしてパンタグリュエルは、プルタルコスが伝えるプラトンの権威ある言葉によって、すでにほとんど解決している問題に、あえて無謬の聖書の文言を結び付ける。プルタルコスは、聖書の脇に並べるにふさわしい、と司教アミヨも認めた当時の大権威である（この点ではエラスムスもラブレーと同様に、しばしば、福音書の教訓の有無を言わせぬ調子を、『倫理論集』の優雅なトーンによって和らげている）。王侯貴族のデリケートな耳は、（アミヨの言によれば）、時として、聖書の威圧的な命令に不快感を覚えるという。プルタルコスおよび古典古代のモラリストたちは——ラブレーと同様に、と付け加えてもいいだろう——「役に立つと同時に読者に好かれる」ことをもめざしてきたので、その言葉の美しさと数多《あまた》の模範《エグゼンプラ》 *exempla* のゆえに、彼らの言葉は国王の耳にもより心地よく響いたのである[10]。

諸説融合から生じる美や真理を説くパンタグリュエルに対し、パニュルジュは放屁するという反応をもって応える。大きな音でオナラを放ったとき、「この一発を借金のない奴にお見舞いするぜ」と口にするのは、下品だが当時流行った言い方である。この身体的下品さへの下落は、キケロが指摘した有名な喜劇的手法、しかもパニュルジュの礼讃を根底で支える喜劇的手法と関係がある。つまり高次の、ないしは隠喩的《メタフォリカル》な観念を、文字どおりの、ないしは物理的な意味に解する手法を指す。「この一発を借金のない奴にお見舞いするぜ」という下卑た冗談に、より高級な意味が宿っているというわけではなく、パニュルジュが、あたかもプラトン主義的な表現で構想し、大仰で精巧なレトリックを駆使して展開しているかのように装っている借金礼讃が、結局は下半身の言語で終わっているということである（*TL* V）〔『第三之書』第五章。とくに渡辺訳 p.58, 宮下訳 pp.105-106〕。新たに描き直されたパニュルジュの内には、「古きアダム」〔人間の罪深い性質、原罪を負う者としての弱さを象徴する〕を思わせる側面が、換言すれば、初期の下品なガルガンチュアを思わせる側面が、大いにある。
鋭敏な読者ならば、『第三之書』の最初の数章を読むだけで、喋っている内容からパニュルジュが愚者であると気づくに違いない。すでに第二章の段階で、彼がソルボンヌを称揚するのを見て、読者はパニュルジュの頑迷な間違いに注意を向けるだろう。パニュルジュは厚かましいことに、慎重かつ質素な生活で節約すべきだと説く、大カトーの尊ぶべき議論を、またもや故意に歪曲するのである(11)。

パニュルジュの下品な発言に対するパンタグリュエルの反応は、すでに二度目だが、黙るよう命じることであった。パニュルジュの面前でパンタグリュエルの口数が少なくなる、あるいは何度にもわたって沈黙で応えるという事実は、彼の叡智のあかしである。プルタルコスがエウリピデスを引きながら指摘しているように、「沈黙は賢者の行なう返答である」。賢者は、いつでも議論し模範《エグゼンプラ》を示す用意があるが、それらを道理のわからない連中のために浪費したりはしないのである（*Oeuvres morales*, trans. Amyot, I, 179 BC）。

「愚か者は愚かなことを話す」*Stultus stulta loquitur*（*Adagia* I, 1, 98）。パニュルジュが口にしていることは、彼の性格を忠実に反映している。エラスムスは右の格言への注釈の中で、エウリピデスの言葉も引いている。「愚か者の話しぶりは愚かしい」。彼はさらに筆を進めてこう記している。「我らが預言者イザヤも、さまざまな言い回しで同じ内容を述べている。セネカもルキリウス〔(前一八〇?―前一〇二) 古代ローマの詩人。諷刺詩の祖とされる〕に宛てた書簡の中で、人の話し方はその人の生き方に似ている、と書いている。(……) 哲学者デモクリトスも、人の話しぶりを『その人の人生を映す鏡』だと呼んでいる。これほどの真理は他にあるまい。鏡以上に、人間の身体の姿を忠実かつ明確に映し出すものは他に存在しない。同じく、人の話しぶり以上にその人の本質を反映するものも他に存在しない。ブロンズ製の器の良し悪しが、叩いたときの音によって判断できるように、人間の性質もその話し方により判断できるのである」。ラブレーは、こうした見解を高次の倫理的常套句の内に込めようとする文化的コンテキストの中で、哲学的野心に満ちたこの書の冒頭の三分の一を、賢人の意味深い沈黙をはさんだ、二人の人物間の言葉のやり取りに当てているのだ。

パニュルジュとパンタグリュエルとを常に対置することで、『第三之書』の前半は、構造的な堅固さと同時に、喜劇的な深みをも獲得している。パニュルジュと対峙するパンタグリュエルは、いまやむしろモリエールの説明役《レゾヌール》 *raisonneurs* に近い役割を演じるに至っている。ただし、モリエール喜劇の最高傑作を別にすれば、ラブレーの「説明役《レゾヌール》」*raisonneurs* のほうが、モリエールの場合よりも、『第三之書』全体の中により効果的かつ生き生きと組み込まれている。ラブレーは、最初の「年代記」に登場させた仲の良いペアを、『第三之書』前半でも再び主役に据える手法により、不釣合いな二人の友人の奇妙な関係を、読者が何の違和感もなく受け入れられるようにしている。『第三之書』全体を通してパニュルジュは、ルネサンス哲学に照らし合わせれば、彼はここまで叩かれうるのか、というほど、徹底的に非難されている。そうはいっても、彼は決して憎まれてはいない。パンタグリュエルが初めて彼に逢った際の「パヌルゴス」*panourgos* の側面、つまりは、厚かましいが純粋に喜劇的な人物の側面を、少なくともここでのパニュルジュは何ほどか維持しているのである。『パンタグリュエル物語』において、若き巨人は、「パニュルジュに出逢い、これを一生涯愛した」〔『パンタグリュエル物語』第九章、渡辺訳 p.72, 宮下訳 p.119〕。彼はパンタグリュエルの友人であったのだ。二人の登場人物はともに大きな変化を被ってはいるが、『第三之書』でも、彼は多少なりとも巨人の友人であり続けているのである。この点は重要だ。というのも、『パンタグリュエル物語』および『ガルガンチュア物語』の初版と、『第三之書』の刊行とを隔てている期間に、ラブレーの喜劇観が深みを増したからである。彼はプラトンを読み進めていく過程でタイミングよく『ピレボス』に出合い、『ガルガンチュア物語』の第二版でこの対話集に言及すらしている（*TLF* I, 13）〔『ガルガンチュア物語』渡辺訳 p.23, 宮下訳 p.30.〕。『第三之書』の中でパニュルジュ――友人であって敵ではない――をパンタグリュエルとその仲間たちの笑いものに仕立てあげることで、ラブレーは、ソクラテスがその輪郭を描いた笑いのコンセプトを実践に移しているのである。ソクラテスにとって、知的な笑いとは、「子供の巧みな悪戯」の特別な変種であって、その本質は、人が自分の智恵に関して抱いている誤った自負心を見破ることにある。通常、笑いはどこか曖昧さのつきまとう行為と見なされているため、われわれは敵を笑いの的にはしない。敵まで笑いの的にしてしまえば、もはや曖昧さの余地を残すものは何ひとつ存在しなくなってしまう。友人を笑うという営為には、まさしくこの曖昧さの要素が入り混じっている。この要素は、ソクラテス流の笑いが必要とするものであり、かつ『第三之書』が節度を保ちつつ読者に提供してくれるものでもある。(12) プルタルコスの読者であったラブレーは、愚かな友人に対する賢者の反応には、沈黙か……あるいは非難のいずれかしかない点にも気づいていた。友情とお追従とは、決して両立しないはずである。

7 パニュルジュのジレンマ〔『第三之書』第六−十章〕

借金礼讃は、『第三之書』におけるパニュルジュの本質的属性について、何の情報も与えてくれない。いつまでも決心できないという無能力がそれである。逆に初めは、あたかも確固たる見解の持ち主であるかのように偽っている。だが、『第三之書』の逆説的本質のおかげで、パニュルジュの花崗岩のごとき意志が、粘土並みに脆いことがすぐに明らかになる。今後われわれの前に登場するパニュルジュは、本作品全体を通して、極端から極端へ走り、自分が結婚すべきか否かをきっぱり決断することがまるでできない。こうした彼の躊躇は、ブリドワに関するエピソードが始まる第三九章に至るまで、程度の差はあれ本書の大部分を占めている。この躊躇は、二つの標準的な方法で提示されている。最初に、「パニュルジュは結婚すべきかどうか」という「前提」hypothesis が提示され、次に「誰であれ男は妻をもらうべきかどうか」という「命題」thesis が示される。このように、「前提」と「命題」とに分割するやり方は修辞学《レトリック》のもので、アプトニウスに直接由来する技法である。パニュルジュは、他人の教えの風向きが変わるごとに大きく揺らぎ、イエスとノーのあいだを忙しく行ったり来たりするばかりである。

ルネサンス期の多くの著作家たちと同様にラブレーも、独身の司祭や修道士が支配していた中世教会の女性嫌悪を意図的に退けている。ラブレーは結婚賛成論者であり、しかも、きわめて巧みな賛成論者である。この点をめぐって『第三之書』の中でラブレーが披露しているテクニックは、旧約聖書の権威ある箇所を引用し詳細に説明することで、結婚に好意的な雰囲気を作り上げるというものである〔第六章、とくに渡辺訳pp.59-60, 宮下訳pp.107-110を参照〕。この手法により、彼は、結婚生活をきわめて好意的にとらえ、石女《うまずめ》との結婚や、再婚にまで温かな眼差しを向けている。伝統主義的傾向の強い神学者たちの多くは、こうした見方を好ましからざるものと見なしたに違いない。

ユダヤ人は、婚姻と父権とを大いに尊重したため、たとえ戦時であっても、新婚の夫は丸一年軍事的義務を免除された。ラブレーが注目したのもこの点である（*TL* VI；聖書の典拠は、「申命記」第二〇章五-七節および第二四章五節）。もっとも結婚は、天国の前兆にもなれば、この世の地獄にもなりかねない。こうしたテーマにより、『第三之書』は、数世紀も前から戦わされてきた「女性論争」と繋がっていく。ルネサンス期にはこの論争も完全に出尽くしたというわけでは決してなく、むしろ一新されている。そうなった契機として、まず、ヒエロニムスの痛烈な批判の書『反ヨウィニアーヌス論』を含む、古典古代のテクストが俄然入手しやすくなった状況が挙げられる。*次に、改革派教会の大部分の牧師や聖職者たちが、その気になれば結婚できる可能性が開かれたことが挙げられよう。さらに、ティラコーの仕事『婚姻法論』と、アモリー・ブシャールによるそれへの返答のような研究書が出回った事実も忘れるわけにはいかない。

* ヨウィニアーヌス（?-四〇五）教会の禁欲主義に反対し、マリアの永遠の処女性にも疑義を呈したローマの修道士。異端宣告を受け破門された。禁欲を説いたヒエロニムスと対立し、互いに文書で応酬している。

当時は、結婚生活に対する賛成《プロ》と反対《コントラ》の見解を掲載した書籍やパンフレが氾濫していた。女性問題全般、および人生や結婚生活ないしは宮廷における女の役割という問題は、『恋人論争』という優雅な詩集〔主として一五三〇年代に、宮廷詩人たちが参加・執筆した〕の中で、楽しげで軽快な筆致により、改めて採り上げられている。詩文のやり取りからなるこの作品に登場する詩人のひとりは、ラブレーの弟子を自称している。

ただし、パニュルジュのジレンマがはらむ意味合いを、「女性論争」の領域に閉じ込めてしまうとすれば、大きな間違いを犯すことになろう。結婚問題は、古典古代以来、修辞学者たちが列挙してきたジレンマの典型例のひとつであった。ラブレーの結婚問題に対する関心は、本気かつ持続的なものである。だが、彼がそれ以上に本気で、またより長年関心を寄せているのは、待ったなしの最終的な決断を下すことができない人物、という問題である。なぜなら、こうした人物は、その躊躇につけ入る隙を悪魔に与えてしまうからである。

パニュルジュのジレンマの喜劇性は、彼の初期の躊躇のうちにはまだ感じとれない。ある人が、結婚に対する賛成《プロ》と反対《コントラ》の見解を扱った、内容の濃い論考を何冊か読んだとして、ルネサンス人が両極端を「調和」させる天才なのを知らなかったとしたら、これを真に受けた人が決心などできるはずがないではないか、と思うに違いない。しかし、パニュルジュの喜劇性および神学上の誤りは、このようにいつまでも躊躇から抜け出せない点、極端から極端へと性急に揺れ動く点、「もし」と「しかしながら」の二つをいつまでも繰り返している点にあるのである。同時にここには、パニュルジュが置かれている、巧妙に仕組まれた笑劇的なコンテクストも見出せる。彼は恋する老人である。つまり、笑劇が古くから嘲笑の的にしてきた人物像であり、神学が非難を浴びせてきた存在でもある。しかも彼は、誰か特定の女に情欲を燃やしているのではない。彼の性の饗宴を認めてくれる女なら、誰でもかまわないのである。だがそれでも、彼は「ぶん殴られ、財産を奪われ、コキュにされる」のを恐れているのだ。これは笑劇特有の心配事であって、雄々しく耐えるべき哲学的不安ではない。

私の推測では、ヒエロニムスが『反ヨウィニアーヌス論』で提示したジレンマが、ここにも反響しているように思われる。彼は言う。他の誰一人として目もくれないような妻を持つのは不愉快である。だが、他の男が色目を使うような女房を持つのも、同じく困ったことである。こうした議論を前にして、どうして決着などつこうか！　パニュルジュは、良い相手が見つかるまで、洋袴《オー・ド・ショース》〔昔の半ズボン〕と股袋《ブラゲット》を身に着けるのをやめるつもりで、滑稽な長衣《トーガ》を身にまとい、「ピアス孔をあけた耳に蚤を入れて」（彼が淫欲に支配されていることの暗示）登場する〔第七章、渡辺訳pp.62-63, 宮下訳pp.114-115〕。さらに彼は、自分の生殖器を守ることにも言及している。ただし、ガレノスの、睾丸こそは男にとって頭よりずっと大切な「主要器官」だという主張（ヒポクラテスの弟子筋はお笑いぐさとした）を借りて、股袋《ブラゲット》は武人の鎧兜だという自分の主張を延々と弁護してもいる〔渡辺訳、第八章p.69, 宮下訳pp.126-127〕。個々の男を、盲目的に種の保存に仕える存在に貶めながら、パニュルジュの長ったらしい話は、人間の性に関するガレノスの見解をコミカルかつ批判的に提示している。この問題はずっと後の章で再度採り上げられ、それに対してはプラトン主義的な答が準備されているので、現段階では、黒を白と言いくるめるパニュルジュの得意技の一例をここに見て、この種の見解を一笑に付すだけで良しとしたい（*TLF* VIII）〔『第三之書』第八章〕。

パニュルジュのジレンマを覆っている笑劇的な色彩は、パンタグリュエルの叡智やユーモラスな態度によって、ますます際立って見える。彼は、ひとつの章全体（*TL* ix）〔第九章〕にわたって、パニュルジュの台詞の終わりを面白おかしく繰り返すことで、彼を、自分で決断するという義務へと何度も送り返している。

パンタグリュエルは人間の決断をめぐるみずからの哲学の基盤を、堅固な福音思想に置き、それにストア派およびプラトン主義の含みを持たせている。粗織りの褐色のトーガをまとったパニュルジュの奇妙な身なりを目にした彼は、それを契機に自分の見解を披露することになる。パンタグリュエルは、軽薄で奇を衒った格好には不快感を覚えつつも、ここでパニュルジュを厳しく咎めたりはしない。

我らが巨人の説教の出発点となっているのは、聖パウロによる「ローマ人への書簡」第十四章五節、「各々おのが心の内に硬く定むべし*」である。ウルガタ聖書におけるこの命令は、こうなっている。「各々が、その判断力に富んでいなければならない」。パンタグリュエルは、この表現をそのまま繰り返している。「各々がその判断力に富んでいるべきである」。彼は当時の慣用表現を用いているわけだが、現代ではその意味が変化しているので、読者を誤らせる危険がある**（*TL*, *TLF* VII, 44f.）。

＊　全文は以下のとおり。「或人《あるひと》は此の日を彼の日に勝《か》ると思ひ、或人は凡ての日を等しとおもふ。各々おのが心の内に硬く定むべし。」

＊＊　渡辺訳、第七章 p64. ただし、ここでの渡辺訳は、「悪魔」を「邪な精神」と、あるいは「中立的な」を「どうでもよいような事柄」と訳している。宮下訳 pp.116-117 および註（5）

彼のここでの議論の説得力を十二分に感じ取るためには、「ローマ人への書簡」第十四章五節が、キリスト教徒の自由という特定の概念に権威を付与してくれる、重要な立証テクスト〔証明本文〕であることを知っている必要がある。

多くの福音主義者たちは、このテクストを根拠にして、それ自体善でも悪でもない事柄においては、どんな事柄であろうとも、人間には自分で決断する道徳上の自由を有している、と信じていたのである。そうした事柄は、ストア派の用語でいえば、「付随的」external〔第一義は「外的」〕にして「中立的」indifferent な物事に分類されている。それらは、そうした物事に対する人間の側の姿勢が善であれば善となり、その姿勢が悪であれば悪へと陥るのである。

パンタグリュエルが詳細に説いている神学上の見解は、以下のとおりである。

> 各々がみずからの判断力に大いに富んでいなければならないのだな。とくに、外的〔非本質的〕で付随的で中立的な事柄においてはそうなのだ。こうした事柄は、それ自体が善いわけでも悪いわけでもない。なぜなら、それらは、あらゆる善とあらゆる悪を作り出す、われわれの心や思想に由来するわけではないからだ。作り出すその場所が善に満ち、われわれの心情が天使 *l'esprit munde* によって制御されてさえいれば、それらの事柄も善となる。逆に、われわれの心情が悪霊 *l'esprit maling* によって堕落させられ、公正さを失っていたら、それらの事柄も悪とならざるをえんのじゃ。ただし、〔お前がその服装で〕奇を衒ったり、一般の慣習を蔑ろにしているのは、実に気に入らんな（*TLF* VII, 44-52）〔第七章、渡辺訳 p.64, 宮下訳 pp.116-117〕。

福音主義的ユマニストたちは、人間の営みのほとんどを、この「付随的な事柄」という範疇《カテゴリー》に括っていた。重要なのは物事そのものではなく、それに対する各人の姿勢なのである。こうした「付随的」な事柄のうちには、服装……そして結婚も含まれる。この見解は、『第三之書』においては重要である。パニュルジュは、結婚とコキュにされる不安の双方に取り憑かれている。だが結婚は、「付随的」な事柄、あるいは「外的〔非本質的〕で付随的で中立的な事柄」にすぎない。ここで重要となってくるのは、結婚に対する各人の心的な姿勢である。その姿勢に応じて、結婚は〔神学的な用語を用いるならば〕、神の王国の一隅にも、逆にサタンの国の一隅にもなりうるのである。この点を明らかにする役割が、再びパンタグリュエルに割り振られている。「実に多くの人々が」非常に幸福な結婚生活を送っているので、「そこからは、天国の歓喜の何らかの形象や表象が輝き出ているようにさえ見える」。だが、きわめて惨めな境遇に陥っている人々もいる。彼らと比べれば、テーバイやモンセラート*の砂漠で隠者たちを誘惑しようと躍起になっている悪魔のほうが、惨めさの点ではまだましである」（*TL*, *TLF* x, 19f.）〔第十章、渡辺訳 p.76, 宮下訳 p.138〕。

* テーバイはエジプトの砂漠地方で、初代キリスト教の隠者たちが修行したことで有名。モンセラート（モンセラトゥス）は、カタロニア国の山で、穴居生活を送る隠者が多くいた。ベネディクト派の修道院もある。

右に使用されている用語は、キリスト教的かつプラトン主義的である。形象と表象の二語は、「イデア」に関するプラトンの理論を翻訳するために用いられた用語で、この理論によれば、現世における事物は、天に存在する真の原型の影である。また、善き霊と悪しき霊——清浄なる霊と邪悪なる霊——も、キリスト教とプラトン主義の双方の心理学になじむ。なお、悪魔によって堕落させられた人間の心が失う「公正さ」*equity* だが、これも実は古典的な概念である。« *Aequitas* »「アエクイタース」は、「アエクウス」*aequus* すなわち「水平」で「平らかな」ものを意味している。この語には、法律的な意味以外の意味もあり、そのひとつに、他人に対する態度が公正で慈悲深く均衡が取れている、という概念が挙げられる。したがって、「悪霊によって堕落させられ、公正さを失って」いるパニュルジュのような人物は、自己中心的で無慈悲かつ不公正となり、「心の平衡を失う」ことになる。

パンタグリュエルは、パニュルジュに対し苛立つことを潔しとしないが、ここには、彼のキリスト教的ストア主義の一端が窺える。引用部の最後の文で、パンタグリュエルは新奇な事物や、一般的慣習の侮蔑を非としているが、ここに見られる保守的傾向も、彼のめざす「アパシー」（「アパテイア」*apatheia*、情動からの自由）が、ストア派に由来することを裏づけている。これが純正な犬儒《キニク》派となると、原則として世間の慣行を愚弄するのが普通である。

道徳的見地からみて、人間の決心はきわめて重要であるがゆえに——中立的な事柄が善と悪のいずれに傾くかは、この決心にかかっている——、各人が人間に課せられた限界をよくわきまえ、この事実に照らして堅い決心をすることが何よりも大切になってくる。パンタグリュエルはこの点を力説している。「お前は自分の意志に確信が持てないでいるのではないか。肝要な点はそこにある。その他の一切合財は偶然の産物にすぎず、我らにはどうにもならぬ天の配剤に任されておる」〔第十章、渡辺訳p.76、宮下訳p.137-138〕結婚は天国にも地獄にもなりうるというまさしくその理由から、人間は、一度そこに踏み込むと決めた以上は、「目隠しをし、頭を垂れ、大地に接吻し、すべてを神の御心にゆだねて」、それをとにかく引き受け、あらゆる偶然を受けとめつつ、未知なるものへ飛び込むべきなのである。ここでの言語は、軍事的なメタファーに彩られている。賢者は、キリスト教の兵士として、闘い続け、避けがたい事柄も、それが何であれあるがままに受け入れねばならない。これ以上に確実なことは存在しないのである（*TL* x）〔第十章、渡辺訳p.76、宮下訳p.138〕。

8　自己愛

パニュルジュは、ピクロコルを暴挙へと駆り立てたのとまったく同じ悪霊に支配されていることが、徐々に明らかにされていく。パニュルジュの探索のごく初期の段階で、パンタグリュエルはしばらく黙り込み深く考え込んだ後に、彼に向かいこう言っている。「お前は邪悪な霊に惑わされているな」（*TL* xix, 1f.）〔第十九章、渡辺訳p.122、宮下訳p.229〕この邪《よこしま》な霊は、パニュルジュを誤りへと引き込むに当たって、彼の自己愛を増長させるという手口を使っている。こうして増大した自己愛は、当然ながら、彼を真理の光から遮断し、自分の真の利害を正しく判断できない状態へと彼を追い込むのである。

さまざまな手法のおかげで、読者の注意は、パニュルジュが自己愛に誑《たぶら》かされている事実へと引き寄せられていく。自己愛が、パニュルジュの持ちかける相談のすべてにおいて、その仮説と命題の双方に力を及ぼしていることが、読者に明らかにされていく。パニュルジュが妻に殴られ、財産を奪われ、コキュにされるというまったく自明な予想ですら、彼はこれを巧妙に歪曲し、自分には幸福な結婚が待っているのだという実に手前勝手な予測に読み替えてしまう。エピステモン（古典的叡智の代弁者）は、イソップの寓話を用いて、この点を明快に指摘している。このイソップの寓話は、当時、自己愛を非難するうえで最も権威あるテクストと見なされており、その内容は、格言として用いられたカトゥルス〔前八四－五四年〕〔ローマの抒情詩人〕の言葉、「われわれには背負った頭陀袋《ずだ》は見えない」という一文の内にみごとに要約されている。この寓話中では、人間は、前後に物の入る頭陀袋を肩に掛けている。前の袋は他人の欠点を詰め込むためにある。背中のほうには、自分の欠点が入っている。イソップは、今日では子供の本棚に追いやられがちだが、彼こそは、中世に教訓的とされた「八人の道徳的作家」のなかで、ただひとり、ルネサンス期を通して高い評価を保ち続けたのみならず、さらにその名声を高めた人物である。イソップは、ルターやエラスムスやモンテーニュといったさまざまな作家たちから、古代の思想の精華を示す存在として高評を受けていた。したがって、自己愛の根本的な邪悪さを、揺るぎない権威でもって際立たせるには、存在感あるイソップの名を持ち出すだけで十分であったろう。エピステモンは、パニュルジュによる一連の相談の途中でイソップを引き合いに出しているが、その際の彼の口調には、断固たる非難が感じとれる。そのため文体も、その口調にふさわしいラテン語風となっている。

他人の不幸がわかったり、それを予見したり言い当てたり予測したりするのは、われわれ人間のあいだでは実にありふれた平凡なことである。だが悲しいかな、自分自身の不幸を予言したり言い当てたり予見したり察知したりするのは、非常に稀なことなのだ。アイソポス〔イソップ〕はこの点を実に巧みに説明してくれている。（……）（*TL*, *TLF* xv, 97f.）〔第十五章、渡辺訳 p.108, 宮下訳 p.198〕

彼の結論は、「星の好意ある相《アスペクト》」に恵まれた者だけが、みずからの欠点を見つめることができる、というものであった。

ラブレーが『格言集』を開き、イソップの乞食の頭陀袋をめぐる寓話について、「父とも母とも」崇める存在が何と言っているかを見たところ、同じページ上に、自己愛を非難する数多くの格言、それも相互に関連した格言が、ずらっと列挙されているのを目にすることになった。彼は嬉々としてそれらに飛びつき、格言と註解の双方を上手に活用しながら、自分の作品中で、きわめて巧みな哲学的喜劇《コメディー》を展開させている。その活かされ方を知るには、滑稽で偏執狂的な魔術師ヘル・トリッパとの面会を扱った箇所にまで、一気に飛ぶ必要がある。

この第二五章はじっくり読むに値する。というのも、これは知的な笑劇の傑作と言えるからである。最初は、ヘル・トリッパは嘲笑の的に見え、実際終始一貫して馬鹿げた存在であり続けている。だが、その狂気においては、パニュルジュのほうが彼をはるかに凌駕している。「ヘル・トリッパ」**Her Trippa** は、広く知られた著作『オカルト哲学について』（一五三三年）の著者である、ドイツの魔術師ハインリヒ・コルネリウス・アグリッパをもじった名前である。ちなみにアグリッパは、「レイモン・ルルス〔またはラモン・ルル〕の魔術」――これは、ガルガンチュアが『パンタグリュエル物語』の中で非難した、あの「ルルスの魔術」*art de Lullius* を指す――に関しても註解を残している〔『パンタグリュエル物語』第八章、渡辺訳p.70、宮下訳p.114〕。ラブレーは、大いなる警戒心を抱きつつも、魔術そのものには精通していたのである。

われわれ読者は、ヘル・トリッパに笑いを禁じえない。しかし、彼の怪しげな魔術的手段がすべて無効であるという示唆はどこにも見当たらない。むしろそれらは、「パニュルジュが、妻にコキュにされ財産を盗まれぶん殴られるだろう」という、より高貴で正当かつ着実な方法〔夢占いや瀕死の詩人ラミナグロビスによる占いなど〕を通して得られた結論を、裏づけてさえいる。絶望し激怒したパニュルジュは、「自己愛」によって分別を失った人間が採りうる最後の手段に訴える。すなわち、自分の精神を盲目にしている悪徳を、ヘル・トリッパになすり付けて非難するのである。彼は、本来なら自分自身に適用すべきエラスムスの諸々の格言を、愚かな魔術師に向かって機銃掃射のごとく浴びせている〔第二五章、渡辺訳p.154、宮下訳p.294〕。

ソクラテスはこう言っている。「物事は、我が家においてこそ、良くも悪しくもなされる」。これは、人間は自分自身の行ないを正すべきであって、他人に干渉などすべきではない、という意味に受け取られていた。パニュルジュはこの教えをまったく真剣に受けとめず――イソップの頭陀袋の寓話の教えているとおりに――他人であるヘル・トリッパにこの講釈を垂れて見せるのである！　ところで、このソクラテスの言葉は、キリストの言葉と対応している。エラスムスも、これをリストに加えている。「兄弟〔本書の原文は「隣人」《neighbour's》となっている〕の目の中の塵《ちり》を取り除く」。〔「マタイ伝」第七章三節：「何ゆえ兄弟の目にある塵を見て、おのが目にある梁木を認めぬか」〕パニュルジュは、自分の目の中の梁木《うつばり》を無視し、ヘル・トリッパの目の中の塵にのみ関心を寄せている。実際には、彼はなんとヘル・トリッパの目の中の塵を、梁木にすり替えているのである！　ソクラテスとキリストは、ともに「汝自身を知れ」という方向へと人々を誘《いざな》っていく。エラスムスも、『格言集』の同じページでこの言葉に説明を施し、「汝自身を知る」ことこそは、「自己愛」を追い払ううえで不可欠な契機となる、と述べている。パニュルジュはまたしても、この助言を実行するのではなく、ヘル・トリッパに向かってぶつけている。パニュルジュのようなお節介屋を、プルタルコスは「ポリプラグモーン」*polypragmōn* と呼んでいるが、これは、「何にでも口を出す」干渉好きな人物を指している。この言葉もエラスムスの著作の同じページに登場しており、ラブレーは実に愉快な調子でこれを活かしている。「ポリプラグモーン」であるパニュルジュは、ヘル・トリッパのことを同じ名で呼んでいるからである〔渡辺訳 p.154, 宮下訳 p.294〕。

パニュルジュは学識ある狂人である。彼は諸々の格言を空で覚えている。彼にできないのは、それらの格言に込められた叡智を学びとることである。それどころか、彼は自分自身の欠点を背負ったまま、他人の欠点を嬉々として咎めずにはいられない、自己愛人間の典型である。彼はヘル・トリッパについて、高々とこう宣告している。

> 奴は「汝自身を知れ」という、哲学の第一箇条すらもわきまえていないね。それに、他人の目の中に藁稭《わらしべ》を一本見つけたと言って大威張りしながら、大きな切り株が自分の目を塞いでいるってことには一向に気付きもせんのですわ。奴はまさしく、プルタルコスが描いているポリプラグモーンの類ですわい（……）〔第二五章、渡辺訳 p.154, 宮下訳 p.294〕

エラスムスは――またしても同じページに――犬儒派のディオゲネス（『第三之書』の序詞で重要な役割を果たした人物）が、自己愛に憑かれた人間を、ある種のラミアになぞらえるのを常としていた、と記している。ラミアは自分の両目を取り外すことができた。現に、自分の家ではそうしていた。出かけるときには、他人の欠点がよりはっきり見えるように、再び両目をはめ込んだという。彼女は、自分の欠点に対して意図的に盲目であり続けたことから、ラブレーは、エラスムスが、「モグラよりも盲目である」という格言にも、道徳的見地から説明を加えていた事実を思い出す。こうした格言をもとにパニュルジュは、ヘル・トリッパに対し、さらなる攻撃をたたみ掛けている。

奴は新しいラミアだすな。この女は、他人の家や公《おおやけ》の場所あるいは一般の人々のあいだにいるときには、オオヤマネコよりも眼光鋭く見通す（またしても格言がひとつ！〔カッコ内著者〕）のに、自分の家に戻るとモグラ以上に盲目となり、家の中では何も見えなかったということですぞ。それも当然の話で、外から我が家に戻るや、取り外しの利く眼鏡のように、顔から両目を取り出してしまい、家の扉の後ろにぶら下げてあった木靴に、それらを隠したのですからな〔第二五章、渡辺訳p.154, 宮下訳p.294〕。

粗野でずる賢いこのラミアから、パニュルジュは、「自己愛」の危険について学ぶべきであったのだ。ところが彼自身は、自己愛がもたらす盲目の極限に達してしまったのである。「乞食の頭陀袋」の寓話をこれ以上鮮やかに活用している例は、他にはまず見当たるまい。パニュルジュは、古代世界とキリスト教世界とを融合したところに生まれる叡智の、完全なるアンチテーゼとなっている。彼が悪用しているさまざまな格言は、ソクラテスとキリストに関連付けられる以上、この悪用に対する非難は激越にならざるをえない。ここでの喜劇が大いなる笑いを引き起こすのは確かだが、ここに根本的な非難が込められているのも事実である。もっともそれは、文化が根源的な変化を遂げてしまった以上、今日のわれわれには実にわかりにくくなっている。したがって、またもやパンタグリュエルの出番となる。彼は、実にルネサンス人好みの、真面目な語源学上の地口を披露している。「フィローティア〔フィラウティ〕すなわち自己愛がお前を欺いている」*philautie ou amour de soi vous deçoit**。「自己愛」は、自身を「欺く」愛なのである（*TL* XXIX; *TLF* 15; *EC* 13）〔第二九章、渡辺訳p.175, 宮下訳p.339〕。

＊ ラブレーがギリシア語起源の語を、わざわざフランス語で言い換えている点に注意。つまり、「フィラウティア」という難解語を直訳することで、その重要性を強調しているのである。

ルネサンス期のキリスト教徒なら宗派の違いを問わず、「自己愛」こそが、諸悪の根源であると信じていた。ところがわれわれには、「自己愛」という概念があまりに月並みに感じられるため、当時のこうした全面的な受容を見過ごしがちである。中世の西洋カトリックは、教皇制支持者からカルヴァン派とツヴィングリ派まで、さまざまな宗派に分裂し、こうした種々の宗派に属するそれぞれの神学者たちの意見はばらばらであったが、キリスト教の教義の枠内において、「自己愛」を邪悪の極みと見なす点では、彼らは完全に一致していた。エラスムスは、ロンドンのセントポールズ学院のために執筆した『幼子イエスをめぐる訓話』の中で、キリストの内にみずからの進歩を実現しようとする努力を、老年に至っても叡智のために奮闘したソクラテスと重ねている。「われわれの場合も同様である。われわれもまた、キリストの深部に入り込めば入り込むほど、キリストの内部で真に進歩を遂げられても自己への満足はより少なくなるだろう。だからこそ、『自己愛』は、学問においても信仰においても、ペストのごとき災厄となるのである（……）」。また、ブリンガー〔（一五〇四―七五）スイスの宗教改革者。カルヴァン派と合流した〕は「ルカ伝福音書」第十八章に施した註解の中で、自己愛は「この世の諸悪の根源である」という見方を示している。さらにツヴィングリはその論考『真の宗教と偽の宗教について』の中で、「自己愛」を、「己《おのれ》のごとく汝の隣人を愛すべし」という場合の「愛」に対置させている。彼に言わせれば、われわれが心から隣人を愛することに反抗の叫びを挙げるのは、「古きわれわれ自身、われわれの脆弱さ、われわれの肉、われわれの中のアダムなのである。というのも、使徒たちがその教えの中で、『自己愛』という悪徳に、こうした名称を与えていたからである」。カルヴァンも、「己《おのれ》のごとく汝の隣人を愛すべし」という第二の重要な戒め〔「マタイ伝」第十九章十九節〕に付した註解の中で、神がわれわれに救いの手を差し伸べる前に、まずはわれわれの心から「自己愛」を引き剝がさねばならない、と述べている。彼は、「イザヤ書」の注釈の中でも同じ見解を引いている。また、「自己愛」への非難を、「テモテへの前の書」第三章二節と関連付けた注釈は無数に存在しており、「テモテ」のこの箇所では、危険な末世が近づいている第一の徴候を、人々が「己を愛する者」に成り果てることとしている。(13)

自己愛から必然的に生じる結果とは、倫理的、哲学的かつ精神的な盲目である。己自身を愛する者は、何ひとつありのままに理解できない。「自己愛」によって己を愛している者が、同時にみずからを知ることは絶対に不可能である。最高の叡智が「汝自身を知る」ことである以上、この偉大なるデルフォイの掟は、パニュルジュを非難するうえで有効に働く。パニュルジュが「汝自身を知らない」男であるという事実が、この作品を貫く導きの糸となっている。

ラブレーはまたしても、『ピレボス』に書かれた哲学的笑いに関するソクラテスの見解を下敷きにして、みずからの知的喜劇を組み立てているのである。ソクラテスは『ピレボス』の中で、プロタルコスに向かい、愚かさの本質について説明している。それによれば、愚かさとは、一種の「悪」、それどころか「デルフォイの碑文の内容と正反対に位置する、『属』としての悪の一種」であるという。これに対しプロタルコスはこう尋ねる。「つまり『汝自身を知れ』と仰りたいのですか、ソクラテスよ?」すると答えは、「そのとおり。仮にその正反対を碑文に読みとれるとしたら、それは、『決して汝自身を知るなかれ』となるだろう」であった。パニュルジュが体現しているのは、このデルフォイの叡智の対極に位置するテーゼである。

9 占いによる助言〔第十一二〇章を中心に〕

パニュルジュは、ソクラテスの定義の、その真の意味において「愚か」である。親エラスムスの福音主義者にとって（また、多種多様な派に属するルネサンス期の多くのキリスト教徒にとって）、彼はキリスト教の観点から見た場合、さらに深刻な誤りに陥っていることになる。パニュルジュは、ルネサンス期の学者たちに受け入れられていた、さまざまな占いの手段に助けを求めている。有効性に多少の差はあるものの、当時の一連の権威ある占いが、次々とわれわれ読者の前に現われる。ここに登場する方法をすべて合わせれば、決断に至るための予言的ないしは神秘的な手段に関する、ルネサンス期の経験知の大部分をカバーすることになる。これらのどの手段も、それ相応の有力かつ影響力のある信奉者を得ていた。ところが、ウェルギリウス占いやホメーロス占いも、親プラトン主義的な解釈に包まれた夢占いも、パニュルジュを満足させることはできない。しかしこれらの占いは、ルネサンス期には高い尊崇の念を勝ち得ていたやり方であって、たとえばティラコーは非常に大部な法学の研究書の中で、これらに関して長々と議論を展開しているほどである。多少信頼度の落ちる手段の場合も――ラブレーはそれらを軽快に扱いつつも、真正面から非難しないよう細心の注意を払っている――やはりパニュルジュを満足させるには至らない。たとえば、滑稽な（だが決してためにならないわけではない）〔パンズーの〕巫女、ひとりの聾唖者、あるいは思わず吹き出してしまうほどおかしな（といっても、これもためにはなる）ヘル・トリッパらと面会しても、パニュルジュは我意に凝り固まったままで、蒙を開かれるには至らない〔渡辺訳および宮下訳第十一―二〇章を参照〕。エピステモンも、この分野では彼を助けようがない。キリストが古代の託宣にピリオドを打ってしまったからである。昔であれば、彼はパニュルジュに対して、この種の託宣を試してみるよう勧めた可能性があったかもしれないが。

　パニュルジュが試した占いはどれもこれも、彼が妻にコキュにされぶん殴られ財産を奪われるだろう、という予測を出している。これは、パニュルジュ以外の誰の目にも明らかである。パンタグリュエルやその賢明なる家来たちの説明に対し、パニュルジュは、自分独自の解釈をぶつけ、自己をも偽るナンセンスに満ちた織物を、大々的に織り上げる。「それは反対ですな」*Au rebours*が、彼の滑稽な反復句《リフレーン》になる。われわれ読者は、自己欺瞞すら織り上げるパニュルジュの饒舌で巧妙な言葉の力を感知できるからこそ、『第三之書』のこれらの箇所の面白さもその大部分が理解できるし、また大いに笑い転げもするのである。われわれは彼の議論のインチキを見抜けるし、あの手この手の詭弁に騙されもしない。換言すれば、われわれ読者は、彼の自己愛に由来する「盲目状態」を、そのあるがままに認識していることになる。

　ルネサンス期の権威たちは、占いがその真価を発揮できるのは、平静かつ冷静でしかも「中立的」な精神状態を保てる人の場合にかぎられる、という意見で一致していた。パニュルジュが興奮状態のまま占いによる相談に臨んでいるという事実は、彼が「自己愛」に侵されている点を、ひたすら強調する働きをしている。この「自己愛」のゆえに、彼はあの中立的な状態に到達できない。だが、予言が提供してくれる謎に満ちた助言から、有益な情報を引き出すためには、この中立状態が不可欠なのである。

　パニュルジュが、こうした占いのすべての手段に厄介になっている点は、注目に値する。というのも、もし彼ひとりだったならば、性急に三つ一組のサイコロを放り投げ、その結果を元に、ロレンツォ・スピリト〔（一四三〇（?）―九六）イタリアの詩人〕の『サイコロ占いの楽しみ』のしかるべき箇所にあたっていたと思われるからである。この怪しげな書物を、パンタグリュエルは説得力に満ちた強い調子で非難している。彼に言わせれば、この書は本当に悪魔的であるから、容赦なく徹底的に禁圧すると同時に、それを印刷した際に使われた版木も粉々に打ち砕かれるべきだという（*TL*, xi）〔第十一章の冒頭を参照。渡辺訳 pp.82-83, 宮下訳 p.148〕。

ロレンツォ・スピリトに対するこの非難は、悪魔が哀れな人間を破滅へと導く際の手練手管を、ラブレーが熟知していた事実と関連している。もっとも、すべての占いが悪魔と関わっているわけではない。というのも、他の占いの手段をも試すことによって、未来を「偵察」すべきだと勧めているのは、他ならぬパンタグリュエルだからである〔第十三章冒頭。渡辺訳 pp.90-91, 宮下訳 p.166〕。この「偵察」reconnoitre（*explorer*）という語は、専門用語である。この語は、あたかも未来という領土に、何人かの斥候を送り込んでいるかのような印象を与える。戻ってきた彼ら斥候は、助言をもたらしうるが、無謬ではないし、すべてを知って戻るわけでもない。実のところ、ある種の占いはきわめて説得的で、十中八九は正しいとされているが、そのどれひとつとして無謬だとは見なされていない。それら複数の占いの結果を集めることで、諸々の手段の結果が一致する程度に応じて、その信憑性をも測りうるのである。「いっさいの真はいっさいの真と合致する」という言葉が引かれているのは、この点を明確に示すためである（*TL* xx, end）〔第二〇章、渡辺訳 p.132, 宮下訳 p.247〕。

決心するうえで占いを参考にすることに関しては、そこにさまざまな条件が付いたりニュアンスの違いが生じたりはしたものの、ルネサンス期は概して好意的な態度を保っていた。ラブレーはこうした予言による補助的手段に、われわれ読者の注意を促し、パニュルジュのジレンマの諸側面がくっきりと浮き彫りになるよう工夫している。彼の真のジレンマ、誰の目にも明らかなジレンマとは、結婚すべきか否かを自分で決められない点にある（このジレンマが恥ずべき滑稽なジレンマとなっているのは、ひとえに彼がだらだらと躊躇し続けているからである）。こうした問題に関して決心を固めるために予言の助けを借りるのは、きわめて真っ当なやり方とされていた。現にこのテーマは、数多の法学的論考や註解の中で広く取り上げられている。ただし、パンタグリュエルも強調するように、決心することそれ自体を除けば、他のいっさいは人間のコントロールの外にあるのである。その他は「偶然」であり、運しだいで決まってしまう。パンタグリュエリスムに従うならば、そのような偶然の産物は軽視せねばならない。パンタグリュエルも先刻承知のとおり、この「偶然のケース」*casus fortuitus* は、ウルピアヌス以来ローマ法でもおなじみの概念である。(14) こうした偶然に支配される事柄は、「アディアフォラ」*adiaphora*、つまりは、哲学的な意味で「可でも不可でもない」こと、言い換えれば、それ自体では善でも悪でもないこととして扱われねばならない。カルダーノ（*Opera*, 1663, II, p.301）は、叡智や友情というのは真の「財産」であり、賢者たる者はこれを放棄してはならないが、偶然やめぐり合わせに支配されている、いわゆる財産は、真の「財産」ではないと強調している。ところが、パニュルジュを大いに悩ませているのは、この種の「アディアフォラ」──結婚した場合、自分はぶん殴られ、財産を横取りされ、コキュにされるかどうか、という問題──にすぎないのである。彼はこの問題に心を奪われているので、結局のところ、結婚するかしないかという最終的な決心に、いつまでたっても到達できない。決断を下すために予言を参考にすること自体には、神学的見地、法学的見地のいずれから見ても、まったく問題はない。だが、パニュルジュを悩ませているような事柄を予見するために、予言を利用するとなると話は別で、これはほぼあまねく非難を浴びている。ただし例外はあって、こうした将来の偶発的な出来事に関してあらかじめ何かを知ることが、今後採るべき決断と直接的かつ正当な関連性がある場合は、許されるケースもあったのである。

法律学者および神学者たちは、占いを以下の三つの主要な範疇《カテゴリー》に分けていた。最初が「分配上の占い」*sortes divisoriae* である。これは、財産分与や相続権の決定、ないしは官職保有者の選定の際などに用いられる。厳重な監視下で行なわれたこの方法は、正当かつ合法的であると見なされたのである。第二の範疇である「諮問的占い」*sortes consultatoriae* は、「優良、安全、有益ないしはその逆であるとして、何をなすべきか、または何を避けるべきかを知りたい場合」に適用された。この方法も、「助言を得るという理由のもとに」しかるべき監督下に行なわれるならば、つまり、決断をするうえで有益な助言を引き出しうると判断された場合には、大いに許容できる手段だとされていた。第三の範疇に入る「予言的占い」*sortes divinatoriae* は、以上の二つに比べてずっと疑わしいと見なされている。すなわち、天空の星辰や運勢ないし霊的存在という手段にまで訴えて予言することは、理論的には厳しい非難に値すると考えられたのである。もっとも――細かい区別《ニュアンス》はこの際重要で――「予言的占い」はしばしば、正当的な手段に再分類されるケースもあった。その場合、やはり決心に達するうえで必要な導《しるべ》として「助言を得るという理由のもとに」行なわれるならば、実施可能と判断されたのである。ただしこの方法は、あくまで蓋然性《プロバビリティー》を測る手段にすぎず、これを無謬の予知と見るのは間違いとされている。[15]

当然だが、パニュルジュは決心を固めるうえで、「諮問的占い」に助言を求めることが可能で、この占いが、結婚すべきか否かを決定する手助けとなったはずである。また、より慎重を期するならば、「予言的占い」を活用して、将来の妻の品行に関し確率の高い予測を手中にすることも可能である。もっとも、パンタグリュエルは、こうした手段のなかでも最も重んじられてきたホメーロス占いおよびウェルギリウス占いをパニュルジュに勧めるにあたって、以下の重要な区別を入念に強調している。すなわち、これらの手段は無謬ではありえず、万が一そうだと考えるならば、いずれみずからが「欺かれ」、悪魔的な誤謬の中に落ち込むであろう、と。*

＊　渡辺訳 pp.82-83, pp.91-93, 宮下訳 pp.149, 166-170. なお、ホメーロス占いやウェルギリウス占いの箇所よりも、夢占い〔第十三章〕について述べた箇所で、著者の主張する内容に近い発言が見られる。

遊戯《ゲーム》に基づいた占いは――それがサイコロを用いたものであれ小骨《タリ》を用いたものであれ――『第三之書』の場合と同じく〔第十一章、渡辺訳 pp.82-83、宮下訳 pp.148-149〕、法学の専門的論考の中でも厳しく非難されている。小骨《タリ》そのものには何の罪もなく、それ自体は認められていたが、いったん占いに用いられるやいなや、それは合法ではなくなるのである。

決断に至るための、このような手法や占いに対する強い関心は、プラトン主義的ないしは新プラトン主義的な世界観に支えられており、ルネサンス期のユマニストたちに広く支持されていた。たんなる「中世の残滓」などではないのである。多くのユマニストたちにとって、宇宙は、無数の霊やダイモン〔ソクラテスのダイモンなどを指す〕、霊的存在《インテリジェンス》、あるいは主天使や能天使などに満ちていた。天使に関するキリスト教の教義の主要な源泉は、その当時はまだアレオパゴスのデオヌシオ〔聖パウロによって信仰を得たアテナイのアレオパゴスの裁判官。「使徒行伝」第十七章三四節を参照〕であった。デオヌシオは、キリスト教の中核に新プラトン主義の教義を直接導入した人物である。ルターやエラスムスは、彼の真正さに疑義を呈していたが、彼らのような見解はごく少数派に留まっていた。そういうわけで、仮に誰かが助言や意見ないしは予見を得るために、占いに助力を求めた場合、天使がそれに応える可能性があった。だが、悪魔の力がそこに作用する場合も考えられた。というのも、キリスト教徒は、自分が闘わねばならないのはみずからの血肉のみならず、自分たちよりも高い地位にある霊的な邪悪さ、つまり天界に存在する邪悪な霊でもあることを、決して忘れてはならないからである（「エペソ人への書簡」第六章十二節〔「我らは血肉と戦ふにあらず、（……）天の處にある悪の霊と戦ふなり。」〕）。ピコ・デラ・ミランドーラやハインリヒ・コルネリウス・アグリッパのように霊的魔術に好意的な学者ですら、細心の注意を払って、この種の術への共感を否定する内容すら書き添えているのである。

「諮問的占い」および「予言的占い」の場合、それらが正統的教義の枠内に留まるためには、あくまで不確実な手段として扱われねばならない。反対に「分配上の占い」の場合は、法律においては最終的な結論として扱われている。つまり、一度この占いに助けを求め、その助力を得て決定が下された以上は、それに反する訴えを起こすことは、法学的観点からも神学的観点からも許されなかったのである。こうした法学上の姿勢は、『第三之書』に見出される姿勢、それもパンタグリュエルが力説している姿勢と、ぴったり呼応している〔第十二章、渡辺訳 p.90、宮下訳 pp.164-165〕。

パニュルジュは常に正確な区別をし損ねる、という点は、『第三之書』を理解し正しく評価するうえで大変重要である。自分の妻になるかも知れぬ女の将来の言動という「些細な心配事」をめぐって、彼は予言的な知識を得ようと占いに縋《すが》りながら、占いの結果を、自分は幸せになるはずだという、まことに都合のよい予測へと躍起になって歪曲する。また、結婚すべきか否かに関して占いに助けを求める際には、その結果を「分配上の占い」に捻じ曲げようとする。これは、本来自分が行なうべき決断を、「運命の女神」Fortune の手にゆだねてしまうに等しい――いうまでもなく、「運命の女神」が自分の思いどおりの結果を約束してくれる条件で！　彼はこのジャンルの占いに厳しい制限が課せられている事実を、故意に、かつ傲慢にも無視してしまう。パニュルジュはこの種の占いに頼るが、その結果を受け入れるのは、それが自分の気に入った場合だけである。しかも彼は、「諮問的占い」と「予言的占い」の両方を、本来「分配上の占い」にのみ認められている、明確な答を与えうる手段、と見なしがちなので、彼が頼った占いの背後で力を及ぼすさまざまな霊的存在に対して、潜在的に不敬であり、しかも確実に愚かである。パニュルジュは法律学の用語を弄しながら、占いの結果を、その利己主義に沿うように、自分自身で解釈すると言ってきかない。仮に占いの答が彼の望みに反しているときには、抗議の声を上げようとする。「さもなければ、控訴いたしまする」〔第十二章、渡辺訳 p.90、宮下訳 p.164〕

これに対するパンタグリュエルの返答は、ユマニストにふさわしい法学の知識に全面的に裏づけられており、決然としたものである。

> 占いならびに運命によって定められた採決に対しては、決して控訴などできないのだ。この点は、古代の法律学者たちが明確に述べているし、バルドゥスもその『勅令彙集・「遺贈に関して」の最終文』*L. ult. C. de leg.* で指摘している。その理由はと申すに、運命の女神は、みずからないしみずからが下した占巫に対する控訴を受け入れられるほど、優れた存在を決してお認めにならないからである。したがって、こうした場合、より劣る者は、もとの状態に戻ることを許されていないのである。この点はバルドゥスが『勅令彙集・未成年者に関して』の「法務官曰くで始まる法令」における最終文 ***L. Ait Praetor, § ult. ff. de. minoribus*** で明確に述べているとおりである（TL xii, end）。

ティラコーやその他の法律の専門家の著作中にも、以上とそっくりな、それも同じ権威に拠った議論が見られる。この場合、本当の権威は「古代の法律学者」の内に認められるのであって、『パンタグリュエル物語』で笑いものにされた法の註解者のひとりバルドゥスの、あてにならない証言ではない。ただし、彼ら「古代の法律学者」たちの名は、バルドゥスが *L. ult. C. de leg.*（すなわち、ローマ法の「遺贈に関して」と題されたセクションの最後にくる法律）に加えた註解、ならびに *L. Ait. Praetor, § ult. de minoribus*（すなわち、ユスティニアヌス法典の「未成年者」と題された最後のセクションにある、「法務官曰く」で始まる文）に施した註解で引用されている場合もある。いずれにしろ、こうした省略表現はわれわれには煩雑にしか映らないが、当時はまったくありきたりの表記であり、法律の専門家か否かを問わず普通に使われていたのである。

こうした言及を、ほとんど価値のない法学上の衒学趣味だとして、簡単に片付けるべきではない。キリスト教徒たるユマニストたちは、古典古代の道徳とキリスト教道徳とを折衷したわけだが、『第三之書』は、その折衷的道徳に由来する重要な決まり文句に、ことごとく反して行動するパニュルジュを提示している。だがそれだけではない。この作品は同時に、古典古代および初期キリスト教世界からルネサンスが受け継いだ宝のなかでも、最も貴重な宝のひとつである、ローマ法に由来する決まり文句にも、ことごとく反して振舞うパニュルジュをも提示しているのである。この法に由来する決まり文句についての知識は、『第三之書』の読者として想定されている「学識深く研究熱心な人々」が共有する文化の、重要かつ不可欠な部分をなしているのである。ティラコーが『長子相続法について』というタイトルの重要な註解書を上梓した際、彼はパンタグリュエルの口を付いて出た言葉と、非常に近い言葉を用いていた。あまりによく似ているので、ラブレーが、ティラコーの論考が出版されるずっと以前にそれを読んでいた可能性すらありそうである。もっとも、こうした言葉は決まり文句でもあったから、他の書物で読んでいた可能性もある。

『第三之書』の中で、後にブリドワが主役を務める箇所に至ると、以上と同じ問題が、新たな深みを帯びつつ改めて採り上げられる。その際下敷きとなるのは、まったく同じ法律のテクストと、伝統的にそれらと結び付けられてきたその他のテクストなのである。

10　悪魔の役割〔第二一―二三章、二九章〕

ルネサンス期のキリスト教徒は、「自己愛」を古代ギリシア人よりもずっと深刻な次元で把握していた。彼らにとっては、「自己愛」が諸悪の根源であり自己認識への障害であるだけでは、十分とはいえなかった。「自己愛」は、悪魔が人間内部に作用する手段であり、人間を神から遮断する方法なのである。ルターはこの点においてきわめて明快であり、他の者たちも彼に同調している。

ルターは（おそらくはラブレーが認めていたであろう言葉で）、ドゥンス・スコトゥスの以下の主張を退けている。スコトゥスによれば、「自己愛」すなわち自分への愛は、神への愛に至る一段階である、なぜなら「自己愛」は、少なくともより劣った善への愛だからだという。「もし堕落した人間の感覚に基づいて展開された議論ならば、それは邪悪とならざるをえない。スコトゥスの議論は、まさしくその類である。『私はより劣った善（＝自分）を愛している。ゆえに私はより優れた善（＝神）をずっと強く愛する』。私はこの結論を否定する。というのも、自己を愛することは神の定めとはほど遠く、それどころか悪魔による堕落に他ならないからである。私が自分自身ないしは他の被造物を愛する場合、私は創造主たる神をさらに愛する、などとうまくいけば話は早い。しかし、実際はそのように事は運ばない。なぜなら、自己愛とは非常に邪悪な何物かであり、そのせいで、私は神に反して自分を愛してしまうからである」（*Luthers Werke*, Weimar, XL, p.461 : English translation : Concordia edition, XXVI, p.297）

パンタグリュエルがはっきりと断言しているように〔第十九章、渡辺訳p.122, 宮下訳p.229〕、パニュルジュは「悪霊」に支配されている。「自己愛」を通して、パニュルジュが悪魔の作用による自己欺瞞に陥っている様子が最も明確にわかるのは、彼が、死の床にある善良な詩人ラミナグロビスと出会う場面である。優れた偉大な人物は、臨終の際に予言の能力を授けられることがあった。ラブレーはこのことを、自身の経験により知っていた。もちろん、こうした信仰の背景には、プルタルコスをはじめとする大いなる権威が控えている。だが、ラブレーの場合それだけではなかった。つい最近、彼はランジェー公が逝去する直前に発した言葉を耳にし、この点を確認しているからである。ランジェー公がいまわの際に行なった予言は、すでに部分的には実現しており、その真実性が裏づけられていた。ラブレーは、彼のその他の予言も、今後の出来事によって、その信憑性が証明されると確信していたのである（*TL* XXI）〔第二一章、渡辺訳p.134, 宮下訳p.252〕。

死の床にある詩人ラミナグロビスとの会見は、すべての会見のなかでも最も神聖なものである。彼の返答は、すべての返答のなかで最も優れている。また、この詩人との相談に対するパニュルジュの反応も、作品全体の中で最も激越なものの一つとなっている。この高徳なる人物に出会う直前、パニュルジュは実に愚かしい一面を見せ、宗教の点から言えば、恐るべき誤謬を犯す。というのも、彼は、「女と馬」を選ぶことに関しては、自分には幸福な結果が予定されている、などと主張しているからである。カルダーノがその著『妻を娶ることについて』（*Opera* II, p.238）で指摘しているように、人間が最も大きな危険《リスク》を犯すのは、このいずれかを選ぶ場合である（これは当時人口に膾炙していた表現であった）！　だからこそ、馬を買う際にも妻を選ぶ際にも、当事者は「目を閉じたうえで、いっさいを神にゆだねる」べきなのである。これはカルダーノの言葉だが、まさにパンタグリュエルが、今回の探求の初めにパニュルジュに述べた内容である〔第十章、渡辺訳p.76, 宮下訳p.138〕。博識だが救いがたい我らが愚か者は、この基本的な教訓すら身につけていないのである（*TL* XXIX, beginning ; XX, end）〔第十章、冒頭近く、第二〇章、最後〕。

　死の床にある善良な詩人の名、ラミナグロビスとは、偽善者（猫かぶり）の大猫という意味である。ここには、予期せぬことがしばしば起こる、この『第三之書』特有の逆説的な性格が反映している。さらに言語学的なジョークでもあるが、この点については後ほど考察したい。さて、我らが聖なる詩人は、エラスムス流の福音主義者として、その生涯を閉じつつあるわけだが、その際パニュルジュにたいへん有益な助言を行なっている。「娶るもよし、娶らぬもよし」*Prenez la, ne la prenez pas.* (...)。ラミナグロビスは、自分たちの修道会に都合のいい遺言を書かせようと押しかけてきた、虫けら同然の修道士の一群を追い払ったばかりで、彼の周囲には、すでに天国の悦楽を味わいつつある者特有の、平安、安心感、平穏さが芳香のごとく漂っている。この詩人に対するパニュルジュの反応は、滑稽であると同時に、彼が悪魔に憑依されていることを、用いている言語によって証してもいる。パニュルジュの内部に棲んでいる悪魔は、ラミナグロビスの神聖さに、激しく苦しめられている。というのも、ラミナグロビスの魂には（プルタルコスの伝えているプラトン的な比喩によれば）、天国の港で出迎えてくれている友人たちが、すでに視界に入りつつあったからである。パニュルジュは、ラミナグロビスとその聖なる最期に対し、実に滑稽な調子で向かっ腹を立てているが、第二三章でその怒りが頂点に達するや、彼は突如として、痛悔や悔恨に関するスコラ派の伝統的な教義を弁護し始める。実はラブレーが、パニュルジュのこの理屈を茶化し、その悪魔的な誤りを嘲笑していることは、パニュルジュの言葉遣いによって明らかにされているのである。その証拠に彼は、「悪魔」*diable*という単語を二七回も連発している。これに、「悪魔学」*diabolologie*（二回）や「悪魔学的」*diabolologicque*（一回）といった言葉を加えることも可能だろう。さらに、読者はここで初めて、パニュルジュがトレドの「尊敬すべき悪魔学博士ピカトリス」の下で、「悪魔学」を学んでいた事実を知らされる（ちなみに、ピカトリスという名は、中世に著され、ハインリヒ・コルネリウス・アグリッパにも影響を与えた、ある有名な魔術の書から取られている）。パニュルジュが展開する神学論とその言葉遣いは、憎悪と軽蔑を一身に集めていたソルボンヌ大学の神学者のそれにふさわしい。そのうえ彼は、「そこから立ち去れ」*Houstez vous de là*という、悪魔を祓うための呪文を何度か叫んでいるが、パニュルジュのこの呪文は、自分に憑依している悪魔たちに対してではなく、ラミナグロビスが発している善き霊気に向けられているのである。こうした「悪魔の言説」がクライマックスに達した後は（その調子は少し弱まるが、第二二章と第二五章にも見られる）、その悪魔的言辞は、パニュルジュが本作品に登場する際の平均値へと戻っている。

対照的にパンタグリュエルのほうは、この作品全体を通して、「悪魔」*diable*という語を一度、それも、深刻な文脈で用いているにすぎない。彼の「悪魔」へのその他の言及（全部で五回）は、きわめて真剣な調子を帯びており、それらには、「邪悪な霊」*l'esprit maling*（二回）、「中傷者たる敵（悪魔）」*le Calumniateur ennemy*、「サタンの天使」*l'Ange de Sathan*、そして「誘惑者たる邪悪な霊」*l'esprit maling et seducteur*という表現が当てられている。これらの用語が聖書起源であることを考えれば、『第三之書』においては、確かに言葉は人柄を映す鏡となっている。[16]

パニュルジュの悪魔的な「自己愛」のゆえに、彼の仮想上の探求は、愉快であると同時にどこか不気味さをはらんだ喜劇となっている。彼が次から次へと間違いを重ね、あるいはまた、ラブレーにとって憎むべきないしはたんに愚かしい悪魔的なさまざまな過ちの、立派な擁護者であり続けてくれることを、読者は十分期待できる。なにせパニュルジュは、相手を異端だと非難し、スコラ哲学特有の曖昧でもったいぶった議論に溺れ、『無名人書簡』に登場するオルトゥイヌス師を、あろうことかソクラテスと同じ範疇に押し込み、言語は恣意的な慣行に基づいて意味をなすにもかかわらず、自然言語が存在するなどと信じたがり、愚かな老婆たちの助言に大喜びし、多種多様な迷信にすぐに飛びつき、その一方では、堅実な「プラトン主義的キリスト教」を信じようとしない始末なのである（*TL* xvi ; *TLF* 84f. ; *EC* 69f. ; XLIX, 5f. ; etc.）〔第十六章、渡辺訳pp.111-112, 宮下訳pp.205-206〕。

一連のパニュルジュの相談が終わり、われわれ読者が彼の巧妙だが場違いな言説を、思う存分笑った後になって初めて、なぜパンタグリュエルが彼をこのような雲を摑むがごとき探求へと送り出したのかが、やっと明らかにされる。その目的は、彼の自己愛をあるがままに提示するところにあったのである。この点が、これ以上ないほど明確に示されているのは、パニュルジュが詩人ラミナグロビスの助言を拒絶する場面である。というのも、死の床にあるこの賢者は、それまでパニュルジュが相談に訪れた者すべてのなかでも、最良の返答を与えているからである。ラミナグロビスの予言的な詩を熟読したパンタグリュエルは、パニュルジュが今までに受け取った助言のなかでも、これほどわが意を得たものは存在しないと断言する。「この詩人は、結婚問題にあっては、各々がみずからの考えの審判者となり、自分自身で判断せねばならない、と簡潔に言わんとしているのだ」。読者はさらにこう告げられる。これは、「この主題に関しお前から初めて相談があったときに」、お前に話した助言とまったく同じであり、これこそが一貫してパンタグリュエル自身の考えであったと〔渡辺訳、第十章p.76 ; 第二九章p.175, 宮下訳p.138, p.339〕。ところが（と彼は付け加える）、「お前は密かにこれを嘲笑ったな。今でも覚えておるぞ」。こうしてパンタグリュエルは、「フィラウティアすなわち自己愛」――どちらも同じひとつの概念を指す――が、パニュルジュを過ちへと引き込んでいったそのプロセスを悟るのである（*TL* xxix, 冒頭。）〔第二九章、渡辺訳p.175, 宮下訳p.339〕。

11　修辞的命題：ヒポタデの助言〔第二九章、三〇章〕

個別的仮説の後には命題が続く。すなわち、男なら誰でも結婚すべきか、すべての男性がコキュにされる危険を冒すべきか否か。パニュルジュ自身は自分の立場から質問を発しているが、彼が得る返答はすべて、命題にふさわしい一般的な言辞からなっている。

人間の関心は伝統的に三つの範疇《カテゴリー》に分けられており、各々の範疇には、それを対象とする三つの確固たる職業が対応している。魂（神学者の領域）と身体（医者の領域）および財産（法曹の専門家の領域）である。パニュルジュは利いたふうな口調でこれら三つの職業を諷刺してみせるが、パンタグリュエルに拒絶される〔第二九章、渡辺訳 pp.176-177, 宮下訳 pp.341-342. なお、パンタグリュエルは、パニュルジュの発言をすべて拒絶しているわけではない〕。今後われわれ読者は、立派なキリスト教徒である神学者と、予防措置に詳しい優れた医者、ならびに無私無欲の法律家から、順番に助言を受けることになる。さらに「おまけ」として、哲学者もひとり加わっている。以上の人々はみな、ルネサンス期の法律家によって、各々の分野における「熟練した専門家」*periti* に分類された学者である。エピステモンは、国中でこれ以上の人々を選び出すことはできない、と確言している〔第二九章、渡辺訳 p.177, 宮下訳 pp.343-344〕。われわれは、この作品でラブレーのめざすところがいかに広きにわたっているかを、ある種の畏怖の念とともに思い知らされる。まず彼は、ユマニストたちが古代の遺産から受け継いで適切に分類した、数々の予言や占いの手段を、われわれの眼前に次々と展開してみせる。それらは、多種多様なタイプにわたるが、重要度においてそれぞれ微妙な差異があり、きわめて真面目な解説を含んだものから、笑劇的な笑いを喚起するものまでさまざまである。この後に続くのが、ルネサンス期における一種の百科事典であって、そこでは形而上および形而下の双方に関わる膨大な知識が繰り広げられることになる。読者は期待どおり、プラトン風の「饗宴」のような舞台を目にする。そこでは博学な人々が、饗宴の間ないしは後に、諸問題を興味深い観点からじっくりと論じるのである。ラブレー自身、みずからをプラトンと比較し、プラトンの『ティマイオス』では宴会の初頭に来客の数をかぞえたが、自分たちは宴会の最後に数えることにする、と書いている（*TL* xxxvi ; *TLF* 148 ; *EC* 125）〔渡辺訳、第三六章 pp.212, 宮下訳 p.405〕。ラブレーはその芸術的かつ哲学的な目的を達成するに際し、喜劇的洞察力を活用して、ルネサンス期に書かれた無味乾燥この上ない論考の類の中にさえ、笑いの種を見つけ出す。同時に、非常に複雑な観念を意味深長な数語に凝縮する才をも、みごとに発揮している。ラブレーの読者なら、彼の言語の豊穣さに気づかぬ者はいない。だが、本質を濃縮してみせるという、この同様に重要な才能を十全に評価できるのは、もしかしたら、ルネサンス期の極度に専門的な論考に目を通したことのある読者にかぎられるのかもしれない。

『第三之書』のこの部分で、ラブレーが、錯綜した問題をみごとに圧縮してみせる際に使う、主要な方法のひとつとして、またも、神学的ないし医学的な決まり文句という土台の上に、自分の喜劇を構築するというやり方が挙げられる。こうした決まり文句は、プロの学者たちの冗長な専門的著作から外に飛び出して、一般人の世界へと入り込み、濃縮された普遍的知識としてそこに定着したものである。こうした仕事を通して、専門的知識は、その権威を保ちながらも、より広範な読者層に享受されていた。ラブレーの使うこの技術は、格言、警句、教訓譚、寓話などに対する彼の好みと密接な相似形を描いていよう。それらはいずれも、古代の叡智を、純化された精髄として提供しうる濃密な表現形式なのである。

最初にヒポタデが話をする。パニュルジュから結婚すべきか否か助言を求められると、この善良なる神学者は、パンタグリュエルと同じく、自分自身で判断を下す義務へと、言い換えれば、自分が本当に欲するところを見極める義務へと、パニュルジュを送り返している。「第一に、あなたご自身に問うて見るべきなのです」。彼が与える助言は、独身により貞潔を守ることは、ごく一部の少数者のみに与えられた例外的な才であるとする、福音主義的な見解に基づいている。自分自身が「禁欲という特別な才能」に恵まれているか否かを判断するのは、各人の義務になっている。それを有していない者は結婚すべきである。なぜなら、淫欲の炎に身を焦がすよりは、結婚したほうがはるかによいからだ。広く知られている聖書の諸テクストを、好意的に、かつ驚くほど自由にパラフレーズしたこの一節のおかげで、修道院の伝統的な結婚嫌いの立場を退けると同時に、禁欲の才に恵まれていない者は、婚姻による解決を求めるのではなく、その才が与えられるよう祈るべきだ、とする見解をも回避しているのである。

パニュルジュは一時的に嬉しがる。これこそ明確な答だ！　というわけである。だが彼は、取るに足りない二義的な疑念に苛まれている。「自分は絶対にコキュにならないだろうか」*Seray je poinct coqu ?* という疑念だ。ヒポタデの返答は、主禱文〔主の祈り〕に基づいた一般的なものである。パニュルジュは、神の御心が、天におけるごとく地（この世）においても行なわれますように、と祈るべきである、それこそが、人間が神の祝福された御名を崇めるやり方だから、というのである。これにて議論は打ち切り、となる場合が往々にして存在する。たとえば、『一五三五年用の暦』がそうだ。そこでは、同じような文に依拠しつつ、神の「枢密院」を興味本位に覗き込もうとする占星術の企てが、厳しく咎められていた。だが結婚は、神がご自身の「枢密院」に判断を預ける必要のない事柄のひとつにすぎない。結婚に関するかぎりは、人間一般に通用する神からの啓示を享受することで、すでに十分とされているのである。パニュルジュももう少し賢明ならば、この神の御意志を理解できるはずだが、そうもいかないようである。

神は結婚生活における人間の境遇を、聖書のあちこちに啓示している。たとえば、主を恐れ愛する妻を娶るならば、コキュとされることはないだろう。そのような妻が不義を犯すことは絶対にありえない。だが、妻はその夫の模範により導いてもらう必要がある。* ヒポタデは以上に続いて、プルタルコスから翻案した厳格な道徳的助言をも加えている。それによれば、妻という存在は、夫の道徳的言動を反映する鏡だという。自分の妻に忠実であってほしいと願う男は、まずはみずからが妻に対して忠実でなければならないのである（*TL* XXX）〔第三〇章、渡辺訳 pp.181-182, 宮下訳 pp.351-352〕。

* 以上のヒポタデの発言内容については、聖書の以下の箇所を参照。「コロサイ書」第三章十八節、「エペソ書」第五章二二節、「ペテロ前書」第三章一節、「テトス書」第二章五節、「テモテ前書」第二章十一節、他。

12 医師ロンディビリス〔第三一―三二章（第三四章）〕

パニュルジュにとって、そのような助言はちっともありがたくなかったので、彼は、浅はかな皮肉を放って、その助言を善良なる神学者もろとも追いやってしまう〔第三〇章、渡辺訳 pp.182-183, 宮下訳 p.353〕。そうして、今度は医師ロンディビリスに助けを求める。ヒポタデが、啓示された知識という超自然の領域における専門家だったように、ロンディビリスは自然学的知識の専門家である。男は結婚すべきや否や、という質問に対する彼の返答は、精液の本質をめぐるプラトン＝ヒポクラテス学派の概説へとたどり着く。我らが医師の「自然なる」観点に立てば、結婚とは、精液を放射するうえで神に許された、かつ道徳的に許容しうる唯一の方法である。さらに、男の体内における精液の製造を抑制するための、多種多様な方法もここに示されている。

ラブレーはここでの喜劇を構築するにあたって、「精液学」spermatology の分野でライヴァル関係にある二つの学派の衝突を活用している。この衝突は古典古代にさかのぼるものである。中世ヨーロッパおよびアラビアの医学によって、これらの見解は複雑さを増したものの、二つの学派は依然、先鋭的に対立し続けていた。ヒポクラテスの信奉者たちは、精液が脳の生成物であると信じていた。脳から脊柱を通って降下し、睾丸に達してそこに貯蔵される、と考えたのである。この学説を確証したヒポクラテスの実験は当時よく知られており、医師ロンディビリスもこれを引用している。

＊　第三一章、渡辺訳 pp.188, 宮下訳 pp.362-363「耳下腺動脈」が切断されると、男は生殖不能になる、という「実験」を主に指している。ラブレーも該当箇所でこの点を引いている。

すでに古代の時点で、ガレノスはこの学説をばかにして却下している。彼に言わせれば、精液は睾丸そのものの生成物に他ならない。こうして、ルネサンス期の学者は原則として、この二つの学派のどちらか一方を選ぶことを余儀なくされたのである。ヒポクラテス説の継承者たちは、彼が特別の啓示を受けたと主張して、自分たちの立場を堅固にしようと試みたりもしている。

以上のライヴァル関係にある教えから、二つの相反する道徳的結論が引き出されてくる。ヒポクラテスに従ったプラトン派の医師たちは、「自然」が、種の永続よりも、むしろ個人としての人間の完成により意を払ったのだと考えた。ガレノスの信奉者たちは、この見解を否定する。彼らに言わせれば、「自然」は、個人としての人間などまるで眼中になく、「自然」の関心を引くのは、種を永続させること以外にない（この説を強化するうえで、アリストテレスの権威がしばしば引かれる。*Oeconomica* III. 4）。ガレノス自身は、「自然」の巧妙さにひたすら驚嘆している。「自然」は、このきわめて重要な営みをいともたやすいものにし、どんな馬鹿でも番《つが》うことができるように仕組んでいるからである。

ガレノスの弟子たちにとって、睾丸での精液の生成は、男性の精神的な抑制《コントロール》の埒外にあった。その反対に、プラトン学派の医者たちにとっては、精液の生成は意志から完全に独立しているわけではなかった。その結果、男は、何らかの薬種を摂取するなり、あるいは肉体労働に従事したり、深い瞑想に耽ったりすることで、脳内における精液の形成を抑えたり、精液が脊柱を通って生殖器へと下るのを防いだりできるのである〔第三一章、渡辺訳 pp.183-189, 宮下訳 pp.354-364〕。

ラブレーはこれら相反する二つの見解を取り込み、その周囲に、道徳色を帯びた喜劇を組み立てている。どちらの学説も、当時の概説書でたやすく読めた。こうした概説書は便利にできていて、自派を擁護する議論を満載していたのである。ラブレーが駆使したのも、そうした議論であった(17)。

このような、道徳的にきわめて重要な主題を扱うに際しては、ラブレーは綿密に地ならしをするのを怠っていない。善良なる医師ロンディビリスの主張を踏まえて考えるならば、なぜラブレーが、パニュルジュに間違いだらけの股袋《ブラゲット》の擁護を行なわせたかが理解できる。こうすれば、ガレノスを一笑したうえで、ロンディビリスの口を通して、道徳的に許容できるライヴァル学派の主張を縷々《るる》説明しうるからである。

殿、お考えいただきたいのは（とパニュルジュは言った）、大自然がいかにして人間に武装する気を起こさせたのか、そして、人間は身体のどの部分を最初に武装したか、という点でございます。その箇所はというに、それは（神様の功徳にかけて）金玉之助と、あの善良なる陽物神《プリアポス》様でございますよ。もっとも、終わってしまえば、もうオネダリしませんが。ヘブライの将軍で哲学者のモーセも同じように証言しております。自分はイチジクの葉からみごとに作られた勇壮にして典雅な股袋《ブラゲット》で武装した、と言うんですな。イチジクの葉というものは、その堅さ加減、切り込まれ具合、ねじれ方、光沢、大きさ、色合い、香気、功徳、およびその他の諸特性において、金玉之助を大いに武装させるうえで、この上なく具合がよく使い勝手もよろしいのでございます（*TL*, *TLF* VIII, 51f. および註）〔第八章、渡辺訳 pp.67-68, 宮下訳 pp.124-125〕。

こうして、「創世記と呼ばれるモーセの第一の書」中に見られる説明、つまり、アダムとエバが裸であることに気づき、「イチジクの葉を綴りて裳《も》を作れり」〔「創世記」第三章七節〕いう説明を、パニュルジュはここで故意に誤用したうえで、ガレノスを引き合いに出す。

だからこそ、かの雄々しきクラウディウス・ガレノスは、その『精液について』の第一巻中で、生殖器がないよりも心臓がないほうがましだ（とはつまり、より悪くない）、などと大胆にも結論して見せたのですぞ〔渡辺訳p.69, 宮下訳pp.126-127〕。

以上の話はラブレーがでっち上げたのではない。ガレノス自身がこう言ってのけたのである。彼は、睾丸こそが、頭よりも重要な第一の器官だと信じていたのだ。そしてみずからの言葉に引きずられ、睾丸を失うよりは頭を失うほうがましだ、などと口走ってしまったのである（*De Spermate* I, 15）。逆に、ロンディビリスが共感しつつ精力的に説いているプラトン派の学説は、大自然が、まずは個人としての人間に関心を寄せているのであり、種の存続は二の次と見なしている、という倫理的に魅力ある結論へと到達している。医師ロンディビリスが体現している医学は、専門家たちが集う「饗宴」において、自然学の叡智を披露する義務を負っている。である以上、ここでの逸話が愉快な笑劇へと変わる前に、彼がこの時点で述べている内容に対し、読者は特別の注意を払わねばならないのである（cf. *TL*, *TLF* VIII, 78-88 ; contrast XXXI, 52-70）〔第八章、渡辺訳p.69, 宮下訳pp.126-127；対比すべき箇所は、第三一章、渡辺訳p.185, 宮下訳p.357〕。

もっとも、健全なるプラトン学派の医学も、妻にコキュにされ、かつ殴られるかどうか、という「些細な問題」に関しては、パニュルジュに何の慰めももたらしようがない。医師ロンディビリスの非の打ちどころのない明快な推論によれば、誰であれ男がコキュにされるのを回避できる唯一確実な方法は、結婚しないことである。すべての妻帯者は、現在コキュにされているか、すでにコキュにされたか、将来コキュにされるか、あるいはコキュにされるかもしれないか、そのいずれかの状態にある。

ロンディビリスの助言は、その一部はプルタルコスに、他の一部はプラトンおよびヒポクラテス学派の医学に、その内容を負っている。妻に忠実でいてもらいたいと願う男は、夫に忠実でありたいと妻に思わせなければならない。夫は、妻を怒らせたり、必要以上に拘束したり、密かに見張ったり、その自由を奪ったり、禁断の果実を欲しがらせたりしてはならないのである。ロンディビリスの健全なる道徳的助言（彼の医学的助言とは一線を画す）は、プルタルコスが二度にわたって紹介したイソップの寓話に基づいている（*Opera* I, 122 Af. ; 609 Ef.）。この寓話でユピテルは、「悲哀」を神の一員にし、崇拝する者のみをこの神が訪れるよう取り計らった。ラブレーはこの「悲哀」を、「コキュアージュ」〔「妻を寝取られること」を意味する〕という名の神様に変えてしまう。この「コキュアージュの神」が快く面倒を見てくれるのは、自分の妻を信用せず、密かに見張っている男たちにかぎられる。つまり、コキュにされるのを回避したい男は、自分の妻を信ずる術を、そして妻にも自分に対し忠実でありたいと思わせる術を学ばねばならない。この助言は、ロマン主義的な女性の理想化とは無縁である。そもそもロンディビリスにとって女性とは、「あまりに脆く、移ろいやすく、変わりやすい性」（*TL, TLF* XXXII, 47）〔第三二章、渡辺訳 p.191, 宮下訳 p.368〕にすぎない。換言すれば、ウェルギリウスの述べる、あの永遠に移り気な女そのものなのである（*Aeneid* IV, 569 —— *varium et mutabile semper foemina*）。ラブレー描く我らが医師は、みずからの深い医学的信念から、論理的な結論を引き出してくる。女も、男ほどではないにしろ、男の精液を補充するだけの精気を寄与しうる——ガレノスもパニュルジュもそう信じていた（*TL* IV, end）〔渡辺訳 p.55, 宮下訳 p.98〕。しかしながら、女における精気の生成は、女の性欲の本質に由来するわけではない。というのも、女は主として子宮に左右されるからである。つまり女は、いかに貞淑であろうとも子宮の言いなりであり、この子宮とは、女自身の体内にありながら、女の精神に従おうとしない、恐るべき力なのである。男と違って女は、みずからの性的衝動を本当に抑えることはできない。仮に抑えようなどとすれば、死にも似た、ヒステリー（「子宮の病」）というあの恐るべき状態に陥ってしまうだろう〔《hysteria》は、ギリシア語で「子宮」を意味する《hystera》に由来する。ヒステリーは子宮の異常で起こると考えられていた〕。女の肉体的・性的な強い欲求は、子宮の本質によるもので、ガレノス派、プラトン派のいかんを問わず、当時の多くの医者は、子宮が独自に運動し匂いまで嗅ぎ分けられると信じていた〔第三二章、渡辺訳 p.192, 宮下訳 p.370〕。こうした諸特質のゆえにプラトン派の医師たちは、子宮を、ひたすら生殖行動を求める、独立した一匹の「動物」に分類していたほどである〔渡辺訳 p.192, 宮下訳 p.370〕。ちなみにガレノス派の医師たちは、子宮の可動性は認める一方で、その独立した動物性は否定している。ただし、こうした区別はあくまで言葉の上のものにすぎない。医学における両学派はともに、子宮の以上のような諸特質に基づいて、女という性に関する見解――およびヒステリーへの対処法――を構築していたのだ。欲求を満たされない子宮は貞節な婦人の体内で叛乱を起こし、死に似た状態を引き起こしかねないのである。

　医師ロンディビリスは、プラトン主義的医学の学説を詳細に述べていく。それによれば、大自然は間違いなく一個人としての男に関心を寄せたが、女の個人的完成にはあまり意を払わなかったようだという。婦人の場合にかぎっては、大自然は、もっぱら種の繁殖にその関心を集中させたわけである。だからこそ、性にまつわる道徳的規律は、男よりも女に対してずっと厳格なものになった。だからこそ、妻は夫の理解と支えをどうしても必要とするに至った。だからこそ、妻を性的に満足させてやる必要が出てきたのであった。かなりの高齢に達しつつあるパニュルジュにとって、以上のどれひとつを取っても朗報とは言いがたい。彼の恐れていることのひとつに、性的能力の不十分さが挙げられるからだ。ロンディビリスが医学用語によって強調している内容は、実は、夫に課せられた「婚姻の義務」を十全に果たすことである点に注目すべきだろう。ちなみにこの「婚姻の義務」という、聖パウロにさかのぼる概念は、借金および債務者の礼讃を打ち切るに当たって、パニュルジュが最後にふざけ散らす箇所〔第四章、渡辺訳p.55、宮下訳pp.98-99〕で使っているものでもある（*TL*, *TLF* xxxii, 76f. ; ix, 89f. ; iv, end）。

　精液の生成過程をコントロールすることで理性による自制が可能となる男の生殖器と、理性の抑制が効かない女の生殖器とを対比的に把握する見方は、プラトンに直接由来すると一般には考えられている。だが、実に奇妙なことに、プラトンはこうした区別を行なっていない。彼に言わせれば、男性器も女性器も、ともに理性なんぞに耳を傾けなどしない（*Timaeus* 91A-D〔『ティマイオス』〕）。しかしながら、医学の諸論考は何世紀にもわたって、男女の性をめぐるプラトンの見解を、元来の文脈から引き剝がし歪曲し続けてきたのである。この点を指摘し、プラトンの一節を元の文脈に戻してやった著作家を、私自身はモンテーニュ以前に見出せない――これは、フランス語で書いている著作家にかぎらない。モンテーニュによる修正が行なわれて以降、プラトンは、女が男よりも非理性的な性的衝動に駆られやすい、という言説を支える権威の座から、やっと降りることができた。別言すれば、プラトンの権威に依拠しつつ、男女の性のあり方はまったく異なっていると見なす立場は、これを機に消滅したのである。モンテーニュは、こうしたテーマについて長々と論じた「ウェルギリウスの詩句について*」の章で、「男女は同じようにできている。教育と習慣を除けば、男女のあいだにそれほど大きな違いはない」と明言している。もちろん、中世に崇められた媒介者たちに依拠せざるをえなかったラブレーの場合、そのような結論に到達するのはどだい無理な話であった。

＊『エセー』（第三巻、第五章）、原二郎訳、岩波書店、第五巻、p.201.

13　笑劇の技法〔第二五章、三四章〕

『第三之書』はここまで、さまざまな人物が読者の前に現われては演説をし、それに対し別人が返答する、という点で、本質的な演劇性を備えていたと言える。そこで使われている基本的な技法は、対話《ダイアローグ》ないしは独白《モノローグ》のいずれかである。より舞台色の強い芝居が前面に出ることはあまりないが、とくに注目すべきなのが、パニュルジュとヘル・トリッパとの対面である。この逸話全体が、これから田舎の芝居小屋で教訓的喜劇を演じようとしている、ある一座の台本のように読めるのである（*TL* xxv）〔『第三之書』第二五章、渡辺訳 pp.151-158, 宮下訳 pp.289-302〕。このヘル・トリッパの逸話に仕掛けられた喜劇的手法は、大きな成功を収めている。この点を証明するには、一例を挙げるだけで十分だろう。偏執狂的な魔術師ヘル・トリッパは、あらゆる占いの手法を猛然と列挙していくなかで、「水鏡占い」を試してみてはどうかと勧める。この方法――十五世紀の非常に評価の高いイタリアのユマニストであるヘルモラウス・バルバルスが、これを上手に活用していたことを、読者は後に知るが――では、鉢に張った水に映る影を通して未来が開示されるという。パニュルジュは、将来の自分の妻が、二人の田舎者と派手に乳繰り合っている様子が見えると宣告されてしまう。それを聞いた彼は、下品で無意味かつ無礼きわまりない罵詈雑言を相手に浴びせる。

わてのケツにあんたの鼻を突っ込むときには、眼鏡を外すの忘れたらあきまへんで。

自己に陶酔しきっているヘル・トリッパの意識にこの言葉が届くには（と言っても完全に誤解されてしまうが）、多少の間が必要であった。

鏡占いはどないでっか？（とヘル・トリッパは話を続けた）これやったら、眼鏡なんかいらへんで（*TL* xxv ; *TLF* 94f. ; *EC* 74f.）〔渡辺訳 pp.154-155, 宮下訳 p.296〕。

ロンディビリスの登場により、笑劇的な色合いはかなり濃厚になり、読者の楽しみもぐんと高まる。この逸話が終わる直前に、ポノクラートとユーデモンは医師ロンディビリスに、自分たちがモンペリエの医学生だったころ、『啞の女房と結婚した男のファルス』と題する教訓的喜劇を、いっしょに演じた様子を思い起こさせている。仲間の役者たちはみな学生で、なかにはのちに著名な医者として名を馳せる者もおり、フランソワ・ラブレーの名もそこに含まれている。この箇所には『パトラン先生』を想起させる「我らが羊の話に戻りましょうや」*Retournons à nos moutons*〔「大事な話にもどろう」、「閑話休題」などの意味で使われる。『笑劇　パトラン先生』に登場する台詞〕という言葉が使われており、医学を代表するロンディビリスと、多少意外ではあるが適役に違いない、法曹界の滑稽な代表者パニュルジュとの掛け合い、という場面へとスムーズに移行していく〔ピエール・パトラン先生は弁護士である〕。二人の言い合いは、将来のパニュルジュ夫人の尿を検査する職業的権利を有しているのは、いずれの側かという主題をめぐって展開する。結局パニュルジュは、医者への相談料として、四枚の高貴薔薇金貨《ローズ・ノーブル》を彼に握らせる。このエピソードの冒頭で読者が出会った、あの説得力に満ちたプラトン派の医師とは、まったくかけ離れた存在がそこにいる。読者は、医学生が自分たちの職業を陽気に笑い飛ばすという、あの愉快な雰囲気へと再び連れ戻されるのである。

ロンディビリスはそれらをしっかりと受け取ったものの、どこか憤慨したような激しい口調でこう言った。「へえ、へえ、へえ、困りやんしたわい。こんなもん、ほんまは要りまへんのやで。せやけど、ありがたいこってすな。わては悪い奴からはな~んももらえへんけどな、ええ人が下さるゆうのをわざわざ断ったりはしまへんのですわ。まあ、これからもいつでもお役に立ちまっせ」
「銭払うたら、っちゅう条件つきますやろ」（とパニュルジュは言った）
「ま、そりゃ当然でおますわ」（とロンディビリスは答えた）。（*TL* xxxiv, end.）〔渡辺訳 p.202 宮下訳 p.390〕

14　キリスト教的懐疑主義と法学的調和〔第三五章、三六章〕

これ以降、多くの章を通して、われわれ読者は、笑劇的な風味を多かれ少なかれ楽しめるようになる。だからといって、『第三之書』の喜劇的哲学が以前に比べ深みの点で劣るわけでは決してない。それどころか、この直後に『第三之書』は最初のクライマックスに達する。それは、賢者たる主人公ガルガンチュアとパンタグリュエルが、われわれ読者がすでにその見解を詳細に聞いた各職業の専門家たち *periti* と、演劇的な会話を交わすという形をとっている。

この会話は、懐疑派の哲学教授トルイヨーガンが主役を張る、純粋な笑劇の一場面に挟まれているだけではない。教授の助言をパニュルジュが真面目に受け入れるのを拒んだことにも、端を発しているのである。ラブレーはここでも、後に逆説的にも卓越した叡智の持ち主だと判明する人物を、まずはわれわれ読者に嘲笑させて一杯食わせるのだ。この箇所は、ルネサンス期の最良の思想家たちの多くが共有していた仮説に支えられている。その仮説とは、一見馬鹿げている、ないしは取るに足りないと映る格言的表現の中にも、場合によっては思いもよらぬほど深遠な叡智が潜んでいる可能性がある、という見解である。こう考えると、物事の二つの側面から最良の結果を引き出しうる。というのも、読者たるわれわれは、言葉の表層的な馬鹿馬鹿しさを笑い飛ばせると同時に、言葉の内部に隠された深遠なる意味に感銘を受けもするからである（*TL* xxxv）〔第三五章〕。

パニュルジュはトルイヨーガンに結婚すべきか否かを尋ねる。彼が得た返答は、最初が「どちらでもある」*Tous les deux* であり、次が「どちらでもない」*Ne l'un ne l'autre* であった。パニュルジュはトルイヨーガンのこの簡潔すぎる返答に困惑させられるが、無理もない。この対話に笑劇的な味付けが施されているのは明らかなので、われわれ読者もつい、パニュルジュと同じく、懐疑派トルイヨーガンのこの「どちらでもある」と「どちらでもない」を、真面目にとらずにいてしまう。この「どちらでもある」と「どちらでもない」の真意は、すぐ後に説明されている。その哲学的な解釈法は、われわれ現代人の思考形態とは無縁のものだが、ルネサンス期の思考法の中ではおなじみのものだった。ルネサンス期にあっては、哲学者ないし法学者は、互いに矛盾する権威や意見に直面した場合、しばしばそれらを「調和させる」ことに努めたのである。『第三之書』の読者が、こうした知的慣習を十全に味わううえで最も適切な方法は、おそらく、結婚ないし女性の善悪を、「賛成《プロ》と反対《コントラ》」の両面から扱った、十六世紀の数々の論考に目を通してみることだろう。そこではほとんどの場合、「賛成《プロ》」と「反対《コントラ》」に第三の選択肢が続き、両極端を融合・和解の内に両立させようと努めているのである。

ガルガンチュアが（よりによってガルガンチュアが！）、聖書のトビアの場合と同じく〔「トビア書」は旧約聖書の外典の一つ〕、「イヌ」*と名付けられた子犬に続いて姿を現すやいなや、われわれは逸話のクライマックスに近づきつつあることを突然悟る。パンタグリュエルは仲間たちとともに起立するが、改めて着席するよう促される。彼は、王の風格に満ちた礼儀正しい父王に対し、パニュルジュの探索において、自分たちがいかなる地点にまで到達したかを説明する（ちなみに、ガルガンチュアが妖精の国からどのように戻ってきたのかを教えてくれる者は、誰もいない）。トルイヨーガンの返答をめぐるパンタグリュエルの要約《レジュメ》は、公正さのお手本である。彼が省いているのは、対話の笑劇的な部分にかぎられる。

＊　原文では「犬」を意味するギリシア語の« *kyne* »「キューネ」が用いられている。渡辺訳 p.203, 宮下訳 p.391.

パニュルジュが彼に対し「自分は結婚すべきか否か」と尋ねたところ、トルイヨーガンは「どちらでもある」という返事をしております。二回目には、「どちらでもない」と答えています（*TL, TLF* xxxv, 37f.）〔渡辺訳 p.204, 宮下訳 p.393〕。

鍵となるフレーズは、「どちらでもある」（*Tous les deux ensemblement*）と、「どちらでもない」（*Ne l'un ne l'autre*）の二つである。パニュルジュはこうした返答を不満に思っているとパンタグリュエルは付け加えているが、その際彼が使った言葉の十全な意味は、この一、二ページ後で明らかにされる。

パニュルジュはこの両立不可能で相矛盾する返答を嘆かわしいとし、これでは何も理解できないと抗議致しております〔第三五章、渡辺訳 p.204, 宮下訳 pp.393-394〕。

この時点での言葉遣いは、専門的に見て実に正確であり、憶えておく必要がある。

そのうえ、登場人物の誰ひとり、パニュルジュと同じ立場の者はいない。つまり、彼らのほうはすべてを理解しているのである。みな、ストレートな質問に対するトルイヨーガンの一見愚かしく相反する返答の内に、たんなる対立や矛盾を見てはいないのだ。

パニュルジュは「これでは何も理解できないと抗議」している。ガルガンチュアは王にふさわしい鷹揚な態度のなかにも、きわめて断固たる調子でこれに反論している。彼にはよくわかっているのだ。「わしの考えでは、よくわかるがなあ」。そしてみずからの解釈を披瀝するにあたって、エラスムスが適切な説明を加えている、ある古典的な格言の「より高次の意味」*altior sensus* を活用する。その格言とはこうである。哲学者アリスティッポスは、性的に高級娼婦ライスのものになってしまったのだろうと咎める相手に対し、こう言い返したという。「まったく逆だ。私が、彼女をものにしているのだから」。この返答のより深い意味が、警句の表面に漂うユーモアを損なうわけではまったくない。それは、哲学的および道徳的な節度にまつわる教訓だと、当時は考えられており、ここには「アパテイア」〔「無関心」、「アパシー」。俗事のいっさいに心を乱されないことを理想とするストア派の用語〕の色合いも見てとれる。つまり、正当に認められているこの種の快楽を享受すること自体は、何ら非難さるべきものではない。本当に恥ずべきは、そうした快楽の虜になってしまうことである（*TL*, ***TLF*** **xxxv, 50-54** および註を参照）〔渡辺訳 p.204, 宮下訳 p.394〕。

パンタグリュエルもこれに同意し、エラスムスのコレクションのなかから、古代のもうひとつの格言を引いてきている。スパルタのある女中が、お前は男たちと関わったことがあるか、と尋ねられた。すると彼女はこう答えたという。「いいえ、ございません。ただし、男たちのほうはときどき私と関わりました」。エラスムスは「より高次の意味」***altior sensus*** で捉えた場合、この言葉は、彼女が淫欲から男たちと性的関係を持ったのではなく、法や両親への従順さゆえだったことを意味している、と解している。ここにも、中立や節度をめぐる教訓が込められている。表面的な文字どおりの意味の面白さの背後に、精神的かつ道徳的に重要な基礎的概念が横たわっているのである（*TL*, ***TLF*** **xxxv, 55-59**）〔渡辺訳 pp.204-205, 宮下訳 pp.394-395〕。

ロンディビリスは、言葉のうえで若干の混乱を来《きた》しつつも、医学と哲学の用語を用いて、隠された意味を明らかにしている。トルイヨーガンの「どちらでもある」と「どちらでもない」は、引用された二つの格言の場合と同じく、人間は黄金の中庸 **golden mean** の内部に留まるべきことを意味しているという。

> だからこそ（とロンディビリスは言った）、われわれは医学では中立を、哲学では中庸を維持しますのじゃ。その際には、両極端のいずれをも事に関与させ、かつ、両極端のいずれをも拒否するのです。あるいは時の区分に応じて、ある時は一方の極端を、またある時は他方の極端を取り入れるのでございます（*TL*, ***TLF*** **xxxv, 60**）〔第三五章、渡辺訳 p.205, 宮下訳 p.394〕。

ロンディビリスがここで使っている専門的なフレーズは、「両極端のいずれをも事に参画させ」と、「両極端のいずれをも拒否する」の二箇所である。

「黄金の中庸」*という理想が、どこか曖昧な中間線を指すことは当時なかった。中世およびルネサンスの哲学者たちは、この理想をそのようには見なかった。彼らは、自分たちの古代のモデルにしたがっていたから、この理想を、何か固定的な中間点、あるいは漠然とした最大公約数などと捉えはしなかったのだ。そうではなく、黄金の中庸こそは、常に変化する均衡の中の、しなやかな位置取りと見なしたのである。まず、中庸には「関与を通して」*per participationem* 到達しうる。その場合、両極端は多様な仕方ないしはさまざまな時間に応じて、その各々が優勢となりうる。なぜなら、中庸を希求する者は、諸状況に応じて両極端のいずれかに「関与」するからである。黄金の中庸に達するには、「拒否を経る」*per abnegationem* 方法も存在する。この場合は、先と同じ要領で、両極端が共に拒絶される。さらに、以上の二種の方法を組み合わせるのも可能だ。言い換えれば、結婚しているという状態と、未婚の状態とのあいだに成立する中庸は、まさしくトルイヨーガンの「どちらでもある」と「どちらでもない」の両者の内に完全な実現を見ている。なぜなら、「関与を通」せば結婚していると同時に未婚であり、「拒否を経」れば結婚していないと同時に未婚でもないからである。

＊ 原文では《golden mean》が使われており、単に「中庸」と訳すのが慣例となっているが、これは当時持てはやされたラテン語《aurea mediocritas》「黄金の中庸」を原義とするので、あえてそう訳した。

「黄金の中庸」は、キリスト教の叡智の中で、久しい以前から名誉ある地位を占めている。それは普通、人間の道徳的生活に適用可能な古典的理想と考えられてきた。さらに、あらゆる善意の人々に認められている枢要徳*をも、うまくつかさどることができると見なされている。この中庸は時として、信徳、望徳、愛徳からなる対神徳〔神学的三（枢要）徳〕とさえ折り合いがつくとされる。ラブレー作品はここで（さらに後になればよりはっきりと）、この古代ギリシアの理想と、キリスト教信仰の求めるところとのあいだに、緊張関係など前提せずともよいことを教えてくれる。

＊ 諸々の徳のなかで最も根本的なもの。プラトン以来、哲学では「智恵・勇気・節制・正義」の四徳が、カトリックでは「賢明・正義・剛毅・節制」が四徳とされる。

ロンディビリスの返答は、明快さのお手本とはほど遠い。彼の使っている用語は専門的で、しかもラテン語臭が強い。ロンディビリス先生は、有能で賢明な医者である一方で、患者に対する接し方にはどこかおもねった印象が付いて回る。さらにここでは、衒学趣味によって聞き手の目を眩ませる傾向すら垣間見える。だからこそ、礼儀正しく謙虚なヒポタデが、彼を優しくたしなめるようにこう言う。「聖なる使徒も、こう仰って一段と明瞭になさいましたね。『結婚している者はあたかも結婚していないかのごとく、妻を持ちし者はあたかも妻なきがごとくにすべし』、と」言い換えるならば、善良なる神学者は、「コリント人への前の書」第七章〔二九節〕の聖パウロの言葉そのものを引いて、一見馬鹿げたように映るトルイヨーガンの返答の真意を説明しているのである（「コリント前書」第七章のこの一節は、新約聖書の結婚を扱った箇所のなかでは、ある意味で最も重要な一節である）。

　されば此よりのち妻を有《も》てる者は有《も》たぬが如く、泣く者は泣かぬが如く、喜ぶ者は喜ばぬが如く、買う者は有《も》たぬが如くすべし〔「コリント前書」第七章二九―三〇節〕。

この章〔第三五章〕には、独身による禁欲ないしは貞潔なる婚姻関係を、恩寵の賜物と見なすヒポタデの考え方も、部分的にではあるが見られる。この「古典的文言」*locus classicus* が、トルイヨーガンの逆説的な助言をみごとに解決してくれるのは間違いない。いかなる福音主義者も、結婚をめぐるキリスト教徒の戸惑いを解決するうえでの、権威による力添えをここに見出したと思ったのではなかろうか。もっともこの助言は、文脈次第では、人間生活のあらゆる領域に適用可能なものではあるが。ラブレーの手にかかると、聖パウロですら懐疑派の擁護者になってしまうのである。

トルイヨーガンは、判断停止主義者の系譜上に位置づけうる、完全な懐疑主義者であることが判明する。ピュロニズム主義者〔またはピュロン派〕としても、彼の見方は、この古代の学派に関してモンテーニュが抱いた見解とぴったり重なっている。雪は白いとでも言ってみよ、彼らは雪は黒いと答えるだろう。

もし貴方が雪はそのどちらでもない *ny l'un ny l'autre* と言えば、彼らは、
雪はそのどちらでもある〔白くて黒い〕 *tous les deux* と主張するだろう〔モンテーニュ『エセー』第二巻第十二章（岩波文庫、原二郎訳、第三巻 p.125〕。

彼らに向かって、蜜は甘いと言ってみよ。

ピュロン派ならば、蜜は甘いか苦いか、そのどちらでもないか、そのどちらでもあるか *tous les deux*、いずれともわからない、と言うだろう。なぜなら、彼らは常に疑いの頂点に達しているからである（*Essais*, II, 12 ; ed. Plattard, II, 2, pp.250, 378）〔岩波文庫、原次郎訳、第三巻 pp.125, 286〕。

ラブレーのキリスト教的懐疑主義は、ジャンフランチェスコ・ピコ・デラ・ミランドーラの『異教の教えの空しさに関する考察』を直接踏襲している。トルイヨーガンは、明確に答えてほしいというパニュルジュの要求をすぐさま拒絶しているが、このやりとりをガルガンチュアは大いに面白がっている〔第三六章、渡辺訳 pp.211-212, 宮下訳 pp.404-405〕。古代ギリシアをモデルとした懐疑主義が、フランス国内で発展し広がるのはより後代だという説がときどき唱えられるが、これは誤りである。その証拠にガルガンチュアは、当時の一流の哲学者のなかには、懐疑主義者が数多く存在するとはっきり肯定している。しかも、その状況に彼はまったく危惧の念を抱いていない（*TL* xxxvi ; *TLF* 133f. ; *EC* 114f.）〔第三六章、渡辺訳 pp.211-212, 宮下訳 pp.404-405〕ルネサンス期には、古典的懐疑主義はカトリック教の盟友であったのだから、何の心配を抱く必要があったろうか。

懐疑主義の源泉であるセクストゥス・エンピリクスの部分訳は、すでに十五世紀のイタリアで出版されている。ちょうど同じころ、サヴォナローラもこの著作家は翻訳されるに値すると擁護しており、これは、ギリシアの懐疑主義に、キリスト教側が大いなる信任状を与えていた証拠となろう。フランスでもすでに一五一四年の段階で、ギヨーム・ビュ

デが、自分たちも「判断停止主義者」の教えをさらに吸収し、自分たちの判断に潜む傲慢さを抑制すべきだ、と記している（*Opera* II, 12v°）。ラブレーもピコの系譜上で、啓示された知識、とりわけ聖書中に啓示された知識を擁護するための道具として、ピュロニズムを活用している。早くも『ガルガンチュア物語』の時点でラブレーが用いた方法論が大きな成功を収めたことは、ギヨーム・ポステルが彼を敵意むき出しで攻撃した事実によって証明されている。ラブレー自身にとって、キリスト教の啓示は、福音書のページよりもさらに広範な場へと、滲み出るように広がるものと思われた。もちろん、福音書が最重要であるのは間違いないが、それが唯一絶対の存在ではなかった。問題が、奇想天外な誕生であれ、結婚問題であれ、その他いかなるものであれ、人間は、福音書および他の形で啓示された知識や叡智に基づいたときにのみ、真理と多様なる誤りのなかで正しい道を選び取れるのである。いかに賢明な人間であろうとも、理性の導き手がなければ、真理も誤りも、等しくたんなる臆見にすぎなくなるだろう。

トルイヨーガンの懐疑主義が行き当たった袋小路から抜け出るには、啓示的真理に助けを求める必要がある以上、読者はその中心的役割がヒポタデに割り振られるだろうと思うかもしれない。ヒポタデは聖書の教えを解説する専門家である。だがラブレーは、この最後の審判者の役割をパンタグリュエルにあてがうことにより、自分が描く巨人の権威をぐっと高めてみせるのである。ラブレーは同時に、啓示的叡智が勝利するような状況を創造しているが、だからといって、すべてを聖書による啓示にのみ還元したりはしない。もちろん、聖書が最大の規範であり続けるのは言うまでもないが。

ラブレーの懐疑主義を支える基盤は、カトリックに依拠しながらもより懐疑派色が濃いとすぐにわかる、あのモンテーニュの思想的根拠と驚くほど類似している。ただしモンテーニュのほうは、トリエント公会議以降の懐疑主義に依拠していたために、真正なる啓示の唯一の管理者、すなわち無謬のカトリック教会に、究極の権威を認めていた。これに対しラブレーの懐疑主義は、啓示的知識や叡智という天の恵みが、知慮ある人々の上にずっと広く降り注いでいるという立場へと、彼を導いていったのである。

トルイヨーガンの真意を十全に説明する役が、脇役にではなく、卓越した要約を披瀝したパンタグリュエルに割り振られたのは、芸術的観点から見て適切である。本作品のいかなる登場人物も、それがたとえガルガンチュアであっても、ここで必要とされる道徳的かつ哲学的な器量を備えているとはいえない。パンタグリュエルは、饗宴に参加している他の演説者たちの助言を利用しながら、聖パウロが、キリスト教徒は妻がありながら妻なきがごとくに振舞うべしと述べた際のその真意を、厳密にユマニスト的な学識に基づいて説明しようと努める。そのために彼は、旧約聖書、新約聖書、そして古典古代の世界に由来する忠言をさまざまに織り合わせながら、中味のきわめて濃い議論を展開していく。彼の弁論の内部にあっては、創世記も新約聖書も、古代のギリシア・ローマが理想とした「黄金の中庸」*aurea mediocritas* と、難なく調和を保っているのである。

「妻を持つということ」は、大自然が意図したとおりに妻を持つことを意味する。すなわち、男性の喜びと慰藉の源泉として、また自分の仲間として妻を持つことを意味するのである。「妻を持たない」ということは、妻のご機嫌取りに汲々としないことを、また、他の責務を放棄してまで妻に気に入られようとはしないことを意味している。それはまた、妻女への愛欲に溺れるがゆえに、人間が神に負う唯一至高の愛を堕落させることのないさまをも意味する。さらに、祖国や国家や朋友、そして学業や天職を蔑《ないがし》ろにせぬことをも意味する。この古典古代とキリスト教の統合が絶頂に達した時点で、パンタグリュエルの叡智はいつもながら、パニュルジュのたんなる臆見と完全なる対照をなしている。パンタグリュエルの演説の最後を飾る言葉——とはすなわちこの章の最後を飾る言葉だが——を聞くと、賢者の助言が正しく理解され調和されたときには、その賢者トルイヨーガンの返答が、相反している、あるいは「両立不可能で相矛盾している」というパニュルジュの愚痴が、完全に無に帰することがわかるのである。

妻を持ちかつ妻を持たぬということを以上のように解釈すれば、言葉の使い方において、何ら矛盾撞着はないとわしには思えるのだが（*TL* xxxv, end）〔第三五章、渡辺訳 p.205, 宮下訳 p.395〕。

15 当惑《ペルプレクシタース》とその法学的治療法〔第三七章〕

これで『第三之書』の以上の部分を要約し、その構造と意味するところを十全に理解することが可能である。いままで扱った重要な数章において、パニュルジュは当惑《ペルプレクシタース》という束縛にあっさり絡め取られてしまう。不安に苛《さいな》まれ金縛りにあったかのような精神状態から彼を救い出すために、パンタグリュエルは一流の「ペリーティ」*periti*、すなわちそれぞれの学問分野で定評のある専門家たちと相談できるよう、段取りをつける。パニュルジュは、物事を歪曲する自己愛という色眼鏡を通して彼らの助言を聞いたのち、懐疑派のなかでも最良の哲学者の返答を、「両立不可能で相矛盾している」と言いきる。反対にパンタグリュエルは、「専門家」たちの返答を聞き、さらに、トルイヨーガンが提示した極端にピュロン派的な困難を解決するために、演説者全員が示してくれた鋭い解説に耳を傾けたのち、今度は啓示的叡智に照らし合わせつつ、それらすべての返答を「調和させる」のである。

ラブレーはここで、専門用語を用いて専門的な治療法を提示しようとしている。つまり自分の解決法を、権威ある法学的方法論に則って組み立てているのである。

「ペルプレクシタース」*Perplexitas* は法律の専門用語であり、これにはさまざまな註解が施されてきた。法律の世界では、ある人が解決すべき問題が、「多彩かつ互いに矛盾する諸権威」*diversi authores sibi invicem repugnantes* に包囲されてしまった場合に、この当惑《ペルプレクシタース》が発生すると見なされた。この表現は、パニュルジュが陥っている現状を言い当てている。そもそも初期段階では、パニュルジュは何も間違いを犯していない。一流の権威たちは、結婚に関する助言において相矛盾していたからである。だが、本当の賢者ならば、この迷宮から脱する通路を見つけ出せるはずだ。この当惑という枷から逃れるために法律が勧めている方法とは、まさしく、まずは立派な専門家の助言を得る（*per consilium peritorum*）ことであり、次には、相反する要素を調和させる（*per contrariorum concordantiam*）ことなのである。(18)

ラブレーは、あらゆる細部にわたって、この法学的叡智に合致するよう努めている。パニュルジュの当惑《ペルプレクシタース》は、法律が与えうる最良の助言にしたがって解決されている。まずは「専門家」への相談が行なわれ、「どちらでもある」と「どちらでもない」の両極端は、ガルガンチュアおよびその他の話者の叡智によって調和へと導かれ、以上の序曲に続いて、パンタグリュエルが他を圧する超絶した「調和」を実現してみせるのである。法的枠組みの内部における真理探索で、パンタグリュエルの大いなる味方となるのは、懐疑主義と啓示的真理の二つである。

以上のような信頼すべき権威に依拠しつつ、パンタグリュエルが開陳したこの完璧な回答のおかげで、妻という存在は、賢明な男にとっての協力者、あるいは善良かつ思慮深い男にこそふさわしい良き伴侶となる。この発言を読むと、『第三之書』を極端な反女性論者《アンチ・フェミニスト》の手になる冊子だとする主張が、どれほど浅薄な見解であるかがよくわかる。女性一般および妻女という存在に対するラブレーの態度は、ルネサンス期の自由な精神の持ち主たちのそれにずっと近い。この時期には、偉人や善人、聖人のごとき人物、そして学殖豊かな人々の一群のなかに、一千年間にわたる時代を通して初めて、多くの既婚男性や女性が登場した。ギヨーム・ビュデ、トマス・モア、そしてマルグリット・ド・ナヴァールといった人々である。さらに言えば、ルネサンス期とは、深い問題意識を持った一部の司祭や修道士たちが、何世紀も前に軽率にも禁じられた（と彼らは考えた）聖職者の結婚を、なんとか取り戻そうと期待した時代だったのである。

『第三之書』全体を通して、賢明な登場人物たちは、（立派な生活形態である）結婚や、あるいは貞淑な妻に対し、大いに敬意を払っている。この妻および婚姻に対する敬意の念に触れて思い起こされるのは、ラブレーと同時代を生きた哲学界、宗教界の偉人たちが、多くの場合既婚の人物であること、しかも彼らはみずからの立派な学究生活を通して、結婚が、精神的・知的な偉大さを獲得するうえでなんら障害にならないという事実を、身をもって証明した、ということである。宗教改革者の多くも、ルターのようにみずから結婚したり、メランヒトンのように仲間の結婚を尊重したりしていた。断固たる反教会分離論者で、ラブレーが尊敬してやまなかったカトリックの神学者エラスムスですらも、あらゆる点から見て「親女性論者《フェミニスト》」であり、女性の向上心を鋭い直感で捉え、婚姻関係を尊重する旨を公然と宣言し、貞節な結婚生活のほうが淫らな独身生活よりもずっと好ましい、と喝破したのであった。

こういった人物やパンタグリュエルが、夫に課した役割は厳格なものであった。それは、伝統的に男女の性生活に適用されて来た二重基準《ダブルスタンダード》〔ここでは、性行動において男よりも女により厳しい基準を要求する姿勢を指す〕とは無関係である。パンタグリュエルの解説の内には、「妻を持ちて持たざるがごとく」という言葉を、性交を控えるほうが望ましいという意味だと決めつける、あの女嫌いの「修道院的」な主張は微塵も見られない。また、広範に受け入れられたアウグスティヌスの見解、すなわち、女が男に貢献できる領域は生殖のみであるとする見解も、いっさい見出せない。パンタグリュエルの演説は同時に、妻という存在を、子供たちの母親という役割に縛り付けたりもしない。不妊か多産かを問わず、妻とは、喜びや幸福や伴侶としての連帯感を、男性にもたらしうる存在なのである。『第三之書』のどこを開いても、結婚と関わる神学的な決まり文句には、一貫して婚姻関係に好意的な解釈が施されている。夫の妻に対する権威に関しては、模範、理解、そして自由という観点から解釈が為された。しかしながら、夫の権威それ自体が問題視されることはなかった。キリスト教徒が万が一これを問題視すれば、新約聖書の権威の拒絶に繋がるからである。

ラブレーは黄金の中庸という古典古代の叡智を、彼が最も敬愛する使徒のテクストそのものに引き込んだ。そこでの彼の説明は、ストア派的キリスト教の「アパテイア」を思わせる。その説明は、プラトン、そしてキケロが伝えている「何人も自分ひとりのためだけに生まれたのではない」*Nemo sibi nascitur* という格言が、キリスト教の文脈の中で何を意味するかを明かしてくれる。現に、キリスト教徒は「自分ひとりのためだけに生まれた」わけではない。なぜなら、諸義務のヒエラルキーの中にあって、たとえば祖国や朋友に対する責務をも果たさねばならないからである。そのヒエラルキーの中では、妻への愛情にも立派な位置づけがなされている。ただし、さらに高い地位を与えられているのは、人間が神に捧げるべき愛である（*TL* xxxv, end.）〔第三五章の最後、渡辺訳 p.205, 宮下訳 p.395〕。

16　パニュルジュの狂気とキリスト教的預言〔第十章、三六章〕

以上の箇所は、理路を整然とたどった場合の、パニュルジュの当惑《ペルプレクシタース》に対する完全な回答である。パニュルジュは答を得ている。だが、聖パウロの結婚に関する記述に難癖をつけ、プラトンやキケロの見識を、自分が屁理屈を並べるための冗談の種にした男が、パンタグリュエルの混合主義的な叡智から、何かを学び取るとはとうてい思えない。逆に、この叡智は彼を狂気へと追い込んでいくのである。

だが事ここに至っても、パニュルジュが見棄てられひとり取り残されるわけではない。啓示的真理を明らかにする重要な手段のひとつに預言があるが、これは伝統的に、純粋で素朴な者たちに時として付与される霊的な賜物である。われわれ読者はこれから、このキリスト教的預言およびキリスト教的狂気という、まったく新しい領域へと導かれることになる。

『第三之書』は、その多層的な意味の次元で預言と関わっている書物である。エラスムス流の聖書釈義でおなじみの定義に従えば、パンタグリュエルは預言者だといえる。この定義では、預言者の真の意味は、聖書・教会のいずれにおいても、たんに未来を予告する者だけを意味しない。預言者とは、神からの霊感により、聖書のより深い真の意味を明らかにする者をいう。この意味でパンタグリュエルは預言者である。彼の預言の能力は、神が彼に授けた叡智の賜物なのだ。聖書のギリシア語で使われる「プロフェーテース」*prophētēs*（「預言者」）の最も高度な意味は、神に代わって話し、神の意思を伝える者である。パンタグリュエルが先の箇所で行なっているのも、まさしくこれだ。

パニュルジュは、パンタグリュエルの預言に基づいた釈義に向きあってのち、再びトルイヨーガンに翻弄され狂気へと追い立てられつつある（第三五章末－第三六章、渡辺訳 pp.205-213、宮下訳 pp.394-407）。パンタグリュエルとトルイヨーガンに対する彼の反応は、またしても言葉をこねくり回すことに終始する。パニュルジュが戯言《たわごと》を並べ立てている間に、トルイヨーガンは字義どおりに受け取れば滑稽きわまりない返答を繰り返している。パニュルジュは助言を求めるも、すぐさまパンタグリュエルが大いに気に入るであろうメッセージへと送り返される。しかも他ならぬヒポタデが、以前確かだとしたメッセージに連れ戻されるのだ（ヒポタデの主張は第三〇章を参照）。

「だが、どうか教えてくださいませんか。私はどうすべきでしょう？」

「貴殿のしたいようになされい」〔第三六章、渡辺訳p.207、宮下訳p.398〕

トルイヨーガンが自分自身の結婚について語るさまは、無関心を地で行くモデルとなっており、非常に滑稽である。彼はいまだかつてコキュにされたことがあるのだろうか。彼は幸福なのだろうか。トルイヨーガンの返答は、自分の結婚は運命に合致してきた、というものであった。「我が避けがたい運命のなすがままですじゃ」（*TL* xxxvi）〔第三六章、渡辺訳p.210、宮下訳p.403〕これらの言葉は、われわれ読者をパンタグリュエルの最初の主張へと送り返す。パニュルジュが初めて、自分の結婚について遠慮がちに彼にアドバイスを求めたとき、その返答は次のとおりであった。

> お前は自分の意志に確信を抱けていないのではないか。重要な点はすべてそこにある。その他はいっさい偶然の賜物にすぎず、天の避けがたき御意向に任せるしかないのじゃ（*TL*, *TLF* x, 10f.）〔第十章、渡辺訳p.76、宮下訳pp.137-138〕。

パニュルジュの将来の妻の貞節さに関して、トルイヨーガンはとくに懐疑的である。懐疑的な懐疑（！）などというものが存在するとすれば、これがその面白い具体例である。それはそうと、パニュルジュのほうは、またしても悪魔的な関心事へと引き戻されつつある。

17　パニュルジュのメランコリー的狂気〔おもに第三六章〕

トルイヨーガンとの対話を通して、パニュルジュはあらゆる次元で形勢不利となっていく。表面的には彼はまだまだ厚かましく、面白おかしい存在であり続けているため、喜劇的な観点からいえば、彼はまだ完全に押し潰されてはいない。パニュルジュは、あの手この手で舞台に出入りする。だが、彼の置かれた状態はいまや不吉なものである。

より深い次元において、ラブレーは彼を、今までとは異なるずっと深刻な次元の誤りへと突き落としているのだ。パニュルジュ自身が吐く言葉によって、彼が、憂慮すべき正真正銘の狂気へと陥りつつあることが明らかになる。トルイヨーガンが明確な回答を拒んだため、パニュルジュは自分の返答の仕方にこだわり続けているうちに突然、興奮のあまり自分の本性をぶちまけてしまう。この興奮状態は、ストア派的キリスト教徒の心の平安とも、パンタグリュエルが理想に掲げる、感情的な懸念や動揺から自由である状態とも、大いにかけ離れている。パニュルジュはこの上ない不安と懊悩に苛まれているのである。彼の「胸膜《フレーヌ》も背胸部《メタフレーヌ》も横隔膜《ディアフラグム》も」〔いずれも「横隔膜」ないしその後部を指す用語〕深刻な混迷状態に陥っている。医学の用語法においては、横隔膜も胸膜も、ともに精神（ラテン語でいう「メンス」*mens*）と繋がっている。ラブレーは喜劇的な効果を狙ってこうした用語を用いているが、それと同時に、これらの用語を、パニュルジュの狂気を認知してもらうためのお膳立てとしても使っている。ここで、パニュルジュが噴出させた痴れ言を説明するのは、誤解を生むおそれがある。というのも、説明などすれば、彼の言葉に何か意味があると勘違いされかねないからだ。意味などまったくない。彼の言葉は、自身の動揺と、それを引き起こした狂気とを、読者に暴露しているにすぎない。

> 先生〔トルイヨーガン〕のお言葉や御返答を篩《ふるい》にかけて、我が理解の頭陀袋に収めようと必死になっておりますが、そのせいで、手前の胸膜《フレーヌ》も背胸部《メタフレーヌ》も横隔膜《ディアフラグム》も宙吊りのままぴんと張り詰めておりますわい（*TL*, *TLF* XXXVI, 101f.）〔第三六章、渡辺訳p.210、宮下訳p.402〕。

われわれ読者は彼を笑い物にする――ここでの「(三角錐形の容器で) 篩にかけて」*incornifistibuler* といったラブレーの造語は、実に効果的に使われている。しかしわれわれ読者は、今現在笑い飛ばしているのが初期段階の狂気である点を、意識しなければならない。パニュルジュは、精神に異常をきたしたメランコリーに陥っている。彼は、「フレネティクス」*phreneticus* という特殊な種類の狂人である。「フレネティクス」とは、絶え間のない強度の狂気に、いままさに一直線に落ち込もうとしている者をさす。ビュデもラブレーと同じく、パンタグリュエルを特徴づけている平穏な叡智と、パニュルジュ的な「狂乱」とを、非常に鮮明に対比させている。彼はキケロと、医学書で知られる古代の著作家ケルスス〔紀元一世紀頃のローマの著作家。洗練されたラテン語で医学書を書き、ルネサンス期には「医学界のキケロ」と呼ばれた〕に依拠しつつこう記している。

> キケロによれば狂気（*insania*）は、ギリシア人が「マニア」*mania* と呼んだものに相当する。狂乱（*furor*）は、ギリシア人が「メランコリア」と呼んだものに相当する。キケロは他の箇所でも、狂気を哲学的に解釈しつつ、魂の健康は平安と安定の内に見出せると主張している。こうした性質を奪われた精神は「狂気」と形容される。なぜなら、動揺した魂や身体は健康ではいられないからである。またケルススはその第三の書の中で、ギリシア人が「フレネシス」*phrenesis* と呼んでいる事柄を、ローマ人は「狂気《インサニア》」*insania* と呼んでいる、と書いている。というのも、「フレネシス」（狂乱）ないしはギリシア人が言うところの「フレニティス」*phrenitis* とは、熱を伴う急性疾患であって、これにより患者は気が違ってしまい、馬鹿げたこと（*aliena*）を口走るからである（Budé, *Opera* III, 254D-55A）。

パニュルジュの「胸膜《フレーヌ》も背胸部《メタフレーヌ》も横隔膜《ディアフラグム》も」、すべてがぴんと張り詰めた状態という表現は、医学的な正確さを期しつつ、人間の最も神聖な部分である「ヌース」*nous* または「メンス」*mens*〔それぞれギリシア語、ラテン語で「精神」を意味する用語〕が、彼の中でどのような状態にあるかを明かしている。ここに至ってわれわれ読者は、彼がたんに自己愛により精神的に盲目となったり、悪魔に欺かれただけではないことを悟る。彼はもはや理性を失っているのである。

ラブレーはここから何章も割いて、あらゆる種類の狂気に関心を寄せていく。狂人の数は無限である、と読者は告げられるのだ。卓越した技法と笑いのテクニックを駆使しつつ、ラブレーは狂気の主要な範疇を丁寧に解きほぐしていく。単なる狂気、悪魔による憑依、学識ある狂人がみずからを欺く自己愛的錯誤、現世では叡智の数に入れられてしまう愚かな不敬の極み。パニュルジュは以上のすべてに侵されているので、キリスト教を奉じる賢者に備わった哲学的「アパテイア」とは、対極に位置づけられる（そうした賢者の精神は、純粋で強力な天使の光に満たされている）。パニュルジュはまた、俗人の目には狂気としか映らないような叡智からも、ほど遠い位置にいる。エラスムスの聖書釈義を知っていた信者たちの固い確信のひとつに、この世には良き種類のキリスト教的狂気、つまり神から授けられた良きキリスト教的狂気が存在する、というものがある。この狂気は、愛する神が授けてくれる偉大なる賜物のひとつである。この際神は、現世での世間的な英知しか身につけていない者には、不可解としか言いようのない仕方で振舞われるのである。このようなキリスト教的狂気は、同じく聖霊からの賜物である真の叡智と、両立不可能な関係にはない。それどころか、同じ聖霊によって惜しげもなく付与される賜物にふさわしく、ここでの多様性は両立不可能性を意味しはしない。神から授けられた叡智と、神から授けられた狂気は、異なった道を経て、同じ目的地へと達しているのである。

　キリスト教的狂気とは現世の軽視であり、これのおかげで、現世の事柄を経て、永遠なるものを最終的に手に入れることが、信者には可能となる。このキリスト教的狂気は、昨今、何よりもまずエラスムスの『痴愚神礼讃』と結び付けられがちだが、実際は、さらにずっと高い権威によって支えられているのである。そもそも、キリスト教徒の生活様式は、世俗的人間の目にはたんなる狂気に映るだろう、という考え方自体、聖書に由来するものなのである。まず、キリスト教的狂気の偉大なる模範は、他でもない聖パウロである。キリスト自身の振舞いからして、自分の家族に、狂っていると思わせた。ところで、「キリストのために狂人となる」〔「キリストを狂わんばかりに慕う」という意味にもなる〕ことは、西方教会よりは東方教会によりなじみ深い理想であった。だが、まさしくこのルネサンス期に入って、西方では、古代教父の神学はもとより、東方教会の神学の豊かな内容を、熱心に発見し再発見しようとする努力が続けられたのである。トマス・モアのように非のうちどころのないカトリック正統派ですらが、ギリシアの神学は、西方のローマ教会のそれに比べて、ずっと豊饒だと考えていた。エラスムスも、東方教会のプラトン主義的キリスト教の内に、キリスト教的狂気という概念を裏打ちしてくれる要素を見出している。こうして、キリスト教的狂気は彼の仕事の多くに浸透していったのだ。キリスト教的狂気は、『痴愚神礼讃』のみに影響を与えたのではまったくない。それどころか、彼のいくつかの優れた神学的著作にも、この概念は大いに霊感を与えているのである。この良き狂気によって、人は自己愛を克服できるのみならず、現世におけるみずからの私利私欲を度外視できるようにもなる。さらには、聖パウロのように必要とあらば苦しみを引き受けることも可能になる。この狂気のおかげで、心を奪われ脱魂《エクスタシー》の状態に至り、ついには真理に関する預言的知識を獲得できるかもしれない。さらには、俗人はそこから完全に締め出されているが、ある種の「狂人」には明かされることのある神の叡智の水源から、何がしかを汲み取ることもありうる。キリスト教的狂気の重要性と真実性は、真の叡智の教える内容と相容れぬわけではない。ただ、この狂気は、悪魔を主人とする者、ないしは来世を軽視し、この世の価値に拘泥している者には、たんなる気違い沙汰にしか映らないであろう。

18　良き狂気と悪しき狂気〔第三八章〕

『第三之書』は以降、狂気に関する粘り強い考察へと乗り出していく。この考察全体を通して、福音主義的学識および該博な法学の知識と、純粋な喜劇とを、巧みに組み合わせるラブレー特有の手法が使われている。

神霊を受けた二人の狂人のうち、読者が最初に出会うのはトリブレである。

パンタグリュエルとパニュルジュが繰り広げる一種の言語ゲームの中で、二人は「狂人」という単語に、いくつもの形容辞を互いに競い合うように被せていく。ゲームは、連禱のごとく長いリストのひとつとして現われ、今日の読者のほとんどはこれを歓迎しないだろうが、地味とはいえ、このリストにはいまだにそれなりの面白みが多く潜んでいる。さらにこのリストは、この作品のはらむ、より深い意味を掘り起こすための指標としても機能している。芸術的観点から言うと、こうしたリストは、散文による「ブラゾン」と「コントラブラゾン」*の一種であり、長い称讃と中傷の連続として表現される。宮廷道化のトリブレ——『第三之書』の登場人物であると同時に、実在の人物でもある——を叙述する際にパンタグリュエルが用いる形容詞は、どれもきわめて好意的かつ肯定的である。パンタグリュエルにとってトリブレは、たとえば「運命的な」、「天のごとき」、「選ばれた」、「恍惚なる」、「真正なる」といった好意的な形容辞を献ずるに値する狂人である。彼は「ファナティック」*fanaticque* であり——この単語は、ローマ法で使用される専門用語であるという点で注目に値する――この「ファナティック」は、「神殿に住む、霊感を受けた狂人」を意味する語「ファナティクス」*fanaticus* から派生している。換言すれば、パンタグリュエルはトリブレの狂気を、選ばれた者だけが忘我状態で神から啓示を授かる、霊的な狂気として称揚しているのである。その一方でパニュルジュは、ルネサンス人でありながら、古代神話の古き預言者ファウヌス Faunus とファトゥア Fatua を信奉していない。彼は、阿呆祭に秘められた逆説的な叡智の内に、ついにいかなる位置も占めることはないであろう。** なぜなら、彼は別の種類に属する狂人〔阿呆〕だからである。(19)

　＊　「ブラゾン」は元来は十六世紀に流行した平韻定型詩で、女体美を賛美したものが多い。ラブレーの場合は、「狂人」や「睾丸」などに、肯定的形容句を付したものを「ブラゾン」、否定的形容句を付したものを「コントラブラゾン」と呼んでいる。なお、「ブラゾン」と「コントラブラゾン」の肯定、否定は変換可能。

　＊＊　パンタグリュエルは古代ローマの阿呆祭「クィリナーリア祭」に触れ、フランスでもトリブレ祭を設けてよいのではないか、と提案している。渡辺訳 p.223, 宮下訳 p.425.

パニュルジュの「コントラブラゾン」*contreblason* は、彼が、トリブレの狂気を誤って理解していることを示している。彼にとってトリブレは、「俗っぽい」*terrien*、「教皇的な」*papal*、「坊主剃髪風の」*à simple tonsure* といった侮蔑的な形容詞にふさわしい存在である。トリブレは「ソミスト」*sommiste* すなわち、トマス・アクィナスの『神学大全（スンマ・テオロギアエ）』を専門とするスコラ学者なのである〔渡辺訳 p.220 では、「神学大全瘋癲」、宮下訳 p.422 は「トマス信奉（ソミスト）愚者」と訳されている〕。言い換えれば、テュバル・ホロフェルヌ先生のように「優等学士先生」なのだ。パニュルジュはさらに、教皇教令が本物も贋物も合わせてぎっしり詰まったローマ教会法を、大いに笑い飛ばすジョークも発している。というのも、教令集の中には「旧教会法付属書《エクストラヴァガンテス》」*Extravagantes* も含まれており、しかもトリブレは「法外な《エクストラヴァガン》」と形容されているからである。以上を言い換えれば、トリブレは、「鈴を付けられ」*à sonnettes*、錫杖《しやくじよう》（*marotte*）〔道化杖〕を持たされた狂人、すなわち単なる道化にすぎないことになる。以上がトリブレに関するパニュルジュの誤った見方である。彼自身の悪魔的狂気のゆえに、トリブレの狂気の神聖さに対し盲目たらざるをえないのだ。つまりパニュルジュは、本来みずからにあてがうべき用語を、善良な宮廷道化の形容に使っているのである。

この言葉遊びは、無根拠なものではない。パニュルジュとパンタグリュエルは、ちょうど占いや叡智の領域内でも対立したように、狂気の領域内でも対立するはめに陥るからである。そうすると読者は、パニュルジュお得意の「それは逆ですな」*Au rebours* という台詞を期待するが、この期待は裏切られない〔第四六、四七章、渡辺訳 pp.257, 259, 宮下訳 pp.488, 492 を参照〕。パンタグリュエルはトリブレの予測を、とりわけ完璧なものとして受け入れている。一方でパニュルジュは、それを信じるのを拒み、自分の貴重な時間を奪ったとパンタグリュエルに食ってかかる始末である！（*TL* XLVI）〔渡辺訳 pp.257-258, 宮下訳 pp.488-491〕。

トリブレをめぐるこのブラゾンは、『第三之書』が今後さまざまな狂気を重視することを、読者に認識させるうえでの、芸術上の装置としても機能している。『第三之書』が、より前の章で人間の性に関心を向けていた際には、別の「ブラゾン」と「コントラブラゾン」が、睾丸の称讃と中傷に捧げられていた。そこでは語呂合わせ風の仕掛けも使われている。というのも、そこで用いられる *couillon* という語は、「金玉」と「奴〔仲間〕」の両方の意味を兼ね備えているからである（*TL* XXVI and XXVIII）〔第二六、二八章〕。パニュルジュは好色なジャン修道士を相手に――突然の登場に驚かされるが、『第三之書』においてジャン修道士が端役にすぎない点にも驚かされる――彼の睾丸に関し、漲《みなぎ》る自信、健康、精力そして多産性などを想起する形容辞を送っている。ジャン修道士はパニュルジュにあてがうべき形容辞を返しているが、それらは揃いも揃って、弱々しさ、惨めさ、不十分さを示唆する言葉になっている。この折のパニュルジュはジャン修道士と同じく正しい。だが、トリブレをめぐるブラゾン合戦では、パンタグリュエルは正しいが、パニュルジュは間違っているのである。

19　「松脂に絡め取られたハツカネズミのごとく」罠にかかったパニュルジュ〔第三七章〕

パニュルジュが狂気に陥っている事実がいったん示されると、彼の当惑《ペルプレクシタース》は、その後何章にもわたって影をひそめる。トリブレに関する「コントラブラゾン」を並べ立てた後で彼は読者の視界からほぼ消え、最後にトリブレと個人的に対面するまで、例外的に顔を出すに留まる。パニュルジュの「潜伏」には、法学的、哲学的、および芸術上の理由から、説明がなされている。

今後、鮮明なコントラストを成すのは、パンタグリュエルに授けられた叡智の賜物と、パニュルジュを蝕む自己愛とその悪魔的な愚かさではなく、多種多様な狂気の形態である。そのなかに、少なくとも二種類の、神に由来する良き狂気が含まれている。ラブレーは急ぎ足で読者を、キリスト教的狂気という深い水域へと招じ入れつつある。ここで、パニュルジュの悪魔的狂気と、ブリドワおよびトリブレに逆説的に体現されている、キリスト教的狂気の変奏形態とを、決して混同しないことが重要である。

パニュルジュが何ページにもわたる沈黙を強いられる前に、読者は彼が非常に哀れな状態にあるのを知る。黒を白と言いくるめるなど朝飯前と考えていた、かつての自信に満ちあふれた言葉の紡ぎ手も、いまや無力で愚昧な存在に変わってしまった。彼は不可抗的無知 invincible ignorance〔自分ではどうにもならない無知。とくに神学上の知識や概念に関する無知を指す〕に侵され、もはや、かつての流暢な修辞的言辞や博覧強記によって隠すことはできない。パンタグリュエルですら、彼をその当惑《ペルプレクシタース》から救い出してやる方策としては、霊感を得た狂人に相談する方法くらいしか思いつかない（*TL* XXXVII）〔第三七章、渡辺訳 pp.213-216, 宮下訳 pp.408-415〕。もっとも、われわれ読者は、パニュルジュが例のごとく、今回も神霊に与る善良な狂人の助言の意味を歪曲し、結局はそれを却下してしまうだろうと、揺るぎない確信を持って断言できる。豹《ひょう》がその斑点を変えようがないのと同じく、パニュルジュもまた、その喜劇的キャラクターを変えることはできないのである。

表面上の喜劇調とは裏腹に、パニュルジュの置かれた状況がどれほど深刻であるかを読者に示そうとして、ラブレーは軽い筆致で、前二作の「年代記」の主人公がやらかした途方もない誤りと、彼の様子とを結び付けてみせる。われわれ読者は、パニュルジュが「邪悪な霊」*Esprit maling* に支配されているのをすでに知っている。今回は、「古き悪しき日」の、愚かで嘲笑に値する若きガルガンチュアの姿を通して、彼を別な角度から見ることになる。まず、善良なる判事ブリドワが、明らかに誤った判決を下したとして、説明のために控訴院に召喚されたという知らせに心配の念を募らせていたパンタグリュエルは、いかにも塞ぎこんだ様子のパニュルジュに偶然出くわす。彼は「夢でも見ているような様子で」（*en maintien de resveur*）「頭をふらふらさせていた」（*dodelinant de la teste*）のである。* パンタグリュエルは彼のことを「松脂に絡め取られたハツカネズミ」*une souriz empegée* にたとえている。この比喩を通して、ラブレーはパニュルジュを、ソルボンヌの教師たちの手で大馬鹿にされた若き日のガルガンチュアと同じくらい、愚鈍になってしまった事実を浮き彫りにしているのだ。というのも、はるか昔、ガルガンチュアは罠にかかったウサギを探して老いぼれ騾馬で出かけたものだが、彼もまた騾馬の上で「頭をふらふらさせていた」*dodelinant de la teste* からである〔『ガルガンチュア物語』第二二章、渡辺訳 p.113, 宮下訳 pp.186-187〕。医師ラブレー先生の処方したヘレボルスの持つ下剤としての薬効により、ガルガンチュアはなんとか助かったが、さもなければ、不治の愚鈍さに閉じ込められたままであったろう〔『ガルガンチュア物語』第二三章、渡辺訳 p.114, 宮下訳 p.190.「ヘレボルス」は、狂気を治癒できると考えられた薬草（既出）〕。ところがパニュルジュには、この種の回避手段が与えられていない。彼はいまや、動揺のあまり決心がまったくつかない状態に陥っている。それはちょうど、息子の誕生を喜んで笑うべきか、妻の死を嘆いて泣くべきか決心しかねている、あのガルガンチュアの状況とそっくりである。ガルガンチュアは――一五四二年版の『パンタグリュエル物語』中では――「松脂に絡め取られたハツカネズミのごとく」*comme la souriz empeigée* 動きが取れなくなっていた〔『パンタグリュエル物語』第三章、渡辺訳 p.35, 宮下訳 p.53〕（*TL* XXXVII）〔『第三之書』第三七章、渡辺訳 p.213, 宮下訳 p.408〕。今度はパニュルジュが、抜け出しがたい絶望的な罠にはまってしまうのである（本書第三章十三節、一四三－一四八頁「ガルガンチュアの当惑」も参照のこと）。

* « *en maintien de resveur* » を著者は « acting like a dreamer » と翻訳しているが、原文は « en maintien de resveur ravassant » となっている。« resveur » は、「戯言を言う」または「ぼうっと彷徨う」を意味するので、ここは「ぼうっとし（戯言を独りごち）、夢を見ているような様子で」が正しいと思われる。

20　パニュルジュが当惑《ペルプレクシタース》の泥沼へとさらに深くはまっていくこと〔第三七章〕

パニュルジュは当惑《ペルプレクシタース》している。彼のジレンマは、まさしく当惑 *perplexité* そのものである。これこそが、今まで考察してきた章に限らず、『第三之書』全体を通して彼が置かれている状況である。法律上の意味を多分にはらんだこれらの用語は、ここでは、判事ブリドワの領域へとわれわれ読者を誘導するうえで、実に有効な架け橋となる。「ペルプレクス」*perplexe* という語およびそれと同語源の用語には、法律上の専門的な意味があって、これから明らかにされていくわけだが、こうした語は同時に、「完全に混乱している」を意味するラテン語の「ペルプレクスス」*perplexus* の意味をも、そっくりそのまま引き継いでいる。法律および道徳哲学の分野では、「ペルプレクシタース」*perplexitas* は、完全に混乱した状態を指して使われる。この大混乱のせいで、正しい思考が不可能になり、さらには激しい苦悩ないしは精神的動揺を惹起し、ついには狂気へと行き着いてしまう。パニュルジュの当惑はまさに罠であり、しかも彼は、自分自身の愚かしさゆえに、罠のロープにますますきつく締め付けられてしまうのである（*TL*, *TLF* XXXVII, 10）〔第三七章、渡辺訳p.213、宮下訳p.408〕。

パンタグリュエルは、専門家（*periti*）に相談し、相反する結果を調和させて、パニュルジュをその当惑《ペルプレクシタース》から救ってやろうとした。ただし、その際に彼がお手本とした法律上の教えをもって、このテーマをめぐる法学的な叡智の水源をすべて汲み尽くしたわけではない。これまでラブレーが取り上げてきたのは、ひどい混乱や困惑の状況を意味する「単純な当惑」simple perplexity であり、この状態に対しては、法律学が治療法を処方していた。パンタグリュエルはこの処方箋に従ったまでのことである。ただし、それが功を奏しなかったのは、パニュルジュの根深い自己愛に由来する狂気が原因だとされた。だがいまやラブレーは、中世およびルネサンスの法学者たちが「当惑のケース」*casus perplexus* と名付けた、より専門性の高い分野に、読者を招じ入れようとしている。法の世界で「当惑のケース」*といえば、単なる解決困難な問題を指すのではなく、「考えうる最大限の不確実性」を特徴とするケースを意味している。こうしたケースの場合、あらゆる手段をすべて試した後ならば（試し終わるまでは許されない）、法的権威は、解決法が純粋に人間的な手段を超越していると認めたのである。また、神を頼る以外に、罠から文字どおり「抜け出す」方法がないケースが存在すると認められていた。[20] こうした段階に到達したときには、人間の知識のいっさいを棚上げにし――この場合、一般に広く啓示されている知識を含むが、特定の啓示的知識は別である――直接神に頼ることは正しいとされたのである。この際、神は法的外観をまとった「運命」という形で、その意思を表現する。[21] ただし、難問に出遭うたびに逐一この手段に訴えてよいわけではない。(男が結婚すべきか否か、という難題は、賢者を「当惑のケース」へと追いやることはない。ただし、このジレンマは、狂人、とくに浅はかな学識のゆえにその愚かさに拍車がかかっている類の狂人を、当惑へと陥れる可能性はある)。ここで改めて繰り返しておかねばならないが、この方法に訴えられるのは、「当惑のケース」、すなわち「他のいっさいの方法」が人間に対し閉ざされている場合に、かぎられているのである。

* «casus» は元来「落下する」を意味するラテン語 «cadere» の派生語で、「落下、踏み外し、没落、機会」などの意味を有する。この場合、「事件」、「問題」、「訴訟」などの意味合いも込められている。

21　判事ブリドワ：作動する「キリスト教的狂気」〔第三九―四四章〕

『第三之書』は、この段階でパニュルジュを置き去りにする。なぜなら、この作品はこれから先、彼のジレンマが提示してきたものより、深遠な概念を扱うことになるからである。もちろん、彼の極端な当惑が招いた狂気による喜劇を、読者はさらに後に楽しめるだろう〔トリブレが再登場する第四五章―第四七章〕。だが、笑いというスクリーンの背後で読者に示されるはずのキリスト教的狂気は、結婚をめぐるパニュルジュの逡巡が直接示してきたいかなる状態よりも、ずっと肯定的なものである。婚姻状態とそれがもたらす当然の結果について、パニュルジュは頑なにかつ故意に、無知の状態に留まろうとしてきた。彼は、人間界において絶対に確実な事柄などないことを、認めようとしない。自分の陥った当惑《ペルプレクシタース》から脱出する方法、それも法律学の見識によって神聖視されてきた方法を、受け入れようとしない。彼は、気違いじみた悪魔的な自己愛の、文字どおり権化である。こうなると、読者がそろそろパニュルジュとその自己愛から離れ、一見愚かしい判事ブリドワの、滑稽なほどに無私無欲な世界へと飛び込むための地ならしは、すでに完了したと言える。パニュルジュの当惑は、彼が不在の間にキリスト教的狂気が凱歌を奏するまで、再び言及されることはない。

ラブレーの全著作のなかで、ブリドワの逸話ほど逆説的な話は存在しない。すでに逸話の出だしから、人が「占う能力という恩恵を受けるにふさわしく」なるには、どのような性質が求められるかが、読者に向かって説かれている。そうした性質が、キリスト教的狂気に備わるそれと重なるのは間違いない。聖霊がもたらすすべての賜物のなかでも、預言を行なう才は、明らかに最も超自然的《カリスマティック》〔《charisma》は「聖霊の賜物」を意味する〕である。ここでは、この賜物を基に、印象的なほどの知力と倫理的な高潔さに支えられた神学が展開される。この神学は、後世に出現する「カリスマ運動」〔カトリック教会内の聖霊運動で、聖霊による信仰生活の刷新を唱える。「聖霊刷新《カリスマ》（運動）」ともいう〕の、反知性的で安直な性質とはまったく異なる。とくにプラトン的キリスト教徒たちは、この聖霊の賜物は、天使的存在、つまり良き「ダイモン」*daemons* や天空の星辰の動きを統括している神々しい「霊的存在」**Intelligences** が媒介となって、キリスト教徒のなかの選ばれた者たちに与えられると信じていた。人は、聖霊がもたらしてくれるこれほど神々しい賜物を、ただ受動的に待っていてはならない。言い換えれば、人は、「それを受けるにふさわしく」なることができるし、またそう努めねばならないのである。そのために人は、自分自身が天使たる「霊的存在」の目に好ましく映るように、生活を律せねばならない。というのも、この「霊的存在」は、人間界の事象に積極的に関わる天使のヒエラルキーのなかでも、最高位に君臨しているからだ。この賜物を望む者は、現世の価値基準を退け、世故に長けた者たちが当然視している、自己本位で私利追求型の価値観を断固として拒むであろう。現世にのみ通ずる智恵は、神々しい霊的存在には、そのありのままの姿で受け取られてしまう。それは神の視界には、たんなる愚の骨頂としか映らない。天使たちから見ても智恵ある者でありたいと望む人は、真のキリスト教徒にふさわしいように、愚直にして無私無欲でなければならない。そうした者は、世俗的な人物の目には、普通に侮蔑的な意味で、愚者に見えるだろう。だが人間は、パンタグリュエルの信じるところに従うならば、これら「天空の霊的存在」*Intelligences coelestes*〔第三七章、渡辺訳 p.214, 宮下訳 pp.409-410〕に見つめられながら、生を送っているのである。ラブレーは、「賢明な」（*sage*）と「予知により預言的叡智を与えられている」（*praesage*）という二語を結び付ける大真面目な言葉遊びによって、みずからの言い分をさらに力説している。

したがって、そうした霊的存在から見ても賢者でありたい者は、つまり、神霊の働きで賢明 *sage* となり、かつ予言の才 *praesage* を賜って、占う能力という恩恵を受けるにふさわしくなるためには、自分一身のことは忘れ去り、己の外に脱却し〔自己愛に縛られているパニュルジュとは正反対の状態を指す〕、世俗の情念を五感よりことごとく払拭し、人間界の憂慮を心中より追い払い、何事にも囚われぬようにせねばならぬが、こうした振舞いを、俗人は狂気の沙汰だと見なすであろう（*TL*, *TLF* XXXVII, 30）〔第三七章、渡辺訳 p.214, 宮下訳 pp.409-410〕。

ラブレーのことを知らない読者ならば、こうした言葉を読むと、誰の目にも聖人に見える人物をパニュルジュと対面させるのだろう、と考えるところである。自分自身のことを完全に忘れ去り、みずからの利益など省みないのみならず、自分の外に脱却することすら可能な人物、すなわち預言に必要な恍惚状態を引き寄せうる人物を、思い描くはずである。ところが読者の前に現れるのは、愚かな老判事にしか見えないブリドワなのである。この老人は、四十年にもわたり、サイコロを振って判決を下し、しかも自分のその振舞いに何の疑問も抱いていない判事である。しかし読者には、実は重要なヒントが与えられている。読者は、「狂人の助言や予言」が、どれほど多くの王侯貴族や国を破滅から救い、さらには多くの「当惑《ペルプレクシタース》」を解決してきたか」、という点に注意を促されるからである（*TL*, *TLF* XXXVII, 17）〔第三七章、渡辺訳 p.213, 宮下訳 p.408〕。

われわれ読者がブリドワを笑うとき、彼が喚起する笑いには、パニュルジュが引き起こすそれとは、ずいぶん異なった趣があるのに気づかされる。もっとも、素朴さとひたむきなほどの確信は、二枚舌や不決断と同じくらい確実に、笑いを惹起しうる。ラブレーはここでもまた、後ほどわれわれの尊敬ないし畏怖の念に値すると判明する人物を、ひとまずは読者に笑わせるように、作品を構築している。だが、登場人物たちの発言から、彼がキリスト教的狂気と繋がっている点を認識せずに、ただたんにブリドワの素朴な誠実さを笑いの対象にするのは、あまりに不適切である。

ブリドワはミルラング国の百人法廷〔ここでは「パリ高等法院」をモデルにしていると思われる〕に出廷するが、自分への告発を否定はしない。彼はただ、自分の誤りを、老齢ゆえ目が霞んでサイコロの目を読み違えてしまった、と弁じるに留まっている。感動的なまでの純真さをもって、彼は、同僚の判事全員が常に自分と同じように、サイコロを振って訴訟の勝ち負けを決めてきた、と思い込んでいる。「皆様方とまったく同じように」という彼の決まり文句は、彼の弁明を実に愉快なものにしている要素のひとつである。このキャッチフレーズは、呆気に取られている法廷の面々に対し、ブリドワがいかに訴訟の勝敗を決し、判決を下してきたかを説明する過程で、何度も繰り返し用いられている。もっとも一見でたらめに出されたかのような判決のどれひとつとして、上告により覆された例《ためし》はないのである（*TL* xxxix.）〔第三九章、渡辺訳pp.224-228, 宮下訳pp.428-436〕。

実に素晴らしいことに、ラブレーは、故意に逆説的に振舞い、しかも学殖を喜劇に活かそうとするときほど、実は最も深遠なる哲理にまで達するのである。これから、法律にまつわる知識が『第三之書』を、数章にわたって支配するだろう。そこには多くのジョークがちりばめられている。だが同じく重要なのは、権威ある重要な法的テクストに依拠しながら、そこでキリスト教的狂気が体系的に弁護されている点である。

法律に関するジョークは、現代の読者にはほとんど理解できないだろう。再生するのは不可能ではないが、かなりの努力を要する。ブリドワの弁論は、一連の法律上の成句からなっている。そうした成句の引用は、当時の法律を扱った論考に比べればずっと少ないのだが、われわれにはうんざりするほどの繁茂に映る。法律に関する実際の言及の大部分は、『法律詞華集』*Flores legum* や『法律成句・原則集』《ブロカルディカ・ユリス》*Brocardica juris* といったさまざまなタイトルで知られる、あるラテン語の小冊子からとられている。この点をわれわれ読者は忘れるべきではない。たとえば、ブリドワは、ポワティエでは「ブロカルディカム・ユリス先生」*soubs Brocardica juris* に法律を学んだ（！）と発言しているが、これも右の点を踏まえているのである。（ラブレーはずいぶん以前からこの『法律成句《ブロカルディカ》・原則集《ユリス》』を喜劇的に活用している。すでに見たように、サン・ヴィクトール図書館の書籍リストのなかには、『ブラゲッタ・ユリス』*Braguetta Juris*（『法律の股袋《ブラゲット》』の意）という書籍があるが、これも、広く読まれたこの法律の虎の巻を、ジョークの種にした一例である〔『パンタグリュエル物語』第七章、渡辺訳 p.54, 宮下訳 p.88〕）。ブリドワはその弁明の全般にわたって、法律の原則をちりばめているが、彼はそれをおめでたいほど文字どおりに解釈する。たとえば、「難解な件においては我らは最小を追及す」という法律上の掟〔渡辺訳 p.227, 宮下訳 pp.434-436〕も、彼の解釈では、訴訟が非常に難解な場合には、最も小さなサイコロを使うべきである、という意味になってしまう。つまり、「判決のサイコロ（偶然性）」という比喩的な表現が、訴訟における偶然性を指しているとは露思わず、本物のサイコロを指すと信じているわけである。

法律にまつわる冗談のなかには、今でもかなり容易に理解できるものが、ないわけではない。ただしそのためには、最小限のラテン語の知識が必要である。さらに、法の典拠を示す際に伝統的に使われてきた、暗号のような省略形にうんざりして、やる気を失わないことも肝要である。一例を挙げておこう。ブリドワは、その最も冗長な演説のひとつを始めるに当たって、何世紀にもわたって教養ある法律家が親しんできた原則、すなわち「今の世の人は簡潔を喜ぶ」*Gaudent brevitate moderni* という原則を冒頭に据えている。ラブレーの同時代人たちの笑いには、より実感がこもっていたはずである。なにしろ、ほとんど信じられないほど長ったらしい文章の初めに、この原則を大真面目に引用していた書物を、彼らは数多く目にしていたからである。[22] 他の多くのジョークは古臭いけれども、おなじみの冗談が、思いがけず新鮮な使い方をされる楽しさがある。ただ、法律を「ネタ」にしたルネサンス期に典型的なジョークは、ただのひとつも、現代喜劇の共通領域に入っていないため、われわれが、こうしたユーモアの豊かさを実感するのは、まず無理であろう。もっとも、ある法律の文言に付された馬鹿馬鹿しいが本物の注釈を、ブリドワが誤用している様子は、われわれにも十分笑える。「馬が騾馬《らば》の臭いを嗅いだ」というその文言は、「馬丁の規則」*Lex Agaso* として知られる、発情しやすい馬を持つオーナーの、公道における責任について定めた法律に出てくる。ブリドワは、この一節をめぐる有名な注釈を引いているのだが、滑稽なのは、彼は自分が直前に使った *sentir* というフランス語の動詞（*TL, TLF* XLI, 50f.）〔渡辺訳 p.234, 宮下訳 p.448〕に触発されて、「馬丁の規則」とそれに関する悪名高い注釈を思い起こしたからである。ブリドワ自身の文脈においてこの *sentir* は、「〜に気づいている」、「〜を知覚する」という意味で使われている。だが *sentir* には「臭いを嗅ぐ」という意味もあり、ある中世の注釈家が説明を施す必要があると感じたのは、「臭いを嗅ぐ」という古典ラテン語の動詞 *olfacere* についてであった。ラテン語の原文 « *Olfecit equus mulam* » は、発情した「馬が騾馬の臭いを嗅いだ」、という意味になる。中世の法律家のラテン語力を信用していなかった件の注釈家は、この一節を、馬が牝騾馬に近づいて、「その尻に鼻を突っ込んだ」 *nasum ad culum posuit* と説明したのである。ここに並んだ言葉は、いまだにおかしく十分に笑えるだろう。だが、ブリドワが誤用している、五十を優に超える法律の成句に至ってはお手上げである！　今の世の中では、専門家でもないかぎり、どんな教養人でもローマ法に詳しい人は皆無に近いから、ブリドワの冗談は、かなり重苦しくやりすぎに感じられよう。

22　ブリドワの「キリスト教的狂気」の弁護〔第三九-四四章、とくに第四三章〕

法律にまつわるジョークは、確かに多いとはいえ、ここではやはり物語の半面でしかない。ラブレーの読者はまずブリドワを笑うよう促されるが、その後、パンタグリュエルとエピステモンによって彼は逆に弁護されるのである。ブリドワが「判決用のサイコロ」を用いて、一連の正しい裁定を行なってきた理由を説明するに当たり、彼らはキリスト教的狂気の文脈の中で再解釈したローマ法を、その根拠にしている。

このテーマをめぐって著述してきたルネサンス期の法律学者たちは、賭け事用のサイコロ――その使用は激しい非難を浴びていた――を使って「運命の女神」に訴えようとする無責任な試みと、「当惑《ペルプレクシタース》のケース」に終止符を打つために合法的に使われる籤《くじ》〔による占い〕とを、峻別していた。パニュルジュは、ロレンツォ・スピリトの悪魔的な著作『サイコロ占いの楽しみ』*Livre du passetemps de la Fortune des dez* を念頭に置きつつ、喜び勇んで三つのサイコ

ロ *les trois beaulx dez* を取り出す〔『第三之書』第十一章冒頭。渡辺訳 p.82, 宮下訳 p.148〕。この際パニュルジュは、法学的・神学的に容認できない範疇に、もののみごとにはまり込んでいる。他方でブリドワは、その喜劇的誇張への笑いが収まると、正真正銘の「当惑のケース」に裁決を下すうえで、完全に合法的と認められた方法を用い、しかもそれにより驚くべき成功を収めているのだ。ブリドワは、笑いの対象であると同時に、畏敬の対象でもある。登場人物の誰ひとりとして（パニュルジュのみ例外だが）、「法的な当惑が、時として、籤による『運命の女神』への訴えによって解決されうる」ことを、一瞬たりとも疑っていない（*TL*, *TLF* XLIII, 77f.）〔第四三章、渡辺訳 p.248, 宮下訳 pp.469-470〕。

実際のところ、「運命の女神」に頼るという手法には、法学者たちによって厳しい制限が課されていた。ルネサンス期の法律書の指摘に従えば、籤が使えるのは、問題の事実関係は明白だが、その事実への法律の適用法が完全に不明な場合にかぎられる。ラブレーはこの点を熟知しており、非常に真面目な文脈の中で、「当惑《ペルプレクシタース》のケース」*casus perplexus* の典型例をわざわざ引いている。それによると、あるアテネの女が、最初の夫とのあいだにもうけた息子を、二番目の亭主に殺されたことを知る。取り乱した彼女は、法に頼らずに復讐を果たそうとし（違法だが十分に理解できる行動である）、殺害者たる再婚相手をみずからの手で殺してしまう。* さて、彼女は罰せられるべきか？ アテネの最高法院アレオパゴスは困り果て、当事者を百年後に出頭させるよう命じて、この事件の裁定を事実上無期限に *sine die* 延期してしまう。ラブレーによれば、こうした一件の場合は、籤によって正しい判決を出しうるのである**（*TL* XLIV）。

* 第四四章、渡辺訳 pp.249-250, 宮下訳 pp.471-473. 正確には、再婚相手の男とその息子の二人が、財産狙いで彼女の最初の息子を殺す。その後、二人とも女の手にかかって落命する。

** 第四四章。なお正確には、仮にサイコロ占いで裁いた場合、女が「是」とされても「非」とされても、どちらでも理屈は通る、とラブレーは書いている。「是」なら、女の苦悩の大きさを認めた情状酌量の判決であり、「非」なら司直の権威を無視した廉で罪が問われる、という理屈である。

ブリドワに関するかぎり、ラブレーは問題を単純化して提示している。ただしその際彼は、すでに定着していた法律用語を駆使して、決断に至る「いかなる手段」ももはや存在しない場合のみ、神聖なるサイコロ占いに頼るのを認めているのである。

これより何年も前に、有能な法律家であったトマス・モアも、英語で著したある書物の中で（ラブレーがこれを読んだ形跡はない）、ラブレーと同じ区別を行なっている。モアは、「運命の女神」に頼る場合に課すべき制限を、知り尽くしていた。彼はもちろん、こうした手段の行使を認めてはいたが、分別のある人間ならば妻を娶るべきか否かを占いで決めてもよいとする見解を、一笑に付して退けてもいる。籤の使用が許されうるのは、（とモアは書いている）「当惑《ペルプレクシタース》を解消するうえで（……）他にいかなる手段も存在しない」場合にかぎられるのである（*TL*, *TLF* XLIII, 85 and notes）〔第四三章、渡辺訳 p.248, 宮下訳 pp.469-470. モアに関する言及は、スクリーチ編の *TLF* 版を参照〕。

パニュルジュの場合、占いに頼るのは適切ではない。そもそも彼の苦悩は、事実関係は明らかだが法律の適用法が不明な、厳密に法的な当惑から生じたわけではない。さらに彼は、自分のジレンマから脱する「いかなる方法」も残されていない、という状態にもない。最後の手段としては、キリスト教的狂気の体現者トリブレに相談するのが、適切かつ正しいところである。法学的に見ても奥の深いこの作品にあって、「分配上の占い」〔一度出された決定は覆せない〕に直接訴えることが、パニュルジュに残された最後の手段ではないことなど、パンタグリュエルにとっては当たり前だった。パニュルジュの場合は、方法が正しいかどうか（誤っているか）にかかわらず、サイコロの使用そのものが、すでに不適切なのである。だが、これはいかなる時代の誰にでも当てはまる事柄ではない。

ブリドワはあまりに無邪気で滑稽な人物であるため、法律学が課する制限などに頓着しない。彼は、すべての訴訟の判決を、サイコロを振って決めている。彼にとっては、すべてのケースが、「当惑《ペルプレクシタース》のケース」なのである！しかも常にこのように振舞い、それを何とも思っていない。なるほど、誇張という要素は喜劇の構成要素である。だがそれは同時に、われわれ読者が直面せざるをえない逆説《パラドックス》の一部でもある。パンタグリュエルとその仲間たちは、明らかに誤った判決について説明するために、法曹界の先輩たちの面前に召喚されたブリドワの釈明を聞きにきているが、右の逆説は、そうした彼らに深刻な難問を投げかけずにはいない。なぜなら、ブリドワが提示している問題は、サイコロ占いによって素晴らしい判決に達したのが、一度や二度ではない点である。正真正銘の（とはきわめて稀有な）法的当惑を前に、敬虔な気持ちでサイコロを振る場合を含め、何らかの占いに望みをかけようとする発想は、ローマ法に精通している者なら誰が抱いてもおかしくないであろう。ここでの問題は、ブリドワが四十年間ひっきりなしに成功を収め続けた事実である。神によって秩序付けられている世界にあって、これほど長きにわたり成功し続けたことを、たんなる幸運に帰するわけにはいかない。とくに、ブリドワが誤って下した唯一の判決も、彼がサイコロに裏切られたことを意味していない以上、なおさらである。彼はただ、視力が落ちたせいで、当然のごとく振った小さなサイコロの目を読み誤ったにすぎない。サイコロが、もはや彼を正しい評決へと導かなくなった、という暗示はどこにもないのである。

法学者にとって「運命の女神」による裁定は、最終的な審判である。その審判に対しては、いかなる上告も認められなかった。最終的審判者としての「運命の女神」というこの古典的な概念は、ローマならびにビザンティウムの新しいローマという、キリスト教圏の必要に適応するように、ローマ法の他の部分と同じくキリスト教化されている。当惑《ペルプレクシタース》に陥った場合に、「運命の女神」の裁定を得る目的で、「占い」*sortes*という手段に訴えるのを正当化してくれる一般的なテクストは、「コミュニア・デ・レガーティス」*Communia de legatis*〔『遺産分割論』〕の名称で知られるユスティニアヌス法典中の法律である。読者はパニュルジュの探求の初期段階で、すでにこのテクストに遭遇している。パニュルジュは、ホメーロス占いで下された判断が自分の意に沿わない場合には、不服として上告するという意思を明らかにする。この時パンタグリュエルが彼を黙らせるために引き合いに出すのが、この権威ある法的テクストなのである（**TL XII, end.**）〔第十二章末尾、渡辺訳p.90, 宮下訳p.164〕。言い換えるならば、『第三之書』では、ブリドワの逆説《パラドックス》が、非常に早い段階で準備されていたことになる。賭博用のサイコロとロレンツォ・スピリトの書を使って、さっさと決心に達したいという性急なパニュルジュの姿勢は、悪魔に道を開くとして厳しく非難されている〔第十一章、渡辺訳p.82, 宮下訳p.148〕。したがって、ブリドワの「判決用のサイコロ」と、パニュルジュの「三つのサイコロ」とを類似的に捉えるのは、先の法律を知る者には絶対に不可能である。同様に、「遺産分割論《コミュニア・デ・レガーティス》」という法律を持ち出すことで、パニュルジュの探求過程全体が、占いを重視するひとつの広範な法的コンテクストの中に位置づけられるのである。

ラブレーはブリドワの裁定法の逆説的弁護へと、愉快かつ軽快に読者を誘《いざな》うために、さらなる工夫を凝らしている。ブリドワが自分の「判決用のサイコロ」について説明しつつ、初めて引き合いに出した法的典拠に、その工夫の跡が見られる。

「サイコロというのは、どのようなサイコロを指しておられるのかな？」（と法院の議長トランカメルは尋ねた）「判決用のサイコロ、判決の偶然を示す《アレア・ユディキオールム》サイコロ *Alea judiciorum* でございます（とブリドワは答えた）。これに関しては、*doct. 26q. ii. c. Sors* に記述されております」（*TL, TLF* xxxix, 34f.）〔第三九章、渡辺訳 p.225、宮下訳 pp.430-431〕

ブリドワが「判決の偶然性（サイコロ）」*alea judiciorum* を、文字どおりの意味に解する箇所の喜劇性は、非常にわかりやすい。だが、現代の大部分の読者が、引用部の最後の箇所に困惑するのではないだろうか。これらの文字は、『グラティアヌス教令集』Gratian's *Decretum* に見られる教会法の、ある著名な引用箇所を指示している。この『教令集』は、十二世紀のボローニャのイタリア人修道士が編纂したもので、教会法のかなりの部分の基礎となっている。換言すれば、教会の法体系の根本的な基盤をなしており、成文法、慣習法のいかんを問わず、すべての世俗法に対し教会法が優位にあると謳っている。この著作は大変な権威とされており、しかも多様な学問分野で多くの学者によって頻繁に引用されているため、ラブレーもここで行なっているように、グラティアヌスの名前にも書物のタイトルにも触れずに言及するのは、当時はごく自然なことであった。

『グラティアヌス教令集』はいくつものセクションに分割されているが、各セクションを指し示すにあたっては最小限の情報しか示さない場合が多い。確かに *26 q. ii. c. Sors* はわれわれには謎めいた暗号にしか見えない。しかしながら、ラブレーが——ないしはブリドワが——不必要に専門家ぶっていると考えるのは誤りである。彼はこの表記によって、『教令集』中の重要なテクストを、ごく一般的な仕方で指し示しているにすぎない。ラブレーの関心を惹く部分は、まずは「カウサエ（訴因）」*Causae*〔単数は「カウサ」« causa »〕に分割されている。これらの「カウサエ」はさらに下位の「クアエスティオーネス（問題）」*quaestiones*〔単数は「クアエスティオー」« *quaestio* »〕に分割される。これら「クアエスティオーネス」は、さらに下位の「カノン（法規）」*canons* に分割され、それらは番号ないしは冒頭の語（もちろんその両方の場合もありうる）によって示される。ブリドワはその典拠をテクストそのものにではなく、*per. doct.* に、つまり、第二六番目の「訴因《カウサ》」中の、第二番目の「問題《クアエスティオー》」の、「占い」（*Sors*）で始まる箇所に教会法博士たち *doctors* が施した註解に、その典拠を求めているのである。

『第三之書』には、ラブレーが教会法に反発しているかのような箇所がいくつかある。だがそう考えるのは、不正確な情報に基づく判断にすぎず、当時のある論争を知らないことに由来する（この点については、本書五三二ページ以降）。ブリドワが引いているテクストは、世俗法の専門家と教会法学者の双方から、非常に権威ある一節と見なされていたのである。ブリドワがその漫然とした演説の中で付随的に引いているこの「訴因《カウサ》二六、問題《クアエスティオー》二、法規《カノン》二、占いに関して」というテクストは、彼の奇妙なサイコロの使用法を正当化しているわけではないが、少なくとも、「運命の女神」に頼るという問題を扱ってはいるのである。この点は、のちにパンダグリュエルとエピステモンが、ブリドワの振舞いを真剣に弁護する際に重要となってくる。

「訴因《カウサ》二六、問題《クアエスティオー》二、法規《カノン》二、占いに関して」の指示しているテクストだけを単独で読んだ場合、占いの使用にきわめて好意的だという強い印象は受けない。しかしながら、このテクストは、特定の状況下でのこの手段の採用を許可しているため、難問を占いによって決することを支持する学者たちに、好材料を提供している。さらに言えば、ブリドワの場合は「訴因二六」そのものにではなく、教会法博士たちが注釈の形でこの一節に加えた解釈のほうに依拠しているのである。註解者たちのなかには、占いの実践に、テクストそのものよりもずっと好意的だと思われるような解釈を、この「訴因二六、問題二」に適用している者も幾人かいる。この観点から読むに値する法学博士のひとりに、『愚者の船』を執筆したユマニストのセバスチャン・ブラントがいる。問題のテクストに彼が加えた註解は、『第三之書』そのものに対する、良質の注釈書にすらなるかもしれない（*Decretum Gratiani*, Basle 1500）。ブラントが付加した註解は、占いの使用にきわめて寛大である点で、「訴因二六、問題二」のテクストと既存の註解の双方を、よりラブレーのほうに引き寄せている。裏切り者ユダの跡を継ぐ使徒を選ぶに当たり、サイコロを振ってマッテヤに白羽の矢が立ったという聖書の古典的な一件〔「使徒行伝」第一章十五節―二六節〕を引き合いに出して、セバスチャン・ブラントはこう付け加えている。「したがって、人間による助力の可能性がいっさい残されていないとき、われわれは神の助力を請うてもよい。これは、（別の）「訴因《カウサ》二二、問題《クアエスティオー》二、審問」に記載のあるとおりである。また、法律に従っても大いに疑念が残るときにも、占いに頼ってよい場合がある。この点は、« *ff. de judi, Sed cum ambo* » および « *C. Communia de legatis, lege, Si duobus* » に記載がある」。ローマ法から引かれたこれら二つの権威――『学説類集』（*ff*）および――『ユスティニアヌス法典』（C）は、ブリドワがすでにこの逸話の冒頭近くで言及しているテクストである（*TL*, *TLF* XXXIX, 42-6）。とくに後者は『第三之書』の早い段階で（*TLF* XII, 143）、パンタグリュエルが権威ある法律として引用している箇所に反響している〔第十二章末尾に同じ法律への言及がある。渡辺訳 p.90, 宮下訳 p.164〕。パンタグリュエルはそこで、「運命の女神」に対し上告すると言い張るパニュルジュを、強く咎めているのである。多くの学者が両方の法律（世俗法と教会法）を研究対象にしていた以上、必然的に、「訴因二六、問題二」が、ブラントやブリドワが引いている世俗法との関連で、しばしば註解の対象となった。私がブラントをここで引き合いに出しているのは、いわば案内役としてであり、必ずしも典拠としてではない。だがブラントは、エラスムスおよびその著書『痴愚神礼讃』への支持を、最初に表明した人物のひとりであるから、ラブレーが彼の仕事を知っていて敬意を払っており、さらに場合によっては、法的文脈の中でキリスト教的狂気を扱う際に、彼の仕事から霊感を得ていたという可能性は、まったくありえない話ではない。

23　ブリドワと預言という神の賜物〔第二九―四四章（とくに第四三章、四四章）〕

ローマ法（敬意は払われていたが、批判を免れていたわけではない）と教会法（その注釈者たちは必ずしも尊敬を集めていなかったが、ラブレーは時には彼らの仕事を利用した）の二つは、『第三之書』がキリスト教的狂気のテーマを展開している部分の、学問的枠組みを形成している。キリスト教内に取り込まれた「運命の女神」に対し助けを求めるのは、いうまでもなく宗教的行為に当たるから、謙虚な気持ちで行なわれねばならない。ブリドワがすべての訴訟を決するうえでサイコロを振るのは、謙虚さの具体的顕《あらわ》れではあるが、ごく普通の意味での人間の責任を果たす行為ではない。しかしだからこそ、そこに喜劇が生ずるのである。こうしてわれわれ読者は、彼の無邪気できわめて無責任な「運命の女神」への訴えを笑うのだが、それも突然、当惑《ペルプレクシタース》を解決する彼の能力が、キリスト教の預言 **prophecy** の特別な一形態〔ここでは主に「神の意思を宣する能力」〕であると悟らされるまでのことである。この狂人はたんなる狂人ではない。ブリドワは、天界の霊的存在〔または「知性的存在」〕**celestial intelligences** に特別な好意を寄せられている、慎ましい人物なのである。サイコロによって訴訟を常に正しく決するブリドワの能力を説明できるのは、それが聖霊の賜物であるという仮説しかない。預言は、いかなる形であれ、すべて聖霊の賜物 **charismatic** である。こうした霊的な賜物に伴って顕現する、キリスト教的狂気の場合も同じである。だからこそ、霊的な賜物であるパンタグリュエルの叡智は、ブリドワの不思議な能力と決して対立しないし、それどころか、トリブレの預言的狂気とすら相反しない。なぜなら、天賦の才は多種多様であろうとも、そこに聖霊が作用している点では同質だからである。神より賜った本物の叡智と、キリスト教的狂気は、同類であって仇敵などではありえない。ブリドワのキリスト教的狂気のほうは、可能性は高いが推測にすぎず、確実な事象とはいえない（*TL*, *TLF* XLIV, 47f.）〔第四四章、渡辺訳 p.250、宮下訳 pp.474-475. エピステモンの台詞を参照〕。しかし、パンタグリュエルの叡智が聖霊の賜物である点は疑いなく、その彼はブリドワを、神霊に与《あずか》る狂人と見なす傾向が強い。その証拠にトランカメルは、「いっさいの善の付与者たる神が貴方様に贈られた良識、慎重な判断力、そして賛嘆すべき智恵」という、パンタグリュエルの美質にはっきりと言及している。パンタグリュエルも、裁定をしてほしいというトランカメルの厳粛な要請に応えて、演説を締めくくっているが、その際、すべての良き賜物の付与者としての神に、彼もまた言及しているのである（*TL*, *TLF* XLIII, 10f., 60f.）〔第四三章、渡辺訳 pp.245-246、宮下訳 pp.465-470〕。

　聖書の文言を想わせる荘厳な言葉遣いと、トランカメル **Trinquamelle** という滑稽な名との対立は、『第三之書』のこの部分がはらんでいる逆説的な本質と関係している。「トランカメル」という名の背後には、あの博覧強記で鳴らした「ティラクエルス」*Tiraquellus*（ティラコー Tiraqueau）という偉人の名前が透けて見える。ティラコーはこのころには、パリ高等法院のメンバーであり、同時に法律学者としてもきわめて令名が高く、いまや王国内の実力者のひとりと言ってよかった。このティラコーを面白おかしいアナグラムである「トランカメル」（「ガラクタ」の意味）の名で呼ぶのは、明らかに偽善者とはほど遠い瀕死の詩人に、「ラミナグロビス」*Raminagrobis*〔「大猫、偽善者」の意味がある〕という逆説的な名前をつけることと類似している。ラブレーの「年代記」全体を通して、恣意的な名をつける例は少なからずある。彼のこの逆説にはある方法論が隠れているのだが、今はそれを論じる場ではない。ただ「ついでに」指摘しておくと、われわれは、ラミナグロビスを偽善者だと見なさいように、「ガラクタ」という名前を与えられてはいても、トランカメルのことをつまらぬ人物だとは解さないのである。

パンタグリュエルがブリドワを弁護する様子には、慈愛と思いやりが満ちている（*TL* XLIII）〔第四三章、渡辺訳 pp.246-247, 宮下訳 pp.466-468〕。言い換えると、ブリドワをまずは徹底的に非難した後に、寛大な裁定を求めようという操作は、ここではまったく見当たらない。ブリドワが下した無数の正しい判決は、それまで誰も思いもよらなかったサイコロに頼っていたにもかかわらず、すべて最高法院で是認されているのである。この事実は、神の側からの導きがあった可能性を示唆している。神の用いる方法は神秘に包まれており、神は御自分が欲するときに欲する仕方で奇跡を行なうのである。キリスト教徒の神は、晩禱の礼拝で忠実な信者が毎日耳にするように、現世の有力者をその座から引きずり下ろし、ささやかなる者を高みへと引き上げる——この、英国の礼拝で言うところの「ささやかで柔和なる者」humble and meek ではなく、「単純でささやかなる者」*les simples et humbles* という用語の組み合わせは、単純で無私無欲なブリドワには、とくに似つかわしい。こうした用語が、キリスト教的狂気への道を開く。英語で「心貧しき者」the poor in spirit に天恵が与えられるという表現は、フランス語やラテン語ではより明確となり、「知的に欠けている」という意味での「単純な」人々に付与されるのである。すなわち、「知性貧しき者」*pauvre d'esprit, pauperes spiritu* に付与されるのだ。

ブリドワは謙虚であり、その性格は純粋無垢である。ラブレーはこの点を叙述するに当たって、*sincerité*〔現代語では「誠実さ、率直さ」を意味する〕という語を用いている。当時、この単語にはまだ、ラテン語 *sinceritas* の「清潔、純粋、堅実、健全」という意味があった。ブリドワは、純粋さ、単純さ、そして目を見張るほどの自己愛の欠如ゆえに、霊的存在が導くに値する人物と見なされたのである。

神の使いである、畏怖すべきこれらの霊的存在は、ブリドワを特別な人間、それも預言という神からの賜物の一種を受け取るべく選ばれた者、現世の智恵をはるかに超える叡智を秘めたキリスト教的狂気の内に生きる者として、選び出したのである。ブリドワは「彼の外にいる」、つまり狂人である。彼は、エラスムスが『痴愚神礼讃』の中で、痴愚の女神 **Stulticia** を通して称讃した、神聖なる狂気を備えているのである。

ブリドワが受け取った預言の才は、エラスムスが非常に重きを置いた、主要な預言的能力とは異なっている。つまり、聖書の、より深遠なる意味が権威ある仕方で明かされるように「言葉を発する」才ではないということである。ラブレーはその種の預言の能力をパンタグリュエルにあてがっている。ブリドワは、パンタグリュエルが預言的である、という意味において預言的なのではない。彼はまた、未来を知る才能を賦与されているわけでもない。ブリドワが得た霊的賜物は、神の判断を媒介できるようにしたのである。他の箇所で、ラブレーは預言という天賦の才を、専門性にはやや劣るがより伝統的な観点から解釈し、それを占いを行なう才能だとしている。その種の「預言者」は、実際に未来を予知する能力を特別に授けられている。パニュルジュが最後の助言を求めた折に、トリブレが「預言者」としての側面を見せるのがそれである。だがブリドワは「予見者」*praessage* ではない。彼は、逆説的にも「賢者」*sage* なのである。「神霊のおかげで」*par aspiration divine* キリスト教的狂気を賦与された者特有の叡智を有しているのだ〔第三七章、渡辺訳 p.214、宮下訳 pp.409-410〕。彼には、占いの助けを借りて、奇跡的にも常に正しい判断を下すという力が付与されている。彼にとってはそのすべてが「当惑《ペルプレクシタース》のケース」である難事件を、何年も担当してきたブリドワは、神の天使たちから授かった特別な啓示を通して、当惑から脱する方法を見出してきたのである。

仮にパニュルジュが、これほど悪魔や自己愛に支配されていなければ、彼がブリドワから学びえたのは何であっただろうか。それは、将来の妻に関する情報などではなく、むしろ、キリスト教的狂気の意義を十分に理解したうえで、自分とその将来のいっさいを神の手にゆだねるべきだ、という教訓だったのではないだろうか。

ブリドワは、『第三之書』において、ある危機が訪れた際に登場する。読者は彼が、二人の狂人に挟まれているのに気づく。トルイヨーガンとの面談で気が触れたパニュルジュと、その彼の質問に対して、今までで最も含蓄ある返答をするはずの宮廷道化トリブレである。このブリドワをめぐる不思議な逸話は、たんなる話の脱線ではなく、ましてや、芸術上の空白を避けるうえでの、愉快な「埋め草」などではない。このエピソードを取り入れることによってラブレーは、学問およびキリスト教にまつわる新たな知見を、作品内に持ち込んだのである。饗宴の終盤あたりで、パンタグリュエルにより預言的な解釈を下された賢者たちの意見も、頑固な自己愛のゆえにはまり込んだ当惑《ペルプレクシタース》の罠から、パニュルジュを救い出すには至らなかった。このように、決着を付けるべき問題があまりにも錯綜していて、「他のいかなる方法」も残されていない場合、ルネサンス期のキリスト教徒たちは、ローマ法の中に、決定decisionをめぐる神学を読み取ったのである。そしてこの神学は読者を、ローマ法とキリスト教的狂気という、二つの新領域へと招き入れたのであった。ブリドワの件に関する主人公たちのさらなる考察は、読者を、より明白なキリスト教的狂気を体現したトリブレ、フランス宮廷に実在した道化で、ラブレーの読者ならおそらく誰でも知っていた道化の狂気の世界へと、すぐさま引き込むことになる。一方、ブリドワの役割は、パニュルジュの結婚の将来を予測することではない。彼の役割はむしろ、正真正銘の当惑というジレンマから抜け出す唯一の方法は、確かな法と確かな福音主義的神学に鑑みるならば、神の意思に完全に従うことであると、教養ある読者に思い起こさせる点にあった。ここでエピステモンが口をはさみ、これがたやすい解決法ではないこと、ブリドワは特別なケースであって、人生のあらゆる決断において模倣すべき例ではないこと、占いによる決断は軽々しく行なうべきではないこと、それはきわめて例外的な手段であり、非常に複雑かつ不明確な問題、つまり「曖昧で混乱しており、かつ錯綜していて難解な」*ambiguës, intriquées, perplexes et obscures*〔第四三章、渡辺訳p.248、宮下訳pp.469-470〕問題にぶつかった時にのみ、採用しうる手段だということ、等々の意見を読者に開陳している。ヨハンネス・オルデンドルピウス——当時の法律学の大権威——も、決断に至る一手段としての占いを論じる中で、占いは「日常の食事としてではなく、珍しい香辛料として」利用されるべきだ、と記している。占いは、「必要」な際に用いる「最後の手段」なのである。こう主張するオルデンドルピウス〔(一四八八―一五六七) ケルンなどで教鞭をとったドイツの法律学者〕は、この問題が「みごとに論じられている」、あの「訴因《カウサ》二六、問題《クアエステイオー》二、法規《カノン》一」へと読者を誘《いざな》っている。

ブリドワに関する最後のコメント（キリスト教的狂気そのものへの直接的コメントではない）は、自分の息子の殺害者である再婚相手を殺した例の女の、典型的な「当惑《ペルプレクシタース》のケース」の直後に配置されている。この最後の論評は、『第三之書』の初版ではパンタグリュエルにあてがわれていたが、その後エピステモンに割り振られている。推測に基く側面の強いこのコメントは、大賢となったパンタグリュエルよりも、賢者だがより間違いを犯しやすいエピステモンに当てるほうがふさわしい。パンタグリュエルはいまや非常にスケールの大きな哲人であり、ストア派的な「偉大な印象」のおかげで、自分の判断に常に確信の持てる人物に見える。そこでラブレーは、多少の混乱が生じるのは覚悟のうえで、以下は誤っている可能性もあるという告白から始まる演説を、エピステモンに振り替えたほうが、芸術的観点からも好ましいと判断したのであろう。演説者は、その冒頭において、ブリドワの長期にわたる正しい判決が提起している問題に対しては、「絶対的な」返答はできないと、「告白」せざるをえないように感じたのである（*TL, TLF* XLIV, 47f.）〔第四四章、渡辺訳p.250, 宮下訳p.474〕。

いずれにしろ、パンタグリュエル、そして後を引き継いだエピステモンは、世間知の対極にあるキリスト教的狂気という観点から、ブリドワの成功の連続を、推測を交えて説明している。天界の霊的存在は、ブリドワの単純さとその動機の純粋さとを、間違いなく認識している。また、霊的存在は、法の内に隠された罠や矛盾撞着を、ブリドワがよく心得ていることも知っている。法とは、悪魔の手先ども〔邪悪な弁護士や判事や代訴人などを指す〕が、とくに好んで黒を白と言いくるめる（パニュルジュしかり、『パンタグリュエル物語』で非難されたチェポラしかり）領域である。ラブレーはウルガタ聖書の文言を文字どおりに解釈しつつ、聖パウロの「コリント人への後の書」第十一章に出てくる、大いなる不正を扱った有名なテクストの内に、こうした事態への警告を読み込んでいる。「サタンも己《おのれ》を光の御使《みつかひ》に扮《よそほ》へば、その役者《えきしゃ》らが義の役者のごとく扮《よそほ》ふは大事にはあらず」〔「コリント後書」第十一章十四―十五節〕。本来職業人として支えなければならない正義を、平気で蹂躙する邪悪な法律家を通して、悪魔はその力を存分に行使している。しかも、正義を装うことでみずからの悪を隠蔽しているがゆえに、彼らの罪はきわめて大きいのである。ラブレーは『第三之書』の中で、この聖書の文言を二回引いている。サタンに騙される危険性をも含め、こうした状況下では、ブリドワのように単純な善人こそが、聖書が「正しき裁き主」* Just Judge と呼ぶ神の元に、助言を直接求めに行けるのかもしれない。彼は、みずからの当惑《ペルプレクシタース》をあるがままに認め、神の御意思を「認識する」*reconnoitre* 努力を怠らないがゆえに、天来の恩寵に援助を求めうるのであろう。しかも以上のいっさいは、ルネサンス期のローマ法解釈に合致する形で行なわれているのである。

* 「テモテ後書」第四章八節に「正しき審判主《さばきぬし》なる主」という表現がある。『第三之書』第四四章、渡辺訳 p.250, 宮下訳 p.474 のエピステモンの演説中に、この表現が取り込まれている。

『第三之書』は、時代の数々の論争においてみずからの立場を明らかにし、同時代の知的状況に深く関わった書物となっている。この点から、キリスト教的狂気のラブレーによる弁護に見られる、ある奇妙な点が理解できる。

ブリドワは、弁明の初めのほうで、『グラティアヌス教令集』の重要な「訴因《カウサ》」、すなわち「訴因二六、問題《クアエスティオー》一、法規《カノン》二、占いに関して」を引き合いに出していた。ところが、まさにこの「訴因」中にそのまま引用されているために有名になった、聖アウグスティヌスの重要な言葉について、パンダグリュエル（後にエピステモン）が言及した際、彼はその文言を教会法にではなく、「タルムード学者たちも言うように……」と、「タルムード学者」たちに帰している。彼ら「タルムード学者」たちのこれらの言葉は、聖アウグスティヌスの以下の言葉を直接転写したものである。「占いの内にはいかなる邪悪も含まれていない。人間が懊悩し疑念に苛まれるおりには、ただ占いによってのみ、神の意思が明らかにされるのである」*（*TL*, *TLF* XLIV, 70f. and notes.）聖アウグスティヌスはこの論評に際し、「詩篇」第三〇篇（または第三一篇）の第十五節〔正確には第十四－十五節にかけて〕を参考にしている。「汝はわが神なりといへり、わが占いはすべて汝の手の内にあり」。ここにはヘブライ語の誤訳がある（すでに「七十人訳聖書《セプトゥアギンタ》」に見つかる誤訳）。「占い（籤《くじ》）」と訳された元々のヘブライ語は、「時、機会」occasions を意味していたのであり、ヘブライ語のみならずギリシア語も実質上できなかった聖アウグスティヌスが、自分の評言《コメント》を書くうえで、ユダヤ教関連の原典に当たったとはとうてい考えられない**。したがってここでタルムード学者の作とされている以上の言葉は、間接的にも、タルムード起源とは言いがたい。実はラブレーは、「タルムード学者」という語を、軽い非難を込めて使用しているのである。もちろん、彼は間違いなく〔タルムードと教会法という〕二つの世界から、各々その最良の部分を取り込みたいと考えていた。彼は、キリスト教的狂気という、聖書の理想とするところを裏づけるために、教会法に関するみずからの知識を活用している。にもかかわらず、その専門的知識が、教会法の領域をほぼ一歩も出ない連中をうまく貶《けな》しているのである。占いを神の意思の表れとして弁護するうえで、ラブレーは、「訴因二六、問題二」を引き合いに出し、ついで、不必要に持ち上げないよう気をつけつつも、専門的な注釈家の解説も取り込んでいる。こうすれば、教会法そのものではなく、それをめぐるいくつかの注釈を、ユダヤ教のミシュナー*** Mishnah に効果的になぞらえることが可能となる。つまり、ミシュナーが、「モーセ五書」を補足する法体系として意図されたように、反動的な法律家によって伝統的解釈を施された教会法も、束縛とはほぼ無縁のキリストの軽やかな宗教に、非聖書的な加重をかけ、しばしばキリスト教徒の良心を縛りつけようとする点を示唆するのである。この手の教会法学者たちは、たんなる「タルムード学者」、言い換えれば、新種のユダヤ風律法主義者だと、読者には感じられるはずである。ユダヤ教の用語の多くは、こんなふうにキリスト教徒に対し適用されると、どこか侮蔑的な印象を与える。だが、キリスト教内部での戒律絶対主義者を面白おかしく茶化しているからといって、必ずしも反ユダヤ的なわけではない。ここでは、ヘブライ研究に対する敵意はまったく前提とされていないし、また、現代的な意味での反ユダヤ主義なども皆目見当たらない。ある種の教会法学者を「タルムード学者」と呼ぶ姿勢は、実は『第三之書』の本質的精神と深部で繋がっている。というのも、すぐに判明するように、『第三之書』は、教会法の複数の箇所に対する伝統的な解釈に、深い敵意を示しているからである。自分の立場を補強するために教会法学者の註解を引くときですら、ラブレーは彼らを貶す傾向にある。

* 第四四章、渡辺訳 p.251. 渡辺は「タルムード学者」を「ユダヤ律令師」と訳出している。宮下訳 p.475.

** 「詩篇」の先ほどの箇所の正しい文語訳を掲げておく。「汝はわが神なりといへり。わが時はすべてなんぢの手にあり」

*** 二世紀末に Judah ha-Nasi が編纂したとされるユダヤ教の口伝律法。その解説部分とされるゲマーラーとともにタルムードを構成する。

ブリドワの逸話は、皇帝ユスティニアヌスのために『法典』を編んだ古代の法学者トリボニアヌスに対する、激越な攻撃で終わっている（*TL*, *TLF* XLIV, 81f.）〔第四四章、渡辺訳 pp.251-252, 宮下訳 p.476〕。この攻撃は読者に、ローマ法がいかに荘厳であろうとも、やはり部分的に汚れた典拠である点を思い起こさせる。もっとも、教会法ほど汚れた箇所はどこにも見当たらないが。では、ラブレーが初期に抱いていたローマ法への熱烈な思いは、冷めてしまったのだろうか。私自身は、彼のローマ法への敬意が、その根源で崩れつつあるとは思わない。だが、『第三之書』という文脈《コンテクスト》の中で考えた場合、また、人間界の事象の不確実さに対し、この書が示している強い警戒感からいえば、たとえローマ法といえども、確かな知識を提供してくれる、純粋にして無謬の源泉たりえないのである。この点でラブレーは、ビュデやその他のユマニストたちと同じ立場にいる。彼らはみな、『ユスティニアヌス法典』を高く評価したが、その「設計者」で、不正直な編纂者であるトリボニアヌスを、明らかに軽蔑する態度をとったのである。ビュデの信ずるところによると、トリボニアヌスは『ユスティニアヌス法典・学説類集』を編纂するにあたって、故意に手抜きをしたというが、ラブレーも明らかにこの意見に与《くみ》している。二人に言わせれば、トリボニアヌスは、素材である法律を小片に切り分けて、法の本来の力を削ぎ落とし、同時に判事たちの手を束縛してしまったのである。モンテーニュも、この二人に同意している。

24 トリブレと法律上の狂気〔第四五－四七章〕

ラブレーがトリボニアヌスに噛み付く際の言葉があまりに辛辣で、また、ブリドワから宮廷道化トリブレへの移行があまりにスムーズに行なわれているので、読者は、いまや法律は背後に退けられ、ここからは狂気も純粋に喜劇的観点から、あるいは純粋に神学的な観点から議論されるのではないか、という予感を持たれるかもしれない。だがこれは真相からはほど遠い。なるほど、キリスト教的狂気に関するラブレーの概念は、エラスムスの『痴愚神礼讃』に何らかのものを負っている。だがそれは、より専門性の高いエラスムスの他の神学的著作は言うまでもなく、ビュデやその他のユマニストたちが詳細に解説したローマ法に対しても、さらに多くを負っているのである。

六日間のブランクがあったので、パニュルジュは、そのメランコリックな茫然自失の状態から立ち直るチャンスもあったが、結局のところ、いっこうにその症状はよくならない*（*TL* xlv,beginning）。パニュルジュは、良きキリスト教的狂気の見本が眼前にあっても、それを認識できない。パンタグリュエルによれば、彼を当惑《ペルプレクシタース》から引き出す「他のいかなる手段」も存在しない。したがって、トリブレから助言を得る際も、不承不承の態度を崩さないパニュルジュは、完全に救いがたい状態に置き去りにされるしかない。彼のような自己愛と迷信に蝕まれた輩に予想されるように、彼は、自分を盲目にしているはずの狂気を、他のありとあらゆる人間の特徴だと喚き散らす〔第四六章、渡辺訳 p.257, 宮下訳 p.488〕。パニュルジュはトリブレにまずは贈物を手渡し、その後、実に場違いなことに、「修辞の華に飾られた優雅な言葉で」*en parolles rhetoriques et eleguantes*、自分が陥ったジレンマを説明する。トリブレは彼の言葉をさえぎり、その首根っこをゴツンと殴り、中のワインを飲み干して空になったビンを彼に返し、もらった豚の膀胱で彼の鼻先を叩くと、ただこれだけ言う。「神様、神様にかけて、狂犬病の気違いめ、修道僧に気をつけろ、ビュザンセーの風笛」« *Par Dieu, Dieu, fol enraigé, guare moine, cornemuse de Buzançay* »。これらの支離滅裂な言明をパンタグリュエルは、これまでに試したすべての占いの結果を追認し、パニュルジュは修道士によってコキュにされるだろうと示唆する、今までで最も内容の充実した返答だと評価する。これは、今までに頼ったいかなる占いも示しえなかった細部《ディテール》である。キリスト教的狂人であるトリブレは、最初の三語の中で神の名を二回発しているが、これは、彼が神からの霊感を受けていることを示す技法である。対照的に、パニュルジュが何かというと「悪魔」や「狂人」あるいは「気違い」という語を口走るのも、同じくらい雄弁に、彼が置かれた状態を表現している。トリブレに対する返答の中で〔正確には、パンタグリュエルの解釈に対する抗議の中で〕、パニュルジュは「狂気」*follie* や「偏執狂」*maniacques* や「狂犬病気違い」*enraigez* という語を漫然と発すると同時に、「狂人」ないし「狂人たち」（*fol, folz*）に七回も言及したあげく、「狂人村《フー》」*Fou* という場所の名称までこしらえている（*TL, TLF* XLVI, 33-44）〔第四六章、渡辺訳p.257, 宮下訳p.488〕。パニュルジュとトリブレの対面の様子を描いたごくわずかなページはしかし、われわれ読者を一気に個人を対象とした「仮説」という大きな問題に連れ戻してしまう。われわれはもはや、法的な当惑を解決するブリドワ流の手法からも、また、学識ある神学者、医者そして哲学者が、結婚およびコキュにされる危険に関する一般的な命題を練るうえでくり広げた饗宴からも、すでに遠ざかってしまっている。われわれはまたもや、パニュルジュ固有の問題へとまっすぐに舞い戻って来たのである。しかも、彼の命運はここで尽きる。

＊　第四五章、渡辺訳p.252. この章の冒頭を訳出しておく。「その後六日目にパンタグリュエルは戻ってきたが、その時には、トリブレが水路を経てすでにブロワから到着していた」宮下訳p.478.

パニュルジュは、何ひとつ新たに学ばないがゆえに忘れることもない、極端な保守主義者に似ている。彼が、単純素朴な愚者トリブレ（彼は玩具の木刀で遊ぶ人物である）に向かって、愚かにも「修辞の華で飾られた優雅な」言葉で話しかけたというのは、瑣末な細部ではむろんない。パニュルジュは空虚なレトリックからいつまでも離脱できない存在であり、トリブレのような正真正銘の狂人に話しかけるにふさわしい、ごく単純な表現をまったく使えない人物なのである。さらに彼は、トリブレが霊感を受けて発する言葉の価値も、正しく評価できない。だから今までと同様に、自己愛から本来自分自身を蝕んでいる欠点を、他人になすり付け続ける。彼はパンタグリュエルとは反対に、トリブレの明白な狂気の内に、霊感が作用している徴《しるし》を絶対に認めようとしないせいで、自分自身がまったく異なったタイプの狂人であることを暴露してしまう。

　大したもんだぜ、まったく。ずいぶん素晴らしい解決法じゃないか。こいつはとんでもない狂人だ、請合ってもいい。だが、こいつを俺様のところに連れて来た奴はもっと気が触れてるぜ。いやいや、こんな奴に自分の思いを全部ぶちまけちまった俺様は、もっと酷い狂人だぜ（*TL, TLF* XLV, 36f.）〔第四五章、渡辺訳p.253, 宮下訳p.480〕。

パンタグリュエルは——彼の助言でトリブレへの相談が実現するのだが——『第三之書』がトリブレに初めて言及して以来、この狂人を高く評価している。ここに至って彼は、トリブレを、真に霊感を授かった瘋癲《ふうてん》として弁護するのである。そのためにパンタグリュエルは、『ユスティニアヌス法典・学説類集註解』の中で、ビュデによって素晴らしい解釈を施されたローマ法を活用する。実は、トリブレが奇妙に頭を振動させる様子を見て、パンタグリュエルは、狂気の問題に関するローマ法の見解を詳説する機会を得たのである。我らが宮廷道化はパニュルジュに返答するにあたって、頭をゆすぶり揺り動かした。彼は「強く頭を揺さぶっていた」*branslant bien fort la teste*（XLV, 26）〔第四五章、渡辺訳 p.253, 宮下訳 p.480〕。この動作を、パニュルジュがそのメランコリックな狂気によって余儀なくされた、あの「頭をふらふらさせていた」*dodelinant de la teste*（XXXVIII, 4）〔XXXVII, 5 の誤り。第三七章、渡辺訳 p.213, 宮下訳 p.408〕状態と混同してはならない。それどころか、パニュルジュのそれとは対照的な身ぶりと見なすべきである。なぜなら、トリブレの頭の動きは、彼の狂気が、預言能力を授ける神霊に見舞われた狂気であることの、現実のかつ法律上の証拠だからである。

あらゆる法体系は、正気と狂気とを区別する基準を必要とする。キリスト教の法体系のように、神から霊感を得た良い狂気と、悪魔的、先天的ないしは病気に由来する、その他いっさいの狂気の形態とを区別する基準を必要とする場合もあった。ヨーロッパの法システムの大部分は、つい最近の世紀に至るまで、そのような基準を備えていたのである。ユマニストの法曹家たちは、こうしたテーマで議論を展開する場合には、『ユスティニアヌス法典・学説類集』の第二一巻の最初の法律の一節を、その中心に据えていた。この一節は、その書き出しの文言によって、よく知られている。「ひとりの奴隷が、神霊を受けて狂乱している人々 *fanatics* と一緒にいながら、必ずしも頭を揺り動かさず、にもかかわらず預言を行なったりする場合……」。この一節は、霊感を受けた狂人たちと交わりながら、頭を揺り動かさず、それでも自分は狂人だと言い張った、ある奴隷の話を採り上げている。ユリアヌスないしはウィウィアヌスの名で知られる古代の法律学者は、寺院で神霊を授かって予言を行なう狂人たちと親しく交わってはいても、その奴隷は正気であると、自信を持って断言している。神から霊感を得た預言者は、かならず頭を揺り動かす、というのがその根拠であった。こうした頭の動きは、彼らが霊感を受けている状態の、外に現れる可視的な徴《しるし》である。パンタグリュエルは、トリブレが頭を振る仕草を非常に重視している。彼にとってこの動きは、ビュデやローマ法にとってのそれとまったく同じものであった。つまり、預言を行なうに必要な霊感を神から得ている狂人であることの、明確な証左なのである（Budé, *Opera* III, 251）。トリブレの頭の揺れは、彼が最初に発した「神様、神様にかけて」« *Par Dieu, Dieu.* »という言葉と符合している。ところで、ローマ法の証言内容は、「古代哲学者の教え、東方の三博士《マギ》 *Magi* の祭式、法律学者の意見によって支持されている」〔第四五章、渡辺訳 p.253, 宮下訳 p.481〕頭を激しく振る肉体的原因は、預言に必要な霊気が突然侵入し、選ばれた容器たる脳髄に、過重な負荷をかけるからだという（*TL*, *TLF* XLV, 40f.）〔第四五章、渡辺訳 pp.253-254, 宮下訳 pp.481-482〕。この概念は、クウィンティリアヌスのおかげで、久しい以前から文人たちには広く知られていた。彼も書いているとおり（XI, 72）、「頭を強く揺すり（*caput jactare*）、髪の毛が振り乱れるまで頭を回転させる動作は、本当に神霊に与っている人物であるという徴なのだ」

自分が参照している法律の典拠を、古代哲学の担い手と東方の三博士《マギ》の双方に結びつけることで、ラブレーは、古代神学《プリスカ・テオロギア》 *prisca theologia* の伝統にも応援を求めている。当時多くの人々が、幼児キリストへの東方の三博士の訪問は、〔異教の〕白魔術を清めキリスト教化するうえで、きわめて有効であったと信じていた。右のリストに東方の三博士が名を連ねている事実が、それを際立たせている（ちなみにフィレンツェには、「マギの信心会」という強い影響力を持った友愛団体があり、フィチーノはそのメンバーであった）。ラブレーは若いころから、隠された秘教的な、あるいはカバラ的な知識にずっと関心を抱き続けてきた。彼が、白魔術の有効性に疑念を抱いていたと信じる根拠はないが、あまりに素朴な魔術への傾倒を、彼が笑い飛ばしたのは事実であるし、また、魔術をキリスト教の啓示と肩を並べる高みにまで持ち上げようとする傾向を、彼はまったく認めていないのも事実だろう。『パンタグリュエル物語』では、トーマストの逸話の中で、ラブレーは秘儀的魔術の教えを、きわめて好意的なスタンスで茶化している。ところが、依拠している出典も読者層もまったく異なる、この『第三之書』の中では、からかいの調子は影を潜め、こうした神秘的な知識に対する基本的に真剣な関心が、前面に押し出されてくる。そうした知識は、ローマ法という、より純粋な典拠の横に、控え目ながらもみずからの位置を占めうると見なされているのである。そもそも『第三之書』は、マルグリット・ド・ナヴァールの「思弁に心を奪われ、恍惚とし忘我の状態にある御霊」*Esprit abstraict, ravy, et ecstatic* に捧げられている。このころのナヴァール王妃は、以前にも増して秘教的な方向へとのめり込みつつあり、ヘルメス・トリスメギストスの『ポイマンドレス』を何よりも愛読していた。ラブレーは、福音書は元より、古代の哲学者や東方の三博士に重要視された専門用語を交えながら、キリスト教的狂気をめぐるみずからの神学と、それを擁護するある程度秘儀的な叡智について、詳細な説明を開陳している。そういう自分の言葉に、秘儀に引かれるかの強力な女性パトロンが、好意的に耳を傾けてくれるだろうと彼は確信していたかもしれない。だが、ギヨーム・ビュデも詳説しているように、この時点では、やはりローマ法がすべてに優先していたのは確かである。

パンタグリュエルがトリブレの権威をよりどころに主張しているように、パニュルジュもまたひとりの狂人である。もっとも彼のほうは、「狂犬病的狂人」*fol enragé*、すなわち「激した狂人」である。この作品全体を通して初めて――しかも、この狂人とその度を越した当惑《ペルプレクシタース》とに、われわれ読者がそろそろ別れを告げる頃になって初めて――パンタグリュエルは、パニュルジュとその問題に関する自分の本音を、率直かつあからさまに述べる。トリブレは正しい、奴さんはパニュルジュが狂人だと言っているのだ、というわけである。

> では、いかなる狂人かというと、老年になって結婚することで、わざわざ自分を縛り奴隷になりたがっている狂犬病的狂人というわけじゃ（*TL*, XLVI, beginning）〔第四六章冒頭、渡辺訳p.256, 宮下訳p.486〕。

（彼が耳に付けていた蚤は、間違いなくこの隷属状態を意味していた。〔第七章、渡辺訳p.62, 宮下訳p.114. 彼は「肉欲の奴隷」になっている、という意味〕）パンタグリュエルは言葉を継ぎ、「自分の名誉にかけて」パニュルジュはコキュにされる、それも修道士によって、と断言する。その修道僧が、ジャン修道士であるという暗示はない。それでもパニュルジュが被る最後の不名誉は――彼はただ単にコキュにされるのではなく、不名誉かつ外聞の悪い形でコキュにされるのだ。というのも、夫婦の契りの褥《しとね》は「修道士風情との情交」によって汚されるからである——実におあつらえむきに。なぜなら彼のこの不名誉は、『ガルガンチュア物語』でジャン修道士が話して聞かせた修道僧の好色さにまつわるさまざまな話や、『第三之書』の中でも彼が簡潔に触れているその種の話を再び想起させるだけでなく、同時に、「辱められる」*incesté* や「汚される」*contaminé* といった粗野で滑稽味に欠ける専門的な用語の使用を通して、この二章後に展開される、修道会による性へのよけいな干渉に対する最後の猛攻撃へと、道を開くからである。

パンタグリュエルがその名誉を賭ける際に使う言葉は、フランソワ一世が君臨する宮廷に精通した貴族の言葉である（ちなみにこの国王の好んだ誓詞は、「貴族の信心にかけて」*Foy de Gentilhomme* であった）。だが、パニュルジュのほうは、気高き主人の判断を拒絶する。彼はまたしても、「それは反対でございますな」*au rebours* にしがみつく。以前悪魔について駄弁を弄したパニュルジュは、今回は狂人について長々と無駄口をたたき、常軌を逸した狂気に蝕まれているという、自分に向けられた非難をなんとかかわそうとして、人間は誰もがみな狂人なのだという戯言をたれ流す。なるほど、そうかもしれない。だが、彼ほどの狂人はどこにも見当たらない。

トリブレが飲み干した後パニュルジュに返した空のビンについて、パンタグリュエルは、パニュルジュの将来の妻が大酒飲みだということを示唆しているのかもしれないと考える。一方パニュルジュは、神聖なる酒瓶《ラ・ブティユ》 *La Bouteille* という空想の地を訪れよ、という旅への誘《いざな》いだと解する（*TL* XLVII）〔第四七章、渡辺訳 p.259、宮下訳 pp.492-493〕。結局、主人公はじめ登場人物たちは、徳利大明神《ディーヴ・ブティユ》とその託宣を探求しに出かけることで、意見の一致を見る。こうしてこの作品は、パニュルジュとそのジレンマをめぐっては、終幕を迎える。パニュルジュがこれまでに受けた助言は、どれも説得力があり、しかも互いに矛盾しなかった。それでも彼の賢明なる主人は、結局のところ彼を説得できなかった。高潔な学者たちの助言はすべて一致を見たが、それらを突き付けられても、パニュルジュはどうしても納得しようとはしなかったのだ。大部分の学究たちは、その方法論は多種多様であるにしても、啓示的叡智ないしは知識に由来する見解を詳細に説明してくれた。ところが、古典的知識、ヘブライ的叡智、あるいはキリスト教の知恵のいずれも、盲目の「自己愛」が構築した悪魔的障壁を、ついに貫通できなかったのである。最後の手段として、キリスト教の叡智は、キリスト教的狂気による啓示に道を譲ったが、その甲斐もまったくなかった。もちろん、徳利大明神《ディーヴ・ブティユ》が、今まで以上の成功を収めるという保障はどこにもない。

パニュルジュの確信を探求する試みの最後に、徳利大明神《ディーヴ・ブティユ》を尋ねようという計画が持ち上がるが、この発想は喜劇的伝統の延長線上にある——この曖昧模糊とした探求は、ある意味で、聖杯探求の軽いパロディーになっている節もある。パニュルジュは、その無知と狂気という点では、何ひとつ変わらない。だが彼は、そのつむじ曲がりだが巧みな話術によって、読者を飽きさせるところがない。だから、われわれが彼を非難する一方、われわれを楽しませてくれるがゆえに、彼は憎めない存在であり続ける。パンタグリュエルの場合は、その慈愛と叡智という点で、やはり変わりがない。さて、『第三之書』の読者は、徳利大明神《ディーヴ・ブティユ》への旅が、実際に続篇で語られるなどと信じるには及ばない。それはちょうど、『パンタグリュエル物語』の読者が、この処女作の巻末に冗談交じりで予告されたその後の滑稽な冒険譚を、いっこうに当てにしなかったのと同じことである〔『パンタグリュエル物語』第三四章、渡辺訳 pp.240-243, 宮下訳 pp.378-383〕。実際のところ、読者は『第三之書』の続篇よりも、むしろ『パンタグリュエル物語』の後期の版を思い起こすのではなかろうか。というのも、主人公たちの旅は、読者をあの提燈国人《ランテルヌ》の国へと引き連れて行くからだ。パニュルジュは彼らの母語である提燈国人語《ランテルノワ》を『第三之書』の中で喋っている（*TL* XLVII, end）〔第四七章、渡辺訳 p.261, 宮下訳 p.497〕。それだけではない。パニュルジュは『パンタグリュエル物語』の第二版においても、この言語を駆使している〔『パンタグリュエル物語』第九章、渡辺訳 p.79, 宮下訳 pp.126-127. パニュルジュがマルチ言語を駆使する場面の一つ〕。新たに発明されたこの言葉はしかしながら、一五四二年までは、つまり『第三之書』が刊行される四年前までは、まだ提燈語《ランテルノワ》という名を与えられていない。「提燈国人《ランテルヌ》の国」*pays des Lanternes* およびその母語というアイデアを、ラブレーは、自分の「年代記」の実に凡庸な模倣作品から借用している。その作品は、『酒瓶様へのお仲間の航海記』あるいは『パンタグリュエルの弟子パニュルジュの航海記』などといったさまざまな書名で出版されている。この小作品の最初の刊行は、おそらく一五三七年にさかのぼるだろう。そのうえ、一五四六年に『第三之書』が文学の世界に突然現われるまでに、すでに数版が出ている。ラブレーは、このみすぼらしい模造品を憤然と退けるどころか、逆にそれをみずからの想像世界の領域に引き込み、パニュルジュを酒瓶《ラ・ブティユ》の探索へと本物の旅に出させることにしたのである。ただし、ラブレーないしはその他の誰かが、提燈語《ランテルノワ》と同一視するアイデアを思いつくずっと以前から、ランテルヌ人のこの架空の言葉は、ラブレーの作品中に存在し続けていた〔『パンタグリュエル物語』第九章の架空語は、初版から存在していた〕。いずれにしろ、こうした手法を駆使して、時間の経過とともに、ラブレーは自分の諸作品のあいだにリンクの網の目を張りめぐらしていったのである。

25　両親の同意なき結婚〔第四八章〕

ラブレーが読者に食らわせる不意打ちのなかでも、『第三之書』の最後は最も驚くべきもののひとつである。短いが重要な発言をするために、作品の前のほうで束の間の復活を遂げたガルガンチュアは、今度は突然舞台の中央に進み出て、秘密の結婚《マリアージュ・クランデスタン》、すなわち両親の同意なく実行される結婚を非難して、大演説をぶつのである。この大演説が、『第三之書』の芸術的構造と関連しているのはわかる。学識はあるが激しやすい愚者で、まったくの根無し草であるパニュルジュは、自分ひとりで決断せねばならず、それは必然的に、家族も故郷も負っていない者の孤独な決断とならざるをえない。他方パンタグリュエルは、理想的な王子であり、賢者であり、これ以上ない孝行息子であり、哲学的アパテイアとキリスト教的懐疑主義および中立の理想を特徴とするキリスト教的賢者である。その彼は、多くの人々に、なかんずく賢明な王者たる父親に、さまざまな義務を負っている。パンタグリュエル自身は、結婚に対しては完全に中立の立場を守っている。彼は父王の助言を待つばかりで、みずから結婚という非本質的な事柄について考えをめぐらせすらしない。ここでは、父の後を襲って王位に就くのを宿命づけられている王子としては、結婚して王国を継承するのが、当然の成り行きと見なされている。また、パンタグリュエルが、配偶者となる相手の選択をも含め、こうした問題のいっさいを、悠然と父の決断に任せるのは、哲学的観点から見ても正しい。さらに、こうした姿勢が、二人の巨人の目には、道徳的にも法的にも正しく映ることがやがて明らかになるはずである。ガルガンチュアが妖精の国から連れ戻され、『第三之書』の舞台となっている国（それがどこであろうとも）の、高貴にして公正かつ颯爽とした君主として登場する理由も、以上の点から説明がつく。しかるべき時が訪れたら、キリスト教徒の君主にふさわしい、子孫をもたらす結婚へと息子を促すべく、ガルガンチュアは今まで舞台脇で機会を窺っていたのである。

パンタグリュエルを近々結婚させるというテーマは、当時の法律的かつ宗教的なコンテクストの中に明確に位置づけられている。二人の巨人王は、ローマ法から派生した結婚観の擁護者の役を買って出ている。この場合のローマ法は、伝統的な解釈を施された教会法と鋭く対立しているが、カトリック系のユマニストたちも主張するように、正しく解釈された場合の教会法と、齟齬を来しているわけではない。

『第三之書』の第四八章は、保護者の後援のない結婚に対する二つの激烈な非難からなっている。ひとつはパンタグリュエルによる簡潔な非難であり、もうひとつはその父ガルガンチュアが展開する長大な痛罵である。父子の意見は完全な一致を見ている。彼らに言わせれば、親の同意なき結婚は、世界のどこであろうと、非合法である――ないしは非合法たるべきである。パンタグリュエルは明瞭に、かつ熱誠を込めて弁じている。父親が結婚を勧めてくれたのに応えて、彼はこう言っている。

きわめて高貴なる御父上よ（とパンタグリュエルは答えた）、この件に関して、私はいまだに何も考えたことはございませぬ。私としては、いっさいを父上の御意思と御命令にお委ね申し上げます。父上の意に沿わぬ結婚をして生き長らえるよりは、お怒りに触れて父上の足元に倒れて死ぬほうを選びたく存じます。それが教会法、世俗法、あるいは異教徒の法であろうと、いかなる法も、父親、母親および近親者の同意、承諾、助言なく、ただ子供たちの自由裁量のみに基いて結婚できるなどと規定してはおりませぬ。すべての立法者はこの自由を子供たちより剥奪し、両親のためにこの権利を保留しております〔第四八章、渡辺訳p.263、宮下訳p.500〕。

一見するとこれは非常に奇妙な発言に思われる。結婚に関するかぎり、ヨーロッパのカトリック圏全体において、教会法のほうが優位にあった。この点で教会法が世俗法と衝突したときには、前者が優先権を主張してきたのである。伝統的な解釈を施された教会法の場合は、両親の同意を要求してはいなかった。子供たちは誰であれ、思春期を過ぎてさえいれば、親、友人、司祭その他誰に告げることもなく結婚できたのである。彼らはただ単に、世俗法で「約定」*stipulation* と呼ばれる、以下の二組の約束の言葉を交わす義務しか負っていなかった。「結婚していただけますか?」« Will you marry me ? » ――「そのつもりです。」« I will. » :「私と結婚しますか?」« Do you marry me ? » ――「結婚します」« I do. »（「将来に関する言葉」*verba de futuro* および「現在に関する言葉」*verba de praesenti* からなるこの「約定」は、英国国教会の結婚の儀式に、いまだに根強く残っている）。以上の誓いの言葉を交わすだけで、初夜の契りを結ぶには十分であった。これで、二人の男女は夫婦になれたのである。もっとも教会は、両親の同意なしに行なわれるこの種の結婚を嫌ってはいた。そこで結婚をより公的な行事とするために、教会は、聖職者の面前でこれらの誓いが取り交わされるよう勧めたのである。その場合、何度も結婚したバースの女房のように、教会の門前で誓うケースもあれば、ロミオとジュリエットのように、修道僧の独居房で誓うケースもありえた。しかしながら、たとえ聖職者ないしはその他の証人がいないからといって、先の誓約のもとに結ばれた結婚の契りが弱まるわけではなかった。

　こうした現状の中で、いかなる法も――それが教会法、世俗法または異教徒の法のいずれであれ――そのような結婚を認可してはいない、というパンタグリュエルの驚くべき主張は、いったいなぜ可能となるのだろうか。しかも国王たる彼の父親も、彼の無知を是正してやるどころか、その意見に関し満足の意を表明しているほどである。父親は王子たる息子が、「大陸中」に伝播しているこの種の悪弊に染まっていないのを喜んでいるのだ。この「大陸」にあっては〔正確には、「大陸中のある国＝フランス」を指す〕修道院の偽善者どもが、互いの同意に基づいて結婚せよ、などと子供たちに触れ回っている。しかも彼らは、あとで少女たちから不道徳的な「おこぼれ」に与《あずか》るつもりなのである。こうした「モグラ坊主」*taulpetiers* たる修道士は、見つけ次第即座に虐殺してしかるべきである。当該の少女たちが同意しているか否かにかかわらず、親の同意を欠いたこのような疑わしい結婚は、強姦《レイプ》に分類されるべきであろう〔第四八章、とくに渡辺訳 pp.264, 266-267, 宮下訳 pp.502-503, 506-507 を参照〕。そして、強姦の首謀者や共犯者に対し定められていた厳罰を、この胡散臭い結婚に関わるすべての者に適用すべきである。その際、もし国が満足のいく結果を出せない場合は、貴族たる者みずからの手で決着を付けるべきなのである。この点については、旧約聖書中にすでに先例がある*（*TL, TLF* XLVIII, 106-150 and notes.）。

* 渡辺訳 pp.264-267, 宮下訳 pp.500-509. なお、「旧約聖書中」の「先例」とは、「創世記」第三四章のヤコブの娘ディナ（デナ）にまつわる逸話を指していると思われる。ディナを陵辱して結婚を申し込んできたシェケムは、ヤコブの息子たちに一族もろとも殺される。

このテクストに初めて目を通したときには、ラブレーが、ローマ・カトリックの教会法を完全に拒否した、かの教会分離主義的な改革派の味方をしているかにさえ映る（一五二〇年代のツヴィングリによる改革ののち、チューリッヒの市議会による最初の議決のひとつは、結婚を世俗の司法権の管轄下に置き、同時に離婚を認めることであった）。だが、同時代の論争文書を読めば、この結論は絶対にありえないと納得できる。ラブレーはガリカニスム主義者として筆を執っているのであり、ローマ法（世俗法）に照らし合わせて、教会法の微妙な箇所を解釈しようとしているのだ。この点は、たとえばジョンシアン・エルヴェ〔（一四九九－一五八四）カトリックのユマニストで神学者。反カルヴァン派のパンフレで有名〕の「（トリエント）公会議のための演説原稿」を読めば、より明確になる。そのタイトルは以下のとおりである。『トリエント公会議での演説。ここでは、親権に属する子供たちが、その保護監督者の同意なく企てた結婚は、今後、合法的と見なされるべきではないことが強く主張される』（一五五六年）。この演説原稿は、一五四八年のボローニャにおける公会議に出席予定の神父たちを念頭に起草されているが、実際に読み上げられることはなかった。エルヴェよりさらに過激な――したがってラブレーにより近い――人物が、シャルル・デュ・ムーランとジャン・ド・コラスで*、両者とも後に、『第三之書』に見られるのとほぼ同じ語彙を用いて、保護者の後援なき結婚に反対する文書を綴っている。イングランドのエドワード六世を説得して、親の同意なき結婚を非合法化しようと望んだブーツァーも**、やはりラブレーと同じ語彙を用いている（*TL, TLF* XLVIII, 34f. and notes.）〔第四八章、渡辺訳 pp.263-267, 宮下訳 pp.500-509〕。さらに、ラブレーと同時期のフランスで活躍したユマニストの法曹家のなかにも、多少トーンは下がるが、同じ意見を断定的に述べた者が存在する。そのひとりが、パリ高等法院の名高いメンバーであったアンドレ・ピュルヴァエウスである。その論考には、次のようなタイトルが付されている。『両親の同意なしには正式に成立しえない結婚について』（パリ、一五五七年）。

＊　シャルル・デュ・ムーラン（一五〇〇－六〇）フランスの著名な法律学者。一時的にカルヴァン派、ルター派として教皇庁を攻撃するが、結局はカトリック信仰に戻る。

＊＊　ブーツァー（一四九一－一五五一）ドイツの宗教改革者で、ルターとツヴィングリの仲裁を試みる。後に渡英し、ケンブリッジ大学で神学を教授した。

こうした著作家たちは、お互いに引用し合っている。たとえば、それほど過激ではないエルヴェの文言が、ずっと過激なコラスやデュ・ムーランによって活用されているのである。ガリカニスムを奉じる、これら有力なユマニストの法律家たちがめざしたのは、フランスにローマ法の「家父長権」という概念を復権させることであった（ローマ法においては、この「家父長権」は事実上、結婚を望む者が属する家族の長に属していた。しかも、家族の長が父親ではなく祖父である場合も十分にありえたのである。ラブレーの時代におけるプロパガンダでは、この点が見落とされている。必要とされた同意は、両親か、あるいは後見人の役割を負っていた「近親者」のものであった）。

エルヴェ、ピュルウァエウス、コラス、デュ・ムーランおよびその他の論客が行なった専門的な議論に、ここで深入りする必要はない。ただしわれわれは、彼らがラブレーと同じ結論に至った点を知っておく必要がある。その際彼らは、ローマ教会に対し、結婚を管理すべき教会法のシステムを拒んだり、教会法のテクストそのものを却下したりはしていない。彼らが行なったのは、教会法が――それ自体は正当かつ有効である――長い間、専門家たちによって誤解され、誤って解釈されてきた、と主張することであった。この主張により、ラブレーと同じく彼らも、教会法、世俗法のいかんを問わずすべての法が、当時流行していた奔放な結婚を、実際には許可していない、と唱えることができた。ラブレーが、教会法そのものは敬意を込めて引いているのに、教会法の専門家の場合は「タルムード学者」*talmudistes*（*TL, TLF* xliv, 71）〔第四四章、渡辺訳p.251、宮下訳p.475〕呼ばわりして嘲笑している理由も、教会法そのものではなく、特定の教会法学者に正面から攻撃をしかけていることから、十分に説明がつく。実際ラブレーは、一五五二年、きわめてガリカニスム的色彩の濃い『第四之書』の中においてさえ（LVIII）〔『第四之書』第五八章、渡辺訳p.261〕、『グラティアヌス教令集』のテクストを引き合いに出すに当たって、この教会法のコレクションを、わざわざ大いなる敬意を込めて、「聖なる教令集」*les sainctz Decrets* と呼んでいるのである。

両親の同意なく実行される結婚を強姦《レイプ》の範疇に入れることで、ラブレーは、かなり昔の教皇ルキウス三世〔一〇七九？－一一八五年：在位一一八一－一一八五年〕が発した基本的な教皇教令のもつ重要性に、異議を唱えようとしている。なぜならこの教皇教令は、内密の結婚に同意した少女は、事実上強姦されたに等しいという見解を、拒絶していたからである。この教令は、世俗法、教会法のいずれの専門家によっても、必ず引き合いに出されていた。これに対しラブレーは、親の同意を得ていないならば少女の同意は無効と見なす、ローマ法を優先させたのである。そのような条件下にあっては、「少女が同意しようとしまいと」、それは強姦に相当する。

エルヴェはルキウス三世の決定を克服する方途を見出した。というのも、アンリ二世が、この問題に関する彼のプロパガンダに耳を傾けてくれたからである。一五六六年、国王は秘密の結婚に反対する有名な勅令を発布している。その文面で使われている語彙は、ローマ法が前提としている事柄を十分に反映しており、同時にそれは、ラブレーの言葉遣いをもはっきり想起させるものであった。だが勅令そのものは、秘密の結婚の有効性を否定するまでに至らず、結局は不発に終わってしまった。勅令は、その種の結婚に大いなる不快感を示し、そのような結婚を企てた子供から、相続権を奪う権利を両親に与えるに留まっている。パリ高等法院のメンバーで、法曹界の大碩学でもあり著名な歴史学者でもあったエティエンヌ・パーキエも、この結果には非常に失望している。オルレアン大学の法学部教授二人に宛てた書簡で、パーキエは、アンリ二世はもっと断固たる措置を講ずるべきであった、と嘆いている。彼の考えでは、フランス教会全体に招集をかけ、「父母の同意と許可のない」、例の「現在の言葉〔誓約〕」のみを根拠とする「子供たちの結婚」を、いっさい無効だと宣言すべきであったという（*Oeuvres*, Amsterdam 1723, II, 49f.）。

『第三之書』中に組み込まれた、秘密の結婚に反対するラブレーのプロパガンダを正しく評価するためには、彼を、前述のガリカニスムを奉じる人々のなかに位置付けなければならない。彼は、非難中傷を綴る才能にも非常に恵まれていたので、われわれ読者はうっかり勘違いしてしまうかもしれない。今日では、ほとんどの人が、ラブレーおよびその他のユマニストの法学者の意見を、受け入れようとしないだろう。大部分の人々は（とくに深く考えずとも）、分別年齢〔「識別年齢」ともいう。ある行為に対する法的責任を識別できるとされる年齢〕にさえ達していれば、子供は両親の薦めてくれる相手ではなく、自分の好きな相手と結婚すべきだという、信念に近い確信を抱いている（実はこれは、古代ローマよりもむしろローマ教会により多くを負っている確信である）。現在入手可能な証言から判断するに、ラブレーの同時代人の大多数も、そのように考えていたようである。国会制定法 **act of Parliament**〔国王と下院もしくは上院を加えた三者による最高の法形式〕によって、その気になれば意のままに現状を変えることもできたはずのイングランドにおいてすら、教会法「スタイル」の結婚は、一七五三年――とはすなわち、アンリ二世の勅令からなんと二世紀後！――の「婚姻法」*（26 George II c. 33）に至るまで、有効であり続けたのである。フランスはどうかというと、歴代王権下の政府が、秘密の結婚に対する非難を繰り返し発したものの、それを無効と宣言するまでにはどうしても至らなかった。トリエント公会議はそうした結婚を有効と宣し、結局のところ、ガリカニスム主義の強いフランスにあってすら、トリエント公会議の見解が優勢であり続けたのである。

＊　一七五三年に成立。教会での結婚もしくは特別の認可のもとでの結婚以外の結婚を、すべて無効とする法律。

『第三之書』中の、後援者の同意なき結婚への攻撃に関しては、以下の二点が、さらなる注目に値する。第一に、ラブレーが恋愛結婚にいっさい共感していない点である。第四八章を構成する達意の文章はすべて、わがままな子供たちを持った両親への同情をかき立てるのに、その全力を傾けている。子供たち自身への同情はまったく示されていない。これは、このテーマを扱った文章に特有の傾向である。

ただし、現行の自由な恋愛結婚のほうが、ラブレーが解釈するローマ法に依拠した結婚よりも、本質的においてずっと好ましいと今では考えざるをえないにしても、注目すべきなのは、男はいったん婚約が成立してしまえば、どんな暴力に訴えようとも、相手の女に対する強姦《レイプ》の廉で有罪となることは、決してなかったという点である。「現在の言葉〔誓約〕」*verba de praesenti* が交わされていた場合はとくにそうであった（もっとも、これとて絶対に必要な条件とはいえなかった）（J. Viguerius, *De Raptu*, in *Institutiones*, 1565, chap.VIII, § 5, p.90）。

第二点は、よりラブレーに固有の（ないし典型的ではない）見方である。彼は、理に適った合法的な結婚の真の敵を、「モグラ坊主」*Taulpetiers* に仕立て上げている。修道誓願で独身を誓った身分とは正反対の事柄に、よこしまにもちょっかいを出そうとする修道士のことである。ラブレーは、もしこうした「モグラ坊主」どもが、平信徒たる貴族に自分たちの法を押し付けてくるのであれば——現に、彼らは実に熱心に十分の一税を徴収しているではないか——平信徒の側も、奴ら怠惰で無知で不道徳な輩どもの「儀式と供物」ceremonies et sacrifices〔第四八章、渡辺訳p.264, 宮下訳p.502〕に関し、何らかの統制手段をそろそろ考える時期に来ているのではないか、と仄めかしているのである。これは根拠のない脅迫などではない。なぜなら、この時期には、すでにヨーロッパ全土で、修道院制度が割に合うか否かが熱心に議論されていたからであり、さらに、この制度が実は簡単に解体できることを、イングランドが実証してみせたからでもある。

結婚問題に関するラブレーの権威に基づいた取り組み方は、同時代の多くの著作家のそれと軌を一にしている。ガリカニスムの信奉者たるパーキエも、まったく同じ考えである。ただし、修道士をとくに咎めるべき対象と捉えている点で、ラブレーは「ルター派」のブーツァーにかなりの共感を示していると考えられなくもない。ちなみにブーツァーは、『神の王国』〔一五五〇年に刊行されたブーツァーの代表的著作〕に収めた、ラテン語とフランス語の論考をエドワード六世に献じている。王権派のガリカニスム主義者が、英国国教会の姿勢をそれなりに承認する立場へと横滑りするのは、それほど困難なことではない。秘密の結婚に対するブーツァーの攻撃（II, xviii）は、ラブレーのそれに酷似している。また、いうまでもないが、ブーツァーもラブレー同様に、修道士には我慢がならなかったのである。もっとも、ラブレーはルター派ほど過激な地点にまで至ってはいない。ルター派は、ローマ教会に属する「聖職者という愚衆」すべて——在俗か修道会所属かを問わず——に対し、同じ非難を浴びせている。ラブレーの場合は、その攻撃の対象を修道士に限定している。したがって、在俗司祭は無傷のままだったのである（*TL*, *TLF* XLVIII, 41, note）〔第四八章、渡辺訳pp.263-264, 宮下訳pp.501-502〕。

芸術的観点から見れば、パンダグリュエルの簡明な断言と、ガルガンチュアによる痛罵とは、作品の冒頭に配された、修辞や弁証法で飾り立てられているパニュルジュのナンセンスな演説と、みごとに釣り合っている。前者には、説得力に満ちた正しい修辞が用いられており、黒を白と言いくるめるのでなく、白と黒とをそのあるがままの色彩で提示している。ただし当時、痛罵を行なうに際しては、その「ジャンル」の慣行から、異議申し立て事項をたんに羅列して、痛罵のトーンを引き下げることのないよう注意を払っていた点を、ここで思い起こしておきたい。

『第三之書』の第四八章において、ラブレーはきわめて過激な一面を見せている。この箇所を文脈から引き離して読むと、あまりにも過激に見えて、彼のその他の思想が完全に色褪せてしまう危険がある。実際、彼はすでに一五四六年の『第三之書』の時点で、一五五二年の『第四之書』でより明確になる、ある側面を示しつつある。『第四之書』の時点でのラブレーは、直截なガリカニスム主義者になりきっており、もはや彼は、トリエント公会議の見解や、教会法の伝統的な解釈など軽視して相手にもしない。だが結局のところ、トリエント公会議のほうも、彼と似たやり方で応酬してくる。第二四会期《セッション》（一五六三年）で、公会議側は、「親権に属する子供たち」*filiifamilias* が両親の同意なく交わした結婚の約束は、（変則的ではあるものの）依然有効である、と改めて強調したのである。そして、いうまでもなく、ラブレーは禁書目録 Index に叩き込まれるのである。

26　パンタグリュエリオン草〔第四九－五二章〕

仮に『第三之書』がもっぱら結婚の計画ばかりを扱っていたとしたら、ガルガンチュアによる、教会法学者の結婚に関する学説への痛罵は、この作品の末尾を飾るにふさわしい内容であると言えるかもしれない。ところがラブレーは、その後かなり長い二章を付け加え（第四六章、四七章）〔一五四七年以前の版での章立てに基づいているので、決定版の章数とは齟齬を来している〕、のちにそれをさらに四章に分割している（第四九－五二章）。これは、そもそも『第三之書』が、当惑《ペルプレクシタース》に陥った人間がいかに振舞うべきか、というテーマに関心を向けた作品だからである。そして、当惑に捕われた人間は、啓示的な叡智や助言——善良な学者や賢人あるいは賢者たる狂人による——から有益な教訓を引き出すこともできるし、逆に、自己愛の悪魔的な影響下にあって、神からの賜物である言語の操作能力や、言語と密接な関係にある修辞学《レトリック》や弁証法の技術などを悪用し、真理を歪曲ないし隠蔽してしまうこともあるのをテーマにしているからである。

ラブレーはこうした内容を決して議論の形で扱わず、良き修辞学《レトリック》と悪しき修辞学の双方が、実際に躍動しているシーンを楽しげに提供する。弁証法的な技術についても同様である。ただし、このころのラブレーは、論理学的なるものすべてから離れつつあり、弁証法研究の内に議論の方法論を探るのではなく、むしろ（ヴァッラや、同時代の多くの学者が行なったように）言語理論を見出そうとする傾向を強めていったのである。

そうは言っても、典雅な演説と独創的な論証とは、いつでも愉悦の源泉になりうる。だからこそ、パンタグリュエリオン草の礼讃にあてられた『第三之書』の最後のセクションは、言葉によって人が何をなしうるかをみごとに示している。なるほど、言葉を大真面目に操るのも一法である。だが、言葉を面白おかしく使いこなし、豚の耳から絹《シルク》の財布を織り上げるのもまた一法である。ラブレーはまたもや、自分の新作を謎《エニグマ》 **enigma**、それも今回は散文の謎で締めくくる手法を選び、楽しげな言葉遊びを実践してみせる。今回の謎は、ラブレーによって「パンタグリュエリオン草」***Pantagruelion*** と名付けられた不可思議な植物をとり上げ、洗練された筆法でこれを褒め称えている。読み進めるにしたがって読者は徐々に、この奇妙で「半奇跡的」な植物が、麻以外の何物でもないとわかる。いや、より正確に言えば、麻と亜麻と、かつては植物の一種と勘違いされていたある種の石綿《アスベスト》（*Linum asbestinum*）との「混合物」だとわかるだろう――ちなみに、この混同は古典古代にさかのぼるものである。これら三つはすべて、自然学の論考においては、同じ植物としてごっちゃに扱われている。もっとも、ビュデのように三者の間に区別を設けていた学者もいないわけではない。

ラブレーの発明の才は、面白いほどに喜劇性に富み、かつ豊饒である。読者はここで、ラブレーのおそるべき学識に圧倒されてしまいかねない。ただし、彼の修辞的遊戯を構成する、事実に基づく内容の大部分は、一五四五年に初版が刊行されたある本から直接引かれているのである。これはシャルル・エティエンヌによる、『樹木、果実、草本、魚類および鳥類の、ラテン語とギリシア語の名称に関して』と題された便利なラテン語の小冊子だった。ラブレーがこの礼讃に磨きをかけるうえで借用した著作家には、他にも、オウィディウスやセルウィウス（ウェルギリウスの注釈者）そしてプルタルコスといった古典古代の作家もいれば、ポリドーア・ヴァージル＊（『事物の発明者について』の著者。この書は情報の宝庫である）のようにほぼ同時代の作家もおり、さらには、博識で鳴らした編集者ラウィスィウス・テクストールといった人物も含まれている。ただし、彼の修辞学《レトリック》的パロディーの根源的な手本となったのは、ルネサンス期に入っても高く評価され続けていた、あの偉大な『博物誌』の中で、亜麻を「自然の奇跡」として称揚した大プリニウスである。大プリニウスの注釈者や彼の熱心な信奉者たちは、「亜麻＝麻＝石綿《アスベスト》」に関して考えうる無数の使用法に、大いに感銘を受けたのであった。これほど地味な、いや、取るに足りないような植物が、人間の全人生に広範な影響を与えているのである。パンタグリュエリオン草の数多の使い道のいくつかを示したのち――大麻の縄で盗賊を絞首刑にする使用法から、油を塗った亜麻布のカーテンとして光を導き入れたりする使い方までさまざまである〔第五一章、渡辺訳pp.275-279、宮下訳pp.525-535〕――ラブレーは、大プリニウスがレトリックを駆使して織り上げた、亜麻の帆によって可能となった大航海に関する有名な記述を、丹念に模倣したり翻案したりしている。大プリニウスのこの典拠はあまりにも有名であり、かつ、ラブレーによる、ルネサンス期の地理的な新地平への翻案は原典にかなり忠実であったため、どれほど遅鈍な読者でも、このパンタグリュエリオン草の礼讃を読んで、「謎を解く鍵」*mot de l'énigme*を見出せない者はまずいなかったと思われる。ましてや、初版の読者の大半は「学殖豊かで研究熱心」*sçavans et studieux*であったので、ずっと早い段階で、背景が透けて見えそうなこのかなりわかりやすい滑稽な謎を、容易に見抜けたはずである。

＊　ポリドーア・ヴァージル：ポリドーロ・ウェルギリオ（一四七〇―一五五五）イタリアの聖職者・歴史家。教皇庁より英国に派遣されたのち、一五一〇年に帰化。大著『英国史』は、ヨーロッパの英国観に多大な影響を与えた。

ラブレーは、美学的観点から見て、パニュルジュの自分勝手な借金礼讃とバランスがとれるような、芸術的な豊かさをこの喜劇的礼讃に持たせている。こうして、『第三之書』の冒頭と巻末とは、礼讃の具体例で占められることになる。さらにラブレーは、パンタグリュエリオン草の称揚に、ルキアノス的な風味を足している。そのために彼は、『第三之書』を「この間違いなく本当のお話」*ceste tant veritable histoire* と面白おかしく形容して、読者の注意をこの点に引こうとしている（*TL* LI, beginning）〔渡辺訳 p.275；宮下訳 p.525〕。いうまでもなくこれは、ルキアノスの作品のタイトル『本当の話』を思い起こさせる。

このルキアノス流の味付けにより、なぜパンタグリュエリオン草の礼讃が、あれほど陽気で開放的な雰囲気のうちに終わっているのかも、部分的にではあるが説明がつく。オリュンポスの神々は、場合によってはパンタグリュエリオン草がとんでもない目的に使われかねない、と恐れをなす。パンタグリュエルのこの草のせいで、彼ら神々は、新たな懸念に苛まれる。オッサ山の上にペリオン山を積み上げて天界を襲撃しようとした、アローアダイ〔またはアローエイダイ〕：ギリシア神話に登場する二人の巨人〕の忌まわしい記憶が、彼らの脳裏に蘇るからである。

彼〔パンタグリュエル〕は間もなく結婚し、妻とのあいだに子供を儲けるだろう。われわれはこの運命に逆らうことはできん。なぜなら、このことは、必然の娘で運命を司る姉妹たちの手中にあり、その紡錘竿《つむ》にすでに巻き取られておるからな。奴の子供たちによって、おそらくは、同じような効力を持った薬草が発明されるかもしれぬ。そうなると人間どもは、雹の水源、雨水の水門、そして雷の製造所を訪れ、月世界の辺りをうろつき、星辰の世界にまで侵入してくるだろう。そうなると、奴らはそこに宿をとるだろうから、ある者は「金の鷲荘《エーグル・ドール》」に、他の者は「羊屋旅館《ムートン》」に、また他の者は「宝冠《クーロンヌ》ホテル」に、さらに他の者は「オテル竪琴《エルブ》」に、はたまた他の者は「オーベルジュ銀獅子《リオン・ダルジャン》」に宿泊するようになるじゃろう。そして、我らとともに食卓につき、自分たちも神格化される唯一の手段として、我らが女神たちを娶ってしまう恐れすらあるのだぞ」（*TL*, *TLF* LI, 159f.）〔第五一章、渡辺訳 pp.280-281, 宮下訳 pp.536-538. なお、星座の名前を宿舎の名称として使っているのは、ギリシア神話では、神々が各星座を住処としていると考えられていたからである〕

こんな次第で、神々は特別の会議を開いて、何らかの対策を練ることに決めたのである。

ルキアノス風のこの一節を綴るうえで、ラブレーが典拠とした文献には、ウェルギリウスの『牧歌』第四歌にセルウィウスが施した注釈も含まれる。その箇所には、ホメーロス・ウェルギリウス占いの際に、パニュルジュをからかうために引用された一文も含まれている〔第十二章、渡辺訳p.85, 宮下訳p.154〕。だが、主要な出典はやはり大プリニウスである。大プリニウスを熱狂的に支持した、ルネサンス期の多くの学者たちは、揃いも揃って、「麻＝亜麻」というたったひとつの植物に、無数の使用法が備わっている点を強調している。なかには勢い余って、亜麻に可能な使用法は多すぎるので、「それらを全部正しい順序で描写するのは何人たりとも不可能である」と書いた者までいる。この御仁は、『第三之書』を開いて熟読すべきであった。そうすれば、ラブレーがその難事に挑戦し、この「奇跡のごとき」植物の尽きせぬ使用法をみごとに列挙したうえで、笑いの種にまでしているのに気づいたであろう（*TL*, *TLF* LI, 136, note）〔渡辺訳、宮下訳の主に第五一章を参照〕。

パンタグリュエリオン草の快活で謎めいた礼讃で注目すべきは、その楽観的な姿勢である。悲観主義はすべて、ルキアノス風の愚かな神々のほうへと押しやられている。この点において、ラブレーは大プリニウスおよびその弟子たちと、根本的に袂を分かっている。

大プリニウスは、その悲観的な姿勢や素朴な過去へのノスタルジックな愛惜の念によって、あるいは、人間の創意工夫を神々に対する脅威と見なすその傾向によって、よく知られている。彼は、亜麻製の帆の使用を思いついた人間に痛罵を浴びせている。ポリドーア・ヴァージルも、大プリニウスに倣っている。「亜麻には一千に余る使用法があるが、とくに船の帆を作るうえで重宝されている。これは人間に不幸をもたらしたという点で、嫌悪すべきものである」。ラブレーにとっては正反対で、「麻＝亜麻＝石綿《アスベスト》」という植物は、人間にとって大いなる恩恵であり、とくに長期間にわたる海洋航海を可能にした点で優れているという。ここでラブレーは、きわめて独創的な見識を披瀝している。というのも、彼は新しい地理的発見を、ヨーロッパを中心に据える排他的な視点からとらえず、タプロバナ Taprobana（セイロン）の人々はラポニア Lappia〔ラップランド、ヨーロッパ最北部〕を見に行けるようになったし、アラビア湾に浮かぶフェボル島 Phebol の人々はテレーム国 Theleme を訪ねられるようになった、と見ているからである〔第五一章、渡辺訳p.280, 宮下訳pp.535-536〕。芸術的観点からいえば、ラブレーは、パンタグリュエリオン草の多種多様な使用法という源泉から、愉快な楽観主義を上手に汲み出している。いや実のところ、「パンタグリュエリオン草」*Pantagruelion*ですら、パンタグリュエルの子供たちが発見する新しい植物に取って代わられるかもしれない。そんな植物が見つかれば、ルキアノスの神々や女神たちは、騒然となるだろう。その新しい植物は、人類の「神格化」をも可能にし、人間どもが古代のパンテオンの神々とともにテーブルを囲み、彼らの女神たちと結婚しはじめないともかぎらないからである。ラブレーが人類の進歩を本気で信じていたという仄めかしが、ここに察知できるのだろうか？——進歩という概念自体ルネサンス期には稀有なものだが、まったく未知の概念だとも言い切れない。さらにラブレーは、地上の些細な産物を独創的に使用することで、人間が神の高みにまで達しうると本気で信じていたのであろうか？　もちろん、そうではない。ひとつ目はともかく、少なくとも二つ目の質問には明確にノーと答えうる。

パンタグリュエリオン草の礼讃は、大プリニウスの『博物誌』を下敷きにし、大いに博識を活かしたジョークである。有能な植物学者の域を超えているラブレーは、大プリニウスを知り尽くしており、しばしば彼を情報源にしている。ただし、大プリニウスの権威に威圧されてはいない。ラブレーは四つの「年代記」のいずれにおいても、大プリニウスを、真理と虚偽とをあまりにごた混ぜにするため、人間の理性が独力ではその真偽を判定できなくしている、と読める文脈で登場させているのである。『パンタグリュエル物語』の第四章および『ガルガンチュア物語』の第三章〔『パンタグリュエル物語』渡辺訳p.38, 宮下訳p.59；『ガルガンチュア物語』渡辺訳p.35, 宮下訳p.48〕では、大プリニウスの『博物誌』第七巻で紹介されている信じがたい誕生の仕方が、物語中に織り込まれている。『ガルガンチュア物語』の第五章も同じテーマを取り上げている〔邦訳では第六章、渡辺訳pp.50-52, 宮下訳pp.68-70〕。この章が終わる直前に、こうした混乱のなかにあって読者を正しく導きうるのは、啓示に基づく真理以外にない、という視点が示されている（本書二八〇頁以下参照）。『第三之書』のこの箇所においては、大プリニウスは、その智恵ないしは純粋な学識ゆえにではなく、むしろその面白おかしさのゆえに活用されている。のちに『第四之書』の中で真偽の問題に正面から取り組む際にラブレーは、ニワトコの不思議な性質をめぐるプリニウスの主張という文脈の中に、みずからの喜劇的懐疑主義のクライマックスを配置しているのである（本書八二四頁以下参照）〔『第四之書』第六二章、渡辺訳pp.279-280〕。

パンタグリュエリオン草の描写は、長大な礼讃の具体例である。それは、修辞学的技巧が日常世界から解放されたとき、人間の才能が言葉を駆使して、どれだけの離れ技をやってのけうるかを示している。人類に関する神の御計画の一要素としての進歩を、ラブレーがどう理解していたかについては、『第四之書』の終盤に配された、いくつかの実に愉快だがきわめて辛辣な章の中で明らかにされている〔とくに第六一、六二章〕。人間を神格化しうるか否かというテーマに関しては、ラブレーは、ルキアノス風の凡庸なパンテオンの神々やらを茶化したり、異教徒の注釈者たちがウェルギリウスを論じたおりに示した二つの神格化の方法やらと、いちおう戯れたりしてみせる。だが実際のところ、創造主たる神と、被造物たる人間とを分かつ、深淵にして越えられぬ溝を彼が見失うことは決してない。

パンタグリュエリオン草の礼讃は、チェリオ・カルカニーニ〔（一四七九―一五四二）フェラーラ出身のユマニスト。その博識で知られる〕の独創的な寓話を、『第三之書』の必要に沿うように翻案したものと見るべきかもしれない。カルカニーニは、神話、寓話、あるいは教訓譚をめぐるラブレーの考えに、多大な影響を行使した作家である。彼は著名なユマニストであり、とくにフランス人のあいだで絶大な影響力を誇った。というのも、カルカニーニはフェラーラ公爵の臣下であり、フェラーラ公爵夫人は、ルイ十二世とアンヌ・ド・ブルターニュの娘であるルネ・ド・フランス、つまりフランス王家の一員であったのだ。フランス出身のこの公爵夫人は、自由な神学観の持ち主で、宗教的信条のゆえにフランス国内で身の危険にさらされた人々を、数多く匿《かくま》ったから、フェラーラは福音主義者たちが庇護を求めてめざす町になっていた。マロやカルヴァンも、この町を頼った人々のうちに数えられる。ラブレーも、イタリアを訪問した際に、カルカニーニに会っていたと思われる。マロは一時、フェラーラに残ることを強く願ったが、その理由のひとつは、この大学者の下で研究することにあった。ラブレーが、一五四四年に刊行されたカルカニーニの『作品集』*Opera* に収録された諸作に、強い影響を受けてきたことは、『第四之書』でとくに顕著になる。ここでのパンタグリュエリオン草の礼讃の内にも、彼への負債が存在するかどうかははっきりしないが、大いにありえることである。

カルカニーニの寓話のなかでも、ラブレーがとくに念頭に置いていたと思しき作品のタイトルは、『リネラエオン』*Linelaeon* で、これは、「亜麻《リヌム》」（*linum*）という語から作られた、謎めかした名前である。作品はフェラーラ公爵のエルコーレ・デステに献じられている。この寓話中でカルカニーニは、自然が、人類を援助するために、ラブレーが選んで讃えたのと同じささやかな植物の内に、いかに思いもよらぬ、偉大な力を与えたのかを語っている。大プリニウス以来、「麻＝亜麻＝石綿《アスベスト》」の持つ最も奇跡的な力は常に、船の帆として風を捕え、遠く離れた岸と岸との距離を縮める点にあるとされてきた。カルカニーニにとって、このささやかな植物の、これら隠された多様な特質を人類に開示させたのは、「ペニア」Penia（欠乏・必要）であったという。『第四之書』の太鼓腹師《ガステル》 **Messer Gaster** の逸話でも、この「ペニア」が類似した役割を演じている。ちなみにカルカニーニの寓話では、アイスクラーピウスの息子マカーオーン*がこの植物からある飲み物を作り、それのおかげでヘラクレスは「天界で神として生きる」ことができたという（Calcagnini, *Opera* 1544, p.398）。

＊ アイスクラーピウスはギリシア神話のアスクレーピオスで、アポロンの子、医術の神。マカーオーンはその息子でギリシア軍付の医師。

ラブレーによる、パンタグリュエリオン草のふざけた礼讃にも、この『リネラエオン』の寓話と多くの共通点がある。どちらも「麻＝亜麻＝石綿《アスベスト》」という地味な植物を、人類にとって非常に有益な事物として称えている。さらに、どちらもキリスト教的文脈ではなく、古典古代の神話の文脈を借りて、神格化という発想と戯れている。どちらも単に物語を語って事足れりとしていない。カルカニーニの寓話が提示している意味とは、自然が惜しげもなく与えてくれた賜物を活用しつつ、自然に後押しされた人間が、知的努力を重ねてみずからをさらなる高みに押し上げることにあるようである。こうして、自然が人間によって発見されるべく仕掛けた豊かな秘密を、必要にせまられて読み解く術を身に付けたとき、人間はより深く豊かな人間らしさを獲得するのである。ラブレーの礼讃の内にも、同じ意味が示唆されている重要な箇所がいくつもある。しかし私に言わせれば、この意味を引き出すだけでは、パンタグリュエリオン草の逸話の芸術的・哲学的な重要性をすべて汲み干したとは言いがたい。

パンタグリュエリオン草の礼讃は、巻末に置かれることで、巻頭近くに配されたパニュルジュの空虚な借金礼讃と、釣り合いをとっている。パニュルジュは愛という神聖な概念を持ち出し、自己愛に発する目的から、それを巧妙に格下げした。『第三之書』の最後で、話者は、パンタグリュエルという偉大な名をもつ取るに足りぬ植物に対し、長大な讃辞を呈することで、パニュルジュの企てとのあいだにバランスを保っているのである。人間に備わった発明の才は、この植物を無数の使用に供することができる。さらに、人間が備えたレトリックの才は、それを神のごとく素晴らしき存在にまで、褒め称えてみせることができる。崇高な概念を安っぽく格下げし、それを、本来弁護の余地のない事物の弁護に悪用するよりは、取るに足りない植物に秘められた奇跡的な力を称揚するほうが、言葉の使い方としてはずっと優れている。そして間違いなくさらに優れているのは、霊感を得た権威が不在の時には、言葉の背後にある現実を確実に摑みきるまでは、あらゆる言葉の説得力を簡単に信用しない姿勢なのである。

27 『第三之書』の結末：キリスト教的懐疑主義の勝利〔『第三之書』第五二章、『第四之書』第一章〕

『第三之書』の最後のパラグラフには、「アスベスト＝パンタグリュエリオン草」*Pantagruelion Asbeste* という名称の下に、「亜麻＝石綿《アスベスト》」に対する、優雅で直截的で、しかも古典の学識に裏打ちされた礼讃が置かれている〔第五二章、渡辺訳p.286, 宮下訳p.548〕。最後の数行は、いまやパンタグリュエルの庇護下にあるテレームの僧院を想起させ、「タラースの兵器庫」へ言及することで、『第四之書』の内容を先取りしているという印象を与える。というのも、次作の初期に主人公たちが船出する場所が、「タラースの港」だからである〔『第四之書』第一章、渡辺訳p.57〕。

『第三之書』は八行詩で幕を閉じているが、そこにはウェルギリウスの『農耕詩』〔『農事詩』〕の第二歌への仄めかしが感知できる。ウェルギリウスは「いかなる大地も、すべての植物を産するわけではない」*と書いている。だから、かつてインドがその黒檀をみずから称えたように、フランスも今やそのささやかなパンタグリュエリオン草を誇りにしてよいのである。

* ウェルギリウス『牧歌／農耕詩』小川正廣訳、京都大学学術出版会、p.114では、「また、すべての大地は、あらゆる種類

を生み出すことはできない」と訳されている。

ユマニストの書にふさわしい終わり方である。だが同時に、きわめて謎めいた終わり方でもある。われわれ読者は、愉しく笑うと同時に、大いに啓発されるに違いない。まずこの礼讃には、謎の意味が解明されていくことへの喜びがある。そのうえに、自分のテーマを内容豊かに膨らませていくラブレーの技巧に、惚れ惚れするという愉しさが重なる。さらに啓発的側面として、レトリックが為しうる離れ技を、読者自身がその目で体験できることが挙げられる。地味きわまりないが多種多様な用途に使えるこの植物を、喜劇性と畏怖とが多義的に混和した対象に作り変えるには、その名称を隠すだけで十分である。さらに技巧を凝らせば、亜麻を、不安をかき立てる存在にすら仕立て上げられる。ルキアノスが、ルネサンス人に対し、再び愉しい笑いで包んでやるように教えた、あの古き滑稽な神々や女神たちにとっては少なくとも、この植物は心配の種であったのだから。

『第三之書』はその序詞で、エジプト人の歓心を買おうとして失敗した、ルキアノス描くプトレマイオス王の例を紹介しているが、その例に呼応するように、この書も、対話と喜劇とが混淆した作品をわれわれに提供してくれている〔『第三之書』、序詞、渡辺訳p.27、宮下訳pp.42-44〕。読者は間違いなく、この混交を心ゆくまで楽しめたはずである。このように、さまざまな思想を、諸々の法学的コンセプトを、そして法律家を含むユマニストたちが「モノ」の符号とみなした言葉を、自在に操っているこの書物は、文学の世界における分水嶺をなしている。複雑さ、学識、そして喜劇性のすべてをこれほど一身に備えた作品が、フランス語で著された例《ためし》は一度もない。その後フランス語でこうした作品が創造された例もない。おそらく、古代と近代とを問わず、この書に完全に重なる作品は、どこの文学においても書かれたことはないと思われる。ヨーロッパでは読者層の質が、この後まもなく大きな変化を遂げるため、複雑な多様性と学殖と喜劇とを独特な形で混合したこの種の作品は、もはや創造可能なものではなくなってしまう。だからこそこの作品は、直接感じ取れる面白さを味わうだけでなく、研究にも値する。つまりこの作品は、お風呂で読んでもかまわないが、同時に、詳細に検討しながら読む価値をも内包しているのである。この書が曲芸のごとく操っている学殖は、よく言っても「時代遅れ」だ。最悪の場合、古めかしく、錆び付いていて、黴臭い、とまで形容しうるかもしれない。だが、ここに込められた叡智はまったく違う。卓越した哲学的・道徳的な成句――聖書起源、古典古代起源の双方の成句――は、当時と同じく、現代においても有効であり続けている。有効性の程度に、今昔の違いはない。ラブレーが筆を執っていた時代には、こうした成句や、宗教的、道徳的そして哲学的な諸々の確信は、霊感を受けた異教徒の、あるいはユダヤ・キリスト教系統の、偉大なる権威によって支えられていた。そうした権威は、強い印象を与えると同時に、本質において絶対的と見なされた。反対に当時は、悪魔的な誤謬に染まり、しかも言葉の力を、取るに足りない利己的な目的で利用しようとした連中も数多くいた。しかし、そんな連中はどうあがいても、こうした偉大な啓示的真理から、ラブレーのような高邁なキリスト教的懐疑論者が汲み取った大いなる自信を、決して揺るがすことはできなかったであろう！　自惚れの強い愚か者たちが、本当の自信に満ちた男女の自信を揺るがし、そうした人々の疑問の余地のない規範から、自分たちだけは逸脱しようとむなしくあがいていたら、自信にあふれた者は、笑いを禁じえない。『第三之書』で顕著な笑いも、実はこの種の笑いである。男女の別を問わず人間は、自信にあふれ、自分自身とその思想とを深く確信しているときにこそ、最良の笑いを発することができるのではなかろうか。他方で憎しみは、疑念に蝕まれ、自信が持てずにためらっている場合に、頭をもたげるものである。パンタグリュエルは、自分より前ならソクラテスと同じく、また自分以降ならモリエール描くクレアント*と同じく、大いなる確信を持って善と悪とをはっきり弁別できる人物である。この確信により、パンタグリュエルはセネカのいう哲学の極致に達しているのである（*Epistulae* LXXXI, 7）。彼はこう綴っている。「ソクラテスは哲学全体を精神的態度の問題に引き戻し、最も卓越した知恵は『善悪を区別する』*bona malaque distinguere* ことにあると主張した」。彼はさらにこう続けている。「もし貴方が私のことを少しは信用するなら、この教えに従いなさい。そうすれば、貴方は幸福になれるだろう。そのために、他の連中に馬鹿呼ばわりされても、勝手に言わせておけばよいのである」。パンタグリュエルは、神霊を授かった著作家や、霊感に与った賢者や、神の霊に包まれた狂人たちの内に、正しい解決法を見出した。つまり彼の世界は、神と神の賜物である能力とが、絶対的に君臨している世界である。たんなる人間の知識のみによって、こうした確信を揺るがすことなど不可能である。同様に、純粋に人間的な手段のみによって、こうした確信に到達することもできない。悪魔か人間が、そんな考えは馬鹿げていると主張したとしても、われわれは彼らを心の底から笑ってやればよい。やがてモンテーニュも発見するであろうキリスト教的懐疑主義は、特別に優れた精神の持ち主に宿った場合には、正統的信仰の強力な味方となりうるのである。

　ラブレーに生まれつき備わった喜劇的センスは、喜劇を「男の子のずる賢い悪戯心」と捉えるプラトンの見解を経て、新たな肉体と精神とを獲得した。ラブレーは、自分自身を知ることができないゆえに、当惑《ペルプレクシタース》の罠の中で縄に締めつけられるにつれて狂気に沈んでいく、ひとりの愚かな友人を中心に据えて、巨大な作品を構築したのである。もっとも、この友人は、決して憎めない男だ。『第三之書』の哲学的な笑いは、ひとりの賢明なキリスト教的狂人が、とくに書くにふさわしい笑いであり、また、ローマ法と教会法の双方に通じている者が、とくに共鳴するにふさわしい笑いなのである。

＊　モリエールの『タルチュフ』、『守銭奴』、『病は気から』に登場する人物名。ここでは『タルチュフ』に登場するクレアントを指していると思われる。

第七章　一五四八年版の『第四之書』

1　慌しく書かれた未完の書物

『第三之書』は、その深みのある喜劇性と、入念に練られた複雑な執筆の跡から、長い時間をかけて練り上げられ書かれた、彫琢された作品であると推測できる。反対に、一五四八年版の『第四之書』は、短時間のやっつけ仕事である。書きなぐりの観が否めない文章や、作品全体の粗雑な構造、あるいは随所に見られる相互矛盾など、すべてが大慌てで書かれた作品であることを示している。謎も多いが、この書の出版状況からも、実に慌しい、そして即興性の高い仕事ぶりが窺える。

ラブレーに敵対的な行動をとっていたソルボンヌの連中が、パリ高等法院と連動して『第三之書』に悪意ある反応を示したため、ラブレーはフランスを離れ、神聖ローマ帝国内の自由都市メス〔メッツ・現在はフランス北東部モーゼル県の県庁所在地〕に去ることを余儀なくされている。このメスへの移動が、本当に危険からの逃避であったのか否か、われわれにははっきりしたところはまだわかっていない。デュ・ベレー家の利害のために、外交的な使命を帯びて外国に赴くと同時に、自分の敵の裁判管轄権の外部にこっそりと抜け出す、という二重の慎重な行動であった可能性も否定できない。いずれにしろ、前作の「序詞」で自身が熱狂的に褒め称えた、フランス国境の立派な防衛線〔『第三之書』序詞、渡辺訳 pp.23-24, 宮下訳 pp.336 を参照〕を超え、その外部で暮らさざるをえなくなったのは、ラブレーにとっては実に皮肉な事態であった。

ラブレーの古くからの敵が、『第三之書』を検閲のうえ発禁処分にした理由は、簡単に理解できる。敵の観点から見れば、この作品は、危険な異端の書そのものなのである。彼らには、修道士や秘密の結婚に反対するラブレーのプロパガンダは、憎悪すべきものであった。だがさらに深刻なのは、痛悔に関する伝統的な教義を、ラブレーが嘲笑的に扱っている点である。彼が惹起する笑いの背後には、スコラ派の神学者が練り上げたこの教義全体に対する侮蔑の念が潜んでいるのである（*TL*, *TLF* XXIII）〔『第三之書』第二三章、渡辺訳 p.141, 宮下訳 pp.266, ラブレーは、パニュルジュの口を借りて、「痛悔」に関する教義を嘲笑っている〕。ソルボンヌが、ラブレーの態度をきわめて単純明快に、「ルター派的」と見なしたのは間違いないだろう。ギヨーム・ポステルを唯一の例外とすれば、ラブレーのこうした懐疑主義に言及した者は皆無だと思われる。だが、一世代後にモンテーニュが、「書物について」の章の中でわざわざ採り上げて称揚したフランス人著作家は、歴史家を別にすれば、ラブレーただひとりである。* 少なくともモンテーニュだけは、彼の懐疑主義を十分に味わい尽くしたことだろう。

＊ モンテーニュ『エセー』第二巻、第十章：『エセー』原二郎訳、岩波文庫、第二巻、p.361、『エセー3』宮下志朗訳、白水社 p.167.

ラブレーが薄手の新作の大部分を執筆したのは、はたしてメスにおいてだろうか。研究者のプラッタールは、一五四八年版の『第四之書』の第一章は、一五四六年刊の『第三之書』の最後の数章と同時に書かれた、という説を唱えていた。すべてを勘案すると、執筆時期はもう少し後だと私自身は考えている。いくつかの徴候から、一五四八年版の『第四之書』がメスで書かれた可能性はありうる。すべてではないにしても、その一部は、『第三之書』の出版直後に書かれたと見てよいかもしれない。リュシアン・ロミエはその重要な歴史的研究の中で、あの滑稽な「パニュルジュの羊」***Moutons de Panurge*** のエピソードに見られるいくつかの言葉遣いに、われわれの注意を引きつけている。それらの文言は、トリエント公会議の一五四六年に開催された新しい会期と、公会議全体に敵意を抱いているフランス王権派の立場とを、みごとに暗示していると思われるからである。これが正しいとすれば、ラブレーはこれらのページをこの直後に執筆したといえるかもしれない。[1] 一五四八年に刊行された『第四之書』の、「パニュルジュの羊」の逸話の中では、「次の七月の終わりごろ」に開催予定の「提燈国人《ランテルヌ》たちの総集会」*chapitre general des Lanternes* への言及が見られる〔第五章、渡辺訳 p.73〕。「提燈国人《ランテルヌ》」という語には多くの意味があるが、ここではこの語の内に、「愚鈍さ」、そして間違いなく「無知蒙昧さ」という意味合いが込められている。ラブレーは、嘲笑的なトーンで、本来は一五四六年七月二十九日にトリエントで開催されるはずであった、公会議の第六会期に言及しているのである。『第四之書』の新旧両ヴァージョンの記述から、ラブレーがこの「自称」世界公会議に関し、自分の見解を宣するつもりでいたのは明らかである。彼は、この「公会議」のカトリックとしての正統性を即座に否定する気であった。この点ではラブレーが、フランス宮廷内の、必ずしも支配的とは言えないにしろ、きわめて有力な一派の見解を反映していることが、読者にもよく伝わってくる。笑いを惹起せずにはおかない、このプロパガンダを執筆し出版するに際して、彼が決して孤独な戦いを強いられていたわけではないことは、確かである。ラブレーの敵は憤懣《ふんまん》をぶつけ、検閲官たちも威嚇を繰り返したが、それでも彼の作品は、宿敵たちの権限が及ぶはずのパリにおいてさえ、出版されかつ読まれていた。これはひとつには、ラブレーが享受していた強力な庇護によるものだった。デュ・ベレー家の庇護下にあったラブレーは、ギーズ家およびトゥールノン枢機卿の政治的・宗教的政策と鋭く対立していた、モンモランシー公爵の一派と必然的に結び付く結果となった。こちこちの教皇権至上主義者であり、結局は確信犯的な教皇制礼讃主義者となったトゥールノン枢機卿は、当然の結果として、デュ・ベレー一家の政策と対立せざるをえない。ラブレー自身、少なくとも一度はこの枢機卿と直接衝突している。『第四之書』（一五五二年版）の新序詞の中で、ラブレーはからかい気味にトロイア人を採り上げ、「高貴なるフランス人の祖たるトロイア人」〔新序詞、渡辺訳 p.27〕と語っているが、ここで彼が、枢機卿のことを密かに笑いものにしている可能性もある。というのも枢機卿は、自分の姓であるトゥールノン Tournon は、トロイアの英雄トゥルヌス Turnus に発すると得意気にうそぶいていたからである。『第四之書』の最初の版が出たころ、つまりフランソワ一世の治世の終わりごろには、トゥールノンは大きな影響力を誇っていたが、その後突然彼の威信は失墜する。フランソワ一世はその晩年には、デュ・ベレー家の融和的で寛容な政策に、必ずしも常に耳を傾けたわけではなかった。総じて、権力を握っていたのはライバルの一派であり、彼らは病気がちの君主に対し、断続的にではあったが、かなりの影響力を及ぼしていたのである。とはいえ、モンモランシー一派のほうが、明らかに将来性を秘めていた。なぜなら彼らは、その後すぐにアンリ二世として父親の跡を継ぐことになる、王太子アンリの耳を惹き付けていたからである。こうした国益を直接代表する政治家の支援を受けていた、ラブレーのような人物の口を、パリ大学の神学者たちが簡単に封じられるはずもなかった。彼のパトロン側が翻意しないかぎり、とうてい無理な相談であった。そのうえ、実に奇妙なめぐり合わせではあるが、パリ大学は、昔からの多数の敵を含む党派と半同盟関係にすらあったのである。というのも、ソルボンヌは、教会と国とを君主に従属させようとしてきた急進的な王権派を警戒する一方で、ローマの任命する司教たちの権限強化や教皇庁の増長に対する、ガリカニスム主義者としての敵意という点では、多くの有力な政治家たちと根源的に意見の一致を見ていたからである。フランス教会の不安定な権限を守るうえで、大学の神学者たちは時として、他の点では自分たちの自由を蝕んでいた王権派という、実に奇妙な相手と手を組んだのである。

ラブレーが赴いたメスは、デュ・ベレー枢機卿の代理人たちが自在に活躍できるような町であった。一五四七年三月三十一日にフランソワ一世が逝去したという知らせがラブレーの元に届いたとき、彼は不安と希望とのあいだを揺れ動いたに違いない。一五四五年九月十九日にフランソワ一世が彼に付与した包括的な允許《いんきょ》状〔『第三之書』の冒頭。一五五二年版にはアンリ二世の出版允許状が付される〕は、いまだに有効であった。だが、はたしてアンリ二世も、彼の作品および主義主張の宣伝者《プロパガンディスト》としての才能を同じように高く買い、そのうえで先王と同等の保護を提供してくれるだろうか？

実際のところ、デュ・ベレー枢機卿とその一族は、アンリ二世の治下で隆盛を極めたのであった。フランソワ一世が逝去する以前からアンリは、ラブレーの庇護者たる枢機卿のドイツ政策に好意的で、ザクセン選帝侯ヨーハン・フリードリヒと、父親に知られぬよう秘密裡に交渉していたほどである。アンリ二世は王位を継承するやいなや、宮廷からトゥールノン枢機卿の支配的な影響力を即座に排除した。その後、ジャン・デュ・ベレーに好感を抱いていた高官のモンモランシー公爵が、アンリ二世の主要な相談相手となる。われわれの手持ちの情報が信頼できるとしたら、アンリ二世は意図的に、公然と、しかも直ちに、フランソワ一世の諸政策と断絶するよう図っている。この断絶は、先王の死の直後に、広く人の知るところとなったのである。ジャン・デュ・ベレー枢機卿がローマに向けて出立した背景にも、新国王の全面的な支援があった。彼は一五四七年九月二十七日に彼の地に到着している。ローマでのデュ・ベレーは、フランスの宗教上および政治上の利益を守る責任を負っていた。

健康状態のまったくすぐれなかった枢機卿が、いつラブレーを自分の元に呼び寄せたのかは不明である。ラブレー自身が枢機卿の旅のお供をした可能性もある。いずれにしろ、本当のところはわれわれにはわからない。しかし、ラブレーがデュ・ベレーに少し遅れて、すなわち一五四七年の夏から一五四八年の初めの間にリヨンを通過し、その際に、フランソワ・ジュストの後継者であるピエール・ド・トゥールに新作の未完成の原稿を手渡した、と考えるのが妥当だと思われる。ラブレーが一五四七年の八月中旬ごろに、自分の版元に手書き原稿を渡したことを示唆する理由はいくつかある。ただし、証拠と言えるほど確たるものは存在しない。その一方で、一五四八年版の『第四之書』は、奇妙なまでに未完成な観があるので、まったく別の説明を試みるほうがより理屈が通るという見方も捨てきれない。この時期にラブレーがわざわざ移動したというのは、かなり突飛な印象を与えるが、さらに奇妙な感じを与えるのは、「医学博士にしてイエール島出家僧のフランソワ・ラブレー師」の著者名の下に出版された、彼の新作のほうである。そこには印刷業者の名前が欠けており、ただ「リヨンにて、一五四八年」A Lyon, Lan cinq cens quarante & huict と記されているのみである。この作品は、小さな十六折判の書にどうにかこうにか収まっている。版元がテクストを印刷に付するには、三つの折丁からなる四八葉で十分すぎるほどであった。印刷業者は、手持ちのあらゆる木版画を極力多く使い、さらに白紙の部分を増やしたり、花形〔文字の縁飾りなどの飾り〕や章末の「飾りカット」(*culs-de-lampe*)〔章末の空白部に描かれる逆三角形の飾りカット〕で一葉一葉を埋めて、なんとか四七ページまでテクストを引き延ばした。それでも最後の一ページは白紙のまま残ってしまったのである。換言すれば、印刷業者は手の内にあるすべてを活用したにもかかわらず、それでも十分ではなかったわけである。この点は、一五四八年版の『第四之書』がなぜあれほど奇妙な終わり方をしているのかを説明するのに、間違いなく役立つ。なんといっても、この作品は文の途中で切れて終わっているのである。したがって、ラブレーにとっても印刷業者にとっても、第十章で作品を終えておくほうが理に適っていた、と考えることもできたはずである。『第四之書』のこのヴァージョンでは、大規模な嵐のエピソードがそこで終わっているからであり、また、そもそも一貫性の低い作品である以上、第十章が、結論として受け入れられないわけではないからである。ただし、もしそうしていれば、少なくとも三ページは白紙のまま残す結果になってしまう。そこで印刷業者は、第十一章の冒頭を刷り、文章の途中で切れたところで、おそらくは自分自身の判断で、結論のための決まり文句を二句加えたのかもしれない。新しいフレーズの冒頭である「本当のところは」*Vray est que* の後に「なぜなら」*quia* が続き、さらに、弁護士が法廷で抗弁を終える際に用いる定式文句の、「陳述以上にて終わり」*plus n'en dict* という文言〔『ガルガンチュア物語』第十九章のジャノトゥスの演説でもこの定式文句が使われている。渡辺訳 p.102, 宮下訳 p.152 を参照〕が添えられているのである。

最も妥当性の高い仮説はこうではないだろうか。ラブレーは、手書き原稿の新しい一葉に、「本当のところは」*Vray est que* に続く箇所を書き始めていた。ところが版元は、「本当のところは」という表現を含む箇所までしか、原稿を手にできなかった。そこで、ページを埋めようと必死に努める中で、彼はラブレーのペンから生み出された単語を、極力利用しようと決心したのではあるまいか。なぜこのような状況に陥ったのかについては、完全に推測の域を出ない。もしかしたらラブレーは非常に急いでいたため、新作の小品をどう終えるべきかに関し、適切な指示を版元にし忘れたのかもしれない。また、彼自身が校正を行なっていないことも見てとれる。残された間違いの種類から、これは確かである。ゲラ刷が出たころには、おそらくラブレーは、ローマないしはそこへの途上にいた、つまりリヨンからはるか彼方にいたのだろう。ただし、まだ理解しがたい点が残る。そもそも、自分の前作がソルボンヌおよびパリ高等法院によって厳しい検閲の対象とされた作家が、これほど杜撰《ずさん》で無頓着な姿勢を貫けるものだろうか？

なぜラブレーは、これほど不恰好な状態の新作を、大急ぎで印刷したがったのであろうか。この点についても、われわれの仮説は推測の域を出ない。彼が金に困っていたのは間違いないだろう。だが、ラブレーの出版業者たちが、彼に原稿料を払ったという確証はどこにもない。では、新しい国王の気に入るような作品を出したいと切望していたのだろうか？　仮にそうであるなら、一五四八年版『第四之書』には、なぜ献辞も允許状も添えられていなかったのであろうか？　フランソワ一世は、『第三之書』に対してのみならず、「この第三巻に始まるパンタグリュエルの武勇伝の、続篇となるべき書物および作品」に対しても、出版を許可する允許を与えていたのである。こうした表現は、一五四八年版の『第四之書』にも法的に適用されるはずである。なぜラブレーは、この允許状を再度印刷させなかったのであろうか？

一五四八年版の『第四之書』の出版にラブレーはいっさい関わっていないのではないか、とも考えられる。その場合は、印刷業者が何らかのいかさまをし、合法的にしろ非合法的にしろ手に入れたラブレーの原稿の当該箇所を、印刷し無責任にも出版した、ということになるだろう。ある意味でこれは魅力的な説である。なるほど、ラブレーがこの書を、自作ではないと述べたことは一度もない。手筆原稿が自分の作なのだから当然である。ところがラブレーは、一五四八年版の『第四之書』を二版出し、かつフランソワ・ジュストの後継者であるピエール・ド・トゥールの書店から、今後いっさい作品を刊行しなくなるのである。だがこの説明もひとつの障害にぶつかってしまう。というのも、一五四八年版の『第四之書』は、とくにそのために執筆された「序詞」を備えているからである。この序詞は、新作の規模に見合った比較的スケールの小さいものではあるが、その真正性が疑われたことはない。これが本物であるのは、別の角度からも理にかなっている。なぜなら、この序詞は部分的とはいえ、ラブレーが『第三之書』および『第四之書』の冒頭の数ページを執筆しながら参照していたに違いない書物から、派生してきた内容となっているからである。さらに、この序詞に反映している彼の関心事は、われわれが知っている、実生活の中でラブレーが置かれていた状況とも符合しているのである。もし仮に一五四八年版用の序詞が、本体部分の書かれた後にではなく（先行する三作品の場合は、本体部分の後に執筆された可能性が高い）、メスで暮らしていた時期に、すなわち、第一章の第一稿が書かれたのと同時期に執筆されていたとすれば、一番筋が通る。

ところがまだ問題は残る。というのも、一五四八年版用の序詞は、その辛辣さや、憤りの攻撃的な調子の点で、序詞の後に続く、喧嘩腰とはほぼ無縁なすべての章と、鋭いコントラストをなしているからである。そのうえ多少とも注意深い読者ならば、この未完成なテクストの、あまりに荒削りな状態にも驚くことだろう。一五五二年版では、ラブレーは、シャティーヨン枢機卿に献ずる書簡で活かすために若干の発想を残した以外は、旧序詞を完全に破棄し、この作品全体を根本的に書き直している。ただし、一五四八年版に目を通したときに受ける、完成作品ではなく下書きを読まされているという印象は、この完成版との比較とはまったく関係がない。一五四八年版の『第四之書』そのものから、あるいはその一貫性の欠如や脈絡のなさから、読者はそうした感覚を覚えるのである。

それでも、一五四八年版の『第四之書』は無視してよい書物ではない。ラブレーの傑作に数えられる作品ではないにしても、間違いなく巨匠の手になる徴を帯びた、興味深い本である。おそらくは、良書に降りかかりかねない最悪の悲運が、『第四之書』のこの版を実際に見舞ったのだろう。一般的にこの書物は、「部分的な」『第四之書』と呼びならわされている。この「タイトル」を使った場合、一五五二年版の『第四之書』の構想が、当時のラブレーの念頭にすでに存在していたことを、さらには、「省略版」の『第四之書』が世に現れたときには、すでにかなりの部分が執筆されていたことを、どことなく仄めかす結果となる。加えて、大部分の読者にとって、一五四八年版のテクストを入手するのはきわめて困難である。そもそも、一五四八年版を読みたくて読む、というケースは稀で、ほとんどの場合、偉大な一五五二年版の理解の助けとしてしか読まれないのである。四八年版は、まったく取るに足りないヴァージョンと見なされるせいで、ラブレー全集のほとんどは、そのテクストをわざわざ掲載しようとしない。最良の場合でも、一五四八年版用の旧序詞のみを、『第五之書』の後に続く付録部分に、つまり、真正な小品と偽書の疑いがある文章とのごたまぜの中に追いやっている始末である。大部分の読者は、暗号のような欄外の異文《ヴァリアント》を取り込みながら、『第四之書』の最初のテクストを自分で継ぎ合わせて再現せねばならない。これを行なうには、鋭い眼力を必要とする。そのうえ、小さな文字で印刷された簡潔な「*X*――*Y* まで が〔四八年版では〕欠けている」という文言は、それ自体誤解を招きやすい（なぜなら、該当する一節は一五四八年版に「欠けている」わけではなく、一五四八年の時点ではそれ自体完結していたテクストに、後で書き加えられたにすぎないからである）。以上に加えて、異文というのは見落としやすい。『第四之書』の最初の版には、その後、大幅な修正、書き直し、加筆が施されている。したがって、慌しく書きなぐられたわりには興味深い内容の第一版に、その後ラブレーが加えた変化や改良の跡を十分に理解するためには、両方のテクストを並べながら読み進める必要があるのである。

2　一五四八年版用の序詞〔『第四之書』渡辺訳、旧序詞、『第三之書』渡辺訳・宮下訳、第三七章、三八章〕

一五四八年版用の序詞〔「旧序詞」〕は、長さの点では、『ガルガンチュア物語』と、規模も大きく芸術性も高い『第三之書』との、ちょうど中間に位置している。この序詞《プロローグ》は、『第三之書』の場合と同じ決まり文句で始まっている。「世にも名高い大酒のみの諸君、また実に尊いそこなる中風のおとっつぁん」« Beuveurs tresillustres, et vous goutteurs tres precieux »。ただし、語り手がいったい誰であるのかは、これだけではいっこうにわからない。読者に提示されているのは、「パンタグリュエル／第四之書／の序詞」という文言のみである。これだけでは、話者が「アルコフリバス」、「著者」、「〔第五元素〕抽出者」、あるいはラブレー自身のうち、いったい「誰」に設定されているのかが、不明のままである。

　ただし、一五四八年版用の序詞の滑稽な調子の背後に隠されている、ラブレーが当時置かれていたさまざまな状況に鑑みて、今までの序詞以上に、ここではラブレー自身が語るように書いている、という解釈が妥当だと思われる。語り手は、「僧侶」Paternité たる自分の元に送られてきた「使節」l'Ambassadeur に言及している。もし仮に、神父ラブレーのメス滞在中に、こうした言葉が綴られたのだとすれば（私自身はそう考えている）、「大使」としての使者、それもおそらくはデュ・ベレーからの使者に言及しているという事実は、面白いほど現実と符合する。というのも、メスは当時はフランス領ではなく、神聖ローマ帝国の領内にあった町だからである〔旧序詞 渡辺訳 p.45〕。また、みずからの「僧侶」の身分への言及について言えば、ラブレーは読者に対して、自分が聖職者の身分にあることを思い起こしてもらおうとしているのである。一五四六年版の『第三之書』で、彼は「イエール島出家僧《カロイエ》」*Caloïer des Isles Hyeres* という新たな偽名を発明している。ラブレーが、フランスの地中海沿岸にある「イエール島群」と、どう繋がっているのかは不明である。ただし、「カロイエ」*Caloïer*（元来は、「容姿端麗な御老人」、「尊師」などの意）のほうは、ギリシアの修道士に与えられた、あるいはより広く東方正教会の聖職者一般に与えられた、よく知られた称号である。ずっと後にバイロンが『チャイルド・ハロルドの遍歴』*Child Harold* の中で、「ここにひとりのカロイエ庵《いおり》を結び、粗野にあらず、喜びて人を歓待す」と詠っているが、ラブレーもおそらくこれに似た連想を得たのであろう。さらにこの用語の使用は、彼が、ローマカトリックよりも、東方正教会の「普遍性《カトリシティー》」のほうに、より好感を抱いていた可能性をも示唆している。「出家僧《カロイエ》」および「僧侶」への言及はいずれも、著者が聖職者であることを読者に想起させる役割を負っている。ただし彼は修道士ではない。修道士ラブレーは、もはや遠い過去の存在へと消え去ってしまった。ラブレー神父が聖職者である事実を思い起こさせてくれる要素は、もうひとつ見つかる。それは、この旧序詞中で彼が、新旧の典礼用・聖務日課書を双方とも、きわめて職業的なそっけない態度で退けている点である〔渡辺訳pp.45-46〕（ソルボンヌも新しい聖務日課書を嫌っており、それらを発禁処分に付している）。もっとも、旧序詞の喜劇的著者に贈られた「聖務日課書」は、姿かたちは日課書でも、実際にはワインを入れる小さな瓶なのである！　実際、この種の瓶は存在していた。ラブレーは本当にこうした「ワイン入れ」を贈られたのだろうか。おそらくそうだろう。ちなみに、旧序詞中には「老齢の伯父」への非常に私的な言及も見られるが、これが実在の人物を指していることはすでに判明している。この「伯父」とは、「フラパンと名乗るサン・ジョルジュの領主」で、ラブレーの大伯父に当たる人物である〔渡辺訳p.46〕。一五四八年版用の序詞には、この種の言及が他にもあるが、あまりに個人的な内容であるため、いまだに解明されていない。

芸術的技法という観点からいえば、一五四八年版『第四之書』の序詞は、古代ローマの法務官が用いた決まり文句、すなわち「我は授与す」*do*、「我は陳述す」*dico*、「我は判決を下す」*addico* という三つの定型句の変形を軸に据えて展開している。この事実から、思いもよらぬ興味深い側面が浮き彫りとなる。というのも、この決まり文句の使用によって、『第三之書』の構想中にラブレーが読んでいた文献が何であるかが、さらには、『第四之書』の執筆中に彼が、いくぶん不正確ながらも思い出していた文献が何であるかを、教えてくれるからである。『第三之書』の中でラブレーは、ピクスの息子である古代の王ファウヌスに言及している。このファウヌスは、その高い予言能力のゆえに、無知な民衆からは「ファテュエル」**Fatuel** と呼ばれていた*（*TL*, **TLF** XXXVII, 38）〔『第三之書』第三七章、渡辺訳p.214、宮下訳p.410〕。ラブレーは次の章でも、彼がいわゆる「阿呆祭」と同一視している、古代ローマのクィリナリア祭（二月十七日）に触れ、同じテーマに舞い戻っている。ラブレーは冗談を飛ばしながら、「ファテュエル神」を、女神「ファトゥア」**Fatua**（聖なるファトゥア **la dive Fatue**）の夫に仕立て上げている〔『第三之書』第三八章、渡辺訳p.223、宮下訳p.426〕。こうした、軽快だがかなり深く、しかも根源的には非常に重要な学識の情報源はすべて、十五世紀のイタリアの学者アントニウス・コンスタンティウス・ファネンシウスが、オウィディウスの『祭暦』***Fasti*** に施した註解の内に求められる。後にパオロ・マルシ〔（一四四四－八四）ローマで修辞学を教授したユマニストで詩人〕が増補・改訂したこの注釈とオウィディウスのテクストは、きわめて広く知られていた仕事であり、十五世紀、十六世紀のユマニストたちに、たいへん多くの学識を提供したのであった。ラブレーは出典にきわめて忠実に引いているので、『第三之書』を執筆するに当たって、この典拠を目の前に広げていたことは、ほぼ確実だと思われる。(2)

＊ ラティウム（ラテン人）の王。「ファテュエル」とは、「将軍」「宿命」を意味する fatum に由来する語。

『第四之書』の執筆に取りかかったとき、ラブレーはファネンシウスとマルシの註解の中で読んだ内容を思い出した。だが、その記憶のありさまから、以前所有していた註解付きのオウィディウスを、彼はもはや所持していなかった節がある。一五四八年版用の序詞で、自分の元に送られてきた「使節」l'Ambassadeur に言及しつつ、以下のように記している。

御使節の要約なさったお話を、私は三語に縮めてまとめる所存である。この三語と申すものは、きわめて重要な語で、かつて古代ローマ人のあいだでは、法務官《プラエトール》がこの三語をもって、法廷に持ち込まれたあらゆる請願に答えたものである。また、この三語によって、法務官はすべての論争、告訴、訴訟、そして不和に裁定を下したのである。法務官がこれらの三語を用いなかった日は、不運（*malheureux*）にして不吉（*nefastes*）な日と呼ばれ、逆に法務官がこれらの語を用いた日は、上々吉にして幸運（*fastes et heureux*）と呼ばれた。すなわち、「汝らは授与す、汝らは陳述す、汝らは裁定す」（*Vous donnez, vous dictes, vous adjugez.*）がその三語である（*ER* IX, 152, *QL* A 2 vº）〔「旧序詞」渡辺訳 p.45〕。

ここでラブレーは、「上々吉の」*fastes* と「不吉な」*nefastes* という用語と連結させながら、先の三語（*trois motz*）の使用について強調している。この一節から、彼がオウィディウスの『祭暦』*Fasti*（I, 47）を念頭に置いているのが明らかとなる。ラブレーが、それなりに忠実に言い換えている原典のテクストは以下のとおりである。

それらの三語が発せられない日は不吉な〔縁起の悪い〕日である。

一方、法的事項を処理してもよい日は上々吉の〔縁起が良い〕日である。

ファネンシウス＝マルシの註解の説明するところによれば、縁起の良し悪しを占ったうえで〔古代ローマでは鳥の挙動などによって公事の吉凶を判断したという〕、三語の使用が許可されたが、法務官が宣するはずの三語とは、「我は授与す、我は陳述す、我は判決を下す」*do, dico, addico* であった。« *do* »（「我は授与す」）は、法廷に誰かを召喚する権限を与える際に、« *dico* »（「我は陳述す」）は、裁定を宣する権限を授ける際に用いられた。最後の « *addico* »（「我は吉日にあり」、「我は裁定で認める」、「我は判決を下す」）だが、これは卜占《ぼくせん》および法廷でのみ用いられる特殊な専門用語であった(3)。ラブレーはその旧序詞全体を、この三語を軸に据えながら組み立てている。ただし、「汝らは授与す、汝らは陳述す、汝らは裁定す」*Vous donnez, vous dictes, vous adjugez* と、一人称単数ではなく二人称複数を用いているのは、記憶違いだろうか。« *do, dico, addico* » は調子がよく覚えやすいと思われるが、どうやらそのようである。

ラブレーは『第四之書』の第一章の冒頭で、ウェスタリア祭、女神ウェスタの祭日、そしてウェスタに仕えた巫女に言及している〔渡辺訳p.57〕。ここでの『祭暦』*Fasti* の引喩にも、やはり多少の記憶違いが見られる。

> 六月のウェスタリア祭の日に、すなわち、ブルトゥス〔ブルータス〕がイスパニアを征服しイスパニア人たちを屈服させたまさしく同じ日に、あるいは、強欲なクラッススがパルティア人どもに撃破された日に、（云々）。〔パンタグリュエル一行は出帆した、という内容へと続く。渡辺訳p.57〕

『祭暦』*Fasti* の博覧強記の註解者ファネンシウスとマルシは、ウェスタリア祭の何たるかを解説したうえで、クラッススがパルティア人に敗北を喫したという知らせがローマに届いたのは、まさしくこの女神ウェスタの祭日であったこと、さらに、ブルトゥスがスペイン西部の民族である「カッライクスの人々」*gens callaïcus* に対し勝利を収めたゆえに、「カッラエクス」*Callaecus* という異名を取ったのも同日であること、を指摘している。ラブレーは誤って、凶報がローマに届いた日でなく、クラッススが敗北を喫した日をウェスタリア祭と同日であるとしている[4]〔ウェスタリア祭は六月九日〕。なお、クラッススを「強欲な」*l'avaricieux* と形容しているが、これはユマニストたちが好んで手にしていた例のオウィディウスの版からの引用ではなく、プルタルコスの『対比列伝』（543c：〔『英雄伝』〕）から得た語である。同様に、旧序詞の中で、自分の作品を発禁処分にする偽善的な敵を非難する際にも、ラブレーはプルタルコスの『倫理論集』*Moralia* に依拠している（*QL*, *TLF* p.291. *Moralia* 1128B）〔旧序詞、渡辺訳 p.51 の「お盆の中に唾を吐く」というエピソード。〕。オウィディウスおよびその注釈者たちと、プルタルコスとを組み合わせるというこの手法は、のちに、一五五二年版の『第四之書』中で、比類ない筆致で書かれた最良の数章を産み落とすことになる。オウィディウスとプルタルコスとは、この時期のラブレーに最大の影響を及ぼした著作家である。

私見では、『第四之書』をめぐるラブレーの最初の構想がいかなるものであったかを把握するのに、こうした細部が役立つと思われる。『第四之書』は、まずは「英雄風を茶化した物語」として構想されたようだ。つまり、笑いのさなかに思いもかけず、ホメーロスとウェルギリウスの記憶が蘇るような作品としてである。ラブレーは、まさしく女神ウェスタの祭日に、パンタグリュエルとその船隊とを、「徳利大明神《ディーヴ・ブティユ》」*dive Bouteille* ――まだヘブライ語風の「聖バクビュック」*dive Bacbuc* ではない――を探索する旅へと出帆させている。ファネンシウスがオウィディウスの「ウェスタ女神よ、我に目をかけ給へ」*Vesta fave* という一節に付した注釈で指摘しているように、ウェスタリア祭には特別の敬意が払われていたのである。なぜなら、アエネアス〔アイネイアース〕がトロイアを脱出した後ローマに到着したのがまさにこの祭日であったと、「少なからぬ著作家たち」が証言しているからである。言い換えれば、敬愛すべきアエネアスが、その英雄的な旅を終えて、後にローマが建設される場所に到着したのとまったく同じ日に、パンタグリュエルとその一行は、「擬英雄風の〔擬叙事詩的な〕旅」に出立するのである。とすると、一五四八年版の『第四之書』は、妙趣あふれる記述のために稀少な学識が活用された喜劇的な叙事詩という、ユマニスト特有のスタイルで、まずは想が練られていたと考えても問題はないだろう。

『第三之書』の数箇所と、一五四八年版の『第四之書』の序詞および第一章は、オウィディウスの『祭暦』*Fasti* に施されたいくつかのまったく同じ註解を念頭に置いて書かれている。ただし、めざす方向はこの直後に急変する。というのも、『第四之書』の二つの版の最初の数章はどちらの場合も、ラブレーの全著作のなかで、専門的学識が最も希薄な逸話に仕上がっているからである。もちろん、だからといって笑いのトーンが落ちるわけではまったくない！

ラブレーに贈られた「聖務日課書型のワイン入れ」の「表紙」には、カササギとカケスという鳥の群れが繰り広げる、叙事詩的な戦争の絵が描かれていた〔このエピソードに関しては、渡辺訳 pp.45-48 を参照〕。このテーマは、ラブレーが採り上げる以前からよく知られていたものである。ラブレーは純粋に逸話の愉しさから、この話を物語り、このエピソードに「英雄風を茶化した」喜劇や古典古代の格言ないし警句の趣《おもむき》を添えている。

一五四八年版用の序詞の三つの区分は、法務官の発する三語の各々によって為されている。この旧序詞のうち、「我は授与す」*do* と「我は陳述す」*dico* を端緒に展開するセクションは、実に陽気で単純であり、議論を吹っ掛けるような調子も皆無である。ただし、神の無限の力に言及したり、聖なる神の名を称えずには何も行なうべきではない、といった福音主義者にふさわしいフレーズも見つかる〔渡辺訳 pp.45, 48〕。さらに読者は、「古代のパンタグリュエリスト」たるホラティウスの一文を、ラブレーが実に巧妙に誤訳している一節にも出合う。この一節を引きながら、ラブレーは誇らしげに（そして実際にそうなのだが）、自分の書き物は国王に気に入られていると主張している。ホラティウスはこう書いている（*Ep*. I. 17. 35）。「一流の人物 *principes* に気に入られるのは、ありふれた栄誉ではない」。ラブレーはこの句をフランス語の韻文に翻訳し、「王侯」*princes* に気に入られるのはつまらぬ名誉などではない、と主張しているのである。

王侯の皆様に気に入られるは（彼曰く）、
凡なる名誉にあらざるなり
Ce n'est, dict il, louange populaire
Aux princes avoir peu complaire（*QL*, *TLF* 289 ; 100-101）〔旧序詞、渡辺訳 p.49〕

ホラティウスは、そのオード『今こそ飲むにふさわしき』*Nunc est bibendum* によって、まさしくパンタグリュエリストの名にふさわしい詩人である。もちろん、パンタグリュエリストには他の特徴もあろうが、何よりも美酒の愛好家であるのは間違いない。

自分の書いたものが、神や君主を不快にしたことはない（この点は、のちに真面目な文脈中でも繰り返される）ということを、ラブレーは大いに誇りとしている。ただしそんな彼も、『第三之書』の読者が、なかなか単純に笑えなかったことを、やはり認めないわけにはいかないと感じた。前作の中で味わってもらった「ワイン」の質や量に関して、ラブレーが弁解めいたコメントをしているのは、そうした理由からだろう。

皆様方は、『第三之書』のワインは口に合ったし美味であったとおっしゃってくださる。ただし、量が少なかったのは本当であるし、巷間によく言われる「量は少なくとも味は抜群」というのが、皆様方のお気に召さなかったのも本当である（*QL, TLF* 289 ; 102f.）〔渡辺訳 p.49〕。

ラブレーは『第四之書』冒頭の数章を、ごく単純な喜劇や笑劇の具体例で埋めているが、これはおそらく、『第三之書』があまりに知的にすぎ、無学な者にとっては、腹を抱えて笑えるほど面白おかしくはないという批判に対する、彼の返答だったと考えられる。さらに次のような一節が加わると、ラブレーがこの時点で、誰か特定の人物を――おそらくはジャン・デュ・ベレーないしド・シャティーヨン枢機卿を――思い浮かべていたと想像したくもなる。

そのうえ、皆様方は、パンタグリュエルのお話の続篇を編むようお勧めくださったし、善良な人々と一緒にそれを読んで得られた、素晴らしい効果や成果を力説してくださったのです〔渡辺訳 p.49〕。

一方で、右の一文は、フランソワ一世から与えられた允許状《いんきょ》の中に見られる主張を思い起こさせる。そこには、ラブレーの「年代記」がホラティウス的な意味において「有益かつ心地良い」（つまり、芸術的卓越性と道徳的教訓とを併せ持っている）と評価されている。そうなると、允許状という貴重な承認の印が、なぜ『第四之書』から欠落しているのかが、ますます不可解に思われてくる。

上の三語のうち三番目、すなわち「我は判決を下す」*addico* の変形「あなたがたは何の判決をお下しになるか」*Vous adjugez quoy ?* により導入されるセクション〔旧序詞、渡辺訳 p.50〕に入って初めて、あの一五三四年版『パンタグリュエル物語』に付加された、ソルボンヌへの攻撃的表現〔『パンタグリュエル物語』第三四章、渡辺訳 pp.241-243, 宮下訳 pp.380-383〕を想起させるような激越な罵声がほとばしり出る。こうした攻撃文が一五四二年版の『パンタグリュエル物語』から著者によって削除されてしまった以上、現在入手可能な本物のラブレー作品（著者の手が入った印刷本）のなかでも、激越かつ「面白まじめ」な誇張法を駆使して偽善的な宿敵を叩きのめし、昔日の記憶を蘇らせてくれる作品は、なんと最新の『第四之書』だけになってしまったのである！　いまや、一五四二年当時の慎重さはどこかに吹き飛んでしまった。そのうえ、一五四二年に、軽率な表現を削除したうえで、時宜に適うよう刊行された『パンタグリュエル物語』のテクストは、昔の友人でその短気さと無分別で知られるエティエンヌ・ドレが印刷した、古い無削除のテクストを掲載する海賊版と、競い合うはめに陥っていたのである。ただし、今回の新しい序詞は、ドレの海賊版『パンタグリュエル物語』の攻撃性や敵意を思い起こさせずにはいない。つまり一五四八年版用の序詞は、ラブレーが正式に承認したかなり抑制の効いた版よりも、ドレが印行に付した『パンタグリュエル物語』のほうと、より多くの共通点を有しているのである。今回の序詞でラブレーは再び、自分の作品を検閲し発禁に処する連中に、憎悪と嘲笑と軽蔑の念をぶつけているのだ。しかも彼らは、ラブレー作品を秘密裡に楽しんでおきながら、他人に対しては読むのを禁じているのである。すでに、『パンタグリュエル物語』や『パンタグリュエル占い』にその大部分が見られる、あの一連の派手な攻撃的用語に従うならば、彼らは「偽善坊主《カファール》、偽善者《カゴ》、猿真似野郎《マタゴ》、長靴坊主《ボティヌール》、似非信徒野郎《パプラール》、雀蜂坊主《ビュルゴ》、偽善牝猫坊主《パトプリュ》、雑品免罪符坊主《ポルトゥール・ド・ロガトン》、そして猫かぶり坊主《シャットミット》」の集団である。彼ら偽善者たちは、古代の「検閲官カトー」の美名の下に本性を隠しているが、実際は悪魔の下僕である。ラブレーはまたしても、神がいかに誹謗中傷や讒言《ざんげん》を嫌悪しているかを強調しつつ、「ディアボロス」がギリシア語で意味するところを読者に思い起こさせようとしている。悪魔《ディアーブル》は、誹謗中傷というこの憎むべき悪徳からその名を継いでいるからである。プルタルコスの『人目につかない生活について』という論考から多くを借り入れつつ、ラブレーはこれらの検閲官たちを、宴会で一番の御馳走に唾を吐きかけて、他の客の食べる意欲をなくさせようとした、古代の二人の大食漢になぞらえている〔渡辺訳 pp.50-52〕。こうした検閲官は狂人そのものである。彼らは、癩病患者か、男色家か、そうでなければ癩病の男色家である〔渡辺訳 p.53〕。それでもラブレーは、医師はいかにして患者の気持ちを損ねないようにすべきかを説いた、ガレノスの著作に精通している優秀な医師として、病める者をみずからの著作によって治療しようと努めるのである（ちなみにガレノスは医師に、爪先まで清潔にしておくよう勧めている〔正確には、ガレノスが注釈を加えたヒポクラテスだと思われる〕）。こうしてラブレーは、自分が個人的に診療しうるよりもはるかに多くの患者を、治療できることになる。病人たちは、神様や王様その他いかなる者の機嫌も損ねずに、彼の書物に、愉快な話や愉しい暇つぶしを見出して慰めを得ることができる〔渡辺訳 p.53〕。ラブレーがこのように述べるとき、われわれは彼の一言一句を文字どおり受け取ってもよいと思われる。多くの苦痛や苦悩を味わったはずのジャン・デュ・ベレー枢機卿はもとより、ずっと身分の低い大勢の人々もまた、ラブレーの「年代記」を読んでずいぶん気持ちが楽になったことだろう。ただしラブレーが、自分の作品を、キリスト教的自由を基礎とする深遠で魅惑的な哲学的見識を広めるために活用すること、きわめて頻繁であったので、おそらく彼は、たんに薬で治せる肉体的疾患よりも、精神的な助けを必要とする患者を治癒することを、みずからの使命としていたのではないだろうか。

短いがうまく構成されたこの旧序詞の後に、一五四八年版『第四之書』の本体を読んだとしたら、読者はどうしてもある種の失望感を禁じえないだろう。たとえ、常に四八年版との比較を促してくる一五五二年版の『第四之書』から、極力影響を受けぬよう努めたとしても、やはり期待外れの感は否めない。一五四八年版のテクストそのものを吟味するだけでも、読者は未修正の草稿を読んでいる感覚に襲われる。たとえば第一章では、インド諸国への旅がわずか四か月足らずで成就した旨が語られている。その旅では、「難破もせず、危険な目にも遭わず、乗組員もひとりとして失わず、実に平穏無事に」終わったという〔第一章、渡辺訳p.60〕。こうした文章が綴られた時点では、後になって物語の重要な要素を構成することになる、凄まじい嵐との遭遇という発想は、まだ育っていなかったのだろう。一五五二年にラブレーは、「マクライオン島沖での一日を別にすれば」〔第一章、渡辺訳p.60〕という一節を付加して修正しているが、これにはやはりぎこちなさが付きまとう。* どこから見ても、誤りの重大さに対し、この単純な修正はあまりにも不適切である。また、一五四八年版の文体はしばしば単調で、時には退屈ですらある。この点で、ラブレーが一五五二年に加えた修正は例外なく適切である。一例を挙げておこう。一五四八年版で、ジャン修道士は、聖ベネディクトゥスの聖なる樽にかけて、自分は真相をすぐに確認してみせる、と誓っている。その際ページ上には、平板で気の抜けたような言葉が並んでいるにすぎない。

* 一五五二年版の嵐の描写は、「平穏無事」と言うにはほど遠いため。なお、「マクライオン」は「長寿の人」を意味するギリシア語。この島に上陸する前に一行は暴風雨に見舞われる。

ジャン・デ・ザントムール修道士は言った。「聖ベネディクトゥスの神聖な樽にかけて、俺はすぐに真相を確認致すぞ。」

一五五二年版では、ほぼ同じ単語が効果的に再配置されていると同時に、「神聖な」*sacrée* という語は、より学術的な「聖なる」*sacre* という語形に取って代わられている。そのため、文体はより高い完成度を獲得している。

「聖ベネディクトゥスの聖なる樽にかけて（とジャン修道士は言った）、すぐに俺が真相を確認致すぞ」（*QL*, *TLF* 94 and variant）〔第十六章、渡辺訳p.116〕

一五五二年版では、ラブレー特有の言い回し（たとえば、「〜月に」*on moys* といった方言）が、「〜月の」*du*

moys のようなより単調な標準的語法に取って代わっている。すでに第一章の最初の文のわずか三節の間に、同種の変更が三回も行なわれている。こうして大小のいくつもの変更が加えられていき、それに伴って、各場面にふさわしい古風な趣が添えられるに至っている。しかしながら、すべての修正が、昔風の雰囲気を醸し出すために行なわれているわけではない。逆の効果を狙っているケースも少なくないのである。ラブレーの関心は、あらゆる方法で、自分の文体を改良するところにあった。全体から見ると、彼が、『第四之書』の最初の版の文体に、全然満足していなかった事実が浮き彫りとなる。『第四之書』の二つの版を並べて入念に比較する術のない読者の場合、一五四八年版が、いかに陽気さや喜劇性に乏しいかという点を、どうしても見落としがちになる。一五四八年版は、「本当のことだが」*Vray est que* という尻切れとんぼの一文までは、一五五二年版のテクストの要素をほぼそのまま備えている、とわれわれ読者は単純に類推してしまいかねない。だがこの推測は実情とはかけ離れている。多数の逸話が、後の版になって、各々丸ごと付け加えられたのであり、この時点ではまだ影も形もない状態に留まっていたのだ。一五四八年版の読者は、ガルガンチュアとその息子との書簡のやり取りを味わえなかったし、また、「バシェの殿様宅での婚礼」という複雑な笑劇に腹を抱えて笑うわけにもいかなかった。また、「パニュルジュの羊」のようにすでに登場する逸話のほうは、のちにラブレーのペンが生み出す最良の文を付加され、さらに豊かに膨らんでいくことになる。一五四八年版の『第四之書』の中で、一五五二年版と比較してもほとんど遜色がなく、それだけで十分に鑑賞に堪える唯一の箇所は、「嵐」の逸話であろう。なるほど、一五五二年版に至ると、このエピソードはさらに深みを増す。だがすでに一五四八年の時点で、そこには芸術の精髄が刻印されており、それ自体で喜劇的な完成の域に達している。

3　嵐〔第十八―二四章。ただし、渡辺訳は一五五二年版を訳出している〕

嵐は、主人公たちが修道士を満載した一艘の船に出合った直後に起こる。修道士たちは、風狂《ケジル》公会議に出かける途上にあった。彼らはそこで、新しい異端者たちの信仰箇条を篩《ふるい》にかけ、最終的には排除しようともくろんでいたのである（1548 *QL* VIII, 1f.）〔第十八章、渡辺訳 p.123〕。トリエント公会議の開催地は、教皇の強い要請に基づき、トリエントからボローニャに移されていた。これに対しフランスは敵意を強めていった。さらに、神聖ローマ帝国側もボローニャで行なわれていた会議を阻止すべく、あらゆる手段に訴えたので、結局公会議は元どおりトリエントに引き戻された。デュ・ベレー家の面々は、神聖ローマ帝国の外交官たちのかなり強力な後押しを背景に、「新しい異端」の代表者たちをも公会議の議論に参加させようと画策していた。そうすれば公会議は、「全世界的（公会議）」ecumenical の名にふさわしいものとなるのみならず、ひょっとしたら、十六世紀における教会分裂を修復しえたかもしれなかった。そうなれば、分裂を将来にわたっていつまでも引きずらずにすんだ可能性もある。さて、嵐の挿話は、後からの思い付きであり、これによって、当初構想されていた「徳利大明神《ディーヴ・ブティユ》」への平穏無事な旅とは、完全に断絶する結果となった。この断絶、およびラブレーが一五四八年版を急いで印刷に回した事実の双方から、もしかしたら、彼の庇護者たちは、公会議をこき下ろした文書を出すのも悪くない、と彼に示唆したのではないかと思われる。この嵐の逸話は、一五四八年版の『第四之書』全体の雰囲気を、大きく変えている。序詞を別にすれば、嵐に至るまでの物語は、論争となるような主題をほとんど扱っていない。修道士と修道女とのあいだの精神的結合の礼讃を嘲笑した箇所も、ほぼ無害といってよい。この部分は、修道会そのものを攻撃してはいないし、神学的ないしは福音主義的な根拠に基づいて、精神的結合そのものを非難しているわけでもない〔第九章、渡辺訳 p.85〕。軽快な言葉遣いで描出されている「結合島《アリアンス》」の逸話は、修道士と修道女の個人間のいわゆる精神的結合が、ちょうど斧頭と柄とが簡単に合体するように、容易に醜い肉体的関係に堕する危険があることを、示唆しているにすぎない。こうした単純で害のないユーモアを別にすれば、一五四八年版の『第四之書』には、神学部の教授連の敵意を引き出すような要素は、文字どおり皆無と言ってよかった。ただし、序詞の中でラブレーがその仮面を脱ぎ捨て、さらに嵐の逸話を書き足し、そのうえ「パニュルジュの羊」のエピソードで、突然「総集会」*chapitre general*〔大規模な会議＝公会議〕に言及すると、雲行きはにわかに怪しくなる。とはいえ、序詞や嵐の話を読むと、読者はラブレーが受け身一辺倒の傍観者ではないことを、あらためて思い起こさずにはいない。

彼は、宗教的論争に積極的に乗り出していく。以上を前提にすれば、一五四八年に『第四之書』が大急ぎで刊行された理由も、仮説の域を出ないとはいえ、よりすんなり説明できるだろう。ジャン・デュ・ベレー枢機卿は、トリエント公会議を攻撃することで、自分たちにとって重要な政策を後押しするよう、ラブレーに頼んだのではないだろうか。というのも、この公会議は、憎むべき修道士たちに牛耳られており、その連中は、教会分離主義者たちをローマ教会の懐に迎え入れるどころか、逆に彼らを破門に追い込もうとしている、と非難されていたからである。トリエント公会議への敵意それ自体は、ソルボンヌの神学者たちにとってすら、歓迎すべき姿勢であった。フランス教会の自由にこだわる彼らは、イタリア人および教皇庁に牛耳られていたトリエント公会議に、強い疑念を抱いていたのである。もっともラブレーの側には、古くからの宿敵と一時的に手を結ぶ気などさらさらなかった。それでも彼は、トリエント公会議を拒絶しないわけにはいかなかった。公会議が教皇主導で運営されている、ないしは多数のイタリア人聖職者たちの手に握られているというのが、その理由の一端である。だがそれだけではない。彼の敵意の源は、公会議が修道士たち、とくにトゥールノン枢機卿お気に入りのイエズス会士たちに操られていることに発していたのである。ガリカニスムを信奉する者の多くは、教皇庁には絶対的に服従するがフランス教会の自由には無関心を決め込む、きわめて悪名高いイエズス会士たちを毛嫌いしていた。ただ、この修道会全体を攻撃するのは非常に大胆な企てであり、「ソルボンヌ野郎」Sorbonagres が味方になるはずもなかった。ラブレーがトリエント公会議を非難したのは、異端者を排除したがっているからであった。ところが、ソルボンヌの連中は、異端の排除を心の底から支持していたのである。

この点からソルボンヌは、フランスと神聖ローマ帝国が公に掲げる政策に反対していた。その一方で、プロテスタントの神学者たちをトリエント公会議の審議に参加させたいという希望は、ドイツを中心に、あまねく共有されつつあった。そのための努力は一五四九年か一五五〇年頃までは不断に続けられていた。ところがこの時期になると、公会議による決定事項を、プロテスタントが再び議論の的にする余地は、明らかになくなっていた。この状況を、プロテスタント側が受け入れるはずもなかった。ルター派との教義上の相互理解を実現することは、ジャン・デュ・ベレー枢機卿の終生の願いであり、ド・シャティーヨン枢機卿の目にもいよいよ魅力的な企てと映るようになっていた。彼らは、プロテスタント教徒たちが公会議の議論に招かれるのを望んでいたのである。

ラブレーがトリエント公会議の問題に口出ししているのは、一五四八年版では、ほぼ完全に嵐の逸話に限定されている。形式と内容のいずれの点でも、彼の諷刺的喜劇は、最初の二つの「年代記」で採用された発想に立ち返っている。ラブレーがルター派との和解に道筋を付けようとするときには、部分的とはいえ常に自由意志の問題をベースにして、みずからのプロパガンダを展開しようとする。エラスムスも、その鋭い洞察力により、非常に重要な著作である『自由意志論』（一五二四年）の中で、この問題こそがすべての不和の元であると早くも見抜いていた。神人協力説を唱える神学の一貫した擁護者たるラブレーは、メランヒトンの弟子たちに不快感を与えないような術語を採用して、妥協点を探っている。彼はまず、自分の所属する教会に巣くう旧来の迷信を笑い飛ばしてみせ、それが無知や愚昧に由来すると同時に、宿命論的ないしは受動的な見解であることを示唆する。だが同時に、福音主義者一般と穏健なルター派の双方が受け入れられるはずの、人間と神との協力を謳う神学を前面に据えようともする。

一五四八年の嵐の逸話は、『ガルガンチュア物語』におけるスイイー襲撃〔『ガルガンチュア物語』第二七章、渡辺訳 pp.134-138, 宮下訳 pp.221-226〕の場面に込められたプロパガンダの意図を、新たな状況に合致させたものである。さらに、最初の「年代記」に描かれたパンタグリュエルの祈りの場面〔『パンタグリュエル物語』第二九章、渡辺訳 p.207, 宮下訳 pp.324-325〕とも繋がっているようだが、この点は一五五二年の版でさらに明らかになる。

嵐はそれだけで十分に楽しめる場面である。だがこの件《くだり》が惹起する笑いは、無邪気な笑いではない。そこには読者に向けた教訓が込められているのだ。その教訓は、二人の人物のコントラストの中から明らかになってくる。すなわち、言葉数ばかり多く、敬虔ぶっていて一見カトリック教徒らしいが、いっさい行動を起こさない臆病なパニュルジュと、冒瀆の言葉を平気で吐くものの、果敢に行動するジャン修道士という、二人の人物間のコントラストの中から浮かび上がってくるのである。この二人以外の登場人物は、この際重要ではない。一五四八年版『第四之書』が提供してくれる芸術上の嬉しい驚きは、ジャン修道士が喜劇の主要人物として再登場することである。ここで、我らが修道士が再び突出した役割を割り振られたことを、当然の結果と思い込まないようにしたい。なぜなら、『ガルガンチュア物語』の後半で主役に躍り出た後、『第三之書』に入ると、彼は背景に押しやられ、二次的な脇役に甘んじていたからである。ラブレーが、後から思いついた嵐のエピソードの中で、ジャン修道士を再び最前面に据えたのは、以前スイイーの修道院襲撃の場面で、この修道士の行動を通して明らかにしようとした多くの神学的教訓を、ここで全面的に再展開したかったからである。読者が独力でこの点に気づかないケースを想定していたのか、ラブレーはジャン修道士の口を借りて、二つの場面を巧みに繋げさせているほどである〔第二三章、渡辺訳p.143〕。

『ガルガンチュア物語』におけるスイイー略奪の物語は、人間が自由意志を行使しみずから行動する余地を残すのに必要な、神人協力説の教義を擁護するために活用されている。何もしない受け身の姿勢は、ここでは迷信とイコールで結ばれている。逆に、積極果敢な行動は、下品な言葉遣いを償ってくれるのである。ラブレーが理想とする真のキリスト教徒は、自身の独力に決して全幅の信頼を置きはしない。「神はみずから援《たす》くるものを援く」という偽善者たちの瀆神的な見解にも、決して与《くみ》しないのである。真のキリスト教徒がなすべきは、神とともに働くことである。この時、すべてを自力でなしうると考えてはならないが、反対に、魔法の呪文のように敬虔な言葉や語法を並べ立て、神の御機嫌をとって言いくるめ、すべてを神に任せきりにしてもいけない。スイイーの修道士たちと、ピクロコルの侵略軍の兵士たちは、一五四八年版の新たなパニュルジュの先駆者である。船を守るためにパニュルジュが何も行なっていないのと同じく、修道士たちも、大修道院を護るうえで必要な行動を何ひとつとっていない。ピクロコル軍の兵士たちは臨終の際に、ひたすら祈りに頼るが、その時彼らは、昔さながらの古臭い考え方と、迷信的な決まり文句に縋《すが》っているのである。『ガルガンチュア物語』と『第四之書』のいずれにおいても、ジャン修道士は印象に残る喜劇的対比を通して、彼らの誤りをくっきりと浮き彫りにしている。修道士たちの祈りは、神への嘲笑として、あるいは良くても、信心家ぶった無意味な戯言にすぎないとして、また最悪の場合には瀆神的な偽善として、ここでは非難されているのである。ピクロコル軍の愚かな瀕死の兵士たちの祈りは、実に馬鹿げた言葉の羅列として提示されている。

ある者は何も喋らずに死んだ。他の者は大声でこう叫んだ。「懺悔！　懺悔！　懺悔いたしますぞ！　憐れみ給え！　主の御手にゆだねまする！」（**Garg.**, *TLF* **xxv 142**）〔『ガルガンチュア物語』第二七章、渡辺訳 p.140, 宮下訳 p.229〕

この祈りの最後に置かれた「主の御手にゆだねまする」***In manus !*** という定式表現は、十字架上のキリストの最後の言葉の冒頭にくる文句「わが霊を御手にゆだぬ」である〔「ルカ伝」第二三章四六節〕。この文言それ自体は神聖でも滑稽でもない。使われ方に応じて神聖にも滑稽にもなりうるのである。兵士たちは司祭に告解するために汲汲としているがゆえに、直接神と和解しようとは夢にも思わないのである。他の多くの福音主義者たちと同じく、ラブレーも〔司祭の耳元で囁く〕秘密告白を嫌っていた。ラブレーが敬意を払っていた神聖な臨終は、『第三之書』中のラミナグロビスか、あるいはそのモデルとなったと思われる、エラスムスの『対話集』に登場するひとりの賢者である。

パニュルジュは兵隊たちよりも、さらに極端な誤りに陥っている。彼は、自分が口にした敬虔な言葉を耳にした神が、彼の霊魂を迎え入れてくれるのではなく、自分だけに特別の奇跡を起こしてほしい、と実に虫がいい願いを抱いているのだ！

> 神様、祝福された聖母マリア様、我らとともにいらして下さいまし。ありゃりゃー、溺れちまうよー。ブブブブース、ブブブース。主の御手にゆだねまする。ああ、神様、イルカか何かをお届けになって、可愛い小さなアンピヨンのように、私めを無事陸地に届けてくださいまし……（*ER* ix, F 3 r°. 1552, *QL* xxi, 52　一五五二年版では、***Amphion*** は「アリオン」***Arion*** に修正されている）〔第二一章、渡辺訳 p.136〕。

読者はここでのパニュルジュに、『パンタグリュエル物語』に登場した、もったいぶった言葉遣いをするリムーザンの学生を思い起こすかもしれない。この男は、恐怖に襲われるやいなや、馬鹿馬鹿しいほど飾り立てたラテン語風の変体フランス語をさっさと放棄し、田舎者丸出しの粗野なお国訛りでまくし立てたのである。パニュルジュも恐怖に捕われると、粗野なお国言葉を連発してしまう。彼の場合そのお国言葉とは、無教養なパリの庶民のそれである。たとえば一五四八年版の嵐の間じゅう、イエスの名前を二七回も連呼しているが、その際必ず、イエス（ジェズュ）*Jesus* のパリ訛りの形である「ジャリュ」*Jarus* を使っている（s と r の混同、それに引き続いて起こる e から a への低母音化により生じた変形）。神学的かつ芸術的観点から見て、われわれ読者は、ラブレーがここで何を意図しているのかを察知できる。彼はとくに、魔法の呪文のように信心家ぶった言葉や定型句を列挙しても、そこに真の信仰心は宿っておらず、逆に、行動へとみずからを奮い立たせるために、乱暴な罵り言葉を吐いたからといって、不信心の証とはならないことを示そうとしているのである。ラブレーは、「ジャリュ」*Jarus* という語の使用をとくに面白がっているようである。この語がかき立てる面白さは、アイルランド人の役者が舞台で *Bejaysus*〔「イエスにかけて」« By Jesus » の婉曲語のひとつ。とくにアイルランドの俗語で使われる〕と発音するのを聞いて英国人が覚える面白さに通じているのだろう。もっとも、当局からの圧力をおそらくは回避しようとしたために、ラブレーは、『ガルガンチュア物語』の第二版からこの「ジャリュ」を削除せざるをえなかった。同様に、一五五二年版『第四之書』においても、二七の「ジャリューズ」*Jaruses*〔「ジャリューズ」ではなく「ジャリュ」だと思われる〕はすべて、愉快だが毒気のない「ザラース」*Zalas*（「嗚呼」*« hélas »* の庶民的な形態）に置きかえられている。

嵐の間じゅうパニュルジュが並べ立てる「祈り」は、すべて利己主義に彩られている。彼の宗教的な熱意は一時的なものにすぎず、いわば神を騙すことを目的としている。彼はジャン修道士を、慎重な偽善者として振舞わせようとさえしている。「わが友の神父様（とパニュルジュは言った）、冒瀆の言葉はお預けにしましょうや。今のところは。明日になったら、思う存分吐いてもよろしゅうござんすから」〔『第四之書』第十九章、渡辺訳 p.127〕。恐怖と間違いだらけの神学的見解に捕われているパニュルジュは、普段の勢いのよい言葉遣いを、すぐに引っ込めてしまう。たとえば、「八百万の悪魔どものあの波」*ceste vague de tous les Diables* と言ったが早いか、こんどは敬虔な調子で、「神よ、わが罪によりて」*mea culpa, Deus* と叫び、さらに、「この神様の波」*ceste vague de Dieu* などと訂正している〔第十九章、渡辺訳 p.127〕。恐怖に捕われている間、彼は船を救うための行動を起こそうとしない。自分たちの船を守ろうと格闘中の仲間に彼がかける、一番「ましな」励ましの言葉といえば、「お願いですじゃ、この危険を切り抜けましょうや」くらいである〔第二〇章、渡辺訳 p.132〕。そしてこともあろうにこの瞬間に、彼は――ジャン修道士に対し――懺悔をしたいと言い出す始末である〔正確には、第十九章、渡辺訳p.127〕。だが、それは死ぬ前に魂を浄化するためではなく、表面的な敬神の言葉でも、神の耳にさえ届けば、他の連中がすべて死んでも、自分だけは助けてもらえるかもしれない、という魂胆から口にしているのである。

「主の御手にゆだねまする」といった文言を使うことは、神の意志への服従の徴《しるし》とも、また、イエスを模倣したいという意志の現われとも解釈しうる。イエスの生涯こそは、キリスト教徒の生き方の模範となりうるし、また、キリスト教徒が、苦痛と死とを受容する先例ともなっている。だがパニュルジュの場合は、これとはまったく違う。彼の祈りは、「亜キリスト教」的であり魔術的である。それらは、苦しむ覚悟も行動を起こす勇気も持たずして、危険を逸らせようとする手段なのである。どんな犠牲を払っても神の意志を成就させようと努める一方で、最終的には神の御手にみずからの運勢を預ける――パニュルジュの祈りはそうした徴《しるし》ではないのである。

ジャン修道士は、独創的とすら言えるほど粗野な罵り言葉を吐き散らすが、この言動自体はもちろん理想的と見なされてはいない。彼のつく悪態もまた滑稽ではあるが、パニュルジュの場合とは異なった意味で滑稽なのである。神学的に見れば、彼の瀆神の言葉は誤っている。だがそれらは修道士の、船を救うために必要なあらゆる努力によって、十分に償われているのだ。別言すれば、ジャン修道士は神の力に、人間としての自分の努力を添えているからこそ、その瀆聖は贖《あがな》われるのである。だが実際のところ、我らがジャン修道士や他の者あるいは他の者たちの払った努力によって、船が救われたと考える者はいない。この点は、嵐の危機が去りつつあるときに、パンタグリュエルが明確に指摘している。「この船には誰も死者がいない。救い主である神こそ永遠に讃えられるべきである」(1548 *QL*, *ER* ix, 173, F 4vº)〔第二二章、渡辺訳p.141〕。

ラブレーは、ジャン修道士の精彩に富んだ罵り言葉を喜劇的に連ねていき、しかもそれをとくに意に介していないように見える。このスタンスは一見したところ、『第三之書』に見られた、「言葉は魂を映し出す鏡である」という見解とは両立しないように思われる。パニュルジュが「悪魔について長広舌を振るった」言葉遣いは、トリブレが霊感に与った予言で、吃《ども》るように「神様、神様」と言った場合と同じく、われわれ読者に、その心の状態について多くを語ってくれる。もっとも、この嵐の場面でも、実はなんら矛盾は生じていないのである。パニュルジュのいわゆる「祈り」は、彼の精神のありさまをみごとに反映している。それは恐怖に由来し、同時に、神および祈りの本質をめぐる完全な誤解に由来する、ある種の精神的な盲目状態を浮き彫りにしているのである。ジャン修道士のきわどいが威勢のよい悪罵もまた、彼がある程度までしか正しくないことを明かしている。行動という美徳を介して、神の意志を推し進めるべく献身的に奮闘することで神とともに働く、というかんじんな点において彼は正しいのである。それ以外の点では、ジャン修道士は、『ガルガンチュア物語』当時のジャン修道士のままである。つまるところ彼は、「この世に修道士が誕生して修道士として修道するようになって以来、比類のない本物の修道士」なのである〔『ガルガンチュア物語』第二七章、渡辺訳p.135, 宮下訳p.222〕。倫理面に関するかぎり、嵐のエピソードにおける主人公は彼ではなく、パンタグリュエルとエピステモンである。この点は、嵐があたかも寓話のごとく終わりを告げる際に、倫理的な説明とともに明らかとなる（*ER* ix, 173, F6v°f.）。

　嵐の場面でパニュルジュは、空虚な言葉や、無用で的外れかつ見当違いの学識を振り回す男であることが暴露される。彼はたんなる暗愚な狂人ではない。むしろ「利口な馬鹿」、「学のある馬鹿」、「愚哲学者」*morosophos* なのである。パニュルジュは激しい暴風雨の真っ最中に、「遺言をしたい」*faire testament* などと言い出す。この場面〔『第四之書』第二〇、二一章、渡辺訳pp.133, 134-135を参照〕から読者は、パニュルジュがたんなる愚か者に留まらず、滑稽なほど夢想的《ロマンチック》な愚か者であるのを知る。聖書も強調しているように、そもそも遺言は、遺言者が亡くならなければ有効とはならない（「ヘブル人への書」第九章十六節以降）〔「それ遺言は遺言者の死を要す。遺言は遺言者死にてのち始めて効あり」〕。そのうえ、パニュルジュが本当に死んでしまえば、船とともに海の藻屑と消える遺言書に何の意味があろうか。この疑問に対するパニュルジュの返答は、まるでロマンチックな叙事詩《ラプソディー》である。それによると、彼の遺言および遺言書は、オデュッセウスのごとくどこかの岸に打ち上げられ、夕刻の涼しい時分に海岸を散策していた、とある王様の姫君がそれを見つけるのだという。さらにパニュルジュがここで引いている古典のすべての例と同じく〔第二一章、渡辺訳pp.134-135〕、この姫君が彼の遺言を執行し、彼のために死者の記念碑《セノターフ》 **cenotaphe** を建立してくれるらしい。他の人々が船を難破から救おうと奮闘している最中に、彼は実に馬鹿げた夢想に耽って、時間を無駄にしているのである……。

一五四八年版では、パンタグリュエルは舞台の背景に退いている。彼は、じっと帆柱《マスト》を支えている以外には、この嵐の場面で何の役割も負っていない。それでも、この寓話から十全たる教訓を引き出す役は、やはり全体の主人公たる彼にこそふさわしいだろう。だがその前に、ジャン修道士が、この場面をスイイー襲撃の場面と繋げてくれる必要がある。

もしこの私めが、悪魔連中の修道士どもと同じく、レルネの襲撃者からブドウ園を護りもせず、ただ「敵の来襲に抗して」*contra hostium insidias* などとお経を唱えるだけだったとして、それでもスイイーのブドウ園が失われなかったとしたら、私めは悪魔にかっ攫われてもいいですわい、とジャン修道士は言った（「神が我らとともにおられますように」、とパニュルジュがほざいた）。（1548 *QL* x ; IX, 173, F 4v° ; *QL*, *TLF* XXI, 54 *var.*）〔第二三章、渡辺訳 p.143 に、一五五二年版のより改良されたテクストの翻訳がある〕

パンタグリュエルのある重要な発言を読むとわかるが、彼のキリスト教がストア派の色合いを濃厚に帯びているのは事実とはいえ、人間の本性にキリスト教が注ぐ現実主義的な視線と相容れない古代のある種のストア派とは、それは完全に一線を画している。というのも、この場面では恐怖心そのものは非難されていないからだ。非難されているのは、いっさい行動に移れないほど意気地のない怖気である。

この見方は、アエネアスへの言及を伴って説明されている。この言及は、嵐の場面の芸術的な魅力の一端が、喜劇的な叙事詩と倫理的な笑劇とを異種交配させたところにあることを、改めて思い起こさせる。ラブレー描く嵐の場面は、その比類ない筆遣いによって、『アエネイス』の第一巻で、主人公たちがもの凄い大嵐にひどく恐怖した場面を、書き直した物語なのである。そこには、オデュッセウスを恐れさせた、ホメーロス描く嵐も木霊している。ウェルギリウスの描写になる大嵐の真っ最中に、大きな恐怖感に耐えかねたアエネアスは、こう叫んでいる。「トロイアの高く聳える壁に守られて、近親者の見守るなかで死を迎えた者は、三倍も四倍も幸せであることよ」。パンタグリュエルはこの箇所を引用し、叙事詩の主人公ですらこのありさまだから、溺死に対する恐怖心は正当な感情だと主張している。ところがパニュルジュときたら、この英雄の覚えた恐怖を、滑稽だが邪意のこもったパロディーに変じている始末だ。

「ああ、キャベツを植える人々こそ、三倍も四倍も幸せであることよ！　おお、運命の女神パルカ〔パルカイ〕よ、どうしてキャベツを植える者になれるように、俺の運命の糸を紡いではくださらなかったのですかいな！」〔第十八章、渡辺訳 p.125〕

パニュルジュの極端な怯えから透けて見える彼の臆病さは、笑いを通して読者に伝わってくる。彼の恐怖心は、一般に小胆な連中として知られていた、当時のゲルマンの傭兵たちの恐怖心と通底している。パニュルジュはめそめそ泣きならが、「神かけて、もう一巻の終りじゃ！」*Tout est frelore, Bigoth !*〔第十八章、渡辺訳 p.125〕と叫んでいる。ここには、ドイツの傭兵たちが、まだ戦闘が始まる前から、もう駄目だと叫んでいたことが反響している。「神かけて、もうすべて終りですじゃ！」*Alles verloren bei Goth !*。パニュルジュの愚かしい恐怖心は、自分が無事に助かることしか頭にない様子からも、また、何度も繰り返される「ブース、ブース、ブース、ブース」*Boos, boos, boos* や、「ユ、ユ、アー」*Hu, hu, has* といった擬音語などからも、一目瞭然である。より広い文脈《コンテクスト》の中で眺めれば、嵐のシーンの随所にちりばめられている古典作品からの引用が、英雄風を茶化した新鮮な趣を添えているとわかる。たとえば、セルウィウス以降、数々の注釈を生み出したアエネアスの恐怖心は、パンタグリュエルが、嵐の寓話の教訓を述べるきっかけとなっているのである。古代人が溺死を異常なまでに恐怖した理由は、実は、魂の本質に関する誤った理論に基づいていた。

もし神に反することについで、この人生で何か恐れるべき事柄があるとすれば、私はそれが死であるとは言いたくない。私は、ソクラテスやアカデメイア派の議論に加わって、死はそれ自体悪しきものではなく、かつ、死はそれ自体恐れるに足りない、と主張する気はない。ただ私は、難破により死ぬのは恐怖すべき事柄で、ほかに恐れるに足るものはないと申したい。なぜならば、ホメーロスも判断しているように、海原で死ぬのは、嘆かわしく、忌まわしく、異常な出来事であるからだ。（……）ピュタゴラス派の説明によれば、その理由は、霊魂が火焔の要素からなり火の質を帯びているからである。したがって、火とは正反対の元素よりなる水中で死んだ場合、彼らの説によれば、霊魂は完全に消え去るからである——ただし、この逆の説〔魂は消え去らない、という説〕が本当は正しいのだが（1548 *QL* x ; *ER* ix, 173, F 4vº）〔『第四之書』第二二章、渡辺訳 p.140〕。

古典古代の偉大な英雄たちが、後の世紀なら人々に眉を顰《ひそ》められるような仕方で〔人前で呻いたりすることを指す〕、恐怖心を露わにできたことは、当時は広く知られ理解されていた。アエネアスが、それ以前にはオデュッセウスが（*Odyssey* v, 312）とくに溺死を恐怖したありさまは、ラブレーがここで使っているのと同様の語彙により、多くの註解者たちによって繰り返し説明されてきた（ただし、ラブレーは右の結論部分を注意深く退けているが）。古代人にとって、溺死者は墓に埋葬されないだけではない。さらに恐ろしいことに、火質であるその霊魂は、荒れ狂う海の中で、完全に消滅してしまうかも知れないのである。[5]

古典古代への参照は、パニュルジュの恐怖心が臆病に根ざす事実を暴露するうえで一役買っている。そうした参照が、このエピソードの中で読者の念頭から離れることは稀である。ラブレーは手中にあるいくつかの典拠を存分に活用している。彼はプルタルコスを目の前に広げながら、アルゴス人が星のカストールを「ミクサルカゲウアス」**Mixarchagevas** の名で呼んでいたと書き記している。このめったに出遭わない稀有な知識へと読者を誘う役割が、古典古代に精通している博識のエピステモンにあてがわれているのは、やはり適切と言ってよいだろう。だが、どれほど博覧強記の読者であろうとも、港を視界に捉えたエピステモンが、「オベリスコリスキウエ」*Obeliscolischive*（一五四八年版『第四之書』はこの形を採用している）に火が見えると叫んだときは、さすがに困惑したのではなかろうか。後に修正を施した版に見られる「オベリスコリクニエ」*Obeliscolychnie* も、多くの読者を惑わしたに違いない。元来「鉄棒の先についた兵士のランプ」を意味する「オベリスコリュクニオン」*obeliskoluchnion* は、ごくごくありふれたギリシア語とは言いがたい！* おそらくわれわれ読者は、嵐の間じゅう立派に振舞ったエピステモンの、有益とは言いがたい蘊蓄《うんちく》に対しては優しく微笑んでやり、そのうえで、ここに使われている言葉の、古典的な気品あふれる趣《おもむき》を認めてやれば、それで十分だと思われる。他方、当時のユマニストの読者たちは、危険ないし大嵐の危機は去ったが、なすべきことがたくさん残されているときに、パンタグリュエルがパニュルジュを指して使った語の、痛烈な響きに気づいていたかもしれない。いまやパニュルジュは、自分はまったく怖くない、事態を好転させるために奮闘しているのは自分だけだ、などとうそぶいている！〔第二三章、渡辺訳 pp.141-142〕だがパンタグリュエルはジャン修道士にこう尋ねている。「あそこで、あのように喚き散らし泣き悲しんでいる、あの『ウーカレゴーン』*Ucalegon* はいったい誰じゃ？」「ウーカレゴーン」**（「まったく心配せぬ者」を意味する « *ouk alegôn* » から派生した語）は、ホメーロスおよびウェルギリウスでは、あるトロイア人の名前として使われている。この名前は、ユウェナリスの作品にも現われる。ジョス・バード***は、ビュデの広く読まれた『古代貨幣考』を解説するために作成した単語リストの中で、「ウーカレゴーン」を、危険がすべて去った後に、何の心配事もないかのごとく振舞う者を意味すると指摘している（1548 *QL* x ; *QL*, *TLF* XXII, 62 ; cf. Budé, *Opera* II, last page, v°）。

* 第二二章、渡辺訳 pp.138-139 を参照。なお、「オベリスコリクニエ」« *Obeliscolychnie* » は、ここでは「尖塔型をした灯台」を意味している。

** トロイアの元老のひとり。トロイア陥落の際、自分の家が焼けるのを王とともに塀の上に座して見ていたという。ラブレーは「難句略解」で、「ウーカレゴーン」に「手助けせぬ者」の意味を当てている。

*** ジョス・バード（一四六二―一五三五）自身ユマニストの印刷業者。パリおよびリヨンで活躍。ロベール・エティエンヌは彼の娘婿。

古典古代の色調で叙述された寓話にふさわしく、ここに込められた教訓を説明する役は、エピステモンに与えられている。彼が用いる用語は、後にキリスト教に由来する内在的な意味に適合するよう変更されている。エピステモンの言葉は、注意深く考察するに値する。なぜなら、『第四之書』のこの部分が大急ぎで執筆され印刷された理由が、ここから浮かび上がってくるからである。

もし死ぬことが、避けがたい宿命的な必然であるならば（事実そうでしょうが）、いついつの時間にかくかくしかじかの死に方をするかということは、一半は神々の御意志どおりであり、もう一半はわれわれの自由意志のなせる業だと考えます〔第二三章、渡辺訳p.142〕。

ここで使用されている用語はきわめて正確である。「一半は神様の御意志どおりであり、もう一半はわれわれの自由意志のなせる業だ」と述べたのち、彼はこう続けている。

だからこそ、われわれは神々に対し、嘆願し加護を求め祈念し懇願し哀願せねばならない。だがそれだけを目的とし、それだけで事足れりとすべきではない。われわれの側でも、同じように努力を積んで、手段と方策において神々を助けねばならない。私が「マテオロジアン」*Mateologiens* たちの議決に則ってこう申し上げても、どうかご勘弁願いたい。私は、しかるべき書物と権威に基づいて話しているのですから（1548 *QL* x ; *TLF* xxxiii, 22 *var.*）〔第二三章、渡辺訳p.142〕。

ここでは、人間が神と協同する必要がある、という教訓が読者に提示されている。エピステモンが断言している内容は、その本質上、スイイーの大修道院を守ろうと孤軍奮闘した自分の振舞いをめぐって、ジャン修道士が示唆している神学的な内容と、ぴったり重なってくる。受け身一辺倒の祈りは十分ではない（とくに、お決まりの迷信的な祈りは認められない）。悪を改善するうえで、人間は神を「助け」なければならない。換言すれば、人間は自分自身を、神の意志の道具に仕立て上げねばならないのである。人間は神の御計画をさらに推し進められるように行動し、それによって、神学者のいう「因果律の威厳」に、みずからも参画すべきなのだ。人生というテーマを、嵐の中で奮闘する船の比喩で把握する手法は、自由意志を擁護する著作の中で頻繁に使われていたので、当時の読者は、ラブレーの寓話のこの側面を、難なく認識できたと考えて間違いない。最後にこの寓話の教訓が読者に与えられているのだから、なおさらである。

この箇所の強い福音主義的な風味は、右の引用部の最後の一文にとくに濃厚である。「私が『マテオロジアン』*Matheologiens* たちの議決に則ってこう申し上げても、どうかご勘弁願いたい。私は、しかるべき書物と権威に基づいて話しているのですから」。「マテオロジアン」*matheologiens* という語は、博識を元に作られた諷刺的な語呂合わせだが、エラスムスの『新約聖書註解』の読者にはおなじみの用語であった。そもそもこの語は、エラスムスのこの作品のおかげで、広い読者層のあいだに浸透したのである。これは、「神学者」を意味する「テオロゴス」*theologos* と「空疎なお喋りをする者」を意味する「マタイオロゴス」*mataiologos* から造られた混成語*である。「テトスへの書」第一章十節でも使用されているため、聖パウロを研究している者にはよく知られた用語でもある。** 英語訳聖書では、この語は « vain talker »「空虚な話し手」と訳されている。この語から派生した名詞で、「空虚で無意味な話」を意味し、「テモテへの前の書」（第一章六節）でも使用されている「マタイオロギア」*mataiologia* という語は、ウルガタ聖書では「空しいお喋り」*vaniloquium*、英語訳聖書では「くだらぬお喋り」*vain jangling* と翻訳されている。つまり「マテオロジアン」とは、自分たちは神の永遠の真理を研究しているとうそぶきながら、実は、空虚な些事を弄んでいるにすぎない連中を指しているのである。エラスムスはその『新約聖書註解』の中で、痛烈かつ印象的に、「マテオログス」*matheologus* という語が、本来、至高の真理に関心を向けるべきスコラ派の神学者《テオログス》 *theologus* に、いかにしばしば当てはまるかを説いている。だがここでは、攻撃はいわゆるスコラ哲学者に直接向けられていない（ラブレーは今までさんざん彼らをこらしめてきた）。それはむしろ、「提燈国人《ランテルヌ》たちの総集会」〔第五章、渡辺訳 p.73〕という表現ですでに笑いものにされていた、トリエント公会議を取り仕切っている神学者たちに向けられているのである。ところで、「カトリックの」（とはつまり普遍的＝全世界的 ecumenical な）公会議は、議決を発布するという義務を負っている。一五四八年の時点で、ラブレーのような愛国的なフランス人にとって、「マテオロジアンの議決」を押しのけるのは、当時トリエントの公会議で公認されたばかりの、自由意志に関する議決を、端から軽視する態度に等しい。一五四八年、フランスの国王は、公会議の指導層を前にして、なぜ自分の司教たちに、彼らの「会合」に参加するのを禁止したか、その理由についてわざわざ説明している。さて、議論を重ねた結果、一五四六年に、トリエント公会議の自由意志に関する議決がまとまり、第六会期の議決（一五四七年一月十三日付）に組み込まれる形で出版されている。ところが実に奇妙なことに、この議決内容は、ラブレーが擁護している神人協力説に基づいた神学と、根本的にはほとんど齟齬を来していないのである。彼はおりよくこの内容を知って、一五五二年版の『第四之書』では、この点で大幅な書き換えを行なっている〔第二三章、渡辺訳p.142〕。

＊「かばん語」とも言う。英語の«breakfast»と«lunch»を組み合わせた«brunch»が有名。

＊＊「テトス書」第一章十節：「服従せず、空しきことを語り（傍点は訳者）、人の心を惑す者おほし」。なお、傍点部分は、フランス語訳聖書（『エルサレム聖書』）では、«les vains discoureurs»「空疎な駄弁家」と訳されている。

エピステモンが引合いに出している「しかるべき書物と権威」は、もちろん聖書を指している。しかし読者は当惑したであろう。ラブレーは一五五二年版で初めて、聖書の章と節とを明らかにしつつ、彼が言わんとしている内容を明瞭に語っているからである。＊

＊実際には«le sainct Envoyé»「聖なる使徒」と聖パウロを仄めかしているにすぎない。なお、ラブレー（および著者）が念頭に置いているのは、「コリント後書」第六章一節の「我らは神とともに働く者なれば」という箇所であろう。

人間と神との関係に関するこうした見解は、そのギリシア＝ローマ的な風味〔「神」ではなく「神々」などと表現している点など〕にもかかわらず、フランシスコ会士の気に障《さわ》りはしなかったであろう。むしろ、彼らの教えの一部と重なっていたとさえ言える。[6] さらに、ラブレーの使った言葉は、伝統的なカトリック正統派の意に適ったのはいうまでもなく、ジャン・デュ・ベレーがルター派との和解を実現するうえで希望を託した、あのメランヒトン派やブーツァー派の神人協力説の支持者たちにすら、不愉快には響かなかったはずだ。実のところ、この嵐の逸話は、まさしくこれら穏健なルター派にも受容しうるような、自由意志のコンセプトを提示している。カトリック穏健派は、彼ら穏健なルター派が、本当の意味での全世界的な公会議を経て、自分たちの教会と完全に和解する用意がある、と考えていたのである。ただしそのためには、トリエント公会議の聖職者たちが、彼らとじっくり議論せねばならなかったが！　ラブレーは一石で二鳥を打ち落とす名人である。まず、臆病で行動を起こせないパニュルジュ、あるいは、御託を並べて神を自分の側に抱き込もうとするパニュルジュを描き、カトリックに根強く残る迷信の一形態に打撃を加えている。だがその一方で、伝統的なカトリックとメランヒトン派の双方が受け入れ可能な神人協力説を、エピステモンに述べさせてもいるのだ。ただし、カルヴァン派の救霊予定説 **predestination** は、敵対的立場から、ラブレーはこれを除外している。多くのカトリック教徒の目には、すでに自分たちが唯一無二の教会を改革し終えたと言い張るカルヴァンの信奉者たちが、完全に常軌を逸した存在と映ったはずである。穏健派のカトリック教徒にとっては、ルターですらが――彼以前に、何よりもメランヒトンやブーツァーとその一派がそうであったが――根源的には正統派に属する人物であり、本質的ではない些細な点では譲歩することで、カトリック側との和解を実現しうる相手であった。そのためにローマ教会側は、彼らの言い分に耳を傾け、さらに自分たちの教会内部を改革する必要があったのである。だが、カルヴァンの場合はまったく別である。ジュネーヴの神学者たちは、ラブレーがカトリックの誤りに浴びせた諷刺を、自分たちカルヴァン派への、密かな共感だと取り違えるような連中ではなかった。それどころか、彼らはラブレーに対する敵意に満ちたペンに、ますます磨きをかけていった。もっともラブレーのほうも、彼なりの方法で、一五四二年の時点ですでに逆襲を試みている。彼は『パンタグリュエル物語』の中で加筆を行ない、カルヴァン派（カトリックではない）特有の、選民の予定説という教義に言及している。これは救霊予定説の立場から、人間の真剣な努力や、人間による神との協同に、いっさいの意義を認めない教義である。ラブレーが使った用語は、容赦のない辛辣なものである。カルヴァンとその同類は「予定説狂《プレスティナトゥール》」*prestinateur* だというのである。この語は、彼らの神学が奇術的なごまかしであり、インチキな手品 **prestidigitation** にすぎないことを暗示している。彼らは「詐欺師」*emposteurs* であり「誘惑者」*seducteur* である（*Pant., EC*, prol. 47）〔『パンタグリュエル物語』序詞、渡辺訳 p.17, 宮下訳 p.25〕。一五五二年版になると、ラブレーの敵意は、さらにあけすけで公然かつ決定的になっていく。

最初に出版された『第四之書』の版の場合、そこかしこで少しずつ修正を施せば、トリエント公会議の神学者やソルボンヌにも十分に受け入れられる作品となったはずである。ところが、そうした少なからぬ箇所が無修正のまま残されている以上、われわれは、ラブレーが対決姿勢を崩さなかったという結論に到達せざるをえない。別の観点から言えば、異端的な神人協力主義者といわれている人々との和解を果たすためには、必然的に、教会の反対側の一翼を担う超保守派を、思いきり嘲笑せざるをえなかったのである。個人的な次元で見れば、ラブレーは『第三之書』への激しい非難に悩まされていた。だが、ラブレーは一私人に留まる人物ではない。間違いなく彼とその庇護者《パトロン》たちは、ある種の反トリエント公会議のプロパガンダが、パリのつまらぬ「偽善者ども」*caphards*を利する結果に終わらないとも限らない、と恐れていた。したがって、トリエント公会議の主張を笑い飛ばすだけでは十分ではなかった。なぜならその場合、ソルボンヌが掲げている、特定のガリカニスムに資する結果となりかねないからである。自由意志を礎《いしずえ》にした神人協力説を肯定する、彼の積極的なプロパガンダは、最後の最後に挿入された名人芸の物語の中で、『ガルガンチュア物語』で強調したのとまったく同じ神学的見解を、再び力説している。『ガルガンチュア物語』のころも、教会分離主義者たちとの和解こそが、ラブレーが喜んで仕えていた庇護者たちの、大きな関心事であり希望であった。たとえ大急ぎで執筆されたにしても、老練なる達人は、彼の味方の眼前で、不変の価値を秘めた芸術性の高い喜劇を創造し、それを通して真理を浮き彫りにしたのである。その芸術的価値は、当時の「たんなるプロパガンダ」が、何層もの埃にまみれて埋没した後も、長きにわたって精彩を放ち続けるだろう。以上のような見解を伝達する主要な媒介項として、ラブレーが――二度も――ジャン修道士を選んだことは、逸話の魅力を不変のものとし、われわれ読者に不朽の愉しみを付与するうえで、大いに貢献したと言ってよい。

4　敵意に満ちた反応〔第十章〕

『第四之書』の敵対的なトーンは、簡単に予測できるような結果を招いた。そう、ラブレーは怨敵たちを激怒させたのである。ラブレーが初期の「年代記」の中で味噌糞に嘲《あざけ》った神学者たちを、ずいぶん以前から崇敬していた修道士のガブリエル・デュピュイエルボーは、その著『テオティムス Theotimus あるいは、読めば多くの読者がその信仰心や敬神の念を損なわれる悪書の排除について』（一五四九年）の中に、ラブレーに対する激越な攻撃文を挿入し、過去の恨みを晴らしている。デュピュイエルボーの願いのひとつは、ラブレーをなんとかジュネーヴに追い払うことだった。いや、もし何もかもが彼の思いどおりになっていたとすれば、燃やされたのはラブレーの書物だけではなかったろう。ラブレーは、その「年代記」ともども、同じ火刑台の薪の上で、命を落としていたかもしれないのである。

今後ラブレーが選択する立場は、彼の見解がソルボンヌの宿敵にいかに「ルター派」寄りに映ろうとも、やはり「改革派教会」*Eglise réformée* の神学とは根本的に両立不可能なものとなっていく。カルヴァンのほうもこの明々白々な事実に即座に気づいている。もっとも、カルヴァンだけが宗教改革派のすべてではない。ラブレーが親しく接していた人々は、もちろん教皇制礼讃者などではない。彼らは本質的にガリカニスムの信奉者であり、その程度に差こそあれ、メランヒトンやブーツァーといった穏健派の改革主義者たちの神学に惹かれていた。同時に分離した英国国教会にも、心から同情しつつ、好意的な視線を注いでいた。彼らは、この分離も一時的だろうという希望的観測を抱いていたのである。ラブレーは、のちにこの語が獲得した意味における「宗教改革者」ではないが、彼が親交を持った庇護者《パトロン》たちは、さまざまな誤解ゆえに（この誤解は、いずれかの側が一方的に抱いているわけではない）旧教から離れていったキリスト教徒との和解を実現するために、自分たちの教会をも改革し浄化したいと願っていた人々である。

このころ、ラブレーを直接庇護下に置くようになる人物は、フランスの枢機卿のなかでも、最も学殖豊かで魅力的な人物のひとり、オデ・ド・シャティーヨンである。トリエント公会議の決議の内容に失望した彼は、やがて心の平安を求めて英国に渡ることになる。なぜこのような結果になったかは、ド・シャティーヨン枢機卿の実質的な庇護下に、ラブレーが執筆し出版した、『第四之書』の完成版を読めばわかる。

以上のような問題の考察は重要である。だが、一五四八年版および一五五二年版の『第四之書』を理解し正しく評価するうえで、同様に重要な側面がまだいくつかある。

その第一点は、ラブレーが、あの哲学的に深遠な『第三之書』の続篇を書くにあたり、その発想源としたのが、今日では一般的に『パンタグリュエルの弟子』*Disciple de Pantagruel* のタイトルで知られている、文学的にほとんど価値のない作者不詳の小冊子であったという事実である。十六世紀には、この小冊子に対し複数の題名が与えられていた。『パンタグリュエルの弟子パニュルジュ』*Panurge disciple de Pantagruel*（一五三八年以前?）や、『パンタグリュエルの弟子』（一五三八年）、あるいは『パンタグリュエルの弟子パニュルジュの航海記』*Les Navigations de Panurge disciple de Pantagruel*（一五四三年）、『フェスパントの本いとこブラングナリーユ』*Bringuenarilles cousin germain de Fessepinte*（一五四四年）、そして『徳利への仲間の航海記』*La Navigation du compagnon à la Bouteille*（一五四五年）等々である。

なぜラブレーはみずからの発想源として、『パンタグリュエルの弟子』という取るに足りない小冊子を利用したのであろうか？　ドレがこの小品を本物のラブレー作品と偽って流通させようとしたので、ラブレーのほうは、同じテーマでも、自分の筆にかかればどれほどのレベルに達するかを証明して見せようとしたのだろうか？　あるいはラブレーほどの作家でも、高尚な学殖の詰まった『第三之書』の後に、みずからの喜劇的作品を、改めて誰もがより親しみやすいレベルへと軌道修正するためには、何らかの助力と手本が必要だったのであろうか？　いずれにしろ、彼が、自分の「年代記」よりもはるかに劣る一冊の書物の成功を、十二分に活用しているのは間違いない。それはちょうど、『パンタグリュエル物語』と『ガルガンチュア物語』の著者としてその文学的キャリアを始動させたときに、彼が『ガルガンチュア大年代記』*Grandes Chronicques* の成功をうまく活かしたのに似ている。

一五四八年版の『第四之書』には、この他にもわれわれの注意を引く側面がいくつかある。たとえば、「ケリ島」*Isle de Chéli* の訪問はそのひとつである（第五章〔一五五二年版では第十章、渡辺訳 p.91 以降を参照〕）。この島には、「平和」を意味するヘブライ語の名がつけられている。それ自体は興味深い事実だが、それ以上の意味はない。だが、一五五二年版の『第四之書』では、たとえば「徳利大明神《ディーヴ・ブティユ》」*Dive Bouteille* が「聖バクビュック」*Dive Bacbuc*＊ に変更されているように、より多くのヘブライ語が使用されている。つまり、一五五二年版『第四之書』の特徴のひとつであるヘブライ語化の傾向は、完全に新しい第一歩ではなく、一五四八年版『第四之書』の内に、すでに萌芽状態として存在していたことになる。後発の版の中で、ある島にヘブライ語の名称が与えられていても、それは、一五四八年の時点で構想も執筆もされていない、という証明にはならないのである。

＊「聖バクブック」《*Dive Bacbuc*》と綴るほうが原音に近いとされる「ヘブライ語」を、「バッカス（バッキュス）」《Bacchus》および「目的」《but》という言葉に近づけるために、《*Bacbuc*》と書き換えたとの説がある。「難句略解」では《bacbouc》と綴られており、「瓶のこと。注いだ時に瓶が立てる音から、ヘブライ語ではこう呼ばれる」と説明されている。

この島に上陸したジャン修道士は、「大食王《パニゴン》」とその取り巻きたちの、いかにも宮廷風の典雅すぎる行儀作法に反抗する際に、愛すべき粗野な修道士に戻っている。我らが修道士は、細心の注意を払って、女たちの周りで気取って振舞う新たな流行に強く反発しているのだ。同時代のフランス人はこれを、主にイタリアの影響下にスペインの味付けが多少加わって生じた流行だと見なしている。

陛下（*majesté*）や殿下の御手に接吻したり、ようこそいらっしゃいました、ドンチャン・タンドン〔原文は太鼓の音を思わせるという擬音語《*tarabin, tarabas*》〕とあいなるわけですわい。

一五五二年版では、イタリア風の味わいがさらに明白になっている。

閣下（*de vostre mercy*）や陛下《マジェスタ》（*de vostre majestà*）の御手に接吻したり、ようこそ云々、（……）ドンチャン・タンドンやらかすんですわ。こりゃあ「糞便《ブラン》」じゃ、いや、これはルーアンではウンコの意味でござるが、下痢のようにビービー小便小僧のようにピーピー、よくぞやってくれますな（……）（*QL, TLF x*, 37 and *var.*）〔第十章、渡辺訳p.92〕。

ジャン修道士が女性に対し慇懃に振舞う場面など、われわれ読者にはとうてい想像がつかない。だが興味深いのは、ちょうどこのころ、デュ・ベレーの秘書を務めていたフランソワ・ド・ビヨンが、一五五五年に出版されるその著『女性の名誉という難攻不落の要塞』を執筆中であった点だ。その中で彼は、『第三之書』中の医師ロンディビリスの力強い大演説を主たる根拠にしながら、ラブレーを「反女性論者」の旗手に仕立て上げている。もちろん、ラブレーはビヨンを知っていたはずである。そうなると、ラブレーが、「ケリ島」*Isle de Chéli* の「大食王《パニゴン》」を訪問するこの逸話で、ビヨンの執筆内容を茶化しているという印象を、どうしても拭えないのである。

5　パニュルジュの奴隷のごとき恐怖〔主として第十八—二四章、第六七章〕

一五四八年版の『第四之書』を去る前に、注意を向けるべき問題がもうひとつ残っている。パニュルジュの恐怖がそれだ。『第三之書』におけるパニュルジュの主要な性質は、盲目的にして悪魔的な自己愛すなわち「フィローティア」*philautia* から生じていた。一五四八年版『第四之書』になると、パニュルジュは、何よりもまず、みずからを金縛りにする恥ずべき恐怖心の虜として登場している。一五五二年版『第四之書』では、この側面がさらに強まっている。大嵐の場面は、この恐怖心をクローズアップする方向で、加筆され書き直されているのである。さらに、パニュルジュが恐怖心の擬人化として現われる逸話も、複数書き足されている。ただし、パニュルジュを恐怖心の餌食にすることで、ラブレーは決してパニュルジュの性格を勝手気ままに変えているわけではない。なぜなら、中世およびルネサンス期の道徳観は、パニュルジュを支配しているような類の恐怖心を、自己愛に自然にまとわり付いて離れない悪友と見なしていたからである。パニュルジュに取り付いている恐怖心は、エピステモンが感じたもっともな恐怖心とは異質である。エピステモンの恐怖は、船を救う努力を放棄させる類の恐怖ではなかった。さらにパニュルジュの恐怖心は、アエネアスの感じた英雄のそれとも異なっている。後者の場合は、呻き声を挙げるのは許されているが、恐慌やパニックに陥ることは許されない。パニュルジュの恐怖は、専門的には「奴隷の恐怖《ティモール・セルウィリス》」*timor servilis* の名称で知られている。その種の恐怖は、「自己」への愛から生じ、そこに源を発している」[7]。『第四之書』でのパニュルジュは、役柄に忠実に、自己愛の斜面を転がり落ち、奴隷のごとき恐怖の虜になってしまう。この恐怖に取り付かれると、さすがのパニュルジュも、今までのように、自己欺瞞的だがきわめて巧妙な言葉を自在に操り、似非インテリ的な議論を振り回すわけにはいかなくなる。彼の言葉は、なるほど彼の恐怖を伝えるが、もはや、理に適った議論によってではなく、幼児のごとき「バブバブ」言葉や漫然とした駄弁が示唆する、暗示的意味《コノテーション》を介して伝えるのである。彼が発する音声の中で最も意味のこもっているのは、ぶつぶつ口ごもり、おいおい泣き、涙を流しながら喚きたてるといった、本質的には純粋に動物的なものである。

　一五五二年版の『第四之書』の一部は、以上のような文学的かつ倫理的な概念を基礎にして、構築されている。こうした概念は、この注目すべき作品の、喜劇的哲学性を高めるうえで大いに貢献している。

第八章　一五四九年の『模擬戦記』

1 デュ・ベレーの模擬戦

『第三之書』と『第四之書』の最終版とを分かつ数年の間のラブレーの動きははっきりしていないが、このフランスおよび宗教の歴史にとって非常に重要な時期に、彼がジャン・デュ・ベレー枢機卿とローマに滞在していたのは、ほぼ間違いない。一五四〇年代の終わりから一五五〇年代初頭にかけて、フランス宮廷とローマ教皇庁とのあいだの緊張は頂点に達しており、両者の断絶は不可避とすら思われていた。しかしながら、ラブレーも枢機卿もその貴重な時間を、重大かつ複雑な外交問題にのみ費やしたわけではない。ラブレー作品の中では小品に属する『ローマで行なわれた模擬戦と祝宴』*La Sciomachie et festins faits à Rome* は、印刷はジャン・ド・トゥルヌ、版元はセバスチャン・グリフィウスで、一五四九年に世に出ている。タイトル全体に目を通せば、この作品が、オルレアン王子殿下の誕生を祝うために、デュ・ベレー枢機卿のローマの邸宅で行なわれた、壮大な祝宴と模擬戦（*Sciomachie*）の様子を扱っていることがわかる。忠実な枢機卿が、ローマで、労と費用とを惜しまずにその誕生を祝った若き王子は、ルイ・ドルレアンで、国王アンリ二世の次男にあたるが、幼くして亡くなっている。『模擬戦記』の印刷版は、奇妙なことに、王子の名前の入る欄が空白になっている。おそらくは手書きで入れる予定だったのだろう。私が目を通したいずれの版も、その空欄は埋まっていない。この事実から、赤ん坊の生まれる前に活字がすでに組まれていた、という推測が成り立つ。王子が洗礼を受けて命名されたのは、一五四九年五月十九日であった。

『模擬戦記』*Sciomachie* は、芸術的に見ればきわめて野心的であり、かつその執筆にも細心の注意が払われている。「医学博士フランソワ・ラブレー師」M. François Rabelais docteur en medecine が、ド・ギーズ枢機卿に宛てた書簡に基づいて執筆された、という体裁になっている。この祭典についての記述は他にも存在する。そのなかのひとつで、単にA・Bとのみ署名された物語は、ラブレーの記述に非常に似通っているので、両者のあいだに何らかの繋がりがあったに違いないと見てよい（これらのテクストは、R・クーパー博士による以下の校訂版が準備中。R. Cooper, *TLF* Droz, Geneva）＊。

＊　今ではいくつかの校訂版で読める。訳者は Mireille Huchon のプレイヤッド版（一九九四年）に依拠した。

ラブレーにとってこの作品が、「時の話題を採り上げた報告《ピエス・ド・シルコンスタンス》」にすぎないのは明らかである。彼は、どの全集にもこれを収録していない。それどころか、これに言及した箇所すらひとつも見当たらない。それにもかかわらず、これは大変興味深い作品なのである。この一篇は、ある重要な点で、『第三之書』におけるラブレーの関心事と、一五五二年版の『第四之書』におけるそれとを繋ぐ架け橋の役割を負っているからである。また、この『模擬戦記』は、彼の王権への忠実さを明確に示すと同時に、当時広まっていた魔術的信仰についても非常に多くの事柄を読者に教えてくれる。ただし、ラブレー自身がそうした魔術に傾倒していたわけでは決してない。

『模擬戦記』に記された話は、ジャン・デュ・ベレーがいかに忠実かつ献身的であるかを示すために構想されたと思われる。実際に彼は、ものすごい気力と莫大な私財とを注ぎ込んで、フランスのさらなる栄光とフランス国王の弥栄《いやさか》を、そして（あるいは、とくに）カトリーヌ・ド・メディシスの繁栄を祈願しているのである。カトリーヌはこの頃、国王に寄り添いつつも相当の権力をふるい、時には夫である国王をはるかに凌駕する影響力を行使することもあった。なお、この物語がライバルの一派であるギーズ家の首領に宛てられているという事実には、ある種の皮肉が込められている印象を受けずにはいない。

2　奇蹟か、あるいは伝書鳩か？〔『第三之書』第十六章、『第四之書』第三章〕

今日の読者にとって『模擬戦記』の中で最も印象的なのは、おそらくは冒頭で描かれた当時のある確信についての話であろう。幼い王子の誕生の知らせが、フランスのサン＝ジェルマン＝アン＝レーでその出来事が起こったまさにその日のうちに、ローマに届いたというものである。王子が誕生した日（一五四九年二月三日）の晩には、そのニュースは、国際的に重要な出来事の信頼すべき情報源であったローマの銀行家たちのあいだに、すでに広まっていた、と読者は告げられる。ラブレーによれば、これは単なる曖昧な噂や、確実性の高い推測などではないという。なぜなら、王子誕生の日付、時間、場所が完全に正確に伝えられていたからである。

この不思議な出来事に対するラブレーの反応について考察する前に、こうした遠距離間の一見奇跡的な情報《ニュース》伝達を信じていたのは、なにもラブレーにかぎらないという点を思い起こしておきたい。この情報伝達では、あまりに距離が離れていたので、人間の既知の力だけが関わっているのではないと当時は考えられていた。ナタリス・コメス〔一五二〇－八二　ナターレ・コンティとも。イタリアの神話学者〕は、大きな影響力を誇ったその著書『神話集』*Mythologiae* の中で（III,17）、フランソワ一世のミラノをめぐるカール五世との戦いに関する情報が、いかにして同日中にパリに届いたかを語っている。時代が下って、次世紀初頭には、ガブリエル・ノーデ（彼はこうした問題に精通していた）がその著『魔術の疑いをかけられた偉人たちの擁護』の中で、一般的には奇跡的と評されていたこの種の情報伝達に触れている。「ノエル・デ・コント（＝ナタリス・コメス）は、フランソワ一世とカール五世の時代には、ミラノの城で昼間に起こった出来事を、その日の晩にはパリで知ることができた、と書いていた」。しかし、ガブリエル・ノーデはこれを信じようとはしなかった。彼にとってこれは完全な作り話にすぎなかった。偉大な王侯が享受していた武勲をめぐる名声に加えて、魔法の能力も備わっているという評判を立てたがった者たちがでっち上げた、まっかな嘘にすぎないというのである。彼はこうした駄法螺に関しては、ニノスとゾロアスター*、ピュロスとクロイソス**、ネクタネブスとマケドニアのフィリッポス〔二世〕***といった古代の名将たちにまつわる評判の、露骨な猿真似と見ていた（Naudé, *Apologie*, ed. 1712, p.156）。

* ニノスはアッシリアの首都ニネヴェの創建者とされる軍人。また、ゾロアスターを「軍人＝王」と解する見方や、ニノスと同一視する解釈もある。
** ピュロスは古代ギリシアのエペイロスの王で、ローマ軍人を撃破したことで有名。クロイソスは紀元前六世紀のリュディアの王で、巨万の富の所有で知られる。周囲のギリシア諸都市を攻略したが、ペルシアに敗れる。

＊＊＊　ネクタネブスはエジプトの伝説的なファラオで、占星術や魔術にも長けていたとされる。フィリッポス（ピリッポス）二世の妻オリンピアスと交わって、アレクサンドロス大王の父親になったという伝承も存在する。

ノーデは懐疑的だったわけだが、その判断は結果的に鋭いものであった。ラブレーもその伝播に一役買ったこの種の信仰は、ルネサンス期の王権に漂っていた神秘的雰囲気の、きわめて重要な要素であった。フランソワ一世の治世でもすでに存在していたこの傾向は、カトリーヌ・ド・メディシスが事実上支配していた、アンリ二世の宮廷においては、さらに積極的に迎え入れられたのである。

ラブレーがこの種の作り話を拵《こしら》えた、と信ずるに足る根拠はいささかもない。彼は、王子の誕生の知らせが不思議にもローマに到達した事実を認めているだけではなく、その他の事例まで挙げているのである。たとえば、一五二五年、国王フランソワ一世のパヴィアでの敗北が、いかにしてその日のうちにパリに届いたかという例。＊あるいは、一五四七年六月十日に行なわれた、ジャルナックとシャステーヌレの重大な決闘＊＊の話が、未知の手段により、同じく長距離を瞬時に移動したという話などである。

＊　正確には、パヴィアの戦いでのロシュフォール卿に関する情報をリヨンで聞いた、という例。
＊＊　ジャルナック男爵ギイ・シャボとラ・シャステーヌレの領主フランソワ・ド・ヴィヴォンヌ。後者はこの決闘で落命する。

ここで興味深いのは、一見したところ確証済みのようなこうした事実に、ラブレーがいかなる反応を示しているか、という点である。この反応から、彼特有の精神の働き方に関し多くがわかるうえに、一五五二年に『第四之書』になされたいくつかの重要な加筆にも説明がつく。

ラブレーはこうした現象が、表面的にはどれほど驚異的で驚嘆に値するように見えようとも、そう捉えようとは決してしない。

それらは驚異的で不思議かもしれない。だが、私にかぎっては、そうは思わない（……）。

彼は、古代における戦争の勝ち負けの報を挙げるのも可能だとする。戦争の結果は、五百里以上離れていても即座にわかったという。ラブレーはまた、以上の証拠から、プラトン派の哲学者たちはこうした超自然の能力を、われわれが守護天使《ガーディアン・エンジェルズ》 guardian angels と呼んでいる「守護神」の力に帰している、とも述べている。もっとも、この『模擬戦記』では、ラブレーはこの現象を説明しようとはしない。というのも、彼によると、その説明をすれば通常の書簡の長さを超えてしまうからである。

では、ラブレー自身はどのような意見を抱いていたのだろうか。彼もまた、守護天使の媒介により、王子誕生のニュースがローマに届けられたと信じていたのであろうか。彼の言葉はまさしくそれを裏づけていると主張する学者もいるが、私はそうは思わない。この点におけるラブレーの意見の表明には、ある種の曖昧さがつきまとっていて、読者が躊躇する余地がどうしても残ってしまう。彼がプラトン主義的キリスト教を一般的に受け入れていること――したがって、守護天使の存在も是認していること――は、彼の著作の内容から明白である。だが今問題としているのは、この点ではない。

ラブレーの言わんとするところを理解するためには、彼の他の著作に応援を求めなければならない。情報が長距離を瞬時に伝わる可能性に対するラブレーの関心は、『模擬戦記』以前にさかのぼり、それ以降も持続している。『第三之書』から読み取れる内容に照らし合わせてみれば、若き王子ルイ誕生のニュースが、一見奇跡的な伝達手段によりローマの銀行家たちの元に届いた話を聞いた際に、ラブレーがなぜあれほど強く魅せられたかが納得できる。というのも、『第三之書』の中でパンタグリュエルは、滑稽きわまりないパンズーの巫女という、およそ知識の源泉としてはあてになりそうにない者に相談することすら、大いに弁護しているからである。人間は知識に対し常に開かれた姿勢を保つべきである、というのがその主張の根拠である。こう述べるにあたって、パンタグリュエルは、古典に精通したエピステテモンすらたしなめている。

たとえ相手が馬鹿や酒瓶、あるいは(次の三語の語呂合わせは、その含意するところから、「愚か者」を意味している）油壺や手袋や上靴 *d'une guedoufle, d'une moufle, d'une pantoufle* であろうとも、そこから常に何かを知り、常に何かを学ぼうとして、いったいどういう不都合があるというのか（*TL, TLF* xvi, 28）〔『第三之書』第十六章、渡辺訳 p.109, 宮下訳 p.204〕。

この自分の意見を正当化する根拠を、彼はルキアノスが『愚かな雄弁家』に関して語る逸話の内に求めている。それによると、ペルシア王ダリウスを打ち負かしたアレクサンドロス大王は、はるか彼方の自分の王国マケドニアの現状について知りたがったという。その時、シドン〔フェニキアの町〕出身のある貧乏な商人が、自分は今回の勝利を五日間でマケドニアに伝えられるのみか、同じ五日間でエジプトやマケドニアから、必要な情報をアレクサンドロス大王の元に届けることもできる、と彼に述べたのである。ところが、大王は聞く耳を持たなかった。後になって、彼は自分のせっかちな対応を大いに悔いたという。パンタグリュエルは、アレクサンドロス大王はぜひともこの商人の言を聞き入れるべきであったと強調している。そもそも、自然はわれわれの耳を常に開いた状態に造ったが、これは、常に学ぶ用意ができていなければならないことを、われわれ人間に思い起こさせるためであるという。それに、アレクサンドロス大王の前に現われた男は、もしかしたら、「トビアに現われた大天使ラファエルのように、*天使、すなわち神の御使いだったかもしれない」というわけである（*TL, TLF* xvi, 31-70）〔『第三之書』第十六章、渡辺訳 pp.109-111, 宮下訳 pp.202-205〕。

＊　聖書外典「トビト書」、第五章四節。ラファエルがトビアの前に旅人の姿で現われ、父トビトの失明の治癒法を教えた。

一五五二年版『第四之書』の中で、ラブレーは初版の最初の数章のひとつに重要なエピソードを挟み込み、この問題に立ち戻っている。ここでその逸話に触れておくほうがよいだろう。これらの新しいページは、おそらく一五四八年版『第四之書』の後に、そして、間違いなく一五五二年一月二十八日（新暦〔グレゴリオ暦〕による）という、新しい『第四之書』が「印刷完了」*achevé d'imprimer* となる日付以前に執筆されている。言い換えれば、当該箇所は間違いなく一五四九年か一五五〇年か一五五一年のいずれかの時期、つまり、ラブレーが『模擬戦記』で言及した奇妙な情報伝達の問題が、まだ鮮明に頭に残っている時期に執筆されているのである。

一五五二年版『第四之書』の第三章には、すでに海原のはるか彼方にあったパンタグリュエルが、どのようにして遠くの父親からの書簡を受け取ったかが物語られている。この話は、遠方から迅速に情報を得るための手段に関する議論へと繋がっていく。章のタイトルはこうなっている。「パンタグリュエルがいかにして父ガルガンチュアからの書信を受け取ったか、また、遠方の異国より迅速に情報を得る不可思議な方法について」〔第三章、渡辺訳p.64〕『模擬戦記』と新しい『第四之書』とのあいだの距離が、これほど近接しているケースはまず他には見当たらない。

ラブレーが明かす迅速な情報伝達手段は、「時代錯誤的」な言い方になるが、どこか期待外れの感が否めない。なぜなら、その手段とは、ラブレーが威厳をつけるために「ゴザル」*gozal*＊というアラビア語ないしヘブライ語を使って命名している鳥、すなわち伝書鳩の使用を意味しているからである。もしかしたら彼は、とくにバーバリー地方〔バーバリ、バルバリ：エジプト西部から大西洋に及ぶアフリカ北部海岸沿いの地域〕の鳩〔バライロシラコバト〕を念頭に置いていたのかもしれない。伝書鳩は古代人にはすでに知られており、たとえばプリニウスはこれに触れている。しかし近代のヨーロッパでは、この種の鳥を利用するやり方は、ラブレーが筆を執っていたちょうどそのころに着想されたようである。換言すれば、彼は、古くて新しいものを、ここで扱っているのである。「古くて新しいもの」とはすなわち、ユマニストにとっては抗しがたいほど魅力的な組み合わせである（*QL*, *TLF* III, 23, note）〔第三章、渡辺訳p.65〕。

＊　ラブレーが『第四之書』巻末に付した「難句略解」では、「ヘブライ語で鳩の意」となっていて、アラビア語への言及はない。

ラブレーは、王子誕生の知らせが、複数の伝書鳩による中継によって、迅速かつ秘密裡にローマの銀行家たちの元に届けられた、という考えに傾きつつあったのであろうか。私はそうだったと考える。ガルガンチュアとパンタグリュエルが、彼らの伝書鳩を利用する場合のひとつとして、「王妃ないしは高位の御婦人の安産または難産」の知らせを伝えることが挙げられている（*QL*, *TLF* III, 51）〔第三章、渡辺訳p.66〕。

ルネサンス期には、一見驚異的な現象に対し、多様な解釈が施されていた。それはたとえば、神からの御使いの介入や、守護天使の力、あるいは、再発見された伝書鳩という手段であったりした。一五五二年版『第四之書』の中で――そしておそらくは『模擬戦記』の中でも――ラブレーは伝書鳩による説明に傾斜していたようである。しかしだからと言って、彼が守護天使や神からの御使いを信じていなかった、という結論には至らない。両者とも彼の「年代記」の内部に、重要な位置を占めているのである。

第九章　一五五二年版の『第四之書』

1　王権派の書物

一五五二年一月二十八日（新暦〈グレゴリオ暦〉による）、パリの印刷業者ミシェル・フザンダは、現在われわれが『第四之書』として知っている作品、『善良なるパンタグリュエルの英雄的な言動をめぐる第四之書』*Le Quart Livre des faicts et dicts Heroicques du bon Pantagruel* を完成させている。この出版から一年強を経て、すなわち一五五三年四月にラブレーはその生涯を閉じ、パリのサン＝ポール教会に埋葬されている。

ラブレーが『第四之書』の最終版を執筆していたとき、彼はおそらく七十歳前後だったと思われる。彼自身がこの作品を、自分にとっての「すべての最終極限」* *ultima linea rerum* だと見なしていた――そう推測するのが妥当だと思われる。学者のなかには、彼の死後九年を経て、ラブレーの名の下に出版された『警鐘島』*Isle Sonante* を、本物のラブレー作品だと信じている人がいる。また、さらに二年後の一五六四年に刊行された『第五之書』*Cinquiesme Livre* は、真正のラブレー作品であるか、あるいは、現在は失われた草稿に基づいて編まれた作品である、と考える者もいる。しかしながら私の考えでは、新しい『第四之書』には、一五三二年か一五三三年の長期にわたる猛暑の日々に、大成功を収めてスタートした一連の「年代記」の、まさしく掉尾《ちょうび》を飾るにふさわしい、これ以上ない頂点《クライマックス》の貫禄が備わっており、そこにある種の完全で完璧なる姿を見ないわけにはいかないのである。

＊　ホラティウスの言葉、「死はすべての最終極限である」« *Mors ultima linea rerum est.* » による。

最初の『第四之書』の出版以降、状況はラブレーに有利に働いていた。彼はいまやオデ・ド・シャティーヨン枢機卿の庇護を受けている。そして今回は、自分の書物が印刷されつつある現場に、ラブレーも立ち会っていたようである。新版『第四之書』は、冒頭に書簡を配している唯一の作品である。書簡はオデ・ド・シャティーヨンに宛てられ、日付は「印刷完了」と同日で、「パリにて、一五五二年一月二十八日」となっている。

冒頭の書簡は、今回は利用されなかった最初の一五四八年版『第四之書』の旧序詞から、いくつかのテーマを拾っている。さらに書簡中でラブレーは、自分がド・シャティーヨンとアンリ二世から、直接の支持を得ていると公言している。王権からの承認を断言している以上、新しい允許《いんきょ》状のほうも細かく検討する必要があるだろう。この允許状は包括的なもので、ラブレーのすべての作品を対象にしている。すなわち、すでに執筆済みの作品に加え、改訂や修正を加えるかもしれない作品や、これから刊行される新作までカバーしているのである。[*]『第四之書』のタイトルページには、太字《ボールド》で印刷された「国王の允許付き」*Avec privelege du Roy* という文言が誇らしげに並んでいる。にもかかわらず、ソルボンヌはこの作品の検閲に着手しはじめ、一五五二年三月一日には、パリ高等法院が販売を中止するよう命じている。少なくともそう命じた形跡がある。だが、ラブレーのほうも、国王が好感を抱いてくれている事実を見逃さない。『第四之書』には二つのステーツ[**]が存在する。その二つ目のステーツには、Bという印の入った折丁がわざわざ別に印刷されて、アンリ二世を修飾するための、「偉大にして凱旋し凱歌をあげる」*grand, victorieux, & triumphant* という文言が挿入されているのである。仮にこの形容が、一五五二年四月十八日のアンリ二世によるメスへの凱旋入城を仄めかしているとするならば、同年三月の高等法院による発売禁止令は（もともとフランス全土に適用されるはずもなかったが）、一時的なものか、あるいはまったく効果がなかったかのいずれかであろう。なぜなら、販売不可能な書物のために、わざわざ新しく何ページか刷っても無意味だからである。実際に何が起こったかというと、高等法院は、みずからの権威のみを頼りに、ラブレーないしはその印刷業者を敢えて処分する勇気がなかったのである。そこで高等法院は、印刷業者フザンダを聴取したのち、残部の在庫目録を作成するよう彼に命じると同時に、「前述の法廷がこの件に関する国王の御意志をさらに確認するまで」、その残部を販売するのを禁じている。この決定は一五五二年四月八日に下されている（Heulhard, *Rabelais*, 1891, p.337）。国王の意志は明らかに、『第四之書』の販売再開にあった。だが、こうした一連の動きとは無関係に、『第四之書』の他のすべての版は、「出版地を記載せずに」*sine loco*、あるいはパリから遠く離れた場所で、自由に出版されたのである。

＊　渡辺一夫は、『第四之書』に付与された新允許状は、文面が『第三之書』に掲載された新允許状とほとんど変わらないとの理

由から、これを「翻訳する要を認めなかった」と述べている。渡辺訳 pp.305-306 の注を参照のこと。

＊＊　異刷り。同一の版ではあるが、出版前の訂正などにより一部異なった箇所があるもの。その一方を指す用語。

ラブレーがここまで遠慮なくものを言える理由を探り、かつ、彼の書いている内容の真に意味するところを理解するうえで、彼の他のどの著作にもまして、国内的ならびに国際的な政治＝経済上の環境を知ることがここでは非常に重要になってくる。もっとも、この書物のプロパガンダ的な意味合いは、多種多様な要素のひとつにすぎない。他のどの作品にあっても、あの『パンタグリュエル物語』ですら、純然たる気晴らしにこれだけ多くのページが割かれている例は見当たらない。ただし、こうした愉快な笑いのただ中にあっても、ラブレーの宗教哲学は本領を発揮している。つまりそれは、直接のプロパガンダの緊迫度をはるかに凌駕するほど、喜劇性の濃厚な言葉で表現されているのである。ある意味で、新版『第四之書』は、『第三之書』に似ている。なぜならこの新作もまた、ユマニスト的学識やユマニストの目に映るキリスト教の諸価値に強い関心を払い続けているからである。だが別の観点から見れば、この新作は、『パンタグリュエル物語』や『ガルガンチュア物語』を偲ばせる文体に、部分的に回帰していると言える。『第三之書』は中味の濃い、しかも緻密かつ複雑な構造を備えた書物であり、教養ある読者の専門的知識をかなり要求する作品である。ところが『第四之書』は、より自由奔放な筆法で生き生きと表現されているのだ。机上の知識、とりわけプルタルコスに依拠しつつも――プルタルコスは翻訳で部分的に読めたにすぎなかったので、この当時はまだ多くの人が簡単に手にしうる著者ではなかった――、同時代の読者に深い学殖を求める度合いは、ここではずっと低くなっている。今回のラブレーは、高度な知識を嚙み砕いて提示してくれている。したがって十六世紀の読者は、ラブレーほどの博識を有していなくとも、その気にさえなれば彼のこの作品に挑戦できただろう。またその形式についていえば、一連の未知の島々を探訪して回るというストーリー展開から予測できるように、『第三之書』に比べてこの新作の構造は、ずっと自由かつ緩やかである。寄港地での楽しい逸話が随所に挟まった船旅をテーマとする、この新作の構想には、ルキアノスと『パンタグリュエルの弟子』*Disciple de Pantagruel* の双方が貢献している。

『第四之書』の内容豊かな新しい序詞により、実在の人物としてのラブレーと、仮面を被った著者ラブレーを隔てる距離が、初めて消滅している。まず、冒頭の書簡は、「殿の卑小にして恭順なる下僕、医師フランソワ・ラブレー」という正式な署名で終わっている。その直後に続くのが、「著者フランソワ・ラブレー師の序詞」である。われわれ読者はもはや、ナジエの有無にかかわらず、アルコフリバス師に煙にまかれはしない。さらに、「第五元素抽出者」〔『ガルガンチュア物語』、『パンタグリュエル物語』のタイトルページ〕や「イエール島出家僧」〔『第三之書』初版や一五四八年版『第四之書』の初版〕も姿を消している。ラブレーは、少し仰々しいが愛想のある「うっかり博士」タイプ、というフィクションを相変わらずうまく活用してはいるものの、実名で執筆しているのである。物語作者として読者を巻き込もうとする喜劇的共犯性は、別のテクニックで明らかになっている。たとえば、「〔第五元素〕抽出者」M. l'abstracteur が、物語中で登場人物としてちらりと姿を見せる〔第二〇章、渡辺訳 p.133. 渡辺訳では「錬金道師どん」と訳されている〕。さらに、「彼ら」の代わりにときどき使われる「われわれ」によって、著者が虚構の旅路へと引き込まれていく。これは、「使徒行伝」中における同様の代名詞転換により、聖ルカが話に巻き込まれるのと似ている。もっとも、この類似はたんなる偶然である。さらに、現実が妙に感動的な調子を帯びながら、虚構と相互浸透する場合もある。たとえばエピステモンは、ランジェー公ギヨーム・デュ・ベレーの驚くべき臨終の場に居合わせたとされている〔ランジェー公の死の直前に天変地異に見舞われたと記されている〕。その際彼は、話の真実性を裏打ちするために、その場に何人かの医師が同座していたと告げている。「サヴィリアーノの医師ガブリエル、ラブレー、コユオー、マスュオー、マイオリーチ、（……）（*QL* XXVI-XXVII）〔第二六、二七章、渡辺訳 pp.151, 154〕。

『第四之書』の新版は、一五五二年の一月二十八日に刷了している。つまり、本質的には一五五一年に編まれた書なのである。その内容の多くが、フランスならびに教会のその年の状況と関連している。ただ、「親愛なる、かつ敬愛すべき医学博士のフランソワ・ラブレー師」に対し与えられた允許状の日付は、一五五〇年八月六日となっている。これは、新作が出版される一、二年前から、ラブレーがすでにこの仕事に取りかかっていた可能性を示唆している。允許状は、ギリシア語、ラテン語、フランス語あるいはトスカナ語〔イタリア語〕による彼のすべての著作、ならびに将来刊行されるであろうすべての「年代記」を、保護の対象にしている。これはフランス国王により授けられ、「ド・シャティーヨン枢機卿臨席の下で」、デュ・ティエールが署名をしている。この許可は、ラブレーが求めた版権上の理由からのみならず、「その他われわれを認可に向かわせた十分なる考慮」という理由からも授与されている。この国王をも動かした「十分なる考慮」には、「王権派＝ガリカニスト」の宣伝者《プロパガンディスト》としてのラブレーの有用性を、王権側が十二分に意識していたことも、間違いなく含まれていた。ラブレーは、屁理屈を捏ねて難癖をつけたがる高等法院の法律家や、検閲で脅してくるソルボンヌの神学者たちが、簡単に黙らせることのできない著作家であった。国王の政策が危機に瀕し、フランス人の高官たちがローマ教皇庁の権力に疑問符を突き付けていた時期にあって、ラブレーこそは、「世論」に影響力を行使するうえで、重要な役割を担っていたのである。

ド・シャティーヨン枢機卿は宗教界における第一人者《プリンス》であり、フランス大元帥であったモンモランシー公爵の姉の息子であった。また、ジャン・デュ・ベレー枢機卿は久しい以前から、モンモランシー公に対する献身的な奉仕で知られていた。おそらくはデュ・ベレーの後押しにより、オデ・ド・シャティーヨンの庇護下にあった魅力的な人々の輪に、ラブレーも加わることができたのであろう。ド・シャティーヨン枢機卿は、芸術に理解の深い庇護者《パトロン》であるばかりか、穏健なキリスト教を奉じるユマニストたちに囲まれて学識を吸収した人物でもあった。一五六四年十二月、彼は最終的にイングランドに逃亡し、分離した英国国教会を公に受け入れたため、かつてのフランスの同胞たちの多くは、彼を軽薄で不敬な輩の範疇に叩き込んでしまった。もっとも、ロンサールのように彼を敬愛し続けた人々もいた。トリエント公会議が最後の改革案をまとめ、最後の討議で結論を出し、最後の破門宣告を行なった直後の年に、ローマの枢機卿がイングランドの地に逃亡したのである！　かつて彼の保護を求めた多くの人々が、憤激し彼を嘲笑したのは、人情という点では理解できる。奇怪なのは、こうした判断がいまだに広く共有されていることである。だが、もし本当に単なる軽薄な快楽主義者だったのなら、政府の高官でもあったのだから、フランスに残って平穏無事に暮らせたはずではなかろうか。聖職禄による多額の収入と、絶大な影響力、さらには自分の愛妾を、すべて棄ててまで逃亡する必要はないはずである。英国人が冗談交じりに「枢機卿夫人」と呼んだ女性との結婚、およびイングランドへの彼の逃亡は、トリエント公会議の「マテオロジアン」〔本書第七章、五八五－五八七頁を参照〕たちの議決によって硬直化してしまった類の教会と、自分の宗教的信念から袂を分かった男の、決断の結果と見なすほかに理解のしようがないのである。『ガリア・プルプラータ』*Gallia purpurata*——枢機卿の地位にまでのぼり詰めた〔紫衣をまとった〕フランス人を扱った書——は、彼の人物像を次のように要約している。「カトリック教会からの離脱者で逃亡者。もっと好き放題飲み食いができるようにと、呪わしい異端に汚染された泥沼のごとき英国国教会に改宗した輩」。ラブレーにとって一五五〇年代にこのような立派な人物に仕えることができたのは——もちろん『ガリア・プルプラータ』の諷刺文は論外である——自由を満喫するような経験だったに違いない。フランス教会がド・シャティーヨンのような人物の理想どおりに改革されたかもしれない時期が、仮にあったとするならば、それは一五五一年をおいて他にない。もし仮に、一五五一年の終わりから一五五二年の初頭にかけての時期に、「ガリカニスム、ガリカニスムと騒いだところで、英国国教会風の自主独立した分離的な教会など、このフランスで実現できっこない」と公言する人がいたとしたら、かなり大胆かつ危険と見なされたことだろう。ラブレーはいまや活躍の場を広げると同時に、聖職者たちの誤りを標的にした愉快な大笑いを、ヨーロッパ中の高位高官たちに届けうると確信していた。アンリ二世の治世の最初の数年間には、教皇庁への敵意はいや増しに高まっていき、一五五一年の「フランス教会独立主義《ガリカニスム》の高まりによる危機」で頂点に達している。この時期には有力者たちが、英国国教会と同様に、教皇庁と完全に縁を切るようフランス王に働きかけていたのである。それを前提にして、フランスに主教職を設け、ローマへの屈従を破棄し、多額の金がローマへと流出するのを食いとめ、自分たちこそ普遍《カトリック》だと主張するトリエント公会議の決定を拒絶し、全国公会議を開催してフランス教会を改革する、等々の計画が真剣に吟味されていたのであった。

　ラブレーがオデ・ド・シャティーヨンに献じた書簡を読むと、彼がいかに熱心に、この枢機卿の利益のために献身しているかがわかる。実のところ、枢機卿の援助がなかったならば、彼は執筆を完全に放棄するはめに陥っていただろう。ところが、オデ・ド・シャティーヨンが允許状を獲得してくれたという「良き知らせ」が、枢機卿自身の計らいにより、おそらくはサン＝モールにあるジャン・デュ・ベレーの「天国のごとき田園」の別宅を訪ねていたラブレーの元に届けられたのである。* マコンの司教〔後にフランス宮廷司祭になるピエール・ド・シャステル〕が、自分の「年代記」をフランソワ一世に読んで聞かせたところ、先王はそこに異端の気配を微塵もお認めにならなかった、という話も、ラブレーはオデ・ド・シャティーヨンから聞き知ったのだった。この枢機卿の後ろ盾のおかげで、ラブレーは「神も国王も侮辱することなく」、みずからの「愉快な戯言《ざれごと》」*joyeuses folastries* によって、病める人々を喜ばせ続けることが可能となったのだ。同時に、「悪魔的な中傷者たち」をも、ラブレーは完全に無視できた〔渡辺訳 p.20. 原文の直訳は「中傷する霊、すなわちディアボロス」となる〕。彼ら中傷者たちは、ラブレーが一切れのパンを求めると石を与え、魚を求めると蛇を与える、聖職者の呼称たる「神父」（父）の名にろくに値しない連中だからである。** ラブレーに言わせれば、自分が異端の嫌疑を掛けられる根拠は実に馬鹿げているという。というのは、説得力に欠ける話ではあるが、「魂」（*asme*）を「驢馬《ろば》」（*asne*）と印刷してしまった、たんなる誤植に基づいているからだ、と主張しているためである。これが誤植であるか否かはともかく、この根拠は現実に馬鹿げており、もし彼の敵が、検閲のために集めた材料がこれだけだったとしたなら、彼らの声高な非難にさらされなどしなかったはずである。[1] ラブレーは、自分のほうが自分の批判者よりもずっとキリスト教徒にふさわしいと主張している。激しい憤慨を露《あら》わにしながら彼は、もし自分の生活や著作や思想の内に、異端の閃光が一条でも認められた場合には、フェニックスに倣って火刑用の薪を自分で集めてやる、と誓っている〔渡辺訳 p.20〕。異端者を火炙りにするなどほとんど日常茶飯事であった時代である以上、こうした言葉はたんなる装飾的表現ではない。いずれにしろ、ラブレーは、自分の芸術や思想に関して、もはや守勢に回るのみではなく、その必要すらなくなっていたのである。

* 渡辺訳 p.21. デュ・ベレーは、パリ近郊（南東）のサン＝モールで病気療養中であったとされる。

** 渡辺訳 p.20.「マタイ伝」第七章九–十節：「汝等のうち、誰かその子パンを求めんに石を与へ、魚を求めんに蛇を与へんや」を踏まえた表現。「ルカ伝」第十一章十一–十二節にも類似した表現が見つかる。ラブレーは、「検閲者たちは、自分がパンだと言えばそれは石だと言い、自分が魚だと言えばそれは蛇だと言う」と書いている。

オデ・ド・シャティーヨンは新たな「ガリアのヘラクレス」であり、この古代の英雄が得た称号「アレクシカコス」*Alexikakos*（「悪から守る者（擁護者）」）にふさわしい人物である〔渡辺訳 p.21〕。これは巧みにして力強い称讃の辞である。みずからの言葉の魅力により人々を惹き付けたという、「ガリアのヘラクレス」にまつわる神話は、フランスのユマニストの心を摑んで離さなかった。この神話は、ヘラクレスをみずからの祖先のひとりと見なした枢機卿にとっても、きわめて心地よいものであった。のちにロンサールも、家族名をめぐるシャティーヨンの神話的な先祖崇拝への敬意から、彼に「キリスト教徒のヘラクレス」*Hercule chrestien* という作品を献じている。ここ以外でラブレーが「アレクシカコス」*Alexikakos* という用語を使ったのは、過去に一度だけである。エラスムスへの書簡中でラブレーは、彼に次の讃辞を贈っている。「最も愛すべき父、貴方の祖国の栄誉、文芸の擁護者《アレクシカコス》 *alexikakos*、そして、真理のための不屈の闘士でいらっしゃる」。「アレクシカコス」*alexikakos* は、ラブレーが正真正銘の偉人にのみ用いた言葉のようである。ここでは、「アレクシカコス」の後に聖書から彼の著作中最も長い引用を行ない、「集会の書」第四五章でモーセにそそがれた称讃の辞を、シャティーヨンに充てて、その讃辞のレベルをさらに増幅している。〔「集会の書」は、五一章からなる旧約聖書外典中の最大の文書〕。「神からも人からも愛される人（……）、神は王者たちの面前で彼に栄光を与えた（……）、その信仰心と善良さの内に神は彼を祝福し、すべての人の上に立つ者としてお選びになった（……）、神は彼を介してみずからの声が聞かれることを望まれ、闇の中を彷徨う者たちには、彼を介して、生命を与える智恵の掟が宣せられることを望まれた」。カルヴァンは、ラブレーのペンによるこの文章を読んで多いに憤慨している。もっとも一五五二年の時点では、互いのあいだにもはや何の共感も存在してはいなかった（*QL, TLF, Ep. lim.*, 158）〔渡辺訳p.21〕。

　これほど有力な高位聖職者にして政治家でもある人物の庇護を得たラブレーは、ついに、恐怖を覚えることなく――あらゆる脅しを排して――執筆できるようになった、と誇らしげに書いている〔渡辺訳p.21〕。ただし、こうした言葉を単純に文字どおり受け取るのではなく、これらの表現や書かれた時の諸状況を、じっくり比較考量するほうが賢明だろう。偉大な庇護者《パトロン》のたっての頼みに応じて書いた内容は、実は自分が長年書きたいと切望していた内容とぴったり重なっている〔渡辺訳p.22〕、と強調するのは、もしかしたら究極のお世辞かもしれない。しかし、より緻密に吟味すると、『第四之書』には、堅い個人的な信念も現実に刻印されている。さらに、当時の世界における事件や、そのころなされた胡散臭い主義主張に対し、キリスト教徒のユマニストにふさわしい喜劇的視線が向けられていることもわかってくる。

　この最後の作品にかぎっては、何かを隠そうとする意図や没個性的な性質は微塵も感じられない。また、ラブレーが自分の職業的役割をまとって、読者にみずからを提示しようとこれほど骨を折っている序詞は、他にない。彼は、たんに法律家や聖職者ないしは神学者としてのみならず、何よりも真っ先に医学の専門家として、読者の前に現れるのである。

火刑と拷問の時代に、あるいは検閲官と異端審問官の時代に、ある人物が抱いたキリスト教の究極の真理を、何物も恐れずに表明していると思しき書物を一冊挙げよ、と求められれば、その書は一五五二年版『第四之書』をおいて他にない。だが同時にこの書物は、ユマニストの好んだ活字〔ローマン体〕で組まれた、三百二十数ページにもわたる大部な書でもあり、ゆえにラブレーはそこで、純粋に芸術的ないし美学的な関心事を展開するだけの余裕をも有していた。さらに彼は、純一無雑な愉快さに満ちたページの中でも、多くの問題を、とりわけ喜劇の本質と、それが英雄的な美徳とどう関係するかという問題を、深く探求することもできたのである。

ラブレーはいまやシャティーヨンの庇護の下で、『パンタグリュエル物語』や『ガルガンチュア物語』のざっくばらんな笑いと、その後の古典の読破によって得た深みある思想とを、巧みに組み合わせた作品を創造するに至った。主人公パンタグリュエルは、その人格的完成度をさらに高め、ソクラテスのごとく霊感に浴する賢者になっている。ラブレーはプラトンとルキアノスを再び読み直し、プルタルコスに関する知識をさらに深め、エラスムスの著作をより深いレベルで読み直し、さらには、すべての掟、すべての預言者が敬意を払う、キリストのあの二つの教え*を信仰の中軸に据えて神学上の難問を克服している。以上のような彼の関心は、教会の本質を変えたいという、より現実的で実践的な欲求とも密接に結び合っている。そのためには、古代の霊感に満ちた学識のおかげで豊かな実りを見せている、福音主義的な真理へと、教会を引き戻さねばならない。少なくとも『ガルガンチュア物語』ならびに『パンタグリュエル占い。一五三五年用』以来、はっきりと諸説融合《シンクレティズム》的な特徴を備えていたラブレーのキリスト教は、ここに来ていよいよその本領を発揮しつつある。ギリシアとローマに蓄えられた豊かな学識は、キリスト教の育んできた神話や叡智の宝庫の中に、滔滔と流れ込んできている。エラスムスや福音書から汲み取れる「キリストの哲学」*philosophia Christi* は、古代の賢者たちの思想や著作によって、さらに洗練され磨きがかかっている。加えて、キリスト教的懐疑主義も重要な役割を担い、啓示的真理の勝利へと道を切り開いていく。

＊「キリストの二つの教え」については、「マタイ伝」第二二章三七―四〇節を参照。「イエス言い給ふ『なんぢ心を盡《つく》し、思ひを盡して主なる汝の神を愛すべし』これは大にして第一の誡命《いましめ》なり（……）」

「古典古代＝キリスト教」という諸説融合《シンクレティズム》は、なにもラブレーの独創ではない。この融合への志向は、ルネサンス期の思想と芸術の、その実践のあらゆるレベルにおいて浸透していた概念である。だが、ラブレーがフランス語で著作をものすることを通して、この傾向は広く受容されるに至る。彼はさらに、キリスト教を、古代のギリシアとユダヤの世界が、天の配剤により達成した結果として、つまり古代の価値観を無下に放棄することなく、魅力的に提示するのに成功している。また、医師ラブレーが喚起する治癒力を秘めた笑いは、彼の博識という錠剤を、たんに甘美な衣で包んでいるわけではない。逆にそれこそが、『第四之書』の本質をなしているのだ。なるほど、笑いと無縁な章がいくつかあるのは事実だ。しかし、これほど笑いに満ちたラブレー作品は他に存在しない。また、ユマニストの奉じるキリスト教が、みずからが惹起した笑いの哲学的本質を、これほどみごとに指し示しているケースも他には見出せないのである。

2　一五五二年版の序詞〔新序詞〕

一五五二年版の新序詞は、一五四八年版の旧序詞のテーマを完全に放棄している――ただし、それらのテーマのいくつかは、シャティーヨンへの書簡の中に活かされてはいる。今回の序詞は、喜劇的著述の傑作であり、ある種の愉快な訓話でもあって、ギリシア＝ローマ起源およびユダヤ起源の古代の叡智が、ルネサンス人のキリスト教的価値観の内に、どれほど整合的に浸透しうるかを示しているのである。冒頭から、四旬節に使われた冗談交じりの挨拶である「ほなさいなら四旬節はん！」*Bien et beau s'en va Quaresme* という表現が使われているが、これによりわれわれには、新版『第四之書』が、一五五二年の謝肉祭前には入手可能であったことがわかる。『第四之書』が喚起する笑いの大部分は、時間を超越した深みを帯びているので、われわれ読者は、この書が謝肉祭《カーニヴァル》に間に合うように出版された事実を忘れがちである。だが現実には、その後「四旬節厳格坊主《カレームプルナン》」Quaresmeprenant が、陽気な敵〔カーニヴァル〕に対し年にたった一回の勝利を収める直前の時期に、本書は刊行されているのである。謝肉祭と四旬節とのあいだの闘いは、『第四之書』のいくつかのエピソードにおいて、重要な背景をなしている。初版を手にした当時の読者の多くは、この作品中にそうした章の存在を見出して、予想どおりで実に「適切だ」*à propos* と感じたに違いない。四旬節の期間は面白おかしい書物は読まない、と決めていた厳格なキリスト教徒――そういう人が本当に大勢いたのだろうか?――であっても、四旬節の中日*（*mi-carême*）には、『第四之書』を手に取っていたかもしれない。あるいは、復活祭のめでたい日まで楽しみにとっておいたかもしれない。もっともラブレーが間違いなく念頭に置いていた読者層の場合は別で、彼らはパンタグリュエルの楽しい「年代記」を読んだからといって、宗教的義務に反したなどとは思わなかったに違いない。

＊　四旬節中に一時的に禁を破って行なわれるミニ・カーニヴァル。四旬節の第三週目の木曜日。

『第三之書』は読者に対し、「偶然の事柄」*choses fortuites*〔『第三之書』ではなく『第四之書』「新序詞」、渡辺訳 p.23 に見られる表現〕がもたらす不運など完全に超越した、大賢人パンタグリュエルを提示している。しかし、このパンタグリュエルは、不思議なくらいに陽気さと笑いを欠いているのである。『第三之書』の中では、パンタグリュエルは実質的に、一度たりとも自分で直接笑いを喚起していない。ところが『第四之書』では、パンタグリュエルはある程度陽気な精神を回復している。パンタグリュエリスムについて言えば、ここでは今まで以上にずっと愉快なトーンを帯びており、「偶然の出来事などに動じない、ある種の確固たる陽気さ」（prol. 16）〔渡辺訳 p.23〕と定義されている。ただし、キリスト教を奉じるユマニスト英雄にとって、笑いが実に厄介な特質となりうるという鋭敏な意識を、ラブレーが何度か読者に示す瞬間がある。もはやパンタグリュエルは、先行作品でときどき見受けられたように、ユーモアの倫理的な含みに対し、無関心でいるわけにはいかないのである。実際のところ、彼の宗教的な関心のゆえに、まったく思いもよらぬ箇所で、われわれの笑いに突然「冷や水が浴びせられる」ケースもあるだろう。パンタグリュエルの哲学は、人々の楽しみを広範に認め、ますます寛大さを増している。ただし、快活な奔放さによって何でもかんでもを笑い飛ばしていた、はるか昔の「善良なるパンタグリュエル」の粗野な大笑いだけは、もはやここに入り込む余地はない。

『第四之書』の新序詞は、健康を論じつつ、まずはその諸説融合《シンクレティズム》的な関心をそっと忍び込ませてくる。ラブレー自身は、「ルカ伝福音書」〔第四章二三節〕の中でキリストが放った、あの「医者よ、みづから己を癒せ」という「辛辣な痛罵」が、自分の身に降りかからぬよう常に健康には留意しているという。(2) このテクストに続いて、ガレノスが自分の健康を保とうと務めた、という内容が並置されている。ガレノスは、「他人様は治してみせるが、自分は腫瘍の塊だ」という、プルタルコスが伝えているエウリピデスの嘲笑の的にはなるまい、と思ったのである。ここでのように、キリストの言葉とエウリピデスの文言とを、調和するように配置する手法は目新しいものではない。『格言集』の中でエウリピデスの箴言に二度言及しているエラスムスも、二度目には、その意味を「ルカ伝福音書」におけるキリストの発言と対照しているのである（*Adagia* IV, 4, 32 : *Aliorum medicus*）。ラブレーには明らかに、古典古代の世界を拒絶するのではなく、それを完成させる存在としてのキリストを提示したいという意志が感じられる。しかしそのために、両者を比較することで、キリストの唯一にして圧倒的な優越性を後退させることはない。『一五三五年用の暦』の中でも、読者は、「プラトンの助言、いや、もっとよい福音の教え」に従うよう促されている。これを機に、テクストの言葉は明確にかつ濃厚にキリスト教色を強めていく。ここでも事情は同じである。キリストの完全なる神性を疑う抜け穴は、どこにも残されていない。「ルカ伝福音書」の中で、キリストが放った「医者よ、みづから己を癒せ」という「辛辣な痛罵」に関する話が紹介されている箇所では、キリストはたんに「イエス」と名指されているにすぎない。一方ラブレーの場合、あらゆる時代を通じた大部分のキリスト教徒にとってと同じく、キリストこそ、古代のジュピターに付与された「最善にして最大の神」*Deus Optimus Maximus* という称号の真の所有者であった。キリストこそラブレーが服従し、かつその福音を崇敬している「きわめて善良にしてきわめて偉大なる神」tresbon tresgrand Dieu〔渡辺訳 p.24. 渡辺訳は「大慈大悲の、いとも偉大なる神」となっている〕なのである。イエスの神性を、これ以上効果的に強調する術はないであろう。

キリストの神性は、こうして疑いの余地のないものとなる。ただ、ここでも、またシャティーヨンへの書簡においても事情は同じだが、聖書の一節に言及する場合、あるいは霊感を宿した崇敬すべき福音書中のテクストに言及する場合ですら、ラブレーの記憶には重要な細部で間違いが紛れ込んでいる。つまるところ、彼はかなりの老齢であった。シャティーヨンに献じた書簡の中で、彼は「集会の書」をシラの子イエズスの作とはせず、誤ってソロモンの作だとしている[3]〔『オデ・ド・シャティーヨンに献じる書簡』渡辺訳 p.21〕。この新序詞においても同様で、キリストの言葉が置かれている文脈《コンテクスト》が曲解されている。ラブレーによれば、「神としてのキリスト」は、「医者よ、みづから己を癒せ」というあの「辛辣な痛罵」を、「自分の健康を蔑《ないがし》ろにする医師」に対して放ったという。実際は違う。キリストはこの言葉を、敵が自分に向けて発した言葉として提示しているのである。もし仮にラブレーがこの書の出版後もずっと長生きしていたとすれば、おそらくこの種の誤りが無修正のまま残りはしなかっただろう。こうした記憶違いは、聖書の細部にまつわる箇所にかぎらない。数行後で、彼はある言葉をシキュヨンのアリプロンという人物に帰しているが、この無名の著者のものでないのは確かである〔新序詞、渡辺訳 p.26〕。

一五五二年の新序詞では、ラブレーは何よりもまずは医者として、それも福音主義を奉じるユマニストの医者として登場している。ここでの彼は同時に、いつもながら、法律に強い関心を示す学者でもある。ラブレーは、聖ルカとエウリピデスを控え目に融合するという段階から、新序詞の残りの部分では、法律への暗示を介して、より内容豊かで充実した諸説融合《シンクレティズム》の段階へと進んでいく。

『第三之書』の中で、トランカメルという、正体が透けて見えるような名前を付けられ、敬意を表されていたティラコー〔『第三之書』第三九章、渡辺訳 p.225, 宮下訳 p.430〕が、ここで突然、「公正で博識かつ温厚」な、ある新しい論考の著者として紹介されている。ティラコーはその著作の中で、「死者が生者を摑《つか》む」« *Le mort saisit le vif.* » という、慣習法上の格言について論じている〔『第四之書』新序詞、渡辺訳 p.26〕。この格言は、法律の文脈内では相当専門的な意味をもっている。それは、遺言人が死ぬと同時に、相続人は相続すべき財産の所有者となる、という意味である。ラブレーはこれを面白おかしく駆使して、プラトンが述べた「ビオス・アビオートス」*bios abiōtos* すなわち生きるに値しない人生というテーマを展開していく。

健康に恵まれない人生は「ビオス・アビオートス」であり、なんとしてでも避けるべき人生である。だからこそ、われわれは何としても「健康を摑み取るべきである」、とあいなる。古代の立法家たちは、逃亡奴隷がどこに逃げようとも、領主にはその奴隷を取り戻す権限があると見なしていた。これと同じく、もし皆様方の健康が「逃亡」を謀った場合は、奴隷の場合と同じく、なんとしてでもそれを取り戻すべきだというのである（QL, prol., 56-82）〔渡辺訳pp.25-26〕。

この言明を境として、新序詞における融合への意図は非常にはっきりする。ラブレーは、黄金の中庸という古代の理想と、謙虚というキリスト教の概念とを、信仰という文脈内で並置する。強い信仰心を持って祈る場合には、神はわれわれの祈りを聞き届けてくれるはずである。しかも神は、その要求が控え目なものならば、つまり中庸 *mediocritas* を旨としているならば、それを叶えてくれるだろう。

一五五二年版の新序詞における黄金の中庸の礼讃は、ギリシア世界とキリスト教世界の諸見解の融合を、信仰の領域にまで適用する試みである。なるほど確かに、アリストテレスが『ニコマコス倫理学』で説いた黄金の中庸を、道徳哲学は何世紀もの時をかけて、キリスト教の道徳的見解の内に完全に調和させている。だがここでの問題は、抽象的道徳にではなく、もっと別の次元にある。つまり、キリスト教徒の現実の祈りそのものが、この古典的概念の柔軟な制限内に置き直されているのである。このような諸説融合《シンクレティズム》は、ラブレーの読者の度肝を抜くであろうから、ここで彼の著したテクストを、ルネサンス期のキリスト教徒が、ほぼ同時期に同じ主題について書いた内容と照らし合わせて、綿密に検討しておく必要があるだろう。ラブレーにとって、中庸《メディオクリタース》とは、キリスト教のいう謙譲の美徳の別形態にほかならない。堅い信仰心の持ち主による祈りは——その祈りの内容が本質的に節度あるものであるかぎり——間違いなく神によって聞き届けられるであろう。反対に、クロイソスよりも金持ちになりたいとか、第二のエリヤのように扱われたい*などと祈願しても無駄である。つまるところ、ラブレーはこう主張しているのだ。すなわち、聖書中の人物の祈念は、その祈りによる要求内容が黄金の中庸の枠内にあるかぎりは、例外なく神に聞き入れられている、と。これは相当に驚くべき主張である。この件《くだり》を読むと、ユマニストのキリスト教徒が聖書のテクストと向き合う際には、根本的に古典古代の規範に対する自分たちの熱烈な敬意によって、聖書の読解すら大きく左右される場合があることが、浮き彫りになってくるのである（*QL*, prol., 83f.）〔渡辺訳pp.26-27〕。

＊　エリヤは天から現れた火の戦車と馬に乗って昇天した。「列王記略下」第二章十一節。

こうした見解を、ラブレーは非常に色彩豊かな筆致で解説していくが、その核となるのは、イソップの「樵《きこり》と斧」の逸話を、ルキアノス風の非常に愉快な物語に改作した箇所である。この寓話の中心には、ある道徳的な意味が込められているが、〔これに先立って語られる〕新約・旧約両聖書から採られたエピソードにも、同じ道徳的意味が込められている。新約聖書が提供しているのは、小男ザアカイにまつわる話である〔「ルカ伝」第十九章一－六節〕。彼はキリストの姿をひと目見たいと願い、木によじ登った。これは、誰にも許された節度ある願い事である。それゆえ、彼は「真に善良なる神」*tresbon Dieu* を我が目で見られたのみならず、自分の節度ある望み以上の望みまで叶えてもらったのであった〔イエスはザアカイの家に泊まると彼に告げる〕。一方、旧約聖書から引かれている例は明らかに、それが斧を扱った話であり〔「列王紀略下」第六章五－七節〕、後のイソップの寓話と並べるにふさわしいという理由から選ばれている。この不可思議な話の中では、ひとりの「預言者の息子」――とはつまり正真正銘の預言者である――が、ヨルダン川の中に斧頭を落として失くしてしまう。だがこの人物は、生まれながら堅い信念と信仰心に恵まれていた。自分の斧を取り戻したいという彼の願いは、中庸の埒内に留まる控え目なものであった。彼は奇跡的にその斧を取り戻すが、その際に、前代未聞の奇跡を求めたのではない。悪辣な検察官のような、俗臭芬芬たる悪知恵を退けつつ、節度を保ちながらも強い信仰心を持って祈念したのである。もし彼がエリヤやアブラハム〔子孫の繁栄〕、ヨブ〔富〕、サムソン〔腕力〕、あるいはアブサロム〔美男子〕のようになりたいと祈願していたらどうなっていただろう。その祈りは、果たして聞き届けられたであろうか？「それは問題である」〔渡辺訳p.27〕

道徳的な寓話を組み立てるうえで、ラブレーがイソップに援軍を求めたのは十分に理解できる。のちにモンテーニュも、『エセー』の最後の数ページにおいて同様のことを行なっている〔『エセー』第三巻第十三章を参照〕。もっとも、ここでの寓話は、ルキアノスの信奉者のみに可能な技を用いて語られている。不器用な樵《きこり》のクゥイヤトリス Couillatris〔「デカタマキン野郎」くらいの意〕

は、フランスの田舎者で、それにふさわしい下品な名前を与えられている。彼が紛失した道具の斧を意味する言葉にも、かなりきわどい語呂合わせが仕掛けられている。というのも、当時、「斧」を意味する「コニエ〔コワニエ〕」*coignée* には、「床での営みが大好きな女」の意味もあったからだ。また、この物語に登場するユピテルは、ルキアノスの『やり込められたユピテル』の場合と同じく、滑稽なほどの癇癪持ちに描かれている。彼はしかも、ときどき『第三之書』のパニュルジュに似ていなくもない。なにしろ「これについては、わしも多いに当惑《ペルプレクシタース》しておるのじゃ！」« *J'en suys en grande perplexité !* » と叫んでしまう神なのである（prol. 174）〔渡辺訳 p.29〕。こうしたいっさいは滑稽な寓話という調子で描かれているが、そこから思いがけない形で宗教的な洞察が引き出されてもくる。ユピテルは、なるほどひどく頭の混乱した神ではあるが、それでも当時の大問題をみごとに解決していく。たとえば、当時ヴァチカンとフランスとの関係をさらに悪化させつつあった、パルマ公国問題〔支配権をめぐりフランス軍と教皇軍とのあいだで対立が続いていた〕を片付けている。さらに、ラミュスとガラン*のあいだのつまらぬ論争に終止符を打った旨も、喜劇的な語り口で紹介されている。この両者は、おもにアリストテレスの権威をめぐって論戦を交わし、パリ大学を混乱に陥れていた。ラミュスは、同僚たちの多くとは異なり、アリストテレスにそれほど感銘を受けていなかった。彼らの論争はさらに、アリストテレスおよびそれを受け継いだ連中の論理学に取って代わるものとして、ラミュスが提示した新しい論理学の方法論の是非にも及んでいた。一五四三年、ラミュスの論敵たちは、彼の著書を発禁処分にするのに成功する。しかもラミュス自身は哲学の教授を禁じられ、修辞法のみを教えることを余儀なくされてしまう。ところが一五五一年になると、今度はラミュスが鼻高々と、「ガリアのヘラクレス」たるアンリ二世が自分に対し、哲学と修辞法の双方を教授する権限を付与してくれた、と宣言する。宿敵ピエール・ガランは、これを機に再び攻撃を強めていく。一五五一年の大学内におけるこの喧《かまびす》しい論争に対し、ラブレーは、二人ともガーゴイル〔ゴシック建築で、屋根の水落口。怪物の形に作られている〕に変身させてしまったのであった。二人とも名前はピエールである。彼らは、ピエール・デュ・コワニエ——中世の法律学者で、ノートルダム大寺院にある石像の渾名《あだな》に使われた——と同じく、「石化《ピエール》」に値するというのである（*QL*, prol., *EC* 166 ; *TLF* 225）〔渡辺訳 pp.31-32〕。ラブレーの友人アントワーヌ・デュ・セクスの語るところによると、無学の乳母たちが、ピエール・コワニエの名前を使って子供たちを怖がらせていたという（*L'Esperon de Discipline*, Paris 1532, sig. D2r°）。ラブレーがここで採用しているトーンは、カーニヴァルの精神に貫かれたこの作品に似つかわしいものである。笑いの背後に、学問上の自惚れに終生敵意を抱いていたラブレーの、ある意図を読み取ることができる。彼は、若き日に古びたスコラ哲学からうまく抜け出したのと同じく、ここでも、新たに出現しつつあるスコラに絡め取られる気は毛頭ない、と宣言しているのである。

＊　ラミュス：ピエール・ド・ラ・ラメ（一五一五？―七二）哲学者でパリ大学教授。プラトン哲学を重んじアリストテレス哲学を攻撃。ピエール・ガラン（一五一〇―五九）パリ大学教授でアリストテレス哲学を擁護した。

さて、いくらユピテルが忙しいとはいえ、クゥイヤトリスにも少しは時間を割いてやらねばならない。実のところそうすべき運命にあったのである。田舎者にとって斧は、フランス国王にとってのミラノ公国（領有権は疑問視されていたが）と同じくらい重要な、いわば死活に関わる存在だからである。

クゥイヤトリスとその斧の話は、道徳的意味と神学的意味の両方を帯びている。ユピテルは、クゥイヤトリスのように斧を紛失した者に関する、一般的なルールをまず定めている。誰でも、かぎられた選択肢から自由に選べる、という方式である。誰もが、その自由な決断に応じて、報酬を与えられるか、あるいは罰せられるかすることになる（prol. 343f.）〔渡辺訳 p.37〕。クゥイヤトリスは正しい選択をした唯一の人物であり、したがって褒美を与えられた唯一の人物でもある。地元の強欲な領主たちは、自分たちの土地を売り払い、最初から失くすことを目的として斧を買い集めるが、結局は全員首をぶった切られて終わる。＊我らが樵は、まったく無私無欲の気持ちで、自分自身の斧を選んだとは言いがたいが、その点は神学的には問題にならない（prol. 350f.）〔渡辺訳 p.37〕。他の者とは異なり、彼だけが正しい選択をしたのであるから。彼の頭には、ユピテルをうまく騙そうなどという考えは微塵もなく、ただ失った斧を取り戻したい一心で、みずからの自由意志を行使した。つまりは節度ある祈念が通じたのである。クゥイヤトリスは、彼の正直さを試すために示された金や銀の斧ではなく、自分の斧を選ぶ。それらの斧はあらかじめ定められている運命の文脈の中で、おそらくは自由意志を働かせる余地を残すために、ここに持ち出されていると思われる。読者は、彼の祈りが聞き届けられたのは、「斧に関しても、並のもの〔中庸〕を望み選んだからだ」と知らされる〔渡辺訳p.38〕。「斧＝コニエ」*coignée* という語のもつ両義性は、読者の微笑みを誘う。こうした面白さは、ラブレー節で語られた比喩的な寓話全体のトーンとみごとに融和している。だからといって、読者あるいはラブレー自身が、重要な焦点から目を逸らされるわけではない。だからこそ著者は、二度にわたって根本的なテーマに立ち返っており、そのたびに、寓話の秘めている倫理的かつ宗教的な意味を指摘しているのである。

＊　渡辺訳 pp.37-40. 自分の斧を正直に選んだのがクゥイヤトリス。他の者たちはすべて、大役を任されたメルクリウスが示した金の斧や銀の斧を、自分のものだと言い張り、即座に自身の斧で首を切り落とされてしまう。

以上が、愚直な気持ちを保ちつつ、並みの〔＝中庸なる〕*médiocres* 物事を祈念しそれを選んだ人々に与えられるもの〔福楽〕である（*QL*, *TLF*, prol., 457f.）〔渡辺訳p.40〕。

十全たる説明は、寓話では当然の技法だが、結末部分のために取っておかれる。この部分に至って初めてわれわれ読者は、黄金の中庸が実は、謙虚というキリスト教の中核をなす美徳に到達するための手段である、とわかるのである。

であるがゆえに、中庸を祈願なされよ。さすれば、願い事は皆様の元をおとなうであろう。その時まで額に汗して懸命に働けば、ますます良き結果を得ようというもの。「そうおっしゃっても（と皆様方は言われるだろう）、神様は一文の半分の十三分の一を授けてくださるときと同じくらい早く、七万八千両の大金を授けてくださるに違いない。なぜと申すに、神は全能だからである。百万両の金なんぞ、神様には一文と同価値なのである」。おや、おや、おや。皆様方は、こんな演説のぶち方や、神の全能やら御予定やらについて能書きを垂れる方法を、一体全体誰から教わったのじゃな、お気の毒な方々よ？　お静かになされい。しっ、しっ、しっ。« *St, St, St.* » 神様の崇高なるお顔の前では、頭を下げなされ。そして、欠陥だらけの御身をとくと御覧あれ（*QL*, *TLF*, prol., 484f.）〔渡辺訳p.42〕。

ここでのトーンは、楽しげな混淆になっている。口語体のくだけた言葉づかいが、ラテン語風の硬い言葉と混ざり合い、さらには、テレンティウスやキケロが沈黙を求める際に用いた、「しっ、しっ、しっ」« *St, St, St.* » といった文字列とも融合している。

ここでラブレーは、彼が今まで何度も吟味してきたテーマ、すなわち、人間には祈ると同時に行動する必要もあるというテーマに立ち返っている。ラブレーにとって受け身一辺倒の祈りは、人間に可能なかぎりの真剣な努力の代替物とはなりえない。一方、中庸とキリスト教の称揚する謙虚との結合は、ラブレーにあっては新しいモチーフでも、ルネサンス期全体で見れば間違いなく周知の組み合わせであった。カルヴァンは、神の全能と予定説をめぐる議論を打ち切るべき点を、ラブレーとはまったく異なった場に設定する操作をとおして、神による救霊予定説という概念を護ろうと努めている。にもかかわらず、そのカルヴァンが、ラブレーとかなり似通った言葉を用いている。神による救霊の神秘を前にしたとき、人間は謙虚にならねばならない。彼は言う。

> だからこそみずからを卑下する術を学び、みずからの無知を告白し、そして、神に祈ることを学べ（Calvin : *Sermons de l'Ascension* III）

さらに「使徒行伝」第一章七節に対する註解の中で、人間は、神学的な探求においてさえ、「二つの極端のあいだの真の中庸」を守るべきであり、「すでに述べたように、皆が真ん中を保守すべきである」と主張している。だが言うまでもなく、カルヴァンが自分の教義の内で黄金の中庸と見ているものを、ラブレーのほうは偽善および誤りと見なしている。にもかかわらず、二人の操る言語と概念は、きわめて類似している。「何事にあっても過剰を避けよ」（*Ne quid nimis*）という格言に註解を施すエラスムスも、この点では同じ系譜上に位置している。彼の信ずるところでは、われわれが神に捧げるべき愛を唯一の例外とすれば、いかなる物事においても、過剰は罪悪に通ずるという。さらにエラスムスの見解によれば、アリストテレスも、「神」を「叡智」に置き換えてはいるものの、同じように説いている。そして、以上のような方法を介して、古典古代の世界は、キリスト教と、実り豊かな調和の内に出合ったのである（*Adagia* I, 6, 96）。

この新序詞全体を通して、ラブレーが正当と見なしている節度ある祈りとは、健康を求めるそれである。彼は福音主義を掲げる老齢の医者であり、すでに死期に近づきつつあった。しかも、少なくともその一定の時間を、深刻な病に侵されていたジャン・デュ・ベレーの屋敷に伺候して、『第四之書』の執筆に当てていた。である以上、健康が重大な関心事になるのを説明するのは難しくない。ここでの健康を求める祈りは、ちょうど小男ザアカイの場合と同じく、固い信仰心をもとに捧げられている。この祈りが善良なる神に良かれと思われたならば、われわれはその健康を手にできるであろう。なぜなら、われわれはそれ以上の何物をも求めてはいないからである。こうして、古代の中庸とキリスト教の謙虚とは、堅固な信仰心と信頼感という一般的なコンテクストの中で、互いに融合していく。もっとも、真の謙虚の美徳と交わる黄金の中庸は、あくまで人間の祈りにのみ適用できるものだ。神の人間に対する応答に、この概念は適用しえない。なぜならそれはしばしば、驚異的で奇跡的なものだからである。(4)

3　冒頭の数章〔第一―十七章〕

途中で数々の空想上の島を訪問しながら海路の船旅を続けるという物語は、簡単に膨らませることができる。ラブレーは、一五四八年版の旧『第四之書』に、訪問する島々を単純に加え続ける、という方法も採れたはずである。ところが彼はそうしなかった。新しい島をいくつか加えはしたが、旧『第四之書』には、細部にわたる大幅な修正が施されてもいる。さらに、厖大な新しいページが挿入され、力強く描かれた大嵐のシーンとそれに先立つ章は、根本的に書き直されているのである。

嵐の場面以前の章を書き直し膨らませていった効果はいろいろある。たとえば、主人公たちを最初にメダモチ **Medamothi**（どこにも存在しない場所）島という、新たな寄港地に立ち寄らせているが、これにより第二章の出だしから、物語中に、ユマニストにふさわしい言及が数々登場するようになる。ここでの旅は、ヒュトロダエウスによるさらに有名な「存在しない場所」ユートピアへのより有名な旅と、愉快にも似ている。プルタルコスに精通している読者なら、さらに『イシスとオシリスについて』（360A）への言及をも認めただろう。これは神秘的宗教を扱ったプルタルコスの論考のひとつで、ラブレーは一五五二年版の『第四之書』を執筆している間じゅう、この書を開いて参照していたのである。プルタルコスが、パンコン人とトリピュロイ人の住処として選んだのも「どこにも存在しない大地」（テース・メーダモチ・ゲース *tēs mēdamothi gēs*）であった。パンコン人とトリピュロイ人とは、無神論者エウヘメロス〔前三〇〇年ころのギリシアの作家。マケドニア王カサンドロスに仕えた。神話は歴史的事実に基づくと説いた〕が、古代の神々や女神たちはたんなる人間の男女にすぎなかったのに、迷信的な感謝の念により神格化されてしまった、という自分の主張（人々に却下された説）を裏づけるために、証拠として持ち出してきた架空の人々である。* ラブレーは、そういった内容にはいっさい触れずに、いくつかの名称や異国風の細部を借りるにとどまっている――たとえば、ある水夫は「エジプトのアヌビス神に仕える神官《イシアキ》に似た衣装」、つまり白色の亜麻でできた衣装をまとっていたと記されている〔第二章、渡辺訳p.64〕。ラブレーは、プルタルコスの論考の冒頭を見て、この点を改めて想起したのである（*QL, TLF* II, 68 ; Plutarch, 352CD）〔渡辺訳p.64〕。

* プルタコス『エジプト神イシスとオシリスの伝説について』柳沼重剛訳、岩波文庫、pp.48-49を参照。

メダモチ島は「カナダに劣らぬほど大きい」と紹介されているにもかかわらず、この島を形容しているのは古典的な語彙であり、その証拠に島を囲んでいるのは、大理石でできた塔や、古典的な名のついた燈台《ファール》なのである（「ファロス」*pharos* に由来する「ファール」*phare* は新語であり、この書の何部かに添えられた「難句略解」中で細かな説明を施される必要があった）。メダモチ島の国王には、フィロファーヌ **Philophanes** という名が与えられている（ギリシア語の語根を繋げた造語で、おそらくは「外観の愛好者」を意味する）。その弟の名前はフィロテアモン

Philotheamon である（こちらのほうは、「見るのが大好きな」、「見物や見世物が大好きな」を意味する正真正銘のギリシア語）〔渡辺訳p.61〕。

こうした要素はすべて、ユマニスト流の喜劇を豊かに膨らませるうえで効果的に作用している。さらにラブレーは、自分の描く主人公たちに、たとえばプラトンのイデア〔エイドス〕やエピクロスの原子《アトム》を描いた絵画を購入させている〔渡辺訳p.62〕（のちにこの作品中で、プラトンのイデアに対する言及が新たな意味を帯びることになる）。だが逆説的なことに、この時代に特有の現実感が完全に失われることはなかった。『第四之書』の購入者たちは、もう「新発見」に基づいて著された夥しい数の旅行記をひもとくことのできた読者層である。『第四之書』はこうした旅行記をパロディー化するのではなく、むしろ、それらをモデルにして一風変わった空想的な旅を構築しているのである。だからこそ、ここでの旅には、オデュッセウスやアエネアスの世界あるいはルキアノスの主人公たちとの共通点があると同時に、ジャック・カルティエの世界や、フランシス・ドレーク卿*の若き日の冒険とも、相通ずる何かを有しているのである。もちろん、『第四之書』の世界が、古代の偉大な叙事詩を面白く変奏した世界にかなり接近するケースは、他にも存在する。その一方で、同じ『第四之書』が、ジョン・マンデヴィル卿の世界や、『パンタグリュエルの弟子』あるいはルキアノスの物語空間と連結するケースも、少なからず見受けられるのである。

＊　フランシス・ドレーク卿（一五四〇？－九六）英国の航海者、提督。英国で最初に世界周航を成功させる。また、スペインの無敵艦隊撃破にも功があった。

一五五二年版には、ガルガンチュアとパンタグリュエルのあいだに交わされた書簡が挿入されているが、これにより、一五四八年版では思いもよらなかった特質が備わっている（*QL* III and IV）〔第三章、第四章、渡辺訳 pp.67, 68-71〕。なぜなら、書簡で用いられた堅苦しいが威厳ある文体は、巨人たちを、普通の人間よりもはるか彼方の高嶺の花へと祭り上げているからである。彼らはいまや、理想的な哲人君主に必要な美徳をすべて付与された、ルネサンス期らしいユマニストの君主へと登りつめている。しかも我らが巨人たち一行は、たんなる儲けのためにではなく、公平無私な知識の探求のために旅をしている。おかげで彼らは、プルタルコスに依拠しつつルネサンス人たちが称讃した特質を獲得しているのである（むろん、ルネサンス人たちの実際の行動は、一般的にこの理想とは異なっていたが[5]）。また、巨人王の偉大さは、迅速な伝達手段として伝書鳩を使用している、という点にも重要性を与えている。虚構《フィクション》の中で、ガルガンチュアとパンタグリュエルとのあいだにこの伝達法が役立つならば、現実でアンリ二世が同じ方法を採用しても何の不思議もない。『模擬戦記』*Sciomachie* 中の、きわめてジャーナリスティックな色彩を濃厚に帯びた重要なテーマが、その数年後の『第四之書』への主要な加筆の中でも再び登場しているという事実は、ラブレーがその最後の「年代記」において、いかに現実と空想とを混在させることに腐心したかを、読者に思い起こさせてくれる。一五五二年版『第四之書』は、大いなる笑いに包まれていると同時に、大いなる真剣さにも貫かれているのである。

ラブレーの名声はおもに、われわれ読者を彼特有の仕方で笑わせる能力に依っている。この判断は正しいが、これがすべてではない。一五四八年版の『第四之書』にも、笑いを喚起する逸話は少なからず見受けられた。だがその笑いは、新版『第四之書』の初期の章に見られる笑いには、その質量のいずれにおいても、また、真面目とユーモアとを混ぜ合わせるという思いがけなさから見ても、まったく敵わないのである。たとえば、一五五二年版になると、「パニュルジュの羊」*Moutons de Panurge* の逸話はずっと長くなっている。ここでのラブレーは、逸話の源となったフォレンゴから完全に離れ、かつて『第三之書』の喜劇中で重要な役割を担った、偏愛するフランスの笑劇やそのテクニックを駆使しつつ、この物語を紡いでいくのである。ラブレーは、何パラグラフも追加し、パニュルジュとトルイヨーガンの面会の場面と同様に、明らかに演劇を意識しつつ、ひとつの芝居として全体を組み上げている（*QL*, VI, 31-63〔第六章、渡辺訳pp.75-78〕）。一五四八年版ではパニュルジュは、商人から面と向かって罵詈雑言を浴びせられて、「ここは我慢のしどころだ」*Patience* と一度だけ自分に言い聞かせる。この独白をパニュルジュは、今度はリフレーンのごとくたたみかけ、その繰り返しによってこの場面の滑稽味はぐっと増している。さらにラブレーは、でっち上げの造語、とくに擬声語を好んで用いるようになっている。読者は、「ホニャラララララァー」*rr, rrr, rrr's* や「ベーベーべぇー」*bê, bê, bês* といった表現にあちこちで遭遇するだろう。その一方で、「女とやる」*biscoter* という、エロティックな意味でごく普通に使われていた動詞を、それよりもずっと生き生きとした「ハネハネハメハメ・ズッコンチョメチョメ・ヤリマンコマシタル」* *sacsacbezevezinemasser* に換えている〔第五章、渡辺訳p.74〕。

＊　いうまでもなく、卑猥な意味になりうる単語を繋げたラブレーの造語。

以上の技法やその他のテクニックのおかげで、「パニュルジュの羊」の物語はいよいよ滑稽きわまりないものに仕上がっている。ここに登場する間抜けな羊商人は、我が身に降りかかる不幸に値する――「値する」とはつまり、笑劇《ファルス》が愚か者を罰する際の、とてつもなく残酷なやり方に従うかぎりは、という意味である。『第三之書』を通して笑い物にされ続けてきたパニュルジュも、この逸話の中では、全盛期の栄光を再び取り戻す。著者は、より磨きのかかった新たな技巧を凝らしつつ、読者が『パンタグリュエル物語』でこの「ペテン師」に初めて遭遇したときの、道徳基準から外れた笑いの世界に、彼を改めて置き直しているのである。ラブレーはここでも、登場人物たちの役割を交換している。新版『第四之書』における商人ダンドノーは、『第三之書』における愚かなパニュルジュの姿を読者に髣髴とさせる（cf. *QL*, *TLF* vii, 78f. with *TL*, *TLF* xxv, 52f.）〔『第四之書』渡辺訳pp.81-82,『第三之書』第二五章、渡辺訳pp.153-154, 宮下訳pp.292-294〕。パニュルジュ自身について言えば、彼は、『第三之書』を、そして沈黙を強いられた『ガルガンチュア物語』をすら一気に飛び越えて、二〇年前の輝かしいトリックスターの人物像へと回帰している。商人に対するパニュルジュの報復は、かつてパリの貴婦人に思い知らせた報復と、まったく同じ笑劇的な性質を帯びている〔『パンタグリュエル物語』渡辺訳、宮下訳、第二一章―第二二章〕。

ただし、両者間には重要な違いが二点認められる。まず、いずれの笑劇においてもわれわれ読者を、無邪気な話し手とパニュルジュ双方の共犯者として巻き込む形で、エピソードが物語られているが、パンタグリュエルだけは、もはやパニュルジュの自然な引き立て役の座を降りている。この変化は意図的なものである。一五四八年版で話し手が無邪気にも、パニュルジュと商人の口論がすっかり解決したと述べた後で、パニュルジュはパンタグリュエルとジャン修道士に対し、この喧嘩をもう一度再燃させるつもりだと打ち明けている。彼らは二人とも、パニュルジュの報復を、まるで芝居のように愉快な気晴らしだと感じている。ところが一五五二年版になると、パンタグリュエルの名は、エピステモンのそれにいつの間にか取り替えられている。こうして、愚かで馬鹿げた人物に対し笑劇《ファルス》が用意した、あまりに過酷な復讐を、高潔な国王たる我らが巨人から、完全に切り離したのである（*QL*, VI）。

パリの貴婦人とダンドノーに向けられた報復行為の二つ目の相違点は、貴婦人が重傷を負ったり死んだりしない一方で、ダンドノーは、自分の羊たちもろとも滑稽な溺死を遂げる、という点である〔『第四之書』第八章、pp.82-84〕。これは取るに足りない違いではない！　一五五二年の時点でこれら数章に施された加筆を検討すると、ラブレーが残酷な喜劇に強い関心をそそられている、と見なすのが妥当である。「バシェの殿様宅の婚礼」*Noces de Basché* というまったく新しい逸話も、この種の途方もない喜劇的残酷さを元に組み立てられている。しかもそれは、加速度的に強烈になっていく残酷さなのである（*QL* XII-XIV）〔渡辺訳、第十二章−第十四章。なお、第十五章−第十六章も参照のこと〕。この新しい逸話は、ある現実の悪弊――すなわち、裁判所の下級官吏には、召喚状の受取人を罵倒する傾向があり、それゆえに暴行事件へと発展するという悪弊――を反映している。もっとも、ここでは悪弊への諷刺的な含意は希薄で、ほとんど感知できない。つまり、諷刺を犠牲にして、純粋な笑いを前面に押し出しているのである。しかもここでの笑いは、愚鈍な「訴訟族《シカヌー》」Chicanous に運命づけられた、おびただしい「残酷」な罰に由来している。現実的な物語設定の枠内で――そもそも、バシェは実在の場所である――リアリズムの喜劇を展開するのは、実に容易であったはずだ。ところがわれわれ読者が遭遇するのは、ぶん殴られることを無性に喜び、しかも喜劇的観点から見て殴り飛ばされて当然の、きわめて滑稽な「訴訟族《シカヌー》」という輩なのである。道徳的な考察は、最後の最後になって前面に出てくるにすぎない（*QL*, XVI）。

『ガルガンチュア物語』の面白おかしいピクロコル戦争のエピソードには、その全編に喜劇的残酷さが満ちあふれていた。襲撃してきた兵士たちの死や重傷が深刻に感じられるのは、予期せぬところに突然現実《リアリズム》が割り込んできた場合にかぎられる。それ以外の場面では、ジャン修道士が、漫画の主人公よろしく陽気にばっさばっさと思う存分敵兵を薙ぎ倒していく。ラブレーの時代にも、またわれわれの時代にあっても、襲撃や殺人や傷害事件は後を絶たず、人々の脳裏につねにある。各時代のこうした残虐な行為と、喜劇的残酷さへの嗜好とのあいだには、何らかの因果関係が成立するのであろうか。仮にそうだとするなら、ルネサンス期の戦争、ルネサンス期の司法、ルネサンス期の医学と結び付いた、戦慄すべき物理的な残虐さは、ラブレーの笑いが生む「残酷」な世界と、何らかの関連性があるのであろうか。喜劇的残酷さは確かに、現実世界の恐るべき残酷さと対応してはいる。だが、十六世紀であれ二十世紀であれ、現実の残忍な行為が、人々に悲しみや憐れみの気持ちを抱かせるのに対し、ラブレーの「年代記」や現代の残酷喜劇が構築する世界は、そうした感情をかき立てないし、またかき立ててはならないのである。われわれはただ笑うのみ。もし笑えないとしたら、喜劇役者の芸に問題があるとしか考えられない。

喜劇の主人公の武勇を深刻に受け止めるとしたら――その剣や十字架形の棍棒〔『ガルガンチュア物語』第二七章、渡辺訳 p.137、宮下訳 p.225〕あるいは恐るべき鉄拳によって殺されていく兵士たちに同情を寄せるとしたら――それは実に滑稽で馬鹿げたことだと言わざるをえない。同様に、重傷を負い四肢をもぎ取られ息絶えていく訴訟族《シカヌー》が、われわれを面白がらせるどころか、憐憫の情を抱かせたとしたら、これも実にナンセンスな話である。そもそも、訴訟族《シカヌー》は、死ぬほど殴打されるのが好きな連中なのである。

『第四之書』の数章でこの話題を扱うに際し、ラブレーは、道徳的な評言を加える時点まで、現実世界が決して逸話に侵入して来ないよう、工夫を凝らしている。おかげで、喜劇的場面にはなじまない倫理的懸念や直接的な憐憫の情が排され、喜劇的残酷さというテーマが大きく花開くことになる。そもそも、憐憫という感情は、大笑いを一瞬にして静めてしまうものだ。ところで、この逸話は、襲撃や暴行を受けた被害の代償に、相当の金銭をむしり取ろうという、法廷弁護士たちの怪しからぬ魂胆が出発点となっている。物語のこの発端は、結婚式で若い男たちが互いに派手に殴り合うという、古い習慣と結び付いている。同様に英国では、聖歌隊の子供たちが毎年小教区内で厳粛な行進を行なうが、その際小教区の境界線を鞭打つ。昔ならば、鞭打たれたのは子供たちのほうであった。境界線を身体で覚えこませるためだという。こうした殴打は、人々、とりわけ子供たちに、重要な出来事を覚え込ませるうえで有益だと広く信じられていたのである。結婚式におけるふざけ半分の殴り合いも、結婚する女性がもはや「売却済み」であることを、互いに覚え込ませる有効な手段であった。

逸話の最初の段階から、ラブレー描く法廷弁護士たちは、人間とは別種の存在として登場している。彼らは人間ではない「訴訟族《シカヌー》」であり、法律上のペテンを専門とする操り人形なのである。訴訟族《シカヌー》は、現実の人間からはほど遠い。

最初にやって来たのは「老いぼれの太っちょで赤ら顔」〔第十二章、渡辺訳p.101〕、二人目は「若くてのっぽのひょろひょろ」〔第十四章、渡辺訳p.107〕——つまりは、「ローレルとハーディー」*のような組み合わせであり、両者ともあっさり「非人間化」される。同僚と一緒に現われた三人目の訴訟族《シカヌー》はといえば、これが途方もない愚か者で、古い慣習〔結婚式で殴打し合うこと〕が消え失せつつありますな、世も末でございますな、などと嘆いてみせる。しかも彼が最初に、まるで古き良き時代を思い出せと言わんばかりに、自分から主人たちにパンチを雨あられと浴びせたのである。もちろん、バシェの殿様のご一党も即座に応酬し、結局これら法律屋の人形は、読者の眼前で粉々に叩き壊されてしまうのである。喜劇的観点からいえば、この訴訟族《シカヌー》は墓穴を掘ったといえる。

＊　「ローレルとハーディー」は米国の喜劇俳優。やせたスタン・ローレルと太ったオリヴァー・ハーディーの二人組。

「バシェの殿様宅の婚礼」のエピソードは全体が芝居がかっている。加えてこのエピソードには、小教区司祭のタップクー Tappecoue〔Tape-queue から発想された語。「尾を叩く」の意味〕にまつわる「残酷」な逸話が挟み込まれている。タップクーは、「ペテン師」*impostor* の原型であるあのヴィヨンが、芝居で使いたいと言ってきた衣装を貸すのを断わる（*QL* XIII）〔第十三章、渡辺訳pp.103-107〕。当然ながら司祭はひどい目にあう。彼はヴィヨンの演劇仲間に襲われ、高価なサンダル靴が鐙《あぶみ》に引っ掛かったので、彼のロバ〔原文では「若い雌馬」〕が帰り着いたときにその身体で残っていたのは、革紐に引っ掛かっていた片方の足だけである。喜劇の中でタップクーの身に降り掛かった運命は、悲劇の中でヒッポリュトス*を見舞った運命と呼応している。そうは言ってもわれわれ読者が笑いを堪えられるわけではない。この話および「バシェの殿様宅の婚礼」が、「悲劇的笑劇」** *tragicque farce* と命名されているのは、言葉の愉快な誤用以外の何物でもない。読者が出会うウーダールという登場人物には（この男は白い法衣の中に隠し持った鉄製の篭手《こて》で敵を打ち据える）、司法書士団演ずる笑劇から、直接抜け出てきたようなキャラクターが認められる。「手を武装したウーダール師」という人物が、ギヨーム・コキヤールの司法的笑劇『阿呆女と狡猾女の口頭弁論』の中に登場しているのである。読者はさらに、アヴィニヨンで派手に催された「カーニヴァル」*Carneval* の歓喜をも改めて想起するだろう。ここでの「カーニヴァル」という単語は、文献に残っているかぎりではフランス語で初めての使用例となる（*QL*, *EC* xiv, 29, note）〔第十四章、渡辺訳p.109〕。ラブレーが喜劇的な音の創出にも新たな楽しみを見出したことで、本物の芝居らしさが強く感じられる。さまざまな造語に加えて、長々と続く「フォー、フォー、フォー、(……)」*hho, hho, hhoś* という音や、「ブルールール」*brrourrours* といった擬声語が豊富に使われている〔第十三章、渡辺訳p.105〕。また、粉砕された証人がなんとか喋ろうとしても、「モン、モン、モン、ウルロン、ウォン、ウォン」*mon, mon, mon, vrelon, von, von* という音しか出てこない〔第十五章、渡辺訳p.113〕。この証人は顎を失っており、舌しか残っていなかったので、喋る術がないのも当然だろう!

＊ ギリシア神話でテセウスの息子。求愛を拒否された継母パイドラが、彼に強姦されたとテセウスに嘘の訴えをしたために、ポセイドンに殺される。

＊＊ 第十三章、渡辺訳 p.106. 渡辺訳は「狂言芝居」と意訳しているため、原義が伝わらなくなっている。

これらのページにおいてほど、フランスの読者が残酷喜劇を堪能できた例《ためし》は他に存在しない。その残酷喜劇には、最終的に二つの道徳的考察が施されている。パニュルジュは商人ダンドノーとその羊を溺死させた自分の手口を正当化しているが、それに対するジャン修道士の返答の中に、最初の教訓が含まれている。パニュルジュは自身の振舞いをこう弁明している。

俺を不愉快な目にあわせた奴は、この世であれあの世であれ、必ず後悔させてやるのさ。俺はそれほどの間抜けじゃないからな〔第八章、渡辺訳p.84〕。

使われている用語は滑稽である。とくに面白いのは、「この世であれあの世であれ」*en ce monde ou en l'autre* という箇所であろう。なぜなら、パニュルジュはあの世における人間の運命にまで、影響力を発揮できるはずがないからである。ここでわれわれ読者は、彼が『第三之書』で見せた、狡猾で強情かつ無知な様子を思い起こすことになる。パンタグリュエルが賛意を込めて引いているセネカの言葉――「汝が他人に為すことは、他人もこれを汝に為すと知れ」――を、彼はなんとか回避しようと躍起になる。

「これに（とパニュルジュは言った）例外はないとおっしゃいますか？」
「例外はない、と彼は記しておる」とパンタグリュエルは答えた。
「やれやれ（とパニュルジュは言った）、ちっぽけな悪魔にかけて〔とんでもないですわい〕。奴はこの世では、と言いたいのですか、それとも、あの世では、と言いたいのですか」（*TL*, *TLF* ix, 44f.）〔『第三之書』第九章、渡辺訳pp.72-73, 宮下訳p.132〕

ところが、一五五二年版におけるジャン修道士の返答には、もっと深刻な調子が加わっている。

「お前は老いぼれ悪魔のように地獄落ちになるぞ。『復讐するは我にあり』云々 *Mihi vindictam, et cætera* と記されているからな。これは聖務日課書に書かれておるがのう」

読者はこれをはっきりしないジョークとして簡単に片付けてしまうかもしれない。だがジャン修道士がここで引用しているテクストには、あいまいな点はまったくない。「愛する者よ、みずから復讐すな、ただ神の怒りに任せまつれ。録《しる》して『主いひ給ふ、復讐するは我にあり、我これを報いん』とあり」（「ローマ人への書」第十二章十九節）。「バシェの殿様宅の婚礼」という笑劇における激しい殴打や虐殺に対する、パンタグリュエルの穏やかな返答に至っては、ますます簡単に退けるべきではない。

こうした物語は（とパンタグリュエルは言った）愉快にも思われよう。もしわれわれが、常に眼前に神への畏れを抱いている必要がないとすればの話だが。（*QL* xv, 1 ; cf. Psalm 36, 1 ; Romains 3, 18）〔第十六章、渡辺訳p.115；「詩篇」第三六篇、「ローマ書」第三章十八節も参照〕。

パニュルジュのかつての共犯者、あるいは彼の愉快この上ない悪戯の引き立て役であったこの巨人は、なぜここまで座を白けさせる人物に変じてしまったのだろうか。ここまで読み進めた読者は、ラブレーがその主人公を、「冒頭の書簡」*Epistre liminaire* の中で激しく非難した「笑わない」宿敵ども、すなわち「苦虫族《アジェラスト》」*Agelastes* に仕立て上げてしまった、と思うかもしれない。

ラブレーは、みずからが創り上げた二つの世界の相互浸透によって、両者間に強い緊張関係が生じつつあることを、芸術家として当然意識していたと思われる。一方には、愉快な殴り合いと苦痛を伴わない負傷および滑稽な死の世界が存在し、他方には、憐憫の情を誘う苦悩や恐るべき苦痛に満ちた現実世界が控えている。

ラブレーは、現実の修道院制度を、あるいは不満を抱いた十六世紀の多くの修道士が否定的に把握していた修道院制度を、きっぱりと拒絶している。だが一方で、ラブレー自身がかつて修道院で堅固な教育を受けていた。彼が受けたユマニストとしての教育が、修道院教育に上塗りされてはいる。だが、前者が後者を完全に抹消したわけではない。現実の世界にあっては、薬草へレボルス〔狂気を治癒すると信じられていた薬草〕を使って、修道院教育を完全に洗い清めてくれる医師セラファン・カロバルスィー師など存在しないからである。さて、修道院の思想家たちは、何世紀にもわたって、笑いに疑念を抱いてきた。彼らはしばしば、笑いは、罪と苦悩に苦しんでいる現実世界に対する返答としては、あまりに不十分であると見なした。そのうえ、キリストが涙を流したことはわかっているが、一度でも笑ったという証拠は伝わっていない。この点において、一五五二年版『第四之書』のパンタグリュエルは、ときおり、キリストに倣う者へと近付いている。それほどに、彼は人前ではばからずに、かつ大いに涙しているのである。逆に彼の笑いは、若き日の追憶へと退いている。もちろん『第四之書』にあっても、なかんずく最後の数章においては、パンタグリュエルもしばしば楽しげに振舞っている。だが彼が実際に笑うのは一回だけ、それも最後の最後のページにおいてでしかない。しかもその笑いは、「残酷」であると同時に「避けがたい」笑いにすぎないのである。*

* 第六七章、渡辺訳 p.300. 恐怖で糞まみれになり、おまけに猫に引っ掻かれた哀れなパニュルジュの姿を見て、パンタグリュエルは「笑うことを堪えられなかった」と記されている。

ラブレーの、以前にもまして成熟したパンタグリュエリスムの概念の中には、中世およびルネサンス期に修道院で理想とされてきた、ある重要な要素、すなわち「現世への軽蔑」*contemptus mundi* が存在する。(6) まさしくその深い神学の教養と、無類の喜劇的センスのゆえに、ラブレーは、呵呵大笑する楽しみが、神学を犠牲にしなければ手に入らぬということに、きわめて意識的であったのではないか。少なくともその可能性は高いと思われる。芸術的観点から見れば、ラブレーは、パンタグリュエルを、自身もかつてはその本質的部分をなしていた喜劇的世界から完全に切り離すことにより、こうした緊張の糸をうまく解《ほぐ》すのに成功している。ただし、愉快さやユーモアのセンス自体を、パンタグリュエルはいまだに保持している。

ラブレーが十分意識していたこの緊張関係は、かなり鈍感な修道士でも悩まされたに違いない。修道院で昔から実践されている冗談が、肉体に関する下品なものであることは有名であった。だが同時に、修道院の理想を追求する精神的努力も感銘を与え、かつそうした努力は、部分的とはいえ、肉体を服従させることを直接めざしてもいたのである。高笑いとパンタグリュエル的な真面目さとのあいだに、つまりジャン修道士とパンタグリュエルとのあいだに後に起こる激烈な衝突も、おそらくはそれゆえだろう。教皇崇拝族《パピマーヌ》に囲まれながらも居心地の良さを感じている我らが修道士は、無意味に神の御名を口にしてしまう。彼は即座に、ラブレー作品全体の中でも最も辛辣な言葉によって糾弾されている。

> 今後お前がそのような話をする際には（とパンタグリュエルは言った）、盥《たらい》を持って来るのを忘れるなよ。ムカムカと吐き気がするからな。これほど汚らわしく唾棄すべき事柄に、聖なる神の御名を使うとは。真っ平だ、まったく真っ平だと申しておるのだ。お前たち修道士仲間が、このような言葉の濫用を平素からしているというのなら、そこだけにせよ。決して修道院の外へは持ち出すな（*QL*, L 36）〔第五〇章、渡辺訳 p.232〕。

「盥《たらい》を持って来る」（*pelvim dare*）というラテン語風語法は、憤怒の度合いを強調するうえで効果的である。エラスムスも指摘しているとおり、この格言が適用されるのは、ある物事が、吐き気がするほど不快で、もはや耐えがたい場合である（*Adagia* III, 1, 68）。この激越な非難ののちジャン修道士は、『第四之書』の中では単なる端役に成り下がってしまう。ジャン修道士を愛する者――私もそのひとりであるが――ならば、この場面が教皇崇拝族《パピマーヌ》への訪問の最後に近い箇所に、つまりは作品全体の比較的後ろのほうに配置されていることを、喜ぶに違いない。この書の前のほうで、彼が思う存分読者を笑わせる余地が、大いに残されているからである。だが、パンタグリュエルのジャン修道士に対するそっけない批判には、『ヘンリー四世』でハル王子がフォールスタッフを無情にも拒絶したことと、通ずるものがある。最後の章で登場人物全員の役割が再確認されるまで〔正確には第六三章以降だと思われる〕、ジャン修道士は背景に退き、端役に甘んじて、もはや舞台の中央で照明を浴びることはない。つまりは、ある意味で影のごとき存在となるのだが、それでもときおり姿を現しては、修道士特有の下品さや好色さをそっと読者に思い起こさせるのである。したがって、その気になれば可能ではあるものの、もはや読者の呵呵大笑を引きおこす存在ではなくなってしまう。

ダンドノーへのパニュルジュの仕打ちに対するパンタグリュエルの反応によって、読者は、批判者としての彼の新たな役割を受け入れやすくなる。これ以降、パンタグリュエルの断固たる非難は、この書を通して繰り返されることになる。たとえば、腹崇拝族《ガストロラートル》の盛大な宴会――彼らにとって断食とは禁欲を意味するのではなく、肉食の代わりに牡蠣《かき》やキャヴィアで我慢することを意味する――を眼前にしたパンタグリュエルは、本当に怒りを露《あら》わにしている――彼は「腹を立てた」*se fascha* のだ（*QL* LX, 2）〔第六〇章、渡辺訳 p.268〕。こうした表現によって、どれほどの激変が生じているかを見極めるためには、読者は『第三之書』におけるパンタグリュエルの性格描写を改めて想起する必要がある。そこでの彼は、ストア派的キリスト教徒の賢人であり、決して「憤慨したり怒ったり悲しんだり」*indigné, fasché ne marry* はしない存在である（*TL*, *TLF* II, 29）〔『第三之書』第二章、渡辺訳 p.39, 宮下訳 p.66〕。ところがいまや彼は、この三つの感情のいずれをも露わにできるのだ。パンタグリュエルの非難は、ぶっきらぼうかつ決定的なものとなっている。盗賊島《ガナバン》に上陸したいか否かを訊かれた彼は、説明はいっさい付けずに、ただ「否」« *Non* »とのみつっけんどんに答えている（*QL*, LXVI, 9）〔第六六章、渡辺訳 p.293〕。

『第四之書』の中で、笑いが愉快に響き続けるためには、空想的世界が想定される必要があるだろう。「訴訟族《シカヌー》」が「訴訟族《シカヌー》」であり続けるかぎり、「バシェの殿様」の家来のみならずジャン修道士までが、彼らを叩きのめすことが可能となる。そこから、彼らはいうまでもなく、われわれ読者もまた大いなる楽しみを引き出せるのだ。こうした空想的世界においては、冷静なパンタグリュエルでさえ彼らへの殴打を、半伝説的な古代ローマの崇敬すべき十二表法*が定めている権利の、喜劇的な延長線上にある行為だと理解しうるのである（*QL* xvi, 24）〔第十六章、渡辺訳p.115〕。ところが、エピステモンが「訴訟族《シカヌー》」をこの空想的世界から現実世界へと引き出すやいなや、道義上の問題が急浮上する。現実世界において激しい殴打や打擲《ちょうちゃく》に値するのは、もはや哀れな彼ら「訴訟族《シカヌー》」ではなく、挑発的な召喚状を持たせて彼らをバシェの領主の元に送り込んだ修道院長のほうなのである（*QL* xvi）〔第十六章、渡辺訳p.115〕。この「でぶの修道院長」ジャック・ル・ロワは、ラブレーの出身地シノン近郊の、サン＝ルーアン修道院で院長を務めていた。『第四之書』が刊行されるずっと以前から彼は、イタリアでユリウス二世と戦った、国王の忠実な家来である実在のバシェの領主を、たび重なる召喚状で悩ませていた。エピステモンは、これが現実世界の話であったなら、「訴訟族《シカヌー》」は寛大に扱ってやり、かわりに、自分たちよりもずっと優れた人物の元に彼らを送り込んでは悩ませてきた修道院長の禿げた脳天に、雨あられとパンチを見舞ってやるのだが、と述べている〔渡辺訳p.115〕。ちなみにユリウス二世は一五一三年に他界している。つまり、「バシェの殿様宅の婚礼」という逸話は、一五五二年に至ってもまだ修道院長の位にあったジャック・ル・ロワに対する古い怨恨を、改めてかき立てているのである。もしラブレーが一五五二年の時点で七十有余歳になっていた場合、年月をへて、かえって鮮明になった老人の記憶の中では、四〇年近く前の事件ではあっても、それが瑞々しい記憶として脳裏に残ったとしてもおかしくない。ところで、『第四之書』において残酷さが許容されるのは、それが笑いの種に変換されている場合にかぎられる。『ガルガンチュア物語』の中では、ラブレーは、ジャノトゥス・ド・ブラグマルドを笑い物にすると同時に、モンテーギュ学寮の学長や教師たちを火炙りにしてしまえ、と国王を焚き付けてもいる。**ところが『第四之書』に至ると、サン＝ルーアン修道院の院長にまさしくふさわしい懲罰ですら、結局は喜劇的なトーンで語られるのみで、現実的な痛みは持ち出されずに終わってしまうのである。

＊　紀元前四五一年—四五〇年頃に制定されたと伝えられる古代ローマの民法、刑法、宗教法。
＊＊『ガルガンチュア物語』第二〇章、渡辺訳 p.105, 宮下訳 p.159. ラブレーはジャノトゥスの口を借りて、ソルボンヌの連中に痛罵を浴びせ、彼らこそ異端者で火炙りに値する、などと記している。

『ガルガンチュア物語』では、笑いは人間の本性として受け入れられている〔『ガルガンチュア物語』「読者に」渡辺訳 p.15, 宮下訳 p.15〕。だからこそ、優れた医者は患者を笑わせようと努めもする。だが『第四之書』に達したラブレーは、笑いがあくまで「人間的」な本性にすぎず、神聖なる世界とはいっさい繋がっていないことを意識していた。思慮深い者なら常に心に抱いている神への崇高な畏怖の念を、人間の笑いは曇らせてしまう。したがって、賢明な者なら、いくら喜劇的な復讐とはいえ、笑い飛ばすことに不安を覚えるだろう。なぜなら復讐は、神のみに許された行為だからである。そうは言っても、第十六章でのパンタグリュエルは、このテーマに関し、決定的な判断を下すわけではない。『第四之書』には、いまだに多くの笑いが用意されている。笑いに留保を付けようとするパンタグリュエルの姿勢は、なるほど、『第四之書』の新しい重要な要素をなしている。だが、彼のこの姿勢そのものが、作品全体の「より深い意味」*altior sensus* を構成しているわけではない。ただ、かつては何事にも動じなかった賢者が、もはや、他人の欠点を微笑みの内に優しく包む、あの寛容な巨人でなくなっているのは、ささいなことではない。彼はいまや怒ることもある。ジャン修道士は、学生たちを鞭打つのが大好きなソルボンヌの教師たちを、相変わらず冗談の種にできる（*QL* XXI, 67）〔第二一章、渡辺訳 p.137〕。ところがパンタグリュエルの場合は、教皇を崇拝しているある学校の教師が、子供たちを派手に鞭打っているのを見て、強い怒りや憤怒の情を覚えずにはいられないのである〔『第四之書』第四八章、渡辺訳 p.225〕。

4　嵐〔第十八—二四章〕

「バシェの殿様宅の婚礼」の逸話が終わるやいなや、読者は、一五四八年版『第四之書』の、「トユボユ」Tohu-

Bohu（ヘブライ語で「混沌《カオス》」を意味する）島と、『パンタグリュエルの弟子』に名を借りた風車を食らう巨人ブラングナリーユとに割かれた一五四八年版の第七章を、深い学識に基づいて書き改めた箇所へと導かれる。ここには、はるか昔のモンペリエ時代の個人的な思い出や、往古のフランス人の武勇の称讃、さらにはラブレーの新しいアナグラムである「バカベリー・エネ」*Bacabery l'aisné*（「末席のラブレー」*Rabelais cy en bas* と分解できるのは間違いない。*QL, EC* XVII, 81, note）〔アナグラムは「兄のバカベリー」の意。第十七章、渡辺訳 p.122〕などをめぐる、博識に裏打ちされた冗談がちりばめられている。ただしこうした諸要素の内に、この直後に続く、そして今に伝わる中でも最も愉快な寓話のひとつである、嵐のエピソードのリライト版を予知させるものは何もない。

一五四八年版の嵐は、古典の色彩が濃厚であった。そこで言及されている事柄は古典的であり、この逸話の教訓も、事実上リウィウスとサルスティウスからの引用によって要約しうるものであった。古典古代の寓話の多くにおいて見られるように、ここでも神ではなく神々が登場している。したがって、この逸話をキリスト教世界に適合させるには、それ相応の解釈と脚色とが必要であった。一方で一五五二年版の「嵐」では、使われている用語からしてキリスト教色が濃い。ただし、「英雄風を茶化した」mock-heroic 古典的な「嵐」としても、さらに完成度を高めている。

五二年版でも、嵐に先立って、「風狂公会議《ケジル》」へと向かう修道士たちを満載した船への言及が見られる。ただし今回は、イエズス会が、不名誉きわまりないリストの二番目に躍り出ているのに対し、ベネディクト会は完全に姿を消している（*QL* XVIII, beginning）〔第十八章の冒頭、渡辺訳 p.123〕。イエズス会をことさら目立たせているのは、同修道会の庇護者であったトゥールノン枢機卿に対する当てこすりかもしれない。また、ベネディクト会を外したのは、ラブレーがかつて所属していた修道会に対する敬意からだ、とも考えられる。さらに可能性が高いのは、彼の庇護者《パトロン》たちの好き嫌いを反映している、という説であろう。現代の歴史家の信ずるところによれば、トゥールノン枢機卿とイエズス会との連携プレーにより、一五五二年のガリカニスム高揚による危機〔フランス教会独立の気運〕は、教皇派に都合のよい形で回避されたという。この結果は、『第四之書』の作者が願っていたそれとは、百八十度異なっていた。ところで、ここでのパニュルジュの誤りは、大いに強調されている。彼は、修道士たちを満載した船は、今後の長きにわたる幸運の前兆だと、嵐に見舞われる直前に大いに喜んだのである。また、一五四八年版に見られる、カストールとポリュデウケース＊へのパニュルジュによる祈願は、ありとあらゆる男女の聖人への祈願に変わっている。そのうえ、神への祈りに加えて「優しく気高い崇敬すべきマリア様」まで引き合いに出し、無駄な祈願に明け暮れている〔第十八章、渡辺訳p.124〕。ここにも、すでに『ガルガンチュア物語』で駆使されたテクニックが認められる。嵐に充てられた最初の章が幕を閉じるまでに、われわれ読者はパニュルジュの本性を摑むことになるが、一五五二年版での加筆は、その本当の姿をよりあからさまに示してくれる。

＊　レダの双子の息子。カストールは船乗りの守護神。二人はゼウスによりふたご座に変えられた。

「まったくもって、わしゃ怖くてたまらんわい。ぶう、ぶう、ぶうす、ぶうす。わしゃもう終りじゃ。恐ろしくてたまらん、ああわしゃ糞まみれじゃ。ぶう、ぶう、ぶう、ぶう。オット、トットットットッチー。オット、トットットットッチー。ぶう、ぶう、ぶう、うっうっうっ、ぶう、ぶう、ぶうす、ぶうす。わしゃ溺れるわい、溺れちまうわい、おらは死んじまうよー、みなしゃん、わしゃ溺れちまうよー」（*QL* XVIII, end）〔第十八章の最後。渡辺訳p.126〕

「ぶう、ぶうす」云々は、パニュルジュが、自分の安全しか考えず、奴隷よりも女々しくみっともない恐怖の餌食になっていることを如実に示している。この恐怖は彼を支配する特質として、今後何度も表現される。この点で彼は、とくにジャン修道士と際立った対照をなしている。この逸話の英雄風を茶化した調子は、パニュルジュが、「オットトットイ」*ottototoi* という、苦痛や悲劇を表現する標準的な感嘆詞を、ギリシア演劇から借りてきた瞬間に、一気に強調される。ソポクレースには「オットットットットイ　トットイ」*ototototoi totoi* という連なりが、また、エウリピデスには「オットットットットットイ」*otototototoi* という連続が見出せるが、パニュルジュも、これを引きのばした形を口にしていることになる。つまり、パニュルジュはその泣きじゃくり方まで、実に「博識」なのだ！彼がこのように恐れを表現する音節は、意味の有無にかかわらず他のさまざまな音と結び合い、『第四之書』のページの随所をぎっしりと埋めている。さらに後になって、この種の音声は再びわれわれの注意を引くことになる。したがって今のところは、この音の連なりを楽しむだけで十分である。ただし、パニュルジュの巧妙な修辞《レトリック》が、いまや完全に過去のものとなっている点を見逃すべきではない。彼が流暢に言葉を転がす機会は、ほとんど見受けられなくなっている。『第四之書』のどこを探しても、『第三之書』における口先のうまい流暢な話し手として、彼が脚光を浴びる場面は皆無である。したがって彼が、歯切れも良く、堅固な叡智を宿したパンタグリュエルや、明快に話題を展開できるエピステモンと、対等に張り合う機会はまったくと言っていいほどない。ストレスのせいで、パニュルジュの言葉は、動物の発するような単純な音へと退化している。換言すれば、根源的に臆病な、しかも直接的な感情の表出に堕しており、誤ってはいてもどこか知的な作用が感じられた、以前の表現は消え去っている。彼は粗相してズボンを汚すなど、みずからの恐怖をさまざまに表現しており、彼の言葉はその行動と一体化しているのである。

糞便についてのユーモアの後に、それと絡めた人物批判を行なうという、ラブレー得意の手法は、『第三之書』および一五四八年版『第四之書』では影を潜めるが、一五五二年になると返り咲きを果たしている。『第四之書』の決定版は、『第三之書』が採用した方法とは一線を画し、『パンタグリュエル物語』や『ガルガンチュア物語』で多用されたテクニックのいくつかを、再び活用している。ただし、ここで喚起される笑いは、『第三之書』での手法を捨て、初期の喜劇的手法のみによったわけではなく、今までのテクニックを総動員し混在させて、新鮮かつ力強い技法を創出しているのである。

一五四八年版の嵐の場面では、パンタグリュエルは演劇的対照法の外に置かれていた。ところが、嵐を描く最初の章のエンディングでは、パニュルジュが、我らが修道士のみならず、パンタグリュエルとも際立った対照をなしているのである。パンタグリュエルは、こちらでは第十九章の冒頭で、一五四八年版の演劇的寓話には皆無だった、明らかにキリスト教的な趣《おもむき》を嵐のエピソードに与えている。

パンタグリュエルは偉大な救い主 *Servateur* である神のご加護をあらかじめ祈願し、一同の前で、熱烈な思いを込めて祈願を捧げた後、船長の勧めに応じて、マストを力強く支えた（*QL* xix, 1）〔第十九章、渡辺訳 p.126〕。

「救い主である神」にラブレーが充てたフランス語 ***Dieu Servateur*** は、キリスト教ラテン語が普段用いている « ***Salvator*** » よりも、むしろ古典ラテン語 « ***Servator*** » から派生した用語である。ルネサンス期の学者はこの « ***Servator*** » という単語をより好む傾向があった。というのも、この語は「救済」の概念を保ちつつも、同時に古典ラテン語がはらんでいた「庇護、保護」という概念をもはらんでいたからである。

パニュルジュが発していた滑稽なパリ訛りの「ジャリユーズ」*Jaruses*〔本書五七八頁を参照〕はすべて姿を消すとともに、キリスト教的な悲劇がテクストに入り込んでくる。とはいえ、パニュルジュの演ずる、英雄風を茶化した「似非悲劇」や「似非叙事詩」を排除するのではなく、そこにまるで思いもよらなかった新たな深みが加わって、キリスト教的な悲劇性が生じるのである。一五四八年版の嵐における道徳喜劇は、二人の人物により演じられていた。そこでは、信心は口先ばかりの偽物で、滑稽な恐怖の餌食になっているパニュルジュと、冒瀆の言葉を吐き散らしつつ勇敢にも行動という美徳に一身を捧げているジャン修道士とが、絶えずコントラストをなしていたのである。ところが今回は、嵐の場面の冒頭および危機的状況の双方の場面で、パンタグリュエルが姿を現わしている。ラブレーは、新たな言葉や語法あるいは文全体をいくつも加えて、パニュルジュを笑い飛ばす声の音量を上げようとする一方で、ジャン修道士の活躍を読者が楽しく支持できるよう工夫を凝らしている。おかげで嵐の逸話そのものは、以前にもまして滑稽きわまりないものに仕上がっている。だが、一五五二年版の嵐の場面が繰り広げる喜劇は、その喧騒、その激しい動き、その芝居っ気たっぷりな掛け合いにもかかわらず、ほとんどの場合、たんなる笑いに収斂してはいない。すべての要素が、より高邁な倫理的意味を指向しているのである。一見無意味でしかないような冗談ですら、たいていは純粋に笑いを引き起こす以上の結果をもたらしている。たとえばジャン修道士は、パニュルジュの「ヘロドトス（ヘロドット）」***Hérodote*** という言葉尻をとらえ、「イル・ラドット」***il radote***〔「奴はうわ言を言っておるな」の意味〕という、この上もなく下手な語呂合わせで応じている（*QL* xx, 18）〔第二〇章、渡辺訳 p.130〕。この例は、パニュルジュの役割が、堅固さや高貴さの対極に位置していた『第三之書』で、木霊《こだま》のような言葉の掛け合いが行なわれた第九章へと、読者を連れ戻す。そしてこの地口は、今後の新たな笑いや叡智へと至るうえで、地均《じなら》しをする役割を負っている。

そこかしこにちりばめられた『第三之書』を思わせる他の諸要素も、新しいパニュルジュの道徳的欠点をわれわれに示してくれる。さらに、テクストへの加筆により、泣きじゃくるしか能がなく、以前よりもずっと迷信的で、無意味で見当違いの細部に愚かなまでにこだわり、しかも建設的な行動が何ひとつできないという、滑稽なパニュルジュ像が浮かび上がってくる。彼の本質を最もよく暴露しているのはおそらく、嵐の真っ最中だというのに、これから募金を集め、その金で誰かに代理で巡礼に行ってもらおう、と提案する件《くだり》だろう。この状況では無意味であり、良く言って的外れである。しかも、いったん危険が去れば、好き勝手に取り消せるではないか（*QL* xx, 76f.）〔第二〇章、渡辺訳 pp.132-133〕。

もっとも、新しい「嵐」のエピソードは、古い逸話の道徳的なメッセージを、笑いを一新しつつ強調しているだけではない。そこからは、さらにずっと重要な結果が生じているのだ。一五四八年版では、ジャン修道士の奮闘が、エピステモンや他の乗組員たちの努力と両々あいまって、船を実質的に救うことになる。一五五二年版では、この「嵐」の場面に二人の新たな「登場人物」が姿を見せる。パンタグリュエルと神である。

一五五二年版では、暴風雨の危機にさらされた船は、帆を降ろし、舵を緩めるが、結局は万策尽きてしまう。船長が、もはや嵐には逆らわず、風の赴くままに任せよと命じると、パンタグリュエルはこの発言の含意するところを、熱誠をこめた祈りの中で明らかにしてみせる。

「もうそこまで追いつめられたか？」とパンタグリュエルは言った。「善良なる救い主の神よ、どうか我らを救い給え」（*QL* xx, 70）〔第二〇章、渡辺訳 p.132〕

船長は全船員に対し、自分の魂の行末について案じ、祈りを捧げ、ただ奇蹟に救いを求めるよう告げた（*QL* xx, 74f.）〔渡辺訳 p.132〕。パニュルジュの遺言をめぐる心配事が話をいったん脇に逸らすが、最後に、三層構造の祈りのシーンが描かれる〔パンタグリュエル、パニュルジュ、ジャン修道士の、それぞれ次元を異にする祈りを指す〕（*QL* xxi）〔第二一章、渡辺訳pp.135-136〕。

パンタグリュエルの祈りは模範的である。それは、湖における大暴風の際に、イエスの弟子たちが発する、苦悩に満ちた呼び掛けを想起させる。「主よ、救ひたまへ、我らは亡ぶ」〔「マタイ伝」第八章二五節〕さらに悲劇的な調子を帯びるのは、彼が、ゲッセマネの庭におけるキリストの祈り「御意《みこころ》の成らんことを願ふ」を引いているからである。〔「ルカ伝」第二二章四二節〕ここでラブレーは、神の意志を人間の「意志」*will* とではなく、その「感情〔欲求〕」（*affections*）と対比させることにより、キリストの祈りをストア派の倫理的な見解と、それも『第四之書』全体を通して見受けられるキリスト教化されたストア主義と、結び付けているのである。

この時パンタグリュエルの敬虔な叫び声が聞こえたが、それは大声でこう言っていた。「我らが主なる神よ、我らを救い給え。我らは亡ぶ。ただし、我らが望みに沿ってそれが行なわれるにはあらず、主の聖なる御心こそ成らんと欲す」（*QL* xxi, 44）〔第二一章、渡辺訳pp.135-136〕

パニュルジュの祈りは、この祈りの反例となっている。それは女々しく、自己中心的かつ迷信的である。とはつまり、キリストの言葉を魔法のごとく執拗に使って、主を賄賂で動かそうとするようなものである。「父よ、わが霊を御手に ***In manus***《イン・マヌス》 委ぬ」〔「ルカ伝」第二三章四六節〕。しかも彼は、ある種の冗語法によって、神のみならず、神と聖母の両者に加護を求めている。自己愛と卑屈さに根ざす彼の恐怖心は、ストア派のあらゆる形態のアパテイアとは、正反対に位置している。

「神様（とパニュルジュは言った）、それに聖母様、我らとともにいまし給え。ほろ、ほら、わしゃ溺れるわい、ぶ、ぶ、ぶ、ぶうす、ぶ、ぶ、ぶうす、ぶうす、御手にゆだねまする ***In manus***。ああ神様、イルカでも遣わしてくださいませ、さすれば、あの可愛いアリオン*のように、わしは陸まで運ばれて助かりますじゃ。わしとて、竪琴の柄

さえ外れていなけりゃ、それをみごとに鳴らして見せますわい」（*QL* xxi, 48）〔第二一章、渡辺訳p.136〕

＊　前七世紀頃のレスボス島の詩人・音楽家。海賊に殺されそうになったが、その歌により音楽好きのイルカに助けられ陸に運ばれる。

ジャン修道士の祈りは、この寛大だが無学な修道士から予想できるように、相当混乱をきたしている。

「俺様はすべての悪魔に身を捧げるぜ」とジャン修道士は言った。――（「神様、我らとともにいまし給え」とパニュルジュは口ごもりながら言い続けていた）――「俺様がそこまで降りて行ったときには、お前さんのタマキンなんぞは、間抜けのコキュの角生え野郎のまぬけ仔牛のケツからぶら下っていることを証明してつかわすぞ。ムニャン、ムニャン、ムニャンだと？　この大泣き虫仔牛野郎めが、貴様に跳びついた三千万匹の悪魔にかけて、こっちに来て少しは手伝え！　おい、ゴマアザラシのとんちきめ、こっちに来るか？　畜生めが、なんたる醜態だ、泣き虫めが」――「あんたはんは、同じことしか言えんのかいな？」――「さあ、こっちへ来い、聖務日課書ボトルどん、＊前にじゃ、逆毛に撫でてつかわすぞ。『まだ歩まざる者は幸いなるかな』« *Beatus uir qui non abiit.* »。こんなのはすべて暗誦できるわい」（*QL* xxi, 54f. ; 東京の故渡辺一夫教授からいただいた私信での御助言に従い、句読法を変えている）。＊＊

＊　原文では鷹などに与える「釣り餌」« tirouoir »という語が使われているが、ラブレーは聖務日課書型のワイン入れの意味でこの語を使っている。

＊＊　渡辺訳p.136. なお、*TLF*版もプレイヤッド版も、「あんたはんは、同じことしか言えんのかいな？」を、ジャン修道士の台詞の中に組み入れたままである。渡辺一夫はこれを、パニュルジュの発言と解釈しているので、そのことを指すのであろう。

行動的な修道士は、確かに無意味な罵り言葉を吐いている。彼はパニュルジュをからかい続けるが、結局は古い「ワイン入れ」（彼の聖務日課書型ワインボトル）を引っぱり出し、「詩篇」の第一篇を唱える。＊我らが修道士は、パンタ

嵐の中でおびえるパニュルジュを叱咤するジャン修道士

グリュエルとパニュルジュを隔てている巨大な分水嶺の、正しい側にいるのである。

＊「詩篇」第一篇一節は以下のとおり。「悪しきものの謀《はかりごと》にあゆまず　つみびとの途《みち》にたたず嘲《あざけ》るものの座にすわらぬ者はさいはひなり」

悲劇が喜劇と完璧な調和を保ったままで、突然の変調をもたらす天才的なテクニックが、ここでも、神が奇蹟を行なうその仕方に用いられている。帆は下げられ、船体は暴風雨のなすがままで、人々は祈りを捧げ終えていた。ジャン修道士はおどけた調子で、ホラティウスの詩の一行を滑稽に書き換えたものを、聖ニコラの作だとばかりに披露してから、観念連想によって、悪名高いモンテーギュ学寮の元学寮長だった有名な「テンペスタス」*Tempestas*（「タンペート」**Tempête**）先生に言及している〔「嵐」の意味にもなる。第二二章、渡辺訳pp.136-137〕。彼に言わせれば、もし哀れな学生たちを殴る教師どもが地獄落ちになるのなら、この先生なんぞは今頃、イクシーオーンがゼウスにしばりつけられた火焔車を回している犬に、鞭を入れているはずだという。こんな連中が万が一にも救われるとあらば、自分などは間違いなく上っているはずだ……天空に。ところが、実際には「天」という言葉は使われず、この章は、結局はジャン修道士の台詞の途中で終わっている。そのうえ、この直後の章も「天国だ！」ではなく、「陸だ！」という叫び声で始まっているのだ。

陸が見えたと叫んだのはパンタグリュエルである。

「陸だ、陸だ（とパンタグリュエルは叫んだ）、陸が見えるぞ！」（*QL* xxii, 1）〔渡辺訳p.137〕

パニュルジュを除く全員が、喜びと感謝の念に浸りつつ、即座に持ち場に戻る。今回は、あのジャン修道士でさえ、神に感謝の念を捧げるのを忘れていない（*QL* xxii, 21）〔第二二章、渡辺訳p.138〕。我らが勇士たちの懇願は、聖書に基づいた謙虚なものであり、しかも利己的ではなかった。ゆえに、それは聞き届けられたのである。ただし、新たなアリオンとして、自分だけはイルカの背に乗せてもらい陸に送り届けてほしい、というパニュルジュの祈りは聞き入れられなかった。彼の祈りは、見下げ果てた自分の欲望を、神の意志の上位に置こうとする恐るべきものである。

神の奇跡はひそかに実現しており、説明や叙述の言葉は一語たりともない。『第四之書』は、一字一句詳細な説明を必要とする読者には、向けられていない。ここに、この書のはらむ内的な意味が部分的に見てとれる。今回の大嵐のエピソードは、十字架上のキリストの言葉を援用しつつ、悲劇的観点および喜劇的観点の双方から練り上げられており、当然予想できるように、この逸話は意味合いの点で、いまやキリスト教色が優勢になっている。だがこの側面が、他の側面を締め出しているわけではない。古典語および近代の航海にまつわる多様な専門用語から大量に借用することで、古典的なニュアンスや海洋の雰囲気を高めている。ラブレーが使いこなしている用語は、めったに出合わない稀なものがほとんどで、それらをすべて理解しえた読者は稀有であったろう。だが、そんなことは重要ではない。全体的に見れば、それらは、大嵐のもたらす混沌や、暴風雨の猛威を、読者に効果的に印象づけているのである。

5　「嵐」の神学的含意〔第十八－二四章〕

最悪の事態が過ぎ去ると、善良なる登場人物たちは、笑いを通してその安堵感を表現している。魂は火質であるから水中では消滅してしまうという古代の信仰が、今回は削除されており、加えて、エピステモンの倫理的な結論にも根本的な書き換えが行なわれているため（*QL* XXII, 75f.）〔*QL* XXXIII, 25f. が正しいと思われる。第二三章、渡辺訳 pp.142-143〕、このエピソードのキリスト教的な色合いはさらに濃厚になっている。さらに、決定的に重要な箇所では、「神々」は「神」に取って代わられている。生死の問題も、もはや「その一半は神々の御意志に、他の一半は我らの自由意志に属している」わけではなくなる。この問題は完全に神の手中に、換言すれば「神の聖なる御意志の内」にあるのである。今回のエピステモンの発言は、神学的にきわめて正確になっている。

死ぬということが本当に宿命的で避けがたい必然であるとするなら〔現にそうなのですが〕、かくかくの時間にこれこれの死に方をするということは、神の聖なる御意志に属する事柄だと私は考えております。だからこそ、神に絶えず懇願し、加護を求め、祈願し哀願し嘆願せねばなりませぬ。しかしそれだけを目的とし、それ以上のことを為さないのは間違っています。われわれのほうでも、同じように努力し、そして聖なる使者 « le sainct Envoyé » が言ったように、神の協働者とならねばならないのです（*QL* xxiii, 27f.）〔第二三章、渡辺訳 p.142〕。

ここでは、「マテオロジアンとその議決」に対する冷笑は削除されている。また、「書物および権威」という漠然とした言及も、聖書から引いた重要な立証テクストに取って代わられている。キリスト教徒の神は、受け身一辺倒の崇拝者を欲してはいない。神は、人間自身も奮闘努力することを求めている。こうした主張は、神からの「使者たる聖パウロ」*le sainct Envoyé* という語の使用により、さらに強固に補強されている。「使者」« ambassador » という資格は、軽々しく使われたりはしない。この語は、たとえ使徒ですら、その「主人」の福音の運び手にすぎず、自身が福音を述べているわけではない、という事実を信者に思い起こさせるうえで効果的なため、福音主義者が好んで用いたものである。

「コリント人への前の書」第三章九節で、聖パウロは、人間が「神と共に働く者」（*theou sunergoi*）とならねばならぬ、と述べている。ラブレーはこれらの言葉を、きわめて注意深く「神と協働する者」*cooperateurs avecques luy* と翻訳している。この箇所は、嵐の寓話の最後を飾るにふさわしい、非常に重要なテクストである。

ラブレーはここで、はるか昔から抱き続けてきた神人協働説*への関心を再び採り上げている。『パンタグリュエル物語』では（*TLF* xix, 68 ; *EC* xxix, 59）〔『パンタグリュエル物語』第二九章、渡辺訳 p.207, 宮下訳 p.324〕――信仰という、神の栄誉が関わってくるひとつの特定の領域においては――神は「いかなる援助者も」*nul coadjuteur*（*sinon*）必要としていない……つまり、他の領域においては必要としているのである。「援助者」*coadjuteur* という用語は、ウルガタ聖書の中の「コリント人への前の書」第三章九節で使われた「我らは神を助ける者」*Dei sumus adjutores* という表現を反響させている。一五三〇年代の『パンタグリュエル物語』においては、これで十分であった。だが時代は変わったのである。いまや最良の学識に支えられたラブレーは、人間が神の「援助者」**helpers** である、という表現ではなく、人間は神の「協働者」**cooperators** だと述べるのである。この言葉は、エラスムスおよびルフェーヴル・デタープルのラテン語訳を反映している。両雄とも、「協働者」*cooperatores* というラテン語のほうが、原文のギリシア語の訳語としてより優れていると考えた。さらに、この「協働者」という言葉には、全能の神が何らかの助けを必要としている、という意味合いを回避できる大きな長所もあった。実のところ、神は、人間が共に働くのを要求しているのであって、助けを必要としているわけではまったくない（この二つはまったく異なった事柄である）。一五五二年版の嵐から見えてくる、神人協働を基調とした神学を見れば、ジャン修道士が強調しているように、『ガルガンチュア物語』で提示した自身の教訓に対し、ラブレーがいまだに忠実であることがわかる。すでに一五四八年版の中で、ジャン修道士は、嵐の逸話とスイイー襲撃の物語とのあいだに平行関係をうちたてている。その内容は、さらに目立つ箇所、エピステモンの説明の直後へと移されている（*QL* xxiii, 38）。ここで非難の標的となっているパニュルジュは、「嵐」の逸話の中のたんなる臆病な愚か者を超え、自惚ればかり強いぐうたら者、ウーカレゴーンに堕してしまっているのだ。彼の変化は、他に生じた変化とも一致している。嵐の逸話に施された重要な加筆のおかげで、パニュルジュの言葉の上だけの敬虔さや彼の誓願および約束のすべてが、何の効果も生まなかったのみならず、一度たりとも実質的な意味をもちはしなかった点が、強調されている。このエピソードに幕を引く言葉を読めば、読者はこの点を確信できるだろう。ユステーヌはその内容を強調するために、ロンバルディア地方の諺を引用している。「危機が過ぎ去れば、聖人も厄介払い」。« *Passato el pericolo, gabato el santo.* » パニュルジュは、これが真理であることを証明している。一度危機が去ると、画餅《がべい》のごとき聖人もまた姿を消してしまったのだ（xxiv, end.）〔第二四章、渡辺訳p.147〕。

＊「神人協力説」が定訳であるが、この場面では後述される神学上の必要から、「神人協働説」を用いている。

ラブレーがこの逸話を大幅に書き換えたのは、芸術的な理由だけからではない。その深さと複雑さの双方において、嵐全体の意味に変化が生じているのである。いずれの場合も、敵はカルヴァンおよびソルボンヌである。ラブレーは間違いなく多少の驚きを覚えつつ、トリエント公会議が一五四八年に発布した法規が、たんなる「マテオロジアン」の議決だと笑ってすませればよい代物ではない（！）ことに、やがて気づく。一五四八年、カルヴァンは素早く反応し、「解毒剤付き」の公的な議決を出版して、救済に関するトリエント公会議の審議事項を拒絶している。彼から見れば、ローマ・カトリックは昔ながらのペテンを弄しているだけであり、口では神のみが全能であるかのごとく言いながら、実際は神の救済計画の内部に、人間が占める場所をちゃっかり確保しているのである。彼に言わせると、公会議の議決は、古くから変わりばえのしない、「ソルボンヌの連中が唱えているありきたりの神学」を引き込んでいるにすぎない。「すなわち、われわれはその一半を神の恩寵により義認され、別の一半を自身の業《わざ》によって義としてもらう」のである。こういった言葉は、前回の「嵐」のエピソードにおけるラブレーの見解を思い起こさせる[7]。

　実のところ、言葉の上では事実上同一であるにもかかわらず、神学的には両者のあいだに越えがたい溝が存在している。ソルボンヌが擁護している「業」*works*〔フランス語では « oeuvres »：信者の宗教的・道徳的な行為を指す神学の専門用語〕は、主として神学的な行為であり、さらに言えば贖罪に関わる行為である。ここで言う「業」は、ミサに出席したり、教会の義務を果たすといったことを含んでいる。こうした「業」は、人間が煉獄ですごすべき時間を短縮することに繋がり、ゆえに人間の救済に貢献するという。人間は、さまざまな仕方で、救済をもたらすキリストの行為に寄り掛かる以上のことをなすべきだ、というわけである。ラブレーの奉じる神人協働説、すなわち「神とともに働く」という主張は、以上のような神学的な業《わざ》とはまったく関係がない。神が人間に求めているのは行動の美徳である。嵐の場面におけるパニュルジュの迷信的言動は、間違いなくローマ・カトリック的であって、カルヴァン派とは無関係である。ラブレーはカルヴァンを敵に回しつつ神と協働する人間という見解を擁護し、その一方で、迷信に塗れた言葉の上だけの「協力」を、換言すれば、彼がパリ大学の偽善者たちの教義と結びつけている「協力」を、腹の底から笑い飛ばすのである。

　聖書の無謬性を額面どおり受け取っていた時代にあって、ラブレーが一五五二年版に引いている一節は、自説に有利な方向で問題を決しているように映ったことだろう。というのも、聖パウロは「神と共に働く者」*sunergoi* という言葉を、二度にわたって使っているからである（「コリント人への前の書」第三章九節、「コリント人への後の書」第六章一節）。これら二つのテクストのうち、最初のほうは非常に重要である。なぜなら聖パウロはそこで、「神と共に」働くことを明言しているからである。このテクストは、一五五〇年代にあってはとくにそうだが、それよりもずっと早い時期から、カトリック世界の中で――ガリカニスム、ローマ教皇支持派のいずれにおいても――、救済に関する神人協働説の神学に聖書の権威を付与するある種のスローガンとして、一般的によく援用される一節であった。もっともカルヴァンのほうは、このテクストが少なくとも西方教会にあっては、何世紀にもわたり、以上の解釈とはまったく異なった内容を意味してきたことを、難なく示している。彼の主張によればこれは、人間がそれ相応の能力に恵まれた存在として、神とともに働くということではなく、ちょうど庭師が鋤を使うがごとく、神が人間を使うことが、このテクストの真意だというのである。ここでのカルヴァンは自説を誇張している。だが彼の議論は、堅固な根拠に基づいてもいる。にもかかわらずやはり、自由意志の現実性と、その自由意志が恩寵と協働すべき義務に関し、「コリント人への前の書」第三章九節が確たる権威を提供しているとする、ラブレーの議論の進め方も、きわめて説得的であった。だからこそカルヴァンは、一五五九年版の『キリスト教綱要』*Institutions chrestiennes* においてわざわざ大幅な加筆を施し、『第四之書』で詳細に説かれている神人協働の神学を攻撃したのである。もちろん、カルヴァンがとくにラブレーを意識していたか否かは確実ではないが、その可能性は十分ある。彼は、聖パウロが人間を「神の協力者」と呼んだことを根拠にして「自分たちの自由意志」を擁護しようとする者たちを、激しく非難し揶揄したのである。この非難は確かに、ラブレーにぴったり当てはまった。ところで、最初はローマ法王支持派《パピスト》の誤謬と表現していたカルヴァンも、後になると、これは「幾人かの人々の誤謬」だと見なすに至っている[8]。彼は、ラブレーのように神人協働説を奉じるカトリック教徒が、この問題においてはメランヒトンの弟子たちと連携していると、まず間違いなく悟っていた[9]。

　一五五二年の時点におけるラブレーが、一五三〇年代にさかのぼる故ギヨーム・デュ・ベレーの政策を、いまだに弁護しているにすぎないと主張するのは的外れであろう。だが、ここでひとつ思い起こしておきたい事実がある。ランジェー公が司教である弟の熱烈な支持を受けつつ、メランヒトンとのより緊密な関係を初めて模索していた頃、司教サドレトが*「ローマ人への書」に注釈を施した対話体の作品（一五三六年）中に、彼は対話者のひとりとして思いがけずも長々と登場しているのである。サドレトはこの作品のために、ソルボンヌ、ローマの双方から不興を買った。双方とも、人間による神の恩寵との協力にあまりに大きな役割が与えられている、と感じたのである。ペラギウス説**とまでは行かずとも、少なくとも「半ペラギウス主義的」と見なされたのだった。一五三〇年代の時点で、ラブレー、サドレト、ジャン・デュ・ベレー、あるいはランジェー公が、実質的に異端にはまり込んでいたか否かは、簡単に結論の出ない問題である。私自身はそう考えてはいない。だが仮に異端に陥っていたとしても、彼らがルター派の奴隷意志の側に極端に傾斜したがゆえにではない。彼らはみながみな自由意志の擁護者であり、この点では、半ペラギウス主義***の側に傾くことはありえても、ルター主義の方向に逸れていく可能性は皆無である。サドレトの有名な註解書は、ランジェー公ギヨーム・デュ・ベレーの名を、自由で解放的な神学と結び付けるに至った。もっとも、知識人の世界では、ランジェー公がそうした神学観の持ち主であることは、すでに周知の事実ではあったが。ラブレーは神人協働説の一貫した擁護者であると同時に、ドイツ・ルター派に対する自分の庇護者《パトロン》たちの諸政策、および彼ら庇護者たちが公的に掲げていた開放的な神学観の、一貫した支持者でもあったのだ。理の当然として、彼らは、ルター派内の過激派ではなく、メランヒトンの一派と組む。サドレトは、善き行ないを実践するに当たって、最小ではあるが実質を伴った神との「協働」*cooperatio* が必要であると説いている。ラブレーもメランヒトンもこの教説を高く評価したことだろう（*Commentari*, 1536, p.134）。

＊　司教サドレト（一四七七―一五四七）イタリアの聖職者で歴代の教皇に重用され枢機卿に任命された。プロテスタント指導者たちとも交友があり、和解策を講じたことでも知られる。

＊＊　ペラギウスが五世紀に唱えた神学説。人間の本性は基本的に善であり、意志は自由であるとした。原罪を否定し幼児洗礼を否認したため、ペラギウスたちは破門された。

＊＊＊　アウグスティヌスとペラギウスの中間に位置する説。救済に恩恵は必要としつつも、人間の努力の重要性を主張。五二九年のオランジュ第二教会会議で異端とされるが、南ガリアで栄えた。

「神の協働者」*cooperateur avec luy* という表現に関するかぎり、一五五〇年代にあっては、ラブレーも、神人協働説という、ソルボンヌと同じ「鬨の声《とき》」を上げていたのである！

後に熱烈に支持し続ける神人協働説を、ラブレーに最初に教えた学派は、とくにユマニスト的だったわけではない。大胆だったり異端の傾向がとくに強かったわけでもない。一五四八年および一五五二年のいずれの版でも、議論を決するために彼が用いた用語は、ここでは、ウルガタ聖書の中の聖パウロのテクストも含めて、いまだ修練者でしかなかったころに彼が出合った言葉だと思われる。それらの提供者は、聖ボナヴェントゥラである。この聖人は、フランシスコ修道会の指導的人物のひとりであった。司祭職をめざしてフランシスコ会内部で勉学に打ち込んでいた、ラブレーのような学識に恵まれた修道士ならば、聖ボナヴェントゥラの作品に精通し、そこから深く広い知識を習得したに違いない。ボナヴェントゥラにとってもラブレーにとっても、人間の義認は信仰の初期と成長段階にあっては、その「一部は」（*ex parte*）、神の恩寵に依存するが、別の「一部は」（またも *ex parte*）、人間の自由意志に基づく立派な行動にかかっているのである。「なぜなら、われわれは神の援助者だからである」*eo quod adjutores Dei sumus*（前述の二一四頁以下および本書第七章註（6）も参照）。

時を経るにつれ、しかもフランシスコ会の神学に接木されたギリシア哲学の影響で、ラブレーは徐々に、「援助者」（*coadjutor*）や「助ける」（*coadjuvare*）という語を、なるべく避けるべきだと考えるようになる。もっとも、彼はフォントネー・ル・コントでも神学を学んでいる。根底では、人間が「神と協働する」という彼の見解に変化は生じていない。彼は人間を、神の掌中にある操り人形だとは見なさない。同時に、神を敬虔な定式表現（それがどれほど神聖な文言であれ）で動かしうる「超操り人形」と見なすわけでもない。人間は神に対し責任を負っている。それは、神が選んだ目的に向かって、神とともに働かねばならないという責任である。この点を明確に理解できなければ、読者は、ラブレーの神学・倫理に根ざす笑いにさらされてしまうであろう。

ラブレーは、無類の芸術性に満ちた喜劇的技法を駆使して、自分の神人協働説の両極端に位置する過激な神学的見解を、両方とも読者が笑い飛ばせるように工夫している。カルヴァンの極端な救霊予定説は、パニュルジュが開陳する独特のカトリック的な見解と、換言すれば、その本質において神を魔術的に操作できると考える見解と、実は似通っている。両者とも全能者たる神を、共に働くべきひとつの神聖なる位格《ペルソナ》としてではなく、困難な仕事のいっさいを単独でなし遂げてくれる強大な力だとしか見なしていない。両者の唯一の違いは、一方が神を彼方に隔離しているのに対し〔カルヴァンの予定説〕、他方は、神を引き寄せて好きに操ろうとする〔パニュルジュの迷信的「信仰」〕点だけである。少なくともラブレーは読者にそう信じさせようとしたのだろう。また、敵の神学の複雑な諸相を、いちいち公平な視線で検討するなどという姿勢は、ラブレーの著作とは無縁なものである。だからこそ、大部分の事柄で鋭く対立しているはずのローマとジュネーヴが、ラブレーに対する敵愾心に限っては一致を見るのも、不思議はない。

ラブレーが慕ってやまないあのエラスムスこそが、ルネサンス期に書かれたもうひとつの有名な嵐のエピソードの著者である。その作品は、『難破《ナウフラギウム》』（*Naufragium*）であり、『対話集』*Colloquies* に収められている。ラブレーはおそらくこの影響を受けたと思われるが、神人協働説のプロパガンダという点では関連性は見当たらない。現代の読者が、エラスムスの機知《ウィット》とラブレーの喜劇的センスとを比較対照するには、これら二つの嵐の逸話を読み比べるのが良いだろう。ただし敵の両陣営は、どちらを読んでもその著者に好意を抱きはしなかったが。

6　長生族《マクライオン》の島〔第二五―二八章〕

大いなる喧騒、演劇的、とくに笑劇的な所作、滝のように迸《ほとばし》る言葉、さらには、擬声語や感情を露《あら》わにする連続音への新たな関心、古典古代の学識とキリスト教徒の笑いとの魅力的な混淆、悲劇と喜劇との実に効果的な並置――こうした要素に満ちた「嵐」の逸話は、突然、しかも思いもよらない形で、長生族《マクライオン》島への訪問という、穏やかで落ち着いた議論のシーンへと移行する。長生族《マクライオン》は、いまや廃墟と化した、偉大なる古代の文化を体現する島に住んでいる。寺院、オベリスク、ピラミッド、あるいは墳墓といった過去の遺物が、この点を象徴している。さらに、エジプトの象形文字《ヒエログリフ》をはじめとして、ギリシア語やアラビア語、モール語、スラヴ語およびその他の言語で刻まれた数々の碑文も、古代文化を象徴している。古代世界の美と叡智に対する、ユマニストのこうした崇敬の念を思わせる記述のなかで、実に驚くべき点がひとつだけある。それは、以上のリストに、「スラヴ語およびその他の言語」という記載が含まれている点である。エジプトとギリシアに先頭の地位が与えられているだけでなく、中欧や東欧という、実質的にほとんど未知だった古代文化まで包摂しているところに、著しく広範にわたる過去への共感の念が感知できる。ラテン語が漏れているのは奇妙だが、おそらく、ラテン語はそれほど物珍しいとは感じられなかったがゆえに、とくに言及の必要はないと判断されたのかもしれない。* さらに可能性が高いのは、ラテン語は当たり前と見なされていたという説であろう（*QL* xxv, 27f.）〔第二五章、渡辺訳p.148〕。

＊ プレイヤッド版を編んだユションは、「ラテン語の奇妙な省略。ギリシア語とフランス語との直接的な関係を強調するためか？」と註解を付けている。

長生族《マクライオン》自身は古典ギリシア語を話している（*QL* xxv, 46）〔第二五章、渡辺訳p.148. 正確にはギリシア語の一方言である「イオニア語」〕。彼らの名称は、「老人、つまりものすごく歳をとった人」〔渡辺訳p.148. パニュルジュの発言中にある表現〕を意味する「マクライオーン」*makraiōn* に由来する。彼らは、ギリシア文化およびその神秘的かつ精神的な淵源に通じている、尊ぶべき古代人として把握されているようである。同時に彼らは、森や木立の中に棲む老齢の「半神」たちと島を共有してもいる。私自身は、こうした半神こそ元来の「マクライオン」*Macraeons* を、換言すれば、マルティアヌス・カペラ〔四－五世紀にカルタゴで活躍した著作家〕が「ロンガエウィ」*Longaevi*〔「長生」の意〕と呼んでいる、パン、ファウヌス、泉の妖精、サテュロス、森の精、ニュムペー〔ニンフ〕、ファトゥイ *fatui* およびファトゥアエ *fatuae* といった存在だと推測している。これらの神秘的な「長生者」は、森林や木立、湿原、湖沼、小川あるいは水流の上を踊るように駆け回っている。長生族は彼らと密接な関係を保ちながら生き、ゆえに彼らの生態に精通しているのである（cf. *De Nuptiis Mercurii et Philologiae*, 1866, II, 167 ; p.74）。

ここの島民たちが古代ギリシア文化の水源に智恵を汲む賢人であるという設定は、きわめて適切である。というのも、ラブレーにとって、この数章における議論の出発点は、プルタルコスの『倫理論集』だからである。これらの数章を十全に理解し堪能したい読者に対しては、『神託の衰退について』という彼の論考を、原典ないしはアミヨのフランス語訳でお読みになるよう強く勧めておきたい。この作品はごく短い。ただし、これが本エピソードの枠組みをなしており、また、『第四之書』に対し他にも重要な素材を提供しているのである。プルタルコスのテクストをしっかりと心に留めつつ読めば、読者はラブレーがここで実践していることを、より良く理解できるだろう。彼は、古代の秘教的な叡智の最良部分を採り上げ、それらにキリスト教化を施しているのである。長生族島《マクライオン》訪問の物語は、ビュデの書物のタイトルを借りるならば、ラブレー流の「ヘレニズムからキリスト教への変移」である。この逸話は、一五五二年版の新しい序詞《プロローグ》と同じくらい公然と、しかも明快かつ果敢に、融合的たらんとしている。これは、プルタルコスに見られる見解やエピソードが、キリスト教の歴史と神学に新たな光を照射する素材として解釈できることを、みごとに示している。プルタルコスの神学的な論考は、ラブレーが筆を執っていたころには、より容易にギリシア語の知識を得られるようになった少し後の世代に比べて、まだずっと魅惑的であり、かつ神秘的な意味に満ちあふれているように映ったのである。アミヨやモンテーニュの場合は、プルタルコスの倫理的な考察や、衒学臭とは無縁の洗練された文体に、より強く惹かれたのであった。だがラブレーの場合は、プルタルコスが古代の宗教や古代の神秘的叡智に光明を投じている点に、ずっと強く惹かれたのである。こうした古代の宗教や智恵は、キリスト教による啓示の「緒論」として感知されていたのだ。ラブレーにとってプルタルコスは、ヘルメス・トリスメギストスやプラトンをはじめとする他の過去の偉人と、ある種同一の宗教的・霊的な洞察を共有していた。この洞察を覆うヴェールをうまく取り除き、それに適切な変更を加えるならば、彼ら偉人の教えは、キリスト教の啓示を裏づけ、さらに強固にし、より豊かに彩るはずである。

　ラブレーがプルタルコスを、オウィディウスの『祭暦』のマルシ版と付き合わせつつ読んだ経験から、このエピソードの最初の構想が浮かび上がったという説があるが、これは根拠なしとしない。言葉を換えれば、この逸話は、『第三之書』の最終段階および一五四八年版『第四之書』の序詞が執筆されたのと、ほぼ同時期に構想された可能性がある。だがこれが仮に本当であっても、ラブレーが大幅な改訂や加筆を施さずにそれを出版したとは考えにくい。読者は、「神聖なる徳利」が、「徳利大明神《ディーヴ・ブティユ》」*La Dive Bouteille* ではなく、「バクビュック」*Bacbuc* と呼ばれている点に気づくだろう（*QL* xxv, 55）〔第二五章、渡辺訳 p.149〕。これは改訂が行なわれたことを示唆しているが、より遅い時期の執筆を証明するものではない。実際のところ、「長生族島《マクライオン》」の話は、第一、第二のいずれの「嵐」に対しても、釣り合いがとれたことだろう。最初の「嵐」では、火の元素からなる魂は、水という敵対的元素の中では完全に消滅するため、死んでも不思議はない、という古代の「信仰」が紹介されている。長生族も、死によって消滅するという火質の魂のテーマを取り上げている。だが今回は、古代の「信仰」はたんに否定されるのではなく、キリスト教の教義を確証する内容へと変えられているのである。

尊ぶべき「長命殿《マクローブ》」*Macrobe*（長生族《マクライオン》の行政の長はこう呼ばれていた）は、パンタグリュエルに対し、彼らを襲った激しい嵐の原因を説明する。それによると、自分たちの島に住まうダイモンや英雄* Daemons et Heroes のうちの誰かが他界すると、不思議な悲嘆の声が森に響き渡り、地上は疫病や災厄や大嵐に見舞われるというのである。今回も誰かが亡くなったに違いなく、そのことは実際に、三日前から現われた彗星によって予告されていたという（*QL* xxvi, 9f.）〔第二六章、渡辺訳 p.150〕。

＊「英雄」は古代ギリシアの神人ないし半神的な勇者を指す。また、ダイモンは、守護神ないしは神と人のあいだに位置する超自然的存在。ここでは、「悪魔＝デーモン」とは無関係であり、古代ギリシア語の意味で使われている。

この説明の根幹部分は、『神託の衰退について』（419E ff.）から一字一句変えずに引かれている。ただしラブレーは、自分の必要に合わせて、プルタルコスのこの発想に彗星への言及を加えている。これは、古典古代の物語に施されたささいな文飾ではない。それどころか、この彗星の出現は、ダイモンと英雄の死を、ランジェー公の死およびキリストの死の双方と繋げるうえで、重要な役割を果たしているのである。

長命殿《マクローブ》が語る古《いにしえ》の伝説に対するパンタグリュエルの返答は、ラブレーによるプルタルコスの活用法に新たな深みが加わったことを明かしている。『第三之書』（xxiv, 97）〔第二四章、渡辺訳 pp.150-151、宮下訳 pp.286〕では、プルタルコスが語る不思議なオーギュギア諸島を持ち出しつつ、迷信にまみれた珍説を述べ立てるのはパニュルジュである。オーギュギアは、英国から船で西に五日の距離にあり、占い師や預言者が住んでいるという〔プルタルコス『倫理論集』中の「月面の中の顔について」〕。エピステモンはパニュルジュの戯言をナンセンスな御伽噺だとして退けている。もっとも、パンタグリュエルがプルタルコスに負っている内容も、今日ではナンセンスな御伽噺にしか映らないかもしれない。とくに、彼が語っている内容が、同じオーギュギア諸島と関わる可能性があるのでなおさらである。しかしながら、キリスト教徒のユマニストが、プルタルコスやその他の異教徒の賢人を読むのは当然だったから、ラブレーは、自分の描く主人公には、パニュルジュとは違って、すべてを無批判に鵜呑みにさせてはならない、とわかっていたのである。古典古代の叡智の場合は、ヴェールを取り除いて「より高次の意味」*altior sensus* を念入りに模索し、そこに含まれる毒麦から善き麦を選別して、見出される真実をさらなる啓示的真理に合致するよう調節すべきなのである。長命殿の発言は、パンタグリュエルによって裏づけられている——プルタルコスの論考の中でこの直後に来る言葉を、ラブレーがパンタグリュエルに割り振ることによって裏づけられていることに、読者は気づくだろう。そこでは、半神たる英雄の魂の消滅が、消えかかりつつある蠟燭の火にたとえられている。パンタグリュエルはおよそこう要約している。明るく輝いていた蠟燭も、消え去ってしまうと周囲の空気を異臭で満たすように、善きダイモンや英雄の輝かしい魂も、他界すると混乱をもたらさずにはいないのである（*QL* XXVI, 23f. ; *De defectu oraculorum* 419 F）〔渡辺訳 p.150〕。

ラブレーはプルタルコスをぴったりなぞっている。その倣い方が実に忠実であるため、彼のテクストとプルタルコスの原典とを並べて読むと、かえって、彼が特定のテーマをキリスト教化する筆遣いが、鮮明に浮き彫りになる。プルタルコスにおいては、ダイモンおよび英雄の魂は、蠟燭の焔が消えるように死を迎える。この点は、彼が使用しているいくつかの語彙によって強調されている。たとえば、「腐敗、衰微、破壊」を意味する *phthora* や、「消滅、死滅」を意味する *sbesis* といった単語である。『神託の衰退について』におけるここでの議論の主眼は、ダイモンも英雄も絶対的尺度に照らし合わせれば有限な存在であり、その魂も蠟燭の焔が消え去るがごとく、死という消滅で完全な終焉を迎えうるし、現に迎えるのだという、当時も異論の多かった説を、強く支持することにあった。魂の死をめぐる以上のような見解は、キリスト教の感受性にはまるで受け入れられない。そこでラブレーは彼独自の言葉をそっと挟みこみ、ダイモンや英雄の死を、人間の死に近いものへと変換している。ルネサンスという時代は、死を、身体と魂との分離として、何世紀も前から受け継がれてきた仕方で把握する傾向が、圧倒的に強かった。この考え方と合致するように、パンタグリュエルも、英雄の魂――「高貴で傑出した魂」――は、「その肉体に宿っている間じゅうはずっと」、蠟燭の焔のごとく輝きを放っている、と述べている（*QL* xxvi, 30）〔第二六章、渡辺訳p.150〕。その魂の死は、霊的ないしは「物質的な」焔の消滅では断じてなく、むしろ、肉体からの魂の「離脱」、すなわち *une discession* なのである（xxvi, 33）〔渡辺訳p.150. 渡辺訳では「離別」となっている〕。「離脱、出立」を意味する *discession* という語は、古仏語の *decession*〔「離別、分離」の意〕をラテン語風に綴ったものである。ラブレーはこの語を、ラテン語で「出立」ならびに離婚による夫婦の「別離」を意味する *discessio* に近い形で用いている。この用語の選択は適切である。なぜなら、キリスト教徒の著作家たちは、生きている人間における肉体と魂の統合を結婚になぞらえ、また、死によるその分離を離婚に擬するのが一般的だったからである。ラブレーは魂の「死」（つまり「消滅」）という古典的な概念を認めず、魂の「分離」*discession* という概念を、すなわち、死という大いなる離婚に際して行なわれる「出立」という概念を受け入れる。これは翻訳上の偶然でもなければ、意味論的混乱から、古典古代とキリスト教の範疇をいい加減に混同した結果でもない。これは、プルタルコスの異教的洞察を、恒常的にキリスト教化しようとする重要な手法のひとつなのである。もし魂が火からなる物質だったら、それが消滅しうることになってしまう。ラブレーは、こうした「信仰」とは一線を画するように、細心の注意を払っているのだ。以上が長生族《マクライオン》の逸話を支えている重要な特質であり、かつその中心的なテーマである。

当然のことだが、ラブレーの完全にキリスト教的な感受性の文脈内にあっては、プルタルコスのいう蠟燭の焔というアナロジーは、『神託の衰退について』の内部におけるような整合性を、もはやもっていない。

老齢の長命殿《マクローブ》は、古代ギリシア語を操りながら、英雄およびダイモンの魂も、「ついには」*finablement* 死ぬと強く断言している。彼は魂を、半神、ダイモン、英雄の魂の三範疇に分類しているが、これはおそらくプルタルコスの著書（415 B）が引用している、ヘシオドスの分類に倣ったものであろう。そこには、「神々の魂」という四つ目の範疇があるが、これは、そこにキリストの人性を含めないかぎり、やはりキリスト教徒にとっては不適切な見方に違いない。

ジャン修道士は、お世辞にも神学者とは言えない。つまり神学的思考は大の苦手なのだが、そんな彼でも、霊魂が「死ぬ」云々という以上のような話には、多少なりとも不安を覚えざるをえないようだ。ただし、パンタグリュエルの議論に最後まで付いていくという彼の覚悟は堅い！

お話にあったこれらの半神や英雄たちは、死によって消え去ってしまうんですかい？　シェーボ さま〔「聖母さま」の婉曲表現〕にかけて、あっしは腹出思想国において考えましたおりには、彼らは素晴らしき天使様と同じく不死身だと思っておりました。神様お許し下さいまし。だって、あの崇敬すべき長命殿《マクローブ》が、彼らも最終的には死ぬとおっしゃったんですからな（*QL*, *TLF* XXVII, 73f.）〔第二七章、渡辺訳 p.155〕。

パンタグリュエルはこうした「信仰」を論駁する前に、『神託の衰退について』の同じページからまた別の一節を引き出してくる。賢明なる我らが巨人王の指摘によれば、ストア派は、いかなる魂も「最終的に死ぬ」とは考えていなかった。彼らの信ずるところによると、魂は、長い生涯を送ったのちに、すべてひとつの巨大な世界霊魂に吸収されるらしい。その魂の寿命（おそらく九、七二〇年）は、神秘的かつ数学的な計算の元に弾き出されているという（*QL*, *TLF* XXVII, 79f.〔第二七章、渡辺訳 pp.155-156. なお、正確には「半神」や「ダイモン、英雄」などの霊魂の寿命を指している〕; *De defectu oraculorum* 415 A-D）。

こうした思索を経て、パンタグリュエルは、正統的教義を明白に宣言する機会を得る。キリスト教の護教論者たちが、信仰箇条として、霊魂の不滅という教義を改めて強調する必要があると感じるようになったのは、その当時のことだった。それまでの何世紀にもわたって、この教義はごく当たり前のことと広く見なされてきたのだ。パンタグリュエルによる正統信仰の擁護は、この文脈において、教皇レオ十世の発した大勅書「アポストリキ・レギミーニス」*Apostolici Regiminis*〔「キリストの使徒へ」の意〕（一五一三年）の文言を強く想起させる。

「私は（とパンタグリュエルは言った）、すべての理知的霊魂 *toutes ames intellectives* は、アトロポス〔人間の寿命を司るパルカエ三女神のひとり〕の鋏《はさみ》を免れていると信じている。天使、ダイモンあるいは人間のいずれであろうと、すべての霊魂は不死なのである」(*QL* XXVII, 99f.)〔第二七章、渡辺訳 p.156〕。

この発言により、プルタルコスの著書に見られる二つの誤りはともに退けられる。つまり、霊魂は死を免れない存在であるという誤謬、および、霊魂は元来「単一」に過ぎず、死に際してもともとの世界霊魂に再吸収されるという間違いである。ラブレーは独自の仕方で、「アポストリキ・レギミーニス」が発する定義と非難に対する、自身の忠実さをみごとに示している。というのも、大勅書は以下のような文言を含んでいるからである。

われわれは、理知的霊魂が死すべき運命にあると主張する者、ないしはそれがあらゆる人間に対してひとつしか存在しないと主張する者のすべてを、強く咎め非難するものである。

7　パンの死〔第二八章〕

仮にラブレーが、プルタルコス作品に埋もれている真実の秘密を明かすことにより、本気で、かつ説得力ある仕方で、キリスト教の教義をより強固にしようと考えているならば、彼はパン〔元来はギリシア神話の牧羊神〕の死の話を正面から採り上げざるをえない。プルタルコスは、英雄の霊魂が蠟燭の焔のごとく消える際に嵐が起こるという説明を、長命殿《マクローブ》に提供している。その説明の直前にプルタルコスは、パンの死という奇妙な出来事について物語っている。この話がここで挟まれたのは、まさしく、パンのような神的ないしは半神的な存在ですらも、ついには死に至ることを証明するためであった。

ラブレーにはパンの死が、一章をまるまる割くほど魅力的な話に映っている。しかもこの章は彼のペンが創り上げた話のなかでも、最も美しく深みのある筆致で描かれている(*QL* XXVIII〔『第四之書』第二八章〕; *De defectu oraculorum*, 419 BF.)。

パンをめぐるエピソードには、大きな混乱がずっと付きまとってきた。今日に至るまで、あたかもプルタルコスが、パンの死を歴史的事実として扱っていないかのごとく、見られてきた。さらに『第四之書』を学んできた読者は何世代にもわたって、この出来事をめぐるラブレーの解釈は、三四〇年にカエサレア〔イスラエル北東部の古代の港町〕で司教として亡くなったエウセビオスのそれと、まったく同じであるという謬見を植えつけられてきたのである。これはごく単純な間違いである。

プルタルコスもラブレーも――かつ両者の同時代人の誰ひとりとして――パンの死の話を、神話や詩作品や虚構として提示したことはない。それは本当に起きた重要な歴史的事実として扱われてきたのである。プルタルコス自身も、ダイモンおよび英雄の霊魂も「最終的には」死を迎えるという、ラブレーならとうてい抱くはずのない説を強く裏づけるために、この話を歴史的事実として提示しているのである。ラブレーはこの話を引き込むに当たって、「しかしながら」*toutesfois* という語をまず配置している（XXVII, 102）〔第二七章、渡辺訳 p.156〕。というのも、万が一プルタルコスの解釈が正しいとするならば、この出来事は、天使、ダイモン、および人間という、いっさいの理知的霊魂の不死を信じているパンタグリュエルの立場を、危うくしかねないからである。その後パンタグリュエルは、博識と霊感を頼りに解釈を施し、パンの死が真に意味するところを明らかにしているが、その際も二つ目の「しかしながら」*toutesfois* が使われている（XXVIII, 45）〔第二八章、渡辺訳 p.158〕。なぜなら彼が提示している解釈は、霊魂の不死を信ずるみずからの立場を補強しているのみならず、プルタルコスの解釈に修正を加えたうえで、キリスト教徒が信じうる磔刑に処されたパン、つまりはキリストに対する、強い感情のこもった言及へと一直線に繋がっていくからである。

プルタルコスが語るパンの死の逸話を、生死にかかわりなくキリストと重ねること自体は、ラブレーと同時代の教養層を何ら困惑させるものではなかった。『福音の準備』を著したエウセビオス・パンフィロスはいうまでもなく、卓越したユマニストのなかには、ラブレーよりもほぼ一世紀も前に同じことを述べている者が幾人か存在する。エウセビオスの書物は、中世の西欧世界には知られていなかった。その再発見は、ルネサンスを豊かにした最も刺激的な出来事のひとつであった。この書はラテン語に訳され（翻訳そのものの出来はよくなかったが）、一四七〇年にビザンティンからの亡命者トラペズーンティオスのゲオールギオス〔一三九五―一四八六〕クレタ島出身の古典学者。ルネサンス・ギリシア研究の先駆者として知られる〕によって印刷に付されている。その後幾度かの重刷を経たのち、『第四之書』が出版される直前の一五五〇年に、トラメッズィーノ〔十六世紀のヴェネツィアで活躍した著作家で、版元としても有名〕により再度翻訳・刊行されている。エウセビオスは、プルタルコスがその死に関心を寄せたパンを、異教徒の英雄〔半神人〕であるとは見なさなかった。ましてや、キリスト教の神であるという発想はまったく浮かばなかった。それどころか、パンは、キリストがこの世におわす間に放逐された悪魔であると考えた。他の悪魔が船長タムースを媒介者にして、その死の知らせを仲間の悪霊どもに広めたというのである（*Praeparatio Evangelica*, Oxford 1903, I, 267f.）〔船長タムースに関しては、『第四之書』第二八章、渡辺訳 pp.156-157 を参照〕。

一五五二年版『第四之書』に、同時代の読者に強く印象づけ驚かせた箇所があるとすれば、それはランジェー公ギヨーム・デュ・ベレーの死をきわめて神秘的に捉え、これらの数章の中に持ち込んだことだろう。この偉大な政治家の死は、ラブレーに深い感銘を与えた。その証拠に、彼は作品中でその死に二度も言及している（*TL* xxi, 46 ; *QL* xxvii, 51）〔『第三之書』第二一章、渡辺訳 p.134, 宮下訳 p.252 ;『第四之書』第二七章、渡辺訳 p.154〕。さらに今では失われてしまった彼のラテン語の書物の一冊は、この庇護者《パトロン》の優れた外交手腕に対する讃辞として著されている。ランジェー公に対する深い畏敬の念を公的に表現することは、誰もがその魅力や偉大さを認めた、ひとりの政治家の思い出に対し、いまだに忠実であるという姿勢を明かすことであった。その書がランジェー公の弟の館で記されているのは、ジャン・デュ・ベレーへの謝辞でもあった。

パンタグリュエルは彼の死を「英雄」の死として扱っているが、その際我らが巨人は、この古典語を、人間一般のレベルをはるかに上回る卓越した人物、という意味で使っている（*QL* xxvii, title and text）。この意味で使われた場合の「英雄」は、聖人と多少通ずるところがある。プルタルコスの著作では、「英雄」*hērōs* は、ほぼ間違いなく半神を意味していた。ラブレーはこの点をよくわきまえていたので、ジャン修道士の台詞に「英雄や半神の方々」*Heroes et Semidieux* という言葉をあてがっているのである（*QL* xxvii, 73）〔第二七章、渡辺訳 p.155〕。いうまでもないが、ランジェー公が実際に神的な存在と見なされることは、一瞬たりともありえない。古典ギリシア語およびキリスト教ギリシア語において、「英雄」は多様な意味を持っているので、ラブレーはプルタルコスの概念に適切な微調整を行なったうえで、この語を、神と人間の仲介者たる半神的存在のみならず、ランジェー公のような傑出した人物にも容易に適用できるのである。古典古代にこの意味で使われた例は豊富に存在している。さらに、十五世紀および十六世紀のユマニストのラテン語では、「英雄」*heros*という語は、しばしばキリスト教的な意味を込められつつ使用されてもいるのである。

主である神がその栄光を託された著名人に対する、ラブレーの深い畏敬の念は、たとえば、「集会の書」中におけるソロモンのモーセ礼讃を、そのままシャティーヨン枢機卿に当てはめている事例からもよくわかる〔『第四之書』、渡辺訳p.21〕。ギヨーム・デュ・ベレーも、偉大さの点でまったく同じ範疇に属する人物であったのは間違いない。ラブレーはこれら一連の章という織物の中に、彼の偉業と英雄的な死の逸話を織り込んでいるのである。『第四之書』の中で、ここで述べられている内容以上に説得的な真剣さを帯びた箇所は他に見当たらない。

ジャン・デュ・ベレー枢機卿とオデ・ド・シャティーヨン枢機卿の、庇護と保護とに完全に頼っている人物にとって、ランジェー公の死と否定的ないし曖昧な形で戯れることなど考えられない。『第四之書』から喜劇的な色合いが失われることはめったにないとはいえ、この書は、その世界観や芸術観がもはや喜劇の枠組みには収まらない著作家の発した、最後の言葉を伝えている。古典古代とキリスト教とを融合した、ルネサンス期のユマニストにとって貴重この上ない知見を、ラブレーは、書斎や講義室あるいは傑出した芸術家のアトリエから引き出してきたうえで、学者の域を超えた教養層の関心に供する。彼は、ラテン語に精通している教養人ですら、なかなか手に入れられない稀有な学識を、フランスの読者層に惜しげもなく届けてくれるのである。

ランジェー公の死は痛ましいものであった。だがそれは、人間にのみ関わる出来事ではない。神が欲した事象なのである。彼の死に先立って、自然の全秩序に反する前兆や徴候が確認されている。ラブレーは神から発せられたこの種の警告を分類するに当たって、「奇蹟、驚異、怪物」*prodiges, portentes, monstres*という伝統的な分類を援用している。こうした事象およびこれに類した事柄を、彼は「いっさいの自然の秩序に反して形成された前兆」と呼んでいる〔以上、第二七章、渡辺訳p.154〕。「いっさいの自然の秩序」という表現は、ここで現に問題となっているのが、神から送られてきた奇蹟であることを強調している。それは、ラブレーが「徴《しるし》」*signe*という語をしばしば（新約聖書に倣って）その意味で使っているからだけではない。伝統的な教義の力説するところによれば、本物の奇蹟とはたんなる「自然に反した」出来事ではなく――悪魔の勢力もそのような現象を起こせるのは明らかである――、ラブレーおよびトマス・アクィナス（*ST* I, *Qu.* CX art. 4）の言う、「いっさいの自然の秩序に反して」起きるものだからである。

ランジェー公の死に先立って観察された奇怪な天体現象は、超自然的な「歓喜の火祭」*feuz de joye* という形をとって現われたが〔彗星や流れ星を指す。渡辺訳 p.153〕、これは二重の役目を帯びている。まず、天空は、事前に予告されたランジェー公の到着に先立って、神の命を大いに喜んでいる。それと同時に、人類に対しては、これほど崇敬すべき「霊魂」が、いまやその身体を離脱しつつあることが警告されているのである。こうした言葉の意味するところは、明らかになっている。ランジェー公の死は、キリスト教徒の一般的な「信仰」によれば、その身体からの霊魂の「出立・離脱」だからである。「医師ラブレー」を含む十六人の実在の人物〔渡辺訳 p.154〕が、この一連の出来事が真実であることを立証している（*QL* XXVII, 25, 49f.）〔第二七章、渡辺訳 pp.153-154〕。ラブレーの使っている用語は、いまだプルタルコスの影響下にありながら、もはや疑問の余地はまったくない。なぜなら、こうした霊魂は決して消滅しない、つまり「その肉体と大地」とを離れるだけだからである〔渡辺訳 p.153〕。ランジェー公の霊魂も、この大人物が世を去ったとき、その身体から「離脱」したのであった（*QL* XXVII, 49, 55.）〔渡辺訳 pp.154〕。

ランジェー公という「英雄」の死の物語は、この一連の章に真剣な歴史的趣きを添えている。プルタルコス作品のキリスト教化により、『神託の衰退について』とそこにおける議論は、ラブレーの時代の重大事件と密接な関連性を待つようになる。さらにパンをめぐる話は、適切な解釈と翻案を経て、キリストの死に関する深い考察へと、直接繋がっていく。

プルタルコスによるパンの死の話を、現代の読者が敢えて信ずる必要はない。そもそもわれわれ現代人は、こうした著作家の語っている大部分を、端から信じないよう教え込まれてきた。その話がいかに適切に表現されていようとも、また、いかに信頼すべき権威に支えられていようとも、また、なぜ信じないかという明白な根拠など提示できなくとも。たとえ過去の著作家のなかで、最も知的かつ誠実な第一線級の人物が物語っていても、その内容がわれわれの世界観と合致しない場合には、われわれはその人物の証言を拒絶するものである。ところがラブレーの時代にあっては、偉大な作家が保証している、出来事に関する信用できる語りを、われわれほど無碍に退けることは不可能であった。モンテーニュの世代に至っても、優れた古代作家の警告を文字どおり受け取るのが普通であった。ラブレーにとって問題は、プルタルコスがこの逸話をでっち上げたのか、あるいは愚かにも鵜呑みにしてしまったのかを、判断することではなかった。プルタルコスは軽信家でも嘘つきでもなかった。もっとも、いうまでもないが、彼が無謬であったわけではない。プルタルコスが、ルネサンス期の学識や経験と齟齬を来たす見解を述べたり、キリスト教徒にとって真理とわかり切っている事柄に反する意見を開陳したりしている場合は、彼は完全に誤っているか、あるいは部分的に誤っているかのいずれかであった。ラブレーにとっての根本的な問題は、事実と見なすに十分値するパンの死という出来事を、今までに判明している真理と背反しない形で解釈するには、どうすべきかという点にあった。パンの死を、偉大な著作家が真理を寓話のヴェールで包《くる》んだ、さらなる一例として片付けるべきではない。パンの死は、あくまで歴史上本当に起こった事件であって、人間よりも高次の霊的存在が、何らかの隠された意図に基づいて、人間の目からおおい隠したにすぎないのである。

『神託の衰退について』が物語るところによると、船長タムースがエジプトを出帆して航海の途上にあったとき、奇怪かつ恐るべき声が三度響き渡り、これからエペイロスにあるパロダ港に向かえ、さらにそこに到着したら、「偉大なるパンは身《み》罷《まか》りぬ」と大声で叫べと命じたという。タムースは、もしパロダ港付近で船が不自然に静止した場合にかぎり、命令に従うと決めた。ところが不思議にも、そのとおりになってしまった。そこでタムースが「偉大なるパンは身罷りぬ」と大声で叫ぶと、あたかも悲しみに暮れる数多の声が交錯するがごとく、大いなる嘆きが聞こえてきた。その後、無数の恐るべき出来事が観察されたという。

皇帝ティベリウス・カエサルは、学者たちから、亡くなったのはメルクリウス神とペネロペの息子に当たるパンだと教えられる。神である父と人間の母とのあいだの息子、すなわちひとりの「英雄」である。プルタルコスの解釈どおり、彼ら助言者の説が正しいとするならば、パンタグリュエルの主張とは裏腹に、ひとつの知的霊魂が現実に死んだことになる。換言すれば、霊魂は、消え入る蠟燭の火のごとく消散してしまったのである。そもそもプルタルコスがこの出来事を物語った理由は、他でもない、霊魂が消滅することを証明するためであった（*De defectu oraculorum* 419 B-D ; *QL* XXVIII）〔第二八章、渡辺訳 pp.156-159〕。

パンタグリュエルは、非常に説得力のある答を準備している。このパンは、実際はキリストだというのである。ラブレーは、パンタグリュエルがこの神秘的な出来事をキリスト教の文脈内で解釈できるよう、綿密な地均《じなら》しをしている。プルタルコスの記述では、不思議な声はタムースに対し、「偉大なるパンは身罷りぬ」« Le Grand Pan est mort. » と大声で叫ぶよう命じている。ところがラブレーになると、この言葉は、「偉大なる神パンは身罷りぬ」« Pan le grand *Dieu* estoit mort. » という表現に変更されているのである（*QL* XXVIII, 20）〔第二八章、渡辺訳 p.157. 渡辺訳は「大神パンは身まかりぬ」となっている〕。奇妙な一致だが、ラブレーのかつての友人でいまでは敵となったギヨーム・ポステルも、文脈は異なるが同様の操作を行なっている。彼も、パンの死を物語る話の中に、（小文字ではあるが）「神」*dieu* という語を持ち込んでいるのだ。ただし、ポステルの場合は参照すべき書物が手元になく、記憶に基づいて引用しているのではあるが。いずれにしろ、パンタグリュエルの解釈は、ポステル――ラブレーはこの人物の精神的健全さを疑っていた――のそれとは異なっているが、これは当然の結果である。ただしたとえ敵からでも影響を被ることはあるもので、ここでもポステルから影響された可能性は無視できない。実のところ、ポステルは勘違いから、プルタルコスが語る牧羊神ないし半神のパンと、「すべて」ALL を意味する神パンとを混同している。ポステルの場合、デーモンはタムースに対し、「神＝全」が身罷ったと宣するよう要求している。この宣言は、パンタグリュエルの解釈とは大きくかけ離れている（G. Postel, *De Orbis Concordia*, 1545 (?), I, vii, p.50）。ラブレーの時代までに、プルタルコスのこの記述は、エウセビオス・パンフィロスないしギヨーム・ポステル以外の媒介者を通して、ラテン語に通じた読者層に広まっていた。たとえば、ラブレーと同じくデュ・ベレー家と縁の深かったギヨーム・ビゴの著作『キリスト教哲学序論』*Christianae philosophia praeludem* には、このテーマをめぐる興味深い展開が見出せる。ビゴはこの『序論』を一五四九年に刊行し、その中で、プルタルコスが語る死を迎えたパンを、メルクリウス神とペネロペの息子とする見解をすべて退けている。ビゴは、メルクリウスの息子とされているこのパンを、後世がその迷信により神格化してしまったある偉人にすぎないと解釈している。彼に言わせれば、メルクリウスの息子たるパンは、ここで語られた諸々の出来事よりもはるか昔に、すでに他界していることになる。

ビゴの説に従えば、プルタルコスに見出せるパンの死の記述は、邪悪な霊どもが、キリストの死による勝利という悪しき知らせを仲間のデーモンに伝えるために、故意に曖昧なメッセージに仕立て上げた話だという。主要な筋に関しては、彼はエウセビオスに倣いつつ、時代に合致するような変更を加えている。悪魔どもは、事をありのままに伝えると、人々が自分たちの敵である神の子を信ずる可能性が高まってしまうので、故意にパンという名称を使ってキリストを暗示する必要があったのだという。タムースの宣言を聞いてパロダ港に響き渡った嘆きの声は、キリストの勝利に落胆した群小デーモンどもの発した悲嘆の叫びだという。彼らデーモンどもは、キリストの勝利がギリシア人の知るところとならぬよう隠蔽すると同時に、ギリシア人を伝達手段として、この悪しき知らせを仲間の邪悪な霊たちに届けようとしたのだという（Bigot, *Christianae Philosophiae Praeludium*, 1549, 442f.）。

プルタルコスの伝える話に再解釈を施そうとする試みは多く見られた。なぜならば、パンの死をめぐるエウセビオスのキリスト教的解釈が、この出来事をキリスト教の枠内で把握するうえで、大きな権威として機能したのは事実であるにしても、ルネサンス期の神学の要請には応えられなかったからである。エウセビオスとラブレーとを隔てる一千年以上の間に、神学は飛躍的な進歩を遂げていたので、エウセビオスの解釈は、広い見識を身に付けた当時のキリスト教徒には、とうてい擁護しがたいものであった。彼らはデーモンが死なないことを知っていた。枢機卿カエサル・バローニウス*が主張するように、この事実はきわめて説得的な仕方で証明されている——つまり、「それは確実に証されているのだ」*exploratissimum est*。なるほど、悪魔はその相当数がキリストによって放逐されている。だが、彼らは死ぬわけではない。いかなる悪霊であろうと、キリストに殺された者は存在しないのである（*Annales Ecclesiastici*, 1601, col. 237f., §§129-130）。

* カエサル・バローニウス（一五三八—一六〇七）イタリアの教会史家かつ枢機卿。『教会年代史』は、宗教改革以降のカトリッ

ク側を代表する教会史の専門書。〕

プルタルコスの話は、実は善良なる霊《ダイモン》〔ここでは「天使」と同義〕の行動に関する話ではないか、と最初に推察したのは、十五世紀イタリアの一群のユマニストたちのようである。その説によると、善良なる霊は、キリスト磔刑の知らせを、しかるべく隠して互いに伝え合ったという。彼らの説は——私が発見したなかでも最も初期のものでは——アントニウス・コンスタンティウス・ファネンシスおよびパオロ・マルシの手になる、オウィディウスの『祭暦』***Fasti*** の注釈版に見られる。すでに一度ならず指摘したように、ラブレーは『第三之書』執筆時にこのテクストを活用しており、さらに、『第四之書』の新旧両版執筆時には、このテクストとプルタルコスの双方に着想を求めている。ここでは、『祭暦』第一巻三九七（***Panes et in venerem satirorum prona juventus***）の注釈を、ラブレーは援用しているのである。『祭暦』の少なくともある一版（ヴェネツィア版、一五二〇年）の小見出しに、パンの死に直接触れた注釈があるが、これはわれわれ読者の注意を惹き付けずにはいない。そこに読者は、「ファウヌス〔牧神〕は我らの主イエス・キリストの受難を知っていた」という記述があるからである。ラブレーは『第三之書』（**XXXVIII, 36f.**）〔『第三之書』第三八章、渡辺訳 p.223, 宮下訳 pp.426-427〕の中で、ファウヌスおよび「ファトゥイ」***fatui*** に重要な位置を与えているが、この箇所に材料を提供したのも、まさしくこの注釈中の、ファウヌスとその同類に関する学殖豊かな記述であった。

マルシは「我らと信仰を同じくする者たちのなかでも、最も高潔な人々」が、パンをキリストと同一視する自分の解釈を支持してくれている、と誇らしげに宣言している。彼はそうした人々をわざわざ名指してはいないが、そのなかに、マルシの要請に基づき『神託の衰退について』をラテン語に翻訳しつつあった、エルモラオ・バルバロ〔一四五四―九五〕ヴェネツィア出身のイタリアの人文学者〕が含まれていたのは確かである。

「我らと信仰を同じくする者たちのなかでも、最も高潔な人々」の信ずるところによれば、神秘的な声で三度繰り返された命令をタムースが聞いたのは、キリストが磔刑に処された日の夜だったという。その声は、人のものとは思えぬ超自然の響きを帯びており、パンの名の下にキリストを暗示するという、謎めいた方法を意図的に選び取っている。というのも、「パン」は「すべて」を意味しうるのであり、その時死んだ神は、「万有の神」**God of All Nature** だったからである。ラブレーはこの解釈を受け入れつつ、さらにその先まで見据えている。
パンという名称が、古典古代の善良なる牧羊神パンを補足的に暗示しているという見方は、マルシおよびその仲間たちには魅力的に映らなかったし、そもそもそういう発想さえ浮かばなかった。しかしながらラブレーの時代には、プルタルコスが語るパンの死とはまったく別の文脈内で、それも詩歌の世界で、キリストを古典的な牧羊神パンとして表現する傾向が強まりつつあった。このテーマは、クレマン・マロの作とされることもあるいくつかの詩や、フランソワ・アベール〔（一五二〇−六〇）アンリ二世下で国王付きの詩人〕の『パンタグリュエルの夢』、さらには、傑出した詩人ニコラ・ドゥニゾ〔（一五一五−五九）フランスのプレイヤッド派の詩人で画家〕の魅力あふれる『ノエル』*Noël* などの作品内に現われている。このテーマは、少なくとも詩歌の世界では長らく持てはやされ、ミルトンの『キリスト生誕の朝に』にまで引き継がれていく。また、ずっと以前からユマニストたちは、キリスト教の神とされたパンに、ポリツィアーノが捧げた美しい讃歌を、大いに愛でてきたのである。この作品はギリシア語で書かれたために、特別の威光を放ったのであった（*Epigrammi Greci*, ed. Anthos Ardizzoni, Florence 1951, ix）。

当然のことながら、学者たちは、ラブレー描くこの逸話の先行例に関心を寄せている。この問題は、思想史という観点からも重要である。ラブレーに先立つ同様の解釈と比べれば、彼の独創性の程度もわかってくる。ただし彼は、他に見られない極端に特異な解釈に陥ったりはしない。われわれの知るかぎり、彼の先駆者たちは重要ではあるが、数はいたって少ない。逆に、彼の解釈をその後採用した者の数は無数におり、そのなかには司教のユエ*やパスカルが含まれている。パスカルの「パンセ」*Pensées* の中でも、最も読者の興味をそそる断章のひとつには、そのものずばりの「パンの死」というタイトルがつけられている。ただし、十五世紀イタリアのユマニストの原典から多くの着想を得ている、ラブレー自身のパンに関する学識が、新世代の学者の少なくともその一部には、すでに時代遅れの印象を与えた可能性は十分にありうる。たとえば、アンドレ・テュルネーブ**による『神託の衰退について』のラテン語訳は、一五五六年に刊行されているが、この翻訳では、パンの死をめぐる叙述が端折られ、地名に関する脚註だけが残されている。さらに枢機卿シャルル・ド・ロレーヌに献じた書簡の中で、彼は当時の人々の占いに対する強い関心を、愚かで迷信的だとして攻撃している。彼によれば、聖書によって認められていない占いは、それがいかなる形態のものであれ、完全に誤っているか悪魔のなせる業かの、いずれかであるという。「神により教えを受けた」（*divinitus edocti*）われわれキリスト教徒は、プルタルコスなど問題にならぬほど、信仰に関する真理をはるかに深く心得ているのだ。こうしてテュルネーブは、ラブレーには魅力的に映った神秘的解釈の類のいっさいを、明確に切り捨てているのである。この時のテュルネーブの念頭には、もしかしたらラブレーその人があったのかもしれない。私自身はそう考えている。

＊　ピエール＝ダニエル・ユエ（一六三〇－一七二一）フランスの学者で司祭。フランス皇太子の傅育《ふいく》係も務めた。デカルト批判でも知られる。

＊＊　アンドレ・テュルネーブ：アドリアーヌス・トゥルネブス（一五一二－六五）コレージュ・ロワイヤルでギリシア文学を講じた高名なフランスの古典学者。

パンの死というテーマをめぐっては、ラブレーには先行者も追随者もいる。だが、芸術性において、そのうちの誰ひとり彼の足元にも及ばない。これは予想できたことである。というのも、彼らの多くが芸術家ではなく学者だったからだ。彼らのうち、その宗教的深みや真剣な取り組み方という点で、ラブレーに比肩しうる者は存在しない。パンタグリュエルの解釈は、感動的と言えるほど個人的な性質を帯びているが、これは『第四之書』以前にはまったく見られなかった側面である。パンという名称の背後に隠れている「忠実な信徒たちの偉大なる救世主」は、ラブレーの時代や世界とは何ら直接的な関係を持たない存在、遠い昔に僻遠の地で死を遂げた存在として把握されているのではない。「彼」を磔刑に処したのは、確かに「モーセの掟を奉じる大司祭、博士、神官、そして僧侶たち」であった。だが、教会の新たな法の下にあっても、キリストはこうした連中の卑しい後継者たちによって、いまだに磔刑に処され続けている、という印象を読者は抱かざるをえないのである。

だが私は、このパンこそ、忠実な信徒たちの偉大なる救世主だと解しておる。このお方は、モーセの掟を奉じる大司祭、博士、神官、そして僧侶たちの妬みと邪悪さのゆえに、ユダヤの地で非道にも殺されてしまったのだ。私にはこの解釈が不合理だとは思えない。と申すのも、このお方こそわれわれのすべて le nostre Tout である以上、ギリシア語でパン《すべて》と呼ばれるのは当然だからだ。われわれの存在のすべて、われわれが生きるすべて、われわれの有するすべて、われわれが願うことのすべては、このお方であり、このお方の内にあり、このお方から発し、このお方によって成るのである。このお方こそ善良なるパンにして偉大なる牧人であり、熱情溢れる牧人コリュドーンも証言しているとおり、このお方はその子羊のみならず、その牧者まで、深く愛し慈《いつく》しんでくださるのだ。このお方の死に際しては、天空、大地、海原、冥界の、ひいては全宇宙のあらゆる場所で、嘆き声、嘆息、動揺そして悲嘆の叫びが響き渡ったのである。私のこの解釈は、時代の点でも合致している。なぜなら、このきわめて善良にしてきわめて偉大なるパン、すなわち我らが唯一の救世主はエルサレムで他界なさったが、その時ローマはティベリウス・カエサル帝の治世下にあったからだ〔第二八章、渡辺訳 p.158〕。

ここでの「パン＝キリスト」は、パンタグリュエルにとって、非人称的な「すべて」でも、宇宙の象徴でも、さらには万有の神でもない。「パン＝キリスト」は、人間と非常に親密かつ個人的な関係を結んでいるがゆえに、たんなる「すべて」ではなく、「われわれのすべて」なのである。このお方こそは、「われわれのすべて」であり、「われわれの存在のすべて、われわれが生きるすべて、われわれの有するすべて」« *le nostre Tout, tout ce que sommes, tout ce que vivons, tout ce que avons* » なのである。言い換えれば、この「お方」は、聖パウロがアテネで説教した際に、ストア派の詩人アラートス*からの引用を活かしつつ表現したキリストなのである（「伝道の書」第十七章二八節。「我らは神の内に生き、動きまた在るなり」）。「われわれが願うことのすべては、このお方であり、このお方の内にあり、このお方から発し、このお方によって成る」« ... *tout ce que esperons est luy, en luy, de luy, par luy* » がゆえに、この「キリスト＝パン」は「われわれのすべて」とあいなるのである。さらに別言すれば、この「お方」は、「ローマ人への書簡」第十一章三六節で聖パウロが語るキリストをも想起させる。「これすべての物は神より出で、神により成り、神に帰すればなり」（以上の聖句は、アリストテレスやストア派およびエピクロス派に見られる、前キリスト教的な特定の誤りに反駁する際によく援用される）。以上のテクストに対し、キリスト教徒は主の内に、かつ主を通して希望を抱くべきだとする言及が接木されている。パンの死はタムースに対し神秘的な形で告げられたわけだが、そのパンが、決してストア派の抽象概念でもなければ、古代汎神論を表す象徴でもない点を、パンタグリュエルは非常に明快に打ち出している。パンは神そのものであり、あの「子羊の偉大なる牧者」なのであるが、古代世界はこの点について、牧羊神パンの名称の下に、一時的とはいえ相当に誤った見解を広めてしまったのである。

* アラートス（前三一五年－前二四五）ギリシアの詩人。天文や天候を扱った叙事詩の作者として知られる。作品の一部はキケロらによりラテン語に翻訳されている。

一五五二年版『第四之書』のように、一貫して融合主義的な書物の中では、「パンというヴェールで覆われた神」という説話は、計り知れないインパクトを持っている。パンタグリュエルの信ずるところによれば、善きダイモンたちがキリストの死という悲劇的な知らせを互いに伝達し合ったので、たとえ部分的であり婉曲的ではあっても、ギリシア・ラテンの世界は、この至善の知らせを知ることとなったのである。つまり、人としてのキリスト自身が、賢明にして善良なる古典古代の人々にも、より親しみやすい存在として受け入れられるよう表現されたわけである。そのために、ここでは故意に形容詞が混同され、キリストは「偉大なる *grand* パン」かつ「善良なる *bon* 牧者」としてではなく、「善良なる *bon* パン」かつ「偉大なる *grand* 牧者」として引き合いに出されている。パンダグリュエルは、「ヨハネ伝福音書」第十章十四節で使われている「善き牧者」という、よりわかりやすい暗示をあえて活用せず、「ヘブライ人への書簡」第十三章二〇節での、羊たちの「偉大なる牧者となれる我らの主イエス」という表現を、記憶に蘇らせる手法をあえて選んだため、普段パンに冠せられる形容詞「偉大なる」*grand* をキリストにあて、普通はキリストにあてがわれる「善良なる」*bon* という形容詞を牧羊神パンに割り振ったのである。こうした操作のおかげで、ダイモンたちによりヴェールに包まれたキリストから、福音書で信者に啓示されたキリストへの移行が、よりわかりやすく把握できるようになっている。(10)

ラブレーは、キリストによる啓示の唯一性を完全な形で守ろうとする一方、古代世界で最良のものを極力キリスト教化することにも心を砕いている。この点は、キリスト教、異教の双方の用語や文言を、複雑に織り合わせる手法からも明らかである。パンタグリュエルの解釈に、「ヘブライ人への書簡」、「使徒行伝」、「エペソ人への書簡」および「ローマ人への書簡」の文言をちりばめ反響させたうえで、ラブレーはさらに、ウェルギリウスの『詩選』中の第二の「牧歌」（詩句第三三行）の内に、隠されたキリスト教の真理が見出せると、みずからの主人公に言わせている。「牧歌」の詩句では、熱情あふれる牧人コリュドーンが、羊と牧人の双方をパンがいかに大切にしてくれるかを、「偉大なるパンは羊と牧人とを大いに慈しむ」と詠っている* *« Pan curat oves oviumque magistros »*（*QL* XXVIII, 55）。私の考えるには、ラブレーはこの一句をキリスト教的に、すなわち、キリストは平信徒〔俗人〕と聖職者の両方を愛してくださる、という意味に解しているようである。だがそれにしても、これは奇妙な引用だ。「第四の」牧歌を、キリスト降誕を暗示した預言的詩歌と把握するのは、ごくありふれたことである。だが、第二の「牧歌」のこの詩句をキリストに適用した人物を、私は寡聞にしてラブレー以外には知らない。それでもなぜこのようなことが起こったのかを、私なりに説明できると考えている。本書の別の箇所で、この当時ラブレーの記憶力が衰えつつあったと仄めかしたことがあるが、私の説明はこの点をさらに裏づけてくれるはずである。

* 第二八章、渡辺訳 p.158. ウェルギリウス『牧歌／農耕詩』（小川訳）では、「パーンは羊と羊飼いを見守ってくれる」と訳されている。同書 p.13.

クリストフォロ・ランディーノ〔（一四二四−九二）フィレンツェの著名なユマニストで詩人。プラトン・アカデミーの一員で修辞学の教授〕編の、非常に大きな影響力を誇ったウェルギリウスの版（British Library, IB, 42176, fol. 6v°）に、この詩行に対する興味深い註解が見つかる。この註解の中でランディーノは、「エウセビオスも『福音の準備』で指摘しているように」、パンは「すべて」ALL のシンボルになりうると述べている。だが彼は、エウセビオスがパンの死に関して記している内容は、「別の事柄であり、ここのテクストには当てはまらない」と付け加えているのである。ラブレーは、死を迎えるパンと、ここでのウェルギリウスの詩句とを、ランディーノが関連づけていたことは明らかに記憶していたが、ランディーノの但し書きは覚えていなかったのである。ただし、「パンは羊を慈しむ」*Pan curat oves* をめぐる伝統的かつ古典的な註解は、汎神論的な観点から、この神をユピテルと解する場合がときおりあった。この解釈はラブレーのそれとは遠く隔たっているように思われるし、現にそうである。そもそもラブレーの語るパンは汎神論における神ではない。その一方で、パンタグリュエルは、元来ユピテルのものだった「最も善良にして最も偉大な」*Optimus Maximus* という称号を、最終的にキリストに適用することによって、パンの本当の神性がキリストの内に顕現している点を、大いに強調しているのである。キリスト教徒はすでに長いこと、この称号を真の神にあてはめてきた。すでにわれわれは、ラブレーが「（新）序詞」の中で、この形容をキリストに当てはめていたのを目にしている〔「新序詞」渡辺訳 p.24. 原文は以下のとおり。« De tresbon, tresgrand Dieu »〕。プルタルコス語るところの、死を迎えるパンの背後には、「このきわめて善良にして偉大なるパン」*cestuy tresbon tresgrand Pan* が、つまりは、「最も善良にして最も偉大な」存在が、さらに正しく解すれば、「我らが唯一の救世主」が感受されねばならないのである（*QL* xxviii, 60）〔第二八章、渡辺訳 p.158〕。

ラブレーの時代に、この「唯一の」*unique* という形容詞を救世主の直前に置くことは、神学的には、攻撃的な意図をはらんでいる。ここでもその可能性が高い。というのもこの語は、三位一体の神による救済の計画から、いっさいの被造物（それがどれほど高貴なものであろうとも）を排除するのを目的としており、現に排除するからである。神の救いの計画の中に、聖人や人間の善行——善行それ自体は実に望ましく実際に重要ではあるが——、あるいは天使やダイモンそして聖母マリアですらが、何らかの役割を演じる余地はない。救世主はただひとり、キリストである。「唯一の」という形容詞は、異教徒のパンないしパンたちを、キリストと混同する可能性のいっさいを退ける。「パン」*Pan* は、善きダイモンたちのあいだで使用するかぎりにおいては、救世主イエス・キリストの名を婉曲に表わすので、適切な名称だと言ってよい。しかしながら、異教徒のパンのいずれであれ、それがキリストの救済を予告する真の神となることはありえない。「唯一の」という形容詞は、キリストによる救済が、一度、それも一度かぎり、しかも最初で最後の一度かぎりとして、キリストのみにより実現されたことを明確に宣しているのである。

以上に見たパンタグリュエルの解釈は、新鮮で独創的かつ神学的にも成熟の域に達している。世界には「神」

theos は「ひとつ」、つまり、ルネサンス期のキリスト教徒がその死を受容できる「神格」はただひとつしか存在しない。理性的な霊魂と人間的な肉体からなる、人性をまとったキリストがそれである。ダイモンやファウヌス、天使およびこれらの同類は、神々などではなく、善悪いずれの存在であろうとも、被造物なのだ。しかしながら、こうした存在は不死である。というのもこれらは、その肉によらない身体の内部に理知的霊魂を備えているからである。われわれ人間は、理知的霊魂に恵まれながらも、死を免れない唯一の被造物である。ただし、人間の死はその霊魂の雲散霧消を意味しない。人間の死とは、終末に至ってキリストが死に対し最終的な勝利を収め、凱歌のトランペットが鳴り渡り、朽ちるべき肉体が朽ちぬものとなるであろう時期まで、霊魂が肉体から分離している状況なのである（Cf. *Pant., EC* VIII, 21；本書一五五頁以下も参照）〔『パンタグリュエル物語』第八章も参照のこと。渡辺訳 p.65，宮下訳 p.106〕。ランジェー公のような「英雄」も死を免れない。なぜなら、誇張的表現を括弧に括れば、「英雄」もまた人間以外の何者でもないからだ。彼らにも霊魂が宿っており、死の際にはその肉体から分離するのである。

8　「駝鳥の卵のような涙」〔第二八章〕

パンタグリュエルは超自然のヴェールに包まれたパンの死の話の中から、内的な真理の核心を見抜く特別な才能を付与されている。こうした話を正しく理解するための鍵は、神の子の死という宇宙的規模の悲劇を、超自然の霊たちが互いに伝達する際に選択した、「名称」の意味合いを、正しく理解できるか否かにあり、こうした直観力はパンタグリュエルの才能の重要な一側面を示してもいる。この「名称」の問題がどれほど肝要であるかが、十全に明らかとなるのは、まだ先のことである。

以上の数章で、ラブレーはパンタグリュエルに、ランジェー公の死とキリストの死とを回想させている。こうした重大な出来事に照らし合わせるならば、我らが巨人の頬を「駝鳥の卵のような涙」が伝って落ちたとしても、驚くにはあたらないであろう〔渡辺訳 p.158〕――『第三之書』においてパンタグリュエルが、何事にも動じない人物として描かれているという事実がなければ。この点を考えると、パンタグリュエルの涙は、その死により彼の涙を誘った救世主と同じくらい、唯一無二なものに感じられてくるのではないか。同時に読者は、キリストの死に際して宇宙全体に響き渡った天使たちの嘆きの叫びに、その深い哀調を重ねているという印象も受ける。

パンタグリュエルの涙が「駝鳥の卵と同じくらい大粒であった」grosses comme œufz de Austruche ことに戸惑いを隠せない読者もいるだろう。そうした読者には、この比較があまりに不真面目に感じられるからである。だがラブレー自身は、こうした突然の変調を嬉々として行なっている。彼が、予言者ミカ（「ミカ書」第一章八節）の「駝鳥のごとき嘆き」*luctus quasi struthionum* を暗示している可能性もあろうが、私個人は、この説には与《くみ》しがたい。ただ、駝鳥の卵を、敬虔な信者の心に作用する神の恩寵と結びつける伝統的な連想が、ここでも働いていた可能性はある。現に紋章の製作者たちは、駝鳥の卵をこの意味で象徴的に使用している[11]。あるいはたんに、駝鳥がその大きさにふさわしい卵を持つのと同じく、巨人としてのパンタグリュエルにも、その巨軀《きょく》に見合う並外れた大きさの涙が必要だっただけかもしれない。

その後間もなくして、われわれは、駝鳥の卵のような大粒の涙が、彼の双の眼《まなこ》から流れ落ちるのを目にした。これに関して一言でも嘘があれば、我が身も心も神様に捧げる所存である〔渡辺訳 pp.158-159〕。

思いがけない比較やパンタグリュエルの巨軀を思い出させる突然の記述、あるいはまったく予期していなかった話者――最後の文の中の「私」*Je*――の軽薄で不真面目な調子、等々は、それ以前の数章の極端な真面目さの後では、微笑ましい息抜きにすら感じられるだろう。懐疑派や犬儒派の色合いも兼ね備えつつ、一種のストア派の模範として完成した我らの巨人が、よりによって涙を流しているとは！……ここには、最初の「年代記」に登場し、何を見ても馬鹿笑いばかりしていた愉快な巨人からは、想像もつかない人物像がある。もっとも、パンタグリュエルご自慢のアパテイアの対象となるのが、あくまでこの世の事象にかぎられており、来世がそこに含まれていないことも、われわれは見てきた。したがって、『第三之書』の読者に提示された彼自身のイメージに忠実であるためには、パンタグリュエルが泣くにしても、その原因は、現世のあらゆる高さ、深さ、長さ、広さの内に含まれる全事象よりも、*ずっと悲劇的でなくてはならない。そして、磔刑こそがそれにふさわしい出来事であったのである。

＊「高さ、深さ、〜」という表現は聖書に由来する『第三之書』第二章から借りている。渡辺訳 p.39, 宮下訳 p.66.

キリスト教的ストア主義の教えも、これほどの悲劇に対しては何の防御にもならない。キリスト教的懐疑主義もキリスト教的犬儒哲学も、この点ではまったく同様である。

われわれ読者はいまや以前にも増して、パンタグリュエルの偉大さと善良さとを十分に意識している。だがラブレーは同時に、われわれ読者を、『パンタグリュエル物語』の話者が構築していた、より愉快な世界にすぐさま引き戻そうと骨折ってもいるのだ。その理由のひとつとして、あまりに学問的で真面目すぎるという『第三之書』が受けたのと同じ批判を、あらかじめ封じ込めたいという意図が間違いなく挙げられる。パンの死の話はすばやい転調とともに終わっている。ラブレーが挿入した思いもよらぬ話者が、涙に暮れる主人公の悲哀からわれわれ読者を引き離し、いつも以上に湧き立っている彼の仲間たちの歓喜の輪へと連れ戻すからである。次の章の冒頭を飾る一文は、いっさいの前置きなくだし抜けに、われわれを今までとは対照的な歓喜と充足のまっただ中に引き込む〔第二九章、渡辺訳 p.159〕。読者は、「喜びに湧く船員」や「このうえなく喜びかつご満悦の」長生族《マクライオン》、あるいは「いつになく陽気な我らが一団」に遭遇する。すべての言葉が幸福感と健全さを浮き彫りにしている。曰く、「修理修繕の済んだ〔船体〕」、「一新された食料」、「澄み切った心地良い〔風〕」、「大いなる軽快さ」。パンタグリュエルの荘厳な悲痛から、われわれ読者をこれほど大胆にかつ一気に引き離し、同時にパンの死の神秘を見抜けなかった者たちですら、精神の歓喜によって、事実上啓発され活気づいているかのような印象を読者に与えうるのは、完成された芸術家だけである。こうしたトーンの変化は、キリスト教の教義にも合致している。なぜなら、悪魔による幻惑は、愉悦に始まり悲哀に終わるのに対し、神からの霊感を受けた場合には、悲哀に始まり、歓喜と充足に終わるからである（cf. *TL* xiv, end）〔『第三之書』第十四章の終わりに同じ趣旨の文章が見られる。渡辺訳

p.103, 宮下訳 p.192〕。

話者は、『パンタグリュエル物語』で広く使われたテクニックを逆用することで、悲痛さの呪縛を解いている。話の進行役は、通常、本当とはとうてい思えないときにこそ、これは真実だと声高に言いつのる。パンの逸話の語り手も、万が一嘘をついているなら、みずからを神に捧げると宣言している。「これに関して一言でも嘘があれば、我が身も心も神様に捧げる次第である」（*QL* xxviii, end）〔『第四之書』第二八章、渡辺訳 pp.158-159〕。この決まり文句は喜劇的だが、通常なら「身も心も悪魔にくれてやる」*Je me donne au diable* となるところだ。同時に、他の箇所でも頻繁に使われている滑稽表現の変型でもある。「大酒飲みの諸君、皆様方はお笑いになっておられるから、私が皆様方にお話し申していることを本当だとは思われまい」あるいは、「馬鹿にしてお笑いになるのはもうお止めになって、福音書よりも真実なるものは存在せずとお信じくだされ」などである（*QL* xxxviii, 1 and end）〔『第四之書』第三八章の冒頭と終わり。渡辺訳 pp.191, 193〕。こうした言葉遣いに似た表現は、『パンタグリュエル物語』、『ガルガンチュア物語』のいずれにも見られるが、『第三之書』には見つからない。

ただし、長生族《マクライオン》島の逸話の最後では、この定型表現の果たす役割は、これらとは大いに異なっている。通常、とんでもないでっち上げに興じているときにかぎって、ラブレーの筆は、この話は文字どおり本当のことだ、という断言を雨あられと浴びせるものである。ところがここでの話者は、仮に他の凡人には理解できずとも、少なくとも霊感を得たパンタグリュエルには真理であることが明白にわかっているまさにその時に、自分の言は本当だと主張しているのである。

9　奇妙な言葉と奇妙な意味〔第二八章、五二章〕

いまや『第四之書』は新しい局面を迎えつつある。それは、芸術的観点から見て、新たな挑戦や驚きに満ちた技術が実践に移される局面である。今後われわれ読者は、ラブレーの主要な登場人物たちが、まったく予期もしないような発言をする場面に、幾度となく遭遇し驚かされるだろう。たとえばパンタグリュエルが、文字どおりに解するならばジャン修道士の口から発せられるにふさわしい内容を、時として口にする。あるいはパニュルジュも、文字どおりに把捉するならば、パンタグリュエルの福音主義的叡智にすっかり転向したような台詞を発するのだ！ こうした手法を通して、ラブレーはわれわれを知的な新領域へと引き上げ、笑いや寓話をも援用しつつ、彼が確実と見なす真理の輪郭線を、われわれの眼前に描いて見せるのである。パンの死の逸話は、この上なく簡潔かつ刺激的な筆遣いで描かれているが、では、われわれはその死こそ、受難に対する天使たちの反応をめぐる本当の話だと、いったいどのようにして知るのであろうか。

この問題点をより明確に理解するには、一気に第五二章まで飛ぶのがてっとり早い。この章では、教皇崇拝族《パピマーヌ》の老いぼれ司教で、残酷だが騙されやすく涙もろいオムナースが、パンタグリュエルの愉快な仲間たちによって、こっぴどく嘲笑われている。オムナースは、教皇教令集――教皇の権威にのみ根拠を持つ法規――こそが神の霊感を受けた唯一の文書であり、その点では福音書そのものより規範的であると信じ込んでいる。パンタグリュエルの家臣たちは、荒唐無稽な法螺話をオムナースに吹っ掛け、教令集から引きちぎったページがさまざまな奇蹟を起こしたと言い張る。たとえばジャン修道士は、教令集の一ページでお尻を拭いたところ、痔になってしまったと主張している。またある薬種屋が、教令集のページを使って円錐形の紙袋をこしらえ、いろいろな薬剤を包んだところ、すべて薬効が台無しになってしまったという。さらに、ある娘たちが洗濯したばかりの被り物を、大部の教令集の中に挟んで押しをしておいたところ、真っ黒に汚れてしまったのだという。オムナースはどの話に対しても、「奇蹟じゃ！」*Miracle !*「神罰じゃ！」*Divine vengeance !* と反応する。またとくに感心したときには、皆に酒をふるまうのである。

彼が嘲笑されていることは、われわれ読者には一目瞭然である。登場人物のなかには、もし自分が嘘をついていたら、「身も心も悪魔にくれてやりますわい」とか「悪魔なんぞ否認してつかわすぞ」とおどけてみせ、自分の話は真実だと言い張っている者もいる。ここで、愚かな老司教が嘲笑われているのを疑う者は、誰もいない。しかし、そうであるという説明は読者にはいっさいなされていない。ではわれわれはいったいどうして、これらの話が本当ではないとわかるのであろうか。

パンの死の逸話の最後の箇所だけを根拠に、ラブレーが『第四之書』で提起している問題を解決できると主張すれば、軽率の誹《そし》りを免れまい。だが、少なくともその問題を提起することはできる。読者は、パンのエピソードのなかで、ラブレーが畏敬に値する偉大な著作家を活用しているのを知っている。また、彼がその作品中に、自分の庇護者であるパリ司教の兄で、皆の尊敬と敬愛を一身に集めている、かのギヨーム・デュ・ベレーの死に関する実話を収めていることも知っている。そのうえ、ラブレーがパンタグリュエルに対し、パンの名称の背後に隠されている真理を見抜く洞察力を与えているのも知っている。さらには、パンタグリュエルが真剣な気持ちで福音書中の重要なテクストを引いていること、そして彼が雨のごとく涕涙《ているい》したことも知っている。読者は、いましがた自分が読んだ箇所が、ラブレーのようなルネサンス期のプラトン主義的キリスト教を報じる者たちに魅惑的に映った、融合主義的な宗教の真理を、とくに深い次元で表明していることも心得ている。万が一読者が以上の点に気づいていなければ、あるいは万が一、パンをめぐるパンタグリュエルの解釈を、ここで正しいものとして成立させている、いっさいの要素に気づいていなければ、話者の軽率な一言によって、パンタグリュエルがいましがた読者の眼前で築き上げた神秘的な建築物は、瓦解するように思われるかもしれない。現実には瓦解などしていないとすると、パンの話が本当だとわれわれが判断する基準は、いったいどこにあるのだろうか。

これが、『第三之書』ないしは一五五二年版『第四之書』の初期の数章であったなら、パンタグリュエルが真理の代弁者である以上この話は本当だと判断できる、と述べるだけで十分かもしれない。現に『第三之書』および一五五二年版『第四之書』でのここまでにおけるパンタグリュエルは、無謬ではないにしても、キリスト教を信じるストア派の賢者であって、その真理を「摑んでいるという印象」から、彼がわざわざ発言した場合には、常に正しいとわかる。しかしながら、これ以降の『第四之書』では、こうした根拠もかなり頻繁に揺さぶられることになる。というのも、パンタグリュエルの思いやりや礼儀正しさ、ひいてはその「パンタグリュエリスム」のゆえに、彼は、彼が真理と見なしているであろうと読者が予期している内容にたとえ反しても、丁重なコメントを発するケースが出てくるからである。

では、いったいわれわれは、いかにして真実を見出しうるのだろうか。『第四之書』でパンタグリュエルが物語るパンの死の話が、宇宙規模の悲劇であり、ゆえに賢者たるキリスト教徒の落涙を誘うに値する一方で、話者が自分は真実を話しているのだと言い張っている他の出来事は、明らかに創意豊かな文学的頭脳が生み出した滑稽な作り話である、ということを、われわれはいったい全体どのようにしてわかるのであろうか。「われわれは、あることが何を意味しているのかをいかにして判断するのか」という問題を、ラブレーは何度もわれわれに問いかけてくる。彼がその解決策を提示してくれるのは、ずっと後になってのことである。

パンタグリュエルの役割はまたしても変わりつつある。初期の「年代記」に登場した、無道徳的で大いなる騒ぎ好きのあの巨人も、いまでは遠い昔の思い出にすぎない。読者が『ガルガンチュア物語』で最初に出合った哲人王という理想は、あい変わらず有効ではあるが、新しいパンタグリュエルの深みをこれだけで説明するのには無理がある。今でも彼は、その堂々たる巨軀によってよりも、むしろその叡智や倫理的高潔さのゆえに、家臣たちに抜きん出た立派な君主として君臨してはいる。だがわれわれは同時に、嵐の間じゅう船のマストをひとりで支え続けたり、巨大な涙をこぼしたり、教皇崇拝族《パピマーヌ》の教師が生徒を鞭打とうとしているのを叱り飛ばしたりしているパンタグリュエルの内に、『第三之書』には片鱗もなかったその巨体を、再び想起させられるのである。また、パニュルジュの好対照という彼の役割も大幅に後退している。いまやパニュルジュの主要な特徴はその臆病さにあり、ゆえに、剛勇で鳴らすジャン修道士のほうと、ずっと明確なコントラストをなしているのである。

ここでのパンタグリュエルは、以前にもまして神秘的で、かつ深淵にして霊的な洞察力に恵まれており、それゆえに、見かけの世界における流転や変転の、さらに奥に横たわるプラトン的実体を見抜くことができる。彼は「バシェの殿様宅」での凄まじい「笑劇」を笑い飛ばすのを潔しとしないが、それは道徳的ないし社会的な規範に反するからではなく、神に対する畏怖心を常に眼前に保っている必要があるからである〔『第四之書』第十六章、渡辺訳 p.115〕。この点で彼は、他のすべての人々と距離を保った、孤高な人物という役割を負わされている。嵐の場面でわれわれ読者は、彼がその巨人性と、聖書を下敷きにした荘厳な神への訴えとによって、孤立しているのをすでに知っている。「長生族《マクライオン》」島では、その霊感を得た洞察力により、パンの名称というヴェールを通して、苦しむ神格を見抜き、涕涙を禁じえないでいる。しかも彼はたったひとりで涙を流すのである。

『第四之書』のこの時点までは、その孤立と孤独のゆえに、パンタグリュエルはどこか冷やかで隔てのある印象を与えるものの、同時にその孤高さのゆえに、彼の誤りなき正しさもさらに強調される。だがこうした側面の多くが今後は変化を被るだろう。深度や強度を増す特徴もいくつかある一方、逆に影が薄くなるものもあるだろう。とりわけ、この作品が幕を閉じる前には、入りくんだ河口に抗いがたい上げ潮が押し寄せるがごとく、彼の性格にも歓喜と陽気さとが再び流れ込んでくることになる。

パンタグリュエルは今後も、真理を指し示す指標であり続けうるし、またそうあり続けるであろう。だが、その指標としてのあり方自体は、今まで以上にずっと複雑なものになっていく。したがって、われわれ読者は、彼の発言内容を解釈する必要に迫られる。オムナースはパンタグリュエルの仲間たちの法螺話にまんまと騙されたが、同じ目に遭いたくなければ、われわれは独自の批評的眼識を備えていなければならない。同じように、相手がパンタグリュエルであっても、彼が礼節を尊び礼儀を重んじる君主としての義務を負っている点まで考慮に入れながら、彼の言葉ないしは沈黙の真意を、われわれなりに推し量っていかねばならない。彼は何らかの皮肉や諷刺を込めているのか否か。人間の話を形成する言葉の裏に隠された真実を、われわれはいかにして知りうるのか。

10 カレームプルナンとアンドゥイユ族〔第二九―三二章、とくに第三五―四二章〕

＊「カレームプルナン」Quaresmeprenant は「灰の水曜日」に先立つ三日間を意味するが、ラブレーは「四旬節」Carême と

同義で使っている。「アンドゥイユ」は、本来は豚や仔牛などの胃や腸の細切れを詰めたソーセージの意味。ラブレーはこれを「カーニヴァル」の象徴として用いている。

このラブレー作品でカレームプルナンが登場するに及んで、その後に続く数章は、最初の二巻の「年代記」に横溢していたあのカーニヴァル的な歓喜へと、われわれ読者を再び引き戻してくれる。ラブレーは、涙から愉悦へと移行するうえで、ほんの数行しか必要とせずに、愉快な仲間たち一行を港からうまく出帆させ、偽善潜伏族《タピノワ》 *Tapinois* すなわち「小心な偽善者ども」が棲む島を発見させる〔第二九章、渡辺訳 pp.159-161〕。四旬節の始まりを体現したカレームプルナンが、国王としてこの島を統治している。この章が終わる前には、獰猛島《ファルーシュ》 *Isle Farouche* に棲み、カレームプルナンとは年来の不倶戴天の敵である、肉ぶよぶよのアンドゥイユ族にもお目にかかることになる。

一五五二年版『第四之書』の読者で、それ以前にラブレー作品を読んだことのない読者（そんな人がいたとしての話だが）ならば、この後の数章は、無礼講の馬鹿笑いが続くのではないか、と期待してしまうかもしれない。「カーニヴァル」〔謝肉祭〕と「四旬節」とが年に一回戦うというテーマは古くから存在していたが、中世のフランス文学の世界では、カーニヴァルは「シャルナージュ」*Charnage*（「肉」の意）という呼称で知られていた。いずれにしろ、このテーマはルネサンス期に入っても生き生きとした新鮮さを失っておらず、さまざまな文学作品や絵画は元より、四旬節が近づくにつれ、町の庶民から洗練された宮廷人まで皆を喜ばせることを目的とした、多種多様な娯楽をも生み出したのである。アンドゥイユ族がカーニヴァルの盟友であることは、容易に見抜けるだろう。四旬節を象徴するのが魚であるように、カーニヴァルを象徴するのは肉やソーセージである。ブリューゲルの絵画「カーニヴァルと四旬節」*Carnival and Lent* の最前景に描かれた人物たちは、おのおのソーセージおよび魚で飾られた武器を手に戦っている。

実にタイミングのよいことに、『第四之書』は、一五五二年のカーニヴァルのころに読めるよう出版されている。しかしながらラブレーは、「カーニヴァル」と「四旬節」との戦いを再現してみせるわけではない。言い換えれば、青白い「四旬節」が典礼暦年を支配し始めるやいなや、不可避的に「カーニヴァル」が敗北を喫する運命にある戦いを、改めて描いているわけではない。彼が作品中でめざしているのは、このお祭り騒ぎの精神を、論争にまで発展しうるような、より深い経路へと導き入れることである。そもそも『第四之書』の中で、カレームプルナンは「カーニヴァル」をはじめいかなる敵とも戦っていない。彼は何よりもまず、奇怪で不自然な人物として、換言すれば、善なるもの美なるものいっさいの明白な敵対者として提示されている。なるほど彼は「大いなる信仰心を持った善良なカトリック」と呼ばれてはいるが（*QL* XXIX, 21）〔第二九章、渡辺訳 p.159〕、ここに痛烈な皮肉が込められているのは間違いない。カレームプルナンの描写に使われている言葉のいくつかは、『パンタグリュエル占い』で最初に見られる表現を想起させる。[12] 彼は修道士めいた性質で、現に頭もトンスラ〔修道士特有の髪型。主として頭頂部の頭髪を丸く刈る（剃る）場合が多い〕にしている。彼は、「イクチオファージュ」**Ichthyophage** 族、すなわち「魚食族」の一族である。この「イクチオファージュ」族とは、古代の伝説に登場する民族で、『対話集』のなかでも最も魅力的な一編において、エラスムスが「四旬節マニア」の象徴として描いて以来有名になった存在である。パニュルジュは——しかもパニュルジュのみが——カレームプルナンの姿を前にして、迷信の入り混じった恐怖心を露わにしている。この怪物の習性は、幼年期のガルガンチュアのように、叡智の宿った諺のことごとくに反抗している。彼はきわめて奇怪な存在だ。というのも、「こ奴は何もせずに働いたり、働きながら何もしなかったり、眠ったまま目を開けていたり〔大騒ぎをしたり、ともとれる〕、目を開けたまま眠っていたり」するからである〔第三二章、渡辺訳 p.172〕。結局のところカレームプルナンは嗜眠性の狂人である。「コリュバースのごとく飲み騒ぐ」**corybantioit** という動詞*の強調により、カレームプルナンが、大声で叫び乱舞しながら女神キュベレーを信奉する者たち、すなわち老いぼれの騒々しいコリュバースたちと同じくらい狂的であることが浮き彫りになる。ちなみにエラスムスも「コリバンティアーリ」*Corybantiari* という格言を彼らに捧げ（III, 7, 39）、ルキアノスに多くを負いながらそれに註解を添えている。ラブレーも複数の格言をここでたたみかけ、カレームプルナンの奇怪さを鮮明に打ち出そうとしている。「奴は大気中で釣をし」、「海底の奥深くで狩猟に明け暮れ」、「恐れるものといったら己の影のみ」である（Cf. Erasmus, *Adagia* I, 4, 74 and 5, 65）。古典古代に典拠のある格言のみならず、民間に広く流布していたと思しき諺も駆使しながら、ラブレーはカレームプルナンの実に奇奇怪怪な様を明らかにしていく。「奴は高い尖塔の上で水浴をし、湖沼や川の中で身を乾かしていた……」。いかなる意味においても、カレームプルナンは愚鈍かつ異常であり、さらにそのうえ迷信的でもあって、占いや万用暦を書いたりもしていたという（QL xxxii, 45-62）〔第三二章、渡辺訳 p.172〕。

＊ コリュバースは、ギリシア神話で、大地と多産の女神キュベレーに仕える神官たちを指す。騒々しい酒宴と乱舞で儀式を行なった。なお、ラブレーは「難句略解」で、この動詞の意味を「目を開けたまま眠る」と解説している。

ルネサンス期のフランスにおける四旬節は、今日のそれと比べると、大きく異なっていた。今日、四旬節の時期になると、ごく一握りの人々が自主的に甘味類やタバコを控える程度だが、当時の四旬節はそんなになまやさしいものではなかった。魚の摂食を奨励し肉食の禁止を説いた教会の布告は、強い法的拘束力を背景に成り立っており、場合によってはきわめて厳しい強制力を持ちえた。四旬節の勝利は、キリスト教的慈愛と自己規制の勝利を意味すると主張されたが、逆にそれは、陰気さと偽善と執拗な禁欲主義の勝利と見なされる場合も少なくなかった。そのうえ、こうした禁欲主義が課されたのは、何よりもまずは貧民層に対してである。彼らは、税金の免除などとは無縁であり、また、富裕層のあいだでは四旬節用の食物として通っていた、高価で美味かつ多種多様な食材を購入する金など持ち合わせない。法の精神よりもその文面のみに執着するため、エラスムスに「ユダヤ化した信徒」Judaïcisers と呼ばれた類のカトリック教徒たちに言わせれば、キャヴィアを食べても四旬節の掟に反しないが、ほんのわずかな肉片でも口にすれば掟を破ったことになってしまうのである。

ラブレーは以前に「年代記」の中で、当時の教会が実践していた四旬節には我慢がならないことを、強く匂わせていた。彼は、四旬節の戒律の法的強制に対し、また、自己目的化した禁欲主義や、宗教的に立派な功徳を積む手段としての禁欲主義に対し、エラスムスと同じく根深い敵意を抱いていた。『第三之書』の中でパンタグリュエルは、父親の権威に拠りつつ、また語源学的な語呂合わせを活用しながら、この点を的確に指摘している。ガルガンチュアは、断食を行とする隠者 *jeusneurs* の書き記した文書は、退屈かつ無味乾燥であるとしばしば語っていた。現にそうした書き物は、彼らの身体と同じく、悪しき唾液の臭いを放っている。この「悪しき唾液の臭いの」*de maulvaise salive*

という表現は、「唾」と「味、風味」の両方を意味しうるラテン語「サリヴァ」*saliva* に由来する言葉遊びである。過食も過度の断食もともに、霊的真理の把握や天界の事柄をめぐる瞑想を妨げずにはいない。黄金の中庸こそ、他のあらゆるものと同じく、飲食にも当てはまる理想なのである（*TL*, *TLF* XIII, 82f., 140f.）〔『第三之書』、渡辺訳pp.93-94, 宮下訳pp.172-173〕。

『第四之書』におけるラブレーは、みずからの見解を、主として寓話、神話およびこれらに類する文学的形態を通して表明している。とくに一五五二年版『第四之書』には、他のどの作品にもましてこの傾向が顕著に見られる。たとえば序詞では、樵《きこり》と斧の寓話が重要な位置を占めている。さらに嵐の場面は、演劇的な寓話のあらゆる特徴をそなえ、最後に教訓が添えられてもいる。カレームプルナンとアンドゥイユ族の逸話、さらにしばらく後の教皇愚弄族《パプフィーグ》と教皇崇拝族《パピマーヌ》の挿話も同様の性質を強く帯びているが、寓話性という点では、やはり太鼓腹師《ガステル》のエピソードにとどめを刺すだろう。ここで読者は、芸術的・哲学的な意図における変化に直面しているのである。ラブレー自身が、この点を読者に明確に意識させようと努めている。一五三三年用の『パンタグリュエル占い』中で、おそらくは空想の産物と思われる滑稽な書物に、『ガリアの神話』*Mythologies Gallicques* というタイトルが付けられている（*TLF*, *Au liseur*, 15）。『第三之書』に至ると、古典古代の神話に対するラブレーの関心はさらに深みを増す。読者には、彼がオウィディウスの『祭暦』*Fasti* のマルシ版のページを繰りながら、神話に関する貴重な学識を探しているのが手に取るようにわかる。『第三之書』においても、われわれ読者は「神話学者」*Mythologues* という言葉に遭遇する（LI, 70）〔第五一章、渡辺訳p.277, 宮下訳p.531〕。『第四之書』に至ると（LXV, 49）〔第六五章、渡辺訳p.291〕、この分野の学究は「賢明な神話学者たち」*saiges Mythologiens* と呼ばれている。だがさらに重要なのは、ラブレーがオデ・ド・シャティーヨン枢機卿に献じた書簡の冒頭の一文である。そこでは自分自身の作品に「神話」*myth* という語が充てられている。

> 令名高き大殿よ、殿が多くのお歴々より当然お聞き遊ばされておられるように、私は、パンタグリュエル神話の続篇を綴るよう、今日に至るまで、また現在でも、毎日のように要求され懇願されうるさくねだられております（*QL*, *Ep. Lim.*, 1）〔渡辺訳p.15〕。

「パンタグリュエル神話」*mythologies Pantagruelicques* という用語は、ラブレー作品に新たな威厳を添えている。「難句略解」*Briefve Declaration* を編んだのが誰であれ、その編者は「神話」*mythologies* という語に説明を付す必要を感じ、「架空のお話。ギリシア語での言い方」と解説している。しかしこれはずいぶん貧弱な定義である。なぜなら、ギリシア語の「ミュトス」*muthos* は、神話や伝説のみならず、イソップに代表されるような寓話をも含んでいるからである。この「ミュトス」に相当するラテン語としてしばしば「ファビュラ」*fabula* が挙げられるが、これもきわめて多義的な語である。一五五二年版『第四之書』においても、「神話《ミトロジー》」は、より広い意味で把握されねばならない。ラブレーをこの実り多い方向へと導いた著作家は、チェリオ・カルカニーニである。この学者が綴った『リネラエオン（と題する寓話）』は、「パンタグリュエリオン草の礼讃」と密接な関係がある。

今まで公に認められてはいないものの、『第四之書』にカルカニーニが大きな影響を与えたのは明白である。カレームプルナンとアンドゥイユ族の逸話に捧げられた数章で、ラブレーは彼から相当多くの要素を借りている。とくに、「フィジー」**Physis** と「アンチ・フィジー」**Antiphysie**（すなわち「自然」と「反自然」）に関する独自の神話を構築するうえで、カルカニーニからその発想と多くの細部を受け継いでいる。ただし、こうした発想や素材の扱い方という点では、カルカニーニはラブレーにはるかに及ばない。ところで、グロテスクな類似という手法を駆使したカレームプルナンの異様な解剖の叙述には、二章半ものスペースが割かれている。この奇怪な描写の出発点となったのは、アンチ・フィジーについてのカルカニーニの、「彼の体型を皆様に語ったなら、読者諸兄を笑わせることになろう」という一文だったかもしれない（Calcagnini, *Opera Aliquot*, Basle 1544, p.622）。

カルカニーニの役割は、彼のプラトン主義を芸術的に完成させるよう、ラブレーを後押しすることにあったと思われる。つまり、カルカニーニの思想を、プラトンのそれと同じくらい力強く深みのある神話の形で説明かつ表現し、それでいてラブレーの抜群の喜劇的センスをそこに刻印するよう、誘《いざな》ったのであろう。

カレームプルナンはたんに面白おかしいだけの存在ではない。彼にはぞっとするような怪物的側面があるからだ。

だが同時に、その醜悪さによって笑いを引き起こす一方で、彼の習癖の描写は、ガルガンチュアが無駄にすごした幼年時代の諸側面を思い起こさせる。みすぼらしく悲惨な一種の狂人として、彼の振舞いもまた、古典古代の格言やフランスの伝統的な諺に裏づけられた叡智に、ことごとく反している。

「フィジー」と「アンチ・フィジー」の寓話〔第三二章、渡辺訳pp.173-174〕は、自然の善と美を、反自然の邪悪さと醜悪さとに対置させるという点で、プラトン主義的な神話の系譜上にある。ラブレー自身は、これを「古代の寓話作者たちの内に」*parmy les apologues antiques* 見つかる寓話と呼んでいるが、実際には、古代の神話・寓話のいずれも、いささか奇妙なことに、擬人化された「反自然」はおろか「自然」についてすら、あまり多くを語ってはいない。実は彼の直接の出典は、『「巨人たち」と題された寓話』というタイトルを持つカルカニーニの文学的創案なのである。ラブレーは、巧みな再配列や翻案を施しつつも、みずからの神話の大部分をこの作品から翻訳しているのである。カルカニーニの作品を貫いているプラトン主義的な前提は、ラブレーの哲学にぴったりと重なってくる。こう見てくると、われわれ読者には、カレームプルナンが「アンチ・フィジー」と同じくらい異様であること、またこの両者ならびにその同類たちは、たんに笑うべき存在であるばかりか邪悪でもあること、さらには、自分たちと同様に醜悪で邪悪な存在を大量に産み落としうることがわかってくる。

常に豊饒である「フィジー」Physis は、交合を経ずに美と調和を産み落とした。「アンチ・フィジー」も負けてはならじとばかりに、大地の生産力を象徴するローマ神話中の神テリュモン Tellumon と交わって、「無節度《アモダン》」と「不調和《ディスコルダンス》」という子供を産んだ。カルカニーニとラブレーの双方が用いているこの「アモダン」*Amodunt* という名称は理解しにくいが、美の対極にある醜悪さを指している。

この神話を通して、ラブレーは明言を避けつつも、カレームプルナンが、その形状のありとあらゆる異常さに鑑みて「アンチ・フィジー」のもうひとりの子供であること、換言すれば、真の宗教の対極にある醜悪で調和を欠いたパロディーであることを、みごとに暗示している。実際のところ、この逸話の終幕に近づくにつれて、われわれ読者は、「自然」の宿敵とは、単純に言えば教皇崇拝者ないしは「ソルボンヌ野郎」などの偽善者を指している、と結論づけたい誘惑に駆られてくる。さらに潜在的には、あのテレームの僧院を包囲し脅かしていた修道院の住人たち、すなわち、「猿真似野郎《マタゴ》、偽善者《カゴ》そして似非信徒野郎《パプラール》」*Matagotz, Cagotz et Papelars* もそこに含まれている〔第三二章の最後。渡辺訳p.174〕。この三者のうちで皮肉が効いているのは、最後の一語である。「アンチ・フィジー」が大量に産み落とし、しかもその名が「教皇」pape を思わせる「パプラール」、言い換えればこっそり「脂身をしゃぶる輩」の直後には、三タイプの悪人集団が名指されている。そのうち最初と最後は、各集団の指導者の歪曲された名称から、その素性が知れる。「狂人のピストレども、ジュネーヴのペテン師で悪魔野郎のカルヴァンども、狂犬病野郎のピュテルブども」〔渡辺訳p.174〕。この件《くだり》は、活字でラブレーを攻撃した連中に対する逆襲となっている。「狂人のピストレども」*les maniacles Pistoletz* とは、ラブレーを福音主義の大敵と見なした狂人ギヨーム・ポステルの追随者を指している。「悪魔野郎のカルヴァンども」*les Demoniacles Calvins* は、ジュネーヴに君臨していたフランス人宗教改革者を信奉する一派を意味する。そのカルヴァンもまた、論考『躓きについて』の中でラブレーを非難している。「狂犬病野郎のピュテルブども」*les enraigez Putherbes*（「ピュテルブ」とは「異臭を放つ雑草」の意味である）とは、「ソルボンヌ野郎」のひとりで、ラブレーの作品を冒瀆的だとして禁書に処するのを望んだガブリエル・デュピュイエルボーの狂信的な支持者たちを指す。こうした人々は、明らかに互いに敵対してはいるものの、みな「反自然」の醜悪かつ不調和な子孫であり、「貪欲坊主《ブリフォー》、偽善坊主《カファール》、猫かぶり坊主《シャットミット》、人食い野郎《カンニバル》」およびその他の「自然に反した、異様かつ奇怪なる」怪物どもとも、同類なのである（*QL* XXXII, end）〔第三二章、渡辺訳pp.173-174〕。

以上の陳述は、勘所をうまく押えている。ラブレーの目に映った敵対者たちの最大の誤謬は、その醜怪さと不調和の点であい通ずる。ジュネーヴとローマとは、ミカエル・セルウェトゥス*を火刑に処する件では気脈を通じえ、現に相携えて処刑に関与している。ジョアシャン・デュ・ベレーが『哀惜詩集』*Regrets* の中で（Sonnet 136）冷やかに描いたジュネーヴでは、カルヴァン派が四旬節を公然と拒絶していた。ところが、そのジュネーヴもまた、理論的には追放されたはずの「カレームプルナン」〔カルヴァンを暗示している〕が至高の権力者として、いつまでも君臨し続ける場所に見えたのである。また、もし仮にパリとジュネーヴの当時の検閲官たちに合意できる内容があったとするなら、それは何よりもまず、ラブレーの諸作品を完全かつ永遠に発禁処分とすることであった。

＊　ミカエル・セルウェトゥス：ミシェル・セルヴェ（一五一一－五三）スペインの医師・神学者。三位一体説を批判し、人間を中心に置いた神学を説いたため、新旧両派から異端として迫害され、カルヴァンによりジュネーヴで焚刑に処せられた。

11　鯨退治〔第三三章、三四章〕

カレームプルナンは、外に出て行きカーニヴァルと戦うという、年に一回の権利を剝奪されている。常にではないにしろ、多くの場合、物語作品、絵画、仮面劇、無言劇、あるいはカーニヴァルの祝祭行事などにおいては、「四旬節」が年に一回の勝利を収めた後、幕が下りる。だがカレームプルナンはこの勝利とは無縁の状態に甘んじなければならない。ここでは、「四旬節」のぞっとするような奇怪な精神は、陰鬱な勝利を収めるべく外に打って出るのではない。それどころか、「不自然」が産み落とした出来損ないの子供たちを収納すべきぼろ袋の中に、放り込まれて終わるのである。

カレームプルナンは、鯨退治に割かれた二つの章によって、古来の宿敵との接触を断たれている。鯨をめぐる荒唐無稽な物語は、ルキアノスの昔からエクセター写本〔古英語で綴られた詩作品の多くが収められている写本〕を経て『パンタグリュエルの弟子』に至るまで、おなじみのものである。たいていの場合、船乗りは鯨をひとつの島と取り違える。ラブレーの物語る鯨退治は、基本的には他の大部分と比べてより現実的《リアリスティック》である。ただし弓を操るパンタグリュエルの超人的な正確さだけは別である。なにせ彼は、その矢でもって、ジャン修道士の聖務日課書のページを、一枚たりとも破らずにめくって見せたのであるから〔第三四章、渡辺訳 p.179〕。ここに至って、『第四之書』では初めて、パンタグリュエルは冗談を口にするまでに人間的な側面を見せる。現に、嵐の場面でジャン修道士が披露した「エロドット」――「イル・ラドット」« *Herodote* – *il radote* » という駄洒落に似た、「ペルセウス」――「ペルセー・ユス・パール・モワ・スラ」* « *Perséus* – *Persé jus* *par moy sera* » という一種の言語学的なジョークを放っている。（XXXIII, 29-31）〔第三三章、渡辺訳 p.176〕。ここで使われているテクニックは、『第三之書』の「木霊《エコー》」を駆使した章〔第九章で、パンタグリュエルとパニュルジュが、相手の言葉尻をとらえやり合う問答〕でのそれと同じである。とりわけ、どちらの場合も、語呂合わせの対象となる語がパニュルジュの発言の最後の一語となっている点で、非常に似通っている。だがここでもまた、それ以上の重要な内容が含まれている。ただしラブレーは、読者にそれを明かすのは時期尚早と判断しているのである。

＊　「ペルセウス」――「わしが仰向けの串刺しにしてやるぞ」という意味。

この鯨退治の場面は、素晴らしい技巧を駆使した物語、それも語る快楽のためにのみ語られている逸話のようである。だが、芸術的および哲学的な観点から見れば、あの嵐の場面での教訓が、ここでも補われバランスがとれているのである。パニュルジュの臆病さとジャン修道士の精力的な働きは、以前よりも簡潔にではあるが、ともに強調されている。それ自体一目瞭然である嵐との関連性は、ジャン修道士が嵐の中で主張した内容を、パンタグリュエルが快活な調子で蒸し返していることにより、さらに明確になっている。ジャン修道士は、パニュルジュが溺れ死ぬのではなく、絞首刑に処される運命にある、と主張したのである（*QL* XXXIII, 33 ; XXIV, 31）〔第三三章、第二四章、渡辺訳 p.176, pp.145-146〕。もっとも、ここにくつろいだ笑いが響いているにしても、同時に高度な学識も挿入されている。たとえばパニュルジュは、鯨ではなく、天翔《あまがけ》る火の馬を恐れるべきだ、なぜならそれらは空気の元素からなるからであり、そもそもお前はつるされて空中で死ぬはずだから、とみずからの主人に説かれている。さて、パンタグリュエルは、これら火からなる馬に言及するに当たって、「火炎を吐き出す有名な太陽の駿馬たち」*celebres chevaulx du Soleil flammivomes* という表現を用いている。ここには一世紀の詩人コリップス（I, 338）の「火炎を吐く馬たちにさらわれる」という一節が反響している。＊この洒落がわかるのは、相当教養のある読者層に限られるであろう。

＊　コリッポスは一世紀ではなく、六世紀の叙事詩人で文法家。なお、オリヴィエ・ペドフルの最新の研究によると、ラブレーの生前にコリッポスが刊行された形跡はないので、ラブレーは間接的にこの表現に触れた可能性が高いという。

パンタグリュエルは以前と比べてずっと人間らしい。何よりも、彼自身が皆の活動の中心にいる。仮にパニュルジュが臆病風に吹かれながら空想しているように、鯨がレヴィアタンだとしても、人間は独力で、そのレヴィアタンらしき怪物を屈服させ撃破せねばならない。パニュルジュは、中世の多くの著作家が考えたのと同じく、鯨は悪魔と繫がりがあると考えている。だがパンタグリュエルの武勇を見れば、鯨は狩るべき獲物以上の何物でもないことが明白となる。

このエピソードは、ある意味でラブレーの初期の作品における文体や関心事を想起させる。その理由の一端として、『パンタグリュエルの弟子』*Disciple de Pantagruel* の影響を挙げてもよいと思われる。というのも、ラブレーはこの小冊子からいくつか借用をしているし、他の箇所に比べて、叙述の点でもかなりシンプルな文体を用いているからである。だが大胆にもラブレー作品の登場人物を借りながら、文学的野心をまったく感じさせないこの小品の凡庸な出来と比較したとき、読者は我らがラブレーの創作力の豊かさに驚きを禁じえないであろう。この章〔第三三章〕は、多少場違いの感を拭えない「訴訟族《シカヌー》」への言及で終わっている。鯨退治の逸話を綴った最初の草稿段階では、より初期の「訴訟族《シカヌー》」をめぐる笑劇の直後に、この逸話が置かれる予定であったのかもしれない。

12　獰猛島《ファルーシュ》〔第三五－四二章〕

鯨を解体するために、主人公たちはアンドゥイユ族の棲む獰猛島《ファルーシュ》に上陸する。この逸話の今後の展開をあらかじめ匂わせる要素は皆無である。はたして、カーニヴァルの味方としてのアンドゥイユ族が勝利を収めるのか、それとも、彼らもまた彼らなりに醜怪かつ邪悪であると判明するのか、読者には皆目見当がつかない。

だが実際のところ読者に提供されるのは、陽気な喜びに満ちあふれたエピソードである。それは、カーニヴァルの精神が全体を染め上げている逸話であり、中世の騎士道物語類に見られる戦闘と、告解火曜日《マルディ・グラ》が敵と繰り広げる滑稽な戦い、それも包丁や深鍋や平鍋を手にチャンチャンバラバラを行なう滑稽な戦いとが、緩やかに繫がったパロディーである。さらにこのパロディー的な戦争は、ギリシア叙事詩の英雄風を茶化したトーンとまざり合い、『パンタグリュエル物語』や『ガルガンチュア物語』に描かれた戦争よりもさらに滑稽きわまりないものに仕上がっている。たとえば、ホメーロスの英雄たちは「トロイの木馬」を使っている。一方ラブレーの主人公たちは「トロイの木豚」を使うのである。そもそも「臓物の腸詰たち」（アンドゥイユ族）は、結局のところ「ポーク・ソーセージ」にすぎない。しかも「トロイの木豚」（***Porcus Trojanus***）という言い回しは、古代から伝わる有名な格言であり、エラスムスもその格言リストに取り込んでいる。この表現は、ローマ退廃期《デカダンス》に、贅沢な肉類を詰めて料理した巨大な動物を指すのに使われていた。エラスムスはこれを、「トロイの木馬」やローマのお祭り騒ぎ、そして不必要なほど豪華な宴会と結び合わせたのである（iv, 10, 70）。

「四旬節」とその同類について綴る過程で、ラブレーは苦々しい思いを抱き、邪悪さ、醜悪さへの連想から不快感すら覚えている。そのまったく正反対に、「カーニヴァル」とその昔からの仲間について書くと考えるだけで、彼は歓喜と哄笑に後押しされるような勇気を覚えた。なるほどアンドゥイユ族にも、ひとつの誤りに固執する悪癖はあるかもしれないが、それでもカレームプルナンのように全身が醜悪かつ怪物的であるわけではない。彼らは、パンタグリュエリストたちの味方にすらなりうる存在である。

アンドゥイユ族の姿に関し読者が想像をめぐらしてみると、彼らはある時は腸詰《ソーセージ》として、また別の時には毛皮で覆われた動物として、さらに別の時には人間として把握されているのがわかる。彼らは時に人間らしい相貌を獲得するが、ほとんどの場合ソーセージ型の体型を備えている。この点は読者にも簡単に理解できるが、毛に覆われているという記述については一言説明が必要だろう。ラブレーは『パンタグリュエルの弟子』からかなりの借用を行なっていることを隠そうとはしていない。現に彼は、いくつかの島の名前をそこから借り出しているし、風車を食らう巨人ブラングナリーユ〔第十七章、渡辺訳pp.119-122〕もそこから引き出して、自作中で主要なキャラクターに仕上げているのである。だがこうした明白な借用を別にすれば、アンドゥイユ族を扱ったエピソードのいくつかの側面は、この小品についての知識がないと、理解しにくくなる。我らが主人公一行が「獰猛島」すなわち「ファルーシュ島」Isle Farouche に上陸してみると、そこにアンドゥイユ族が棲んでいることが判明する。ところが『パンタグリュエルの弟子』のほうには、「獰猛島《ファルーシュ》」Isle Farouche と「アンドゥイユ島」Isle des Andouilles という二つの別々の島が存在している。しかも、「獰猛島《ファルーシュ》」の住人たちは「ネズミのように毛むくじゃら」であると描写されている。ラブレーは対をなすこれら二島の住民を融合し、勇敢だが凶猛な意味合いをはらむ名称のこの島に、「反四旬節の腸詰族《ソーセージ》」すなわち「アンドゥイユ族」を棲まわせたのである。われわれ読者は、「アンドゥイユ（族）」と聞けば、何よりもまず臓物の詰まったソーセージの形を頭に思い浮かべるだろう。* だがラブレーは、時々とはいえ、原典の「獰猛島《ファルーシュ》」に棲んでいた毛むくじゃらの住人として、彼らをイメージすることもあったのである。木によじ登っているアンドゥイユ族を、パンタグリュエルが初めて目にしたとき（xxxv, 24）〔第三五章、渡辺訳 p.181〕、我らが巨人は彼らを、毛で覆われた動物（リス、イタチ、クロテン、シロテン）だと見誤っている。『パンタグリュエルの弟子』の諸版の少なくともひとつには、アンドゥイユ族とその地を流れるマスタードの川について物語っているページの一葉に、リスを描いた木版画が装飾として印刷されている。この版画はいかなる意味においても、話の内容を図解したイラストではないのだが、ラブレーは、そうしたイラストと見なしている節がある。ということは、「獰猛島《ファルーシュ》」の住人としてラブレーが最初に構想していたのは、リスに似た動物であったのかもしれない。だが結局のところ彼らは、半人間的な腸詰《ソーセージ》の姿に落ち着いた。ただし、愉快な大喧騒が幕を閉じると、アンドゥイユ族の女王が現われるが、彼女は、男根を思わせるその面白おかしい名とは裏腹に、** 年頃の非常に美しい娘であることが判明する。

＊　フランス語でも英語でも、« andouille » は、「豚や仔牛の腸や胃の細切れを詰めたソーセージ」を意味する。

＊＊　「ニフルセット」Niphleseth :「難句略解」によると「ヘブライ語で男根」。第四二章、渡辺訳 p.205.

この逸話では、経験の積み重ねによりずっと洗練されているとはいえ、初期の物語風の語り口が復活しているのが顕著にわかる。もっとも、ここでの大騒ぎを経ても、読者がアンドゥイユ族に感情移入するまでには至らない。彼らはカーニヴァルそのものではなく、カーニヴァルの熱狂的支持者、ひいては実質的なカーニヴァルの崇拝者であり、その点では誤った道に迷い込んでいる（*QL* XLII, 44）〔第四二章、渡辺訳 p.206〕。ルネサンス期の著作家および読者は、人間は潜在的に偶像崇拝に傾斜しやすいことを、常に意識し警戒していた。人間は、たとえば教皇から自分の腹に至るまでの、あるいは、熱愛する女性から愛すべき自己に至るまでの、ありとあらゆる被造物を神格化しがちである。この偶像崇拝の全き愚かしさを示すことは、『第四之書』を貫く重要なテーマのひとつである。

ラブレーは自分自身が創造したこのような象徴的存在を面白がり、それらが自由闊達に楽しげに跳躍するに任せている。ただし、これらの象徴が、当初はデュ・ベレー一家が改革途上のカトリック教会の懐に引き戻そうと懸命に努めていた、当時のドイツ語圏のプロテスタント教徒を指す記号として発想されたことも確実である。

この逸話の諷刺的な意味合いを、ラブレーは愉快かつ意味深長な言葉遊びを通して読者に提示している。この諷刺は同時代人にとっては刻下の喫緊事と関係していた。というのも、彼が諷刺対象として念頭に置いていたのが、実はトリエント公会議であるということが、この言葉遊びから明らかになるからである。カレームプルナンとアンドゥイユ族に言及したパンタグリュエルは、クセノマーヌにむけて、こう語っている。

> 本当のところ、そなた、いかがかな（とパンタグリュエルは言った）、この戦いに終止符を打ち、双方を和解させうるような、道理に適った何らかの方法があるならば、ぜひ意見を聞かせてもらいたい（*QL* xxxv, 40）〔第三五章、渡辺訳 p.182〕。

ラブレーが使っている動詞は「和解させる《レコンシリエ》」reconcilier である。

クセノマーヌは、およそ四年前（つまり一五四七年か四八年）に彼らを和解 *réconcilier* させようと骨を折った経緯があり、そのおかげで、いまだに敵同士とはいえ、以前ほど憎しみ合わない関係を築くのに成功した、と返答している。ただし、カレームプルナン側は、平和条約の中に、アンドゥイユ族の「同盟者である」*confoederez*「原野生まれの血脂腸詰族《ブーダン》」や「山岳生まれの大型腸詰族《ソーシッソン》」を含めるのを拒んだし、一方アンドゥイユ族のほうも、ニシン樽《カーク》城砦と塩漬け肉城《サロワール》とを、自分たちの完全かつ任意の管理下に置くことを執拗に求めたのである。

仲裁は不調和に終わったものの、お互いの敵愾心はこの交渉のおかげでかなり緩和された。ところが、「風狂《ケジル》国内公会議」の「告発」――公的な非難決議の宣告を意味する――が出されて以降、事態は一変する。情勢は悪化し、この章の最後の一文には、「猫とネズミとを、あるいは犬とウサギとを和解させるほうが、まだ手っ取り早いであろう」と記されているほどである〔第三五章、渡辺訳pp.182-183〕。公会議《コンシル》 *concile* と和解させる《レコンシリエ》 *reconcilier* とを掛けた言葉遊びを通して、ラブレーは重要な指摘を行なっている。つまり、全世界公会議 *concilium*〔concile œcumenique〕は、キリスト教徒を分裂させるのではなく、「和解させる」ことを模索すべきである、という指摘である。ラブレーの先見の明には目を見張るものがある。というのも、トリエント公会議は、少なくともその後四百年にわたって、キリスト教徒を羊と山羊の二陣営に分裂させる元凶となったからである。

ただし、「公会議」*concilium* という語を使った言葉遊びは、なにもラブレーの専売特許ではない（現にギヨーム・ポステルもこれに関連した洒落を発している。「これが公会議《コンキリウム》 *concilium* などと呼ばれることは断じて許されないだろう。なぜなら、まさしくこの会議からこうした『分裂《ディッスイリウム》』*dissilium* が生じているのだから」。Postel, *De Nativitate Mediatoris Ultima*, s.l.n.d., p.7)。ラブレーのほうはまったく歯に衣着せぬ物言いをしている。彼にとってトリエント公会議は「風狂《ケジル》国内公会議」にすぎない（この *Chesil* における «*ch*» は «*k*» の音で発音する）。あくまで「国内の」公会議の域を出ないのである。この「国内の」という形容詞は、トリエント公会議の一般性と普遍性とを拒絶することを目的としている。トリエントでの集まりは、「うすのろ野郎」たちが主催するローカルな会議にすぎない。なにしろ、「ケジル」*kesil* はヘブライ語で「狂人」を意味するからである[13]。この呼称は、一五四八年版で彼がトリエント公会議に宛てた「提燈国《ランテルヌ》総会議」という蔑称よりもさらに過激であり、その嘲笑には野心的なほど痛烈な響きがある。

一五五二年から見て四年前といえば、読者は一五四八年に引き戻される。クセノマーヌが和解のために骨を折っていたこの年は、現実にはカール五世が、反抗的な臣下たちに対しライプツィヒの仮信条協定* *Interim* を課した年でもある。そのころ、デュ・ベレー家の代理人たちは、宗教上の寛容と相互理解の確立のために奮闘していたと思われる。デュ・ベレー家が高く評価し、かつ良い関係を結びたいと願っていたルター派の人々――メランヒトン、ブーゲンハーゲン、マーヨル、カメーラリウス――は皆が皆この仮信条協約 ***Interim*** を支持している。一五四八年十二月二十二日に、神聖ローマ帝国のドイツ語圏で発布されたこの協約は、宗教的紛争の一時的ながらも法的な解決を要求しており、さらには、カトリックによる真の公会議が正当かつ永続的な解決法を打ち出すまで、各宗派に対し相互的な寛容を実践するよう求めてもいる。この目的に達するためには、プロテスタント諸派がトリエント公会議の各セッションに参加し、議論および意思決定に十全に関与することが何よりも重要であった。だが、プロテスタント諸派にトリエント公会議の門戸を開こうとする試みは、一五五二年には失敗に終わってしまう。この試みすべてを潰そうと、反対派は長期にわたって複雑な策略をめぐらし、結局はこうした努力いっさいを水泡に帰せしめるのに成功している。いずれにしろ、ガリカニスムを奉じるフランス王権派は、トリエント公会議に好感を抱いていなかった。しかしそれでも、真に普遍的《カトリック》な公会議が仮に開催される場合には、ルター派とその他の諸派もそれに参加すべきだと彼らは考えていたのである。

＊　暫定協約ともいう。新旧両教徒間の紛争解決のための一時的協定。ドイツ皇帝と議会が定めた。

トリエント公会議は、和解へと向かう運命にはなかった。キリスト教圏は分裂したままで、しかも、きわめて排他的な教理決定や厳しい破門宣告の濫発により、分裂はますます固定化していった。ラブレーはこの分裂の責任を、「うすのろ野郎どもの公会議」に帰している。彼の少し後にはパオロ・サルピ＊が、その有名な著書『トリエント公会議史』〔一六一九年〕の中で同じ主張を行なっている。ここでフランス王権の動きにも目配りしておきたい。一五五一年、王権は、教皇庁と関係断絶寸前の状態にあり、トリエント公会議もその原因のひとつであった。同じく一五五一年、アンリ二世は教皇庁に対抗し、フランス教会の改革を断行するために、国内における公会議の召集をかけようとしていた。こうして、フランス総大司教の下に、国内の教会の完全な自治独立を実現しようともくろんでいたのである。『第四之書』が出版される四か月前に、司教アミヨは〔公会議の席上で〕、フランスの聖職者の公会議参加を禁じた理由を記した、アンリ二世の公式書簡を読み上げようと試みている（一五五一年九月一日）。その序文の中で、高位聖職者たちに向かって「公会議《コンキリウム》」*Concilium* ではなく「集　会《コンウェントウス》」*Conventus* という表現を使ったために、議場は騒然となった。公会議側の聖職者たちは——たとえフランス国王本人からの書簡であっても——それが正当なカトリックの公会議宛ではなかったがゆえに、その文書を検討するのを頭から拒絶したのである。

＊　パオロ・サルピ（一五五二―一六二三）イタリアの愛国的学者で修道士。イエズス会に批判的な立場を取り、最終的には破門を宣告されている。

以上のような状況を背景として、ラブレーは、自分の作った操り人形たちに、英雄＝滑稽体の戦いを演じさせたのである。この戦いはカーニヴァルと四旬節とのあいだのそれではなく、パンタグリュエリストたちと、カーニヴァルのかなり偏執的な盟友であるアンドゥイユ族との戦いであった。換言すれば、パンタグリュエリストたちと、トリエント公会議から排除された、獰猛で油断のならない腸詰型《ソーセージ》のキリスト教徒（！）との戦いである。謝肉祭的な雰囲気が逸話全体を包んでおり、読者は、現実世界の腹黒い陰謀や相互の根深い憎悪から、一気に連れ出され引き離してもらえる。われわれは、教会や王権の政治的駆け引きをほとんど忘れ去ることを許されるのである。パンタグリュエリストたちの合言葉は「マルディ・グラ」*Mardi Gras* である。なぜなら、（ジムナストがアンドゥイユ族に思い起こさせようとしているように）彼らは「（あなた方の）〔＝彼らの〕古くからの盟友であるマルディ・グラ」の味方だからである〔第四一章、渡辺訳 p.202〕。二回にわたって使われている「同盟を結んだ（盟友の）」*confoedéré* という用語は、おそらくスイス連邦の同盟者たちを暗示している。ちなみに、ジャン修道士の指揮下で戦う下働きの料理番たちは、「ナビュザルダン」*Nabuzardan*〔または「ネブザルアダン」。「列王記略下」第二五章を参照。『第四之書』第四一章、渡辺訳 p.203〕を合言葉にしている。これはネブカドネザルの軍隊のある指揮官の名であるが、この人物は戦争よりも大食を、学者よりも料理人を好んだとされている。少なくとも中世の伝説や、ルネサンス期に学者が綴った説教譚の中では、そのように描かれているのである。[14]

『ガルガンチュア物語』以来すっかり影を潜めていた中世騎士道物語のパロディーが、ここでは緩やかにではあれ復活し、しかも大きな成功を収めている。「見るも無残なり（……）さらに物語の伝ふる処に従へば」〔第四一章、渡辺訳 p.203〕。加えて殺戮の場面では、ラブレー作品に通常見られる滑稽な殺戮シーンに比べて、生々しさがさらに希薄化している。たとえば、エクスキャリバー〔アーサー王の魔法の剣〕のような立派な剣どころか、「わてのケツを舐めやがれ」*Baise-mon-cul* と名付けられた両手用の刀が登場するのだから、戦いの場面がいかなるものか想像がつこう〔第四一章、渡辺訳p.202〕。また、ここでの殺戮場面は、英雄風を茶化した調子で描かれているので、笑いが響く中で、カエサルの戦争における戦闘場面を想起させる。アンドゥイユ族との戦いの原型となった『パンタグリュエルの弟子』中の話では、殺されたアンドゥイユ族はかたっぱしから輪切りにされ、船の備蓄食料にされる。『第四之書』にあっては、まったく異なった結末が待っている。殺された、ないしは深手を負ったアンドゥイユ族は、彼らが崇拝する巨大な怪物のような豚のおかげで生き返りまた治癒する〔豚の怪物には翼がついており、空を飛びながら出現する。第四一章、渡辺訳p.204〕。この巨大豚は戦場に二七樽ものマスタードを撒き散らす（マスタードはアンドゥイユ族およびその同類にとっては効験あらたかな薬である）。腸詰《ソーセージ》族の女王たる「男根姫《ニフルセット》」（*Niphleseth*）がパンタグリュエル一行に説明したように、マスタードこそは彼らにとっての「聖杯であり天来の霊薬」なのである(15)。

諷刺的観点からみれば、パンタグリュエルの部下たちとアンドゥイユ族との戦いは、本来盟友であるはずの、いや、親友であってもおかしくない両陣営同士の戦いである。この戦争は、根源的な不一致よりも、むしろ相互の誤解に基づいて勃発したと言える。

女王ニフルセットの娘は、王女《インファンタ》 *Infanta* ニフルセットである（*QL* XLII, 28）〔第四二章、渡辺訳p.205〕。彼女に与えられた称号は必然的に、アンドゥイユ族がスペイン王権の支配下にある、つまり事実上、神聖ローマ帝国に属することを暗示している。* ただし、こうした「同盟者たち」*confoederez* ** は、カール五世の支配下にあるドイツ語圏のルター派、ならびにドイツ語圏のスイスの諸侯をも含んでいる（*QL* XXXVIII, 20）。彼らに向けられた非難はそれほど深刻なものではない。それは、「神聖なる豚」の首輪にギリシア語で刻まれた、「豚がミネルウァ女神に教えを垂れる」という文言からもわかる（*QL* XLI, 65）〔第四一章、渡辺訳p.204〕。例に洩れずエラスムスの『格言集』（I, 1, 40）によって有名になったこの格言は、おこがましくも賢者を教え導けると思い込んだ無知な人間をたしなめている。現にプロテスタントのアンドゥイユ族は、カトリックの賢者たるパンタグリュエルとその仲間たちに説教を垂れてもよい、と誤信している。それはあたかも自分の祖母に対し、ゆで卵の殻の剝き方を教えようとするようなものだ。いずれにしろ、アンドゥイユ族は正しく

翼のある巨大豚が、二十七樽ものマスタードをアンドゥイユ族の上に撒き散らす。

はないが、愉快な連中である。逆にカレームプルナンは間違っていると同時に実に忌まわしい存在でもある。

＊　« ***Infanta*** » という称号は、「スペインおよびポルトガルの王女、内親王」を指す。

＊＊　第三八章、渡辺訳 p.192. ここには、スイス人が昔は小腸詰《ソーシス》族であった可能性も否定できない、という趣旨の文章が見られる。

13　言語学的喜劇《コメディー》と言語学的叡智〔第三七章〕

この陽気で愉快な空想的光景の中に、今までとは別の新たな要素が浮上してくる。これは固有名詞と結び付いてはいるが、結局は言語一般に敷衍できる要素でもある。ラブレーは第三七章で読者の注意をこの側面へと惹き付けているが、この章には、「パンタグリュエルがリフランドゥイユ ***Riflandouille***（「アンドゥイユ族殺し」）隊長と、タイユブーダン ***Tailleboudin***（「血脂腸詰族の輪切り人」）隊長とをいかにして呼びにやらせたか、ならびに土地および人物の固有名称に関する有名な話」という、意味深長なタイトルがついている。ここには、自身の心を強く捉えた知的問題と楽しく戯れるラブレーの、実に創意豊かな精神が現われている。

ラブレーが固有名詞の問題を扱うことに大いなる楽しみを見出していたことは、読者諸賢にはもう既知の事実である。時には、純粋に喜劇性を狙っての場合もあれば、諷刺的な意図が込められている場合もある。

第三七章では、娯楽の感覚と、畏敬ないし驚異の感覚とが組み合わされている。この章の主要部分は、古典古代に、人や土地の名を通して、明らかに超自然的ないしは予言的な助言を得た偉人たちの具体例に充てられている。たとえば、オクタウィアヌス・アウグストゥスは、「幸運な」という名前のギリシア人が、「勝利者」と名付けられた驢馬《ろば》を引いているのに遭遇し、幸先良い将来を確信している。また、若き日のウェスパシアヌスは、思いがけなく「王者らしい」という名の奴隷に出会い、希望を得たという、等々〔第三七章、渡辺訳 pp.187-188〕。

一見したところ、こうした内容は、『第三之書』の一部で顕著に見られた、占いに対するラブレーの強い関心の延長線上に位置するように映る。現にそうした側面はあり、占いの手段ないしは特定の知識を得る手段として、名前に大きな意味を負わせる新ピュタゴラス的な見解に対し、ここでは強い共感が示されている。だがわれわれ読者には、いまや再考の余地が生じてくる。というのも、パンタグリュエルが奉じている新アリストテレス主義的な言語観によれば、言葉は、恣意的な「強制」ないしは慣行によって意味を負わされているのであり、もし固有名詞に予言などの能力がある、ないしはありうるとするならば、固有名詞はパンタグリュエルのこの見解に対し、明らかな例外になってしまうからである。だがこの例外化は、実は見かけ上のものにすぎない（*TL* xix, 38f.）〔『第三之書』第十九章、渡辺訳 pp.124-125, 宮下訳 pp.232-234〕。

ラブレーの実践していることを理解するためには、われわれ読者はまず、言語をめぐる当時の前提的見解に注意を払わねばならない。そのためには、かなり堅苦しい大部の書物を、何冊か読む必要がある。だが、それだけの骨を折る甲斐はある。

ラブレーの出発点となった主要な著作は、カルカニーニのそれである。『第四之書』の版のなかには、この第三七章を構成する素材を、ラブレーが複数の出典から採集したかのような印象を読者に与えてしまうものが、いくつか存在している。だがこれは間違いである。すべての学識は、チェリオ・カルカニーニの『「公正」と題された対話』の数ページから取られている。ラブレーは、予言的意味をはらんでいると判明した地名や人名あるいは動物名の具体例のすべてを、この対話編で見つけているのである。カルカニーニの作品では、こうした実例は、古代ギリシア人たちが、固有名詞に多大な力を認めていたことを示すために持ち出されている。つまり、固有名詞の精細な研究を通して、人間は予言的助言を得る可能性があり、さらに、学識を踏まえたピュタゴラス流の技術を駆使すれば、特定の名前を付与された人物に関する、何らかの真実を明らかにできるかもしれない、というのである。名前に関するこの種の知識のおかげで、ある人物が身体の左右のどちら側に負傷ないしは障害を負っているかさえ、言い当てられるのである。カルカニーニ、ラブレーのいずれも、こうした見解を、すでに打破された古代の迷信として扱ってはいない。ただし、カルカニーニはその知見を対話体の形で表現しているため、問題を深く掘り下げているという印象が希薄になっている。一方ラブレーは、この問題を非常に重要視したため、虚構の物語の合間にそれをわざわざ差し挟むに値すると判断したのである。彼は、同時代に実在した重要人物のひとりに言及してもいる。法曹界における友人デュ・ドゥエの領主がその人である。固有名詞の精査を通して、思いがけない知識を引き出す新ピュタゴラス流の能力に恵まれた彼に対し、ラブレーは讃辞を惜しまない。「ドゥエ殿――優れて善良かつ高徳にして博雅の士であり、かつきわめて公正な議長ブリアン・ヴァレ殿――は、男女を問わず、各人物の名前の音節《シラブル》数から、身体の左右いずれの側の足が萎えているか、目が不自由か、あるいは傴僂《せむし》であるかを予言し、それらはすべて的中した」というのである（*QL* XXXVII, 58f.）〔第三七章、渡辺訳 p.188〕。

パンタグリュエルの考えによれば、右のような事実は、プラトンが『クラテュロス』に記した内容を裏づけていることになる。である以上、われわれ読者も注意せねばなるまい。というのも、ラブレーは一種の先入見を抱きながら、『クラテュロス』のページを繰っていたと考えられるからである。カルカニーニから直接引いてきた例をいくつか紹介した後に、パンタグリュエルは仲間たちに向かって、プラトンを読むよう勧めている。「神聖なるプラトンの『クラテュロス』を読むがよい」（*QL* XXXVII, 44）〔第三七章、渡辺訳 p.188〕以上を換言すれば、ラブレーがこの時点でカルカニーニから借用した学識は、『クラテュロス』に関する註解と見なすべきである。読者は、著名ではないにしろ主要な出典であるカルカニーニを読むよう勧められる、と普通は考えるであろう。だが実際には、固有名詞に関するカルカニーニの知見の背後にあるとパンタグリュエルが睨んでいる、プラトンの仕事のほうなのである。リゾトームは主人にこう答えている。「我が渇きにかけて、ぜひその書物を読んでみたいですな。殿がしばしばそれを引き合いに出されているのを、耳にしておりますから」〔渡辺訳 p.188〕『第四之書』の現在入手可能な最良の校訂版を開くと、パンタグリュエルはこれ以外の箇所でいっさい『クラテュロス』を引用しておらず、さらに、ラブレーがその全作品中で『クラテュロス』を活用しているケースもまったく見当たらない、という註に出くわす。* この記述はまったく誤っている。ラブレーが『クラテュロス』から引き出した内容や、彼がそこに読み込んだ深意に照らし合わせて初めて、全四巻にわたる「年代記」の中で、ラブレーが固有名詞と戯れている多くの箇所の説明もつくというものである。同様に、一五五二年版

『第四之書』の特徴である、名称と音を駆使した新スタイルの遊戯も、プラトンのこの書を欠いては理解しがたい。ラブレーはさらに、芸術および哲学に関し、みずからにとって非常に重要な見解を詳述するに当たっても、『クラテュロス』を活用している。『第四之書』のさらに後の章においても、この書物が、ラブレーの最も野心的な寓話創造に大いに貢献している。そこでは、滑稽な音が今まで以上に深い意義を帯びることになる〔第五五章、五六章を参照。渡辺訳 pp.250-256〕。『第四之書』にあっては、ラブレーが言語および知識を議論の俎上に載せる際には常に、『クラテュロス』の内容が主要な役割を担うことになる。

＊ *Le Quart Livre*, *TLF*（1947）を指している（p.165, note）。現在入手可能な最新のプレイヤッド版（1994）では、著者のここでの議論が註で紹介されている。p.625 et p.1551, note 6.

『クラテュロス』はきわめて複雑な書物である。現代の学者たちは、その意味するところに関しては意見を異にしている。だがルネサンス期の学者たちの解釈もまた、われわれ現代人とはまったく異なっている。その理由としてとくに挙げられるのは、この対話編がまず権威ある教父たちに、ついで一連の哲学者たちに影響を及ぼしたことである。そこから、ルネサンス期の学者たちにまで影響力が及んだわけだ。

ルネサンス期の学者のなかで、『クラテュロス』を直接手にとって読めた者の数は、非常にかぎられていたに違いない。フィチーノが編んだ大部の『プラトン全集』*Opera Omnia* に収められているテクストを別にすれば、今日にまで伝わる『クラテュロス』の部数は驚くほどわずかである。大英図書館が所有しているのは三部にすぎない[16]。プラトンの仕事全般に関して言えば、ルネサンス期の学者たちは、ソクラテスの皮肉や陽気な冗談に、しばしば居心地の悪さを感じていた。彼らは、ソクラテスの冗談をすべて真に受ける傾向があったのである。その点でラブレーは異色で、彼は『クラテュロス』を自由自在に活用し、かつ、ソクラテスに対する称讃の念を保ちつつも、この哲人に圧倒されずにすんでいるからである。

本書ではすでに数度にわたって、ラブレーの言語理論に言及してきた。ここでは、さらに精細に彼の理論を検証する必要がある。

ラブレーが使っている術語や概念は、プラトン、アリストテレス、あるいはアレクサンドリア学派のギリシア人にまでさかのぼる古いものである。十三世紀以降、こうした術語は、西欧の哲学者や言語学者のあいだに広く流布してきた。彼らの考えによれば、言葉は、語彙創造者の側の「恣意的な」決定によって意味を獲得する。語彙創造者は、記号《シンボル》に意味を「課する」。そうした記号は、その意味とともに、「慣例によって」受容される。フランシス・ベーコンですら、あるいはつい最近の哲学者に至っても、これと同じ思考を踏襲していた（本書の一九六頁以降を参照のこと）。『第三之書』でパンタグリュエルが明快に擁護しているこうした理論は、各人が自分に固有の言語を作り上げることを意味しているわけではない。パンタグリュエルが提示しているのは、広く知られた一般的な見解である。それによれば、言葉はまず知性の業によって創出される。次に言葉は、同じ言語を共有する人々が、それを慣例的記号として承認する過程を経て受容されるのである。

『第三之書』以前のラブレーは、言語に関するみずからの仮説を明確に説明してはいない。だが、『第三之書』に盛られた理論は、そこに明示されているように、きわめて初歩的かつ標準的であるから、『パンタグリュエル物語』および『ガルガンチュア物語』においてもすでに大前提とされていたと、自信を持って言い切ってよい。もっとも『第三之書』と『第四之書』は、初期の二大「年代記」に比べて、言語に対しずっと意識的なスタンスを取っており、この二作品でラブレーがなそうとしている内容を理解するためには、言語をめぐる同時代の前提事項を、どうしても再発掘する必要がある。ラブレーの見解を、今現在流行している言語理論のほうへと引き寄せるのは、完全に間違っている。それは、最近の言語学理論のなかに曖昧ないし不明瞭なものが含まれているからというよりも——確かにそうした理論がないわけではないが——むしろ、流行の理論を適用するに際して、しばしば歴史学上の無知がそこに混入してしまうからである。こうした無知は、過去の思想や芸術に対する無関心ないしは軽蔑の念に、実質上等しい。

言語ならびに意味を扱った標準的な教科書で、パンタグリュエルの言語観の源泉となったテクストといえば、やはりアリストテレス『オルガノン』の、言葉を扱った箇所である。この箇所は、中世およびルネサンス期には、『ペリヘルメーネイアース』（しばしばこのように一語で記された）*Perihermeneias* ないしは『解釈について』*De*

Interpretatione という題で知られていた。* この短い論考は、ひと握りの言語学の専門家のみに向けられたテクストではない。この論考は、それぞれの専門に応じて言語を扱う必要のあった学者たちにより、何世紀にもわたって研究されてきたのである。そこに表明されている理論は、神学者や哲学者そして法律学者らにとっては、根源的な重要性を帯びていた。

＊ 現在は『ペリ・ヘルメーネイアース』と表記する。水崎博明による翻訳（創言社）が存在する。

『解釈について』の無類の重要性は、アリストテレスの傑出した権威や、その論考の簡潔さ、あるいは単純と形容したくなるほどの明快さにのみ由来するわけではない。それ以外にも、数々の偉大な学者の名前が、この論文と結びついている。ボエティウスはこれをラテン語に翻訳しているし、アクィナスもこれに注釈を施している。さらに、アンモニウス・ヘルマエウス*の解説と註解は、この論考と切り離せないほどに密接に繋がっている。また、ポルピュリオス〔（二三四－三〇五）ギリシアの哲学者〕の論文『五つの言葉について』は、ある意味でこのテクストの延長線上に位置付けられる。こうした人々は、ラブレーとその仲間たちがフォントネー＝ル＝コントですごした青年時代に、好んで読んだ著作家たちである。この点は、ブシャールの『女性論。アンドレ・ティラコーへの反駁』に目を通せば明らかである。

＊ アンモニウス・ヘルマエウス（四四〇頃－五二〇頃）アレクサンドリア学派のギリシアの哲学者。プラトンやアリストテレスに関し多くの優れた註解を残した。

現代の学生がラブレーの言語観に分け入る最良の方法は、アリストテレスの『解釈について』の冒頭の数ページを読むことである。その後で、ラテン語力に自信があれば、アンモニウス・ヘルマエウスとアクィナスの註解をひもとき、さらに補足として、ルネサンス期の二人の学者ロザーリオとニーフォ*の解説にも目を通しておくのがよい。以上が、ここで使われている主要な出典だからである。[17] アリストテレスの『ペリヘルメーネイアース』に施した註解の中で、アンモニウスはプラトンを、なかんずくその『クラテュロス』を援用している。彼はこの二人の権威を両立させるのにかなり骨を折っている。したがって、少なくともアンモニウスの時期以降（つまり五世紀の後半以降）は、ギリシア語ができ、かつ『解釈について』を読む者は、その註解に視線を落とすたびに、アリストテレスとプラトンとのあいだに不一致が見られること、さらに、この不一致を超克しうる方法があること、を思い出さずにはいなかったことだろう。十三世紀の終わり以降――モルベカのギレルムス**によるラテン語訳が一二六八年に完成して以降――アンモニウスの註解は非常に広範に知られるに至ったので、その見解は西欧にあってさえ規範となった。学識も独創性も欠いた凡庸な著作家たちですら、その存在を知っており引用しているほどだ。ラテン語という新たな装いをまとったアンモニウスとその註解は、ユマニストたちが心底見下していたスコラ派の哲学者や弁証法学者のあいだにあってすら、紋切り型に近い扱いを受けていたのである。したがって、ルネサンス期の学者たちは、アリストテレスを新たな学識に照らして読んでいたとき、べつだん未知の領野を切り開いていたわけではなく、むしろ、より良質かつ確実なテクストに回帰していたと考えるべきである。ラブレーもその典型で、彼はアリストテレスおよびラテン語版アンモニウスの註解に関する知識を、ギリシア語の原典ならびにプラトンの『クラテュロス』と（直接ないし間接に）照らし合わせることで、豊かに肉付けしていた。もっとも、彼のプラトン解釈が、それ以前の諸仮説に左右されていたとしても、こと『クラテュロス』に関しては、ラブレーは間違いなくギリシア語原典に直接当たっていた。ここで、『クラテュロス』からじかに知識を得ていたことを、当たり前だと軽く見るのは見当違いである。なぜなら、西欧にあっては、古典古代の末期から十五世紀に至るまで、『クラテュロス』の原典は知られていなかったからである。だが、そこに含まれていた内容は、とくにアンモニウスの註解のおかげで、ある程度は知られていた。アクィナスもこの註解を経て『クラテュロス』に接触している。

＊　アゴスティーノ・ニーフォ（一四七三―一五三八または四五）イタリアの哲学者、神学者。アリストテレスの哲学をキリスト教と折衷させた。

＊＊　モルベカのギレルムス：ムルベケのギレルムス（一二一五頃―一二八六）英国の哲学者・翻訳家。アリストテレスの翻訳とその学識で有名。

アリストテレスの意見は、パンタグリュエルが『第三之書』で表明しているものである。一方プラトンはその『クラテュロス』の中で、パンタグリュエルが『第四之書』で擁護しているものとは正反対の見解を開陳しているかのように映る。だがアンモニウスを一読すれば、ラブレーがアリストテレスとプラトンとをいかにして和解させていたかを理解するのに役立つ。いや、それ以上のことがわかる。このテクストは、ラブレーの芸術とその意味をより深く理解するための手引きなのだ。ラブレーは、『第三之書』および『第四之書』の中で、アンモニウスが註解で行なったのと同じ観念連想を働かせている。これは、われわれも簡単に推測できるように、彼がアリストテレスの『解釈について』に精通していたこと、しかも昔ながらの伝統的な文脈でそれを把握していたことの、明確な証拠となっている。

パンタグリュエルは、「言葉はそれ自体で意味を帯びているわけではなく、意図に応じて意味を獲得する」と強調している。この「言葉」*voix* という語は、「発声された音」を意味するラテン語の *voces* をフランス語訳したものである。実際のところ、「発声された音」というこの包括的な定義は、アンモニウスの註解においては、説明上重要なポイントであった。アリストテレスは、発声された意味ある言葉を、「名詞」*nouns*（これは形容詞を包含する）と「動詞」*verbs* に類別した。いずれの場合もその意味を、「押し付け」imposition と「慣行」convention によって得ている。しかしアリストテレスは同時に、各言語集団に応じて意味が異なるこうした人間の発声音と、自然に寄り添った意味をはらむ特定の音とを、簡潔に区別している。後者の音とは、「動物が発するような非言語的音声」を指す。こうした「非言語的発声」にアリストテレスが充てた用語は、*agrammatoi psophoi* である。ラテン語では通常「非言語的発声音」*voces illiteratae* と翻訳される。つまり、「発声音」*voces* には二種類あることがわかる。すなわち、「意味をもつ言語的発声音」――人間が使う意味を帯びた言葉――と、「意味をもつ非言語的発声音」――たとえば犬の吠える声など――の二種類である（Ammonius, trans. Moerbeke, ed. Verbeke, p.58f.）。ここで重要なのは、人間が犬の吠える声に類似した音を発しうるという点である。というのも、「発声音」*voces* は「恣意に応じて」*per placitum* 意味を得る（「人間の音声」は、「恣意的な決定」と慣例を介してのみ意味を得る）という一般的な言明に、大きな制限がつくからである。

トマス・アクィナスもこの主題を改めて採り上げている。いかなる名詞も「自然に」存在しえないことを強調したのち、彼は、「動物の発するような非言語的音声」に関するアリストテレスの留保に、読者の注意を促している。アクィナスはギリシア語の原典に触れていないので、その区別もラテン語に依拠したものとなっている。その決定的に重要な区別は、「発声音」*voces*（パンタグリュエルの言う「言葉〔音声〕」）と、たんなる音に過ぎない「ソニ」*soni* とのそれである。彼の説明によれば、アリストテレスは先の点に関し、「言葉の音」*voces* よりもむしろ「たんなる音」*soni* を問題にしているという。その理由の一端として、肺をもたない動物のなかには、「言葉の音〔発声音〕」に分類できる音を立てられないものもいることが挙げられている。この種の動物は、おのずと意味をまとう、何らかの「非発声的」な音によって、みずからの「情念」を表現するのである。この「発声音」*voces* と「たんなる音」*soni* という区別は、用語の混同がときおり見られたにしても、多くの著作家の念頭にほとんど常にあった。

ラブレーは、動物が発する音声に類似し自然に寄り添った意味をもつ、こうした音と、自然な意味をもたない人間の言葉による発声音とのあいだの区別を活用して、実り多い成果を挙げている。こうして彼はまずは笑いを喚起し、次により深遠な意味へ到達せんとするのである。

アンモニウスの説明に従えば、「動物が発する非言語的音声」を除外して提示したアリストテレスの一節は、動物と人間の双方を包摂するより広い領域へと広げうるし、また広げられるべきだという。名詞および動詞に関するアリストテレスの専門用語すなわち「発声音」*voces* は、「制度的決定に基づいて」*ex instituto*――パンタグリュエル風に言えば「恣意的な決定」*institutions arbitraires* に基づいて――意味を負わされるのである。だからこそ「発声音」は、各々の言語集団に応じて異なってくる。だが動物の放つ音、換言すればアンモニウスをはじめとする学者たちがときおり「非言語的発声」という用語をあてたがる、あの「たんなる音」*soni* は、より厳密に言えば、実際は言葉による「発声音」ではない。自然に意味を帯びるがゆえに、文化によって意味の変化が見られないようなこの種の音、あるいは仮に多少の変化が見られても、万人がそれと即座に理解できるような音の具体例をひとつ挙げるとすれば、それは、よそ者に対する犬の吼え声である。アンモニウスは外観はラテン語だが、両者の言語理論が一致する以上、使っている専門用語はラブレーと本質的に同じである。つまり、犬は「制度的決定に基づいて」（「恣意的な決定」に沿う形で）、かつ「（人々の）同意に基づいて」（「人々のコンセンサス」に応じて）、他人に吠えかかったりはしない。犬はごく自然に吠えるのであり、したがってその吠え声は自然な意味を帯びている。

ここでアンモニウスが指摘した重要なポイントは、この種の音——最初はこの音に「発声音」*voces*という語があてられていたが、のちに修正されている——が、人間にも見られるという事実である。人間は、激しい感情的動揺（「ペルテュルバティオーネス」*perturbationes*）に襲われると、普段使用している言語とは無関係に、こうした音声を発する。この種の音声には、呻き声や笑い声、あるいは唖者が立てる音やまだ話せない赤ん坊が放つ喃語《なんご》等が含まれる。実際のところ、人間が、心底から動揺したり、あるいは深い満足を得たりした場合に発するこの種の音声は、動物が放つ「非言語的音声」と相通ずるものである。

　意味を担った音声——人間の制度や社会の慣例により、名詞や動詞として定着した「発声音」*voces*——の役割は、「精神が受容した」（*animi conceptiones*）事柄を表明することにある。ギリシア人、インド人、エジプト人、その他何人であろうともみな、どの音声が何を意味するかをそれぞれに決定する。しかし、呻き声や笑い声ないしは赤ん坊や動物の発する音声の場合は、事情がまったく異なってくる。こうした音声の役割は、精神が抱いた事柄を表明することではなく、むしろ感情（*affectiones*）や心の動揺（*perturbationes animi*）を表出することにある。だからこそ、この種の音声は、人間の言葉が自然に意味を帯びはしないという言明に、真っ先に「待った」をかけるのである（Aquinas, *Comm. In Peri Hermeneias* I, 4, 41ff. ; Ammonius, ed. Verbeke, 43ff.）。

　以上の議論が高尚すぎ、かつラブレーからかけ離れていると思うとしたら、注意せねばならないのは、「動物が発するこの種の音」が主として現れるのは、実は『第四之書』においてである、という点ではないだろうか。たとえば、顎を打ち砕かれて口が利けなくなった訴訟族《シカヌー》の証人は、「まるで猿のごとく」「モン、モン、モン、ウルロン、ウォン、ウォン」*Mon, mon, mon, vrelon, von, von* と呟《つぶや》いていた（*QL* XV, 59）〔第十五章、渡辺訳p.113〕。商人ダンドノーの羊は——一五五二年版では——「べー、べー、べー（おお、何ていい声じゃ！）」*bês, bês, bês, (o la belle voix !)* と鳴いている（*QL* VI, 50）〔第六章、渡辺訳p.77〕。嵐の場面でのパニュルジュは「ブース、ブース、ブース、ペーシュ、ヒュッ、ヒュッ、ヒュッ、ハッ、ハッ、ハッ、ハッ、ハッ」と泣き喚いている〔第十九章、渡辺訳p.127〕。われわれ読者はここで、パニュルジュの精神に宿った高尚な概念の表現にではなく、動物のごとき自然な感情の迸《ほとばし》りに立ち会っているのを知っている。それは、いかなる言語においても同様で、パニュルジュの心の動揺と激した感情を露《あら》わにする、意味を含んだ非言語的音声なのである。パニュルジュが「ブー、ブー、ブー、ブー、オットッ、トッ、トッ、トッ、トッ、チー、オットッ、トッ、トッ、トッ、トッ、チー」と叫んでるのを目の当たりにすれば、ギリシア語を読めない者でも、彼がいかなる感情を剝き出しにしているかは、容易に想像がつく〔第十八章、渡辺訳 p.126〕。

とまあ、こんな具合である。

だが、次のような反論もありうるだろう。つまり、こうした音声は文字に写し取ることができるから、アリストテレスの名詞の定義に適っている。というのもアリストテレスは、動物の発する音声のように「文字で表現されない」（*agrammatoi*）音のみを、言語的発声音から除外したにすぎないからだ、と。だが、アンモニウスは長きにわたって、この誤謬に反論し続けている。実のところ、もしこの誤りを退けえなかったとしたら、言語哲学者たちは、動物の発する音および人間の放つ似たような音声が、互いに異なる多種多様な言語における、意味を担った発声音と、同一であることを否が応でも認めざるをえなくなる。本来異なる範疇をこのように混同すると、きわめて重要な区別がごっちゃになってしまう。このような結論は、アンモニウスの目には実に馬鹿げていると映ったであろう。たとえば喜劇俳優はカエルの鳴き声を真似できるし（「ゲロ、ゲロ、ゲロ、グー、グー、ゲロリン、ゲロリン」*brece ce cex coax coax*）、あるいは、豚（「ブー、ブー、ブー」、*coi, coi*）や鳥その他数々の動物の鳴き声を模倣できるではないか。

こうした音は書き取ることが可能である。だがこうした音声は、人間による模倣が可能であったとしても、「言語的発声音」*voces litteratae*、すなわち動物が発する意味ある言語的な音声とは見なしえないし、また見なすべきではない。それらはあくまで「非言語的発声音」*voces illiteratae* ないしは「たんなる音」*soni* にすぎない。もしこの区別を混同してしまうと、喜劇役者が真似しうるその他の音まで、意味を帯びた言語的発声音に分類せざるをえなくなる。たとえば、牝馬の嘶《いなな》きや、車輪の軋む音、その他無生物の発するおびただしい数の音が、言語の音に分類されてしまう。この種の音は、『第四之書』のさらに後の章で、深い喜劇的な意図のもとに活用されるはずである〔第五五、五六章〕。パンタグリュエルが、言語的発声音（*voix*）は、押し付けと慣例によって意味を獲得するのだと主張しているが、この時彼の念頭にあったのは、当然のことながら「言語的発声音」*voces litteratae* のほうである。一五五二年版の『第四之書』では、こうした「言語的発声音」が、たとえばパニュルジュの恐怖を暴露する連続音や、さらに後の章における「溶けた言葉」〔第五五、五六章〕などと、際立った対照を成しているのである（cf. Ammonius, ed. Verbeke, 46. ; Aquinas, *Comm. in Peri Hermeneias* I, 4, 18 ; etc.）。

以上の議論は、少なくともいくつかの特定の固有名詞には神秘的な意味が宿っていることを是認しているラブレーから、われわれ読者を引き離してしまったように思われる。いや、われわれは『クラテュロス』からさえ、遠く隔たったという印象を持つ。だが、事実は違う。ここで第三七章の内容に立ち戻る前に、ひとつ確認しておきたいことがある。すなわち、ラブレーが『クラテュロス』をアンモニウスあるいはアリストテレスと照らし合わせて読んだのが事実だとしても、それは、彼が『クラテュロス』の原典に直接当たっていないことを意味してはいない、という点である。動物の発する鳴き声に近く、したがって自然に寄り添った意味をもつ音の一例として、商人ダンドノーがパニュルジュを嘲笑した際に、巻き舌で発音したであろう《*r*》の連続音「だがな、ルル、ルルル、ルルルル、ルルルルル」《*Mais rr. rrr. rrrr. rrrrr.*》が挙げられる（*QL* VII, 16）〔第七章、渡辺訳p.79. 渡辺訳では「ほれほれ、ほれほれほれ（……）」と意訳している〕。その後ダンドノーは意味深長な一言を付け加えている。「この言葉はおわかりではないだろう」《*Vous n'entendez ce languaige.*》——私ならこの一文を、終止符《ピリオド》ではなく疑問符《クエスチョン・マーク》で終えたところだ。『クラテュロス』（428B）の中でソクラテスは、この《*r*》は、あらゆる動きを表現するうえでとくに適切な音である、と述べているのである。私は、ここでの《*r*》はソクラテスの言う意味で使われていると考える。『第三之書』の序詞の最後に近い箇所でディオゲネスが発する攻撃的な音声を、（「グズズ、グズズズ、グズズズズズ」*Gzz, gzzz, gzzzzzz*）ではなく）、「グルル、グルルル、グルルルルル」*Grr, grrr, grrrrr* と読むべきだとするならば——原典のいくつかの版を見ても、ここをどう発音すべきかは、はっきりしない——これもソクラテスのいう《*r*》のもうひとつの具体例に数えられるかもしれない。この《*r*》という文字の音は、ラテン語では特別な位置を占めている。たとえばペルシウスはその最初の諷刺の中で、この文字《*r*》を、そのうなるような音から「犬の文字」*litera canina* と命名している。おそらくは『第三之書』の中で最後に執筆されたと思しきページにある、先ほどのディオゲネスの発した音声の箇所に鑑みて、『第四之書』を執筆するかなり以前から、ラブレーはアンモニウスの設けた区別に含まれている喜劇的潜在性を、すでに念頭に置いていたと思われてならない。

ところでプラトンは、言葉は事物の似姿《イマージュ》である、という学説の擁護者である。では、動物の鳴き声のような自然な音声が、『クラテュロス』と、ひいては意味を内包した固有名詞と、どう繋がってくるのであろうか。この疑問への答もまた、アリストテレスの論考に付されたアンモニウスの註解にある。もし正確な理解に達していなければ、動物の発する音声や、意味をあらかじめ内包した固有名詞は、パンタグリュエルを含めほぼ万人に是認されていた、アリストテレスによる言語の定義とは、相容れなくなってしまう。だが正しく理解しさえすれば、『クラテュロス』におけるプラトンの見解は、アリストテレスの立場と完全に合致していると考えられる。アンモニウスは、二大哲学者たちの一見両立不可能な意見を、うまく調和させる方法を見つけていた。アゴスティーノ・ニーフォは、アリストテレスの『解釈について』の非常に独自色の強い版を世に問い、それは一五〇七年から一五六〇年までの間に少なくとも七回にわたって刊行されている。その版の中でニーフォは、標準的な意見を次のように要約しつつ紹介している。ギリシア人たちは、言語とその意味に関してためらいを覚えていた。というのも、アリストテレスが「名詞の意味は自然なものではない」と主張しているのに対し、「『クラテュロス』中のプラトンとソクラテスは、言葉は自然そのものから派生した、と主張しているからだ。つまり彼らはまったく正反対の見解を抱いていることになる。こうした事態は、ギリシア人には、ほとんどありえないことに思われたのである」。ニーフォは続けて、この表面上の不一致を解決する伝統的な手法について、以下のように説明している。

> 何人かの者（たとえばアンモニウスも書いているように）は、名詞は純粋かつ単純に、人間の決定（*institutum*）に基づいて形成されると主張している。名詞は自然とは関係を有しない。ヘルモゲネス*もこの意見に賛成しているし、あの思慮深いディオドロスもそうであった。
>
> その一方で、名詞は、それが事物の類型である以上、自然から直接（*simpliciter*）派生していると主張する者も

存在する。これはクラテュロス（人物のほう〔著者注〕）およびエフェソスのヘラクレイトスが抱いた見解である。アンモニウスは、語源に照らし合わせるならば、名詞は事実上自然なものであると主張した。彼に言わせれば、すべての名称は、その指示対象にふさわしくなるような仕方で、事物に課されたことになる。たとえば「ラピス」*lapis*（石）は、「足を傷つける」*laedens pedem* を意味するかのごとく作られ、また、「ペトラ」*petra*（岩）は「足で磨り減らされた」*pede trita* を意味するかのごとく作られたのである。だが、現時点で通用している意味にかぎって言えば、言葉は人間の決定（*institutum*）に基づいて形成されたのである（Aristotle, *De interpretatione*, ed. Niphus, 1555, 4r°）。

ニーフォが提示している具体例は彼自身の発案による。これらの例は伝統的な理論に忠実ではあるが、彼が要約しているテクストから引かれたわけではない。

＊　ヘルモゲネス：二世紀のギリシアの弁論術教師で、ローマで教育活動を行なった。修辞法に関する論文は、広く教科書として使われた。

ニーフォ自身は、こうした調和の試みに対して心を動かされてはいない。しかし、数世紀にわたって、数々の思想家がこの種の試みに感銘を受けてきた。アンモニウスは、言葉は自然な意味を有しないとするアリストテレスの主張を支持する一方で、言葉は指示対象と実質的な関係を結んでいるとするプラトンの意見をも同時に擁護している、と長らく信じられてきたのである。この調和の試みは実に巧みなものであるが、おそらく今日ではあまり説得力があるとは言いがたい。自然な言語というものは存在しないとする、アリストテレスの見解のほうが受け入れられている。確かに、言葉は、その名指す対象と自然な関係を結んではいない。だがその一方で、賢明なる言葉の創造者は、みずからが意味を負わせる音をきわめて慎重に選んでいるので、対象となる言葉の語源は、その意味を探るうえでの手掛かりとなるし、それゆえに指示対象と結び付きもする。少なくとも当時は、こうした自然な対応関係は、人間の知性を働かせることにより発見可能と見なされていたのである。さらに歩を先に進めて、言葉の創造者がときおり天から霊感を受けうると想定するなら、言葉には自然な意味が備わらずとも、超自然の意味が宿ることになる。

ラブレーは、言語に関するこのような前提をみずからの著作に引き込み、喜劇的効果を上げたり真面目な議論に供したりするうえで、最大限に活用している。とくに、固有名詞が神秘的な意味を明らかにする様子は、かなり詳細に提示されている。言葉が、啓示されるべき真理の伝達手段となる可能性は、『第四之書』の結びの数章でラブレーが強調している確信のひとつである。また、終わりから三番目の章〔第六五章、渡辺訳 p.292〕では、パンタグリュエルが、アミュークライ〔古代ギリシアのラコニアの都市〕の市民がバッカス神に対し、「翼のある」を意味する「プスィラ」*Psila* という名を捧げていた事実をきわめて重く受け止めている。さらに彼は、これこそ「適切かつふさわしい命名」であり、バッカス神の特性を明らかにし本質を突いた、実に適切な名であると強調している*（*QL* LXV, 81f.）。

* 第六五章、渡辺訳 p.292. パンタグリュエルは、バッカス（銘酒）のおかげで人間の精神は飛翔するがごとく高揚し、かつ肉体も軽やかになるから、と説明している。

以上のような考え方は、オリゲネス以降になって、キリスト教圏の意識の内部に入り込むようになった。オリゲネスはその著『反ケルスス論』の中で、こうした考えの影響を被っている。また、「あらゆる物の名称はその物の真の起源と本質とを明かしている」というアンブロシアステル*の主張は、結局聖アウグスティヌスの言明とされるに至っている。さらに、二世紀の神学者アレクサンドリアのクレメンスは、熱心な語源研究家であった。フィロン**やオリゲネスの部分的な影響下にあった聖ヒエロニムスの場合は、ヘブライ語の名称には特別な力がこもっていると確信していた（cf. H. de Lubac, *Exégèses Médiévale*, Paris 1961, II, 1, 32-3）。

* アンブロシアステル：偽アンブロシウス：四世紀の神学者で、聖パウロ書簡の註解者として知られる。Ambrosiaster はエラスムスの命名。

** フィロン（前二五か二〇－後五〇頃）ユダヤ人の哲学者。ユダヤ教とプラトン哲学の融合を試みる。オリゲネスらキリスト教神学者に影響を与える。

フランスに花開いた十六世紀ルネサンスは、異教の古典古代を再発見した時期であったと同時に、前述した著作家たちをも再発見した時期であった。『解釈について』と『クラテュロス』に見られる表面上の意見の衝突は、言語の研究家たちにとっては、註解や解釈の絶えざる源泉であり続けた。その際、実質上アンモニウスこそが、解決へと至る鍵とされてきた。わざわざ彼ら研究家たちの論評を読まずとも、この点はすぐに理解できたはずだが、大部分の学者たちはそれらの註解に目を通してきたのである。きわめて当然の成り行きであるが、ユマニストたちは、イタリアのユマニスト、ピエトロ・クリニートの序文に飾られたラウレンティウス・ラウレンティアーヌスの『アリストテレスの文体論の書』*In Librum Aristotelis de Elocutione*（ヴェネチア、一五五〇年）といった研究書にも関心を寄せていた。

　言語理論に関し、アリストテレスとプラトンは根本的に意見が一致していたという仮説は、ラブレー以外にも、ルネサンス期の多数の著作家たちによって共有されている。たとえば、スピリトゥス・マルティヌス・クネウスは、一五四三年にパリで出版した著作『エンテレケイアをめぐる対話』（*BL* 3832-aaa-19）〔「エンテレケイア」は質料が形相を得て完成する現実のこと〕の中でこう主張している。「名称をめぐる論争は、決して蔑まれるべき性質のものではない。というのも（アリストテレスも述べているとおり）名前は事物の象徴《シンボル》であり記号《シーニュ》だからである」。仮に事物そのものに関して完全に意見の一致を見ている場合でも、名称をめぐる誤解から、激烈な論争がたびたび起こる。「この点はキケロがストア派と逍遥学派〔アリストテレス学派〕について語っていたとおりである。（……）プラトンは『クラテュロス』の中で、名前には瞠目すべき力が備わっていると教えている。名称を軽視する者たちは、時として事物そのものに関しても途方もない間違いを犯す。（……）名称を選ぶ際には、最適かつ一番ふさわしいものを選ばねばならない」。ラブレーの時代には右のような正説が各方面から攻撃にさらされており、ゆえにラブレー自身もみずからの立場を明らかにせざるをえなかったからこそ、彼の同時代人にとって――私自身は現代人にとっても同じだと思うが――この一連の問題はますます面白く感じられたのであろう。ラブレーの生きた時代に、言葉とその意味の本質をめぐる問題は、人々の関心を広く引き付けていたのである。ニーフォも確かに重要な人物ではあったが、それでも並み居る権威のひとりにすぎなかった[18]。

　ニーフォによるアンモニウスの考え方の説明は、徹底的に忠実ではあるが、あまりに簡潔に過ぎて、彼の見解を正しく伝えているとは言いがたい。アンモニウスにとって、「自然」*Nature* という語と「押し付け」*Imposition* という語はいずれも、複数の意味をもっている。アリストテレスとプラトンの双方に適用しうる、それら複数の意味を体得できれば、この二人の哲学者が相互補完的な内容を述べていると納得できるだろう。

クラテュロスもヘラクレイトスも、自然が言葉を創造したと本気で信じていた――アンモニウスはそう書いている。その一方で、事物を命名する特別な天賦の才を得た人々には、名指すべき対象の本質にぴったりと寄り添った名称を、自分で選び出す能力が授けられていた、と信じる者も存在した。深い意味を宿した固有名詞という概念を持ち出す『第四之書』のラブレーと、われわれはやっとここで交錯する。彼もまたカルカニーニと『クラテュロス』の直接の影響下に、同じ知見を提示しているからである。アンモニウスが引いている固有名詞のなかには、アルキダムス、アルキシラオス、アゲシラオス、バシレイオスなどと呼ばれていた賢明な君主の名前が含まれている。アンモニウスはこうした固有名詞を馬鹿馬鹿しいとか気まぐれの産物だとは考えなかった。それは、アンモニウスの翻訳の中で、ロザーリオがラテン語訳した「フォルトゥナトゥス」〔=幸運な〕や「フェリクス」〔=恵まれた〕あるいは「プロスペル」〔=繁栄した〕という名称についても同様である。こうした名称は、正しく名指された人物の「似姿《イマージュ》」である。ただしここで言う「似姿《イマージュ》」は、筋金入りの写実家が主張するような、水の鏡に映し出される像と同意ではなく、画家が描いた肖像画に類するものである。これは、当時広範に受け入れられていた見解である（Ammonius, ed. Verbeke, 66-7 ; 1559 edition of Rosario's version, p.226）。

固有名詞もまた恣意的な押し付けという過程を免れないものの、それでも固有名詞の内に個体との自然な関係が見られる場合もある、という見解は、きわめて巧みかつ実り多いものである。この見方は、人間の根源的な欲求にも対応している。われわれのほとんどは、子供に名前を付ける際には細心の注意を払うし、さらには、その名前の意味と子供の将来に対する期待の双方に思いを馳せながら、命名に専心するものだからである。この理論には、指示対象と名称とがうまく対応しないケースをも説明できるという利点がある。たとえば、悪辣な人間に素晴らしい名前が付いている場合、その人物は、固有名詞をつける天与の才を欠いた人によって命名された、というわけである。ここで天賦の才が問題になっているという事実は、神の力が働く多種多様なケースへと視界を大きく広げてくれる。また、名称の押し付けという営為は、個人が故意に恣意的に行なうことも可能であるから、ラブレーが興じているような類の名称との戯れにも、滑らかに繋がっていく。

『第四之書』第三七章において、ラブレーは、アンモニウスおよびカルカニーニの『「乗馬」をめぐる対話』の両方と照らし合わせつつ、『クラテュロス』に言及している〔渡辺訳 p.188〕。カルカニーニのこの『対話』は、固有名詞に備わった予言的能力を扱っており、一般名詞は除外されているが、右の理論それ自体は原則としてあらゆる言葉に適用される。ラブレー自身、敢えてそれをすべての名詞にまで拡大適用しようとはしない。しかし、彼の作品から明らかなとおり、その気になりさえすれば、彼はいくらでもこの理論を活用しえたはずである。

アリストテレスおよびプラトンの理論は、アンモニウスによる調和を経ていてもいなくても、キリスト教圏の言語と異邦の言語とを問わず、すべての言語に適用可能である。宗教的信条として神による世界の創造を前提とする、ユダヤ教徒およびキリスト教徒の場合は、ヘブライ語を特例扱いする傾向が強い。彼らにとって、言葉とは結局こうなのだ。「エホバ神《かみ》土を以《も》て野の諸《すべて》の獣と天空《そら》の諸の鳥を造り給ひてアダムの之《これ》を何と名《なづ》くるかを見んとて之を彼の所に率ゐいたり給へり、アダムが生物に名けたるところは皆其名《そのな》となりぬ」（「創世記」第二章十九節）こうした「信条」は、アリストテレスまたはプラトンに拠る方法、あるいはアンモニウスの折衷的手法のいずれによっても、十全に解釈できる。また、バベルの塔における人間の言語の混乱も、神の明確な意志によって引き起こされている（「創世記」第十一章）。以上の記述は、万物創造の時点およびそれ以降のいずれの時期にあっても、言語の内に神の意思が作用していることを示唆している。また、プラトンは誰が言語創造者かについて曖昧なままであるから、それは神であっても天使であってもアダムであってもかまわない。さらに、バベルの塔における混乱は神によって引き起こされたのであるから、そこから派生したすべての言語が自然な意味を潜在的に含んでいる、という考え方にも整合性があることになる。加えてすべての言語は偶然の産物ではない以上、言語というヴェールの背後に意味を隠していても不思議はない。

概してルネサンス期の思想家たちは、万物創造の際に、神ないしはアダムによって事物に付与された名称が、指示された事物と真に自然な関係を結び合っていたと信じることに、大して困難を感じなかった。だからといって、全言語にまたがるありとあらゆる語源を鵜呑みにして、どの言語のどの言葉にも、自然にして実体に即した意味が宿っている、などと早合点してはならないのである。

名前と事物とのあいだに存する自然で実質的な関係について、『クラテュロス』が提示している仮説は、固有名詞のみにというわけではないが、主として固有名詞に適用されると広く考えられていた。一五三一年に、前述したエラスムスとアゴスティーノ・ステウコス*のあいだで交わされた書簡は、この観点から見て重要である。この書簡は、ラブレーがエラスムスにすべてを負っていることを強く意識していた時期に、当のエラスムス自身が、この問題に対しどのような位置にあったのかを教えてくれる。当時エラスムスの書簡は、公的な性格を強く帯びていた。ステウコスの場合も同様である。エラスムスは、ステウコスがその語源研究において、巧みに過ぎると非難している。エラスムスは、『クラテュロス』が、聖書中の固有名詞がもつ確固とした自然な意味の洞察へと、われわれを誘《いざな》う可能性を退けるわけではないが、慎重な姿勢は崩さない。古代の偉大な権威を引きながら、彼は何よりも、ある言語内の言葉に宿る自然かつ内的な意味を、別の言語に基づく語源学を濫用してまで何とか引き出そうとする者たちを、強く非難しているのである。すなわち、ヘブライ語の名前の意味を説明するに当たってギリシア語を援用したり、ギリシア語の名前を解釈するに当たってラテン語を援用したりするケースである（*Erasmi Epistolae* ; IX, 204f.）。

＊　アゴスティーノ・ステウコス（一四九七―一五四八）宗教改革期のカトリックの神学者でヘブライ語に造詣が深い。ボローニャに移されたトリエント公会議の教皇特使。

以上のような問題は、ラブレーが『第三之書』および『第四之書』を執筆していた時期には、さらに多くの人々の関心事になっていた。こうした視点は、言語と巧みに戯れるラブレーの技術に、さらなる厚みを加えることにもなった。のみならず、こうした問題意識は、初期二編の「年代記」に見出されるいくつかの冗談を説明してくれさえするのである。

まず確認しておきたいのは、ラブレーが、すべての固有名詞はその名を与えられた人物と自然な結び付きを有している、などとは考えていなかった点である。ここで、初期二編の「年代記」における、パンタグリュエルおよびガルガンチュアへの命名法を思い起こしたい。これこそは、ある言語に属する固有名詞の意味を、他言語との対比のもとに説明しようとする馬鹿げた試みを逆手に取って、そこから新たな喜劇を起動させた好例である。『パンタグリュエル物語』と『ガルガンチュア物語』の刊行時期は、エラスムスとステウコスとのあいだの論争と、時期的にきわめて近接しているため、そこに直接的な影響関係を措定することも可能であろう。とりわけ、いずれのケースでも旧約聖書への言及が見られる以上、その感はますます強くなる。

『第三之書』でもラブレーは同様に「恣意的な慣行」を逆手にとり、「偽善者」を意味する「ラミナグロビス」という名を、逆説的にも、善良で敬虔かつ偽善とは縁もゆかりもない、しかも予言の才にまで恵まれた福音主義的な詩人に与えているのである。ラブレーは、いったん出来上がった言葉の意味を唯一固定化する慣行に、食ってかかるような仕方で、この名前をみずから恣意的に課しているのだ。この時、われわれ読者が感じる落差から、逆説的な喜劇が立ち上がるのである。

慣行により言葉が閉じ込められている領域の外部で、その言葉が使用された場合に生じる現象を、ラブレーはみずから実践してみせ、その過程で彼は幾度にもわたって喜劇的な効果を上げている。その顕著な例は、『第三之書』の序詞で、ディオゲネスが丘の上下に樽を転がしまわる様子を活写するのに使われた、六一の動詞の羅列であろう。動詞はその慣例に基づいた意味で使われてはいない。練達した筆が配置した一連の動詞のリストは、当の動詞から意味を剥奪し、それらに「非言語的な音声」という性質を付与している。その一連の音声のおかげで、われわれ読者は、樽がさまざまに転がりまわる様子を、耳で聞き実感することができるのである。

似たような戦術により、ラブレーは『第三之書』に登場する崇敬すべき法学の権威を、ガラクタ野郎《トランカメル》（*Trinquamelle*）という名で呼んでいる。これは、著名な有力者である彼の友人ティラコー Tiraqueau のラテン語名「ティラクエッルス」*Tiraquellus* を捩《もじ》ったものである。この操作によりラブレーは、作品内の威厳ある人物像と、彼に恣意的につけられた愚かしい名とのあいだに、大きな喜劇的落差を創出している。これはすべて、悪気も害心もまったくない、無毒かつ無害な冗談である。ただし、偉大なるティラコーとたんなるガラクタとのあいだに、必然的な結合関係がある、あるいは、語源学的な繋がりがある、などと考えたとしたら話は別である。そんな仮説が万が一にも通用すれば、友情は反目に転じるだろう！　ラブレーは、言語的音声が恣意的な操作によって、新たな恣意的意味をいかに簡単にまとうかを示し、反対に言語的音声が、いとも簡単に「自然な意味を帯びた」喜劇的な「非言語的音声」に転じるかをも、笑いをもって示している。だからと言って、彼がみずからにとって大切な言語理論を突き崩しているわけではまったくない。ラブレーにとって思想的見解には、（コインと同じく）二つの面がある。きわめて重要な見解だからといって、そこに喜劇的側面が現れることを妨げられはしない。いずれにしろ、いくつかの特定の固有名詞と言葉は、霊感を得た意味の媒体となりうるという考え方が、ラブレーの哲学の重要な部分を占めているのである。

　もし誰かがラブレーに対し、貴方がラミナグロビス、トランカメル、ブリドワその他諸々の名前に仕掛けた哲学的なジョークから判断するに、言語に関する見解では、貴方はプラトン派ではなくアリストテレス主義者ですね、などと問いただしたとしたら、彼は大いに面白がったかもしれない。そうした批判はアンモニウスに向けてくださいな、などと茶化した可能性すらある。実のところ、言語に関するアンモニウスの仕事ほど根本的に重要なものはない。さらに言えば、固有名詞をも含むさまざまな言葉を使った、この種の冗談が頻繁に見られる『第三之書』を執筆している際に、ラブレーは明らかにプラトンの書簡集にも目を通している。その証拠に、彼は医師ロンディビリスのエピソードの中で、その書簡のひとつに言及しているのである。その第七の手紙の中で（342-3）、『クラテュロス』に書かれている内容が何であれ、プラトンは、言葉には固定化した意味はないと主張しているのだ。彼はこう尋ねている。実際には「丸い」*circular* ものを、なぜ「まっすぐ」*straight* と呼んではいけないのだろうか、と。こんなふうに言葉の意味を入れ換えてしまえば、まさしくその意味が今度は固定化されるだろう。言うまでもないがプラトンは、誰でも、「丸い」を意味する単語を「まっすぐ」に勝手に換えてもかまわない、などと示唆しているのではない。そんな愚挙は、滑稽か気違いじみているかのいずれかである。

　ラブレーが善人を偽善者《ラミナグロビス》と呼べるのは、そう呼んでも、相手の人物像を変えるわけではないからである。彼は、言葉の意味を恣意的に変化させているにすぎない。もっとも、慣例によって固定化された、疑う余地のない意味を突き崩している以上、その効果は逆説的にして喜劇的でもある。もし仮に「偽善者」*hypocrite* という慣習的な意味が本当に失われてしまったとしたら、ラミナグロビスという名は、虚構作品における他の名称と何ら代わり映えのしないものになってしまうだろう。意味深長な、あるいは引喩に富んだ名前ではなく、単なる恣意的な名前にすぎなくなるだろう。

『第四之書』の中では、ラブレーおよびその他の者たちによって『クラテュロス』から引き出された見解が、以上のような言語理論とそれに依拠した冗談に取って代わるわけではない。それどころか、『クラテュロス』中の見解は、右の理論を補完しているのである。喜劇的次元にあっては、ラブレーは真偽の疑わしい語源を弄び、「エロドット」*Hérodote* :「イル・ラドット」*il radote*〔『第四之書』第二〇章、渡辺訳 p.130〕や、「ペルセウス」*Perséus* :「ペルセー・ユス」*persé jus*〔第三三章、渡辺訳 p.176〕といったように、フランス語を解する読者が古典古代の名から読み取れる、実に怪しげな語源論を披露しているのである。エラスムスも指摘していたように、この種のナンセンスを正当化するうえで、『クラテュロス』を持ち出すなど問題外である。ところが教会の教父のなかにすら、こうした愚かな言を吐くものが存在するのだから、彼らは非難されてしかるべきであろう――ラブレーなら、嘲笑われてしかるべきであろう、と付け加えたかもしれない。ラブレーが、事物の背後に潜んでいる自然な意味を突き止めたと本気で主張するときには、彼は関係するひとつの言語内に断固として留まる。たとえばこうだ。「フィローティアすなわち自己愛がお前を惑わしている」« *Philautie et amour de soy vous deçoit.* »*。ここでは、フランス語の単語によって真面目な説明が施されているのは、あくまでフランス語の用語であって、ギリシア語ではない。なぜなら「お前を惑わしている」*vous deçoit* のは「自己愛」« *amour de soy* » のほうだからである。

* 『第三之書』第二九章、渡辺訳 p.175, 宮下訳 p.339. 渡辺訳は「自惚れと一人よがり」、宮下訳は、「唯我独尊《フィラウティ》とうぬぼれ」となっている。ギリシア語の « Philautie » を、フランス語の « amour de soy » に言い換え、フランス語の内部で完結する説明を行なっている、という指摘。

ラブレーが放つ「エロドット」――「イル・ラドット」といったタイプのジョークには、おそらく諷刺の要素が紛れ込んでいる。というのも、神学者たちは説教の中で、この種の実に無知な擬似語源学を滔滔と展開しがちだったからである。『タルチュフ』のペルネル夫人の言葉によれば*（第一幕一場 v.160-161）、ラブレーから一世紀ないしそれ以上後でも、神学者たちは同じ愚挙を繰り返し、モリエールの笑いの種にされていたわけだ。ペルネル夫人お気に入りの説教師の信ずるところによると、サロン *Salons* なんぞは新しい「バベルの塔」*Tour de Babilonne* だという。「なぜって、みんなが思う存分喋りまくるんだからね……」** « Car chacun y *babille*, et tout le long de l'aune... »。

* 『モリエール全集』第四巻「タルチュフ」ロジェ・ギシュメール、廣田昌義、秋山伸子共編、臨川書店、p.171.
** 本文の訳は秋山訳を使用。直訳すると「なぜなら、誰もがそこでお喋り《バビーユ》するし、それが一オーヌの長さにまで至る」となる。« Babilonne »=« babille »+« aune » というでたらめな語源の説明。

ラブレーが『第四之書』の一部で、固有名詞に関心を寄せていることは、第四〇章で彼が集結させた料理人たちの、百五十の奇妙なフランス語の名前によってさらに明確になる。これらの名前は「トロイの木豚」の中に身を隠し、アンドゥイユ族の大群を、鍋釜携えてこてんぱんにやっつけようと待機している料理人たちには、まさにうってつけの語源を含んでいる。だからこそテクストには楽しげな雰囲気が漂うのだ〔第四〇章、渡辺訳 pp.195-201〕。しかもこれらの名前はすべて本物のフランス語の名称であるために、たんにその場ででっち上げられた名前の場合よりも、ずっと面白さが増すのである。名前を用いたこのわかりやすい冗談は、カルカニーニから借りてきた古典古代の重々しい意味深長な固有名詞とのあいだに、絶妙なバランスを保っている。ここでわれわれ読者は以下の点を思い出すべきだろう。すなわち、パンタグリュエルは、良きダイモンたちがキリストを呼ぶのに用いたギリシア語の名前のギリシア語における意味に、語源学的な考察を加えることで、死を迎えつつあるパンの本質を洞察しえたという事実である。

　ここでの『クラテュロス』（408D）の影響は直接的であったかもしれない。というのも、ソクラテスはその該当箇所で、「すべてのことを行なう者」としてのパンと、「山羊＝神」の二重の性質を帯びた存在としてのパンの双方に言及しながら、大神パンの名の語源、すなわちその「真の意味」を明らかにしているからである。ラブレーがここで本当にプラトンの議論をたどっているとしたら、その訳を探るのはとくに困難ではない。キリスト教を喚起させずにはいない用語を通して、パンはここでは「ロゴス *logos* ないしはロゴスの兄弟」と呼ばれている。プラトンがここで「ロゴス」*logos* という語によって「話」speech を意味していたのは間違いない。だがこの語を「言葉」Word〔仏語では«Verbe»〕の意味に解することも可能であろう。ビュデは、プラトンが「ロゴス」*logos* について書いている際に、時として「神の子について語っていた」ことは、「誰ひとり疑いえない」という意見を披露している。しかしビュデに言わせれば、プラトンはソクラテス同様、そうした啓示的真理は、機が熟してそれがキリストの内に明らかにされるまで、隠しておくほうが適切だと考えたという（Budé, *Opera* iv, 243）。名前がここまで意味深長になれるのであれば、何が起こってもおかしくない。

　ラブレーが『第四之書』の第三七章でとくに関心を寄せているのは、いくつかの特定の言葉の真義、とりわけ固有名詞の真義を解明しうるのではないか、という点である。つまり、霊感に与った命名者によって名付けられた場合、神秘的なまでに適切な語源を意識することで、その真義に到達しうる、と考えたのである。パンタグリュエルが『クラテュロス』を読むように勧めたのが、リゾトームであったのは単なる偶然であろうか〔第三七章、渡辺訳 p.188〕。彼は『ガルガンチュア物語』と『第三之書』にそれぞれ一回ずつしか登場しない、マイナーな人物にすぎない。では、『クラテュロス』を読むよう助言を受けるべき者として、数多《あまた》の登場人物のなかから、なぜわざわざ彼が選ばれたのであろうか。

　古典古代は、語源学 etymology とは言葉を分析してその真の意味を発見する学問だと考え、この見解をのちの世紀へと伝えたのであった（「エテュモス」*Etumos* は「真の、確実な、本当の」を意味する。したがって、「エテュモン」*Etumon* は、「語源」に照らして明らかになる、言葉の真にして確実かつ本当の意味を指している）。こう表現してよければ、語源学者とは、言葉の根《ルーツ》へと回帰する者である。こう考えると、リゾトームという名前は、ここでは不思議なくらいぴったりとはまる。なぜならこの名称は、ギリシア語で植物学者を意味する「リゾトーモス」*rhizotomos* を、少しだけフランス語風にした名前だからである。しかも、植物学者《リゾトーモス》とは、まさしく「根を切る（そして集める）者」なのである。

『第四之書』も終わりに近づくにつれ、複数の言語において、いくつかの特定の言葉には、「語源学的に」深遠な意味が込められているとラブレーが信じていたことが、よりはっきりする。この見解が当てはまる言語のなかには、当然ギリシア語、ラテン語、そしてフランス語が含まれている。ただし、ルネサンス期の理論家たちは誰であれ、ヘブライ語を特別扱いする傾向が強かった。ここから、『第四之書』でラブレーが、ヘブライ語の名前に新たな関心を寄せるに至った経緯を説明できるであろうか。

ラブレーのヘブライ語への関心は、『パンタグリュエル物語』では明白に見て取れる。だがその後一五五二年に至るまで、ヘブライ語は、理論的には名誉ある地位を占めてはいたが、実際には遠景に退いている。ところが一五五二年になると、突然ヘブライ語は突出した地位を占めるようになる——しかも、そのほとんどすべてが固有名詞の形で現われるのである。

『第三之書』および一五四八年版の『第四之書』において、主人公たちがめざした理想郷は「徳利大明神」*Dive Bouteille* であった。一五五二年版では、これが「聖バクビュック」*Dive Bacbuc* に変えられている。『クラテュロス』など一度も耳にしたことがない、今日のヘブライ語を母語とする人々が、「バクビュック」という語は、ヘブライ語では瓶を命名するに当たって実に適切な名称だと、私に指摘してくれている。というのも、バクビュック *bacbuc* は、液体が瓶の首を通って注がれるときに立てる音を、みごとに模倣しているように思われるからである。『第四之書』の読者のなかには、「難句略解」*Briefve Declaration* の説明でこの語の「語源」を知った者もいるだろう。ただし「バクビュック」は、非常に稀な語である。つまり、少しヘブライ語を齧った程度の人なら、まだ知る由もないほど珍しい単語なのである。[19]

ラブレーが冗談交じりに、ヘブライ語でぴったりの名前を使っている好例として、彼が、アンドゥイユ族の女王を、男根を連想させる「ニフルセット」**Niphleseth** という名で呼んでいる箇所が挙げられる。というのも、そもそもエバを誘惑した蛇が、おそらくは、アンドゥイユ族や彼らの女王と同じくソーセージ型をしていたと思われるからだ。さらに、ドイツの魔術師ハインリヒ・コルネリウス・アグリッパのある意見が、論争の口火を切ることになったのだが、彼は、地上の楽園でエバを誘惑した「蛇」は、実はアダムの男根だったと示唆したのである（*QL* XXXVIII, 13）〔第三八章、渡辺訳 p.192.「エバを誘惑した蛇は腸詰族の形をしていた」〕。

ラビ・キムヒのような実在の人物と、一五四八年版『第四之書』に登場する島の名称ひとつを例外とすれば、一五五二年以前のラブレー作品には、ヘブライ語の固有名詞はいっさい見当たらない。ところが一五五二年版になると、大挙して登場し、そのほとんどは、『第四之書』のいくつかの部に付された「きわめて難解な語句に関する簡略な説明」〔「難句略解」〕の中で説明を施されている。たとえば「ベリマ」*Belima* はヘブライ語で「虚無」〔第十七章、ただし「ベリマ」の説明は「難句略解」中には見当たらない〕、あるいは、「メダモチ」*Medamothi* はギリシア語で「どこにも存在しない場所」〔第二章〕となる。その他にも「トユ・エ・ボユ」*Tohu et Bohu*（「ヘブライ語で、荒れ果てて耕されていない」）〔第十七章〕、「リュアック」*Ruach*（「風あるいは霊、ヘブライ語」）〔第四三章〕、「ガナバン」*Ganabin*（「盗賊、ヘブライ語」）〔第六六章〕、「カネフ」*Chaneph*「偽善、ヘブライ語」〔第六三章〕、等々といった調子で、この他にも多数存在する。なお、この作品全体の最後から二番目の単語は、多くの聖歌の終わりに用いられている語「セラ」（「確かに、ヘブライ語」）〔第六七章〕である。この場合は例外的に固有名詞ではない。また、伝書鳩の利用が通信手段を根本から変革するという見方に、より重々しい響きを与えるために、ラブレーは伝書鳩をわざわざ「ゴザル」*gozal*（「ヘブライ語で鳩、白鳩」）〔第三章〕と呼んでいる。さらに、トリエント公会議を「愚か者」すなわち「ケジル」*Chesil* の会議、と呼んでいる箇所〔第十八章、渡辺訳 p.123〕には、良質のジョークが込められているのみならず、私の推測では、痛烈なる侮蔑の念までもが込められていると思われる。

『第四之書』の愉快さとそこに込められた哲学の双方を理解するには、旅程の諸段階を飾っているヘブライ語の名前を、細かく吟味することが望ましい。

ラブレーの言語観を支える典拠は、その本質において折衷的である。言語をめぐる見解において、『第三之書』と『第四之書』では、力点の置き方が異なっているが、だからと言って、これほど肝心要《かなめ》のテーマについて、パンタグリュエルの知見が一貫していないというわけではない。アリストテレスの『解釈について』とプラトンの『クラテュロス』

を、ラブレーがそれらを読んだ頃の知的文脈から引き離してしまわないかぎり、このような見方はできないであろう。ラブレーは、排他的なアリストテレス主義者でもプラトン主義者でもない。アンモニウスは、アリストテレスとプラトンの言語理論を繋ぐ橋の役割を果たしており、この点で、言語問題に関しては、ラブレーは本質的にアンモニウス派である。『第四之書』は、その冗談や哲学的見解のいずれにおいても、『第三之書』の延長線上に位置しており、さらにこれを補完する作品となっている。ラブレーは、いかなる要素であれ、それを退けたり変更したり書き改めたり書き直したりする必要を認めていない。『第三之書』に慎重な変更を加えた形跡もない。削除された要素も何ひとつ見当たらない。そのうえ『第四之書』の中で、アリストテレス的な言語観をまったく撤回してもいない。固有名詞に関するかぎり、『クラテュロス』をピュタゴラス主義の立場から読み解こうとするパンタグリュエルの手法は、多くの点で、占いを扱っている『第三之書』にも、探求の旅を物語っている『第四之書』にも、同じくらい剴切《がいせつ》に適用できる。アンモニウスの説さえ踏まえておけば、『第四之書』のいかなる箇所も、名前は恣意的に課された後、慣例によって聖化されると見なすアリストテレスの理論と、まったく矛盾をきたしていない。ラブレーは、ポントゥス・ド・ティアール*がのちに、その著『名前の正しい付与について』*De Recta Nominum Impositione* で、その顕著な特徴として打ち出しているような、反アリストテレス主義、あるいはヘブライ風に改めたプラトン主義を、まったく容認できない立場を取っていたのである。

＊　ポントゥス・ド・ティアール（一五二一－一六〇五）フランスの詩人で聖職者。リヨン派風の恋愛詩を綴ったが、同時に、プラトンの影響を受けた哲学的著作も多くものしている。

ポントゥス・ド・ティアールは、『クラテュロス』に見られる知見は、アリストテレスのそれとは両立不可能だと考えている。実際そのとおりである。だが彼は同時に、フランス語のある単語の内なる意味を、ヘブライ語の語源にまでさかのぼることで発見できるとも信じた。彼はラブレーを道化の第一人者、新たなるガリアのルキアノスだと見なしている。この考えに沿って、彼はラブレーという名前――これは名字ないし姓であって個人名《ファーストネーム》ではないにもかかわらず――は、偶然の産物ではなく、そこには特別に深い意味があらかじめ込められていると主張した。こうして彼は、ラブレー *Rabelais* という名称から「ラブ」*Rab* と「レ」*lez* というヘブライ語の語源を二つ引き出し、それらが「嘲笑者の王」を意味すると述べている。ポントゥス・ド・ティアールは優れたヘブライ語学者ではあったが、ラブレーのように考える者から見れば、実に悪しき言語学者である！ この種の一見『クラテュロス』的だが、実は怪しげで馬鹿げた説を前にして、エラスムスは異議を唱え、ラブレーは物笑いの種にし、さらにモリエール劇の観客たちは、ペルネル夫人の説教師が彼女と同次元の馬鹿であることを悟ったのである。[20]

ラブレーは、アリストテレスとアンモニウスが圧倒的優位を保っていた、標準的な知的環境に反する観点から『クラテュロス』を読み込み、そこから知的かつ芸術的な刺激を大いに感受している。こうした刺激は、さまざまなレベルにわたって真面目なテーマに取り組みつつあるときでさえ、言葉と戯れたり、愉快にして諷刺的かつ時には意味深長なジョークを飛ばしたいという彼の欲求を、さらに高めたのである。それと同時に『クラテュロス』は、言葉をめぐるピュタゴラス流の神秘主義や、固有名詞を用いた予言に対する彼の趣向を、より強化することにもなった〔第三七章を参照。渡辺訳 pp.186-191〕。この点では彼のプラトン解釈は、明らかにアンモニウスとカルカニーニの両者の影響下にある。こうした文脈の中で『クラテュロス』を読んだラブレーは、再びヘブライ語研究への情熱に駆られたのかもしれない。もっとも、ヘブライ語に対する新たな好みが、言語の起源をめぐる考察へと彼を誘《いざな》ったという、逆の見方も棄てきれない。彼が筆を執っていた時期には、ヘブライ語研究と、言語に向けられた特定の関心とは、しばしば密接に絡み合っていたのである。

言語理論に対する彼のこの新鮮な感受性は、『第三之書』と『第四之書』における、喜劇的な逸話と根本的に真面目なテーマを扱った箇所の、双方へと繋がっていく。ラブレー作品に顕著に見られるヘラクレイトス的緊張〔ヘラクレイトスは、対立するもののあいだの緊張や戦いが、世界の調和をもたらすと説いた〕と、みごとに調和しながら。

ルネサンス期の思想家はほとんどひとり残らず、『クラテュロス』に直接自分で当たる前に、間接的な形でこの著作に関する知識を入手していた。おそらく彼らは、まずはアクィナスやアンモニウスにより、あるいはその他大勢の群小作家の著作を通して知ったのだろう。こうした情報源に加えて、とくにラブレーの場合には、プルタルコスの論考である『イシスとオシリスについて』をも挙げておかねばならない。この書で、ラブレーはこうした神々の名をめぐる語源学的な説明を読むことができたはずである。その説明は、『クラテュロス』から引かれ、その他の情報源や出典によって確証されたものである。プルタルコスは、言語観についてはアンモニウスに近い立場を採っており、語源が時として、名指された事物の本質を説明できるし、現にそうしたケースは存在すると主張している。プルタルコスほどの卓越した権威が保証している以上、ラブレーはこうした理論に対し、ますます強度の魅力を感じたのだと思われる。ただしプルタルコスは、プラトンの説を引き、語源学的に有効な意味を宿した名は、「古《いにしえ》の人々」によって付与された、という一節をも紹介している（プルタルコス作品の翻訳の中で、クシランダー〔（一五三二―七六）ドイツの古典学者。ギリシア語作品を多くラテン語に翻訳した〕は「古人」*Veteres* という語を用いている）。プルタルコスは、時として自然に意味を帯びる名前と、往古の人々によって恣意的に課されたその他の名前とのあいだに、何ら矛盾を感じていないのである（375 D）。同じくラブレーも、両者間に何ら不調和を認めていない。

一五五二年版でラブレーは『クラテュロス』のタイトルをはっきりと挙げているが、具体的にそこから引用したり、特定の一節を示唆したりしてはいない。仮に、固有名詞による予言を正当化するために、「聖なるプラトンの『クラテュロス』」を読むよう勧めている箇所が、われわれに与えられた唯一の証拠だとするなら、ラブレーは実際には『クラテュロス』を読んだことなど一度もなく、ただアンモニウスとカルカニーニから借りてきた知見を権威づけるために、その書名を引いているにすぎない、と想定したい誘惑に駆られかねない。この仮説が誤っていることは証明できる。ただし、フランス・ルネサンス期にあっては、たとえ誰であろうと、フィチーノのラテン語訳の版とそれに添えられた註解に一瞥だに与えずに、何らかのプラトンの作品を読んだ者などひとりも存在しないと考えられる。『クラテュロス』にフィチーノが施した注釈は、当時大きな影響力を誇っていたのである。だがそうは言っても、ラブレーの卓見が右の註解に表現されている見解とは異なっている以上――それも大幅に異なっている以上――彼は『クラテュロス』に十分精通したうえで執筆していると仮定してよいだろう。

さまざまな留保や反対の想定はあるにしろ、ラブレーが原語たるギリシア語の版でみずからの『クラテュロス』を読みこなしていたのは、ささいなことではない。確かに彼は、敬うべき註解者や媒介役をはたしたユマニストなど、他の人々の影響を受けてはいるが、同時に彼は、『第四之書』のクライマックスにおいて、独創的かつ彼特有の仕方で、みずからのギリシア語版『クラテュロス』を活用してもいるのである。実際のところ、ラブレーの解釈による『クラテュロス』は、その哲学の中核部に引き込まれ、みごとに統合されている。こうして、ヘラクレイトスの哲学とアリストテレスの言語学、ならびに知ることの本質にまつわるプラトンの概念のすべてが、キリスト教の啓示的真理と驚くべき融和を遂げている思考システムの中で、『クラテュロス』には独特の地位が与えられているのである。

ラブレーは決して、リスが木の実を盗むように、他人の知見の宝庫をたんにあさっているわけでは決してない。彼はみずから取捨選択し、簡約し、新しい関連性を見出し、新たな連続性や新鮮な潜在的意義をそこから紡ぎ出してくる。ラブレーは普通、それぞれの著者を読むだけではなく、注目すべき箇所を洗い出し、深く研究を重ね、心の中でその内容を十二分に消化吸収するのである。

情念や心の動揺を示すパニュルジュの動物的な叫び声と、正しく用いられさえすれば、精神の中の概念を慣例にしたがって的確に表現しうる本物の言語的記号とのあいだには、深い溝が横たわっている。アリストテレスとアンモニウスに後押しされる形で、ラブレーはこの超えがたい溝を実にうまく活用し、さらなる喜劇的な高みに到達しようとするのである。

彼はまた、実質的には動物の叫び声に等しいにもかかわらず、表面的には本物の言語的記号や象徴に見せかける技法にも、十二分に意識的である。『第四之書』の中で、パニュルジュが恐怖の発作に襲われたときに発する音声は、そのほとんどが、「ブー、ブー、ブース」といった動物的な叫び声と、言葉による一連の戯言《たわごと》との、双方からなっている。この後者もまた、合理的思惟というよりも、むしろ心の激しい動揺を伝えている。パニュルジュが経験する恐怖は病的であり、自己愛《フィローティア》が生み出した獣的な情念の発露を引き起こす。彼の使う言葉がこれを証明している。エピステモンもパニュルジュに負けず劣らず激しい恐怖に捕われているが、その恐怖は精神によって制御されているため、より高貴な次元に達しており、パニュルジュの奴隷的恐怖心とは一線を画している。エピステモンの行動と沈黙とがこの点を物語っている。もっともその後、彼は「哲学＝神学的」な用語を駆使して、自身でこの点を解説してはいるが〔第二三章、渡辺訳 pp.142-143〕。

多少の修正を加えるならば、同様の考察はジャン修道士にも適用される。彼の冒瀆的言辞の大部分は、実はたんなる音にすぎない。愚かではあるが無知ではないパニュルジュは、この事実に気づいている*（*QL* xx, 3f.）。彼に言わせれば、嵐の間にジャン修道士が発する罵り言葉や罵詈雑言は、薪を割っている男が一打振り下ろすたびに、そばにいる人が「えいやー！」と叫んでくれたときに感じる安堵感と、同じようなものである。「女々しい恐怖心」から発せられる絶叫とは、はっきり区別されてしかるべき、奮闘を強く促すこの叫び声に対する以上のような捉え方は、当時広く受け入れられていたものである。この見解は普通キケロに由来するとされている。キケロは、その『トゥスクルム叢談』（II. xxiii. 55）で、すばらしい明晰さと正確さとをもって、この問題に取り組んでいる（cf. *De Finibus* v. xi. 31-2）。彼によると、訓練や戦闘の最中に、唸り声や呻き声を発するのは何ら恥ずかしいことではない。むしろそうした発声は、自分の一撃が相手の急所を突くのを後押ししてくれるのである。ジャン修道士の発する大声や罵り言葉がもつ力も、実際にはこうしたものだ。一方パニュルジュの臆病な恐怖心の流露は、フィロクテテス〔ピロクテーテース。トロイア戦争のギリシア側の英雄で、弓の名手。トロイアの王子パリスを射る〕の嘆き叫ぶ声に対応している。キケロはこのギリシアの英雄が、恐怖と悲嘆に身を任せたとして、厳しく非難している。

＊　第二〇章、渡辺訳 p.130. この直後に本文で説明されている薪割りの比喩は、パニュルジュの発言中に見られるもの。

ただしラブレーは、ジャン修道士の瀆神の言辞を、すべて大目に見てやっているわけではない。ジャンが自分の修道院や船を守ろうと必死で格闘しているときには、彼の罵倒を理解し見逃すのはたやすい。しかしながら、平穏で安全かつ静かなときに、この種の宗教的に粗野な言動がなされれば、そうはいかない。ジャン修道士が、神の名を冒瀆する表現を含む逸話を、平然と物語ったとき、彼はパンタグリュエルから厳しく叱責されているのである（*QL* L, 29f.）〔第五〇章、渡辺訳 p.232〕。

こうしたいっさいは、ラブレーの言わんと欲するところを理解し、その芸術を正しく評価するうえで、直接関連してくる因子である。だが、もし彼が『クラテュロス』から以上の内容しか学び取っていなかったとするなら、私自身は、やはり失望の念を隠せなかったことだろう。

『クラテュロス』は、われわれの解釈法のいかんにかかわらず、人間が真の知識を獲得しうる可能性をテーマに据えている。この書でのソクラテスはしばしば快活で、自説を開陳する際には、かすかに侮蔑的な用語さえ用いている。しかしながら、「イデア」（あるいは「形相」）に関するプラトンの教えがなければ、何人たりとも自分の用いている言葉によって、真の知識に到達することがないのは、疑いえない。

『クラテュロス』の中でのソクラテスは、万物は常に流転の状態にあるとするヘラクレイトスの教説に、深い困惑を覚えている人物として登場する。もし言語もこの性質を帯びているとするなら、われわれが何かを意味しようとして使う言葉という記号も、言葉によってわれわれが名指す事物も、そしてわれわれ自身も、絶えず変化するため、いかなる領野においても、不変の確実さはありえなくなってしまう。仮にもう少し穏健なヘラクレイトス主義の立場を採用したとしても、事物はやはり絶え間ない変転の状態にあるため、その事物に関して人間は真の知識を獲得できない、とプラトンは考える。そうした事物に関してわれわれが得られるのは、臆見 opinions だけである。* 真の知識とたんなる臆見とを隔てる溝は、きわめて重大なものだ。(21)

* ここでの《opinion》は、ギリシア哲学でいう《δοξα》（ドクサ）を指している。

今日われわれは、知覚から立ち上がってくる経験主義的な知識に、第一義的な価値を認めがちである。だが、プラトンがその『テアイテトス』*Theaetetus* の前半部で突き崩したのは、まさしくそうした見方であった。プラトンからすれば、知覚からは、いかなる真の知識も得られない、というのも、知識はあくまで概念と関わる問題であり、概念とは、感覚ではなく精神と関わる問題だからである。当時大きな勢力を誇っていたヘラクレイトスの正説と戦っていたプラトンは、永遠とは言わずとも、せめて長期にわたって意味が固定化したままの言葉を、言語は少なくともいくつかもっている必要があると感じていた。こうした先行必要条件が満たされないかぎり、いかなる主張もその真偽を判断できなくなる。だが奇妙なことにこの考え方が、ソクラテスを、ヘラクレイトス派のクラテュロスのほうへと引き寄せる結果になった。というのも、クラテュロスは、事物がしかるべく名付けられた場合には、その事物はみずからの真の本質に見合った名称を得る、と考えていたからである。

しかしながら、世界が絶え間ない流転にさらされているかぎり、また、言葉自体は個々の特定の事物しか名指しえないかぎり、クラテュロスのいうような言語を想定したとしても、言葉は結局真理とではなく、臆見とのみ関わるにすぎなくなる。たとえば、数多くの美しい事物を次から次へと命名できたとしても、それらをすべて足し合わせたところで、哲学者が美について真の知識に到達するはずはないのである。われわれが理解することのできる実体、しかもヘラクレイトスのいう万物流転に左右されない実体が存在することを受け入れる用意がないかぎり、いかなる事物に関してであれ、その真の知識に達することは不可能なのである。

プラトンをイデアの学説へ向かわせたのは、以上のような考察であった。イデアは揺るぎなく不変で恒久であり、一方、神を除くその他のいっさいは、儚《はかな》く移ろいやすい。もし言葉が何らかの方法でこの安定性に参与できれば、つまり天界のイデアがもつ不変性の幾分かでもみずからの内に取り込むことができれば、言葉は知識の源泉となりうるだろう。

ここで生じる障害は、人間の言葉のように脆弱で儚いものを、不変の荘厳なるイデアといかに関連付けるのか、という点である。とはいえ、人間が単なる臆見を離れ、真の知識が支配する王国へとたどり着くためには、儚い過渡的な領域から脱出し、恒久なるイデアの世界へと渡る方法を、なんとか見出さねばならない。

ここに至って、ヘラクレイトス主義の流れをくむクラテュロスの言語観がきわめて魅力的に映り始める。共通の名称を与えられた個々の事物(たとえば、すべてのテーブルなど)について知りうるのは、われわれがその事物の本質を把握している場合にかぎられる。名前それ自体は、命名者によってしかるべく課されていれば、人間に事物の本質を見極めさせる道具となる。これが正しければ、人間は名前を通して、何らかのイデア的形態を学べるかもしれない。こうして、真の知識が構成されることになる。

実際には、ソクラテスはまだ試行段階にあるにすぎない。しかしながら、私が調べた『クラテュロス』のさまざまな翻訳版のうち、彼のこの試みに触れている版は、ひとつもない。ソクラテスは、言葉およびその語源が、真理の理解へと繋がっていく可能性があると認めている。だが、そうはならない可能性もある。

『クラテュロス』の右のような側面をラブレーはよく見ていた――しかも、少なからぬ同時代人よりもずっと明確に見極めていた。この主題に関して、ラブレーはきわめて独自な立場を取っている。もっとも、第五五章でこのテーマをめぐって非常に刺激的な発言を行なうまで、われわれ読者を宙吊り状態に置いて焦《じ》らしている。ただし読者をこのように待たせるのには、それなりの理由がある。ラブレーにはとりわけ、蒙を開く前に、まずは混乱の種を蒔こうとする嫌いがある。彼は、その芸術的才能でもって読者の心の内に築き上げた確実な事象のいくつかを、意図的に混乱させるのである。それはあたかも、池の静かな水面《みなも》に映る明瞭で鮮明な像は、故意に水をかき混ぜて、まずは乱される必要があるかのようだ。この点に気づき、必要な修正を施すには、読者には時間が必要になる。

一方、名称にまつわる冗談に加えて、ラブレーはイデアと戯れるようなジョークも積極的に飛ばすようになる。アンドゥイユ族の逸話から離れるに当たって、読者の耳に残るのは、初期の語呂合わせ（「腸詰滅多切り隊長《リフランドゥイユ》はアンドゥイユ族を切りまくり、血腸詰みじん切り隊長《タイユブーダン》は血腸詰《ブーダン》族を細切れにした」）〔第四一章、渡辺訳p.203〕ではなく、むしろ、アンドゥイユ族の空飛ぶ豚が、実は彼らの守護神で、しかもマルディ・グラのイデーであるという実に愉快な話のほうである。この種のユーモアの新たな源泉のおかげで、複数の逸話が思いもよらず繋がるケースすらある。たとえば、教皇崇拝《パピマーヌ》族は、教皇を崇拝するだけではない。彼らは、高い祭壇の上部に飾った「地上におけるこの善良なる神のイデー」――実際は実にみすぼらしい肖像画にすぎないが――をも崇めるのである〔第五〇章、渡辺訳p.231〕。

こうした冗談が、プラトンのイデアに関する実際の理論を突き崩すわけではない。こうした冗談は何よりもまず、ラブレーが『第四之書』の神話的クライマックスでこの主題に舞い戻ってくるまで、読者の心に、前述したような諸見解を生き生きと保つ役割を担っているのである。

14　風《リュアック》の島の住人たち〔第四三章、四四章〕

カレームプルナンとアンドゥイユ族とは、好一対のライバルではない。ラブレーおよびその主人公は、「黄金の中庸」の擁護者として登場するが、この二つの存在は、均衡の中心点から等距離にあるわけではない。アンドゥイユ族は、過誤や背信はあれ、カレームプルナンに比べればずっと誤りも少なく、はるかに愉快な連中でもある。一方、反自然《アンチフィジー》のほうは、『クラテュロス』の読者ならその名から察しがつくような生き物、すなわち、カレームプルナンのごとき不敬にして怪物的な生き物を産み落とすのである。

教皇に「指万古」*をして、教皇を嘲弄したために敗者となった教皇嘲弄族《パプフィーグ》と、教皇を熱烈に支持し勝者となった教皇崇拝族《パピマーヌ》とをめぐる、一対の逸話の場合にも、似たような不均衡が見てとれる。読者には、ラブレーの非難がどちらに向けられているか、即座に理解できる。だが、この新たな一対のライバルたちに遭遇する前に、読者はまずリュアック島に寄り道していく必要がある（*QL* xliii f.）〔『第四之書』、第四三章、第四四章〕。

＊　第四五章、渡辺訳 p.213.「指万古」は渡辺訳による。原文の « faire la figue » は、親指を人差し指と中指のあいだに入れて相手に突き出し愚弄する仕草。なお、原文には「教皇の肖像画に指万古をした」とある。

このエピソードは、短いが実に興味深い。この逸話とともに、ほぼ十七、八年前の『ガルガンチュア物語』で随所に見られたスカトロジックな冗談が、久方ぶりに復活してくる。ラブレーのスカトロジーが、野卑な庶民の悪趣味に対する譲歩だとする俗説があるが、これが事実に反することを証明せねばならないとしたら、この逸話こそその証拠を提供してくれるだろう。というのも、ここでのジョークは、さまざまなレベルで学識に富んでいるからである。

そもそも島の名称からして、ヘブライ語にある程度通じていることを要求している。第二版以降の『第四之書』は、「難句略解」で、この名を「リュアック、ヘブライ語で風ないしは霊」と説明している。しかし、初版の読者の場合は、独力で理解できることが想定されていた。これは、ヘブライ語の名前は、その名をもつ人物ないしは事物の基本的かつ本質的な側面を、幾ばくかは必ず示唆している、という見方を笑い飛ばしているジョークなのであろうか。この名前だけから、読者は、ここの島民が霊的存在なのか、あるいはたんに風と関係が深いだけなのか、いったいどうすれば見わけられるというのだろうか。もちろん、われわれ読者はその後すぐに、彼らが、自分で選んだ風を貪欲に貪りながら生きている、一種の「空気袋」であると知る。彼らは死ぬとき、風をがつがつ喰らって生きている者には実にふさわしいことに、放屁により霊魂を放り出す。ここで使われている表現は非常に印象的である。「そして男は高鳴り屁をひりながら、また、女は透かし屁をひりながら死んでいく。つまり彼らの霊魂はけつの穴から立ち去るのである」（*QL* XLIII, 50）〔第四三章、渡辺訳p.208. なお、「高鳴り屁」、「透かし屁」は渡辺訳による〕。

われわれは再び、死に際して霊魂が肉体から去る話に出遭う。ただし今回は、ランジェー公やキリスト＝パンの死ではなく、太った豚のごときエピクロス主義者の死に関わっている。前者に対しわれわれ読者は涕涙《ているい》を禁じえないが、後者の場合はただ笑いこけるばかりである。

最初に気づくのは、われわれ読者が濃密な医学的ジョークの世界に引き込まれていることであろう。まず、ヒポクラテスの論考である『腸内ガス論』*De flatibus* や、医学博士号（彼が一五三〇年に取得した「医学得業士」とは別に）を取得するうえで尽力してくれた、ラブレーの学問上の尊崇すべき庇護者スキュロン先生への言及がある。さらにこの逸話を扱った二章には、丸薬や下剤、浣腸そして吸い玉〔ガラスでできた球体の中を熱し、皮膚に当てて血を吸引する道具〕などを「ネタ」にした、かなり大袈裟な医学的ジョークがちりばめられている。逸話の一番最後を飾る単語――しばしば重要な内容を明らかにするものだが――は、「医者たち」*Medicins* となっている。ここでは、風車喰らいの巨人であるブラングナリーユが、医者たちの助言を実践したがために死んでしまった顚末が語られているのである。そもそも、ブラングナリーユがリュアックの島民を悩ませ始めたのも、彼の医師たちの処方箋に従った結果であった〔第四四章、渡辺訳pp.211-212〕。

医学的ユーモアは、「風を喰らって生きる」*vento vivere*、つまりは「ほぼ虚無を喰らって生きる」を意味する古くから伝わる決まり文句を元に、それなりに学識を要するジョークとも密接に繋がっている（*QL* XLIV, 5）〔第四四章、渡辺訳p.210〕。エラスムスはこの文言もリストに入れ、『格言集』（IV, 9, 3）の中で説明を施している。基礎的な学識を欠いている読者の場合、ホラティウスの『オード』(II. 16. 27) から引かれた、「完全無欠な幸福は存在しない」*Rien n'est beat de toutes pars* という、勘どころとなる一行にも気づかないだろう〔第四四章、渡辺訳 p.210〕。この文句は、当時ことわざとして広く知られていたから、決して珍しいものではない。それでも、一般庶民とは無縁のものであった。

ブラングナリーユによるリュアック島訪問は、この箇所を前のほうの章と繋げてくれる。風車を喰らう巨人というそもそもの発想は、『パンタグリュエルの弟子』から直接とられている。もっともそこでの物語は実に単純で、医学的学識や哲学的ユーモアの片鱗もない。だが『第四之書』の第十七章でわれわれがブラングナリーユと出くわすときには、すでにジョークは明確に医学的になっている。ジャン修道士がカレームプルナン相手に駆使した鍋や釜と同類のものを暴食したために、ブラングナリーユが死んでしまったのは、たんなる偶然であろうか*(*QL* XVII)。彼の医師たちは、毎年リュアック島を訪れて、風車を丸薬のように飲み下剤代わりにせよ、と助言している。リュアック島の住人たちは、特別の連禱を唱えて彼の訪問を阻止しようとするが、結局のところ年に三、四回は四旬節の断食を余儀なくされるのである(*QL* XLIV, 37)〔『第四之書』第四四章、渡辺訳 p.211〕。以上から、全体が実にうまく繋がってくる。リュアック島の住人はある意味でカレームプルナンの弟子筋に当たり、おそらくは四旬節直前の暴飲暴食に耽っているのであろう。

＊『第四之書』第十七章。ジャン修道士が料理番たちに道具を持たせて戦わせた相手は、正しくはアンドゥイユ族であって、カレームプルナンではない。

哲学面から言えば、彼ら野卑な島民たち(その名称は「ベーズキュ」や「ユームヴェーヌ」〔『パンタグリュエル物語』第十章、渡辺訳 p.87、宮下訳 pp.140-141〕を想起させる)は、単純素朴で無害な快楽主義者《エピキュリアン》である。パンタグリュエルはこう述べている。「至高の善は快楽に、それも困難を伴わない安易な快楽にあるという意味で、エピクロスの見解を認めていらっしゃるのであれば、あなた方はまことに幸せな方々だと私は考える」(XLIV, 3)〔第四四章、渡辺訳 pp.209-210〕この島の人々は無神論者ではない。というのも、彼らにとって良質の美味なる風とは、「神がくださる上質の大いなる風」だからである。つまりは、一種の「天界の糧《マナ》」なのである。

アンドゥイユ族は、「自分たちの聖杯かつ天与の霊薬」として、マスタードに熱烈な敬意を抱いている〔第四二章、渡辺訳 p.206〕。

それに続くこの章では、「風袋」たちの国王が、その昔オデュッセウスが所有していた特別な風を持っていると記されている。しかも、「国王はそれを、当代の聖杯として大切に守り続けていた」のである〔第四三章、渡辺訳p.209〕。アンドゥイユ族もリュアックの島民たちも、常に低次元の事柄ばかりに目を奪われている点は明白である。彼らのいう「聖杯」ですら、世俗的にして物質的である。もしリュアック島の島民たちの安易な快楽主義が仮に正しいものだとすれば、彼らに似つかわしい霊魂とは、やはり身体の中でも最も下卑た穴から立ち去るような霊魂以外にないだろう。人間の霊魂に備わった、より高次の特質と機能とが、この島でいったい何の役に立つのかはさっぱり見えてこない。

ガスばかり放っている野卑で快楽主義的《エピキュリアン》なリュアック島の人々は、現世および来世に関し、愚かしいほどの勘違いをしている。このことをわれわれは、なされた説明を通して知るに至る（仮に知ることが可能だとして）。読者はそれをパンタグリュエルから教わるわけではない。パンタグリュエル自身は、彼の言葉を文字どおりにとるならば、非難のニュアンスのこもったコメントはいっさい口にしていないからである。

こうしてラブレーは、われわれの確信に故意に揺さぶりをかけてくる。というのも、パンタグリュエルに言わせれば、単純なエピクロス主義が仮に正しい哲学であるとするなら、放屁ばかりしているリュアック島の住人たちですら、正しい生活を送っていることになるからだ。ではなぜわれわれはリュアック島の人々が間違っているとわかるのだろうか。それは、ラブレー作品におけるスカトロジックな冗談には、常に非難のニュアンスが込められていると、われわれ読者がすでにわかるようになっているからである。この点については、作品のさらに後の章で明快な指摘がなされる。だがこの時点では、パンタグリュエルに助言を仰いでも、読者には何も示唆されない。相手が、リュアック島の住人であれ、教皇嘲弄族《パプフィーグ》であれ、あるいは教皇崇拝族《パピマーヌ》であれ、パンタグリュエルはほぼ同じように、優しく微笑みかけるばかりである。

換言すれば、パンタグリュエルはしばらくの間、公然と規範を示す存在ではなくなるのである。その意味深長な沈黙や、真理を直観的に把握できる能力、そして高らかに非難したり朗々と判断を下したりする様子は、影をひそめる。『第三之書』においては、彼の権威に満ちた発言は、旧約聖書の預言者ないしはストア派の賢人（といっても、いずれの場合であれ、キリスト教の真理の光に包まれてはいるが）に相通ずるような力強さを備えていた。ところが『第四之書』になると、その前半部においてすら、パンタグリュエルはその判断力によってではなく、むしろその言動や沈黙によって、自己を表現するようになっている。『第四之書』の後半部に入ると、彼の役割はさらに予想外のものになっていく。パンタグリュエルは読者を宙ぶらりんの状態で置き去りにするため、読者の方は、彼の発言をどう解釈すべきかわからなくなるのである。リュアック島の住民を非難するどころか、彼は、形式的な礼儀正しさの典型に成り下がっているような印象すら受ける。「パンタグリュエルは彼らの風習と生活の仕方を褒め称えた」〔第四四章、渡辺訳p.209〕。続く展開を追っていくと、この当惑を覚えるような寛容さが、偶然の産物ではないとわかる。つまり、単発的な現象ではない。いかなる島民であろうとも、またいかなる状況下にあろうとも、みな揃いも揃って称讃されるのである。相手の真価などにはおかまいなしに施し物が与えられる。そのうえ、他の登場人物が発言したほうが間違いなくしっくりくる内容を、わざわざ違和感を覚えざるをえない人物に語らせたりもするのである。

このように読者の確信をぐらつかせるやり方は、『第四之書』の本質の重要な部分をなしている。ヘラクレイトス流の流転や可変性は、その影響がパンタグリュエルにまで及ばないかぎり、十全には感じられないだろう。実のところ、一五三二年以降、彼はすでに、かつ知らず知らずのうちに変化を遂げている。だが、一五五二年に新しい役目を負うに当たっては、さらなる変化が求められているのである。この時点で彼が話す内容には、解釈を施さねばならない。言い換えれば、彼の話を常に文字どおり真に受けてはならない。以前の「準無謬性」は気まぐれのように示されるだけである。しかもそれは、新たな形をとるようになり、以前よりも唐突かつむき出しの印象が強い。そうでない時には彼は、しばしば実に凡庸な事柄や、聖書ないし古典古代の権威など微塵も感じさせない言葉を、平気で口にする。訪問先の人々に対する彼の常識的で礼儀正しい反応は、われわれが把握している彼の本当の人柄とは、とうてい相容れないような言葉に結実してしまう。

パンタグリュエルの性格に再び思いきった変化をつけることで、ラブレーは、哲学的不確実さの領域で、この作品に新たなクライマックスを設けるのに成功しているのである。

ここでパンタグリュエルは批判するだろう、と読者が予期するような多くの箇所で、彼は言葉による難詰を控え、礼儀正しく振舞い通している。彼のこの姿勢を説明する気になれば、幾通りもの理由が挙げられる。彼は礼儀を重んじるべき君主である。したがって、礼儀正しさは不可欠と言ってよい。あるいはこうも言える。彼は、善意をもって解しうる事柄は決して悪意にとりはしない、あのパンタグリュエリスムの信念に貫かれているのだ。『第三之書』ではエピステモンも、死期を迎えつつある詩人ラミナグロビスの言葉を、同様に解釈していた（もっとも、その内容は素朴で誤ってさえいるが）（*TL* xxii, 63）〔『第三之書』第二二章、渡辺訳 pp.139-140, 宮下訳 pp.263-264〕。今のパンタグリュエルの発言内容は、皮肉で反語的なのかもしれない、とも言える。だが、作品がその野心的な結びに近づくにつれて、読者は、意味と真理とをめぐる根本的な問題に直面する。というのも、言葉は必ずしもその文字どおりの内容を意味するわけではないからである――パンタグリュエルの場合はとくにそうである。『第三之書』中ではきわめて安定していたパンタグリュエルの性格も、いまや別のキャラクターに変貌を遂げている。『第三之書』でのパンタグリュエルは、特別の「アパテイア」に恵まれた主人公であり、無意味ないし愚昧な発言を耳にしても、「憤慨したり怒ったり悲しんだりすることはまったくない」〔『第三之書』第二章、渡辺訳 p.39, 宮下訳 p.66〕人物であった。ところが『第四之書』になると彼は憤りを露わにしている。読者は、悲しみに暮れている彼を、また、かなり頻繁に「憤怒」している *fasché* 彼を目にすることになる。こうした変化は、首尾一貫しているため、些細な偶然の産物ではありえない。ラブレーはパンタグリュエルを造形する際に以前使用した鋳型を、今回は粉砕してしまったのである。パンタグリュエルが仮に今回も、『第三之書』におけるごとく常に確実に正しいとするならば、また、その発言内容も常に平明で文字どおり明快であるとするなら、『第四之書』に特有の哲学的緊張は存在しなくなってしまうだろう。そこでラブレーは巧みに、読者が行間を読まざるをえないように工夫しているのである。言い換えれば、読者向けの明白な指標ははるかに減少している。たとえば、主人公たちを大嵐から救うのは、大いなる奇蹟に他ならない。だが、その奇蹟自体は語られも、描写されもしない。奇蹟は、登場人物たちが冗談を言い合っているうちに、いつの間にか成就するのである（*QL* xxi, end ; xxii, beginning）〔『第四之書』第二一章の終りと、第二二章の冒頭〕。さらに例を挙げれば、パンタグリュエルはパンの死に関するみずからの解釈を、声高に説明したりはしない。

彼は、物静かに語り、他の者たちが歓喜に包まれるなかで、ただひとり涙に暮れるのである。

彼はいまや『第三之書』の時よりもずっと人間的であり、かつ時としてより強く霊感に与ることもある。また、より複雑な人物像にふさわしく、その発言からは、単刀直入な側面が希薄になっている。

ラブレーは教皇嘲弄族《パプフィーグ》に対し読者の同情を引き寄せてから、今度は教皇崇拝族《パピマーヌ》を心底笑い飛ばすようわれわれを誘《いざな》う。その後、われわれはいかにして自分の知っていることを知るに至るのか、という問題に彼は取り組むことになる。

ラブレーがこれに関し自説を展開するまで、読者は、笑いと示唆と仄めかしのみで満足せねばならない。

しかしながら、リュアック島の住民に関して言えば、ラブレーはわれわれを中途半端な状態に放置したわけではない。読者は、なぜパンタグリュエルの非難が、粗野なエピクロス主義は人間にとって真の哲学にはなりえない、という条件付きの、これほど生ぬるいものなのか訝《いぶか》しく思いはする。だがわれわれ読者は、たらふく風を喰らい、死ぬときには放屁とともに魂を放り出す、彼ら肥えた快楽主義者たちを、笑い飛ばさずにはいられない。この事実だけでも、彼らが誤っていることを示すのに十分である。

ラブレーの読者たちには、笑いと直結するさらなるヒントが与えられている。ただし、学識に根ざした彼のジョークに敏感な読者であっても、今回は気づきにくい。このユーモアは、適切にも、固有名詞を下敷きにしたものである。この逸話の中では、ラブレーの良き師であり指導者でもあった人物が、思いがけなく登場している。その箇所で読者は、リュアック島の住人たちが、ある種の風を使っていかに健康に良い煎じ薬を作っていたかについて、お喋りしている場面に出くわす。チビで太っちょのリュアックの島民は言う。

おお、北西風《シエルス》と呼ばれるラングゴット〔ラングドック〕地方のあの素晴らしい風を入れた袋が手に入ればいいのになあ。かの気高き医師スキュロン先生は、ある日この島に立ち寄られたおりに、この風は猛烈だから、積荷を満載した荷車を何台もひっくり返すだろう、と手前どもにおっしゃいましたな。あの風さえ手に入れば、手前の膨れた脚にも、よく効くはずなんですがねえ（*QL* xliii, 22f.）〔第四三章、渡辺訳pp.207-208〕。

スキュロン先生への言及は、敵意に満ちているようでもあるが、そうとは言い切れない。彼の名前を用いたここでの言葉遊びは、この島の、肛門を中心に生きる快楽主義者たちの逸話にはまさしくうってつけである。「スクラ」*Succra* は、ふざける者ないしは道化を意味するラテン語である。また、「スキロン」*Scyron* はアテネ人が北西風を指す名のひとつである。「スキロン」はさらに、キケロが言及しているエピクロス派のある哲学者の名前でもある。そのうえ、これが博識に支えられた語呂合わせである点も、最後に指摘しておこう。私は、ラブレーの友人であったブシャールの言葉にこの説明を負うている。彼によれば、フランス人は、「ギリシア人が『ハイモロイデス』*haimorroides* と呼ぶものを『スキロン』*scyron* と呼んでいる」らしい。ラブレーのジョークは、ある種の甲殻類と、お尻の痔の両方を意味する「ハイモロイデス」*haimorroides* という語に基づいている。「スキロン先生」こと「痔核先生」は、ガスで膨れ上がった快楽主義者を診てくれる医師としては、実に適切である。(22)

下品なまでに膨れ上がったリュアックの島民は、十六世紀が渇望した贅沢や快楽の追及を下敷きにして発想されている。彼らは、山ほどの消費財に圧倒されたりはしない。ヨーロッパにおいて、二十世紀よりも前の、長い飢えた世紀における快楽の追求理想は、鯨飲馬食することに尽きていた。この点は、ガステル師の逸話でさらに明らかになる。リュアックの島民たちは、食って飲んで楽しく暮らしている。こうして、彼らの汚らしい霊魂は彼らに似つかわしくなる。しかも将来死ぬときには、その霊魂が肛門から立ち去るのも、また滑稽なほど彼らにふさわしい旅立ち方である。

15　教皇嘲弄族《パプフィーグ》と教皇崇拝族《パピマーヌ》〔第四五―五四章〕

教皇嘲弄族《パプフィーグ》は、われわれ読者の笑いではなく同情を呼び起こす。ここでの唯一愉快な話といえば、本筋とは無関係だが、まだ青二才の悪魔どもが、機転の利く農夫にまんまと騙される逸話くらいであろう。これを別にすれば、教皇崇拝族《パピマーヌ》によってさんざん荒らされ、いまや彼らの支配下にあるこの島の悲惨な状況に対しては、同情の念がはっきりと示されている。ここには、慈愛に満ちた真の教会の懐に、再び迎え入れられた異端者に関する叙述はいっさいない。また、迷える子羊がカトリック教会に再び包み込まれる様子も、戻ってきた放蕩息子を父親が優しく許してやる場面も、まったく描かれていない。教皇嘲弄族《パプフィーグ》がかつて有していたいっさいが打ち砕かれ、廃墟の中で彼らに取って代わった迷信的な司祭が農民を支配している。彼ら勝ち誇った司祭たちは、「冒頭の書簡」で非難されている司祭連中、すなわち、パンを求めたのに石を投げ返してくるような聖職者たちを髣髴とさせる〔渡辺訳p.20〕。

この逸話は、聖職者や教皇への敵意をはらんだ、福音主義的な見解を主張する一種の口実としても機能している。読者に語られているところによれば、いまや学生たちはそれぞれが聖書を手にしている。したがって彼らを地獄落ちにするのは、その分よけいに困難になったという。哀れなチビ悪魔どもも認めているように、偽善坊主《カファール》の連中が弾圧や火炙りなどの手段に訴えて、彼らが聖パウロを読むのを完全に禁じないかぎり、もはや学生の魂を貪り食うことは叶わなくなる（*QL* XLVI, 71f.）〔第四六章、渡辺訳p.219〕。

陽気快活族《ガイヤルデ》 **Gaillardez**（教皇嘲弄族《パプフィーグ》は以前はこう呼ばれていた）の虐殺から益を得るのは、悪魔と司祭たちだけである。教皇嘲弄族《パプフィーグ》に対しラブレーがわざわざ示している好意的な扱いは、彼が『第四之書』の出版に向けて準備していた時期とも密接に関係している。一五五一年は、既述したとおり、ガリカニスム主義者たちの反教皇の熱意が、危機的な域にまで達した年だった。だが、ラブレーの好意的な扱いは、ランジェー公の初期の政策とも繋がっている。この章は、ある意味では崇敬する英雄的人物への最後の讃辞であり、同時に、みずからの不倶戴天の敵に対する大胆な嘲笑でもある。

かつては実に陽気だった「ガイヤルデ族」、今は教皇嘲弄族《パプフィーグ》となってしまった人々の背後には、一五四五年にメランドールとガブリエールで、大虐殺の犠牲となったワルド派〔ヴァルドー派とも〕（プロテスタントの一種と見なされた）**Vaudois** の存在が見えてくる。デュ・ベレー家の政治的目標に敵意を抱いていた世俗の政治家や高位聖職者たちは、長期にわたって策略をめぐらしたすえ、彼ら素朴な庶民に対し、血みどろの残虐きわまりない迫害を加えた。その激しさは、宗教的ないし政治的な不寛容にすでに免疫になりつつあった人々をすら震撼させたのである。

一五四五年の大虐殺は、デュ・ベレー家のライバルであるトゥールノン枢機卿の政策の勝利を示すものであった。枢機卿は、武力に訴えて、異端を殲滅し、体制的なカトリックを強要しようと画策してきたからである。この事件により、デュ・ベレー家のジャンおよびギヨーム双方との対立は、きわめて鮮明になった。デュ・ベレー家のほうは、開かれた仁愛の精神と、カトリックをより広く解釈したうえでの、平和的寛容に立脚した政策を模索していた。こうした政策は、ある意味では、フランスの国益を冷静に計算したうえで弾き出されたものである。だが、過去の政治家の動機を、その冷徹な側面にばかりこだわって解釈するのは、必ずしも正しくない。その証拠に、クレスパン〔クレパン〕は、感動的なほどプロテスタント側に肩入れした著書『殉教の歴史』の中で、カトリック教徒のギヨーム・デュ・ベレー（ランジェー公）を、この悲しい出来事における英雄のひとりとして扱っているのである。ピエモンテの国王代理官であったころ、ランジェー公は、メランドール地方での不正行為や、臣民がすでに被りつつあった弾圧について、調査を行なうよう命じられている。ランジェー公が派遣した使節団は、ワルド派の移住者たちに関し、非常に好意的な報告を行なっている。彼らは、フランスの中でも人口のまばらな荒廃した土地に移り住み、そこに産業と富とをもたらしたからである。なるほど、確かに彼らワルド派は、聖水は使わないし、祈りの際にも十字を切らない。だが非常に敬虔であり、冒瀆的言動はいっさい許容しない。一五四三年、公的な異端誓絶を求められることはないであろう、と告げられたワルド派の人々は、安堵に胸をなでおろしている。「彼らがカトリック教会のしきたりに従って生活していないこと、および教皇に対しても、一般の人々に対する以上の敬意を抱いていないことは、すでに万人の知るところだからである」（Crespin, 1619 edition, p.145f.）。

ランジェー公は、持てる力のすべてを使って、なんとかワルド派を護ろうと尽力している。現地の高等法院の部長評定官シャサネを援助し、宮廷内では調停に奔走し、そのうえワルド派とその生活に関する好意的な報告まで行なっている。だが、異端ワルド派を殲滅したいともくろむ者たちにも強力な指導者がいた。その頂点に立っていたのがトゥールノン枢機卿である。彼はエクサン・プロヴァンスの司教と協力しつつ、迫害と弾圧の実行を狙っていた。国王は、この迫害には否定的だと思われていた。もっとも、国王の気が変わる可能性は十分にあると考えられてもいたのである。その時期がくるまでは、ワルド派を虐殺することは、トゥールノン枢機卿に取り入ることと同義であった。

哀れな教皇嘲弄族《パプフィーグ》が、かつて「ガイヤルデ族」Gaillardetz と呼ばれていた事実は暗示的である。というのも、無節制のニュアンスが多少漂ってはいるものの、これは明らかに陽気さと社交性を示す名称だからである。むろん、この語の背後にいまだ不明なままの暗示が潜んでいる可能性はある。いずれにしろ、乾き屁《ペトセック》 *Pettesec* という愉快な名前の尼僧院まで修道女を誑《たぶら》かしに行くチビ悪魔たちが狙っているのも、彼女らを「淫楽という陽気な罪」*guaillard peché* de luxure に陥れることであった〔第四五章、渡辺訳 p.216〕。

教皇嘲弄族《パプフィーグ》は、「ラビ」*Rabiz* すなわち自分たち独自の聖職者を有している点でもワルド派を思わせる（*QL* xlv, 7〔第四五章、渡辺訳 p.213〕）。

このエピソードは、そこに込められた皮肉に説明がなされていないという点で、注目に値する。ラブレーはまるで、皮肉が本当に皮肉であるとどうやって認識できるのか、と読者を挑発しているようにさえ思われる。教皇崇拝族《パピマーヌ》が宗教行列の際に担いでいた教皇の肖像画に向かって、教皇嘲弄族《パプフィーグ》の代表者が軽蔑の仕草をした（「指万古をした」*fit la figue*）ために、彼らはその名を頂戴するはめに陥ってしまった。この仕業のゆえに、彼らは厳しい懲罰に値した、と読者は告げられる。以後彼らの子孫は、「その先祖や父母が犯した罪に対する永劫の罰」として、雹や嵐や疫病や飢饉、そしてその他ありとあらゆる災難に苦しまねばならなかったのである。これを額面どおりに受け取るなら、教皇崇拝《パピマーヌ》族の司教オムナース〔プロヴァンス方言で「馬鹿な大男」の意味〕がのちに書き記している話のとおりである*（cf. *QL* xlv, 47f. and li, 69f.）。

＊『第四之書』第四五章および第五一章。渡辺訳 p.214, p.236. 実際には、オムナースは「書き記している」のではなく「演説をぶっている」のである。

逸話全体は皮肉たっぷりに叙述されている。だがパンタグリュエルは何のコメントもせず、「人々の貧困と島の被った災難を考慮して」、教会の建築のために、一万八千枚の国王金貨《ロワイヨー》を献金箱に恵んだに留まる〔第四七章、渡辺訳 p.222〕。「人々が被った悲惨と災難」については、この逸話の冒頭からすでに強調されている〔第四五章、渡辺訳 p.214〕。さて、ここでも読者は置いてきぼりにされ、自分自身で結論を引き出すのを余儀なくされる。皮肉を際立たせる説明は皆無なのだ。教皇嘲弄《パプフィーグ》族の農夫は、鼻のところまで聖水に身を浸していたが、それに先立ち、「善良なるカトリック教徒らしく」comme bon catholicque 告解と聖体拝領とを済ませていた〔第四七章、渡辺訳 p.220〕。虐殺を免れた陽気快活族《ガイヤルデ》は、いまやおそらく全員が「善良なるカトリック教徒」なのであろう。この「カトリック」という語は、『第四之書』ではカレームプルナンに関して一回（xxix, 21）〔第二九章、渡辺訳 p.159〕、さらに強制的に改宗させられたここでの農夫に関して一回（xlvii, 17）〔第四七章、渡辺訳 p.220〕の、合計二回、諷刺的な意味を込めて使用されている。だがラブレーにとって「カトリック」という語自体は、本質的に侮蔑的な言葉とはとうてい言いがたい。教会分離主義者や異端同様に、福音主義者やガリカニスム主義者たちも、「教皇崇拝派」がカトリック教の独占をもくろんでいるのを、強く警戒していたのである。

教皇嘲弄族《パプフィーグ》は、教皇の肖像画に敬意を払わなかったために罰せられている――祝祭日にこの肖像を担ぎ回るのは「称讃すべき習慣」*louable coustume* であった〔第四五章、渡辺訳 p.213〕。ここでも読者は笑いを禁じえない。だが『ガルガンチュア物語』では、初期教会における幼児洗礼を称えるために、「善良なるキリスト教徒の習慣」*coustume des bons Christians* という表現が実に単刀直入に使われているのである（*QL* xlv, 10 ; *Garg.*, vi, 16）〔『第四之書』第四五章、渡辺訳 p.213 ;『ガルガンチュア物語』第七章、渡辺訳 p.52, 宮下訳 p.72〕。

ここでは、内容を強調する姿勢がラブレー自身に欠落している。この欠落は、パンタグリュエルにおける非難の欠如とあいまって、読者に次のような疑問を投げかけてくる。すなわち、われわれはいかにして、言葉があるときは率直に使われており、あるときには皮肉交じりであるとわかるのであろうか、と。

教皇崇拝族《パピマーヌ》を扱ったエピソードの場合、ラブレーはわざわざ時間を割いて、読者に対し自分の書いている内容を冷静に、かつ逐一説明しようとはしない。それにもかかわらず、ここでは、皮肉と愉快な諷刺とが、他の箇所以上に強烈に感じられるのである。さらにわれわれ読者は、彼ら教皇崇拝族《パピマーヌ》が、福音書の対極に位置していることも理解できる。現に彼らは、反自然《アンチ・フィジー》が自然《フィジー》と対立していたのと同じように、彼ら特有のあり方によって、福音書そのものと対立しているのである。

教皇崇拝族《パピマーヌ》をめぐる喜劇の基本的枠組みは、きわめて単純なものである。教皇派の法曹家たちは、何十年も前から、現教皇の力はかぎりなく大きいため、教皇は「あたかも地上の神のごとき」*quasi Deus in terris* 存在だと主張し続けてきた。ある有名な文献の中で、彼らはなんとこの「あたかも」*quasi* を書き込むのを忘れてしまったほどである！　この欠落は嘲笑の的となった。プロテスタントや教会分離派のみならず、ローマ教皇庁と教皇派の法曹家たちの思い上がりに慄然とした多くのカトリック教徒も、彼らに痛烈な皮肉を浴びせたのである。「あたかも地上の神のごとき」という表現は、多くの説教やプロパガンダの文書および諷刺的著作の中で、何度も引き合いに出されている。ラブレーの場合は、滑稽なプロパガンダの効果を高めるために、ありえぬことを信じているふりをしている。つまり、彼ら教皇派のカトリック教徒は偶像崇拝者であり、ローマに君臨している自分たちの小さな神を崇拝するほどには、天の真の神を熱心に崇めてはいない、と信じているふりをしているわけである。新教皇に対する尊崇の念を表わすために使われていた「崇める」*adorer* という類の単語や、聖座宣言《エクスカテドラ》 **ex cathedra** の無謬性（普遍的に受け入れられていたとはとうてい言えないが）という主張が、ある程度、右のような嘲笑を正当化する根拠となっている。だが言うまでもなく、教皇であれその熱烈な支持者であれ、キリストの代理者に本気で神性を求めようとした者など存在しない。ローマからはるか彼方の小さな島で、素朴な住民が教皇を地上の神に仕立て上げている、というラブレーの柔軟な想像力の賜物が、この爆笑を誘う物語に結実したのである。これは実に愉快な話である。だが一五五一年から五二年の文脈内においては、同時にきわめて辛辣でもあったのである。

　キリストの宗教の真髄は、以下の二つの掟の内に要約されている。モーセの律法や預言者の言はこの二つの掟の周囲に配されているに過ぎない。

〔イエス言い給ふ〕「なんぢ心を盡《つく》し、精神を盡し、思ひを盡して主なる汝の神を愛すべし」
これは大にして第一の誡命《いましめ》なり。第二もまた之にひとし「おのれの如くなんぢの隣を愛すべし」〔「マタイ伝」第二二章三七―三八節〕

教皇崇拝族《パピマーヌ》はこの両方を破っている。父なる神は、燃え盛る柴の中で、純粋な存在としてモーセの前に現われる。「我は有りて在る者なり」«I AM THAT I AM»。ラテン語訳では、「我は在る者なり」«Ergo sum qui sum»。セプトゥアギンタの版では、「我のみが存在する者なり」«I alone am the Being-one»となっている。つまり、我のみが真に存在する者なり、というわけである。現世のいかなる者も、この断言に匹敵しうると考えることはできない。しかしだからこそ、教皇崇拝族《パピマーヌ》の逸話では、この神と張り合おうとする存在が、冒頭近くから登場してくるのだ〔第四八章、渡辺訳p.224〕。というのも単純な教皇崇拝族《パピマーヌ》は、唯一の神に拮抗しうる現世の神がいると本気で信じているからである。もっとも、この教皇という地上の神には明らかに人性が備わっており、ラブレーはこの点を滑稽きわまりない言いまわしで強調してみせる――そもそも女教皇ヨハンナ*でもないかぎり、教皇様にはデカイ金玉がついているに決まっている。当然おケツもあって、真の崇拝者ならそのおケツにも接吻できる。案の定、教皇崇拝族《パピマーヌ》たちも、機会さえあれば、そのおケツにキスしたいと主張しているのだ（*QL* XLVIII, 1-61）〔第四八章、渡辺訳pp.222-224〕。

＊　伝説上のローマ教皇。九世紀中頃に、男に扮して教皇に選出され、ヨハネス八世として二年半在位したが、出産により絶命したと伝えられている。

一五五一年から翌五二年の時期、すなわちフランスが英国国教会式の改革に接近しつつあった時期においてすら、ラブレーは、ガリカニスムを奉じるフランス王権派のプロパガンダが直接求めていた要求よりも、はるかに過激な内容を主張している。この点はすぐに明らかになる。そもそも、英国国教会が完全に分離を果たした後に、デュ・ベレー兄弟は一五三〇年代のロンドンに滞在している。その期間に彼らは、誰かが丁寧な口調で、教皇を「ローマ司教」と呼んでいるのを耳にしたかもしれない。一方、トマス・クロムウェル〔（一四八五頃―一五四〇）ヘンリー八世の最高政治顧問〕をはじめとする人々は、教皇を「偶像」呼ばわりしていた。ラブレーは、クロムウェルおよび彼と同意見の人々のほうに与しているように映る。少なくとも教皇崇拝族《パピマーヌ》にとって、教皇は偶像《アイドル》である。彼らの教皇崇拝は、偶像崇拝以外の何物でもない。

彼らは誤った神を崇めている。したがって、第一の最も重要な掟に反している。のみならず、彼らは第二の掟にも反している。彼らの司教は、流血と暴力とを厭わぬ人物であり、残虐な弾圧や投獄、拷問、その他見るもおぞましい虐殺に、喜んで手を染めるような男である（*QL* LIII）〔第五三章、渡辺訳 pp.243-244〕。キリストの定めた掟も、この司教の口にかかるとこうなる。「汝はその隣人をおのれのごとく愛すべし、ただしそいつが異端者でないかぎりは」（*QL* LI, 70-83）〔第五一章、渡辺訳 p.236〕。

こうした誤りは彼らの聖典に由来する。聖典といっても聖書ではなく、教皇の法、すなわち教皇教令集《デクレタル》 Décrétale(s) のことである。教令集とは、聖座に提出された疑問に対する教皇の返答を集めたもの、換言すれば、教皇の権威のみに基づいて発布された教皇答書を編纂したものを指す。プロテスタントやガリカニスム主義者から見れば、最も悪名高いのは、捏造されたうえにすでにそうと広く知れ渡っていた教皇教令であった。ガリカニスム主義者や公会議首位説を唱える者たちに加えて、すべてのプロテスタントおよびローマ派ではないカトリック教徒たちも、真偽の別なく、いっさいの教令集の権威を疑問視ないしは拒絶したのであった。

教皇教令集《デクレタル》は、教会法令《デクレ》 *décrets*（枢機卿団の助言を得て制定され教皇が発布する法令）や、教会法《カノン》 *canons*（全世界公会議ないしは教会会議で制定された教会の法典）とは明確に区別される〔日本語の定訳では、« décret »にも「教令」という訳語が当てられる〕。教会法《カノン》はしばしば「デクレ」と呼ばれることもある（ただしもちろん、「デクレタル」と呼ばれることは絶対にない）。この点から見ると、司教オムナースは、これら一連の章に漲《みなぎ》っている笑劇的な気分にみごとに合致した、とんでもないヘマをやらかしている。彼は教令学者《デクレタリスト》 *Decretalistes* を称えるつもりで、うっかり言い間違えて、教会法学者《デクレティスト》 *Decretistes* を称讃してしまったのである（*QL* LIII, 45）〔第五三章、渡辺訳 p.244〕。

ラブレーは『第三之書』および『第四之書』において、十二世紀にグラティアヌスが編纂した『教会法』に関する正確な知識を、ある程度披露している〔『第三之書』第四八章、渡辺訳 p.263、宮下訳 pp.500-501〕。ただし、時としてこれを厳しく批判する場合もある。たとえば、間違って解釈されると、結婚観に有害な影響が及びそうな一節などである。だがこと教令集に関しては、彼はずっと辛辣である。たとえば、ラブレー以前に、宗教改革者が歌謡の中で茶化した文言を、ラブレーも利用している。曰く、「デクレ」*décret* に翼（*aeles*）が生えて「デクレタル」Décrétale(s) となって以来、教皇の悪事は日増しに増えるばかりなり、といった調子である（*QL*, end）〔第五二章、渡辺訳 p.242〕。

教令集《デクレタル》を正面からこき下ろすことで、ラブレーは自分が出入りしていた世界の人々に、大いに受ける言動をとっている。これは、宮廷の最上位のレベルでも実に好評であった。というのは、このころ、シャティーヨン枢機卿および他数名が、ローマと最終的に手を切るようアンリ二世に働きかけていたからである。ラブレーが笑いに包んでフランス語で行なっていたのと同じことを、シャルル・デュ・ムーランは、一五五二年に上梓した『ローマ教皇座の悪弊に反対する（……）アンリ二世の勅令についての注釈』の中で、堅いが効果的なラテン語を使い行なっている。ラテン語で執筆されたこの強烈な小冊子には、アンリ二世とその臣下たちに献じられたフランス語の書簡が含まれている。表題ページには、九年間有効の国王による允許状《いんきょ》が誇らしく掲げられている。同ページに聖書からとられた三つの引用の内二つは、敬虔な人間は真実に重きを置く旨を強調している。そのうちのひとつは「真理は偉大にして、勝利を収む」である« *Magna est veritas, et prevalet* »（I Esdras 4, 41）〔外典の「エスドラス第一書」第四章四一節。ウルガタ聖書の「エズラ書」にも見られる一節〕。

もし仮にラブレーが、ガリカニスムを奉じるフランス王権派が蛇蝎のごとく嫌った教皇の権威主義を標的にして、教令集を攻撃し嘲笑しようともくろんだにすぎないとしたら、その教令集のリストはすでに十分に長いと言えるだろう。だがラブレーは、さらに遠方をも射程に収めていた。ガリカニスム主義を奉ずるフランス王権派は、国王の任免権が教皇にあるとするローマの主張を退けていた。同時に彼らは、膨大な額の金銭がフランスからローマへと流入していくシステムは、とうてい許しがたい権利の濫用であり、この金子によってフランスの敵の金庫を潤すばかりであると憤慨していた*。

* 聖職禄取得の際に、一年分の収入を教皇庁に納める制度、近親婚の特別許可料の支払い、教会禄保持者への年金制度など、教皇庁の財源を潤すシステムは、「教令」によって定められていた。

この時点でラブレーが駆使する喜劇的手法は（QL LI）〔渡辺訳、第五一章〕、宴会で客人たちに熱弁を振るっている司教オムナースに、実に馬鹿げた教令集の讃美を行なわせるというものである。ここでの冗談はすべて現代でも的を射ているように感じられる。ましてや、一五五二年の時点では、さらに的確に急所を突いていたことであろう。この箇所を読んで真実に達するには、オムナースの讃辞を百八十度ひっくり返すだけで事足りる。つまり真実はこうなる。聖書の内容は、教令集のせいで曲解され、邪道へと引きずり込まれている。国王や君主は、教皇の権威に屈するべきだとローマは勝手に思い込んでいる。修道院は大いに儲けて繁盛している。異端者に対する拷問や殺害が猛威をふるっている。諸々の大学は、各紋章に描かれた聖書を、教令集と勘違いしている。こうしてラブレーが、みずからの宗教を擁護するために、その無比無類の才能をもって、笑いを喚起しようと努めるほど、それに応じて高らかな笑いが全編に響き渡っていく。彼は、恐るべき拷問の現実や残酷な死の様子すらも、コミカルに描出してみせる。この種の愉快なプロパガンダは、とりわけ神学に精通している読者を想定している場合は、少なくとも痛烈な非難と同じくらい効果的である。ラブレーは、この愚かな司教の話を終わらせる前に、教皇崇拝族《パピマーヌ》がある神学的規範に明確に反していることに非難の矛先を向けている。オムナースは、現世と来世の双方で成功を収めるうえで、教令集こそが絶対確実な手段であると考えている。この愚かな司教は、教皇が天と地と煉獄にその権威を及ぼしうると信じており、その権威の源は教令集の内にのみ存すると考えている。しかも彼はその見解を、酔いの勢いに任せて熱烈に、かつ涙まで流すほど感傷的に、客人たちに説いて見せるのである。ところが、教皇が地獄や煉獄に力を振るいうるなどという考えはすべて、笑いによってかき消されてしまう。また、教令集にのみ存在根拠があるとされる修道会も、明らかに笑いによって吹き飛ばされている。聖職者特有のさも感動しているかのようなオムナースの話しぶりが、こうした喜劇性をさらに高めている。オムナースはあろうことか教令集を、パンタグリュエリスム、ならびに法悦の内に第三の天にまで引き上げられた聖パウロの両方と、十分に比肩しうる存在だと主張している（「コリント人への後の書」第十二章二節）〔「我はキリストにあるひとりの人を知る。この人、十四年前に第三の天にまで取去られたり」〕。その理由は、われわれのように信心深い人間は、教令集を少し研究するだけで、以下のような状態に達するからだという。

儚《はかな》い現世のあらゆる事柄に対する確固たる軽蔑の念を抱くに至るであろう。また、皆様方の精神は喜悦の内に、遂には第三の天にまで飛翔し、いっさいの煩悩の中にあって確実なる安心を得られるであろう*（*QL* LI, end ; prol., 16f.）。

＊『第四之書』第五一章、掉尾および「新序詞」；渡辺訳 p.236. なお「新序詞」の冒頭近く（渡辺訳 p.23）で、ラブレーは「パンタグリュエリスム」の定義の一部分で、「儚い事柄に対する軽蔑の念」という表現を用いており、オムナースの演説とみごとに合致している。

オムナースはまるで典礼上の手品でも行なうようにして、高い祭壇の上に恭しく飾られた教皇の肖像画の覆いを取ってみせるが、彼のこの行為は、われわれの笑いを今までとは別の方向へ向けることになる。というのも、これは誰か特定の教皇の肖像画ではないからである。この肖像画は、教皇の真髄を示したプラトン流のイデアなのだ。「これこそ御到来をわれわれが待ち望んでいる、あの善良なる地上の神のイデアでございまする」（*QL* L, 13）〔第五〇章、渡辺訳 p.231〕。教皇崇拝族《パピマーヌ》にとって、個々の教皇は、「普遍的なる神聖」すなわち真の神の反映を、さらに超越した存在である。つまり、ここでは役割が完全に逆転している。神ご自身よりも、天国と地獄そして怪しげな煉獄にまで力を及ぼし、現世で神とその神性を競い合おうとする教皇のイデア的形態のほうが、その重要度では勝っているのである。万一教皇がそのような主張を本気でしたとすれば、間違いなく反《アンチ》キリストである。『第四之書』では、教皇のためにそう強弁し続けるのはあくまで教皇崇拝族《パピマーヌ》であり、教皇自身がそのような途方もない主張をするわけではない。

ここで読者は、パンタグリュエルが脇で悲しげに立ち尽くすか、偶像崇拝を舌鋒するどく難詰する場面が続くと、予期するかもしれない。ところが彼があからさまに、かつ厳しく相手を難じる場面は、二箇所しかない。まず、パンタグリュエルの来訪がいかに大事な出来事であるかを子供たちの頭に叩き込むために、島の教師が彼ら児童を鞭で滅多打ちにしているのを目にして、パンタグリュエルが憤激し止めに入る場面。二番目は、ジャン修道士が神の名をみだりに口にするのを聞いて、彼を厳しく咎める場面である（*QL* XLVIII, 79f. ; L, 35f.）〔第四八章、渡辺訳 p.225；第五〇章、渡辺訳 p.232〕。

こうした非難に込められた激越さと説得力は、逆に、はっきりした言葉で教皇崇拝族《パピマーヌ》をいっこうに非難しようとしないパンタグリュエルの態度を、かえって際立たせてしまう。したがってここに、喜劇的ないし哲学的緊張感が、いや、いかなる緊張感も張りつめることはない。なるほど、教皇崇拝族《パピマーヌ》が、滑稽なほど堕落したキリスト教の一形態であるのを、疑う読者はいないであろう。だが『第三之書』を通過してきたわれわれは、適切な段階で、パンタグリュエルがそう指摘してくれるのを期待せずにはいられないのである。ところがそうした内容を彼はいっさい口にしない。実際は正反対なのである。ただし、逸話の終わり近辺でのパンタグリュエルの発言にわれわれが覚える違和感は、実は芸術的観点から入念に仕掛けられたものである。そもそも教皇崇拝族《パピマーヌ》の逸話は、善良なるキリスト教徒を構成する要素とは何か、という問題をめぐって展開している。ラブレーはわれわれ読者の注意を、きわめて慎重に、この点に引きつけている。司教オムナースの主催する、派手で豪華な酒宴にすっかり御機嫌になったジャン修道士にとって、自分を大いにもてなしてくれている司教は、「善良なキリスト教徒として、善良な言葉で」*en bons termes et en bon Christian* 話す人物である〔第四九章、渡辺訳 p.227〕。一方オムナースはといえば、教令集以外に由来する学識はいっさい排除し、教令集のみが「真のキリスト教徒を完全に育成する場」であると信じて疑わない〔第五一章、渡辺訳 p.235〕。さらにオムナースは、無理やり宴会に引き込んだ客人たちを前に、聖職者特有の大袈裟な熱弁をたれ流し、「皆様方が真のキリスト教徒と言われたいのなら、またそういう評判を得たいのであるならば」〔第五三章、渡辺訳 p.244〕、聖なる教令集に記されていること以外には、信じたり考えたり口にしたり行動に移したりせぬよう、懇願している。われわれは、この箇所を読んでもにんまりするばかりで、もはや驚きはしないだろう（*QL* XLIX, 8 ; LI, 53 ; LIII, 25）〔渡辺訳 pp.227, 235, 244〕。さて、こうして「真のキリスト教徒」*vray christian* は、「善良なるカトリック教徒」*bon catholique* と結び付くに至るが、皮肉なことにこの言葉は、文字どおりの意味とは正反対の意味になってしまう。ここまでは、皮肉は響き渡る笑いに包み込まれていた。だが、われわれ読者は、オムナースとその感傷的な涙を思う存分笑い飛ばしたのち、パンタグリュエルの思いがけない発言に驚愕させられることになる。彼は、教皇崇拝族《パピマーヌ》からもらった梨を持ち帰り、トゥーレーヌの自分の梨の木に接木すると言う。しかも、そこから収穫した梨を「善良なるキリスト教徒の梨」*poires de bon Christian* と呼ばせよう、とまで告げている。「なぜかと申すに、この地の善良な教皇崇拝族《パピマーヌ》以上に善良なキリスト教徒に、わしはかつて一度も出会ったことがないからじゃ」。ジャン修道士もこの発言に便乗して、オムナースに対し、島の娘たちを荷車二、三台分頂戴できれば、「善良なるキリスト教徒の子供たち」という新しい種族を接木してみせますぞ、としめくくっている（*QL* LIV, 26-39）〔第五四章、渡辺訳p.249〕。

主人公とその一行が出立するに当たって、パンタグリュエルはこれまでになく気前のよいところを見せ（またもや教会建設費として）多額の金貨を寄附し、同時にオムナースに対しても、教皇のイデアの像を見せてくれたことへの返礼として、布を贈っている。さらに、宴会の間じゅう、聖歌隊員のように着飾って給仕をしてくれた娘たち全員にも、彼は多額の持参金を与えている（*QL* LIV, end）〔第五四章、渡辺訳p.250〕。

パンタグリュエルの発言には説明、それも明確な説明を施す必要がある。もっとも、これは比較的容易な仕事である。というのも、ある人の言葉に、その額面どおりの意味とは異なった意味を込める方法など、工夫を凝らせば、何通りでも思い付けるからである。確実なのは――とりわけ、この作品が執筆された一五五一年、そして出版された一五五二年に関して確実に言えることは――、一連の章が、教皇崇拝族《パピマーヌ》を、聖書の示している基準と規範に完全に反する存在として存分に嘲笑している、ということである。熱狂的なガリカニスムが支配するただ中にあって、ラブレーは、フランスの国王と自分の庇護者《パトロン》たちの宿敵である教皇支持派を、本来生きる規範として説き伝えるべき福音書の教えにみずから反している連中であるとして、公然と愚弄しているのである。聖書の規範が当時ほど広く容認も受容もされていない時代にあってすら、この一連の喜劇の面白さは十分に理解可能である。つまり、ここでの笑いが、ページを繰るごとに、世紀を越えて響き渡るのは、われわれがまさしく、ラブレーの語っている内容を「大雑把に」理解できるからであり、また、ラブレーの鬼才に導かれて、教皇崇拝族《パピマーヌ》の愚劣さの判断基準となるべき規範的な叡智に、心から共鳴できるからである。現代の読者は、一五五一年から翌五二年にかけて、危険水域にまで達したガリカニスムが、どれほど広範囲に及ぶ出来事であったかについては、漠然とした知識しか持ち合わせていないかもしれない。また、「あたかも地上の神のごとき」*quasi Deus in terris* という慣用表現の由来についても、確かな知識を有してはいないだろう。さらに、過剰なほどに享楽的なオムナース主催の宴会が、パウルス三世やユリウス三世の君臨する教皇庁での諸々の不品行を、当時のフランス人に思い起こさせた、と言われてもぴんと来ないであろう。あるいは、トリエント公会議が一五六三年に、最終的な教理決定を行ない、かつ、細々《こまごま》と理屈を付けたうえで最後の破門宣告を行なうまでは、カトリック側の思想家たちは非常に寛容であったと聞いても、釈然としないであろう。ただし、教皇崇拝族《パピマーヌ》が、キリストの教えを滑稽なまでに曲解している種族であること、そして、燃え盛る柴の中で唯一「有りて有る者」として畏れ多くもモーセの前に顕現した神自身を、平気で脇に押しやる札付きの偶像崇拝者であることは、福音主義の基本的信条に関してよほど無知な者でもないかぎり、容易に理解できるはずである。ラブレーはさらに、オムナースが、古典古代の最も貴重な叡智をも愚弄している点を書き添えている。この司教は、自分の信奉する教令集が、天来の賜物であるという点では、「汝自身を知れ」というあのデルポイの神託と一分も違わない、と信じているからである（*QL* XLIX, 12f.）〔第四九章、渡辺訳p.228〕。

パンタグリュエルが、教皇崇拝族《パピマーヌ》および「善良なるキリスト教徒の梨」と自身で名付けた洋梨に関して自分の意見を開陳するとき、激しい揺さぶりをかけられているのは、まさしく教皇崇拝族《パピマーヌ》の本質にまつわる、読者のこうした確信である。私とともにラブレーを読んできた少なからぬ学生が、この箇所に差しかかると困惑を隠しきれず、ラブレーは実のところキリスト教そのものを嘲笑しているのではないか、という疑念さえ抱いてしまうのである。だが仮にそうだとした場合、ガリカニスムの信奉者オデ・ド・シャティーヨン枢機卿宛の書簡でラブレーが正統的信仰を吐露している事実や、序詞《プロローグ》をはじめ『第四之書』の随所で、福音書やキリストの神性に対し彼が率直に崇敬の念を示している事実と、いったいどうすれば折り合いが付くのだろうか。

ここでルターのある論考に目を通せば、今日の読者にもラブレーの真意が伝わるだろう。『第三之書』の出版後、一五四六年にメスで彼がこの論考に目を通していたのは間違いない。一五四五年、ストラスブールとニュルンベルクの二箇所で出版された、『悪魔によって作られた教皇権に反駁する』*Wider das Bapstum zu Rom, vom Teuffel gestifft* という冊子の中で、ルターは教皇座に対し、諷刺の利いた辛辣きわまりない非難を浴びせている。その後二種類のラテン語訳も刊行され、ひとつ目は、ヴィッテンベルクで上梓されたユストゥス・ヨーナス〔（一四九三―一五五五）ドイツの傑出したユマニスト。ルターの熱烈な協力者〕の手になる翻訳、二つ目は、おそらくストラスブールで出た匿名のラテン語版である。以上すべての版に、「善良なるキリスト教徒」という表現が各々三回ずつ使われている。この表現は教皇庁の高官たちが、単純素朴な人々を指して使っていたものだという。つまり高官らは、自身何の信仰心も持ち合わせていないがゆえに、「第六教令集」、「クレメンス教令集」、「別格教令集」その他真偽のいかんを問わずさまざまな教令を引き合いに出し、何でも鵜呑みにしてしまう素朴なキリスト教徒の軽信さにつけ込み、彼らを騙し彼らから平然とむしり取る、良心なき連中なのである。彼らヴァチカンの連中にとって真のキリスト教徒の信仰心などは、たわけ者の夢想以外の何者でもない。この点は、ルターもその『食卓歓談』の中で次のように指摘している。「『善良なるキリスト教徒』という表現は、ローマでは皮肉交じりで使われる。それは、『ありゃりゃ、なんたる大馬鹿野郎だ！』*Ah ! ein guter Narr !* という意味である」。こうした考察を経て、ルターは、信者の単純素朴さにつけこむローマの高位聖職者たちに、激しい憎悪を抱くようになる。ラブレーのほうは、この「善良なるキリスト教徒」たちのおめでたさを優しくからかうに留まっている。彼が喚起する笑いはきわめて強固な福音主義の真理を土台にしているので、司教オムナースの過剰なまでの残酷さや反福音主義的な無知を敵に回すにしても、そこには余裕に基づいたある種の寛容な雰囲気が自然と漂うのである。オムナース自身、自分の配下にある教皇崇拝族《パピマーヌ》の一群と同程度におつむが弱いのだ。

『悪魔によって作られた教皇権に反駁する』を読んだことのない読者にとっては（あるいは、噂でしかその内容を知らなかった読者にとっては）、教皇崇拝族《パピマーヌ》をめぐる笑劇は、「善良なるキリスト教徒」という表現をどう解釈すべきかに関し、わずかなヒントを残して終わっている。この問を解く鍵は、言葉を手段として真理にたどり着くことの困難さを扱った、続く二章の中で示されているのである。

ヒントは、命名者としてのパンタグリュエルの行為の内に潜んでいる。彼はトゥーレーヌ地方がその産地としても名高い、例の「善良なるキリスト教徒の梨」に対し、その名を「恣意的に課している」。ひとつの説明法として、パンタグリュエルがこれらの梨を反用 antiphrasis により名づけたといえるのではないか――これは一般的だが、語源学的な可能性としては困惑を覚える。なぜなら、ある名称の本当の語根を、正反対の意味を有する語の内に求めることになるからである。もうひとつの説明法は、「ポワール（梨）」*poyre* が古仏語では「放屁する」を意味していたというものである。そうだとするなら、これら「善良なるキリスト教徒の梨」*poyres de bons Christians* は、梨などではさらさらなく、実は「オナラ」だったのであろうか？　つまり彼らは、リュアック島の住民に類した教皇派なのであろうか？

ラブレーは相矛盾する見解を両方とも受け入れているようである。パンタグリュエルが『クラテュロス』を引き合いに出す契機となった名前や、パンの死の解釈へと彼を駆り立てた名前は、名指された人物と神秘的なまでに自然な関係を結んでいるように見える。その一方で、「善良なるキリスト教徒の梨」に授けられたような名称は、反用や晦渋なユーモアを好む命名者の、勝手な気まぐれに由来しているような印象を受ける。

実際のところ、ラブレーは双方の見解を、その緊張関係を保ったまま受け入れることで、『クラテュロス』におけるソクラテスにより近接している。さらに、ソクラテスと『クラテュロス』は、この直後に続く「溶ける言葉」の逸話の背後にある。この逸話のおかげで、ラブレーが提起した問題に対する答へと到達することが可能になるうえ、読者が感じた疑念や戸惑いを解決する鍵も得られるだろう。教皇崇拝族《パピマーヌ》への非難の欠如にわれわれ読者は疑問を禁じえなかったが、これへの解答は、言葉が混乱を招きやすい不明確なものだという事実にある。逆に言えば、言葉よりも行動のほうが本質を雄弁に物語るのだ。そして、間違えようのないほど明白な行為をひとつ挙げるとすれば、それは笑うという行ないである。さらにひとつ付け加えるなら、愚鈍なまでに独りよがりな司教オムナースの、実に下卑た行ないであろう。なにしろ、彼の流暢だが無意味な言葉の羅列は、聞き手に下痢を催させる〔第五一章、渡辺訳pp.235-236〕一方、彼自身は自分のジョークに悦に入りながら「ゲップをしたり、屁をひったり、笑ったり、涎《よだれ》を垂らしたり、汗をかいたりした」のである（*QL* LIII, 93f. ; LI, 65f.）〔第五三章、渡辺訳p.246；第五一章、渡辺訳pp.235-236〕。また、この一連のエピソードにおけるパンタグリュエルの鄭重で寛大な態度を理解する一助として、読者はプルタルコスの作品を忘れるわけにはいかない。そもそも教皇崇拝族《パピマーヌ》は、無邪気な田舎者である。娘たちの計らいで感傷的な涙から立ち直った哀れな老爺《ろうや》オムナースも、この点を認めている。「神の思し召しのとおり、われわれは単純素朴な人間でございます。ですから、イチジクはイチジクと、スモモはスモモと、梨は梨と呼ぶのでございます」。後半の一文は、「鋤《すき》を鋤と呼ぶ」〔＝「ありのままに言う」の意〕というギリシア語の成句——同様の英語表現 to call spade a spade の出所となった成句——を翻案したものである。〔プルタルコスによれば〕、マケドニアのピリッポス二世は、この成句を地方の住民を指して用いている。「彼らは粗野で田舎くさく、平気で『鋤を鋤と呼ぶ』類の人々である」。彼は、まだ王子にすぎなかった息子のアレクサンドロスに向かって、こうした素朴な人々を寛大に扱うよう諭している。田舎の指導者たち――指導者としての良し悪しに関わりなく――の好意を勝ち得ることで、後に彼らを有効に活用できるし、王国の利益にも繋がるはずだ、というわけである（*QL* LIV, 22）〔第五四章、渡辺訳 pp.248-249〕; Plutarch 178 B ― Amyot's translation, first edition, 191 F ; Erasmus, *Adagia* II, 3, 5 : *Ficus ficus, logonem ligonem vocat*）。

　こうした情報が有益であるのは確かだろう。だがわれわれはやはり、オムナースの教会人丸出しのやけに熱烈な戯言《たわごと》と、自惚れに根ざす彼の残酷さとを、あくまでも啓示的真理の規範に照らし合わせて、拒絶するのが正しいことを知る必要がある。この直後に続く逸話は、独特の比類なき方法で、この点を裏づけることになる。

16　溶ける言葉〔第五五章、五六章〕

凍った言葉が溶けて音を発するのを、パンタグリュエルとその仲間たちが耳にするという話は、第五五、五六章の二章を占めている。これは重要なエピソードである。その証拠に、ラブレーはこの逸話のために入念な下準備を怠っていない。だがここでも彼の真意はぼやけて不明瞭になっている。彼の暗示している内容や指示対象そのものが、今ではかなり不明瞭になってしまったのが、おもな原因である。

　ここでの「溶けた言葉」*Parolles degelées* は、それ相応の時間と労力を割いて理解しようと努めるに値する。この逸話が興味深い理由の一端は、言葉を操る達人が、他ならぬ言葉に関するコメントを挟んでいるからである。だがさらに重要なのは、この逸話が、現状の世の中で、何が人間にとっての真理を構成しているのか、という問題に関し、喜劇の達人でもある大哲学者がその晩年に得た達識を反映している点である。

本書の以下の議論をお読みになるに当たって、読者諸姉諸兄には、第五五章と第五六章を再読し記憶を新たにしていただきたいと思う。そうすれば、物語全体を振り返る必要もないし、長々とした要約や言い換えも不要となり、重要な細部に関する、より効果的な議論が可能となるだろう。

わずか六行程度の記述を経て、われわれ読者は、教皇崇拝族《パピマーヌ》の逸話から、溶ける言葉の世界へと一気に飛躍することになる。この繋ぎの数行では、主人公たちが楽しく飲み食いしながら、洗練された会話を交わして時間を過ごした旨が語られている（*QL* LV, 1-7）〔第五五章、渡辺訳 p.250〕。

彼らの洗練された会話は、多少の註解を施すに値する。ラブレーが用いている表現は以下のとおりである。「会話をし、愉快で短いお話をしながら」*divisans et faisans beaulx et cours discours*。ここではプラトン流の語源学が適用されている。「愉快なお話」*beaulx* (…) *discours* はすべて、必然的に短くなる、つまり長たらしくならない、という暗示が、「短い《クール》」、「お話《ディスクール》」という同韻語のうちに含まれている。これに加えて、あまり目立たないが、「ディヴィゼ」*diviser*（「会話を交わす」）という語の第一音節が、「ディスクール」*discours* という語の第一音節と重なっている点も指摘できる。その意味では、ここでの語源学は実に真面目な意図に貫かれている。一言語から他言語へと飛び回る愚は犯されてはおらず、フランス語の一単語が、フランス語の対応関係の内部で説明されているのである。ここでの語源的連関は、いうまでもなく、『ガルガンチュア物語』の中で無知蒙昧な輩が象形文字と混同した、あの「不適切で馬鹿げていて野暮かつ野蛮な同音異義語」〔『ガルガンチュア物語』第九章、渡辺訳 p.61, 宮下訳 p.86〕に基づくような、判じ物風の愚かしい語呂合わせともまったく無縁である。同時にそれは、注意深い読者を面白がらせ笑わせる、ラブレー一流のきわめて独創的かつ滑稽な同音異義語とも一線を画している。ラブレーはひとつの作品中で、滑稽な語源と戯れる一方、真の意味を明かしてくれる語源を真剣に探索することがよくある。これは、ある問題や教義ないし自分にとって大切な信念を扱う際に、その真面目な側面と面白おかしい側面の双方を、しばしば同時にかつ楽しげに読者に提示しようとする、彼の得意な手法のひとつである。「お話」*discours* の語根を、「会話を交わす」*diviser* と「短い」*cours*（「短い」を意味する *court* の複数形）の二語の内に見出そうとするスタンスは、「年代記」の随所にちりばめられた滑稽な語源談義とは正反対の、神秘的な対照法であり、『クラテュロス』をはじめとする作品中で、ソクラテスが詳細に説いている語源学にも相通ずるものである。ここで示唆されているのは、話をするということの真の意味合いが、これら二単語の内に根付いているということである。つまるところ、洗練された会話とは、短い言葉を互いに交換する行為であって、独白の実践や説伏を目的とした修辞学《レトリック》ではないのである。オムナースは、後者二つがいかに空疎な内容に堕するかを、身をもって読者に示している。

同じ章の終わり近くに、似たような示唆がなされている。そこでは、吹く《モヴァン》（動く）風《ヴァン》（*les vents movens*）に弦を打ち鳴らされていたオルペウスの竪琴が、切断された頭《こうべ》が歌う歌に、その「妙なる調べ」をみごとに「合わせていた」という。ここで重視されているのは、詩情というよりもむしろ、そっと仄めかされている語源学のほうだと思われる（*QL* LV, 83-5）〔第五五章、渡辺訳 p.253〕。

凍った言葉が溶け出すという話は、ラブレーの読者にとって未知の話題ではなかった。カスティリオーネの『廷臣論』*Le Courtisan* には、モスクワでそのような音を聞いたという、ある旅行者の語りが紹介されている（ラブレーは『第*三之書』の中でこの書に触れているが、その際、自分の読者なら当然この作品は知っているものとして言及している〔『第三之書』第二九章、渡辺訳 p.176, 宮下訳 pp.340-341〕）。さらに、新しい不思議な土地への長旅から戻った水夫たちも、類似した経験談を語っている（*QL* LV, 72）。

古典古代に目を転じれば、プルタルコスがこのテーマを比喩的に用いている（79A）。アンティパネスは（プルタルコスによれば）プラトンの教えを、年齢を重ね学問を積まないかぎり解けない、凍った言葉になぞらえたという。前述したとおり、カルカニーニの著作は『第四之書』の随所でさまざまな影響を及ぼしているが、同著作中に見られる短い洒落た寓話の中でも、同じアイデアが使われている。ちなみに、アディソン*も一七一〇年十一月二十三日（木曜日）付の「タトラー」*The Tatler* で同じ主題を扱っている。[23]

＊ アディソン（一六七二－一七一九）英国のエッセイストで詩人。親友スティールと日刊紙 *Spectator* や雑誌 *The Tatler* を創刊し多くの文芸評論などを執筆した。

溶ける言葉というテーマで書かれた先行作品を、ラブレー自身はすべて知っていたとも仮定できるが、それらを個別に調べても、全体的にまとめて検証しても、ラブレーの創造した二章の逸話の真の意味が解き明かされるわけではない。これらのページをより深く理解するためには、読者は『第三之書』の第十九章に引き返さねばならない。この章は、ラブレーがパンタグリュエルに言語理論を開陳させた、時間的に最も近い章である。

われわれは決して気まぐれな思い付きから、第十九章に戻るわけではない。というのも、溶ける言葉というエピソードは、この第十九章で表明された見解の延長線上で、新たに修正がなされたものだからである。どちらの逸話も、部分的には同じ法学的出典に拠っている。『言葉の責務について』*De Verborum Obligationibus* と題された、『ユスティニアヌス法典・学説類集』第四五巻に施された註解がそれに当たる。ラブレーはこの法的文献に記された最初の法規に、とくに強い関心を寄せている。その法規とは、「相手の唇の動きから話している内容を理解できる聾唖者は、〔法廷で〕口頭問答契約を締結してはならない」。サッソフェラートのバルトールスがこの条文を擁護しているにもかかわらず、この法規に異論を唱える法律家は少なからず存在した。いずれにしろ、この件《くだり》は、法学上の論争の的として非常によく知られていた一文である。

『ユスティニアヌス法典・学説類集』のこの箇所は、言語的記号以外の記号を扱っている。ラブレーは『パンタグリュエル物語』および『第三之書』の双方において、非言語的記号も容易に意味を伝達しうる様子を描いている。ラブレーは『第三之書』に登場させた聾唖者ナズドカーブルを、『学説類集』第四五巻のこの第一法規と直接関連付けている。つまりナズドカーブルは、ローマ法に精通している読者にとっては、特別な意味をもつ存在だったのである。

おそらくは『饒舌について』*De garrulitate* のプルタルコスの見解に多少影響を被ったためと思われるが、『第三之書』第十九章の冒頭で、パンタグリュエルは最初のうちは沈黙を保っている。パニュルジュが悪霊に誘惑されつつあることを記してから、ラブレーは改めてプルタルコスに拠りながら、議論をさらに前に進める。すなわち、古代にあって最も確実とされていた神託は、「言葉」（*parolles*）により下されたそれではなく、非言語的記号によって示されたものであると考えられていた、というのである。少なくともパンタグリュエルは書物でそう読んだのだ。言葉よりもそ

ナズドカーブルの身ぶり

れ以外の記号を好むこのスタンスは、古代の神託が極端に簡潔な言語的表現に頼りすぎたこと、および、言葉（***mots***）があまりに「曖昧で多義的で晦渋」になりがちなこと、に由来している。そして読者は、「善良なるヘラクレイトス」も同意見であったと知る〔ラブレーの原文に「善良なる」という形容はない〕。現に『饒舌について』の中に描かれたヘラクレイトスは、言葉ではなく記号と身ぶりでみずからの意見を開陳しているのである（*TL* xix, 1f.）〔『第三之書』第十九章冒頭以降、渡辺訳 pp.122-123, 宮下訳 pp.229-230〕。

一五五二年、ラブレーは『第四之書』の完成版を上梓した直後に、『第三之書』に改訂を施しているが、その際、神託に関わる以下の一文に、「身ぶりおよび記号によって示された（***par gestes et par signes***）神託こそ、最も真実かつ確実と見なされていた」、とイタリック体で加筆を行なっている（*TL* xix, 14）〔『第三之書』第十九章、渡辺訳 p.123, 宮下訳 pp.229-230〕。加筆された語〔« *par gestes* »〕は、不必要な埋め草などではない。ラブレーは、身ぶりを他の諸記号と同じ範疇に括るよう、読者を促しているのである。なぜなら、身ぶりはまさしくそうした記号の一種だからである。これによってラブレーは、それまで記号全般に適用されてきた言語学的、法学的かつ哲学的な諸理論を、身ぶり――『パンタグリュエル物語』以降、彼の「年代記」の中で非常に重要な地位を占めてきた――にまで敷衍できるようになる。同時にまた、伝統的に身ぶりに適用されてきた同種の理論を、他の記号にまで拡大適用することも可能となる。

『第三之書』の初版の時点でラブレーはすでに、パンタグリュエルがみずからの主張を裏づけるために引用した法学のテクスト（『言葉の責務について』という、法の意味やさまざまな含意に説明を試みたバルトールスの註解）に見られる狭義の法的根拠よりも、ずっと先に進んでいる。ここでラブレーは、法律学史上で不滅の地位を得た、あるイタリアの聾唖者を例として引いている。ネッルス・ガブリエリスという名のこの男は、読唇術ができた。いうまでもなくこれは、非常に稀有かつどこか神秘的な技能とされていた。バルトールスの註解は二度にわたって、ネッルスが、唇の動き（*motus labiorum*）を見て人々の言った内容を理解できたと強調している。ところがパンタグリュエルのほうは、ネッルスが、「身ぶりや唇の動きを見ただけで」（*à la veue de ses gestes, et mouvement des baulevres*）人々の話している内容を理解できたと主張しているのである。この章の冒頭近くにおける「身ぶりにより」« *par gestes* » という表現の挿入は、実は、ここでの法的テクストの拡大解釈に備えたものであったのだ。法律の世界では、「身ぶり」

（*gestum*）という語は、正確な意味を負っている。とくにこの語は、言葉を用いずに（*sine verbis*）表現される「事柄」（*res*）を意味しているのである。(24)

ここで記号学的な誤りに陥りたくなければ、ラブレーが記号《シーニュ》と言うとき、とくに人間を対象にこの言葉を用いるとき、彼の念頭にあるのはたいていの場合身ぶり《ジェスト》であることを押さえておくべきである。『パンタグリュエル物語』、『第三之書』、『第四之書』のいずれにおいても、ある種の言語を笑い飛ばしたり、言葉の有効性を疑うよう読者を促すエピソードが見出せるが、それらは最終的には、記号に分類される肉体的身ぶりの逸話へと繋がっていく。たとえば『パンタグリュエル物語』では、パニュルジュの繰り出す無数の言語が、のちにトーマストの身ぶりによる論争へと道を開いている。記号と呼ばれている彼の身ぶりは、「記号」« *semeia, signa* » を扱ったさまざまな書物――架空の著作、実在の著作、異教的古代起源のもの、聖書関連のものなど多様――への言及と織り合わされて提示されている。また、『第三之書』では古代の神託の曖昧な表現をめぐるパンタグリュエルの考察が、ナズドカーブルの記号へと繋がっていく。ここで言う記号が、実際には「身ぶり」を意味することは、暗示的手法により示されている。ここでは、今しがた真剣に論じられた内容が、今度は滑稽調で再演出されている（XIX, 73f.）〔『第三之書』第十九章、渡辺訳 pp.125-127, 宮下訳 pp.234-238〕。というのも、尼僧フェスユ〔「尻、臀部、セックス」を意味する « fesse » に掛けた尼僧を指す伝統的な名称〕に話が及ぶからだが、その尻の動きは、禁じられた性の現場で彼女が味わっている快楽を如実に示す身ぶり《シーニュ》に他ならない。ところが彼女ときたら、自分が尻を弾ませていたのは、言葉で助けを求めていたのに等しいと強弁する始末である（しかも、尼僧院の寝室では沈黙を守る誓いを立てているので、とほざいてもいる）。もちろん、こんな言い訳を鵜呑みにする御仁などいまい！　パニュルジュが正しく指摘しているとおり――彼は愚かだが学識はある――色恋沙汰にあっては、言葉（*paroles*）よりも身ぶり（*signes*）のほうが魅力的、効果的、かつ有効なのである。このように『パンタグリュエル物語』、『ガルガンチュア物語』、および『第三之書』では、人々を惑わしやすい言葉や意図的に曖昧に使われた言葉が、再三にわたって、単純明快な身ぶりと対比されるのである。

『第四之書』は、溶ける言葉と太鼓腹師《ガステル》のエピソードにおいて、より精緻な喜劇性を付与しつつも、右と同じ方法を援用している。太鼓腹師《ガステル》の身ぶり《シーニュ》は、人間の身ぶりとは言いがたい。そこまで擬人化されていないからである。それでもその身ぶりは、身体的で確実かつ自然で明白であることが判明する。『第四之書』は、ある意味で絶頂に達した作品であり、初期の作品群がたんに笑い飛ばしたり、軽く触れるに留めていた多くのテーマに、説明をなしているのである。

ラブレーは『パンタグリュエル物語』の中で、記号《シーニュ》（とはつまり身ぶり）は二種類の範疇《カテゴリー》に分類できることを示している。第一に、自然に意味を表わすがゆえに、いかなる文化にあっても理解される身ぶりがある。たとえば、親指を鼻先に当て、他の四本の指を広げる動作により、軽蔑の念を表すことなどである。*さらに、一方の手の人差し指と親指で作った輪の中に、もう一方の手の人差し指を入れたり出したりして、性交を暗示する身ぶり。あるいは、自分の肛門を指差した後に他人に指を向け、非難の意を伝えたり、鼻をつまみながら他人を指差すことで、悪臭や拒絶を表現するジェスチャー等々がこの第一の範疇に入る。これと対照をなすのが、第二の範疇に属する記号である。その意味が特定の知識や学殖に基づいている記号が、これに該当する。こうした記号には、何らかの奥義に通じた者が用いる身ぶりの類も含まれるが、それだけに留まるわけではない。この範疇に属する記号が、言葉からなり、かつ慣例によって定着している場合、それらは言語と呼ばれる。一方、そうした記号が身体的であるケースとしては、解読に特別の知識を必要とするカバラ的身ぶりが挙げられよう。さらに、エジプトの象形文字《ヒエログリフ》やルネサンス期の紋章のように、堅固に構築された非言語的記号もこの範疇に属する。こうした記号は、秘儀に通じた者にしか理解されない。実際に彼らは知っているのである。その他の者は何人も理解できないし、現実に理解しない。

＊ 日本人には、この身ぶりは「自然」には思えないだろう。著者は無意識に「西欧的規範」を普遍化してしまっているようである。これ以下のジェスチャーもすべて「自然」とは言いがたいと思われる。

以上の範疇《カテゴリー》を混同すると、滑稽なことになる。身体を使った自然な身ぶりを誤解できるのは、愚か者――学識を備えた愚か者も含まれる――にかぎられる。だからこそ、われわれ読者はトーマストの失態を愉快に笑えるのである。他方、カバラや象形文字《ヒエログリフ》で用いられる記号《シーニュ》は、その慣例的かつ秘儀的な意味を授かるまで、または授からないかぎり、誰であれまったく理解できないであろう。もっとも、奥義に通じていない愚か者の場合は、こうした記号すらを、判じ物の語呂合わせと混同する可能性もある〔『ガルガンチュア物語』第九章、渡辺訳 pp.60-62, 宮下訳 pp.86-88〕。

だが以上のような記号《シーニュ》はすべて、言葉と比べた場合、堅固かつ具体的である。言語的記号こそは、「最も軽々しいもの」*levissima res* に他ならない（Erasmus, *Adagia* III, 1, 18）。言葉は、歪曲すればどんな意味をも担いうる。そのうえ、さまざまな言語の大部分は――言語の混乱のゆえに*――他の大部分の人々にとっては無意味なものである。

＊　バベルの塔を建設しようとしたことへの天罰として、互いに理解できないいくつもの言語が生じたことを指す。

ただし、法廷での口頭問答契約をする資格があるか否かといった、特殊な法的文脈内でのケースを別にすれば、身ぶりも記号《シーニュ》も、それが話し言葉、書き言葉のいずれであれ、言葉そのものと本質的に異なっているとは見なされなかった。自然に意味を発するか、人工的に意味を負わされるかの違いはあれ、すべては象徴《シンボル》という点で一致している。記号や身ぶりおよび同類の象徴――言語、象形文字、紋章、標章、カバラ、模倣《ミメーシス》、自然なジェスチャーなど――が、誤解を生む潜在的喜劇性を含み持つことは、常に人々の関心の対象であり続けてきた。たとえば、実際には意味が人工的に課されているケースなのに、その記号を自然に解釈できると考えるとしたら、笑われても仕方がないだろう。さらに滑稽なのは、自然に、ないしは超自然的に意味を本当にまとっている象徴に対して、自分独自の意味をかぶせることができる、などと本気で考える場合である[25]。

『第三之書』では、明確な身ぶりおよび非聴覚的な記号《シーニュ》が、何よりもまずは言葉と対照をなしている。言葉が曖昧で移ろいやすいものである以上、これは当然だろう。そう考えると、自然な言語などは存在しない。いや、存在するという立場を擁護するうえで、よく引き合いに出される唯一の具体例に、パンタグリュエルは信憑性を認めない。その具体例とは、プサンメティコス王が行なったある実験について、ヘロドトスが伝えている話である。この王は、プリギア語こそが、人類に備わった自然な言語であることを証明した、と主張したのである。この逸話を紹介しているのはパニュルジュであって、パンタグリュエルではない〔『第三之書』第十九章、渡辺訳 pp.123-124, 宮下訳 pp.230-232〕。パンタグリュエルは明らかにアリストテレス的な立場から、この主張を退けている。読者は、聾唖者ネッルス・ガブリエリスの逸話を耳にし、ナズドカーブルの身ぶりで大いに楽しませてもらい、尼僧フェスュが禁じられた快楽に尻を振った後で、その身ぶりについてなした彼女なりの解釈を一笑に付す。こうしたいっさいは、前述した言葉による神託の曖昧さという文脈の内部で語られている。

ラブレーはプサンメティコス王の実験の有効性を否認しているが、みずからのアンモニウス的言語観を擁護するうえで、これ以上効果的な方法を他に見出せなかったはずである。プサンメティコスの臣民だった二人の少年は、生まれると同時に周囲から完全に隔離されるが、ついに、「ベコス」*bekos*（プリギア語で「パン」を意味する）という語を口にしたという。このエピソードは、ポリドーア・ヴァージルの概論『事物の発明者について』*De rerum inventionibus* の第一巻第三章にも収められている。ポリドーア・ヴァージルの著作の内容は、一般的な知識として当時の教養人たちには共有されていた。とくにこの第三章は「言語の多様性の起源」を扱っていたため、言葉および言語一般の性質をめぐる議論の大部分において、重点的に活用されていた。ルイ・ル・ロワ〔（一五一〇―七七）ラテン名レギウスでも知られる。ギリシア語学者で、その優れた翻訳で有名〕は、この例のみを根拠に、言語は超自然の起源を有するという立場を弁護している[26]。

「溶けた言葉」*Parolles Degelées* の逸話とそれに続く数章は、言葉、記号《シーニュ》、そしてその意味――ないしはその意味の不在――というテーマを改めて採り上げている。これらの章は複雑に入り組んではいるが、ラブレーが執筆していたころの知的コンテクストに置き直してやれば、十分に理解可能である。この知的文脈を織り上げているのは、プルタルコス、アリストテレスの『解釈について』、プラトンの『クラテュロス』、アンモニウス・ヘルマエウス、チェリオ・カルカニーニ、そして、ルネサンス期の無数の著作家たちを魅了したローマ法に対する、おびただしい数の註解などである。また多くの場合、聖書からの引用も非常に重要な役割を果たしている。

ラブレーは「溶けた言葉」の逸話と続く数章で、この儚《はかな》い人生にあって、人間はいかにして真理に到達しうるのか、という大問題に、ここで果敢に挑もうとしている。その際に彼が依拠する仮説のいくつかは、プラトンに由来している。『クラテュロス』でのプラトンは、人間同士の伝達手段としての言語にはあまり重きを置いていない。この見方はむしろアリストテレス的であり、ルネサンス期の最良の法学者たちの一部は、これを受け入れていた。たとえば、論考『言葉の意味について』を著したアルチャーティがその好例である。他方プラトンにとっては、言語は何よりもまず、話者が現実と出合うことで知識を獲得する手段であった。話すことは、話者が事物と関係を築こうとする行為である。発話行為を通して初めて、事物のしかるべき命名法が、知識の源泉となりうるのである。もし言葉の内に自然に即した意味が備わっているのなら、その言葉を知ることは、事物そのものを知ることへと道を開くだろう（いや、それどころか、ル・ロワも指摘しているとおり、事物に秘められた力を、魔術的に活用する術すら引き出せるかもしれない）。『第四之書』でのラブレーは『第三之書』での彼よりも、言語に関するこのプラトン的概念により接近している。ただし、いずれの作品においても、いかにして言語が、真理の理解ないしは真理への到達に対し障壁となりうるかを示すことに、ラブレーは意を払っている。

アンモニウスに発する伝統の系譜上にあるラブレーは、プラトンとアリストテレスを両立させることができる。一方で、自然な言語は存在しないと主張しながら、他方で、英邁なる命名者たちが、名指された事物の本性と一致した意味を、いくつかの言葉の内に込めたと断言できるのである。これは、言葉が時として、人を真理そのものと出合わせることを意味している。とりわけ、自然な言語の存在を否認したとしても、超自然の力の作用を排除することにはならない点に留意すれば、なおさらである。

だが、こうした仮説を入念に検討する前に、以下の点を再度押さえておく必要がある。すなわち、ラブレーはアリストテレスと同じく、言葉が意味を獲得するためには、「言葉の創造者」による恣意的な意味の付与および、慣例に基づく象徴《シンボル》の受容の両者が、不可欠だと考えていた点である。

ユマニストの系譜に連なる法学者たちは、意味の付与と慣例化というこれら二つの力学が、常に連携して作用するとはかぎらないことを十分にわきまえていた。たとえば、彼らが軽蔑していた注釈者たちの堕落したラテン語は、無知に居直った怠惰な慣例の産物が、長い中世の夜の暗闇の中に消失してしまった初期の古典的慣例に、取って代わってしまった具体例なのである。

古典ラテン語と古典ギリシア語は特別のケースであって、そこでは古き慣例のおかげで、言葉は長きにわたりその真の意味を保持し続けていた。法律学における自国の方法論を奉じるフランスの学者たちが、イタリア式方法論の支持者たちに示した軽蔑の念も、この点と密接に繋がっている。フランス方式を尊重した法学者たちは、古代の最良の著作家たちの使用例から浮き彫りになる、古き良き慣例の研究を通して、これらラテン語と古典ギリシア語の言葉の真の意味を再生させようと努めたのである。ところが、イタリア方式を支持する学者たちは、古代の言葉を当代の堕落した語法に従って解釈したり、さらにひどい場合には、後代の状況に合わせて勝手な意味を押しつけたりしたのである。したがって、その解釈は必ず誤りに行き着く。アルチャーティのように、アリストテレス的な言語観に賛意を示す優れた法学者は、当時のラテン語による新造語《ネオロジスム》にきわめて懐疑的であった。そんな造語を連発すれば、何でも意味しうるであろう。ところが、古典語の場合はそうはいかない。

パンタグリュエルがアリストテレス的な用語を使って「人々のあいだの約束事〔慣例〕」と呼んだ内容は、思想の分野ではすべての流派に受け入れられている。ラブレーに言わせれば、この「人々のあいだの約束事」からの逸脱には、常に潜在的な滑稽さがあることになる。ただし、もし言語というものが、たんなる約束事にすぎず、それ以上の何物でもないとしたら、言語は、象徴の基礎をなすイデア的真理への洞察に、人間を誘《いざな》う契機とはなりえないだろう。ラブレーは、人間や神々の固有名詞をはじめ多くの場合に（もちろん、常にそうだとは言えないが）、言葉が、まさしくこの真理を明かす能力を備えているると信じている。

『クラテュロス』の中で、ヘルモゲネスとクラテュロスは、言語に関してのみならず、世界の本質に関しても、相反する見解を擁護している。ヘルモゲネスは、すべての事物は固定化され安定しており、その本質は知りうると考えるパルメニデスに賛同している。一方クラテュロスは、ヘラクレイトスの支持者である。彼にとって、万物はすべて流転の状態にあり、ゆえに事物それ自体は決して知りえない。ただし、本物の名称はおのずから事物に対応しているので、そのかぎりでは、名称を通して事物の知へと至ることは可能だという。

フィチーノの註解は、いつものことではあるが、『クラテュロス』にもキリスト教化を施している。これを読めば読者は、ヘブライ語の名称の世界へと、あるいは、カバラおよび古代神学《プリスカ・テオロギア》を結合した、彼特有の学識に満ちた世界へと誘い込まれずにはいない。神は（フィチーノの語るところによれば）、その神聖な法をまずは人間の心に刻んだのであって、文字表現はその後に出現したにすぎない。また、ユダヤ人たちは、名前に内在している真の力を十分に意識していた。他方、プラトン派にとっては、「真の名前は事物それ自体の力以外の何物でもなく、それはまず……人間の心に宿り、その後言葉（*vox*）によって表現されたのち、最終的には文字を得て意味を発出するという」。聖パウロもこの教説を受け入れている。というのも、パウロにとって神の名は、「諸刃の剣よりも鋭利」な刃物だったからである。

フィチーノによれば、ソクラテスは、『クラテュロス』に登場する主要な二つの流派の教説を、ともに認めているという。ヘラクレイトスおよびクラテュロスの教えは正しいが、そう言えるのは、物質的事物の領域に関する場合にかぎられる。つまり、万物流転という教理は、われわれが生きる現世にしか通用しない。その一方で、ヘルモゲネスおよびパルメニデスの教説も正しい。彼らの教えは、形而上学の領域に適用できる。換言すれば、天の王国には、確たる安定と恒久不変が見出せるのである。『第四之書』におけるラブレーは、かなり重要な修正を施したうえでこの解釈を受け入れている。

だがここで注目すべきは、フィチーノのような徹底したプラトン主義者であっても、こと言語に関するかぎり、根源的には、アンモニウス的な意味でのアリストテレス主義を奉じている点である。というのも、名称と事物との自然な繋がり（神にまつわる名前は例外であるが）というものは、結局のところ、思慮深い「名称創造者」の賢明な意味付与によってしか実現しないからだ。つまり、名前を信頼しても、潜在的に誤謬へと陥る危険性があるのである。なぜなら命名者は、あるがままの事物に対応する名ではなく、目に映る事物に対応する名を、負わせてしまう場合もありうるからである。これは非常に大きな譲歩だが、だからこそ、フィチーノがアンモニウスを高く評価していたとわかるのだ（Plato, *Opera*, ed. Ficino, Lyons 1590, 769f. ; Ficino, *Opera* II, ii, 1544-5）。

『クラテュロス』そのものに話を戻せば、プラトンは、この書ではいっさいを宙吊りのまま放置している。まず、ソクラテスは、感知しうる事物は万物流転の法則中にあるとしても、神の心の内には、現世のさまざまな具体的事物に対応する、永久不変のイデアないし形相が宿っていると、信じたがっていた節がうかがえる。この教説も、驚くほどためらいがちなトーンで説かれている。

ここで直面しているのは、普遍性をめぐる問題系のひとつである。ソクラテスの時代から、この問題は、非哲学的知性の持ち主たちには、愚問の最たるものとされ続けてきた。だが実際は、きわめて重要な問題なのである。

プラトンは、特定の事物からなる各々の範疇に対し、天界にはそれに対応するひとつのイデアないし形相が存在すると仮定している。こうしたイデアはしばしば、神の心の内部に存在すると考えられてきた。こうしたイデアを知るということは、まさしく何物かを知ることに等しい。

アリストテレスはプラトンのこのイデア理論に対し、その本質からして常識的な反論を対置している。だが彼の明敏さは、この理論全体が、現世のいっさいは流転の状態にあるとするヘラクレイトスの原理を、プラトンが受け入れた直接の結果である点を、見逃していない。

ラブレーの著作物において、ヘラクレイトスは、忘れてはならない重要な名前である。現に、意味ないし象徴が問題になると、彼は頻繁に最前列に担ぎ出されている。ラブレーのようなソクラテスの熱烈な信奉者ならば、ヘラクレイトスなんぞ鼻であしらい、その見解など一顧だにしないだろう、と考える向きもいるかもしれない。だがフィチーノが証明してみせたように、ヘラクレイトスとヘルモゲネスの両方の見解を受け入れ、同時にソクラテスとも対立せずにすむよう計らうことは可能なのである。『第四之書』の後半の章において、ヘラクレイトスとその教説が、ラブレーの確信を支えていたのは間違いない。だがこれは特段新しいことではない。というのも、ラブレーはその初期の学術的著作の時点からすでに、通常デモクリトスに帰せられる比喩、すなわち真理は深い井戸の底にあるという比喩を、ヘラクレイトスに帰していたからである。高笑いを響かせるラブレーにとっても、涙もろいヘラクレイトスは、驚くべきことに「善良なるヘラクレイトス」*bon Heraclite* だったのである〔『第三之書』序詞、渡辺訳 p.24. 宮下訳 p.35. 宮下訳は「善良なる」を「先生」と意訳している〕。ヘラクレイトスという印象的な実線が、彼の「年代記」のすべてを貫き通している。

フィチーノは、人類が神の導きをいっさい与えられずに突き放された、とは考えがたいと主張している。その著『クラテュロス註解』の中で彼は、こうした神による教示は、創造の段階で、ないしは大洪水の後に、人間に対し付与されたという説を唱えている。彼の信ずるところによれば、神から与えられた指標は、霊感を得た命名者が、ある特定の言葉の語源に隠して含み持たせた真理の内に存するという。ソクラテスが自分のイデアの理論を紹介するに当たって使ったギリシア語を、フィチーノは「夢に見る」*somniare* というラテン語に翻訳している。いずれにしろ、こうした意味合いのギリシア語をソクラテスが使用した点に着目したフィチーノは、ソクラテスが敢えてこの語を使った理由を、ギリシアの喜劇作家や愚かな庶民たちが彼のイデア論を嘲笑したからであろう、と示唆している。だがその一方で、精神的活動を通してイデアに到達しようとする営為は、現に、夢見ることに似ている。なぜなら、霊魂は現世の外部で、より高度な存在と接触するものだからである。フィチーノは、イデアが安定した実質的な実在であること、しかしながら、霊魂がイデアと接触するのは夢に似た状況下であることを認めている。彼の『クラテュロス』の解釈に従えば、ソクラテスはその結論部で、「事物に関する知識は、言葉ではなくイデアの内に求めるべきであり、われわれ人間の内部に接木されているイデアに関する概念こそが、事物の最初かつ真の名称である」と主張している。事物に存在根拠を与えているイデアへとわれわれを引き戻してくれるのは、おそらくはこの最初かつ真の名称だと見なされているようである。

＊　夢を見ている間、霊魂は肉体を離れて天界を逍遥するという考え方は、ルネサンスに流行った見解。『第三之書』第十三章の夢占いの箇所を参照。渡辺訳 pp.91-92, 宮下訳 pp.166-168.

最後にソクラテスは、若者たちに対し、困難な問題を慌てて解決しようとしてはならないと戒めている。つまり若者は、難問について判断を下す前に、学ぶプロセスにじっくりと時間をかけ、円熟の境地に到達するまで辛抱すべきなのである。

手短に言えば、以上の議論を背景にして初めて、溶ける言葉の逸話はその十全たる意味を開示することになる。

フィチーノの註解に目を通すと、当時『クラテュロス』に施された解釈が、今日われわれが想像するものとは似ても似つかぬものであることがよく理解できる。当時『クラテュロス』は、数多の概念を擁護するうえで大いに利用されており、そのなかには、プラトンが聞けば腰を抜かしたような主張も含まれている。たとえば、ヘブライ語の名称を最重要視する姿勢などはその典型例だろう。その他にも、カバラ的知識の重視や、既存の全言語における神の名称は神秘的な色彩を帯びている、という主張なども同様である。

フィチーノは、適切に課された名前には大きな力が宿っているという見解、ならびに、名前ではなくイデアそのものにこそ真理の源泉があるという教理を強く弁護している。ラブレーはアンモニウスのアリストテレス解釈という、多少歪曲された観点に立って、フィチーノのこうした見方を受け入れている。とはいえ彼は、ずっと受け身の姿勢に甘んじていたわけではない。『第四之書』には、彼独自の考察や積極的な関わり方の跡が確実に見られる。ラブレーが他の人々にどれだけ多くを負っているにしても、彼自身も『クラテュロス』を味読していた。だからこそ、あの神々しいソクラテスとは異なった点を、敢えて強調することすら辞さなかったのである。

17　言葉と音声が溶け出す〔第五五章、五六章〕

溶ける音声を最初に耳にしたのはパンタグリュエルである。実のところ、彼が聞いたのは、第五五章のタイトルにある言葉（*parolles*）ではなかった。それらはむしろ「発声音」*voix* および「たんなる音」*sons* であった。ここには、アリストテレスに倣ったアンモニウスによる、意味ある言語的発声（*voces*）と動物の発するような音（*soni*）という区別が、はっきりとなされている。ラブレーは数行後に « *voix* » という語を、人間の音声という意味でも使用している〔第五五章、渡辺訳 p.251〕。

これらの章の重要な一側面として、同じ用語やコンセプトが繰り返し使われていることが挙げられる。この繰り返しにより、その意味が強調されるからである。まず、主人公たちは思いきり空気を吸い込み、「何らかの発声音（*voix*）ないし音（*son aulcun*）が聞こえないかどうか」耳を澄ました。その後彼らは、「何の音声 *son aulcun* も聞こえない」

と異議を唱えた。ところが、「パンタグリュエルは、男女を問わずさまざまな音声が大気中に聞こえると主張し続けた」。すると彼らにも、「音声 *voix* が聞き分けられるようになり、しまいにはひとつひとつの言葉 *motz entierss* までがすべて聞き取れた」のである。さらに彼らには、「男や女の声や、子供や馬の発する音声」も聞こえてきた〔第五五章、渡辺訳 pp.250-251〕。最後の例のうちには、聴覚的記号《シーニュ》を、「発声音」*voces*（« *voix* »、人間の言語的発声音）と、子供や馬、ないし車輪の軋む音のように無生物が発するようなその他の音に分ける、例の標準的な区別がなされている。

これらのページには「発声音」*voix* や「単なる音」*sons* はあふれているが、「言葉」*parolles* はほとんど現われない。ラブレーは「言葉」という用語を極力使わないようにしている。「言葉」はいまや、「単なる音」のみならず、「発声音」に代表される人間の言語的音声とも、はっきりと区別されているのである。これらのページに響いているあらゆる音声のなかで、章タイトルに使われている「言葉」*parolles* という語が充てられているのは、ホメーロスおよびプラトンの言説だけである。まず、「ホメーロスの言葉」*parolles de Homere* という表現に読者は出遭う。さらに、プラトンの教説は、プルタルコスが言及している凍った言葉になぞらえられている。つまり、やがて「溶け出す（……）言葉」« *parolles ... lesquelles ... gelent* » に擬されているのである。*

* プラトンの言葉は若者には理解できず、老年に至らないとその意味が開示されない、ということを、凍った後に溶ける言葉の比喩で表現したアンティパネスのたとえを指す。渡辺訳 pp.252-253.

第五六章に入ると、音はさらなる大音響となってとどろき渡り、面白みを添えると同時に、より深い意味合いをも帯びるようになる。

哲学的でかつ喜劇的な言葉の芸術家ラブレーはここで、特定の言葉と真理との関係を説明するために、ある種の神話を打ち立てようとする。

パニュルジュは溶ける音を耳にするや、すぐさま逃げ出したくなる。饒舌にまくし立てて自分の臆病さを正当化しようとする彼の態度は、『第三之書』以降の彼の特徴である、あの黒を白と言いくるめようとする詐術と似通っている。借金および債務者の礼讃の場合と同じく、彼は言葉を捻じ曲げ、重要な教訓譚 *exempla* を全体のコンテクストから無理やり断ち切って、自分の不道徳を正当化するために利用しようとする。たとえば、パルサロス（正確にはピリッピ）の戦いで敗北を喫したブルータスは、逃げて身の安全を図るのを潔しとしない。そこでこの偉大なローマ人は、「手足を用いて」という格言を面白おかしくもじり、自分は手のみを使って逃げる、と言ってのける。つまりは、ストイックに自決すると告げたのである。ところがパニュルジュは、ブルータスも自分のようにさっさと逃亡を試みる臆病者である、と信じているふりをする。彼の見解のなかで、唯一ブルータスと異なるのは、海洋にふさわしく、「手足を使って」逃げるのではなく、（類似した格言の表現を用いて）「オールと帆を」（*remis velisque*）駆使して逃げることにしている点だけである（*QL* LV, 29f. ; Erasmus, *Adagia* I, 4, 15 and 18）〔『第四之書』第五五章、渡辺訳 p.251〕。

以上の内容は、悪霊や恐怖心そして「自己愛」*philautia* に精神がかき乱されたときに、人間が言葉を捏ねくり回してでっち上げてしまう混乱である。自己愛《フィローティア》は、どれほど明白な真理に対しても、常に人間を盲目にしてしまう。パニュルジュの馬鹿げた恐れが、これほど不適切に表れる箇所はない。なぜなら、真理にかぎりなく近接しえたかもしれぬチャンスに、彼はただその場から逃げ出すことしか考えていないからである。大嵐や鯨退治の場面でわれわれ読者が彼に浴びせた笑いが、再びどっと心に押し寄せてくる。この愚かな男は、真理に対しまったく盲目のままである。

パンタグリュエルがある寓話を用いて述べているように、われわれ読者は、いまや真理に直面していることを知っている。この寓話の典拠は、プルタルコスの『神託の衰退について』（422A-E）中の、ある謎めいた一節である。パンタグリュエルの発言に含まれている、きわめて重要な意味合いを理解するためには、緻密な分析が求められる。そのためには、プルタルコスの原典のギリシア語を翻訳する際にラブレーが選んだ訳語や表現に、細心の注意を払う必要がある。その言葉の選択こそは、彼の謎めいたメッセージがはらむ深い意味を明らかにする鍵である。

パンタグリュエルは仲間たちに注意を払うよう呼びかける。「だが、よく耳を澄まそう」。そして彼は、哲学的な寓話の世界に没入していく。

私が読んだところによれば、ペトロンという名の哲学者は次のような意見を抱いていたという。いくつもの世界

（*mondes*）が互いに接触しながら正三角形型に並んでいて、その底辺の中心部には真理の館（*manoir de Verité*）があるという。そこには過去および未来のいっさいの事物の言葉（*Parolles*）とイデア（*Idées*）と模範と鋳型（*Exemplaires et protraictz*）とが宿っており、これらを囲むようにして現世（*Siècle*）が存在するという〔第五五章、渡辺訳p.252〕。

（引用部の最後の一文、すなわち「これらを囲むようにして現世が存在する」という一節は、実に意味深長である）パンタグリュエルはさらに続けてこう述べている。

そして長い間隔を置きつつもある年になると、あたかもギデオンの羊毛の上に露が落ちるがごとく、これらのものの一部が人間の上に分泌物のように滴り落ちてくるのだ。残りの部分は、未来のためにそこに留保され、現世の終末まで残されるのである。

最後のフレーズが、再び濃厚な意味に満ちているのがわかる。ラブレーが使った表現は「現世の終末に至るまで」*jusques à la consommation du Siècle* である（*QL* LV, 51-62）〔第五五章、渡辺訳p.252〕。

ラブレーは、ルネサンス期の卓越したユマニストの常として、「真理を寓話で覆っている」。この種のユマニストたちは、自分たちの見解が万人に即座に理解できるような方法で、フィクションを構築したりはしない。内的に隠された意味は、ヴェールの奥にまで踏み込んで捜し求められるべきなのである。ここでも、以上の寓話に潜在する重要な意味合いは、この後に続く太鼓《ガステル》腹師の逸話にたどり着くまで、完全に明らかになることはない。だが、謎を解く手掛かりは、すでに寓話の中に数多く見出せる。

ラブレーの寓話は、ギリシアの無名の哲学者ペトロンの教説を翻案したものである。ちなみにペトロンは、プルタルコスの伝える話の中でしか知られていない。この人物は、『神託の衰退について』（422B-E）においては、パン神の死の話のすぐ後に登場している。プルタルコスは、彼の友人クレオンブロトスが紅海のはるか彼方の岸辺で出会った、どこかいけ好かない導師《グル》 *guru* の教えの本当の出所を示すために、わざわざペトロンに言及したのである。

ラブレーはこの話を凝縮して単純化し、かつ印象的な変化をこれに施して、みずからの寓話の目的に沿うように翻案している。プルタルコスが伝えるペトロンの教えに従うならば、「ロゴイ」*Logoi* すなわちイデアと、「パラデイグマータ」*paradeigmata*（鋳型もしくは原型）は、永遠（*ho aiōn*）に囲まれた天界の神秘的な複数の三角形の内に宿っているという。なお、その一部は、時間の内部に閉じ込められた（*ho chronos*）事物の上に流れ込む。「ロゴイ」*logoi* すなわちイデアと鋳型が宿っている、天界の三角形の中心部は、「真理の平原」（*kaleisthai de pedion alētheias*）と呼ばれている。この「真理の平原」という表現は、プラトンが『パイドロス』（248B）で用いている同じ言葉（「真理の平原」*to alētheias pedion*）を否が応でも思い起こさせる。人間の霊魂は、臆見（*doxasma*）の圧制からみずからを解放するために、「真理の平原」を捜し求めると、プラトンはそう信じていた。これは、広く知られていた初歩的なプラトン主義である。

プルタルコスにあっては、この寓話は多分に宗教的な側面を有している。だが、「真理の平原」が現実であるにしても、それを摑もうとする人間の宗教的な秘儀は、儚《はかな》い夢以外の何物でもない。一方哲学は、無意味な探求に時間を費やさないためにも、美をこそ追い求めるべきである。こうした点は、ラブレーの寓話と直接に密接な関係があるわけではないために、さらっと流され、明確な言及はいっさいなされていない。とはいえ、まったく忘れ去られているわけでもない。これに続くエピソードを読めば、ラブレーが関心を寄せている真理とは、キリスト教の啓示を包摂するものである点が明らかになってくるからである。現に彼の主要な関心は、まさしくそこにある。

ラブレーは「真理の平原」という呼称を、「真理の館」*manoir de Verité* という表現に変えている。これはひとつには、パンの死の逸話と、それに関連する「英雄傑士の館」*Manoir des heroes*〔『第四之書』第二六章、渡辺訳 p.149：章のタイトル〕と結び付けるためである。だがさらに重要なのは、この章を、ヘシオドスの「美徳の館」*manoir de Vertus*（これは平原ではなく、見晴らしのよい高原）に関わる次の逸話と関連づけようとする意図である〔第五七章、渡辺訳 p.257〕。なお、ラブレーから数年後にこの同じ一節に註解を加えたテュルネーブの場合は、真理の「平原」、「領地」あるいは「地域」といった言葉を無頓着に使用していることも、参考になるだろう。

パンタグリュエルは直接ペトロンの哲学に言及しているが、当時のラブレーの読者たちのほとんどは、彼の書いている内容をわざわざプルタルコスの記述内容と比べたりはしなかったはずである。だが、われわれ現代の読者にとっては、比較から得られる手掛かりは大変参考になる。ラブレーの使っているフランス語をプルタルコスのギリシア語と比べてみることで、おそらくは見落としていたであろう、この数ページに展開されているラブレーの思想のきわめて重要な側面に、われわれの関心は引き寄せられていくだろう。

われわれは何よりもまず、真理の領域に座を占めている天界の居住者に、パンタグリュエルが付与している名称に注意を向けるべきだろう。パンタグリュエルによれば、天界の三角形の内に鎮座しているのは、「イデア」*Idée* と「模範および鋳型」*Exemplaires et protraitz*、そして「言葉」*Parolles* である。だが、プルタルコスが用いた、非常に意味の幅の広い「ロゴイ」*logoi* という語をこの文脈内で翻訳するに当たって、「言葉」*Parolles* という訳語が当てられているが、これは、読者にすれば最も思いがけない訳語だと言えるだろう。しかし、ラブレーにとってこの翻訳はきわめて重要であった。というのも、この語こそが、ペトロンの教理と、『第四之書』のこの箇所に使われている、「凍った」「溶ける」「天の」といった言葉とを繋げるからである。ラブレーの寓話にとって、天界の「真理の平原」が、イデアとともに言葉をも含んでいることは、決定的と言ってよいほど重要なのである。ペトロンにとって「ロゴイ」は、おそらく理性ないしは原因を意味している。ラブレーにおいては、人間の言葉は天界のイデアや模範を反映しているのみならず、天界に宿る言葉の性質をも帯びているのである（これらの言葉をどう説明するかは、今は問わない）。こうした言葉は、他の世俗的な言葉とは異なり、真理の領域に座を占めているがゆえに、まさしく真なのである。

ラブレーがプルタルコスの原文から乖離するもうひとつの最重要箇所は、一連の文章の最後に置かれている。この変更を見ると、彼の思考が、キリスト教の教義を中心にしつつも、いかにしてプラトン主義とキリスト教とを折衷的に結合しているかが、よく理解できる。もっとも、この手法は、『第四之書』全体を通して、彼が神話や寓話をヴェールに包みつつ創出する場合には、常に用いているものである。

ペトロンにとって、「真理の平原」に住まう者たちは不動である。この点で、平原の「住人」はプラトンの教説に合致する。そのうえ、彼ら「住人」たちは、永遠によって囲まれている（「永遠」にプルタルコスが充てているギリシア語は「アイオーン」*aiōn* ——「永劫」を意味する英語の aeon の語源——である）。ペトロンの説く流出の源泉は、不動の「ロゴイ」やイデアないし模範などではなく、それらを囲む永遠のほうなのである。すなわち、この永遠から、現世の事物に時間が流れ込むのである。

　ラブレーは以上の大部分を変更し、パンの逸話の場合と同じく、ここでも『神託の衰退について』を、徹底的にキリスト教化している。

　ラブレーの「真理の館」の「住人」たちを取り囲んでいる存在は、「現世《シエークル》」*le Sièle* と呼ばれている。この「現世」*Sièle* という語は、聖書や典礼で使用されている *saeculum*（「時代」すなわち、終末まで伸びている期間を指す）の訳語である。この翻訳が、実に重要であることは理解していただけるだろう。

　ラブレーの寓話にあって、現世の事物に滴り落ちてくるのは、この「現世《シエークル》」のほうではなく、言葉、イデア、そして模範の一部である。テクストにも、「これらの一部が人間たちの上に滴り落ちてくる」とある。この「一部」が人間の上に降ってくる様子は、二つの印象的な比喩で描かれている。「あたかも分泌物のごとく、あるいは、ギデオンの羊毛の上に露が降るがごとく」〔ギデオンに関しては、「士師記」第六章三七―三八節。ラブレーの表現については、『第四之書』第五五章、渡辺訳 p.252〕。「言葉、イデアそして模範」*les Parolles, les Idées, les Exemplaires* のその他の部分は、そのままの場所に残る。つまり、人類の上に滴り落ちてはこない。だがそれらとて、未来永劫そこに留まるわけではない。これらの「言葉、イデアそして模範」は、「現世の終末まで」*jusques à la consommation du Siècle* そこに保留されるにすぎない。

　ここに加えられた変化は根本的である。この書き換えにより、ラブレーは自分の寓話を『クラテュロス』に接近させると同時に、それを福音書の教えに適合させることにも成功しているのである。これはもはや、時間と永遠をめぐる古代の神話ではなくなっている。天界に宿る言葉とイデアは、キリスト教における終末までそこに残る、という寓話に改められているのである。

ペトロンを書き換えたラブレーの寓話にあっては、「真理の座」から滴り落ちる現象は、「現世の終末」*la consommation du Siècle* まで続くことになる。この表現は、古代ギリシア語の世界で用いられても、ほぼ意味不明であったと思われる。この用語を使用することで（プルタルコスでは、これに対応する表現は見当たらない）ラブレーは、キリスト教の説く終末論の文脈に、この寓話を置き直したのである。しかも彼が用いたこの一節は、他の簡潔な定式表現にもまして、置き直しをはっきりさせている。この「現世の終末」*la consommation du Siècle* という表現を、キリスト教の言語と意識にもたらした出典は、ただひとつしかない。「マタイ伝福音書」がそれである。

「現世の終末」という表現は、聖マタイのギリシア語のフレーズ *sunteleia aiōnes* をウルガタ聖書がラテン語訳した「世の終わり」*consummatio saeculi* に由来し、これをフランス語に直訳した言い回しである。英語では伝統的に「この世界の終わり」the end of the world と訳される同表現は、おおよそ「時間の完了」ほどの意味合いである。換言すれば、キリストの王国の最終的な確立により、「現世」に終わりが訪れることを意味する。ウルガタ聖書では、ラブレーが受け継いだ「この世界の終わり」という表現は五回現われ、すべて「マタイ伝福音書」の終末論的な文脈中で使われている（第一三章三九、四〇、四九節：第二四章三節：第二八章二〇節）。まず、種蒔く人の寓話で三回使用され（「この世の終わり」の直後に行なわれる最後の審判をめぐる寓話）、次に、キリストの再臨と明確かつ直接に関係する箇所で使われている。最後の五回目に用いられるのは、「マタイ伝福音書」を締めくくるフレーズにおいてである。その一節でキリストは、忠実な信者たちと、「この世の終りまで」常に共にあると述べている。ラブレーにおいては、「マタイ伝福音書」の最後の一文がとくに強く木霊している。「現世の終末まで」*jusques à la consommation du Siècle* は、「この世の終わりまで」*usque ad consummationem saeculi* を直訳した表現に他ならない。

こうしてプルタルコスとの繋がりは、きわめて強いものとなる。ラブレーは、プルタルコスをマタイの側へと引き寄せるように翻訳することで、この繋がりを築いたのである。ウルガタ聖書が「この世の終わり」に言及している五箇所のすべてについて、ギリシア語の原典は同じ「永劫」（*aiōn*）という語を充てている。これにラブレーは、プルタルコスのときと同じ「現世」*le Siècle* という訳語を充てているのである。プルタルコスは、「真理の平原」を取り囲む永遠を指すためにこの語を使っている。クシランダーもこの「永劫」*aiōn*を「永遠」*aeternitas*と翻訳している。ところがラブレーは、プルタルコスの寓話のキリスト教的解釈に読者を誘《いざな》うために、敢えてキリスト教の語彙を用いてこれをフランス語訳したのである（聖書や典礼では、「永劫」*aiōn*のラテン語訳に必ず「現世」*saeculum*が使われる。ちなみに、典礼で使用される英語の「終わりなき世界」は、ラテン語の「いつの世までも（永遠に）」に対応する表現である）。プルタルコスの用いた「永劫」という古典ギリシア語を仏訳するにあたり、聖書や典礼特有の語彙である「現世」を採用することで、ラブレーはペトロンの寓話を、マタイがこの語に込めた意味場へと引き込んでいる。もちろん、この訳語を充てるのが当然というわけではまったくない。クシランダーと同じくアミヨも、その翻訳にキリスト教的な連想を持ち込んではいない。現に彼も、「永遠」*éternité*という仏訳を充てている。ところがラブレーにあっては、真理の座から滴り落ちるその一部は、周囲の永劫を通りぬけて人間の頭上に降り落ちてくる。しかも、古典的な意味での未来永劫に滴るわけではなく、「現世の終わり」*sunteleia aiōnos*まで、つまり「現世の終末」まで滴るにすぎない。言い換えれば、キリストの再臨と最後の審判、および現存する世界が消滅する、あの「時間の完了」の時期までにすぎないのである。

わずか数語で、なんと多くが語られていることか。

とはいえ、こうした教養が当たり前のように共有されていた時代においては、この種の複雑な意味にも、簡単に到達しえたのである。ラブレーは、自分の行なっている操作をわかってもらうために、大声で叫ぶ必要はなかった。彼は、プルタルコスの「ロゴイ」と「永劫」の二語を、プラトンやプルタルコスら古代世界には無縁であった、キリスト教色の強い用語に翻訳するという効果的な方策に訴えて、キリスト教の終末論をペトロンの寓話に引き込んだのである。[27] 多くの福音主義的ユマニストたちは、まさしくこの種の手法に訴えて、称讃してやまなかった、しかし不完全かつ不鮮明な古代の叡智の一部を、自分たちの信仰のよりどころであるキリスト教の啓示へと繋げていったのである。ラブレーの奉じたキリスト教は、エラスムスをはじめ彼が称讃した同時代の多くのユマニストたちの場合と同じく、プラトンやプルタルコスを熱烈に歓迎した。彼のキリスト教は、エピクロス主義やストア派、懐疑主義、その他折衷可能な古典古代の思想の諸側面を、みずからの懐に組み入れる術を心得ていたのである。もちろん、キリストの説く哲学がすべてに優先されたのは、言うまでもないが。

18 『クラテュロス』における「分泌物《カタル》」〔第五五章〕

ラブレーはまず、ペトロンの説を根本的に改作した寓話をわれわれ読者に提示する。次に、『クラテュロス』の世界を反響させて、プラトン的な彩りを添える。彼の堅固なキリスト教哲学のおかげで、この寓話は巧みな改変を施されたと同時に、キリスト教的終末論の意味合いに染まった領域に、みごとに収まってもいる。時間の完成は、言葉とイデアと模範とが「分泌物《カタル》〔実際には「鼻カタル」、「鼻水」を指す〕のごとく」*comme catarrhes* 人類の上に滴り落ちる期間をも終焉へと導く（QL LV, 59）〔第五五章、渡辺訳 p.252〕。

「分泌物《カタル》のごとく」という目を見張る比較を細かく検討する前に、ラブレーがその寓話の中で示唆している下方への運動にまずは触れておきたい。これはペトロンには見られない。ラブレーの宇宙観は、たとえばマクロビウス〔（?－四〇〇）新プラトン主義の著述家〕の『スキピオの夢への註解』で読者が遭遇するそれと同じである。そこでは、われわれのいる世界は、宇宙の廃物を受け止める最終的な受け皿と見なされている。上天が排泄する汚物や物的な廃棄物は、ごく自然に、われわれが住む天球へと垂れ落ちてくる。こうした廃物は、そこで止まり、それ以上先には進まない。つまりこの下方運動は、この現世で止むことになる。これは当時としてはありふれた見方で、たとえばポンペオ・デッラ・バルバ〔（一五二一－八二(?)）イタリアの医者、哲学者〕の『プラトンおよびスキピオの神聖なる夢についての註解』*Discorsi sopra il Platonico et divino sogno de Scipione*（Venice 1553, p.34r°）などに明確に説かれている。

こうした宇宙観は、中世ならびにルネサンス期を通して広く知られていた。したがって、ここでとくに強調する必要はない。たんに、世界がこのように把握されていただけの話である。ところがラブレーの「分泌物《カタル》のごとく」という比較の場合は、標準的でもありきたりでもない。また、これを単なる装飾的表現と見なしてもいけない。この表現の出典がわからなければ、「分泌物のごとくに」という語句は、思いがけないと同時に、どこか意味ありげで強烈な印象を与えるだろう。この表現は、実はラブレーがヘラクレイトス主義者であり、世界においては万物が流転しているという教理を、受け入れていることを明かしているのである。ラブレーは、ある意味で、『クラテュロス』において疑念を投げかけ躊躇を隠さないソクラテスの、はるか先をいっているのだ。あの神々しいソクラテスを悩ませ続けた教説、換言すれば、ソクラテスが反駁を試みたものの、誤っていると証明するには至らなかった教説を、ラブレーのほうは強く支持しているのである。

「分泌物《カタル》のごとく」*comme catarrhes* という表現は、それが二回使われている『クラテュロス』の最後の箇所に呼応している。「鼻カタル」を意味するギリシア語の「カタロース」*katarrhoos* は、ありふれた語ではない。医学書で一度使用されている例を別にすれば（ここでいう医学書とは、広範な医学的言説のなかでも間違いなく代表的な書である、ヒポクラテスの『箴言《アフォリズム》』を指す）、十九世紀の古典学者リデルとスコットが紹介している引用例は、すべてプラトンから採られている。『国家』から一例が、『クラテュロス』から二例が引かれている。つまるところ、よく引かれる「標準句」*locus classicus* から採用されているのである。

この対話編の最後から二番目の演説で、ソクラテスは、もしすべてが絶えず変化を続けているなら、われわれはいかなる知識にもたどり着けない、という見解にあい変わらず頭を悩ませている。そこで彼は、改めてヘラクレイトスの教理を議論の俎上に載せる。もし仮に善と美とが、不動にして揺るぎなき天界のイデアと形相と模範の内に現に存在するとしたら、ある程度の知識を獲得するのは可能だ、と主張して、ヘラクレイトスの説を論駁しようと試みる。だが、ヘラクレイトスの教えが結局のところ正しいと仮定したらどうだろう。そもそも、多数の人々に支持され、随所で教授されているのは彼の説のほうではないか。ソクラテスは結局このジレンマを解決できないままである。しかしそうは言っても、あれだけ思慮深い人物が、名称とその語源の力にのみ頼ることにして、それ以外にはいかなる事柄に関してであれ、真の知識を得る希望はいっさい放棄するなどと割り切れるものだろうか。事物の命名者を完全に信用し、言葉のみに頼ることが本当に賢明な方策であろうか。そもそもわれわれ人間は、世界全体を、水漏れする甕《かめ》のごとき存在と見なすべきなのだろうか。世界全体を、鼻カタルを患っている人間と同等の存在として扱ってよいのだろうか（*hōsper hoi katarrhō nosountes anthrōpoi*）。実際に、この世のいっさいが感冒と鼻カタルに苦しんでいると解してよいのであろうか（*hupo rheumatos te kai katarrhou panta ta chrēmata echesthai*）。ソクラテスは逡巡する。そうかもしれぬし、そうではないかもしれぬ。

クラテュロスはこの様子に感銘を受けるが、それでもこう付け加えずにはいない。「私はヘラクレイトスの説をずっと好む」、すなわち、甕から分泌物《カタル》が漏れ落ちてくる世界をより好む、と。

外観はキリスト教だが、ラブレーも同じ内容を主張している。パンタグリュエルが語り直すペトロンの寓話においては、真理の座の本当の住人たち、すなわち「言葉」*Parolles* と「イデア」*Idées* と「模範」*Exemplaires* とは、この世の終焉まで、部分的に人間の上に滴り落ち、分泌物《カタル》の雨のごとく人類の上に降り注ぐことを、定められているのである。この際前提となっているのは、いうまでもなく、イデアをはじめとするこうした存在が、まさしくこの目的の実現のために創造されたという点である。「この世界の終わり」に達すると、こうした流出には終止符が打たれ、イデアをはじめとする存在は、何かしら別の事柄のために「留保」されることになる〔第五五章、渡辺訳 p.252〕。このように、真理の玉座に住まう者たちすらをも、万物流転の一般法則の中に投げ入れることで、ラブレーはもともとの寓話の中核を、実に効果的に脱プラトン主義化しキリスト教化しているのである。つまるところ、（教皇崇拝族《パピマーヌ》への訪問の際にも、この点が強調されていたように）、ただ神のみが永久不変の本質として存在するのである。

そうは言っても、とりわけ予言の領域において、人間の頭上に知識の光明が振りそそぐ場合、その流出の源泉は、真理の座に住まう「言葉」*Parolles* およびその他の住人たちである。こうした住人の中に「言葉」として感知されている「ロゴイ」*logoi* が含まれている点に留意すると、われわれ読者は、人間が啓示的真理を知る方法のひとつとして、細心の注意を払った語源研究を含む言葉の究明が存在することに、改めて注意を引かれるのである。

ラブレーを、語源の研究のみを通して真理に到達できると信じた、極端なヘラクレイトス主義者としての新クラテュロスと見なすのは、おそらく誤っている。何よりもまず、ラブレーはみずからの寓話を、プルタルコス、ペトロンそしてプラトンの立っていた地点から大きく引き離しているのである。だがルネサンス期の『クラテュロス』解釈に違わず、ラブレーもまたソクラテスと同じく、言葉には時としてその語源に包《くる》まれた何らかの真理が含まれている、と信じていた。だからこそ、『ガルガンチュア物語』に紹介されている愚かしい「語呂合わせ」*rebuses* が、ある文脈ではきわめて滑稽に、また別の文脈では実に愚昧に映るのである〔『ガルガンチュア物語』第九章、渡辺訳 pp.59-63, 宮下訳 pp.83-89〕。言葉は、その最良の場合には、人類を啓発してくれる普遍的な光明の一部であり、真理を宿した小さな雫として、移ろいやすい現世に閉じ込められたわれわれの頭上に、ぽつりぽつりと滴り落ちてくるのである。さらに固有名詞に関していえば、それらは時に特別な恩寵を得て、予言的な力を付与される場合がある。固有名詞が神々のそれであるときには、それらはとくに意味深長となりやすい。古代の異教の神々が生き延びてきた理由の一端は、ここにある。キリスト教徒の著作家たちはしばしば、神々の名称や属性の内に、隠れた神秘的な真理を見出そうと試み、現に見出してきたのである。

　この種の見解を、ルネサンス期の人々は『クラテュロス』の内に見つけたり、読み込んだりした。アンドレ・テュルネーブがラテン語訳した『神託の衰退について』（パリ、一五五六年）の当該箇所に、彼自身が付した注釈に目を通すと、われわれ読者はラブレーをよりよく理解できるだろう。テュルネーブの注釈は、同時代が擁護した典型的な見解であり、特異ないし特殊個人的な解釈ではない。なおこの注釈は後に、ヨハンネス・カメラリウス*が、その著『ダイモンの本質と効果に関するプルタルコスの二書』（一五七六年、九八ページ）に再録している。テュルネーブがロレーヌ枢機卿に献じた冒頭の書簡は、ラブレー流の予言の捉え方には好意的ではない。だが、ペトロンの説く「真理の平原」をめぐる彼の注釈はきわめて適切である。彼によれば、われわれの世界は「誤謬と臆見の支配する領域である。ここでは、確実なものはほとんど何もない。われわれが確実かつ完璧に理解している事柄は皆無に近い。大部分の事柄において、われわれは誤っているか、あるいは単なる臆見を抱いているにすぎない。だが、もう一つの世界は、理性と知性により知覚可能である。そこには、物事のイデアと模範とが存在している。つまりそこは、真理が支配する領域であり、真理の玉座なのである」。

＊ヨハンネス・カメラリウス（一五〇〇―七四）ドイツの古典学者。ルター派の神学者として、改革派とカトリックの橋渡しの役を果たした。ホメーロス、ヘロドトスらの古代作品の校訂でも有名。

テュルネーブはさらに『パイドロス』からも関連性のある箇所を引き、こうした教説がプラトンの見解といかに近いかを指摘している。

プルタルコスに見られるペトロンのもともとの寓話と教説は、臆見の支配する領域すなわち人間界と、万古不易の「ロゴイ」、イデア、および模範が宿る神秘的世界とのあいだのコントラストを、際立って強調している、と解されていた。いうまでもなく、後者の領域にのみ真理が見出されうるのであり、また、現世における真理や正しく確実と見なしうる事柄も、そこからのみ生ずるのである。

『第四之書』でも、この寓話は翻案されてはいるものの、同様の意味をもっている。そこでの寓話は、ラブレー作品の随所に見られるテーマの本質を体現している。つまり、この世は一時的なものにすぎず、常に変化と生成と腐敗にさらされており、キリストがその王国を父に返すときまでしか持続しない、というテーマである。＊それまでの間、人間が有する唯一の知識といえば、天与の才、換言すれば、「優れた学識という天与の賜物」*manne celeste de bonne doctrine*〔『パンタグリュエル物語』第八章、渡辺訳 p.68, 宮下訳 p.106〕なのである。あるいは、同じ恩寵の賜物でも、ブリドワの預言の能力やパンタグリュエルの深い叡智のごとく、もう少し個人的な色彩の濃い美質もそこに含まれるかもしれない。いずれの場合でも、知識ならびに叡智は「光明の父」に由来している。この種の啓示的真理はキリスト教における天啓の内に絶頂に達するが、だからといって、そこにのみ限定されているわけではない。古典古代やその他の古《いにしえ》の文化もまた、こうした真理に与《くみ》しうるのである。

＊『パンタグリュエル物語』第八章、渡辺訳 p.65, 宮下訳 p.106 を参照。なお、「コリント前書」第十五章二四節に次の文言がある。「次には終り来たらん、その時キリストは、もろもろの権能・権威・権力を亡ぼして国を父なる神に渡し給ふべし」

以上のような考察は、読者を再びラブレーのテクストへと、すなわち高所から滴り落ちてくるあの雫へと誘《いざな》う。この雫は「分泌物《カタル》のごとく」滴り落ちるのみならず、神の命により、周囲の大地ではなくギデオンの羊毛の上にのみ降り落ちてきた、あの「露のごとく」滴ってもくる。宗派のいかんにかかわらず、大部分の神学者たちは、ギデオンをめぐるこの逸話の「より高次の意味」*altior sensus* に関して、一般に意見の一致を見ていた。彼らは、オリゲネスとアウグスティヌスによる寓意的な解釈を受け入れたのである。それによれば、ギデオンの羊毛は神に選ばれた者を意味し、彼らの頭上にこそ、預言者や使徒そしてキリスト自身が放つ、神の言葉をめぐるみずみずしい教えの露が降りそそぐという（こうした解釈は枚挙に暇がないが、たとえば以下を参照するとよいだろう。まず、チューリッヒのツヴィングリ派の牧師ルイス・ラーヴァーターの以下の書。Lewis Lavater, *Liber Judicum, Homiliis CVII Expositus*, 1585, p.41；さらに、イエズス会士の以下の書。Cosma Magalianus, *In Sacram Judicum Historiam Explanationes...*, 1626, II, xi, pp.597f.）。

第五五章は、特定の言葉（*parolles*）に込められた恩寵と天与の啓示を扱っている。こうした天啓は、名前が秘めている意味やその他の手段を通して、ときに実現することがあるのである。

プラトンのいうイデアおよび模範と並んで天界に座している「ロゴイ」に関し付言しておけば、ラブレーがこれを「言葉」（*parolles*）と解釈する背景には、プラトン派の哲学者ポルピュリオスに加えて新旧両聖書の影響があると思われる。古代ギリシアの思想のどこを探しても、真理の玉座の内に「言葉」を座らせる発想は見当たらない。さらに、ラブレーを除けば誰ひとりとして（少なくとも私の知るかぎり）、ペトロンの言う「ロゴイ」*logoi* を言葉と解した者は存在しない。しかしながら、聖書のギリシア語を強く念頭に置いて読み込むならば、古典古代のギリシアのテクストもまた、異なった意味に見えてくる。

この章を閉じるに当たって、ラブレーは古典古代に取材した二つの例を挙げている。まず、アリストテレスがホメーロスの言葉を軽快だとして称えた逸話を紹介し、次に、プラトンの教えを、凍った言葉が溶けることにたとえた話に触れ、最後に、切断されたオルペウスの頭《こうべ》が奏でた歌に言及している〔『第四之書』渡辺訳 pp.252-253〕。

ホメーロスの言葉に対する讃辞は簡潔だが印象深い。パンタグリュエルはアリストテレスが次のように述べていたのを思い出す。それによれば、ホメーロスの言葉（*parolles*）は、「飛び跳ね、飛び去り、動きやまず、ゆえに魂を備えている」（*voltigeantes, volantes, moventes, et par consequent animées*）という。ヘラクレイトスを扱った文脈中でホメーロスが称讃されるのは、特段驚くべきことではない。たとえばソクラテスは、流転の理論という問題に関しては、ホメーロスとヘラクレイトスをひとまとめに括っている（*Theaetetus* 122B）。ラブレーはここで、プルタルコスが今度は『巫女ピューティアーの神託について』（398A）という著述でホメーロスに下している判断を、自由に翻案している。この箇所ではアリストテレスが引き合いに出され、ホメーロスこそは「その力強さゆえに動きに満ちた」名前（*onomata*）を駆使しえた唯一の詩人である、と彼が語ったとされている。アリストテレスが、ホメーロスの言葉は「アニメ」*animées*（「魂（プシュケー）を備えている」）であると述べた、という件《くだり》はおよそ信じがたい。ただし、同じ『巫女ピューティアーの神託について』のさらに後の箇所（404F）では、魂を有する存在は「動く能力を付与されている」と記されている。したがってラブレーは、この著作の一部を、別の箇所に依拠しつつ説明している。そうでないなら、彼は別の文献を参照したのかもしれない。

　動きと「魂が備わっている」という特徴に加えて、ラブレーは、ホメーロスの言葉に「飛び跳ね」*voltigeantes* かつ「飛び去る」*volantes* 性質を与えている。これら二つの形容語句のうち少なくとも後者は、「翼の生えた言葉」（*epea pteroenta*）という叙事詩特有の表現への暗示に違いない。この表現はホメーロスについても用いられるが、それ以上にホメーロス自身が頻繁に使っている。ヘシオドスにもその使用例が一回見られる。ラブレーがここでエラスムスを参照している可能性もある（*Adagia* III, 1, 18 : *Levissima res oratio*）。

　ラブレーの意味するところはおそらくこうだろう。ホメーロスのように、真理の玉座から滴り落ちてくる分泌物《カタル》ないし露を、特権的に授かる詩人の言葉には、魂が宿っており、いわば羽ばたいて天界へと舞い上がる。これは根本的にプラトン的な見方である。こうして、上方に飛翔しようとする人間の努力は、分泌される露の滴下と繋がっていく。

　一方、アルチャーティは皮肉交じりに、ホメーロスの「翼の生えた言葉」は、言葉がいかにも軽い存在だということを示唆しているのだ、と考えた。この見解は、実はラブレーの念頭にもあった。だが、それが前面に押し出されてくるには、次章を待たねばならない。

このたとえが引き合いに出されるに際して、ホメーロス以外に「翼の生えた言葉」を授かった詩人ないし預言者に関しては、いかなる仄めかしも見当たらない。こうしたたとえ話の場合、必要以上に明示することはないからである。もっとも、パンの死の本当の意味を説明するに当たって、パンタグリュエルはウェルギリウスの一節を、キリスト教的なニュアンスを込めて引用してはいるが（QL xxviii, 54f.）〔第二八章、渡辺訳p.158〕。

二番目に紹介される古典的な例は、アンティパネスがプラトンの教説を凍った言葉になぞらえる箇所である。この哲学者の言葉は、その聞き手が年齢を重ね叡智を深めて初めて、やっと溶け出してくるというのである。この比喩は、すでにプルタルコスとカルカニーニが寓話形式の教訓談で披露している。ラブレーのたとえの言わんとするところは、哲学者の大智を苦もなく理解できると考えるべきではない、ということである。すでに自身老翁であったラブレーは、偉大な思想家の傑出した言葉を理解するには、一生涯にわたる熟考と思索を要する、とわれわれ読者に告げているのである。ここにも『クラテュロス』の結びの数節が木霊しているかもしれない。そうだとしたら、それはテーマ上の木霊であって語彙上のそれではない。

ラブレーが最後に言及する古典的な例は、発話される言葉ではなく、音楽とそれに合わせて歌われる言葉である。オルペウスの切断された頭は、風に爪弾かれて妙なる調べを奏でる竪琴とともに、ポントス海〔エーゲ海〕のレスボス島に向けてヘブロス河を運ばれていくのだが、その頭が悲痛な歌声を発する様子が、ここでは美しく喚起されている。この場面の韻文の典拠として考えられるのは、ウェルギリウスの『農耕詩』の「第四歌」と、オウィディウスの『変身譚』である（QL lv, 73f.）〔第五五章、渡辺訳p.253〕。

オルペウスは、ルネサンス期の混合主義者《シンクレティスト》や神話学者たちにとっては、古典古代の偉人のなかでもとくにさまざまな面を併せ持つ重要な人物だったので、ラブレーがこの人物への驚くべき言及で第五五章を閉じると決めたときに、いったいどの側面に注目していたのかを確定するのは困難である。オルペウスはある意味でギリシアのダビデ〔詩篇の大半は彼の作とされている〕である。つまり、霊感を得た歌い手であり、野獣のみならず、人間の内なる獣まで馴致してしまうのだ。ルネサンス期のプラトン主義者たちにとくに尊ばれていた、オルペウス奏でる讃歌は、善良にして純粋な人物たる彼に、個人的に付与された霊感的啓示だと解釈されたのである。この啓示に基づいて、彼は唯一の存在である神と三位一体の教義を歌い上げる。それゆえオルペウスは、霊感を得た古代の哲学者たちのなかで、神学者としても独自の栄誉を勝ち得ていた。彼ら哲学者たちが秘めていたキリスト教の啓示的真理は、ルネサンス期のプラトン主義的キリスト教徒を大いに魅了していたのである。フィチーノが『クラテュロス』に付した註解の中でも、彼は特別の地位を与えられている。

ラブレーは少なくとも、古代の傑出した叡智に加えて、歌や音楽もまた、真理の座からの賜物を受容しうるはずだと主張している。『第四之書』は、音楽に重要な位置を与えている点でも異色な作品である。その証拠に、「新序詞」では六十人近くの作曲家の名前が挙げられている〔「新序詞」渡辺訳 pp.34-35, p36〕。

第五五章に関するかぎり、寓話はここで完成を見ている。

言葉は多くの場合、われわれの現世にはびこる単なる臆見を伝達するための、騒々しい手段にすぎない。しかし例外的とはいえ、言葉が真理を伝達する場合もありうる。言葉が伝えるそうした真理は、天啓に、つまり、真理の玉座を占めるイデアとしての言葉や形相および模範から、分泌物《カタル》のごとく滴り落ちてくる露に由来する。

この真理の玉座およびそこを占める偉大な実在は、それ自体永遠の存在でもなければ、変化から免れているわけでもない。それらの目的は、時間とともに成就する。イデアとしての言葉や形相そして模範は、時間の完了に至るまで、天与の啓示によって人類を真理の光で照らす役割を負っている。だが、「この世界の終わり」*consummatio saeculi* は、現世とそこの住人全体に、この世の完結を告げる。その時に至るまで人間は、天啓的真理が述べられている、ないしは歌い込まれている言葉を、大切に扱い、それについて瞑想をめぐらし、それが溶け出すのを待たねばならない。もし、それらの言葉に秘められたメッセージを、本当に明らかにしたいのであるならば。

この束の間の現世の、多岐にわたる変化や流転のただ中にあってすら、時と場合に応じて、言葉に込められた真理はたとえ僅少とはいえ獲得できる——ラブレーはそう仄めかしているのである。ただし、その種の啓示は、天与の恵み深い露という、高尚なユダヤ・キリスト教的な文脈の中でのみ明らかになるわけではない。そもそも一連の「年代記」は、多くの事柄を諷刺に包んで笑い飛ばす野卑なムーサイに司られているのだ。したがって、それにふさわしく、分泌物《カタル》の滴りというかなり下卑たヘラクレイトス的語彙によっても、真理は明らかになりうるのである。

フランス語としての「カタル」*catarrhe*という語は、いかにもギリシア語的な響きを帯びているので、どこか高貴に聞こえなくもない。だが、比較の根底にあるのは、部分的とはいえ非常に滑稽なものである。なるほど「カタル」という語は高尚に聞こえるかもしれないが、それは、英雄には似つかわしくない慢性病を、学術的に表現する程度の高尚さであって、それ以上の何物でもない。諷刺的な著作家たちは、われわれの肉体の下品な側面を故意に強調する手法によって、人間の自惚れを挫くことを楽しむ。「カタル」もまた、汗や涎《よだれ》ないし尿や糞便などラブレーが自家籠薬中のものとして活用してきた、人間の肉体のさまざまな副産物と同類なのである。しかも「カタル」は、正真正銘の病気であるから、ここではますます効果的である。

テレームの僧院から追い出されるべき醜悪な人間のなかには、（非常に愉快な語呂合わせにより）「カタル病みと生まれ損ない」* *catarrhez et mal nez* も含まれていた（*Garg.*, L. 47）〔『ガルガンチュア物語』第五二章、渡辺訳 p.232, 宮下訳 p.374〕。だがある意味では、人間全体、およびわれわれが住むこの現世そのものが、この種の汚らしい用語で把握されるべきなのかもしれない。

＊ 後者は「悪い鼻」の意味もあるので、「鼻垂れと鼻病み野郎」とでもなろうか。

ラブレーの寓話は啓示的真理を扱っている。この啓示は、単なる臆見に支配されている現世に、ある程度の真理と確実な知識とをもたらしうる。彼の寓話を覆うヴェールは、それほど分厚く織られてはいないので、われわれは、すでに生起した事柄と今後起こるであろう事柄とに照らし合わせて、寓話の本質を把握できるのである。

人間が知りうるいっさいは恩寵の賜物であるという見解は、ラブレーの「年代記」に初期から見られるテーマである。神学、法学、医学、哲学、予言そして詩歌の分野でラブレーが重視する真理——要するにすべての真理——は、人間の努力により獲得したものではなく、霊的な糧《マナ》のごとく、人間の頭上に滴り落ちてきたのである。こうした見解は、現代人が想像する以上に、学問や学識の分野ではずっと強く信じられていた。ルネサンス期のユマニストたるキリスト教徒は、視野狭窄症に陥ってはいない。彼らは、エジプトの象形文字から、あるいはギリシアの哲学から、さらにはヒポクラテスの霊感を宿した医学的知識から、何らかの叡智を引き出そうと努めた。「汝自身を知れ」という偉大な古典期から伝わる教訓も、彼らは自分たちの天啓的真理の領域に組み入れてきたのだ。さまざまな格言や諺も同様で、それらは深い神秘的な力に満ちていたため、真理の痕跡を十分に帯びているはずだ、と彼らは見なしたし、そのことに何の不自然さも覚えなかったのである。また、ローマ法も完全にキリスト教化されていた。『ユスティニアヌス法典・学説類集』は、その冒頭にキリストの名による祈りを置いている。さらにその最初の法は、法律を、人間と神の双方の領域にまたがる文脈中に位置付けている。『第三之書』でブリドワやパンタグリュエルが十分に示しているように、法が最終的に訴える相手は、「運命」ならびに「正しい審判者」すなわち神であった。なお、パンタグリュエルが先の寓話中で用いている用語は、預言の分野にもぴったり当てはまる語彙である。

当然だが、ラブレーのようなユマニストの信者は、すべての啓示的知識のなかでも、『第四之書』の序詞の中で「良き知らせにまつわる神聖きわまりない『み言葉』sacrosaincte *parolle* de bonnes nouvelles、すなわち福音書」を、最も重視していた（『第四之書』新序詞、渡辺訳p.24）。ラブレーは、福音書を称讃するこの表現を、まさしく福音書自体から引いている（「使徒行伝」第十五章七節：「福音の言《ことば》」*ton logon tou evangeliou*）。と同時に彼は、時代の全体的な傾向に沿うように、ソクラテスを、「超人的な」理解力に恵まれた「神々しい」知識の伝達者として、心底より崇敬していた。さらに、程度に差はあるものの、ユダヤ、エジプト、ギリシア、ラテン等々の古代世界から、長きにわたって伝えられてきた知的遺産よりなる諸々の真理にも、大いなる敬意を抱いていたのである[28]。

賢人は、天啓的真理の標識を追い求めながら、複雑な現世の中にあって、なんとか正しい道を選び取っていかねばならない。しかし、そうした真理はしばしば言葉によって表現された。そして言葉はというと、ラブレーの各作品が示してきたように、哲学や宗教に関する高遠な真理をわれわれに伝達してくれる一方で、それとは正反対に、軽薄で瑣末で空虚かつ騒々しい事柄になることもある。さらに言葉は悪魔の仕掛ける罠にもなりうるわけで、その罠にはまった粗忽者は、黒を白と言いくるめる詐術に陥ってしまう。

『第三之書』には、恩恵と啓示とが浸透していた。何よりもまず、賢明なパンタグリュエルはその叡智を天に負っていた。この点においては、彼は、天啓に与った狂人ブリドワやトリブレと何ら変わらない。『第四之書』は、この側面を一歩押し進めている。この書にあっては、この世は変化と流転の世界である。いつまでも不動かつ不変のままでいられる者は、誰ひとり存在しない。パンタグリュエルもこの点では例外ではない。今だからわかるが、『第三之書』におけるパンタグリュエルの権威は、人間としての自己にではなく、天与の権威ある啓示的叡智に、言い換えれば神から授かった特別な叡智に由来していたのである。ところが『第四之書』（この作品では、彼は巻末に至るまで、ほとんど発言していない）の内部では、場合によっては彼の言葉すら、他の人物の場合と同じく曖昧で不明瞭になりうるし、さらには、礼儀正しさや諷刺的意図等々の必要に応じて、変形を被らざるをえないこともある。ある人が発言ないし執筆した内容にどれほどの権威が宿るかは、その言葉にどれほど天啓的真理がうかがえるかによる。パンタグリュエルの場合、常に天啓的真理と交わっているわけではない。少なくとも『第四之書』では違う。嵐と格闘している際に福音書の一節を引いているときには、やはり模範的である。だが、教皇崇拝族《パピマーヌ》を、内側から何の権威も伝わってこないような言葉で称讃するとき、彼は、少なくとも文字どおりの意味にとった場合、模範的とは言いがたい。『第四之書』では、話が進むにつれ、パンタグリュエルは天から直接霊感を得るケースも増え、それに伴い権威ある正しさを徐々に誇るようになっていく。そうした霊感はますます、彼が正しい判断を下したか否かで計られる。それは、霊感に導かれて断固たる「イエス」ないしは「ノー」を発しうるかどうかにかかっているのである（*QL* xlvi, 7f.）〔『第四之書』、第五六章、渡辺訳 pp.253-256〕。

だが、言葉に覆われた真理は、自己愛に蝕まれた人間や狡知に長けた悪魔により、歪曲されてしまう可能性がある。人間は、真理を誤謬から区別できないかもしれず、また、もっともらしい修辞や怪しげな議論のゆえに、誤りへと陥る危険にもさらされている。ラブレーの「年代記」において、人間が以上の危険を避けうる唯一の方策は、超自然的に啓示された真理に縋ること以外にはない。それがなければ、白を黒と、あるいは黒を白と言いくるめられてしまいかねない。

われわれは、パニュルジュが自分の臆病さを正当化しようとしてかえって誤りを犯していたのと同じく、借金や債務者を礼讃しながら結局は誤りに陥っていたことを知っている――ないしは、知るべきである。彼がその多弁でいくら隠そうとしても、当時尊ばれていた格言や権威ある叡智を、彼が歪曲して悪用していた事実は隠しきれない。われわれは、教皇崇拝族《パピマーヌ》が誤っていたことを、さらに明快に知っている――ないしは知るべきである。というのも、彼らは、言葉による最も重大な啓示の命じるところに、わざわざ反しているからである。

ルネサンス期の福音主義的なユマニストたちが、啓示的と見なした可能性の高い真理をそれとわからなければ――さらに、想像力によって彼らの立場に立てないならば――、われわれは当時の虚偽と真理とを区別できないまま、ラブレーが断言している事柄のみを正しいと証明するだけで終わってしまうだろう。現代の常識に頼るだけでは、ラブレー作品はとうてい理解できない。たとえば、諷刺的礼讃の伝統的手法とは、称讃のあり方を弱めることにではなく、主題を故意に誤用することにある、と知っている必要がある。ルネサンス期の作家たちに大いに好まれ、ラブレー作品にも大きな影響力を行使した「デクラマチオー」も、説得力ある議論と根拠薄弱な議論とを、大真面目と滑稽譚とを、本当と虚偽とを、それぞれ意図的に混ぜ合わせるのを常とする。ただしその際に、究極の目的は忘れない(29)。なぜなら、天啓に基づく権威がどこに存するかをわきまえていないかぎり、人間は言葉の洪水の中で迷子にならざるをえないからである。

19　騒音〔第五六章〕

第五五章は、寓話を通して、人間の特定の言葉が、高所からの雫のおかげでいかにして真理に与《くみ》しうるかを示している。

アリストテレスの『解釈について』をめぐる伝統的な読み方は、言葉を分類する際の二つの範疇――意味を負わされた言語的発声と、自然な意味をもつ動物が発するような音声――を、他のさらなる範疇に拡大していった。こうした解釈法は、三世紀の学者ポルピュリオス――『第三之書』の第十八章で「鋭敏な哲学者」*philosophe argut* と紹介されている〔渡辺訳 p.122, 宮下訳 p.227〕――の説明によって、容易に成立するようになった。ポルピュリオスの見解はさまざまな註解の中に取り込まれ、またその論考は、ルネサンス期の一部の弁証法学者たちにとっては、アリストテレスの論考と密接に繋がっていた。彼は、アリストテレスが、ラテン語訳で「名詞《ノーメン》」*nomen* と「動詞《ウェルブム》」*verbum* となる二用語を、最初から定義する必要に迫られた理由を説明している。というのも、古代人たちは、言語的発声は形相やイデアを意味すると同時に、知的概念や感覚による認識、あるいは感情や現実に存在する事物なども意味すると考えたからである。ニーフォのように、この主張に当惑を隠せなかった学者もいるにはいたが、実際にはこの見解は広く知られていた（Aristotle, *Peri Hermeneias*, ed. W. A. Niphus, Venice 1555, p.12）。ラブレーにおける霊感を得た言葉は、前者の範疇に属する。それらのみが、「言葉《パロール》」*Parolles* と呼ばれる。

だがラブレーはここに至って、「発声音〔音声〕」*voces* と「単なる音」*soni* という、言語音のまったく別の範疇の中で、哲学的かつ良質な笑いを引き起こそうと考え始める。

『第三之書』ならびに『第四之書』においては、人間が置かれた状況や、ラブレーが提起した問題群に由来する喜劇は、ただたんに人々のあいだに生まれる誤解から生じるとはかぎらない（こうした誤解が喜劇の主たる動因とも言えない）。換言すれば、ラブレーの喜劇はしばしば、言葉で表現された無数の、それも真理と半真理とがごちゃ混ぜになった生半可な知識と、人間が愚かにも格闘することから生じてくるのだ。というのも、そんな無駄骨をいくら折っても、現世で人間が賜っている叡智に到達できるはずがないからである。

言葉で表現された真理を引き出すのはきわめて困難である（この点に関しては、エラスムスやパンタグリュエルあるいはガルガンチュアほどの人物が有する、きわめて精緻な理解力を思い起こすだけでよい。というのも、『第三之書』の第三五章で引用されている、古代の賢人たちが残した一見愚かしく不道徳な格言がはらむ真理の核心を射止めるには、それが不可欠だからである〔『第三之書』第三五章、渡辺訳 pp.204-205, 宮下訳 pp.393-395〕）。最も権威ある聖書においてすら、真理は言葉によって、つまり、思想の媒体とはいっても、自己愛や悪魔的なもののせいで濫用、誤解、歪曲などを招きうる、言葉によって伝達されたのである。パンタグリュエルが引用する聖書と、パニュルジュが引く聖書とでは、もちろんその性質を大いに異にしている。

『第三之書』でのパンタグリュエルは、その規範的な智恵と、古典古代やキリスト教に関する底知れぬ教養によって、われわれ読者の歩みを正しい方向へと導き、パニュルジュの狂気の正体を暴いてくれる。だがすべてがパンタグリュエルを中心に展開するわけではない。確実な知識に到達するもうひとつの方法は、ブリドワが示した素朴な信頼の念である。さらに言えば、「言葉の有する多義性、曖昧さ、難解さ」から逃れる方法として、この問題が提起されている第十九章にあるように、身ぶりや記号《シーニュ》——記号一般よりもむしろ身ぶりのほうだが——の使用が考えられる〔『第三之書』第十九章、渡辺訳 pp.122-123, 宮下訳 p.229〕。

『第四之書』の第五六章はこのテーマを再び採り上げている。第五七章以降になると、ラブレーは読者に対し、人間の生活の大部分を左右している記号《シーニュ》について、すなわち、言葉による啓示の光に浴していない人間生活の大部分を取り仕切っている記号について、語り出すことになる。だがそれを実践に移す前に、彼は、言葉や音が発しうる、滑稽で騒々しい雑音や喋り声に対して、アンモニウス風の流儀で、最後の面白おかしい一撃を食らわせてみせる。というのも、人間の生活において、霊感を宿した言葉は、あらゆる種類の騒音から隔離された位置に置かれるべきだからである。

第五六章は愉快で楽しく笑劇的な色合いの濃い章であり、真面目な寓話を据えた第五五章と対をなしている。われわれ読者は、ある種の言葉や音声が滑稽になることに気づかされる。だが、こうした滑稽さも無意味ではない。この章は、その前提や関心を共有しているという点で、『第三之書』および第五五章と密接に繋がっている。さらに典拠も共通している。これまた、『ユスティニアヌス法典・学説類集』第四五巻の最初の法規『言葉の責務について』*De Verborum Obligationibus* である。ラブレーはこうしたコンテクストの中で、面白おかしい騒音のシーンを組み立てる。ここでのジョークは、言語学的であると同時に法的でもある。

身ぶりで同じように意味が伝達可能な状況下において、いったいどこまで言葉のみに頼るべきか、という問いは、解決困難な法学的問題である。サッソフェラートのバルトールスは、ネッルス・デ・ガブリエリスのような読唇術に長けた聾啞者が、法的な契約をそうした記号《シーニュ》で行なうことを、たとえその身ぶりが完全に理解可能であっても拒んでいる。だが多くの法学者たちは、彼のこの見解を受け入れていない。言葉が、それも言葉のみが法的契約を有効にするという、より厳密な意見を支えるためには、あらゆる言語に見出せる共感覚〔ある音がある色を、ある色がある臭いを想起させるような感覚〕を、聴取可能な言葉のみに翻訳できなくてはならない。たとえば、ある人が何かを見た（*se vidisse*）という状況下で、ある人がその何かを聞いた（*se audivisse*）と断言することがどこまで許容できるか、という問題に関して、中世末期およびルネサンス期の著名人を含む註解者たちは、長きに渡って意見の相違を見てきたのである。これらの論争は、注釈や引用によって、ラブレーが『第三之書』で言及している『ユスティニアヌス法典・学説類集』の例の箇所としばしば関連づけられてきた。同時にそれらは、教会法の註解の中でも採り上げられている。

聖書までがこの種の共感覚を認めていることを示すために、権威ある法学者たちは「ヨハネの黙示録」第一章十二節の「われ振反《ふりかへ》りて我に語る聲を見んとし」（*Conversus sum ut viderem vocem*）という一節を挙げている。彼らは同時に、「出エジプト記」第二〇章十八節における重要な例を引き合いに出している。それによると、モーセが聖なる十戒を賜るために山に登って行った際、これを恐れを抱きながら見守っていたイスラエルの民は、「声を見た」（*videbat voces*）のだという。*「出エジプト記」のこの謎めいた一節は、ローマ法と教会法の双方の専門家たちによって、その註解中に引用されている。以上が、第五六章でラブレーがジョークを放つ際に下敷きにしていた箇所であり、この点は、テクストの字面を追うだけでも理解できる。こうしたいっさいと『第四之書』の哲学とが結節点を見出すのは、「音声」*voces* という語が、言語学用語にあっては、意味を負わされた人間の発声音を意味している、という点においてである。さらに、このような「発声音」*voces* が、自然に意味をもつ音声と混在しうる点も挙げられる。ラブレーはこの「発声音」*voces* を感じたり聞いたり見たりできる事物に仕立て上げることで、「発声音」のその他の多様な意味と戯れてみせる。これに関して、言い古された法学上の決まり文句を持ち出すのは、パニュルジュである。「以前読んだことを思い出しましたが、モーセがユダヤ人の掟を拝領した山の麓で、民はさまざまな声を明白に見たというこ

とですな」[30]〔第五六章、渡辺訳p.254〕

＊ ウルガタ聖書にある表現。日本語訳聖書では、「民みな雷《いかづち》と電《いなびかり》と喇叭の音と山の煙れるとを見たり民これを見て懼れをのきて遠く立ち」としか表現されていない。フランス語訳聖書（エルサレム版）も同様である。

『第四之書』にラブレーが登場させている船長が、読者を、寓話から現世および旅行者たちの様子へと引き戻してくれる。彼によれば、溶け出しつつある言葉は、最近行なわれた戦闘の音が、凍ったまま保存されたものだという。パンタグリュエルとその仲間たちは、凍った言葉を手で摑んだり、甲板《デッキ》に投げ込んだり、溶かしてみたりする。パニュルジュが引用したせいでせっかくの権威も色褪せてしまったためか、この光景により、われわれ読者は「出エジプト記」への言及を、重大な神学的論点として把握せずに済んでしまう。同時に、ここでの冗談に法学的側面がある点も見抜けずに終わる可能性も否めないが。いずれにしろ、もしこのコメントをより早い段階でパンタグリュエルが発していたならば、「民は声を見た」という奇異な一節に、読者はより深い意味合いを見出したい誘惑に駆られていたかもしれない。その気になれば簡単に引き出せたはずである。たとえば、聖アンブロシウスは少なからぬ潜在的意味を、そこから汲み取っている。「この『声』*voces*は、心眼により見られた言葉のより深い意味を指している」。さらに新約聖書では聖ヨハネが、言葉が具現化するのを見ている（「ヨハネの第一の書」第一章一―二節＊、等々（cf. A. Lippomanus, *Catena in Exodus*, 1550, p.192v°. cf. Plutarch, *Oracles of the Pythian Goddess*, 394-E)。

＊「目に見し所、つらつら視て手触りし所のもの、即ち生命《いのち》の言《ことば》」とある。

だがこうした巧みな解釈はここでは場違いであろう。もっともその理由は、民が見た音声が（現代の学者にはそう思われるわけだが）、実は雷鳴を伴った稲妻であったからではない。また、こうしたテクストにアンブロシウスが施した比喩的な解釈を、ラブレーが認めなかったからでもない。アンブロシウスのような著作家たちの内にここでの意味合いを求めるのが誤っているのは、探るべきコンテクストが間違っているからである。言葉を見る、という場合、法律学的なユーモアの領域に足を踏み入れているのである。「音声を見た」のはなにもイスラエルの民に限らない。ラブレー作品の架空の話者もまた同様の経験をしている。「私もぴりっと辛い言葉をそこに見た」〔第五六章、渡辺訳p.p.255〕。「言葉を見ること」が主題となっている際に、「見る」という動詞の意味を文字どおりに取る話を聞けば、当時の法律家の念頭には、よく知られた愉快な連想が思い浮かんだはずである。この点を確認するには、アルベリクス〔十四世紀に活躍したイタリアの法律学者〕およびその法学用の『語彙集』*Lexicon* をひもとけば事足りる。「言葉」*verbum* という項目下にはこうある。「言葉は聞かれるのみで、見られない」（*Verbum videri non potest, sed audiri*）この点で法学上の権威と見なされていたのは、何度も再販された『法律の鏡』（*Speculum Juris*）の著者であり、「スペクラトール」*Speculator*〔「探求者、思索家」などの意。その著書名《*Speculum*》との語呂合わせもある〕の異名をとるギヨーム・デュラン〔（一二三〇－九六）フランスの教会法学者、典礼学者〕である。「スペクラトール」の権威ある書をひもといた場合も、「音声」*vox* という見出し語の下には、かなり驚くべき語義が見られる。「アリストテレスの言によれば、ある発声音は白く、別のある発声音は黒いというが、実のところ、《*vox*》（発声音）ないし言葉は、目に見えるわけではなく、聞こえるのみである」。ここでいう「アリストテレスの言」は、彼の著作『トピカ』にある黒と白の言葉への言及を、愚鈍なまでに文字どおりに読み込んだ結果である。デュランは、耳の聞こえない人や盲目の人が証言できる状況を主題にしている中で、この言明に及んでいる。彼は、盲目の人間が、実際は言葉を聞いただけなのに、何かを「見た」と主張するケースは認められないとしている。ギヨーム・デュランのルネサンス期の諸版は、その多くが、アリストテレスの意味していたものを冷静に指摘している（*Speculator*, lib. i, partic. 4, *§ 7, de teste*）。アリストテレスは、白い言葉と黒い言葉という表現で、明瞭な言葉と不明瞭なそれとを、あるいは、鋭利な言葉と愚鈍なそれとを区別していたのである。こうした観念連想のおかげで、ラブレーは、「さまざまな色の」言葉と楽しく戯れることができた。彼はまず「喉の言葉」*motz de gueule*（食べることを想起させる言葉）から始めている。この表現の「喉」*gueule* は、洒落により、「ギュールズ」*gules*（紋章学で「赤」を意味する語）と結び付く。続いて、読者は紋章学上の色彩が次々と繰り出されるのを目にする。緑、青、そして黒 *sinople, azur, sable*――すべてとくに意味はない――の言葉に続いて、最後はカトーの名前とよく結び付けられる「黄金の言葉」*motz dorez* へと到達する（*QL* LVI, 19f.）〔第五六章、渡辺訳 p.254〕。

われわれ読者はすぐに、この章が、このように「言葉」と楽しく戯れることを主たる眼目としていることに気づく。

以上の他にも、エラスムスの『格言集』を通して身近になっていた古典的な地口も活用されている。たとえば、「言葉を与える」*donner parolles* は、「恋人同士のように相手を惑わせる」を意味し（*QL* LVI, 31 ; *Adagia* I, 5, 49）、「言葉を売る」*vendre parolles* は、「弁護士や詩人あるいは空約束をする者たちのごとく言葉で商売する」（*Adagia* II, 6, 100）ことを意味している〔第五六章、渡辺訳 pp.254-255〕。つまり、「言葉《パロール》」*parolles* ですらも濫用しうるのである。

いくつかの冗談は、形容詞を文字どおりの意味に取るという手法に頼っている。たとえば「ぴりっと辛い」*picquantes* 言葉や「血塗れな」*sanglantes* 言葉も、われわれの目に見えるのである。さらに « *prendre au mot* » を直訳すれば「他人の言葉を盗む」となるし、ラブレーお気に入りの『笑劇 パトラン先生』を想起させる « *vendre à son mot* »（「同意した価格で」）も、みごとな地口として笑いを喚起する〔第五六章、渡辺訳 pp.255-256 ; 渡辺は前者を「言葉を真に受ける」と訳している〕。

こうした一連の洒落は、気が利いている上にたいそう愉快である。読者は笑いを通して、事物の立てる音がいかに摑みどころがないかを悟ることになる。北極圏の夏に溶け出す言葉は、すべてが人間の発する音声でもなく、また、すべてが「言葉」というわけでもない。そこには、男女の「言葉と叫び声」（*parolles et crys*）に加えて、武器のぶつかる音、甲冑や馬具の衝突する音、馬の嘶《いなな》き、その他戦場に響く恐ろしい轟音も含まれているのである〔第五六章、渡辺訳 p.255〕。

こうした騒音は、溶け出すと、アリストテレスの定義を拡大して定義した際にアンモニウスが設けた二つの範疇の、いずれかに属することが明らかとなる。つまり、慣例によって意味を負わされた言語的発声音と、動物が発するような「非言語的音声」*agrammatoi psophoi* である。すでに検討したように、この種の「非言語的音声」は、子供の立てる音や感情の直接的な表出のみならず、野獣の叫び声（発声によるもの、そうでないものの双方を含む）に加えて、無生物に由来する音、たとえば、荷馬車が立てるガラガラという音や海の波音、その他人間が真似できる無数の音をも含むと考えられていた。このアンモニウスの教説はそれ自体十分に明快なので、何世紀にもわたって、影響力ある註解者の採り上げるテーマであり続けてきた。ラブレーはこうしたあらゆる音声のごった煮の中から、真に意味をもつものとして二つの範疇のみを引き出してくる。霊感に与《あずか》った「言葉」*parolles*（これは前の第五五章で採り上げられている）と、「非言語的音声」*agrammatoi psophoi* がそれである。その他のいっさいの音は――人間の言語ですら――その音が属している慣例に通じている者にとってしか、意味をなさない。もちろん、こうした音のなかには「言葉」*motz* も含まれている。ところが溶け出したのは「野蛮な」言語〔外国語のこと〕であったので、我らが旅人たち一行には「理解できなかった」〔第五六章、渡辺訳 p.254〕。ただし、「言葉」だと思っていたものが、溶けたとたんに、言葉ではなくたんなる音であったとわかる場合もある。大砲の爆音がそうだ。同じように、いくつかの「言葉」*parolles* は、厳密には言葉とは言いがたく、むしろ動物の発する騒音に近いとわかるケースもある。こうした音は、そもそもその定義からして、自然な音声であり、言語の違いという壁を乗り越えて理解可能となる。こうしてわれわれは、「ヒッ、ヒッ、ヒッ、ヒッ」*hin, hin, hin, hin* という微かな笑い声を、あるいは、「ブーブーブー、ブーブーブー，ブーブー」*bou bou bou, bou bou bou, bou bou* という泣きじゃくる音声を耳にし、その意味するところを即座に合点する〔第五六章、渡辺訳 p.255〕。このように多種多様な音声がこの新しいバベルに混在しているが、そこで普遍的な意味を持つのは非言語的な音のみである。したがって、未知の「野蛮な」言語は、擬音語にかぎりなく接近していく。われわれ読者はすでに、この種の擬音語についてはとくにパニュルジュの口から発せられた音声を通してなじみになっている。なお、「トラック」*trac* や「トルル、トルル、トルルル、トルルルルル」« *trr, trr, trrr, trrrrr* » といった新しいタイプの音も現われる。さらに、なぜか騒々しく響くがどこかおかしい「オン、オン、オン、オン、ウウウウオン」*on, on, on, on, ououououon* なども加えられている〔渡辺訳 p.255〕。

　以上の楽しさあふれる二章でも、ラブレーは並置という彼の常套手段を使って、最大の効果を上げている。彼は、簡潔で学識に満ちた「言説」*discours*、より明快に言えば、天界の真理から分泌物《カタル》のごとく滴る雫のおかげで、真の意味を帯びるに至った言葉、したがって霊感に浴した翼のある言葉を一方に配置し、それを、人間を取り囲み面食らわせる騒音と対置しているのである。「非言語的音声」を別にすれば、それ以外の騒音は、意味を宿さず、それ自体も無意味である。

　パニュルジュは『パンタグリュエル物語』で登場したとたんに、好んで理解不能な外国語を弁じたてるが、ラブレーはまるで、こうした言動からどのような面白さが生じるのかを、ここで懸命に説明しているかのようである。だが彼の野心はさらに先を射程に収めている。不可解な野蛮語や意味をもつ動物的な音声からいったん離れるや、われわれはまたしても、『第四之書』の読者ならその約束事がわかっているフランス語へと、舞い戻るからである。この時、本来の言葉遊びは、口論や諍いへと変じてしまう。「パニュルジュはジャン修道士を少し怒らせてしまった」すると「ジャン修道士のほうも、そのうち後悔させてやる、と脅した」〔第五六章、渡辺訳 pp.255-256〕修辞学《レトリック》は、それが金銭目当てのものになると、やはり手荒い扱いを受ける。たとえばデモステネスは二回言及されている。第一回目は、第五五章の六行目〔TLF の版を調べると、四三行目が正しいと思われる〕以降、第二回目は第五六章の三六行目以降である〔それぞれ渡辺訳 p.252 ; pp.254-255〕。この「言葉転がし」の原型的存在は、一度も嘲笑の的にされている。デモステネスは、多額の現金と引き換えに沈黙を売った男であり、同時に、パニュルジュと同じレベルの臆病者になりうる存在なのである〔渡辺訳 p.252 と pp.254-255 および対応する註を参照〕。

パンタグリュエリストたちは、食料と関連する非常に狭い意味においては、「喉の言葉」の不足に悩むことはない。だがジャン修道士も指摘しているとおり、雄牛が角によって捕まえられるように、人もその言葉によって捉えられる可能性が十分にある（LVI, 66）〔第五六章、渡辺訳 p.256〕。この法学上の格言は、アルベリクスがその『語彙集』*Lexicon* で読者に参照するよう勧めている権威、すなわちデュランの『法律の鏡』（lib. I Partic. 4, 9 : end）と関連付けられてきた。ラブレーの場合、この格言に最初に遭遇するのは『第三之書』（XXXVI, 130f.）〔第三六章、渡辺訳 p.211, 宮下訳 p.404〕においてである。『第四之書』に再登場するこの格言は、トルイヨーガン（国王付きの教師で新懐疑主義派の哲学者でもある）のピュロニズム〔いっさいの判断を停止するピュロンの懐疑説。懐疑主義〕を読者に再度想起させるのに役立つだろう。というのも『第三之書』でガルガンチュアがこの格言を引用したのは、同時代の懐疑主義に対し、面白おかしくはあるが好意的な意見を開陳するためだったからである。この種の懐疑主義は当時大いに流行っていたようだ。ここにおいても、他の多くの場合と同様に、法がそれ相応の役割を担っている。デュランは、パリサイ人がキリストをその言葉尻で捉えようとした点を指摘している（「マルコ伝福音書」第十二章三節〔第十三節の間違いと思われる〕、「ルカ伝福音書」第二〇章二〇節）。しかも彼は、ここでの含意について議論するためには、『ユスティニアヌス法典・学説類集』の中の『言葉の責務について』*De Verborum Obligationibus*

の冒頭を読むべきだと読者に勧めている。

霊感を欠いたつまらぬ言葉は、うるさい上に曖昧で、ひどい場合には無意味ですらある。そのうえ、こうした言葉は誤りや不和を広めることすらある。「雄牛はその角によって、人間はその言葉によって捕らえられる」という箴言は、パニュルジュを嘲笑しようとして、ジャン修道士が口にしたものである。パニュルジュは嵐の間、仔牛のように臆病だと非難されてきたわけだが、ジャンは、パニュルジュが結婚したら、その仔牛の角のごとく、寝取られ男の角でパニュルジュを捕まえてやる、と愚弄したのである。

こうした言葉を浴びせれば、その後何が起こっても不思議はない。だが今回だけは、いっさい言葉を使わなかったパニュルジュのほうが、最終的にはジャン修道士よりも勝ることになる。彼は、誰の目にも意味が明白な身ぶりによって応戦したのである。「パニュルジュは嘲弄の印《シーニュ》に、バブーをして見せた」。ジャンの言葉による侮辱に応え、パニュルジュは「バブーをした」*feist la babou*。つまり、指を使いながら下唇を何度も上唇に向けて弾いて見せたのである。この逸話で、これ以降に言及される唯一の「言葉」は、「神聖なる徳利大明神《ディーヴ・ブティユ》のお言葉」*le mot de la dive Bouteille*、つまり、本作品が決してそこに到達することなく終わる、あの神聖なる酒瓶の言葉のみである。

第五五章と第五六章とは対をなしており、一緒に考察しないかぎり真価はわからない。第五五章は人間に希望を与えてくれる。そこには言説の楽しみがあり、歌うことや音楽を奏でることの喜びがあり、啓示を賜った人間の言葉に宿る真理の輝きがある。こうした啓示を溶かし出し、人間の役に立てるためには、時間と忍耐が必要とされる。だがすべての音声から、このように意味が豊かに溶け出すわけではない。そこで第五六章がディプティック〔祭壇背後などの二枚折り画像（彫刻）〕を完成させる。啓示的言語から離れたところには、バベルの塔が聳《そび》え立つ。誰も理解できない言語の無意味な響き。混乱と誤解、ゴグとマゴグの脅迫的な喧騒、さらには揶揄、口論、巧妙なレトリック、言葉の多義性、曖昧性、難解さ。完全に自然な意味を備えている唯一の騒音は、動物が発する音声に類した音である。そうした音は、たとえ笑いや恐怖、馬の嘶きや砲声にすぎなくとも、少なくとも何かを意味してはいるからである。

さて、ここでゴグとマゴグが、学識を感じさせるドイツ語風の「ゴット、マゴット」goth, magoth（LVI, 47）〔第五六章、渡辺訳 p.255〕という名称で登場しているのは、たんなる愉快な冗談以上の理由による。（ただし、この章で紹介される戦闘時のような騒音は、ヘロドトスの紹介している、一眼のアリスマピアンと「雲上を歩く」ネフェリバートとが空中で戦った際の音であるのだが）。というのは、「ヨハネの黙示録」の第二〇章八節には、サタンによって戦闘に駆り出されるゴグとマゴグが登場しているからである。曰く、サタンは「ゴグとマゴグとを惑わし戦闘《たたかひ》のために之を集めん」。キリストの王国が凱歌を奏するに先立って、こうした大混乱が生じるのである。

だがやはり、ゴグとマゴグへの言及をあまり深読みすべきではないのかもしれない。そもそも中世には、ゴグとマゴグは、漠然と野蛮な国を指していたにすぎない。ここでもその程度の意味合いしか込められていない可能性がある。それよりもむしろ、『第三之書』の第十九章でパンタグリュエルが嘆いていた、「言葉の多義性、曖昧性、難解さ」のほうに注目すべきだろう〔第十九章、渡辺訳 p.122, 宮下訳 p.229〕。この章は、その出典および概念の点で、溶ける言葉の逸話ときわめて密接に繋がっている。というのも、たとえばブリドワは、神による導きを全面的に信頼したおかげで、言葉の罠や「法の矛盾撞着」〔『第三之書』第四四章、渡辺訳 p.250, 宮下訳 p.474〕に陥ることなく正しい道を選択できたからである（*TL* XLIV）。『第四之書』でも、天啓により示される指標に大いなる敬意が払われている。ただし、この種の言葉に宿された啓示に加えて、人間にはみずからを教え導いてくれる記号《シーニュ》が他にも与えられている。誰ひとりとして異議を唱えられない、意味を有した記号である。

混乱した音声の坩堝の中にあって、自然に即した記号《シーニュ》ないし身ぶりは、特別な意味をはらんだものとして傑出している。

学者としてのラブレーは、法の研究を通して、こうした見解を身に付ける方向へと引き寄せられたのかもしれない。もっとも、彼の主要な出発点が、『ユスティニアヌス法典・学説類集』の第四五巻の冒頭を飾る「言葉の責務について」であったことだけが、その理由ではない。ティラコーも『婚姻法論』*De legibus connubialibus*（Glossa 7, § 17）の中で指摘しているように、法の世界で人が同意を表現するために時には使用してもかまわない手段として、「頷《うなず》くことや明白な記号《シーニュ》」が挙げられる。言葉に関しては、最も基本的な文献であるアルベリクスの『語彙集』ですら、法律学の初心者に対し、言葉には警戒を怠らぬよう注意を促している。その際言葉は、霧や雲にたとえられ、確実な事物と対照され、積極的な徳行には及ばないと指摘されている。であるからこそ、ラブレー描く騒々しい戦闘は、「雲間を歩く者たち」であるネフェリバートによって戦われているのかもしれない。これは、アルベリクスの版元も強調しているとおりである。「真理を照らし出すうえで、言葉の助力は不要である。われわれは言葉で飾ることに意を用いるべきではない。それよりも、徳行を開花させるよう努めるべきなのだ。（……）また、言葉はよく風や雲、そして取るに足らぬ雨になぞらえられることを肝に銘じるべきである[31]」

20　太鼓腹師《ガステル》〔第五七―六二章、六三章〕

太鼓腹師《ガステル》、すなわち次に寄った島を支配している「大腹先生」の逸話は、前述したディプティックの意味をさらに裏打ちしてくれる。ここで読者は、人間の生活において記号《シーニュ》がどれほど重要な役割を果たしているのかを知る。さらに読者は、こうしたさまざまな記号が、他の記号によっていかに制御されるべきかをも知る。また読者は、霊感を受けた言葉が人間に示す真理や叡智が、こうした記号に対して、どのように枠をはめ制限を加えるかをも知る。それのみではなく、読者はここで、人間をそのみすぼらしい不潔さへと引き戻すスカトロジーが、キリスト教における啓示と連繋する形で、人間に分際をわきまえさせる記号として機能するさまも目にする。

太鼓腹師《ガステル》が記号《シーニュ》のみにしたがって行動することを、われわれは知っている。「彼は記号のみを使って話した。だが誰も彼もが、法務官《プラエトール》の命令や国王の勅令などよりもずっと速やかに、彼の記号に従うのである」（*QL* LVIII, 46f.）〔第五八章、渡辺訳p.258〕胃の腑の食欲の専制的なまでに強力な欲求という側面を、パンタグリュエルはこれより六章先の箇所で、積極的に認めている。そこでは巨軀を誇る我らが賢人が、家来たちの疑念や質問に喜んで答えている。しかも彼は、婉曲的な言葉で長々と演説をしたりはせず、記号によって簡潔に答えてみせる。

お前たちへの返答はただちにしよう。それも、遠まわしの長ったらしい話や冗漫な言葉による演説で答えるつもりはない。ただ一言、飢えた腹には耳がない（エラスムスの挙げている格言の一つ。*Adagia* II, 8, 84）がゆえに、何ひとつとして聞こうとはしないのだ。だから、記号《シーニュ》と身ぶりおよび行動をとることによって、初めてお前たちも納得のいく結果となろう（*QL* LXIII, 75f.）〔第六三章、渡辺訳 p.283〕。

提起された問題〔腹が減ったとき、どうすればよいか〕に、われわれが得心のいくような解決法をもたらすうえで必要な「記号《シーニュ》、身ぶりそして行動」を、ラブレーは « *signes, gestes et effectz* » という用語で表現している。ちょうど『第三之書』で、聾唖者ナズドカーブルの身ぶりないし記号《シーニュ》をテクストに引き込む際に、ヘラクレイトスおよび彼が言葉よりも身ぶりを好んだことが紹介されているのと同じく、ここでも、古代ローマ最後の王タルクイニウスが、身ぶりという記号を使った有名な逸話が紹介されている。タルクイニウスは、「身ぶりによって息子のセクストゥスに返事をした」〔第六三章、渡辺訳 p.283〕のである。尊大なタルクイニウスが意味のこもった身ぶりを使用したというこの逸話は、かなり陰惨なので印象を柔らげるべく、*ラブレーは、別の挿話を入れている。そこでは、別種の記号によって刺激を受けたジャン修道士が、即座に行動に移るさまが描かれている。パンタグリュエルが偶然鳴らしてしまった鐘の音（LXIII, 81）〔第六三章、渡辺訳 p.283〕に反応したジャンは、本物の修道士にふさわしく、台所へとすっ飛んでいったのである。

* 征服した町にいる息子からの使者に対し、ケシの最上部の実を切り落としてみせた。セクストゥスは、占領した町の高官どもの首をはねてしまえ、という父の意味するところを正確に読み取った。

右の引用箇所でラブレーは、「記号《シーニュ》と身ぶりおよび行動」*signes, gestes et effectz* をひと括りにしている。ここでは、各単語がすべて重要である。記号と身ぶりとのあいだに親和的関係が成立することは、すでに説明したとおりである。このリストに「行動」*effectz* を加えることで、ラブレーはさらに広い意味場へと通ずる扉を開け、しかも、過去を逆照射するかのように、彼の今までの「年代記」すべてに新たな光を当てているのである。いまやわれわれ読者は、記号という一般的な見出し語の下に、ラブレーが「行動」をも含めていたことを理解するのである。フランス語の *effect*、ラテン語の *effectus* の第一義はまさしく *action*「行動、実行」であった。である以上、「行動」*effect* は常に「言葉」*paroles* と対照をなしてきたのである。コルネイユが、行動—— *effets* ——に重きを置く人は誰であれ、たんなる言葉を軽視すると記すとき、彼は当時よく知られたテーマを扱っていたにすぎない。

そして、行動に心を砕く者は、言葉なんぞをものともせず。« *Et qui songe aux effets néglige les paroles.* »（Pompée II, 4）

アルベリクスは「言葉」*verba* という見出し語の下にこう問うている。「われわれは言葉と行動のいずれに、より注意を払うべきか」。その直後に彼はためらうことなくこう答える。「行動は言葉よりも雄弁に物語る」。たとえば、ある無教養な司祭が耳障りなラテン語を話したとしても、別段どうということもない。それよりも、その司祭が高い徳行を積むことこそが、きわめて重要なのである。

　このように「行動」*effectz* を、「記号《シーニュ》」*signes* および「身ぶり」*gestes* と結びつけることで、ラブレーは自分が提示している一連の概念が、広く包括的であることを示している。記号も身ぶりも行動も、それぞれが、あるひとつの複合的な概念の異なる一面なのである。記号や身ぶり自体は、言葉と同じ範疇に括りうるかもしれない。なぜなら、記号や身ぶりは、場合により自然な意味を帯びることも、また、慣例により意味を担うこともあるからである。だが、「行動」*effectz* はそうではない。行動は言葉以上に雄弁に物語るばかりでなく、言葉以上に確実に物語るからである（真のキリスト教徒であるか否かは、その人の話す内容によってではなく、その人の行ないにより判断できる。哲学者の場合も同じである）。

　太鼓腹師《ガステル》の逸話によって、われわれ読者は、記号《シーニュ》、身ぶり、そしてまったくその意味を疑いようがない効果的な行動、という文脈《コンテクスト》の中に引き込まれる。ラブレーの全「年代記」を通して、実に多くの事柄が、これらの項目に該当してきた。時として曖昧にならざるをえない記号や身ぶり――奥義に通じた者にしかわからない意味を帯びているものもあるがゆえに、曖昧なのであるが――に、より明瞭な記号である行動がここで加わったことになる。たとえば、ジャン修道士が修道院を守るために必死に戦ったり、船を難波から救おうと奮闘したりするさまは、共にまぎれもなくここで言う「行動」に当たる。それは、一目瞭然の記号であり身ぶりであって、スイイーの他の修道士たちが発する退屈で冗長な語句の反復や、嵐の際に怖気づいたパニュルジュが弄する、表面のみ敬虔な多弁などと、明確なコントラストをなしている。彼らの場合、敬虔な言葉はその臆病な行ないによって裏切られている。その反対に献身的な行動は、粗野で表面のみ冒瀆的な言葉を打ち消してくれるのである。

ルネサンス期のテクストから、「言葉」*parolles* と関連づけられた「行動」*effectz*、ないしはそれと対照的な「行動」の具体例を探し出すのは容易である。たとえばモンテーニュにおいては、これは決まり文句であった。当時の英語で二者の連関は完全な紋切り型で、たとえば « *in effect* » は「実際には、現実には」を意味しており、「見かけは」*in show* や「言葉のうえでは」*in words* という言い回しと対立関係にあった。一見すると、記号、身ぶりおよび行動を、ラブレーがいったいどのようにして、ひとつの複合的な意味場の内にまとめられたのか理解しがたいと思われるかもしれない。だがよく考えてみれば、意味論的な結び付きは十分に明白である。たとえば、善良な人間の行動は、その人の強い信念の現われであり、同時にその人の確信の徴《しるし》だと言える。つまり、善良にして勇敢かつ誠実な人物の場合、その行動は、その信念の現われなのである。こうした意味は、ルネサンス期の英語にとくに顕著に見られる。というのも、今では失われてしまった当時の « *effect* » の意味のひとつに、「外的な現われ、記号、印、徴候」という語義があるからである（*NED* Cf. also Huguet, *Langue du XVIe siècle*, s. v. *effet*.）。

言葉はその意味を簡単に歪めたり歪曲したりできる。言葉は誤解されうるし、言葉によって故意に人を惑わせることもできる。それに比べ、行動はずっと確実である。

太鼓腹師《ガステル》は、この意味での記号《シーニュ》を使って主張する。腹の発する記号は、つまるところ空腹の苦しみで、その極限は餓死である。こうした記号には、何ら曖昧なところがない。それは、「言葉」よりも雄弁に物語る「行動」である。

腹が発した記号《シーニュ》は類を見ぬほど明白なので、腹は人間社会における究極の推進力として機能する。定着した用語を使うならば、腹こそは、「技芸の師匠」*Magister Artium* に他ならない。近代に入って、腹部にこの名を与えたのは、おそらくラブレーが最初であろう。だが、腹部に対し諷刺的にこの称号を献ずる慣習は、古代のラテン語による文学作品にまでさかのぼる。ギリシア語の文学作品にも同様の使用法が見られる。食料を生産しそれを備蓄し保存し分配する必要性は、農業を誕生させただけではなく、人間社会の多岐に渡るあらゆる活動を切り開いてきた。この発想をラブレーはプルタルコスの内から汲み取った可能性があり、おそらくは実際にそうだろう。だが、ラブレーはさらに先へとこの発想を押し広げていく。太鼓腹師《ガステル》の創意工夫には際限がない。たとえば、彼に磁石を与えようものなら、マイナスの極をうまく利用して、向かってくる砲弾を撃退する方法を発明してしまうのである〔第六二章、渡辺訳p.277〕。

太鼓腹師《ガステル》に割かれた数章の冒頭に見られる、皮肉たっぷりの諷刺的な調子には驚かされる。この部分は、古典古代に犬儒派が浴びせた激しい痛罵を想起させる――これを想起するのは当然であるが。結局のところ、太鼓腹師《ガステル》はこうした創意工夫の「すべてを我らが腹のため」*Tout pour la trippe !* に行なっているのだ。犬儒派のディオゲネスならば、この点を即座に理解したであろう。ディオゲネスはストア派にとっても英雄であったから、部分的とはいえストア派的な『第三之書』にあっては、彼は重要な役割を負っていた。だが、彼にはやはりどこか犬儒派的な世界観が色濃く残っており、それをパンタグリュエリスムへと伝授したのである。ラブレーは「すべては我らが腹のため」というリフレーンを嬉々として繰り返しているが、その際彼は、犬儒派的なキリスト教徒として筆を執っているのである〔『第四之書』第五七章、渡辺訳pp.259-260〕。

「技芸の師匠」*Magister Artium* という称号の候補者は、太鼓腹師《ガステル》だけではない。たとえばエラスムスは『痴愚神礼讃』の中で、この役割を痴愚の女神自身に割り振っている。それゆえに彼は、ソルボンヌの癇癪持ちスュトールから異端の廉で告発されている。スュトールによれば、神こそが、すべての技芸の創始者だからなのだ！　エラスムスは、これを軽くあしらいつつ、すぐにやり返している（*Ep.* VI, p.305）。またフィチーノは、愛がこの役割を引き受けているという主張を、かなり長々と展開している。彼の『プラトンの饗宴への註解』という著作には、「愛が技芸の師匠であり支配者であるということ」と題された章が含まれている。当時の読者のなかでも、ラブレーの作品を理解できた読み手は、技芸の師匠およびその島の「支配者」*Gouverneur* の役割を、「愛」にではなく、「腹」に与えたラブレーのジョークの核心を、おそらくは正確に理解していたであろう。そもそもフィチーノは、愛こそがすべての創造において推進力となった、という自家撞着を正当化しようと躍起になるあまり、「自己愛」*philautia* から「エロス」*eros* そして「アガペー」*agape* までのさまざまな「愛」を、すべて一緒くたに扱わざるをえなくなったのである。彼に言わせれば、動物たちが互いに殺し合うのは、みずからに対する愛のゆえだそうである！　こうした見解は、ラブレーのあの反復句を浴びせられるにふさわしいだろう。「すべては我らが腹のため！」*Et tout pour la trippe !*……。

「技芸の師匠」の称号を授かる可能性のあるもうひとりの候補は、一五五一年十月にニコラウス・シャルトンがパリで行なった演説の中で示されている。シャルトンは、当時大流行したラミュスの論理学とオメール・タロン〔（一五一〇頃–一六二）キケロの修辞学を再解釈した〕の修辞学《レトリック》の熱烈な支持者であった。ラミュスとその論争とを序詞の中で徹底的に嘲笑した書物において〔『第四之書』新序詞、渡辺訳 p.29〕、ラブレーはそれに関わる内容を茶化そうとした、という見方をしてみたくもなる。シャルトンに言わせれば、「すべての技芸の支配者にして統治者」であるのは論理学らしい。なぜなら、論理学こそは「全技芸の産みの親である」からだという。もっとも、フィチーノのプラトン主義、および「技芸の師匠たる愛」*Magister artium Amor* という見解のほうが、諷刺的嘲笑の的としては、ずっとふさわしい候補だと言えるだろう。ただし、他の可能性をここで排除すべきではない。

エラスムス同様に、ラブレーも、真正なるプラトン主義の諸側面と、フィチーノ流のきわめて特異なプラトン主義的展開とを、はっきりと区別できていた。彼らは二人とも、フィチーノのプラトン主義的見解を拒絶している。ラブレーにおいて愛は、プラトンがそれに与えた場所しか割り振られていない。愛は、「ポロス」（豊穣）と「ペニア」（窮乏）の子であり、その務めは、「プラトンが『饗宴』で証明しているとおり」、天界と地上とを仲介することにある〔『第四之書』第五七章、渡辺訳 p.257〕。この見方は、フィチーノが『註解』の中で存分に展開した見解とは大きくかけ離れている。たとえ天界と地上との仲介者であろうとも、この逸話にあっては、愛は寄り道して言及する程度のテーマでしかないのである。

パニュルジュが借金と負債者とを礼讃した際には、彼は弁護の余地のない立場を敢えて弁護するために、プラトン主義的な議論やフィチーノ流の議論をさんざん濫用している。この事実から、ラブレーはすでにこの時点で、大宇宙《マクロコスモス》と小宇宙《ミクロコスモス》およびその構成要素を調和の内に保つとされた、いわゆる「プラトニック・ラブ」をめぐるフィチーノの概念を、軽く茶化していたと言えなくもない。だが、そうでない可能性も残されている。というのも、パニュルジュは無数の正しい議論を濫用しているからである。だが『第四之書』の場合は、以下のような結論は免れられないと思われる。フィチーノが抱いたプラトン主義的な愛は、格好の笑いの的である。換言すれば、プラトン自身が抱いた愛の概念は、これとはまったくの別物である。愛は天界と地上とを繋ぐものである。愛が、実際の創造的生活および現世における人間の集団的な努力の中で、支配的要素として機能することはない。

フィチーノへの諷刺は、この数章における一要素ではあるが、主要なテーマに付随しているにすぎない。太鼓腹師《ガステル》こそが、人間を駆り立てる推進力だとする見方は、古典古代の内に優れた先行例をかなり見出せる発想である。ラブレーは、豊かな格言の鉱脈を利用するうえで、そこかしこの語句を一語か二語変えるだけでよかったのである。だからこそ、古典的な名文句からの何らかの逸脱は、非常に大きな重要性を帯びえたのであった。

愛を「窮乏《ペニア》」Penia とラテン語風に綴られた「豊饒《ポルス》」*Porus*（*Poros*）の子供として叙述する際に、ラブレーは同じ神話に言及しているプラトンとプルタルコスのはるか先を行っている。なぜなら彼は、「窮乏」を、同時に九女神《ムーサイ》の母に仕立て上げているからである。これは古典的とはとうてい言いがたい。しかも今回は、「窮乏」に頻繁に言及しているカルカニーニの影響も被ってはいない[32]。ラブレーのこの主張は、人間の活動や努力をめぐる犬儒派の見解の射程をぐっと押し広げてくれるがゆえに、きわめて印象的である。「窮乏」にムーサイを産ませることで、ラブレーは彼女を、技芸を生み出す太鼓腹師《ガステル》と直結させる。人間のあらゆる分野の努力において、われわれを駆り立てる推進力となるのは、欠乏、空腹、飢餓への恐れである。「窮乏」と太鼓腹師《ガステル》とは、それぞれ滑稽な仮面を被らされてはいるが、実際のところは同一人物なのである。太鼓腹師《ガステル》とは基本的に、古典古代の格言に見られる「窮乏」の別名である。言い換えれば、古典期の「リモス」***limos***（空腹）と融合し、そのうえに大食漢をもって鳴る「窮乏」の別名なのである。ラブレーが活用している知識は、さまざまな格言や文学的な決まり文句の内に凝縮されている。あれこれ幅広く渉猟せずとも、それらの大部分はエラスムスの『格言集』に見出せるものである。

ラブレーはここでもまた、古い酒瓶に新しい強烈な酒《ワイン》を注ぎ込んでいる。彼は、エラスムスが解説を施している、真理を突いた古典古代の格言のいくつかを、みずからの目的に沿うように翻案している。そのなかでも最も強い影響力を及ぼしているのが、「欠乏が叡智を生む」という格言で、ここで言う「欠乏」とは、「数々の技芸の発明者」たる「窮乏《ペニア》」と同義である。エラスムスは読者をウェルギリウス、テオクリトス（前三一〇―前二五〇 ギリシアの田園詩人）、アリストパネスおよびその他の著作家のテクストの森へと招じ入れてくれる。彼らはみな、この「欠乏」に驚くほど重要な役割を与えている。なかでもとくにここで挙げるにふさわしい二人は、偽テオクリトスとアリストパネスであろう。彼らは二人とも「窮乏」を「技芸の師匠」に仕立て上げているからだ。エラスムスが自身の出発点とした、偽テオクリトス（XXI, *Alieis*）の詩の冒頭はとくに印象的である。

> 欠乏すなわちディオファントスこそは、唯一の技芸の師匠であり、勤労を説く唯一の教師である。（……）

アリストパネスの『福の神プルトス』*Ploutos*（510f.）では、「窮乏《ペニア》」がかなり長々と自画自讃を行なっている。それによれば、人間を懸命なる労働へと駆り立てるのは自分だけであり、自分がいなければ、技芸も産業活動も存在しないという。ラブレーの言及の仕方を見ると、必ずしも直接でないにしても、彼が愛してやまないギリシアの喜劇作者や悲劇作家を参照していることが浮き彫りとなる。

ラブレーは、エラスムスが解説している古典古代の著作家たちを参考にしているが、その大部分が、彼の描く太鼓腹師《ガステル》と同じく、「空腹」を擬人化している。太鼓腹師《ガステル》の出発点となったのは、「欠乏が叡智を生む」という格言にエラスムスが添えた解説である。核となるこの格言に、さらに他の格言が重ねられていく。とくに重要なのは、「空腹は多くを教える」——ここで「技芸の師匠」と名指されているのも「空腹」である——と、「飢えた人の邪魔をしてはならない」の二つである。後者の言葉は、『第四之書』の結びに当たるこの数章において、何度も手に取るように実感できるものである。ラブレーはこの他にも、「腹は耳を持たず」、「空腹に逆らってはならぬ」、あるいは「サグントなみの飢餓感*」といったその他の格言も活かしている。格言自体のみならず、それに施されたエラスムスの論評も彼は自在に活用している。他に、「ガステレスすなわち腹」と「マンデュケス」の二つの格言が、これらの章を形成するうえで重要な役割を負っている(33)。

* サグント（サグントゥム）はスペイン東部の町。ハンニバルのカルタゴ軍が攻略した際に激しく抵抗したが、飢えに苦しめられた。

ラブレーは驚くべき逆説的な独創性を発揮して、欠乏と空腹という観点から着想した太鼓腹師《ガステル》を、ヘシオドスの有名な「美徳の館」（『労働と日々』289）の寓話と結び付けている。美徳へと至るためには、人間は岩だらけの険しい斜面を、汗をかきかき懸命に登っていかねばならない。ヘシオドスの力強い寓話は、ルネサンス期の詩人たちの大のお気に入りとなる。ラブレーはこれに独自の効果的なひねりを加えている。すなわち、欠乏と空腹を、人間が前へ上へと進み、なんとか美徳まで達するための駆動力とするのである。いったん美徳へとたどり着くや、その人の眼前には、ヘシオドスが描く美徳の丘陵の美しい景色が広がっている。このように現世には「美徳の館」*Manoir des Vertus* があり、天界には「真理の館」*Manoir de Verité* があって、人類の頭上に知の雫を滴らせているのである（*QL* LVII, 21 ; LV, 55 ; cf.« *Manoir des Heroes* », *QL* XXVI）〔『第四之書』第五七章、渡辺訳 p.257 ; 第五五章、渡辺訳 p.252 ; なお、『第四之書』第二六章、渡辺訳 p.149 の「英雄傑士の館」も参照のこと〕。

ラブレーは「美徳」にギリシア語を充てるよう注意を払っている。これは次のような効果を狙っている。すなわち、「アレテ（すなわち美徳）の館」*manoir de Areté*（*c'est Vertus*）という表現がそれである。すなわち、ギリシア語における「美徳」（aretê）は——ラテン語における「美徳」*virtus* と同じく——、英語やフランス語でこの語につきまとう受動的な連想よりも、ずっと能動的で卓越した行動に近い意味を帯びていることに、読者の注意を改めて喚起しているのである。

ここではおどけた調子が支配しているが、主張内容は厳しい現実そのものである。ラブレーの個人的な経験と古典古代の知識の双方に由来する、空腹感をテーマとした現実的な主題が俎上に載せられているのだ。個人的経験と古代の叡智のいずれも、胃の腑の要請の、有無を言わせぬ断固さを強調している。

彼（太鼓腹師《ガステル》）は合図《シーニュ》だけで話す。しかし、誰もが、法務官《プラエトール》の命令や国王の布告に対するよりも、ずっと速やかにその合図に従うのである。その呼び出しに対しては、いかなる遅延も遅滞も許されない。読者諸兄もおっしゃるとおり、ライオンの咆哮に対しては、（あくまで）それが聞こえる範囲内にあっての話だが、これを遠巻きに聞きつつ、百獣が慄き震えるのである。書物にもそう書いてあるし、これは本当のことだ。私もこの目でそれを確認している。ここで皆さんに申し上げたいのは、太鼓腹師《ガステル》の命令に対しては、天空全体が震撼し、大地全体が動揺するということだ。彼の命令がいったん出されるや、それを実行に移さねばならぬ。直ちに行なえ、しからずんば死あるのみ（*QL* LVII, 45f.）〔『第四之書』第五七章、渡辺訳 p.258〕。

『第四之書』は喜劇的な作品である。したがって、太鼓腹師《ガステル》がひき起こす恐怖心は、「常に先頭を行く腹」〔第五七章、渡辺訳 p.259〕に関するジョークと両立不可能ではない。それでも、腹の一撃を柔らげることは絶対にできない。「胃の腑殿下」の命令には必ず応じなければならない。彼は、王様や高等法院のお偉方をも服従させてしまう支配者なのだ。ただし彼は暴君ではない。彼は人々を大食へと走らせるよりも、文明の所産へと駆り立てる。人間を、技芸や学問や詩神のもたらす洗練された文化を発明することへと、あるいは持ち前の美徳を発揮せんとして精神的に努力する方向へと叱咤激励する。では、国王やその他の有力者よりも権勢をほしいままにする太鼓腹師《ガステル》は、ある種の神なのだろうか。

このように、驚くべき筆使いで太鼓腹師《ガステル》を称讃した後、ラブレーは彼を現実の次元に引き戻そうとする。太鼓腹師《ガステル》ほどの力を誇る存在であれば、神と見なされても不思議はないが、そもそも本人に、そのような眉唾物の称号を求める気などさらさらないのである。ラブレーは複数の手法を駆使して、偶像崇拝的な高みから彼を引きずり降ろす。そのために我らが作家は、福音書や古典古代のお気に入りの著作家に加えて、教会法にも応援を求めている。

「太鼓腹崇拝族」は二つの範疇に分類されている〔第五八章、渡辺訳p.260以下を参照〕。第一の範疇は、腹話術族《アンガストリミート》 *Engastrimythes*（*Ventriloques*）〔渡辺訳p.261〕からなる。当時この「腹話術師」*Ventriloques* という語は、現代のように、話す人形を操る退屈な役者ではなく、悪霊に憑依された人々を指していた。悪霊は彼らの腹部に棲み、予言の能力があると言い張っていた。この種の霊に取り憑かれた有名な人物が、広く読まれたイタリアの学者カエリウス・ロディギヌスの『古代の読み物』（v. 10）の中で紹介されている。この「腹話術師」――地元の女であるヤコバ・ロディギーナ――の声を、ラブレーはフェラーラで何度も聞いている（*QL* LVIII, 19f.）〔『第四之書』、渡辺訳p.261〕。彼はこの女について語るうえで、カエリウス・ロディギヌスの記述を利用している。彼女の内に棲む「キンキナトゥルス」と呼ばれていた霊は、「不浄な霊」*esprit immonde*（不潔な悪霊）、すなわち「邪悪な霊」*esprit maling*（悪魔）である。腹部に憑依するこうした嘘つきな悪霊の話を、奇妙だと考えるとしたら、われわれ現代人のほうが実は孤立しているのだ。こうした霊的存在は、たとえば、ラブレーがパン神の死や『第四之書』のその他の逸話を構想するうえで参考にした、プルタルコスの著作に見られる（プルタルコスはこの種の霊を非難している）。さらに教会法に施された重要な註解のなかにも、こうした霊への言及が見られる。つまり、古典古代、キリスト教世界の両方とも、予言を行なう霊が腹部に宿るケースを知っていたのである。[34]ヤコバの腹の中から発せられた声に、ラブレーおよびカエリウスが何を聞いたかは知る由もない。だがラブレー自身は、自分が耳にしたのは、嘘をついて人を欺く「汚れた霊」（LVIII, 23）あるいは「邪悪な霊」（LVIII, 30）〔第五八章、渡辺訳p.261〕の声だったとわれわれに告げている。こうした連中は、『ガルガンチュア』や『第三之書』にも登場した、真に悪魔的な人々である。

「太鼓腹崇拝族」の第二の範疇に属するのは、修道士たちである。今回ラブレーは、すべての修道会をいっしょくたに扱っているように見える。服装は各々異なるが、大食と怠惰という点では、彼らは完全に一致している。『ガルガンチュア物語』でも、ラブレーは「怠惰な修道士たち」*ocieux moynes* を嘲っていた〔『ガルガンチュア物語』第四〇章、渡辺訳p.188、宮下訳p.303。宮下訳は「無為

〔徒食」としている〕。腹を崇拝する輩どもは、ここでもみな怠惰（*tous ocieux*）である。一五三四年ないしは一五三五年のはるか昔の日に非難を浴びせられた修道士たちと同じく、ここでの彼らも「仮面を被り変装していた」*masquez, desguisez*。実のところ、彼らもまた偽善者なのである（QL LVIII, 40f.）〔『第四之書』渡辺訳 p.262〕。

ラブレーは彼らを「大地のお荷物で無益な厄介者」（*poys et charge inutile de la Terre*）と激しい言葉で罵り、うっかりして、この表現をヘシオドスから借りたと言っている。実際は、ホメーロスがその出処である。彼以前にもビュデを含む多くの著作家たちが、ホメーロスのこの表現を同じような趣旨で使っている。この言い方に込められた非難の激しさは、怠け者や寄生者たちに対するルキアノスの有名な非難を連想させる。実際、福音主義者たちは、ルキアノスの難じた怠け者たちを、自分たちが忌み嫌う同時代の修道僧と同一視していたのである[35]。

かなり奇妙なことだが、ラブレーに腹話術師たちを思い起こさせたのと同じプルタルコスのテクストが、ここで新たに、食い意地の張った悪魔のごとき修道士たちをも連想させている。『神託の衰退について』（435B）がそれである。そこに登場するエウリピデスのキュークロープス〔ギリシア神話で、シチリア島に住んでいた一つ目の巨人〕はこう言い放っている。「俺は自分以外にはいかなる神にも犠牲を捧げない。俺が犠牲を奉るのは、八百万《やおよろず》の神々のなかの最大の神たる我が腹だけじゃ」。ラブレーはこの箇所を、第五八章の最後に引いている（LVIII, 66f.）〔渡辺訳 p.263〕。もっとも彼はその前に、「ピリピ人への書」第三章十八節〔および十九節の一部〕から直接引用して、大食漢たちを断固とした調子でかなり長々と非難している。ここでのラブレーにも、エラスムスの著作によく見られる特徴が見てとれる。つまり、プルタルコスが、最大の権威たる新約聖書と緊密に結び合っているのである。

彼らはみな太鼓腹師《ガステル》をその自分たちの偉大な神と見なし、これを神として崇拝し、全能の神に捧げるがごとくに、これに犠牲を奉っていた。これ以外の神はいっさい認めず、これに仕え、何よりもこれを愛し、自分たちの神としてこれを崇敬していた。皆様方は、「ピリピ人への書」第三章に、聖なる使徒が彼らにぴったり当てはまる事柄を書いている、とおっしゃるかもしれない。「そは我しばしば汝らに告げ、今また涙を流して告ぐる如《ごと》く、キリストの十字架に敵して歩む者おほければなり。彼らの終《おはり》は滅亡《ほろび》なり。彼らは、おのが腹を神となす」。〔第五八章、渡辺訳 pp.262-263〕

修道士たちのように、自分の腹を神となす者たちがすべて非難の俎上に載せられている。ここでは、「神」という語の反復が際立っている。この繰り返しは読者に、彼ら「腹の崇拝者」たちが、シナイ山で啓示された十戒の最初の掟に違反していることを思い起こさせる。「汝我面《わがかほ》の前に我の外《ほか》何物をも神とすべからず」。この内容は、新約聖書からの引用、すなわち神の使徒たる聖パウロからの長いが明快にして権威ある引用によって補われている。その後、前述した優雅なプルタルコスの一文が、最後の一撃を加えるのである。

ラブレーが太鼓腹師《ガステル》とその崇拝者たちを「奪冠」するために用いる第三の手法は、身体が発する排泄物に読者の注意を引きつけるやり方である。まずわれわれ読者は、これらの崇拝者たちが、こってりとした料理を次から次へと山のように積んでいくのを眺めることになる。精進日といっても、脂の乗った肉に対して、キャヴィアやイワシあるいは塩鮭などの別種のご馳走が取って代わるだけのことである（*QL* LIX ; LX）〔第五九章、六〇章、渡辺訳 pp.263-273〕。『第三之書』の冷静沈着な哲学者パンタグリュエルも、今回ばかりは怒る。「彼は腹を立てた」〔*il*〕*se fascha*〔第六〇章、渡辺訳 p.268〕。だが腹を崇拝する修道士たちへの非難も、アンティゴノス一世の有名な言葉に比べれば、破壊的とは言えない。その逸話をラブレーは、プルタルコス、エラスムスおよびカルカニーニから知った。それによると、詩人のヘルモドトゥスに「神」と呼ばれたアンティゴノス王は、そんなお追従は、自分の「ラザノフォロス」*lasanophoros*、すなわち「おまる」を処理する召使によって即座に否定されるだろう、と言い返したという。同じく神と崇められたいとは露思っていない太鼓腹師《ガステル》も、テレームの僧院を周囲から脅かしていたあの「おべっか野郎」の修道僧たち *Matagotz* に、同じ教訓を噛みしめさせている。

同様に太鼓腹師《ガステル》も、彼らおべっか野郎《マタゴ》どもを、自分のおまる椅子のある所にまで追い立て、自分の糞便にいかなる神性が見出されるのかを、凝視させ熟考させ哲学させ瞑想させていたのであった〔第六〇章、渡辺訳 p.273〕。

ラブレーがきわめてイメージ豊かに表現した叡智（*QL* LX, 89f.）〔第六〇章、渡辺訳 p.273〕は、プルタルコス（*On Isis and Osiris* 360D）、カルカニーニ（*Opera*, p.235）ならびにエラスムスの『金言集《アポフテグマタ》』*Apophthegmata*（IV, 203 ; Antigonus, vii）にも見られる。だが、ラブレーは、私の知るいかなる著作家よりもみごとな筆遣いで、古典古代の叡智とキリスト教とを混淆させている。腹を崇拝するとはすなわち、聖パウロの涙を誘い、かつわれわれ読者の笑いを誘うに値する、馬鹿げた「笑劇」*farce* に参加することを意味する。そのうえフランス語の「ファルス」は、「笑劇」のみならず、「肉の詰め物」をも意味することがあるので、「この笑劇《ファルス》＝詰めた肉《ファルス》の結末」が、悪臭紛々たる糞便に行き着くのは理の当然と言わねばなるまい（*QL* LX, 3）〔第六〇章、渡辺訳 p.268〕。この箇所を読んだ読者は、教皇崇拝族《パピマーヌ》の司教をエピステモンがどのような具合に非難したかを思い出すだろう。一連の「笑劇＝詰め物」にうんざりしたこの学殖豊かなパンタグリュエルの仲間は、突如激しい下痢の発作に見舞われたのであった（*QL* LI, 65）〔第五一章、渡辺訳 p.236〕。

ラブレー作品の全体を通して、「茶番めいた＝肉詰めのごとき」笑劇と、それに続く排泄物の描写は、倫理的な指標として機能している。思い出す必要がある場合には、人々は人間たる自分につきものの下卑た側面を徹底的に思い知らされるのである。とくに、人々（大人と子供とを問わず）が高尚な精神的高みを省みず、排泄物へと繋がる快楽にばかり溺れている場合には、その人々の誤りや偽善性の正体が白日の下にさらされる。* 男女ともに人間は、臀部に象徴されるもの以上の存在である。だが、人間は神ではない。だから、人々が自分自身ないしは誰か他者を神のごとく崇める誘惑に駆られた時には、自分たちの尻を思い出させられる。登場人物に放屁させる手法も、同様の効果を発揮しうる。たとえばラブレー描く風の島《リュアック》の住民たちは、そうした下品な振舞いによっていわば自己非難を行なっている。さらに、ヤコバ・ロディギーナに取り憑いた悪霊キンキナトゥルスも同様である。この悪魔は、未来についてはまったく無知なため嘘ばかりついており、そうした質問に答えるに際しては、「大きな屁を一発」*un gros pet*（*QL* LVIII, 38）〔第五八章、渡辺訳 pp.261-262〕）放つのが常であった。

＊「子供」の場合とは、たとえば『ガルガンチュア物語』中で、ソルボンヌの神学博士に教育されたガルガンチュアの不潔さ

を思い起こせばよいだろう。

こうした考察によってラブレーは、偶像崇拝を非難する手法に笑いをも持ち込む。この笑いは、ラテン語で綴った諷刺詩人たちを直接的、間接的に知っている読者に対して、諷刺的な意味合いをなんとか示し続けたいという、彼の強い関心と繋がっている。

そもそも冒頭近くから、「諷刺詩人たちの意見」が紹介されている。「彼らは、太鼓腹師《ガステル》こそあらゆる技芸の師匠である」と言っていたのだ（*QL* LVII, 29）〔第五七章、渡辺訳 p.257〕。この一節は、ペルシウスの『諷刺詩』の序言《プロローグ》の役割を果たしている破行短長格の詩の中に登場する、あの「技芸の師匠たる腹」*Magister Artium Venter* への暗示でもある。そこでペルシウスは、カラスやオウムにしゃべることを教えるように、自分に詩歌を謳うことを教えてくれたのは、すべての技芸の師匠である腹以外にない、と述べている。ラブレーでは数行後にこの一節への言及がある（76f.）〔渡辺訳 p.259〕。包囲されたワスコン人たちが恐るべき食人行為を強いられた件《くだり》は、ユウェナリスのある一行を読者に想起させる〔第五七章、渡辺訳 p.260〕。また、少し後の箇所ではディオゲネスの警句が引かれているが（「金持ちは腹が減ったときに食えばよく、貧乏人は食べ物があるときに食えばよい」）、これはユウェナリスの物語る裕福だが愚かな女のことを思い起こさせる。それによると彼女は、病気の時でさえ、お抱えの怪しげな占星術師の許可がなければ、食事を採らなかったという（*QL* LXIV, 46f. ; Juvenal, *Satires* VI, 581）〔『第四之書』第六四章、渡辺訳 p.286〕。

ラテン詩人たちの諷刺は痛烈で、たやすく憎悪へと転化する。ラブレーは（部分的にはルキアノスのおかげで）、こうした諷刺を笑いと結合させる術を身に付け、それを最大限に活かしている。なるほど、太鼓腹師《ガステル》への崇拝の念のいっさいは（教皇崇拝の場合と同じく）、正真正銘の「笑劇《ファルス》」である。だが神と崇められる太鼓腹師《ガステル》は、実はカーニヴァルの人形、「腹よりも大きな目をした」〔第五九章、渡辺訳 pp.263-264〕恐ろしい化物にすぎない。この点では、ラブレーはエラスムスの「マンデュース」*Manduces* という格言に依拠している。その格言には、老齢の仮面を被り、人間の手で上下の歯がガチガチ噛み合うようになっている、滑稽なカーニヴァルの人形「マンデュクス」Manducus に関する解説が見出せる。この人形は、ローマでのお祭行列や喜劇で使われ、陽気な賑わいを醸し出す役割を果たしていた。

この種のグロテスクな人形は、ユウェナリスの諷刺詩やプラウトゥスの喜劇作品、そしてリヨンにおけるカーニヴァルの行列の記憶までをも呼び覚ます〔第五九章、渡辺訳p.263〕。リヨンでは、「マンデュクス」のフランス版の遠い子孫と思しき、「マッシュクルート」*Maschecroutte*〔「大食漢、大食い」の意〕という滑稽なこけおどし人形が登場している（*QL* LIX, 7f. ; Erasmus, *Adagia* IV, 8, 32）〔第五九章、渡辺訳p.263〕。

　仮に神のごとく崇められるとしたら、この化物人形こそ太鼓腹師《ガステル》の本来の姿ではないだろうか。ただし、大食漢の修道士たちは別で、彼らはその行動によって（その「顔つき」と、誤解しようのないその「態度」とによって）、太鼓腹師《ガステル》を心底崇拝しているのがわかる。彼らの暴飲暴食と飲めや歌えのどんちゃん騒ぎが、この点を裏づけてくれる。修道士の顔をしたこの悪魔どもが引き下がって——「これら腹崇拝族《ガストロラートル》の悪魔どもが退いて」——初めて太鼓腹師《ガステル》は高貴な「技芸の師匠」としての栄誉ある地位を取り戻すのである。だからといって、彼が神にのぼりつめるわけではないが（*QL* LIX, 1）〔第六一章、渡辺訳p.273〕。

「自然」界には、腹を満足させるに十分な食料が存在する。だが、腹の駆動力は必ずしも人を善へと導くとはかぎらない。ラブレーは、胃の腑の命令の下に、人類が技術的にどれほど成長したかを十分にわきまえている。風車小屋、新しい運搬手段、より洗練された町々、そして治水技術に至るまで、その発展は目を見張るものがある。だがそうであっても、ラブレーには、これを十九世紀的な意味での「進歩」ととらえる傾向は微塵も感じられない。なぜなら、ここでも悪魔が作用しており、「技芸」という力を利用して「自然」を征服しようと企む。こうした悪魔的な領域の典型は、それまでに落雷で殺された人をはるかに凌ぐ人数を殺すことのできる、大砲の発明である（*QL* LIX, 69f.）〔第六一章、渡辺訳pp.275-276〕。

21 答えられなかった質問〔第六二─六五章〕

主要な逸話のなかでも太鼓腹師《ガステル》のそれは、はっきりした区切りもなく曖昧に終わってしまう唯一の例である。彼に捧げられた最後の章である第六二章は、この作品の最後の数章へといつの間にか溶け込んでしまう。我らが腹の殿下は磁石——この当時はまだ神秘的な対象であった——を利用して、敵から発せられた砲弾をくい止めるシステムを開発するが、その後ラブレーが、古典古代の偉大な権威が紹介している数々の奇妙な事実をリストアップしているうちに、いつの間にか姿を消してしまうのである。ここで引き合いに出される二人の主要な権威とは、プリニウス——ラブレーはその言のすべてを鵜呑みにする気はなさそうである——とプルタルコスである。後者は、とくに『食卓歓談集』から、多くの奇妙な現象を細部にわたるまで提供している。これら二人の権威のうち、プルタルコスだけは名指しで引用されている（*QL* LXII, 15）〔『第四之書』第六二章、渡辺訳 p.276〕。というのも、彼はここで引用されている奇異な事例のひとつを、実験で証明したからである（*Symposiaca* II, vii ; 641B）〔第六二章、渡辺訳 p.276 を参照〕。もちろんラブレーは読者をからかっている。もう少し後世の読者なら、もっと説得しやすくなるはずですがねえ、と（*QL* LXII, 14）。

ルネサンス期の学者たちは、古典古代の権威が事実として引いている数々の奇妙な現象を、正しいと確認できなかった。だが、そうした事柄は奇妙奇天烈で非現実的に思えるというだけでは、退けるに十分ではなかった。なぜなら、そもそも奇異で現実にありそうにないからこそ、そうした事例が引かれているのだから！

ルネサンス期において、プリニウスは多くの人々が批判を加えたがる著作家であった。だが、プルタルコスへの批判はずっと控え目であった。ラブレーは、彼らの挙げている例を敢えてごちゃ混ぜに列挙することで、読者がためらう気持ちを大いに煽っている。ルネサンス期の学問観は、こうして引用されている現象を無批判に鵜呑みにすることも、問題外として拒絶することも、同様に禁じていた。ここに込められた重要な意味合いは、どうすれば、この種の事柄が可能か不可能かがわかるのか、というところにある。たとえば、プルタルコスは「エリンジウム」と呼ばれるアザミの一種を使って次のような実験を行なったという。彼は、全速力で逃げている牝山羊の群れのうち、ある一頭の口にそのアザミを入れてみたところ、群れ全体が突如止まったというのである。貴方はこれを信じるか、それとも信じないか。あるいは、「エキネイス」*echineis* という小さな魚（コバンザメ）は、古代には、大海原で船舶を停止させてしまう力をもっていると広く信じられていた。さらに、ある植物は、鹿に刺さった矢を抜け落ちさせ、受けた傷を癒すのだという〔第六二章、渡辺訳 pp.276-278〕。貴方はこれを信じるか、それとも信じないか。現代人は、この手の話が信用できないのは明々白々ではないか、と考えるかもしれないが、たとえばロンドレ博士の『海水魚の話』や、ローラン・ジュベールの『民間に見られる誤謬』*Erreurs Populaires* などにざっと目を通せば、それが完全に誤解であるとわかるだろう。なお、これほど逆説的な主題を前にした場合、学識ある人々の意見は、概して話を信じるほうに傾きがちであった。

これらのページを執筆していたラブレーの念頭にはプルタルコスがあった。そのプルタルコスは、自分が引いている摩訶不思議な現象を、さほど人々に信じさせようとしていない。そもそも彼自身、大した困難を感じずにこうした事象を信じていたのである。彼の関心はむしろ、こうした奇妙な事柄の原因について、ワイングラスを片手に優雅に議論することに向いていた。彼は、互いに矛盾する原因とやらを愚かにもいっしょくたにして安易に結論に飛びつくのを避けるよう、読者に警告さえしている。彼がこうした内容を書いている数節が（*Table-Talk* II, vii ; 641 BF）、ラブレーの典拠となっている箇所である（*QL* LXII, 55, 81 etc.）〔第六二章、渡辺訳 pp.276-280〕。

こうした点は、『第四之書』のこれら結びに近い数ページに関して多くを語ってくれる。ラブレーは今まで幾度となく、懐疑主義的なピュロニズムへの好みを表明してきた。だが、キリスト教的懐疑主義というのは、あることを信じない場合と同じく、あることを信じる場合でも、強き味方となる。おかげで、啓示的真理と無縁のあらゆる主題に関し、われわれは未決定の立場も採りうるようになるのだ。

プリニウスないしプルタルコスが紹介している不可思議な現象は、本当かもしれないし、本当ではないかもしれない。だが、話ないしは疑わしい現象が、文字どおり本当とは信じてもらえない場合でも、問題は依然として残る。というのも、ルネサンス人たちの頭には、別種の懸念が浮かんだからである。仮にある現象が文字どおりに真理ではないとしても（あるいは、文字どおりに真理であったとしても）、より深い内的な意味をそこに探るべきではないのか。ラブレーはカルカニーニ（*Opera*, 1544, p.29）から、この点を理解するうえで格好の具体例を引いている。それによると、ニワトコは、雄鶏の鳴き声が聞こえないほどの奥地で育ったもののほうが、そうでない場合よりも良質な笛の材料になるという。テオプラストス〔前四世紀のギリシアの哲学者で「植物学の祖」とされる〕は、これは雄鶏の鳴き声がニワトコの材質を損なうからだと言っている。その他にも、野生のニワトコ（人間の居住地域からはるかに離れた場所、よって雄鶏の鳴き声が届かない場所で見つかったもの）は、もともと優れた木材を提供する、と言う者もいる。さらには、より高邁な内的意味を――「文字どおりにではなく、より高次元での」意味を――そこに見出そうとする者まで現われる。彼らはプリニウスの報告を、ピュタゴラス風の寓意に則して解釈する。この最後のグループに言わせれば、そこに込められた意味は本当に深遠である。つまり、くだらぬ卑俗な楽曲は避け、天来の神々しく天使を思わせるような音楽を、換言すれば、「雄鶏の鳴き声が聞こえない」（*QL* LXII, 90f.）〔第六二章、渡辺訳 p.280〕はるか彼方に鳴る神秘的な音楽をこそ、われわれは求めるべきだ、という意味に解されるのである。

どの解釈を選択するかについて、ラブレーはカルカニーニと同じく、読者にまかせている。

こうなると、われわれ読者は不可避的に、『ガルガンチュア物語』の序詞へと連れ戻される。そこでは、ラブレー自身の「ピュタゴラス的象徴」に「より高次な意味」*altiores sensus* を探し求めるよう――もっとも、過ぎたるはなお及ばざるがごとし、という留保付きだが――勧められている。この序詞には、かなりふざけた調子が目立つし、ピュタゴラス流の象徴に対しても面白おかしい言及をためらっていない。にもかかわらず、『ガルガンチュア物語』は、きわめて単刀直入な作品に感じられる。これは、たんなるお話を並べただけの「年代記」ではない。この書には、宗教や政治あるいは「家政」〔家庭管理の方法〕などに関する独自の見解が織り込まれている。だが、すべての主張を、解読すべき「ピュタゴラス的象徴」と見なす立場を、受け入れることなど可能だろうか、また、はたして受け入れるべきだろうか。しかも『ガルガンチュア物語』の場合ですら、いったいどこまでこうした立場が貫けるのかは判然としないのである（*Garg.*, *TLF*, prol., 55-86 ; *QL* LXII, 104f.）〔『ガルガンチュア物語』序詞、渡辺訳 pp.19-20, 宮下訳 pp.22-23 :『第四之書』第六二章、渡辺訳 pp.279-280〕。

エラスムスの紹介している格言をこれほど多く、とくに最後の数ページで活用した作家ラブレーならば、「ピュタゴラス風の象徴」に関して、エラスムスが綴った基礎的かつ重要な長文のエッセーと、長きにわたって親しんできたことだろう。このエッセーは、「第一の書」の第二の格言に対する註解の一部をなしている（「友情・平等・友人はもうひとりの自分である」）。ラブレーが明らかにしようとしているのは、天来の神々しい天使を思わせるような音楽を探求するのが、正しいか否かという点——これは善く生きるための教訓であり、十分に正しいと思われる——ではなく、むしろ、雄鶏の鳴き声すら聞こえない地で育ったニワトコにまつわるプリニウスの話に、そのような意味を本当に見出しうるのか否か、という点である。いったいどうすればこの点が明らかになるのだろうか。

卑俗な楽曲そのものについては、たとえそれが取るに足らぬ内容であっても、一流の音楽家たちによって奏でられさえすれば、ラブレーには喜んでそれを聞くつもりがある。この点は、新序詞の記述からも明らかである（303f.〔新序詞、渡辺訳pp.34-36〕）。

しかし、ニワトコその他が提起する問題に対しては、ラブレーは明確な返答を行なっていない。同じように、偽善者やおそらくはお追従者たちが住んでいるカネフ島の沖合いで、凪のために船が動かなくなってしまったとき、家来たちがほとんどまどろみながら、眠そうにたずねた無内容のつまらぬ質問に対しても、パンタグリュエルはいっさい返答を与えていない（*QL* LXIII）〔第六三章、六四章〕。

22　パンタグリュエルの返答：キリスト教的バッカス〔第六二―六五章〕

パンタグリュエルは、これらの質問すべてに返答すると約束しているが、言葉で答えるつもりはないと明言している。すでに吟味したように、彼はより効果的な記号《シーニュ》で返答することにより、言葉が引き起こす横道への脱線を避けようとする。腹を空かした人に話しかけても意味がない。腹は聞く耳を持たぬゆえに、もはや食事をとる以外どうしようもない（*QL* LXIII, 72f. ; Erasmus, *Adagia* II, 8, 84）〔第六三章、渡辺訳p.283〕。
ここに至って、またもやエラスムスが多岐にわたる学殖を添えて、いくつもの格言や警句を提供してくれている。とくにうってつけなのが、「満腹のときのほうが賢明に思考できる」（III, 7, 44）というものである。この種の多くの格言は、このあたりのページおよびそれに続く箇所を、太鼓腹師《ガステル》の逸話と関連付けるのに役立つ。両者間の相互連結は、緊密かつ意味深長である。確かに一行はすでに別の島の沖合いで凪により動けなくなってはいるが、それでもわれわれは、太鼓腹師《ガステル》と完全に縁を切ったわけではない。われわれにはまだ、彼から学ぶことが残っているのである。

読者は楽しい逸話に期待が膨らむ。パンタグリュエルは諸々の疑問に答えると約束した。ただし、次なる第六四章のタイトルは、彼が返答しなかったことを強調している。ここで、喜劇的側面が前面にクローズアップされてくる。アリストパネスとプラウトゥスの名前への言及がなされ、ついで、『第三之書』の序詞で大活躍した愉快なディオゲネスの言が引かれている。諷刺的な側面としては、ペトシリス王〔古代エジプトの司祭ないし王。プリニウスが引いている〕の暦に対する言及を通して、名指しはされていないものの、ユウェナリスの存在が感知できる。

瑣末な質問に対するパンタグリュエルの返答――「合図と身ぶりと行動とによって」*par signes, gestes et effectz* 間接的に与えられる返答――は、友人と楽しく分かち合う、知的な会話を伴った饗宴であったことがわかる。この楽しい食事を続けていると、まだデザートの皿も供されぬうちに凪が立ち始める。そこで一行は神に対する讃歌を唄う（LXIV, 53f.）〔第六四章、渡辺訳p.286〕。

彼らキリスト教徒の仲間たちの行ないは、ポノクラートの教育再生のおかげで立ち直ったガルガンチュアの行動を思い起こさせる。パンタグリュエル主義者たちは、ありふれた食後の祈りや常套的な感謝の祈りをぶつくさ唱えたりはしない。食卓で、神を讃える歌が大声で朗唱されるのである。「そこで一同は天にいます至高の神を讃えて、さまざまな讃歌を歌った」〔第六四章、渡辺訳p.286〕

瑣末な質問に対しては、返答が為されたともいえるし、返答はなされぬまま楽しい時間が費やされたともいえる。共に楽しむ食事に備わった力への、この信頼感の背後には、プルタルコスおよびエラスムスからの書物上の教養がある。もっともこの信頼感は、ラブレー自身の哲学における主要かつ不変の要素でもある。胃の腑にむやみやたらに食物を詰め込むべきではない。だが、断食によって飢えに苦しむことも避けねばならない。叡智ある賢明な人は、当然、腹崇拝族の過度の飲食を避けるが、だからといって、ひ弱で貧弱で痩せこけた孤独な隠者の度外れの禁欲を良しとするわけではない。実際のところ、身体は食物のおかげでさらに軽くなるのである。したがって、断食をしてみずからに食物を禁ずる者は、飲食をすませた人に比べて、より世俗的な重みに引き寄せられていることになる。

> というのも、人間の身体は、生きているときよりも死んでいるときのほうが重いように、断食中の人間は、飲食をすませた人間よりも下界の重みに引きずられ、より重いのである。(……)その昔、アミュクラエ〔ラコニアの町〕の人々が、気高いバッコス親父さまを、他のいかなる神々よりも高く尊崇し崇敬して、実にうってつけでふさわしい「プスィラ」*Psila*という名で呼んでいたのを、皆々様は御存知ないのかな。「プスィラ」とはドリア語で「翼」を意味しているのだ。と申すのも、鳥が翼の力を得て上空を軽々と飛び回るのと同じく、バッカス様のお力添えを得て、とはつまり、美味にしてすっきりとした味わいの良質のワインのおかげでという意味だが、人間の精神も高みへと引き上げられ、その身も明らかに軽やかになり、身体に備わった世俗的なものも、しなやかに解《ほぐ》されるからなのだ(*QL* LXV, 75f.)〔第六五章、渡辺訳p.292〕。

『第四之書』もすでに結末に近づきつつある。したがって、以上の言葉は綿密に吟味するに値しよう。以上の引用箇所は、新たなディプティックの対となる一枚を構成するに足る。というのも、断食を却下する姿勢は、『第三之書』で比較的長く取り上げられたテーマであるからだ。

ここでラブレーの関心を引いている断食とは、金曜日や四旬節の期間に、牛肉をキャヴィアと入れ替えるような、あの腹崇拝族の「笑劇的＝詰め物的」な似非《えせ》断食を指しているのではない。この種の断食には苦々しい笑いが浴びせられ、すでに嘲りのうちに退けられて一件落着となっている。今回ラブレーが退けている断食とは、極端な域にまで達する本物の断食のことである。それは、胃による食物の摂取をみずから禁じ、あるいはその摂取を極端に制限することで身体を締め付け、精神を解放しようとする試みを指す。

ラブレーは、過食を拒絶する際と同じ理由から、こうした極端かつ厳格すぎる断食をも却下している。つまり、両者とも黄金の中庸に反するのである。『第三之書』は、こうした点を、ある時は医学的根拠に基づき、また別のある時は語源学に依拠しつつ、明らかにしている〔『第三之書』第十三章、渡辺訳pp.93-97, 宮下訳pp.170-178〕。

その理由は、説得力ある医学的用語を用いて述べられている。そしてパンタグリュエルは、空腹な身体というものが、精神を自由にするどころか、いかにそれを地上へと引きずり下ろしてしまうかを述べている。彼によれば、それはちょうど、空高く舞い上がろうとした鷹が、足に付けられた革紐のせいで、鷹匠の籠手《こて》に引き戻されるようなものだ。身体は精神を宿す場である。もし身体が適度の満足を得られないならば、精神はその満足を得ることに拘泥してしまい、本来めざすべき霊的な美徳へ向かわなくなる。もちろん、いかなる状況下でも断食を拒否すべきだというわけではない。あくまで「過不足なき中庸」*medium per participationem* という教えにしたがって行なうならば、断食は、前述の暴飲暴食に対する矯正手段となりうる。だが、これ以外の状況下における断食に関しては、好意的な言及はいっさいなされていない（*TL* XIII, 88f.）〔『第三之書』第十三章、渡辺訳pp.93-95, 宮下訳pp.171-175〕。

『第四之書』では、医学的な細かい知識は大前提と見なされている。ただし、有害な隠者たちの存在は忘れられてはいない。偽善島《カネフ》に住む偽善的な修道士めいた住人たちは、男女すべて禁欲主義者であり、ボルドー近郊の「ロルモンの隠者のごとく」喜捨によって生きている。ところで、語源を正しく理解することから真理に達しうるという教えは、ここでも活かされている。こうした真理は、プラトン主義的語源学が最も深遠になりうると考えられている領域、すなわち神々の名前という領域で、前面にクローズアップされている。

『第四之書』では、銘酒《ワイン》に備わった力が、真に哲学的かつ神聖な用語を駆使して讃美されている。アミュクラエの人々のように、酒の神であるバッカスを「プスィラ」*psila*（あるいはむしろ「翼の生えた《プスィラクス》」*Psilax*）と呼ぶのは、馬鹿げたいい加減な語義を課した例ではない。それどころか、これは「実にうってつけでふさわしい命名」なのである（LXV,

80f.)〔第六五章、渡辺訳p.292〕。この見解を裏づけてくれる権威はおそらくパウサニアスであろう。彼はその著『ギリシア案内記』（III, 19, 6）の中で、アミュクラエの人々がいかなる経緯からディオニソス（バッカス）に「プスィラクス」という異名を与えたのかを述べた際に、次のようなコメントを添えている。「この命名は実に適切だと思う。というのも、『プスィラ』*Psila*とはドリア語で翼を意味し、ちょうど翼が鳥を天高く舞わせるように、ワインもまた、人間を昂揚せしめ、その精神を軽やかに飛翔させるのであるから」。つまりワインはここでは、ラブレー描くペトロンの寓話で言及されたホメーロスの言葉の、身体的なヴァージョンになっている。翼をもち、人間を下界の重みから解放し、「その精神を高きへと飛翔せしめ」、「その身体を軽やかにしてくれる」のである。こうしてバッカス神の姿はいまや、溶ける言葉を扱った最初の章を琴の音と霊的な歌で締めくくった、我らがオルペウスの横に場所を占めるにふさわしい（*QL* LV, 74f.）〔第五五章、渡辺訳p.253〕。

　ルネサンス期の多数の作家を読んできたわれわれは、キリスト教的懐疑主義、キリスト教的ストア主義、あるいはキリスト的エピクロス主義などに違和を感じなくなっている。もっとも、バッカス崇拝的なキリスト教については、ここで一言述べておく必要がある。とくに、バッカスの巫女のような修道女が発情して森を駆けめぐるような、ある種の酒神祭的なキリスト教に対しラブレーが好意的であった、と誤解されている場合はなおさらである。ラブレーは、目のかすんだ大酒飲みが、酒神バッカスへの讃歌を歌いながら、霊的忘我の内に予言をするような、酔いどれのキリスト教を擁護していたわけではない。死後に出版された『第五之書』をラブレー作と信じる人々は、ラブレーの立場をこう解釈したくなりがちである。というのもこの作品は、登場人物たちに、「徳利大明神」*Dive Bouteille*の前で優雅に予言を行なわせることで、こうした領域に敢えて足を踏み入れているからである。だが、本物か否かはともかく、『第五之書』が出版されたのが一五六四年であるのに対し、ラブレーがこの世を去ったのは一五五三年なのである。

　翼の生えたバッカスに象徴される叡智を、秘儀的な酒神祭ないしは極端なディオニソス讃歌と混同すべきではない。ラブレーが生前に上梓した四つの「年代記」のすべてを通して、酒神祭的な讃歌に言及した例はたったひとつ、しかもそれには、軽蔑の念が込められている。その例は、太鼓腹師《ガステル》の逸話内に見つかる（*QL* LIX, 1f.）〔第五九章、渡辺訳p.264〕。そこでは、忌むべき腹崇拝族が、自分たちの愚かしい神マンデュクスに、酒神祭的な祝歌を捧げているのである。

マンデュクスの存在はポンペイウス・フェストゥス〔二世紀か三世紀のローマのラテン語文法学者〕に負っているようだが、直接引かれてはいない。ラブレーは「マンデュース」*Manduce* と呼んでいるが、これはエラスムスの著作に見られるのと同じ綴りである（*Adagia* IV, 8, 32, *Manduces*）。

『第四之書』では、マンデュクスの叙述にある程度の行数が当てられている。マンデュクスは、リヨンでのカーニヴァルの行列の際に通りを練り歩く、滑稽な怪物の「マッシュクルート」に似ているとされる。その歯は、竿に結ばれた紐によって、カチカチと音を立てて嚙み合うように作られている。ラブレーがメスの街路を運ばれていくのを目にした竜と同じである。グラウッリという名のこの竜が、聖クレメンスによって退治された話は広く知られている。その怪物的な人形には大きな顎があって、口の中にお布施などが投げ込まれる。この竜は、聖マルコの記念日（四月二十五日）および祈願日に*、メスの通りを運ばれていくのである。ピエール・グラの編んだ『フォレ地方方言辞典』*Dictionnaire du Patois Forézien*（Lyon 1863）には、次のような記述が見つかる——「マッシュ・クルート」Mâche-Croûte〔直訳は「パイ皮を咀嚼する者」。転じて「大食い、大食漢」の意味〕はカーニヴァルに登場する像で、以前はリヨンの街路の行列で人々に運ばれていた。それはちょうど「ローヌ川に放り込まれるのを常とする今日の『マルディ・グラ』にあたる」〔『第四之書』第五九章、渡辺訳 pp.263-264〕。

* キリスト昇天祭前の三日間。カトリック教会では四月二十五日を大祈願祭とし、連禱を唱えながら行列をする。

ラブレーがわれわれ読者に語るところによると、カーニヴァル用の化物人形であるこのマンデュクスは、「滑稽で醜悪かつ小さな子供たちを怖がらせる人形だった」〔渡辺訳 p.263〕。彼はおそらく、「マンデュース」*Manduce* とギリシア人たちの「モルモリュキア」*mormolukia* とを比較したエラスムスの一節を念頭に置いていたと思われる。後者は、騒ぐ子供たちを大人しくさせるために乳母たちが用いた、小さな怪物人形だという。この連想は適切だった。その証拠に、アントワーヌ・デュ・セックス（*L'esperon de Discipline* II, 1532, sig. D2r°）も「マッシュクロット」*Maschecrotte* を、無知な女たちが子供を怖がらせるために使う、恐ろしい人形のひとつに挙げている。

マンデュクスにまつわるカーニヴァル的側面は、酒神讃歌の歌をがなっている腹崇拝族たちの下男が担いでくる装具一式によって、喜劇的に強調されている。彼ら腹崇拝族らが近づいて来たとき、話者には、「小さな籠や大きな籠、容器や壺そして鍋などを担いでいる、太った従僕たちが大勢付き従っているのが見えた」〔第五九章、渡辺訳p.264〕

この種の滑稽かつカーニヴァル的な枠組み内にあっては、腹崇拝族もうまく非難を逃れるのではないか、と読者は予想するかもしれない。だがそうは問屋が卸さない。滑稽であろうがなかろうが、彼らは偶像崇拝者だからである。しかもここでは、『第四之書』でこれまで信頼すべきとされてきた方法で、非難がなされている。すなわち、彼らの行なっている内容、つまり、彼ら怠惰かつ大食漢の偶像崇拝者たちの「顔つきや身ぶり」*minoys et les gestes* に基づいて、非難が浴びせられているのである（*QL* LIX, 1f.）〔第五九章、渡辺訳p.263〕。彼らはマンデュクスの指揮の下、酒神祭の歌――「訳のわからぬ酒神祭の歌や酔いどれの歌や祝宴歌」――をがなり立てつつ、持ってきた籠や壺そして酒瓶を開け、大量の食物や酒を自分たちの喉に流し込む。つまりここでは、カーニヴァルそのものまでが、偶像に成り下がってしまうのである。

こうしたディティランボス――バッカスに捧げられた酔っ払いの歌――および祝宴歌として知られる酔漢たちの発するくだらない歌に接すると、われわれ読者は、古代のバッカス神の世界へと間違いなく連れ戻されてしまう。彼らの詰め物をする様子――彼らの「笑劇《ファルス》＝詰め物」――は、倫理と関わる苦々しい笑いを喚起せずにはいない。パンタグリュエルは、こうした衆愚たる聖職者たち（「この捧げ物をする下卑た輩ども」*ceste villenaille de sacrificateurs*）とそのおびただしい量の供物とを見て、腹を立ててしまう（*QL* LX, 1）〔第六〇章、渡辺訳p.268〕。読者がアンティゴノス一世の思慮ある発言を想起させられるのは、まさしくこの章が幕を閉じる寸前である。「この笑劇《ファルス》＝詰め物」の結末は、糞便 **faeces** 以外にありえない。その糞便中にいったい、いかなる神性が見出せるというのか。

バッカス的酒神祭を拒む姿勢は、ラブレーの宗教を理解するうえで非常に重要である。それも、彼がある程度バッカス的な用語を交えて表現しているときは、とくに注意が必要である。その具体例のなかでも最も印象深いテクストは（これが最初というわけではないが）、『第三之書』の序詞に見られる。

ちょいとこの酒瓶からぐびっと一杯やるまでお待ちいただけますかな。このボトルこそは、我が唯一の正真正銘のヘリコンの峰〔女神ムーサイの住む山〕、我が馬の蹄の泉《カバリーヌ》〔ペガサスが蹴った岩肌から聖なる泉が湧いたとされる場所〕、我が唯一無二の霊感の源泉。拙者は、ここで飲みながら、まずは方針を決め、順序を考え、話を作り上げ、結論まで達してしまうのでござる。そのあと結びの言葉を認《したた》めたら、拙者はハッハッハと打ち笑い、また筆を走らせ、構想を練り、さらにぐびっと一杯飲むわけですわい。あのエンニウスも飲みながら書き、書きながら飲んだのですぞ。アイスキュロスも（プルタルコスの『食卓歓談集』を信じるならば）話を練りながら飲み、飲みながら話を練ったらしいですわい。ホメーロスですら、ものも食わずに書いたことなど金輪際ございませぬ。カトーも、まずは飲まずんば書かず、でしたな。こんなことを申し上げるのも、お前さんは大いに称讃されありがたがられているこうした立派な方々を見習いもせずに、ものを書いておるのか、と後ろ指さされぬためでござります。それはそうと、皆様方もおっしゃるとおり、ブドウ酒といえば、第二段階の初期あたりが、爽やかで味わいもあってよろしゅうござんすな。善良なる神様サバオット（とはつまり軍神さまでありますが）こそ、永遠に讃えられてしかるべきでございますよ。なに、皆様方がこっそり、ぐびりと一杯、あるいはちびりちびりと二杯聞こし召されたとて、ほんの少し神様を讃えてくだされば、私には何の不都合もございませんぞ（*TL*, prol., 73f.）〔『第三之書』序詞（前口上）、渡辺訳 p.25, 宮下訳 pp.38-40〕。

ここでは、霊感を与える能力のある飲み物としてワインが称讃されている。文脈は、キリスト教的であると同時に、古典古代的で、軍神と、エラスムスが二つの重要な格言に施したエッセーに盛られている学識とが、並置されている。* ちなみに、二つの格言とは、「水など飲む詩人は、熱烈な霊感を得た詩人にあらず」と、「水のほか飲まぬならば、いかなる偉業も達成できず」である（*Adagia* IV, 3, 58 ; II, 6, 6）。

＊『第三之書』の序詞は、「国防」の問題を主題に据えているので、「軍神」が登場するのは不思議ではない。

バッカス的な内容の格言を、いかにしてキリスト教の説く節度と両立させているかを理解するためには、紋章学の書物をひもとくのが一番の近道である。そこでは、バッカス的な格言は、「ブドウ酒は心を養う」とか「ブドウ酒は知性を研ぎ澄ます」といった表現と結び付けられている。また、紋章学について、深い学識をもつアルチャーティのような著者は、バッカスを、叡智の女神パラス、調和の女神コンコルディア、あるいは医学および詩の神アポロンと関連付けている。ルネサンスのさらに後期になると、アドリアヌス・ユニウス〔一五一一―七六〕オランダ生まれの医者、ユマニスト〕は、その蘊蓄を傾けた書『紋章』*Emblemata* の中で、ラブレーが『第三之書』および『第四之書』の双方で引いているのと同じテクストを援用している。ユニウスもバッカスに翼を与え、これを有翼の駿馬ペガサスと繋げている。彼は、節度をもって摂取した場合ワインは精神を活発にすると説き、バッカスこそはワインのその力を象徴していると強調する。アルチャーティの仕事に、密度の濃い権威ある註解を施した著作家クロード・ミニョー〔一五三六―一六〇六〕フランスのユマニスト、法律学者〕の場合は、議論の対象としている紋章が有翼の酒神を描いていないためか、彼自身もバッカスに翼を与えてはいない。だが彼の博識はラブレーと同じ領域をカバーしており、同じ具体例を引き合いに出している。彼の倫理的観点は、ラブレーとまったく同じで、友人たちと食卓を囲みつつ適度に摂取したブドウ酒には、人間の精神を軽やかに解き放つ力があるとし、その力を大いに称えているのである[36]。仲間と節度をもってワインを飲むという習慣は、一般的に、ホメーロスやウェルギリウスの登場人物たちと関連づけて説明される。こうした見解の主要な源泉となっているのは、プルタルコスの『食卓歓談集』である。その冒頭に置かれた章（612c）は、「われわれは銘酒を片手に哲学を行なうべきか」という問題について議論を展開している。プルタルコスは、『第四之書』におけるラブレーにきわめて顕著な影響を及ぼしている。だから、叙事詩的な船旅の最後において、主人公たちが、わざわざ愉快な酒宴の席で自分たちの問題を解決した理由を、プルタルコスのこの著作が説明してくれると期待しても、見当外れではない。

以上のような文脈の中にあってこそ、有翼のバッカス Bacchus Psilax は十全に力を発揮する。バッカスおよびブドウ酒の解放的な力に対し、ラブレーは強い敬意を払っていた。彼は、自分が典拠とした古典作品に見られる誇張法、換言すれば、ユマニストの学者を含むルネサンス期の著作家たちが繰り返し活用した誇張法を、自在に操りつつ、この敬意の念を詳細に読者に述べているのである。ただし、ここでいうバッカスは、正しい理解に基づけば、楽しく節度をわきまえて友人たちと分かちあう、そういうブドウ酒に宿る力を指している。バッカスは、人間の精神を高みへ引き上げる力をもっている。それは、下界の関心事に縛り付けられた不潔な酔っ払いたちの崇拝する、狂人的な神などでは断じてない。愉快に飲むぶどう酒に宿る、開放的な力を象徴しているのである。古典古代の人々もキリスト教徒たちも、ワインの節度ある摂取は、人間を賢明かつ気高くし、雄弁に弾みをつけ、真理の探究へと人々を駆り立てる行為であると、十分に意識しつつこれを飲んできた。であるからこそ、ルネサンス期には、しばしばバッカスに翼が添えられたのであった。

23　行動は言葉よりも雄弁に物語る〔第六五章、六六―六七章〕

有翼のバッカス、それも、神話学者、詩人、寓話作者、紋章製作者や学者らによって正しく制御されたバッカスは、ルネサンス期のキリスト教徒にとっては、精神的な喜びと昂揚の源泉であった。これに対し、悪魔的な腹崇拝族どもは、まったく異質の存在である。マンデュースないしは太鼓腹《ガステル》師を神と見なす彼らは、表向きは滑稽な顔をしているが、その本性は恐るべきものだ。というのも彼らは、すべてを貪り食う偶像であり、邪悪な連中に崇拝されているからである。

ラブレーを魅了しているのは、プラトン流の饗宴である。良き仲間と食卓を囲む洗練された喜びであり、良質のワインによって精神も軽やかに、物的世界の垢から離脱し、天界へと引き上げられていく歓喜である。こうした有翼のバッカスを支持する者たちは、偶像に対し酒神祭的な狂乱の歌を捧げたりはしない。彼らは、至高の神に対する讃歌を謳い上げるのである（*QL* LXIV, 64）〔第六四章、渡辺訳 p.286〕。

それにしても驚きである！　美味しい食事とワインは、あのパニュルジュをすら一時的にとはいえ――かつ言葉遣いにかぎっての話だが――第二のパンタグリュエルに変えてしまうのだから！　彼の言葉は、ぎこちないながらも、パンタグリュエリスムを奉じるキリスト教徒の心の平穏を真似てみせる。

間違いなく我らは、我らの創造者にして救済者かつ保護者である、我らが善良なる神を心から称えねばなりませんぞ。神は、この美味しいパンと美味で新鮮なワイン、それに素晴らしい数々の料理で、霊魂および身体のさまざまな不安から我らを癒してくださったのですからな。それに、飲み食いによって感じた喜びや心地良さも、神様のおかげなのですぞ（*QL* LXV, 30f.）〔第六五章、渡辺訳 p.290〕。

仮に言葉が行動と直結するならば、われわれは右の言葉に相当の感銘を受けるだろう。だが今となっては、われわれはパニュルジュという人物を知り尽くしている。本書全体を通して彼の性格を支配し続けてきた、この「霊魂および身体のさまざまな不安」は、本当に癒されるのだろうか。本当に読者は、彼が恐怖の発作に襲われたり、肉体的かつ精神的な「糞便」をひったりしないと確信できるのだろうか。もちろん答は「否」である。『第四之書』に残されたあとわずかなページは、彼の敬虔な言葉遣いが、いかに表面的で浅薄なものであるかを示すことにほとんど費やされる。

もし仮に『第四之書』が、パンタグリュエル風の哲学や話しぶりを模倣するパニュルジュの発言で終わっていたとしたら、われわれ読者は、この愚かな臆病者が、まるで立ち直ったかのような錯覚を覚えたかもしれない——少なくとも、彼の言葉を字義どおりに受け取ればの話だが。しかし最後の二章は、パンタグリュエルとジャン修道士とパニュルジュという主要な三人の登場人物の性格を、改めて明確にし確認することに捧げられている。つまり、この長く入り組んだ喜劇的な発見の船旅を通して、彼ら三人に割り振られてきた役割を、再び確定することになるのである。

この人物像の確定は、我らが旅行者たちがガナバン島（ガナバンは盗人と強盗の意）の沖合いに到着することで急速に進む。この島の地理的な最大の特徴は、反《アンチ》パルナスという名の山の存在にある。つまりこの島は、二つの峰をもつギリシアの山を厚かましくも真似た形をし、本物のムーサイに対抗する偽の女神たちが棲んでいる。正真正銘のムーサイが住む本物のパルナスとの関係で言えば、この反パルナスは、ちょうど、フィジーに対するアンチフィジーに似た役割を担っているのである。ムーサイは人間に霊感を与え、美のうちに真理を創造させる。逆に反パルナスは、醜悪さのうちに虚偽を作らせるのだ（*QL* LXVI〔第六六章、渡辺訳pp.292-295〕）。「偽ムーサイ」に空砲で敬礼しようという決定がなされると、自己愛に蝕まれたパニュルジュは最後の愚かしい恐怖の発作に襲われる。ゆえに、最後の最後になってまたも孤立し、皆の嘲笑と非難と嫌悪の的になってしまう。

このあたりのページの最初の草案は、すでに一五四八年版の際に存在していた形跡がある。たとえば、「英国人のブロンドの霊魂」や「馬の島」（*QL* LXVII, 20〔第六七章、渡辺訳pp.296-297〕）を種にしたジョークがあるが、これは、エディンバラ近くのインチケイス島を占領していたイギリス人の守備隊駐屯地を、一五四八年にフランス軍が攻撃して勝利を収めた事実を暗示している。この草案の存在がもし事実だとすれば、最後の二章は根本的に改作され、より野心的な一五五二年版にふさわしい結びへと鋳直されたに違いない。

ガナバン島に見られる反《アンチ》パルナスは、テクストにあるように、トラキアの島ポネロポリス（*QL* LXVI, 20〔第六六章、渡辺訳p.293〕）を想起させる。プルタルコスは、ラブレーが『第三之書』執筆時に活用した論考『好奇心について』の中で、「悪者の島」であるこのポネロポリスに触れている。この論考において、そこの住人たちは、醜いものを嗜好する批評家になぞらえられている。彼らは、ホメーロスの間違いを含んだ詩文を集めるような輩で、一般的に言って、美麗なるものよりも、損なわれし奇形なるものを好む。ラブレーほどのプラトン主義者にとって、ここに含意されている非難は、きわめて辛辣で根源的である（Plutarch 920B）。

パニュルジュはガナバン島を、チャンネル諸島の一部であるかのごとく話している。当時はまだ快適な租税回避地《タックスヘイブン》とはほど遠く、未開の貧しい無法地帯であった。『第三之書』の中でパニュルジュは、プルタルコスの語るオーギュギア諸島に言及し、サン・マロから遠くないこの海洋地帯に関して、書物から仕入れた知識を開陳している。そこでは、サトゥルヌスが鎖に縛られたまま住んでいると言われていた。こうした連想は、その他の際限ない迷信とあいまって、パニュルジュの恐怖心の根拠を説明してくれると同時に、他の登場人物たちが揃ってこの島に抱いている敵意をも、間違いなく解き明かしてくれている。というのも、いくらパニュルジュの恐怖心が不合理なものとはいえ、その一部は、あの尊いプルタルコスの言に根ざしているからである（*TL* xxiv, 96）〔『第三之書』第二四章、渡辺訳p.150, 宮下訳p.286〕。パニュルジュは、最後の恐怖の発作に襲われ、上陸しないよう仲間たちに懇願する。ところが向こう見ずなほど勇敢なジャン修道士は、猛然と上陸すべきだと主張して一歩も引かない。しかしパンタグリュエルはといえば、霊感に従って、上陸するのを拒む。

> 何やら（とパンタグリュエルは言った）早急に引き上げたいと、わしは心の中で感じておる。と申すのも、ここで上陸してはならぬという声が、遠くのほうから聞こえてくるような気がしたからじゃ。拙者の心中でこうした気持ちを感じたときはいつも、引き止められている方向へ行かないようにすると、必ず良い結果に終わったものじゃ。逆にある方向へ向かうよう促されてそのとおりにしたときも、常に幸福な結びとあいなったものじゃ。この点で、拙者は何ら悔いるところがないぞ（*QL* LXVI, 53f.）〔第六六章、渡辺訳pp.294-295〕。

エピステモンは、それこそ「アカデメイア学派のなかで高く称讃されているソクラテスのダイモンですね」と説明している。

後から振り返ってみれば、これは必然的かつ論理的な帰結であろう。パンタグリュエルはいまや、よきダイモンの霊感を得た、新たなキリスト教的ソクラテスとして立ち現れている。『第四之書』も、他の「年代記」に負けず劣らず、神による導きに究極の信頼を寄せているのである。

パンタグリュエルが霊感に浴するのは、なにもここに始まった新しい現象ではない。ソクラテスは『ガルガンチュア物語』および『一五三五年用の暦』において、すでに理想的な人物として扱われていた。ある意味でパンタグリュエルは、『第三之書』の初期の段階から、「清浄な霊」*esprit munde* に導かれる新たなソクラテスとして登場しているのである。その一方でパニュルジュは、「不浄な霊」*esprit immunde* によって誤謬に引き込まれる存在であった〔『第三之書』第七章、渡辺訳p.64, 宮下訳pp.116-117：渡辺訳は、「清浄な精神」「邪な精神」となっている〕。とはいえ、このきわめてソクラテス色の濃い結びにより、『第四之書』は、ルネサンス期の他の二つの作品、すなわち『痴愚神礼讃』および『エセー』と合流するに至る。『第四之書』は、芸術的な必然性からも、エラスムス、ラブレー、そしてモンテーニュが、かつて存在した最高の哲学者と見なす人物に、特別の愛着を示しているからである。

パンタグリュエルは賢者である。霊感に浴しているとはいっても無謬ではないが、間違った判断を下すことは決してない。彼もまた、身体と霊魂との融合体としての人間ではあるが、それでも、霊魂や霊的な世界のほうに重きをおいている。

ジャン修道士とパニュルジュの性格も、主人同様、ここで改めて確認されている。両者とも、霊魂よりは肉体に重心を置いている。両者とも、模範的というにはほど遠い。ただし、ジャン修道士が勇敢な行動の人であるのに対し、パニュルジュは恐怖ですぐに震える人物であり、身体および精神にさまざまな不安を抱え、臆病で怠惰なくせに空虚な言葉だけは尽きない男である。両者の言葉はともに、違った形ではあるが、それぞれの行動と相関関係にある。われわれ読者は、パニュルジュが、仮に思慮を重ねたうえで発せられたのであれば、立派な人物に変貌していたはずの見解を口にするのを、いましがた確認したばかりである。だがその発言とは裏腹に、人々に拒否されるべき彼の喜劇的役回りは、実に力強く説得的な手法によって、確定的に示されてしまう。ラブレーがここで駆使している手法とは、彼ならばすべて記号《シーニュ》の範疇《カテゴリー》に分類するであろうそれである。

まず第一に、彼の言葉から明々白々となる事実がある。ここでは、パニュルジュが工夫して組み立てた議論や修辞ではなく、恐怖に駆られてうわ言のように並べ立てる言葉が問題となる。彼は嵐のときと同じく、またしてもパリ訛りをうっかり露呈してしまう。「お前しゃん」*men amy*〔普通は« mon ami »〕や「神父しゃま」*men pere*〔普通は« mon père »〕といった表現に出くわすと、読者には、嵐の際の彼の恐慌状態や、愚かなリムーザンの学生がもったいぶった話し方をしたために、ひどい目に合った逸話などが思い出される〔『パンタグリュエル物語』第六章、渡辺訳p.51、宮下訳p.81〕。ただしわれわれの愉快な笑いも、この場合には、本質的により不自然な笑いに取って代わられる。なぜなら、パニュルジュが無意識のうちに、悪魔や悪魔的事象の方向へと引きずり込まれていくのを、読者は感知するからである。最後のいくつかの発言〔渡辺訳pp.294, 296, 300〕

において、パニュルジュは「悪魔」Diableないし「悪魔ども」*diables*に九回、「小悪魔」*diableteau*に一回、「地獄」enferに三回、「地獄落ちの魂」に一回、そして「突飛な幻想」――幻覚を起こすのは悪魔の得意とする領域――に一回言及している。[*] 神への言及は、最後に突然彼が虚勢を張って罵り言葉を吐くときの一回を別にすれば、皆無である。ここで使われているテクニックは、ラブレーが『第三之書』ですでに駆使して見せたものである。そこでは悪魔にばかり言及するパニュルジュとは対照的に、パンタグリュエルとトリブレは「神」という語しか用いていない。ここでのクライマックスでも、パニュルジュが「悪魔にこの身をくれてやる」とか「悪魔は悪魔のところへ帰りやがれ」などと怒鳴り散らすのに対し、パンタグリュエルは落ち着いて「さあ、さあ、神にかけて（……）」と答えている（*QL* LXVII, 114 to end）〔第六七章、渡辺訳pp.300-301〕。

＊　最後の「突飛な幻想」は地の文で使われており、パニュルジュの発言中には見られない。第六七章、渡辺訳p.297を参照のこと。なお渡辺訳は「夢幻」となっている。

ジャン修道士の言葉にも、もちろん悪魔は登場する。いつでもそうだった。だが、二人のあいだには根本的な違いがある。ジャン修道士の罵り言葉は、文字どおり受け取るならば正真正銘の冒瀆であり、教会法によってはっきりと非難される類の誓詞である。[37] だが、彼の痛罵は、悪魔による憑依を示唆しているのではない。『第四之書』の結びの箇所にかぎって言えば、彼は「悪魔」に一回、「何百万もの悪魔」millions de Diablesに二回言及しているのみで、「地獄」という語は一回も口にしていない（あくまで程度の問題だが）。またある時には、ジャン修道士がパニュルジュを罵ることもある。しかしながら、彼の派手な言葉遣いは、さらなる努力に向かうための自己激励であり、危険にさらされたときにパニュルジュが口にする、敬虔に見えるが空虚な言葉や、何の努力もしないための口実とは異質である。ジャン修道士の言葉遣いには、ユーモラスながらも嘆かわしい側面があるが、彼の行動は、神の全般的な意図と「協働」している。ジャン修道士にとって最も有利な証拠（われわれ読者は彼とともに笑うのであって、彼を笑うのではない、という事実は別にすると）は、彼の「身ぶりと行動」に、換言すれば、彼の勇気と、効果的な行動に見出せるのである。

ラブレーは、パニュルジュとジャン・デ・ザントムールとのあいだの言葉による最後の応酬の中で、以上の点を明らかにしている。ジャンのフルネームを提示することで、読者は彼の勇敢な戦いぶりと同時に、その名前の意味するところも改めて思い起こすだろう。* パニュルジュはガナバン島に上陸しようという意見に恐怖を覚えてこう怒鳴る。

＊「こま切れのジャン」の意。敵を次々と薙ぎ倒していくイメージと、料理好きのイメージを重ねている。この点については以下を参照。『ガルガンチュア物語』第二七章、渡辺訳 p.135, 宮下訳 pp.222-223.

「悪魔にやられちまえ（とパニュルジュは言った）。この悪魔修道士野郎、この気のおかしい悪魔修道士の糞坊主は、命知らずだ。こいつはあらゆる悪魔のごとく無謀で、他の人間のことなんか考えもしねえ。誰もが自分と同じ修道士野郎だと思っていやがる」

「お前みたいな、へなちょこ癩病み野郎めは（とジャン修道士は応戦した）、何百万もの悪魔にかっ攫われてしまえ。奴らなら、お前さんの脳みそをずたずたのこま切れにするだろうよ。この馬鹿悪魔野郎は、臆病の根性曲がりだから、いつもすぐにびびってはウンコばかり垂れやがる。てめえが、訳もなく怖がって悲嘆に暮れるというなら、下船せずに荷物ごとここに残りやがれ。それも嫌なら、何百万もの悪魔を突っ切って、プロセルピナのどでかいスカートの中に隠れていやがれ、ってんだ（*QL* LXVI, 38-50）〔第六六章、渡辺訳 p.294〕。

熱心に応唱を唱えはするが、神とともに働こうとしない修道士たちは、ジャンのような下品な修道士よりもずっと強く咎むべき存在である。ジャンの言葉遣いは明らかに冒瀆的だが、その行動全般は、神人協働説の素晴らしい象徴ないし記号《シーニュ》として機能している。象徴的意味をつきつめると、ジャン修道士のほうが正しい側にいるのである。パニュルジュは偽ムーサイに敬礼するための空砲におびえて、船倉の中に隠れてしまう〔実際は空砲が放たれる以前に船倉に閉じこもってしまう。第六六章、渡辺訳 p.294〕。最終的には、彼はパン屑に覆われ、船で飼っていた猫ロディラルドゥスにひどく引っかかれた状態で出てくる。その時のパニュルジュは、猿のごとくぶるぶる震え、恐怖のあまり大量に脱糞したために悪臭を放っていた。臆病さに由来するこの排便という記号は、文脈によってさらに強調されている。というのも、この叙述の前に、スカトロジックな逸話が二つ置かれており、恐怖心と排便とのあいだの密接かつ興味深い関係が、読者に面白おかしく説かれているからである。つまるところ、途轍もない恐怖は、第一級の下剤の役割を果たすことがわかる。

喜劇的嘲笑の的であり、笑われてしかるべき失格者の明らかな典型パニュルジュが、再び姿を現した際、彼は、最初のうちは実に神妙な話しぶりを見せる。彼の言葉は実に鄭重で立派である。パニュルジュはジャン修道士に対し、「祈り入るがごとく」、「自分に同情してほしい」と懇願する〔第六七章、渡辺訳p.296〕。しかし、行動は言葉よりも雄弁に物語る。とりわけ腸《はらわた》の「行動」は正直である。ジャン修道士はパニュルジュの様子を身ぶりを交えて要約してみせるが、その身ぶりの意味は実に明瞭である。

ジャン修道士は左手で鼻をつまみながら、パンタグリュエルに向かって、右手の人差指でパニュルジュのシャツを指差してみせた（*QL* LXVII, 8f, 27f, 107f.）〔第六七章、渡辺訳p.300〕。

久しく笑ったことのなかったパンタグリュエルが、ここで初めて笑う。しかも、誰かを笑ったのである。ただたんに彼は「堪えきれなかった」のだ。この段階でラブレーが選んで使用している言葉は、彼が喜劇の残酷さを改めて強調したがっていることを如実に示している。パンタグリュエルは、パニュルジュが実に哀れな状態にあったがゆえに笑ったのであり、哀れな状態にあったにもかかわらず笑ったのではない。汚物にまみれ汚らしい格好で船倉から出てきたパニュルジュは、自分に同情してほしいと懇願する。しかし、笑いが続くかぎり、彼が同情を勝ち得ることはない。パニュルジュが吐く、最後から二番目の激しい応答（悪魔という語が連発されている）は、パンタグリュエルの本当に最後となる発言と好対照をなしている。その言葉には、清潔さと神聖さとが顕著に感じられる。その「ヌース」や「メンス」〔「精神」や「魂」を意味するギリシア語とラテン語。『第三之書』第十三章、渡辺訳p.93, 宮下訳p.170を参照〕が「清浄な霊」*l'esprit munde* すなわち「清潔な霊」ないしは「純粋な霊」によって清められている人物の、本当に信頼の置ける声がそこから聞こえてくる。汚物まみれのパニュルジュに向かって、信頼すべきこの人物は、神を引き合いに出し、風呂に入って清潔にし、白いシャツをまとい、新しい衣服を着たうえで、元気を取り戻せと励ますのである。彼の最後の言葉は、ここで十分に味わっておく必要がある。

「さあ（とパンタグリュエルは言った）、さあ、神かけて、風呂に入り、身体を綺麗に洗い、気を取り直し、白いシャツを着て、服も着替えるとよいぞ（*QL* LXVII, 121-2）〔第六七章、渡辺訳 p.300〕。

だが、パニュルジュのほうは「邪悪な霊」*l'esprit maling* すなわち悪魔の支配下にある。『第四之書』に至って初めて（LVIII, 23）〔第五八章、渡辺訳 p.261〕、悪魔は新約聖書で最も一般的に使用される名前を与えられている。「不浄な霊」*esprit immonde*（「プネウマ・アカタルトン」*pneuma akatharton*、「スピリトゥス・イムンドゥス」*spiritus immundus*）である。「不浄な」を意味するギリシア語は、聖パウロおよびプラトンにあっては、肉体的および精神的な不純さを意味している。そこでは、汚い考えと汚い生き方とが、あるいは醜悪さと邪悪に付随する不潔さとが、同居しているのである。

他の人々に嫌悪感を抱かせる精神的および肉体的な不潔さは、実はパニュルジュにとっては、異常な快楽の対象なのである。パンタグリュエルは、啓示の光に浴した人物であり、フィジー *Physis*（「自然」）や真理なるものすべて、尊敬できるものすべて、あるいは美しく優美で高潔なるものすべての側に、その身を置いている人物である。パニュルジュは、恐怖を覚えつつも、本当は反パルナスが聳えるポネロポリスに、居心地の良さを感じるような男なのである。彼は、「悪人の」*poneros* という形容詞にふさわしい存在なのだ。換言すれば、彼は、性質が悪く、悪趣味で邪悪で悪魔的な人物、あるいは、不潔で不純で醜悪で汚れた事柄に喜びを見出す人物なのである。

パニュルジュはいまや何年も前のガルガンチュアの状態に退行している。ポノクラートのおかげで、清潔さと清新さに加え、広い「人文学的教養」*humanitas* をも身に付ける以前の、あの不潔なガルガンチュアと同じ状態にあるのだ。

パニュルジュの不潔さとパンタグリュエルの良識に満ちた清廉さとを分かつコントラストは、明白すぎるくらい明白である。以前ガルガンチュアというひとりの人物名の中に閉じ込められていた、二つの正反対の性質は、ガルガンチュアが不潔な無知から清潔な学識へと移行したので、いまや永遠に切り離されたことになる。精神と肉体の両面における人間の気高い側面は、パンタグリュエルの内部で光輝を放っている。この賢者は、「真理の館」*Manoir de Verité* から人類の頭上に滴り落ちてくる雫と、「美徳の館」*Manoir de Areté*（*C’est vertus*）に象徴される人間の倫理的な努力という、二つの刺激から大いなる教訓を喜んで吸収しているのである。彼は、清浄な霊とソクラテス的ダイモンとに導かれつつ、人間の限界を十分にわきまえながらも、有翼の言葉と有翼のワインによって、可能なかぎり高度な次元で楽しく生きようと努めている人物なのだ。

ジャン修道士の場合は、パンタグリュエルほどの高みに到達できない者にも、神のもとでの行動の美徳という道があることを示している。こうした行動は実効ある記号《シーニュ》であって、表面上のみ冒瀆的な言辞を償ってあまりあるものだ。もちろん、ある一定の限度を超せば、それが非難の対象となるのは当然である。

パニュルジュの場合はどうか。彼の根深い「自己愛《フィローティア》」*philautia* は、叙事詩的と形容しうるほど桁外れの恐怖心を煽ってきた。その度外れの臆病さの結果、彼は頭の先から足の先まで汚物にまみれて悪臭を放ち、そのシャツは皆の嫌悪の的とならざるをえなかった。だが、その恥ずべき不潔さのゆえに皆に忌避されようとも、また、パンタグリュエルに笑われ、ジャン修道士には身ぶりで馬鹿にされようとも、パニュルジュが完膚なきまでに叩きのめされることは決してない。結局のところ、彼は滑稽な道化なのだ。もちろん、糞便を十六通りにも言い換えられる（そのうちのいくつかは学術的ですらある）男が、立派に改心するはずもなければ、完全に洗い清められるはずもない（*QL* LXVII, 129-131）〔第六七章、渡辺訳p.301〕。パニュルジュにとって言葉は、相変わらず、真理を隠し歪曲し避けるための手段にすぎず、真理に到達するための経路ではない。人間の排泄物を次々と言い換えていくに際し、彼はそれ専用の「類語辞典」を自在に繰っているかのようである。だが最後の最後に達すると、われわれ人間の身体の不浄と汚穢《おわい》、すなわち悪臭を放つこの明白な記号《シーニュ》は、糞便の類語では名指されていない。パニュルジュは自分の糞は、サフランだ、それも極上のアイルランド産サフランだと言い張るのである。ローマ人たちは、こうした「自己愛《フィローティア》」を、次のような格言で表現していた。「誰もが自分の屁の臭いだけは心地良いと感じる」« *Suus cuique crepitus bene olet* »（*QL* LXVII, 129f.〔第六七章、渡辺訳 p.301〕；Erasmus, *Adagia* III, 4, 2）

この同じ格言を、エラスムスは自己愛に対する新たな警告として活用している。自己愛はまさしく、諸悪の根源であって、あらゆる局面で人間の判断を誤らせるのである。ラブレーも同様の警告を行なっているわけだが、その手法はずっと印象的である。

なにもこれが最初ではないが、大恥をかき打ちのめされたパニュルジュは、われわれ人間の誰にも備わった、もっとも下品で不潔で醜い側面を、敢えて得意がってみせる。四つの「年代記」すべての中で示された最も確実な記号《シーニュ》のひとつが、彼の身体にこびり付いた臭気紛々たる排泄物である。

しかしながら、である。喜劇の主人公にふさわしく、パニュルジュはとんでもない間抜けだが、同時に、決して屈服しない男でもある。概して、喜劇的人物は、根元的な変化を被ることはない。パニュルジュは最後の最後まで、われわれの嘲笑の的であり続ける。彼は改心などしないが、同時に、打ち負かされて厄介払いされることもない。彼は、非難や嘲笑の的として孤立を免れない。だが、最終的に押し潰されることもなければ、ガルガンチュアの耄碌した家庭教師のように、たっぷり酒を飲まされて滑稽な死に方をすることもない〔『ガルガンチュア物語』第十五章、渡辺訳 p.90, 宮下訳 p.132〕。

遊ぶのに飽きたら、われわれは、びっくり箱に人形を戻して蓋を閉めるだろう。こうすれば、再び人形が飛び跳ねるのを楽しみたいと思うまで、バネに加圧して次のジャンプに備えさせることができるからだ。パニュルジュの場合も同じである。われわれ読者は、彼にジャンプ力がまだ残されているのを、大変喜ばしいと思っている。なぜなら、彼はここまでわれわれを大いに笑わせてくれたのだから。

訳者あとがき

本書は、Michael A. Screech, *Rabelais*, London, Gerald Duckworth & Co. Ltd., 1979. xviii + 494p.（初版）の邦訳である。翻訳に際しては、英語版（初版）を底本としたが、Marie-Anne de Kisch によるフランス語訳も必要に応じて参照した（Michael Screech, *Rabelais*,（traduit de l'anglais par Marie-Anne de Kisch）, Paris, Gallimard, coll. « Bibliothèque des Idées », 1992, 640p）。ただし、「日本語版への序文」で著者も指摘しているとおり、フランス語版では、英語版の参照箇所などの誤記を訂正し、同時に、ルターの著作の再読解に基づく新解釈の紹介などが加筆されている。今回の翻訳に際しては、著者自身から「加筆・修正・削除」の全リストをメールでいただいたので、英語版にそのリストの内容を反映させつつ訳出している。実際に翻訳の作業を行なってみると、細かい点に誤記や不正確な記述がまだ若干残っていたので、訳註で断りつつ訂正を試みたと同時に、自明の場合は断らずに訂正しておいた。本書の魅力と存在意義は、そうした形式的細部にはないという判断に基づく処理である。

一九二六年生まれのスクリーチ教授の履歴を簡潔にたどっておこう。「日本語版への序文」と多少重なるが、彼は十七歳で大学への入学を許可され、ラテン語とフランス文学を専攻する。その後、軍隊に動員されるに際して、多言語習得能力に長けた者にのみ許された、日本語の集中講義を受け、「英国諜報機関」の一員として、インドを経て、日本の呉（広島）そして鳥取の部隊に配属されている。その期間、御父君から送られてきたフランス語の書物のなかに、注釈の施されていないラブレー全集が一冊入っていたという。ラブレーを読むことは、辛い軍隊生活においては大変な慰めになったらしい。戦後、バーミンガム大学を皮切りに、ユニヴァーシティ・カレッジ・ロンドン（ロンドン大学）でアシスタントやレクチャラー、リーダーを務め、プロフェッサーに昇格、一九四八年以降は、オクスフォード大学オールソウルズ・カレッジのリサーチ・フェローに就任、その後、英国学士院や王立文芸家協会の会員に選ばれている。宗教的にも英国国教会の司祭に叙任され、説教の内容が論文とともに出版されるほどの名演説でも鳴らしている。また、フランスでの評価も高く、とくにアカデミー・フランセーズ（およびコレージュ・ド・フランス）のマルク・フュマロリ教授は、彼の『モンテーニュとメランコリー――『エセー』の英知』仏語版に序文を寄せて、その仕事の意義と独創性とを詳細に解説している（荒木昭太郎訳、みすず書房、一九九六年）。フランス政府は、レジオンドヌール勲章シュヴァリエ章を彼に授与し、さらに「碑文・文芸アカデミー」の特別会員に任命することで、その偉大な業績に報いている。

スクリーチは実証主義的だとよく評される。しかし、彼をそうした狭い「肩書き」に閉じこめてしまうのは誤解を生む。彼は往年の実証主義者（実証のための実証）からはほど遠く、むしろ常に、まずは「実証者」として出発し、その後「実証」から得た精細なデータを、さらなる高次元の学説へと統合することをめざす。だが、まずは実証ありき。「我実証す、ゆえに汝あり」（「汝」とは、ラブレーその他のルネサンス期の著作家）。ラテン語とフランス語は母語なみ、ギリシア語もほぼ同等で、日本語を含めその他多数の言語に通じるその恐るべき語学力と、並外れた記憶力、知的忍耐力、そして比類のない博覧強記を武器に、彼は世界中の図書館にフィールドワークに出かける。現存する一六二六年以前のラブレーの諸版を、写真入りで細かく紹介した、形状的書誌学 bibliographie matérielle の研究書（Michael Screech and Stephen Rawles, *A new Rabelais bibliography. Editions of Rabelais before 1626*. Geneva, Droz, 1987, 712p）は、大部にして恐るべき緻密さを備えた専門書であり、共著とはいえ、彼のラブレーに対する究極の愛がここに結実している。レヴィ＝ストロースが現代の「未開人」に向かったのとは正反対に、スクリーチは過去の「文明人」の住まう領野にフィールドワークに出かけたのである。彼は、十六世紀の作品はすべてその当時の版で読むという。その長年の努力の積み重ねが、青年期以来涵養してきた古典的素養と渾然一体となって、ルネサンスにおける古典期の再生に、いま一度再生の息吹を吹き込むのだ。換言すれば、ラブレーと、古代人およびその同時代人との関係を再構築することで、ルネサンス期に占めるわれらが大作家の地歩を、明確に位置づけうるのである。しかも、文面を一字一句すべて暗記しているほど、聖書に造形が深い点も忘れてはならない。「日本語版への序文」にもあるとおり、聖書が歴史上初めて人々の意識に、不可欠な聖典として定着しつつあった時代を研究するうえで、研究者が聖書の内容に疎いならば、それは致命的な欠点となりうる（自戒の念を込めて）。戦後しばらくして、スクリーチはフランスのラブレー関連の学会に何度か参加したが、フランスの学者たちの、聖書や神学に関する素養の低さと、マルクス主義的なイデオロギーや、その系譜上に位置する流行の理論に染まった発表にうんざりし、長らくフランスの学会を敬遠するようになる。彼によると、ジルベール・ガドッフルのような「本物の学者（ユマニスト）」が登場した八〇年代に、再度、フランスの学会にも足を運ぶようになったらしい。いずれにしろ、スクリーチは「実証者」ではあるが、「実証」は彼にとって、研究の出発点に不可欠な一手段にすぎないことを再確認しておきたい。

ところで、スクリーチと、アナール派の「心性史《マンタリテ》」についても付言しておいた方がよいだろう。まず、スクリーチはアナール派ではない。次に、彼はアナール派のリュシアン・フェーヴルにはきわめて批判的である。ただし、多少繰り返しになるが、アベル・ルフランとリュシアン・フェーヴルとのあいだの、いわゆる「無神論論争」より前段階の、「聖書」ないし聖書的文脈に関する無知に対して、とくに批判的である。換言すれば、フランスの十六世紀を「信じようとする世紀」と結論した歴史家が、信じる根拠たる聖書の内容に、あまりにも疎い点に批判的なのである。くどいようだが、そうした知識の欠落は、読解に恣意的歪曲をもたらす危険と直結している、というのがスクリーチの確固たる信念である（その点では、ルフランもフェーヴルも同じ穴の狢であろう）。さて、スクリーチもまた、名もなき民衆の声（というものが仮に措定できるとしての話だが）に繊細に反応するだけの、歴史的感性を身につけているはずだ。だが彼は、もうひとりのマイケルすなわちミハイル・バフチーンの「民衆文化論」にはかなり距離を置いている（本書の中ではほぼ無視している）。乱暴なまとめ方が許されるなら、「民衆文化」の野卑で自由奔放なエネルギーが、支配層の硬直した文化を「奪冠」ないし溶解せしめるという図式的発想に、また、硬直した「ソビエト体制」に抵抗する根拠を、それとは無縁のフランス十六世紀という過去の文化的水脈から、強引に引き出そうとする姿勢に、彼はいかがわしさを禁じえなかったのだと思われる。個人的感想が許されるならば、そもそも「民衆文化」は研究者のあいだで、あまりに一元的に把握されがちではなかろうか。たとえば、ブルターニュの漁民の生活空間を、パリの下町のお針子の生活環境や、ブルゴーニュのワイン農家の想像界と、十把ひと絡げに括ることが妥当だろうか。荒れる海原、安定した大地のワイン畑、夢幻のような都会の喧噪。和辻哲郎風の発想に倣えば、こうした風土の違いは、当然、同じ民衆を異なった民衆に分岐させていく。そのうえ、知識人の中にも「民衆」は住んでいるし、その逆もまたありうる。現に、十六世紀フランスの誇る大知識人ラブレーは、きわめて「民衆的な」笑劇に嬉々として出演しているではないか。逆に言えば、一見「民衆的感性」に親和的に映るラブレーは、フランス・ルネサンスを代表する大インテリゲンチャでもあったのだ。つまり、彼の作品は民衆を読者層として想定していないのである。民衆文化そのものが多元的であり、同時に、民衆文化とエリート文化とを分かつ境界線も、実は見かけ以上に複雑かつ曖昧なのだ。

マイケル・スクリーチは、比較的「非動態的」な、言い換えれば、構造的であるがゆえに変化に乏しい歴史の基底を探求しようとするアナール派には、関心を示さない。彼をひとつの学問的潮流に結び付けるとしたら、ヴァールブルク学派（一九四三年にナチス政権下のドイツから亡命し、最終的にロンドン大学の付属施設として活動を続ける）以外にない。彼はそこで、博学多才で知られたD・P・ウォーカーと学友になり、さらに俊英エドガー・ウィントやゲルトルート・ビングらと知り合い、エルンスト・ゴンブリッチ、オットー・クルツ、フランセス・イェイツら世界的な碩学の謦咳に接している。周知のとおり、美術史分野でのイコノロジー研究で有名なこの学派は、同時に、ルネサンス期における古代文化再生の再現をめざす研究でも、水準の高い成果を次々と挙げてきた。彼らに多大な影響を受けたスクリーチもまた、ルネサンス思想史を、緻密な文献批判と並はずれた博識によって再現する手法を採る。彼は、十六世紀の知的文脈の中で、フランス・ルネサンスが被った「大転換」を、文化史上の根源的変化として把握した。ギリシア・ローマの古典と、フランス・ルネサンス期の思想的・宗教的・政治的な諸々の動静に精通し、かつ、時空を超えて、異質な感性（ヘブライズムとヘレニズム）が交錯し木霊し合う知的世界を十全に意識したうえで、文学のテクストと時代的文脈が複雑に絡み合うその具体的諸相を、あくまで「オリジナルな文学創造」という観点を中心に据えて、みごとに解きほぐしていくアクロバティクな知性――それこそが、現代の「ユマニスト」たるマイケル・スクリーチの真骨頂であろう。

彼は、時代的コンテクストと、ラブレー作品のテクスト内部とをみごとに繋げてみせる。スクリーチの仕事のおかげで、政治や宗教にまつわる歴史的諸問題が、ラブレー作品の中でさまざまなメタモルフォーゼを被りつつ、諷刺や笑いの渦に巻き込まれるさまが、手に取るように伝わってくる。文学が外部世界と密接に呼応している事実に、近現代の読者は驚嘆するに違いない。ただし、一九六〇年に「ラブレーとラブレー学者」(イタリアの『フランス研究』)の中で、ラブレー研究者たちは歴史的側面ばかりを重視して、ラブレーの文学的創造力に目を向けていない、と、正当にも叱咤したレオ・スピッツァーの批判は、スクリーチには当たらない。本書が明らかにしたラブレーは、言葉遊びやデクラマチオー(練習弁論)を操る天才であり、イソップやウェルギリウスの一場面を換骨奪胎して、新たな逸話に鮮やかに書き換え、エラスムスを魅了した格言や寓話を創造的に膨らませ、ルキアノスやアリストパネスの喜劇的手法を最大限に駆使して読者を驚かせる。こうして、ラブレー作品に力強く脈打つ文学技法の独創性にも、スクリーチは光を当て続けていく。つまり彼は、歴史的還元の視座を保ちつつ、美学的驚異にも敏感に反応できる研究者なのである。

ラブレーのテクストは、日本の大学(仏文科)の学部学生はおろか、大学院生に読ませても、ほとんどちんぷんかんぷんである。十六世紀のフランス語を読み解くノウハウを、あらかじめ指南してやっても、字面を追うだけで精一杯だ。ちなみに渡辺一夫は、ラブレーを訳すに当たって、(戦時中に)まずは近松をはじめ江戸中期以降の擬古文に慣れ親しんだという。それは、ラブレーのフランス語(中期フランス語)を日本語に移植するにふさわしい格調の高さと滑稽味の双方を備えた、みごとな文体に結実したが、往年のこの名訳は、まさしくこの擬古文調の難解さゆえに、現代の主として若い世代の読書欲を著しく萎えさせる。ところが、宮下志朗の新訳を学生や院生諸君に読ませても(訳註は、渡辺訳のように事項説明型ではなく、かなり解釈誘導型になっているにもかかわらず)、心底理解できた、という満足感に達する者は少ない。父ガルガンチュアがパンタグリュエルに与えた勉強計画はこうだ、ガルガンチュアがノートルダムの鐘を持ち去ったのには裏の意味があるらしい、パニュルジュが借金礼讃でこねる屁理屈は、練習弁論《デクラマチオー》による逆説的礼讃と関係があるようだ、判事ブリドワはサイコロを転がして、何千回もの裁判で正しい判断を下し続けたが、これは寓話的意味を帯びているという説がある、大神パンの死は、キリストの死と直結するようだ、云々と知ったところで、« Et alors ? »「だからどうしたのですか」という反応（ないし無反応）が一般的であり、しかもこの（無）反応には、残念ながら一理あるのだ。スクリーチも本書で力説しているとおり、どちらかといえば「普遍的主題」を扱う悲劇とは異なり、「限定的主題」を扱う喜劇、ないしは時空間に閉じ込められた笑いの芸術は、ベルクソンの名著『笑い』を持ちだすまでもなく閉鎖的であるから、先の（無）反応は、その意味で当然の帰結なのである。

だが、こうした現代人には不可解な昔の喜劇的作品に、実に豊饒で重層的な意味が織り込まれていることを知れば、読者は、目から鱗どころか、全身の細胞が突然入れ替わったかのような爽快感に戦慄する。スクリーチが、その古典的な学識をもとに開示してくれるのは、現代フランス人にとってすら、完全なる他者にも等しい単純過去（十六世紀ユマニスム）が、大過去（ヘレニズムとヘブライズム）と結び付きつつ築き上げる融和的な相関関係である。ラブレーの原文と、長期にわたって格闘したことがある人なら、誰でも一度は次のような経験をしているだろう。ラブレー作品のまとまった数章を、専門的な辞書を引き引き読み終えた、しかし、自分の読解はどこか漠然としていて、説得的で鳥瞰的な解釈へと繋がらない。その時、本書の該当箇所に目を通せば、近眼に悩む者が初めて眼鏡をかけて世界を鮮明に再解釈したような感動を覚えるのだ。要するに、現代人には（現代フランス人にすら、と言い換えてもよい）無意味な暗号の連鎖にしか映らない古色蒼然たる文字列から、徐々に意味が立ち上がり、同時代の知的風景と突然パッと繋がる快楽に、読者は大きな知的興奮を覚えずにはいない。

こうした学問的成果は、現代思想を中心とする諸理論とは、まったく別の場所で練り上げられたものである。マルクス主義批評や実存主義、あるいはヌーヴェル・クリティック、構造主義、脱構築、等々、主としてフランスを発信源とする流行の理論を、スクリーチは一顧だにしない。こうした理論は、方法論として無根拠で胡散臭いこと、また、そこで流通している「著者の死」をはじめとする諸々の概念も、とりあえず大向こうを唸らせるには適しているかもしれないが、歴史的な検証に耐えるには、あまりに疑わしいこと――スクリーチは以上の二点を挙げて「自分はこうした流行には与《くみ》しない」と訳者宛のメールで明言している。

高校時代にラテン語学習のためにウルガタ聖書を読み、エラスムスの名作に親しみ、二十歳前にはルキアノスを枕頭の書としていた学者が、言い換えれば、古典ギリシア語もラテン語もラブレーと肩を並べる実力を誇る学者が、十六世紀フランスの知的世界に長期間沈潜した結果、おそらくラブレーの視線を我がものとして感得したのは間違いない。異端や異質な者の火炙りが常態であるような、困難に満ちた時代を生きたラブレーを、スクリーチも同じ知的・情的強度をもって追体験したはずである。ラブレーになりきった頭は、書物を通して、古典的世界とも、エラスムスやビュデのような当時の著名な学者とも、あるいは庇護者たるデュ・ベレー一家やナヴァール王妃とも、自在に「交信」しえたはずである。これに比肩できる「他者理解」の実体験を持つ学者は、そういるものではない。

時代や人物、作品への主観的コミットメントと、研究者としての客観的パースペクティブの双方を兼ね備えたスクリーチのおかげで、ラブレーは、文化的・宗教的・政治的なアンガージュマンを、文学という文字による芸術と両立させた稀有な作家として、ここに奇跡的な復活を遂げた。

たとえば文化的側面を挙げれば、『パンタグリュエル物語』のトーマストとパニュルジュとの身ぶりによる論争は、『第四之書』にまで流れ込む、当時の「記号論《シーニュ》」をめぐる論争を背景にした喜劇であることが明らかにされる。その後のラブレーの言語観の変遷と、同時代人の熱心な議論をたどると、近現代の言語学がソシュールに熱狂した様相と重なってくる。しかも、記号の執拗な追求は、他人に証《シーニュ》ばかりを求める「パリサイ人＝ソルボンヌ野郎」と重ねられ、さらには、シバの女王とソロモン王が、身ぶり《シーニュ》によって議論をしたというカバラ的伝承にまで広がっていく。当時の文化的レフェランスの重層性が、こうして鮮やかに蘇る。

宗教的な観点から言えば、ヘレニズムとヘブライズムが幸福な結婚を果たした、稀有な時代をラブレーは生きた、いや、ラブレーが他の一流作家たちと共振しつつ、そうした時期を創出したと言うほうが正しいかもしれない。パスカルの時代に至れば、もはやラブレー流の楽観的な折衷主義や懐疑主義が通用しにくくなることは、周知のとおりである。『第四之書』で、パンの死がキリストの磔刑とアクチュアルに結びつくさまは、パンタグリュエルを「男泣き」

させる。ペトロンの教説は、プラトン的なイデアの世界と、そこから流出する「カタル」すなわち天啓の知識の滴がこぼれ落ちてくる現世とに、きれいに二分されたうえで再提示され、キリスト教的世界観と徐々に相似形を描いていく。ここでのラブレーの筆運びの巧みさを、古典期や同時代の他の作家と比べながら「再現」していくスクリーチ自身の筆の冴えは、まさしく比類がない。霊魂は死滅すると主張するプルタルコスの教説についても、蠟燭の両端から付けられた火が最終的には消え去る、という無への帰着としての死の比喩を、ラブレーが巧みに退ける様子を、スクリーチはまず明らかにする。そのうえで、死を、魂と肉体との一時的分離としてキリスト教化していく作家の折衷的技法に、我らが学究の徒は、外堀を埋めながら肉薄していく。まるで、スクリーチの口を借りて、ラブレーが自作の解説を行なっているかのような錯覚に、読者が陥ってもおかしくはない。

　政治的アンガージュマンも、枚挙に暇がないほど作品中に織り込まれている。『ガルガンチュア物語』における、ノートルダムの鐘の逸話とジャノトゥスの馬鹿馬鹿しい演説の精密な分析を通して、ベダ率いるソルボンヌならびにパリ高等法院と、デュ・ベレー家が支える王権とのあいだの権力闘争が透けて見えてくる。檄文事件の背後に渦巻く保守反動派の画策も、ラブレーの皮肉の利いた叙述を解剖していく過程で、レリーフのごとく徐々に浮き上がってくる。あるいは、カール五世の脅威を茶化した「ミニチュア版世界戦争」（ピクロコル戦争）を、チャップリンの「独裁者」と重ねる慧眼にも舌を巻かざるをえない。「皇帝カール五世＝総統ヒトラー」を笑い飛ばすことで、「神聖ローマ帝国＝ドイツ第三帝国」の軍事的脅威への不安から、読者＝観衆を一時的に救い出し、呵々大笑による一種のカタルシスへと導く芸術的技法。ワルド派（ヴァルドー派）への弾圧を下敷きにした教皇崇拝族《パピマーヌ》と教皇嘲弄族《パプフィーグ》の対立の逸話は、偶像崇拝という宗教的問題をはらみつつも、フランス王権内の穏健派デュ・ベレー家と、異端撲滅を図る強硬派トゥールノン枢機卿やギーズ家との政治的闘争関係へと読者を誘《いざな》う。

　ここで、恣意的にすぎるとのご批判を覚悟のうえで、ラブレー研究の歴史と最近の動向を簡潔に紹介し、その中にスクリーチの仕事をも位置づけてみたい。いわゆる「協会版」の『ラブレー全集』の編集を指揮した、二十世紀初頭のアベル・ルフラン、およびその協力者ジャン・プラッターール、ジャック・ブーランジェ、ラザール・セネアンたち第一世代（世代の分類は私の恣意的判断による）は、膨大な校訂版（未完成）と伝統的な意味での実証主義的研究により、その後のラブレー学の基礎を固めた。ラブレーを無神論者として提示したルフランと、それを痛烈に批判したアナール派の歴史学者リュシアン・フェーヴルとの、有名な論争の問題点およびその後の展開については、高橋薫氏がその名訳（リュシアン・フェーヴル『ラブレーの宗教――十六世紀における不信仰の問題』、法政大学出版局、二〇〇三年）に付された「訳者あとがき」に詳しいので、その解説に譲りたい。

その後、戦後に活躍し始めるヴェルダン＝ルイ・ソーニエを中心とした第二世代は、ラブレーの文学的意図や、宗教的思想の解明に取り組む。ソーニエは、「エジュキスム」（密かな福音主義）などの造語でラブレーの宗教思想を理解しようと努めた。ソーニエの世代が、宗教思想に関心を集中させがちなのは、前述した「ルフラン＝フェーヴル」論争の影響もあろう。その後、六〇年代から八〇年代にかけて、マルクス主義や実存主義、構造主義、脱構築理論、ナラトロジー等々、流行の「現代思想」や文学理論の影響下に育った第三世代には、さまざまなタイプの学者が「乱立」した。その端緒となる六〇年代前後に、一見控え目だが確たるデビューを果たしたのが、当時ロンドン大学（およびヴァールブルク研究所）で研鑽を積んでいたマイケル・スクリーチである。『ラブレーの結婚観』（*The Rabelaisian Marriage*, London, Edward Arnold, 1958）や『ラブレーの福音主義』（*L'Évangélisme de Rabelais*, Genève, Droz, 1959）で堅実な学風を身に付けた学者として頭角を現した彼は、その後も粘り強い研究を重ね、一九七九年に本書 *Rabelais* を、翌八〇年には『エラスムス――エクスタシーと「痴愚神礼讃」』（*Erasmus : Ecstasy and the Praise of Folly*, London, Duckworth, 1980）を、さらに一九八三年には、『モンテーニュとメランコリー――『エセー』の英知』（*Montaigne and Melancholy*, London, Duckworth, 1983, 荒木昭太郎訳、みすず書房）を矢継ぎ早に世に問う。スクリーチは、こうした研究書に加えて、ラブレー作品やモンテーニュ『エセー』の英訳を手がけ、さらに数多の啓発的な論文を発表して、後進の研究者たちに多大な影響力を誇るに至る。第二世代に属しつつも、第三世代への橋渡し役を果たしたスクリーチの業績は、もはや誰も無視して通れない金字塔となった。

こうして第三世代のなかから、彼の仕事の影響下に、新しい学術的成果を収める優秀な研究者が育ってくる。彼らの特徴は、スクリーチ同様、ルネサンス期の多彩な知的潮流を積極的に掘り起していく点にある。主だった研究者のみに触れておこう。ミレイユ・ユションは、一九九四年に新プレイヤッド版の『ラブレー全集』を編み、註や解説に有益な情報を満載して、それまでのラブレー学を「大全」のごとくまとめて見せた。その膨大な量にのぼる註には、本書でのスクリーチの指摘や読解が随所で紹介されている。『怪物と驚異。十六世紀フランスにおける異様なるもの』（一九七七）で、ルネサンス期の怪物や驚異の表象という新領野に挑んだジャン・セアールは、とくに『第三之書』の読解に新局面をもたらした。本書の「書誌」で、スクリーチはデビューしたばかりのセアールの仕事を絶讃している。『パンタグリュエルとソフィストたち』（一九七三）で世に出たジェラール・ドゥフォーは、デリダなど現代思想の「成果」を貪欲に吸収しつつ、ラブレーの斬新な読みを提示した。とくに、ガルガンチュアが持ち去ったノートルダムの鐘を、べダら三人のソルボンヌ神学者たちの比喩として提示した論文は、学会の話題をさらった。ダニエル・メナジェは、『ラブレー、その全貌』（一九八九）で、堅実かつ斬新な学識をラブレー作品に照射するとともに、『笑いとルネサンス』（一九九五）や『ルネサンスにおける外交と神学』（二〇〇一）をはじめとする浩瀚な著述により、幅広いルネサンス論を展開している。さらに、その才能を惜しまれながら若くして亡くなったミシェル・シモナンは、主としてロンサールの新プレイヤッド版編集に際し、新たな資料の発掘に、書誌学者としての実力を遺憾なく発揮している。セアール、メナジェおよびシモナンが編んだ新プレイヤッド版の『ロンサール全集』（二巻、一九九三－九四）は、最高水準の校訂版となっている。また、セアール、ドゥフォー、シモナンの手になるポショテーク版『ラブレー全集』にも、最新の学術的成果が反映されている。ラブレーの全作品を、十六世紀のオリジナルと現代語の対訳で初めて刊行したギイ・デメルソン（一九七三、新版は一九九五）も忘れるわけにはいかない。また、『ラブレー「パンタグリュエル物語」の意図』（一九九一）など一連の著作で、ラブレー作品の精緻な構造分析を行ったイェール大学のエドウィン・デュヴァルは、高橋薫氏も指摘するとおり、「時代の寵児」になった。しかし、封印された秘密のメッセージを解読せんとするデュヴァルの方法論には、さまざまな難もついて回る（この点については、『ラブレーの宗教』の「訳者あとがき」、とくに pp. 628-630 を参照されたい）。以上の研究者以外にも、ロラン・アントニオーリ、ニコル・カゾラン、リチャード・クーパー（＝スクリーチの直接の弟子である）、テレンス・ケイヴ、クロード・ゲニュベ、ミシェル・ジャヌレ、ナタリー・ゼーモン・デーヴィス、クロード＝ジルベール・デュボワ、アンドレ・トゥールノン、バーバラ・バウエン、ジャン・パリス、ジャン＝イヴ・プイユー、マドレーヌ・ラザール、レイモン・ラ・シャリテ、フランソワ・リゴロ、フランク・レストランゴン、フローレンス・ワインバーグ等々、方法論や学派は異にするものの、ラブレー研究に新たな知見をもたらした学者は数多存在する。現在は、彼らの育てた第四世代（これも私の恣意的分類）が、ラブレー学およびフランス・ルネサンス研究を牽引しつつある。エリザベス・チェスニー・ゼグラ、ディアーヌ・デロズィエ＝ボナン、マリー＝リュース・ドゥモネ、エマニュエル・ナヤ、イザベル・パンタン、ベネディクト・ブードゥー、アンヌ＝パスカル・プエィ＝ムヌー、ジェラール・ミレ・プタンゴン、クロード・ラ・シャリテ、ヴェロニック・ゼルヒャー、等々、枚挙に暇がないほど若い才能が開花しつつあるのはまことに心強い。確か二〇〇一年にポアティエで開催された学会でのことだったと思うが、スクリーチの姿がなかったため、上記の研究者たちを中心に、皆でスクリーチ教授宛に寄せ書きを送ったのを覚えている。マイケル・スクリーチが、中堅や若手の研究者にどれほど尊敬されているかを証してくれるエピソードだと言えよう。

　さて、スクリーチのラブレー解釈に対しては、「福音主義者としてのラブレーに力点を置きすぎている」という批判がよくなされる。しかし、ラブレーが福音主義者であったのを疑う者は、ごく例外的な研究者を除き存在しない以上、この批判は、「力点」の置き方の違いに還元されてしまう。それよりも、スクリーチは（とくに後期作品において）パンタグリュエルを哲人王的賢者に祭り上げる一方で、パニュルジュを悪魔的な自己愛の権化に格下げし、否定的色彩に染めすぎている、という批判をここでは検討しておきたい。主としてプタンゴン（Gérard Milhe Poutingon, *Rabelais—Bilan critique*, Paris, Nathan, coll. « 128 », 1996, pp.93-95）のみごとな整理に依拠しつつ、大まかな図式をまず提示しておくなら、ラブレー作品全体を通して、パンタグリュエルの人物像が比較的安定しているのに対し、パニュルジュのそれは大きな変化を被っている。『第三之書』以降、パニュルジュは「自己愛《フィローティア》」に捕らわれるあまり、狂気の領域へと陥っていくというスクリーチの解釈は、多くの学者が引き継ぐ見解となった。だが、こうした否定的人物像からパニュルジュを救い出そうという試みも古くからなされている。たとえばソーニエは彼を、既成の知識に飽き足らず新たな真理の探検に乗り出した、ルネサンスにふさわしい人物として把握している。また、ジャン・パリスは、『ハムレットとパニュルジュ』（一九七一）の中で、言葉と物の絆が崩れつつあったルネサンス期の不安を、パニュルジュが勇敢にも引き受けている、と多少「現代思想」の傾斜のかかった解釈を試みている。ソーニエの系譜上でスクリーチに果敢に挑んだのはアンドレ・トゥールノンである。彼に言わせれば、パニュルジュはパンタグリュエルに象徴される出来合いの圧制的な知識体系の犠牲者であって、その観点から見れば、パニュルジュの道化的側面や、彼の「狂気」に宿るダイナミズムをこそ、既成の価値観を切り崩す因子として、積極的に読み取り評価すべきだという。その他にも、トリックスターとしてのパニュルジュを、特定の秩序に縛られない「自由人」として称揚する試みは無数にある。

こうしたさまざまな読解の可能性を引き出すパニュルジュこそ、実は偉大な文学的創造の賜《たまもの》であろう。スクリーチもその点は十分に意識しており、パニュルジュを完全否定することは決してない。ここでは、スクリーチのパニュルジュ像が、キリスト教的狂気の対極にある自己愛の側面を強調するがゆえに、かなり否定的な色合いを帯びざるをえなかったこと、しかし、その権威ある解釈が、別の角度からの新鮮な読みを可能にしたことを指摘するに留めたい。重要なのは、スクリーチの、有無を言わせぬほど説得力のあるラブレー観が、他の研究者を知的に挑発し続けていることであろう。学問の凌駕しがたい横綱、ないし超一流とは、常にそういう存在のはずである。

周知のとおり、日本のラブレー解釈は、最初の邦訳者となった渡辺一夫の思想の核心と一体化して需要されてきた。つまり、「渡辺＝ラブレー＝寛容」という大まかな図式に沿って「消費」されてきたわけだが、ラブレーそのものに対する興味や関心が、渡辺一夫の一種の「神格化」に即して高まったことは、おそらく一度もない。現に、加藤周一や大江健三郎らいわゆる「渡辺門下」の作家や知識人の誰ひとりとして、本格的な「ラブレー論」をものした例《ためし》はないと思う。ことほどさように、ラブレーを理解することは困難だったのだろう。二〇〇五年以降、宮下志朗の新訳が続々と刊行され、今年（二〇〇九年に）は『第四之書』が登場する予定である。ユションのプレイヤッド版を底本にし、新しい学術的知見を訳註に盛り込んで、読解のポイントを示した宮下訳は、読書界では好意的に受け入れられているようだが、それでもラブレーは人気の点では、シェイクスピアはおろかモンテーニュにすらはるかに及ばない。そんな中、本書は、一見古くさく時代遅れでナンセンスに映るラブレー作品の、途方もない面白さや奥深さを、十全に解き明かしてくれる。英語の原書は、ラブレー作品を読了した一般読者を想定しているが、拙訳では、各々の節(セクション)に、渡辺訳、宮下訳の該当箇所(章数やページ数)を掲げるよう努めたので、まずはその箇所をいずれかの翻訳で読んだ後、スクリーチ教授の解説をお読みになることをお勧めする。もちろん、ラブレー作品を一冊読了するごとに、本書の該当箇所に目を通すという方法もあろう。章数の指示がない節に関しては、そのまま読み進めていただいてかまわない。スクリーチ教授の博覧強記とラブレー作品への愛情に裏打ちされた名解説は、必ずや学問の本当の面白さとは何かを教えてくれるはずだ。また、専門が何であれ、人文学を専攻している大学院生や学部学生にも、本書を一読することを勧めたい。古典を読むことが、どれほどスリリングな体験となりうるかを、本書は余すところなく教えてくれるだろう。

ギリシア・ローマから聖書の世界を経て十六世紀ヨーロッパに至るまでの、広大な知的地平を扱った本書の翻訳は、訳者である私の力量をはるかに凌駕していた。さまざまな手段に訴えて、疑問点を晴らしていったつもりではあるが、間違い、誤解あるいは誤記などが相当数紛れ込んでいると思われる。読者の皆さんの御寛恕を乞うと同時に、忌憚なきご意見やご指摘を頂ければ幸いである。

最後になってしまったが、著者のマイケル・スクリーチ先生にはひとかたならずお世話になった。訳者の愚にもつかぬ質問に毎回メールで丁寧にお答えいただいたのみならず、英語版の「加筆・修正・削除」の全リストまで改めて作成し送ってくださった。そのうえ、「日本語版のための序文」まで新たに書き下ろしていただけたのは、私にとっては望外の幸せである。ただし、そこでの拙訳および私に対する過分のお褒めの言葉には、今でもくすぐったい気持ちが消えない。先生はすでに傘寿《さんじゅ》を越えていらっしゃるが、「日本語版への序文」の流麗な文体(英文)と堅固な構成からは、知力の衰えなど一片も感じられない。先生のますますの御活躍をお祈りするばかりである。私事で恐縮だが、二十年以上も前に、スクリーチ先生の本書 *Rabelais* を羅針盤にしつつ、巨人たちの「年代記」を初めて原文で読み通し、ラブレーおよびフランス・ルネサンス文学を専門にしようと決意した日々が懐かしい。その時メモ用につかった数百枚のカードは、まだ手元に置いてある。実は、この名著を訳すのは自分しかいない、と内心では強く念じていた。もちろん若気の至りだが、その夢が現実になって素直に嬉しい。

本書の翻訳実現のために何年も前から骨を折られ、私に訳出を勧めてくださったのは、宮下志朗先生である。心よりお礼申し上げたい。また、企画の段階からいろいろと相談にのってくださった白水社の芝山博さんと、小山英俊さんにもお礼を申し上げねばならない。さらに、緻密で親切で我慢強い編集者・糟谷泰子さんなくしては、拙訳はとうてい完成を見なかったであろう。ここに記して深く感謝したい。本当にありがとうございました。

二〇〇九年四月　東京にて

平野隆文

人名索引

●カ

●サ

●タ

●ナ

●ハ

●マ

原註

序文

（1） Ernst Gombrich, *In Search of Cultural History,* London 1969, p. 45.

（2） Cf. Chateaubriand, *Essai sur la littérature anglaise,* Paris 1836, 1, p. 192f. E. Crispin, *The Moving Toyshop,* London（1946）1971, p. 83. G. Barker, 'To my Mother', in *The Penguin Book of Contemporary Verse,* ed. K. Arlott, Harmondsworth 1959, p. 219:「アジア大陸のごとき巨軀で座し、激震のごとく笑い、ジンとチキンが無気力そうに彼女のアイルランド風の手に握られ、ラブレーのごとく抗しがたい魅力に満ち、（…）」。A. Solzenitsyn, *Cancer Ward,* Harmondsworth（1971）1974, p. 311.

第一章　ユマニスト的喜劇

（1） 私が用いた英訳版は以下のとおり。J. Huizinga, *Homo Ludens : A Study of the Play-element in Culture*, Boston（Mass.）1950, p.181.

（2） Petrarch, *Le Familiari*, ed. V. Rossi, IV, Firenze, 1942, XXIII, 19, p.206. なお、以下の文献に、有益な議論とともに引用されている。M. Baxendall, *Giotto and the Orators*, Oxford 1971, p.33.

第二章　『パンタグリュエル物語』以前のラブレー

（1） 伝記上の詳細な情報は、ここでは最小限に留める。巻末に、伝記的な事柄に関して、さらに詳しい文献を示唆しておいた。『協会版全集』（*EC*）および *Textes Littéraires Français* の註に見られる細かい情報については、ここでは、議論にとって不可欠と判断できる場合のみ繰り返すことにした。

（2） Almaricus Bouchardus, *Tēs gunaikeias phutlēs adversus Andream Tiraquellum*, Paris 1522 ; これは、以下の著書への返答。A. Tiraqueau, *Ex Commentariis in Pictonum Consuetudines Sectio de Legibus Connubialibus*, Paris 1513 : 再版の拡大版は 1524 年、1546 年、1554 年に出版されている（1546 年版では、ラブレーへの言及がすべて抜け落ちている）。

（3） ボワソネのラテン語詩篇に関しては以下を見よ。Plattard, *Vie de Rabelais*, Paris / Brussels 1928, p.164f.

（4） 書簡のテクストおよびファクシミリ版については以下を参照のこと。P. S. Allen, *Erasmi Epistolae* x, p. 129f. さまざまな「ラブレー全集」*Oeuvres de Rabelais* に翻訳が収められている。

第三章　『パンタグリュエル物語』

（1） *Pant.*, II, *TLF* 76f.; *EC* 65f.〔『パンダグリュエル物語』渡辺訳 pp.33-34, 宮下訳 pp.50-51〕『パンダグリュエル物語』においては、「記号（シーニュ）」は喜劇的な奇蹟を意味している。ラテン語版新約聖書では、*signum* は奇蹟を指す普通の用語。以下も

参照。Erasmus, *Adagia* I, 3. 21 : *Manum non verterim. Digitum non porrexerim*〔「私は手を回さず。私は指を立てず」〕; Quintilian XI. iii. 64f.:〔クウィンティリアヌスに言わせれば〕身ぶりは言葉に取って換わる、ほとんどもうひとつの別の言語である〔エラスムス『格言集』I, 3.21 にクウィンティリアヌスのこの見解への言及が見られる〕。

(2) ここまでの記述は、メズレの以下の書物をパラフレーズしつつ訳したもの。Mézerai, *Histoire de France depuis Pharamond jusqu'à Louis le Juste*, 1685 II, p.447f. Cf. *Police subsidiaire à celle quasi infinie multitude de pouvres survenus à Lyon Lan Mil cinq cens trente ung*, Claude Nourry, Lyons (Baudrier, *Bibliographie Lyonnaise*, s.v. Claude Nourry p.94f.) 1531 or 1532 (?). 飢えに苦しむ多くの人々が、何も口にできなかった。「大勢があちこちを這いずり回り、教会や四辻にたむろしていた。彼らは口々に昼夜を問わず悲嘆の声を上げていたので、『飢えで死んじまう、飢えで死んじまう』という悲鳴以外には何も聞こえなかったほどである」。なお、リヨンの町はまるで「飢餓病棟」*un famélicque hospital*、すなわち、飢餓に苦しむ人々のための施療院と化していた。ラブレーは、この災害の余波のなかで(リヨンの病院にて)医師として働き、患者に献身的に尽くして高い評判を得ていた。彼は、こうした災害の真っただ中で、印刷に付すべく『パンタグリュエル物語』を準備していたことになる。

(3) C. S. Lewis, *The Discarded Image*, Cambridge (1964) 1970, p.127 を参照。以上で論じた諸問題のいくつかに関する、優れたイントロダクションとなっている。

(4) 以下の文献より引用。Gabrielle Berthoud, « Lettres des Réformés saisies à Lyon en août 1538 », in *Etudes et Documents inédits sur la Réformation en Suisse Romande*, Lausanne 1936. この研究は、ラブレーやドレ、あるいは *Cymbalum Mundi*『キュンバルム・ムンディ (世界の鏡)』の研究者によって、見落とされることが多い。

(5) Texts in Bulaeus, *Historia Universitatis Parisiensis* VI, 239-45, etc.

(6) *The Pirkê of Rabbi Eliezar*, trans. G. Friedlander, London 1916. 以下も参照のこと。Louis Ginzberg, *Legends of the Jews*, Philadelphia 1913, I, p.160 ; IV, p.181.

(7) J.-J. Lenfant, *Histoire du Concile de Pise*, Paris 1724, II, p.167. また、Hieronymus a Sancta Fide, ex Judaeo Christianus, *Contra Judaeos* に関しては以下を参照せよ。*Bibliotheca Veterum Patrum*, ed. M. de la Bigne ; 3rd edition, Paris 1610, IV.

(8) L. Sainéan, *La Langue de Rabelais*, Paris 1923, II, p.33 ; *Pant.*, *EC* I, 6, note ; *Pant.*, IV, *TLF* 63 ; *EC* 50.

(9) *Tēs gunaikeias phutlēs*, 1522, p.23r° の中でブシャールは、ラビ・エリエザール師を「すべてのタルムード学者のなかでも、もっとも豊かな泉」であると評している。

(10) Gironimo of Santa-Fè : *Contre Judaeos*, lib. II, chap. IV, *De vanitatibus, decisionibus et vitiis contentis in Talmut* (上記注(7)も参照). ラブレーは、ユダヤのジョークとキリスト教の類似したそれとを組み合わせている。たとえば、1534年に加筆された、鼻の肥大した巨人に関する逸話は、『鼻のいっさいに関する愉快譚』*Dicté joyeux de tous les nez* に由来しているが、そこでは、「〜しないように」を意味する *ne* を含んだウルガタ聖書の一節を引き、あたかもこの *ne* が、*nez*「鼻」を意味するかのように扱っている。以下の箇所を参照。*Pant.*, *EC.* I, 60, note.〔『パンタグリュエル物語』渡辺訳 pp.24-25 と p.254 訳注および宮下訳 pp.36-37 と訳注(14)を参照〕。

(11) *Pant.*, *TLF* XII, 227; *EC* XVII, 44. 1537年まで、ラブレーはこの箇所で、キリスト

による律法解釈の言葉を引いている(「ルカ伝」第4章8節)。この箇所が削除されたのは、必ずしも、ジョークにするには内容が重すぎるからではない。なぜなら、これに類したジョークがその後も残るからである。たとえば、パニュルジュの「ケントゥプルム・アッキピエス」は、「マタイ伝」第19章29節(「～した者すべては、その百倍もを受け取るであろう(*Omnis ... centuplum accipiet*)」)と呼応しており、聖書的な色彩を色濃く残している。引用部では、動詞の活用を三人称から二人称に変えることにより、面白おかしい命令法が導き出され、ジョークが成立するようになっている。

(12) *Pant.*, *TLF* II, 80 ; III, 40 ; IX *bis*, 486 (*EC* II, 69 ; III, 36 ; XIII, 61). Cf. *Garg.*, *TLF* VI, 45 ; *EC* VII, 40: 酒のグラスがチンと鳴る音を聞くだけで、若き巨人〔ガルガンチュア〕は、あたかも天国の福楽を味わっているかのごとく「恍惚の境地に入った」"entroyt en extase" という。また、*Garg.*, *TLF* XIII, 4; *EC* XIV, 4.〔『ガルガンチュア物語』渡辺訳 p.84, 宮下訳 p.123〕では、グラングズィエが〔息子の頭の良さに感動して〕、「驚嘆のゆえうっとりして我を忘れている」"ravy en admiration" と明白にと記されている。もちろん、「アドミラティオ」*admiratio* すなわち「驚愕」が引き起こした恍惚状態(エクスタシー)は、その強度においては、魂を天国へと引き上げる恍惚状態に比べて低い。ラブレー作品にあっては、この二種類の「エクスタシー」が、真面目な文脈、滑稽な文脈の双方に現われる。

(13) *Pant.*, IX *bis* title (後に削除される箇所、*EC* X). パンタグリュエルが紛争を非常に公平に裁いたので、その判決は「ソロモンのそれよりも驚嘆に値する」と見なされたこと。『パンタグリュエル物語』(*TLF* XIII, 290; *EC* XX, 7)では、キリストが自分自身を指して言った言葉を、トーマストがパンタグリュエルに当てはめている。「福音書の御言葉どおりでございます。すなわち、『見よ、ここにソロモンより優れたる者あり』」〔渡辺訳 p.157, 宮下訳 p.247〕。

(14) Cf. *QL* LIII, 96 :「ここでオムナースはゲップをしたり、屁をこいだり、笑ったり、涎をたらしたり、汗をかいたりしだした。(…)」〔『第四之書』渡辺訳 p.246〕こうした肉体の排泄作用のすべては、オムナースが、馬鹿げた神学的主張を弁護するために並べ立てた下らない冗談に、自分自身で愚かにも悦に入っていることの兆候として、提示されている。*Pant.*, *TLF* XIV, 212f.; *EC* XXII, 48f. 1542年までの版では、パニュルジュが言い寄った上昇志向の女に対し、牡犬の群れは、尿と糞の両方を浴びせかける。ところが1542年になると、ラブレーは以下の下線部(原文ではイタリック)の、糞への言及を削除しているのである。「これらの怪しからぬ犬どもは、よってたかって彼女の衣服全体に、糞を垂れかけ、小便を引っ掛けたのであった」〔『パンタグリュエル物語』第22章、渡辺訳 p.169, 宮下訳 p.266〕

(15) *Pant.*, *TLF* XIV, 249 *var.* ; *EC* XXII, 83.〔『パンタグリュエル物語』第22章、渡辺訳 p.171, 宮下訳 pp.268-269〕1534年の版でラブレーは犬の尿がサン・ヴィクトール修道院の中を通過するように書いている(そこで尿はビエーヴル川となる)。なお、ゴブラン織りの緋色の布に関する伝承によると、この色が出せる秘密は、川の水に加えて、タダ酒を飲ませてもらった学生たちが放った尿にあるという。

(16) Cf. Pope, *On a Lady who P-st at a tragedy of Cato. Occasion'd by an Epigram on a Lady who wept at it* (*Poems*, ed. L. Bult, London 1963, p.283). なお、プラトンの「子供の悪戯」に関しては、本書の447ページを参照のこと〔本文ではソクラテス〕。

(17) Cf. *Louenge des Femmes. Invention extraicte du Commentaire de Pantagruel sus l'Androgyne de Platon* (1551) : reprint, 1967 by Ruth Calder, S.R. Publishers, Wakefield. 偽名を使って発表された風刺的な作品『女性礼讃。プラトンにおける両性具有者に関するパンタグリュエルの注釈から引用してまとめた書』(1551 年)には、上記のようなリプリント版が存在する。

(18) 『パンタグリュエル物語』の序詞〔渡辺訳 p.17, 宮下訳 pp.24-25〕と『第四之書』第 53 章〔渡辺訳 p.243〕を比較せよ(*Pant.*, Prol., *TLF* 52f., (*EC* 43): *QL.*, *TLF* LIII, 8f.)。『パンタグリュエル物語』:「これがつまらぬことと言えようか。どこの言葉で書かれたものであれ、いかなる領域や学問のものであれ、これほどの功徳、効能、そして特性を備えた書物が他にあるなら、見つけてきてもらいたいものだ。そうすれば、臓物料理をたっぷりおごってさしあげよう。な〜に、そんな書物はありえない、まったくありえませんな」。以上は、悪意のない冗談にすぎない。しかし、『第四之書』における次のオムナースの発言となると、話は別である。彼曰く、「それがつまらぬことと言えますかな。(中略)だが、哲学、医学、法学、数学、人文学の書物であろうとも、もっと言ってしまえば、(わが神にかけて)聖書であろうとも、これだけの金額を引き出せる書物は、この世には他にありませんな。いや、ありゃしませんぜ、あるわけねえ、あるわけねえ」。以上で使われているテクニックはまったく同じである。ただ、込められている道徳的意味合いが異なっているのである。

(19) 『パンタグリュエル物語』第 9 章(*Pant.*, IX, *TLF* 144; *EC* 161)〔渡辺訳 p.86, 宮下訳 p.136〕。これを、『ガルガンチュア物語』第 22 章(*Garg.*, *TLF* XX, 267; *EC* XXII, 249)〔渡辺訳 p.114, 宮下訳 p.188〕と比較せよ。いずれの場合も、登場人物は千鳥足でベッドまで行き、「翌日の昼食の時間まで」ないしは「翌日の 8 時まで」眠っている〔当時の人々は暗いうちから起きるのが普通で、朝の 8 時まで寝ているのは、寝坊と取られて不思議はない〕。次に、『パンタグリュエル物語』第 6 章(*Pant.*, VI, *TLF* 30; *EC* 30)〔渡辺訳 p.49, 宮下訳 p.80〕では、パンタグリュエルが、後期作品でのパニュルジュのように、「神」や「悪魔」という語を平気で使っている。変体ラテン語を使うリムーザンの学生を前にして、パンタグリュエルはこう叫んでいる。「お前さんはどこぞの異端者だな」。こうした言葉遣いは後のパニュルジュの特徴でもある。たとえば、冥界に迎えられつつある善良な詩人ラミナグロビスへの、彼の反応を見よ(*TL* XXII)〔『第三之書』第 22 章、渡辺訳 pp.137-140, 宮下訳 pp.259-265〕。また、『パンタグリュエル物語』第 18 章(*TLF* XIII, 103f.: *EC* XVIII, 91f.)〔渡辺訳 p.146, 宮下訳 p.230〕では、単純素朴なトーマストのみならず、パンタグリュエルまでが、公開討論の前夜には、「精神が興奮し高揚してしまった」という。さらに、『パンタグリュエル物語』の序詞で、著者が自分の荒唐無稽な話は真実だと面白おかしく言い張る際の言い回しも(*TLF* 84f.: *EC* 68f.)〔渡辺訳 p.19, 宮下訳 p.28〕、大神パンの死を語り終える際に使われているフレーズの類似表現となっている(*QL* XXVIII, 66)〔『第四之書』第 28 章、渡辺訳 pp.158-159. いずれも、自分の話が嘘ならば、魂を悪魔(ないし神)に捧げてよい、という趣旨の啖呵となっている〕。

(20) *Die Amerbachkorrespondenz*, ed. Hartmann, IV, pp.127f.

(21) *Pant.*, VIII, *TLF* 132 ; *EC* 103.〔渡辺訳 p.70, 宮下訳 p.114〕非難の的となっている「ルルスの術」とは、彼の著作『信仰箇条の書』に基づいて行なわれるもので、文字などの

組み合わせによって占う魔術を指す。この術は、すでに15世紀の時点でジェルソンによって(『レイモン・ルルスを駁す』)こき下ろされてきたが、ルネサンス期の魔術師たちのあいだでは、いぜん高い人気を誇っていた。

(22) ジャン・ド・コラスが法学の教育法について概説した内容については以下を参照。Jean de Coras, *De Jure Civili in Artem Redigendo* : chap. 5 : *Quibus artibus literisque tinctus esse debeat Juris studiosus*, in *Tractatus Universi Juris*, Venice 1583. ラブレーは、伝統的なレトリック、弁証法ないし論理学の訓練について、まったく言及していない。学識あふれる古典古代の手本や論考にその文体の範を見出していた、当時の博識な貴族やユマニストの学者は、それらを不適切と見なしていた。もっとも、ラブレー自身が上記の双方を学んだことは確実である。

(23) *Pant.*, v, *TLF* 59f.; *EC* 52f.〔渡辺訳 p.45, 宮下訳 p.72〕モンペリエの医学部教授たちは浣腸の臭いがし、法学者たちはボンクラの集まりだと記されている。ところで、パンタグリュエルは「グラヴォ、シャヴィニーおよびポマルディエールの領地の所有者」と形容され、しかも自身法律家になるのであるから、彼はラブレーその人よりも、むしろラブレーの父親(弁護士)の像を部分的にかつ喜劇的に重ねられた人物だと考える余地がある。ラブレー自身はこうした土地を所有した形跡はまったくなく、また、その法律に関する学識にもかかわらず、父親とは異なり、実際に弁護士活動を行なったこともない。

(24) Cf. J. Crespin, *Histoire des Martyrs*, Geneva 1619, p.106r°. ; Baum and Cunitz, *Histoire ecclésiastique* (dite, de Bèze), 1883, p.20 ; E.V. Telle, *L'Erasmianus sive Ciceronianus d'Estienne Dolet*, Geneva 1974, p.25 ; *Pant.*, *TLF* v, 54f. ; *EC* v, 47f.〔『パンタグリュエル物語』第5章、渡辺訳 pp.44-45, 宮下訳 pp.70-72〕

(25) J. Bertachinus: *Tractatus de Episcope*『司教区論』および *Tractatus de Gabellis*『塩税論』。2冊ともリヨンの Benoît Bonnyn によって印刷された。Cf. *Pant.*, *TLF* ɪx *bis*, 89 ; *EC* x, 76. ここでは「ベルタキン」Bertachin がアコルソと旧知の「マスチフ〔英国原産の大型の番犬〕」"mastiff" とされている。(アコルソとその「使い走りの犬」という地口になっている)。なお、1533年の増刷になると、ラブレーは「ベルタキヌス」を、パンタグリュエルの「系譜」に入れている(*EC* ɪ, 99)〔渡辺訳 p.26, 宮下訳 pp.38-39〕。ラブレーの『パンタグリュエル物語』と同種の法理解に関しては以下を参照のこと。N. Beraldus, *De Vetere ac Novitia Jurisprudentia Oratio*, Paris 1533,『新旧法学論』; C. Girardus, *De Juris Voluminibus Repurgandis*, Lyons 1535,『法学書浄化論』。

(26) Budé, *Annotationes in Pandectas ; Opera* ɪɪɪ, p.14. ビュデは、自分の使う言葉(*verba*)を、それが意味する事物(res)と一致させられない、アコルソ派の法律家たちを嘲笑している。ヴァッラはその著『弁証法談義』(*Dialecticae Disputationes, Opera*, Basle 1540, ɪ, cap.2, p.648 ; cf. ibid., ɪ, cap. 14, p.676)の中で同じテーマを扱い、それを文献学者や法律家のあいだに広めている〔ヴァッラは15世紀イタリアの人文学者で批判的学問の先駆者〕。

(27) *Correspondance de Jean du Bellay*, ed. R. Scheurer, Paris, ɪ (1969), no. 173. イギリスのヘンリー八世の離婚問題で困惑の極みにあった教皇〔ユリウス二世〕を評して、司教ジャン・デュ・ベレーは、「自分はそれほどの教皇主義者ではない」とコメントしているが、彼ですら教皇のあまりの優柔不断さを目の当たりにして、多少の憐憫の情を覚

えずにはいられなかった。

（28） *Acta Primi Concilii Pisani celebrati ad tollendum Schisma Anno M. cccc. ix etc.*, Paris 1612（Bodley, F. 2. 31, Linc., and 4° C. 37 Th. Seld.）第二ピサ司教会議に与えられた名称に注意。とくに *Sacer*「聖なる」と *Generalis*「総」に注目すること。教皇による非難にもかかわらず、1611 年のフランスでは、この会議は正統な「公会議」として提示されていたのである。

（29） *Pant.*, *TLF* ɪx *bis*, 226f. ; *EC* xɪ, 67〔渡辺訳 p.96, 宮下訳 p.152〕:「したがってですな（とベーズキュは言った）、国事詔書もこれについて何ら言及しておりませぬし、教皇さまも、各自が自由に屁をこいてかまわぬとお決めになられた以上(...)」

（30） *Pant.*, ɪx *bis*, 36 ; *EC* x. 33f.〔渡辺訳 pp.87-88, 宮下訳 p.140〕:「その議論はどうかと言うに、法律上、きわめて高度にして難渋であったために、高等法院の法廷も、高地ドイツ語を聞いているほどちんぷんかんぷんで、歯が立たなかった。そこで国王の命により、フランスの全高等法院のなかから、最も博学にしてとんでもないデブ男を 4 人、それに加えて大評議会の面々、さらには、ヤソン（ジャソーネ）、フィリップ・デキウス（フィリッポ・デチオ）、ペトルス・デ・ペトロニブス（架空の名前）といった、フランスのみならず、イギリスやイタリアの大学の有力教授陣までが、はたまた、数多の老いぼれ律法学者たちまでが、揃って召集されたのである」。こうした面々に加えて、ラブレーの友人のひとり、すなわち「一同のなかでも最も博識にして有能かつ思慮深い」デュ・ドゥエも参加していた。ここで第二ピサ司教会議、あるいは、ルイ十二世によって 1511 年に召集されたトゥールの教会会議などを念頭に浮かべることも可能だろう。この会議には、「王国内のすべての司教と高位聖職者の全員が、さらには、全大学の最有力の教授陣が集った」という。それも「神学部のみならず、世俗法や教会法を扱う法学部からも参加していた」らしい。会議の目的は、教皇ユリウス二世に対抗することであった（Bouchet, *Annales d'Acquitaine*, 1545, p.cxlvi.）。

（31） *Pant.*, *TLF* ɪx *bis*, 84〔渡辺訳 p.90, 宮下訳 p.143〕: 10 人の中世法律学者がからかわれている（430f.）: 14 の難解なローマ法が引かれている ;（*EC*, x, 70; xɪɪɪ, 13f. 有益な註あり〔渡辺訳 p.105, 宮下訳 p.165〕）。*chausses trapes gutturales*「喉の落とし穴」（*TLF*, ɪx, *bis*, 481 : *EC*, xɪɪɪ, 53〔渡辺訳 p.107, 宮下訳 p.167〕）への言及があるが、これは *murices*（「地面に刺された鉄釘」）という用語を指している。この語は、法律家が、法律の落とし穴を比喩的に意味したい場合に使われていたもの。ビュデも *murices* という語を *chaussestrappes* と翻訳している。

（32） アコルソが『法律の起源について』に付した註解を要約しておいた。*De Origine Juris*, s.v. *Constitui*, Digest, ɪ, tit. ɪɪ ; in *Pandectae*, Lyons 1569, ɪ, col. 64.

（33） Cf. G. Naudé, *Apologie pour les grands hommes soupçonnez de Magie*, Amsterdam 1712, p.349. ノーデはフランシスコ会修道士の Thomas Bungay に由来するという仮説も立てている。

（34） *Pant.*, *TLF* xɪɪɪ, 58f. ; *EC* xvɪɪɪ, 535.〔以下、渡辺訳は p.144 以降を、宮下訳は p.226 以降を参照〕トーマストは、「当パリ市ならびにその他の土地でソフィストどもが行なっているように」賛成（プロ）と反対（コントラ）を使って議論すること、あるいは、アカデメイア学派にならってデクラマチオーにより討論するのを拒んでいる。「ローマでピコ・デラ・ミランドーラが行なったように数を使って」討論したいとも思わ

ない。彼はただ「身ぶりのみ」を使って議論したいのである。なぜなら主題があまりに難解であるため、言葉では表現しえないからである。パンタグリュエルもこの意見を受け入れる。「拙者も、いっさい言葉を使わずに身ぶりだけで議論をするという、あなたが御提案なさった方法を大いに称讃いたすところです。そうすることで、私たちは理解しあえるでしょうし、議論が山場にさしかかった際に、あのソフィスト〔詭弁学者〕どもがするような拍手喝采をも避けられるでしょうから」。こうしたソルボンヌ式議論を却下する姿勢は、部分的とはいえ、聖パウロの一節(「テモテ後書」第2章14節)「言葉で論争するなかれ」*Noli contendere verbis* に、福音主義的な解釈を施したところにも由来する。ちなみに、*contention* や *contentieusement*「(論争のための)論争」、「論争的に」という表現は『パンタグリュエル物語』にも見出せる(*TLF* xiii, 189, 172 : *EC* xviii, 154, 146)〔渡辺訳 p.149, 宮下訳 pp.234-235〕。プルタルコスも、ソフィストたちの拍手喝采をはっきりと非難している(*Œuvres de Plutarque*, trans. Amyot (1572), reprint, S.R. Publishers, Wakefield 1972, i, 142 e)。ソフィスト流の討論に対するプルタルコスの断罪の言葉は、ガルガンチュアが息子に宛てた手紙の中で引かれている書物『妬まれることなくみずからを褒める方法』の中にも見つかる〔渡辺訳 p.68, 宮下訳 p.110〕。さらに、グラレアヌスが1517年8月5日付でエラスムスに宛てた手紙の中に、ソルボンヌの討論に関する諷刺的な話が紹介されている(*Erasmi Epistolae* iii, pp.35f.)。

(35) Clément Marot, *Au Roy Du temps de son exil à Ferrare*, lines 143f. ; Marguerite de Navarre, *Dernières poésies*, ed. A. Lefranc, Paris 1898, p.208.

(36) 魔法の輪や魔術については、Erasmus, *Paraphrase* on James 5, 13-14 を参照。ヘルメス・トリスメギストスについての彼の判断については、以下を参照のこと。D.P. Walker, *The Ancient Theology*, London 1972, p.125. また「カバラやタルムードという煙」については、*Annotationes in Novum Testamentum*, 1535 edition, p.166 を見よ。

(37) 以下を参照のこと。*Opera* of Jerome, ed. Erasmus, Paris 1533, i, p.25v and 20v, f.

(38) ロンドン大学のヴァールブルク研究所にある絵画コレクション。ここで直接関係する絵画は、ルーカス・デ・ヘール、ティントレット、ラファエルロの工房などのものである。

(39) *Pant.*, *TLF*, xx ; *EC* xxx.〔渡辺訳 p.217, 宮下訳 p.341〕1534年に削除される名前には、ファラモン、フィエラブラス、シャルルマーニュ、そして「12人のフランスの重臣たち」が含まれる。重臣たちは、冥界ではとくに何もしていなかったが、ときどき鼻を弾かれていたという。なお、良き扱いを受けていた人物としては、ディオゲネス、パトラン先生、ジャン=ルメール・ド・ベルジュ、そしてヴィヨンがいる。

(40) *Pant.*, *TLF* xviii, 26 ; *EC* xxviii, 25 :〔渡辺訳 p.198. なお、宮下訳は1542年の決定版を底本にし、異文を省略しているため、この箇所は削除されている〕「わしは偽善的信徒のように、『汝みずからを助けよ、さすれば神は汝を助け給わん』などとは申さぬ。と申すのも、これは反対であってな、『汝みずからを助けよ、さすれば悪魔が汝の首をへし折らん』となるからだ。わしはむしろこう申しておく。『神に汝のすべての希望を託せ、さすれば神が汝をお見捨てになる筈はない』とな」(我らが巨人の場合と同様に、優秀な軍隊は必要である。しかし、そうしたみずからの力にではなく、神にのみ信を置かねばならないのである)

(41) *Pant.*, *TLF* XIX, 62ff. ; *EC* XXIX, 54ff.〔渡辺訳 pp.206-208, 宮下訳 pp.323-326〕; cf. Erasmus, *Opera Omnia*, 1703-6, v, 1127 ; Ch. de Bouelles, *De prophetica Visione*, 1531, ch. XXI ; Lefèvre d'Etaples, *Commentarii Initiatorii in Quatuor Evangelica*, 1522, on Matthew 14, [53] ff.

第四章 『一五三三年用の暦』、『パンタグリュエル占い。一五三三年用』および『パンタグリュエル物語』に対する初期の修正

(1) 原典および研究については以下を参照。*Pantagrueline Prognostication pour l'an 1533; TLF*, Droz, Geneva 1974. この版にはラブレーの『暦』のテクストも収められている。なお、本章では、引用の際に細かい参照箇所などの指示は行なわない。

(2) Salmon Macrin, *Odae*, Sebastian Gryphius, Lyons 1537, *Ad Franciscum Rabelaesum, medicum peritissimum*.「あなたが刻苦勉励のすえに獲得なさった、すばらしい治療の術と占星術については簡単に触れるにとどめたい」。ラブレーは、数多の人間を死の危険から救ったとして、「ガレノス以上である」との讃辞を捧げられている。これはおそらく、当時の疫病の流行時に、彼がリヨンで医師として活躍していたことへの示唆だろう。ラブレーをダニエルやプトレマイオスなどの人物と同列に扱うことに関しては、以下を参照。V.-L. Saulnier, *BHR* XVI (1954) pp.142ff. : « François Rabelais, patron des pronostiqueurs », and *Pant.*, *Prog.* (*TLF*), *ad. loc.*

(3) 『一五三三年用の暦』の中には、『パンタグリュエル占い』の内容を打ち消すような要素はいっさい見られない。『暦』が『パンタグリュエル占い』の中で「パロディー化」されることもない。両書とも、医学の専門家としてのラブレーおよび一個人としてのラブレーの世界にふさわしい文体で記され、同じ系列に属している。

(4) クロード・ヌーリーの版盤と台紙と印刷機を引き継いだピエール・ド・サント＝ルシー（ヌーリーの未亡人と結婚した後は、同じく「ル・プランス」と呼ばれた）も、1535年に『パンタグリュエル物語』の版を上梓している。もっとも、この版は著者の校閲・許可を得ていないようである。

(5) 説明的な挿入句の存在によって、『パンタグリュエル物語』中の系図と、挿入句が頻繁に見出せる「旧約聖書」中の系図とのあいだに、より強い並行関係が成立するに至っている。

(6) *Pant.*, *EC* VII, 88-90 : *Praeclarissimi juris utriusque Pilloti Racquedenari de bobelidandis glosse Accursiane baguenaudis repetitio enucidiluculidissima.*「ローマ」に関わるタイトルについては、以下の章を参照。cf. chapter VII : *Poiltronismus rerum Italicarum, Auctore magistro Bruslefer ; Les pettarades des bullistes, copistes, scripteurs, référendaires et dataires, compillées par Regis* ; a work « *cum privilegio papali* », etc.〔「教皇の許可つき作品」という表現も見出せる〕

(7) Ibid. : *Maniere ramonandi fournellos, per M. Eccium ; Taraballationes doctorum Coloniensium adversus Reuchlin*, etc.

(8) Ibid. : cf. *De usu et utilitate escorchandi equos et equas, auctore m. nostro de Quebecu ; Magistri n. Fipesaulcetis de grabellationibus horarum canonicarum lib. quadraginta ; Chault couillonis de magistronostrandorum magistronostratrumque beuvitis, lib. octo gualantissimi ; Badinatorium Sorboniformium*, and so on. こうしたジョークは、

マロ作品の登場人物 *Fripesaulce* および『無名人書簡』を暗示している。

第五章　『ガルガンチュア物語』および『一五三五年用の暦』

(1)　加えられた変更のなかには、古典古代の名称の多く（すべてではない）を、フランス語化（これは、『ガルガンチュア物語』初版 *Gargantua A* にすでに比較的よく見られること）したり、"*pas*","*point*" といった否定の要素をしばしば削除したりすることが含まれている。名称の変更には、「モンソローのロワール河」は「セーヌ河」に、「ベッセ門からナルセー村の泉まで」は、「サン・ヴィクトール門からモンマルトルまで」に変わるといった例がある（*TLF* xxi, 172, 210 ; *EC* xxiii, 141, 175）〔『ガルガンチュア物語』第 23 章、渡辺訳 p.121, p.122, 宮下訳 p.200, p.202〕。『ガルガンチュア物語』初版 *Gargantua A* を担当した植字工たちは、ラブレーの筆跡に頭を悩ませていたようである。彼らは、たとえば、"gestes" と読むべきところを "histes" と、また、"Eudemon" を "Endemon" と読み間違えている（非常に多いミスである）。

(2)　聖ユスティノス（殉教者ユスティノス）は、その著作が残っている最初期のキリスト教神学者である。その作品が初めて出版されたのは、1550 年代だった。Cf. *Apology for the Christians* ii, xiii; i, xlvi, etc.（なお、テオフュラクトスは中世に活躍したブルガリア（オクリダ）の大主教で、エラスムスに大きな影響を与え、さらに部分的にはエラスムス経由で、16 世紀全体に影響力を持った）

(3)　いくつかの文脈に見られる以下のような表現に基づく。「優れた学識という天からの賜物」"*Manne celeste de bonne doctrine*"、「素晴らしい知識という天の糧」"*celeste manne de honeste sçavoir*"（*Pant.*, *TLF* viii, 106 ; xiii, 78 ; *EC* viii, 83 ; xviii, 67）〔渡辺訳 p.68, p.144, 宮下訳 p.112, p.227〕

(4)　「ルカ伝」第 12 章 29 節（AV）「こころに疑念を抱くべからず」"Neither be ye doubtful in mind".〔日本語の文語訳での 29 節全体は以下のとおり。「なんぢら何を食ひ何を飲まんと求むな、また心を動かすな」〕エラスムスは、ギリシア語の原典 "*Mē meteōrizesthe*" に、占星術的な含意があるのを認めている。「これは、ギリシア人が "*megala phronein*" と呼び習わしている、あの『大げさな興奮』"*tumor*" には該当しない。それよりもむしろ、われわれの上にある事柄に気を取られるべきではない、ということを意味している（ここでエラスムスが使っている "*ne curemus ea quae supra nos sunt*" という表現は、ソクラテスの格言へと至るための準備となっている）。「というのも、"*meteōra*" はアリストテレスが「気象論」*Meteorologica* で論じた、雲の上の、そしてさらに上部の天空における事柄を意味する語だからである。ソクラテスの格言 "*Quae supra nos, nihil ad nos*" は、キリストの教えと合致している」。エラスムスはまた、"*meteōrizesthai*" をめぐるテオフュラクトスの解釈をも引き、それは「現在に飽き足らず、常により大きな事柄を渇望する者たち」を指していると解説を加えている。もっとも彼は、この一節には違和感を感じないでもないと自問し、読者に対しては、「ルカ伝」に欠けている部分を、「マタイ伝」第 6 章によって補うのがよい、と薦めている。

(5)　*Garg.*, *TLF* vii, 124 ; *EC* viii, 105 :「それらはすべて〔＝ガルガンチュアの指輪〕素晴らしきシャピュイ将軍（ミシェル・シャピュイ、国王に仕えた海軍の軍人）とその忠実な部下アルコフリバスによって作られた」〔渡辺訳 p.59, 宮下訳 p.81〕

(6)　ガルガンチュアを生むと、ガルガメルは姿を消してしまう。唯一の例外は、グラ

ングズィエが選んだ息子の名前を喜ぶ場面である(*Garg*., *TLF* vi, 13 ; *EC* viii, 11)〔渡辺訳 p.52, 宮下訳 p.72〕。そして結局のところは、ピクロコル相手の戦争で大勝利を収めたという知らせを聞き、おそらくは歓喜のあまり昇天してしまうのである(*TLF* xxxv ; *EC* xxxvii)〔渡辺訳 p.175, 宮下訳 p.283〕。「というのも、『年代記の補遺の補遺』によれば、ガルガメルは歓喜のあまり死んでしまったとのことだ。もっとも真偽のほどは、私の関知するところではないし、それがガルガメルだろうと他の女だろうと、知ったこっちゃないのである」。ガルガンチュアの躾と教育はその父親のみの責任となった。言い換えれば、父親は、ローマ法でいうところの「家父長権」"*paterfamilias*"を享受するに至ったのである。

(7)　Cf. Jean Bouchet, *Epistres Morales et Familieres du Traverseur* (1545), reprint, ed. J. Beard, Wakefield 1969 ; second part, 36 v. ブーシェの主張によれば、「神が欲しさえすれば」、性交なしに子供が生まれることも、飲料や食料をまったく摂取せずとも人間が生き続けることも、農業など営まずとも大地がその果実を産することも、十分にありうる、なぜなら、神はその意思を実現できるからである、という。また、以下の文献には、11 か月の妊娠期間に関する当時の法学者の意見の、みごとな要約が存在する。Marius Salomonius Albertiscus, *In L. Gallus, et in Responsa prudentum Paradoxa*, Lyons, July 1529 ; とくに p.6, paragraph 51 r. Cf. also Cardano, *Contradicentium medicorum lib. I; Contradictio* viii, in *Opera*, 1663, x, pp.344 f. ; さらに *Opera* ix, pp.9f. なお、「ガルルス法」は *Pantagruel* ix *bis* (*EC* xiii)〔『パンタグリュエル物語』渡辺訳 p.105, 宮下訳 p.165〕において、解釈が難しい法のひとつに数え上げられている。

(8)　Erasmus, *Responsio ad Annotationes Edvardi Lei*, Basle 1520, *ad. CCXX* : 法学の専門家のなかには、「聖なる三位一体ならびにカトリック信仰について」というタイトルに注釈を施し、その中で、「ヘブル書」第 11 章のいわゆる「定義」に嘲罵を浴びせる者たちがいた。彼らは、弁証法ならびにスコラ哲学を根拠にしつつ、この「定義」が十分に「威厳ある」ものではないと難じている。エラスムスは、こうした法学者を非難したのである。また、エドワード・リーも、これは「トピカ」(弁証法での決まり文句)を基にした「定義」であると考えているが、これは間違っている。なぜなら、これは信仰への讃辞だからである。論敵たちが、ヒエロニムスやアウグスティヌスもこれを定義と呼んだではないか、と反論してきたとしても、エラスムスにはそもそも、こうした権威に反抗する気は毛頭ない。むしろ彼は、この問題を詭弁家(ソフィスト)風に扱おうとした連中を叩いているのである。アルチャーティについては以下を参照せよ。Cf. A. Alciati, *Codicis Justiniani Imp. Aug., Liber Primus* (ラブレー作品を出版した学識あるセバスチャン・グリフィウスが 1532 年にリヨンで出版している)なお *De Summa Trinitate* の項で，アルチャーティはこう註解している。「信仰とは望みを抱く者の礎であり、見えないものの証となるものである。この表現のほうが、ウルガタ聖書の訳よりも、「ヘブル書」(第 11 章 1 節)に聖パウロが込めた意味に、よりよく合致する。その後の神学者たちが、聖パウロをろくに理解せずに、これとは異なる定義を与えていたとしても、別段驚くほどのことではない」(cf. Aquinas, *Summa Theologica* iiia, xxxvi)。ビュデのウルガタ聖書に対する難詰については以下を見よ。cf. *De asse* (*Opera* ii, p.284).

(9)　*Garg*. viii, 54-5 variant ; *EC* ix, 100. ラブレーは、「折れた長いす(台)」(bancq

rompu)が「破産」banqueroute を表わす、といった類の駄洒落に基づいた判じ絵紋に嘲笑を浴びせ、この種の「的外れで無味乾燥な同音異義」を許容する連中は、「良き文芸が復興した時代になっても」こんなナンセンスにしがみついている手合いだから、その顔に牛糞を擦り付けてやる必要がある、と公言している。もちろん、こうした同音異義語を駆使したジョーク、それも無味乾燥どころか独創的なものが、ラブレーの年代記には横溢している。だが、こうしたジョークを、ユマニストが愛する紋章や、しばしば紋章と深い関係にあるとされる徽章などと結び付けてはならないのである。

(10) Cf. Henry Cornelius Agrippa : *Apologia adversus calumnias propter Declamationem de Vanitate Scientiarum et Excellentia Verbi Dei, sibi per aliquos Lovanienses Theologistas intentatas*, 1533, ch. XLII :「さらに言えば、デクラマチオーは判断を下さず、また教義を押し付けもしない」。つまりそれは、みずからの守るべき約束事(慣例)を逸脱しないのである。「デクラマチオーは、ある事柄はふざけた調子で、別の事柄は真面目な調子で、さらに別の事柄については、攻撃的な調子で扱う。時には著者が自分自身の意見を開陳することもある。時には他人の意見を拝借する。また時には、真実を主張してみせ、時には嘘八百を、また時にはかなり怪しげな事柄を主張する」。アグリッパはこうした点を強調している。「デクラマチオーは常に自分自身の意見を披瀝するとはかぎらない。(...)それはしばしば、説得力に欠ける議論すら並べ立てたりする」。彼はさらに、こうした約束事に通じていないものは、デクラマチオーを理解できない可能性が高いと書き加えている。この意見は、この種のテクストの表層だけをなぞってはならない、という有益な忠告となっている。

(11) 古典ラテン語の規則に鑑みれば、バルトールスの論考『紋章・徽章について』*De Insigniis et Armis* というタイトルでは、「紋章」を意味する *insignis* という語が誤って使用されている。この語の複数・奪格は *de insigniis* ではなく *de insignibus* と綴るべきである。ヴァッラの論考も、「記号」としての言葉に対する彼の関心を示している。この点は、全集(*Opera Omnia*, Basle 1540)の中で、この論考が『弁証法論争』の直前に置かれていることからもわかる。また、ギリシア語の原典で「マタイ伝」第 17 章 2 節には、キリストの衣服が「光のごとく白くなりぬ」*leuka hōs to phōs* と記されている。ウルガタ聖書はこれを「雪のように白い」*alba sicut nix* としている。つまり、相当早い段階で、「光」*lux* が、「雪」*nix* と誤読されてしまい、それがローマ・カトリック内の標準的な文言として定着してしまったのである。これは、ウルガタ聖書が、明白かつ議論の余地のいっさいない誤りを犯した、その一例である。

(12) *Le Prince* (*Garg.*, *TLF* VIII, 80 ; *EC* IX, 66 var.)〔渡辺訳 p.63, 宮下訳は決定稿にないこの一文を訳していない〕をラブレー作品の印刷業者と解する見解を最初に提示したのは、ジェラール・ドゥフォーである。この章に関係する書誌情報を参照。

(13) Claude Paradin, *Devises heroïques* ; first edition 1551, Cf., for Francis I's *devise*, 1557 edition, a 8 v°, reproduced in *Harvard Library Catalogue*, Ruth Mortimer, 1964, II, p.511, entry no. 410.

(14) Cf. *Garg.*, *TLF* VIII, 62; *EC* IX, 52 :「ところが、その昔エジプトの賢者たちが、ヒエログリフと呼び習わしていた文字で書いていたときには、その方法は(愚かしい判じ絵の発明者たちとは)まったく異なっていたのです。この象形文字は、それによって表現されたものの功徳、特性そして本性を理解していないとちんぷんかんぷんです

が、それを会得している者ならば誰でも理解できるものなのです」〔渡辺訳 p.62, 宮下訳 pp.87-88〕これはルネサンス期の紋章に関する、典型的なコンセプトである。（なお、プルタルコスについては以下を参照のこと。cf. *On Isis et Osiris*, 354, 10: ピュタゴラスはエジプトの聖職者たちを尊敬し、彼らが使った符号体系を書き写し、その教えをみずからの難解な教義に組み込んだという。プルタルコスはさらに、ピュタゴラスの教えは、エジプトのヒエログリフ（象形文字）に通じるところがある、と付け加えている。言い換えれば、ラブレーもヒエログリフと繋げて見せた、あの真正なるユマニスト的紋章もまた、『ガルガンチュア物語』の序詞や『第三之書』で解釈を施されている格言に登場する「ピュタゴラス流の象徴」*symboles Pythagoricques* と、同じ性質のものなのである。

(15) Reproduced in Plattard, *Vie de François Rabelais*, 1928, plate facing p.168.

(16) Mario Praz, *Studies in Seventeenth-Century Imagery: Second Edition considerably increased*, Rome 1964, p.9.

(17) *Garg.*, *TLF* viii, 68; *EC* ix, 56.〔渡辺訳 p.62; 宮下訳 p.88〕紋章とヒエログリフの関係に関してラブレーはこう書いている。「ヒエログリフに関してはホラポロン（ホラポロ）がギリシア語で二巻の書物を編んでいる。『ポリフィルスの夢』の中ではさらに詳しい説明が施されている。フランスでは、大提督殿の紋章にヒエログリフの一部をご覧になることができるが、実はこれはオクタウィアヌス・アウグストゥスが最初に身につけていたものである」。この種の連想は、紋章を解釈したルネサンス期の学術的著作に見られるものである。

(18) 以下を参照。*Marguerites de la Marguerite des Princesses*, Lyons 1548 (reprint, ed. Ruth Thomas, Wakefield 1970). マルグリット・ド・ナヴァール王妃の紋章は、ジャン・ド・トゥルヌによって印刷された各巻のタイトルページにある。

(19) *Garg.*, *TLF* xxii 23f. ; *EC* xxiv, 24f.〔渡辺訳 pp.125-126, 宮下訳 p.208〕:「彼らは公開講義や、公の学術的討論会（*actes solennels*）、演説会（*répétitions*）、雄弁術の稽古、優れた弁護士の弁論、そして福音主義的な伝道師の説教を聞きに行ったのである」

(20) *Garg.*, *TLF* xxi, 123f., *EC* xxiii, 97f. 以下と比べよ。*Garg.*, *TLF* xiii, 39f. ; *EC* xiv, 31f.: 古い教育システムにおいて、テュバル・ホロフェルヌはガルガンチュアに「ゴシック体で書くこと」を教えている。若き巨人は「書物をすべて筆写した。というのも印刷術はまだ行なわれていなかったからである」〔渡辺訳 p.86, 宮下訳 p.124〕

(21) ラブレーが、タリ（さいころの一種）を使った古代のゲームに関するレオニクス・トマエウスの著作と、この遊びを楽しんだ「我が良き友ラスカリス」を引いているのは重要である（*Garg.*, *TLF* xxii, 11f., *EC* xxiv, 10f.）〔渡辺訳 p.125, 宮下訳 pp.206, 209（注 2, 3, 4）〕。これにより、この種の娯楽にユマニストのお墨付きが与えられた。エラスムスとビュデの二人を教えたラスカリスに、ラブレーはローマで会った可能性がある。あるいはフランスで知り合ったのかもしれない。

(22) *Garg.*, *TLF* xiv, 33 ; *EC* xv, 27.（ラブレーは、ユーデモンの名前を、プルタルコスの『御婦人の徳について』から思い付いたのかもしれない。*On the Virtues of Woman*, 260d:「エウダイモーン "eudaimōn" の綽名をとるバトゥス」。この語は、ギリシア語では「幸せな、恵まれた、幸運な」の意味でよく使われる）。

(23) *Garg.*, *TLF* xiii, 57 ; *EC* xiv, 45〔渡辺訳 p.86, 宮下訳 p.126〕; ジョブラン・ブリデ〔テ

ュバル・ホロフェルヌの誤り〕は天然痘で死んだ。「紀元1420年に、天然痘にて亡くなりぬ」。ラブレーはここで、フランシスコ会修道士ジャン・レヴェクに関するマロの滑稽な墓碑銘から、二行の詩句を借りている〔「紀元は1520年、天然痘(この年なら梅毒も可)にて亡くなりぬ」〕。

(24) エラスムスは『ノエル・ベダへの返答』*Responsio ad Notulas Beddae* (*Opera Omnia* IX, 706D) の中でこう綴っている。「もし敬虔なる国王〔フランス国王〕に道化 "fool" が必要ならば、手の施しようがないくらい愚かなベダ以上に、この役回りを上手くこなせる者はいないだろう」

(25) *Pant.* VII ; *TLF*, 28f. ; *EC*, 25f. ルー・ガルーの棍棒については、フランス語ではこう書かれている。"aussi grosse comme la plus grande cloche de Nostre-Dame de Paris". *Pant.*, *TLF*, XIX, 51 ; *EC* XXIX, 45.

(26) この魅力的な説はジェラール・ドゥフォーが唱えたものである。

(27) *Garg.*, *TLF* XVI, 77 ; *EC* XVII, 46:〔渡辺訳 pp.95-96, 宮下訳 p.142〕「パリ市全体が騒乱状態に陥った(*esmeue en sédition*)。皆様もご存知のとおり、パリっ子たちはいとも簡単にこうなりやすく、諸外国では、しかるべき正義に基づいて彼らを抑え込んだりしないフランス国王の辛抱強さ(もっとはっきり言えばその無関心さ stupidité)には呆然としております」。ここに見られる「辛抱強さ〔忍耐〕」*patience* と「無関心さ」*stupidité* との対照は、同じ性質の良き側面と悪しき側面を表現している。この後者の語に、現代の意味〔「愚かさ」、「愚鈍」〕を読み込んではならない。辞書のリトレが引いているカルヴァンの一文は、ラブレーのこの語の使い方を解明するのに役立つ。「忍耐にこだわりすぎて、結局は忍耐を無関心さに変えてしまう者は、やる気を喪失し絶望に陥ってしまうだろう」(忍耐そのものは、副次的な美徳であって、神学上の枢要徳のすべてよりも下位に位置する。この点についてはアクィナスを参照。cf. Aquinas, *S.T.*, 2a2ae, cxxxvi, art. 2.)(さらに後の箇所で、雄弁家ガレはピクロコルに対し、自分の主人が、仕掛けられた攻撃を甘んじて耐えるほど「卑怯で無関心 *stupide*」だとでも思うか、と尋ねている〔『ガルガンチュア物語』第31章、渡辺訳 p.151, 宮下訳 p.248〕)。国王の極端な忍耐(すなわち「無関心」*stupidité*)がひき起こした騒乱について強調したのち、語り手はこう付け加えている。「こうした謀反 *schismes* (分裂を生ずる傾向)や、陰謀 *monopoles* (党派的内紛)が画策されている場所を探り当てて、そこにうんこまみれのイカシタ檄文(プラカール)を作って貼り付けられないものかと思う」。こうした非難は、デュ・ベレー家やフランソワ一世本人が、ベダやその取り巻きに対し行なった糾弾の声を反映している。だが第二版 *Gargantua B* 以降、この一文全体が削除されている。これがあまりに大胆すぎたのか、あるいは、状況が変化を遂げて、この表現がもはや適用できなくなったかの、いずれかである。

(28) 以上の祭典に関しては以下を参照。*Diarii di Marino Sanuto*, vol. 57, Venice 1902, col. 596f. ; P. Jourda, *Marguerite d'Angoulême, duchesse d'Alençon, reine de Navarre*, Paris, 1930, I, 173.

(29) *Garg.*, *TLF* XVII, 12f. ; *EC* XVIII, 9〔渡辺訳 p.97, 宮下訳 pp.145-146〕: ジャノトゥスとその取り巻きの行列が入って来たとき、ポノクラートは「彼らが異様な風体をしているのを見て」恐ろしくなり、「これは気でもふれた連中の仮装行列(マスク)〔*masque hors du sens*〕なんだろうと思った」のであった。Cf. *Pant.* Prog., *TLF* II, 15, variant (1535

以降）:「人々の一方が他方を騙すために仮装するだろう。そして気でも触れたご乱心の態で通りじゅうを走り回るだろう」。『パンタグリュエル物語』の1534年版のテクストに為された加筆においても（*EC* xxxiv, 30f.）、「人々を騙そうとして仮面を被り仮装している」似非修道士（サラボヴィット）やその他の偽善者への言及がある。1534年版『パンタグリュエル物語』、『ガルガンチュア物語』（A）そして『パンタグリュエル占い。一五三五年用』の三作品はすべて、同じ出来事を仄めかし、かつ同じ憤怒の念を露にしているのだと思われる。もっとも、憤怒の念は、仮装によるお祭り騒ぎという文脈に置かれることで、部分的には喜劇的になってはいるが。

（30） マルグリットから実弟のフランソワ一世に宛てて、1541年の終わりごろに書かれた書簡にはこう記されている。「殿下、大変嬉しいことに、われわれのなかに誰ひとりとして聖餐形式論者は見つかっておりません。であるのに、彼ら形式論者とほぼ同等の厳罰に処されている者がおります。どうしても貴方様に申し上げずにはおれません、私が以前お話した意見を思い出していただきたく存じます。つまり、あの卑劣な檄文（プラカール）は、その罪を別人に着せたがっていた輩の仕業である、ということです」（（...） les placards estoient faits par ceuls qui les cherchent aux aultres）。F. Génin, *Nouvelles Lettres de la Reine de Navarre...*, Paris 1842, p.196f.

（31） Cf. *Garg.*, *TLF* xxxi, 8 （texte of ʻBʼ -1535）; *EC* xxxiii, 6〔第33章、渡辺訳 p.157-, 宮下訳 pp.257-〕「殿 *Cyre*、今日こそは、われわれが殿を、マケドニア王アレクサンドロスが亡くなって以来、最も幸運かつ勇敢な君主にしてさしあげますぞ」——「帽子はそのままでな、とらぬでよいぞ」とピクロコルは言った。「殿 *Cyre*、かたじけのうございます。殿 *Cyre*、殿のお役に立つのが我らの務めでございます」。ピクロコル＝カール五世のこの間抜けな場面は、ベーズキュのそれに匹敵する。同じような笑い種が以下に見出せる。*Pant.*, *TLF* ix *bis*, 154 ; *EC* xi, 6〔『パンタグリュエル物語』渡辺訳 p.92, 宮下訳 p.148〕*Sire*〔「殿」、「陛下」の意〕ではなく、*Cyre* という綴りを採用したことで、おかしさが増している。この綴りにより、ピクロコルがキュロス大王 Cyrus the Great の再来であることを示唆できるうえに、*Sire* という語がギリシア語の *Kurios*「君主」に由来するという、当時流布していた語源説（実際は正しくない）をも取り込めるからである。なお、古代の英雄に関する真面目な言及と喜劇的な言及については以下を参照。Cf. *Garg. TLF* xliv, 10f. ; xxxvii, 1f. （*EC* xlvi, 9f. ; xxxix, 1f.）〔渡辺訳 pp.211, p.181, 宮下訳 pp.339, 294〕ラブレーは、エラスムスの『箴言集』の中でも大きな影響力を誇ったエッセー *Scarabeus aquilam quaerit*.「鷲を探すセンチコガネ」の意見に近い。（ピクロコルの命令「我を想う者は我に続け」は、キュロス大王の命令をもじったものである。モンテーニュも『エセー』第3巻、第5章でこれに言及している。「キュロス大王にならって、『我を想うであろう者は我に続け』」）。

（32） *Garg.*, *TLF* xxxvii, 66f ; *EC* xxxix, 66f.〔渡辺訳 p.185, 宮下訳 pp.298-299〕ジャン修道士の勇気は讃えられてしかるべきである。ただし彼自身がこの章のしばらく後でこう断言している。「最大の学者は最大の賢者にはあらず」（*Magis magnos clericos non sunt magis magnos sapientes*）。

（33） シフエンテスはカール五世に宛てた書簡で、ジャン・デュ・ベレーの枢機卿への昇任に反対し、その根拠として、彼が「ルターの教えと関係がある」ことを挙げている。1534年12月には、まったくのでたらめではあるが、「パリ公の兄」（間違いなくラン

ジェー公のことだろう）が「ルター派の嫌疑で投獄された」という噂が立っている。この噂を書き記しているフェルフィーニは、パリ高等法院がこの話を吹聴している、とわざわざ付け加えている。以下の文献を見よ（R. Scheurer, *Correspondance du Cardinal Jean du Bellay*, I（1529-35）, Paris 1969, p.491, note; p.451, note.）

（34） *Christianissimi Galliarum Regis ... Epistola qua confutantur calumniae a malevolis in eum per totam Germaniam disseminatae*, dated 1 February 1534（旧暦＝1535）. Copy in B.L. at 1193, h. 47.

（35） *Garg.*, *TLF* XXXI, 36 *var.* ; *EC* XXXIII 33.〔渡辺訳 pp.158-159, 宮下訳 p.260〕ローマで書いた手紙の中ですでに（1536 年 1 月 28 日）ラブレーは、バルブルッスが皇帝軍の襲撃に備えて、「ボナとアルジェ」の防備を固めた、と書き記している。この点については、以下のテクストを見よ。P. Jourda, *Œuvres de Rabelais*, Garnier, II, p.547.〔該当箇所には、「（バルブルッスは）皇帝が攻撃を思い立った場合を想定して、ボナとアルジェに守備兵を何隊か残した」と記されている〕

（36） *Garg.*, *TLF* XXIX, 69f. ; *EC* XXXI, 55f.〔渡辺訳 p.151, 宮下訳 p.247〕いかなる口実をもってしても、すべてを運命のせいにするのは不可能である。神の裁きをまつ以外にない。もし「誹謗中傷を事とする悪霊」*esprit calumniateur* がピクロコルを邪道へと引き込み、「虚なる幻影」*phantasmes ludificatoyres* によって彼を欺いているのならば、ピクロコルは、自分の置かれた状況をよく吟味し、真実を見つけ出さねばならないのである。

（37） *Garg.*, *TLF* XXVII, 30f. ; *EC* XXIX, 22〔渡辺訳 p.146, 宮下訳 pp.238-239〕: グラングズィエは、神がピクロコルを「その自由意志と自身の智恵」にゆだねられたのだ、と悟る。その自由意志は、「常に神の恩寵によって導かれないかぎり、邪悪なものに堕する以外にない」のである。この神学的見解は、アウグスティヌスに由来する。意志は自由だが、あまりに罪で穢れているために、必ず恩寵によって導かれる必要がある、とする見解である。

（38） *Garg.*, *TLF* VIII, 71 ; *EC* IX, 58.〔渡辺訳 p.62, 宮下訳 pp.88-89〕Erasmus *Adagia* II, 1, 1, *Festina lente* 参照。ルネサンス期の学者たちは、「錨とイルカ」の紋章を、皇帝アウグストゥスと大提督シャボの両者に結び付けるのが普通であった。Cf. B. Aneau's French edition of *Les Emblèmes* of Alciati, Lyons 1549 ; note to this emblem. ラブレーは以前からピクロコルの軍事的軽率さを強調していた。ピクロコルのおべっか使いの廷臣たちは、「殿も重々ご承知とは存じますが、全軍を二つにお分けなされ」と勧めている（*TLF* XXXI, 15 ; *EC* XXXIII, 14）〔渡辺訳 pp.157-158, 宮下訳 p.258〕。ラブレーはローマから出したある書簡の中で（1535 年 12 月 30 日付）、まったく同じ過ちを犯したと、ソフィ〔サファーヴィー朝ペルシア（1501-1736）の王の称号〕を非難しているのである。「以上が、勝利を目前にして、軍隊を二分するという愚かな考えです」。このテクストについては、以下を参照。Pierre Jourda, *Œuvres de Rabelais*, Garnier,II, p.538.

（39） 『ガルガンチュア物語』の初版では、五つもの章が、「いかにして修道士が、云々」というタイトルで始まっている。また、ジャン修道士は初版の第 25 章〔決定版では第 27 章〕で初登場するが、その際のタイトルは「スイイーの一修道士が ...」となっている〔渡辺訳 p.134, 宮下訳 p.221〕。

（40） *Garg.*, *TLF* XXV ; *EC* XXVII.〔渡辺訳 pp.134-135, 宮下訳 pp.221-222〕その後（*TLF*

XLIII, 53f. ; *EC* XLV, 43f.〔渡辺訳 p.207, 宮下訳 p.334〕）グラングズィエは迷信を非難し、迷信は、ペストの原因を義人や聖人に帰することを通して、「神の決めた義人や聖人をも悪魔と同類にしてしまう」と述べている。

（41） *Garg.*, *TLF* XLIV, 32f. ; XLIX, 1 ; LII, 48 ; *EC* XLVI, 26f. ; LI, 1 ; LIV, 47.〔渡辺訳 pp.211, 228, 239, 宮 下 訳 pp.340, 367, 385〕Cf. Erasmus, *Institutio Militis Christiani* in *Opera Omnia* IV, 608 D : エラスムスはこう述べている。「プラトンは、ギリシア人同士が戦いを始めたときには常に、それを『戦争』とは呼ばずに『内乱』 *sedition* と呼んでいた」。したがって、キリスト教徒同士が戦うのはさらに悪しきこととなる。「コリント後書」第 12 章 30 節を参照のこと。cf.「争い、嫉妬、憤怒、徒党、誹謗、讒言、驕慢、騒乱（*seditiones*）の有らんことを恐る」。また、「標準註釈」〔glossa ordinaria：中世に広く使われたウルガタ聖書への注解〕では、こうした *seditiones* は「戦いへと至る騒動」*tumultus ad pugnam* と説明されている（*Patrologia Latina* CXCII, 89）。これは、トマス・アクィナスによっても引かれている。Thomas Aquinas, *Summa Theologica*, 2a 2ae, 42, *De seditione* : 内乱（叛乱）は（暴君に対するものを除けば）、人民、国家ないし王国の統一性に反する恐ろしい罪なのである。

（42）「マタイ伝」第 13 章 10 節以下を見よ。マルドナトゥス〔16 世紀スペインの神学者、哲学者〕は、「マルコ伝」の第 4 章に施した注解で、たとえ（パラボール）とは一種の「謎」*enigma* であると指摘している（細部にこだわるべきではないという点については、以下を参照。cf. Erasmus, *Annotationes*, on John 7, 1. ）。

（43） *Garg.*, *TLF* XXXVII; *EC* XXXIX: end. Cf. Erasmus, *Responsio ad Albertum Pium*（*Opera Omnia* X, col. 1111D）エラスムスは、聖書を「ネタ」にした自分の冗談を擁護し、『痴愚神礼讃』の中でこう書いている。「しかしながら、痴愚神は聖書のテクストを誤用している。司祭や修道士たちも、自分たちのジョークの大部分を聖書から引いているのに、そうではないかのごとくに映る。現に彼らはこんなことを言ったりする。『愛徳（チャリティー）とは何か。答は修道士の外套だ。その心は？　彼らの外套は、数多の罪を覆っているから』（「ヤコブ書」第 5 章 20 節を元にしたジョーク）。同様に、ワインが好きか否か訊かれた人が、『上（かみ）に進め』と言うと、相手はこう返答した。『上に進め、さらば栄光を得ん』（「ルカ伝」第 14 章 10 節を元にしたジョーク）」。エラスムスが挙げている例は十分に上品ではあるが、それでも、聖書の決まり文句をどのように冗談の「ネタ」にしていたかがよくわかる。

（44） *Garg.*, *TLF* XLIII, 94f.; *EC* XLV, 58f.〔渡辺訳 p.209, 宮下訳 p.337〕「創造主たる神の御名にかけて申すが、お前たちはもう立ち去るがよいぞ。今後は、神様にお前たちの永遠の導き手となっていただき、このようなくだらぬ無益な巡礼の旅になど出かけるではない。皆、家族を養い、仕事に励み、子供をしっかり教育し、善良なる聖パウロさまの教えどおりに暮らすがよい。そうすれば、神や天使や聖人のご加護が得られ、ペストやその他災厄にも見舞われずにすむじゃろう」。cf.「テモテ前書」第 5 章 8 節 :「人もし其の親族、殊に己が家族を顧みずば、信仰を棄てたる者にて、不信心者よりも更に悪しきなり」。「ガラテヤ書」第 6 章 10 節 :「この故に折に随ひて、すべての人、殊に信仰の家族に善をおこなへ」。ギリシア語の原典には、巡礼に反対するプロパガンダや、家族を養うために家に残る必要性を説いた箇所などは見当たらない。改革派ならびに福音主義者たちは、自分たちにとって都合がよい場合は、この事実を無視す

る傾向があった。

(45) Erasmus, *Opera Omnia* v, col. 228E. ここに登場する悪しき王とは、「判断力に欠け、最悪の事柄を最善のそれと勘違いする愚か者」であり、憤怒と憎悪と傲慢および激しい情念に支配されている輩である。「だが、哲人〔哲学者〕になるとはすなわち、このような『激情』*perturbationes* から開放されることに等しい」。ここから、哲人王に関するプラトンの判断が出てくる。後にアミヨも(プルタルコスの『倫理論集』の翻訳に付したシャルル九世への献辞の中で)、同じ文脈でソロモンとプラトンとを繋げている。

(46) *Garg.*, *TLF* LV, 10 ; *EC* LVII, 9.〔渡辺訳 p.248, 宮下訳 p.401〕時禱書については以下を参照。cf. *Heures a lusaige de romme tout au long sans riens requerir* (1522 ?). *BL*, C, 41, e. 6. この時禱書に私の注意を引いてくれたのは(それぞれ個別に)、以下の 3 人である。John Jolliffe, Jenny Beard (Mrs Britnell) and Sally North.

(47) *euēthēs* という語は、「気立てがよい、心の広い、正直(誠実)な」を意味し、フランス語の *honnête* に近い。プラトンは *euēthēs* な人物と、*panourgos*「狡猾な」人物とを、『リュシアス』100, 17 の中で対比している(なお私の推測では、この章〔翻訳では第 52 章〕全体には、プルタルコスの『子供の養育法』が広く影響しているように思われる)。

(48) *Garg.*, *TLF* LV, 16f. ; *EC* LVII, 13f.〔渡辺訳 pp.248-249, 宮下訳 pp.402〕Cf. *Garg.*, *TLF* XXVI, 56 ; *EC* XXVIII, 43〔渡辺訳 p.143, 宮下訳 p.234〕: ここではグラングズィエが、ピクロコルに「強固な教訓を課す」(*par bonne discipline*)ことで、神の「聖なる」意志の「くびき」*joug* へ再び彼を繋いでほしいと神に祈っている。ここでの言葉遣いは一般的に敬虔であるが、とくに聖書的というわけではない。

(49) ウルガタ聖書では、「キリストは自由を得させん為に我らを解き放ちたまえり」*qua libertate Christus nos liberavit* という一句は、直前の章(第 4 章)の末尾に置かれていた。なお、いくつかのギリシア語の写本には、この一文が欠けている。

(50) *D. Martin Luthers Werke*, Weimar 1883 (in progress), LVI, 200f. Cf. Augustine, *Patrologia Latina* XLIV, 204 ; Thomas More, *English Works*, London 1931, II, p.301.

(51) 「男は、腰に巻きつけよ」"Chascun en soyt ceinct." (*Garg.*, *TLF* LI 85 ; *EC* LIV 84) という一行には、「エペソ書」第 6 章 14 節の「汝ら立つに誠(まこと)を帯として腰に結び」という表現が反映している。

(52) ニコラ・ブルボン(*Paidagogein*, 1536, p.36, *Ad Rabelaesum*)は、ラブレーに対し、何人かの友人を歓迎してやってくれ、と頼んでいる。その友人のなかに、「サンゲラスィウス」*Sangelasius*〔サン゠ジュレのラテン語風表記〕が含まれている。『ガルガンチュア物語』における「謎歌」(*TLF* LVI ; *EC* LVIII)は、サン゠ジュレの死後出版された彼の全集に収められている。ただし、最初の 2 行と最後の 10 行は含まれていない。これらは、ラブレーの作である。残りに関しては、ラブレー作の可能性もあるが、そうでない可能性も残る。

(53) 以下、ここで議論する箇所(*Garg.*, *TLF* LVI 102f. ; *EC* LVIII 102f.) を散文で訳すと次のようになる〔この箇所は、本文の説明にもあるとおり、1542 年には全面的に書き換えられているので、渡辺訳も宮下訳もいっさい触れていない〕。「その後は、深く悲嘆に暮れ、苦痛を覚え、疲れ果て、苦しめられ、嘆き悲しむ者たちも、永遠の救い主たる神の聖なる御心により、時が満ちれば、苦悩から解放され休息を得るであろう。

その時、われわれは、予期したとおり、苦しみから生ずる善とそこになる実を目にするであろう。なぜなら、先により大きな苦痛に苦しめられた者こそは、後に与えられる分け前を、より多く受け取るであろうから。ああ、最後まで屈せぬ者こそ、褒め称えられるべきかな」

(54) *Garg.*, *TLF* LVI, 112 ; *EC* LVIII, 112.〔ガルガンチュアのコメントは、初版でも決定版でも似通っている(重要な変更もあるが)。以上に関しては、渡辺訳 p.257, 宮下訳 p.413 を参照のこと〕。「謎歌」の最後の 10 行ならびにガルガンチュアの解釈の中で引かれている聖書の決まり文句は、互いに連動して用いられる聖句で、相互の注釈において引き合いに出されることが多い。

(55) 「マタイ伝」第 26 章 33 節。キリストが磔刑に処せられる前に、ペテロはこう言っている。「たとひみな汝に就(つ)きて躓くとも(*skandalisthēsontai* ; *scandalizati*)我はいつまでも躓かじ」。キリストは、お前は躓くであろう〔「三たび我を否むべし」〕と切り返しているが、現にそうなってしまう。

(56) *Garg.*, *TLF* L, 9f. ; *EC* LII, 6f.〔渡辺訳 p.230, 宮下訳 p.371〕Erasmus, *Opera Omnia* V, col. 228E.

(57) この重要な主題については、以下の書簡集を参照。R. Scheurer, *Correspondance du Cardinal Jean du Bellay* I, pp.332f. ジャック・グロスロが、1533 年 11 月 25 日付でパリ司教に宛てた書簡から読み始めるとよい。なお、1533 年 12 月 11 日付の別の書簡に目を通すと、グロスロが恐怖に怯えながら書いているのがわかる。国王は異端が「パリに繁殖している」と信じており、ゆえに異端の弾圧を強化するために、高等法院から 2 人の使節を任命している。彼らによって、パリ司教の司法権が侵害されたのである。もっとも、この事件はすぐに忘れ去られる。そもそも、1534 年から翌年にかけて起きた物騒な事件の最中も、ジャン・デュ・ベレーは君寵を失ってはいない。以上に関しては、Scheurer, I, p.451, note を参照のこと。また、こうした難局にあっても、国王の「三か国語学院」に対する支持の姿勢がぐらつくことはなかった。したがって、ラブレーが 1534 年版の『パンタグリュエル物語』で、ソルボンヌの反ヘブライ学的な態度を諷刺しても、宮廷を喜ばせるばかりで、大胆すぎたわけではない。

(58) 以上の書簡については、すべて以下を参照のこと。Herminjard : *Correspondance des Réformateurs* (1870), reprint, Nieuwkoop 1965, III, p.249f. : Letter of Langey (abbreviated) : p.252 : ランジェー公の書簡に「伝染性の疫病〔社会的害悪を指している可能性もある〕と『恐るべき叛乱』*teterriman seditionem*」という文句が見られる。シュトゥルムの最初の書簡は、同書の p.267。「1534 年 10 月には、国も人々も、『まったく愚かで煽動的な企て』*stultissimis et seditiosissimis rationibus* のために動揺している」。さらに同書 p.273 には、国王は主として「煽動者 = 叛乱者」*seditiosos* を鎮圧しにかかっている、と述べられている。シュトゥルムは、極力平静を装うように努めている。なお、シュトゥルムと、デュ・ベレー家およびメランヒトンとの緊密な関係については、書簡の no. 515 および no. 531 を見よ。

(59) *Almanach pour l'an 1535*, *TLF*, p.47, line 77 :「私としては次のように言っておきたい。すなわち、国王や王子たち、そしてキリスト教圏の共同体が神の御言葉に敬意を払い、その御言葉通りに従って、みずからを律し、みずからの家臣を律するならば(...)」、1535 年は身体と霊魂の双方にとって良い年となるであろう。

(60) ラブレーの他の『暦』が新たに発見される可能性が残っている。1975年、ピエール・アキロン教授〔トゥール大学付属ルネサンス高等研究所の教授〕が、オルレアンで、『一五三六年用の暦』のためにラブレーが綴った序文を、誰かが書き写した文書を発見したからである。1536年は閏年(うるうどし)であった。ラブレーは、極力学術的な書き方で、閏年という概念は、純粋に人間の発明にすぎず、天文学におけるいかなる現実とも無関係であるから、何ら脅威とはならないと説明している。この『暦』は、近々*Etudes Rabelaisienne* (Genève, Droz)に掲載される予定である〔訳者の調査では、掲載の確認はできなかった〕。

第六章 『第三之書』

(1) *Pant.*, *EC* VII, 76 ; also 112 : “*Prognostication que incipit « Silvi Triquebille », balata per M. n. Songecrusyon.*”

(2) *QL*, *TLF* XXXII, 119〔『第四之書』渡辺訳 p.174〕:「気の狂ったピストレ」という表現でポステルに言及している。以下も参照のこと。G. Postel, *Alcorani et Evangelistarum Concordiae Lib*, Paris 1543 ;〔以下はこのポステルの書を要約しつつ紹介している。最初に付されているのは掲載ページ〕p.14 :「似非福音主義者ども」はアウグスティヌスが非難したあのマニ教的二元論の傾向を帯びている。彼らは邪悪な魂胆から、「公序のために自分たちの仲間が何人か火刑に処されるたびに」、彼ら仲間こそは神に選ばれた者だ、などと主張している。これら似非福音主義者どもは、「あたかも自分たちこそが最も神聖な人物であると示し合わせたように思い込んでおり、君主や司教が彼らの肉欲を抑制でもしようものなら、君主を暴君、司教をパリサイ人呼ばわりする始末だ。マホメットも似たようなことを言っている」。同書、p.72 : 似非福音主義者どもは狡猾に事を運ぶ。彼らはまず、聖書に記されていない事柄は、いっさい信じてはならないと主張する。その後に、聖書の土台を切り崩していくのだ。多くの主要な教義、ならびに聖書そのものに権威を付与できるのは、教会をおいて他にない。教会の「優先的」な権威がなければ、福音書が福音書たるゆえん、神が神たるゆえんを理解する術はいっさいなくなってしまう。ここで攻撃されている書物は、「『ウィラノウァヌスの三人の預言者』、『キュンバルム・ムンディ』、『パンタグリュエルス *Pantagruellus* と新しき島』」であるが、これらの作品の著者たちは、「似非福音主義者」どものリーダー格だという。: 同書、p.74 :「似非福音主義者」は福音書に基づく信仰を頻繁に口にする。だが彼らがそう言うのは、(テレームの修道院やポームの試合の箇所で神の鞭に打たれた者どもが表現している言葉を使えば)、「自分の思いどおりに」生きていたいからにすぎない。私自身は、ポステルがとくに2冊の書物を攻撃していると考えるようになっている。すなわち、『ウィラノウァヌス』の3人の預言者(ルター、ブーツァー、ジェラール・ルーセル)に関する書『キュンバルム・ムンディ』が1冊目。2冊目は、エティエンヌ・ドレの海賊版である『ガルガンチュア物語』と『パンタグリュエル物語』(1542年)だが、この版は、『パンタグリュエルの弟子パニュルジュが未知の奇妙な島々を巡るパニュルジュの旅と航海の記』をも付録で載せていた(なお、このテクストは今日一般的には、『パンタグリュエルの弟子』*Disciple de Pantagruel* ないし『徳利大明神への仲間の航海期』*Navigation du compagnon à la bouteille* の名称でよく知られている〔日本では、『パニュルジュ航海記』と呼びならわされている〕)。

(3)　冒頭の「ナヴァール王妃の御霊に」*A l'Esprit de la royne de Navarre* は、恍惚を3回にわたって強調している。彼女の御霊は *abstraict*（*abstractus*：恍惚の内に、身体の外に出ること）され、*ravy*（恍惚の内に喜びに浸ること）され、最終的には「恍惚の状態に入る」*ecstatic*。『第三之書』は、ユーモアと共感の双方をこめて、こうしたテーマを展開していく。

(4)　この主題およびその周辺のテーマに関しては、ロベール・マリシャルが1548年版の『第四之書』のファクシミリ版に寄せた序文を参照（*Etudes Rabelaisiennes* IX, 1971, p.135f.）。

(5)　*TL* prol., *TLF* 100, *EC* 84〔『第三之書』渡辺訳 p.22, 宮下訳 p.32〕ラブレーのディオゲネスは「粘土（陶土）でできた樽をころがした」*roula son tonneau fictil*。ビュデもルキアノスの同じテクストに依拠しつつ、「粘土（陶土）でできた自分の樽」と表現している（*Opera* III, sig. alpha 3）。

(6)　Lucian, *Works*, Loeb ed.（1959）1968, VI, p.424.「私の作品もまたエジプトのラクダではないかと心配している。なぜなら、対話と喜劇という二つのすばらしい創造物を組み合わせたところで、その混交に調和と均斉が欠けていたならば、形式美を備えるには十分でないからである。二つの美しい事物を統合したら、怪物が出来上がった、ということにもなりかねない。（…）」対話体と喜劇は、本来はうまく合わないものである。「自宅で座りながら執筆する」対話体に対し、「喜劇はディオニュソスにみずからを奉じ、劇場でディオニュソスと一体となり、彼とともに楽しむものだからである」云々。読者諸賢は、『第三之書』を念頭に置きながら、ルキアノスのこの小品をお読みになるとよいかもしれない。

(7)　善き天使と悪しき天使については、以下を参照。Martène, *Regula S. P. Benedicti, cum commentariis.* : *Patrologia Latina* LXVI. col. 272 BC. 人間には2人の天使がついており、「その一方は善き天使であり、守護霊となるし、もう一方は悪しき天使で、人間に試練を与える」という「信仰」は、ヘルマス〔2世紀ごろ書かれたとされる教典『ヘルマスの牧者』〕、オリゲネス、尊者ベーダたちの著作に言及する形で、大いに広まった。カトリック教徒は善き天使の存在を確実視しているが、悪しき天使のほうは、かなり問題が多いと見なしている。マルドナトゥスがこの点について議論を展開している（*Commentaria in Quatuor Evangelistas*, Venice 1597, col. 413）。この教義の根拠は「マタイ伝」第18章10節にある。「なんぢら慎みてこの小さき者の一人をも侮るな。我なんぢらに告ぐ、彼らの御使いたち（*angeli eorum*）は天にありて、天にいます我が父の御顔を常に見るなり」。マルドナトゥスは、善き天使の存在は確実だとしているが、カルヴァン派はこれを否定し、すべての天使がすべての人間に関わるのであって、一人一人に割り振られることはないと主張している。悪しき天使の存在を裏づけているのは、ヘブライの伝統（ラビ・モーシェ〔12世紀スペインの偉大なラビ〕）、および『ヘルマスの牧者』、そして聖バルナバの手になる外典の書簡である。「デーモンの頭（かしら）であるデヴィル（悪魔）は、自分の王国（現世）を管理するにあたって、神の猿真似をするのは確かである。そして、神が個人個人に天使をあてがうように、サタンもデーモンを配して天使に対抗するのである」

(8)　以下の著作（キケロとクウィンティリアヌスは当然ながら別格扱いなので、ここでは触れない）を参照。Valla, *Dialecticae Disputationes*（in *Opera*, Basle 1540）;

Christopher Hegendorphinus, *Dialectica legalis, Francisci Jametii diligentia repurgata*（Calcagnini, *Commentarii* も同時に参照）, Paris 1547. 私がとくに有益だと思ったのは以下の作品である。Mario Nizolio, *De veris principiis et vera ratione philosophandi contra pseudophilosophos*, edited by Quirinus Breen（*Edizione Nazionale dei Classici del Pensiero Italiano*, Rome, 1956）

(9)　『パンタグリュエル物語』の中で（*TLF* XIII, 62 ; *EC* XVIII, 55）〔渡辺訳 p.144, 宮下訳 p.226.〕、パンタグリュエルは、「アカデメイア学派と同じようにデクラマチオーで議論する」のを拒んでいる。パニュルジュがここで行なっているのは、まさしくこのデクラマチオーである。もっとも、初期のユマニストたちは、この「デクラマチオー」をすべて却下したりはしなかった。ラブレーの「年代記」でも、良いデクラマチオーと悪いそれとが混在している。（なお、ポンポナッツィの論考は以下の英訳で読める。E. Cassirer, *The Renaissance Philosophy of Man*, Chicago 1948 ; J. Randall : *Pomponazzi on Immortality* XIV, pp.350f.）

(10)　*TL* V（*TLF* 9 ; *EC* 7）〔第五章、渡辺訳 p.56, 宮下訳 p.100〕。アミヨの翻訳によるプルタルコスについては、以下を参照のこと。*Oeuvres Morales et Meslées*, 1572, reprint Wakefield, 1971 ; とくに、I, pp.130-131. この書は、パニュルジュの借金癖を非難する際に、ラブレーが大いに参照した作品である。

(11)　*TL* II（*TLF* 77 ; *EC* 60）〔渡辺訳 p.41, 宮下訳 pp.69-70〕。パンタグリュエルは、パニュルジュには「メナジュリー」*Mesnagerie*（家を賢明に管理する能力）が欠けていると非難している。これに対しパニュルジュは、『農事論』（*De re rustica*）に見られる大カトーの有名な言葉を誤用して応えている。「一家の家長は、絶えず物を売却せねばならない」――これが置かれた文脈の中では、家長たる者は、質素でなければならず、市場で売るために、農産物の一部を保存すべきである、という意味になる。エラスムス（*Adagia* IV, 4, 99,「必要としないものは（値が）高い」*Quod non opus est, asse carum est*）は、パニュルジュが悪用したこの格言を、「確かなこと」*Nosce teipsum* に分類している。パニュルジュのデクラマチオーが曖昧に思えたのは、当時の決まり文句を知らず、しかも、彼が誤用している数々のテクストがいかに権威があったかを知らない者だけである。

(12)　以下を参照。H. Hackford: *Plato's Examination of Pleasure. A Translation of the Philebus, with Introduction and Commentary*, 1945, p.92. Cf. Plutarch, *Oeuvres Morales* I, 79c.

(13)　Erasmus : *Opera Omnia* V, coll. 603 ; Zwingli, *De vera et falsa religione*（1530 ?）, p.117v° ; Bullinger, *Commentaria in Lucam*, Zurich 1548, on Luke 18 ; Calvin, *Corpus Reformatorum*, XXIV, col. 724 ; XXVI, col. 243. Cf. Lefèvre d' Etaples, *Commentaria initiatorii*, on Roman 15（*homines seipsos amantes*）. このリストはいくらでも長くなりうる。ギレルムス・エスティウス〔16世紀オランダ生まれの神学者〕は、（*Commentarii*, 1679, p.822）聖パウロが使った「自己愛者」を意味するギリシア語の原語が、« *philautoi* » であったと強調している。使徒パウロがこの悪徳を第一のそれと見なしたのは、「その他のすべての悪徳の『源泉かつ起源』*fons et origo* であるからである。また、聖アウグスティヌスも『神の国』の冒頭近くで、この見解を強く支持している。さらに哲学者プラトンも同じ考えを抱いていたのである」

(14) Cf. Oldendorpius, *Opera*, 1559, p.173; シュピーゲル(Spiegel, *Lexicon Juris Civilis*, 1541, s.v. *Fortuitus casus*)は、ウルピアヌス以降の広く知られた権威たちから引用している。ラブレーも、法的な定義の枠内で執筆している。

(15) 以下を参照(パリの慣習法と関わる内容である)。Charles Molendineus: *Commentarii in consuetudines Parisienses*, Paris 1542, I, p.100v° f ; 以下も見よ。Troilus Maluetius, *Tractatus de Sortibus* (in *Tractatus illustrium Jurisconsultorum de Judiciis criminalibus*), Venice 1584, XI para. 2, p.400f. 神学的見解については以下を参照のこと。Luke Lossius, *In Novum Testamentum Commentarii*, III, p.58, *De sortitione*. 以上は氷山の一角にすぎない。ルネサンス期には、この主題をめぐる文献が山ほど存在していた。法学的な註解も無数にある。なお、こうした領域における悪魔の役割についての優れた文献としては、以下を参照されたい。Paulus Grillandus *Tractatus de Hereticis et Sortilegis*, Lyons 1536, pp.xiiii-xvii.

(16) *TL* VII (*l'esprit maling*)〔渡辺訳 p.64, 宮下訳 pp.116-117〕; X (*diable qui tentent les hermites*)〔渡辺訳 p.76, 宮下訳 p.138「隠者を惑わす悪魔」〕; XI (*le calumniateur ennemy*)〔渡辺訳 p.82, 宮下訳 p.149〕; XIV (*l'ange de Sathan ; l'ange maling et seducteur*)〔渡辺訳 p.104, 宮下訳 p.192〕; XIX (*l'esprit maling*)〔渡辺訳 p.122, 宮下訳 p.229〕これらはすべて真面目な意味で使われている。したがって、罵り言葉の要素は皆無である(なお、博識に基づく冗談も本作品には見られる。『第三之書』第 22 章〔渡辺訳 p.137, 宮下訳 p.259〕で、パニュルジュが修道士の circumbilivagination〔「臍の周囲を旋回すること」の意〕を称揚している箇所がそれに当たる(*circum* + *umbilicus* + vagina〔旋回+臍+ヴァギナ〕、加えて、*vagare*〔放浪する〕という語呂合わせが加わっている)。パニュルジュはさらにこの語に *gyrognomonicque* という形容詞をも付加している。これはおそらく、ルキアノスの造語で(*Menippus*, 5)「天空のスペシャリスト」を意味する *ouranognomenos* の変形だと考えられる。エラスムスもこの語を、宗教的誤謬や異端を大声で非難する無知な検閲官たちを咎める際に使用している(*Commentary on Psalm 38* in *Opera Omnia* V, 438 F)。ラブレーは冒頭に *gyro* という要素を付け加えているが、これは、托鉢修道会の gyrations (放浪癖)をイメージしたからである。

(17) たとえば、ピエトロ・ダバーノの以下の書を見よ。*Conciliator*, Differentia 34,「精液は身体全体から抽出されるのか、あるいは諸器官全体から抽出されるのか」。同じテーマをめぐる「相違」*differentia* は他にも存在する。この主題は、無数の医学的論考および法学的論考の中で議論されていた。

(18) 以下の文献を見よ。Albericus de Rosate, *Lexicon Juris*, s.v. *perplexitas*. 彼の議論は主に以下の広く知られた権威に依拠している。Raymundus de Peñaforte, *Summa*, titulus XXX, § 2, *De Perplexitate*. パニュルジュの当惑(ペルプレクシタース)は、アルベリクスの標準的な定義によれば、「法的当惑」*Perplexitas juris* の典型例だと言える。「『法的当惑』が発生するのは、人がなすべきこととの関連において、互いに相反する(*sibi invicem repugnantes*)さまざまな権威が存在する場合である。この当惑は、専門家の助言(*consilium peritorum*)および相反する要素の調和(*contrariorum concordantia*)によって解決されるであろう」。パニュルジュは結婚に関し相矛盾する見解に直面している。そもそも彼自身も、とくに第 9 章の中で、そうした矛盾する見解を並べ立てている(言葉のエコーの章)。ところで、多種多様な「専門家たち」*periti* は、もちろん

実際のところは相矛盾する助言を述べてはいない。彼らの助言は堅実で、パンタグリュエルによって、ひとつの複合的な判断にまでいわば「たたき上げられる」必要があるだけである。

(19) 預言者としてのファウヌスとその妻ないし姉妹のファトゥアに関しては多くは知られていない。ラブレーはその少ない情報をファネンシウスとマルシ(15世紀)がオウィディウスに関して記した注釈に負っている。法律学の文脈におけるこの概念の重要性については、以下の書物を参照のこと。B. Brisson, *De Verborum quae ad Jus pertinent Significatione libri* XIX, Francfort 1683, s.v. *Fatuus vel morio* ; cf. *TL*, *TLF* XXXVII, 37f.〔第37章、渡辺訳 p.214, 宮下訳 p.410〕and XXXVIII, 125f.〔第38章、渡辺訳 p.223, 宮下訳 p.426〕. ラブレーは預言者ファトゥウス Fatuus とファトゥア Fatua およびローマのクィリナリア祭および阿呆祭を関連づけている(以下の pp.563-565 をも参照のこと)。阿呆祭はクリスマス後の12日間のどこかで行なわれたが、1月1日がもっとも多い。

(20) *Institutiones Juris Civilis* with annotations of Silvester Aldobrandinus and others, Venice 1568, p.192v° :「さらに加えて、法律においては、問題が当惑の極みにあり不確実このうえないために、他の方法がもはや存在しない場合でないかぎり、籤(くじ)を認めるのは誤っている」。この主張は、『第三之書』第12章の末尾で、パンタグリュエルが引いているユスティニアヌス法典中の同じ法の権威の下になされている〔渡辺訳 p.90, 宮下訳 p.164〕。以下も参照のこと。Albericus, *Lexicon*, with additions by J.F. Decianus, Venice 1601, s.v. *Sors* (additions).

(21) Cf. J. Viguerius, *Institutiones ad Christianam Theologiam...*, Antwerp 1565, ch. 5, § 4 (*De Speciebus Divinationis*) p.71. Viguerius は、ラブレーよりも籤の使用にずっと好意的である。

(22) *TL* XXXIX, 49f.〔渡辺訳 p.226, 宮下訳 pp.432-433〕ブリドワは述べている。「私は、*C. Ampliorem, § in refutatoriis, C. de appella* の教えるところ、ならびに *C. 1, ff., quod met. cau.,* の教えるところに則って、ごく簡潔にご返答申し上げます。『今の世の人は簡潔を喜ぶ』とありますからな」。同じ古典的成句に基づいて簡潔さを弁護した、大真面目だが冗長この上ない論考については、以下を参照のこと。cf. Johannes de Deo, *Cavillationes*, ch. I (in *Juris Tractatus Cautelarum*, Lyons 1577, p.279).

第七章　一五四八年版の『第四之書』

(1) 1548年版『第四之書』の初版は、ロベール・マリシャルによるリプリント版が *Etudes Rabelaisiennes* IX, 1971 に収められている。イントロダクションはきわめて示唆に富み、ここでの議論のいくつかをすでに提起している。Cf. Plattard in *RER* X (1910), p.124f. 1548年版の序詞は以下の版の最後にも掲載されている。*TLF*, *Quart Livre*.〔ユションのプレイヤッド版にも詳細な注とともに掲載されている。渡辺訳にも「旧序詞」として訳出されている。pp.45-55〕。

(2) Ovid, *Fasti*, 1489 (Bodley, Auct. N. infra I. 26); f. lx v°, col 2; s.v. *Idibus agrestis fumant altaria Fauni*.

(3) *Fasti* : 1489 edition, fol. a 8 r° ; 1527 Alexander Paganini edition, p.16 r°. (便宜上、私は以上の二つの版をここで使用した。)

(4)　*Fasti* : 1489, a 3 rº ; 1527, ccxxvii rº.

(5)　Cf. Servius on *Aeneid* I. 93, s.v. *Ingemit*（line before *Terque quaterque beati*）: セルウィウスはこう書いている。「彼（アエネアス）は死のゆえにではなく、死の種類のゆえに呻き苦しんだ。というのも、ホメーロスによれば、難破で非業の死を遂げるのは実に嘆かわしいからである。そうなれば、火の質である霊魂は明らかに消滅してしまうだろう」。これが、後世の註解や展開における基礎となった記述である。たとえば、ベロアルドゥスは、アエネアスの恐怖心、それも死に対する恐怖心ではなく、おぞましい死に方に対する恐怖心を強調している。クリストファー・ランディーノも同じくこの英雄の恐怖心を強調している。彼の指摘によると、人間に「呻き苦しむ」（*ingemiscere*）権利を正当と認めたのはキケロだという（*Tusc*, II. 23, 55）。ただし、「激しく号泣すること（*ejulatus*）は、たとえ女であっても認められていない」という。パニュルジュが随所で泣き叫んでばかりいる事実は、彼の恐怖心が、女の恐怖心よりもさらに女々しいことを示している。

(6)　聖ボナヴェントゥラは、人間の正義に内在する善は、その一半（*ex parte*）は、価値ある行動を促し増大せしめる神の恩寵に由来するが、別の一半は、人間の自由意志に由来すると説く。自由意志は、恩寵と「ともに働く」*coadjuvare* 必要があるからだ。「なぜなら我々は神の協力者だから」（*eo quod adjutores Dei sumus*）（*Opera*, Quaracchi, IX, p.197 col. 1）。

(7)　Cf. Joannes Viguerius : *Institutiones Ad Christianam Theologiam, Sacrarum Literarum, universaliumque Conciliorum authoritate...*, Antwerp 1565, fol. 130vº : *De timore servili.*（ルターは自己愛を、「それ自体で」*per se* 邪悪だとしていた。伝統的な教義に基づけば、この種の自己愛は、パニュルジュのように、自己を究極の善にしてしまう悪である。ルターは、奴隷の恐怖に由来する改悛を、純粋な偽善にすぎないとして完全に退けている）

第九章　一五五二年版の『第四之書』

(1)　『第三之書』（XXII, 89 and XXIII, 8）〔渡辺訳 pp.139, 141, 宮下訳 pp.262-263, p.266〕）の中で、パニュルジュは「魂」*asme* を 2 回「ロバ」*asne* に変形させている。この冗談は、たとえば「ゴッド（神）」“God!” の代わりに、調子を和らげた誓詞「ゴリー」“Golly!” や「ゴッシュ」“Gosh!” を使用する手法と同類である。該当する箇所では、ラブレーが、ラミナグロビスの神聖な臨終の場面に、迷信に基づく恐怖に囚われるパニュルジュをもちだして、福音主義者たちが拒絶していた「痛悔」をめぐる伝統的な教義を嘲笑している。また、「ソルボンヌ野郎」や修道士たちを嘲笑する場面でも、この操作が行なわれている。これらの箇所は、『第三之書』の中でも、公然と福音主義を前面に出した逸話のひとつである。ラブレーはここで、検閲官たちが彼を検閲に値すると断定する証拠は、実に些細なことしかない、と信じているふりをしているのである。

(2)　QL, *prol.*, 15f.〔渡辺訳 pp.23-24〕:「私自身は多少のパンタグリュエリスムのおかげをもちまして（これは、偶然の出来事などに動じない、ある種の確固たる陽気さを意味しておりますが）、快活かつ健康に暮らしておりまする。よろしかったら、いつでも一杯いただきますぞ。おっと、善良なる皆様方は、それはなぜかとお尋ねになりますかな？　私めの返答は論駁不能ですぞ。なぜと言って、これこそが、無限に善良に

して偉大なる神の、御意志だからです。私は神にのみお頼み申上げ(「テモテ前書」第6章3節、ウルガタの反響)、神のみに服従する者でございまする(「ヘブル書」第5章9節ウルガタ)。私はその良き知らせの神聖なる御言葉、つまり福音書を崇め奉りますが(以下、本文のp.795を参照のこと)、そこ(「ルカ伝」第4章)では、自分の健康を蔑ろにする医師に対し、辛辣な痛罵とどえらい嘲笑とが浴びせられておりますぞ。曰く、『医者よ、みずから己を癒せ』と」(以上の箇所に組み入れられた聖書的表現には、あまり注意が払われていないが、それでは、ここで表明されている見解の中味がずいぶんと痩せ細ってしまうだろう)

(3)　初期の注釈家たちのなかには、「集会の書」Ecclesiasticusをソロモン作と見なしている者がいる。だが、これによってラブレーの誤りを説明するのは、適切だとは思わない。というのも、この直前にモーセに言及する箇所でも、彼は「偉大なる預言者にしてイスラエルの総帥モーセ」"le grand *prophete* et capitaine en Israel"〔渡辺訳p.21〕と記しているからである。だが普通モーセは、「預言者たち」とはとくに区別される存在である。この点については、「ルカ伝」第16章31節がひとつの根拠となる(「モーセおよび預言者たち」)。

(4)　自分の斧を失くした預言者の息子(*QL*, 102f.; II (IV) Kings VI, 1ff.〔『第四之書』渡辺訳p.27:「列王記略下」第6章5-7節〕)が求めたのは、実に控え目なことであった。彼が強い信仰心を込めて、失くした斧頭の柄を水の中に放り込んだとき、彼が得たのは、ひとつの奇蹟ではなく二つの奇蹟であった。「すると突然二つの奇蹟が起こった。まず、鉄の斧頭が水底から浮き上がって来、ついで、元の柄にはまったのである」。このように、神の起こした奇蹟を、いくつかの構成要素に分解して、その数を最大化しようとする手法は、16世紀イタリアの宗教改革者ピエートロ・マルティーレ(ヴェルミーリ)のそれを想起させる。以下の註解を参照せよ。Peter Martyr, *Melachim, id est Regum libri duo Posteriores cum Commentariis*, Zurich 1566, p.246. マルティーレはこの逸話を三つの奇蹟に分けている。(1)斧頭が水面に浮かび上がる(2)斧頭が元の柄にはまる(3)木の部分が斧を浮かばせたままにする。なお彼は以下の点をとくに強調している。まず、斧頭の紛失は神意に基づく出来事であること。神は自然の創造主であるが、自然法則の限界を超越していること。そして、この奇蹟は「今日の忠実な信者」にも無関係ではないこと、などである。

(5)　ここでの主人公たちは商人ではない。彼らが探求しているのは、私欲とは無縁な知識なのである。この点は大嵐に際して、神に聞き届けられている(*QL* xxv, 52)〔第25章、渡辺訳p.149〕。「パンタグリュエルは、天の救い主様が、一同の無欲さと誠実な願い *simplicité et syncere affection* とを認めてくださったからだと答えた(神の恩寵を得たブリドワの特質と同じ性質である)。というのも、自分たち一同は、金儲けや商品の取り引きのために航海しているのではなく」、知識を求めて旅しているからである。アミヨ訳の『神託の衰退について』は、ラブレーと類似した語彙を用いている。cf. *QL* xxv, 50 f.〔渡辺訳p.149〕; Plutarch, *Oeuvres*, trans. Amyot, I, p.337A.

(6)　Cf. *TL* (*TLF*) II, 36〔『第三之書』第2章、渡辺訳p.39, 宮下訳p.66〕:「というのも、高さ、深さ、そして縦横の長さのあらゆる次元において、天空が覆いかつ大地が宿しているあらゆる財宝は、それが何であれ、われわれの情念を刺激し、われわれの感覚や精神をかき乱すに値しないのである」

（7） J. Calvin, *Les Actes du Concile de Trente: Avec le remede contre la poison*, s.l., 1548 ; pp.158f.（この箇所は、1547 年 1 月 13 日に開催されたトリエント公会議の第六会期を扱っており、悪弊の改革に加えて、義認の教義をテーマに採り上げている）。カルヴァンは、キリストによって選民が救済されるためには、人間は神の恩寵を受け入れると同時に、無為（*oisif*）に陥らぬためにも神と「協力」する必要がある、という教義に抗議している。カルヴァンは 180 ページで、そのような「有毒な」神学に対する「解毒剤」を示している。こうした定義は（と彼は書いている）「ソルボンヌの連中が唱えているありきたりの教義」以外の何物でもない。「つまるところ、われわれはその一半は神の恩寵により、別の一半はわれわれ自身の業（わざ）により義認される」という結果に落ち込む。彼はこの教義を、異端のペラギウスと同じくらいひどいと見なしている。トリエント公会議を「ペラギウス主義」だと非難するカルヴァンは行き過ぎである。だが、16 世紀の論争の渦中にあって、伝統的な教義を守り擁護しようとした多くの者が、しらずしらず「半ペラギウス主義」に陥っていた。

（8） J. Calvin, *Institution chrestienne... Augmentée...*, Geneva 1560, p.137, § 17 :（II, 5, 17）「何人かの者たち（*aucuns* —— これ以前の版では「教皇支持派（パピスト）」とあった）が行なっている主張も同様に愚かである。すなわち、聖パウロが人間のことを『神の協力者』*cooperateurs avec Dieu* と呼んでいるではないか、という主張である。というのも、非常によく知られているように、この文言は、神のみに可能な霊的建築という仕事のために、神が利用し、神が仕事へと促す教会博士のみに当てはまるものだからである。したがって、聖職者が神の協力者と呼ばれることはない。そんな呼び方をすれば、あたかも聖職者自身に何らかの力（*vertu*）が備わっているという印象を与えてしまうだろう。実際のところは、神が聖職者、仲介者としてふさわしい存在にしたうえで、彼らを介して働きかけるのである」

（9） カルヴァンが、メランヒトンの『神学総攬』（*La Somme de Theologie*, 1546）のフランス語訳に寄せた序文は、際立って宥和的である。しかしながら、人間は善き業（わざ）を行なうべきであるとするメランヒトンの主張は、ルター派の多くの聖職者やカルヴァン派の信者にとっては、ますます受け入れがたい見解となりつつあった。その際、メランヒトンが人間に要求している「善き業」が、たとえば福音を広めるとか、苦痛に耐える、あるいは隣人に対し正しく接する、といった、聖書に根拠のある「業」であったという事実は、考慮に入れられなかった（pp.599f.「ピリピ書」第 2 章に関する注釈。なおこの第 2 章は、救霊予定説 predestination にとって肝心要のテクストである）。ルターに反対し、エラスムスの側に立つメランヒトンは、「我かれ〔＝パロ〕の心を剛愎（かたくな）にす」（「出エジプト記」第 4 章 21 節）というフレーズを、奴隷意志を正しいと見なす立場に資する立証テクストであるとは、決して認めようとしなかった。エラスムス、メランヒトンの両者にとって、「我かれの心を剛愎にす」*indurabo cor ejus* という一文は、許可を意味している。つまり、「あたかも神が、『彼の心が頑なになるのを許可する』と言っているかのごとく」というわけである。主禱文の中の「我らを嘗試（こころみ）に遭はせず」という一節も同様で、「我らがそのような目に遭うのを、神はお許しになり給うな」の意味に彼らは解するのである（*Somme*, p.603）。

（10） *QL* XXVIII, 46 :「忠実な信徒たちの偉大なる救世主」celluy *grand* Servateur des fideles ; 54 :「それは善良なるパンにして偉大なる牧人」C'est le *bon* Pan, le *grand*

Pasteur〔渡辺訳 p.158〕。Cf.「ヘブル書」第 13 章 20 節(ウルガタ)では、キリストは「羊の偉大なる牧者」*pastor magnus ovium* と表現されている。善良なる牧者としてのキリスト(「ヨハネ伝」第 10 章 14 節の「善き牧者」*pastor bonus*)もこのエピソードの下敷きとなってはいるが、「偉大なる牧者」*pastor magnus* の場合ほど明確ではない。

(11) その卵を砂に託してしまう駝鳥は、現世の事柄を忘れ、天界の事柄に専心する敬虔な信者の象徴である。これに関しては、以下を参照のこと。Guillaume le Clere, *Bestiaire*; ル・クレールは、ラテン語の版である『自然学』*Physiologus* に負っている。以下も参照になる。Henkel and Schone, *Emblemata*, 1967, 807.

(12) QL xxix, 14f.〔第 29 章、渡辺訳 p.159〕:カレームプルナンは「無類のモグラ取り野郎、無類の秣(まぐさ)束ね野郎」*un grand preneur de Taulpe, un grand boteleur de foin* と叙述されている。cf. *Pant. Prog.*, v, 20 and 47〔『パンタグリュエル占い』〕にまったく同じ表現が見られる。

(13) 友人で同僚のラファエル・ローが指摘してくださったところでは、*kesil* は旧約聖書の「箴言」その他に見られる、「狂人」を意味する用語のひとつだという。その派生的意味である「愚か者、うすのろ」は、自分の筋肉を過信している者の「馬鹿さ加減」という意味に由来しているという。

(14) Cf. *Dyalogus Linguæ et Ventris*, s.l.n.d., (Berne, Cantonal Library, at Inc., iv, 42 (4); sig. a3r°):「ナビュザルダンは戦いよりも大食を好んだ。彼は自分の料理人たちを大いに愛した。それはちょうど、今日の貴顕の多くが学者よりも料理人を愉快に思う——かつそちらのほうにより多くの金を注ぎ込む——のとそっくりである。なんと邪悪な時代であることか！　なんとあさましい習慣であることか！」最後のページには、この書が、パリ大学に書物を売っていたクロード・ジョマール〔クラウディウス・ヤウマール〕のために印刷されたと記されている。

(15) *QL* xlii, 50〔第 42 章、渡辺訳 p.206〕:「女王は、マスタードこそ自分たちの聖杯であり天来の霊薬であると答えた」。ロー博士が説明してくださったところによれば、「ニフルセット」*Niphleseth* という名は、「ミフレトセット」*Miphletseth* という語の転訛で、「列王記略上」第 15 章 13 節(およびそれに対応する「歴代志略下」第 15 章 16 節)にのみ見られる単語だという。この一節では、「おぞましき物」、「禁じられている崇拝物」を指しているらしい。ヘブライ語の語源は、視覚的にぞっとする何らかの事物を暗示している。もっとも「ウルガタ聖書」では「男根の像」*simulacrum Priapi* と訳されている(英語の聖書の諸版では以下のとおり。AV:「木立の中の偶像」; Moffat and RSV:「卑猥な物」)。ユダヤの伝統ではこの「おぞましき物」を、ユダの王アサの母マアカが用いていた「張型」だと解釈するようである。以上のような情報をラブレーがどこまで知っていたかは定かではない。オリヴェタンの聖書では、その「名称の解釈」において「ミフルゼット」*Miphlezeth* を「見せかけ、振動、揺れ」と説明している。1552 年版『第四之書』のいくつかの版に付された「難句略解」は、「ニフルセット、ヘブライ語で男根の意」と明言している。

(16) これら 3 部はすべて、19 世紀の学校用練習帳として、素人が製本したものである。使われている版は以下のとおり。T. Martinus, Louvain 1523; E. Gormontius, Paris 1527 ; I. Benenatum, Paris 1573. フランス国立図書館(B.N.)、ケンブリッジ図書館およびスコットランド国立図書館のカタログには一部も見当たらない。以前は他にも版が

あった。

(17) 私個人は、以上の作品は原則としてルネサンス期の版で読むことにしている。現代の校訂版に当たる場合は以下を参照されたし。Loeb edition for Aristotle, *The Organon* I, and *On Interpretation* (pp.114ff.); Ammonius, *Commentaire sur le Peri Hermeneias d'Aristote: traduction de Guillaume de Moerbeke. Edition critique et étude sur l'utilisation du commentaire dans l'œuvre de Saint Thomas*, by G. Verbeke, Centre de Wulf-Mansion : *Corpus Latinum Commentariorum in Aristotelem Graecorum* II, Louvain and Paris 1961 ; Laurentius Minio-Paluello : *Aristoteles Latinus* II, 1-2 : *De Interpretatione vel Periermenias. Translatio Boethii. Specimina translationum recentiorum* (in *Corpus Philosophorum Medii Aevi*), Bruges-Paris 1965. 基本書として重要なのはトマス・アクィナスの以下の書。Thomas Aquinas, *Commentary on the Peri Hermeneias* (cf. J. Isaac: *Le Peri Hermeneias en Occident de Boèce à Saint Thomas*, Bibliothèque Thomiste, XXIX, Paris 1953 ; 初期の版に関しては以下を見るとよい。cf. Minio-Paluello, *op. cit.*, XXXV) 英語版については以下を見るとよい。Aristotle, *On interpretation*... ed. J. T. Oesterle, Milwaukee 1962.

(18) この論争を知るには、マリオ・ニゾーリオの以下の文献を参照するとよい。Mario Nizolio (*De veris principiis et vera ratione philosophandi contra pseudophilosophos*), in the edition of Quirinus Breen (*Edizione Nazionale dei Classici del Pensiero Italiano* : serie III, Rome 1956). In III, 9, とくに p.101. ニゾーリオ(チェリオ・カルカニーニの論敵である)は、『クラテュロス』とアリストテレスを和解させようとするアンモニウスの試みの有効性をまったく認めようとしていない。

(19) ヘブライ語の名称をめぐるすべての問題については、ラファエル・ロー博士の学識に多くを負うものである。以下、博士からの御教示に基づく。 (1)バクビュック *baqbūq* は珍しい言葉である。ラブレーは、「列王記略下」第14章3節、あるいは「エレミヤ記」第19章1節または10節で見つけたのかもしれない。あるいは「ネヘミヤ記」第11章17節か第12章9節および25節に出てくる奇妙な固有名詞バクブキア *bakhbukia* (*Baqbuqya*:「神の瓶」)の説明の中から見つけた可能性もある。 (2)ベリーマー *Belīmāh* は「ヨブ記」第26章7節に出てくる。奇妙ではあるが、おそらくは「何がないのか」 *without what* を意味するようである(「神は地を物なき所に懸け給ふ」)。(3)「カネフ」(ハーネフ)*Chaneph* (*hāneph*)はいくつかの文脈で「偽善的な(人物)」を意味する名詞/形容詞である。「イザヤ書」第32章6節には、抽象的な名詞の意味で用いられている唯一の例がある。この場合、おおよそ「偽善」を意味している。ただし形は「コネフ」(ホーネフ)*Choneph* (hōneph)であって、ā ではなく ō が用いられている。

(20) Pontus de Tyard, *De Recta Nominum Impositione*, Paris 1603, p.27. ティアールは徹頭徹尾プラトン主義者である。この著作の第1ページから、彼はプラトンとアリストテレスを調和させようとするいかなる試みも認めないと公言している。彼は、意味は原初の段階で自然の指揮の下に課されたのであり、取るに足りない人間の決定によって課されたのではない、とするプラトンの主張を受け入れている。アリストテレスの意見も紹介されてはいるが、「パナエティウス〔前2世紀のストア派の哲学者〕によって、この上もなく神聖にして賢明であり哲学者の世界におけるホメーロスであると形容された」(p.2)プラトンの大いなる権威の前に、かなり矮小化されている。『クラ

テュロス』の権威、さらには「高潔な」ソクラテスと「敬虔な」プラトン、および「至高の預言者モーセ」や「フィロンの明快な言葉」などの権威に依拠しながら、ティアールは、最初の「名称の附与者」は神およびアダムであったと言われている、と書いている(1-4)。

(21) 以上の内容に関して有益な情報がバートランド・ラッセルの著作にある。Bertrand Russell, *History of Western Philosophy*（London 1947, pp.171f.）その他にも以下の研究が有益である。まず、ヘンリー・ジャクソンの短いが優れた論考を見るとよい。Henry Jackson, *Plato's Cratylus*（Praelections delivered before the University of Cambridge, 25, 26 and 27 January 1906）: F. M. Cornford, *Plato's Theory of Knowledge: The 'Theaetetus' and the 'Sophist' of Plato with a Running Commentary*, London 1935. 私は以上の文献に多くを負っている。

(22) エピクロス派の哲学者スキュロンに関しては、キケロの以下の書を参照せよ。Cicero, *Academica* II, 23, 106. ブシャールについては以下を見よ。Bouchard, *Tēs gunaikeias phutlēs*, p.58 r° : « ... vide simile nonnihil in maribus nasci quod Scyron appellant : Graeci *Hemorrhoidas* vocant. » 以上の主題については、ロンドン大学古典文学科のロバート・アイルランド氏と、楽しく議論した。彼から貴重なご助言をいただいた。

(23) 以下に有益な註が付されている。*The Tatler*, vol. IV, London 1797, pp.424f. Cf. Calcagnini, *Opera*, p.638; Castiglione, *Libro del Corteggiano* II, § IV（*Opere*, ed. Cordié, Milan 1960）; *La Letteratura Italiana* 30, pp.155-6)「タトラー」の註が言及しているミュンヒハウゼン男爵の話は、ラブレーが入手できたヴァージョンには見当たらないので、後世の加筆だと思われる。ここでのラブレーの主たる典拠は、プルタルコス『美徳の進歩』(Plutarch, *Progress in Virtue*)である。

(24) *Lexicon Juridicum. Hoc est juris civilis et canonici in schola atque foro usitatarum vocum Penus*, Cologne 1615, s. v. *gestum*. Cf. Bartolus on *Digestum Novum*（Basle 1562, tome v p.423ff）lib. xlv. titulus I, *De verborum obligationibus, Lex I*, § 7（*Mutus et surdus, qui intelligit ad motus laborium, non potest stipulari*）:「以下の問題を提起したい。グッビアのネッルス・ガブリエリスのように、相手の唇の動きを見て内容を理解できる聾唖者がいたとする。実際、ネッルスは、耳が聞こえなかったにもかかわらず、人々がどれほど声をひそめて話しても、唇の動きからその発言内容をすべて理解できたのである。この場合どうなるであろうか……」。こうした人物に対しては法廷での問答が許されるように思われるかもしれない。というのも、彼は言われている内容を現に理解できるのであるから。ところがバルトールスはこの見解に異を唱えている。「私は反対意見である。なぜなら、法は、発声された音と聞こえた意味を通して理解すべきことを要請しているからであって(as in *l. i, in fin, s̃ tit. i.*)、唇の動きやその他の身ぶり(*seu alio nutu*)から理解すべきとはしていないからである。そもそも、それが動いている場合、いったい唇と指と肩の動きのあいだにいかなる違いがあるというのだろう。いっさいないのは明白ではないか」。『補遺』*Additiones* に目を通すと、バルトールスのこの見解には、各方面から異議申し立てが行なわれているのがわかる。こうした異議申し立てで指摘された諸々の論点は、「溶ける言葉」に割かれた2章と直接関わっている。これにより、『第三之書』第19章と『第四之書』とはさらに密接に繋がって

くる（以下の 797 ページ以降の議論を参照のこと）。アルチャーティはバルトールスの結論を和らげようと努めているが、法廷での問答に関するかぎり、言葉、それも言葉のみが法的な必要条件を満たしている点は受け入れざるをえず、いかなる身ぶりもこの場合言葉に取って代わることはないとしている。（Alciati, *Opera* 1560, III, 290 r°; *De verborum Significatione*, 247））。バルトールスの見解は、ヨハンネス・デ・イモラ〔14-15 世紀に活躍したイタリアの法学者〕によって支持されている。イモラもネッルス・デ・ガブリエリブス（と彼は呼んでいた）のことを知っていた。彼によれば、読唇術の才能にもかかわらず、ネッルスは法廷で口頭問答契約はできないという。「音声を聞き取ることが要請されている。記号（*signa*）を通して理解するだけでは十分ではない。この点は以下を見よ。*l. § si quis ita.*」ただし、口頭問答契約以外の契約ならば可能だとされている（以下の文献をひもとけば、ローマ法における聾唖者の地位について、充実した議論を読むことができる。Andreas Barbatia, *Commentaria in titulum De Verborum Obligationibus*, Bologna 1497（*BL*, at *IC*, 29202, leaf [9]f.）。

（25） Cf. *Aristotle, On Interpretation*（with commentaries of Thomas Aquinas and Cajetan）, ed. J. T. Oesterle, Wisconsin 1962, p.40:「次に（と彼は言う）『慣例によって』*by convention* が付加される。なぜなら、最初から名前である物は存在しないからである、云々」。ここでアリストテレスは、定義の第三部分を説明している。彼に言わせれば、名前が慣例に則して意味するといわれる理由は、いかなる名前も自然に存在しないからである。意味するに至って初めて名前となるのだ。ただし、自然に意味することはなく、あくまで意味を課されるのである。この点についてこう付言している。「記号に変えられたときに、つまり、意味を負わされたとき、名前が生じる」。というのも、自然に意味するものは記号に変えられることはなく、それ自体、はじめから記号である。トマス・アクィナスはさらに歩を進めて、動物が発するような「非文字的音声」の問題を扱っている。

（26） Louys Le Roy, dict Regius: *De la vicissitude ou Varieté des choses*, Paris 1579, Livre 2, sig. d. 4f. :「言葉（*la parolle*）は人間にとって自然なものである。だが、人間は「人工的」にしか、換言すれば最初は母親や乳母が、次には一般庶民（*le commun vulgaire*）といった、他人が話しているのを聞いて話すようになるにすぎない。ゆえに、事物に最初に名前を課した者たちは、名前を教わる相手などいない以上、事物の本当の性質が起源や語源と一致する言語を通して、それらの名前を超自然的な仕方で獲得したと考えるべきであろう。あらゆる言語において、人々は、さまざまな単語に関し、その起源や語源を今日に至るまで探し求めてきた。ヘブライ人たちは、自分たちの言語こそ、その栄誉に浴するべきであり、ヘブライ語こそ世界で最初かつ最古の言語であると考えている」。この直後にプサンメティコス王とプリギアの少年たちの話が続いている。ル・ロワはさらにこう付け加えている。「ピュタゴラスは、事物をはじめて命名した者は、至高の叡智に恵まれていたとしている。またプラトンは、その『クラテュロス』の中で、事物の命名は超人間的な方法で為されたと主張している」（紙幅さえゆるすならば、このセクションはすべて引用するに値する）

（27） ラブレーが入手できたプルタルコスのギリシア語のテクストは、今日流布している版とは、きわめて重要な一、二点において異なっている。とくに注目すべきは、422c の翻訳である。ラブレーはクシランダーも認めている読み方に倣っている。そ

れによれば、「現世」*aiōnos*（*siècle*）は、「世界」にではなく、「時間の中」に存する事物に向かって流れ込んでいくという（筆写の際に、「時間（クロノス）」*Chronos* と「世界」*Kosmos* が混同されたのは、十分理解しうる）。Cf. Xylander, 422B :「こうした事物はすべて不動である（*immobilia haec omnia*）。そしてその周囲を永遠（*aeternitas*）が囲んでいる。その一部が滴り落ちるがごとく、時間の中の事物に流入していく« *aeternitatem, cujus quasi defluens quaedam portio feratur ad ea quae sunt in tempore* »。」現代の Loeb 版はこの箇所を以下のように翻訳している。「それらの周囲を永遠が囲んでいる。そこから時間が、常に流れ続ける小川のように、現世へと流入していく *epi tous cosmous*。」ラブレーは、*epi tous chronous* という読み方を受け入れたうえで、「真理の平原」から滴り落ちるものを、終末にはその動きが止む何物かに変えたのである。

（28） 聖書の中では、言葉はしばしば神と結び付けられている。たとえば「詩篇」第 50（51）篇 4 節を見るとよい。また、神は「そのロゴイ」において義とされる（「ローマ書」第 3 章 4 節）。ラブレーの「ロゴイ」*logoi* は「アレーテイア」*alētheia*（真理）の館に住まう。この点については、「ヨハネ黙示録」第 19 章 9 節を参照せよ（両方の概念が登場する〔「神の真（まこと）の言（ことば）」という表現がある〕）。ただし、こうした「ロゴイ」は神そのものではない（「ヨハネ黙示録」第 21 章 5 節；第 19 章 10 節および文脈を見よ）。現世に創られた時間の中に「ロゴイ」を置くことで、ラブレーは、「ロゴイ」を聖書のギリシア語の意味に照らして解釈することを可能（ほとんど不可欠）にしている。同時に、「ロゴイ」を、至高の「ロゴス」*Logos* たるキリストと同一視することを不可能にしている。これに続く数章では十戒（「申命記」第 10 章 4 節は「デカ・ロゴイ」*deka logoi* と呼んでいる）への言及が見られる。こうした連想を、ラブレーの「言葉」*Parolles* という語が喚起することは、ほとんどないしはまったくない。もっとも、彼が聖書的な「ロゴイ」を喚起しているケースでは、おそらく「福音書のロゴイ（言葉）」を念頭に置いていた可能性が高いと思われる（*QL*, prol.22）〔渡辺訳 p.24〕。

（29） Cf. H. C. Agrippa : *Apologia adversus calumnias propter Declamationem de Vanitate scientiarum et Excellentia Verbi Dei sibi per aliquos Lovanienses Theologistas intentatas*, 1533, ch. 42.

（30） *QL* LVI, 10f., and 38f. この箇所を以下と比べよ。*Additiones* to Bartolus in *Ad lib. XLV Digest*（Basle 1562） v, fol. 423, sub litera *e*（on *De verborum obligationibus, lex* 1 § 7）。聾唖者が法的な約定を行なうことを許可すべきではないと主張するバルトールスに対し、非常に内容の濃い反論をわれわれは見つけている。その註解には、誰かが「見た」*se vidisse* と述べる事柄を、他の誰かが「聞いた」*se audivisse* と言うケースへの言及も見られる。またこの注釈が、バルドゥスおよびアレッサンドロ・タルターニ〔15 世紀イタリアの法学者〕が『ユスティニアヌス法典・学説類集』に施した専門的な見解を紹介した後、「黙示録」第 1 章 12 節（*Conversus sum ut viderem vocem*）および「出エジプト記」第 20 章 18 節の読み方（「しかし民はみなその声を見た」（*Cunctus autem populus videbat voces*））を擁護していることも、われわれの調査で明らかになっている。教会法の場合は以下を参照のこと。cf. *Decretum Gratiani*, with glosses of Hugo, Johannes Theutonicus, etc, Paris 1550（*BL*, at 1600 / 196）, fol. 257, col. 2 ; ここには、「すなわち、彼らは肉体的感覚で知覚した」*que noverunt & viderentur* に関する注釈が見出せる。「『味わいかつ見る』（「詩篇」第 33 篇 9 節への言及）〔日本語訳聖書の「詩篇」の該当箇所

にはない表現」という表現でもわかるように、『視覚』(*visus*)という語は広く解釈できる。また、「出エジプト記」中にも『彼らは声を見た』(*Videbant voces*)、すなわち彼らは声を聞いたという一節が見られる」。したがって、もし誰かが、姦淫の現場の音を聞いた場合(その行為をいっさい見ていなくても)、その人は証言することができる。「なぜなら、そうしたことは、ある手段か他の手段のいずれによっても知りうるからである(*Decretum : 22, question 5 : Hoc videtur*)。ある人が仮に口が利けないとしても、聞いたり書いたりできるならば、その人は正当な証人となりうる(この点については、*Codex, qui testa. fa. pos. discretis* にあるとおり)」。同様に、目の見えない人でも、耳が聞こえれば証言できる。「目の見えない人は発声音(*vox*)に騙される可能性がある(たとえば以下を見よ。*27, question 1, Nec aliqua*)というのは反論になっていない。なぜなら、われわれは視覚(*31, question 1, quomodo*)や触覚(*34, question 2, in lectum*)によっても、騙されることがあるからである」

(31) 以下を参照。Albericus, *Lexicon*, s.v. *vox, verbum, signum, mutus, surdus*, etc. より新しい版の方が好ましい。それらには、加筆部分が含まれている。

(32) *QL* LVII, 30f.〔第 57 章、渡辺訳 p.257〕; Cf. Plato, *Symposium*, 203 B, E. カルカニーニも「ポロス」と「ペニア」を数回議論の俎上に載せている(*Opera*, pp.244, 610, 916, etc.)。Cf. Plutarch, *De Iside et Osiride* 374C. プルタルコス、エラスムス、カルカニーニ、そしてラブレーをすべて読めば、同じ決まり文句がこれらの作家全員に見られることに気づくだろう。この点は重要である。ラブレーが典拠とした権威たちが、互いにその権威を高めあっていることになるからである。たとえば、ラブレーは以上に続けて、アストモス *astomos*(「口がない」の意) の異名を取る沈黙の神ハルポクラスに言及しているが、カルカニーニもこの神に触れているのである(他にも、より明瞭な出典が存在する)。以下を見よ。Cf. Calcagnini, p.916 ; cf. *QL* LVII, 42f.〔第 57 章、渡辺訳 p.258〕。

(33) ラブレーがエラスムスおよびその『格言集』に多くを負っていることを明らかにするには、最大の典拠である「欠乏が叡智を生んだ」« *Paupertas sapientum sorita est* » (I, 5, 22)と「飢えは多くを教える」« *Fames multa docet* » (IV, 2, 48)および「空腹の邪魔をしてはならぬ」« *Famelicus non interpellandus* » (III, 8, 12)、「腹は聞く耳を持たず」« *Venter auribus caret* » (II, 8, 84)を読めば足りる。最後の例には以下の項目が含まれているので参照のこと。「何人たりとも空腹に反抗できはしない」« *Contra famen etenim nulla contradicto est* »; 他にも以下を参照のこと。« *Vulpi esurienti somnus obrepit* » (II, 6, 55); « *Decempes umbra* » (III, 4, 70); « *Molestus interpellator Venter* » (III, 10, 9); « *Saguntina fames* » (I, 9, 67); « *Gasteres i.e. Ventres* » (II, 8, 78); « *Manduces* » (IV, 8, 32); « *Eurycles* » (IV, 1, 39); « *Ventre pleno, melior consultatio* » (III, 7, 44). このリストはさらに長くできる。エラスムスへの負債はきわめて大きい。

(34) 「腹話術師」に対する激しい非難に関しては以下を見よ。Cf. Plutarch, *De defectu oraculorum*, 414 E ; この非難の箇所を読むと、なぜ「腹話術師族」がこのあたりの数章に登場させられているかが説明できるのではないだろうか。以下も参照せよ。Alciati (*Opera* II, 343): *Parergo juris*, cap. VII :「腹は、法律学者および古代の権威によってどう解釈されてきたか」アルチャーティはグラティアヌス『法令集』の *26. qu. 3* に言及している。カエリウス・ロディギヌスもラブレーも同項目に触れている(*QL* LVIII,

11-12)〔『第四之書』第 58 章、渡辺訳 p.261〕。

(35) Cf. Homer, *Iliad* XVIII, 104; *QL* LVIII, 45〔第 58 章、渡辺訳 p.262〕. 仲介のテクストはルキアノスのそれである(*Icaromennipus* 29)。そこではこの表現が似非哲学者たちにあてがわれている。また、怠惰で無知な聖職者に対するビュデの激しい攻撃(*De asse* : in *Opera* II, p.279)および『ユスティニアヌス法典・学説類集註解』*Annotationes in Pandectas* (*Opera* III, 63f.)での容赦のない非難をも参照のこと。ビュデは怠惰な聖職者全般を攻撃の的にしているのに対し、ラブレーは、怠惰な修道士たちに的を限定している。

(36) とくに以下を参照のこと。(1) Adrianus Junius, *Emblemata*, Antwerp, Plantin, 1565, emblem 34, p.40. 学術的な長い註は、ラブレーの博識と完全に重なっている。(2)クロード・ミニョーがアルチャーティの『紋章』に付した註解(Claude Mignault, *Emblemata*, Lyons 1614; on emblems XCIX, p.348f.)。これらの著作家たちはほぼ間違いなくラブレーから着想を得ているので、ラブレーを理解するうえで大変参考になる。アミュクラエの人々および彼らの有翼のバッカス Bacchus Psilax のテーマを裏打ちしてくれる古代の権威はパウサニアスである。Pausanias (*Laconia*, XIX, 6). Cf. « The Winged Bacchus (Pausanias, Rabelais and Later Emblematists) » in *Journal of the Warburg Courtauld Institutes*, 1980, vol. XLVIII; pp.36-38 et 259-262.

(37) 嵐の間(一五五二年版)、ジャン修道士は実に多彩な罵り言葉を吐いている(*QL* XX, 22)〔『第四之書』第 20 章、渡辺訳 p.131〕。たとえば、「聖遺物で一杯の神様のオツム」*Teste Dieu plene de reliques* がそれだ。教会法(*22, quest. 1. Si quis*)に従うと、修道会に属する者が「神の髪の毛ないし神のオツムにかけて」などと誓詞を口にした場合は、聖職を剝奪される危険性がある。同様の侮辱的発言を平信徒(俗人)が行なえば、破門の危険を冒すことになる。「聖遺物で一杯の神様のオツム」は、この範疇に属する表現である。

年表

1409年
（第1）ピサ教会会議

1414-18年
コンスタンツ公会議

1431-39年
バーゼル教会会議

1438年
7月1日　ブールジュ国本勅諚の布告。

1463年
ヴィヨン没。

1469年（？）
エラスムス生まれる（あるいは、1466年、1467年…）

1471年
教皇シクストゥス四世即位（1471-84）。

1483年
ラブレー生まれる（？）。
8月30日　ルイ十一世死去。シャルル八世がフランス王位を継承。
11月10日　ルター生まれる。

1484年
8月12日　教皇シクストゥス四世死去。教皇イノケンティウス八世即位（1484-92）〔選出日は8月29日〕。

1492年
7月25日　イノケンティウス八世死去。
8月3日　コロンブスがパロスから出航。10月12日にサンサルバドルを「発見」する。
8月11日　アレクサンドル六世が教皇に選出される（1492-1503）。

1494年

7月　セバスチャン・ブラント『愚者の船（阿呆船）』*Narrenschiff*（ラテン語の初版は1497年）
（ラブレーの生誕の年とする説もあるが、あまり支持されていない）

1498年
4月8日　シャルル八世死去。ルイ十二世が即位。

1500年
7月　エラスムスの『格言集』の初版（著者の認可なし）

1500-1510年
この期間にラブレーはブールジュ、アンジェまたはポワティエで法学を学んだようである。

1503年
8月18日　教皇アレクサンドル六世死去。ピウス三世が教皇位を継ぐ（9月22日。同年10月18日に死去）
11月1日　ユリウス二世が教皇に選出される（1503-13）

1506年
将来の神聖ローマ帝国皇帝カール五世が、父親フェリペ一世（端麗王）の死去にともない、低地3国〔ベルギー、オランダ、ルクセンブルク〕とフランシュ・コンテの支配権を継承。

1509年
7月10日　カルヴァン生まれる。

1510年
フィリップ・デキウスの助言に基づきルイ十二世が、フランスでトゥール教会会議を招集。

1510-1526年
ラブレーはラ・ボーメット（？）で司祭に任じられた後、フォントネー・ル・コントに移り、1526年までそこに滞在。

1511年
エラスムス、『痴愚神礼讃』を出版。
（第2）ピサ教会会議（*Conciliabulum of Pisa*）

1512年
第5ラテラノ公会議（1517年3月に閉会）

1513年

2月20日-21日　教皇ユリウス二世死去。3月11日にレオ十世が教皇位継承（1513-21）

ティラコー、『婚姻法論』出版。

1514年

『痴愚神礼讃』の増補版（初版より諷刺色が強い）

1515年

12月31日（夜中）　ルイ十二世死去。

1月1日　フランソワ一世がフランス国王になる。

9月13日　マリニャーノの戦い

1516年

モアの『ユートピア』がパリで出版される。

8月13日　将来のカール五世がスペイン王位を継承。同時に、オーストリア・ハプスブルク家の領土を引き継ぐ（アルザス含む）。さらに、ナポリ、シチリア、および「新世界」の広大な領土も配下に入れる。

ノアヨンの協定により、カール五世がシチリア王位に付くも、フランソワ一世はミラノを獲得。

8月18日　教皇大勅書が、レオ十世とフランソワ一世のあいだにボローニャ政教協約が成立したことを宣する。これによりフランソワ一世の権力が強化、フランス教会の自由が制限される。パリの大学界隈で騒擾（1516-18）

スイス連邦と「永久平和条約」締結。

1517年

3月　ロイヒリン『カバラの技法』

3月16日　第5ラテラノ公会議が閉会。

10月31日　ルターが贖宥状〔免罪符〕に反対する「95箇条の提題」を掲げる。

1519年

カール五世、フランスと争ったすえ、神聖ローマ皇帝に選出される（金融業者ヤコブ・フッガーが影響力を行使）。神聖ローマ皇帝の紋章（二本の柱、「さらに遠くへ」という銘句付き）が、より有名になる。

1520年

ラブレー、フォントネー・ル・コントでフランシスコ会修道士になり、ギヨーム・ビュデへの最初の書簡（散逸）を書く。

1521年

3月4日　ラブレーからビュデに2度目の書簡。
4月12日　ビュデから返信。
ルター、神聖ローマ帝国にて破門される。
11月15日　フランス、ミラノを失う。
12月1日　教皇レオ十世死去。ハドリアヌス六世が教皇位(1522-23)を継承(1522年1月9日)

1522年

ジャン・ド・ラ・バール、バイイ裁判所長官に任命され、パリでの大学規制に携わる。
アモリー・ブシャールがティラコーに反駁する『女性について』を出版。

1523年

9月14日　教皇ハドリアヌス六世死去。
11月19日　クレメンス七世教皇に選出される(1523-34)

1523-24年

ラブレーとピエール・アミー、ギリシア語を学びトラブルに巻き込まれる。ラブレーはすでにヘロドトス『歴史』第一巻をラテン語に翻訳済み。ピエール・アミー、修道院から去る。ラブレー、ベネディクト会修道士になる。このころラブレーはルキアノスのひとつないし複数の作品をラテン語に翻訳。

1524-26年

ラブレーは、サン・ピエール・ド・マイユゼーのベネディクト会修道院を拠点に、司教ジョフロワ・デスチサックのために働き、旅のお供もしている。

1524年

9月-10月　エラスムス、ルターに反対して『自由意志論』を出す。
10月　フランス、ピエモンテで敗北。
11月30日　ティラコー『婚姻法論』の第2版。

1525年

ラブレーはリヨンにいたか(?)ピエール・アミー、バーゼルで死去。
2月24日　フランス軍、パヴィアで敗北を喫す。その一因として、国王の姉の夫(シャルル四世、アランソン公爵)を含む何人かの司令官が、臆病にも敗走したことが挙げられる。約1万人のフランス兵が戦死。フランソワ一世は捕虜となる。
12月　ルター『奴隷意志論』でエラスムスに反駁。
12月8日　パリ高等法院は、来たる十二夜の祝祭に、パリ大学の寮で「笑劇、仮装行列、道化芝居」を行なうことを全面禁止する。

1526年

1月14日「マドリードの和約」フランソワ一世はスペインでの虜囚生活から解放され

るが、最終的な和議まで、フランス王の息子たちが人質にとられる。
ミラノ、カール五世に譲渡される。
フランソワ一世、カール五世の姉エレオノール・ドートリッシュとの結婚を計画。

1526-30 年
ラブレー、ポワトゥーを去りパリで医学を学ぶ(?)
変則的な生活を送る(在俗司祭としてか、平信徒としてか?)
おそらくこの頃、二人の子供フランソワとジュニーが誕生か。

1527 年
未亡人であったマルグリット・ダングレーム(アランソン公爵夫人、フランソワ一世の姉)、フランス配下のナヴァールの国王アンリ・ダルブレと再婚。

1528 年
夏の終わり　フランスの一部地域で、5 年以上続く干魃の始まり。

1529 年
8 月 5 日　「カンブレーの和議」(「貴婦人の和議」、ルイーズ・ド・サヴォワ、マルグリット・ダングレーム、とマルグリット・ドートリッシュ)。フランソワ一世は、イタリアの領有権およびアルトワとフランドルに対する宗主権を放棄。国王の子供たちは 200 万エキュ金貨の身代金と引き換えに釈放される見通し。
(1529 年を通して干魃が続く)

1530 年
ヘブライ語、ギリシア語、古典ラテン語を教授するために「王立教授団」設立。ソルボンヌ、これに強く反発。
3 月 20 日　フランソワ一世、(代理人を介してマドリッドで)エレオノール・ドートリッシュと結婚。フランスでの結婚式は 7 月 1 日。
7 月 1 日　国王の子供たち、虜囚から開放され、7 月 2 日、バイヨンヌに正式に入城。
9 月 17 日　ラブレーはモンペリエで大学入学許可書に署名。
11 月 1 日 : (あるいは 12 月 1 日)ラブレー、医学得業士(バシュリエ)となる。
(1530 年を通して、フランスの一部の地方で干魃が続く)

1530-32 年
ラブレー、1530 年 9 月(?)から 1532 年 6 月(?)までモンペリエに滞在。

1531 年
4 月 17 日 -6 月 24 日(白衣の主日からバプテスマのヨハネの祭日まで)　ラブレー、モンペリエで、ヒポクラテス『箴言集』とガレノス『医術について』について講じる。
2 月　パリ大学で裁治権論争。神学者たちは、「文芸学教授(アルシアン)」たちに、公の説教師を提供するよう要請。彼らはこれに抵抗。

5月17日　パリ高等法院、ソルボンヌの検閲権を制限。おそらく、3月初旬からの極端な検閲がその原因。
（長引く干魃でリヨンには餓死者続出。問題解決のため例外的な措置が取られる）
9月15日　パリ高等法院、ソルボンヌの書物検閲権をさらに制限。正式な許可を取らないかぎり検閲不可に。
10月　フランス、「シュマルカルデン同盟」（ザールフェルトの協定）と同盟。
（1531年、エラスムスはアリストテレスの最初のギリシア語全集を逐次刊行する。ビベス、『教育論』を刊行）
（1531年を通して、フランスの一部の地方で干魃が続く）

1532年

十二夜の祝祭（より以前？）　ラブレー、モンペリエで『唖（おし）の女房と結婚した男に関する笑劇』に出演。一方パリでは、学生の笑劇でベダが「怪物」として嘲笑の的に。ジェラール・ルーセルとミシェル・ダランド、パリで四旬節の説教を行なう（ラブレーはナルボンヌを含む南仏で医術を実践。6月までにはリヨンに落ちつく。1534年まで滞在。その間、おそらくシノンを一度訪問か？）。
5月10日　ノートルダムの聖堂参事会員たちに、ベダのモンテーギュ学寮への公式訪問者としての権利が認められる。
6月3日　ラブレーはマナルディの『医学書簡』を刊行、ティラコー宛の献辞を添える（セバスチャン・グリフィウス、リヨン）
7月15日　『ヒポクラテスおよびガレノス文集』を刊行、ジョフロワ・デスティサック宛の献辞を添える（セバスチャン・グリフィウス、リヨン）
夏（？）　『ガルガンチュア大年代記』がリヨンで発売される。
『パンタグリュエル物語』の初版が印刷され（？）、リヨンのクロード・ヌーリーによって発売される。
9月4日　ラブレー、『ルキウス・クスピディウスの遺言集』を刊行、アモリー・ブシャール宛の献辞を添える（リヨン、セバスチャン・グリフィウス）。
11月1日　ラブレー、リヨン市立病院（オテル・デュー）の医師に任命される。
11月30日　ラブレー、エラスムスに書簡を送る。その友人イレール・ベルトルフおよびその家族をしばしば訪れる。
秋（？）、冬（？）　『パンタグリュエル占い。一五三三年用』（フランソワ・ジュスト、リヨン）
12月4日　シャンベリーの聖骸布、火事にもかかわらず奇跡的に破壊を逃れる。
（1552年を通して、フランスの一部の地方で以前よりも猛烈な干魃が続く）

1533年

2月6日　謝肉祭（カーニヴァル）の期間、パリの通りで仮装を行なってもよいという許可。派手なお祭り騒ぎ（マルグリット・ド・ナヴァール、アンリ・ド・ナヴァール、王太子）
四旬節（3月2日-4月13日）　ルーヴル宮で福音主義的な説教が行なわれる（ジェラール・ルーセルとミシェル・ダランド…）

（ソルボンヌ、「反ルター的な」示威行動や説教を画策。マルグリット・ド・ナヴァールとジャン・デュ・ベレーは、異端迫害において生ぬるいと説教中で非難される）
5月　マルグリット・ド・ナヴァールの『罪深き魂の鏡』をソルボンヌが発禁処分にしようとした可能性あり。
5月8日　ジェラール・ルーセル、マルグリット・ド・ナヴァールの監督の下に謹慎処分。彼の正統性について調査。
5月26日　ベダ、ピカール、ルクレール、パリから20里（リュー）圏外に追放。王権の処置を批判する檄文（プラカール）がパリに張り出される。王権側も強力に報復。
6月26日　ソルボンヌ、追放された神学者たちの返還を要求する代表団を送るが、拒絶される。
7月1日　ソルボンヌ、ニコラ・ブシャールとルイ・テオバルドに、ベダの帰還をフランソワ一世に懇願する許可を与える（失敗）。
10月　フランソワ一世、マルセイユで教皇クレメンス七世と会う。
10月27日　数人の神学博士たち、『罪深き魂の鏡』を発禁処分にしようとしたことを否定。
11月3日　サンリスの司教がパリ大学の全学部関係者たちの前に現われ、『鏡』への検閲を非難。この非難は拒絶される。
11月8日　全学部の全メンバーに対し、『鏡』を発禁処分にする試みをいっさい放棄するよう求め、署名させる。12月1日に実施。
およそこの頃（？）、増補版の『パンタグリュエル物語』（1533年版）および『パンタグリュエル占い。一五三四年用』を出版。
12月10日　フランソワ一世、異端対策の強化を命じる。ジャン・デュ・ベレー、英国滞在による不在で権力弱体化。迫害への恐れ強まる。
12月24日　モンモランシー、『ノエル・ベダ氏の信仰告白』を否認させるために、ベダを呼び戻すよう命じる。
（1533年を通して干魃が続く。フランスの一部の地方では猛暑と乾燥状態が頂点に達する。ヨーロッパ特有のペストが広がる。リヨンで死亡した者のなかに、エラスムスの友人であるイレール・ベルトルフとその妻および子供全員が含まれている）

1534年

（1534年初頭、1528年の終わり以来続いた猛烈な干魃に終止符）
1月9日　ベダ、「王立教授団」によるヘブライ語教育に抗議。法的措置は中断させられる。パリ市内では、講義内容は「張り紙（ビエ）」によって公表された。
1月15日　ラブレーは司教ジャン・デュ・ベレーに伴ってローマに発つ（彼はリヨンで『ガルガンチュア物語』の手書き原稿を、フランソワ・ジュストに預けたのだろうか？『ガルガンチュア物語』は1534年1月に出たのだろうか？）ラブレー、2月2日にローマに到着、3月にローマを離れる。
2月-3月　ベダ、再逮捕される。
4月1日　嫌疑の晴れたジェラール・ルーセルがルーヴル宮で説教。騒擾が起きる。彼は夏の間じゅう説教したのだろうか？（他の福音主義的説教師の名前も記録されている）

4月14日　ラブレー、ジャン・デュ・ベレーとともにリヨンに帰着(5月18日にパリに到着)。ラブレーの動静は不明(4月14日-8月1日)。『パンタグリュエル物語』を改訂していたのだろうか？　『パンタグリュエル占い。一五三五年用』に手を加えていたのだろうか？　『ガルガンチュア物語』が仮にまだ刊行されていなかったとしたら、この時期に執筆中だったのだろうか？（1534年1月、1534年11月から12月にかけて、あるいは1535年か）
8月1日　ラブレーはリヨンの市立病院(オテル・デュー)で医師としての仕事を再開。
8月22日　バルブルッス、チュニスからムーレイ・ハッサンを追い出す。
8月31日　ラブレー、マルリヤーニ『古代ローマ地誌』をジャン・デュ・ベレーに献辞つきで捧げる(セバスチャン・グリフィウス、リヨン)
9月25日　教皇クレメンス七世死去。
(10月　『ガルガンチュア物語』刊行時期とする説あり)
10月13日　教皇パウルス三世選出される(1534-49)
10月17日-18日　「檄文事件」。その後、迫害の動き。
10月19日　国家的贖罪行為として、聖餐の宗教行列を実施。
11月21日　パリ大学は、ベダの釈放を求める代表団を送る可能性について議論。
11月-12月　『一五三五年用の暦』および、福音主義者への迫害に批判的な『パンタグリュエル占い。一五三五年用』の増補版の出版。まだ出版されていなかった場合、『ガルガンチュア物語』刊行の可能性あり？

1535年

ラブレーの父、アントワーヌ・ラブレー没。ただしもっと早かった可能性もある。

ラブレーの息子テオデュールはこの頃生まれたか(？)

(リヨンのサント・リュシーによる『パンタグリュエル物語』刊行。「1535年」とされるが、出版年はおそらくもう少し遅い)

1月13日　「1月13日事件」　1534年10月17日-18日の「檄文事件」の軽率な繰り返し。激しい迫害。多くの人が逃亡。印刷活動は一切禁止。ただし、ビュデとデュ・ベレーの働きかけにより解禁される(時期は？)

1月21日　フランソワ一世が先頭に立っての大規模な贖罪行列。デュ・ベレーは寵を保っている。異端者が火刑に処される。

2月(か、さらに早く)　カール五世がチュニスを侵略するという噂が広がる。『ガルガンチュア物語』はこれに言及しているのか(？)もしそうなら、出版年は通説より遅くなる。——ラブレーはリヨンの市立病院の職を投げ出す。3月5日に別の医師が完全に取って代わる。(ラブレーはマイユゼー？　グルノーブル？)

2月12日　ギヨーム・デュ・ベレー、ドイツ諸侯に対する「フランソワ一世の」書簡を公刊する(2月1日付)

2月の最後の日曜日(か、その数日後？)　ノートルダム大聖堂の前で、ベダが公然告白で謝罪。モン＝サン＝ミシェルに流刑。5月21日、ジャン・デュ・ベレーが司教に任命される。

6月14日　カール五世、ゴレッタ〔ラ・グレットとも。チュニスの外港ハルク・アル＝ワディの旧称〕を襲撃。

6月22日　ジョン・フィッシャー、斬首刑に処される。
6月23日　フランソワ一世、メランヒトンをパリに招待(少なくとも1534年から交渉が続いていた)。ベレー家のジャンとギヨームもメランヒトンに書簡を送付。
7月6日　トマス・モア、斬首刑に処される。
7月15日　ジャン・デュ・ベレー（ラブレーも一緒か？)、ローマに発つ。
7月16日　「クーシーの王令」。囚人たちを釈放。逃亡者は、異端誓絶すれば戻ることができる。
7月20日　カール五世、チュニスを攻略。
7月31日　ジャン・デュ・ベレーとラブレー、ローマに到着。フェラーラを経由。(マロと会ったのか？)(1535年の日付が入った『ガルガンチュア物語』第2版。リヨンの印刷業者に預けられていたか？)。

1535-36年

1535年12月10日-1536年1月17日　ラブレーは、「背教」〔誓願の破棄。許可なく修道会を去って医者になったこと〕に関し教皇から赦免を受けられるよう手配(在俗司祭になるうえで必要な措置のひとつ)。

1536年

2月11日　ラブレー、サン=モール=デ=フォセのジャン・デュ・ベレーが管轄するベネディクト会修道院に受け入れられる。この修道院は在俗化され、ラブレー自身も同時に在俗の身となる。
2月-4月　フランス、ピエモンテを占領。
3月　カルヴァンの『キリスト教綱要』出版。
5月31日　「リヨンの王令」。穏健的な改革派に対する追及を中止。比較的寛容な時期が2年間続く。
7月12日　エラスムス、バーゼルにて死去。
7月21日　ジャン・デュ・ベレー、パリ総督補佐官に任命される。
8月17日　サン=モールの聖堂参事会員のリストにラブレーの名前が載る。
7月-9月　カール五世プロヴァンスに侵攻するも、大失敗に終わる。

1537年

1月8日　ベダ、流刑地(モン=サン=ミシェル)にて没。
(この年に、『ガルガンチュア物語』と『パンタグリュエル物語』がリヨンではフランソワ・ジュストにより、パリではドニ・ジャノにより再出版される)
2月　ラブレー、〔ドレの赦免を祝う〕パリでの祝賀会に、エティエンヌ・ドレ、ビュデ、マロ、ダネス、マクラン……たちと参加。
4月3日　ラブレー、モンペリエで、医学得業士(バシュリエ)から医学学士(リサンシエ)になる(博士号取得に必要な一段階)。
5月22日　ラブレー、医学博士となる。
6月-9月　ラブレーはリヨンにいたか？
8月10日(1537年か？)　ラブレー、途中で奪取された書簡のために、トゥールノン

枢機卿により苦境に立たされる〔機密漏洩の疑いをもたれた〕。

8月末　ギヨーム・デュ・ベレー、総督としてピエモンテに向かう途上リヨンに寄る。

1537年10月18日(聖ルカの祝日)-1538年4月14日(棕櫚の聖日)　ラブレーはモンペリエ大学でヒポクラテスの『予後』について講じる。

1538年

6月-7月　フランソワ一世とカール五世、一時的和睦。(6月に「ニース休戦協定」、7月に「エーグ・モルト会談」。この会談にはラブレーも列席。その後リヨンへ赴く。
12月10日　フランス、「異端」への態度を硬化。これによりトゥールノン枢機卿の影響力が増す。新たな王令により、「クーシーの王令」(1535年)、「リヨンの王令」(1536年)の寛容的態度を廃棄する。

1538-1540年

ラブレーはリヨンにいたか？　ボルドーを訪問したか(？？)。(テオデュール・ラブレーの生年をこのころと見なすこともできる)

1539年

2月1日　「トレド条約」(カール五世とフランソワ一世)
6月24日　フランス国内で、異端に対する厳しい措置が定められる。
(夏　ラブレーはモンペリエに滞在)

1540年

ラブレーの子供フランソワとジュニーは、教皇庁により、庶子の状態を解かれ嫡出子になる。
6月1日　「フォンテーヌブローの王令」。高等法院に、異端と戦う使命が負わされる。ソルボンヌの権限は代表団を送ることのみ。6月6日以降、異端への法的抑圧は、処刑を含むことになる。
1540年12月10日　ラブレー、シャンベリー経由でフランスに戻る。

1540-42年

ラブレー、ときどきギヨーム・デュ・ベレーとピエモンテ(およびトリノなど)に滞在。

1541年

5月-11月　ラブレー、トリノに滞在、11月にフランスに帰国(ギヨーム・デュ・ベレー、ピエモンテに関する報告を行なう)。
10月　カール五世、アルジェに対する遠征に失敗。

1542年

3月1日　ラブレー、エティエンヌ・ロランとともにサン=テル城(オルレアン近郊)に滞在か(？)
4月　ラブレー、ギヨーム・デュ・ベレーとトリノに向かう旅路でリヨンを経由。(フ

ランソワ・ジュストの印行した『ガルガンチュア物語』と『パンタグリュエル物語』の、不穏当な箇所を削除した改訂版はこのころか？）エティエンヌ・ドレ、改訂されていない版を出す。フランソワ・ジュストの後継者であるピエール・ド・トゥール、これに抗議。

5月12日　ラブレー、ギヨーム・デュ・ベレーとトリノに到着。

7月　カール五世とフランソワ一世とのあいだに戦争勃発。

11月10日　病気のギヨーム・デュ・ベレー、遺言で、ラブレーを遺産の受取人の一人に指名。

12月　ギヨーム・デュ・ベレーとラブレー、トリノを発ちフランスに向かう。

1543年

1月10日　ギヨーム・デュ・ベレー、ロアンヌ近郊（サン＝サンフォリアン＝ド＝レ）で死去（『第三之書』第21章、『第四之書』第27章を参照）。

1月30日–2月4日　ラブレー、エティエンヌ・ロランとともにギヨーム・デュ・ベレーの遺体に付き添ってル・マンに赴く。

3月2日　『ガルガンチュア物語』と『パンタグリュエル物語』は、ソルボンヌが高等法院のために作成した検閲図書リストに載る。

3月5日　ラブレー、（ロンサール……たちとともに）ギヨーム・デュ・ベレーの葬儀に参列（ル・マン大聖堂）

3月10日　ソルボンヌ、カトリック信仰に関する規範宣言を作成。（7月10日、国王の承認付きで刊行される）

5月30日　司教ジョフロワ・デスティサック（ラブレーの最初の庇護者）没。

1544年

8月19日　ソルボンヌ作成の検閲図書リストの改訂版（1543年4月23日以降の追加分を含む）が印刷所に送られる。ラブレーの名前も見える。

9月18日　「クレピーの和議」カール五世とフランソワ一世は協調して異端弾圧に当たることを決める。

12月　王権の要請に基づき、ムランで、12人の神学者たちが書物の組織的な検閲に着手。

1545年

1月8日　ジャン・デュ・ベレーの秘書フランソワ・ブリバールが火刑に処せられる。

4月5日　高等法院の5人の委員、フランスの地方における異端根絶の任務を負う。

4月18日　ワルド派〔ヴァルドー派〕の虐殺（カブリエール、メランドール）

6月28日：（2年遅れで）検閲対象図書のカタログ〔禁書目録〕がパリで、呼び売りの商人により発行される。

7月1日　パリ高等法院は、書店を回って、許可状（ビザ）で承認されていない書籍の販売を禁止するために、ソルボンヌに対し2人の神学者と2人の文芸学教授を協力させるよう要請。（こうした禁書の個人保有は禁じられた）

9月19日　フランソワ一世、『第三之書・パンタグリュエル物語』のための「允許状」

を下付(ドロネーが署名)。

1546年

(復活祭以前　クレチアン・ヴェシェル(パリ)の印刷による『第三之書』。少なくとも他に3つの印刷本)

1月6日　ティラコー、『婚姻法論』の第3版のための「允許状」を獲得。ラブレーへの言及すべてが削除される。

2月18日　ルター没。

(この頃、ラブレーはこっそりメスに行く。ジャン·デュ·ベレーからの要請によるか、あるいは慎重を期するため)

7月24日　トリエント公会議がボローニャで開催予定(延期)

8月3日　エティエンヌ・ドレ、パリのモーベール広場で火刑に処せられる。

8月　ジャン・デュ・ベレー、ル・マンの司教に任じられる。

12月31日　1544年5月13日以降検閲対象となった書籍の目録の増補版が出版される。『第三之書』が含まれている。

1547年

1月13日　トリエント公会議の第6会期。義化、改革派などに関する決議。

1月28日　ヘンリー八世死去。エドワード六世が王位を継承(1月31日)、摂政にサマセット公。

3月11日　トリエントでは大多数が公会議をボローニャに移すことに賛成。(プロテスタントはこれに敵意を抱く。ガリカニスムの信奉者たちも同様)

3月31日/4月1日　フランソワ一世死去。アンリ二世即位。新国王は、厳格な正統主義を奉じるトゥールノン枢機卿に対し、より穏健なモンモランシー寄りであることを即座に示す。

4月21日　トリエント公会議第9会期(ボローニャで開催)が閉会。

6月24日　メス滞在中のラブレーに(最後の?)支払い? (偽造文書の可能性あり)

7月27日　ランスでのアンリ二世の戴冠式の後、ジャン・デュ・ベレーはローマに向けて発つ。

(夏に(?)ラブレーはメスからローマに向かう。『第四之書』の「一部」をリヨンのピエール・ド・トゥールに預ける(?)1549年までイタリアに滞在)

9月15日　ジャン・デュ・ベレーはボローニャを経由(公会議)

9月27日　ジャン・デュ・ベレー、ローマ着(トリノ、フェラーラ、ボローニャを経由して)ラブレーが同行した可能性はあるのか?

1548年

5月　アウグスブルク仮信条協定(公会議の議決が出るまで、ドイツの平信徒に聖杯(カリス)の使用が認められる)

6月18日　ラブレー、ローマで銀行券を現金に換えている。

(この年の間に『第四之書』不完全版が2回印刷されている。ピエール・ド・トゥール、リヨン)

1549 年

2 月 3 日　アンリ二世の次男ルイ・ドルレアンが生まれる。

3 月 14 日　ローマで祝祭。ラブレーが『模擬戦記』で描写。

5 月 19 日　ルイ・ドルレアンの洗礼。（洗礼名が空白になっている『模擬戦記』は、これ以前に執筆されたか？）

9 月 13 日　教皇パウルス三世、ボローニャでの公会議を延会とする。

9 月 22 日　ジャン・デュ・ベレー、（ラブレーと一緒に？）ローマを去りフランスへ向かう。

11 月 10 日　教皇パウルス三世死去。

1550 年

2 月 8 日　ユリウス三世が教皇に選出される（1550–1555）

8 月 –10 月　ラブレー、ジャン・デュ・ベレー（病からの回復期にあった）とともにサン＝モールに滞在。オデ・ド・シャティーヨン枢機卿と面会。枢機卿は、国王の好意と支持を伝える。

8 月 6 日　オデ・ド・シャティーヨン枢機卿臨席のもと、ラブレーの全作品に対する国王の「允許状」が下付される。

10 月 24 日　幼いルイ・ドルレアン死去。

1551 年

1 月　ラブレーに 2 つの司祭職〔聖職録〕が与えられる。ムードンとサン＝クリストフ＝デュ＝ジャンベ（現在のサルト県にある）。ラブレー実際には居住せず。

10 月 11 日　トリエント公会議の第 13 会期（聖餐について議論）

11 月 25 日　トリエント公会議第 14 会期（告解の秘蹟、秘密告白について —— 1552 年版『第四之書』でラブレーが茶化している主題）

1552 年

1 月 28 日　1552 年版『第四之書』、パリのミシェル・フザンダにより印刷される。オデ・ド・シャティーヨン枢機卿に献じた書簡の日付。（フザンダは『第三之書』の改訂版も刊行）

3 月 1 日　パリ高等法院はソルボンヌの要請に応じて、『第四之書』を非難。

4 月 8 日　高等法院は、王権の判断が出るまで『第四之書』の販売を禁止する。

4 月 18 日　アンリ二世、メスに凱旋入城。（フザンダは、この入城ないしはドイツへの勝利全般への祝いとして、『第四之書』の折り丁を増刷する）

10 月　ラブレーが獄中にいるという（虚偽の）噂が流れる。

1553 年

1 月 9 日　ラブレー、2 つの司祭職を辞する。

4 月 9 日（？）　ラブレー死去。パリのサン・ポール寺院に埋葬される。

1555 年
教皇ユリウス三世死去。パウルス四世が教皇位を継承(1555–59)

1556 年
カール五世退位。

1559 年
7 月 10 日　アンリ二世馬上槍試合で事故死。フランソワ二世が即位。

1560 年
2 月 2 日　フランソワ二世死去。シャルル九世が即位、カトリーヌ・ド・メディシスが摂政に。
11 月 29 日　トリエント公会議、再招集。

1561 年
「ポアシーの会談」

1562 年
1 月 17 日 「サン=ジェルマンの王令」により、フランス国内におけるプロテスタントの権利が公式に認められる。
3 月　ヴァッシーで新教徒の虐殺。宗教戦争が始まる。
(『警鐘島』の刊行年はこの年)

1563 年
フランソワ・ド・ギーズ、暗殺される。
「アンボワーズの和議」(第一次宗教戦争終結)

1564 年
5 月 4 日　カルヴァン没。
(『第五之書・パンタグリュエル物語』の出版)
12 月　シャティーヨン枢機卿、英国に亡命
トリエント公会議終了。禁書目録の公布(ラブレーの作品は、第一級の異端者たちの欄に入れられている)。(この公会議の議決は、フランスでは登録されていない)

この年表は、ラブレーに関するかぎりは、主として協会版ラブレー全集にある「年表」*Edition Critique* (*Gargantua* p. cxxviii ff.) に拠っている。さらに V.–L. ソーニエの『パンタグリュエル物語』の以下の版に掲載された年表に基づいて補った。V.–L. Saulnier, *Pantagruel* (*Club de Meilleur Livre*, Paris 1962). きわめて価値の高いものとして、マリシャルの『第四之書』の校訂版に付された序文中の正確な情報が挙げられる。R. Marichal, *Quart Livre de 1548* (*ER* IX, p. 131f.) マリシャルの *ER* XI の序文も非常に役立つ。

書誌

1.

ラブレーに捧げられた書物の数は膨大である。同じく論文も——なかには書物よりも重要な仕事がある——おびただしい数にのぼる。それらすべてを読み判断を下すには、一生涯を学者としての「余暇」*otium* のみに捧げねばなるまい。私は、ここに掲載できなかった多くの研究者たちにお詫びを申し上げつつ、このリストを最小限にまで切りつめることにした。真面目な学生諸君なら、鋭いセンスさえあれば、そうした書物や雑誌論文は、比較的短期間に入手できるだろう。また、他の一般読者にとっては、詳細にわたる膨大な書誌は、まったく不必要なリストだろう。

最近出た、学生にとっての入門書としては、J. ラルマの本が挙げられる。J. Larmat, *Rabelais,* Paris, coll. « Connaissance des Lettres », Paris 1973（役に立つ書誌がついている）。より内容の濃い入門書としては今でも P. ヴィレーの以下の書で、とくにラブレーに割かれた箇所となる。P. Villey, *Marot et Rabelais,* Paris 1923（1967 年にリプリント版）。

ラブレー自身に関する書物や論文よりも、多くの点でさらに有益なのは、フランセス A. イエイツ女史ないし D. P. ウォーカー教授が、ルネサンスの諸問題について行なった広範囲にわたる研究である。さらにとくに有益なものとして、D. R. ケリーによる以下の仕事を挙げておく。D. R. Kelly, *Foundations of Modern Historical Scholarship : Language, Law and History in the French Renaissance,* New York 1970.

2.

有益な書誌は、*TLF*（« *Textes Littéraires Français* », Droz, Geneva）のシリーズで刊行された、以下のラブレーのさまざまな版に見つかるはずである。*Pantagruel,* ed. V. L. Saulnier ; *Gargantua,* ed. R. M. Calder and M. A. Screech ; *Le Tiers Livre,* ed. M. A. Screech ; *Le Quart Livre,* ed. R. Marichal ; *La Pantagrueline Prognostication*（and the *Almanacs* for 1533, 1535, etc.）, by M. A. Screech（with assistance）. これら各巻に収められた書誌的情報は、テクストそのものについてのみならず、伝記、書誌、言語、宗教、解釈に関しても多くを教えてくれる。最新情報を得るためには、読者は、フランス文学に関する標準的な書誌を参照すべきだろう（例えば、*TLF Gargantua,* pp. 441f. にリストアップされている書誌類）。書籍の場合も論文集の場合もあるが、いずれにしろ立派な学術シリーズである *Éudes Rabelaisiennes*（*ER*）も頻繁に刊行されている〔「ラブレー研究」。ただし不定期〕。これらの研究はしばしばきわめて有益である。同じドロス社（ジュネーヴ）から刊行されている *Travaux d'Humanisme et Renaissance*（« *THR* »）のおびただしい数の書冊も加えておいてよいだろう〔より正確に言えば « *ER* » は、« *THR* » の一部をなす「シリーズ内シリーズ」である〕。

3.

以下の項目ごとに紹介する研究は、しばしばその項目内容を超える、より広い重要性

を持っている。これらの仕事は、ラブレーの学識のいくつかの問題点に分け入るうえで、読者には大きな助けとなるだろう。どの研究にも書誌ないしは脚注が付されており、そのおかげで読者は、さらに重要な多くの研究書へとたどりつけるかもしれない。

(a) 第一章　ユマニスト的喜劇

——文学に見られるカーニヴァル的要素の問題については以下を参照。*Les Plaisants Devis,* Paris 1834 (Bodley, Douce 7.359) ; F. J. E. Raby, *A History of Secular Latin Poetry in the Middle Ages,* Oxford 1934, 第 2 版(修正版)は 1957 (1967) ; Joël Lefebvre, *Les Fols et La Folie : Etude sur les genres du comique et la création littéraire en Allemagne pendant la Renaissance,* Paris 1968 (実に有益である). M. Baktine, *L'Œuvre de François Rabelais et la culture populaire au moyen âge et sous la Renaissance,* Paris 1970. 英訳 ; *Rabelais and his Work,* Massachusetts' Institute of Technology 1969 (著者が西欧での研究から完全に遮断されていたときに著されている。慎重に扱うならば有益。ロシア語のテクストは、1965 年にモスクワで刊行されている)〔ミハイール・バフチーン『フランソワ・ラブレーの作品と中世・ルネッサンスの民衆文化』川端香男里訳、せりか書房、1985. ミハイル・バフチン『フランソワ・ラブレーの作品と中世・ルネサンスの民衆文化』杉里直人訳、水声社、2007〕。1533 年の宮廷での祝祭については、以下も参照のこと。*ER* XIII, 93f. また、「無秩序状態」に関しては以下を参照。N. Z. Davis, *Society and Culture in Early Modern France,* 1975, 97ff.〔ナタリー・Z・デーヴィス『愚者の王国　異端の都市』成瀬駒男・宮下志朗・高橋由美子訳、平凡社、1987〕

——諸説混合主義の問題点については、ラブレーの宗教思想を扱った文献すべてに当たるべきである。たとえば私自身の以下の研究など。M. A. Screech, *The Rabelaisian Marriage : Aspects of Rabelais's Religion, Ethics and Comic Philosophy,* London 1958 ; *L'Évangélisme de Rabelais, ER* II.

——ルキアノスの影響などについては以下の研究がある。D. G. Coleman, *Rabelais : A Critical Study of Prose Fiction,* Cambridge 1971 (本書で提示したものとはまったく異なったラブレー像が示されている)。

——ルネサンス期の笑いについては以下を参照。M. A. Screech and R. M. Calder, « Some Renaissance attitudes to laughter », in *Humanisme in France,* Manchester 1970, pp. 216-28. 同じく役立つのは以下の文献。E. Gilson, *Les Idées et les Lettres,* Paris 1932.

——エラスムスの格言については次の文献。M. Mann Phillips, *The Adages of Erasmus,* Cambridge 1964 (縮約版のペイパーバックも存在する)。

——ラブレーの言語については、*Édition Critique*〔『ラブレー協会版全集』〕の、言語に関する註。さらに以下も参照のこと。L. Sainéan, *La Langue de Rabelais,* Paris 1922-3 ; P. Rickard, *La Langue Française du XVI*e *s. Étude suivie de textes,* Cambridge 1968 ; F. Rigolot, *Les Langages de Rabelais,* Geneva 1972. *TLF* シリーズに入っているラブレー作品の諸版に

は、用語解説(グロッサリー)が付されている。ガルニエ版(Garnier édition, ed. Jourda)および〔旧〕プレイヤッド版(Pléiade édition, ed. Boulenger and Scheler)にも貴重な説明がある。

——きわめて個人的な哲学的見解を披瀝した文献としては以下を見るとよい。M. de Diéguez, *Rabelais par lui-même,* Paris 1960. これほど論争の的とはならない別の解釈としては、バウエンの著作を挙げる。B. C. Bowen, *The Age of Bluff : Paradox and Ambiguity in Rabelais and Montaigne,* Illinois 1972.

——ラブレーの発想源となった民衆文学については、フランソンの著作を見るとよい。M. Françon, *Les Croniques admirables du puissant roy Gargantua,* Rochecorbon 1596. J. ルイスが、このテーマで執筆している、ロンドン大学に提出予定の学位論文(校訂版テクストと研究論文)は近く完成する予定。非常に期待できる内容である。

——ラブレーにおける「中世的側面」に関しては、ラルマの研究を参照のこと。J. Larmat, *Le Moyen-Âge dans le « Gargantua » de Rabelais,* Paris 1973.

(b) 第二章 『パンタグリュエル物語』以前のラブレー

ラブレーの伝記としていまだに古典的なのは、やはりプラッタールの文献。J. Plattard, *Vie de Rabelais,* Paris-Brussels 1928. 同著者の次の2冊も見るとよい。*L'Adolescence de Rabelais et Poitou,* Paris 1923 ; *François Rabelais,* Paris 1932. マリシャルの論文は、有益な補足とより正確な情報を提供している(この観点から見れば、常に一読に値する論文である)。さらに次も役立つ。A. J. Krailsheimer, *Rabelais and the Franciscans,* Oxford 1963——パンの死に関する有益な箇所がある。

(c) 第三章 『パンタグリュエル物語』

かなり最近の研究には以下のドゥフォーの仕事が含まれる。G. Defaux, *Pantagruel et les Sophistes ; Contribution à l'Histoire de l'Humanisme Chrétien au XVI*[e] *s.,* The Hague 1973. *Édition Critique* に添えられたルフランの序文中に、有益かつ詳細な説明がある。序文のこうした有用性は、同じ『協会版全集』の他のラブレー作品にも当てはまる。

(d) 第四章 『一五三三年用の暦』、『パンタグリュエル占い。一五三三年用』および『パンタグリュエル物語』に対する初期の修正

TLF シリーズの校訂版(1974)に詳細な説明がある。さらに以下を参照のこと。C. Ginzburg, *Il Nicodemismo : Simulazione e dissimulazione religiosa nell'Europa del'500,* Turin 1970, とくに pp. 29ff. ; 語彙に関する学術的かつ正確な説明については以下を見るとよい。F. Baldinger, *Beitrage zum Glossar der Pantagrueline Prognostication* (*Ag. Screech, TLF, 215, 1974*) in *ER* XIII, pp. 183ff.

(e) 第五章 『ガルガンチュア物語』および『一五三五年用の暦』

G. ドゥフォーの研究が多くの問題を提起してくれる。重要なのは、「ノートルダム寺

院の鐘」の逸話を扱った論文(G. Defaux, « Le Prince, Rabelais, Les Cloches et l' Enigme : les dates de composition et de publication du *Gargantua* », in *Revue de l'Université d'Ottawa,* July-September, 1972, vol. 42, no. 3, pp. 408f. ; « Rabelais et les cloches de Nostre-Dame », in *ER* IX, 1971, pp. 1f.)。R. マリシャルは彼の解釈を強く支持している(*ER* XI, 1974, preface ; これに関連した他の研究論文も参照のこと)。きわめて示唆に富んだ研究として(『ガルガンチュア物語』の最後をカバーしている)、D. P. Walker, « Esoteric symbolism », in *Studies in Honor of J. Hutton,* 1975 を挙げておく。「目立つ」雑誌に掲載されていないために、学生諸君が見落とす可能性のある文献も挙げておく。H. D. Saffrey, « "Cy n' entrez pas, Hypocrites" : Thélème, une nouvelle Académie ? », in *Revue des Sciences Philosophiques et Théologiques,* LV, no. 4, October 1971, pp. 593f.「檄文事件」および「1月13日事件」に関しては、以下を参照のこと。G. Berthoud, *Antoine Marcourt, Réformateur et Pamphlétaire, THR* 129, Geneva 1973.

(f) 第六章　『第三之書』

アントニオーリの研究書が役立つ。R. Antonioli, *Rabelais et la Médecine, ER* XII, Geneva 1976. ヴァールブルク研究所での秀逸な発表から判断するに(その内容には私自身ほぼ全面的に賛成である)おそらくセアールの以下の研究はきわめて示唆に富むと思われる。J. Céard, *La Nature et les Prodiges,* (印刷中), Droz, Geneva (*THR* 158)〔Jean Céard, *La Nature et les Prodiges. L'insolite au XVI*e *siècle en France,* Genève, coll. « *THR* », n° 158, Genève, Droz, 1977〕。ルネサンス期の懐疑主義に関する参考文献は数多存在するが、ここでは以下の文献を挙げておく。Ch. B. Schmitt, « The recovery and assimilation of ancient scepticisme in the Renaissance », in *La Rivista Critica di Storia della Filosofia* IV, 1972, pp. 363f. 霊感を受けた超自然の「プラトン＝キリスト教的な」預言にまつわる狂気については、私の以下の文献を参照してほしい。M. A. Screech, *Ecstasy and the Praise of Folly,* London 1980.

(g) 第七章　一五四八年版の『第四之書』

不可欠な文献は、ファクシミリ版のテクストも収めたマリシャルの以下の論文である。R. Marichal, « Rabelais et les censures de la Sorbonne », with facsimile of texte, in *ER* IX, 1971, pp. 135f. ; また、プラッタールの次の版も見るとよい。J. Plattard, *Quart Livre Partielle*〔*Partiel ?*〕。

(h) 第八章　一五四九年の『模擬戦記』

R. クーパーが現在ジュネーヴのドロス社から、この作品の校訂版と研究論文を準備中である。刊行されるまでは、以下のオクスフォード大学に提出した博士論文のタイプ原稿を参照のこと。校訂版のテクスト、研究論文ときわめて有益な註がついている。R. Cooper, *Rabelais and Italy : with special reference to the du Bellay household,* typescript, 1975.〔R. Cooper, *Rabelais et l'Italie,* coll. « *ER* » n° 24, Genève, Droz, 1991〕。

(i) 第九章　一五五二年版の『第四之書』

マリシャルの以下の注解を見るとよい。R. Marichal, « Quart Livre : Commentaires »,

in *ER* v, 1964, pp. 65f.

——バッカスの役割に関してはT. C. ケイヴの文献を参照のこと。T. C. Cave, « The triumph of Bacchus and its interpretation in the French Renaissance », in *Humanism in France,* Manchester 1970, pp. 294f.（扱っているのはロンサールの「バッカスの讃歌」*Hinne de Bacus* であるが、関心の範囲はより広い）。また、より直接に関連する見解としては以下を見るとよい。F. M. Weinberg, *The Wine and the Will : Rabelais's Bacchic Christianity,* Detroit 1972.（翼の生えたバッカスというテーマに関しては以下を参照のこと。*Journal of Warburg and Courtauld Institutes,* 1980）

——ラブレーがプラトンに負っている遺産については、F. リゴロの研究を見るとよい。F. Rigolot, « Cratylisme et Pantagruelisme : Rabelais et le statut du signe », in *ER* xiii, 1976, pp. 115f.

——オルペウスと古代神学一般に関しては以下のウォーカーの文献に当たるとよい。D. P. Walker, *The ancient Theology ; Studies in Christian Platonism from the Fifteenth to the Eighteenth Century,* London 1972.〔D. P. ウォーカー『古代神学——十五－十八世紀のキリスト教プラトン主義研究』榎本武文訳、平凡社、1994〕

——言葉および知識に関するある種の問題に関しては、以下の文献を見るとよい。F. Bacon, "*The advancement of Learning*" *and* "*The New Atlantis*", ed. A. Johnston, Oxford 1974; L. Jardine, *Francis Bacon: Discovery and the Art of Discourse,* Cambridge 1974. また、彼女の貴重な以下の論文も参照のこと。L. Jardine, « The place of dialectic teaching in sixteenth-century Cambridge », in *Studies in the Renaissance* xxi, 1974, pp. 31f.

——1551年の「ガリカニスムによる危機」については、以下に当たるとよい。L. Romier, « La crise Gallicane de 1551 », in *Revue Historique* 108 and 109（一読が不可欠な文献である）。

訳者による書誌の補足

I　欧文文献

本書が刊行されたのは1979年であり、それ以降の校訂版や研究書は追記されていない。ここでは、著者が「書誌」で言及していない文献を中心に、ラブレーないしラブレー作品を扱った書籍にかぎって、補足することとした（論文は割愛した）。つまり、スクリーチの仕事を例外とすれば、ラブレーを（部分的にであれ）直接の対象としている文献以外はすべて省略した。なお、以下のリストは網羅的なものではなく、訳者が重要と見なしたものにかぎられるので、かなり個人的かつ選別的にならざるをえなかった。邦訳が存在する場合は、邦題とともに掲載しておいた。なお、1980年以前の文献に関しては、マドレーヌ・ラザール『ラブレーとルネサンス』（篠田勝英、宮下志朗訳、文庫クセジュ、白水社、1981）中の、「参考文献」および「訳者による参考文献の補足」がかなり詳しく紹

介しているので、ぜひ参考にしていただきたい。

(A) ラブレーの版
・Rabelais, *Œuvres complètes,* (éd. par Mireille Huchon avec la collaboration de François Moreau), coll. « Pléiade », Paris, Gallimard, 1994.
・François Rabelais, *Les Cinq Livres,* (éd. critique de Jean Céard, Gérard Defaux et Michel Simonin), coll. « Classiques Modernes », Paris, Pochothèque (Le Livre de Poche).
・Rabelais, *Œuvres complètes,* (éd. établie par Guy Demerson, éd. bilingue), coll. « L' Intégral », Paris, Édition du Seuil, 1973 (1995).

(B) スクリーチの主要な仕事(例外的にラブレーにかぎらず、重要な書籍のみを選んだ。ラブレー、モンテーニュの翻訳(英語訳)は割愛した。なお、すでに書誌で紹介されているものも掲載した)
・Michael A. Screech, *The Rabelaisian Marriage : Aspects of Rabelais's Religion, Ethics and Comic Philosophy,* London, Edward Arnold, 1958.
— *L'Évangélisme de Rabelais,* coll. « *ER* » II, Genève, Droz, 1959.
— *Marot évangélique,* Genève, Droz, 1967.
— *Rabelais,* London, Duckworth (Ithaca, New York, Cornell University Press), 1979. (本書)
— *Erasmus : Ecstasy and the Praise of Folly,* London, Duckworth, 1980.
— *Montaigne and Melancholy*, London, Duckworth, 1983.『モンテーニュとメランコリー――『エセー』の英知』荒木昭太郎訳、みすず書房、1996.
— Michael Screech and Stephen Rawles, *A new Rabelais bibliography. Editions of Rabelais before 1626.* Geneva, Droz, 1987.
— *Some Renaissance Studies,* (articles choisis (1951-1991), édités par Michael J. Heath), Genève, Droz, 1992.
— *Laughter at the Foot of the Cross,* London : Allen Lane, The Penguin Press, 1997.

(C) 研究書(原則として 1980 年以降。スクリーチ以外の重要なもので、原書の「書誌」に見当たらない文献のみ)
・Michael Baraz, *Rabelais et la joie de la liberté,* Paris, José Corti, 1983.
・Barbara Bowen, *Enter Rabelais laughing,* Nashvillle & London, Vanderbilt University Press, 1998.
・Terence Cave, *The Cornucopian Text. Problems of Writing in the French Renaissance,* Oxford, Oxford UP, 1979.
・Gérard Defaux, *Le Curieux, le Glorieux et la Sagesse du monde,* Lexington, French Forum, 1982.
・Guy Demerson, *Rabelais,* Fayard, 1991.
— *Humanisme et Facétie. Quinze études sur Rabelais,* Orléans-Caen, Paradigme, 1994.
・Marie-Luce Demonet, *Les voix du signe. Nature et origine du langage à la Renaissance (1480-1580)*, Paris-Genève, Champion-Slatkine, 1992.

· Diane Desrosiers-Bonin, *Rabelais et l'humanisme civil,* Genève, Droz, 1992.
· J.E.G. Dixon et J.L. Dawson, *Concordance des œuvres de François Rabelais,* Genève, Droz, 1992.
· Claude Gaignebet, *À plus hault sens. L'Ésotérisme spirituel et charnel de Rabelais,* Maisonneuve et Larose, 1986, 2 vol.
· Floyd Gray, *Rabelais et le comique du discontinu,* Paris, Champion, 1994.
· Mireille Huchon, *Rabelais grammarien. De l'histoire du texte aux problèmes de l'authenticité,* Genève, Droz, 1981.
· Michel Jeanneret, *Des mots et des mets,* Paris, José Corti, 1987.
— *Le Défi des signes. Rabelais et la crise de l'interprétation à la Renaissance,* Orléans-Caen, Paradigme, 1994.
· Samuel Kinsey, *Rabelais's Carnival. Text, Context, Metatext,* Berkeley, University of California Press, 1990.
· Madelaine Lazard, *Rabelais l'humaniste,* Paris, Hachette, 1993.
· François Moreau, *Les Images dans l'œuvres de Rabelais. Inventaire, commentaire critique et index,* Paris, C.E.D.E.S., 1982.
· Daniel Ménager, *Rabelais en toutes lettres,* Paris, Bordas, 1989.
— *La Renaissance et le rire,* Paris, PUF, 1995.
· Anna Ogino, *Les Éloges paradoxaux dans le « Tiers » et le « Quart livre » de Rabelais. Enquête sur le comique et le cosmique à la Renaissance,* Tokyo, France Tosho, 1989.
· Paul Smith, *Voyage et écriture. Études sur le « Quart Livre » de Rabelais,* Genève, Droz, 1987.
· Jean-Yves Pouilleux, *Rabelais ; le rire est le propre de l'homme,* Paris, Gallimard, 1993.
· Gérard Milhe Poutingon, *François Rabelais, Bilan critique,* coll. « 128 », Paris, Nathan, 1996.
· Jerome Schwartz, *Irony and Ideology in Rabelais. Structures of Subversion,* Cambridge, Cambridge University Press, 1990.
· Paul Smith, *Voyage et écriture. Étude sur le « Quart Livre » de Rabelais,* Genève, Droz, 1987.
· André Tournon, *« En sens agile ». Les acrobaties de l'esprit selon Rabelais,* Paris, Honoré Champion, 1995.
· Florence Weinberg, *Rabelais et les leçons du rire. Paraboles évangéliques et néoplatoniciennes,* Orléans, Paradigme, 2000.
· Elizabeth Chesney Zegura（Edited by）, *The Rabelais Encyclopedia,* Westport, Connecticut・London, Greenwood Press, 2004.

Ouvrages collectifs（ラブレーを主題とした学会の論文集など）

· *A Rabelais Symposium, L'Esprit créateur,* XXII, 1981.
· *Rabelais in Glasgow. Proceedings of the Colloquium,* Glasgow, University of Glasgow, 1984.
· *Rabelais's Incomparable Book,*（édité par R. La Charité）, Lexington, French Forum, 1986.
· *Rabelais en son demi-millénaire. Actes du Colloque International de Tours（24-29*

Septembre 1984), (publiés par Jean Céard et Jean-Claude Margolin), Genève, Droz, 1989.
- *Rabelais, Europe,* n° 757, mai 1992.
- *Rabelais, Actes de la Journée d'étude du 20 octobre 1995,* (Textes réunis par Françoise Charpentier), *Cahiers Textuel,* n° 15, 1996.
- *Rabelais et le Tiers-Livre,* (Colloque de Nice, 2-3 février 1996. Textes réunis par Éliane Kotler), Paris, C.I.D. Diffusion (CNRS), 1996.
- *Rabelais-Dionysos——Vin, Carnaval, Ivresse. Actes du Colloque de Montpellier, 26-28 mai 1994.* (Actes réunis et publiés par Michel Bideaux), Marseille, Éditions Jeanne Laffitte, 1997.
- *Rabelais pour le XXI*e *siècle. Actes du Colloque du Centre d'Études supérieures de la Renaissance* (*Chinon-Tours, 1994*), (édités par Michel Simonin), Genève, Droz, 1998.
- *Le Tiers Livre. Actes du Colloque International de Rome* (*5 Mars 1996*), (Études réunies et publiées par Franco Giacone), Genève, Droz, 1999.
- *Les Grands Jours de Rabelais en Poitou. Actes du colloque international de Poitiers* (*30 août-1er septembre 2001*), (Études réunies et publiées par Marie-Luce Demonet), Genève, Droz, 2006.

II　邦文文献

ここでも、多少ともラブレーを対象とした、比較的最近の主要文献のみを収録した。より広く文献を探したい読者は、ぜひ、以下のマドレーヌ・ラザール『ラブレーとルネサンス』中の「訳者による参考文献の補足」を参考にしていただきたい。なお、五十音順に並べる都合上、著者が欧米人の場合は、姓を先に出しておいた。

(A) ラブレーの翻訳

- 宮下志朗訳「ガルガンチュアとパンタグリュエル」のシリーズ。『ガルガンチュア』2005、『パンタグリュエル』2006、『第三の書』2007、『第四の書』2009 (11月刊行予定)、ちくま文庫。
- 渡辺一夫訳『ガルガンチュワ物語』1973、『パンタグリュエル物語』1973、『第三之書・パンタグリュエル物語』1974、『第四之書・パンタグリュエル物語』1974、岩波文庫。

『パンタグリュエル占巫』高桐書院、1947.

(B) ラブレーを扱った書籍

- 荻野アンナ『ラブレー出帆』岩波書店、1994.

　　　　　　『ラブレーで元気になる』みすず書房(「理想の教室」)、2005.
- 伊藤進『怪物のルネサンス』河出書房新社、1998.
- 清水孝純『ルネサンスの文学——遍歴とパノラマ』講談社学術文庫、2007.
- シャステル(アンドレ)『グロテスクの系譜』永澤峻訳、ちくま学芸文庫、2004.
- 高橋康也『道化の文学——ルネサンスの栄光』中公新書、2005 (1977).
- デーヴィス(ナタリー・ゼーモン)『愚者の王国　異端の都市』成瀬駒男・宮下志朗・高橋由美子訳、平凡社、1987.

・二宮敬『フランス・ルネサンスの世界』筑摩書房、2000.
・バフチーン（ミハイール）『フランソワ・ラブレーの作品と中世・ルネサンスの民衆文化』川端香男里訳、せりか書房、1985.
　― バフチン（ミハイル）『フランソワ・ラブレーの作品と中世・ルネサンスの民衆文化』杉里直人訳、水声社、2007.
・フェーヴル（リュシアン）『ラブレーの宗教――16 世紀における不信仰の問題』高橋薫訳、法政大学出版局、2003.
・宮下志朗『ラブレー周遊記』東京大学出版会、1997.
　『本の都市リヨン』晶文社、1989.
・ラザール（マドレーヌ）『ラブレーとルネサンス』篠田勝英、宮下志朗訳、白水社（文庫クセジュ）、1981.

訳者略歴
一九六一年生
フランス（ルネサンス）文学・思想専攻
東京大学大学院人文社会系博士課程修了（文博）
現在、立教大学文学部文学科フランス文学専修・教授
主要著訳書
『魔女の法廷――ルネサンス・デモノロジーへの誘い』（岩波書店）
『初めて学ぶフランス文学』（朝比奈／横山編、共著、ミネルヴァ書房）
G・ミノワ『悪魔の文化史』（白水社文庫クセジュ八七六番）
A・カバントゥ『冒瀆の歴史』（白水社）
R・ミュッシャンブレ『悪魔の歴史　十二～二十世紀』（大修館書店）
A・フィエロ『パリ歴史事典』（共訳、白水社）
R・シェルチエ／G・カヴァッロ編『読むことの歴史』（共訳、大修館書店）
G・ミノワ『未来の歴史』（共訳、筑摩書房）

ラブレー　笑いと叡智のルネサンス

二〇〇九年五月二五日　印刷
二〇〇九年六月一〇日　発行

著者　マイケル・A・スクリーチ
訳者©　平《ひら》野《の》隆《たか》文《ふみ》
発行者　川村雅之
印刷所　株式会社理想社
発行所　株式会社白水社

東京都千代田区神田小川町三の二四
電話　営業部〇三（三二九一）七八一一
　　　編集部〇三（三二九一）七八二一
振替　〇〇一九〇・五・三三二二八
郵便番号　一〇一・〇〇五二
http://www.hakusuisha.co.jp

乱丁・落丁本は、送料小社負担にてお取り替えいたします。

松岳社　株式会社　青木製本所

ISBN978-4-560-09230-9

Printed in Japan